序　一

还先贤以公道

高令印

“还先贤以公道”，是当今著名新儒学家蔡仁厚教授为拙著《游酢评传》所撰序言中的一句话。这句话充分地表达出当今研究和发扬游酢思想的必要性和文化价值。

游酢是中华文化发展史上继往开来、承前启后的伟大思想家。单就其妇孺皆知、家喻户晓的“立雪程门”“载道南归”来说，是中华文化重心南移再兴的源头活水，其功绩就足以永垂不朽！但是，却因游酢以儒学融合释、道之学的宋学思维方式比较突出，由此有的认定其“晚年嗜禅”，胡宏甚至说“定夫是程门罪人”。（游酢明确指出：“佛书所说，世儒亦未深考。……此事须亲至此地方能辨其异同，不然难以口舌也。”）后世旧说相因，人云亦云，未有人进行具体分析，遂有“‘道南’第一人杨时”的误传。明清时代学者所撰写的闽学史，皆贬抑游酢。国学大师钱穆在《朱子新学案》中，认定游酢“不仅逃禅，又杂染荆公之学”。20世纪80年代，匡亚明主持的南京大学中国思想家研究中心，组织撰写中国思想家评传丛书，邀请全国知名的中国哲学史专家论证，选取二百个思想家为传主，竟未有游酢、杨时。（该丛书邀请全国知名学者撰写，于20世纪末全部出齐，获国家图书奖。）侯外庐主编的近一百万字的《宋明理学史》，谓游酢“无多大建树”，五字了之，不予撰写。如此这般，显然是不“公道”的，对阐明中华文化的发展规律是十分有害的。

中华主体文化思想儒学的发展有三个大时代标志，即先秦孔孟儒学、宋明程朱理学（新儒学）和现代新儒学。游酢是程朱理学的中坚。在程门四杰中，一般称游（酢）、杨（时）、谢（良佐）、吕（大临）或游、杨，皆把游酢列为洛学首要传人。以儒学融合释、道之学的宋学思维形成过程中，像吃营养强身一样，游酢所起的作用不仅无可非议，还应该大力加以肯定。特别是北宋后期，文化落后的金人将入主中原，承担不了高度发展的中原文化。游酢拜程氏为师九年后，又带杨时师事程氏。在中华主体文化儒学存亡的关键时刻，游酢、杨时适应了历史的需要，到河南拜二程为师，“立雪程门”。学成归闽时，程子谓之“吾道南矣!”此语是对游、杨两人说的。他们“载道南归”，三传而至朱熹，创立闽学，在闽浙赣交界的武夷山一带形成继北方中原后新的国家文化重心。“道南”是极为伟大的历史事件。清著名治闽学者张伯行在为明朱衡《道南源委》所作的《序言》中深刻指出：

理学名区，独盛于闽，不惟比拟伊洛，直与并称邹鲁。而程子“道南”一语，遂符　合如左券。……吾见闽学之盛行，且自南而北，而迄于东西，不局于一方，不限于一时，源远流长，汪洋澎湃。道之所谓流动而充满、弥沦而布濩者，于是乎统贯于“载道”之人矣！

朱子学由武夷山一带北传至全国和海外，成为中国封建社会后期的主体文化思想、“东亚文明的体现”（日本岛虔次语）、世界性的学说。这种具有深刻意义的国际性的中国文化运动，其源头活水是游酢、杨时的“道南”。

20世纪末以来，闽台知名游氏后裔人士，诸如游德馨、游嘉瑞、游锡堃、游岳勋、游恒派、游月霞、游梦熊等先生，立志发扬其祖先游酢的思想文化传统，邀请我参加研究工作。先后出版了《游酢评传》《道南首豸山》《游酢文化源流》《闽游二三郎大族谱》等。特别是，于2002年10月举办的高层次的“首届闽台游酢文化研讨会”，出版了会议论文集《游酢新论》。2002年11月，在我撰写出版的《中国哲学通史》中设专节“中国文化重心南移与游酢杨时”，把游、杨列为中国哲学史发展过程中的重要章节。是书作为大学哲学专业教材，有较大影响，遂有学生撰写游酢的博士论文。这样，游酢的思想文化基本上得以发扬，还其本来面目，并得到文化学术界的认同，如当今著名的中国哲学史专家李锦全教授、蔡仁厚教授等的高度肯定评价，并产生了深刻的社会作用，如游酢后裔在南平聚集地凤池村，被评为“福建省历史文化名村”。可以说基本上“还先贤以公道”。

当前，对于游酢思想文化的研究和发扬正在向深广方向发展，不仅进一步深入研究其思想理论，还以书法、绘画、戏剧、小说等文学艺术形式进行普及，使其深入民间，在构建和谐社会中发挥了作用。

游生忠先生自2007年4月开始，迄今七年的时间，创作成长篇历史小说《千秋雪》，通俗、全面、形象生动地把游酢思想文化呈现出来。在创作过程中，作者一直和我保持着联系，所创作的稿子反复修改，及时发给我阅读。是书即将出版，我当仁不让的要说几句。

《千秋雪》以游酢为主人公，描写其一生宦海沉浮的经历和传承理学的重要贡献。书中充分地呈现出游酢的才气、豪气、义气，也展现出北宋中后期朝廷和官场的腐败无能、斗争残酷，以及动荡不安局面下的民众苦难。材料丰富，言之成理，持之有据，读之有新颖、大气、丰厚的感觉。文学艺术气味浓厚，史地色彩强烈。全书一百二十回，涉及一百八十多个人物，地跨大江南北十几个省份和韩、日等国，结构谨严，没有松散冗长的感觉。对于当时的政治、经济、法律、文学、艺术、教育、哲学、宗教、科技、军事、建筑、旅游、园林、饮食、管理、茶酒、中外交流等众多领域，叙述较为恰当，表现出作者的渊博学识。既有浓厚的乡村气息，也有都市生活和港口的风貌。既有异国青年男女浪漫爱情，也有血雨腥风中感人肺腑的友情，还有鲜为人知的家庭生活秘密。把主人公传承理学学脉和为政清廉刚正、惠政在民之道重点突显出来。此书是用文学艺术的形式表达大思想家辉煌一生的好作品，我特别推荐给读者阅读。

是为序。

2013 年“五一节”于厦门大学寓舍不忒室

（作者系厦门大学哲学系主任、教授）

写在《千秋雪》出版之际

程利田　游梦熊

游酢裔孙、福建三明市青年业余作家游生忠，在长期文化积累和缜密思考的基础上，经过近十年的努力，收集、阅读和研究了三千多万字的各种史料，又费时六年、呕心沥血，辛勤耕耘、反复琢磨、十数次易其稿，终于成功地写就了一部一百二十回的长篇历史章回小说《千秋雪》，为当前华夏神州大地五光十色、万紫千红的游酢文化研究大花园增添了一朵奇葩，也为纪念游酢诞辰九百六十周年献上了一份厚礼。2012年12月，我们同被邀请参加在上杭县召开的福建省游氏委员会龙岩办事处成立庆典大会，游生忠先生与我们谈及此书撰写与出版发行的有关问题；2013年3月，他就发来经多次修改之后的书稿，请我们审读和写一评论。我们皆非学术名家，又非达官贵人，自感不能担此重任，也不能为此书增添光彩，但是游生忠先生与我们在弘扬游酢文化上志同道合，彼此以道义相交，友情为重，我们难以推辞，只好附庸风雅，为此书的问世说点感想，聊表祝贺之意。

游生忠先生是一位既有胆识才华又勤奋刻苦的青年业余作家。他对中华民族传统文化十分尊重，对游氏先祖游酢在中国文化发展过程中所起的承前启后和继往开来的历史功绩以及学术思想非常推崇，对游酢仕宦四十余年“以清德惠民莅官，遂家不能归”的一生和为官清廉的风范尤为钦佩，并且为这位历史伟人坎坷的人生及其身后数百年来的不公待遇和遭受的屈辱而深感不平。于是，他决心要为这位游氏先祖、历史大儒大圣写一部长篇章回小说，拨乱反正、以正视听，还游酢以公道。

长期以来，对游酢的研究仅限于文化学术上，而以长篇的文学形式来全方位

描写游酢的生活、为官及其思想文化发展历程、彰显游酢光辉的一生，迄今为止，还没有过，这不能不说是游酢文化研究上的一个缺陷。社会上对游酢的认识，也大都局限于文化界、学术界的人士，而广大的既平凡又缺乏历史知识的读者，甚至连游氏宗亲，却无从了解游酢的真正历史面貌及其光辉的一生，这不能不说是一种缺憾。现在，游生忠先生的这部《千秋雪》的问世，既填补了这一研究空白，又弥补了这一历史缺憾。因此，《千秋雪》的出版，定会在海内外产生轰动的效应，而使游酢文化研究得以更加全面、更加深入地开展。

我们阅读他的书稿后，深为这位青年业余作家敏锐的胆识、崇高的追求和坚毅的意志所感动，并为在华夏神州大地上的群众性游酢文化研究的热潮中，以有像他这样的一批才智之士和游酢后人充当中流砥柱而额手称庆。这是因为，要对这位中国文化史上承前启后、继往开来的文化巨人游酢，要对"道学，足以觉斯人，余润足以泽天下""政事亦绝人远甚"的理学家游酢，要对在历史上影响重大的思想家、哲学家、政治家和教育家、文学家、书法家的游酢，写一部历史长篇小说，绝不是轻而易举的事，然而游生忠先生却做到了。人们知道，游酢"见道之速，传道之正，造道之远"，而成为程门高弟之首，并携杨时拜程颢为师，再携杨时"程门立雪"拜程颐为师，又"载道南归"，把中原理学思想移植入闽。朱熹说"道南首豸山"，游酢为道学南移第一人，在洛学过渡到闽学而就程朱理学，游酢起着承前启后、继往开来的作用。游酢的"既勤敷菑"成就了朱熹的"芟柞而耕获"。清人方宗诚说："自二程夫子起，始独得於章句笺疏之外，而见圣贤立言之本心。先生（按指游酢）及同门诸子，互有以发明之，于是经之大体大用始着。朱子继起，乃合汉唐之训诂。宋诸儒之义理择之极其精，语之极其详，由是对圣贤之精义始如日月经天，江河行地，布帛菽粟之初于人生日用而不可离。譬之农焉，朱子则陈列修治而为之疆畎者也。然非始有既勤敷菑如先生（游酢）辈者，则朱子一人，又岂易芟柞而耕获也哉。"① 游酢再传弟子朱熹继承和发展了孔子所创立的儒家学说，集宋代理学之大成，创立了他的理学思想体系，把中国文化推至顶峰。朱熹成为我国历史上继孔子之后又一位具有世界影响的杰出的思想家、哲学家、政治家、科学家、文学家、书法家和教育家。"朱子学"不仅在我国传统文化的发展中，竖起了一座丰碑，从元到明、清，一直被推为儒学正宗，而且在世界文化史上也占有重要的地位，并被视为东方文化的象征，所以"朱子学"不仅是中国思想文化的重要遗产，同时也是世界文化的一个组成部分。朱熹属于中

① 《游定夫先生集》，卷首《诸儒论述》。

国，也属于全世界。朱熹的思想是人类共同的精神财富。因此，台湾游荣庭先生说："游酢载道南归，由二程到朱熹之集大成而开朱熹之圣人……故说：游酢者，开圣人之师也。"①

撰写游酢长篇历史小说，这绝不是轻而易举的事。因为它有很大的难度。

首先，要涉及广泛的学术领域。游酢的学识广博，他对于儒学、理学、经学、政治学、经济学、伦理学、教育学、农学、法学、文学、书学、佛学等都有很深的造诣，被称为"德器粹然，高出群类"，而成为"程门四杰之首""理学元宗""道南首""道南儒宗""闽学鼻祖"。游酢从出生、成长、求学、交友、仕途，其足迹遍及闽、浙、赣、苏、皖、晋、翼、鲁、豫、鄂、湘、川、陕等十几个省。因此，对于游酢必须全面地、实事求是地对待。我们既要注意到，作为一个历史人物，他的思想文化是一定历史的产物，不能不顾历史条件，苛求古人，但也要看到历史人物的时代局限性，在评价历史人物时就会受到历史的制约。游酢的道南，是因为当时北宋社会动荡不安，金人入侵，使得在北方刚刚形成的旨在复兴中华民族传统文化的新儒学即理学，随着金人灭宋又岌岌可危，道统又将中断。为了挽救刚刚形成的理学，巩固并发展由二程接续的儒家道统，游酢、杨时果断地"载道南归"，将理学移植到南方，并使之继续兴盛发展。中华民族传统文化在游酢、杨时等的挽救下，没有中断，没有灭亡，而且更加发扬光大。因此，在那样的历史背景下，游酢的"道南"，对中华民族文化的功绩和贡献，必须充分给予评价，给予肯定。改革开放后，民族优秀传统文化得到了广泛的弘扬。游生忠先生为弘扬民族优秀传统文化做出了努力，并且取得了成绩。

游生忠先生在这部鸿篇巨制中运用详实丰富的史料，以平实不华的文笔，客观地描写了生活在北宋末动荡不安时代中的游酢，继承和发展了二程创立的新儒学即理学，并希望以此来挽救灾难深重的民族危机和日益沦丧的伦理道德，从而建立起一个民族文化永远繁荣、国家统一、天下为公的安定的大同社会。游酢自幼非凡，天资聪颖，发愤读书，人称神童；"程门立雪"，尊师重道，拜二程为师后，"尽弃故所习而学焉"，孜孜不倦追求真理，学问日进；又以家国天下情怀，强烈的道德文化意识，加强修养，"德器粹然"；更兴办教育，创建书院，著书立说，讲学授徒，将理学传到南方；仕宦中又敢言直谏，针砭时弊，打击贪官，审理疑案，整顿吏治，微服私访，体察民情，勤政更新，征敛有度，重视农耕，支

① 游荣庭著：《游酢者，开圣人之师也》，福建省建阳市游酢研究会编《游酢文化》第52页，【南】新出〖2002〗内书第60号。

持工商。这些，在书中都有体现。因此，《千秋雪》展示出了游酢广博精深的学问，坦荡豁达的胸怀，勤奋务实和精明干练的精神，忠义诚信和举世钦仰的道德，关心百姓和为政清廉的风范，刚正无私和直率敢言的高风亮节。

其次，要大量收集各种史料，分析研究，去伪存真，全面掌握游酢的一生事迹，了解认识时代背景和他周围的人物。游生忠先生用了近十年时间，收集、分析、研究了各种史料，疏理了游酢一生的事迹，终于在《千秋雪》里把游酢的童年、幼年、成年、求学生涯、教学传道、重要论著、仕宦经历、交友、老死都囊括在内。围绕着游酢，作者还写了周围多达一百八十余个人物，如宋徽宗、范纯仁、蔡京、程颢、程颐、侯仲良、杨时、谢良佐、吕大临、叶祖洽等。这些人物，上自朝廷皇帝，下至平名百姓，旁涉许多著名学者和历史人物。

作者从写武夷山秀丽风景开篇，以游酢在含山去世，杨时为其撰写墓志（誌）铭作结尾，通篇结构严谨，环环相扣。每一回既是一个独立的故事，又跟下一回的内容紧密相连。小说的内容丰富：有游酢“程门立雪”，著书立说，传承理学的卓越贡献；有北宋末年宫廷内官场上的政治斗争；有血雨腥风中感人肺腑的友情；有暗查侦破，秉公断案的动人故事；有名胜古迹的壮丽景色；有文人的诗词歌赋、琴棋书画；也有农田水利、城市园林及海港的建设；此外，还有各地的风土人情、民间故事、传说及家庭生活私密等。真可谓世间万象，人生百态，皆可见到。小说涉及哲学、宗教、政治、经济、农耕、法律、文学、艺术、教育、建筑、旅游、园林、饮食、茶酒文化等众多领域。描写的场面壮阔，气势恢弘，地域广袤，行业丰富，人物众多。可以认为，这部长篇巨著是比较全面地反映北宋末年社会动乱及理学家们生活题材的著作。拥有这部小说，不但尽知游酢的一生经历及其主要论著，而且能知北宋末年社会历史和理学重要人物及其传播发展理学的历程。

《千秋雪》以游酢一生的经历为主线，紧紧围绕着他的为学之道、为官之道及为人之道来塑造人物形象的。小说第四十六回“严治学诲人不倦　重身教律己从严”、第五十一回“游杨双士同立雪　东西两铭各藏机”、第六十一回“‘水云寮’著书立说　天游峰带徒练身”、第六十二回“泛舟武夷观奇景　阐明学理勉后生”等是写游酢“程门立雪”、载道南归传承理学的为学之道；第二十四回“酌情理秉公断案　明赏罚奖励垦田”、第四十三回“视察邙山仰帝陵　修筑河堤察民情”、第七十四回“身临险境排灾难　面奏圣君济苍生”和第一一四回“胸涵清气能拒污　志在惠民不辞忙”是描写游酢清正廉洁、惠政在民的为官之道；第十回“游酢留京寻故友　程颐办事遇后生”、第一〇一回“黄状元访友赋词　吴处士读书经商”和第一一五回“心细能辩真和假　身正何惧恶与凶”是写游酢洁身自重，讲原则重义气的为人之道。读完小说，经历丰富、学问渊博、才华出众、笔耕勤奋、思想深邃、精明干练、公正廉洁、惠政爱民的游酢，便活生生地站立在我们面前。

作者叙述的语言，朴实无华，虽也有引用古文史料，但衔接顺畅，并且带有感情色彩。创作一部历史长篇小说，定要妥善地处理好历史与小说的关系，即所写的重要人物和重大历史事件大都是史料提供的，真实的，且要有史可稽查的，但又不能被史料框限死，历史长篇小说不是历史书籍，它需要史书提供材料，更需要一定的艺术加工和文学创作，换句话说，就是不仅要尊重历史事实，还要讲究文学艺术，要做到两者有机的结合，达到历史真实和艺术真实的完美统一。总的来说，本书作者对此把握得还好，他懂得“入乎其内”“出乎其外”的道理。写得太实了便与史书无异，写得太虚又近于荒诞，必须虚实结合才恰当。《千秋雪》的创作成功，还在于作者具有坚实的文学创作功底，有丰富的生活阅历，敏锐的社会洞察力和分析批判能力，作者较长时间生活在农村基层，熟悉农村生活，兴趣与爱好十分广泛，喜好文学、政治、历史、哲学、天文、地理、古董，养成阅读和写作的良好习惯，学过周易预测学、堪舆学等，长期坚持参加省、市诗社和文学创作活动。在十几个省、市发表诗歌、散文作品四百多（篇）首，有作品入选《中国当代优秀诗词家词典》《中国当代青年散文、散文诗一千家》，专著有散文集《文川河的晨曦》以及长篇小说《高山上的迎春花》等十余部。我们相信，小说《千秋雪》的出版，必将在游氏宗亲和广大读者中产生强烈的反响。不过，书中对游酢在民族传统文化上的功绩写得还不够，对游酢学术思想的理解还有待于深入研究，在揭露北宋封建社会的黑暗，如官场的腐败、百姓的苦难生活等方面写得不够深刻。至于历史人物的章回小说也允许有不同的写法，可以不囿于一种模式，犹如作者主张本书以游酢生活、为官和关心百姓、惠政在民、为政清廉为主，而不刻意突出游酢的学术文化一样。然而，游生忠先生用自己十多年的心血浇灌出这朵文学创作的奇葩，我们应该给予赞许、呵护和热情鼓励。

文学创作的道路，是一条艰辛而无尽头的道路。我们相信，游生忠先生定会继续在这条既艰辛又无尽头的道路上永不停止地前进，创作出更多更好的作品来。

2013 年 5 月 1 日于延城

注：程利田系原南平师专历史系主任、副教授

游梦熊系南平一中高级教师、福建省游酢文化研究会副秘书长

目录

下　册

千秋雪

上

第一回

罗先生闲谈风水
游老汉赶买枣桂

话说福建的北部有一座山叫武夷山，方圆一百二十平方里，丹山碧水，秀峰环列，岩壑纵横，林木葱茏。那里原来是一个地势低洼的平地，后来由于地面不断升高，因此形成了一处人间奇景。

说起武夷山，有一则古老神奇的神话：几亿万年前，这里是东海的一部分，一片茫茫的汪洋大海中生活着无数的生灵，唯见一座山峰。过了几千万年，山林里，有虎、熊、狼、猿、猴、獬豸、獾、野猪、麂、穿山甲、野兔以及飞禽等自由自在地生活着。不知又过了几百万年，海水退尽，鱼、龟等便也留在了这里。它们和山中的精灵都开始修炼，要到人间投胎做人。到了几十万年前，这里有了人类出现。一天，从远方来了位叫大王的勇敢青年，带领一群神勇的伙伴劈山凿石，疏通河道，终于治服了水患。那被疏通的河道形成了九曲十八湾，挖出来的沙石，便堆成了三十六峰、九十九岩，人们将这位青年称作“武夷君”。自从“武夷君”开发后，那儿渐渐有人迹出没，人们才探知那里有无数的奇景。光阴倏忽，到了几万年前，东海边上有了古闽国。古闽国的人以蛇为图腾，人们崇拜和敬仰蛇，没有人敢对它不敬。古人称蛇为虫，因此后来的人们以“闽”字为地方的代称。武夷山是古闽国的领地之一，原来极少人们出入。自从晋朝和唐末大批的北方人因战乱逃难到南方生活以后，才不断有人迁居到这附近。客家人勤劳、勇敢，吃苦耐劳，他们辛勤地向大自然拓荒、建设新家园，古闽国原有的一切格局渐渐在更新。

一天，玉皇大帝无意间俯视人间，被武夷山奇妙俊秀的风景迷上了。朋友，

你道武夷山是个什么地方，能够使玉皇大帝迷上？武夷山是传说中的一处仙山。伫目岩崖，令人叹服大自然鬼斧神工；穿越林海，欣赏好宝地奇花异草；划舟泛流九曲十八湾，举目四瞻，可见三十六峰峰峰俊秀，九十九岩岩岩幽奇；徒步攀登天游峰，凭栏放眼，三千里八闽蓝天一望无际，数万年九甸青史堪萌诗情。却说玉皇大帝窥见武夷山九曲溪、天游峰、大王峰、神女峰等美景，想起早年听“武夷君”上天奏说过这山的事情，见到这里的飞禽走兽便动了恻隐之心，想到它们一向任世间人宰割，何不让这些苦苦修炼的生灵投胎享受人间的快乐。他皱眉一想，屈指一算，说道：“真到该它们出世的时候了。”恰好，这时太上老君和太白金星前来，他对二人说明了自己的意思，交代说：“这件事情就拜托二位爱卿代劳了。”二人应道：“是！”便领命前去。

在武夷山的南麓，有多条溪流蜿蜒曲折地穿流奔向建阳。其中有一条发源于黄坑村，在这一条溪流的上游东岸有一个山乡——禾坪里（今麻沙镇长坪村）。禾坪地势开阔、平坦，宽阔的黄（坑）——麻（沙）溪由北向南屈曲穿流而过，良田千顷，一望无际。这样一个人烟密集的小山乡，在宋朝中期之后，出现了一条小街，叫“禾坪街”。街上住着不少人家，有茶行、布店、客栈、酒家、小吃店和杂货铺、肉铺、铁铺、药铺等，每天有人到这里买卖东西，因此成为一个小圩场。由于周围有五六个山乡，每月逢五日邻村人和外乡大小商贩都聚集到这里赶圩。虽然圩场没有麻沙集市那么大，赶圩的时间只是一个上午，却也给山村人们带来了交易的方便并丰富了他们的生活。

北宋仁宗皇祐五年（公元 1053 年癸巳）农历二月二十五日这一天，天气晴朗，百花盛开。太阳刚刚出来半人高，禾坪街圩场上便已经人来人往，熙熙攘攘，人声鼎沸。小街的两旁摆满各种的货物，有当地人卖的鸡、鸭、兔，青菜、芋子、大小薯以及日用的竹木器具，周围几个乡里的人，也有外县的客商来此做买卖。

街中心的杂货店老板正站着与过道里的一个五十多岁老人在谈话：“罗先生，你走南闯北见识多，我们这里的风水怎么样？”

罗先生答道：“依老夫看，这方圆几十里，风水就数禾坪乡里最好。”

老板问道：“怎么个好法？”

罗先生说：“武夷山为东南第一大山，福建、江西两省交界处，长千余里，乃大龙大局，邵武、浦城、建阳、建安皆为武夷山龙脉所至，故人才济济，高官迭出。禾坪虽然是小山村，后山来龙旺相，起伏有波澜，穿帐过峡，背靠武夷山，面朝笔架山，水尾有高山环拱，而且溪水流到那儿不见去处。坝头至麻沙的河流又相当的弯曲。按照地理书说来，此地水口罗城周密，青龙山高耸，乃大富大贵之地。”

老板拍一下大腿，竖起大拇指说：“先生，你果然高明。村中主要居住着刘、张、谢、游四大姓，都是唐末战乱南逃来的难民。当地人流传着民谣：‘刘厝人、张厝武、谢厝山，游厝官。’最早刘家多少强盛，财丁富贵俱全，而且出文人，‘九贤祠’可为证。近几十年来游家渐渐好起来，人才辈出。”

罗先生问道：“南方是山区，资源丰富，人烟稀少，好养人，所以北方人逃来这里不出三代就发了。不过，风水轮流转，天下没有常开不败的花，现在禾坪村其他姓氏的风水有些退了，游家却正是兴旺的头势，不久还会出大官呢。”

老板吃惊地问：“有这回事？”

罗先生说道：“当然。游家的祖坟做在钟山，那是做对了来龙的正穴。”

老板应道：“先生说得在理。唐朝末年游家的先祖匹公一人逃难到那里，娶当地人虞氏为妻。据说，那虞氏原来是个哑巴，谁知自从见了游匹就会开口说话。先生，你说这事奇不奇？他们生了一子，名昊，长大当了‘唐镇使’。游匹死后夫妻合葬村中梅历钟山。俗话说‘好地福人得’，游匹这个坟墓是一处难得的好风水，牵动了武夷山龙脉，所以游氏在这里繁衍非常快，从第三代开始子孙陆续外迁。在富垄村祖地居住的游氏家族到了第七代，即大宋真宗、仁宗时期，虽然兄弟只有八人，一个个家庭虽然生活也不怎么富裕，但是拼命地挣钱送儿子读书。到第八代，人丁才日渐兴旺，堂兄弟十六个，因此人才出众，出现了名士游复、游轼、游倬；第九代，皇祐年间以来又接连添了好几个男丁。现在，游家人口也快赶上刘家了，而且也出了几个官。真是三十年河东，三十年河西呀。”

忽然，一个头戴斗笠，脚穿草鞋，身着短衣的老年男子，大步走进杂货店前，问道：“老板，有乌枣、桂圆卖吗？”

“有！要多少？”老板满脸笑容地边回答边看了来人，说道：“三礼叔，你来得这么早呀！”

游三礼答道：“不早，多少钱一两？”罗先生抬头观察了一眼来人：五十左右光景，相貌一般，身材却魁梧，看上去已经很苍老。

老板答：“十文钱一两。”

游三礼小声地问：“涨价啦。”

老板说：“不错，现在的物价都涨，我们生意人也没有办法。要多少？”

游三礼犹豫一下，答道：“各买一两吧。”

老板听了问道：“家里是要添丁？”说着伸出肥胖的手指从一个木箱里抓了一把枣，拿起放进盘称一称，见多了些，于是抓出几粒扔回箱中，放下秤抓了一小张纸，将枣包好，又称一两桂圆也包好，一并递给游三礼，说："二十文钱。"

游三礼从短衣襟里掏出钱，数了数才十九个，脸刷地红了，回答："不、不够——"老板见情笑着说："没有事，九这个数吉利。"那老者将十九文钱给老板，转身便走了。

老板见他去了，对罗先生说："刚才这人便是游家的，他就住在村头。"

罗先生问道："家里几口人？"

老板说："好几口。他有三个团：长子名默，次子潜，三子名勋，兄弟同一家吃饭。老大已经有了个儿子，老二游潜读过私塾，初通文化，是一个本分、勤劳能干的青年，老三游勋刚刚成家。由于兄弟连年娶亲成家，所以不仅家庭生活贫困，而且还欠下亲戚朋友的债。"

罗先生问道："哦，想起来了。前三四个月我去过那儿，好像见过他一面。这人身板厚实，面相慈善，是个有福气的人，所以他的家人丁倒还可以。他家里真的有人要生产？"

老板应道："我想应该是。他的老二媳妇很勤劳，前段时间挺着肚子还来卖东西，这些天却不曾见到。"顺便探出头望一眼，瞧瞧游三礼还在不在，见街道上早已没了游三礼身影，便缩回店中。

这时，游三礼背着一个小包袱顺着南行，过了万峰桥，向河对面的富垄村走去。欲知游三礼的家中情况，请看下回分解。

第二回

张木匠权当贵客 老秀才且教学生

闽北是山区，其山脉以武夷山为祖山，多为南北走向，朝邵武、建阳、蒲城三个不同方向延伸。古代的风水学，把山脉称为“龙脉”。因此，古人把发源的山叫“祖山”，第二级的山叫“少祖山”，其他延伸的山脉叫龙枝。黄坑乡是武夷山的少祖山，有两座山脉延邵武水北乡，一座是塘头村的烧香顶山脉，另一座是响古村的吴沙郎山脉；还有一座自五福洋村至南面麻沙上坪村的旗山山脉。旗山山脉由北至南长约十多里，呈北北东走向。

富垄是个自然村，位于禾坪村西南角，黄麻溪畔的南岸，村后的山为旗山山脉分支。山脉起伏犹如一条巨蟒从武夷山方向逶迤穿越、奔腾起伏而来，因山中多香草，古人称“馤山”（馤［ài］音爱，香的意思），当地人叫“禾上山”，后来被人们误称为“和尚山”。其实，“禾上山”像一只展翅飞翔的凤，也更像一把太师椅，左右两边各伸出一支山，好似椅子的扶手；椅子正中前有一座低矮的山墩，状如伏虎，所以当地老百姓把山墩称为“虎山”。

这是一个美丽而富庶的山村。村庄中间是一大片平坦的良田，农家的房屋被分为两片而居，北边的地盘较宽，住户也较多，南边的地盘窄，住户不足北边的一半。但是，南面为村口，村中的人们从这里出入，有一棵长得茂盛的大樟树，旁边还有一棵桂花树，每年秋天便会飘出香气，那香气弥漫着整个村庄。眼下是仲春时节，树木正枝叶茂盛，群鸟唧唧地欢叫，一条宽阔的大河从这儿悠悠穿过，村中房屋星罗棋布，参差交错，大多是茅草屋，只有一两座低矮的瓦房。四周群山环抱，竹木葱茏，生机盎然，对岸的狮子山又叫獬豸（xie zhi）山，伏在河岸边，左右两边山势均衡，犹如一顶宋朝官员的长翅帽，东北角的山后伸出一支如笔的尖峰，叫公棠山，高耸入云。

接近中午时分，村中南边山麓的一座农家草房，一个老妪坐在客厅上，两三个孩子在她身边玩着，坪子前一只金黄色的大公鸡和几只花色不同的母鸡在悠闲地啄食。左边的房屋里，有妇女痛苦呻吟的声音和妇女的说话声。不远处，有一只狗汪汪吠起来。这里便是游三礼的家，那老妪是游三礼的妻子。

游三礼回到家，听见媳妇在房间躺着呻吟，将买来的黑枣等交给老伴便到大厅坐下休息。一个身材结实的青年——二儿子游潜，头戴斗笠、肩扛着锄头，急匆匆地赶了回来。他进了家门，见父亲在大厅上坐着，摘下斗笠，放下锄头，用衣袖拭了拭额头的汗水，上前问道："爸，你回来啦。"游三礼觑了他一眼，说："你回来干什么？生孩子是女人的事情。没出息！"他母亲从屋里出来声明道："我怕万一有事，让人去叫他回来的。"游三礼听了觉得有点道理，才缓和了口气对儿子示意道："坐吧。"

游潜怯怯地在长凳上坐下，心口扑通、扑通地跳个不停。屋里的呻吟声越来越紧，游三礼凭经验知道情况正常，孙子快出世了。然而，游潜还没有当过爸爸，不懂得女人生孩子的事情，只是在外面干着急，听到老婆的喊叫声，他站起来在坪子上焦躁地转来转去。但是，他不敢在脸上表现出来，怕父亲看见了不高兴。

一个四十多岁的木匠师傅挑着一担工具箱来到大门前，问道："叔公，要做家具吗？"

游三礼正在等待孙子出生，忽然见来了个客人，心中知道贵人来临，是个好兆头，忙应道："师傅进来喝茶吧。"

那木匠师傅乍到这个乡村，人生地不熟，走了几里路，确实有些口渴了，见主人热情招呼，将担子放在门口，走进客厅。游三礼一看，来人身材中等，麻脸，脸皮并不紧，却有笑容。师傅拱手对游三礼说："叔公，你好。"游三礼高兴地应道："哎——师傅请坐。"朝着厨房喊道："来客人罗——"大媳妇听了，连忙端了一碗茶水到客厅，说道："师傅，请喝一杯茶。"师傅接过茶杯，说了声："谢谢!"大媳妇转身回厨房去了。师傅是常常出门的人，凭着经验知道，坪前竹竿上晾着两、三竿衣服，便猜测到这是一个人丁颇旺的人家。于是，对游三礼说道："叔公，你的福气大，家里一定很多人吧？"游三礼回答道："不多，才十二三口。"师傅听到屋里有妇女的呻吟声，他凭声音判断出这家人将要添丁了，心里暗暗思量：无意间撞上这家有人生孩子，自己就要充当这个婴儿的贵人了，这也是缘分！游三礼问道："师傅家乡哪里？贵姓？"师傅回答道："晚辈免贵姓张，家在顺昌。"

游三礼又问道："师傅做大木，还是细木?"那师傅回答说："晚辈学过大木，如今做的是细木。"游三礼听了，说道："哦，师傅此话从何讲起?"师傅答道："因为盖房子的人不多，做大木没有什么生意。而今天的人们都兴用桌椅、橱柜的，细木的师傅少，活做不过来，我也就学了细木，算来也有十一二年了。"游三礼应道："师傅说的是，唐朝的人都习惯坐地上，自从大宋以来人们都时兴坐桌椅，细木这一行确实要比大木吃香。师傅，你既然来到这里，给我家充了贵人，我也不能让你白走一趟，我家人口多，再说今后有了客人也好用，那就帮我家做一套吃饭的桌椅。"师傅听了，脸上堆起笑容，应道："好说。叔公人这么慈善，福气好，你老人家再找一些木头，我帮你做一把椅子，平时好靠靠养神，椅子就不要工钱。"游三礼答道："不要工钱怎么行，你出门挣一口饭吃也不容易。难得你想得如此周到，工钱可一定给。"师傅听了，起身去将担子挑到客厅一角放好，重新与游三礼座谈。

已经近中午了，村里到处都冒起炊烟，公鸡也"喔喔"地此起彼伏打鸣起来。

突然，屋里传出一阵婴孩的响亮的哭啼声。屋里屋外，所有的人那原来绷得紧张、焦虑的心顿时变得轻松，而且增添了一层喜悦之情。

大约半个多时辰之后，一位老年妇女从门口探出半个脸，向外面说道："升叔，恭喜你添了贵子。"青年游潜感激地说："辛苦你了，谢谢!"接着，一个少妇跨出了门，走向客厅说："阿爸，你又添了个孙子。"游三礼听到是个孙子，脸上立刻绽开笑容，说道："好啊。"游潜的脸上也露出了笑容。少妇说完回坐月子的房屋去。忽然，游三礼对游潜说："快去放鞭炮!"乡村人的习俗：生女孩放一串鞭炮，生男孩子放三个单响鞭炮或者三声大铳。游潜问："爸，家里没鞭炮。"游三礼回答："没炮就放铳。"游潜慌忙奔到客厅的角落墙上取下一把鸟铳，拿起一小包火药，走到大门外的空地，拉开火压，装上火药，举起铳朝天空"砰"、"砰"、"砰"打了三枪。村里人听到三声的铳响，都知道游三礼的家添了一个男丁。

师傅在一旁，这些都看得真切，忙对游三礼说："叔公，恭喜、恭喜!"游三礼回礼道："多谢师傅，你是我孙子的贵人，中午就在这吃个便饭，喝一杯薄酒。"师傅又说道："谢谢！我一定留下，讨一杯喜酒喝。"游三礼道："不用客气，先坐着喝茶，等女人家忙完，酒饭就可以上来。"

婴孩的哭声，那是一种何等的力量，惊动了家人，也惊动了整个乡村。附近的好多妇女都赶来看热闹，一知道游潜家生了个男孩，在门前议论开来啦："咱们富垄风水好啊，尽生有把儿的。""可不是，以后如果个个出去当官，那我们村还不成了官太太村?""我听说今天是花神娘娘的生日，这孩子将来还真的可能有点

作为呢。”、“我们游家的祖上种田的多，当不当官的倒不稀罕，日子能够过得好些就阿弥陀佛了。”

这时，一个三、四岁的男孩从门口探一下头，看见许多人又缩了进去。

“醇儿，当哥哥了，有鸡屁股吃了吧？”

“不，是鸡腿。”

“给我们吃一口可好？”

“不，不给你们吃。”

这是游默的大儿子，单名叫醇，字质夫。他已经三岁，长得大模大样，挺聪明伶俐的。

一会儿，大嫂和三弟媳妇走出门来，她对三弟媳妇说：“明年，你也生个有棍的吧。”三弟媳妇说：“大嫂，我哪能够知道啊。万一生个女的怎么办？”

接生婆也出来，大嫂说了一番感谢的话，塞了一个红包到她的口袋里，她回了一句：“谢谢你。”走了。

坐月子的房间里只剩下两个大人：一个游潜的妻子，一个她的母亲；还有一个刚出生的婴儿。母女俩在谈着一些闲话。

当亲母的说：“月里一定要注意防风，门窗都得关密，没有满月不得随便下水，也不能出去干活。坐月时受了风或是下了水，以后会经常风痛，如果干活孩胎（即子宫）就可能下垂。你刚生头一个，今后的路还长着呢。”

女儿说：“妈，你来了几天，爸没有人照顾，会惦记你。”

母亲应道：“你爸没有事，你弟弟在家做伴。他像牛一样，起早摸黑地干活，从来不讲究吃穿，好养呢。”

中午，大哥游默和弟弟游勋从地里回来，听说游潜生的是儿子，都无比高兴。

午饭前，媳妇知道有师傅在，按照当地的风俗习惯，煮了一对红蛋，热了一壶酒，炒两个青菜，放了一碗蛋汤，摆上桌。游三礼说道：“张师傅请上坐。”师傅推让了一番，才坐了上位，游三礼陪在一旁，游默三兄弟依次坐下，游醇才要上桌，这时她母亲出来将他哄到厨房去了。

这个午饭，大家因为心里想着家中又添了一口男丁，都吃得格外香。

平常，三个媳妇轮流做家务。这一天开始，大嫂负责服侍二弟媳妇的月子吃用，三弟媳妇负责日常家务。

三天后，桌椅做完。游三礼察看一番，桌子的面上都刨得光滑，木板的拼接处密不见缝，桌脚的榫头也打得结实，四脚平稳，称赞道：“不错、不错，师傅的手艺好啊！”他还试坐了坐椅子，两边的扶手光滑细腻，像抹了油似的，十分满意，因此夸奖了师傅一番。

因为这天正好是婴儿出生三天，农村人俗称“三朝”，有钱人要办宴席请客，没钱人只是煮点粉干和鸡蛋讨个吉利。游三礼家庭不富裕，没钱办宴席请客，也只能意思一下，刚好师傅在，又留师傅吃了一餐饭，饭桌上将工钱付给木匠师傅。那师傅出门几十年，很少遇到付工钱这样爽快的好东家，接了工钱，起身告辞。

游三礼送到门口，大声说道：“师傅，但有经过进来喝茶、吃饭啊。”

张师傅回过头，笑着说：“谢谢东家，留步吧。有机会，我一定会来的。”高高兴兴地走了。

满月那天，那婴儿取名酢，字子通。后来，取名定夫。那婴儿到底将来如何？且待慢慢道来。

五年后，村口的那一棵樟树长得更加茂盛，门前的溪流似乎也多了一道小湾儿。

游酢已经长成了一个活泼的儿童。游三礼和老伴在客厅上看管孙子们。这些年，游默又生了两个儿子，一个取名酌，已经四岁，一个取名醑，已经三岁，加上游醇、游酢，共有了四个孙子。两位老人见孙子们在厅上绕着自己转，笑得乐呵呵，儿子、媳妇们也无不欣喜。

话说富垄村游氏家族有个人叫伯庄，二十岁时考中秀才，后来一连几次再参加考试都没有办法取得举人的资格，索性云游天下做起生意，如今在家里歇着。论辈分，伯庄跟游潜、游复等同辈，排行第五，晚辈的孩子们叫他“五叔”。

伯庄见游酢聪明可爱，有空时便教他背诗。游酢一教就会，伯庄觉得这孩子可造化，要好好栽培，便带到自己的家开始教其写字、对课。

幼小的游酢不仅聪明而且听话，一般的孩子学习毛笔字握笔都要教好几天才握得好，他一学就会，下笔挺标准，字也写得有模有样。对课，即对子，也叫对联，这对于普通的孩子比较难些，游伯庄教法得当，由一字、两字、三字、五字循序渐进地教，游酢学习得也快。伯庄出对“日月星”，游酢即答：“天地人”。他抱起游酢，称赞道：“酢儿，真聪明！”从此，他越发悉心地教育游酢。

一天，游酢在家里用竹枝在地上一笔一画画着书上看来的字。游酢的母亲看他经常在地上画来画去，没有引起太大的重视，认为儿子爱玩画着玩的。过了一会儿，游酢溜走了。他到村里其他的地方玩，从衣服里掏出一小块木炭在大厅、坪院或者墙壁上写字。可是，一个邻居的大嫂较小心眼，发现了游酢在乱涂乱画却有意见，跑来对游酢的母亲说：“阿婶，你的儿子在我家坪子、墙上到处乱画，房子叫人怎么好看？要不，早些送他进书斋读书去就不会了。”游酢的母亲听了心

里很不是滋味，连忙说："对不起！我这就去找那家伙。"她小跑着出屋，走了不远，果然见到儿子还在墙壁上比划着，上前拽着骂道："你这不听话的孩子！"边骂边打边往回拖。其他邻居闻声赶来，把她劝住，将游酢拉开，游酢跑了。她不好意思也回家去。到了家里，她坐下来边出气边想，家里穷买不起书和笔，更没有办法送儿子进书堂，自己没有尽到当母亲的责任，眼眶不禁溢出心酸的泪花。

过了一段时间，游酢的母亲托人到城里买了一支毛笔回来。游酢接过毛笔高兴得蹦起来，喊道："我有笔啦！我有笔啦！"

这一夜，他很兴奋，想了很多，不知不觉地睡去。

有天傍晚，游三礼一家正在吃饭，林嫂来了，一进门就喊："呦，你们家这么多人吃饭真热闹。"游三礼问道："你来吃一点？"林嫂回答："不用，你们吃吧。"出门去了。林嫂刚走，又来了一个身材魁梧，满头银发，一咎齐胸胡须、长着马脸的老汉。这老汉姓张，名家桂。他一迈进大门，便说："三礼，你们吃饭啊。"他声如洪钟，一语飞出房屋嗡嗡回响。孩子们听惯了，本来没有什么稀奇。可是，游酢说："崇武公你可吓破了我的胆，饭吃不下去了，你赔我。"张老汉笑呵呵地说："呦，好厉害。我赔你，明天叫崇武来跟你玩。"游酢说："不！你要教我武功。"张老汉笑道："好啊，我教你到坪上跑一百圈。"游酢说："那还用你教，我要飞檐走壁。"张老汉说："好，你快吃饭。等以后大了再说。"游酢说："不！你现在就教我。"张老汉说："习武辛苦啊，你还是学文，将来当一个为老百姓办事的好官。"游酢说："我就要学功夫。"游三礼说道："孙子，好啦，别啰唆。家桂叔，吃过了吗？"张老汉应道："吃过了。"游三礼说："到坪里坐。"说着搬了一张木凳到坪子坐下。游默、游潜也把长板凳、矮凳往坪子摆放着。

过一会儿，孩子们吃好了，跑到坪子上玩。大人看见孩子们玩耍和听到他们的笑声、欢闹声，心里甜甜的，一个个脸上露出一种喜悦的神色。

夜幕降临了，游三礼说："晚上没有月光，到屋里坐。"几个人就在灶堂前点一把松明火谈天。

到了农历十三日的夜晚，人们还刚刚吃过晚饭，月光就出来了，照得村庄如同白昼一般。周围的人们也陆续来到游三礼家的坪子上坐下。众人当中伯庄文化较高，他最爱讲故事，远到秦始皇近至宋朝，讲得有声有色，活像自己经历过似的。有时，游三礼也会插一两个故事。游三礼有两个弟弟，一个叫游元，一个叫游正。游元，排老二，族里有人叫二叔公，又因为他是村里艄排的老师傅，所以也有人称"艄排公"；游正排老三，族里人都叫三叔公，他有一点文化，村里人办红白事，都请他当理事先生。他最会讲故事，讲的是三国时期的，如桃园三结义、关公单刀赴会、诸葛亮请东风、赵子龙单骑救主、定军山三约。伯庄又讲起包公的故事，有个人插嘴道：“我听说，有两公婆因为都要睡床前争吵起来不能解决，于是跑去找包公。包公问明争吵的原因后，想了想，判道：‘这样吧，你们把床铺抬到房间的中间，不就都是床前了吗？’”大家听了都捧腹大笑。这时，门外响起了一声咳嗽。游酢说：“崇武他公公来啦！”果然，月光下张家桂健步走来，游三礼说：“家桂叔，你来了。”游酢的母亲忙站起来，将一张矮木凳递到张老汉面前，说：“你坐。”游元讲：“家桂叔来得正好，我们没有故事了，你给大家讲讲你张家的武功。”张老汉应道：“那是上辈人的事情，不用讲那老皇历？”游正说：“别人讲你张家武功不得了，会飞檐走壁，你夜里在屋顶飞过去听不见声音。”张老汉回答：“没那回事。我祖上有那功夫，到我爸那辈就没了。我只是有几斤粗力。”游三礼说：“家桂叔，你年轻时去浙江金华回来的路上遇到打劫的土匪，一舞扁担就扫倒一二十人，这不是功夫吗？”张老汉叹道：“老了，还再提那事。”大家见家桂叔这样，都觉得没了兴趣。伯庄说：“三叔，家桂叔不肯讲，那你继续讲一个故事。”游正说：“好，我讲一个当朝丞相吕蒙正的故事。”大家静下来，游正说：“洛阳城有两个书生，一个叫做吕蒙正，一个叫做寇准。两人想去京城参加考试，家境都贫穷，所以在洛阳城卖字度生活……”故事主要讲述吕蒙正无意中了富翁小姐的绣球，被岳父奚落，与妻子住破窑，去庙里等斋饭又受到和尚趋赶出来等穷困潦倒的生活，后来进京考中状元，当上宰相，为天下百姓做了许多好事。幼小的游酢依偎在母亲的怀中听着这个故事，心里朦胧地有一种期盼：自己将来要是有出头之日，能够像吕蒙正那样多好啊。

半年多后，游酢已经能够背诵百余首诗歌，简单地对对子了。

究竟游酢将来长大之后如何？且待后面慢慢细述。

第三回

小神童智对知县
好父亲严教孩儿

游酢八岁那年，开始学读《诗经》，头一篇便是《关雎》：“关关雎鸠，在河之洲。窈窕淑女，君子好逑。”接着，学习《蒹葭》、《君子于役》等。有时，游酢也跑去族叔游复家玩，听游复给孩子们上课。

伯庄见游酢十分好学，于是拿出自己年轻时在城里买的《兰亭序》字帖，说：“贤侄，这本帖是晋代书法大家王右军的得意之作，天下第一行书，你好好练吧，将来会有一定成就，也不负了我的一片苦心。”游酢好奇地问道：“王右军是谁，他是哪里人?”伯庄回答说：“他是浙江绍兴人，姓王，名羲之，右军是他的官名。”游酢又问：“浙江很远吗?”伯庄耐心地说：“不远，一千多里。天下很大，有看不完的好风景，现在好好读书，将来成名了就有机会爱去哪里就去哪里。”接着，又讲了王羲之父子俩学书法的故事。游酢听了说：“我一定好好读书，将来走遍天下。”伯庄听了高兴地抱着游酢，吻一下他的脸蛋说：“我的好侄儿，你很有志气。阿叔一生的希望就寄托在你身上了。”从此，游酢也学习王羲之，天天用水缸的水来练字，到池塘洗笔。日子长了，家面前的那一块池塘变黑了。

乡村人晚上家里一般点松明，只有一盏桐油灯。游酢的母亲白天要干活，晚上在灯下纳鞋底、缝补衣服，游酢就坐在母亲的身旁读书、写字。因为家里桐油不多，不能经常点灯，母亲说：“孩子，早些睡觉吧。”游酢哪里睡得着觉呢。看见屋外有月亮，他偷偷地溜出屋外，借着月光看从邻居叔公借来抄的书，直到困倦了才回屋睡觉。

游潜有个堂弟游倬，族里排行第十一，出外当官多年，回家后听说堂哥的儿子游酢天生聪明，于是想隔天到游潜家看看。

第二天上午，建阳知县来拜访，游倬只好停下来热情地款待客人。

午后，伯庄前往探望游倬。游倬向知县介绍道："这是我家的五哥。"见知县在座，伯庄便上前施礼道："秀才游某拜见知县大人。"知县道："游秀才免礼。请坐。"伯庄称谢坐下，游倬问伯庄道："听说二哥的儿子跟你学习，我倒想见一见。"伯庄谦虚地说："是的。他跟我经常在一起。某才学粗浅，只不过教一点甲、乙、丙、丁和六十甲子以及一些诗文而已。"游倬听了，说道："可别小看了，这些是识字的基础，其中天干、地支、六十甲子粗人以为没啥，其实它不仅是记数字和年月，而且能够明事理，再深一些则牵涉到易经的大学问，知县大人和我辈都望而生畏呢。"知县听游倬扯到易经，心知自己虽然进士出身，对易经确实还理解得不深，于是说道："游大人所说极是。"游倬问道："不知贤侄悟性如何？"伯庄道："他呀，很是聪明，一教便会，又特好问，什么东西都爱问个为什么。有时，我也答不上呢。"知县说道；"听二位这么讲，本县也想当面看个究竟。"游倬说道："那好，我们这就去他家。"伯庄说："他现在正在我家练字呢。"说完，三人出了门。

游酢在伯庄的家里，正在与堂弟游酌、游醑玩。忽然，看见叔父的身影，对堂弟小声说道："快跑，有人来了。"那两个小鬼，一听撒腿飞跑而去，一转眼消失在桃林深处。游酢也溜回屋里，坐着拿起笔练字。

伯庄带着知县和游倬来了。伯庄说："子通，见过你叔和知县大人。"游酢知道有个族叔在外当官，便上前施礼道："叔叔好！"游倬笑着答道："子通，长这么高了。那年我回来，你还抱着呢。嗳，真快啊。"伯庄说道："子通，拜见知县大人呀！"游酢上前行礼、跪拜。

知县说道："免礼，起来吧。"见眼前的小孩不寻常，笑着问道："游秀才，这小孩叫什么名字，可曾启蒙过？"

伯庄回答道："知县大人在上，愚堂侄名酢，字子通，在下稍有点化，无非教其背诵些古诗、写字、对课而已。"

知县说："既然他已经受过启蒙能够识字，本县姑且考一考。如果确实不错，上报朝廷封他个神童。"

伯庄听了有点吃惊，说："神童？这恐怕不合适吧。"

知县看一眼游倬，回答说："说来也不是什么难的，其实在书法、对课、背书这三科有一科过人之处，便可以奏报的。游大人，你说是吧？"游倬点点头。

伯庄听了，说道："那就姑且一试。子通，你先写一张字给县老爷看看。"游酢不情愿似的到桌前写起字。知县是科举过来的人，见小孩坐态自然，握笔端正，走近一瞧，又见他的毛笔字写得有模有样，知道练的是什么帖，故意问道："你练的是什么帖啊。"游酢回答道："你是知县大人不会不知道吧，还故意问我？"知县听了也不生气，知道这孩子犟，他想了想，于是问道："那好，本官问你，《兰亭序》会背吗？"伯庄一听，暗暗捏一把冷汗，心想：我平时只教他临帖练字，没有让他背过呀！想不到，游酢竟然答道："会！那有什么难的。"知县说："背得下来，本官佩服你。"

游酢于是放下笔，站起来，挺起胸脯背道："永和九年，岁在癸丑，暮春之初，会于会稽山阴之兰亭，修禊事也，群贤毕至，少长咸集……"

知县听完，确实背得一字不差，而且非常的流畅，于是竖起大拇指说道："该帖二十八行，三百二十四字，能够如此熟练背下，佩服、佩服！"接着，问道："小孩，我出个对子你可敢对？"

游酢犹豫一下，答道："敢！"

伯庄听了心惊肉跳，额上沁出细汗来。游倬也有一点吃惊。

知县觉得这小孩胆大，于是出句："小子不知天高地厚。"

游酢答道："老头岂晓人杰地灵。"

知县见对得如此工整严密，虽然觉得自己没有赢反而被奚落，但想到游倬在一旁坐着，不看僧面看佛面，于是拍手称赞道："妙！妙！。"为了扳回脸面，知县略想一下，决定来个难些的，从气势上压倒这小子，又说："咱们来个现场对，不准用书上的。"

游酢答道："好吧。"

知县心想随便出个现场对，小孩也难以应付，看见屋里的人，嘿嘿一笑出句："老中少。"

这下游酢有点不知所措，一时不知答什么好，游倬见情忙劝道："子通，算了。"游酢坚持说："不！容我想想。"

忽然，窗外刮起风，接着传来雷声，潇潇地下雨了。游酢立即拍掌说道："有了！我对风雷雨。"

知县想到自己是一县的知县，于是又出一联，道："百里为邑邑中谁大？"游酢听了，明白知县在摆大，想了想回道："千山有峰峰上我高。"

三个大人听了，面面相觑，都暗叹这孩子的才奇、气大。知县这下才站起来，说："真乃神童也。"游酢不说什么，回到桌边坐下。伯庄说："知县大人别介意，愚侄不懂事。坐吧。"知县回答道："没有事，我还有一点公事要办回县衙去，你忙吧。改天和尊兄到我那儿做客。哎，差点忘了，把这孩子的姓名、籍贯等拟一份材料来，我姑且奏报朝廷封他个神童。”游倬和伯庄两人连忙拱手说道：“谢谢大人栽培！”知县对游倬说道：“游大人，在下告辞了，有空过去坐一坐。”游倬回答道：“知县大人慢走，改日一定与舍弟登门拜访。”伯庄和游倬忙送知县老爷出门。知县对伯庄言：“孺子可教也。老先生费神栽培，日后必为人上人。”伯庄回道：“过奖了，惭愧惭愧！大人慢走。”

知县走后，二位兄弟讨论上报姓名等事情，要落名字时，游倬说：“我觉得‘子通’这个名字取得不太好听。”伯庄想到知县临走时说的“日后必为人上人”因此说：“大哥的儿子叫质夫，我看不如给他取名定夫。”游倬听了回答：“嗯，这个名字好！”对游酢说：“侄儿，我们帮你改为定夫吧，意思是将来一定能够成为一个有作为的大丈夫。”游酢应道：“好，谢谢叔叔。”从此，定夫这个名字就叫开了。

晚上，两人又到游潜家，说明了会见知县的经过和改名事情。游潜说：“多谢兄弟劳神了。”兄弟走后，游潜想到神童这件事情也许对孩子有不利的影响，把游酢叫来教训了一顿：“我们穷人家的孩子，读书是为了自己受用，而不是出风头的，你才认得几个芝麻大的字，就去县老爷面前逞能，不知天高地厚！”游酢听了立即伏到地上，说道：“孩儿知错了，今后不敢。”

第二天，伯庄和游倬带了游酢的材料去拜会知县。知县答复：“这件事情应该没有问题。”两人坐了一会儿便回来。

朝廷有搜罗神童的风气，各州县的地方官也以推举自己地盘的神童为乐事。知县送走客人就将游酢之事，写了一份奏疏上报朝廷。

不久，朝廷批复下来，确认游酢为神童。从此，神童游酢的名声传开了。

村里人们见了面都向游潜贺喜：“升叔，恭喜你啊，生了一个神童。”游潜淡淡地回答：“有什么好恭喜的，长大了不当乞讨人就不错了。”他不管这些，知道要使自己的儿子真正成才，必须让他从小吃苦磨练才行，于是开始带他上山砍柴、下地劳动。

天黑后，邻居们又来串门，大家在坪子上聊天，闲谈中张老汉说：“三礼兄，你家的孙子聪明，被封为神童，真了不得。”人们七嘴八舌地议论起来。游元说：“一二十年前咱们隔壁县的江西金溪也有个姓方的神童，后来没有做出什么事情来。”游正说：“我也听说过，那是因为没有送他到书斋读书。要是有送进书斋读书，那孩子一定会有作为的。”游潜听着觉得很不是滋味。

夜间，游潜想到人们说起自己儿子神童的事情，在床上翻来覆去睡不着，自

己这个儿子怎么办呢？要送他读书又没有钱，叫他干活年龄又还小，留在村中人们天天都有闲话。他真担心儿子将来不成器或者惹出事端，想起嫁在邻村莒口的姐姐，于是跟家里人商量，将送儿子游酢到他姑妈的家去住一段日子，游酢的母亲听了表示同意。

第二天，游酢的母亲将游酢送去莒口，自己便回来了。

游酢的姑丈是个农民，家庭光景不是很好，姑妈自己已经有两男一女，可是对侄儿游酢的到来很重视，把他当作自己的子女一样看待。这个乡村不小，有熊、刘、蔡等大姓。游酢姑妈所在住地多姓熊，邻居一个孩子名敦常，跟游酢同岁，于是两个经常一起玩耍。

熊敦常长得清秀，游酢长得较壮实，两人性格都较强，好的时候亲如兄弟一般，闹起意见来互不相让，有时争吵、有时打架。但是，小孩天真无邪，不到半天又和好了。

有一次两人到田边玩，不知因为什么事情又争吵起来。熊敦常说："你不是这边人，回去。"游酢说："这是我姑丈的家，我爱在这里，气死你。"结果打起来，两人都滚进水田里，全身湿得像落汤鸡。他们都哭着爬起来，互相看了看，见对方满头是泥巴，只露出一双眼睛，像泥塑的菩萨，愣了；接着，他俩各伸出小手你抹我的脸，我抹你的脸，异口同声说："你坏！"高兴地呵呵大笑，拉起手回家。

熊敦常的母亲见儿子滚了一身泥水回来，追问了原因，熊敦常被打了一顿；游酢回去，姑妈见了很生气，举起手想打他，可是心里一想二哥就这么一个儿子，手便收了回来，赶紧给他拿来衣服换了。她把他揽在怀里，语重心长地说："孩子，你一定要听话，不能跟别人争嘴、斗殴，你爸、妈知道了会心疼。"游酢点点头应道："阿姑，我今后一定听你的。"

这年秋天，原任知县调走了，新来了一名知县。新知县到任忙于政务，两个月后才派人来打听游酢的事，知道已经不在家，也就不再过问这件事情。

年底，游潜才将游酢接回家。游酢才知道三叔游勋已经添了儿子叫游醇。

第二年春，因为伯庄又到外面谋生了，游正有空时开始教游氏兄弟学习文化。

春节过后，游潜对儿子说；"定夫，你已经九岁了，应该帮忙家里干点活，没事时去砍柴给家里烧。"游酢说："爸爸，我要上书斋读书。"游潜讲："咱们家现在没有钱，交不起学费，等有了钱再送你去书斋读书。"乡村的孩子大多从小就劳动，村里确实有不少贫穷人家的小孩没有入书斋读书而是上山砍柴、下地劳动。游酢知道家里穷，理解父亲的话，也不多说话，同时还没有完全懂事，认为上山好玩，便跟着邻居的伙伴们去砍柴。

开始，他只是由大的伙伴帮忙砍一根给他扛回家。不久，他自己学会了砍，而且能够用柴夹挑一担回家。

夏季来了，游酢跟着年龄较大的伙伴去山上砍柴。山上的野果一批批渐渐地成熟，伙伴们一边砍柴一边采杨梅等野果吃。

农历四月底的一天，游酢跟桂生、谢子彬、张崇武、林火木采杨梅吃。这些孩子家里都穷，三餐吃不饱，一个个面黄肌瘦。他们到山上来，见了杨梅吃个饱。那地方杨梅长得高，在地上采不多，孩子们一个个像猴子似的嗖嗖地爬上树去。游酢虽然年龄较小，但是经常参加劳动，手脚灵活，一学也"嗖嗖"地爬了上去。可是，年龄大些的调皮鬼桂生，胆子大，站在上面摇晃，谢子彬、张崇武双腿叉在树上边摇腿边哈哈大笑，杨梅像下雨般地往下掉，胆小的林火木见状慌忙抱着树。过了一会儿，林火木知道他们捉弄人，想了一计，喊道："你们再摇，我就下去把树砍了。"那调皮的桂生爬得最高，答道："笨猪，俺怕你不成，有种就砍吧。"林火木果然溜下树，挥起柴刀要砍，谢子彬、张崇武见他来真的都怕了，也如泥鳅似的溜到地上，调皮的桂生只好说道："你千万别砍，我下来。"游酢说道："好吧，大家在一起就要有福同享，互相照顾才行。采的杨梅大家一起吃。"于是，孩子们在地上吃着杨梅说笑。桂生对游酢说："你这小不点倒很懂得讲道理，难怪人家称你神童。"游酢答道："你以为我小好欺负？人不在个子大小，在于谁的头脑好用。俺村庵里的弥勒佛比谁都大呢。"桂生比游酢大五岁，个头也大多了，于是问："照你说大的没有用，那敢跟我比摔跤吗？"游酢犹豫一下，回答道："试试看。"两人站好后，开始摔跤，游酢趁桂生没有站稳，往下一蹲，用力地抬起对方的一只腿，桂生便倒下了。大家见了都哈哈大笑。桂生爬起来，拍拍屁股，说道："小不点，不好玩。不来了。"

大家觉得玩够了都去砍了柴，一起下山回家。

富垄村距离建阳陆路约九十华里，水路近百里。村中木材多，麻阳溪水流大，所以每年福州或者剑州（即南平，又叫延平）、建州的大木材商买下木材都请艄排师傅成批放运出去。游元等艄排人，年年要放好几次木排到剑州或者福州。村里人很少去城里，走路去城里很辛苦，一天回不了家；乘木排不但不要走得脚痛，而且可以悠闲地看风景，水大时半天就能够到县城，午后再步行九个时辰，大约夜间戌时左右可以赶回家里，所以坐木排去城里是很划算的事。

秋后的一天，游潜吃过早饭到河边要搭木排去城里一趟。河边已经摆着十一艘木排，等艄排手到齐就出发。游潜要搭自己二叔的木排，他头戴一顶斗笠、背着一个香草包饭袋刚刚上了木排，忽然游酢跑来了，喊道："爸，我也要去。"游

潜见了，说："你还小，以后再去，回去吧。"游酢站在原地不动，这时游元走过来，说道："升叔，他从来没有进过城，就让他去一回。"游潜不说话，游元对游酢说："乖孙子，到我的排头上去。"于是游潜只好说："二叔，你忙去。让这小子跟我一起。"转身交代游酢："要站好，别乱跑、乱动。"游元说："孙子，你别怕，二叔公是老师傅，延平、福州少说也跑了上百趟。"游酢说："二叔公，你真好，真有本事。"游元高兴地双手插在腰上，说："那当然。不过，你是孙辈里最聪明，最值得人爱的。再过几年，我带你去见识见识延平、福州。"游酢说："二叔公，到时我一定买最好的东西给你吃。"

过一会儿，人马都到齐了。游元喊一声："开排啰——"长龙似的木排向着建阳方向浩浩荡荡地飘游而下。

前几天下了大雨，这一天天气阴，风轻水大，艄排师傅们知道好放排，一路说笑着，有的唱起山歌，驾轻就熟地顺着水路在河流上穿行。游酢看着沿河的风景，心里说不出的喜悦。

接近中午时分，木排到了建阳城城外的码头，游潜父子告辞游元下了木排，朝县城走去。

县城有宽阔的街道，沿街都是店铺，衣店、鞋店、帽子店、杂货店、山货店、水产店、纸店、瓷器店、铁器店、小吃、肉摊、药铺、酒家、客栈，应有尽有，数不胜数。行人多，男女老少，穿梭往来，男的有穿短衣的，有穿长衫的，戴斗笠的，戴帽子的；有一个手提着鸟笼的少年旁若无人地边走边东张西望，还有挑担的，推车的；女子不多，她们当中大多是穿布衣、干活的大脚女人，也有穿着裙子、撑着伞的小脚女子，其中有一个穿着华丽的中年妇女，手牵着一只半大小的狗优哉游哉地逛街。街上人们摩肩接踵，熙熙攘攘，说话声、讨价还价声、呼喊声、叫卖声此起彼伏，好不热闹。游酢第一次来，见到这样的情景，觉得确实比麻沙、禾坪大多了，似乎世间上的货物这里全有。他还发现街边有小巷、胡同。但是，行走着闻得出人们身上的汗臭、街边小吃摊的煎、炸油味，以及鱼肉散发出来腥味。

没有想到，天色暗下来，街上许多行人开始跑起来，转眼就下起了大雨。豆粒般大的雨点落下来，砸到人的身上感觉得到有些微疼痛，不少人们跑到沿街的店铺前避雨。游潜原本不想避雨，可是怕儿子淋湿了会生病，所以拉着儿子跑到一家瓷器店铺门口的屋檐下躲雨。街边的店铺前站满了人群，有的地方拥挤，有的地方稀疏些。大雨狂下，街面转眼间雨水哗哗地流，只有少数戴斗笠、撑着伞的行人在水中沙沙地走过。大雨瓢泼着，站在街边的人，不时感觉得到有雨点溅到脚上。游潜正庆幸和儿子有个落脚之处。忽然，店里传来一阵大声的喊叫：“哪儿来的乡巴佬呀，堵在人家店门口，怎么做生意啦!”游酢转身往店里一看，店里的老板正没好气走出来，又喊道：“还不让开。”游潜拉一下游酢的衣服，说：“走吧。”父子俩才离开瓷器店几步，经过一家杂货店门口时，老板出来招呼道：“客人，外面雨大，进来坐坐，歇歇脚再走。”游潜要拉着儿子继续走，那老板追上来说：“这个大叔，到我的店歇歇。你自己不怕，你儿子可小啊。”游潜回头站住说：“谢谢老板，你能够让我们在门口避避雨就行。”老板说“这好说。你们还是进店里坐坐。”游潜回答：“这样已经很好了。”老板见他这么固执，只好回店里去。

好在那是一场阵雨，半个多时辰便停了。

游潜买了几件物品，带着儿子匆匆地上路赶着回家。路上，游酢说：“那个瓷器店老板太坏了，连门口都不让站。”游潜说：“儿子，做人要大量些，过去的事情就不要计较。”游酢说：“太老实被人欺负。”游潜说：“儿子，做人要纯善，古人说‘积善之家，必有余庆。’人只有积善，子孙才能昌盛。你长大不论有没有出息，这一点一定要记住。”

走到离城几里的郊外，见到没有什么人，游潜将草包饭袋递给儿子，说：“吃点饭再走。”游酢见了，想起父亲才带一袋饭，自己如果吃了，父亲怎么办？于是，他回答说：“爸，我不饿，你吃吧。”游潜知道儿子肯定饿极了，生气地说：“你把饭吃了，不然我不带你回去。”游酢听了，只好接过饭袋打开饭包，见里面插着一双筷子，便吃了起来。他的肚子确实饿了，呼呼地扒了几口，但是饭被雨水打湿凝结成团，冷飕飕的，又没有汤，咽不下，便递还父亲，说：“爸，我吃不下。”游潜说：“回去有八、九十里路头，不吃饱怎么走路?”游酢不听，直往前走了。游潜也没有空吃，跟了上去。

建阳到麻沙是一条官道，古代以来为我国南北方出入闽北的商旅行人和官府传递文书的必经之路。雨后的天空显得格外湛蓝、高阔，太阳又露出来了。路上，有挑担的，有背着行李的，有推着单轮车的，也有背着小孩行走的妇女，独自行走的老人，大多打赤脚，带着斗笠，衣衫褴褛；偶尔可以看见一两个撑伞的。游潜没有闲情理会来往的行人，只带着儿子匆匆地赶路。开头二三十里，游酢还可以追得上。可是，到了莒口镇，游酢脚底已经起泡，哭了起来，说：“爸，我脚痛，不会走了。”游潜也知道儿子第一次走这么远的路，肯定有难处。但是，天时不早了，再说也得让孩子吃一点苦，于是说：“前面还有一半路呢，不会走也得走。一个人不能吃苦，就什么事情也做不成。不走，你自己留在这里。”游潜头也不回，大步地前去。游酢听了，只得边哭边跟着。

就在游酢步行艰难之际，一辆马车的的地从身后而来。驾车的中年人，见前面一老一少，而且那个少年走起路来一拐一拐的，便赶到孩子的身边，"吁"一声将马车停下，喊道："大叔，你们去哪儿？上我的车吧。"游潜听到身后的喊声，回头看见那一辆车，说实话，他也觉得走得累了，脚底有点发烫，况且儿子已经不太走得动，便大步流星地走上前说："我是禾坪富垄村的，太谢谢你了。"走到马车边，对游酢说："该你命好，遇到了贵人，还不赶快上车。"父子俩上了马车。中年人说声："你们坐好。"喊了一声："驾！"马车飞奔向前。

一路上，游潜与赶马车的攀谈，才知道那驾车人是麻沙纸坊的。

到了麻沙岔路口，游潜父子下了马车，正要掏钱给中年人，那中年人说："大叔，这是顺路带上你们，别客气。"抽了马一鞭，马车朝纸坊方向飞驰而去了。

父子俩又走了一段山路才回到家中时，天色已经黑了。游酢的母亲见父子俩回到家，挑亮了灯盏，忙热饭，烧热水给他父子俩烫脚。游酢困乏得像一团棉花，草草吃了饭，便回房间睡觉。

三年之后。

游酢经过几年的劳动锻炼，已经成为父亲的好帮手了。

正月里，私塾还没有开学，游酢和小伙伴们在家玩。有一天，他们开始去麻沙。那里是个集镇，地盘比禾坪街大得多，人烟密集，房屋星罗棋布，有众多的店铺。五天一个墟日，每逢墟日方圆几十里的乡村都有人到那儿赶集。墟日的街上有各种各样的时鲜货物，他们去多了，眼界逐渐开阔，思想也活了起来。

清明节前，老天忽然下了几场大雨。山中的毛竹林里，春笋地渐渐地冒出地面。那春笋一个劲往地面上窜出，山上、路面到处都有笋儿。春笋长势很猛，当地农民用土话形容说："一紧，拉屎紧；二紧，挖闽笋。"历史以来，建安、建阳都是福建毛竹大县，"闽笋"的最大产地之一。富垄村四周环山，竹林多，多竹山的财主们竞相招人帮忙挖笋。

一天晚上，游三礼一家人正在吃饭，有个财主进来赔着笑脸说道："大叔，吃饭啊！"游三礼招呼道："是你啊。坐吧。"老妻忙让座、倒茶。财主说："大叔，今年是大年，山里笋已经长不少，你家的劳力多，是不是上我家帮忙帮忙？"游三礼答道："咱们乡里乡亲的，你又这么客气，能不帮忙吗？"财主拱双手说："谢谢。眼下时间紧，人手越多越好，不管老少只要会挖、会挑的都要，反正按挖的斤数算工钱。"游三礼看了看三个儿子，问道："你们兄弟怎么样？"三兄弟都点了头，财主站起来说："大叔，太谢谢了。我还要到附近走几家，你们慢吃。"财主去后，一家人商量一番，游默说："让质夫、定夫都去帮忙帮忙。"游三礼说："那怎么行？孩子们要读书。”游潜说：“爸，孩子帮忙几天不要紧，我去跟阿叔说一声就是。”见两个儿子都主张带小孩去山上干活，游三礼觉得农村人干活要紧，不再说什么。

第二天，游默三兄弟带着游醇、游酢一起上山干活。

挖笋的人们住在笋厂，白天去竹林挖笋，晚上回到笋厂住。

这年的清明后雨特别多，而且下得大。游酢每天都跟着父亲上山挖笋。

春笋很多，挖笋也快，可是笋只有挑回笋厂才能算工钱。游潜挑不了那么多，傍晚要收工时还有一些笋，只得叫游酢一起上山帮忙挑。游潜用竹篾将笋头穿起来，砍一段竹做扁担给游酢挑。大人们标准的一担笋是一百二十斤，力气大的可以挑一百六、七十斤，甚至两百来斤。游酢个儿跟笋篮差不多高，已经可以挑三、四十斤的笋。天下着大雨，风雨交加，雷鸣电闪，山路窄小，又陡又滑，游酢头戴着斗笠，高挽着裤管，光着脚板艰难地挑着担子下山。忽然刮来一阵狂风，“呼——”的一声斗笠被吹走，他放下担子去捡回斗笠，人已经淋成了落汤鸡。刚刚走不远，在一个拐弯处担子被灌木丛勾住，他用力往下一扯，脚踩了个空，“啊——”的一声扑倒在地，摔了一跤，担子散了，膝盖一阵疼痛。游潜听到声音知道不妙，转回头一看，儿子摔倒了，立刻放下担子，跑过去扶儿子起来，说道：“你真笨！如果别人都像你这样，还赚得到饭吃吗?”游酢觉得膝盖有些痛，可是听父亲这么说，他一声不吭。父亲重新帮他整好担子，说：“好了，快点走。”他咬住牙根，顶起担子，继续赶路。

天黑前，挖笋的人们才回到笋厂。吃过晚饭，人们将松明火把点得亮亮的，便开始削笋。游酢跟父亲和其他大人学习削笋。大人们一手按住笋，一手拿着笋刀，用刀将笋尾轻轻一砍，中间轻轻划一刀，用手从尾到头唰唰地剥开，动作极快，再举起笋刀将笋尾削得有棱有角。接着将笋痣轻轻削去，笋尾轻轻地修齐，最后把削好的笋破开两半。这是粗活，游酢看了一两遍，再经大人们指教也学会了。有个人专门烧火煮笋，将人们削好的笋放到锅里去煮。到了子夜，煮好的笋扔到笋池中浸泡，人们忙完手中的活才去睡觉。笋厂睡的是用稻草铺的通铺，仲春时节天气一直下雨，盖的被子不很厚，晚上觉得特别冷。游酢刚刚躺上床时睡不着，可是他毕竟是一个孩子，又劳累了一天，有一点疲困，所以比大人先睡着了。

第二天，人们一大早就起床，将笋池中的笋捞起，拿到笋榨上压着，吃过早饭便又上山去挖笋。

到谷雨节气后，挖笋的人才下山回家。由于在山上天天干体力活，财主办的

伙食又很差，三餐吃的菜只是笋和酸菜，而且没有油煮，所以游酢回到家时瘦多了，做母亲的见了抱着儿子直哭。游潜看着，也心酸了，心里暗暗发誓一定要让儿子读上书，以后做一个有出息的人。

一天傍晚，游酢和堂兄弟游醇、游酌、游醳、游醑等五、六个一起玩耍，大家又偷着到溪边。看见刘家辉、桂生、谢子彬、谢金水、张崇武、林火木等六七个少年，他们早已在那里光着上身在游泳，河边放着的衣服大多是农家妇女麻织的粗布短衣和用一根带子束腰的便裤，只有几套比较像样的是城里店铺买或者裁缝师傅做的。游酢说："我们也下河去玩一玩。"游醇应道："我也这么想。走，咱们下去。"先来的见游醇几兄弟来了，喊道："嗨——你们怎么迟到了，快下来吧。"游醇回答道："好的。"于是，小溪里有了一大群少年。他们裸着身子玩了一阵子，刘家辉提议说："我们来打水仗怎么样？你们几兄弟一头，我们这些人一头。"游醇回答："来就来。"他们真的在溪里开始了打水仗。他们一个个头上湿淋淋的，光滑的身上水滴滴的，笑得前俯后仰，玩闹得多么高兴。突然，游酌喊道："二哥，阿婶来啦!"大家听了慌忙要往岸上跑。游酢也被惊吓了，但是他不跑，游醳急了，劝道："快跑啊，你妈抓到可是要打呀!"游酢道："打就打吧。"只是对小伙伴们喊道："你们可没有穿衣裤呢。"少年们已经懂得了害羞，于是大家又回头去拿衣服。其他的少年们见了哈哈大笑。

那游酢从河里刚刚爬起来穿好衣服，就被母亲逮住，又用竹鞭抽打。母亲一手拽着儿子一手拿着竹鞭，往儿子的小腿抽打，边打边骂："跟你说了多少遍不能下河，你偏不听，看你今后敢不敢。"游酢裤管卷得高高的，露出一双细嫩的小腿，被竹鞭抽得留下一道道血痕，痛得边跳边喊："妈妈，我痛啊，今后不敢了。""妈妈——我再也不敢了。"游潜去地里干活回来远远听到了儿子哇哇叫，走近看到果然是儿子被抽打，他当面不说什么，从旁边走过去。晚上，吃过饭游酢刚刚出去玩，游潜便对游酢的母亲说："孩子已经十多岁了，让他适当地学一点水性也好，不然，一个男孩子将来要上山下水的，什么都不会怎么行呢。"游酢回头来拿东西，听到了这话非常高兴。游酢的母亲听了心里想：虽然丈夫说得有理，但是我教育得没有错，因此不说话就走开了。从此，她再也没有管儿子去溪里游泳之事。游酢知道父亲同意，因此放胆去溪里练，学会了蛙游、潜水等游泳本领。

游酢十三岁后，由于家庭困难没钱入学读书，就跟堂兄游醇上山砍柴，卖给附近的有钱人。

乡村人的家产，你是你，我是我，尤其是田地山林，是他们的命根子，自古丝毫不让他人沾边。山林一般不让外姓人砍伐，除非得到主人准许。村中虽然以谢家最多山，可是游家人到这里近十代，也有了一点自己的山林、田地。游家在自己宗族人的山林砍柴。游醇兄弟砍的柴有时卖给本村的财主，有时附近没人要，还得挑到十里外的麻沙去卖。

从开春到春分一直是晴天，游氏兄弟砍了很多柴。

禾坪街临河，地势平坦，一大片良田，街上的大户人家多。有个姓林大户，开店兼做木材、毛竹生意，家财万贯，人们称“林百万”。可是，他娶了好几房只生了两个女儿。林百万见游酢、游氏兄弟俩长得结实健壮，心里好生羡慕、喜爱，私下与太太商量：“我看那兄弟像有出息的，我们只有女儿，好好待他们，说不定将来有用得着之处。”太太道：“老爷说的是，那游家老大有多个孙子，如果能够招赘一个来上门则不愁无人继承家业了。”因此交代家里上下，每次见他们兄弟来都要客气相待，每担柴多给几文钱。可是，游氏兄弟俩只要应得的钱，坚决不收多给的部分。林家夫妇见了更加喜爱，所以游氏兄弟每次来到林家，一进门大太太都会叫女儿：“两个哥哥来了，送点水过去。”林家的两位千金与游氏兄弟的年龄相仿，大的如玉，小的如佩，都长得如花似玉，嘴也甜，“哥哥”、“哥哥”叫得亲热。

有一回，林百万亲自叫游氏兄弟到客厅上坐，详细地询问了家庭情况，又问道：“你兄弟入过书堂吗？”

游醇答道：“有。在我叔公的家读书。”

林百万一听，知道他们的叔公是个监生，说道：“回去问一下令尊令堂，我家里请了个城里来的学问很好的先生在教我女儿，你们兄弟搬过来我家住，读书和吃用我全包了。”

兄弟俩面面相觑，还是游醇年纪更大，先回答说：“好，我们回家禀报父母。”游酢则回道：“不用，我叔公教得很好。”

回来的路上，游醇说：“人家是一番好意，怎么能够当面不给情面。”游酢却分辩道：“好意？他是想让我们给他做儿子呢。你愿意你自己去，我不去。”游醇听这么讲，也就不再说话。游氏兄弟回家向父母提起这一件事情，父母明白林百万的用心，游潜说：“孩子，你说得对，做人不怕穷，就怕没有志气。当爹妈的没有本事送你读书，对不起你啊。但是，志气一定不能没有。”

一天，林百万带着礼品亲自登门来了。

寒暄一番后，林百万道：“林某因见两位世兄的令郎都是人才，所以想尽绵薄之力相助，不想他们如此有志气和骨气，更让林某敬慕不已。因此特来拜访。”游潜回答道：“实在感谢老爷，可是我那孩子和侄儿脾气都倔犟。”林百万又道：“我家的柴长期是令侄和令郎提供，家里人也彼此熟悉，突然不去我家，一时也难找适合的卖者。你们二位大人跟他们兄弟说个明白，我林某绝无恶意，本意只是想尽自己所能帮助一两个后生成才，也不枉来世间一趟。二老，我们交个朋友吧，今后有什么用得着地方尽管吩咐。不去读书决不勉强，柴尽可照常送去。”游默和游潜夫妇见林百万如此说，互相看了看，游默回答道：“既然林老爷如此坦诚，我们不妨跟孩子们讲明白，试一试看。”

林百万走后的晚上，游默和游潜分别对儿子说明了林百万今天的来意。

游潜说道：“看来林百万是个好人，你们不要介意，今后柴还是照样要给他家送去。他既然与我朋友相称，这是给我们面子。人啊，做事情不能太绝，要留个情面。也许，将来会有用得着别人之处。”游醇听了，道：“叔叔的话记住了。”游酢则不吭声。游潜问道：“定夫，你怎么不说话?”游酢回答道：“哥哥不是说了吗?”游潜开导道：“人要灵活些，看问题不能简单了事。开始，我是说过人要有志气和骨气。人家一个大财主亲自登咱们的家门，而且以朋友相称，没有诚意谁会这么做。这样的人可以交。再说，还有以后可以考验呢。”游醇回答道：“我们照常送柴去他家就是。”游潜便交代道：“你们兄弟见了林百万可要客气些，懂礼貌。”

第二天，游氏兄弟又送柴去林百万家。林百万非常高兴，说道：“我既然昨天已经与令尊朋友相称，今后你们就叫我林叔好吗?”

“好，林叔。”游氏兄弟异口同声地叫道。林百万听了更加开心，要留兄弟俩吃饭，游氏兄弟推辞说：“谢谢林叔，以后再来吧。”

过了几日，林百万再次到游潜、游默的家拜访，游潜兄弟留他吃个便饭，他也不推脱。双方相谈甚默契。

不久，林百万大太太做寿，下帖请游潜兄弟去做客。从此，游、林两家结为好友。欲知两家人产生什么故事，下回再叙述。

第四回

老方丈以茶诱学
两少年同志结盟

熙宁元年（公元1068年）春天，游酢十六岁，正式拜族叔游复为师，到他的私塾上学。

游复的家里，是建阳县有名的私塾：一是游复乃有名的宿儒，二是周围好几个村的子弟都到这里读书，培养出不少的人才，远近闻名。客厅的正中悬挂着祖先图像，边上贴着一张“广平郡历代昭穆宗亲神位”纸条，下放一张神桌，桌下的面板上写明：“本宅长生福德龙神正位”；大厅四周的墙壁有“捷报”，也有用毛笔写的古人名言录。两边各有两间厢房，东边的陈放物品，西边的供孩子读书。

这时，游氏宗族的兄弟很多，有游默的儿子游醇、游酌、游醑三个，游勋的儿子游醳，游元的儿子游立、伯祥，游正的儿子待问、待制等，共十二、三人。但是，到游复的私塾里读书的游家子弟却不多，眼下只有游醇、游酢、游酌、游醑四个，大多是村中其他姓氏和外村来寄读的学生。

虽然，游酢懂得了孝道，能够尊老爱幼，不再顽皮，但是他好奇、性急、刚强和倔强的性格却没有变化。

游氏兄弟上学读书，没有再去砍柴卖给林家。如玉、如佩已经成熟，不见游氏兄弟来却心慌了，整天愁眉苦脸，郁郁不乐。母亲明白女儿的心思，向丈夫道出了女儿的秘密。林财主讲道：“那一对担柴的游家兄弟迟早是个人才，依我看不如托人去探一下，他们大人愿意与咱们联姻不?”

几天后，林财主派了一个女媒人来游默和游潜的家，把林家的意思挑明。游默、游潜兄弟俩和妯娌商量一番，对来人回复说；“孩子正在读书，以后再说。”

林财主又托人来说："孩子读书的事情，老爷很高兴，认为这是有出息之举。只要认这一门亲事，以后读书的一应费用由老爷帮忙。"

游默、游潜商量道："林家既然一再这么盛情，我们也不好拒绝他。孩子也已经成人，多少有点懂事了，先成了家也可以再读书。试问问他们。"一日，兄弟俩把游醇和游酢叫到跟前，说明了林家来提亲的事情，游默问儿子："林家姑娘你见过了，喜欢不喜欢？"游醇已经二十岁，心里已想成家，而且与如玉有意，只是不说话，等待父母的安排；游潜问到儿子，游酢小两岁，不知大人问话真正的含义，却说："哥哥与那大千金正般配，也谈得来。"游醇也说："你与二小姐不也挺般配。"游默和游潜兄弟互相递了眼色，这时游三礼道："我看质夫更大，就先让他定了亲。定夫还小，先好好读书，这件事情以后再说。"于是，游默派人给林财主回了口信，答应了老大游醇的亲事。

经过几个来回的磨合，这一年，老大游醇与林家的大千金如玉结了婚。

如玉过了门，如佩心也热了，常常借着看望姐姐来找游酢。可是，游酢还不想成家，也尽量回避她，如佩却紧追不放。

一天，如佩来到游酢的书房，便大声喊道："定夫哥——"游酢问："有事情吗？"如佩说："没事，来看看你。"游酢答道："我有什么好看。你到外面玩。"如佩听了生气地说："你傻。"游酢讲："我傻？哦，算我傻。你别烦我，我要读书，没有时间跟你闲扯。"如佩听游酢这么说，一气之下跑了。

富垄村附近有两三个寺观。晨钟暮鼓，和尚们早晚念经，梵语声缭绕着山村。村里的孩子们自小就耳濡目染，只是父母亲管理很严，不让孩子涉足庙里。可是，小孩好奇心强，父母不让的偏偏要去，明着不肯，就偷着去。游酢是其中的一个。初次被父母发现，不免受到严厉教训。后来，孩子渐渐大了些，父母忙于劳动，管理不过来就松了。因此，游酢得以较多接触和尚与方丈，一来二往，便熟悉上了。

豸山山腰中的黄龙寺方丈，身材魁梧，白眉皓首，脾气温和，一副慈祥脸相，是个很有学问的高僧，自称"了空大师"。了空大师有一个嗜好，便是一日到晚爱喝茶。游酢每一次到庙里，他必先邀他喝茶，说道："人靠水养，所以要多喝茶水。茶是人间的一大宝物，可提神，《神农食经》道，喝茶令人有力悦志。你看老衲，几十年几乎不变颜色。"那茶味道果然清香，而方丈喝的都是好茶，游酢喝上几回便上了瘾，没有课时就去找他喝茶。有一回，游酢问天下有哪些好茶。了空大师回答道："当今，茶的品种甚多，就名茶而言，有龙、凤、石乳、白乳、龙团、胜雪、雨前、大方、密云龙、玉液长春、龙苑报春、万春银针等等。这些都是茶中佳品。就我们建州，有一种叫岩白的茶，也堪称茶中上品，以后有机会，老衲一定弄一点给你品尝品尝。”了空大师见游酢好问又悟性极高，喜欢得不得了，倾心传授心法，希望培养出新一代优秀的弟子。就这样，他边谈茶道，边论禅道，要把游酢引上轨道。

一日，游酢问了空大师：“佛与禅是怎么一回事?”了空大师答道：“佛从西天传入。”

游酢问：“《六祖坛经》怎么来的?”了空大师很高兴，讲道：“六祖惠能在没有成大师之前，有个叫神秀的师兄与之相争。五祖传出话来：‘你等各自去做一偈来，若悟大意，付你衣法，为第六代祖。’神秀到寺中时间最长，而且已经是寺里的教授师，自认为六祖之位非己莫属，但是又不敢明目张胆表现出来，怕五祖怪他品德不良，修养不到家。于是，他趁夜间将自己的偈语贴于走廊南边墙壁上，偈曰：‘身是菩提树，心如明镜台。时时勤拂拭，勿使惹尘埃。’第二天，五祖见了，知道神秀所题，即召来对他说：‘你作此偈，未见入门，只到门外，未入门内。’当时，惠能仅到黄梅县东禅寺八个月，做劈柴踏碓的杂活。听说五祖的口谕，心有所感，可是不识字，不会写。恰巧，碰到有一位江州别驾前来庙里布施，惠能求他代书。其偈曰：‘菩提本无树，明镜亦非台。本来无一物，何处惹尘埃?’此偈为众人所传，五祖知了当面将偈擦了，也道：‘亦未见性。’而去。过了一天，五祖来看碓米，用杖击三下碓，暗示他三更入室，扬长而去。惠能虽然不识字，可是悟性极高，这夜三更果然入室，五祖便将衣法传给惠能。后来，人们把这故事和六祖的经语合编一本书，就叫《六祖坛经》。”方丈讲完，到室里取出一本《六祖坛经》，说：“这本书，你拿去看吧。”

游酢接过书，说了一声：“谢谢!”捧着书回家了。

因为《六祖坛经》一书内容丰富而且生动有趣，游酢很快学了进去，了解到了许多知识，知道了禅宗为什么不用读经和坐禅真正的原因：惠能认为那佛教一则书籍太多太杂，二则书籍的内容文字怪癖、古奥艰深，人们不易学记，而且不少学佛的又不能真正行善。他竟发现了学佛的真谛在于心中有佛，于是创立了一门自己的学说，叫做“禅”：不用读佛书，亦不用面壁坐禅，只要心有佛即可。五祖去世，惠能成为六祖。他的弟子将其得法传经和教导启发弟子们的言行记录下来，整理成书，此书称为《六祖坛经》。由于，惠能打破了五祖之前要读经、坐禅的旧传统，创造了“不用读佛书，亦不用面壁坐禅，只要心有佛即可。”的无字理论。禅宗所传习的不是古来传习的次第禅，而是“直指人心，见性成佛，不立文字，教外别传”的顿修顿悟的祖师禅。后来，禅宗远传到日本，成为日本最有影响的宗派。

年少的游酢虽然辨不清楚孰是孰非，禅学这一门学问总算知之皮毛了。他的父亲对这一件事很不安心，心里很想将他送出了家门求学。因为碍于游复是自己亲人的情面，让自己的儿子出去会引起游复的误解，所以不好说话，只得让游酢继续在游复那里读书。

游复是一个老学究，喜欢孙过庭书法。游酢到那儿读书之后，便在游复的指导下，开始学习孙过庭的碑帖，先是《千字文》，后来临摹《景福殿赋》，书法的进步很快。

游酢原来有一定的文化根底，记忆力和理解力比一般的孩子强，在私塾里学习自觉又勤奋刻苦，半年后就超过了其他同学。

南剑州将乐的龙湖村，有个秀才姓杨，名时，字行可，皇祐五年生，自幼聪慧过人，八岁时被举荐为"神童"。这杨时，十五岁潜心研读经史，十六岁便出游，经常到邵武一带游学，在"禾坪书院"拜师求学，结交了李夔等一些朋友。李夔向他介绍说："我听说建阳麻沙禾坪有一个姓游人，名定夫，跟你同岁，而且小时也是神童。"杨时听了，说道："有这么巧的事情？那我非得见识、见识。"

几天后，杨时来到富垄村找游酢。

杨时进了村，看见一个中年男子，拱手问道："大哥，请问贵村的游酢相公的家在哪里？"中年男子见眼前的青年跟游酢的年龄相近，一副书生的模样，猜测是游酢的朋友，便回答："他的家就在前面，跟我来。"

走到游酢家门口，那中年男子喊道："定夫，你的朋友来啦。"

游酢听来了朋友，出门一瞧，原来是个跟自己年龄差不多的青年。这青年头裹一条巾，中等个儿，脸瘦长，双目炯炯，仿佛有一道神光。游酢拱手招呼："幸会！"

杨时也回礼道："幸会！我姓杨，单名时，字行可。敢问游兄名讳？"

游酢答道："杨相公见笑了，小弟单名酢，字定夫。不知贵庚几何？"

"十七。"

"太巧了，与我同庚。我生于二月廿五日，你生于何月日？"

"仲冬五日。老兄在上，受小弟一拜。"

"青年人不讲俗套，你我日后以兄弟相待便是。自今日起，我们相互之间直接叫名字。"

于是，两人相抱一起，哈哈大笑。

游酢便带杨时到自己的家里。游酢的父母热情地招待儿子新来的朋友。杨时也以礼拜过游酢的父母。

进屋之后，游杨两人有说不尽的话。

午饭后，游酢和杨时进行了一番交谈。

游酢问道："平日学些什么?"杨时答道"无非《诗》、《书》、《礼》、《易》、《春秋》罢。"

"我觉得唐朝的韩愈、柳宗元文章读起来更带劲。"

"哎呀，俺俩怎么这么相投，连所学的也一样。"

"不知喜欢佛与禅否?"

"你觉得佛与禅有何不同?"

"佛家虽然也讲为善，可是太繁琐，庸俗，不如禅的简便、高雅。故曰佛非禅，禅非佛，不知者常常混为一谈。"

"禅家自是高一筹，我想不通为何儒家容不下它。"

"儒者亦非全如此，朝廷的苏东坡、黄山谷等无不喜谈之。依我之见，兼容并蓄方见其雅量。"

"世态万象，此乃为人之难处。儒家讲的是实用，禅家讲的是精神修造，各执己见，互相诋毁，水火不容。真不可思议。"

"正是世态万象，见怪不怪。我们虽为士子，以不知为耻之，禅学固不可致仕，然知之利于修身养性，淡泊名利，洁身自爱，岂不美哉?"

"今日确实仰听高论矣。"

"我不过浅学妄言，不可当真。姑且至此，无须再论。"

两人交谈得兴致，直到天黑吃饭了才停下。晚上，两人同床而眠，又谈到不知不觉地睡去。

第二天醒来，吃过早饭，杨时辞别了游酢和他的家人起程返将乐。

他们两人一见如故，只因这一认识，有诗句赞道："士逢知己如兄弟，国出良才必栋梁。洛水曾经同立雪，汴京先后各名扬。"游、杨两人留下了许多故事和佳话。

第五回

学友因时抒己见 先生见雪测弟子

话说福建归化县（今泰宁县）叶家窠村有个书生姓叶名敦礼，字祖洽，生于庆历六年（公元1046年），十八岁中乡试解元，进京赴考进士未中，治平年间游学各地。

这一年春，叶祖洽来到建阳县麻沙附近的江坊，拜江侧先生为师，与邵武人上官均同窗，结为好友。

江坊位于建阳的麻沙和邵武的中心，是一个地势平坦、狭长的山地，虽然没有河流，只有小溪坑，却是个山水秀丽的山乡。那石壁山在九峰山西北侧，高五百余丈，上有石如龟，因此当地人又叫“龟山”。北望九峰山，有九峰对峙，山峰高峻秀丽。其山脉绵延百里，竹木蓊郁，林海茫茫。因此，石壁山四时风景宜人。

江侧先生，名叫处中，建阳北雒里（今界首乡一带）人，乃旧学出身，才学极好，长于策论，对《春秋》一书有专攻。他的儿子名叫汝舟，也学问渊博，父子闻名建州，时人称“二江先生”。他自从中举后隐居山中，一边设帐招收弟子度生活，一边也攻读学问准备去考进士。此时，江侧先生虽然才四十岁左右，可是所教的学生不少考中举人、也有中进士的，因此成为远近闻名的宿儒，方圆几百里的有些秀才，甚至举人都到他那里学习。

叶祖洽到麻沙、禾坪一带走动，听说有个八岁就被称为神童的人，便来到富垄村亲眼一睹。

那是一个傍晚，叶祖洽走到富垄村中，看见一个青年问道：“你这儿曾经有个神童，他在家吗?”那青年答道：“到前面看看。”再往前，看见一个少年长得不

俗，上前问了姓名、籍贯，才知道原来是游醇。游醇说："你找我堂弟呀，他在家。"

游醇带着叶祖洽走到家门口，喊道："定夫，有位相公找你。"游酢闻声跑出门，拱手说："请屋里坐。"两人互相自我介绍，认识了。交谈间，叶祖洽看见他一身简朴的穿着，衣服有多处补丁，觉得眼前的这位少年，笑起来看似有点憨态，眉宇间却有一股英锐之气，喜欢上了，说："我们交个朋友吧。"游酢见叶祖洽人很热情，问明他的情况之后，也觉得他可交朋友，于是应道："好啊。"从此，两人互相来往。

年冬，叶祖洽要回家，邀请游酢去他家玩，游酢爽快地答应，并且一起前去。

几天后，游酢与叶祖洽告别。临别时，叶祖洽极力劝游酢一起前去江坊江侧先生那儿学习。

游酢回家征求父母的意见。游潜早有听说江侧先生的名声，决定让儿子到外乡去求学，也好让他远离地方上那寺庙方丈的缠绕，于是欣然同意了。

熙宁二年，游酢去江坊村石壁山江侧先生那儿学习。

在这里，游酢认识了上官均和本建阳北雒里人施述。施述，名景明，比游酢大五六岁，四方脸，已经是一个粗壮的青年了，但是人很老实、待人温和。他因为经常会去在禾坪村姑母的家，游酢跟他一起上学，所以两人相处得很好。

江侧先生见游酢穿着简朴，知道他是个穷人的孩子，又见他学习十分认真，无论回答问题还是写文章都不错，所以喜爱上这位学生。

朝廷采用王安石的主张，开始实行变法，地方的政府机构也发生了变化，设路、府（含州、郡）、县三级，在乡村中，废除原来的都、亭、里，改为乡都、保、甲。

一天，叶祖洽和上官均、游酢等一起。叶祖洽讲："现在的天下乱得不成样子，官场上贪官横行，市场上物价飞涨，苛捐杂税繁多，老百姓苦不堪言，王宰相颁布了变法，就是要革除一切旧弊，改变积贫积弱的现状，使之富国强兵。"上官均说："好的要保留，不好的要改，而且要改得稳当。"叶祖洽说："我说，变法就要像商鞅一样，对那些毒瘤要快刀斩乱麻，如果什么事情都求稳当，有的东西病入膏肓那就为时晚矣。"这一番的辩论，游酢无法分辨孰是孰非，但是他知道叶祖洽和上官均的不同见解，也懂得了事情可以辩论、可以发表自己的见解。

有一天傍晚，游酢刚刚回到家不久，听到村中很热闹。

游酢和一群人跑到了村头公告栏前，那儿早已经围满了观看的百姓，硬是挤了进去，才看到上面贴着两大张红纸，写着朝廷颁布变法的内容，有农田、水利、

服役等方面，其中“农田水利法”规定：朝廷命令官员分几路出行下乡，考察测量农田水利，开荒垦地，疏通水沟渠道，适当提升上缴给朝廷的课税，无论官吏还是平民，同样都必须缴纳规定的赋役，不准隐瞒、偷漏或者逃避。

原来，江西临川县有个人叫王安石，因为被欧阳修看中，所以一时天下成名。后来，他又利用在朝廷做大官的韩惟、韩绛等家乡人的关系，逐步登上朝廷，当上了宰相。他向皇帝赵顼提出变法的主张，得到支持。王安石制定的新法，虽然遭到朝廷中以司马光为首的保守派强烈反对，但是有皇帝宋宗神撑腰，全国都要实行变法，因此到处宣传。

“这变法怎么个变呢?”有的没有文化，看不明白在发问。

“就是要改变以前的做法，上面写得清清楚楚呢。”也有读过一两年私塾看得懂一些的，装着很懂得的样子说道。

游酢看完了，拍手叫道：“这法变得好，朝廷如果真的这么做下去，咱们老百姓日后的生活就会好起来了。”周围群众大多跟着拍起手掌。

“定夫，你解释给我们听听。”人群里有人叫喊。

“好，我来解释、解释。”游酢便开始将新法一条条讲解。

这时，村里的员外的管家带着一群人大摇大摆地走过来，那员外，曾经跟一两个朝廷官员有交往，哪个地方官惹得起他？员外自己倒有修养，从来不轻易得罪人，只是他的手下狐假虎威，发生过几回欺压百姓的事情。

他们来到人群前，管家大声嚷道：“你们让开，我家老爷要看看墙上贴着什么。”几个贫苦而又软弱的农民只好让道，其他百姓看他们来了也陆续走开。游酢见状，喊道：“大家不要走，我还没有讲完。”有的走，有的留下继续听。

那员外家里有一百多亩的田地放租，村里的人租他家的田耕种，租金比外村的高，可是又不让村里人向外租田。每年青黄不接的三、四月，他家一面放高利贷，一面巧取豪夺周围人们的田地、山林，此外还在青黄不接时，贫困户向他家借粮食，用的斛桶桶底多垫一层木板，到还粮食给他家时，便抽去那一块木垫板。他就是靠种种手段盘剥农民变富，后来用钱买了个员外，成为地方上有权势的大户。村里贫苦的人，私下里没有不恨他的。管家狗仗人势，在地方上作威作福，什么事情也敢干。这新法的内容，员外早已经知道，表面什么也不说，心里怕百姓都知道了，真的执行，他家就吃亏大了，所以叫管家一帮手下来看看情形，把群众赶走。

管家见游酢不但不走，而且还要给穷苦人宣讲新法，便大声叫嚷：“好呀，定夫你这个小子，也不看看谁来了，给我站开!”游酢一听，火了，道：“这是朝廷颁布的新法，大家都可以看，我这是在给大家解释新法的内容。”管家瞪大眼珠，说道：“你还是读书的书童，管什么朝廷大事，回去读书。”游酢偏不让步，于是争吵了起来。

那游醇怕弟弟出来会惹事，跑来一看，果然在与人吵架，便飞也似的奔过去，拉住游酢的手说：“你咋啦，快回家吧。”游酢甩开手，气愤地道：“他们没有道理，别人看布告，叫人让开，太霸道。我难道怕他们不成？”

“走吧。”游醇又劝说。

管家道：“你家租种我们老爷的田地，见了他老人家就应该问好、磕头，叫一声老爷。好你个不知礼的兔崽子，还敢不让道，不想活啦？”

游酢道：“我家租地有给田租，又不是白要。这跟磕头、叫老爷有何瓜葛？”

管家道：“你能，有本事就不租。”

游酢脾气倔强，回敬道：“不租，就不租。”

“你有种！”

“你可恶！”

村里围观的人越来越多，员外也来了，他见过世面，况且向来不喜欢当面得罪人，知道游氏家族人丁不少，而且有一两个当官的，游酢也不是省油的灯，闹下去对自己不好，便大声喊道：“有富，跟小孩闹什么，走。”管家只好不情愿地走开。

这时，游酢见他的父亲正从远处走来，只好忍气吞声跟哥哥跑回私塾。

晚上，游酢被他的父亲严厉地训了一顿：“你逞什么能，历朝以来社会都是有权势有钱人的天下，爱出风头，总有一天会吃大亏。”

员外的家里，管家有富也被训：“俗话说‘风水轮流转’，做人要懂得给自己留条后路。现在朝廷正在变法，凡事要小心些，如果再得罪太多人，以后那帮穷困户有些事情也会跟我们过不去。今天，那个游家老二的公子，是个不好惹的，县老爷他都不怕啊。再说，他与家辉同学，将来要是他有作为，对我们家还是有所用的，不可轻易得罪。记住，今后不准丢我的脸！”

“是、是。”管家应道。

游酢思想还很单纯，不知道这些，事情过去早忘得一干二净，他依然像平常一样生活。

书斋的边上有一棵桐树。炎热的盛夏时，它可以给教室遮荫；晨夕时学生们便到树下休息或者看书。

附近有一叫“广济寺”的寺庙，晨钟暮鼓，经声朗朗。先生管理很严，不让

学生去涉足庙里，自己却偶有与方丈来往。有的学生更好奇，先生不让者的偏偏要去。初次，先生不免要教训，多了就松了。一来二往，有的学生便与和尚与方丈熟悉上了。但是，游酢记起父亲的教导，不敢再去寺庙。

江侧先生来往的朋友很多，附近寺庙有个云空大师经常来下棋。游酢和叶祖洽、施景明站在一旁观看。学生们虽然年龄轻，却都聪明，很快入道。中午，他们在宿舍里也偷着逗乐。日久天长，大家棋技大有进步。

没有事情的时候，学友们会一起跑去附近的村庄走走。

不久，县里派几个人来禾坪里复查丈量的土地。他们住在员外的家里。按照朝廷的规定，不论哪一种的田地都要丈量，面积不能隐瞒，要一一造册上报，到时按照所报的亩分向朝廷交粮税。但是，各地的田地大都为地主豪绅占有，他们都是有权有势的人物，互相勾结，串通一气，采取少报、漏报或者隐瞒手段，敷衍了事。富垄村的财主们也如此。可是，朝廷还有一项规定让地主豪绅们头疼，即所报的亩分数据必须要有当地的农耕户签字押手模，才能证明有效。员外虽然上下打通关系，隐瞒了不少的亩分，大多的田地只得挨家挨户求租种他家的佃户签字押手模。

在朝廷主持变法的王安石，是一个极精明的人，他通过自己派出的耳目了解到底下隐瞒亩分的事情，又派了刘彝、程颢等八人分路到各地专门进行核查。

朝廷又派几个人到富垄村核查土地，他们不再去员外家吃住，而是带钱米来，住在村中贫苦人家里，自己起伙食。他们去百姓的家明察暗访。这样，禾坪村的员外家隐瞒的田地也被查了出来。

员外大不高兴，心里明白村中有人举报，一连几天在家里闷闷不乐。管家见主人脸色不好，知道他心里不好受，于是说："老爷，我怀疑——"员外问道："怀疑什么，有根据吗？"管家摇摇头，员外说道："没有根据就不要瞎猜。下去吧。"

没有事情的时候，学友们会一起跑去附近的村庄走走，但是都走不远，他们觉得不过瘾。

清明节，先生回家扫墓，书斋放四天假，大家又舍不得分开各自回去，便议论去哪里玩好。游酢建议："咱们去崇化里看人印书吧。"大家齐声说："好啊！"叶祖洽说："明天上午去崇化里，然后去麻沙。"施景明问："还有两三天怎么安排？"上官均回答："到时再说。"

第二天吃过早饭，大家到崇化里（今书坊乡）去。

崇化里地处江坊东侧的思娘岭下。从江坊到崇化里有十里左右，路上游酢边走边介绍："那里山林茂盛，资源丰富，取用便捷，书坊多、规模很大。"

原来，从唐代中期时开始兴起书坊雕版刻书，工匠们以刀作锄，以版为田。到了宋朝出现了活字印刷，地处偏远的地方仍然以雕版印刷为主，书坊增加了不少。建阳这里的书坊同时接受官方和私人的委托，代为印刷书籍，所刻的书籍广泛，生意非常兴隆。较出名的刻坊有余氏、刘氏、叶氏、熊氏等十几家，其中以余氏"勤有堂"刻版最著名，所产的"建本"与浙江临安的"浙本"，四川成都的"蜀本"齐名。因此，建阳成为全国闻名的江南四大印刷点之一，崇化里和麻沙印刷闻名于世。

年轻人走路快，大约一个时辰就到了。

他们走到那里，但见四周群山环抱，森林茂密，山腰间藏着一个山乡，房屋上百座，人烟密集，街道纵横，有主街、前街、后街。印刷点却在山乡东面的山坳里，靠近罗家堆村。游酢带着大家穿过街道，来到余氏书坊。这是崇化里最大的书坊，占地几十亩。老板见来了一群年轻的书生，热情相迎，招呼："欢迎诸位相公光临敝坊"。游酢用建阳话对老板说："我和学友们前来看个热闹。"余老板一听都是读书人，忙说："欢迎、欢迎。相公们请——"他并且亲自带着年轻人进书坊中看工人们干活。先是来到刻版坊间，有三、四个人边上放着手稿，对着手稿用刻刀在一块块木板上刻字，余老板介绍说："鄙人的书坊是手工作坊，用雕版印刷。咱们这里山村多枣树、梨树，工匠们就地取材，用这些树木来雕刻文字，所以人们将印书叫做'付之枣梨'。"游酢问道："生意好吧？"余老板回答道："还可以，有官府的、也有私人的，最近活很多忙不过来。"接着，他们来到印刷坊间，看见有十几个腰间绑着围裙女工，一手拿着刷子刷墨，一手翻动着纸张，在忙碌地印刷，还有几位男子帮忙送纸、递油墨，一位年长的师傅巡走查看工人们干活。叶祖洽问道："什么书都印吗？"余老板答道："是的。我们有生意就做，经、史、子、集及天文、地理、医学以及通俗读物，无所不印。"上官均问道："你们印书，官府会来找麻烦吗？"余老板笑了笑，说："没有事。我们有朝廷的批文，况且每年有给朝廷缴税。"施景明问："现在不是有活字印刷吗，你们为何还用雕版的。"余老板犹豫了一下，答道："我余氏勤有堂是祖上传下来的祖业，生意很好，不要用别的。"他忽然说："哦，我还有一点事情，你们先看看，看完了就过去找我，中午在这里吃饭。"游酢应道："不用客气，你忙去吧。我们看看就走。"

余老板走后，游酢低声地说："景明呀，你的话触犯了他的忌讳。他就怕别人说到雕版不行。"施景明申辩说："我怎么知道他的忌讳，你不早说。"叶祖洽说："别说了，我们到别处走走。"

走了几处书坊，大家见都差不多，觉得不新鲜；见有一座不大的文庙，众人进去拜了一拜。

大家又跑到麻沙去。那里处于交通要道，是一个比较大的集镇，地势平坦，人烟密集，书坊数量更多，而且印刷也很有名气。由于印刷需要大量的竹木资源，附近的老百姓到秋、冬两季就忙着砍木头和毛竹供应纸厂造纸，能够获得一批钱财收入。同时，外来印书的客商、书商等来往不绝，也带动了这个地方客栈、酒家、饮食店、杂货铺、小摊点的增加，麻沙成为当时建阳一个较富庶和发达的山乡，颇有一些热闹景象。游酢和学友们都是山村中长大的人，对竹木熟视无睹，也看过雕版印刷，他们到麻沙玩是为了尝一尝那里的“油炸馃”，吃一吃那里的豆腐饭，看一看来往的客人。

中午了，大家到街上吃点饭。

吃饭时，上官均忽然说：“大家什么时候到我家玩一玩，那里的风景比这好玩多哩!”众人听上官均约学友们到他家玩，都乐得蹦起，异口同声回答道：“好啊，我们过一天就一块去。”

饭后，大家又说说笑笑返回。

第三天，众学友果然一起前去邵武。

时光似箭，转眼到了秋天。

七月，朝廷又颁布“均输法”了。

课余时，学友们议论起这件事情。叶祖洽说：“这均输法颁布得好啊。徙贵就贱，用近易远，这样能够平抑物价的猛涨，搞活市场，给老百姓带来实惠。”上官均听了则说：“这只是针对东南六路，况且还没有执行，怎么知道它是利大，还是弊大?”两人你一言我一语辩论起来。游酢才十七岁，对朝廷的事情看不准，但是对于“平抑物价”有好感，于是说：“能够给老百姓带来好处就是好政策。‘徙贵就贱，用近易远’这句话什么意思?”上官均解释说：“这句话是专门指地方上每年都要向朝廷运送上供财物而言的。哪里的东西便宜就在哪里购买，假如有多个地区同时丰收，物价一样便宜，就到距离较近、交通便利的地区购买。”叶祖洽接着说：“如今的社会许多的问题都要改革。”上官均说：“我以为变法是要的，但是不能过急，变得太急，天下反而会更乱。”两人又争执起来。江侧听见两个弟子争论不休，出来说道：“祖洽、彦衡，你们在一起总有争辩，这是好事。但是，千万不可伤了和气。我觉得祖洽敏锐可是太性急，要改一改，彦衡较稳重些，但是不可保守。中庸二字，你们怎么理解的?”两人回答道：“先生教诲得是，学生记住了。”

一日下午，学生们正在专心致志地听江侧先生讲课，忽然飘落一片片桐叶，有的飘进教室里来，年龄偏小的学生大多分散了精力，有的好奇地叫嚷，有的去拣桐叶，游酢却认真地听课，江侧先生见了学生们的状态，忙叫道："大家别管了，只有读好了书将来自有好前程，我们继续上课!"

下课后，江侧先生对游酢说："你到我房间来一下。"

游酢来到江侧先生的房间，江侧先生说："下午上课时，我发现你没有分心，而是认真听课，真是好学生呀。你有什么想法或者困难跟我说说。"游酢回答："先生的课讲得很好，我听得入迷所以没有发觉什么。先生，我没有什么想法，来书斋就得认真读书。"江侧先生听了更高兴，又问道："我知道，你家的生活比较困难，每天打赤脚走来回一二十里山路，逢下雨和霜、雪天多不方便。搬到这里住下，我不收你的寄宿钱。"游酢想到：先生免收寄宿费，可是家里经常用瓜菜或者野菜当粮食，没有米可带，拿什么吃呢？这事又不好跟先生说。于是，他说："谢谢先生的关怀，我习惯了。"江侧先生见他这么回答，说："那好，今后有什么不懂得的地方尽管来问。你先回去。"游酢谢了先生，背起书包踏上了回家的路。山路上，夕阳照射着他的身影渐渐远去。

霜降过后，霜雪一天天地多了起来，天气日见寒冷。

一天清晨，雪下得很大。游酢起床时，但见一片白皑皑的。吃过饭，施景明来了，两人戴着斗笠一起去上学。游酢上穿两件补丁的衣服，下穿一条单薄的裤、脚穿布鞋。但是出了家门走了一段路，他就脱下塞进书包里，打赤脚行走。施景明说："鞋子舍不得穿?"游酢回答："一双鞋我母亲一针一线地要做半个多月，你看这山路不是露水便是霜雪的，走没多远就湿了，很容易烂掉。"景明说："真孝顺，可是你妈知道了会心疼。看你的脚冻红了。"游酢说："习惯了就无所谓。"

到了书斋，他们两人变成了雪人。同学们见了哈哈大笑。

上课了，江侧先生站在讲台前，脚下放着一只火笼仍然觉得寒冷，案上放着书本，正要给学生们讲课。窗外，雪呼呼地飘起来。江侧先生忽然想到：今天的雪下这么大，何不以"雪"为题，考一考学生们的才华。于是，他说："咱们今天就以'雪'为题，能够做诗的做一首诗，不会做诗的吟一首自己最喜欢的诗也可以。怎么样?"

"好!"同学们发出了赞同声。

他说道："大家先考虑一刻钟，想好了就起来吟给大家听听。"同学们都静下来，默默地思考。

一刻钟后，叶祖洽第一个站起来，说："我来。大雪白如银，先占天下春。驱

寒除旧物，世上一番新。”江侧先生满意地颔首一笑。

上官均第二个起来，吟道：“瑞雪兆丰年，欣看梅竹妍。严寒何所惧，傲骨自凛然！”江侧先生竖起大拇指，点点头微笑。

接着，其他几个各吟一首自己喜爱的诗。

只剩游酢一人了，同学们的目光唰地都集中他的身上。他起身吟道：“好雪从天降，无声胜有声。随风轻润物，清气自盈盈。”江侧先生露出喜悦的笑容。

课堂静下来了，江侧先生高兴地说：“今天很不错，其中祖洽、彦衡、游酢三君较出色。听其诗，知其志，看来祖洽锐气大，文章可以夺魁天下，但稍露锋芒，日后有为宜注意内敛；彦衡诗中有峥骨，足可为仁人志士，得加以修养，使之圆润；游酢的诗在清新，看得出心胸宽和，以此推之，将来适合当太守之类百姓父母之官。”

因此，状元、志士、太守的外号在同学中传开了。

一天傍晚，游酢回到家里，晚上在房间看书。忽然，听见堂嫂问道：“二婶，吃饭了吗？”游酢的母亲回答：“吃过了。坐。”堂嫂说：“后天我妹妹要订婚，回去我妈的家一趟，你帮忙看看家。”游酢的母亲应道：“好！你去吧。小姨找个什么样人家？”堂嫂讲：“二婶，跟你说实话，我的意思让她嫁给定夫，可是我妈不同意，把她嫁给城里一个年纪大十多岁有钱的财主。”游酢的母亲说：“我家穷，哪里敢有那非分之想。有钱人嫁有钱人，那才门当户对。”游酢听不下去了，上了床掀开被子捂了全身睡觉。可是，想到这件事情怎么睡得着？自己一定要努力学习好文化，将来做一个有作为的人。

旧岁将尽，欲知新的一年如何？且观下回。

第六回

江坊弟子扬天下
老庄思想定根苗

熙宁三年春，朝廷颁布了“三舍法”。

这“三舍法”是三舍考选法或三舍选察升补法的简称，是王安石实行变法的“新政”之一。之前，“进士科”重诗赋，“明经科”专记诵，王安石认为不能造就用人才，因此建议皇帝赵顼创立太学生“三舍法”：将太学生分为上舍、内舍、外舍三等。在一定的年限及条件下，外舍生升入内舍，内舍生升入上舍；上舍生考试成绩优异者直接授官，中等者直接参加会试，下等者直接参加省试。这样，一部分出身贫穷的子弟有了与富人子弟读书和当官平等的竞争权利。

游酢获知了这个消息，异常的兴奋，他想：自己将来的前途终于看到了一线的希望。

春初，叶祖洽、施景明、上官均等进京赴考。游酢和一些年龄更轻的学友，觉得自己对进京考试还没有什么把握，继续去江坊读书。

自从叶祖洽、施景明、上官均去后，书斋一时人数稀少下来。江侧先生清闲了许多。

江侧先生见游酢聪明，很有培养前途，有意栽培他，为了让他能够有更多时间学习，叫他在学校住下。游潜知道后虽然同意，但想到家庭困难依然不敢答应。

一天，不知游酢的爷爷游三礼怎么听到了这件事情，气得胡须发抖，大骂游潜：“这样大事怎么能够不跟我说。大不了，一家人平时少吃一点，没米吃些薯、芋、青菜也过得一餐。影响了孙子的前途，我不饶你们。”家里人全知道了，都表示愿意克服困难，把大米省给游酢去读书，游潜只好让儿子当寄宿生。

从此，游酢安心在那里读书很少回家，只有逢上大节日才回去看望父母。

在学习的过程中，游酢有时遇到疑惑，就去请教先生。可是《易经》太深奥，象辞和爻辞的含义最难理解，有些问题江侧先生也没有办法解释透彻。所以，游酢也不敢多问。

江侧先生不喜欢卜卦，只是让学生知道八卦怎么一回事而已，也没演示给学生看。

游酢回家，晚间时伯庄来坐，问起："最近在那儿学习什么？"游酢答道："学点易经的八卦知识，可是篆辞和爻辞不知道怎么理解。"伯庄听了说道："学易经不卜八卦，正如讲怎么游泳的道理一样，没有下水去游游，怎么能够理解得真切？还好，这方面我懂得些粗浅的东西，来，我教你。"于是，他私下教游酢等怎么样起卦、装卦、断卦。

一日，方丈与江侧先生交谈学禅所得，游酢在外面的厢房里静静地读书，只听江侧先生讲道："愚觉得其能净身心而已。"

过了许久，游酢起身去小解，不巧江侧先生送那方丈正好出来，于是碰了个面。方丈乃高僧，善相术，见了游酢问了姓名，知是非凡俗之人，对江侧先生道："此贤辈，将来必腾达之人也。"

却说叶祖洽、施景明、上官均等人进京参加考试，均考中了进士。因为叶祖洽在殿试策论中有"祖宗多循苟简之政，陛下即位，革而新之。"的论点，正符合宰相王安石变法的精神。而上官均的文章思想比较稳重，认为"合则取之"。当时考官苏轼考虑：叶祖洽的文章诋毁前代皇帝而对时下的皇帝献媚，如果让他在士林中夺魁，怎么能够使社会风气端正？于是，他将上官均排第一，叶祖洽排第二，浙江山阴人陆佃排第三。宰相王安石看了排名，出来说话，认为苏轼的评选不正确，皇帝赵顼听了，令陈升之读上官均等三人策论。结果，皇帝赵顼钦定叶祖洽为第一名，点为状元，上官均为第二名榜眼，陆佃排仍然第三，为探花。叶祖洽被奉派"签书奉国军判官"，上官均授"大名府"（今北京）"留守推官"，陆佃授蔡州推官、国子监直讲。

叶祖洽点为状元，上官均点为榜眼，同科状元、榜眼同出于一师门，实在属于几百年来罕见之奇事。这消息一传开，天下轰动。因此，想前来江坊求为江侧先生门下学者更多。但是，这一消息也使江侧先生心灵受到很大的震撼，产生了强烈的思想斗争：学生能够考中状元、榜眼，而自己连进士还没有拿到，情面上很过不去。他一连好几夜都睡不着，自己接近五十岁了，如果再拖延下去，老了没有精力拼搏，决计这一学期结束闭门谢客，放下心来攻读，不再收徒办学。

江侧先生爱学生，家藏许多书籍，经常邀游酢和学生到他家看，并且交代道："贤契等，有喜爱的尽可拿去看。"这样，游酢在这里接触到更多的书籍，如东晋陶渊明，汉朝的司马迁、贾谊，唐朝的韩愈等名家文章。游酢借到一本古文选抄，特别喜爱贾谊的《治国策》这类策论文章，经常夜里秉烛而读。

一天傍晚，游酢单独去找江侧先生请教问题。江侧先生正在客厅上看书，游酢想先生读的书一定很好，于是问道："先生，你读的是什么书?"江侧先生听了，抬头一看，说："哦，是游酢。我在看《南华经》。你来得正好，这本书有很多故事，学问也很深广，你拿去看看。我先去厨房烧火、添点水。"游酢迟疑一下接过书，问道："《南华经》是什么书?"江侧先生答道："战国时期有个人叫庄子，他继承老子的思想，创立了道家学说，写下了关于道家的书，后人把这本书称为《庄子》。到了唐朝，唐明皇信奉道家的学说，封庄子为'南华真人'，庄子的书因此受封为《南华经》。"游酢听了，说道："谢谢先生的赐教。"

他坐下来打开书的第一章《内篇·逍遥游第一》便见这样写道："冥有鱼，其名为鲲。鲲之大，不知其几千里也。化而为鸟，其名为鹏。鹏之背，不知其几千里也；怒而飞，其翼若垂天之云。是鸟也，海运则将徙于南冥。南冥者，天池也。《齐谐》者，志怪者也。《谐》之言曰：'鹏之徙于南冥也，水击三千里，抟扶摇而上者九万里，去以六月息者也。'野马也，尘埃也，生物之以息相吹也……"游酢很快被书中的所写吸引住了。

过了一会儿，江侧先生出来问道："这本书怎么样?"游酢回答道："先生，此书果然好看极了。"江侧先生走近，拍一拍游酢的肩膀，说："既然这么喜欢，那么你先拿回去看，看好还给我。"游酢连忙鞠了三躬，说道："谢谢先生!"退出了客厅。

从此，游酢每天上完功课回到宿舍便读那一本庄子的《南华经》。《南华经》有内篇、外篇、杂篇三大部分，共三十三篇。书中的许多富有深刻哲理的故事和大胆、丰富的想象力，着实让游酢大开眼界，也激发了他的想象和对未来的憧憬。

过了一个多月，江侧先生叫游酢去客厅，问道："那本书读得怎么样?"游酢回答说："粗粗翻了一遍。"江侧先生考了几个问题，知道他已经读得熟悉了，因此说："你读书很快，理解得也好。我这还有一本《老子》再拿去读一读，对理解《南华经》会有帮助的。"游酢恭敬地接过书，谢了先生走出客厅。

《老子》是语录体，一段一段的都是讲道理，比起庄子写的《南华经》来，语言更简练，但是比较难于理解，所以经常去请江侧先生当面解释。江侧先生每次都很耐心地给予解说。

大约一个多月后，江侧先生又单独把游酢叫去客厅，问道："老子的立世准则是什么?"游酢回答道："老子曰'我有三宝，持而保之。一曰慈，二曰俭，三曰不敢为天下先。"江侧先生又问道："老子这样说的理由是什么?"游酢回答道："慈故能勇；俭故能广；不敢为天下先，故能成器。"江侧先生又连问了好几个问题，游酢一一作答得准确，江侧先生听了捋一捋胡须，露出喜悦的脸色说："《老子》此书道理极深，各人的理解不尽一致，我讲解的也只能供你参考。老子和庄子同属于道家，世人称为道学。这道学虽然与儒学不同，但是对于人生的修养是极有作用的。简单地说，儒家也讲修身，可是主张积极入世，很多人往往会过于追求名利，而道家大处讲无为而治、个人则要淡泊名利。老子曰'天之道，利而不害；圣人之道，为而不争。'一个人名利心太重是不行的，如当今的宰相荆国公王安石就是一个典型，一味地搞新法，遭到众多大臣的反对，还死要坚持自己的政治主张和做法，结果气得伤肝败肺，得了一身重病。如果他把事情看开一点，有些事情慢一点做，有张有弛，就不至于那样。我这里只是讲一例，其他的你自己去领会吧。你现在的个性有点急躁，将来走上社会或者仕途，老、庄二人的思想对你可大有裨益呢。"听完了，游酢又再次磕头称谢了先生，走出客厅。

到了夏季末，江侧先生对学生进行一次考试，考完对游酢说："今年府学正好开考，你可以去一试了。我呢，身体不大好不再办学了。"于是，游酢决定离开集公山。

临行前，他来向江侧先生辞行。方丈也在场，游酢顺便问道："大师，我之前途如何?"方丈笑而相送七步，说："自己去领悟吧。"

游酢一生的前途如何？且待逐回看来。

第七回

兄弟夺魁建州府
群英聚会悦来楼

话说南平有个才子姓黄，单名裳，字冕仲，生性直率，为人好客，十八岁时已经蜚声闽北。他参加过几轮考试尚未考取进士，眼下已经二十八岁，觉得自己虽然学问不薄，也许时机未到，决定云游天下以长见识。他听说建安府人才众多，便慕名前来云游。到了建安，他结识了林志宁。

林志宁是建安城木材大富商的公子，生性豪爽、豁达，中了秀才之后，到府中赴考了好几轮却屡屡名落孙山，于是灰心泄气，无意于进取，也四处云游。他除了结识建安的叶默、吕杭等同乡书友，也到周边的县和州郡游玩，意在结识一些新的朋友。

两人坐下闲谈，林志宁与黄裳说："论建州当今的人才，非游氏兄弟莫属。"黄裳回答："黄某也早有所闻，一向仰慕游氏兄弟，只是至今无缘谋面。"林志宁讲："这好说。我们就一同前去拜访。"

第二天下午，林志宁与黄裳来到建阳城，两人商量在城中过一夜再前往麻沙，于是在一家客栈休息。

傍晚时，林志宁一人上街走走。到了"临江阁"边上，听到阁楼上有一群青年谈笑，猜测是文人集会，便试登阁看看。

游酢与建阳的同乡书友相聚在潭城"临江阁"，大家正谈论学问，忽然进来一位中等身材、脸庞红润、鼻梁高隆、年龄二十四五岁的书生，拱手问道："不好意思，打扰一下诸君，请问贵乡的游氏兄弟在此否？"游酢连忙起身回礼道："在下便是游酢。不知这位相公尊姓大名，仙乡何处？"来人答道："原来正是游君，久

仰、久仰！在下建安人氏，小姓双木林，贱名志宁。尊兄没来？”游酢答道：“哎呀是林君，老兄的大名如雷贯耳，今日得以相见，我辈荣幸之至。我哥今天在家有事，在此代他谢过林君。请上坐。”众人纷纷起身相让。游酢将林志宁拉到自己身边坐下，把在场的朋友一一作了介绍。林志宁彬彬有礼地逐一回礼。大家互相认识一番，很快熟悉了。众人向林志宁打听建安的人才、风土人情，他讲：“建安是早期闽越人聚居地，而且还是中原汉人入闽的首要聚居地。东汉建县，唐初设建州，宋太祖开宝八年恢复建州，端拱元年（公元 988 年）设建宁军节度使，英宗治平三年（公元 1066 年）又从建安县分置瓯宁县，建安城内出现了建宁节度军、建州府、建安和瓯宁两县，四府同城而治，这种现象怪不怪？但是，当地老百姓都习惯了叫建州或建安，谁去叫建宁军等其他的？在下随时恭候各位相公前往观光。”大家无不感到他这个人平易近人，都从心里喜欢上了他。林志宁想起黄裳，说：“我和剑州黄裳相公一起来的，他还在客栈里呢。”众人说：“那快叫他也来这里。”林志宁应道：“好。我这就去叫他。”

那黄裳见林志宁出去许久不曾回来，忍不住上街找。他初次到这里，人生地不熟，往内街去了。林志宁赶到客栈一看，黄裳没在，心慌乱了起来，跑回街上找也没有看到，于是想到：肯定在内街。一到内街，果然见到了，大喊道：“冕仲兄，你让我好找呀！”黄裳答道：“大活人能丢吗？”林志宁跑上前将事情讲了一遍，说：“他们都在等你呢。走！”

晚餐后，当地的其他朋友先后走了。陈师锡邀请黄裳到他家过夜，游酢则留下陪同林志宁住在城里一家的客栈。店里点着一盏昏黄的灯，两人洗了脚，闲聊一会儿，林志宁问道：“你会下象棋吗？”游酢回答：“下象棋？我只是懂得一些粗浅的步子。”林志宁兴奋地说：“会一点就够，我们来玩几盘。”说着从自己的行李中拿出一副象棋来。游酢吃惊地问：“你出门还随身带象棋，莫非是棋迷？”林志宁答道：“正是。从小受家父的影响，爱上了就很难改。出门带着它，找一个伴可以打发日子。”说着在桌上摊开棋盘，游酢走过去帮忙摆棋。林志宁常常下棋，摆棋很快，见游酢笨手笨脚的，知道确实不是经常下棋的角色，说：“不要紧，慢慢来，下多了就会熟手。”开始下棋了，两人推让一番，游酢来个“炮二平五。”林志宁微微一笑，马八进七。下没一刻钟，游酢输了。林志宁笑着说：“你下棋要学会慢些，思考好了再动子。要眼看全盘，不能只贪吃。再来！”第二盘，游酢下得慢了些，可是也没有半个时辰又输了。林志宁温和地讲：“下棋虽然说是生活的娱乐，它可以怡情养性，也可以锻炼人的智力，磨练人的意志。”就这样，他边下边讲道理。游酢知道自己棋艺太浅，林志宁是一番好意，且说得句句在理，虚心地听着、学着。突然，老板走进屋来，说：“你们两位相公早点睡吧。那灯没有什么油。”林志宁听了，大声说：“老板你是心疼我们把你的油点干了吧。你去再拿一盏油灯来，明天油钱双倍付给你。”老板听了，知道这是一位家境很好的公子不好得罪，脸上一热，回答说：“这位相公别误会，我就去拿油灯。”老板出去一转眼真的拿了一盏油灯放在桌上出了房间。林志宁说：“哼！这些老板小心眼，到我家去用油洗澡都没有问题。”游酢从话中听出他家庭的富有，也不说什么。两人连下了三盘，林志宁讲：“不下了，咱们聊聊天，你确实只是初学者。象棋这门技艺深无底洞，不能只顾自己怎么走，要看对方下什么子。单开局就有好多种，仙人指路、飞象、中宫炮、士角炮等等，开局不好，整盘就会很被动。古人下棋有流传下来许多棋谱，有讲下棋要领的，也有很多精妙棋局。看看这类书，便可进步得快。”说着，他将原来棋盘上的子做了变动，讲述了一些要领，接着又摆了几种常见的杀棋招式。夜已经深了，林志宁说：“好了，休息吧，以后见面的机会多得很。只要你肯学，我包你能够成为一个好棋手。”吹了灯，两人躺下休息。

第二天清早，陈师锡来敲门：“定夫兄、志宁兄，你们快起来，到我家吃饭。”游酢和林志宁两人利索地起床，跟陈师锡去了。

童游镇与建阳城隔河相望，过一条木桥便到。

到陈师锡的家，游酢说：“今天到我家走走。”林志宁答道：“好啊。我跟冕仲兄就是要去找你的。你是见了，可是没有见到你哥。”黄裳说：“传闻建阳游氏双凤，我也一定得拜见拜见你兄长。”游酢回答：“我哥较少出门。不过，他很好客，交游面不小。”游酢说：“陈秀才也一块去。”陈师锡点头道：“行。”

吃过饭，四人一起起程。

他们行走了半天，到了莒口已经中午。熊敦常见游酢带来了一群朋友喜出望外，忙热情地相迎进家。

熊敦常的家有九口人，有三个哥哥，两个哥哥已经娶妻生有儿女，大嫂忙着招待客人，母亲和二嫂煮饭、杀鸡，父亲上街提酒去。午饭时，几个人坐下，边喝茶边聊天。

午饭后，大家赶路。

走了约一个多时辰来到麻沙。黄裳见到这个地方是个集镇，街上房屋密集，沿街是店铺，有杂货店、布店、饼店、茶馆、酒家，也有摆摊和流动的小吃叫卖，人来人往。他叹道：“这地方好不热闹啊！”熊敦常说：“是的。这是我家乡建阳最大的乡里，人烟众多，商业繁荣。”林志宁补充道：“我走过南北不少地方，像麻沙这样热闹的集镇不多。”大家看见太阳已经西斜，也不敢多停留，只好急着赶路。

众人又走了一个时辰左右，终于来到了富垄村，暮色已经低垂。村中的狗，见来了陌生的人都汪汪地叫起来。游醇听见狗的吠声，猜测一定有什么客人来了。他放下书本刚刚出门探个究竟，只见游酢、熊敦常、陈师锡带着两位陌生的书生朝他家来了。他小跑地迎上前去，拱手说："欢迎、欢迎。"游酢对两位新朋友说："这是我的兄长。"接着将林志宁和黄裳向游醇作了介绍，游醇拱手道："久仰二位大名，今日得以相见，荣幸之至。"林志宁和黄裳回礼道："彼此、彼此。仰慕已久，冒昧拜访，还望见谅。"游醇答道："哪里话，天下读书人是兄弟，来往礼也。请进屋座谈。"游酌、游醑闻声赶来，又与黄裳相识一番，大家才一一到客厅上坐。游酢的爷爷三礼见来了客人，无比高兴，大声喊道："来客人罗。"片刻，游醇的夫人端着茶盘来到客厅，向客人一一问好，递上茶，回厨房去了。

这一夜，几个书生相聚自然热闹。到了半夜，大家才去休息。

天亮醒来，黄裳起床洗完脸出门一看：这是一个小山村，只住着二三十户人家，屋后是树木和竹林，屋前有一大片的田地，对岸群山起伏。出了门，走到南面，看见对面山脚下的河边倒是一个很大的山乡。游酢不见了黄裳出门寻找，黄裳返回来了，游酢问道："我这里山区，地偏人少。黄兄的家乡是城里，一定更开阔吧。"黄裳回答："一样，也是抬眼便是山。贵乡山清水秀且土地平旷，略胜我家乡延平。"游酢将信将疑地讲："黄兄真会说笑。"黄裳一本正经地答道："真的。延平是座山城。哎，游秀才你兄弟今天就跟我去延平玩一趟如何?"游酢走来应道："有机会一定会去拜访的。"熊敦常、林志宁都出来了。

早饭后，黄裳等人说要走，游醇、游氏兄弟俩和家人都相挽留。黄裳和熊敦常、林志宁等起身告辞，游醇、游酢俩将朋友们送到岔路口才返回。

炎热的夏季里，白天晴热，太阳光毒得很，蝉声高鸣，夜里闷热。游氏兄弟知道秋天已近，一场考试即将来临，他们在家埋头读书、做文章，一点不敢怠慢。

眼看考期快到了。这是府学考试的日子，所有读书人都非常关注。游醇和游酢商量道："我们去参加考试看看。"游酢应道："好！我们邀几个书友一起去。"兄弟俩商定了出发时间和相会的地点，游醇说；"此去建安约两百里路，要走两天，我们得提前一天看考场，这样就要早三天去。"游酢补充说："头一天中午咱们自己带饭，晚上到建阳过夜。第二天，大家相会了再商量吧。"于是，他们写信邀当地的江淮、熊敦常等学友去建安府参加考试。

半个月后，几位学友都回复同意。

立秋过后，天气依然还很热，可是秋风凉爽，人们觉得舒服多了。

考试前两三天，建宁军所辖的建安、建阳、浦城、松溪、崇安（今武夷山）、瓯宁、关隶（今政和）七县的秀才们赶来建安城。

建安为千年的古城，高大的城门上赫然地镌刻着“建安”二字阳文，城墙巍然耸立，进入城内但见牌坊林立，店铺毗连，商贾如云，车水马龙，过往的人们摩肩接踵，熙熙攘攘；沿街行走着，有汉唐民居的风貌，可见不少新建的寺庙，也有古刹。整座城市的建筑古朴、典雅，古色古香，让人们依稀感受到这座历史上曾经被称为“八闽首府”的古城不凡风采。

建阳的秀才来到城内，在一家客栈住下。他们没有空闲去游览和观赏建安城的古迹、观看街道的繁闹，整顿好行李，静下心来休息。当晚，林志宁带着叶默、曹震等几个家乡的秀才到客栈看望建阳来的游氏兄弟和其他朋友，大家见面互相问好致意，接着坐下聊天。闲聊了一个时辰，林志宁说：“明天还要考试，你们早点休息。”说完，带着一群朋友走了。

第二天上午，他们去看考场。考场设在文庙，他们走到那里，只见考场上一片黑压压的人群，他们是各县来的考生，讲建安话的最多，也有讲建阳、崇安、蒲城、松溪等方言的。考生们大多都猜测、议论着考题，也有的在交谈闲话，还有的在兴奋地跟新认识的学友交流着。

第三天上午开始考试。考场非常严肃，外面有衙役把守，建宁军节度使亲自担任主考官，正襟危坐在主考室里面，每一个考室已经安排了两名监考人员，巡视官在走廊上不停地走动着。

开始进场了，考生们拥向门口，衙役们对考生们一一检查，不准携带任何有文字的东西进去。大多的考生顺利地通过，有个别身上夹带的纸张等被搜出没收了才放进去。

考试是单人单间的，考生们进入各自的考棚坐下来，等待着试卷送来。

约过了一刻钟，有人送试卷来了。考生开始投入考试。

第一场考诗，考官出的题目是“折桂”两个字。

建安人叶默第一个交上诗。

过了一会儿，游醇、游酢等人也相继将诗逞了上去。

第二场考文章。府中的考官有意要考学子们对天下大事的关心程度，出的一道题目：“时务之我见”。

熊敦常第一个交了卷出了考场，游醇、游酢、江淮、叶默、叶世隆相继走出来，接着建安的秀才叶默、邱传、吴仁凯、王藻、魏扬紧跟着出考场，再是刘安行 刘干、曹震、黄觉、叶木等也先后出来。大家聚集在一起，先是相互认识，继而讨论起考题作答如何，议论纷纷。叶默说：“大家别议论了，考完了，结果怎

么样那是改卷官们的事情。今天能够相识这么多的朋友便是最大的收获，今后大家有什么事情可以互相联系。走，到饭店去聚聚，热闹、热闹。”人群中发出“好”的赞叹声。叶默带着众人上街了。

话说那府里的阅卷，由节度使亲自主持并且担任主考，府学的山长（相当于院长）任副主考，朝廷还派有钦差，改卷官都是府学的教授或者老学究，至少也是举人出身。考官们对考生的答卷要求非常严格，有一字错了都不取。他们中大多个性比较固执，也迂腐，也有个别的能够变通者。

改卷官经过浏览、筛选出几份上好的卷子评定前三名的名次。甲、乙、丙三份试卷选定，众人阅览后丙卷定为第三名，大家看了没有异议，放在案上压着；可是甲、乙两卷的文章不相上下，谁的诗第一名意见不一致。主持人说：“诸位大人，现在有甲、乙两卷的诗，各位看看孰一孰二?”其中甲卷的诗写道：“少小生来众道奇，凌云壮志架天梯。腰中带有黄金斧，砍得宫中第一枝。”有的考官看了，称赞道：“此诗书写端庄，诗意亦佳，当评第一。”取出乙卷时，只见写道：“腾云驾雾上天台，亲见嫦娥把桂栽。步入蟾宫轻折桂，连云带月抱回来。”有人看了，说道：“这份诗固然第一，可是驾字底下的马不是四点，看上去像一横，马无四脚怎么能够行走呢?”好几个改卷官附和，说：“是啊，那怎么行。”副主考站起，拱手对节度使和钦差说：“甲、乙两卷，何者为第一尚有分歧，请两位大人做最后的裁断。”节度使听了，说道：“拿上来看看。”一位考官将卷递上，节度使接过手，钦差也好奇地凑近看个究竟。节度使问道：“钦差大人，意下如何?”钦差说：“有此等奇才，当推第一。我看那马字没有问题，马跑起来四蹄如一线，谁还可见其四蹄?”节度使附和道：“钦差大人言之有理，正合鄙人之意。”于是，乙卷被定为第一。

接着撕开卷子，登记名字。众人争相围到前面看看前三名的名字。甲卷的考生是“游醇”，当将开乙卷时，连知府和钦差都瞪大了眼睛，一看是“游酢”二字，众人齐声称赞道：“哇！真是了不起!”再打开丙卷一看，是“叶默”。

第二日，府学门口张榜公布了考试成绩的名单，秀才们蜂拥上前看个究竟。榜上赫然地写着，第一名游酢、第二名游醇、第三名叶默，其余的名单按照姓氏顺序排列下来。

看完了榜，大家各自走了。游醇、游酢和熊敦常等建阳的朋友们也离开，步行返回。

游酢、游醇得了一二名的消息很快传遍全府。从此，游氏兄弟的名声更响了。

话说剑浦的黄裳，秋后去福州结识了孙大廉、黄国才和余深，并邀请三人到

他家乡一游。黄裳一回到家，听说建阳游氏兄弟在建安府考试中夺魁，大家议论起来，余深说："早有耳闻游家弟子中出了个神童。莫非他便在其中。"黄裳答道："正是。他们兄弟我都拜会过。"黄国才提议道："过几天正好是重阳节，我们何不前去建阳走走，顺便认识认识他们。"孙大廉说："建安乃闽北首府，自然不可小觑。我赞同去。此去的路途多远？"黄裳答复道："路途不算远，两百三四十里，紧走两天，慢走多半天。"余深担心地说："我们这一去会不会给人家添麻烦？"黄裳响亮地回答："没事。明天大家一起去，我们就在潭城客栈落脚，写信约他们兄弟和文友聚一聚。说不定他们会在那里活动呢。"

重阳节，建阳的年轻秀才们在城中的"悦来"酒楼上聚会。因为陈师锡家在潭城附近，家庭富有，他做东。叶默因为来陈师锡家，也一块来凑热闹。座谈中，大家先是谈建阳的事情。忽然，进来一个身材高大的青年，陈师锡介绍道："这位是建安的曹震秀才。"曹震抱拳向在座的各位说："曹某向诸君问好、致意！"大家说："曹秀才别客气，坐！"陈师锡一一地介绍了一遍，曹震又站起一一施礼，然后说："不好意思，打搅了大家的雅兴。有什么话继续谈吧。"陈师锡说："曹秀才刚刚从江北回来，我们听听他带回的新消息。"曹震说："今年秋后全国许多地方出现了旱灾，北方不少的地方一连半年多滴雨不落，旱情十分严重，情况很快传遍全国各地。朝廷获得消息后，皇帝坐立不安，王安石等大臣也无比焦虑，在想办法积极应对。"江淮问道："京城那边消息怎么样？"曹震说："京城议论得满城风雨，许多的人认为跟当政者有很大关系，说王安石搞变法引起了老天的不满，所以用干旱来惩罚朝廷。"游醇说："晴雨风雪和自然灾害，这本来是一种自然的现象，古而有之。这跟变法毫无关系，简直是扯淡。天人感应，也不是这样牵扯法。"熊敦常说："问题是反对派借此大做文章，开始对新法和王安石展开了攻击。看来，一场大风雨即将到来了。"江淮说："自古以来，朝廷中你争我夺，轮番上下，朝政翻来覆去，苦的还不是黎民。"陈师锡说："朝廷中也有忠、奸两种人，忠臣以老百姓的利益为上，奸臣则以自己的权势和利益为重，判然不同。"江立说："忠、奸都是后来朝代的史官写的。实际上谁忠？谁奸？后人完全是依照史书而论。我觉得史书不可信。"熊敦常说："是啊，像现在，司马光和王安石，他们势不两立，相互骂娘，我们也没有办法说出谁忠、谁奸？说不定几百年、甚至几千年后的人们却会说某某忠臣、某某奸臣呢。这岂不是笑话嘛。"游醇说："史书虽然说不可全信，可是后来的史官对前朝的人毕竟没有直接个人的恩怨，再说史官大多都有公正心和严正的历史感，因此一般不存在偏见。司马迁的《史记》，还有班固的《后汉书》等都具有相当高的历史价值，道理就在这里。"施景明问：

"定夫兄，你有什么高见？"熊敦常讲："定夫极懂长幼之序，他哥哥在，话少呢。"在座的人一听这么讲，觉得没有什么好说了。陈师锡说："快中午了，我们不闲谈，大家准备吃饭。"说完，他朝楼下喊道："老板，开饭吧。"楼下传来："好！就来。"

用餐时，曹震问道："听说水吉烧的瓷器很有名，具体在哪个乡村？"游醇回答说："主要在后井村，其他村也有。"曹震又问道："瓷厂大吗？"游醇答道："有一定的规模。如果感兴趣，有空一起去看看。"曹震应道："好！"陈师锡问："你们鳌源村的茶叶很有名气，下回可给大家带一些来品尝、品尝。"曹震回答："不好意思，下回一定补上。不过，一斤茶叶换一件建盏怎么样？"游酢插话："曹秀才，恐怕一百斤都换不到一个建盏呢。"曹震说："定夫兄，你的狮子口也开到天上去了吧。"大家听了都哈哈大笑。游酢说："好吧，今后在座的各位不管谁当了朝廷的官员，不但'苟富贵，勿相忘'，而且要把我们家乡的建盏和建茶推介出去。"众人听了欢呼道："说得好！"大家边吃边喝酒，唧唧喳喳地闲谈一些杂话，全然没有一点书生气。

饭后，大家准备各自回家。叶默第一个走出酒楼，抬头撞见黄裳带着几个朋友走来，立刻招呼道："冕仲兄，来得巧啊。我的朋友们正在酒楼上。"黄裳兴奋地问道："有哪些朋友？"叶默应道："志宁、游氏兄弟他们都在。"黄裳回头对三人说："真是来得巧，咱们上楼去见见。"接着，他向叶默一一地介绍了三位朋友，叶默乐呵呵地跟客人握手认识。

叶默大步冲上酒楼，喊道："大家别走，剑州的冕仲兄带来了三位福州的朋友。"众人听了，都纷纷下楼迎接。

游醇等走下楼，见到黄裳身后三个陌生的年轻朋友，心头掠过一阵喜悦，大步流星地走过去同客人握手交谈。黄裳上前向大家介绍了孙大廉、黄国才、余深。游醇彬彬有礼，谦虚地说："鄙乡简陋，山野之里，没啥招待，请各位仁兄多多包涵，请上楼一坐。"孙大廉拱手答道："哪里哪里。"黄国才、余深也向众人致意。叶默见状，上前对游醇小声地商量："质夫兄，晚上我来做东，你去招呼客人。"游醇答道："那怎么行？我是这里主人。"叶默低声讲："嘘，小声点。别客气。"于是，游醇大声地喊道："大家上楼吧。"

到了楼上，人群中黄裳岁数最大，大家推他坐了上位，孙大廉、黄国才、余深和建安、建阳的都依次坐下，游酢与陈师锡两人年龄最小坐在末位。酒楼的小二是个三十岁左右的青年，他肩上披一条白色毛巾，一手提着茶壶、一手端上茶盘，走过来给大家问好、沏茶。叶默见大家坐定，正想着如何招待的事情，只见游醇和小二嘀咕，小二不住地点头，很快离开向堂房走去。游醇抢着开口说："子曰'有朋自远方来不亦乐乎？'今天三位福州的新朋友远道而来建阳，我代表这里的文友表示热烈欢迎。四海之内皆兄弟，大家不要拘礼，畅所欲言。"黄国才起身道："建安自唐朝以来，人才辈出，天下闻名，叶齐、徐奭为状元，进士数百，人们闻者无不动容。今日得以拜会众学友，实在是幸会。刚才质夫兄一番话，太客气了。"黄国才话音一落，余深起身说道："我们在剑州听说游氏兄弟今年秋闱夺魁，便赶来拜会。"游醇起身说道："二位秀才过奖。游某听说贵乡乃邹鲁之邦，还是给我们讲一讲贵乡历史、人文和风情，给我们新新耳目。"孙大廉说："质夫兄，鄙乡福州和建州各有千秋，随时欢迎大家一起去游玩，孙某一定奉陪。"江淮说："今日相见，重在相互交流、了解，建立感情和友谊。我建议大家不必拘谨，自由交谈。"熊敦常说："福州朋友不辞数百里风尘来这里一趟不容易。我认为要留他们在这里玩几天，明天开始到附近观看一点潭城的古迹，后天去游玩，具体什么地方，大家讨论确定。"曹震提议："去归宗岩吧，那里的风景优雅。"游酢说："归宗岩？我们先就近走走，等他们回去时再带他们去不迟。"陈师锡说："我家乡潭城不错，风景好，又有不少的古迹，何劳远足呢。"大家听了觉得也是，都点头同意。

当晚安排游氏兄弟陪四位客人住在客栈，其他当地人都到陈师锡家去。

第二天吃过早饭，游醇他们带着孙大廉、黄国才、余深等去城内爬大潭山。那是古代闽越王在此与朝廷军队作战的遗址，除了几棵大樟树和残垣碎片，看不出什么来。曹震见了，说道："被小孩子骗，看了几个破石头和歪脖子树。"陈师锡不服地反问："被小孩子骗，这话说得出口？"游醇劝道："大家都是读书人，应当明白历史的东西年代久远之后只不过留下一个影子而已。今天是陪客人走走，不说扫兴话，到宝山清莲寺去。"

在去宝山的路上，黄裳为了调和气氛，说道："我有一对联不曾有对，在此向诸位讨教。我的上联是'今年双雨水。"顿时，其他人都静了下来。这时，游醇说："我对句是客岁两中秋。"人群中发出"对得好"的赞叹声。叶默灵机一动，说："我也有一上联，请诸君赐教。联句是'潭城日月千秋朗'。"一时沉寂，叶默前后扫描一圈，没有人反应。忽然，游酢答道："华夏山河万古新。"众人又是一阵喝彩。余深说："游家兄弟果然名不虚传，佩服、佩服！"游酢谦逊地回答："岂敢岂敢，我们只不过凑合而已。"

宝山位于城区，其山虽然不高，可是前往朝拜或者观光者络绎不绝。这群青年才子结队而行，一路谈笑风生，颇引来往行人的注目。到得山的南面，只见山

顶悬浮着一座寺庙，好似一只伏虎。陈师锡介绍说："那是观音阁。"众人沿着一条羊肠小路行走，登上观音阁，见庙前有一方莲田，周围树木掩映，时已深秋，草木萧索，可是莲叶依然有一丝的绿意。观音阁中有香客在作揖、跪拜，磕头、求签，众人在外面站着休憩少时，才进去一看，无非也是弥勒、十八罗汉，正襟危坐的观音等而已。他们没有烧香，也不说什么，出来了。黄国才叹道："身置宝山空手返。"江淮听了，对道："人临仙境遍身轻。"熊敦常评议说："江兄的'轻'字对得不够贴切。"孙大廉说："对句是一种娱乐游戏，过得去便可，何必太认真呢。能够答上这样的对子已经相当不错了，有的地方秀才斗大的字还识不了几个。"其他人觉得一时也拿不出更好的词，都不说话。曹震讲："对句太伤脑筋，大家还是说些故事或者笑话吧。"熊敦常应道："我给诸君讲一些地方的掌故。"大家听了都齐声叫好，于是，熊敦常一路侃侃而谈。

第二天，黄裳和福州的几个朋友启程回去，建阳的众友都相送他们到路口。

欲知后事如何，且听下回分解。

第八回

归宗岩云溪似画 玉华洞泉韵如歌

熙宁四年春节后，黄（坑）麻（沙）溪两岸的景色比往年更加美丽。富垄村边上的田地里有人在锄田、犁田，私塾里传来孩子们朗朗的读书声。

杨时又来到了富垄村。游酢见了欣喜若狂，忙接入家中。

两人坐下互相询问别后的事情，交谈一会读书的情况。游酢问道："打算进京赶考吗?"

杨时答道："听说朝廷有了新的规定：'八品以下官员子弟及庶人之俊秀者'皆可入太学。我们何不先去投考太学，再从太学考进士。"

游酢说："我也有此意。"

杨时回答："好啊，到时一起去。"

游酢说道："我有个好友，姓林，名志宁，建安人，此人极热心肠，见识多，交游又广，颇懂得玩，善对弈，诗亦可，下次约他一块来。"

杨时立刻应道："那可一定得见识、见识。"

两人交谈了些禅家所学的心得。正谈得投机，忽然有人大声问："定夫，来客啦!"

游酢一听声音，对杨时说："是我大哥。"

一个头裹一条青巾、身材魁梧高大的青年进了屋，游酢说道："哥，不是别人，是杨秀才。"

杨时站起身，与游醇互相施礼问候罢，各坐下又攀谈了起来。

杨时说："适才与令弟正商量明年进京应试之事呢。凭你兄弟的才学，科甲题

名是早晚的事。”

游醇说：“杨秀才可别夸，我家兄弟至今还未登科甲，只不过徒有虚名而已。嗨！自古来读书成名，虽然说得自身努力，还得家里风水好才能顺利。”

杨时说：“老兄说得也有几分道理。”

游酢却说道：“行可兄，别听他的，我哥向来信那些东西。”

杨时讲：“咱们都是乡村人，风水之事虽然不可尽信，但是命运却是有的。人生各有不同，岂非命运？拿禅家而言，此乃缘也。”

游醇问：“杨秀才愿哪一种呢？”’

杨时答：“随缘吧。”

游酢说：“哥有所不知，杨秀才的话里带有禅意。”

杨时反问道：“定夫兄休见笑，你对禅不是也有点兴趣？”

“哈、哈、哈”游酢和杨时两人都笑了起来。

游醇起身说：“杨秀才，你先坐，我有一点事情出去走一趟。”

杨时说：“不好意思，在下使老兄没趣，失礼，失礼。”

游醇应道：“没事，你俩谈得投机，可以为知己。朋友易得，知己难求啊。我告辞了。”杨时起身相送道：“老兄慢走。”

游酢说：“坐吧，我哥生性直率，心肠却好，量亦大，别介意。”

晚饭后两人聊天，游酢提议：“我带你去归宗岩走走。”杨时说道：“何不顺便去我家看看玉华洞？”游酢应道：“好！”

第二天清早起来，两人吃过饭便赶路。

他们一路上边走边交谈。

杨时问道：“你对变法有什么见解？”

游酢答道：“变法好啊，三四年来农田、水利、均输、青苗等给天下的老百姓带来不少的实惠。可惜，朝廷的政策到地方就变味。比如，朝廷规定农民可以五户联保向地方县、州贷款。但是，地方上官府怕穷人还不起钱，不让贷款，只有地方上有钱有势的或者富裕户才能贷到。另外，百分之二十的利息也太高了，真正贫穷的人真的担心还不起，也不敢贷。”

杨时说：“是啊。我家乡也有像你所说的情况。这样，富的人更富，穷的更穷。有的人还责怪变法，说不是变法还不会这么苦。”

游酢讲：“变法本身没有错，错的是地方官员、土豪等作祟。因为，变法触犯了官僚地主们的利益，所以从朝廷到地方反对者也不少。听说，司马光等大臣因反对变法被贬到地方上去。看来，这是一场很复杂、尖锐的斗争。”

杨时说："变法不好搞，历史上的商鞅变法就是一个例子。宰相王安石是要学商鞅，他确实很有勇气和胆略。"

游酢又讲道："要变革肯定会有斗争。可是，我朝积贫积弱已久，民不聊生，边界又战事频频，不进行变法，江山何以保持下去？现在，像王安石宰相这样能够为百姓生存、天下存亡着想的为官者少啊。"

杨时又说："听说朝廷中有些平时人称很稳重的大臣，如富弼等都反对王安石，不被当今的皇上重用而放到一边了，苏轼等也被贬。"

游酢说："变法要搞，不过正确的意见也要采纳。但是，对于不同看法，有好建议的人却不可打击报复，打击面太大，自己也站不住脚。"

杨时听了，笑道："你的思想成熟比较早，看问题比较有远见，将来如果能够出仕，可以有一番作为。"

游酢谦虚地回答："哪里。我们现在是纸上谈兵啊。有为天下忧之心，而手无寸铁。当然，如果我真的有那一天，理当尽自己绵薄之力而为之。"

一路上，两人你一言，我一语闲谈着，不知劳累。到了莒口镇的街上，杨时问："去熊敦常的家吗？"游酢回答："去看看。他经常出去不一定在家。再说，我们还得赶路。"到了熊敦常的家，一问果然不在，他们便又上路返回街上。

经过一家茶馆门口，游酢才说："好渴，找口茶喝。"杨时说："还找茶。饭馆里有，顺便吃饭。"两人进了一家饭馆。

午饭后，他们休息一会儿，又继续赶路。

傍晚时分，他们来到了建阳城。

城内有内外两条大街，还有四五条小巷。主街上人来人往，熙熙攘攘。两边店铺林立，酒旗飘飘。不时有牛车和单轮的手推小车经过。这里物品丰富，有农家的瓜菜，竹木用品，也有一堆堆的茶叶、笋干等土特产，还有铁器的农具；酒家飘出酒香和各种佳肴的混合味儿，摊点上果条、芋包、磨浆果、煎饼等应有尽有。

当晚，他们在城里一家最便宜的客栈过夜。

一觉醒来，他们知道已经是辰时，吃个早点上路。

步行了十几里山路，他们终于来到归宗岩前。

归宗岩在建安城西北约十来里的徐墩乡溪口村，自古有"小武夷"美称。山中林木繁茂，有听泉阁、石心泉、一线天、凌虚台、香炉峰、蝙蝠洞等景，其中五代时建的"崇仁禅寺"闻名天下。

杨时初来乍到，抬头看时，前面只是一片巨大的岩石，不见去处。

游酢见杨时疑惑，说："行可兄，这处风景特殊之处就在洞口，进了洞可以说便有无穷的境界。"

那石门说来也奇，像一扇石屏裂开，洞小得仅容一人通过，长五米，高约两米。

果然，出了洞，豁然开朗，一股清凉之气扑面而来，放眼古木参天，怪石嶙峋，满是绿树繁花，藤蔓生光，一群群的鸟儿在飞着、鸣叫着。

他们沿着崎岖的小路，往前走。

走了大约半个时辰，来到一个石厝。这石厝不大，但形如客厅，内宽约四米，深约五米，可容数十人。游酢问道："行可兄，歇一口气怎么样?"杨时点点头，两人不约而同地走进去歇息。

出了石厝，又走了一段崎岖的羊肠小道，但见前方一座巨岩高耸，有一道水珠自上飘落下来，游酢介绍说："这是瀑珠崖，你看怎么样?"

杨时称赞道："妙！妙！"

接着，他们向上继续攀爬。

杨时抬头隐隐地望见了一座寺庙，便问："前面那一座什么寺庙?"

游酢答道："叫崇仁禅寺。这寺庙建于五代梁开平二年，有两百多年的历史了，寺里的香火可旺呢。我来过两回，与这里的方丈见过面。现在几年不知道寺里情况怎么样。"

他们登上寺前，已经汗流满面，气喘吁吁，往寺里一看人影绰绰，还有几个和尚在走动。

"进去看看。"杨时说。

两人进到寺里，向和尚买了些香、纸、烛，给菩萨焚香、磕头、烧了纸，沿着"回"字形楼廊转一圈，就出来了。

话说这崇仁禅寺坐东朝西，面积有十多亩大，左侧是凌虚台，一座突兀拔尖的小石山，山上有一个亭叫"白鹤亭"；右侧有一座高六十米左右如石狮的山，山峰险峻，在离地十米多高出溢出一挂清泉，当地人称为"石心泉"。

游酢提议说："到凌虚台走走。"

走几十步，凌虚台就到了。那亭是用山间的杉木造的，离地面半米高，三面有坐凳。他们在"白鹤亭"坐下来休憩。游酢凭栏远眺，云淡天阔，千山叠翠，万木葱茏，近睹则建溪如带，轻烟袅袅，田园如画。

杨时问道："定夫兄，您到哪些地方游玩过?"游酢回答："现在还不敢想有多少游山玩水的时间啊。"杨时说；"男子汉大丈夫出去走走，能够增长见识，扩大

视野。”游酢问：“如此说来，我倒得向你学习。行可兄，您觉得这儿风景跟您家乡的玉华洞相比如何？”杨时说：“各有千秋吧。不过，我那儿偏远，人迹罕至，这儿毕竟是州府所在的附近，因此游踪不绝如缕。”

两人在山上游玩了一大半天，诗兴来了。游酢提议道：“行可兄，游览了这里有何感想，来一首怎么样？”杨时说：“定夫兄，看来你是心中有底了，老兄既然提出了，小弟奉陪就是。还是你先来吧。”游酢应道：“你既然这么说，我就从命了。题目就叫‘登归宗岩’，让老兄见笑。”说完吟道：“奇冠南闽此最奇。归宗千古是谁归？至今来访谁先至，知是曹刘先我知。”

杨时听了称赞道：“好诗啊，”说完，也吟道：“瑶草侵阶古刹幽，曹刘风格几经秋。至今洞口泉声戛，犹奏当年启迪猷。”后来，他把这首诗题目定为《同游定夫登归宗岩》。

他们又在山中转了一些地方，看看天时一不早，便决定下山。

回到洞口，日影已有点斜了。两人向建瓯而去。当晚下榻于建安城一家客栈。

第二天从山路穿过，傍晚时分赶到洋口山乡。杨时在街上有一位堂姐，即到她家投宿。

天亮两人早起动身，经顺昌，向北行走。

天黑前，他们才到将乐县城，找了一家客栈住下。

将乐县城位于闽中，这个县城地盘不大，人口稀疏，只有一条两百多米长的小街。

因为玉华洞位于将乐县城十四五里的天阶山下，杨时决定先带游酢去游览该洞再到他家去。客栈的老板听了道：“听说那洞又长又暗，还要多带些松明去呢，没有火，什么也看不见的。你们要去，松明店里有。”当天晚上，几个后生人来串门，听说明日去玉华洞，个个乐了，都说要陪客人一起去。

吃罢早饭，杨时和游酢，还有一群后生人聚齐后便出发了。

他们又走了一个多时辰才到玉华洞。

玉华洞全长十多华里，主洞五华里，是福建最大的石灰岩溶洞。洞内有两条通道，分藏禾、雷公、果子、黄泥、溪源、白云六个支洞，另外有石泉、井泉、灵泉三股溪流，清澈如镜。洞中景观众多，其中以琼玉宇、渴龙饮水、朝天曙色、童子拜观音等形象逼真，最为吸引人。

大约一个多时辰，两人来到玉华洞山脚。

天气晴朗，春风和暖。但是，因为洞长且深，到了山上的洞口前，便有一股凉习习的风拂面袭至，此处名“一扇风”。众人点着了松明火把，进入洞内，但见

一厅如屋，可容百人，已闻溪水潺潺。杨时担心游酢初来不熟悉走丢，说："我牵你吧。"游酢回答道："不用。"大家你呼我喊，声音在洞里嗡嗡回荡。约行两里许，见有一口直径一米的圆井，地下水由此涌出，水珠呈梅花状，大小不一，纷纷扬扬，鼎沸翻腾，煞为好看。继续往前行走，见溪流清得能见水中沙石，溪上有木梯，沿梯而下，洞中上下及两壁岩乳石钟，千奇百态。众人这个摸摸，那个动动，又说又笑，好不热闹。洞中宽窄不一，宽处可数人并行，窄处若羊肠小道，穿迂其间，不时亦有小径曲折通幽。人们在洞中悠然地穿游。不知不觉过了两个多辰，及接近走出洞口的"五更天"时，众人手中的火把已经快烧完。出了洞口，抬头一看，日影已经正中了。大家熄了火，扔了松明，站在洞口，呼吸一下清新的空气。

杨时道："来到此处，理当留一首诗作个纪念吧。"游酢回答道："客随主便，恭敬不如从命。只不过我初游不知详情，倘若不佳，还请赐教就是。"

杨时道："那不必太谦虚。今日当我先来，诗题叫《咏玉华洞》吧。"便吟道："苍藤秀木绕空庭，叠石层峦拥画屏。混沌凿开幽窍远，巨灵分破两峰青。云藏野色春长在，风入衣襟酒易醒。采玉遗踪何处问，拟投潜缓学仙径。"

游酢听后，知其用青字韵，亦和其一诗道："我的拙作叫《游玉华洞》吧。"他也吟道："天然仙窟若华庭，百里绵延叠翠屏。鬼斧神工传古意，云缠霞绕入丹青。风敲石鼓泉声嘎，石润冰肌梦幻醒。忽听莺声人豁朗，风光无限别幽径。"

众人下了山，继续赶路回家。

走了一个多时辰，看见有一条溪流，游酢问道："前面的溪是何名称？"杨时答道"此溪名金溪，自归化流来，经顺昌，汇入富屯溪，亦为闽江上游一支流；这里可通金华、银华、玉华三洞。今天金华、银华二洞就不去了，我们还得赶路。"

游酢问道："到你家还有多少路程？"杨时回答："我家在龙湖村，距明溪县十余里，离将乐有一百二十里。如果从这里算起，大约还有百里路。晚上，我们只能到蛟湖村过夜了。"

天黑前到了蛟湖村，他们便在一家客栈过夜。

第二天晨起，他们又赶路。

下午，终于到了杨时的家乡龙湖村。

杨时的父亲杨埴和继母正年富力强，都为人热情好客。他们看见儿子带来一位朋友，忙出门热情相迎。

杨时说："爸，妈，这是建阳的游秀才。"

杨老夫人“哦，游秀才，快进屋里坐。”

游酢上前躬身施礼道：“叔叔和婶婶好!”

杨时道：“进屋休息吧，累极矣。”

两人进屋坐下，老夫人给端上了一大碗茶，问道：“游秀才，走这么远的路，辛苦了吧。我这就去给你俩烧一锅滚水烫脚。”

“没事。”游酢笑着回答。

杨埴也进来与游酢攀谈。

当晚，杨家烫酒煮鸡款待，甚为热情。因为，连日步行劳累，两人洗完脚便早早去睡了。

次日醒来，天已大亮。

龙湖村虽然不大，但是地形独特，多岩石，其村石笋林立，有白石寨、凤凰岩、突瀑泉等风景。村里居住着一色杨姓的人家。杨时的家，位于水尾，其对面的一山——封山支峰，状似一只巨龟，因此自号“龟山”。

游酢洗了脸，走出门口环顾四周，但见东南有一座山峰高而秀，其他三面虽然较低，却环拱如屏；一条小溪自东南而入，曲折如蛇，若隐若现，水口罗城周密，去水不见归处。转身回顾后山，厚而大，来龙一贯，穿帐过峡且多起伏，不禁暗暗叹道：此贵地也。

杨时也出门来，见游酢站着看风景，道：“游兄，我家风水如何?”

“天然佳地，难得。”

“此话怎么讲?”

“有此风水宝地，何愁他年不发迹，且子孙绵远也。”

“多谢游兄美言。”

上午两人在家闲谈。杨时拿些自己所读的书籍和所作的诗文给游酢看。坐久了，两人觉得无聊，讨论些学问的事情。

中午，杨时的母亲和妻子杀鸡、热酒、做饭招待客人。

午饭后，杨老夫人端了一碗东西，对游酢说：“喝口擂茶”，游酢说了句：“谢谢”接过擂茶坐下，问杨时：“这擂茶喝了有什么好处?”杨时回答说：“可以去油腻，也可以清肝明目。”过了一阵，游酢真的觉得油腻尽退，满腹舒畅。于是，又问：“擂茶用哪些东西做的?”杨时回答说：“以芝麻、茶叶、陈皮为主，也有人配之以‘吉利朝’(俗称鱼腥草)、川芎、藿香、凤尾草等。我家乡凡是婚庆寿诞或者敬客人都用它。”游酢说：“原来，你家乡还有这样的习俗。”

住了一天，游酢提出要回建阳，杨时便决定相送一程。

游酢向杨时的父母辞行，二老都走出家门相送，道："游秀才，日后有空再来玩。"

游酢施礼应答道："一定会来的。阿叔和阿婶保重。"说完，便与告辞杨时起程了。

转眼到了夏末。黄（坑）麻（沙）溪沿岸树木葱茏，田野的禾苗已经流青溢翠，远远望去像一大块的绿毯。小暑边一场大雨过后，溪水也涨高了好多。山中有木头的老板忙着招艄公装木排运往南平、福州。溪流中，不时有木排顺流而下。

一天，林志宁、叶默、熊敦常三人到游酢的家玩。闲谈中，游酢认识到自己必须走出家门去，说："到延平、福州看看，扩大视野，增长一些见识。"林志宁答道："好主意!"叶默也说："我也早有这个想法。"熊敦常说："这天气正适合出游，太爽了!"于是四人进行了一番商量：先去延平找黄裳，再到福州。游酢建议道："明天正好有人捎木排去延平，我这就去联系，我们搭他们的排去，既快又省得走路。"林志宁与叶默听了击掌道："太好了！天助我也。"欲知后事如何，请君看下回。

第九回

山色溪声穿闽北
湖光塔影映榕城

话说游酢提起乘木排去南平、福州游玩之事，林志宁与叶默都赞成。他傍晚时去找二叔公，游元听了，说："年轻人就应该出去见识、见识。叔公支持你。我这回没有办法去，但是这个事包在我身上。晚上我会去跟他们交代，他们哪个敢说声不?"

游酢回来告诉大家："我二叔公说没有问题，我们明天去。"大家听了都无比兴奋。这天晚上，三四个朋友聊到半夜才休息。

第二天一大早，四个青年起床吃过饭，游酢的母亲将一个大饭袋交给他说："这是路上吃的，带好啊。"游酢"嗯"了一声，对伙伴说："我们走。"

四人来到装木排的码头，一位年长的艄公约五十来岁，头戴着斗笠站在排头，挥手招呼他们："你们几位相公快上排，不然你们得自己走路去。"木排后面是个年龄约二十出头的小伙子，咧着嘴笑着。游酢说道："木德公，我们打扰你了。"四人奔上了木排，走到了中间，只见有一根横着的木头面上已经削得平整光滑，木德公说："这回去的路途长，你们在那横木上坐吧。"四人向老人投去感激的目光，游酢又说道："木德公，你想得真周到、细致，谢谢你了。"木德公说："不用谢，你们是天下的人才，应该的。"木排上放着竹竿、油蜡、包袱，还有草饭包，木屐等。木德公回答："定夫，你跟我还客气什么。能够带你们这一帮秀才们去，是我的福气，让我也沾一点你们身上的斯文呢。将来，你们考中状元、榜眼等，可别忘了请我喝一杯喜酒。"游酢回答："好的。我们如果真的能够考中状元，一定请你。"木德公听了，捋一下胡须，乐呵呵地笑得扬开了双眉，说："这话中听。

读书人就是会说话。”过了半个时辰，木排开拔了，木德公大声说道：“相公们，坐好罗。”十几个木排像一条长蛇逶迤地朝麻阳溪方向而去，转了一个大湾消失了。

夏水本来就大，加上下了雨，河道上一般的礁石都看不见露出水面，所以木排能够顺畅地漂流，行驶得快。游酢问道：“木德公，排流得这么快，一个时辰能够走多少里？”木德公回答：“今天是下沟水，顺当的话，三个时辰可以到县城，下午天暗左右可以到建安。”熊敦常听了说道：“这么快呀！”木德公说：“要说快，取角水时还更快呢。”林志宁问：“下沟水、取角水什么意思？”木德公说：“哦，这是指放排时溪面的水大小，我们艄排人，发大水没有人敢放排，中水可以放，放排时溪面直的地方顺水漂流，转弯处只要顺弯角方向划去，就叫取角水；小浑水时，木排挨着岩石的水沟放去，就叫下沟水。”游酢问道：“木德公，那么取角水木排不是可以装得更大，流得更快吗？”木德公回头笑了笑，说：“取角水排流得是更快，可是危险也更大。如果排装得大或者太长，转弯时万一碰到岩石，排很快散掉，生命就难说了。”林志宁感叹道：“原来这样。”木德公应道：“我们艄排人挣饭吃硬得很，在山溪里呢河床浅，水路曲、礁石、漩涡多，随时提心吊胆；到了大河、大江水深得没底，遇到风大浪高，也心惊胆战，水上走的人靠漂命吧。”听到这里，几个年轻人都不敢再说什么了。木德公又说：“其实，天下没有多少闲饭吃，当官贪污得多或者与人争权夺利得厉害，轻则丢了乌纱帽，重则会掉脑袋，做生意运气不好时血本无归，所以古人讲‘百般生意耕田好。’”熊敦常说道：“从古到今最穷苦的是耕田的。”木德公说：“耕田人生活是穷苦，可是生命没有风险。”林志宁讲：“当个小官，拿一份俸禄吃，不贪名利和钱财，或者做点小本生意，能够过个比较富裕的生活总没事吧。”木德公应道：“你这么说还行。不过，人心不足，财、色、名、利谁不爱呢？这是四把刀啊，天下极少真正君子，不少人明知是灾祸还是往刀口上撞啊。”老人的话太深刻了，对世态剖析得一针见血，几位青年听到了这里，不知说什么好，都沉默了。游酢默默地回味着老人的话，想到老人的话说得多好，自己今后的人生中不论干什么，时时、处处都要记住财、色、名、利“四把刀”呢。

黄昏时，排到建安城外的码头停泊。木排师傅们带着游酢几个青年到街上吃饭，接着去一家客栈过夜。那客栈不很大，夜里只点着一盏灯，在一个大房间里摆着两溜的通铺，灯光不亮，大家顺着朦胧的灯光摸到通铺上睡。因为旅途的疲劳，木排师傅们很快睡着，而年轻的书生们有的却睡不习惯陌生的床铺，说了些闲话。可是不久，他们也睡去了。

天亮醒来，一个师傅带着大家到附近的街上买了些吃的，回到排上边准备起程。

一大早，大家草草吃了饭，赶到河边上了木排，又出发了。

建安城关至南平水路有一百三十多里。出了建安城，到了徐墩的长源村后因为南浦溪、崇阳溪汇合，河面变得宽阔起来，河床虽然趋于平直，然而下切度较大，木排的行驶速度骤然加快。上下的货船、客船、竹排、木排也多了起来。

约莫走了半天多，离南平已不远。木德公边撑排边讲："传说，古代时有雌雄两把宝剑，雌剑为'莫邪'，雄剑为'干将'，剑的名字就是两个铸剑大师的名字。这两把剑本是献给越王的，但到后来不知去向。晋朝时，有个人叫张华，一天夜里他发现很远的一个地方有紫气萦绕，知道有宝物，就让雷焕去挖，结果获此二剑。雷焕把一把剑献给张华，自己留下一把。后来张华被杀害，宝剑不知去向。一次雷焕乘船经过闽江，到了现在这里，突然风雷大作，狂涛怒卷，佩带的宝剑飞入水中，他忙命人下水打捞。手下人潜入水里，看见两条龙盘在水底，目光如炬，手下人不敢进前而返。宝剑双双化龙而去。后来，人们便把这里叫做'剑津'，也称'剑浦'。"

四个青年听了频频点头。这些与南平邻近的秀才们，都知道南平的历史：南平地处福建省北部，武夷山脉北段东南侧，位于闽、浙、赣三省交界处，俗称"闽北"，是福建的"北大门"。建溪、富屯溪、沙溪三条溪流在南平城南汇合，始称闽江。南平扼闽江之喉，是通往闽西、闽北、闽东水陆交通的门户。这里为福建古越文化、闽越文化重要基地。历史上，人们习惯把这儿叫"延平"或者"南平"。

艄排人一边艄排一边讲着南平、福州等的地方掌故，秀才们也少不了说笑。

建溪至南平的延福门与沙溪、富屯溪汇合，注入闽江干流。这时，江阔浪大，艄排人一个个精神起来，用力地划桨应对眼前的情况，没有空闲扯了。

在离南平约五里处有一个"暗淡滩"，为建溪上最后一个险滩。这里水大浪高，而且礁石狰狞，木排一到这里只见大浪啪啪地扑到排上，木排在浪里穿行，时沉时浮。游酢和林志宁、熊敦常等不免有些紧张，站了起来，木德公见了安慰说："你们是文曲星下凡，加上有我老手在，没有事。"

几分钟后，木排顺利地越过这个滩。木德公得意地笑道："相公们，咱们到南平好好睡个大觉。"

到得南平河岸边，艄公道："相公们，那城里的娘们可骚呢，到那里可别被迷住不知回家呃。"林志宁回道："你快快走，福州的娘们等得急呢。"四人上岸一看，原来这是一座山城。群山环抱，绿水相依。

林志宁带着他们俩友来到了黄裳的家。黄裳见了四位朋友，喜出望外，高兴得直蹦，热情地将远来的客人迎进家里。游酢等三人拜见了黄裳的双亲，才坐下。

傍晚，大家到南平城漫步。原来，南平是一座地道的山城，大多的街巷都在半山腰上。从这条街走到那条街巷都得上坡下坡，这对于生活在地势较平坦的游酢等看来，是一件稀奇的事情。可是，黄裳去年到富垄时早已经跟他讲过，因此还不至于吃惊。

当晚，黄裳邀了附近的一些文友一起宴请建州来的朋友。游酢他们在那里又认识了一些新青年朋友。席上，两地朋友觥筹交错，飞觞流羽。用完餐，大家坐下来泡茶、闲谈。游酢问道："听说茫荡山风景很好，这里去多少路程？"黄裳答道："不远，一个多时辰的路，要去容易，明天我们就去那儿怎么样？"林志宁应道："好极啦。"

第二天早晨是个大晴天，黄裳带着建州的朋友去游茫荡山。

那茫荡山位于南平西北面。

路上，阳光灿烂，花香鸟语。黄裳介绍说："古代的时候，延平有个人跟另一个人到这里的山上干活，看见山很大，树林茂密，走了大半天不知道哪里出来，于是对另一个人讲，来到这里我懵懂了。人们把这里叫做懵懂山。后来，我和一群读书的朋友来到山上，看见此山气势很大，芒花和茅草一望无际，因此把它改为茫荡山。"林志宁称赞道："改得好呀。看来，读书人的墨水就是好用。"游酢插嘴说："那当然。当朝的宋太祖讲'宰相须用读书人'。何况一座山的命名。"叶默讲："冕仲兄这一改，使这座山富有诗意和灵性起来了。"

众人步行不到一个多时辰，就到了茫荡山山麓。他们一路走来被炎热的阳光晒得直冒汗，一到了山麓立刻汗水顿收。这时，众人抬头一看，山幽林深，清泉潺缓，云雾缭绕，森林茂密，即便盛夏到此，也会感到凉意袭人。四周鸟声唧唧，他们站在山麓，仰首往山道上远望，可见一尊高约十余米，低头俯视的石佛。从东部那一条用石块铺砌的闽赣古道上山，这条古道俗称"三千八百坎"，全长约十里，沿途两边古木参天，松涛轻拂，奇树异花，触目可见。先是见到有一棵粗壮的水杉亭亭如盖、遒劲峥嵘，在周围的山林中若鹤立鸡群。沿山径绕山谷而行，则见怪石嶙峋，有仙人叠石、蛤蟆石。林志宁赞叹："这里真是一处极好的避暑胜地。"游酢说道："这地方是好，我家如果在附近肯定会搬到这儿读书。"叶默讲："这地方适合修身养性。可惜连个寺庙都没有。"游酢说道："天下的寺庙够多了，要那么多干什么？"黄裳说："寺庙清净，好做学问。"叶默听了，劝道："读书人应当安邦治国，到寺庙做学问太可惜了！"黄裳回答："人生之事，由不得自己。"

林志宁也讲："冕仲兄的话有道理。"山中美景甚多，还看见了一道长百余丈的瀑布犹如一条银龙从高崖飞天而降、喷起满天的雪花。潭底雪花滚浪，响声在山间久久回荡。又走一里多路，见山峦一棵大香樟树挺拔拂云。走到半山腰，听到了"呜——"、"呜——"的叫声，林志宁问："这是什么东西在叫。"黄裳应道："好像是狼的声音。"游酢讲："山中的动物多呢，我前些年在山中看见过老虎、猴子，有一回还看见过一只山魈，模样跟人差不多，它咿咿呀呀的像在说话。"林志宁说："我很少到过山里。所以，刚才听到那叫声有一点怕。"大家边谈边继续登山。

两个多时辰之后，众人登临茫荡山峰巅朦憧洋。传说，这里每当雨后初晴，登高望远，云蒸霞蔚，彩虹高挂，颇有"懵懂"之感。大家在山顶远眺，但见天空高阔，云雾飘绕，千峰竞秀，万岩争奇；俯瞰山下群山起伏，溪水蜿蜒，田舍俨然；回首东望，古道犹如天梯，林海无边；放眼西瞻，近处天湖与瑞龙桥等历历在目，远则山色苍茫。

将近中午时分，他们开始下山。

归途经宝珠村，观赏了晴雨树等美景。那"晴雨树"最为奇特，它是一株古老的红豆杉，树高十七米。每逢夏秋季节，烈日当空，树下必有丝丝细雨飘落，而且日照越强雨点越密，游人无不惊叹为奇观。

傍晚时分，他们才返回城里。

过了一天，他们三人又与黄裳等一起坐船前往福州游玩。

当晚，他们在水口镇过夜。

第二日早晨，大家早起随便吃了个饱，上船继续前行。因为到了水口滩险已尽，而列石江中，参差数里，水势震荡，势犹汹汹。出了水口则江流浩荡，行船主要是担心受到江面上的大风阻碍。熊敦常感叹说："这里确实开阔，让我大开眼界了。"林志宁说："这算什么。到北方走走，平原上一望无际，长江、黄河上那才壮观呢。"游酢问道："怎么壮观法？"林志宁讲："嗨，长江一泻千里，浩浩荡荡，黄河屈曲连环，波浪滔天。至于京城开封，那是百万户人烟，繁华热闹非凡，这些不是困居山区者所能够想象的。"游酢看了看一旁沉默不语的黄裳，问道："冕仲兄，他说的是真的吗？"黄裳答道："是的。"游酢听了想到：如此说来，自己非得努力攻读，拼搏个前途不可，将来一定要好好地领略一番祖国的大好河山。

傍晚，他们来到福州西门孙大廉的家。孙大廉叫一个"依妹"去通知黄国才、余深。他们两人闻讯便立刻赶来。

晚间，林志宁问道："听说福州很大，能不能介绍介绍？"余深介绍道："福州不但城大，城内有乌山、于山、屏山，有白塔和乌塔，而且还有四十九坊，六十多巷。其中，著名的有太平巷、黄巷、花巷、朱紫坊、鳌峰巷、水巷、文儒坊，还有祭酒岭等。”黄裳叹道：“这么多坊巷呀！那么有很多姓氏吧。”黄国才应道：“晋朝以来，由于中原内乱，大量北方人口南移入闽，这时幸存的衣冠士族也纷纷南逃，以陈、林、黄、郑、詹、邱、何八大姓最为显著，史称‘衣冠南渡’。”孙大廉觉得自己也应当给客人讲点什么，他思考了一会儿，说道：“福州不仅有三山两塔和诸多的坊巷，宋治平六年太守张伯玉遍户植榕，因此福州又有榕城的美称。”

次日吃过早饭，余深说道，“你们几位朋友昨天刚到，旅途劳累，今天我们就随便走几个坊巷吧。”众人一起参观了“光禄坊”、花巷、“黄巷”，游览了乌山，在此不加细表。

第三日，大家去游西湖。西湖位于福州城西北部湖滨路，在卧龙山下。整个西湖公园由三个小岛组成，分别由柳堤桥、飞虹桥、步云桥、北闸桥连接而成，犹如三块翠玉镶嵌在碧水之中。园内长堤卧波，垂柳夹道。“悦虹桥”东，有建于唐代的开化寺。这里垂柳拂堤，春天莺啼燕舞，夏荷映日，秋桂飘香，冬阳宜人，四时风光绝佳，令人怡然自得。北闸桥又称玉带桥，连接窑角屿，游客四时不绝。此时正是秋高气爽之际，众人在西湖游览，可见湖上游人如织，穿梭往来，湖中坐船的人说笑声不绝于耳，湖边的阁楼有人说书，湖心的小亭里有艳妆女子抚琴而弹，琴音缭绕。大家沿着堤岸悠然边看风景边闲谈，到了茶楼下，余深说：“大家上楼休息，喝喝茶。”于是，众人便上了茶楼，坐下来品茶聊天。

午饭后，黄国才说：“我们去于山走走。”

他们先去看朱紫坊。这个坊位于于山北麓安泰河边。因宋通奉大夫朱敏功居此，兄弟四人皆登仕途，朱紫盈门，故名。进入坊内，但见石牌坊高耸而立，门楣上题刻着“朱紫达善境”五字。这里一街水巷，河水荡漾，古榕苍髯，坊路交错，白墙青瓦，山墙屈曲，极富福州地方风物特色。人们曾将它比作金陵秦淮河。唐天复初年（公元901年），这里为罗城南关，人烟绣错，舟楫云排，两岸酒市歌楼，箫管从柳荫榕叶中飘出，足见当时这一带繁华的景象。宋时，修筑外城，朱紫坊已包在城中。宋朝龙昌期诗曰：“百货随潮船入市，万家沽酒户垂帘。”可见这一带风光的不凡之处。

接着，他们去白塔。黄国才介绍说：“白塔是唐朝天祐元年（公元904年）闽王王审知为报父兄教养之恩所建。因为在建塔开地基时挖出夜明珠，故取名‘报恩定光多宝塔’，俗称‘白塔寺’。后来改名为‘万岁寺’……”众人先到万岁寺，游览观看了天王殿、大雄宝殿、法雨堂等，最后来到白塔脚下，只见塔为七层八

角，砖木结构，与乌山的乌塔东西遥遥相对。众人攀上塔顶，榕城在望，街衢纵横，巷坊林立，炊烟袅袅，气势茫茫。太阳西斜时分，他们才依依不舍地返回。

傍晚，余深带大家去他家吃饭。

到了他家，他的家人十分热情。桌上早已备好宴席，酒菜丰盛，他父亲招呼大家坐下，并且亲自出来作陪。席上，他多番敬酒，接着余深母亲也上场敬酒。游酢、林大志放胆应对，黄裳和熊敦常跟着唱和，勉强应付下来。游酢见大家喝得有几分醉意，忙说："我困了，明天再喝。"于是都退席下来，喝了几杯茶，烫个脚睡觉去。

第四日，余深雇了一辆马车带着客人前往鼓山。

鼓山寺辟建于五代梁开平二年（公元 908 年），到宋朝已经成为名扬天下的寺庙，为"八闽第一刹"。

马车到鼓山的廨院停下，人们开始步行。上山沿途地势险峻、道路崎岖，但有一条古道长约七里，至半山亭一歇，便继续登山。行走了近一个时辰才到鼓山山门外。寺庙建在山腰上，寺前有坪院。环顾四周古木参天，一座依山而立、古香古色、红墙绿瓦的寺庙映入眼帘，那便是"涌泉寺"。这时，眼前香客络绎不绝、梵语声声入耳。余深招呼道："众友都进去看看吧。"入门第一眼自然是大肚弥勒佛大笑相迎，两侧为走廊，继而进入则有天王殿、大雄宝殿、钟楼、鼓楼、法堂、藏经阁等。殿内供奉四大金刚、弥勒韦陀、三宝如来、十八罗汉等镶金泥塑，高大威严，造型栩栩如生。殿内柱上到处是楹联，让世人明白"苦海无边，回头是岸"的道理。最后到了后堂的藏经阁，阁前植有两棵铁树：传说一为开山祖师神晏所植，另一棵为闽王王审知所栽，已经有数百年历史。两棵铁树长得非常茂盛，众人看着无不称奇叫绝。

出了寺庙，孙大廉领着大家经回龙阁，穿密林，过幽径，往东"灵源深处"。傍崖而下石阶六十余级，中裂一条深涧，宽约三米，深约十米，有似石洞，故名"灵源洞"。宋嘉祐辛丑年（公元 1061 年）施无长题的"喝水岩"三个楷书大字。关于喝水岩，还有一个美丽的传说，相传几百年前，涌泉寺祖师神晏法师在此诵经，因恼于涧中流水之喧哗，于是大喝一声令溪水改道，从此，涧水改道从东侧半山观音阁石壁涌出，原来的溪涧也就干涸了。所以，人们把那里称为"喝水岩"。那里一路古松，荫凉宜人，松涛轻送，极为清净幽雅。路边岩石或露或藏，千奇百状，到了灵源洞东壁偶尔见到一处摩崖题刻，是宋代杰出书法家蔡襄任福州知府期间宋庆历六年（公元 1046 年）游览后的题刻，其文曰："邵去华、苏才翁、郭世济、蔡君谟庆历丙孟秋八日游灵源洞。"共二十四字，楷书，字径四十厘

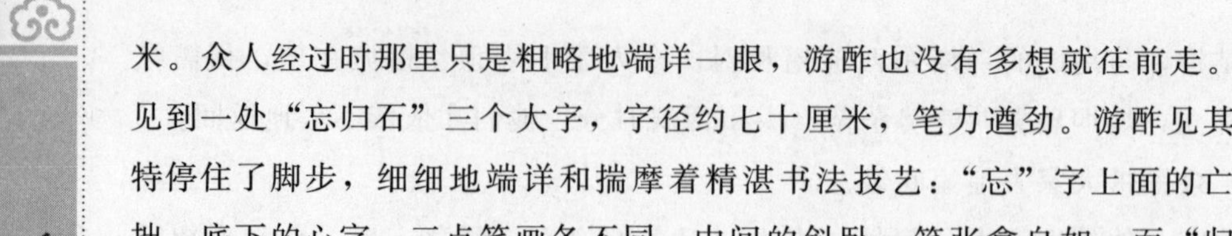

米。众人经过时那里只是粗略地端详一眼，游酢也没有多想就往前走。后来，又见到一处“忘归石”三个大字，字径约七十厘米，笔力遒劲。游酢见其字书写独特停住了脚步，细细地端详和揣摩着精湛书法技艺：“忘”字上面的亡字写得粗拙，底下的心字，三点笔画各不同，中间的斜卧一笔张翕自如，而“归”字左边写成有一点像“止”字，具有创意，“石”字又书写得朴拙而沉稳有力。这是他人生第一次见到当代名家的摩崖石刻，让他大开眼界。众友经过虽然也收步观赏一眼，可是没有人像他如一尊塑像似的，站立在那里一动不动。林志宁走着发现不见游酢回头来，一看他果然在看摩崖上的字呢，用手拉他，大声道：“你是石头吗？走啊！”游酢才猛然地想到自己已经离群了，“哦”的一声跟上林志宁。过了“喝水岩”，便到观音阁。这里的泉水从石隙中滴落，清冽甘美。众人入阁一边休息，一边品尝这里的半岩茶，别有一番情趣。之后，大家带着茶后的清爽和游兴，沿着山径一路谈笑着踏上了归途。

余深、孙大廉等又留他们在城内休顿了一天。吃住了几天，游酢觉得福州的吃食与建州大不一样：一是海味多，鱼、虾、鳖应有尽有；二是这里人喜吃甜；三是饮食讲究，菜肴的做法极讲究做工并且有艺术技巧。另外，这里有的女人确实大方泼辣，完全不像建州女子那般的温柔胆小。

游酢准备第二天回家，傍晚到街上买了一把福州产的彩画花伞、几把角梳给家人。福建有一句谚语：“福州伞、延平枕头，沙县女子不用选。”那福州的伞，伞骨专门选用深山的老竹，经过防蛀、防腐等处理，涂上黑漆做成；伞面则用特制的绵纸，褙纸、画花、上油、装配而成，不但做工精细，而且美观耐用。那角梳是犀牛角做的，梳头既光滑不涩，又不易磨损坏，十分耐用，是女子们最喜爱的日常生活用品。

第五日，他们才启程返回自己的家乡。

游酢从福州回来，将伞赠给堂兄游醇，而三把角梳分别给了母亲、堂嫂等人，几位女眷见了欣喜无比，都夸游酢会买东西。其兄游醇劝道：“古人云游必有方。你不可一直往外跑，得静下心来好好修学问，早日进京赴考才是正道。”游酢听了道：“哥哥所训极是，小弟谨记。可是，男子大丈夫志在四方，成天守在家里，外面世界一点都不知道，所做的学问不知何物呢。”游醇听了觉得有道理，也不再说什么。

游酢回到家里，首先想到：原来外面的世界那么宽广和多彩，一个年轻人必须闯出去，才有出息！接着，他又静下心来，回想起闽江的途中林志宁叙说长江、黄河的话语，更加强烈地认识到自己确实应该静心读书，以图将来进京去考场一

搏。

光阴似水，秋冬转眼即逝。

年底，他决定明年开春即进京投考太学生。去京城千里迢迢，要一笔盘缠和其他的用费，他了解家中的景况不好，想到：自己认识的学友有的同样要去考试，有的刚刚结婚不久，亲戚中又都是贫穷人家。向什么人借钱去呢？附近虽然有几家财主，但是他们大多看不起穷人，怎么肯借钱？再说，自己宁可饿死，也不向有钱人低三下四求情。可是，为了将来的前途，京城非去不可。这事情只能跟父母说，看他们有没有办法。

一天晚饭后，游酢见没其他人对父母说："我打算明年去京城考试。"游潜听了说："家里没有钱。"游酢的母亲却说："孩子要去考试是人生大事，咱们想想办法吧。"游潜说道："这都年关了，哪里借钱去？"游酢的母亲叹气道："嗨！妈也想不出办法。孩子谁叫你投胎到这么穷的人家呢。"说完眼圈潮湿发红了。游酢见情，安慰说："爸、妈，你们不用愁。我问一问我的学友们。如果筹得到钱就去，筹不到就算了。"转身出门去。

腊月二十三了，游酢觉得在家憋着很闷，出了村到禾坪街走走。他想：出来散散步，到街看看热闹。到了街上，见人来人往，街的两旁有卖年货的，也有卖菜的，卖鸡鸭的。忽然，他看见了母亲。母亲怎么会这时候来街上？他从侧面绕过去，一看母亲站着的面前摆着一只自己家的鸡笼。他想：母亲莫非把家中留着除夕晚上吃的那只公鸡拿来卖？不行，那是全家人过年唯一的一只鸡。他走到母亲身旁，问道："妈，你做什么？"游酢的母亲见儿子突然出现显得吃惊和慌张，她答道："没、没事，我来——"笼里的公鸡"喔喔"地叫起来，游酢说："妈，这鸡不能卖。"说着提起鸡笼掉头就跑。她喊道："孩子，你放下。"她见游酢头也不回跑远了，只好跟着回家。街上人看见的不知什么原因都觉得好奇，有人议论起来：

"她的家很穷。可是，儿子很孝顺。"

"听说，他的儿子一心想考功名，是个很有志气的后生人。"

游酢的母亲回到家坐着小声地哭泣。游三礼听到了过来问："什么事情哭？"游酢听到了爷爷的声音，出来把事情说了一遍。游三礼说："孙崽，这么大的事情你怎么不跟我说。有阿公在，你别怕！天下没有难倒人的事情。晚上，我再跟大家商量商量。"究竟事态如何？下回分解。

第十回

游酢留京寻故友 程颐办事遇后生

话说游三礼是个有个性的人，当晚召集家中人商量："定夫要进京考试缺少盘缠，这么大的家庭没法供一个人去京城考试，传出去不被别人笑话吗？大家不论男女都出些力，有私房钱都拿出来凑，就算我向你们借的，以后还你们。不够，家里可以卖的卖，有办法借的借。"游三礼的话掷地有声，事后太老夫人和几个媳妇都拿出一点私房钱，但是还不够。

几天后，二叔公、三叔公等也各送来一两、二两碎银，游醇帮忙借了一贯钱，又凑了一些钱。

熙宁五年正月，林百万来到游潜家喝新年酒，知道游酢要进京赴考，送来一包银子，对游潜道："听说贤侄要进京应考，老弟表示一点心意。"游潜道："这怎么好意思让你破费呢。"林百万道："古云'朋友有疏财仗义之举'我们这么多年的朋友，我只是略表一点心意。"游潜对游酢道："孩子，今后有了作为一定要报答你林叔。"游酢应道："知道了。"

起程前一天，游酢去向林叔道谢，回到家时见杨时已经到了。

晚上，杨时和游酢一家人正在商量进京的路途怎么走更近。游酢的母亲说："你哥要是在家就好，他可以带你们去。"游酢说："九叔不是去过吗？"游潜拍一下大腿，说："对呀，你八叔、十四叔都去过京城。他们都在家过年。"忽然，十四叔游轼跨进门说道："我不是来了嘛。"老夫人忙起身招呼："阿叔，请坐。"游轼向兄嫂问好后坐下，也询问杨时的家庭情况等。游轼问道："定夫，你一天正常走多少路？"游酢回答："一百二十里。"游轼说："这还差不多。去京城说远也不

远，三千里路头，平常的马跑六天左右，一等良骏只要三四天，走路慢则一个月，快则二十多天。你们年轻腿脚快，好说。”他顿了顿嗓子，介绍了三条路线，最后交代：“如果赶路或者家庭资金较紧，走北线更近又能够节省开支。”游酢和杨时都是贫穷农民的子弟，他们听了，异口同声说道：“走北线。”

第二天早上，建安、建阳几十个的学友也陆续赶来。大家在游酢的家聚集，休息一会便上路了。

游酢和杨时两人昼行夜宿，形影不离，犹如孪生兄弟一般。一天在路上休息时，杨时忽然想起自己改名的事情，说：“定夫，我改名了，以后不再叫行可，叫我中立吧。”游酢问道：“为啥?”杨时回答：“家父的一位朋友也叫行可，避讳而已。”游酢说：“中立这名字比行可好，有中庸之意。”杨时答道：“名字就是符号，只要不跟人相同便好。”闲谈一会儿，他们继续赶路。

初春时，天气还寒冷，他们身穿三件衣服迎着寒风紧紧赶路，夜间不得已才找个客栈投宿。进入江西的地界已经农历十二，游酢说：“今天夜里月光已经明亮，我们休息一两时辰赶路。这是南方，天气不至于太冷，赶一点路，再过五六天夜里没月光，越往北天气越冷，想赶也没法。”杨时答道：“可以。我们没钱人，省得一个铜钱也好。”他们又借着月光走路。游酢深有感触地说：“他年，我们倘若有出息，当不忘今日风雨兼程、风餐露宿之艰苦。”杨时叹道：“是啊。不过我们年轻，吃点苦算不了什么。古来吃苦成才者不少，孟子云；‘生于忧患，死于安乐。’人生没有艰难困苦的磨练，也许不成才。”游酢赞叹道：“说得好。但愿我们的努力能够感动上苍。”

到了十七、八，他们便找个有屋檐的地方休息。

途中，他们遇到了无数进京赶考的江南举人。

二月初，两人赶到京城开封，在一家客栈住下温习功课迎考。他们俩虽然考的是太学生，可是压力同样很大，考得上才可以参加下一轮的进士考试，因此不敢松懈和怠慢，每天几乎都在客栈里读书，只是傍晚时到御街或者蔡河边走走。但是，同住在客栈的有些举子到京城里逛，带回了各种消息。

一天晚上，甲问道：“你们听说过宣德门事件吗?”乙问：“什么叫宣德门事件?”甲说：“正月里，宰相王安石和随从当今的皇上去观灯，骑马直接进入宣德门，宫廷卫士大声叱骂王安石，并打伤了王安石的坐骑。王安石怒不可遏，建议皇上将这些卫士送往开封府治罪，罢免宦官一人。王安石怀疑这些卫士幕后有人指使、撑腰，还要追究幕后者。没有想到，御史章惇上书弹劾王安石是节外生枝，他认为：‘宫廷卫士是保卫皇帝的，宰相非礼，卫士进行阻止是合情合理的，而开

封府官员迎合宰相之意，判处卫士杖刑，假如这样定罪，今后卫士还敢尽心尽职吗?’皇上审阅章惇奏章后，认为章惇言之有理，但并未因此而追究王安石的责任。”丙听了，插话：“我听说‘枢密使’（最高军事长官）文彦博等大臣常常在宣德门外下马，从来没有受到人冲击。”丁则议论道：“王安石宰相也是，人家说宰相肚里能撑船，自已平时做得不好，才会有人算计他。这一点鸡毛蒜皮的小事，闹得满城风雨，自讨没趣。”乙说：“我也听说一件事情，开封府肉行的徐中正等人上书，建议由‘行户’（个体户）交纳免行钱后，行户的物资便不再送往官府的衙门。”丙说：“这难怪。官府无端地以各种名目向老百姓摊税、纳捐，搞得老百姓没法生存。上疏奏事还是好的，如果逼得过急，肯定有人会反了。”甲说：“还有呢，王韶率兵大败西夏军队，收复了河州（今甘肃东乡西南)”。

恰巧碰上一场全国进士的考试结束，游酢和杨时等上街去看皇榜，看见了考试的状元名字是余中，而建阳籍的江侧先生和江汝舟、江翊三人中了进士。游酢对杨时说：“我的先生中了进士。可是，到今天也看不见他的影子。”杨时说：“你的先生也许很自谦，不愿意抛头露面。”

进士们考完便回家了。

到了太学生招生考试的那一天，天气晴和，京城开封国子监广场上，几十万名的秀才们像潮水一样在涌动，声浪一阵比一阵高。

这一场考试叫“乡荐预考”。考上的可以取得太学生资格，学习三年后参加太学考试毕业就可以直接参加考进士，中了进士便有官当，一生有了前途。因此，参加这样考试的人非常多，可是录取率很低。成绩上等的为上舍生，可以入住太学里，由朝廷补贴生活用费，中等和末等的只能当走读生或者回家自己学习，到了考期再到太学参加考试。

考试结束，游酢和杨时等都落第了。大多落第的人心情沮丧得很，决定要回家。杨时、叶默等都因为家里有事情，便回家了。但是，林志宁说：“大家在京城玩几天，了解一下京城再回去。”游酢心里知道：自已的盘缠虽然还剩余一些，可这毕竟都是家中凑合或者借来的钱，于是说：“我也回去。”林志宁知道游酢家庭状况，拍拍胸脯说：“没事，有我呢，留下陪我几天。”对于一个从山沟出来的青年来说，京城的诱惑力太大了，游酢心想多看看京城，只好留了下来。游酢跟林志宁说了要去看望在朝廷当官的叶祖洽，林志宁答：“好啊。”

原来，叶祖洽当了“奉国军事判官”，曾经写信鼓励游酢进京考试，并且告诉游酢到京城时找他玩。

第二天上午，他们到宫廷前的宣德门向守门的侍卫打听，侍卫回答：“他在枢

密院办事，出差了，明天再来看看。”

从宣德门出来后，游酢问道：“晚上怎么办？”林志宁回答：“这还用说，咱们继续回客栈，明天再来。”

回到客栈，林志宁说：“走，我们两人到外面转一圈。”

林志宁多次到过京城，对这座城市有一些熟悉。他脸庞洋溢着青春的朝气，边走边跟游酢介绍京城的情况。

他们来到了城南。这是京城中最热闹的大街，从皇城丹凤门外宣德楼起经内城朱雀门到外城南熏门止的“御街”，尤其是横跨汴河之上的州桥与龙津桥之间的一段最为繁华。“州桥月夜”是京城有名的夜市。京城是一个消费最大的地方，这里高级的酒家就有七十二家，还有难以计数的“脚店”（小饮食店），当铺、茶馆随处可见。这里的夜市相当热闹，市场上南方的米、果品、名茶、丝织品，沿海的水产，西北的牛羊、煤，成都、福建、杭州的纸、印本书籍，两浙的漆器和各地的陶瓷器、药材、珠玉、金银等，还有日本的扇子、墨料，大食（伊朗等阿拉伯国家）的香料、珍珠等琳琅满目。他们两人来到“瓦子”之地，但见要把戏的，演傀儡（木偶）戏的，说书、杂技、卜卦、卖药、卖小吃、卖旧货的，应有尽有，好不热闹。东南角有一个戏台，正在演出杂剧。他们来到戏棚前，正在演“艳段”呢，只见戏台上右方有一人头戴展角幞头，身穿宽袖长袍，左手持笏，右手放在笏上。看完“艳段”，开始演“正剧”了。这时出来两个人，左方一人戴东坡巾，穿圆领窄袖长袍，腰束带，右手持一印匣，左手指着对方，两人在对话。游酢初见觉得有一点新鲜，可是多看了一会儿不见怎么生动，便对志宁说道：“没有啥意思，走吧，到别处瞧瞧。”

志宁却说道：“定夫兄，到前面小店歇歇脚吧。”游酢点头应道：“也好。”

两人走了几十步，在一家门上挑着“孙羊店”幌子的小店进了去。

店小二问道：“两位客官，请问要点什么？”

林志宁看一下游酢，问道：“你说说看。”游酢说：“我初来乍到，你点吧。”林志宁讲道：“掌柜的，来两碗水面。”店小二高声地唱若：“好哩，水面两碗……”

林志宁对游酢说：“你看，这京城就是繁华，比起我们家乡热闹百倍，简直像天堂一样。咱们读书人见了能够不心驰神往吗？”

两人草草吃了早点出了旅馆，便又回去休息。

下午，林志宁与游酢又上街去逛京都的外城。

来城外的河边，他们看见了一个综合博艺场，面积有一百来亩，中间的球场上，一群人各骑着马、手握着彩色的球杖正在打“马球”，高声呼喊着，追逐着，球在地面滚来滚去，马群激烈地奔腾，那场面好不热闹。边上，有两个人在高高的双杆上表演杂技，他们一会儿交叠为一体，转眼间又变成只剩下两个屁股，再一眨眼，变成一个人站立在另一个人的头顶上。不远处的河边，有人在那儿垂钓，还有一群人在游泳。走到河边，但见河水清澈见底，一群群鱼儿、虾儿在自由欢乐地游弋着。

游酢说："这京城确实让人大开眼界。想不到如此热闹。"

林志宁答："那当然，不然怎么叫京城。我们去看看外城。"

两人在街上闲逛了一个多时辰，回客栈休息。

第二天晌午，国子监门前一群青年人站成个半圆形，在议论着时局。

一位皓首银髯的老教授从屋门口探个头，由于周边人声喧闹，听不出他们议论什么。他缩回屋里，便问相邻并坐的老叟："外面怎么那么吵闹？"

"听口音准是南方来的，那几个年轻人冲得很，尽是些不现时的话，真拿他们没有办法。"

"世风日下，人心不古啊！"

"前些时候，我与程大人谈起这件事情，他听了很不以为然，他说年轻人血气方刚没有什么大不了的。"

"那么，这些南方后生人给他当弟子正好。"

"那就正中他的意呢。当今的时局这样，北方连'关学'都少人有心去跟，他兄弟俩见了南方的肯定把那当做市场咯。"

"老兄的见解实在高！"

"哎呀，说曹操，曹操就到。看，他果然来了。"

门口出现了一个白发老叟。来者不是别人，乃洛阳名士程颐也。他人虽然纤瘦，但是精神矍铄，是个极敏锐精明、见多识广的人，而且兄弟是与易学大师邵康节常常往来的密友，熟悉易学，对相术也颇知几分。因为学问好，满朝的大小官员和学者无不知道他的名字。他这次是进京办事情，顺便来太学看望旧友和弟子的。

吴博士见是程颐来了，连忙出门去迎接，说道："今天开天门，程大人肯到这里来。"

程颐回道："老夫是来看望君的，难道不欢迎？"

吴博士应道："当然欢迎，里面坐坐。"

程颐听见一群青年在议论，讲："等等，我过去看看。"只因为这一看，却引出一大串故事来。

话说这天早晨，游酢与林志宁又去找叶祖洽。侍卫回答：“上午他在朝中议事，下午再来看看。”回来经过国子监，恰好遇到了几个京城中认识的文友，正在辩论。游酢很激动，停下来，说：“现在的时局，还搞什么训古，那能够当饭吃不曾？不是明摆着坑害我们这些学子？《诗经》、《易经》和孔孟之书，才能够安邦治国。”林志宁高声说：“定夫兄说得有理，我赞同；学友们，大家十年寒窗苦读的目的是什么？为了光宗耀祖，还是报效朝廷和拯救黎民？”有的学生说：“对！我们求学要务本，要让天下的学子都明白这个道理，不要沉溺于那些无谓的文字训考。”有个学生却说：“我大宋今非昔比了，国势日弱，而辽人、金人日益强大，如此下去，怎了得？”青年人议论得很有激情，引起了程颐的关注。

那吴博士也跟了过来，介绍说：“这位是洛阳名士程大人。”大家一听无不肃然起敬，林志宁和游酢上前鞠了一躬，问道：“程大人好！”程颐走到游酢面前道：“此君，见解甚好。”游酢忙施礼道：“晚生见过程大人。”程颐端详一眼游酢：中等身材，体魄健壮，天庭丰满，眉清目秀，鼻若悬胆，地阁方圆，深知此人乃可造之才。因为初见不想多言，说道：“我现在在洛阳嵩阳书院，诸君有空可去走走。”游酢恭敬地回答道：“抽空一定去拜访大人。”吴博士道：“走，到里面喝一口水解解渴。”程颐回头拱手道：“后会有期。”便跟着走了。

下午，他们又去宣德门。侍卫换了，游酢又向他讲明找叶祖洽，其中有一个侍卫是福建人，说：“我替你禀报。”那侍卫进去禀报。叶祖洽听说是游酢找他，他亲自出门来迎接进去。

到枢密院，叶祖洽招呼他们二位坐下，问：“定夫，你们是来参加太学考试吗？怎么样？”游酢答：“别提了，准备回去，前来看看你。”叶祖洽说：“你才二十岁，有的是机会。”接着询问起林志宁的情况。

他们正说话，有人跨进门问道：“叶大人，潞国公呢？”叶祖洽起身抬眼一看，是宰相文彦博的好友程颐，连忙拱手说：“哦，是程大人，宰相大人下午一来上朝就被圣上召去，大人先坐下等候。”林志宁和游酢迅速起身说：“程大人请坐。”程颐见了他俩，说：“我们真有缘，又见面了。”叶祖洽给程颐递上一杯茶水，觉得诧异，问道：“你们认识？”程颐将事情讲了一遍，叶祖洽听了，说：“如此真是有缘。”程颐问道：“二位贤辈都是你同乡？”叶祖洽应道：“是。这位游酢还跟我同窗过一年，同出一个师门。”程颐想：叶祖洽是前科状元，他的同学应当学问也不错。因为要等文彦博，又本来喜欢这青年，所以他与游酢攀谈起来。那游酢也饱读了诗书，肚子里有一定墨水，谈吐不俗，程颐询问了好些问题，游酢对答如流。叶祖洽见状，说：“程大人，你与鄙人学弟一见如故，谈得来啊。”程颐对叶祖洽

说："游君德器粹然，可与适道。"叶祖洽怕冷落了林志宁，便与林志宁谈天。

坐了一个多时辰，程颐知道没法见到文彦博，便起身告别说："叶大人，老夫不等了，明日再来。"叶祖洽站起，拱手说："程大人慢走，我送送你。"林志宁和游酢也说："程大人慢走啊。"程颐转身说："二位贤辈，但有空就到嵩阳书院玩。"迈开大步走出去，叶祖洽等三个年轻人都起身相送到门外才返回。

这时，一个差跑进来说："叶大人，宰相大人叫你明天早上在这儿等他，有要紧的事情。"叶祖洽说："知道了。"

不知不觉到了黄昏。下班时，叶祖洽说："走，到我家去。"招呼两位同乡到他的住处。

吃过晚饭后，叶祖洽带他们出去逛街。他们沿着御街悠悠地行走着。京城的夜晚，灯河火海，街上行人熙熙攘攘，一片繁闹的景象。

路上，游酢问："程大人何许人也?"叶祖洽说："程颐大人和他的哥哥程颢都是洛阳名士，熙宁三年时上书《谏新法疏》，力陈'新法'（王安石变法）之害，因此，兄弟俩与宰相王安石结下不和的根源。那年刚好他的父亲得病到洛阳，于是兄弟辞官回洛阳守在父亲的身边，一边在嵩阳书院讲学……"

叶祖洽到汴京多年，对这里的地形很熟悉。他边走边介绍："开封城，我国四大古都之一。它地处中国的中心，水系发达，连接长江、淮河，南有蔡河（惠民河），沟通陈州、蔡州和淮河中游，东有五丈河通往山东济水流域；西有金水河与郑州、洛阳相接。这里是五代、后晋、后汉、后梁四朝的都城，因此建设不亚于唐朝的长安，而且水陆交通相当发达。加上自从唐朝开始，南方日益发展，长安和洛阳的货物又要经过这里传向南方，成为南北交通的最重要枢纽，所以这里的地位仅次于长安。赵太祖'陈桥兵变'自立宋朝，建都于此，自然很有道理，也有长远眼光的。因为京城最繁华的部分在汴河以内，所以叫'汴京。'"

走了一段之后，叶祖洽又介绍说："汴京与长安不同，是一个城包城的特殊帝都。内外有三重城池。最里面一重是皇城，又叫'大内'，城周长九里十八步，引金水河和五丈河为护城河；南面的丹凤门和北面的玄武门和东、西华门大街与外城内城相接。内城又叫旧城，周长二十里，一百五十步，街道的布局成'井'子形，最繁华的街市都集中在这部分。外城，又叫新城，是五代时扩建的，城周四十八里二百三十三步，面积比旧城大十四倍，有十三座陆门和七座水门，外有宽达十余丈的护城河。"

游酢听了疑惑地问："京城这么大，有多少人口呢?"。

叶祖洽带着自豪的口吻回答道："有一百五十万左右。"

游酢惊叹道；“哇！一百五十万人口，这么大的城市。”

叶祖洽说；“是的。这里是全国的中心，单单店铺就有六千多家。”

走了一个多时辰，叶祖洽说：“天时不早了，我们回去休息，”游酢说：“祖洽兄，我们已经在客栈住了几天，明天就要回福建。”叶祖洽说：“不好意思，这两天偏偏多事。那好，你们今后但有来京城就来找我。”三人便分手返回休息。

第三天，他们两人又在京城逛。

下午，他们在城中继续往前走，指指点点地谈论着眼前的繁华景象。忽然，身后传来一个声音：“两位后生要往哪儿？”两人回头一看，不是别人而是程颐大人，他的马车说话间便到了跟前，两人连忙转身毕恭毕敬地站在一旁，施礼问候道：“程大人好！”

“免礼、免礼。”程颐说着，又对游酢讲：“贤契，你们且先回家乡去，等有了新消息告诉老夫。”

游酢俯首称道：“谢谢前辈的垂爱，晚生一定听您的。”

程颐说道：“老夫还有点事情先走一步，后会有期。”

志宁和游酢同时拱手道：“后会有期。”他们目送着程颐远去才离开那儿。

他们两人回到住处，天时还早，志宁道：“下两盘棋再睡，怎么样？”游酢答道：“好啊。”于是，两人在客栈里对弈起来。两人自从认识以来，每次相见有空总下棋，游酢一直是志宁手下的败将，五盘能够赢得一盘已经侥幸。这天夜里，在下棋时志宁发现游酢不再那么性急，比以前更会考虑了，于是夸奖说：“进步不小。看来下棋能够改变人的性格。”游酢答道：“有什么办法呢，这是逼出来的。”林志宁讲：“如此说来，你应当谢我。”游酢回答道：“当然，以后再说吧。”林志宁说：“别太得意，看得出，你的棋看得不深，现在我再教你一些技巧吧。”说着，摆开了残局，讲完之后又摆一残局讲述。见时间不早了，说：“今天就讲这些，你自己回去好好琢磨、琢磨。”准备休息，游酢想起与程颐先生相遇，说：“今天碰到的那位程大人学问非常渊博，又与我很投缘，我想我们这次回去，不如绕道去嵩阳书院看看。”林志宁说：“此去洛阳三四百里，你这一绕多出两百来里，何苦呢。要去，你自己去。”

一觉醒来天已大亮，游酢背起行李向西而行，前往嵩阳书院。林志宁休息了一阵，打起包袱南下。

游酢风尘仆仆，不辞劳累赶路。四天后，他终于来到嵩阳书院。

因古来以山南水北为阳，山北水南为阴。嵩阳书院在河南（今登封市）嵩山南麓，即嵩山之阳，故名“嵩阳”。书院初建于北魏太和八年（公元484年），原

名嵩阳寺。北宋初年朝廷便重视文治，嵩阳书院在赵宋朝廷的扶持下，得到了进一步发展。嵩阳书院建筑面积达万余平方米，书院内建筑规模宏伟，布局严谨。司马光就在嵩阳书院的崇福宫中，组织众多人才编纂完成了《资治通鉴》中的第九卷到第十二卷。二程因为不被朝廷重用，为避祸端，退居这里聚徒讲学已经三个年头了，因此与司马光、吕公著等结下了深厚的友情。

这座古朴清雅的书院背靠险峰，面对溪流，环境清静幽雅，很适合读书、做学问。首先映入眼帘的是，正中题刻着“嵩阳书院”四个大字，在书院大门旁耸立着高九米的“大唐嵩阳观纪圣德感应颂碑”，该碑雕工精细，达练圆熟，是唐代石刻艺术之珍品。

走进书院大门，一路可见屈曲的回廊，小轩精巧别致，接着就来到先圣殿。先圣殿供奉着儒家开山祖师孔老夫子以及他四大弟子的石像。殿堂之侧，傲然耸立着三株古柏。西汉元封六年（公元前 110 年），汉武帝刘彻游嵩岳时，见柏树高大茂盛，遂封为“大将军”、“二将军”和“三将军”。三棵大树高皆十余米，围粗不一，树冠浓阴，犹如三柄巨伞，虬枝峥嵘。

一阵山风吹来，枝叶摇动，如环佩鸣，犹闻丝竹之音。再前面是一片翠绿的竹林，从清幽的竹林穿过，便来到书院的第二进建筑——讲堂。

这一天，程颢先生外出。程颐先生在校讲学，一见游酢前来，立即停下叫一个看门人招待，自己回课堂继续讲课。等下了课，程颐先生出来，游酢慌忙站起鞠躬，问候道：“晚辈见过程大人。”程颐先生嘴里说着：“免礼，叫大人不好，我不是在教书吗？还是叫我先生吧。”又喜出望外地来握住游酢的双手，说道：“想不到你果然来了，而且来得这么快。坐吧。”他亲自给游酢添了茶，游酢谢过之后，说道：“程先生，这里的书院好大啊。”程颐说：“是的，这书院比岳麓书院还大几十倍，学生也不少，现在有近百号人。你是坐车来，还是走路?”游酢苦笑了一下，答道：“走路。”程颐感叹道：“难得！辛苦了。”游酢笑道：“没事，我年轻走点路算不得什么，能够拜见先生和看见这么大的书院很值得。”程颐先生称赞道：“你的好学精神可嘉。”接着，询问了游酢的家庭情况和平时所学，程颐先生点头道：“如今天下像你这样的人才不多啊。你是我所见的第一个如此好学的南方青年，今后有什么需要帮助尽管说。”

晚上，用餐之后，程颐先生考虑到自己还要备课，游酢走了几天的路也辛苦，对游酢道：“你旅途劳累，早点休息吧。”

夜里迷迷糊糊觉得天在下雨，一觉醒来天已经大亮。

第二天，游酢决定向程颐先生辞行，程颐先生亲自送出大门直到大路，并且

说：“日后常联系，如不嫌路途遥远，可来此学习。”游酢应道：“好的，我一定会争取再来看先生。”游酢这才告别了程颐先生。程颐先生目送着游酢远去的背影，说道：“多好的后生啊。”

游酢这一行，不仅看见了嵩阳书院，扩大了视野，而且加深了与程颐先生的感情。后有人概括游酢进京之行，诗曰：“道学南传先兆瑞，人缘广结已发祥。”欲知后事如何，且看下回。

第十一回

因众望初当先生
悯孤儿三访大嫂

游酢回到家中，继续帮家里干一点农活，有时也与周围的青年朋友交往。

五月的一天，游酢去朋友家回来，进门便看见一个国字框脸庞，英气勃勃的十六七岁少年，游醇说："俗话说来得早，还不如来得巧。"转身问那青年："猜猜这人是谁?"

那个少年摸摸脑袋，说："猜不到。"

游醇说："我介绍一下吧，此人就是鄙人的堂弟，名酢，字定夫。"又向游酢介绍道："此君姓陈，名瓘，字莹中，号了翁，剑州沙县人。你们有缘吧。"陈瓘连忙起身拱手道："久仰、久仰!"，游酢听出陈瓘的口音比较生硬，但是还可以辨别出语音的含义，于是回礼道："彼此、彼此！请坐!"

两人互相问好之后，陈瓘问道："游君青春几何?"游酢谅他年龄相差无几，应道："皇祐五年的。"陈瓘听罢，拱手道："我小四岁，当称游君为兄矣。"游醇介绍说："定夫，你不知道，陈君可算得上是一个书香门第、缙缨世家。其远祖陈雍为唐朝御史中丞，本朝有故吏部尚书陈世卿、还有谏议大夫陈称等名宦。"游酢听了拱手道："贵府确实了得，令人景仰之至。"陈瓘心里知道自陈雍迁居固发口以来，陈家可谓人才辈出。可是，他却回答道："祖上和家族好，不等于我好啊。要是我当乞丐，谁瞧得起？人得靠自己争气。"游酢问道："陈君的家就在沙县?"，陈瓘回答说："不，在沙县南面两百多里的固发口，俗称'挂口'。"游醇说："我有一点事情要办，你们先聊吧。"通过一番交谈，游酢听出了闽北方言与闽西北方言有差别，可是不很大，仔细听还是能够辨得出话意的，如"沙县"一词听起来，

听起来像“傻嫌”似的。

于是，两人互相询问了对方的家庭情况、家乡的风土人情。

过了半个多时辰，游醇回来了。三人接着又闲谈了一些读书的事情。

夜有一点深了，游酢知道家里的房间少，游醇已经有妻子和一个儿子，提出说：“大哥，陈君晚上就到我那儿睡。”游醇应道：“好吧。”

这一天夜里，游酢介绍了自己家乡的归宗岩等，陈灌也介绍他家乡栟榈的风景和传说。游酢听了道：“如此神奇之地，有机会我一定去看看。”陈灌说：“现在就是机会，以后成了家或者到外面去做事情，就不一定有时间玩。明天叫你哥哥也一起去。”游酢回答道：“目前，我家里还有一些事情要帮忙，下次再说吧。”陈灌听了，说道：“那好，我随时欢迎你去。”

第二天，陈灌便上路回家了。

一连天晴，半个月不见滴雨。白天热得狗直吐舌头，猪在栏里嗷嗷叫；晚上，屋里像炭窑似的。夜间，田野里到处青蛙“贡贡”鸣叫，此起彼伏，乡村的人们不分男女，大多都在自家的坪子上纳凉，人多的场所就听人讲故事。年轻人在家待不住，挑着松明火把出去，有的到田间叉泥鳅，也有的去抓青蛙，到了半夜回来煮了吃；有的则到山林中溪涧抓石蚌。他们大多的是抓来卖钱，到了山中顺着坑沟摸去，希望抓得越多越好，可以卖更多的钱，所以一般都要到天亮才回家，早晨去卖，下午睡觉。

转眼到了六月，游复患病瘫痪在床，书斋只好停了。游醇、游酢听说，连忙前往看望。

游复拉着游醇的手说：“质夫、定夫，你们看我这个样子，你帮忙接手把书斋办下去吧。”游醇犹豫了一下，安慰说：“叔，你先好好养病，也许到了秋天会恢复健康。”游复灰心丧气地说：“我恐怕好不了。”游酢也安慰说：“叔，你身体一向很健，一定会好起来的。”

傍晚时，游酢看见三叔在劈松明，于是问：“晚上去叉泥鳅？”三叔回答说：“是。你要是去，可得把松明火给我点旺旺的。”游酢答道：“听你的。”三叔笑着说：“好，天黑就去。”

天黑后，三叔一手拿着一把铁叉，一手挑着火篓，左肩还背着一个装泥鳅的竹篓，把一只装松明的竹篓递给游酢，说：“走！”游酢接过竹篓背在右肩上，说：“叔，我帮你拿火篓。”三叔说：“不要，等开始要叉泥鳅时，你再帮我抬火篓。”于是，三叔在前，游酢后面跟着。

夏夜很闷热，田野里昆虫在唧唧低鸣，远处传来一阵阵青蛙的鸣叫。虽然是

月初，看不见月光，夜空却繁星密集，地面不见一点亮光。在田间走着，游酢问道："为什么要晚上叉泥鳅?"三叔说："天气热泥鳅会爬出来歇凉，在田里会留下痕迹，一条条长长的，灯火一照就现出来。照着痕迹叉去，准有的。"他又问："刚才的田为什么不叉?"三叔应道："你读书人不明白这个道理，肥田才有泥鳅。"松明油脂多易燃，走了一段路三叔便给火篓里添一小块松明。到了一份财主的田，三叔把火递给游酢，说："你和我平肩走，我叫停，你就站住，等我叉完了泥鳅再前进。把鞋脱在这里，回头再穿。下田的时候要看，别把禾苗踩坏了。"

那泥鳅叉是铁的，头部只三四寸长，靠开口约一寸半两边锋利，进去越来越小。泥鳅虽然很滑，一旦被叉住，身体越挣扎就便往刀刃掐得越深。三叔是叉泥鳅的老手，眼尖手快，一下田便叉了一条，提起叉将泥鳅放进竹篓里。叉起第二条时，游酢好奇，说："叔，我来!"他伸出手要将泥鳅抓出，结果泥鳅一溜掉到田里游走了。三叔说："泥鳅很滑，抓时要掐紧些。"游酢不好意思，说："知道了。"第三只又叉到，三叔说："再试试。"游酢掐住泥鳅的腹部终于顺利地将它放进竹篓。三叔笑了，说："行，就这样。"

大约两个时辰，叉了不少泥鳅，叔侄两人开始返回。路上，三叔说："是动物都有它的弱点，泥鳅虽然滑，但是也有一点点脊梁，掐紧了，它便跑不了。世间的人也有奸猾的，可是也有他的致命要害。你以后出社会，会遇到各种各样的人，如果是奸猾的，得提防着，但是不要怕他。是人总有缺点，抓住要害，他准怕你。"

回到家里，其他人都去睡觉了。三叔说："我们到吃饭间喝茶，让你三婶忙去。"三婶把泥鳅拿到厨房，倒进木盆里，一只只拿起开肠破肚，杀好、用盐水洗一遍，冷水冲两三遍。锅灶生起火，水烧开后将泥鳅放进锅一烫，用笊篱捞起放在灶台；再抓一大块生姜捣烂，又捣烂两粒蒜头，拿出油罐，用筷子夹出一小块猪肉渣，在锅底转一圈，锅底熬出一点点油气，又将猪肉渣夹回油罐，才将泥鳅放进锅里，撒一点盐花下去，用锅铲翻炒几圈。三婶看泥鳅炒得有六七成熟了，接着生姜、蒜头一齐下，进行大翻炒，一股香气飘进吃饭间。游酢闻到香气，说："三婶煮得好香啊。"泥鳅炒熟后，她拿了个敞口的碟子装好放在灶台，先洗了两双碗筷和酒杯，送到吃饭间摆放好，又出来将那碟泥鳅端进去，说："吃不吃得，试试。"游酢说："肯定好吃，三婶不愧是村里的好厨手。"三婶高兴极了，双手抹了抹胸前的围裙，回答："定夫，你的嘴真甜。你慢慢吃。"她便回厨房洗锅。三叔从桌角上提起酒壶，先给游酢倒了一杯，再自己满上一杯，说："这水酒是自家酿的，来，喝一口。"叔侄两人边喝酒边吃泥鳅。三叔说："种田人吃不起山珍海味，勤劳一点吃些东西不愁没有，泥鳅、鱼、石蚌还是捉得到的。过两天，我去叉几尾鱼，到时节叫你来多喝几杯。”游酢应道：“其实泥鳅、鱼、石蚌这些很好吃，不比那些山珍海味差。”三叔说：“定夫，你年纪不小了，应该讨老婆成个家了。”游酢答道：“叔，我还没有求到功名，等以后再说。”三叔又说：“你到外面闯过，就没有见到好的女子。如果有适合的对象，跟叔说一声。叔帮你去说。”游酢问道：“叔，我们什么时候也去抓石蚌？”石蚌，又名石鸡，山中溪涧栖息的蛙类动物。三叔回答说：“你以为石蚌好抓吗？夜里打着松明火去，爬山的辛苦不说。有的地方石岩坡很陡又滑，爬不好摔下来成肉酱。再说，有时候遇到鬼，迷路了回不来。”游酢听了不再说什么。

两人边说边吃喝，直到泥鳅吃完，才各自回房休息。

入秋后，游复虽然请了好几个医生，病情不见好转，卧床不起，他知道自己的书斋再也没法开办，叫人告诉族长。此事在村中引起轩然大波，有儿子在读书的父母都忧愁起来。

几天后村里有个老人去世，大家开始奔到那个家帮忙办丧事。

傍晚，许多乡亲在帮忙做事，有人提到：“老六瘫痪了，咱们村里的孩子到哪里读书呢？”

“是啊，孩子们到外村去读书，一来路远，二来极不方便。大些的孩子还可以勉强，可是年龄小的就难办了。”

平时大家没有觉得村里的私塾怎么样，现在经人这么一提，不少人才想到游复的好处。于是，村里人议论纷纷起来。

有的人说，有的人在想，心里都显得很不平静。

忽然，有人说道：“咱们村里不是有质夫、定夫兄弟吗？”

“对呀！他们要进京考进士的人，教一些村里的孩子是绰绰有余的。”

“可是，不知他们愿不愿意。俗话说‘家有三斗粮，不当孩子王’，当先生的收入低，又没有什么出息。”

“这也是个问题。他们一心想考出去，将来当大官骑高马，荣华富贵，多么威风，哪里会做教书这种行当。”

有个人说：“哼！考进士那么容易。铁树不知道什么时候能开花。”

另一个插嘴道：“听说铁树千年会开一次花，可是石板就没有听说过会开花呢。”

有人眼尖，远远看见了游醇和游酢身影，轻声地提醒：“嘘——别多嘴啦！”

果然，游醇和游酢来了，听到人们的议论，但是不明白在讲什么，没有吭声

就走到人群中去了。

三叔公问游醇道："下半年咱们村里的孩子没有地方读书，你说怎么办呢？"

游醇看了游酢一眼，温和地回答道："大家有什么看法？"

三叔公讲："刚才，村里人说希望你们兄弟能把私塾接着办下去。孩子们就不要到外村去读书。"

游醇沉吟一会儿，回答："这么大的事情，容我们想一想。"

三叔公说："那好。我们等你们的回音。"

游醇听了心里想到：自己明年就要去参加考进士出身，如果耽误了前程划不来，要是游酢肯应承就再好不过。

这时，三叔公游正走过来说："定夫，你大哥他有家庭拖着，你还没有成家，接手最适合。"游酢回答："叔公，这——"三叔公说："有什么好想的，你可以边教书边攻读，不会影响了你的前途。读书人的目的，应该就是为天下人办事，《尚书》云：'天下为公'。凡能够做大事者，无不从小事做起。古人说'勿以善小而不为'，何况这是全村人的大事，你掂量、掂量吧。"

当天晚上，游酢回想起进京考试缺钱的情景，觉得自己得为今后进京考试积蓄一点钱，不能再让家里人为难了。不如接受教书这件事，招收一些学生，考得上进士就出去，考不上也有一个谋生的路子。

第二天早晨，他将自己的想法跟父母说了，父母听了很高兴，游潜说："这样也好。"他去跟堂兄游醇商量，游醇表示："你的想法很好，我帮你忙。六叔病成那样，他家不适合办学，书斋就借咱们祠堂用一用，桌子和凳子咱们凑一凑。村里有愿意来的都收。"

这天上午，游酢愿意办学的事情定了下来，村里人知道了这个消息无不欢欣雀跃。

村里几个长辈和管事的人经过商量，书斋按每个学生一年交五十斤谷子，其中每年抽十斤给祖祠做租。晚间，三叔公来将村里人讨论的决定告诉游酢，游酢表示同意。

富垄村虽然不大，不到百人，大多的人家都贫穷，只有几家富户。每年到青黄不接的时候，大多的家庭为没有米下锅犯愁。所以，贫穷人的孩子没有送书斋读书，在家帮忙干活。游酢回忆起自己小时没钱读书的往事，想到：自己接手办学，一定要想办法让读不起书的孩子都能够上学读书。

秋后，村中的私塾在游氏祠堂开学了。

报名的这一天上午，来了十几人，有的大人带着，有的小孩子自己来，其中有本族的，也有张、刘、谢、林各姓的。

其他的人报完名都走了，这时游酢发现有个八、九岁的孩子既没有前来报名，也不走。于是，他起身去问那孩子："你叫什么名字，怎么不报名呀？"那孩子回答："我叫刘全，没有爸爸了，妈妈不让我来读书。"游酢听了，心头一酸，眼泪都快滚落下来，说："你回去跟妈妈说，你明天就来上课，先生不收你的钱。"刘全点点头，说："谢谢先生，我就回去跟妈妈讲。"

午饭时，游酢问母亲："妈，刘全是谁家的孩子？"母亲说："德本的，他妈妈叫春桃，德本前几年去世，家里只剩母子俩。由于没有了男人，春桃靠给人干活挣点钱度日。怪可怜的。"游酢想起来了，德本是个块头不大的人，很老实，家庭也苦，前些年病故了。

下午，有个家长带着孩子来，问道："先生，我家里人手紧，孩子来读半天可以吗？"游酢知道农村的特点，他小时候的伙伴就有这样的，因此爽快地回答："可以。"那家长说："我这孩子，上午帮别人看牛，下午来书斋读书。这孩子愚，先生辛苦你就是了。"游酢答道："没问题，你放心。"

可是，游酢发现小时候的同学桂生的儿子已经八岁却没有来报名。

这天傍晚，他就到桂生的家去。太阳下山不久，那玫瑰色的晚霞映照着富垄山村的山水，沿路可以清晰地看见村里的住家以及鸡、鸭的走动，听得见有一两只狗的吠声。

桂生是张家中最穷的一户，住在村尾一座三间低矮的茅草房里，外面围着篱笆。游酢绕过大半圈篱笆，从中间的篱笆门走进去，看见一群鸡在地面悠悠地走动，忽然一只公鸡"喔喔——"打起鸣来，猪栏里有一只黑糊糊的猪在叫。游酢走进屋里，问道："有人在家吗？"桂生坐在饭桌的长木凳，他老婆在厨房洗碗筷，桂生见了游酢，连忙站起来，应道："在，你来啦。"桂生的老婆则放下碗筷转过身用手抹一下围裙，说："不好意思，屋里又脏又乱。坐吧。"房屋确实不太像样，柱子和墙壁黑咕隆咚的，桌面也蒙着一层黑乎乎的油渍。游酢跟桂生坐了下来，问道："你儿子呢？"桂生回答："跑出去玩啦。"游酢说："你儿子怎么不送去书斋读书？"桂生脸红了，支支吾吾地回答："我——"游酢说："桂生，你不够意思，咱们俩穿开裆裤一起长大的。"桂生的老婆端了一杯茶走出厨房，说："桂生他不会说话。哦，定夫哥，我是说儿子他还小，过一两年再送去读书。"她将茶递给游酢说："喝杯茶。"游酢接了茶，说："嫂子，你不用说，你的家境我了解，我们是兄弟，不会要你的工钱的。看得起我，明天就送儿子去书斋。不行，我自己来带。"桂生和他老婆相互看了看，他老婆应道："那谢谢你，辛苦你了，明天我送

去。”坐着聊了半个多时辰，游酢起身告辞，说：“我还有点事情先回去。你们有空去我家坐坐，明天可一定要将儿子送来啊。”桂生夫妇起身送出门，回答道：“会的。”

第二天早上，桂生的老婆把儿子送来了。游酢问：“孩子叫什么名字？”孩子回答：“石头。”游酢听了，问桂生的老婆：“嫂子，孩子几月生的？孩子没有名字怎么行呢？”桂生的老婆回答：“九月初三生的。你给他取一个吧。”游酢听了略思考一下说：“就叫秋阳吧。”桂生的老婆：“好，谢谢你了。我这就回去。”于是，游酢又多了一位学生。

到了傍晚，游酢想起了刘全。他怎么没来呢？放学后，游酢到刘全的家去。

春桃身材中等，是个二十六、七岁的少妇，穿着一身粗布衣衫，她见天色不早正提着一桶猪食去喂猪。游酢走进了院里看见刘全，问道：“刘全，今天怎么不去书斋？”刘全呆住了，眼圈红了，喊道：“妈，先生来了。”春桃笑着走过来，说：“先生不好意思，家里穷，我让他在家里帮忙砍点柴。再过几年，他就长大了。”游酢说：“我也是苦出身的，等十几岁才入书斋，能够体会孩子没有读书的苦处。春桃嫂，你家的情况我知道，让刘全去读书吧。不要酬金，多一个学生没有什么。可是，孩子没有读书就误了他的一生。”春桃犹豫了一下，脸上露出一丝微笑，答：“谢谢先生，以后再看吧。”游酢又说：“春桃嫂，你不让他读书，真的会误了孩子的。”春桃只好回答：“好吧，让我想一想，明天答复你。”游酢见情，说：“不用想，你明天一定得让刘全去读书。”说完走了。

第二天，不见刘全来报名。傍晚，游酢又来到刘全的家。刘全喊道；“妈，先生又来了。”春桃正在屋里擦灶台，听说游酢又来正想躲避，游酢已经迈进门槛，问道：“春桃嫂，忙啥呢？”春桃心虚了，胸口扑扑直跳，嘴上应道：“没啥。”游酢单刀直入地问：“今天刘全怎么没去书斋？”春桃脸红了，胸口跳得更加厉害，支吾着说：“这——”游酢知道她家境，说：“我知道你的难处，刘全用的书、笔，我都准备好了。”春桃很感激，心里想着：他未婚，又年龄跟自己相近，要是不答应，他天天来，如果久了被人说闲话怎么办？于是，便回答：“那——明天让他去。”

第三天早上，刘全果然到了书斋上学。

私塾完全由先生自己掌握，学生有初入学的，只教他读书、识字，有的已经读了两三年，有的读了四五年，文化程度不一，教学课程安排也不一样。还好人少，可以根据学生的文化程度，采用不同的教学方法和要求。这对于饱学的年轻游酢来说，可以从容地应付。因此，他可以边教书边自学。

从此，富垄村每天又有了“子曰”、“诗云”的读书声。

在乡村里，有文化的人是很受人敬重的，何况是教书先生呢。从此，除了本族的宗亲依然叫他名字，村里村外其他人见了他都称呼他“游先生”。游潜夫妇和家里的亲人，见游酢能够安定下来教书而欣慰，族里人因为游酢当上了先生也感到脸上有光彩。

游酢想到，自古以来文人都有一个号，因此用家对面的獬豸山为名，自号“豸山”。

父母开始向他提起娶亲的事情，周围的人也陆续有人上门来提亲。游酢的心还想着去拼前途，知道这件事情后，对父母说：“以后再考虑吧。”所以，有人上门来提亲，游潜夫妇只好回答人家：“定夫说，他现在还不想，以后再说。”来提亲的被这样的话挡了回去。事情一传十，十传百，乡村人都明白了，没有人再愿意上门。可是，人们也产生了猜疑和各种风言风语的议论。

一天，村中有个年轻人结婚，几个妇女坐在一起，七嘴八舌地议论起来，有的说：“像升叔儿子这样的读书人眼光高，说不定想着给皇帝当驸马或者当哪个大官的乘龙快婿呢。”有的说：“难讲啊，误了一春去掉一秋禾，如果不顺的话，以后连二婚的老婆都难娶到。”游酢也去这个家帮忙做事，听到了议论，他知道这事怪不得人家，装着没有听到一样，不声不响地走了进去。大家见他来了，都静了下来。

游醇性格较内向，平时在积极地攻读，准备去参加考试，其他的事情一概不管，也不愿与其他人来往。只有晚间，他才与堂弟游酢交谈学问之事，兄弟俩不时还会因为不同的见解产生辩论。游酌年龄更小，只是边看书边默默地听着两位兄长论长道短。游酢也想静心地学习一点学问，可是责任心强，不但教书的事放不下，而且喜欢交际，人们也爱找他，所以忧乐多多。古云“天道酬勤”，乐善者虽然眼前忙累，到头来自有好报。请君看下回。

第十二回

朝廷局变颁新法
母子雪夜送寒衣

熙宁七年正月，全国西北和北方各地上报旱情的奏疏像雪片似的飞向京城开封。皇帝赵顼和大小官员没有好心情过春节。

雨水丰沛的江南像往常一样平静，人们虽然生活不怎么好，在春节里还有几分节日的气氛。禾坪里老百姓与往年一样欢欢喜喜地过春节。村里人家家户户凑钱办“庙会”，请了一班提线傀儡演“孟姜女”、“吴起杀妻”、“诸葛亮借东风”，唱了三天的戏。元宵节那天，还游龙灯，放焰火。

到了农历二十，书斋也开学了。

三月里的一天晌午时，有个叫刘全的学生在课堂上昏了过去。游酢立刻停下，摸了摸学生的头，不冷也不热，看来没有生病，所以想到：这个家里因为特别穷，会不会饿昏了呢？于是，游酢连忙先拿了一杯水给学生喝了再看。一杯水灌下去，那学生醒了，说：“先生，我饿。”听到这一句话，游酢的眼泪夺眶而出，说：“你早不跟我说呢？”那学生回答：“先生，没有事，我好了。”游酢不由分说背起那学生跑着回家，进了门就说：“妈，这孩子饿昏在书斋里，赶快给他点吃的。”老夫人应了一句：“哎——”就找了一片米糕，拿了碗热开水前来。那学生饿极了，拿起米糕就往嘴里塞，老夫人吩咐道：“孩子，别急啊。”孩子吃了米糕，磕头说：“谢谢先生、谢谢阿婆！”游酢将他带回书斋，临走时交代说：“妈，给他家送一点米去。”

这天中午放学时，游酢亲自送那个学生回家。游酢见着刘全的母亲春桃，对她说：“你家实在没有吃的时候跟我说一声吧，我一定会想办法帮忙。千万不能让

孩子饿着肚子到书斋上学。”春桃感激得要下跪，游酢说：“春桃嫂，我们是乡亲，相互帮忙是应该的。你照顾好刘全吧。”说完，转身就走了。

四月的一天，村中张贴出一张皇帝赵顼三月下诏的《旱灾求言诏》，许多的村民听说了都纷纷跑去看热闹。诏书中提到“自冬迄今，旱暵为虐，四海之内，被灾者广。”还对自己和朝政的不当做了检讨等。

围观的群众中，有文化的，也有“半桶水”的，更多的是目不识丁的，他们七嘴八舌地议论纷纷。有的说：“听说去年北方大旱，饿死了许多人。朝廷做得不好，老天都看不下去。”有的说：“是啊，新法不能实行，连皇帝都怀疑。”有的说：“这皇帝不错，是个明君，天下受灾，他能够自责，千古未闻。”

游酢也前往看个究竟，从“天旱民饥，欲且省事”的文辞中，知道皇帝赵顼开始对王安石的新法产生了怀疑和动摇。忽然，有个人走到他身边，问道：“游先生，你来得好。有什么高见?”游酢看他一眼，回答说：“皇帝下的诏，岂能随便议论。”那个人于是转过身，对群众大声说：“定夫先生在这里，大家听他说说。”游酢镇定地转向群众，拱手说：“乡亲们，当今的皇上在诏书里说得很清楚，他是在自责没有管理好天下，希望天下的人给朝廷进谏好的建议，没有别的意思。”说完一拂袖走了。

全国旱情还在继续，河北、河东、陕西、京东西、淮南各路纷纷上报旱情的严重情况。其中，光州（今河南潢川县）“司法参军”郑侠将老百姓卖儿卖女、典当妻子、流离失所、拆毁房屋、砍伐桑柘等情况绘制成《流民图》。他通过熟人关系将《流民图》献到皇帝面前。那《流民图》上画出因旱灾外逃的难民饥饿、病倒路上和惨死种种目不忍睹的凄惨景象。皇帝赵顼看了夜不能寐，叹息再三。紧接着，郑侠又上书称：“天旱由王安石所致，若罢安石，天必雨”。皇帝赵顼更加烦恼不已。

四月十八日，司马光又上《应诏言朝政阙失状》，奏折中称：“自去年秋冬以来，极少雨雪，井泉溪涧，往往大都干涸枯竭，大小两麦无收，老百姓已经绝望，初夏刚刚过半，还没有进入秋种，中等户以下，大抵缺乏粮食吃，上山采可以吃果子或者草根来度日子。”甚至有贫困下等户人家“打折变卖掉自己的房屋来补充家庭的粮食以及缴纳官府中种种的税费”。司马光在奏折中也认为如果废除新法，天上的雨水必然会因此而降落。在众臣不断上奏的压力下，皇帝赵顼终于痛下决心，因为旱灾罢免了王安石宰相的职务，让他出任江宁府（今江苏南京）知府。王安石希望新法能够坚持实施下去，于是推荐韩绛为宰相，吕惠卿辅佐韩绛。

朝廷上下反对变法的官员把天下饥荒的天灾归咎于王安石变法，固然是一种

政治斗争的手段。可是，成千上万的流难灾民从北方流向南方，确实是一种事实。郑侠画的《流民图》和司马光的奏折所反映的百姓流离失所、饿殍遍野等现象并非完全凭空捏造。

过了端午节后，村里来了好几批的乞讨人。

有一对夫妇带着两男一女乞讨着路过富垄村，正好遇到女的要分娩，一家人便在村中的车碓住下。那夫妇又生下了个儿子，丈夫说："本来五口人负担已经够重，现在又添了个儿子，换点钱给家人渡难关，如果实在没人买，送给人家，总比饿死强。"妻子也知道这个道理，听了含着泪水，点点头。夫妇商量了一番，过两天就去问问村里人。

乞讨人在车碓里生了儿子，这个消息很快在村里传开。

第二天吃午饭前，游酢回到家见母亲在煮鸡蛋，便问道；"妈，谁家做好事啦?"老夫人说："听说，有一对讨饭的夫妻昨晚在车碓里生了儿子。人呀，在家千日好，出门一时难。我想那女的肯定没有啥吃的，打算吃过饭带上你小时穿的几件衣服去看看那母子。"午后，游酢的母亲便带上鸡蛋、衣服去看望车碓那产妇和新生的婴儿。

富垄村里人向来善待上门乞讨者，来者不拘，尽自己的可能打发过路上门的乞讨人，大多的人家只给饭，不给钱。车碓里的那一对夫妇够苦，头两天，男的带着三个儿女到村里讨饭，勉强能够度日。但时间长了他去村中乞讨时，个别心肠小的人情绪有了变化，有的人脸色不太好看，有的懒得搭理，乞讨者心中很不是滋味。

第三天，他们抱着这个儿子沿村问人："要儿子吗？不要钱，只要能够养大成人就行。"可是，村里的人们大多贫穷，自己一家人尚且勉强度日；有的人想要儿子，又担心以后会被这夫妇带回去，所以没有人敢要。

那天的傍晚，书斋刚刚放学不久，游酢正要出门回家，那对夫妇抱着儿子来到祠堂门口，朝他"扑通"一声跪下，求道："先生，求求你，收下我的儿子吧，救他一条命。"游酢想到：自己还没有结婚，怎么能够要儿子？再说自己的家也不宽裕，收下也没有办法养。但是，眼前的情景不容他不负责地离开。他连忙跑到那对夫妇面前，双手扶住他们，说："起来吧，我有话跟你们说。"那对夫妇起来了，他下意识地从衣服里掏出所有的钱，拿出一看，只有二十文，于是说："这样吧，我还没有成家，没有办法要儿子。这些钱拿去度几天，你们再看看，有没有适合的人家要儿子。"那对夫妇见他这么说，将信将疑，相互看看，游酢将钱放到男的手上，走了。

七月，朝廷开始正式向全国颁布推行“手实法”。原来，所谓的“手实法”，即向老百姓的资产和物产做登记后征收百分之十到百分之二十的税收。

一天傍晚，保长跑来找游酢，说：“游先生，朝廷要推行‘手实法’，我是个大老粗，斗大的字没认几个，求你帮个忙。”说着，拿出了朝廷的文牒、布告和县里发下来的表格。游酢看了官府的文牒，内容的大意是：朝廷预先将手实法的格式传达给各地百姓，要求农户按照格式填写自己的产业情况，然后送交县官登记入册，官府按产业多寡将农产划分成五等，从而确定每户应向官府交纳的赋税，并将应交纳钱财的人户张榜公布两个月，总计一县老百姓产业的实际数量平均摊派原来所规定的役钱；老百姓的田产一律由官府折合成钱，官府事先定出一个适当的田产价格标准，然后按照这一标准折合农户的田产上报官府。保长又将布告和名册递上，游酢看完，问道：“知县具体怎么说的？”保长应道：“县老爷说，房屋、田地、山林、作物都要填写，由各农户自己填写，不能隐瞒、也不要虚报。有隐瞒的，一经查出，严厉处罚。”游酢说：“好吧。布告放在这，我帮你贴；至于登记、造册，我白天没有空，晚上时抽空帮忙。明天晚上就开始吧。”保长拱手说：“游先生说得是，我哪能影响你教书，孩子读书比什么都重要。你能够这样支持已经很不错了。谢谢游先生了。我先告辞，明天晚上再见。”保长说完，走了。

保长走后，游酢就把布告张贴了出去。

第二天晚上开始，游酢协助保长利用晚间挨家挨户进行田产或者家庭收入的登记、造册。

月底，游酢想到中秋节将放假，邀请一些朋友来玩。于是，写信告诉朋友们。

到了八月初，游酢将自己邀朋友来玩的事情告诉爷爷。游三礼听说有客人来玩分外高兴，说道：“这是好事啊，家呀就是要有客人来，人的脚印肥，吃不穷的。如果没有人来，说明家就没落了。”吩咐游潜道：“中秋来的都是贵客，咱们好好招待，叫女人杀鸡、多备些酒肉，你呢去拿一斗糯米来打糍粑。”游潜应道：“好，我会安排。”他知道自己的家里并不宽裕，可是父亲很讲体面，过了几天便私下去向人换了一斗糯米在家里放着。

中秋节的早晨，一家人吃过饭不久，家里忙开了，女人杀鸡、洗菜，男人洗石臼、炊糯米、摆桌椅。

大约到了晌午，村里传来一阵狗的汪汪吠声，陈师锡、江淮、熊敦常、江立来了，游酢、游酌都前来帮忙接待。在座的秀才中，陈师锡年龄最小，才二十岁，可是身材最大块，一脸英俊气。

众朋友先拜见了游酢的爷爷、奶奶和父母。游三礼见果然来这么多的客人，

而且都是秀才，笑得乐呵呵，说道："能够见到你们这些秀才，也算祖上积的德。你们坐。"

大家聚在一起座谈。游三礼站起来说："你们读书人聊着，我大老粗听不懂'子曰'的，到附近走走。"陈师锡说："阿公，你坐着没关系。"游三礼摆摆手回答："不，你们聊天吧。"说完走开了。

江淮问道："最近朝廷颁布实行'手实法'，这是谁提出的？"陈师锡答道："听说吕惠卿有个弟弟叫吕和卿。"熊敦常说："说不定是吕惠卿自己的主意，他为了让弟弟能够得到提拔，所以先让他弟弟提出来，好让朝廷重用他弟弟。"游醇说道："不管谁提出，能够对老百姓有利就是好事。我以为能够给老百姓带来利益的人，官当大一些也合理。"江立又问道："诸位家乡进展怎么样？"熊敦常回答说："我家乡刚刚开始登记、造册。"江淮说："按照朝廷的规定是合理的，可是到了地方，有些当官的做法就不一定能够正当了，听说有些乡村在登记、造册时就做了手脚。有钱、有势力的人少报，没文化、没有势力的弱者，就负担更重。"熊敦常说："这有什么稀奇呢。弱肉强食，老实人吃亏，历朝历代都如此。"江立说："是的！理国如理家。不管谁当家，总希望能够把家治理得好，使家庭兴旺发达。可是，妻子、儿女就难说了。执政者也同此理，没有一个皇帝不希望自己江山长治久安的，而底下的人往往把事情搞坏。"游酢说道："话不完全如此，善理者，家兴、国兴；不善理者，家败、国亡。"熊敦常问："善理者如何做起？"游酢答道："《大学》里不是有吗？修身、齐家、平天下。修身是根本。身正，行自正，行得正，焉有立不稳之理？"

大家正议论得热闹，来了两个年轻人，问道："糯米应该炊好了，可以撞了吧。"游潜进厨房一看，打开饭炊抓了几粒米揉一揉，米已经融了，便把饭炊抬到大坪，放在石臼边，说："开始撞吧。"两个年轻人捋起袖管，其中一个拿过撞糍粑的撞捶，游潜拿一把矮凳，准备救糍粑。一个青年将饭炊里的糯米饭倒进石臼，石臼里冒起一股热气腾腾的烟，那拿撞捶的青年走上前将糯米饭撞实，便开始打糍粑。过了一会儿，游酢见情捋起袖管走过去，说："我换一下。"那年轻人说："定夫，你还是歇着吧。这一臼糍粑我自家轻松应付，何况有两人，轮不到你。你陪客人们聊天。"游酢坚持说："换一下。"那年轻人只好将撞捶递给游酢，游酢接过撞捶站好，挥起撞捶撞了几下。陈师锡问游酢："定夫，你也会撞糍？"游酢答道："应付两下还可以。"才撞几下便气喘吁吁、汗水淋漓，另一个年轻人走上来，说："定夫，还是我来。"游酢确实辛苦了，便收手将撞捶递给堂兄。陈师锡又看看江淮、熊敦常、江立，他们都摇摇头。他霍地站起，走到石臼边说："让我试试。”那年轻人见了，心想：你一个秀才也会？陈师锡再次说：“让我试试。”那年轻人于是应道：“好吧。”陈师锡接过撞捶站好，挥起撞捶一下一下往石臼撞，像拿一支笔似的轻巧，游潜说：“陈秀才，你好臂力，撞起糍来胜过一般的后生人。”陈师锡回答：“阿伯，乡村人的孩子谁不会呢。”游潜说：“你能文能武，比定夫强啊。”陈师锡答道：“定夫也能文能武。”年轻人又走过来，说：“换一换，你休息休息。”陈师锡退下来，游酢说：“伯修，你确实比我强。”陈师锡笑答：“我比你年轻四岁，当然更有力气。”众人听了都哈哈大笑。

中午，一桌好友，一桌自己家里的亲人，热热闹闹地吃了一餐。

午后，几位秀才坐在一起喝茶、交谈了一番读书和天下的大事才分手。

一天早上，游酢发现一个叫谢仁勇的学生没有来，问道：“你们谁知道仁勇为什么没来吗？”有个学生回答：“先生，听说他生病了。”

中午放学时，游酢直奔仁勇的家。

谢仁勇的母亲说：“先生，仁勇病了发高烧，没有跟你请假。”游酢进屋，看见学生还在昏迷中，问道：“请郎中看了吗？”谢仁勇的母亲说：“没事，刚才已经来看过了。”游酢说：“让他好好在家歇着，等病好了，我给他补课。”谢仁勇的母亲说：“谢谢游先生。中午在这吃饭。”游酢说：“不用，我家才几十步路。”说完走了。

几天后，谢仁勇病好了到书斋上课，游酢知道他功课跟不上同学，便说：“仁勇，从今天开始，每天中午和傍晚，我给你补课。”

于是，游酢开始给谢仁勇补课。

游酢在村中安心地边教书、边自学，有空时与文友们相互来往，交流切磋，思想也日见成熟。

话说游复中了风，他的儿子四处求医，终于找来一位医术高明的郎中医治。

十月底，游复已经能够下床行走。游酢前去看望他，说：“叔，你康复了，大家都很高兴。”游复回答说：“托大家的福。两年来，乡亲们实在关心我，经常来看我、帮我找医生、拿草药。”接着问：“你的学业怎么样？”游酢才答道：“边教书边自学，多少有一点收益。叔，我已经得到了新的消息，朝廷对太学生进一步放宽了入读条件，颁布了新的条例：凡是太学生不分内外，都可以进入太学住宿。所以，我明年要去京城太学里修学。书斋还是辛苦你来执教。”游复听了，说：“我老了。本来指望你能够长期在家乡教下去，可是你年轻有志气，我也不敢勉强留你。年底，我如果能够更好些，明年你就放心去京城吧。最近，中立有来信吗？”游酢摇摇头，说：“还没有，我正准备写信给他。”游复说：“我是日薄西山

了，你们正似刚刚初升的日头，祝福你们鹏程万里。”两人交谈了一会儿，游酢才起身告辞回家。

回到家里，游酢想起游复的答复，心情顿然觉得格外轻松，他坐下来写信给将要去京城的想法告诉杨时。

一天晚上，保长来找游酢，说：“村中各户根据‘手实法’填写的登记表已经公布了两个月，过几天可以上报给县里。”游酢回答：“好吧。”保长才走，这时三叔公又来找游酢，说：“定夫，不好意思，我又有一件事情想麻烦你帮个忙。”游酢应道：“叔公，有什么话就说吧。”三叔公说：“听说公布之后马上要上报到县里去。有的地方，公布后将数字改少一些。我呢，田地报多了些，看在自家的叔孙份上，能不能帮忙少报两分地。”游酢说：“已经公布了，就得按照公布的上报。”三叔公说：“孙子，没有公布我哪敢找你，公布后少报，没有几个人知道。朝廷那么大，又不差两分地的税钱。”游酢推辞说：“这事我做不了主，你找保长。”三叔公说：“我问过他，他说你是经办人，肯签字就行。你就给叔公个方便，我给你烧高香，祝你早日中状元。”游酢听了笑一笑，回答说：“谢谢你的吉言，状元我没有那福气，能够中个进士就不错了。”三叔公说：“你当真不肯帮忙?”游酢回答说：“叔公，很不好意思，这个忙帮不上。”那三叔公听了，转身要走时诡秘地一笑，竖起大拇指说：“好孙子，叔公几次考验你，才知道你是个好样的，将来一定能够当个好官。”

岁序进入了仲冬，许多北方的难民开始向南方一路乞讨而来。

富垄村里，出现了路过的男男女女的乞讨人。村里的人家，尽管自己家庭的生活不是很好，但是见了那些挈儿带女的难民，都给予施舍。有的难民，见到这里有山林、田地，当地人们又热情，在附近的破屋、破庙住下，也有的自己在山坳里或者山脚拣些树枝搭个棚住下，他们希望在这里度过一个寒冬，保存一家人的性命再说。

一天中午，游酢回到家里吃饭的时候，游潜说：“看来北方又受灾了，这些天讨饭的越来越多。”游酢的母亲也说：“是啊，前脚刚打发完，后脚又来了。”游潜又说：“人家没有办法才出门讨吃。我听说，咱们的老祖宗也是北方河南一带人，因为没得生活才跑到南方来。所以啊，今后有人来讨饭的，只要家里拿得出都不能舍不得。”游酢默默地听着，没有说话。

天气一天天地寒冷下来。不是霜，便是雪。

那又是一个大雪纷飞晚上，游酢躺在床上，听到屋外的树枝“咯吱”、“咯吱”的响声，知道雪下得很猛，想到那些住在破屋、旧庙里的难民，心中不禁产生了怜悯之心。于是，他起床点亮了油灯，昏暗中翻箱倒柜找了几件旧衣服，有的是自己已经不能穿的，有的已经破了的，一数才三件，到厨房拽了一个斗笠，冒着呼呼的大雪冲出家门。门外，风呼呼地响，雪扑扑地飘，他下意识地想到旧庙里住着的有小孩，所以迎着雪光向那儿奔跑去。

接近庙时，他隐隐发现里面有火光。奔进庙里，果然见五、六个乞讨人在围着火堆取暖，有两个女的瑟瑟地紧紧拥着小孩，他将衣服送那两个女的边上，转身跑出庙。

回到了家里，他感觉得身上不冷，可是脸上像有什么东西刺了似的，双腿的膝盖也有一点发麻。于是，他活动活动自己的筋骨、打了几趟拳，身体才恢复了热气。走动了一会儿，他才重新上床睡觉。

一觉醒来，已经天亮。他起身往窗口一看，哇！屋顶、地面全铺着一层厚厚的雪，厨房里传来母亲一阵阵的咳嗽声。他走到厨房，见父亲在灶膛前手里握着一只火笼烤火，母亲胸前披着围裙在锅台边双手捂着锅里的饭缯取暖。“阿爸、阿妈你们起得很早。妈，你感冒了?”游潜说：“她呀，昨天半夜里起床去给乞讨人送几件旧衣服、还有一床老棉被，你说天那么冷，怎么能不感冒?”他没有想到母亲也半夜里也曾经出门过，说：“妈，你年纪大了，要注意身体。我来弄一些姜茶给你喝。”老夫人回答说：“吃过了，等一下就没有事。”她应着又轻轻地咳了两三声。游潜又说：“天气这么冷，今天就不要让孩子们上书斋了。你吃过饭就去通知。”他听了回答：“我这就去。”急匆匆地跑出家门，老夫人喊道：“饭就好了，吃过再去。”只听门外传来一个声音：“回来再吃。”

门外依然飘着鹅毛大雪。他出了门，冲到雪天里了。

半个多时辰后，他回来了，从头到脚全白了，像一个雪人。游酢的母亲心疼地说：“孩子，你做什么事情都这么急，看你冷成这样!”

吃过早饭，他回到屋里呆着，心想：今天雪这么大，上不了课，就好好看看书。他的卧室不大，不到七平方米，一张木板床、一张小桌、一把凳头，角落放着一只木箱。在他的心里，这个房间最值钱的东西便是书了。桌上一叠书，一只竹制的笔筒，床头的枕边也放着三四本书，他从桌上找了一本《春秋》，坐下来看。

这时，听到了隔壁堂兄家的洗碗筷刷刷声音，还有猪栏里猪的嗷嗷叫声，附近汪汪的犬吠。他想：平时自己怎么没有听到这么多杂七杂八的声音？也许，天气太冷了，一切都有了反应。静静一想，也是的，这是乡村，而且是一个人烟众多的地方，鸡、鸭、猪、狗，都是老百姓生活中不可缺少的东西，没有这些便不是有人间烟火的乡村了。

忽然，听见他父亲叫道：“定夫，你出来一下。”游酢应了一句：“哎！就来。”他放下书迅速跑出卧室，见父亲站着说：“村头的土地公庙，有一个老乞讨人冻僵在那里，快一起去看看。”

父子俩跑到了土地公庙，果然见一个老乞讨人躺在庙里，游酢上前一摸胸口，还有一丝的气息，说：“还有一点气。”他父亲问：“怎么办?”游酢说：“救人要紧”说着背起乞讨人往家的方向跑。

到了家门口屋檐边，游酢将乞讨人放下，奔进门，喊道：“妈，赶快弄些热姜茶来。”自已小跑着进卧室取出棉被，大步跨出门给乞讨人裹上，将乞讨人抱得紧紧的。游潜也赶回来了，见儿子这么快在给乞讨人焐热了，那颗悬着的心终于稍微安定。游酢的母亲手脚麻利，将一碗冒着热气的姜汤端出来，游酢接过碗，开始给乞讨人灌姜汤。这时，左右邻居和村里闻讯的人们赶来看热闹。突然，乞讨人“嗯”地一声叫，渐渐地睁开了眼，慢慢地坐起，并激动地流出了泪水。所有的人们见了，都转惊为喜。游酢的母亲转回屋，打了一碗饭出来递给乞讨人，乞讨人接过碗，大口、大口地吃起来。

“没有事啦，能够吃饭了。”看热闹的人们，渐渐地散去，只剩游酢一家和邻居们。邻居说：“没有事了，可以让他走。”游酢说：“不急，让他稳定了再说。”

乞讨人吃饱了，他终于抬起头站起来，向着游酢一家人乱磕头，口中说：“谢谢，谢谢你们救了我的命。”说着从内衣掏出一把钱，说：“不好意思，这是我的一点心意。”游酢说：“你没有事，我们就高兴了。钱你自已留着用。我们绝对不要。”乞讨人又一次要磕头，游酢上前扶着他，说：“不要这样。你如果身体不好，在我这儿养几天，等身体好了再回家去。”乞讨人说：“不用，我没事了。跟你们说实话，我一路讨饭着来，积攒了一笔钱，原来想多讨些，看来年纪大了，没有办法再讨下去，我得回家乡去，要不这把老骨头就扔在他乡，做孤魂野鬼了。太谢谢你们了，我来世做牛马报答你们。”游酢的母亲听不下去，劝说：“真的没有事，你老人家就回家吧。”

那乞讨人含着泪花，又磕了个头，慢慢地往北离去，在雪天里渐渐消失了。

到年底，大多的家长都来交读书的谷子。除了桂生和春桃的儿子，还有两个家庭困难的学生，游酢也免收他们的谷子。

话说杨时自从京城回来后，在含云寺办学收徒谋生，见了游酢的信，也非常兴奋，同意明年一起入太学读书，便给游酢回了信。

游酢接到杨时的回信已近年关，正是一个雪花飘飘的天气。他站在家门口欣赏着家乡冬天的风景，富垄村一片白雪皑皑，溪流冰冻了，村庄对岸的公棠山、獬豸山的青松在风雪中依然青翠地挺拔着。村中，传来一阵阵的鸡鸣声。他想起再次进京的事情，憧憬着理想的未来，似乎看见了新的春光。

欲知新年如何，后回分解。

第十三回

相国寺打工济学 怀远驿做客谈诗

北宋的京城开封有内城、外城之分：州桥以内为内城，汴河为内城的城池；朱雀门以外为外城，蔡河为外城的城池，像“几”字形横亘于朱雀门前。太学（朝廷办的最高学府）位于朱雀门前东侧，它前临御街，后面是贡院。

时值熙宁八年仲春，太学内外，花木吐秀，杨柳依依，莺啼燕舞，一派生机勃勃的景象。

游酢和杨时千里迢迢，风尘仆仆赶往京城，一路风餐露宿，不消细说。二月初，他们再次来到了开封城。

夜里，游酢躺在床上回想起三年前的落第而归的情景，心里充满了凄凉。

太学，原来是唐朝到宋朝初期为专门招收朝廷五品以上官员子弟的学校。北宋庆历年间开始，在开封城内“兴庆院”办太学，扩大了招生数，学生达到近千人，只限内舍生（寄宿生）由太学供食，外舍生实行走读，伙食自理；到了神宗皇帝时，王安石实行变法又进一步放宽了入学的条件，除了朝廷官员子弟，一般平民出生的优秀子弟也可以入太学，扩大招生数，达两千四百多名学生，设八十个书斋。这年开始，外舍生也由太学供食。这一改制，为来自贫寒家庭的太学生提供了极大的利益。另外，因为自从唐朝开始就有印度（也叫天竺）、日本、高丽、安南（今越南）等国和琉球派来的留学僧学习佛教，还派有专门来学习中国文化的留学生。宋朝朝廷重视与东南亚地区国家的交往，所以国子监照样招收有这些国家留学的太学生，办了六七个班级。但是，中国人大多对外国人存有偏见和歧视，太学生中很少与外国留学生打交道。

太学里，北方的学生占大多数，南方的学生极少。北方的学生大多来自城市且家庭生活都比较富裕，他们当中个别人不太瞧得起偏远的东南来的太学生，戏称游酢和杨时等南方的学生为“芥菜”。

游酢和杨时两人人穷志不短。他们思想上比较开放，不理睬个别北方学生的冷漠，与外国留学生不但打交道，而且较多接近，其中有高丽的崔远、朴文正、阮永，还有日本的松井、山田等。

傍晚，校园的草地上有人坐着、卧着，也有人走动着，操场上有人在跑步、练单双杠，有一群人踢蹴鞠（足球），还有几个人在捶丸（用球杖将球击入洞内）。游酢和杨时则在散步。

太学课堂的学习很单调乏味，教授们虽然都是博学的学究，但是大多讲课一本正经，不许学生插嘴，下课一走了之，学生也没有可问之处。课余的生活倒是丰富多彩的：有下围棋、象棋、练单双杠、踢蹴鞠、打棍球、马球、摔跤。但是，对这些活动感兴趣的大多只是乡村去的穷学生。杨时求静，只是下下棋，对球类没有兴趣，游酢好动，他每一天傍晚都去参加踢球，成为一个球迷。有时，天气不好，或者人手不足，游酢就与杨时等学友去郊外游玩或者到京城走走，夜间偶尔也到外面吃一点夜宵。因为州桥卖乳酪的张家，不放歌妓和闲杂人入店，也不卖下等酒，唯以腌藏菜蔬和一色好酒待客，游酢与杨时经常会到那家店坐坐。

太学设在朱雀门（南门）东，刘廉访宅的南面，与国子监相邻。过太学，又有横街，便是太学南门。出朱雀门东壁，也有百姓人家居住。东去有大街、麦秸巷、状元楼，其余都是妓馆。到保康门街，其御街东朱雀门外，西通新门“瓦子”（唱戏等娱乐场所）以南的“杀猪巷”，也是妓馆。以南有东、西两教坊，其余则都是居民或茶坊。街心市井，到了夜间尤其热闹。过龙津桥南去，路心又设朱漆杈子，如内城一样。太学中的学生不少是当官或者有钱人的子弟，因此学校的管理不怎么严格，学生们到外面走动是经常的事。

开封城西段的相国寺是京城中最多人去的地方。那里，也是太学生们经常涉足的去处。游酢与杨时偶尔也去。

相国寺原为战国时魏公子信陵君故宅，北齐天宝六年（公元555年）始建国寺，后毁于战火。唐景云二年（公元711年）重建。次年，唐睿宗为纪念他以相王身份入继皇位，趁改年号为延和元年之际，赐名并御书“大相国寺”匾额。它是京城中繁华的地段，每月五次开放，成为京城中最热闹的交易市场。每到这一天，太学生们也会去看看热闹。

又是一个开放日，游酢、杨时与崔远、朴文正、阮永、松井、山田等太学生们又来到了相国寺。

相国寺前，达官贵人，三教九流、学生、平民、妓女，摩肩接踵，熙熙攘攘。他们走进大三门，那里飞禽猫犬之类，珍禽奇兽，无所不有。第三门是人们日常用品和杂物，庭中是设彩幕露天的市场，卖蒲合、簟席（竹席）、帏（帐幕）、洗漱具、鞍辔、弓箭、水果、脯腊之类。他们走近佛殿，这里不但有孟家的道冠，王道人的蜜煎，赵文秀的笔及潘谷的墨等东西，而且还有占定两边走廊的女子喜爱手工物品，如：绣品、领抹、花朵、珠翠头面、生色销金花样幞头帽子、特髻冠子、绦线之类，它们都是各个寺的“师姑”（在家学佛的女居士）卖的。太学生们大多匆匆穿过佛殿，直接奔向殿后资圣门前。因为这里都是书籍、玩物、图画及全国各地被罢任官员寄售或变卖的土特产、香药之类。他们在这里流连时间最长，大多希望能够看到古籍善本或者新书。寺的“三门阁”上和“资圣门”两处，各有金铜铸的罗汉五百尊、佛牙等，凡有斋供，皆取旨方开三门；左右有两座琉璃塔，寺内有智海、惠林、宝梵、河沙东西塔院，乃出角院舍，各有住持僧官，每遇到“斋会”（佛家祭祀类的活动），到这里的香客，凡饮食茶果，动使器皿，虽三、五百分，没有不及时帮忙拿出的。游酢和杨时最感兴趣的是，到大殿两廊看一看，有没有增加本朝名流人物的笔迹。至于寺内壁画、壁佛、殿庭供献乐部马队之类和大殿朵廊的壁隐楼殿人物，虽然绘得栩栩如生，十分精妙，可是看多了也没有什么新鲜感，他们转头便走了。

一天放学回到太学的宿舍，有个同学叹气说：“唉！真倒霉，我已经参加了三轮考试，还没有考中。”杨时说：“我就不信这个邪，明年再考。”游酢听了从床上跳起来，说道：“怕什么，我们还年轻，人家梁灏八十才中状元呢。”接着，对杨时说：“看来我们自己在家读书不行，问没有个地方可问，咱们干脆留在太学里好好攻读一年再说。”杨时回答道：“好吧，咱俩就留下。虽然说太学有供伙食，可是哪来零花的钱？”游酢听了只挠头，站起来在宿舍里徘徊一会儿，忽然说道：“中立，我们半天读书半天去干活挣钱怎么样？”杨时支吾着说：“这……”游酢说：“你是怕丢面子是不是？可是，我们是穷人家子弟，在家什么活没有干过？依我看，京城这么大，不愁没有我们立足生存之地。”杨时听了，回答：“你说得虽然有理，但是干什么活呢？”游酢说：“明天，我们一起去找啊。”

他们找了两天，没有满意的。第三天夜间，他们上街继续找。在街上看见有一家酒馆灯火通明，人来人往，很热闹。游酢说道：“进去问一问。”两人进了一家酒馆，在一张桌子坐下，店小二前来问道：“客官，吃点什么？”游酢和杨时互相看了一眼，说道：“来两碗牛肉面。”店小二立刻喊道：“牛肉面两碗——”游酢忽然拉住小二的手，说："小兄弟，麻烦叫你老板来商量个事情。"小二回答道："好，你稍等。"过了一会儿，小二带着老板来了，老板问道："客官找我什么事情？"游酢站起来，拱手道："老板，幸会、幸会。听口音是咱们福建人。贵姓？"老板说："免贵姓陈，我是福州的。小老乡家在哪里？"游酢回答说："在下姓游，老家建阳，这位是我同学，姓杨，南剑州将乐人。"老板说道："小老乡，有什么事情请讲。"这时，游酢才说："老板，跟你商量一件事情。"于是，贴近老板的耳朵悄悄地咕噜了几句，老板听了，回答："这好说，眼下正缺人手，只要夜间帮忙跑堂就给半天的工钱，不过时间有点长，每天天黑到子时。"游酢问道："怎么样？"杨时回答："行！"老板交代："那明天晚上就来。"游酢和杨时同时答道："好，我们一定来。"

出了酒馆，游酢问道："还可以吧。"杨时答道："这样很好，白天可以读书，我们的生活就不愁了。"两人都笑了。

从此，两人就白天读书，夜间去酒馆做小工。

六月，朝廷颁布《三经新义》用作太学统一思想的教科书。这《三经新义》是由王安石自撰《周礼义》、王雱与吕惠卿参与修撰《诗义》、《书义》，三本书合称并由王安石通改定稿。此书本着"先儒传注，一切废不用"，这是最早对《五经》进行新的解释，所以当时天下号曰"新义"。《三经新义》的撰成，标志着王安石创立的新儒学学派的完成，被人们称为"新学"。

话说京城的一位叫邱成的太学生，与朴文正同学关系密切，经常带同学去他家中玩。邱成的父亲是个大富商，家中有一男三女，夫人已经不在世，长女已出嫁，尚有两女在家，二女儿金花，三女叫银花。金花比哥哥邱成小两岁，看见朴文正长得斯文儒雅，心中暗暗喜欢上，一次趁出来端茶的机会，与朴文正搭话。她父亲进门听见，训斥道："女孩子家，跟陌生人说什么话。回房间去！"她父亲知道这个青年男子是高丽国的，儿子的同学，于是对邱成讲："这个人今后少带到家里来。"邱成答应："我知道了。"

父亲回来一阵又出去了。

邱成听父亲的话，不敢再带朴文正到自己的家，自己也很少回家。

没有想到，金花从此不跟人说话，也不出房间。家里人都为此焦急。她父亲见了以为金花得了什么病，请京城的一个郎中来瞧瞧，郎中把了脉回答："老爷，贵千金身体没有病症。"她父亲疑惑地说："不会吧，没病？"

有一天，邱成回家听说金花病了，跑进房间去看看，问道："金花，你觉得自己哪里不舒服？"金花不便说什么，只是哭。

一日傍晚，邱成跟游酢、杨时两人散步时，讲："我妹妹最近得了病不能起床，可是请郎中来看，却说没有病。"杨时说："可能请来郎中医术不高，断不出什么病症。"游酢讲："京城的郎中一般医术都可以。女子的病复杂，也许犯相思病吧。"邱成没有往深处想，回答："应该不会的。"

过了几天，金花病势越来越严重，不会起床吃饭。她父亲觉得不对劲，又派人去请京城有名的郎中来，那郎中把了脉认真地回答："贵千金真的没病。有则是心病。心病，老夫就没法医了。"说完走了。

她父亲想到了儿子，派人去叫儿子回来一趟。

邱成回到家里，听父亲说妹妹病重不能起床，跑进房间一看妹妹果然躺在床上，忙问父亲："怎么不请郎中看看？"他父亲应道："郎中看过了，说是什么心病。"邱成听了，回想起妹妹见到朴文正的兴奋表情，自从朴文正没有再去自己的家之后妹妹就病了，因此说："爹，我猜到了妹妹犯病的原因。"他父亲问："什么原因？"邱成讲："说出来，你恐怕不同意。"他父亲回答："她的病只要能够好，什么我都可以做到。"邱成说："爹，你说话可算数？"他父亲答："君子岂有戏言？"邱成讲："我这就替你想办法试一试看。"他走到妹妹的房间，开玩笑地问妹妹："你是不是喜欢上我的那个同学？"妹妹不吭声。邱成说："妹妹有眼光，朴君人很好，读书也不错，是个有前途的青年。你如果真的喜欢他，我会帮忙，爹也不会反对了。"金花病沉沉中听哥哥怎么一讲，心头一松，吐了一口痰醒来了，见是邱成，喊道："哥哥——"哭了起来。邱成见妹妹醒了，欢天喜地，喊道："爹，妹妹醒了！"他父亲奔进房间，兴奋地喊道："我的宝贝女儿，你终于醒了。"

邱成讲："原来，妹妹是喜欢我的那个高丽国的同学，想得病成这样。"他的父亲哪里肯同意？不说话。邱成讲："爹，你可说过君子岂有戏言。"他父亲想：自己的女儿这么痴情，以至病成这样，不如成全她的心愿；可是，那青年远在他国，女儿嫁给他于心不忍。但是没有别的办法，担心拖下去女儿出事，先敷衍了这一关，让女儿的病彻底好了再说。反正到时，那青年回国了就不一定会再来。于是，他说："你叫那个同学明天来家里一趟。"邱成答应："好哩。"金花听了，脸上也绽开了笑容。

第二日傍晚，他亲自接见了朴文正。他先询问了朴文正的家庭情况，朴文正如实回答，两人交谈了一番之后，他问："听说你喜欢金花，是吗？"朴文正答道"嗯。"他说："你爱我女儿，我不反对，但是你必须回国后有作为才能来娶亲。否则，我没有办法做到！"朴文正家中是一般贵族人家，只因读书成绩优秀被高丽国朝廷公派来中国留学，平时见到过几回金花，心中喜欢却不敢说出口，见女方的父亲许下了这一桩婚姻，满口答应："好！"

第三天傍晚，邱成跟游酢、杨时、朴文正等人又一起散步。游酢问："你昨天傍晚回家啦？"邱成答应一声："是。"于是，讲起了妹妹的病与朴文正的关系。杨时叹道："真想不到姻缘这么奇妙，你妹妹竟然有异国的姻缘。朴君可谓艳福不浅呀！"朴文正脸红着说："我自己也没有想到。等我出头之日，一定来迎娶。"游酢说："朴君一定得算数。"邱成说："我相信朴君会做到的。"

天色近黑了，他们才返回太学。

京城里还有不少外国使节。朝廷在这里建有四所重要的大型迎宾馆，国家一级的高级迎宾馆，招待来自四邻的地区或者国家使节。其中专门接待北方契丹使者的叫"班荆馆"和"都亭驿"，接待西北西夏等少数民族政权使臣的叫"来远驿"，接待更远的今新疆地区和中亚来宾的叫"怀远驿"。这些高级宾馆，设备豪华，朝廷有时在此举行国宴，宴请各国或者附近地区的使节、大臣。他们居住的条件很好，门外有朝廷的差役把守，里面有专门的服务人员，房屋十分宽敞，左右前后有二十四间房子，住宿面积五十七步，有厅堂、居室、走廊，四周还有高高的院墙。周围环境清静，屋内设施齐全。外宾们住在这里简直是"宾至如归"。有的使节因为有儿子在太学读书，不仅会到太学走动，而且与部分太学生打交道。

那是一个晴朗的黄昏，游酢正在运动场上踢蹴鞠，山田跑来喊道："陪我去我姑丈松井君家一趟。"游酢立刻停下，叫了一个旁观的学友替补上去，跟着山田出了校门。松井田一在门口一辆马车边站着，见了两人出来，用中国话说道："你们好，我等你很久了，今天晚上到我家做客。快上车吧。"两人登上车，松井田一喊了一声"驾！"，马车便飞奔向前。

从太学到驿馆路不很远，一会儿就到了。松井夫人非常热情，和女儿美子出门口来迎接。

进到松井田一的住处，只见桌上摆了许多的水果和糕饼点心。在那里，游酢看见了日本的居室和他们的礼节。从唐朝鉴真和尚东渡以来，日本人也信佛教，中日文化交流日益广泛，诗、书、画和佛教成为四大方面的内容。松井田一是一个对中国文化深感兴趣的文化人，他了解中国的历史和老百姓的生活习惯。在去请游酢他们来之前，交代夫人吃晚饭的时候，要照顾到中国人的饮食习惯，做中餐进行招待。松井田一有两个儿子在日本读书，只有一个女儿美子，像宝贝一样疼爱，所以带到中国来。为了表示对客人的敬重，松井田一的夫人亲自递茶，并且交代女儿，道："美子，你陪两位客人喝茶。"接着，她又对游酢说："你们慢慢用茶，我到厨房去。"美子出来了，她像她母亲一样长得苗条秀丽而娴雅，由于见

面不多，游酢觉得有些拘谨。松井田一走过来与他们俩攀谈，气氛才变得活跃起来。美子因为从小在中国长大，有一定的中国文化常识和素养，不但能够听懂中国话，而且能够讲简单的中国话。从她的谈话中，游酢才知道她爱中国的诗，而且会书法、绘画，给他留下了深刻的印象。

坐了一阵之后，松井田一说："请二位到我书室一看。"游酢跟着山田进了书室，但见墙壁上到处是书法条幅，像一面面小旗悬挂着，当中一张桌子，摆着文房四宝，而且墨已经研好，纸张也已铺好，松井田一心里想试探一下青年人的书法水平，笑着摆开左手，说道："游君，听山田君说你的书法很不错，请留个墨宝作纪念。"游酢迟疑一下，山田说："游酢君，来一手吧。"游酢走上前挽起袖管，提起笔写下："天涯若比邻"五个字，松井田一见了拍手称赞道："好！游君的书法功底果然不错。你们国家真是人才济济呀！咱们到外面喝茶。"游酢放下笔走出书室。

坐了一会儿，游酢问道："松井君，能否介绍一点贵国的历史和文化给我听听？"松井见问到这一点，格外兴奋，说道："可以。"于是，松井开始将日本的历史和文化简要地做了介绍。游酢和杨时听着频频点头，一一地默记着。松井见游酢听得很认真，介绍完时，说道："你很好学，也有很宽的胸襟，能够如此虚心地听取外国的文化。像你这样的人，将来一定很有作为！"说着竖起大拇指。游酢摆摆手，回答道："不是我这样，我们中国一千多年前的庄子说过'吾生也有涯，学也无涯'。每个人只生长在一个国家里，而地球上有几百个国家，一个人能够去的地方太少，能够知道的事情也太少，尤其是我，生长在中国的一个偏远的乡村，简直像庄子比喻的井中之蛙。所以，我拼命地往外闯，想看得更多地方，了解更多的东西。"松井听了游酢这一番谈论，赞叹道："你们中国人的祖先了不起，我没有想到像你这么年轻的人会有这样的思想和眼界，太了不起了！"在座谈中，松井询问福建的物产和人们的生活习俗，游酢都一一回答；松井还当面背诵了自己创作的几首"和歌"与俳句。这时，夫人过来对松井说了一句话，松井说："游君、山田君，你们在这里坐，我出去会见一个朋友，很快会回来。美子，你出来陪客人坐一坐。"游酢点点头，松井就走了出去。

不到一刻钟工夫，松井田一带进来一个日本年轻人，介绍说："这是我的表侄山野一郎。"又向山野一郎介绍了游酢和山田两人。那山野一郎用中国话说："游君好、山田君好。"松井田一讲："你们都坐下谈。"三人坐了下来，互相询问对方的情况。交谈了一会儿，山野一郎问道："中国的诗跟我们日本的和歌有什么区别？"游酢回答道："中日两国的文化很相近，和歌跟中国的诗歌相似，只不过形式上和歌更短。中国的诗歌讲究结构形式的整齐，讲究平仄、押韵，律诗还要讲究对仗，日本的和歌却没有这样严格的要求。你们的和歌受中国五言绝句、七言律诗的影响，因此出现短歌五七五七七的形式，以和音为基础，多用枕词、序词，声调庄重、流利。人类的感情是相通的，不管哪一个国家或者民族都有自己的文化，但是同样用文字来表达和交流感情。我们中国唐朝有李白与杜甫，你们日本有山部赤人和山上忆良。”山田听了忽然明白了似的，插话道：“难怪中国人什么都讲认真，连字都要方方正正的。何况人呢。”美子又拿出了一本厚厚的书来，游酢问道：“这是什么书?”山野一郎应道：“这是我们日本的物语，叫《源氏物语》。写的是源氏家族的爱情故事。”游酢说道：“这类书中国也有。”他说：“那，游君讲一个给我听一听。”游酢答道：“好吧!”于是，游酢讲了唐朝的传奇小说《柳毅传书》，山田听完赞赏道：“中国的故事确实很美，人也很美，好听极了。以后有空再给我讲哦。”游酢答道：“好的，中国的故事很多，恐怕你在中国一百年也听不完。”山野一郎和美子听后，说：“如果是真的，我就一辈子留在中国。”这时松井进屋来了，问道：“你们讲什么呢?”美子答道：“游君在讲中国故事。”山野一郎说：“再讲一个给我们听一听。”游酢回答：“以后再说吧，我要回太学了。”

吃过晚饭，松井田一又送他们两人回太学宿舍。

游酢意识到自己是来太学读书的，不能再到松井的家，这里来往的人太多，会影响自己的学习，从此再也没有去松井的家。

初秋了，天气开始凉爽下来。京城开封的傍晚，游人渐渐多起来，郊外也有人散步。

中秋前夕的傍晚，游酢和杨时到郊外散步。天上的月亮升起得早，又圆又亮。晚风很凉，月光下远远可见一个中年男子在前，一个女子穿着薄裙，紧紧依偎着母亲慢慢地行走。近了，原来是松井一家，他们互相问好之后，美子故意要笑说：“我觉得我日本的月亮比你中国的更圆。”游酢回答道：“月亮只有一个，在天上对哪里都一样。其实，那是你心里装着你的祖国。这一点，我体会很深。我在外有时看见月亮，也觉得自己的家乡月亮似乎更圆、更亮。”正说着，忽然一个日本年轻男子驾着马车赶来，游酢一眼认出那是山野一郎。马车到了他们跟前停下了，山野一郎对松井说了几句日本话，立即回到车上，松井回头说：“游君、杨君，对不起，我有一点事情先走一步。”游酢、杨时同声回答道：“没有事，你们去吧。”看着松井一家离去，游酢对杨时说：“咱们也回去吧。”他们也离开了那里。

到了十月，朝廷又传出吕惠卿被罢相出京、降为陈州知州的消息。这一件事情在太学里，同样引起了人们的议论。

一天，程颐先生到太学走访朋友，听说了游酢和杨时课余时不拘言谈，经常跟学友谈些天下的新闻，有时一起说说唱唱，完全像一个天真的小孩。教授们谈到他们两人都觉得好笑又好气。程颐先生回家时，对自己的学生说："听说新来的游（酢）、杨（时）数人进入太学学习，不单单议论跟平常的人不一样，而且动作方面也一定有区别，因此被为学校当中的人们以异类对待，他们又都学《春秋》，就更加使人觉得惊世骇俗了。"

游酢想好好地在太学读书，早些考上进士。一天，忽然收到家里祖父病重的信，他只得连忙赶回自己的家乡建阳。正是：人生百事难由己，不到时间不可成。究竟游酢此次回家后情况如何？下回分解。

第十四回

挂口访友游栟榈
榻山攻读度春秋

话说这年冬，游酢回到家，祖父果然卧床不起，没有几日便去世了。

熙宁九年的春初。游酢想回太学去继续读书，可是又想到祖父去世不久，自己还处于守孝期（古制：孙子孝期一年）不宜远出，朝廷也规定：天下的读书人凡是父母去世三年不得参加考试，孙子一年内不能参加考试。于是，他决定还是先在家安静一段日子，好好地读一点书再说。

陈灌再次到建阳游学。这一次，他又去游醇家，游醇恰好外出未归，游酢和父母见了陈灌都热情地相迎。游酢介绍说："妈，这是陈君莹中。"游酢的母亲瞅了一眼，恍然大悟过来说："呦，是前些年来过的陈秀才呀，长得如此英俊喽，快进屋坐。"于是忙着让坐、倒茶，问道："娶媳妇了吧。"陈灌回答道："伯母，我还没有娶亲。"游酢的母亲说："你年龄还小，可是定夫二十六七岁了，还像三岁似的。"游酢忙插嘴道："妈，快忙去吧。"游酢的母亲应道："好。我这就去。你们慢慢喝茶、聊天。"她去禾坪街买菜、沽酒回来，杀鸡做饭。

天黑前，游醇回到家中听说有客人来访，一看原来是陈灌，两人相互热情地问候了一番。当晚，游氏兄弟盛情地招待陈灌。陈灌再次邀请游酢到他家游玩。游酢答道："你说得在理。我明天早晨禀报父母再说。"

第二天一大早，陈灌就起床了。游酢向父母禀报要到沙县朋友陈灌家玩一趟的事，并且说出了陈氏家族如何多才的历史。游潜听了，说道："那好，看看人家的地方也增长一些见识。去吧。"听了父亲的回话，游酢非常高兴。

他和陈灌草草吃过早饭，一块上路。

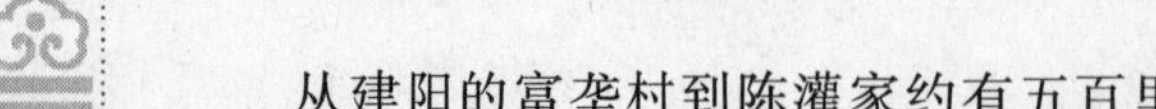

从建阳的富垄村到陈灌家约有五百里。

五天后的晌午，看见了一个秀丽的山乡。陈灌说："到了，前面就是我的家乡挂口"。游酢一看：这是一个地形狭长、南北走向的山乡，地盘虽然不大，但地势平坦，田园相连，此时田地还在闲着，长着被霜雪冻后的枯黄草叶，放眼环视，四周山林茂密，竹木掩映，郁郁葱葱。山乡屋舍俨然，大多坐西朝东，炊烟袅袅，鸡鸣犬吠相闻，悠悠的沙溪如一条缠腰玉带从山乡前飘绕而过。

挂口，俗称"固发口"，位于沙县南面，大约晋末就有人居住，是唐朝诗人张若谷的故乡。唐朝末年，陈雍为避难迁徙至此，后来李、赖、聂等姓氏陆续迁入。到宋朝已经是人烟和人文相当发达的山乡了。

第二日早晨，陈灌与游酢头戴斗笠、脚穿草鞋，划着一个竹排前往东南方向的栟榈。挂口去栟榈十多里，虽然逆流而上，可是沙溪河床深，水流悠缓，陈灌与游酢都是农村生长的青年，又都在河边长大的识水性，一路轻松地划着。忽然，山林中飘来一串山歌："阿妹有心哥有心，一条丝线一枚针。"紧接着，一个女音唱道："老妹是针哥是线，针离三寸线来寻。"男的又唱道："难得阿妹这有情，不怕山高水又深。"悠悠的山歌在沙溪上空久久回荡……

游酢问道："你这地方也有对山歌？"陈灌回答："有啊。乡村中这种歌随处都可以听见。我们村里有几对夫妇是唱山歌而成亲的。"游酢说道："这比《诗经》的'关雎'活泼动听。"陈灌说"孟子曰'食色性也'，老百姓更懂得这个道理。他们大多早早成亲，哪像读书人皓首穷经，一心求功名。"

大约行走半个多时辰，上到了栟榈潭。这里岩石嶙峋，林木苍翠，丹山碧水，一望无际；十里溪流清澈如镜，泛舟中，陈灌指点着四周的岩崖的名称，介绍了剑岩、鹰嘴岩、狮子岩、观音岩、卧龙岩、乌鸦岩等。陈灌说道："我们先去东面的一线天，回头再去看对岸的修竹湾景观。"游酢环视周围的风景，但见有一巨岩高耸入云，舟行溪中抬头可望，觉得这里真是奇绝、秀丽、幽险集于一体，不禁连连赞叹。

晌午时分，他们来到了一处洞口。两人在洞口停下，陈灌介绍道："这个地方叫桃源洞口，是栟榈方圆十余里内一道奇观。传说杨八妹随兄南征时经过这儿，见一巨石拦住去路，挥剑一劈，那巨石裂成两半，成了一条小道，军队才从石缝中穿过去。等一下上山就可以看见那个洞了。"游酢昂首而望，洞口是一座巨岩自然断裂形成的巨罅，左右两峰之间有一条溪涧，穿流而出，汇入沙溪。那右壁的悬崖高达一百余米，岩壁的半空中有一块鲤鱼石，于是赞叹道："果然奇险！"陈灌说道："还有更值得惊奇的呢。这条溪叫桃花溪，我们就往这条溪涧进去。"沿涧而入，但听得见涧水潺潺有声。桃花溪有一两里长，迂回曲折，行走着有一种“山重水复疑无路，柳暗花明又一村”的感觉。进到深处，突然看见涧边一片山桃花开得正盛，红的像霞，白的如雪，远远望去像两行的花廊，风里飘来阵阵的馨香。桃林映红了涧流，游酢不禁由衷地赞叹道：“真美!”行至狭隘处，有一独木桥横架于溪上，通往对岸。

过了桥，沿西面岩壁的鸟道斜仄盘绕而上，来到“一线天”脚下。这时，游酢抬头一看，前面一座巍峨的巨岩横空而立，心疑没有了去处。陈灌说道：“前面便是‘一线天’。桃源洞的‘洞’，便是指这儿。上去看看。”游酢跟着上去，到了洞口处，却见有一道岩缝，岩缝中有台阶一级级伸向高处。才上了十几级台阶，缝隙越来越小，人只能侧肩而上，抬眼往前看，可见有一束奇长无比的亮光仿佛从云空射落下来，往上看高不可见其顶。人夹在岩缝中，岩壁有几分湿润，细微的岩露滴答、滴答地滴落，一种清凉感觉融进肌肤里，顿觉无比舒畅。“一线天”全长一百二十米，共二百零六个台阶，两个生龙活虎般的青年攀登得有点累了，气喘吁吁的，停下来歇一口气，游酢好奇地问道：“这洞好生奇怪，如此的高而又逼窄，却不见冰冷，反而有一点温润的感觉。”陈灌回答道：“我也有同感，可是说不出什么原因。”

上到洞顶，眼前豁然开朗起来，便见一块浑如棋盘的磐石。这块岩石平整如盘。陈灌说道：“相传，古代的仙人常降临这里下棋。边上这摇摇欲坠的石头，风吹石动，名曰：‘飞来石’。可惜，今天没有带棋来，不然我们俩在这好好地杀它几盘。”游酢听了，说：“是可惜。我喜欢下棋。”陈灌说道：“这么说，今后我们相见时就不愁没东西打发时间啦！走吧。”于是，两人继续前去看了象鼻岩、风洞、古井等。游兴正浓，想不到天飘起雨来。陈灌说道：“不好，赶快下山。不然，回去便困难了。”于是，两人便匆忙地从后山下山。

回到洞口，雨已经渐大，陈灌叹道：“今天天公不作美，修竹湾游不成了。明天看天气再说。”游酢笑着说道：“没事，以后再来吧。”下了竹排，在十里平流的栟榈潭上，两人冒着雨划舟顺流而下，依然谈笑风生。游酢说：“这里的风景比我家乡的归宗岩和将乐的玉华洞都略胜一筹，有山有水，而且集奇、秀、峻、险于一地，堪称天下山水一绝。”

第三天，陈灌陪着游酢在挂口附近走走。挂口依山傍水，山乡前的沙溪像一条玉带飘绕着，风光十分秀丽。这里人烟繁盛，张、陈、李、赖等姓氏聚集，已经形成两条小街，街上有小杂货店、肉铺、药铺，还有酒店、客栈等。两人不知不觉来到了一个祠堂前，游酢抬头一看门楣悬挂着“陈氏宗祠”的匾，宗祠虽然

不很大，就像一座普通的民房，可是游酢听说过陈家祖上人文辈出的事情，动了心，说："莹中，进去看看。"陈灌点头道："好吧。"进了大门，抬头便望见客厅正屏上悬挂着"世代晋缨"、"书香世第"等牌匾，厅面上的一幅幅对联都记载着陈氏自唐朝以来的荣耀历史，也有激励子孙勤奋读书的警语，墙壁上张贴着唐、宋以来历代考取功名的捷报。看着这一切，游酢的心灵被震撼了。陈灌见游酢看了不说话，猜测到几分，说道："没什么好看的，我们到外面走走。"

第四天，游酢踏上了返乡的路途。

富垄村后的"䅭山"，是一座林木茂盛的山林，平时很少人去那儿。山中有一座天然的石屋，当地人称"岩厝"。说来也奇，那石屋上面是一块巨大的岩石，光伸出露天部分就有一米多长，宽约两米，像一木板朝前伸出，而左右各有一大石撑着。洞口只有一米左右宽，可是洞里面俨然如一个宽敞的大厅，将近两个房间大，可以住下一两个人。

游酢想到那儿清静好读书，于是带着米、油、盐、酸菜和书籍、被铺行李，一人独自来到山里。为了居住的安全，他砍了一些木棍，钉了一个简易的柴门，接着又搭了一个床铺，安放好生活用品，在洞口边埋好锅灶，直到傍晚才忙完。他走出"岩厝"，近处可望山脚的农田阡陌，远眺则群峰叠翠，云天高阔。这一天夜里，他有一点疲倦，早早就躺上床休息。夜里，山风呼呼，还可以听到各种鸟兽的叫声，然而这一切他都不在乎。

一天，有一个老猎人肩扛着一把鸟铳，铳尾挑着一只白鹇和一只小飞狐经过那里，看见石屋前有个青年，便上前问道："后生，你怎么在这里？"游酢见了，说道："叔公，进屋喝喝茶。"老人放下铳，进了屋见到很多书，问道："你在这里读书？"游酢回答道："是的。"说着递了一杯茶，老人接过茶，点头笑了笑，问道："你家在哪里？"游酢回答道："禾坪里富垄村。"老人说道："年轻人，你这么有志气，将来一定有出息！"两人交谈一些家常话。老人问道："你到这里，遇到过什么可怕的事情没有？"游酢答道："没有啊。"老人说："好像有山魈来过。"游酢回答："我没有见过，也许是晚上时经过的吧。"老人说："这里住着很危险，老虎、狼、熊经常出入，千万要小心。"游酢回答："没有事，你放心吧。我年轻不怕。"老人交代说："以后如果碰上有什么动物，告诉我。"游酢答道："好的。叔公，你经历丰富，讲些故事给我听听吧。"

老猎人看了他一眼，答道："我是个粗人，没有好故事，你既然问了，就讲一个我村里人的故事。"游酢应道："你讲吧。"老猎人清了清嗓子，讲道："我家乡的村庄以前有一家姓朱的大户，人家都称他朱百万。他家不仅全乡里最富，而且有七个儿子，九个孙子，可以说财丁两旺了。朱百万在乡里很骄横，人家见了他，当面都是说奉承的话。五十岁那年，有人对他说：‘朱百万，你的福气是好，财丁两盛。’他得意地回答：‘财很多没有，这辈子是吃不完了，儿孙也不算多，从棺材头可以排到棺材尾。’没有想到，几年后他的儿子霸占了别人的老婆，那女人的丈夫是穷人家，来他家要人，他儿子把女人的丈夫打死了；那家穷人的房亲去官府告状，大户买通了官府，穷人的冤没处伸。这事情传到附近山上的一个劫富济贫的山寇耳里，山寇大王带着人马夜里摸到他家，要将他全家杀了个精光。那天，他正好到一家朋友去喝酒没有回家。第二天，他回家看见一家人大小二三十口全死了，昏了过去。从此，他孤苦地一人活到八十多岁。后来，他死在屋里好几天，尸体腐烂才引起邻居的注意，村里人把他抬到山上埋了。所以，村里人流传着，人呀富贵了不可骄横，没有到死不知道结尾如何呢。”

游酢听了，说道：“你这故事对人有教育意义，很好。再讲一个。”

老猎人看看外面，说道：“天时不早了，下次再说吧！”

一个多月后，游酢决定回一趟家。

家里的一切正常，母亲心疼地说：“孩子，回家来住吧，看你瘦了许多。”他嘿嘿一笑，答道：“妈，我这不是好好的吗？”母亲又说：“孩子，你也年纪不小了，该找个媳妇啦。妈托人去找找看。”游酢慌忙举起双手摆了摆，抢着说：“妈，你千万别——别，我自己会找。”老夫人叹一声，道：“我什么时候才能看见你成家呢。”游酢笑着劝道：“妈，你放心，时到自然有。”母亲苦笑一下，摇摇头走出门。

这次回家，他见到了杨时的来信。杨时在信中说，太学里的生活正常，学友对新学还不时有人说闲话。游酢看完信想了想，最后把信藏进自己的书箱里。

突然，堂兄游醇进门来，问道：“最近读什么书呢？”游酢回答：“读《南华经》、《春秋》呀。”游醇在床前的凳子坐下，讲道：“老弟，不是为哥的说你，到山里我以为你会专心攻读经书，又读《南华经》，那庄子的书虚幻得很，朝廷又没有考试，读它何用，快放到一边，等以后考中了进士再读不迟。”游酢答道：“哥，读书是为了增长知识，哪有不考试的就不读的道理？”游醇说：“你中庄子的毒太深了。”游酢笑着，拱手说道：“哥，祝你早日雁塔题名。”游醇说：“你爸、妈在替你的婚事头疼呢，还是结了婚成家立业了再说。”游酢回答道：“哥，我还年轻，书中自有黄金屋、颜如玉嘛。”游醇站起来，又说道：“你呀，现在是以石为屋，以书为妻了，难道等到胡须垂地才听得进话？头脑要好好清醒、清醒。”说完走了。

这天晚上，他在家里过夜。他躺在床上，想起母亲关切的询问和吃着母亲做的可口饭菜，体会到家庭的温暖。可是，他一联想到京城的繁华和将来的前途，强烈的事业心又一次涌动，在脑海里翻滚。

第二天，游酢又回到山中继续读书。

一个雨天，老猎人又经过石屋来找游酢闲谈。坐了一会儿，老猎人问道："你读了这么多书，讲一个故事听听吧。"游酢回答道："好的。"于是，游酢讲了《庄子与惠子游于濠梁》的故事。老人听了说："这故事也有点意思。"游酢听了笑了笑，说道："庄子他主张人在天地之间要顺其自然，不能伤害生命，像你这样的猎人经常杀生，他是最反对的。"老人听了，捋着花白的胡须笑了笑，说道："你们读书人将来可以当官，不愁吃穿；我听他说，吃什么？我知道杀生不是好事，可是我家三代以此谋生，没有别的出路呀！"游酢说道："天下三百六十行，只要肯去思考总会有路子的，何必一定要打猎杀生呢？不杀生，多积德，说不定以后你的子孙也能够很有出息。"老人听到这里，说道："相公，你说得有理呀，我回去好好想一想吧。"说着，起身走了。游酢送出洞口，望着老人远去的背影，叹道："人之性本善啊。爱物之心，人皆有之。可是，社会不公平，造成有的人不得不像猎人一样打杀为生……"

几天后，游酢又一次回家看望父母。路过村里时，有几个妇女坐在一起纳鞋，远远看见他就喋喋不休地飞短流长。游酢走近时，她们鸦雀无声，他一过身，那些女的又唧唧喳喳地议论起来：

"人啊，像他那样的就苦啦，读书读傻了，家里不住，跑到山里去住。"

"都快三十岁了吧，书没有读成，也没有立个家，成天像疯子一样，不是出去游荡，就是当书呆子，村里跟他上下年龄的，孩子都会砍柴干活了。"

"咱们乡里如花似玉的姑娘多的是，他却不要。说不定过了这个村就没有这个店。"

"人家一心想着中进士，怎么能够急呢？"

"各人的命不同，有的人出仕得迟。"

游酢听到，当作没有发生的一样，也不放在心上：乡村的人这种现象司空见惯了。

他觉得人生除了要用丰富的知识充实自己，也应该去附近走走，放松放松。从此，他每一天去攀岩崖，去小溪边洗脸、濯足，有时也折一枝山花嗅一嗅。

盛夏里，当菇鸟"乌焉"、"乌焉"叫过之后，老天下起了几场大雨。山上的阔叶树林里，蘑菇长了出来。游酢知道，山中的菇大多可以吃，可是回忆起一件往事：十多年前年，村里有个少年朋友的一家因吃了有毒的菇全家中了毒，其中，那个少年朋友中毒身亡。因此，他不去采。可是，乡村中的大多的农户都缺粮食，每年到了三月就要靠杂粮和野菜度日，虽然吃菇可能会中毒，但是长菇的这个时节山下附近的村民男男女女照样陆续有人上山采菇充饥。不过，人们来得很早，几乎三更过后便有人来到山中，等到天色有一点蒙蒙亮就抢着采菇。他们回家有早有迟，下山的时候都可以看见那个巨大的石屋搭有一个草寮。游酢也知道采菇人们的过往，有时半夜里可以听到人们经过时的说话声。

一天晌午，游酢正在专心地看书，忽然听到有人问："屋里有人吗？"他急忙起身应道："有，进来吧。"可是许久没有动静，他奇怪地走出门一看，原来面前站着三、四个衣着简朴的姑娘，她们都有一个菇篓，有的肩挎着，有的放在手上提着。站在最前面的一个穿灰色衣服、身材修长姑娘，长得标致，她大方地说："大哥，不好意思，我们路过这里讨一口水喝。"游酢答道："没有事，屋里茶瓮里有，你们自个去喝。"他闪到一边，伸开手臂说道："进去吧。"问话的姑娘放下菇篓，大方地第一个迈进屋去，后面的姑娘也放下菇篓腼腆地朝他一瞥，跟着进去了。游酢扫了一眼姑娘们的菇篓，有红菇，也有杂菇，心想：自己在山中住着，怎么不懂得去采一些来吃呢。他弯腰从篓里拿起一个像微微张开小伞似的红菇，见那菇脚短，面红底蓝，知道那菇是真红菇。乡村人把刚刚张开的小菇叫菇豆，完全张开的叫菇。他把菇豆放在掌心上轻轻托着，细致地端详，接着往鼻子嗅一嗅，有一股清香，说道："好香啊"，姑娘们嘻嘻哈哈地出来了，问话的姑娘又问道："大哥，你住在这里做什么呢？"游酢答道："读书啊。"姑娘们一齐笑了，笑声那么的脆亮，听起来比百灵鸟还优美。这时，他才发现眼前的这些山村姑娘比起京城的美多了。她们虽然衣着简朴，可是那一张张充满青春朝气的脸庞，犹如一朵朵出水的芙蓉，有着天然的美韵。临走时，还是那位问话的姑娘说道："放一点红菇给你煮汤吧。"游酢不好意思地答道："不用、不用。我天天住在这里，要吃方便得很。"说着要把那个菇放回去，她说道："大哥，谢谢你的茶。那个菇你就留着，我们走了。"她们很快离开了石屋，但是还一个劲地笑着。他望着她们离去的身影，听着她们那银铃般的笑声，心里掠过一阵欣悦：世界竟然有这么的美妙的声音。他叹了一声："还是山村的姑娘才真正美。"便回屋里读书去了。

这一段时间，他选读了《国语》、《战国策》的精华部分，得到了新的收获。

炎炎暑夏在寂寞的攻读中悄然地逝去，清凉的秋风微微地飘来淡淡的木樨花香。风雨吹打过半年多，山中的花草树木，已经渐渐地枯萎，岩崖上、羊肠小道边、潺潺流水的溪涧随处可见飘零的落叶；日月星辰依旧每日升沉出没，候鸟的

鸣叫声换了一拨又一拨，游酢在无声的静读中，乌黑的头发里吸进了大山清新的空气和许多知识的乳汁与营养，那一双明亮的眸子里深邃多了，像一潭闪烁着太阳光辉的潭水，明亮照人。

一天，他越过山冈，爬过山巅，翻下另一个山坡，看见一片竹林深处的山坳里，听到一阵鸡鸣声。哦，这里竟然也有一户人家居住，心情无比兴奋。可是，他没有继续前去，想到：不要打搅别人吧，让人家保持应有的清静。

丽日中天，秋高气爽。他登上山巅，昂首挺胸，伫目远眺，清凉的秋风拂动他的头发和衣角，麻雀在低矮的灌丛上唧唧地欢跳，也有数不尽的鸟儿们在森林间穿飞着，鸣叫着，晴空上苍鹰高高地盘旋着，在寻找可捕获的猎物，北面的天边有一群大雁正飞来，它们排着队列忽而“人字”行，忽而“一字”行，飞翔着、欢叫着……望着眼前的情景，联想起庄子的《逍遥游》一文所讲到鲲鹏扶摇而上欲飞九万里，而蜩与学鸠、斥鹌之类则讥笑，游酢想到：森林像社会，林大鸟多；社会也像森林，人多事杂，自已是做在低处过着安逸生活的麻雀，还是做在苍天翱翔的大雁？回到石屋旁，走过山中的小溪，他蹲下腰一连掬了一捧水解渴，一股清甜甘冽的泉流灌入体内，顿然精神振作，不经意地发现水中倒映着自己的身影，嘴上的胡子已经好长了，原来白皙的脸面也变成了古铜色。回想在山中过来的时光，他微微一笑了之。

有一天上午，一只山麂气喘吁吁跑到石屋来，见到游酢它就双膝跪下，连叫三声。游酢觉得奇怪，走出石屋一看，对面的山坡有一个老猎人正在追来，他立刻将山麂抱回到石屋，放到床上用被子盖好。老猎人站在对面喊：“游相公，你看见一只山麂了吗?”游酢听了走出石屋回答说：“有啊，它从北面跑去了。”老猎人信以为真，朝北面追去。游酢回到石屋揭开被子，抱起山麂走出石屋，对它说：“老猎人朝北面去了，你按原路回去吧。”山麂叫了两声，飞一般跑了。

几天之后，老猎人又经过那里，见了游酢说道：“那天你骗我，山麂根本不是往北跑。”游酢将山麂跪下求他的事情如实地说了一遍，然后说道：“叔公，你说我能够忍心不救它吗?”老猎人听了，点头说道：“看来这只麂很有灵性，我不但不怪你，今后见到它也不打。”游酢连忙拱手说：“叔公，我代它谢谢你了。”老猎人说：“游相公，你为人慈善，将来一定能够成大事。”游酢说道：“叔公，你还欠我一个故事呢?”老猎人想起来了，笑着应道：“现在补还给你。”他讲道；“有一家姓邓的员外，有三个儿子，一个当官，一个做生意，一个种田，也可以说是了不起的人家。邓员外看不起种田的儿子，人家一提起，他就说：‘别提那个没出息的家伙!’隔壁住着一户姓吴，好几代都是单传又很穷，住的是茅草房。这两家都有一个儿子年龄差不多，吴家的孩子更小，名叫石头。我也是穷人家，住在离他们一里外的山边。听说，有一回邓员外小孙子跑来跟石头玩，员外的老婆见了，喊道：‘孙子，回去，跟穷鬼玩，人都倒霉八辈子。’石头的母亲正在晾衣衫，听见了很不是滋味，不服气地回答道：‘大嫂，话不要说得那么难听，大溪的水有曲有直呢。’员外的老婆听了，答道：‘你等到日头从西边出来吧。’拉起孙子回家了。十几年后，员外的儿子，当官的贪赃枉法，犯了大罪被朝廷杀了头，做生意的那个儿子，一家在一次出外时翻船全死了，只有种田的那个为员外老两口养老送终。而石头当了官，有了五个儿子。听说，石头告诫自己的儿子和家人，子孙世代要记住，世间的风水是轮流转的，财富再多，官位再大，文化再高，人丁再盛，都有可能会变化的，任何时候不可骄，不可看不起别人，更不能逞强欺凌人……”游酢听了，说道：“叔公又讲了个好故事，太谢谢你了。”老猎人说道：“有啥好谢呢，希望你将来有出息时，不论当官还是做人能够有尺寸，子孙才会万代兴盛。我得走了。”

送走老猎人，游酢回味着叔公所讲的故事，想到这位老猎人的两个故事讲得好啊，他无疑给我上了两堂意义深远的人生课程。我今后的人生旅途中，一定要走得正，站得稳，做一个光明磊落、堂堂正正的人！

过了一段时间，老猎人又一次来到石屋，游酢问道：“叔公，今天又来打猎啊？”招呼他进屋喝茶。老猎人笑了笑，回答说：“不是。自从那一次听了你那只山麂的事情，我想动物那么有灵性，自己杀生太多终究不好，于是金盆洗手不再打猎，改为采草药了。”游酢听了称赞道：“叔公，你这一改好啊，采草药能够为人治病救人，是在积德。”老猎人喝了一碗茶，说道：“是啊，人确实要积一点德的。孩子，算来你的书已经读差不多，该到大地方去走一走啦。”游酢答道：“是啊，我也这么想。”老猎人问道：“你还没成家吧？”游酢点点头，老猎人看了他一眼，正经地说道：“你这个后生，善良、厚道、有志气。我有个孙女比你小两三岁，论年龄差不多。如果不嫌弃，我们就做亲戚。”游酢迟疑了一下，答道：“这事情——”老猎人见情立刻说：“我是提一提，可以考虑一下，以后再答复。我们谈点别的。”两人又谈了一会儿，老猎人才离开。老人走后，游酢才想起自己太粗心了，还没问他是哪里人、姓啥呢？

九月，天气冷了下来，游酢便收拾了铺盖回家住。

游酢回家后会发生什么事情，且听下回分解。

第十五回

程家兄弟兴县学
南北英才集扶沟

游酢回到家中，母亲说："儿子，妈为你定了一门亲。"游酢吃惊地说："什么？我还要去考试，这事情以后再说吧。"母亲说："不要推了，对方姓吕，是个大户人家。姑娘比你小三岁，年龄又相当。对方托人来问，我们求之不得呢。"游酢听了，不好拂了父母的好意，应道："要我成家可以，但是得等我明年进京考了进士再说。"说完就回到房间看书。母亲见儿子答应了又提出这样的条件，觉得未尝没道理，一时也不计较。

话说元丰元年戊午（公元 1078 年）十月，程颢到河南扶沟县任知县。

程颢一上任，了解到：扶沟县位于河南中部的黄河边、豫东平原上，该县主要以产粮食、棉花为主，由于地势较低，历史以来常年遭受洪灾，农民庄稼和房屋被冲毁，因此老百姓的生活极为贫苦。他根据此状况，立即把治理河道当着第一大事来抓。黄河每年四五月泛滥成灾，因此年冬和次年春季必须做好治理工程。考虑到自己正忙着县里疏通河道事务，于是请他的弟弟程颐来帮忙处理一些政事，他的父亲也随到扶沟来住。

这程氏兄弟，虽说是同胞，两人的天赋和才学都极高，均是大学问家，驰名于世，但是性格却不大一样。老大程颢是一位深沉稳重的学者，为人敦厚，爽朗率直，待人随和，人称他："坐如泥塑人，接人却一团温和"。弟弟程颐为人精明，办事利索，性格却是要强些。朝廷中相传：他哥哥与王安石相处，可一天到晚有话好谈；而他与王安石谈没有几句就僵了。

程颢认为要治理好一个地方，必须重视教育的发展，不光要兴办一个书院，

还得抓好各个乡村私塾教育。

谢显道来扶沟以师礼相见，从学于程颢。

到了年底，程颢又想到办书院的事情。他开始与弟弟进行了一番商量，决定在街上购买一户大富人家的房屋做书院。

程颢问弟弟："书院叫什么名称好?"程颐说："这个确实要推敲推敲。"程颢思虑了一会儿，说："叫扶沟书院怎么样?"程颐说："扶沟书院？我看太俗些，最好能够体现教化意义的。"程颢听了，拍一下大腿，说："有了。叫明道书院。"程颐击掌连声说道："妙、妙！这样，既隐含了哥哥出生的年份，又能够充分体现学校子弟读书明白道理的宗旨。"程颢沉吟一阵说："不，明道书院名称虽好，用了，朝廷中有人知道了，会成为别人攻击的把柄，还是不用为佳。"兄弟再议论书院的学员事情，程颢说："我们身边已经有几个，再招收一些本地的，凑它二、三十人，就可以办起来了。"

第二天程颢到书院去，亲自题写了"书院"二字。

于是，由程颢起草了一份以县办学的名义向全县招生榜文，贴了出去。扶沟县的读书人见了招生榜文，无不雀跃欢呼，他们相互奔走相告，有意者竞相前来报名。此事暂且按下不表。

元丰二年正月初，富垄自然村人们还沉浸在春节节日的欢乐中，游醇、游酢和许多南方学子一样正忙着准备出发北上京城开封参加礼部考试。

建州距离京城开封路途遥远。因为要走几千里路，布鞋没有那么多，只能穿草鞋，游酢自己家里只有一双草鞋，便去问二叔公。二叔公说："有啊，两双够吗?"他高兴地回答："够了。"有了草鞋，他开始准备出门可以穿的衣服，打开衣柜选了一遍，只有两套虽然有一点补丁，但还可以穿出去的，便装进箱子。

吃过早饭，建安、邵武的几个学友来了，游醇对他们说："我看，大家且先在这歇一会儿，等剑州的几位朋友到了，再一块上路不迟吧。"游酢忙着帮忙招待客人。

大约一个多时辰后，剑州的几位朋友来了，游氏兄弟招呼众人喝了茶。稍微歇一会儿，游醇就说："大家出发吧!"

上路了，他们有的穿布鞋，有的穿着草鞋，戴上斗笠，背着行李有说有笑的。

春末，一场全国的进士考试结束，游醇考中了进士，游酢却名落孙山。游醇留下等待廷试，游酢却想到：自己没考中等来年再说，既然来到北方，何不去嵩阳书院找程颐先生，到那儿求学也许能够会有所进步。

他风尘仆仆地奔往嵩阳书院。

几天后，他到了那里，进去一问，看门人告诉他："程先生兄弟到扶沟当知县，他也去那儿了。"

游酢又走了两天，来到扶沟县衙门口，但见上书"扶沟县衙"四字，门前有一对狮子，四个差役站着。

差役问道："什么事情？"

游酢说："我是来找程颐大人的，烦通报一声。"

差役听了跑进去。过了一会儿，戴着昌黎帽的程颐出来了，游酢上前行礼，道："晚生见过程先生。"程颐眼尖，一眼认出游酢，问道："贤辈，你怎么来这里？"游酢简单地说了进京考试的事情，程颐说："你还年轻，这事慢慢来。跟我进去。"

游酢跟着迈进了县衙大门。程颐带着他到后院自己的家中。

坐定之后，程颐问道："你今后有什么打算？"游酢答道："回家种田。"程颐问道："这怎么行。要不，你留在这里学习。"游酢想到了生活的困难，面有难色，回答："可是——"程颐猜到了他的难处，说道："我看县学刚办起来，学校正缺人手，你是否愿意一边留在这里帮忙，一边学习？"游酢答道："好！"程颐说："那好，这事跟我兄长商量商量，你先坐着。"游酢答道："谢先生。"

程颐去了一阵回来，说："事情跟我哥商量了，他表示同意。走，见我兄长去。"

一会儿，两人来到了大堂。正屏上横挂着"明镜高悬"匾，右墙壁上却写着一条字幅："视民如伤"，那四个大字苍劲有力。堂上的人在看案卷，年纪四十七八左右，下颌有一呇胡须，知县的穿戴，想必是他哥哥程颢了。

程颐指了堂上的人介绍说："这是我的家兄。"向程颢说："这是我跟你提及过的福建游君。"游酢上前行礼，道："晚生拜见过程大人。"程颢听了马上拱手道："贤辈，请坐！"说着走下堂来。

差役忙搬椅子过来。

程颢温和地说："坐。"游酢回礼道："谢大人！"

兄弟俩都下堂来与游酢相叙。差役又忙着端上茶来，一一递与三人。

程颢见游酢模样清楚，虽然穿着有补丁的衣服，外貌眉清目秀、朴实敦厚，但是气宇却不凡，心中便有几分喜爱这个年轻人。程颢说道："君来这里是当我的助手，扶沟的教育日后还要仰仗贤契出力相助。你平时协助书院的工作，有空时候到乡下巡视、检查一下各私塾学校的情况。我的愿望是乡必有校，希望你辛苦些。"游酢又答道："晚生初出茅庐，还望程大人多多指点。"程颢讲："你的情况听舍弟介绍过了。你留在这当个职事，这个差辛苦，而且每月的薪水只有三贯，明天先去师爷那里预支一些钱用，到时补上。”游酢答道：“谢谢大人，知道了。”程颐插话：“游君，今日起是自己人了嘛，不必太多规矩和礼节。有什么问题，我们兄弟会帮助解决。你先去后堂东边厢房休息，那里已经为你安排了住宿的。”游酢答道：“好的。”谢过两位先生。

一个差役闻声进来，说：“游先生跟我走。”他跟着向后堂东边厢房走去。

程氏兄弟在堂上交谈。

程颐问：“游君的相貌，你刚才看过了，怎么样？”

程颢答道；“此人学问和才干如何尚不曾清楚。倘若能够如你所言‘其质可与适道’则好，引导得好，是块好材料。”程颢说。

程颐说：“不要急，树人先树德，让他磨砺再看。”

程颢说：“暂且只能如此。”

县衙坐北朝南，后堂是个很大的庭院，程氏一家、县里的主簿（文书）都住在这里。院里有三棵树：两棵樟树、一树桂花。东西各两间厢房，差役带游酢来到东边厢房，打开外面一间，说：“你住这间。”便掉头走了。游酢进了屋，见房间不大，只放得一床一桌而已。行李放在床上，门窗半掩着。他将窗全敞开，凭窗一看知道午后太阳斜照着，要直到落山为止，便想到夏季时这样的房间一定很热。“先住下再说吧。”他想着，打开自己的行李，开始整理、布置房间。

游酢摆放好被铺和书籍、其他用品，到庭院走走，发现后面还有个小门。他走过去轻轻推开那一扇虚掩的小门，一瞧：原来里面是一个不小的花园。他轻步走进去，但见地面上很洁净，像有人打扫过似的。园中，桃红李白、花香鸟语，春景盎然。一股清风吹来，桃李飘落一片片艳丽的花瓣。他顺着铺着鹅卵石的小径前行，看见一个小亭，步入一看，亭边有一口不大的荷池，四周有葡萄、桂、梅等树和其他花卉。他不禁赞叹道：“这里环境如此清净、幽雅，真是好景致。”

傍晚，程颐先生来了，笑着说：“走，到我家吃饭去。”游酢跟程颐先生到了他家。

进了门，见到有一位老人，程颐先生介绍说：“这是鄙人的家父。”游酢反应很快，上前说道：“太爷，你好。”老人答道：“坐。你是游先生吧。”游酢应道：“晚生全靠程大人提携和栽培。”老人说：“我听犬子提起过，你为人诚实又勤奋，才学也不错。”程颢回来了，进门就问道：“爸，你跟游君谈天啊。”老人应道：“正是。”游酢起身问候：“程大人好。”程颢用手示意一下，说：“你坐，别客套。我们是自己人。”游酢说了声：“谢谢大人。”坐下。忽然，进来一个三十多岁的中

年人，程颐先生介绍说："这是我表弟，姓侯。"游酢说道："侯兄好。"程颐又介绍说："这是福建来的游先生。"侯仲良拱手说："游先生好。"接着向老人问道："姑丈好！"这时，一位十七八岁的姑娘端菜出来，程颐先生说："春梅，再拿一个汤匙来。"那春梅应道："嗳！"她转身进厨房拿了汤匙放好，便回厨房去了。

吃过饭，仲良约游酢道："我们出去走走。"

两人到庭院散步，仲良说："我姓侯，诸侯的侯，名仲良，字石圣，祖籍太原盂县，华阴人。"游酢也介绍了自己的情况。

游酢到住处整理行李，见侯仲良就在隔壁房间，高兴地说："好啊，我们邻居有伴。"侯仲良说："是的，你来了我很高兴。不过，我来去不定，没几时住这。"游酢到他房间座谈。坐了一会儿，侯仲良问道："你家中多少人口？"游酢答道；"就父母和我三人。"侯仲良问道："令尊做啥的？"游酢答道；"种田的。你的呢？"侯仲良答道："家父叫侯可，读书出身，当官的，曾经受老宰相韩琦之邀赴西北参与戍边。"游酢问道："程大人的父亲是你姑丈？"侯仲良说："我姑丈叫程珦，我的姑妈嫁于他一共生有六男四女，夭折了四男两女，现在的两个表兄都是我姑丈在黄陂县任县尉时生的，他们兄弟也是在黄陂县长大的。大表兄原本有三男两女，长子端懿、次子端本，大表嫂彭氏夫人，熙宁初年夭折了一个儿子和一个幼女叫澶娘，大女儿今年十九岁，吃饭时端菜的那个春梅是小姐的丫鬟；二表兄有儿子和媳妇、孙子，儿子在外当公差，一家三口平时没有回家，二表嫂邵氏夫人，邵康节先生之妹也。两个表姐已出嫁，有子女。"接下来，两人交谈了一些读书的事情。大约半个时辰后，游酢说："你休息，我回房间整理一下。"侯仲良答道："好！有空过来坐。"

游酢回到房间，收拾一下书籍等，坐下看书。

一会儿，忽然听见女子的说笑声。他抬头一看，那个春梅扶着一个小姐进了庭院，朝后堂的那一扇花园小门进去了。

晚上，他躺在床上想到三贯薪水的事情。按照社会上的货币计算，一贯值一千文钱，三贯便为三千文，即自己今后每天平均有一百文工钱，市面上大米一斤三十文，可以买三斤大米，自己一天吃一斤半米得花四十五文，买菜和零用再花四五十文，还有十文，如果每天真的能够节约十文钱，一月则可积累三百文，一年便可积累三千多文钱。这远比在家里种田强多了。

第二天吃早饭时，程颐跟游酢说："上午，我带你去看看书院，再回衙里上班。"游酢回答道："好！"

吃过饭，程颐带着游酢前往书院。

书院设在离县衙不远的街上，原来是一户大富人家空置的宅第，程颢将它买下做书院。

这是一座三进的大宅院，坐北朝南，两边是厢房，中间有两个庭院，最外层有一口水井，里面是讲堂。

因为书院刚刚办起来，边装修房屋边上课。书院的学制、课程、校规等是程颢兄弟共同制定的。程颢兼任山长，程颐协理，游酢职（掌）学事（主管县里的教育和学校事务）。收的学员主要是本地的生员，外籍人这时有侯仲良、田述古、谢显道等，还有原来在关中张载门下的弟子苏季明几个前来投学，兄弟自己应付着。他们当中有的虽然是已入仕途，有时照样会来程门请教、甚至求学。讲课内容主要是传习洛学——《大学》、《中庸》、《论语》、《孟子》及《周易》。

看完书院，游酢回到县衙去见程颢。

程颢兄弟向游酢交代了书院的情况和办学的设想及教学的内容，程颢顺便说："我为一县之主，有很多政务忙不过来，没办法关顾你；在这里，你自己有空也要努力进修苦学，争取早日取得功名，有什么困难，我们兄弟会尽力帮忙的。"

这时，一个身材挺拔英气勃勃的年轻人走进门来，问道："先生来了个贵客呀!"

程颐忙对游酢介绍说："此君姓谢，字显道，上蔡人。本门的弟子。"又对显道讲："此为游君，名酢，字定夫，福建建州人氏，刚刚聘来负责县里教育和学校的日常工作事务。"游酢与谢显道相互问好，算是认识了。

程颢满脸笑容温和地说："二位贤辈，好好聊聊，自己喝茶，我兄弟商量点事情。"

谢显道听了，对两位程先生说："先生，我们到外面走一走。"他拉起游酢的手，游酢跟着他跨出门去。

他们刚刚跨出门不远，见到了一个身材高大的青年。谢显道介绍说："这是苏君，名邴，字季明。"又将游酢介绍给苏季明。游、苏两人互相握手、问候罢，三人一起到街上。

扶沟县城不大，就一条街，几个胡同，但是街面整洁。街上两边是一色的木头瓦房，一二十家店铺，有布店、杂货店、当铺、肉铺，有农民们挑来卖的农副产品、农具、瓷器，还有当街摆着卖的鸡、鸭、兔，也有野兔、山鸡、鹿、山羊等野味。行人穿梭往来，街上的人们穿着参差不齐，大多是穿短衣的，过往的女子少，她们的衣着、服饰也很少艳丽的色彩，看不见京城开封那种雍容华贵的太太们优雅的身影，也没有招摇过市的妓女。此时，有个小货郎挑着货担摇着拨浪

鼓轻声叫喊着穿过，也有赶着马车前行的，一个农民牵着黄牛迎面而来，路边摆摊的叫卖着："买烧饼哩，一文钱一个。"苏季明见了说："买一点吃吧，我请客。"游酢答道："不用。"苏季明哪里会听，真的买下一包，三人于是边吃边走。

散步中，游酢询问谢显道和苏季明过去的事情，谢显道说："我此前在家修学而已。"苏季明说："我是关中人，和张舜民、吕氏兄弟原先都在张横渠先生门下求学。前年冬，张先生不幸辞世，我们便来投程门。"游酢问道："那怎么不见吕氏兄弟呢？"苏季明说："他们是京兆蓝田（陕西）人，出生于一个世代书香的官宦之家，有大忠、大防、大钧、大临四兄弟，最小的大临无意于功名，他的三个哥哥都已及第走上了仕途。大临学问也很好，所以人们称蓝田'吕氏四贤'。过些天，大临会来的。"游酢又问道："苏兄，你们在关中怎么知道投程门呢？"苏季明答道："二程先生叫横渠先生表叔，他们平时互相有来往，我们原来也认识他们，所以横渠先生辞世后，我们便来投他们。"游酢再问道："你们关学主要学习什么？"苏季明答道："以《易》为宗，以《中庸》为体，以《礼》为用，以孔、孟为法。不过，横渠先生告诉我们要学以致用，吕大均等还搞社会调查，如朝廷政令与老百姓的实际情况，等等。"游酢又问道："那么，横渠先生有什么理论主张和著述呢？"苏季明答道："有的。横渠先生是个大学问家，他提出了'太虚即气'，天地之间的事物气聚则在，气散则虚无，认为世间的事物无不是'一物两体'，阴阳两面。"谢显道说："游酢，你太会问了吧，把人家祖宗什么老底都抛根到底。"苏季明说道："学问、学问，一学二问，问了才知嘛。游酢君好问，没错。"游酢转而问谢显道："显道兄，二程先生有什么主张和理论？"显道回答说："我刚来不久，不过听二程先生经常讲的是理字，'理'才是万物本源，'万物一个理'。"游酢听了，感叹道："一个讲'气'，一个讲'理'，这是关学和洛学两大学派不同的焦点吧。"苏季明问道："你认为哪一家更有理？"游酢答道："我辈尚且不知世理深浅，前辈之事怎么好随便议论呢。"苏季明点头说："游君所论是对的。二程先生和横渠先生，我都崇拜。"谢显道问游酢："你是怎么认识程先生的？"游酢把自己认识程颐先生的经过说了一遍。谢显道和苏季明听了都点头，苏季明说："我们各生南北，能够聚集在一起，实在应了古人所说'有缘千里来相会。'"谢显道听了，讲道："季明兄，这句话本是说婚姻的，引用不当，我们又不是结婚。"游酢辨析说："用词哪能那么死板，就我们相识一事而言，季明兄引用得恰当。一词多义，用得当未必不可。"游酢忽然想起一件事情，便问道："季明兄，横渠先生与二程先生所论一样吗？"苏季明回答："这个问得好。我觉得不太一样。熙宁十年横渠先生到洛阳见二程先生，我在场，记有《洛阳议论》，可以知道个大体。"

游酢问道："此书能否借某拜读、拜读？"苏季明爽快地答道："这好说，回去就给你。"

游玩着，天色不知不觉地暗淡下来，他们转身缓缓地返回。

回到苏季明住处，苏季明就将《洛阳议论》递给游酢。游酢高兴地接过，说："谢谢！"苏季明讲："不必客气。朋友嘛，互通有无。"

交谈一会儿，游酢将《洛阳议论》带回住处。

天淅淅沥沥下起雨来了。他坐在案前，借着昏黄的灯光翻阅着《洛阳议论》。

《洛阳议论》的书稿，记录了张横渠先生到洛阳见二程先生谈话的内容，是一种对话式的语录体。横渠先生到洛阳见二程先生谈话，有谈对事物认识的，有谈对井田制的看法，也有谈人才的，还有谈诗歌的，涉及内容很广，并没有一个专题。游酢从中了解到，张横渠先生到洛阳见二程先生果然有不同见解。他没有办法判定谁对谁不对。但是，这为他对事物的思考打开了一扇门，好像眼前有一座山峰，人们可以从不同的途径攀登上去。

一个晴朗的傍晚，晚饭后游酢想到没有事干的时候天天自己一个人在房间觉得无聊，便上街买了一叠纸回来准备练书法。忽然发现桌上有一束桃花，他觉得有一点奇怪，拿起花束嗅嗅，有一股淡淡的馨香。他想：也许哪个小孩放这儿的吧，不管它。他抽出一张纸，铺开，拿出砚台、笔墨，开始研墨、写字。可是天气闷热，屋里像炭窑似的，才呆一会儿就全身汗水涔涔了，于是他便到花园散步。

他进了花园，园中树木蓊郁，顿时凉了下来，便在小径中徘徊。忽然，春梅和程小姐来了。他想回避，春梅问道："哎，游先生，这花园是你男人来的吗？"他听了大为吃惊，慌忙要走，小姐不禁看了他一眼，微微一笑，春梅却哈哈大笑，说："别走，跟你开玩笑呢。"他站住了。春梅问道："游先生，你是哪里人？"他回答道："福建的。"春梅说："福建？拿那么大的地名回答人，要说出哪个县、村，人家才知道个清楚。"他说："要回答那么清楚吗？"春梅说："不说拉倒。"她气呼呼地回到小姐身边，挽起小姐的手臂朝亭子走去。他觉得没趣，回头出了花园。

夜里，程小姐在床上辗转反侧。她想：自己早已经到了婚嫁的年龄，可惜母亲早年去世没有人给做主，父亲整天忙着朝廷的事务，所以至今还没有如意的对象。这个刚刚从福建来的青年，看来年龄比自己大不了几岁，表面看上去，他是个斯文、老实、憨厚的青年，可是不知他人品如何、心里有了女子不？自古以来，男女的婚姻都靠"父母之命，媒妁之言。"自己是个女子，怎么好轻易自作主张。

厢房中，游酢也同样睡不着。他想着程小姐美丽的身材和容貌，从年龄看来

她跟自己也可以匹配，她是知县的千金，谁娶了她那是很风光的事情。然而，母亲已经给自己说了一门亲，虽然没有见过那女子，但是人是要讲信义的，不管她长得如何，都得跟她过一辈子生活。自己出门在外，一定得把持住男女情感方面的事情。

一天，游酢有事去找程颢先生，又见到一位陌生的青年人。这人中等身材，五官端正，穿着简朴，看上去很忠厚，见了游酢微微一笑，也不说话。

游酢问："这位学兄贵姓？"

程颢说："我来介绍一下，他姓吕，名大临。这位是建州的游酢。"

游酢听说过有个吕大临，忙拱手道："吕兄幸会了，定夫在此有礼了。"

大临也拱手回礼："久闻游秀才大名，幸会、幸会。"

于是，两人坐下互相进行了一番自我介绍的交谈。游酢才知道他比自己年长七岁。

大临说："我兄弟三人原来在关东，早年师从张载先生。前年张载先生去世了，去年到太学读书，这次是来投程颢先生门下求学的，不想在这里认识了你和显道。"他还告诉游酢说："今年高丽国王文宗患病，我大宋王朝派遣王舜封带医生前往，并兼赐药一百品。对此，高丽国王派遣使节柳洪代表他来回谢，同时送上御衣、金腰带、金花银器各种高级织物，以及墨、马匹等，以表示谢恩。"游酢问道："朝廷与高丽的关系又和好了。将来有机会，我们到高丽去走一趟。听说，那里的国土山水很美，姑娘非常美丽、贤惠，勤劳能干。"大临也兴奋，叹道："但愿这不是梦想，有机会我一定陪你去。"

从此，游酢与谢显道、苏季明、吕大临经常在一起。

游酢到这里认识了几位北方的学友，他们都性格直爽，待人热情，为此非常高兴。同时，他还发现：县衙里请有男女庸工两人，女的做饭兼家务等杂活，男的负责烧火、扫地等；主簿、捕头和差役等在食堂用餐，知县、县丞各自在家中吃饭。另外，他也发现：程老太爷，经常坐在他庭院的门口边，程大人的小姐很少出房间。

程颢和程颐见大临来了，兄弟俩对他进行了一番专门的谈话。吕大临把这次谈话记录整理下来，编为《元丰己未吕与叔东见二先生》册子。

游酢在扶沟安定下来，把自己的情况给家里写了信，以安慰父母。欲知后事如何，且听下回分解。

第十六回
走村串乡勤办学 耳闻目睹更敬师

话说游酢在扶沟安定下来，想起知县交代的差事，觉得自己应当做一些事情，才不辜负了程氏兄弟的关爱和栽培，决定下乡去调查办学的情况。

游酢听说城里有个名声很大的张秀才，他家办有私塾，培养出不少的弟子，于是决定去拜访他。

游酢身着一套整齐、洁净的青年服装，脚穿一双布鞋，在差役的带路下，来到张秀才的家。

张秀才听说是县里教谕游酢，见了面忙热情地招呼："哎呀，原来是游大人，欢迎、欢迎。老夫不知大驾光临，有失远迎。"游酢答道："老先生，别客气。晚生今天是特地前来拜访您，向您了解一下咱们扶沟县的教育、人才情况。"张秀才吩咐家人道："上一道好茶来。"转眼间，一位佣人端着茶盘到厅上，张秀才说："游大人请用茶。"游酢答道："谢谢。"张秀才讲："咱们扶沟县历来读书人少，文化不振，从在下懂事以来，至今还没有出过一个进士，举人也只有两三个，连秀才都不多呢……今后要仰仗大人出力，一改旧貌，振兴人文。"游酢答道："哪里哪里，振兴教育，培植人才，关键还在当地人士。我只不过受知县委托，跑跑腿，只要能够做到的，一定尽力而为。您老是当地的名流，德高望重，扶沟的教育，还得请您老多多赐教和帮助。"张秀才答道："老夫无用了，为桑梓之大业，焉能吝啬，但有用得着处，尽管吩咐就是。"游酢又询问了一些当地的风土人情，名胜古迹，才起身拱手说道："那晚生就谢谢老先生了。有空再来拜访您。"说完，告辞了。张秀才也起身出门相送，说道："欢迎大人有空常来。"

一天晚饭后，游酢到房间看书，程珦来了。游酢忙起身招呼道："太爷，你坐。"程珦客气一番在凳子上坐下，说："游先生，你这个人的性格好，我喜欢跟你聊聊天。"游酢知道他有学问，又当过地方和朝廷的官员，因此说："太爷，你直接叫我游酢，叫我先生，我哪里当得起。请太爷多多赐教。"程珦说："叫你先生没有错。孔子曰：'三人行，则必有我师焉。'韩文公也说'无贵无贱，无长无少，道之所存，师之所存也。'何况，你是这里的职事。"游酢听了，回答道："太爷是学问渊博、又经见过大世面的人，我的所学不及万一。"程珦讲道："学问、才识各有天分，古往今来，没有全才全能者。尺长寸短，各有所用。你年轻，只要勤奋好学，有向上心，将来必然有所建树。"游酢问道："太爷，听说你祖上世代为官。"程珦答道："勉强算吧。我祖籍河南，祖父名希振，任尚书虞部员外郎，父亲名遹，赠开封府仪同三司吏部尚书。长子伯淳不过官至御史，说起来一代不如一代呢。"游酢说："一家能够四代为官，天下不多，真让人羡慕！"程珦说："综观古今历史，富贵不一定是好事啊。老百姓说富贵则损丁，我这家虽然说代有小贵，可是人丁一直很衰弱。"游酢说："不会吧。"程珦讲："你年轻还可能不太明白这个道理，老夫今年七十多岁啦，终于明白一个家庭就跟一根瓜一样，某一节长得过盛，其他节就没有办法长得好。世间的事物同此理。"游酢问道："那么一个家庭怎么样才能长久呢？"程珦答道："古人云'积厚流芳'，也就是说多做积德之事，才能够长久流传下去。"游酢听了，应道："哦，谢谢太爷的赐教。"程珦站起来，说道："算不得赐教，姑且当着闲谈。你读书吧，我走动、走动。"游酢也起身，说道："那有空就来坐。"程珦回答："会的。"应完大步地跨出房间，走向庭院。游酢望着他健朗的身体，渐渐远去的背影，回想着他刚才的一番闲谈，心里想到：老人是一笔珍贵的财富啊，他的心中积蕴着几十年丰富的人生经验，每一句话都像金子般沉甸甸的，令人深思，回味无穷。

过了两天，游酢由差役带着去附近的大李庄走走。他头戴斗笠，一身简朴的青年服装，脚穿草鞋。路上，他边走边与差役聊天，打听当地的情况。

大李庄是一个较大的乡村，坐落在惠民河与清水河两河中间，山清水秀，田园平旷，人口较密集，虽然不少茅草房，但是也有几座像样的瓦房。这里离城近，人们隔三岔五地进城或卖货物或办事情，见识较广，所以一路上的人们见了跟差役进村的青年，大多会热情地打招呼或者给个微笑。到了保长的家，那保长是个读过书的人，见过世面，看见两位县上的人来，兴奋地说道："游大人，欢迎您二位的光临，请大厅上坐。"游酢和差役进了大门，登上大厅坐了下来。游酢扫了一眼，见这是一座单进、三植式的瓦房，左右的厢房各两间，屋里整洁，知道这是一户富裕人家。一个打扮得清楚的少妇端着茶盘出来了，她笑盈盈地说："二位客人请用茶。"游酢和差役起身各接过一杯茶，说一声："谢谢！"坐下。那女子将茶盘放到桌上，说了一句："二位慢慢喝。"便回厨房去了。保长问道："二位请吃点饭。"游酢回答道："吃过了，不用客气。"接着，向保长说明了来意。保长听了，答道："我们这里有一个私塾，只是学生不多，才五个。"游酢问道："贵乡有两百来人口，小孩至少有几十个，才五个上学堂，太少了吧。"保长回答："有的没有钱读书，有的不想读。"游酢说道："天下没有父母不望子成龙的，也没有不想上学读书的孩子。你是地方的头目，多少也有一点官气，乡里读书的人多了，人才就多，你脸上也有光啊。知县老爷希望乡必有校。你想办法把私塾办大些，让更多人家的子弟入学读书，也是积德的大好事。到时各个乡里比一比，办得好的，县上有嘉奖。"保长听了，连连答道："大人说得在理，我一定尽力。"游酢问道："书斋在哪里？"保长回答："就在前面的祠堂里。"游酢说道："看看去。"保长答道："好哩，跟我来。"

他们来到祠堂前，听到孩子们"子曰"的读书声。游酢往里面一看，大厅上果然只有五个学生，一个胡须花白、戴着老花镜的老者在那里讲课。保长要进去，游酢说："我们不进去，以免打搅孩子们的学习。你叫先生出来吧。"保长进去了，不久带着老先生出来。游酢上前拱手道："老前辈，不好意思，打搅了。"老人回礼道："哪里哪里，游大人能够光临敝处，老朽三生有幸。二位请进去用茶。"游酢答道："不用客气。我们就说个话。"他把县里对办学的要求等讲了一遍，说："老先生，辛苦您也帮忙做一做工作，把学校办大、办好。"老人说："老朽早有这个愿望，知县和大人这么有诚心，实在是扶沟百姓的福气。老朽一定尽绵薄之力。"游酢说道："那晚辈在此代知县老爷先谢谢老前辈了。"

他们告辞了老先生，保长说："咱们回去休息。"游酢说道："不用，我县上还有事情，下次再来。"保长再三挽留，游酢和差役还是赶回县里。

过了一天，游酢又准备和差役到南面的汴岗、紫岗等乡村去。这一回，因为路途较远，一走要好几天，出发前准备了行李。他除了身上的穿着，肩上多了一个包袱，里面有换洗的面巾、衣服、布鞋以及书本、笔记。

从紫岗乡回来已经傍晚，他经过县衙内的庭院时，看见小姐和春梅坐在门边。小姐端坐着，春梅双腿上放着一只箧箩做针线活儿。这一回，游酢跟她们的距离很近，看清了小姐的面貌，长脸，皮肤长得白皙；春梅圆脸，皮肤黝黑，下颌有一颗米粒大的黑痣。春梅向他微笑着问道："回来啦！"游酢回答道："是，吃过了吗？"春梅温和地说："我们吃过了。你的饭在锅里热着呢。"游酢心头一热，产生

感激之心，站住答道："谢谢，我已经在外面吃过了。"只见她抬起头，温柔的眼神里似乎含着一种欲说又止的情绪，他害羞了，大步地朝自己的房间走去。

回到房间，游酢觉得自己的心还在扑扑地跳，想到程小姐长得标致，性格温和，但有一点抑郁。从她的眼神可以看出是一个善良的姑娘。并不是问题，可是，她是程大人的千金，一家几代都当官，而自己呢家境贫寒，至今连功名还没有；春梅，大大咧咧的，不识字……他不敢往下想，于是决定到街上走走，解解烦闷。

七八天之后，他又走访了北面的江村、白潭等。

游酢是一个忠厚的人，认为像自己这样从穷乡僻壤来的青年，能够受到程氏兄弟的青睐已经幸运至极，应当尽自己所能帮忙把县里的教育办好。

将近一个月的走访调查，他对全县大多乡村的教育情况有了初步了解。沿途所见老百姓居住破旧，人们面黄肌瘦、衣着褴褛，游酢看着这些情景，触目惊心：原来，这里的人们比起自己的家乡还要贫穷落后，难怪没有什么人读书。

经过这一段时间的调查，他才发现这个县教育存在着三大困难：一、县里经费紧张，眼下又大量地投到治理黄河上，连书院几乎没有活动的资金，程颐先生和他只能拿些生活费；二、师资力量缺乏，全县历来人才极少，连秀才都屈指可数，没有取到功名的要不在拼命往仕途路上撞，要不往经商发家致富奔，谁愿意来干这低薪的生涯？因此，有不少的私塾先生自己只是个监生，有的甚至只是进过一两年学堂的；三、读书人不多，只是有些富人子弟自己请先生办私塾，大多数属于穷人，所以很少人学读书，全县私塾才百来个学生。

他向知县程颢反馈了调查的情况。程颢说："你反映得很好。一，县里会尽量争取拨一些资金给教育办学用，二为了本县的教育发展，我们一定要做到乡必有校，支持、鼓励各地多办些学校，让更多老百姓的子弟入学读书。只要各个乡村的学校都办起来了，才可谈发展教育、培养人才。具体事情你去操办。"

于是，游酢再次到各个乡里去找保长商量兴办学校的事宜。

游酢每天早出晚归，皮肤被太阳晒黑了，脚板也结了一层厚厚的老茧。月底，他第一次领到了薪水，虽然只有三贯钱，可是这毕竟是自己劳动所得的。

程氏兄弟很忙，很少有空闲的时候。一天晚饭后，程颐招呼游酢："到后花园走走。"散步时，程颢问："你到这里生活还适应吗？"游酢答道："可以。"程颢说道："了解到哪些情况，随便说说。"游酢将自己所了解的情况做了汇报，程颢听了从心里喜欢上这位青年，说："不错啊，你能够吃苦耐劳。这种事情非你莫属。"程颐说："当然，游君年轻、有干劲嘛。这样，将来才可以做大事。"接着，他们边走边聊天，程颢还询问了游酢的生活情况。

夜幕将临，他们才回庭院休息。

半夜，忽然有人大声喊："抓盗贼啊——"众人慌忙起床，奔到庭院一看，哪有盗贼的影子？大家正疑惑不定，衙役们眼疾手快已将一个盗贼逮着，他们押着盗贼来到庭院中间。程颢见了，命令道："先押去牢房关了，明天再说。大家都回去休息吧。"大家听了都各自回屋睡觉。

第二天早上，程颢命衙役将盗贼押到堂上审问，喝道："堂下何人，报上姓名、籍贯等来。"那盗贼是个三十多岁的壮年，自报了姓名等，程颢听说是本地人，于是语气缓和了下来，问道："你为何夜闯县衙做偷盗的勾当？"那壮年哭起来，说道："大人，我家上有八十多岁的老母亲，下有三男两女，前些年父亲生病花费了许多钱，欠别人一大笔债，家里值钱的东西都卖了还没有还清，穷得没有米下锅，于是干起了这见不得人的事。请青天大老爷看在我家上有老、下有小的份上，饶了我吧，我对天发誓今后决不再犯。"程颢心宅仁慈，听了，说道："你可敢立字据保证？"那壮年回答："敢。"程颢对主簿交代道："叫他画押。"主簿送上文书等，那青年画了押。程颢交代说："今天姑且念你家庭情况放你回去，本官也为你姓名保密，让你好在人前抬得起头。如有再犯，将从重处置。回吧。"那壮年千恩万谢，走了。

这天傍晚，程颢约游酢去花园散步，程颐闻讯前来，劈头就问："哥，你怎么把人就放了呢。"程颢说："此地盗贼之事早有所闻，大抵为贫困所致。我乃一县之主，当以仁慈为怀，相信能够感化他们的。"程颐和游酢听了，无不感动。程颐又问道："盗贼姓啥名谁？"程颢回答说："我答应为他保密，请不要再问。"

那壮年回去之后，决心金盆洗手，重新做人，找一份正当的事情做。

夜间有盗贼闯县衙的消息还是走漏了风声。扶沟地面上的盗贼听到新来的知县如此宽厚仁慈，有的受了感化回了家，有的认为这个知县没有什么可怕，照样作案。可是，盗贼毕竟少了。

县里治理黄河工程已经开始，治安也较平静下来，程颢觉得心情轻松。时值清明，天气晴朗，惠风和畅，程颢带着游酢和弟子吕大临、谢显道、苏季明等去东郊春游。他们从县城出发，往东南角的学院朝前走，沿一道南北走向的岗阜，悠游前行。一路上，程颢与弟子们谈笑风生。途中，绿树穿莺，桃李芳菲。约走了一两个时辰，来到了翠屏山山脚。他们谈笑着登山，登上山冈纵目远眺，翠屏山左带惠民河（今贾鲁河），右襟扶沟城，一条长岗沟壑纵横，四周青山绿水环绕，风景宜人。众弟子在山中观赏风景，好不开心，程颢兴致勃勃，掏出纸张坐下来写诗。众弟子见了，都拥到他的身边看个究竟，题目是《郊行即事》，其诗

云："芳原绿野恣行时，春入遥山碧四围。兴逐乱红穿柳巷，困临流水坐苔矶。莫辞盏酒十分醉，只恐风花一片飞。况是清明好天气，不妨游衍莫忘归。"众人道："哇！先生，太厉害了。"程颢站起来，满面春风地笑着说："诸君也来一首。"众弟子都还年轻，一则确实没有倚马成诗的本领；二则也不曾想到做诗，只知游玩而已；三则谁也不敢在先生的面前班门弄斧，于是都摇头回答："学生惭愧。"程颢温和地说："一个读书人，不学诗是不行的，考试时怎么办？不会，就要练。"

大家选了一棵大松树下休息、游玩，虽然日已中天，阳光很强，可是树下阴凉，又有山风吹着，并不见得太热。大家吃了干粮，又休息一会儿，便又悠悠下山，踏上归程。

众人回到住处，一个身材高大、皮肤白皙的三十出头青年迎上前来，拱手作揖开口道："先生好。"程颢回礼，问道："刚来，家人都好吗？"那人答道："好，谢谢先生。"游酢有点疑惑，悄悄地问吕大临："此君是谁？"吕大临："他是'浮休居士'张舜民。"大临喊道："舜民，过来一下。"张舜民走到大临面前，大临介绍道："这位是福建的游酢君，名定夫。"张舜民拉起游酢的手，说："幸会、幸会。"

这天晚上，大家一起吃饭，游酢才知道张舜民字芸叟，邠州（今陕西彬县）人，才学了得，还知道了他是陈师道的姐夫等。

一天傍晚，游酢正在庭院的水池边洗衣服。春梅也提着一桶衣服走来。游酢低着头不吭声，春梅却说话了："游先生自己洗衣服呀！"他"嗯"地应一声。春梅大声地说："还生我的气呀，亏你还是个男子汉。"他解释说："不是。"忽然，一个差役喊道："游先生，程大人叫你去一下。"他连忙放下手中的衣服，咚咚地跑去程颢的房间。究竟什么事情，下回自有交代。

第十七回 读文章顿知定性 惜人才巧妙说情

话说游酢听差役的叫喊，急忙跑去见程颢。没有想到，程颢先生说："没有大事。我只想跟你聊聊。坐吧。"游酢道一声谢，在一张木凳上坐下。程颢先生接着问他读哪些书，对哪些书更喜欢。游酢一一陈说了自己读书的情况和喜爱。程颢温和地询问："你成家了吗？"游酢回答："没有。"程颢又问："你在家中可有婚配？"游酢听了犹豫一阵，答道："来此之前，听母亲说有个女家来问过亲。"程颢说："订婚了没有？"游酢答："没有。"程颢听了，讲："你还很年轻，好好努力攻读吧，等有了前途再考虑婚姻也不迟。"接着对游酢道："此有我写的一篇文章，你聊为一读。"

游酢毕恭毕敬地接过，道了谢出来。

半个时辰后，他回头来到洗衣池，衣服不见了，抬头一看，已经晾在院子的竹竿上了。他知道肯定是春梅帮忙的，心里对她有一点感激。

他回到自己的住处，打开窗，坐下来一看，是一篇题为《答横渠张子厚先生书》（后人称为《定性书》）的文章。他开始认真地研读。

读完文章，游酢想：程颢先生的这封信，讲了人的心（性）应当内外一致，不管外界或者其他事物怎么变化都不能动摇，即"性之无内外也"，同时也回答了如何做到"定性"，即"故君子之学，莫若廓然而大公，物来而顺应。""与其非外而是内，不若内外之两忘也。两忘，则澄然无事矣。无事则定，定则明，明则尚，何应物之为累哉！"程颢先生的文章说得多好啊，定性则能做到物我两忘，物来而顺应。

他回过神来，听到了附近田野传来的蛙鸣声，觉得空气有点闷，望了望窗外的天空，西天的夜空中挂着一勾新月，只有稀疏的几颗星星。

他又继续读《春秋》。

夜深了，他才走向床边休息。躺在床上，他想起白天程颢先生的召见，多少明白程颢先生问话的含义。但是，婚姻大事还得父母说了算，自己真的应当像程颢先生所说那样为自己的前途好好努力。

游酢安心地在扶沟勤奋地工作和学习着。

游酢来到这里，发现程氏兄弟所教的与自己以前所学的完全不一样：以前，自己学过训诂学，考究文字词汇的来历，后来专门攻读《春秋》、《左传》、《战国策》及诗赋等。而这里大力倡导理学，宣传自己的洛学，主要学习的内容是《大学》、《中庸》、《论语》、《孟子》，程氏兄弟常以自己著述的《易学》讲稿来教授学生。游酢自己本来对禅学有浓厚的兴趣，并且思想上也影响较深，为了学习到程氏兄弟的"新学"，他只好放弃自己过去的所学，重新学习新的知识。

一天晚间因为天气闷热，程珦在房间睡不着，到庭院走走。月光很好，夜空晴朗，除了几棵树的影子，庭院几乎跟白日一样，四周有蟋蟀唧唧的低鸣声。他见游酢还在灯下看书，本不想打扰他，转身要走。但是，他又好奇地想到：这个年轻人在看什么书呢？于是，他悄悄地走近游酢的窗边。游酢听到了脚步声，一看是程珦，忙起身走出房间，问道："太爷，还没有休息？"程珦收住脚步，转身说："不好意思，打扰你了。"游酢说："没事，太闷热了，睡不着，咱们聊聊天。"走到庭院。程珦答道："好吧。你刚才在读什么书？"游酢回答："周易。"程珦听了，说道："哦。不错。你这么年轻能够喜欢周易，难得。学习得怎么样？"游酢回答："因为好奇，读了一点，学不深。"程珦说："这本书深啊，不仅是知识面广，而且其中所蕴藏的道理更深。你们南方人读这本书的人多吗？"游酢答道："有人读，可能很少有人研究它。"程珦问："你想研究它吗？"游酢又答道："哪能呢？那么厚重的书，读它一遍尚且需要很多时间，只是感觉得它有趣罢了。"程珦说："能感兴趣，则一定能够学下去，可喜可贺啊。这本书我翻过，可是一直没有时间认真通读它，现在年迈有时间却没有精力了。补漏趁天晴，读书趁年轻。你好好读，终究会有成果的。"游酢说："谢谢太爷的吉言。"接着，程珦问："你们是土著人，还是祖上是从北方迁到那里去的？"游酢回答："据说祖上是河南固始县的，唐朝末年迁徙福建。"程珦讲："这么说，我们三百年前还是老乡啊。"游酢说道："应该是的。"程珦又问道："你家族中迁福建后出过哪些人才，现在人丁状况如何？"游酢将自己所知道的一一地讲了一遍，程珦说："你们游氏家族还不错。

从古到今也出了不少人才。”他说到这里，感觉得有一点困乏了，说道：“休息吧，有空再聊。”游酢应道：“好！你慢走。”

程珦走了，庭院静了下来，只见一地如银似水的月光。他站着联想到历史上由于战乱，从晋朝开始北方人一拨又一拨地向南方逃难，原来荒凉的南方逐渐地人烟兴盛起来。北方人每遇一次大劫难，南方人烟就增强几分，这是什么道理呢？难道是天意？当然，这样也有好处，那便是国家的发展会越来越平衡。南方不仅山清水秀，而且资源丰富，极适合人类的发展。如此下去，几百年、几千年后南方许多方面也许会胜过北方。他的思想又回到生活的现实来了，自己从南方的家乡来到这里谋生，远离了父母、乡亲，到底将来会有怎么样的前途呢？不想吧，还是回到房间休息，明天还有事情要做呢。

他终于返回房间，关门、熄灯，上床休息。

夏季来临了，天气渐渐变热了起来。

傍晚，程小姐和春梅又到花园散步。

花园里，地面上到处落英缤纷，树木都葱茏茂盛了，鸟儿有的在树梢欢鸣，有的在灌丛中低飞、跳跃着。程小姐看着眼前的风景，心里默默地想着：自己早到了谈婚论嫁的年龄，可是至今还没有如意的郎君。这个刚来不久的游先生，人长得还可以，做事也勤奋，可是只是个太学生……春梅见小姐默不作声，似乎在想什么心思，于是问道：“小姐，你在想心思？”小姐回答：“不是。”春梅问道：“该不会是想那个游先生吧。”小姐的脸刷地红了，瞪她一眼，说：“不许胡说。”春梅说：“他呀，相貌过得去，年龄才比你大几岁，也有学问，说不定将来可以考中状元、进士的，有什么不好？”小姐听她这么一说，心热了。可是，她马上想到他万一得不到功名怎么办？于是，立刻说道：“你要，自己找他去。”春梅讲：“这话可是你亲口说的，你不要，如果他不会嫌弃我不识字，我就真的嫁给他。你可别后悔！”小姐听了，不说话。春梅又说：“哎哟呦，小姐吃醋了，我刚才是跟你开玩笑，我哪敢抢小姐的心上人。”程小姐抬起手要打春梅，春梅闪到一边，转身跑了，程小姐正要去追，脚葳了，叫道：“哎哟！”春梅立刻回头跑回来扶住小姐，说道：“奴婢该死。小姐站好，我帮你揉一揉。”程小姐的脚只不过轻轻葳一下，揉了揉便好了，说道：“都怪你。”春梅应道：“要怪那个游酢才对。他不来这里，怎么会有这事？”程小姐讲：“你这样讲没道理，人家又没有来惹你，是你嘴贱才引起的。”春梅说：“好，算我错，咱们回去吧。”她扶小姐出了花园。

五月底，书院装修完工，程颐先生一家和他的父亲搬到书院去居住。知县程颢家眷和游酢仍然住在县衙里。

书院坐北朝南，占地面积十多亩，南北长七十多米，东西宽约四十米。最外层是大门，门前有程氏兄弟共同手植的槐树一棵。大门两侧耳房五间，东西对称；第二层是学生的宿舍，东西两侧各十三间；程颐先生一家和他的父亲住最里面一层，那层里有大厅、有三间讲堂（教室），左右各一间厨房，东西两侧是厢房，也各五间，天井中有一口水井。

这时，河南澶渊（今濮阳县西）人周纯明等也前来从学。

由于书院的生员增加了，游酢也经常去帮忙做一些校务。

六月初一日，是当地雾烟山庙会的日子。游酢和吕大临、谢显道一起去游览雾烟山。

那雾烟山属于嵩山山脉的余支，当地也有人称作乌鸦山，为“扶沟八景”之一，离城十里。那是一座高仅数丈但地势险要的小山，很秀气。因临河四面是山，春冬多雾，又有寺庙烟雾缭绕、一天到晚不断，故称为“雾烟山”。

这日天气阴，大家随众香客上山。山上树木葱郁，泉水叮咚，鸟语脆然。途中，游酢见同行的一长者，虽然看上去年逾古稀，可是童颜鹤发，身板还挺直，走起路很轻松的样子。

游酢问道：“老人家，这庙会有何来历?”长者应道：“这说来话长。传说春秋时期，老子从鹿邑西行至扶沟这儿，口渴难忍。听当地百姓说这里打不出水井，全靠天上下雨活命，老子便停下来，召集百姓，在此山讲经说道，感化众人。七七四十九天后，老子面前突然冒出一口取之不竭的井泉，人们欢呼称奇，把此泉尊为‘天泉’，岗陵所以称为‘天井岗’。后来，人们就在这里建有庙宇纪念他，每年逢三月三、六月初一举行庙会。唐朝以来，香火日见旺盛。”游酢听了，说道：“老人家，谢谢你啊!”长者应道：“嗨，这还用谢，村里人讲的故事几挑箩筐都挑不起。反正没有事情，我就再讲一些故事。”于是，大家听长者娓娓地讲述当地的故事、传说。

众人边走边听，不知不觉上到山上。但见山中庙宇前，烟云缥缈，碑亭林立，香客们穿梭往来，商贾云集，叫卖声此起彼伏，也有人搭台唱戏，热闹非凡。放眼望去，庙宇为木质结构，建筑高大雄伟，金碧辉煌。游酢等跨入庙内，只见老子的塑像栩栩如生。众人在蒲团上磕头、作揖罢，烧了香便出来。三人觉得山中并没有什么好看头，于是下山返回。

归途，三人又由“雾烟山”转到议论老子起来。吕大临插话道：“老子的传说到处都有。不过，老子所提出的道，确实是值得世人景仰。”谢显道问：“老子所说的道，含义太深，我至今不能明白。”吕大临说：“道，不只是平常所说的道理，包容万物。”游酢说：“老子的道学，涵盖天地，对人而言，培养道德为重，故云‘厚德载道’。”吕大临问道：“定夫兄，依君之见，对老子所言‘不尚贤，使民不争’、‘为无为，则无不治’，做何解说?”游酢答道：“老子在‘致虚极守静笃’一段中说的守静很有道理。人能够认识自然的规律，就能够做到有包容心、公正，不会出乱子或者产生危险。”谢显道讲：“老子所言‘虚其心，实其腹，弱其志，强其骨；常使民无知、无欲，使夫智者不敢为也。’这做得到吗?”游酢答道：“老子所提倡的圣人之治，难以做到。它与儒家的仁治和法家的法治相悖。社会很复杂，要治理它，非将儒家与法家结合不可。可是，老子的道学对人的修养有极大用处。试而想之，如果大多数人能够做到无欲、不争，社会就安定得多。反之，则乱得难以治理。”吕大临讲：“人无欲和不争是不可能的。不争，社会则不能进步。”游酢辩道：“大临所理解非也！老子所讲的无欲是指个人的私欲，不争，是指不争强好斗，不争名夺利。老子的意思应该是大家同心同德、齐心协力做事，不相互争斗，社会不就发展了吗?”吕大临听了，说：“我真佩服定夫，他对问题的理解比一般人更广、更透彻啊。”谢显道讲：“老子云‘上善若水’，如果人心都能够做到善的地步，自然可以达到无忧的目的。”游酢答道：“老子的道学是讲辨证的，他说‘故有无相生，难易相成，长短相形，高下相倾，音声相和，前后相随。’依我看，争与不争，亦得看哪一方面。为公可，为己不可。若为己争名逐利，小人也；若为公献智出力，有何不可呢!”

一个多时辰后，他们回到了城里。

农历七月，新的学期开始，全县大多的乡里都办起了学校，还有三个乡里没有办成。

游酢向知县汇报了办学的进展，程颢说：“辛苦你了，这事办得好。还有的那几个乡里，再去做做工作，实在有困难，县里帮忙解决。缺少人才，我们帮忙聘请，教书先生的酬金原则上由读书子弟的家庭凑齐，确实困难的子弟酬金造出名册报上来由县里补贴。”游酢笑起来，说道：“有大人这一句话，一切都好解决。我保证叫他们办起来。”

游酢又到偏远的乡村，再三地宣传、动员。

大多乡村的学校都办起来了，其中有两个乡村由县出资给聘请了教师。可是全县学生的人数还是很少，大多的孩子仍然没有上学，在家里帮忙干活。

知县程颢召见游酢，交代说：“下个月，将举行一场全县的童生考试。鉴于大多的乡村刚刚办学的实际，有多少招多少。你拟出一份计划，对参加考试的生员摸个底，列出名单给我看看。”游酢答道：“好。我立即着手去办。”

到了月底，知县程颢召开考务会议。游酢前去，见程颐先生还有主簿都在坐。程颢说道："下月初的考试，由我任主考，程颐、游酢协助。这是我来这里第一次考试。考试是为朝廷选拔人才，一定要严格按章办事，不能有半点的疏漏，也决不能出现舞弊的现象。"

游酢和主簿共同负责考务工作，由于才五十多名考生报名考试，只安排两个考室。考试地点设在书院的第一层里。

八月初，扶沟县在书院正式举行第一场童生考试。

考试的这一天早晨，天下起大雨，大多的考生还是戴着斗笠、只有个别的撑着伞陆续来到考场等候。这些人有的二三十岁，有的四五十岁，穿着也参差不齐。知县程颢亲临考场坐镇，他和州府派来的姓苏巡视官坐在主考室里。程颐和游酢各负责监考一个考室。十二名县衙的差役戴着斗笠在考场外的警戒线边站立着，整个考场气氛严肃。警戒线外几百名的群众冒雨在门外围观，人们唧唧喳喳地议论着。

考试的钟声响了，考生们准时进入考场警戒线内，他们经过四名差役的搜身检查，没有发现携带考试违禁东西，一一步入考室，对号坐下。

第二次钟声响后，考试正式开始，可是游酢所在的考室还有两名考生没有来。

考室内鸦雀无声，只听得到考生们在翻卷、书写的轻微声音。

知县程颢和巡视官来巡视了，他们走进了考室门口，游酢走到门边轻声地说："还有两个没有到。"

半个钟点过去，两名考生才气喘吁吁地赶到考场外。可是，按照考试的规定，他们不能入场考试，被差役挡在外面。这是两个十五六岁的少年，他们见差役不让进，大声哭了起来。

哭声惊动了考场，围观的群众受到感动，有人喊："知县大人、考官大人们，你们开开恩吧。"知县程颢听见，猜测到事情的原因，动了心冒着雨走出去，询问情况。程颢问道："你们怎么迟到了呢?"两个少年哭着说："我们来的途中，桥被洪水冲走了，绕道而来。"程颢听了，安慰道："原来如此。你们且在这里等等，我进去商量一下。"他回到主考室，对一名差役说："叫游先生过来一趟。"差役大步走到考室，对游酢说："知县大人叫你去他那儿。"游酢赶到主考室，这时程颢才将事情讲了一遍，说道："现在，我们商量一下怎么办。"巡视官说："朝廷对考试有严格的条律，超过时间不能参加考试。"游酢明白程颢的用意，则说："苏大人，这是特殊情况。你看能不能高抬贵手，给这两位少年一次机会。"巡视官坚持说："条律是朝廷定的，我不好顺便更改。"程颢见状，起身拱手对巡视官说："苏大人，敝县人才奇缺，这两位少年能够不惜冒着大雨和洪水的危险赶来考试，足见其向上心真切，恳望通融一下。”巡视官见知县说情，问道：“怎么个通融法？让他进场考试是绝不可能的。”游酢说道：“苏大人，你看这样行吗。等考试结束后，由您和知县大人当面给这两个少年出题考试，如果真有才学就录取。这也算大人您到此的积德。”巡视官想了想，转身问道：“程大人，你看呢。”程颢忙说：“程某在此代扶沟的父老乡亲谢过苏大人，我看到时就在前面的大坪上公开面试，以示公正。”巡视官答道：“好，那就这样。”

考试完的第二天上午，考试由知县程颢主持，巡视官为考官，游酢作陪，在考场的大坪上巡视官当着群众的面出题给那两个少年考试。

那两个少年不负众望，一个时辰都将诗和文章交上，巡视官看了点头，对知县程颢说：“两位少年虽然文章和诗都嫩了些，可也主旨明确，条理清晰，有血有肉，有可圈可点之处。”他们都顺利通过了，获得了童生的资格。

事后，巡视官对程颢和游酢说道：“不是二位一力的求情，恐怕误了这两位后生的一世前途。”程颢回答道：“这全仰仗苏大人的宽厚仁慈。扶沟父老乡亲不忘大人的大恩大德。”

年冬的一天，天气晴和，游酢去乡下回来太阳已经西斜。回到房间，他发现床铺上放着折叠得整齐、干净的被单、蚊帐，心头又是一热，一股暖意涌上心头。他想；这肯定是春梅帮忙拿去洗净、晒干的。他心里很感激，可是不敢多想，见到她说什么好呢？不说，人情上又过不去，也许说了她产生误会怎么办？买一点礼物回报她吧，被别人发现了会做何联想？他的心里充满了矛盾。但是，他理智地克制住思想，拿起笔墨默默地书写着。

忽然听到有人说：“你在写字呀!”他抬头一看，果然是春梅，迟疑了一阵，答道：“是，进来坐。”她说：“你的被子、蚊帐今天拿去洗、晒干了，下午来不及扎上，这才来。”他才想到自己的被子真的没扎，脸红了，说道：“进来吧。”她跨进门，走到床边，利索地抱开棉胎，拿起被单抖直了放在底下，再把棉胎放在中间，四周折好边，从衣袖上取下已经穿好的针线横衔在嘴唇上，将床沿的一边用手拉直一遍，弯下腰，一手压住，另一手开始缝起来。他站在边上，看着她麻利地飞针走线，闻到她身上传来一股姑娘的气息，不知所措，心想走出房间，又怕引起她的误会。不一会儿，她扎好了一边，将另一边转过来。这时，她问道：“你有衣服没洗的吗？”他回答：“没有。”她站直了身体，回头看他一眼，又回过头去，不说话了。又过了一会儿，被子扎好了，她抖直了，放平，用手轻轻地抚平了一遍，说：“好啦。蚊帐自己挂。”转身跨出门，他说：“谢谢!”她头也没有回

走远了。他望着她渐去渐远的身影，心里涌起一种欲说还休的情感。

又一天晚饭后，他照常回到房间看书。大约天黑不久，春梅手挽着一只篮子边刺绣边来到了门口，问道："游先生在看书。"他见是她，答道："是。"她站在门槛，边刺绣边说："俺看你读书很用功，要考状元吗？"他听了，答道："状元不敢想，读读书而已。"他心里想：古话说'男女授受不亲'，来到这里，遇见这么一个女子，天天见面，又不好得罪她，怎么办呢？她继续问道："你家里很多人吃饭吧？"他答道："不多，只有父母和我三人。"她说道："怎么还不成家呢？"他心里慌乱了，自己太直了！后悔刚才不会撒谎说有妻子、儿女。现在只能照实说到底，于是答道："现在还不想。"她笑了，说道："我就知道，你肯定想以后给皇帝当驸马。"他听了哭笑不得，为了打发她走并且希望今后不要再来缠，便说道："有一点吧。"她的神情稍稍变了，淡淡地说："天下想当驸马的人很多，不知道现在的皇帝有多少个女儿。"他被逗笑了，说："每个人都有梦想，并且希望自己的梦想能够成真。"她听了，终于说："不影响你读书啦，小姐发现俺不在，可能会来找。"说完咚咚地走了。

年底，又有人来给程小姐提亲。程颢兄弟商量了一番，问问小姐再做决定。可是，小姐没答应。前些年，程颢有个儿子和幼女夭折了，只剩下一个儿子和一个女儿，他和夫人彭氏虽然把女儿视为掌上的明珠，但是他是开朗的人，相信女子总会有适合的男子，所以没有很放在心上，只是一味地忙着自己的工作。程颐想到兄长的女儿至今还未出阁，心中比程颢还急，便叫程颢坐下商量。程颐说："侄女今年已经二十岁，哥你看怎么办？"程颢答道："几年来，有过好几个门头来提亲，她都不点头，我也没办法。也许，她还没有看上如意的吧。"程颐讲："我想咱们的家庭世代为官宦人家，高的不敢攀，中的又没有适合的，门槛放低了，又委屈了她。"程颢说："门第倒不一定讲究，只要她满意就行。"程颐咳嗽一声，说："哥——"他说出什么话来，请君看下回。

第十八回

春游论诗经风雅
读书知理学渊源

话说程颐猜测到了哥哥的话意和所指，于是讲："这恐怕不适合，至少得有个进士功名的才行。"程颢答道："既然如此，那就再看看。"

元丰三年正月，程颢兄弟一家人都回洛阳城里团圆。文彦博、吕公著、司马光、苏颂等朝廷大臣和亲友们先后来拜访。程氏兄弟忙着应酬。

元宵节后，程颢和夫人返回扶沟。

过了一两天，游酢也回到了扶沟县。他继续管理县里的教育并且帮助程颢先生管理学校日常事务。

县学开学工作安定之后，游酢为了使各个乡里的学校进一步发展，又下乡去巡视各校办学的情况。

经过一个月左右地奔走，他又掌握了新年全县入学的新生数字，各校的校舍状况，还记录了一些教师反映的情况。

一天，他向知县程颢汇报巡视的情况。程颢说："目前最大的问题，是入学生员的数字还有很大的差距，还要辛苦你多跑腿。"游酢答道："大人，我一定尽力去做。"程颢听了很高兴，开玩笑说："好样的，你的态度真让我开心。"

游酢好学心强，一旦有了空闲便跑去向程氏兄弟请教。程氏兄弟见他聪明好学，也热心地教导他。他心里打算过一段时间便到太学读书，可是走不开，还得继续下乡。

春天里多雨，一连下了半个月的雨。他房间有些潮湿，晚上觉得到被子有一股霉味。

过了几天，天终于放晴了。他依然忙着书院的工作和下乡。

一天傍晚，他吃过饭到房间练书法，发现被子放的位置移动了，上前摸一摸，被子还有一点热气，心下明白了有人替他拿出去晒过。这天晚上，他睡在晒过的被窝里，没有了平时的霉味，心中产生了一种感激之情。但是，他不敢多想，强制自己尽快地进入睡眠。

一日，吕大临、谢显道又来约游酢去玩。游酢说："不去，就在院里走走吧。"吕大临说："今日可是上巳节，有情人相会。且往观乎？"游酢听了，屈指一数，吃惊地说道："啊，三月三啦？好，我去。"原来，远古时代规定每年三月的第一个巳日为祭祀日。到了魏晋时代，文人雅士有清谈之风，养成了踏青习惯，风气渐盛，也影响到普通的百姓。人们认为每年三月的上巳日时间不一样，干脆确定三月三日为节日。这一天，无论达官贵人还是平民都可以去踏青游玩。

他们穿过县城，又来到了双洎河畔。双洎河流经扶沟县境，溱水、洧水在这里合流。正值暮春时节，三人漫步河畔，清风拂面，好不畅爽。夕晖下旷野无垠，绿树浮云相映倒影于水中，烟花深处无数的蝴蝶翩翩起舞，好一副迷人的风景图。途中，果然见有一对对的青年男女或在岸边行走，或在阴凉的树下呢喃燕语。大临说："眼前之景正如《诗经》中《溱洧》篇所描写一样。不过，古代青年男女在洧水岸边踏青游春，有互赠兰花表达爱情，而今却不见。"谢显道说："也许，古代时这里的人还更开放。"游酢说："更开放是不可能。从《将仲子》的诗篇中'人言之可畏'便可以知道，那时人们也已经有道德伦理的约束。《诗经》中爱情诗歌占多数，圣人总结为'诗三百，一言以蔽之，曰无邪'是客观的。"大临讲："定夫所说正确。古人了不起啊，能够创作出《诗经》这么优美的诗篇。现在的诗，反而没有以前那么活泼生动了。"谢显道说："唐朝的诗歌不错啊。"大临说："可是，现在连唐朝也不可比。"游酢说："一个朝代有一个朝代的产物。唐朝有诗，现在有词。古人席地而坐，现在人喜欢坐凳子、椅子。怎么能够相比呢。"吕大临说："定夫更年轻，故思想、见解亦别于我与显道也。"游酢答道："二位兄长学识渊博，定夫终身学之不尽。"

他们边走边谈论着，走到了蔡河（惠民河）边才返回。

到了他们的宿舍，游酢见到大临所编的《元丰己未吕与叔东见二先生》册子，说道："哇呀，你好福气，受到二位先生的亲自教诲，借我看看。"大临应道："好！"

游酢见谢显道在看一篇文稿，走近一瞧，是程颐先生二十岁时写的《养鱼记》，说道："我看看。"谢显道站起身，让开座位说："坐着看。"游酢坐下看起来。文章写道：

“书斋之前有石盆池。家人买鱼子食猫，见其煦沫也，不忍，因择可生者，得百余，养其中，大者如指，细者如箸。支颐而观之者竟日。始舍之，洋洋然，鱼之得其所也；终观之，戚戚焉，吾之感于中也。

吾读古圣人书，观古圣人之政禁，数罟不得入洿池，鱼尾不盈尺不中杀，市不得鬻，人不得食，圣人之仁，养物而不伤也如是。物获如是，则吾人之乐其生；遂其性，宜何如哉？思是。鱼之。於是时，宁有是困耶？推是鱼，孰不可见耶。

鱼乎！鱼乎！细钩密网，吾不得禁之于彼；炮燔咀嚼，我得免尔于此。吾知江海之大，足使尔遂其性，思置汝于彼，而未得其路，徒能以斗斛之水，生汝之命。生汝诚我心。汝得生已多，万类天地中，吾必将奈何？鱼乎！鱼乎！感吾心之戚戚者，岂止鱼而已乎？”

文末注：“庚申正月录于西斋”即去年的正月在（洛阳）老家所抄。

游酢读完，问道：“季明、显道，你们什么时候得到这篇文章的？”谢显道答道：“前几天，师叔从洛阳回来就拿了这个文稿给我，季明、大临也都抄了一份，你也抄一份吧。”游酢听了应道：“好，谢谢！”于是拿起笔墨开始抄写。抄完，他放下笔，问道：“你们读了师叔这篇文章有何感想？”谢显道答道：“师叔的这篇文章，表现了他的仁爱之心。”苏季明说：“显道所言真可谓切中要旨。”游酢听了，说道：“此文与欧阳文忠公的同题文章，别有一番新意。”苏季明问道：“你更喜爱哪一篇？”谢显道说道：“欧阳文章寓意为小鱼易养，大鱼难养尔。”游酢答道：“欧阳文忠公那篇自不可小觑，其文意小人易得志，大才难有容身之所，寓意深远。细而品之，师叔之文，涵泳亦深。”他略有所思，突然停下话语，用毛笔的笔杆轻轻敲一下笔筒，继续说：“两篇都为不可多得的佳作，难判高下，均可流传千古啊！”苏季明笑了，用手指了指游酢一下。说道：“人们说南方人精灵，果然不差。”谢显道也有所悟，憨憨笑起来。游酢认真地说：“古来难做是文章，如烹调，南北风味各有厨艺，美味佳肴皆因时而出。精美之品人人喜爱，但非人人所能。不信，你们有空将两篇《养鱼记》好好品味、品味。”

三人坐谈了一会，游酢将册子一夹，回到自己的住处。

游酢忙着下乡调查、落实各地办学的情况一段后清闲了，便静心下来读书。

一日，游酢到吕大临、苏季明处玩。这一回谢显道、侯仲良、张舜民、王岩叟、孙觉都在。闲谈时，他说：“近来无聊，想读点书充实一下自己，可是没有什么好书可读。”苏季明讲：“没好心情时，读一点有趣的书可以使人精神愉悦，比如《南华经》、《易经》。”侯仲良说：“还是《易经》好。”孙觉说：“《易经》是好，

难读。邵康节先生有《皇极书》，玩玩易数，准能够激发兴趣。”吕大临插嘴道：“学易还是先看《太极图说》，再看《皇极书》。”游酢问道：“这两本书我都没有见过。”侯仲良说：“横渠先生的书我有。定夫，明天借给你看看。”游酢站起来说：“太谢谢你了。”谢显道终于讲话了：“二程先生早年从学于濂溪先生，仲良兄可是他们的表弟。”

第二天傍晚，侯仲良将周敦颐的著作《太极图说》和《通书》送来给游酢，便走了。

游酢开始学习周敦颐的这两本书。

周敦颐，道州营道县（今湖南道县）人。他从年轻时便悉心地研究《周易》，继承了《易传》中部分道教和道家的思想，提出了一个简单而有系统的宇宙构成论“太极而无极”，所写的著作《太极图说》，提炼出了太极、阴阳、两仪、五行等术语，归结出“万物生生，而变化无穷焉。唯人也得其秀而最灵。”的感悟，从而推演出了“立天之道”、“立地之道”、“立人之道”，形成了一个独立的学说，成为理学的开山祖。他的《太极图说》写道：“无极而太极。太极动而生阳，动极而静，静而生阴，静极复动。一动一静，互为其根。分阴分阳，两仪立焉。阳变阴合，而生水火木金土。五气顺布，四时行焉。五行一阴阳也，阴阳一太极也，太极本无极也……”

周敦颐的《通书》，从诸多方面阐述了自己对世界的认识和社会治理主张与见解。

周敦颐认为人生最宝贵的东西是有“诚”心，在为人修养方面，认为要学习孔子的学生颜子，在治理天下方面，他提出慎用刑法。

经过几天反复的阅读、体味，游酢领会到了周敦颐的思想和治世的精神。读了周敦颐的书，联想到邵康节的术数，张横渠的“关学”以及二程的“洛学”，多少明白了理学一脉相承的关系，再联想到苏季明所录的《洛阳议论》，程颢先生的《答张横渠先生书》，他明白了前辈在理学方面所付出的代价很大，也悟出了学术上可以有自己的创建，只有深刻地领会和理解这些，深入地加以研究，便能够学习到其中的精髓，化为自己的东西。但是，对于二程先生所蕴藏的东西，目前还不太了解，因此今后应当虚心地请教和留意，才能使自己有所积蕴和发挥。

一天傍晚，吕大临和谢显道、周纯明几个吃过饭，谢显道说道：“去看看游酢做什么？”吕大临说：“肯定在读书。”

他们来到游酢的住处，见他正在读书，周纯明讲：“大临猜得正着。”谢显道大声喊道：“定夫，到街上走走。”游酢见他们三人前来，只好放下书稿跟着他们出去了。

逛街时，周纯明问道："吃个点心怎么样？"吕大临说"咱们买点东西回去吃吧？"游酢附和道："我同意。"几个都买了一样东西，便回他们的宿舍。

进了宿舍，游酢见到桌上有一叠文稿，一看是吕大临的笔记，记录程颢先生的语录。游酢说："大临，这篇文章借我看看。"谢显道说："定夫，你怎么老是向人家借东西，什么时候你借点文章给我们看看。"游酢答道："人家主人都没有意见，你发什么牢骚？"吕大临说："好酒同饮，好文共赏，这才是朋友。"游酢说道："显道，听到了吧。"谢显道不吭声了。周纯明招呼道："大家别闹了，坐下喝两口、吃点东西。"

夜半，游酢带着几分酒气，回到自己的住处，坐下读《识仁篇》文章。

文章写道："学者须先识仁。仁者，浑然与物同体，义、礼、智、信皆仁也。识得此理，以诚敬存之而已，不需防检，不需穷索。若心懈，则有防；心苟不懈，何防之有！理有未得，故须穷索；存久自明，安待穷索！此道与物无对，'大'不足以明之。天地之用，皆我之用。孟子言'万物皆备于我'，须'反身而诚'，乃为大乐。若反身未诚，则犹是二物有对，以己合彼，终未有之，又安得乐！《订顽》意思，（横渠西铭，旧名《订顽》。）乃备言此体，以此意存之，更有何事。'必有事焉而勿正，心勿忘，勿助长'，未尝致纤毫之力，此其存之之道。若存得，便合有得。盖良知良能，元不丧失。以昔日习心未除，却须存习此心，久则可夺旧习。此理至约，惟患不能守。既能体之而乐，亦不患不能守也。"

他一口气读完这篇文章，想到：程颢先生的这篇文章大意是讲要认识"仁"是内外一致的，要诚身才能做到"万物皆备于我"。自己确实得改变过去的一些不良习气和学中不当的东西，重新学习，重新做人。想完，静下来了，这时他才发现自己的额头和背上已经被汗水潮湿了，于是跨出房间到院子走走。

夜空飘浮着一轮明月，繁星密布，空气里吹来一阵微微的凉风，庭院的地面上闪动起几棵树婆娑的影子。他听到了不远处的野外传来蝈蝈的低鸣和蛙鼓的声浪，心底不禁涌起一阵欣喜，初夏了，天气还不算太热，可是这时节大地间万物都在成熟，自己也在走向成熟。他仰望着星空，那被人们赋予神秘色彩的夜空，北斗、南极、牛郎、织女等星星都很明亮，银河的影子还模糊。寂静的庭院飞着那一闪一闪亮光的流萤。他想到：难道天上真的有玉皇大帝、神仙？难道人间的皇帝和大臣真的与天上二十八宿会相对应？自己会不会也是其中的一颗星星？天堂到底怎么样？……忽然，一颗流星从西边划去，瞬间消失得无影无迹。他顿时明白了：人生只有几十年的光阴，时间就像流星一样一闪而过，因此必须珍惜时

光。要想在有限的人生中做一点事业，首先得明确自己的奋斗目标。程颢先生的《答横渠张子厚先生书》、《识仁篇》这两篇文章，告诉人们坚定自己的信心和志向，为人、治学要以“仁”为大体，才能有所作为的道理。

夜深了，他觉得身上有一点清凉，于是回到房间休息。

他躺在床上想到：自己现在还不是专门研究这些理学东西的时候，而应该攻读那些应试的经典书籍。月光斜照进他的床沿，他从敞开着的窗户往外看去，月儿虽然不很圆，可是洁白，正朝着他笑似的。他想起了遥远的南方在家里辛勤、吃苦的父母，想起了童年的伙伴，闽北的文朋诗友，还有远在南剑州的杨时，不知什么时候睡着了。

第二天开始，他专心地读有关考试的书籍。

九月，朝廷改官制，程颢先生升为奉议郎，程家又获得一大喜事。

程家举行了一个小宴会庆祝这件喜事，程颢先生附近的好友，县里的主簿，游酢也被邀请参加。程颐非常的兴奋，举杯说：“哥，为你获得此职务高兴。”程颢脸色却很平静，说出一番使人意外的话来。他到底说什么话？请君看下回。

第十九回

程伊川入关讲学、程明道遭贬移乡

程颢平静地说："谢谢。我也高兴。可是朝廷新旧两党明争暗斗，人生祸福难测。"程颐听了说："嗨，管他呢。今天有酒今天醉。干！"程颢举杯一饮而尽。

程颢地位的提高，也给游酢带来了兴奋。程颢喜爱他，也重用他，他似乎看到了自己将来前途的一线光明。

就在此时，突然朝廷派人前来查处知县程颢。

原来，邻县有一人犯盗窃罪在扶沟县作案被捕关押，后来越狱逃跑，后又遇大赦，就没再追究。有人告程颢无视朝廷法律，私自放了罪犯。

消息传出，扶沟县数千百姓到府上为程颢鸣冤，请留用程颢继续当知县。但是，朝廷中的反对派，哪里肯罢休和饶情？他们反而到皇帝面前奏说程颢"蛊惑人心，煽动造反。"幸好文彦博、韩维、司马光等大臣一力挽救，程颢才免于追究和加罪，只是罢职归田。

入冬，程氏兄弟商议去关中之事。为了进一步扩大洛学的影响，兄弟经过商量，决定由程颐亲自到关中演讲。程颢问："你去了，课总要有人上。"程颐讲："这放心，叫游酢代，相信能够胜任。"临行前一日，程颐交代游酢："游君，我将去关中一些时间，这些日子学校就全交给你了，我的课你帮忙上。我家兄有空也会过来看看。"游酢应道："先生放心去吧，我一定会尽力把事情做好。"因为苏季明、吕大临是关中人，又是张载的得意弟子，熟悉那里的人和事情，由他们陪同程颐先生前往。

程颐先生和几个弟子不畏路途遥远，迢迢千里去关中。

北方的冬天，霜雪来得早，他们冒着风雪严寒艰难地行进着。

走到雍州（今陕西凤翔县）地界，程颐先生系在马上的一千文钱不见了，同行的人说：“千文钱是微小的东西，有什么值得在意？”有人说：“钱在水中或者口袋中，可以一看。有人丢失有人得到它，有什么可叹的呢？”程颐说：“假使人得之，则不是丢失了。我叹息的是钱这种有用的东西，如果沉入水中，那么不再为人所用了。”有人提出回头，程颐先生仍然坚持前行。

程颐先生到了关中，受到了不少有知识者和一些求知青年的欢迎。

程颐先生演讲的主要内容是结合经学阐述了自己洛学的观点，谈论的话题很广，有鼓励人们向上的，如：“人皆可以为尧舜”；有修养的，如：“修养之所以引年”；更多的则是理学方面的，如：“不是天理，便是私欲”，“无人欲即皆天理”，“中者是之大中也，庸者是定理也，定理者，天下不易之理也”。程颐先生在关中，由于学问精深，演讲出色，赢得关中弟子的好评。

因为关中地区本来资源匮乏，人民生活贫穷，又长期处于战乱，大多人们生存尚且困难，所以前来听讲的人数并非如程颐先生想象得那么理想；加上途中千文钱丢失，失去了生活的依靠，程颐先生只好带着弟子匆匆返回。

吕大临根据程颐先生的言谈做了记录，编为《入关语录》，一时相互抄写，传遍关中。

在程颐先生去关中的日子里，游酢日夜辛勤工作，教学也十分认真。他的学问虽然没有先生那么渊博，可是功底已经有一点深，讲课深入浅出，鞭辟入里，学生们听得明白，能够理解，记忆深刻，颇为欢迎。

程颐先生这次入关却产生了很大的影响，使洛学学派进入了新的里程碑，不久关中弟子又有一些前来程门求学。从此，洛学的影响得到了进一步的扩大，成为当时天下最强大、有影响力的学派。程氏兄弟格外高兴，特地买了好酒好菜，请了游酢一起去庆功。程颐先生回来后听了学生们的反映，席上对游酢赞赏道：“我去关中打了胜仗，你也不辱使命啊。”

吕大临带回了《入关语录》。游酢借到了一份，进行细心的研读。《入关语录》洋洋万言，内容广泛，全面地阐述了程氏理学的思想和世界观，“视听言动，非理不为，即是礼；礼即是理也。不是天理，便是私欲。人虽有意为善，亦是非礼。无人欲即皆天理。”有大量的程氏的治学主张，也有学习方面的，如：“君子之学贵乎一，一则明，明则有功。”“物则事也，凡事上穷极其理，则无不通。”还有道德修养等方面的理论，如：“‘大德敦化’，于化欲处敦本也；‘小德川流’，日用处也。此言仲尼与天地同德。”

游酢整整读了一周左右，他才明白这份《入关语录》是洛学的核心和精髓。

到了十一月中旬，由于朝廷新、旧两党斗争激烈，宰相文彦博、韩维等被王安石一派赶出朝廷。听说这个消息，游酢打从心里佩服程颢先生前几个月的预见。

那是一个阴沉沉的傍晚，程颢先生的家里，程颐和游酢坐在一起。程氏兄弟在商量事情，游酢只是默默地听着。程颐显得有些激动和愤怒说："想不到朝廷的斗争如此激烈，风浪来得这么快、这么大。"程颢若无其事地说："不奇怪，我是对新法有过看法，反对过他们。咱们不去理这些。如今我们贫穷落魄无立锥之地，前些天我去颍昌拜访韩持国大人，他叫我们去他那儿。我考虑了一番决定到颍昌去，韩持国大人在那儿，我们也好聚在一起。"程颐听了，应道："那好，就依兄长的。我们明天即开始做准备。"

程氏决定举家移到颍昌（今许昌）居住，他的弟子吕大临、谢显道、苏季明等也跟随去颍昌。程颢先生对游酢说："我兄弟将到颍昌闲居，你还是留在这里边做事边用心读书，博取前途吧。"游酢回答："那好，我听大人的。"

这天夜间，天气冷了许多。游酢躺在床上，想着白天程氏兄弟的对话，想起他们即将前往颍昌的事情，第一次知道官场原来如此复杂，人生并不是一帆风顺。天下的士人们拼命地往官场这一条道路上拥挤，并不懂这里像一张巨大的网，进去了便失去了自由。想着、想着，他不知什么时候睡去了。

一个下雨的夜晚，游酢在屋里看书，春梅又来了。这一次她直接跨进门，问道："看书啊。"他见她进来，应道："坐吧。"她说："不用，我站习惯了。"他放下书本，看见她手在不停地刺绣，问道："又刺绣啦。"她答道："是。可是没人要。"他听了觉得奇怪，问道："怎么会没人要呢？"她抬起头，看着他："你要吗？"他说："我、我，拿来没有用。"她眼睛潮湿了，声音沙哑地说："俺不识字，做的东西谁肯要呢。"他听她这么一说，真的不知道怎么回答，缄默了。她又低下头了，手中继续刺绣，不说话了。屋里静得出奇，他在想：眼前这个姑娘，她这么坦率、真诚，自己如果稍有表示，她肯定会接受。但是，自己并不想要娶她，一定得坚守住情感的防线，否则会害了她，也误了自己今后的前程。然而，这样缄默下去也不是办法，自己必须跟她公开表明心迹。他正想启口，突然天空轰隆一声炸响，雷声大作起来，大雨哗啦啦地倾盆而下，窗外一切都模糊了，不懂得对她说什么好。大雨一个劲地下着，许久，她平和地说："谁肯要俺，只要有一口饭吃就行，当牛作马都可以。"他听到这里，觉得非把话挑明不可了，于是说："你是很好的姑娘，你的心意我领了。"他终于鼓起勇气继续说，"跟你讲实话。前年我母亲已经帮忙说了一门亲。"她听了，问道："订婚了吗？"他回答："还没

有。”她又问：“没订婚，那怎么算亲事？”他坦然地说：“婚姻大事得父母做主。我不能做违背父母的事情。”她听了，咬了咬牙，眼角滚落泪珠，立即转身大步走出房间。他喊道：“别走，下着大雨呀！要走，我这有伞。”转身拽起伞出门一看，她的黑影一闪消失了。

他站在门边，望着消失的黑影呆住了，想道：她是多么可爱又可怜的人啊。自己呢，到如今还前途渺茫，年近三十还没有成家立业，不也是可怜人吗？唉！功名，害死人的功名！人生有几个二十多岁？自己为了功名，不知花费了多少的心血，也白白地流失了许多宝贵的青春时光。当他冷静下来时，觉得自己的发丝和身上微微有点潮湿了，才回到房间休息。

这一夜，他躺在床上辗转反侧，听着屋顶哗哗的雨声，想了很多、很多。

十二月，新的知县到任了，程颢先生将县印和公文移交给新任知县，并且对书院也做了交代。程颢先生考虑到自己没了官职，今后家庭经济不允许，也做了春梅的思想工作，说服她回家。春梅也接受了，说：“程大人，请允许送你们走了，我再回去。”

临行前一天，程氏准备举家起程事宜，由于一家十几口还有几个弟子，虽然清贫，总有一些衣物等，所以租了辆大马车。

第二天上午，新任知县和扶沟书院学员、百姓上百人前来送行。春梅也来了，她见了离别的情景心酸地哭了起来。程氏兄弟与人们一一辞行，弟子们只能步行跟随去颍昌。游酢目送程氏一家和学友们远去后，回头安慰春梅道：“程大人一家也是没有办法，才让你离开的。别伤心啊。”春梅听了更加伤心，跑了。游酢知道她家在不远的村庄，肯定回去了，所以也不去追她。

年底，游酢踏上了南归的路途。欲知后事如何，请君看下回。

第二十回

杨中立访友拜师
程明道讲学爱徒

话说程颢先生到了颖昌，在韩维大人的帮助下租用城中一座房屋居住下来。

元丰四年春节后，谢显道、吕大临等弟子们陆续回到程颢先生身边，程颢先生只得利用现成的房屋给弟子们讲学。

游酢又千里迢迢奔往河南扶沟，继续当旧职。因为县里没有什么事情，游酢便经常到颖昌跟谢显道、吕大临等同窗住在一起学习。

游酢的跟来，多了一名南方学生跟从，使程颢先生心灵得到很大的宽慰。因此，程颢对游酢格外的器重。在这里，游酢不仅认识了韩维大人等，而且得到了程颢的亲自指教。

程颢亲自讲学。这时的主要生源还是本地的，但是外来的也比以往明显增加，还有刘询、邢恕、贾易等也前来学习。讲学的内容也还是《论语》、《孟子》、《大学》、《中庸》。

将《论语》、《孟子》、《大学》、《中庸》列为教科书，这是程门首创。程氏兄弟讲课又生动有趣，允许学生有疑问当堂提出，允许讨论，老师见到学生有好的见解能够给予肯定和鼓励，学生们课堂上都情绪高涨，气氛比一般的学校活跃。在这里，游酢的学习获得了很大的进步。

一日，湖北的林大节来投程门。此人身材敦厚，圆脸，性格憨厚，喜于谈笑，胖乎乎的脸一笑就更像弥勒佛，众学友见了无不喜欢。

几天后的一个晚上，大家吃过饭到宿舍休息。林大节讲起自己的故事：原来，他出生于竹匠家庭。他十一岁时，其父为当地一个姓叶的乡绅编竹器。做完活，

叶乡绅不肯付工钱。眼看就要过端阳节了，父亲去要工钱，还是领不到，回来在家里唉声叹气。林大节听了，自己悄悄溜出家门，上叶家讨所欠工钱。叶乡绅正在热前一年酿的酒，这样酒才能过三伏天而不坏，见了林家的孩子来了，故意问道："你叫什么名字呀？"林大节说出自己的名字，叶乡绅刁难说："我出一个对子，如果对得上来，工钱马上兑现。"林大节应道："出吧。"叶乡绅张嘴说道："竹笋方萌，何日等来林大节。"林大节想了一阵，回答道："梅花初放，几曾看见叶先生。"叶乡绅一边热酒一边摇着扇子，又出口说道："酒热何须汤盏烫，滚开滚开。"林大节触景生情，答道："厅凉无用扇子搧，退下退下。"叶乡绅只好放下手中的活，说道："你这黄毛小子，果然有一点本领。"说完，将工钱付给了林大节。

众人听了，都拍掌称好。

热闹过后，吕大临说："大节，既然你少年时就这么了得，那么现在一定更厉害。我现成出一个对子，让大家见识、见识。"众人齐声道："好！"吕大临出口说："汉阳多好汉。"这一上联，前地名、后名词，前后都同用"汉"字，没有一点知识的人难以对上。林大节听了站起来，想了想，在屋里踱来踱去，急得直搔头皮。谢显道见他为难的样子，问道："要不要帮忙？"林大节摇摇头。游酢见他走进自己的身边，抬脚轻轻踢了他一下，他停住，游酢跟他眨一眨眉眼，用手指一下门，比一下关门的姿势，他还是反应不过来，游酢于是故意大声暗示说："关在屋里想不出来，还不到屋外想想？"这一下，他终于明白了，喃喃地自言自语道："关内有——，关内有"游酢补了一句："有熊"林大节高兴地说道："有了！关内有雄关。"吕大临瞪了游酢一眼，说道："有的人还是不要长大好，有的人确实大了才好。"谢显道说："不行，定夫犯了规，不算。"吕大临说："算了，我们谈点别的。"谢显道插嘴道："我看不行，定夫要罚请酒。"游酢叹道："冤也，帮人还得受罚。"林大节忙抢过话，说道："大家别闹，我林某请，走吧。"

"哇！——"众人欢呼雀跃，一起奔出屋，上街去了。

不久，李端伯也来跟从二程先生学习，并记录有二程与韩维的问答语，即《端伯传师说》。

书院的学习，平时主要是弟子自学，先生有空的时候才会来讲讲课，或者为学生解答疑难问题。而弟子，有专门在书院学习的，如：刘质夫、谢显道、吕大临、李端伯、林大节等；也有在社会上来去自主的，如：游酢；还有的是已经在官场，有空时候来请教一些问题便走的，如：吕希哲、邢恕、贾易、张舜民、王岩叟等；也有心中对先生仰慕却没有前来学习的私淑弟子，如邹浩、陈灌等。另外还有像浙江永嘉的几位太学生，慕名前来拜见一两趟的。程颢、程颐兄弟虽然暂时都闲居，社会上还是很多的应酬，一是与朝廷的文彦博、司马光、韩维、苏颂等大臣以及旧日的同僚好友来往密切，二是与各地的名士有交往，更重要的是要静心做学问，著书立说。但是，他们大多时间在书院，尽力地多利用时间各自给学生讲述自己的著作《易传》，学生只得边听边做笔记。

有一天傍晚，游酢在书院的门前终于又见到了程小姐。她可能是来看望父母亲的，气色有点苍白，脸上带着几分倦意。游酢上前问道："吃过了吗?"她抬头看了一眼，苦笑了一下，点点头，应道："吃过了。"游酢慢慢地从她身边走过去。

没有看见春梅的影子，他想起了春梅。那是一个聪明、勤劳、善良的女子。其实，娶她为妻子可能会很幸福。可是，自己考虑到母亲已经口头答应了吕家亲事，没敢欺骗春梅。如今，她已经不知道在何方了。

一天，吕希哲来拜访程颢、程颐先生，他见到谢显道、游酢、吕大临等师弟，留下来跟他们一起。

吕希哲是个开朗、直爽的人，通过接触、交谈，游酢才知道了他的家世和经历。

原来，吕希哲字原明，寿州（今安徽凤台）人。他出生于官宦世家，祖父吕夷简任过宰相、父亲吕公著时下为朝廷重臣。他从小师从焦千之、孙复、石介、胡瑗学习，后来又跟从张载、程颢、程颐、王安石等，见多识广。王安石劝他不要追求科举，于是绝意进取，只是太学生出身，以父亲的官职之荫进入官场。他是程颐先生第一个弟子。

第二天，他便回自己的任所去了。

三月，朝廷下诏书："闻河北、京东西、河东、陕西、淮南路不雨，已伤麦苗，谷田亦干，未可耕作。其令守吏博访名山、灵祠祈祷，罢同天节上寿、赐燕群臣、进奉酒器香合等。"

过了一段时间，扶沟县派人来催游酢回去，游酢又离开颖昌。

五月的一天，林志宁来到游酢的住处，游酢问道："志宁，什么风把你刮来啊!"

林志宁说："唉，我去找潞国公文彦博大人求教，他却告诉我说来拜二程先生，派人把我给送到这里啦。你欢迎不?"

"哪里话，我高兴还来不及呢。"

"中立说，他也要来。请君帮忙引见。"

"这好说。中立呢?"

“他过一两天就会到的。”

“那好呀，到时我们几个老乡又可以在一起了。”

三天后，游酢正在看书，忽然，门外传来一阵熟悉的脚步声。他忙起身要去迎接，走到门边，与一个人撞了个满怀。

“定夫兄，想死你啦！”

游酢一见是杨时，露出喜出望外的脸色，招呼道：“好，坐吧。”

杨时说：“茶啊，快渴干了。”

游酢说：“坐，这就给你倒。”

看杨时喝得差不多，游酢问：“这一回是到哪儿上任？”

杨时回答：“没错，这次放了徐州司法，你说这样的官当不当真是无所谓。”

游酢说：“你胸怀鸿鹄，来日定然会有万里鹏程。”

杨时说：“唉，别提哪！我是绕道来看看老兄，玩它几天再说。哎，你曾经在程大人身边做过事情，不如先带我去拜访他？”

游酢答应：“好啊！明天我正好休息，到时一起去。”

杨时问：“最近读什么书？是在温习准备考试吗？”

游酢无可奈何地说：“我还是一介布衣，不读书又哪里有出路？”

杨时说：“人生有无作为不在早迟，老兄或许将来比我更有前途呢。”

游酢叹道：“而立之年了还在青灯黄卷下，惭愧惭愧！”

杨时讲：“老兄，俗话说‘生死由命，富贵在天’。你也略知禅理的人，看开些。”

游酢说：“人要面对现实，这点道理你比我明白。哦，先告诉你，程大人人很好，可是伊川先生最忌讳别人谈禅，如果见了他，千万不可言及禅字，否则你我都尴尬。”

杨时听了，说：“哦！还有这一回事？小弟谨记就是。”

第二天，游酢带杨时一起去拜见程颢先生。

谢显道长期住在程家，见游酢带了个同伴来很高兴。游酢将杨时和谢显道做了介绍，谢杨两人认识了。谢显道问：“中立兄，今天来什么事情？”游酢说：“专程前来拜师。”谢显道答道：“我们一起拜吧。”游酢和杨时都点头说：“行！”于是，三人商量了拜师的事情。

三人同时向程颢鞠躬、行拜师之礼。程颢十分高兴，将三人一一扶起，说：“好啊，老夫收贤辈为徒，但愿不负老夫所望。你们先去休息，住下，明天再给你们讲些道理。”程颢先生问杨时来的原因，杨时照实说了，程颢先生讲：“没关系。

你先住下。”

他们便在那儿住下。由于程家住房本来就不大，程氏兄弟夫妇、子女还有父亲一大家人。游酢和谢显道原来住在偏房，现在多了杨时还有李端伯，住房更紧张了，这个房间只好打两张床，谢显道与李端伯都是北方人，他们合睡一张床铺，游酢便与杨时合一张床铺。游、杨两人性格相投，夜里交谈到很迟。游酢问道：“你已经是入仕途的人，为什么还来拜程大人为师？”杨时发出了笑声，说道：“这你就不知道了。一个小官吏，何时才能出名？程先生是天下名士，成了他的学生比中一个进士好用，现在朝廷启用人的时候都讲出自何师门，我这还不是为将来的前途着想。”游酢叹道：“还是你心肠多弯。”杨时说：“我不比你。你是早就名副其实的程门弟子，我才刚到这里。”

第三天，程颢开始给他们讲学。

程颢讲：“善于提倡治理天下的人，不担心法度无法确立，而是忧愁人才不能培养起来，善于修身的人，不忧愁人才的素质好与不好，而是忧愁所跟从的老师教学方向不明确，人才培养不起来，虽然有很完备的法度和良好的愿望，谁来施行呢？老师教学方向不明确，虽然有很好素质，谁能够成为人才？

“品行上犯了错误，则可以改正；事情的失败无不在于乱，然而也可以防治的。如果不是自暴自弃的人，谁不可以成为君子？”

游酢问道：“先生，仁义一词怎么理解？”

程颢回答：“人必然都有仁义的心，然后才可能有仁义之气表现出来。所以从古人讲‘不得于心，勿求于气’可以知道这个道理。”

游酢又问：“弟子听说先生昔日曾经从学于前辈张载，不知道所学有哪些心得？”

程颢答曰：“我的学习虽然有受张载先生的影响，可是‘天理’二字却是我自己体悟出来的。”

程颢外表看似严肃，为人却很温和，向他求学的弟子，真有如沐春风的感觉，弟子对问题有疑义，他总是耐心地启发讲解，像孔子一样诲人不倦；弟子有自己的观点时，他会说：“贤辈，且待商量。”因此，弟子们学习得很愉快，进步也很大。

这时，大名清平人（今山东省临清市）王岩叟虽然已经在朝任官，有空时也照样前来学习。

游、杨两人在一起无话不谈。有时讲故事，有时聊天下大事。有一回，游酢问道：“你有没有听过杨家与赵家的故事？”杨时反问道：“没有啊，什么故事？”

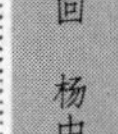

游酢讲道："那好，我讲一讲。我小时候听大人讲，唐朝时司天监杨均松从朝廷隐退回家乡江西后，专门从事看风水，人们称他为杨公，成为一代名师。一天，他经过一个地方，在渡口搭上姓赵的艄公的船。在河中心看见水底一穴好风水，叫'水牛倒浆'。可是，他自己不会水性，决定与赵家合葬。于是问：'艄公，你家有没有葬的上代骸骨？'艄公应道：'有啊。'杨公说：'这河底有一穴好风水，我们两家合葬怎么样？"艄公回答"好啊'。两人商量好某月某日某时一同做这个风水。到了那一天，杨公来了，两人都带着先人骸骨在河边烧成灰，然后用洋芋叶包好带上船。杨公说'等一下你下到河底，将我家的这一包挂在牛角，你家的那一包塞进牛嘴巴。'船到河中心，艄公用竹篙将船插定，自己便下到水底，心想；他是风水大师，肯定为他家谋更好的，他不懂水性，下来这里由我说了算，不如改成把他的塞进牛嘴，自己的挂在牛角。艄公挂好上到船上，杨公问他'你怎么挂？'艄公照实了，杨公叹了一声气。按照做风水的规矩，地师要对风水下断言，杨公说道：'赵家一代天子，杨家万代封侯。'据说，后来赵家果然得到了江山做了大宋的皇帝，而你们杨家出将，历代封侯呢。"杨时听了，说道："这故事倒有趣，恐怕是后人编造的吧。"游酢说道："也许你说得有理。反正闲着无事闲聊呗。"两人谈来谈去，谈到今后的事，游酢说："我们年轻的时候好好在外面拼搏它几十年，老了咱们两人在一起盖一座茅屋，像陶朱公一样种姜、养羊，或者像陶渊明自耕自食，过着'种菊竹篱下，悠然见南山'的隐士生活多么自由自在。"杨时回答说："好啊。但愿我们老的时候还能够在一起。"

一天，谢显道由家乡上蔡县要回开封太学，路过时去探望先生程颢。游酢跟程颢正在谈话，见了谢显道立即站起招呼道："你来啦，让我好想啊！"谢显道应道："我也一样想你啊。"说完走到先生程颢面前便拜，程颢问明显道来的原因，然后说："不久就要考试了，还有空分心，还是赶快回去太学里读书吧。"

他听了先生的话，觉得自己确实不够专心，羞愧得脸红了，应道："先生教诲得极是，学生知错了，这就回去读书。"程颢脸上露出喜悦的颜色，说："这样才像我的学生啊！你先去跟定夫聊一聊，明天就一起回去攻书吧。"游酢说："先生，我们俩出去走走。"程颢答道："好、好。你们后生人在一起多交谈些考试的事情哦。"

苏季明、吕大临、周纯明、游酢、杨时、刘询、李端伯、林大节聚集在一起，邢恕、王岩叟等有空时也前来听学。因此，程门一时桃李盈盈。

一日，程颢又来讲学，众多弟子都很高兴，踊跃地发言、提问。

林大节问道："先生，怎样学习才能做到仁呢？"

程颢说："要学习仁的人，只要结合实际去做，约束自己的言行而已，因此古人讲'从自身处去问，接近处去思'，那么'仁就在其中了'。"

刘安节问："仁和心有什么不一样吗？"

程颢答道："对于人体内而言，叫做心，它的德，叫做仁。"

王岩叟提问："从个人修养来讲，要达到善的地步，必须诚心地努力去做，然后才能有所收获。他如果不做，不可以勉强他。"

程颢回答道："我认为不是这样。如果任凭他自己所为，听任他不作为，那么智商中等以下的人，自暴自弃的人就多了。因此，圣人非常重视教育，用它来教育感化人。"

王岩叟问："立德与进德哪个先为好呢？"

程颢分析说："有先树立道德观念再勇于做有道德事情的，这种人是上等的；也有勇于做有道德之事再进行道德修养的，这种人稍微差些。"

苏季明和吕大临没有见过这种活跃的场面，他们看傻了；周纯明、杨时都默默地听着、记录着；林大节反应较慢，左看谢显道的，右看杨时的，邢恕只是端坐着听、心中默默地记而已；游酢则边听着先生与弟子问答边记。

程颢先生也没有想到，弟子们问得这么勤快，提出这么多问题，他热得额上沁出汗珠，可是心中非常愉快，若无其事地从容应答、解说着。

大家见程颢先生累了，也不再问，静了下来。程颢先生跟大家坐着闲聊："林大节稍微有点戆，可是每当对一句话学习得到体会，便去实践它。有这样学习精神可敬。听了不去做，十有九空。"林大节憨笑了一下，其他学友也跟着笑了。侯仲良进来说："先生，有人来找你。"程颢先生起身说："贤辈，今天就先学习到这里，大家回去休息，你们相互交流，切磋切磋。"学友们一起起立，说："先生慢走。"程颢先生跟侯仲良走了，大家也散伙回到住处休息。

众多的南北弟子汇集在一起，大家一起学习和生活。程氏兄弟主张开放式办学：一是学生不限地区，不论门派，来者不拘，而且学生来去自由；二是教材自编，根据社会的形势和考试的需要来定；三是学习形式新颖，师生有不同的看法可以自由发言，共同探讨。因此，课堂上学习气氛十分活跃。课余时，学友之间有时探讨学问或者谈论天下的时事，有时则娱乐。

由于当时南方福建到程门求学的人唯有游酢和杨时两人，程氏兄弟对这两位青年的栽培格外悉心，课余时常常另外给他们单独心授。游、杨两人也特别聪明和颖悟，所学比一般的弟子要快，程氏兄弟益发垂爱。

一天下午，吕大临去拜见程颐，讲起见到了游酢之事。程颐先生说道："游

酢、杨时他们先前只知学习禅，等明白了那禅学里没有去处，所以来这里求学，我却担心他们不能改变过来。游酢、杨时是前来跟从学习者当中聪明伶俐的高才……”大临听了也不说什么，便回太学去了。

程门一时桃李盈门，声名传遍天下。可是，在二程兄弟看来，还嫌美中不足，外界对程门怀有一种神秘感，有人想试探其奥秘。所以，下面便有一篇佳话。

第二十一回

伊川讲学传佳话 山长考人使奇招

嵩阳书院来请二程兄弟去讲学。程颢因为政务繁忙抽不开身，就和弟弟商量道："我在此一时走不开，你自己去，也挑选几个弟子做个伴。"程颐想了想，回答道："就叫游、杨、谢、吕四人如何?"程颢应道："正合我意，事情就这么定了。"

颍昌到嵩阳书院有两百多里路。程颐带着弟子来到书院，山长听说了赶忙出来相迎，见有四个弟子同行，其中只有杨时还不认识的，料想也是得意弟子，于是开玩笑说："程大人，你出行还要带四大金刚啊。"程颐笑着说："我的弟子半天下，这四个足以代表。其中任何一个都可以舌战群儒。"山长问道："你当我这是东吴啊?"程颐拱手笑着说道："别当一回事，我也只不过说笑而已。失礼、失礼。"山长摆摆手，回答："没事、没事。自家人，哪有见外之理。何况你老原本是这里的先辈。"是的，程氏兄弟过去曾经在这里办学十几年，如今虽然已经在外，学校还不时地请他们回去讲学。几位弟子陪程先生进去稍坐，喝了几杯茶，程先生交代道："我这里还有一些事情要商量，你们先到外面走走。有事，我会让人去叫你们。"游、杨、谢、吕四人听了都出来。他们大多是这里出去的弟子，能够领会二程先生叫他们陪同来的深刻含义。现在，校舍经过修缮，已经更新了，当年才碗口粗的两棵樟树又大了好几圈的年轮，长得更加葱茏茂盛了。这一次重回旧地，他们觉得时光流逝得太快，有几分世事沧桑感。游酢问大临："大临，还记得在这两棵树前的话吗?"大临回答道："怎么会忘记呢。你说，我们要像这两棵大树一样，做刚直挺立的大丈夫。只是可惜，我们到现在还是一般平凡的人。"

程颐先生在那里讲了两天的课，内容是他自己编写的《孟子解》选章。他站在讲台上认真地讲课，游、杨等四人坐在第一排也照样认真地听讲、做笔记。忽然，一只美丽的蝴蝶飞进教室，在讲台上下翻飞，程颐先生若无其事地讲课，不少当地学生目光直盯着蝴蝶转；过一会蝴蝶飞到游酢的头上停住，后排又有当地的学生轻声喊道："蝴蝶!"，有的则低声地："嘘——"抬起手臂驱逐蝴蝶。那蝴蝶也奇怪，继而飞到游酢的右耳尖上停立着，翅膀一张一翕地扑动着，须臾又飞到游酢的后脖粘住似的。山长看见游酢镇定自若，不动声色，想起程颐先生所讲的"君子凝然不动"的境界，私下暗暗称奇。嵩阳书院当地的学生看见游酢等人学习如此的专心，无不佩服。由于程颐先生学问精深，讲得有声有色，受到了当地学生的热烈欢迎。事后，山长对程颐先生说："一只蝴蝶，可见先生大人与你高徒严谨之处。"程颐先生回答："治学无他，心专而已。"

三天后，他们开始返回颍昌。

一次，程氏兄弟带弟子们到西湖游玩。在湖边行走的路上，游酢和杨时等蹦蹦跳跳、边走边说笑。程颐先生见了放下脸，严肃地训斥道："你们没有看到长辈在一起，可以手舞足蹈、嘻嘻哈哈吗?"弟子们听了一个个吓得不敢出气，顿时周围鸦雀无声。程颢立即小声地说道："老弟，何必那么严肃。既然带他们出来游玩，就应当让他们玩得开心。"他大声地对弟子说道："没事。你们尽管放心去玩。"程颐听了兄长这么说，也觉得自己有些过火，便不再发话。那一次西湖之行，给学生们印象太深了，大家都觉得大程更温和可亲；但是，小程也爱生如子，他在学问上精通，对学生的学习要求严格，这对学生们的成长有利，所以学生们心里同样敬重他，只是当着他的面不敢不谨慎自己的言行。

月底，杨时准备去徐州上任，游酢距离明年考试的时间已经不多，也准备回太学学习。

游酢将平时先生程颢所讲的话记录，一一整理起来放到自己的箱底压住，等待将来之用。

游酢回到太学学习。六、七年前，他在这里曾经是时尚、浪漫的新潮代表人物，经历了数年的坎坷和岁月的洗礼，残酷的社会现实让他真正地明白：读书人的前途，就在于考取进士功名才能达到出人头地的目标，别无出路。一切与此无关的事情，都没有任何的作用。但是，他吃惊地发现过去那些很专心读书的人，也有很多跟他一样仍然还在这里，只不过一张张熟悉的脸孔更苍老了，有的头发已经白了。看见这些人，他又想到：有的少年金榜题名，有的要到中年名登雁塔，而有的到鹤发斑斑才跳过龙门。这是怎么一回事？难道是命运？是老天在作弄这些人吗？但是，对自己来说，无论如何是要认真对待了，这是关系到自己今后一生命运的大事。因此，他对学习认真起来。老的太学生已经疲倦了，没有心思来管他和说他过去的闲话；新的太学生绝大多数都是书虫，谁有空问这问那。总之，太学里没有一点生气。

傍晚也极少看见人散步、谈天，只有几个人在操场上踢球。他管不住自己，还是加入到球队里去。

晚上，他在宿舍里悉心地阅读从堂哥游醇那里抄来的近几轮的进士考试试卷文章以及唐朝以来殿试的文章，进行了比较全面的学习、分析、钻研，下大决心力争明年能够一举考中。

他夜以继日地全身心投入了学习，没有再出太学一步。因为，考试最主要是策论，所以专门攻读了《孟子》、司马迁的《史记》中名篇，还有贾谊的《过秦论》、《治安策》，韩愈的《争臣论》，欧阳修的《五代史伶官传序》，苏洵、苏轼等人的议论文章。

太学的校风和学风跟程门书院的相比差得远，课堂上，教授们讲课基本是照本宣科，而且不允许学生插嘴，不少学生们听不进去，直打瞌睡。游酢觉得这里太沉闷、生活太单调、枯燥无味多了。

一个多月后，游酢又回到了书院。

游酢去拜见程颢，程颢问道："太学里感受如何？"游酢答道："还是这里好。"程颢拍了拍他的肩膀，笑着说："贤，努力吧。"说完走了。

游酢悉心地研读了程颢先生平时讲授的《易学》理论和诗文，对程颢先生的"心即理"观点的理解比以往更深透了。

一天，少林寺方丈到嵩阳书院拜访山长。山长讲起程颐先生和他弟子来讲学时课堂上的事情。方丈问道："程门弟子甚多，高足也不少。不知程大人最重哪几个？"山长答道："若论程门高足，游酢、杨时、谢显道、吕大临四人也。"方丈点点头，说道："老衲亦有所闻，四大高徒中只见过游酢一面。今天又闻蝴蝶一事，由此可见此人果然非同一般。"山长听了，想到：何不让方丈请他来，单独试试他才学的深浅。于是，山长说道："老夫亦羡慕游君，不妨邀他前来一晤？"方丈道："老衲亦有心再会他一面，只是出家人不好出面。"山长道："这好说。我这里派人送信去，只向程大人说明这里有一故人相邀就是。"第二天，山长便派人将书信送去颖昌。

程颐先生收到嵩阳书院山长的来信，开始有点莫名其妙，沉吟一下，笑了笑。将游酢招来，问道："你在嵩阳有什么故旧没有？"游酢听了，当下真是"丈二和尚摸不着头”呢，因此答道：“没有啊。”程颐先生约略感觉到对方有点想单独考验一下自己的弟子底子，说：“无风不起浪，你且前去走一趟。”

游酢带着一肚子疑惑奔走了两天多，第三天晌午才赶到嵩阳书院。山长接见了，说：“游君，请先稍坐，客人就到。”那山长刚刚要派人出门去请方丈，方丈已经来到了门口，说道：“不用劳神，老衲来了。我掐指算过，今日午时贵人准到，所以自来了。”山长说道：“请进去，他在屋里等候呢。”两人一前一后进到后堂，游酢见了一个老和尚一时还没有反应过来，方丈道：“游君，让你久等了。”一听声音，游酢立刻想起这是多年前见过的少林寺方丈，于是迅速起身施礼道：“晚生见过大师。”方丈也合十回礼说道：“阿弥陀佛，今日又得相见，善哉、善哉。”山长说道：“二位都请坐下喝茶。”那书院是个清水衙门，办学虽然有朝廷拨款，可是款额不多，平时开销很大，山长和教授们的生活都困难，招待费十分紧缺。但是，少林寺却比较富裕，每年香客们捐的“积善”费和“功德”钱收入相当丰厚。这一次，实际是山长出面、方丈做东。因此，桌上摆了许多果品，还有好茶，比前次招待程先生条件优越得多。

开始坐着，山长与方丈跟游酢只不过叙一叙旧，问一问游酢的近况。过了半个多时辰，山长转而问起程门“书院”的事情，游酢一一应答。接着，山长讲道：“听说，游君是程门高徒，上一回来此见你学习亦格外专心致志，不知因何至今还未登雁塔?”游酢知道，这是山长出的第一道难题，回答道：“花开有早迟，此道理谅想前辈知道吧。”山长又问道：“游君久学于程门，应当深有所得，老夫愿一闻。”游酢应道：“晚生只知修身、齐家，而后兼济天下之理。”山长见游酢对答如流、滴水不漏，情知再问无益，不如试一试他的文才。不想方丈却说：“今天，老衲只是想再会游君一面，姑且清谈喝茶，不必扯及他事。”山长忙应道：“对、对，喝茶、喝茶。”过了一会儿，山长说道：“今天天气晴好，我们三人坐着何不乘兴来个对句?”方丈也想知道一下游酢的才学，便应道：“老衲正有此意，请老先生出句。”山长略沉眉一想，道：“老夫刚才忽然想到，这嵩阳书院已经有百年历史，出过名人不少，况且本朝宰相韩（维）、吕（晦，名公著）二公均从此出，故而有一联，‘两朝宰相此中出’请大师和游君赐教。”方丈不假思索出口对道：“三界风尘佛祖生。”游酢则对道：“一介书生异地来。”山长听罢，道：“二位对得好。我这里还有一句，是‘佛道禅一家，家家有家法。’再请二位赐教。”这一句较复杂，方丈想了想才道：“上中下同界，界界无界疆。”山长听了击掌称道：“妙！妙！”山长想：似此对子，恐怕年轻人难以应对，何况方丈又抢对了。没有想到，游酢很快对道：“濂关洛各院，院院存院规。”这个对句既对得工仗，又暗讽了山长刚才私下探听程氏书院秘密的所为。山长听了，脸上微微发热，但又不好发脾气，他毕竟有涵养，对游酢便刮目相看，于是翘起拇指称道："游君果然了得，能够如此机灵应变，不愧为程门高足。佩服、佩服，请喝茶。"他连忙招呼身边佣人，说道："去将那一道皇上所赐的御茶拿来。"这时，方丈也称赞道："向闻程门弟子声名，今日老衲亲见，真是开眼界。"过了一会儿，茶水开了，佣人送上茶，山长说道："说实话，这御茶老夫平时舍不得动，今天见识了游君如此才学俊茂的后生，着实诚服，敬佩，因此破例动用。来，请品尝、品尝。"游酢接过杯一看，那茶汤看去清白如雪，才端起杯凑近嘴边，一股清香之气扑鼻而来，试着品一小口，满嘴芳香，只听得方丈连声赞叹道："果然是皇宫的好茶。"茶后，山长又热情地招待两位客人用餐。这一餐因为方丈在，虽然是素食，菜却办得丰盛，山长的殷勤夹菜、敬酒，都是游酢前次陪程颐先生来时未曾见过的。

午后，游酢见没有什么事情便起身告辞，山长和方丈都诚意再三挽留，方丈道："一别多秋，老衲常想念，既然来了，自当到敝寺一游，晚上老衲做东，以尽地主之谊。"游酢想了想，便点头应允，随着方丈和山长到少林寺去。

在少林寺过了一宿，第二天用完早斋，游酢告别两位前辈。离开时，山长和方丈都亲自送他到大门外。

杨时在徐州当司法官是个闲职，没有太多的事情，十一月初从徐州回家顺路又来颖昌，一是看望程颢先生，二是邀游酢一起南归。

第二日，杨时和游酢告辞了二程先生南下。毕竟游酢的前程怎么样？请君看下回分解。

第二十二回

雁塔题名酬夙愿
蓝田种玉缔良缘

游酢回到了家里。母亲与堂哥游醇进到他的书房，游醇道："定夫，吕家姑娘已经等你多年，婚事应当办了。"

游酢说道："大哥，我明年还得去投考呢。"

游醇说："过去你一再推脱，你父母和我都不反对，现在不能再由你了。结婚与投考两不误，结完婚再去投考。"

母亲讲道："你哥说得没错，正合我意。我请八字先生帮你算过，说你呀命里出时得迟，要冲喜一下才能考中进士。不然，先订个婚。"

游酢听母亲也这么说，只好答应道："可以，等投考完再结婚。"

游醇说："这可是你自已答应的呦。"

游酢应道："那好吧。"

游醇见游酢已经答应，很高兴，说："明天，我就出去正式与对方商量确定这件事情。"说完与太老夫人满心欢喜地走出书房。

游醇去正式回复对方。吕家听了，自然答应。

几天后，姓张的媒人送来了庚帖，带回话来：对方很满意这一亲事，许给厚资嫁妆。母亲将庚帖与游酢的生辰八字请游复查看，游复说："这一对真是天作之合，女命助夫益子呢。"母亲听了心里一发高兴。

接着，纳彩、下聘。游酢的父母和游醇等亲人齐心帮忙，把这门亲事定下来。

元丰五年正月。

这一年春天脚步来得早，富垄村房前屋后的桃花开得格外浓艳，麻阳溪两岸，

燕穿绿树，莺啼翠柳，翠竹盎然。

游酢哪有心事在家里过年？大年初一，他的心中想着再进京投考的事情。因为去年冬，熊敦常、江淮和邵武的上官合、松溪的李规、建安的叶默、还有南平的黄裳等都约好初五到他家一起上路。初四的这天晚上，游酢准备好行李，早早就去睡了。

第二天天亮，游酢起床，母亲已经将饭煮熟了，父亲也已经坐在门口。他草草吃了饭，在家等候同伴到来。大约到了巳时，熊敦常、江淮等先后到齐了，而且还多了十几人。游酢背上行李，告别父母亲，跟同伴出门上路赶往京城。

一路上，同行的人越来越多，他们中大多是年轻人，所以说说笑笑。走了一天路途，晚上投宿客栈睡一宿。第二天，一个个又生龙活虎地上路了。

到了江西的途中，他们在九江遇到了吉水皈仙人高文中；

到了六安，他们又遇到了绍兴的沈究、徐充、詹京、戚仪、蔡绘等人。

在全国各地考生纷纷从四面八方赶往京城的同时，朝廷召开了一次重大的会议。

因为进士考试是选拔人才，关系到国家和朝廷的政治命运。自从隋朝开设科举考试以来，历代朝廷对三年一度的进士考试很重视，每一轮考试的年初就开始讨论考试安排。这年由太皇太后和皇帝赵煦主持，宰相以及礼部、吏部一同议论正副主考、出题、阅卷、发榜、唱榜等事宜，太皇太后见差不多了，说道："大体如此。圣上以为如何？"赵煦听了，点头答道："可以。"大家才陆续地散去。

二月初，游酢等十几个人终于赶到京城。他们中不少在三年前来赶考过，大多人都有一点熟悉。城中客栈数百，有"荣升"、"高升"、"及第"、"三元"、"五魁"、"龙门"等名称。可是进京赶考的人多，许多的客栈已经住满了各地来的考生。他们都犯愁了，于是沿街胡乱地奔走。忽然，有人喊道："游酢兄，你们刚刚来呀？"游酢闻声一看，不是别人而是余深，惊喜地奔过去，握着余深的手，问道："贤弟，原来是你。什么时候到，在哪里下榻？"余深回答说："前天才到。这街面上的客栈差不多住满了，我在'吉利客栈'，离这有半里地，还有一些客房，诸位如果不嫌弃偏远些，就到我那儿委屈一下。"游酢点点头，向同伴招手道："兄弟们，咱们终于找到落脚地方啦！"叶默听了，说："快去看看。"大家听了，都喜出望外，大步流星地往前赶。见同伴都到了，游酢忙介绍说："兄弟们，这是咱们同乡，福州的余君。"于是，大家互相认识、自我介绍了姓名等。游酢将所说的情况跟同伴讲了一遍，问道："大家如果没有意见，就跟着走吧。"众人听了异口同声道："太谢谢余君啦。"说完便跟着余深向'吉利客栈'走去。到了客栈，

又见了孙大廉、黄国才等。大家重逢，说不出的喜悦，拥抱、呼喊，客栈里热闹非凡。

这年考试时间定在二月中旬，地点贡院。

晚上，客栈里学子们激动得很，有不熟悉京城的考生问："贡院在哪里？"有人答道："就在太学的背后。"大多到过京城的人则互相询问对方温习功课的情况或者家里的事情，也有的议论起天下的形势。

因为离考试还有好几天时间，第二天大家就在客栈继续温习，也有的练习做文章，有的上京城走动的。

转眼到了考期。

考前的晚上，有的说："晚上早些睡觉，明天考试才有精神。"有的说："明天要考试了，晚上还能够睡得着？"于是，有几人挑灯夜读。游酢说："这么早，我们不如上街转转。"熊敦常应道："好呀！"其他人都表示同意，出了客栈。

在街上走动一个多时辰，大家觉得累了，回客栈休息，谈了一些闲话。黄裳觉得应该早点休息，说："咱们睡觉吧。"众人钻进了被窝。

第二天天一放亮，有的考生就去贡院等了。游酢和黄裳等人，吃饱了饭才不紧不慢来到贡院参加考试。

贡院门前，万头攒动，远远看去像蚂蚁似的，人声鼎沸。这时，游酢才看见许多建安、建阳的同乡越来越多，约有两百余号，有少年，也有五、六十岁的老年人，大家聚集在一起非常热闹，可是大考在即，谁也没有闲心说笑。贡院大门一打开，人群涌动起来，考生们列队按照名册的秩序排队进去。到了门口，看得见门的两边有朝廷的禁军手持刀枪昂首挺胸肃穆站立着，朝廷的差役对考生们一一进行了搜查，才进入门内，又有一批差役带着考生到各自的考棚里坐了下来。

宋初除了进士、诸科、武举之外，又有制科、童子举等。神宗时罢诸科而分经义诗赋以取进士。凡考进士，试诗赋、论各一，策五道帖，论语十帖，对"墨义"六十条。如此之繁多的科目内容，所以身体素质差的考生昏倒在考棚里是常见的事。合格者，列名放榜于尚书省。不过，天下学子十年寒窗苦读的出路就全在此，因此考生到了这里，无不努力一搏。

天下起小雨，天气变得清凉。考生们在考完了诗赋，接着考策论。

皇帝赵顼因为正在用王安石进行变法，所以此次考的策论殿试题目为"问礼法"：

"问：礼所以辨上下，法所以定民志，三王之时，制度大备，朝聘、乡射、燕享、祭祀、冠婚之义，隆杀文质高下广狭多少之数，至于尺寸铢黍，一有宜称。

贵不以逼，贱不敢逾，所以别嫌明威，释回增美，制治于未乱，止邪于未形，上自朝廷，下逮闾里，恭敬樽节，欢欣交通，人用不遇，国以无事。降及后世，陵夷衰微，秦汉以来无足称者。庶人处侯宅，诸侯乘牛车，贫以不足而废礼，富以有余而晋上，宫室之度，器服之用，冠婚之义，率皆纷乱苟简，无复防范，先王之迹因以熄焉。《传》曰：‘礼虽未之有，可以义起也。’而后之学者，多以谓非圣人莫能制作。呜呼！道之不行也久矣，斯文之不作也亦已久矣。抑将恣其废而莫之救欤，将因今之才而起之?”

熙宁五年以来，朝野上下对王安石变法争议颇激烈，产生了以王安石为首的变法新党和司马光为首的保守旧党的两派斗争。当时，因为出题官当中新、旧两派都有人，正是从这个背景来出题的，这样把朝廷的争议大政治议题推到了考生面前。这道题目问的“礼法”这个问题，实际是要考考生们如何认识这一对辩证的关系，考查考生们的政治思想、眼光和胸中的治国韬略。朝廷为了平衡新旧两派的关系，出题和改题官两方面的各有代表。而改题官直接关系到考生的命运，如果考生的答卷偏向明显，倾向变法则保守派不同意，倾向保守则变法派不同意，都难以被改卷官和皇帝入选。这一点奥秘考生是不了解的，其实这才是能够不能够中进士的要害所在。所以，考生大都才学满腹，但是能不能中进士，实际上跟政治思想水平、符合不符合改卷官口味有很大的关系。

面对试题，游酢有一点发慌：自己已经而立之年了，如果这一回再考不上，又不知道要苦读多少年书，熬去多少的心血啊。三年前，堂兄游醇中了进士，满村的人都夸奖，自己也为他高兴。三年前那次参加考试，自己以为才学不错，文章也做得漂亮，结果自己未中，而堂兄反而中了。考后与堂兄交谈，才知道自己不中的原因就在于自己的政治见解太偏激。因此，他这次学聪明了，在议论礼法的策论中，来个不偏不倚的立场和态度。

接下来两天，考“帖”和“墨义”。

考试终于结束了，考生一个个像出了笼的鸟儿，有的不管考试成绩如何，显得无比的轻松起来，有的担心考不好，郁郁不乐。他们继续住在京城，等待着朝廷发榜，家庭富裕的上酒家吃喝，家庭不宽裕的只躲在客栈里依旧粗菜淡饭地度日，个别实在穷的只好一分钱掰作两分钱使，半饥半饱的。游酢、黄裳、叶默、江淮等这一群人家庭生活差不多，也在穷人子弟之内，考完的那天晚上，大家凑了些钱上酒馆搓了一顿，接下来的每天生活上只是能够充饱肚子而已。

好不容易挨到了发榜的那一天。凡是参加这次考试的上万名举子都赶来太和殿前广场看榜。那榜是用黄纸裱制成的，因此叫“金榜”。古人讲的金榜题名，亦

即考中进士的功名。

不知谁喊了一声："哇，黄裳中了状元!"、因为，黄裳是福建南平人，于是福建去的举子都蜂拥过去，看了榜果然是真的，大声欢呼，雀跃。游酢也万分激动，抱着黄裳在广场旋转，表示祝贺。接着，大家都去找榜上有没有自己的名字。

忽然，又有人喊："定夫兄，你的名字在这里呢。"

游酢走过去一看，那上面真的是自己的名字。因为一甲是前三名进士（状元、榜眼、探花），二甲是从第四名到八十多名，游酢是二甲的，意味着安排到地方当官是有希望的，所以大家也向游酢表示祝贺。这次朝廷共取四百四十五名进士。同乡们一一找过去，福建竟有七十二名进士，约占全国名额六分之一强，其中建安有二十七名，占福建考中的进士三分之一。

大家兴奋不已，共议凡是福建的同乡不论中与未中，全由中者合伙到大酒家请客。但是，没有考中的举子觉得没有面子都走了，只剩下考中的一起去了酒家。

可是，大家心里都无法真正开怀——因为他们还得面临一场殿试。

却说自从隋朝开设科考以来，朝廷规定每三年举行一次考试。宋朝不但继续进行以这种方式选拔人才，为朝廷官员之正途，而且录取进士名额一轮比一轮多，每三年就增加几十名，到了神宗时，每轮考试录取达到了两三百名。北宋以来录取的进士，按照成绩高低分甲、乙、丙、丁、戊五等，称为一甲、二甲、三甲、四甲、五甲，甲、乙、丙三种俗称为"前三甲"；朝廷对考中的进士分三大类：第一至第三名授予"进士及第"，第四名起（二至四甲）的授予"进士出身"，第五甲的授予"同进士出身"。然而，天下的州县不变，官员有定额，所以考中前三甲的进士可以留下来进行一次礼部举行的人才选拔考试，其余的回家等待补缺。参加考试成绩高的才可以安排当官，有的留在朝廷当翰林院编修，有的分配到地方当知县等；成绩不高，那就回家闲居，等待补缺。通常官员很少空缺，有一空缺上百人争着要，所以补缺得朝廷中有亲友或者花费一笔很大钱财。一般家境贫穷的人，考中了进士，过不了殿试的关，朝中无亲无故又没钱，一辈子轮不到补缺，只能自谋出路去当个幕僚或者地方的教谕等。还有，由于中国自古是个礼仪之邦，向来重视道德和礼节，如果朝廷和官府查出考中者在道德和礼节有问题的，取消考试成绩和录用的资格。所以，考中者只有朝廷派人将捷报送到家才算真正实现愿望。这一年的考试录取了四百四十五名进士，要争个官员当更不容易，只有二百六十名之前的进士才能够留下来参加礼部选拔考试，考完大家都回家去等待。

天下官员与士子无不想亲眼看一眼新状元的文章到底怎么写的，"状元卷"一

时就成了天下读书人急于一睹为快的事情和人们议论的热门话题。这除了阅卷官，只有黄裳自己最清楚。福建去的同乡，便争着向黄裳询问讨要文章一读。黄裳是个忠厚又爽快的人，便将底稿让同乡抄了一篇去。

其文章洋洋万言，全文共分四大段，第一段云："臣闻致道则求诸人，以人者善之所在也。及其行道也，不可以求人。唯人求道。置法则从诸人，以人者情之所在也，及其行法也，不可以从人，唯人从法。圣人之为天下，合众善以为道，合群情以为法。其为教也，则宜民下无异习，其为政也，则宜臣下无异说。若夫蠡管之见，涓埃之善，奚足以致哉！圣人以为物态有新，故民情有好异，俗有盛衰，时有彼此，事有变常，道有升降，法有损益。以道应时，以法制俗，当与万物之理相得于无穷，则夫善之所在，未可以废也；当与万物之变相适于无常，则夫情之所在，未可以废也。陛下所以三岁一招，旁集天下之士，亲降圣问，而使一介草莱类，得发其涓埃之情，以助泰山之崇高，沧溟之深远。如臣之愚，何足以与此!"大家读到这里不免再三道："钦佩、钦佩!"第二段一个"然而"转折进入论及"不以我累道，不以物累我……"第三段开头"臣谓有成与亏者，法也；无成与亏者，道也。"承上启下，第四段紧接着以"臣闻有其德而无其位，不敢作礼乐焉，为其无行礼乐之权也；有其位而无其德，不敢作礼乐焉，为其无立礼乐之道也。而今陛下尊为天子有其权矣，德为圣人，有其道矣，何惮而不为！……"

黄裳的这篇文章论点鲜明、突出，论据充分，论证严密，层层递进，鞭辟入里，议论深刻，措辞精当，文采飞扬，全文开合自如，首尾一贯。文章中既赞同变法，又认为要有所因袭，不偏不倚，所以深得两方面改卷官的认同和一致通过。大家读完全文，心里对黄裳更加敬佩不已。

四月朝廷举行廷试，黄裳因为中了状元，他和榜眼、探花三人被皇上亲自召去接见。之后，黄裳在京城游了三天街。

廷试后，大多的进士家境贫寒，无法在京城多待。这一回，游酢不敢在京城逗留，考完便与众多的同乡匆匆地赶回家。

三千余里的回乡路上，福建同乡的七十二名进士像一支凯旋之师，像一股浩浩荡荡的急流，从开封南下。他们的名字，震撼了华夏大地；他们的脚步，传递着胜利的喜悦；他们的欢笑，感染了沿途的生灵。豫皖曲折，千里江淮相送依依；浙赣逶迤，万重峰峦回眸茫茫。当他们站在闽赣交界的山巅时候，抬眼四顾，江南天空显得有史以来没有的辽阔和蔚蓝，山在起舞，水在欢笑，所有的杜鹃都绽放出艳丽的花朵，所有的鸟儿都飞向他们，为他们祝贺，为他们引路……

回到家时，游酢才知道朝廷早已派人送来喜报，父母见他回来高兴得不得了，乡亲们也纷纷前来祝贺。

家里开始忙着张罗婚礼的事情。

消息传出，有钱的亲朋主动上门送钱，县里的乡绅、财主纷纷登门拜访并且送礼表示心意。真是：昔时落魄无人问，今日荣华举目亲。游酢心中明白世态炎凉、人情冷暖之象，表面上笑着迎来送往，忙着应酬，决定宁可婚礼从简，对外人送来的钱财礼物一概婉言相辞。

到了七月初，游酢举办婚礼。因为家里经济不富裕，他只是请本村的乡亲和亲戚以及几个要好的朋友热闹一场。叶祖洽、上官均、杨时、黄裳等人均已授官职，他们在任上接到请帖，都寄贺礼来祝贺。

婚前的一天，理事先生一看女方回的帖少了太公和小舅子两份，忙跟游潜商量道："明天要准备两份布和红包，太公和小舅子都会送新娘来。太公送嫁，可见对方很重视这个新娘，你或者定夫亲自去接。"游潜应道："好!"晚上，游潜跟游酢说："明天太公亲自来我去接，你在家招呼客人。"

第二天上午辰牌，迎新娘的轿来了，鼓乐喧天，唢呐声声，鞭炮齐鸣。人们开始争着来看新娘和嫁妆。新娘出轿了，由于戴着红头巾，人们只是看到一个身材；还有一个丫鬟，年龄还小，却长得水灵。

新娘进了大门，上到客厅，主持婚事的礼生喊游酢前来拜堂。拜完堂，新娘便被一位族中多子的中年妇女扶着进了洞房。人们争着上客厅看新娘的嫁妆。嫁妆是烛台一对，木箱两只，衣服六套，被套、蚊帐、镜台、锡酒壶、茶壶、马桶各一件，火笼两只，还有镯子等，丰厚的嫁妆令围观的亲戚朋友和乡亲啧啧称道。

接着，游潜亲自带人去接太公和舅子。游酢忙着招呼客人。

过了半个多时辰，屋外鞭炮响起，游酢慌忙跑去迎接太公和舅子。这时，游潜已经陪着太公和舅子跨进大门，游酢没空看清来人便上前鞠躬行礼，说道："太公好，小舅好。"那太公说道："免礼。我们老熟悉了。"游酢听了抬眼认真一看，大吃一惊，眼前的太公不就是老猎人吗？太公说："没想到吧？我们有缘啊!"小舅子问道："爷爷，你们认识？"太公回答说："岂止认识，以后跟你说吧。"在场的人听了都莫名其妙，游潜客气地说："太公和舅子请上客厅喝茶。"

太公和舅子一登上客厅，就有人端茶、请坐，这时理事先生喊道："定夫，来一下。"游酢便说："太公和舅子你们慢坐。"跑进账房去了。

于是，宗亲们开始忙着张罗宴席。

中午，亲戚朋友就边聊天边等着吃。洞房里，游酢的外婆、舅母和堂妹游氏等陪着新娘吕氏和丫鬟用餐。

午餐后，外地来的亲戚朋友几乎都回去了；客人们走后，因为族亲和村中人中午帮忙端菜等没吃饭，有的还得继续帮忙做事，所以傍晚又有几桌人，大家留下吃喝也顺便凑凑热闹。

晚间，客去人散，游酢向洞房走去。门口站着个丫鬟，鞠躬问候道："老爷好！"游酢问了姓名、年龄，才知道丫鬟叫秋香，八岁。

洞房里花烛辉映，吕氏默默地坐在床沿等待新郎进来。游酢看见了盖着红头巾、中等身材的新娘，走到小桌边拿起秤杆，迈着小步走到新娘身边，用秤杆轻轻地揭起红头巾，但见新娘虽然无沉鱼落雁之美，却也容貌端庄，瓜子脸，丹凤眼，柳叶眉，脸庞红润，两颊有一对小酒窝，满面春风。新娘吕氏喊了一声"老爷。"游酢似乎想到什么，问道"夫人，你——好像在哪儿见过。"顿时，吕氏脸红了，羞答答地回答："是吗？"游酢应道："真的。"吕氏才说道："那个红菇呢？"游酢恍然大悟，惊讶地说道："奇了，是你。那菇，我煮来吃了还真甜呢。"吕氏点点头，小声地答道："我喝了你的茶，你吃了我采的菇，这就叫缘分。"游酢听了哈哈大笑，吕氏用手指比一下门边，说："嘘，小声些。"游酢终于冷静下来，把秤杆放回小桌上。

新娘喊道："秋香，你来拜见老爷。"

"是！"秋香进来，低声说道："拜见老爷。"吕氏道："好了，你下去睡觉吧。"秋香回答说："谢谢夫人。"退了下去。从此，老爷、夫人的称呼叫开了，游酢的母亲也成了老夫人。

这一夜，真是：互谈奇缘，百年夫妻由此始；同心相爱，千秋佳话贻世间。

吕氏第二晨起便上锅台烧水泡茶、做饭，爷爷、奶奶、公爹和婆婆起床后，她一一地敬上一杯茶，早饭后同堂的妯娌、叔伯都来串门贺喜，她又敬了一轮茶。家人见她性格温和，如此知情通礼，无不喜欢。

结完婚，游酢心里只是盼着朝廷任用的消息。

一天夜间，游酢跟吕氏谈起她爷爷的事情，问道："你爷爷他说自己不识字。"吕氏抿着嘴笑道："他可是举人出身。"游酢听了，吃惊地叫道："天哪！我怎么一点都看不出来。"吕氏又笑道："难怪我爷爷说你厚道，你真是憨得可爱。"游酢才想到：这就是真人不露相。他又问道："你爷爷怎么会去打猎？"吕氏答道："他老了别无所求，喜欢走山林。其实，他上山打的猎物不多，也从来没有卖过，草药倒是采得很多。"游酢叹道："原来是这么一回事。"吕氏说："所以，我爷爷夸奖你善良，为人正派。"游酢问道："那是他叫你嫁给我喽。"吕氏不说话了。游酢回忆起老猎人提起过有个孙女的事情，于是叹道："姻缘真是奇妙啊！"

一日，忽然收到了程颐先生的来信，知道了他兄弟俩创办"鸣皋书院"和李端伯、刘质夫两人先后以师礼拜见的事情。原来，程氏兄弟举家迁回洛阳，因为赋闲而不断有年轻人前来求学，经过商量决定再办书院，他们看中文彦博在鸣皋镇（今河南洛阳伊川县境）的庄园。恰巧，元丰五年这年文彦博以太尉的职务判河南府，五月程颐给当时的宰相文彦博写了《上文潞公求龙门庵地小简》书，"我私下看上您的旧址……我虽然不是很有才，凭此讲学授徒也能够为龙门山传扬于后代使之增添胜迹，成为您传扬世上的美事。可不可以，等候您的命令。"文彦博很快回信，答复道："先生你们兄弟很有文化修养并且已经步入仕途，道德和声望受到海内外尊敬，著书立说，名重天下。跟从你们的弟子很多……我在南鸣皋镇有小庄一址，粮田十顷，恭谨地奉给你们建造学校，以此作为你们著书讲道的场所。不仅当作培育后学的场所，也作为当代传播文化的美事。这块地没有办法论价钱，以这封书简为凭据。"文彦博不但批准了请求，而且将"小庄一址，粮地十顷"赠给鸣皋书院。程氏兄弟得到文彦博的支持，立即着手兴办了学校，校名为"鸣皋书院"。于是，程氏兄弟寄信告诉游酢。

游酢读了信，无比欣喜，心想立即前往书院一趟，可是又牵挂着朝廷任命去向的消息，继续等待一段，等事情有了着落再前去看个究竟。他将这一件事情写信告诉了杨时。

一天，游酢听到同县同科的进士熊敦常已经补为永丰县知县，而江淮却暂时还空缺，只能在家闲居，等待今后继续努力去礼部再考试。他不免想：自己怎么没有消息呢？

雪后的一天，大约到了晌午时分，忽然一骑枣色的马飞奔到门前。游潜夫妇警觉起来，忙进屋叫游酢："定夫，快起来，朝廷有人来啦！"游酢本来半睡未睡的，听到这一喊，忽地一个鲤鱼打挺从床跳下来，奔出门去。他出门一看，只见一个身着朝服的差役上前问道："这里可是游酢大人的府上？"游潜夫妇见是真的，喜出望外，游潜答道："是。"游酢上前拱手应道："在下正是。"那钦差立刻取出圣旨，大声说道："游酢接旨——"游酢因为太兴奋，连忙扑通一声跪下、伏地，本以为朝廷会安排他到偏远地方任知县，没有想到钦差却念道"着游酢为萧山县尉"，他的心不由地转而变喜，毕竟自己终于有了去处，而且离家乡又近。听完圣旨，他连呼三遍"吾皇万岁、万万岁！"方才起身。

游酢一家人忙招呼差役休息、喝茶，那差役喝了几口茶，便起身告辞。游酢和父母一再相留，那差役说一声："游大人，不用客气，日后多的是机会呢。谢谢啦!”他头也不回，径直跨出门，飞身上马扬长而去了。

送走了差役，一家人回到屋里细看了圣旨，父母知道朝廷给他安排了一个萧山县尉之职。邻居的乡亲们闻讯，也走过来看个热闹。大家都沉浸在欢乐的气氛中。消息像长了翅膀一般，很快传遍了整个乡村，乡亲们陆续前来祝贺。欲知此去萧山如何，请看后文。

第二十三回

师爷详解官场经
县尉细问农桑事

第二年正月初，游酢邀请江侧先生和族中的游复以及学友熊敦常、江淮等，还邀请了林百万等到自己的家喝一杯新年酒，表示辞行。堂兄游醇因为在家闲居，帮忙做东。

游复送了一幅“克已为民”四字的条幅，江侧先生也送一幅四字的条幅，是“风鹏万里”；林百万送了一把传名天下、建阳生产的“兔毫盏”茶壶。建窑是当时中国最著名的瓷窑之一，以建安水吉所产的“兔毫盏”为建盏的代表。所谓“兔毫”，就是在黑色的底釉中透析出均匀细密的丝状条文，形如兔子身上的毫毛，颜色有“金兔毫”、“银兔毫”两类，以银兔毫为上品。

过了两天，熊敦常也因为要去赴任，回请了游酢等。

因为朝廷规定每年正月二十要正式上班，而建阳与越州萧山有千里路程。游酢查看了皇历，决定初九就去上任，开始准备行李，行李中有三件家乡的宝物：一是建阳伞，出行和破案之用；二是林百万所赠银白的“兔毫盏”茶壶一把，以便平时喝茶；三是买了几斤自己家乡产的“建茶”。

临行前，游潜夫妇和媳妇吕氏以及邻居、乡亲们都来送行。叔父游轼告诉了他一些当官的礼节、准则和破案常识等；游潜则嘱咐道：“希望你做一个忠臣，当一名清官，像一个君子。”游酢应道：“爸，我记住了。”说完，与母亲、妻子、乡亲们一一道别，这才上路。

俗话说“新官上任三把火”。途中，游酢心里满想着为老百姓做一些好事。可是，他又担心自己年轻没有什么经历，到那儿当不好这个官。

十天后，游酢终于来到萧山的地盘。他抬眼看去，一望无边的原野上，一马平川，有水稻田、桑田，屋宇稠密，原来这是一块资源富庶之地。进入县城，但见街道两旁店铺林立，人来人往，熙熙攘攘。

到得萧山县衙，县令和原任县尉等官吏和一位中年的师爷前来迎接。

当晚，县衙设宴给他接风，除了新旧县令、县尉、主簿、衙里差役，还有以前出外当过州县已经退居在家养老的旧官吏，也有几个乡绅。

第二天，县令带了一个中年人介绍给游酢，说道："这是周师爷，乃邻县会稽（今浙江绍兴）人，对这一带情况非常熟悉，为人踏实、作风正派，文才不错，头脑机敏。鄙意给你当助手，你们做个搭档吧。"那人上前自我介绍道："鄙人小姓周，贱名茂德，拜见游大人。"游酢见茂德年近四旬，身材敦厚，个儿不高，麻脸，人却温和，便上前握着周茂德的手说："游某今后就仰仗先生辅助了。"周茂德说："某才疏学浅，希望大人多多赐教才是。"在交谈中游酢了解到师爷才大自己四岁，而且学问也不错，因为两人年龄相近，一见如故，所以格外高兴，于是说："今后，我们就以兄弟相处吧。"周茂德听了觉得遇到了知己，也与游酢交谈很多。游酢说："贵乡人杰地灵，与我同科的有沈兖、徐充、詹京、戚仪、蔡绘五人。"周茂德说："在下惭愧，只图得个举人，再没有进取。"原任县令、县尉将事情交接清楚，就离开萧山到外州去了。

游酢初登仕途，任的是县尉。他领到了朝廷发给的上班时穿的公服和几套常服（袍、襦、袄、衫、袍肚、裤）以及内衣、靴子等用品，还有办案用的《宋刑统》书籍等。

游酢到任后才知道衙门有里外两重，外面是办公的公堂，公堂后有一间供休息、喝茶、会客的房间；里面一重则是供官员们生活的住处。

周茂德先带他看了衙内。宋朝朝廷对地方官员住宿和生活安排规定，官员和家眷住宿在衙门内，生活用品知县六十三件，县丞（尉）六十件，主簿、典史、捕头等依次递减。游酢看了觉得自己反正一个人在外，有人安排生活即可，也不去想太多。周茂德问道："大人满意吗，要不要添置什么？"他点了点头，答道："够多了，我随身只有书籍、笔墨和一把伞几件物。"

一会儿，他们回到堂上。游酢说道："厨房等用器都是新瓷器，太奢侈吧。"周茂德微笑着说道："没有事，这是我们萧山自产的。顺便告诉大人，我们周边的会稽、上虞、慈溪、余姚和明州等地都产瓷器。"游酢听了说道："我知道，东汉时期这一带就有产瓷器了，唐朝时越瓷还是贡品呢。不过，一物一品都来之不易，够用就好。"

自从秦始皇建立郡县制以来，历朝基本沿袭这个制度，但是各个朝代官员称呼多有变化。宋朝只有开封、河南、江宁、太原等几个重要地方才设置府，一般的地方政府机构以州、县两级单位为主。朝廷为了防范地方长官权力过大，重现唐末五代藩镇割据的局面，每州委派一个通判监督知州，几个州设立一个“路”，如：福建路、西川路、荆湖北路等，在州县之上的路一级行政区设立多个管理机构，如转运司、提刑司、提举常平司等，它们共同管理一路内的各项事务，相互制约，统一服从朝廷管理。地方财政一般由转运使运送朝廷。这样，地方的财权、军权、政权基本上都由中央严格控制之中。官制上，不论州府郡县长官，前面均加“知”字，如知州、知县。县级以上的官员由朝廷统一委派。县分大、中、小三等，四千人以上的县为大县，三千以上的为中等县，三千以下为小县。朝廷规定：京畿（京城周边）的县不论大小视为大县，其他各地方的县人口三千以上的才派知县或县令，配有县尉、主簿，三千以下的只派县令，不配备县尉、主簿。萧山属于中等县，有县令（丞）、县尉、主簿。县令主管全县大事，县尉是县令的助手，协助县令工作，日常主管治安、破案等。

县令也来到公堂。县令说：“你我都是初来此地，我们同舟共济吧。”游酢答道：“卑职一定尽力相助。”两人坐谈了一会，才分开离去。

这是前任县尉办公之处，游酢走到桌位前，见案上放着一本《宋刑统》，还有秦、汉、唐代以来保护动、植物的《月令》、《时禁》等书籍。他拉了椅子坐下，翻阅一下《宋刑统》。这是朝廷官员必读的法律书，于建隆四年（公元963）年七月撰成，刊版印刷，颁行全国。他因为刚刚到任，一切还没有头绪，看不进书，起身要出去走走。

恰巧周茂德跟来了，问道：“大人，还有什么吩咐吗?”游酢转身一看，见公堂正屏上挂着一只下山猛虎，游酢对县令说道：“大人在上，公堂是为老百姓办事情的地方，你看这老虎不太妥当吧?”县令也觉得老虎看不顺眼，便问道：“游大人所言有理。改什么为好?”游酢答道：“我看换一幅耕牛图，让所有的人时刻记住勤劳致富。”县令表示说：“行！不过最好配一副恰当的对联。”两人商量了一番，决定用“亲民爱物”和“克己奉公”八个字。县令说道：“游大人，你来写。”游酢自己拿起笔墨写了对联，县令交代茂德道：“这两幅字干后，贴在两边。”周茂德回答：“好，这事你就放心吧。”县令说完走了。

两人坐下来交谈。茂德把萧山的地理状况、人口、当地的风土民情还有一些案件等做了大致的介绍。游酢听了频频点头。

游酢说道：“我初出茅庐，还仰仗老兄多多指点。”周茂德答道：“在下不敢。”

游酢说："你我在一起也算有缘，今后即以兄弟相处，你是兄长，指点小弟有何不可?"周茂德讲："既然如此看得起在下，姑且说说。论起当官确实还有许多的东西要知道。一是朝廷的律令要熟悉，二是熟悉当地情况，三呢，天下的州域也要有所了解，现在天下有四百个州，一千二百三十四个县，还有十五个路，这些地方的地理、民情等都得要有所知。"周茂德歇了口气，又讲道："当官的麻烦甚多，简单地概括起来有一书、两手、三关系、四勤、五戒。"游酢听到这里，精神起来，问道："有这事？详细说说。"周茂德应道："好吧。一书指《宋刑统》，两手即软硬兼施，三是搞好上、中、下关系，四勤为听、问、计、思，五则戒贪、嫖、赌、横、骄。"游酢点点头，回答："这番话真是让游某觉得胜读十年书啊。"接着问道："我看到这里很多桑树，敢是不少人养蚕?"周茂德答道："是的，如果一个家庭养蚕十箔，每箔能够得茧十二斤，一斤茧可以抽丝一两三分，每五两丝可织一匹小绢，每匹绢能够换一石四斗米。因此，养蚕户一年比一年多。"游酢问道："养蚕的收益这么高，为何还有那么多人种水稻?"周茂德说道："大人有所不知。水稻是老百姓必需的粮食，不管天下形势怎么变化，它都有实用的价值。养蚕业则不一样，天下太平，行情好则卖得好价，年份不好或者天下不太平，则可能积压着卖不出去或者价贱，不如种水稻的安稳。"游酢又问道："这里目前有哪些问题需要解决和急于办理的?"周茂德回答说："一是与外县交界地带，不时有匪情出现；二是境内人员杂乱，不好管理；三是地方上水源不足，农民耕种灌溉很成问题；四是还有一些积案，至今没有办法解决。这几项多年来都够叫人头疼，还有其他的，以后再谈了。"游酢叹道"没有想到问题这么多。"接着说："好吧，容我想一想，咱们商量解决的办法。"周茂德想起什么似的，说道："衙外关着几匹马，大人看一看吗?"游酢应道："好，看看去。"

两人来到马棚，见棚里圈着白、赤、黄、棕、黑五匹。游酢问道："就这几匹?"周茂德应道："是的。马以北方最多，西北多产马。南方历来少马。自从与金、辽两国交战之后，马大多征用去西北战场了。所以，近十几年来，南方马越来越少。咱们浙江数量最多，金华、萧山、杭州都还有马卖。"游酢问："市场上多少钱一匹?"周茂德回答道："十几年前三、四十两银子，现在通常是五十两。"游酢听了点头，走上前摸了摸那一匹白马。白马很温驯看了看新人，静静地站着，甩起尾巴，周茂德说道："现在西北吃紧，一般的县很少配马，这几匹是盗贼偷来卖的，被逮住，可是找不到主人，县里便暂时留着用。眼前这一只产自扬州，你看它全身的毛雪白，没有任何的杂色，叫雪驹，赤的那只叫赤兔，黄的那一只叫天狮。你喜欢那一只?"游酢答道："我喜欢雪驹。"周茂德说："我也一样。大人，

我们到院子走走。”游酢答道：“好吧。”两人离开马棚向院子走去。

衙内忙了几天政务，一时轻松了些。游酢听说现任杭州知府是浦城人张诜，便前往拜见。

浦城与建阳两县相邻，自古同属建安郡管辖，对外人皆称建安人。游酢去到杭州府将拜帖请人送进府去。张诜是喜欢交友的人，见帖忙出来相迎：“小老乡，老夫见帖十分高兴。欢迎、欢迎！”游酢上前道：“老前辈，恕晚辈冒昧打搅。”张诜拉起游酢的手说道：“哪里话，我们是同乡，请里面说话。”

张诜是一个不重名利钱财、平生不置田产的清官，可是为人十分热情。在与游酢交谈之后，他硬是留下游酢，盛情款待一番。

拜见张诜回来，游酢开始忙起自己的工作。

萧山县属于越州，下辖十五个乡，是一个农业为主的大县，主要生产粮、棉、麻和其他经济作物，其中络麻、棉花闻名天下。

因为春耕在即，游酢于是便询问师爷：“这里主要种什么谷种，收成如何?”周茂德说了种的品种和低产状况。游酢介绍道：“我家乡有一种叫占城稻的谷种，耐旱，成熟得早，而且产量高，一亩可以打两石（一石等于十斗，宋代相当于一百九十四斤）左右，不妨派人去换一些来这里试种。可以跟老百姓宣传宣传，如果老百姓暂时不太相信，姑且在官田做它两亩试验一下。收成好了，老百姓自然会要的。”周茂德说：“没有想到大人也如此熟悉农事。”游酢说：“我家在农村，自小跟父母在泥田里滚大，也曾锄过田，插过秧，还经常与家兄上山打柴。后来，出外求学便从此不曾再沾过农家事情。不知此地农具可多?”周茂德答：“此地田地大丘，农具颇多，有犁、耙、耧、耖、锥、镰等。其中，犁有尖头和圆头两种，这是用牛拉的；还有一种踏犁，是用人拉的，比牛拉的快一半功夫呢。”游酢惊奇地问道：“踏犁？不曾见过，以后有机会得一睹才是。此处，除了种植水稻，还有哪些农作物?”周茂德回答：“农作物可多哩，大麻、黍、菽、芝麻、大豆、大麦、小麦、苜蓿等等。”游酢说：“没有想到老兄知之如此之多，真让游某长见识矣。”周茂德说：“羞愧、羞愧，大人能够如此关心农事，实为萧山百姓之福。”游酢讲：“人皆须衣食，我也出自农家，深知农民生活之艰辛。受命到此，不过一县尉而已，询问一下农事，亦属本职，理当有所知闻。日后，还得请兄长多多赐教。”周茂德答道：“岂敢！岂敢！大人信得过小人，有什么事情尽管吩咐便是。”

游酢在萧山任上做哪些事情？请看后面几回。

第二十四回

酌情理秉公断案 明赏罚奖励垦田

游酢把当地情况有了初步了解之后，便坐下来熟悉县里的文牍（文件和档案），一边翻阅一件件宗卷，一边思考着如何治理。

他查看前任留下的案宗，有不少积案。其中一宗悬案引起他的注意：当地廖、牛两家共争一块风水，双方各执一词，争执了好多年一直没有解决。他想："一个风水只能是一姓氏的，怎么会有两姓氏相争？肯定有一方是谋别人的。"经过认真地分析研究，决定先破解这个案件。

第二天早晨，他跟县令说了风水案件，县令说："不要什么事情都请示，你我同在一条船上，该做的放手去干，有事我担待着。"于是，游酢派差人去找一个当地知情的老人到他的后堂来。

很快，一个年纪六十左右的老人来了。

游酢说："老人家，请坐。"

老人不知啥事情，站也不是，坐也不是。游酢见状温和地说："老人家你放心，本县是请你来闲谈，了解一些地方的民情。"

老人听了这话，方放下了心，应一声："谢老爷赐座，小民站着说就是。"

游酢先询问了一些其他地名，当地的姓氏情况，然后顺便问及廖家、牛家的住处等，便打发走老人。这天晚上，游酢想来想去，要破此案非暗地进行微服私访不可，先去廖家村看看。

正是秋高气爽时节，他头戴一顶斗笠，身穿一件单衣，脚穿一双草鞋，化装成一个卖杂货的小商人挑着担子出行了。

来到廖家村，见村子蛮大，房屋密集，人来人往，鸡鸣狗吠。他站在村口一棵大树下，故意不进去，有意专等老年人来。

不久，有一个头发发白的老年妇女经过，他忙叫："卖杂货咧……"

那妇女听了走过来，看了看，游酢问："阿婆，你是这个村上的人？"

"是啊！"

"村上的人姓啥？"

"我们这里只有姓廖的。"

"人家不是说有姓牛的吗？"

"那姓牛的在邻村，他们一心想谋我们姓廖的风水，跟我们打了十几年的官司，因为他们有钱，买通了官府老爷，我们姓廖的人家穷，打不起官司，又有几个人还被牛家用钱收买了，结果这个案件到现在还没有一个了结。"

"有这回事情？真是缺德。"

"我看你这个出门人说话还比吃皇粮的公道。"

"阿婆，可知道牛家是那一年来偷葬的吗？"

"记得二十一年前的一天上午，我路过祖坟前，发现坟墓的坟堂有一层新泥土，我以为是被野猪拱过，也就没有在意。没有想到，第二年牛家的也来祭扫那个坟墓。"

"原来如此。"

游酢听了边收货物，边问："阿婆，你要买哪样货？自个挑一件。"

那老妪摆摆手，说："我老人家买来做什么用。客官，忙你的吧。"

"阿婆，你家住在哪儿？"

"那棵槐树下。"

游酢询问了老妪的家庭情况，随便问道："阿婆你姓啥？多大年纪？"

老妪回答："姓朱。今年七十一岁啦。我家里有事先走了，客官有空去喝一杯茶。"

游酢答："好哩，有空一定会去。你慢走。"

老妪走不远，游酢也挑起担往回走。

第三天，游酢升堂发出签令，传廖、牛两姓人的族长和老妪朱氏前来过堂。

约一个多时辰，一个差役跑进了报告："禀报大人，人已经带到。"游酢说："好。传他们上堂。"两姓的族长都进了衙门跪下，游酢抬头看见两个都衣裳褴褛，而且已七十多岁，左边的个子高瘦，右边的身材较胖，于是温和地说道："两个老人请起来说话。"两个老人站起来之后，游酢说："两个老人请报上姓名、籍贯。"

左边的老人先回答："贱民姓廖，名有德，今年七十六岁。"右边的那个接着自我介绍："贱民姓牛，名字叫顺富，七十三岁。"游酢击板问道："你们两姓听着，本堂今天要将争夺风水一案审个明白。哪一家是偷葬的从实招来。"

县衙门外，围满了人，有廖、牛两姓氏的人，也有前来观看热闹的，黑压压的一片。

游酢问："你们都说风水是自己的。有什么证据？"

廖有德说："我廖家的族谱记载是明道三年十月六日申时造葬的。"

牛顺富也说："我牛家的族谱也有记载，同样是明道三年十月六日申时造葬的。"

游酢听了，说："这么说，你们两姓是同时葬的？"

廖有德说："他胡说。他的族谱是前二十年才编的，比我廖家的迟十八年。"

游酢问："顺富老人，你们族谱是比廖家的迟十八年吗？"

牛顺富回答："是。但是，那墓确实是我牛家的。"

廖有德说："他们是在二十年前盗葬的。"

牛顺富反问道："你也胡说八道。有证人吗？"

这时，游酢说："传证人上堂。"

老妪朱氏走进堂中，游酢说："朱氏，本官念你年纪大免跪，站着说。"老妪看见堂上的人，明白了传自己上堂事情，说："二十一年前的一天上午，我路过祖坟前发现坟墓的坟堂有一层新泥土，我以为是被野猪拱过，也就没有在意。没有想到，第二年牛家的也来祭扫那个坟墓。"

牛顺富急了，讲："大人，别信这个老太婆的，她是个疯子。"

游酢说："朱氏，你没有事了，可以回家。"老妪说一句："谢谢老爷"出去了。

游酢接着讲："是真是假，开墓验一下就明了。如果都不肯说实话，那么开墓验明后从重处理。你们同意不同意？"

廖有德说："大人，风水是我们廖家的，开不得，开了会破坏了。"

牛顺富也说"大人，风水是我们牛家的，开不得，开了会破坏了。"

游酢又讲："既然两家都说自己的。那么我就把朝廷的律令讲明白，偷葬别人家的风水地，罪当灭族，你们愿意接受吗？"

廖有德回答："我发誓，愿意。"

牛顺富一听要灭族，脸色发白，浑身直打哆嗦，不吭声了。

游酢问："顺富老人，你怎么不说话？"

牛顺富只好讲："县老爷大人，那墓原来确实不是我牛家的，可是这件事不是我的错，是我父亲那一辈做的。"

游酢转眼看了牛顺富一眼，问："你的父辈这等蠢事都敢干，真是岂有此理！你自己说怎么办？"

牛顺富求饶："请大人高抬贵手，帮帮我们，我们愿意向姓廖的赔罪、赔钱。"

游酢问道："这是赔一点钱能够了事的吗？"

牛顺富讲："大人，我们知错了，请大人和廖家的人各位开开恩吧。"

游酢说："我没有这么大的头，看你们求饶的面上，这样吧，你们自己去和廖家求情，如果商量得到廖家满意再来定夺。不过，该法办的还是要法办。"

牛顺富答应："谢谢大人，我们愿意听廖家的意见。"

游酢说："那好，你们先到堂外商量清楚了再说。"

两个老人出去了。

牛家族人和廖氏家族当场进行商量。开始，廖氏家族不同意，非要牛家宗族人给他们的祖坟下跪，赔偿三百两银。

两个老人又返回大堂，牛顺富求游酢说："县老爷大人帮我们说说话吧。"

游酢听了，对廖有德说道："廖老前辈，我看你是知礼的人，古人说'冤家宜解不宜结'，得饶人处且饶人。牛家既然肯认错，又愿意赔钱，你们赢了理，钱就适当减少一些如何？"

廖有德回答："看在大人的情面上，拿二百两来。"

牛顺富答道："不是我们不出，二百两确实拿不出。"

廖有德说："我出去一下。"同族里的人到边上商量了一会，回头来答复："一百两，一纹不能少。要不，我们不要钱，让官府给你们判刑吧。"

牛顺富只好回答："多谢大人帮助和廖家的宽宏大量，我们马上派人去取钱。"

游酢说："好！你们两家的事情今天就了结，今后双方不得再滋事，画押吧。"

双方族长都到案前画了押。这宗案件终于结束。

第三天，游酢把周茂德叫来，详细地过问全县的人口、户数以及赋税、徭役等情况。周茂德一一报上，游酢听了说："目前，老百姓最苦的就是自己的生活过不好、甚至没有办法过，还要承受沉重的赋税和徭役，这是问题的根本所在。解决了这个问题，民心才会安定，社会才会稳定，匪盗、案情等自然就能够减少。解决问题的办法。我考虑分步进行，一是鼓励老百姓安心地耕种好田地，奖励开荒者以扩大耕种面积，新开垦的地不征税；二，减轻一部分老百姓的负担，凡是孤寡无依或者母寡子幼的，一律免除徭役的负担，实在贫困者县里还将给予一定的生活补助；三、办好县乡的学校，倡导教化，让老百姓明白礼仪，行文明之风。凡是曾经有过偷盗、抢劫等能够改邪归正的，轻的不予追究，重的可以从轻处理。对于顽固不改的，严惩不贷。师爷，你看如何？”茂德道：“大人想得周到，好！好！”

游酢向县令汇报了情况，县令说：“具体的事宜，你先去做吧。”

第四天，大街小巷到处张贴出县衙的布告，并且有人敲锣宣传布告的内容：“新的县老爷出示布告，百姓安心耕种，开荒者有奖……”

老百姓闻讯纷纷涌去看布告，不识字的则静静地听。

“这新来的县老爷好啊，能够为咱们老百姓着想。”

“我去把那不争气的儿子叫回来，好好种地。”

“新来的县老爷长得什么样，年轻的还是老的？”

“听说是年轻的。”

布告张贴出去的第二、三天，不少农民便到自己的地里去劳动，有的人开始找可以开荒的地，也有的人持观望的态度。

一连几天，游酢让周茂德带着出去熟悉地方，跟老百姓聊天，了解他们的反映。私下，他也找了一些人打听匪盗情况，吩咐里长去动员在县境附近流窜的人回家做个良民。

几天后，有的人前来举报匪盗等案情，游酢派人去缉拿归案，大堂上愿意悔改的从轻处理，不愿悔改的收监关押着，派去参加开荒等劳动。

这件事情很快在萧山传开来。有些有心改邪归正的人，听说新来的县老爷人好，也陆续回家来耕作或者从事正当的手艺等，社会的治安明显好转了。可是，西山的一股土匪继续在周围作乱，而且活动很狂獗。游酢闻讯，也不声张，装作不知道似的，暗暗地却派人打听他们的活动地点和规律。

游酢想到了县学的事情，于是跟周茂德说：“你带我去看看县学。”

路上，详细地问了县学的办学情况，周茂德一一地向他作了介绍。

游酢边走边说：“这地方不错，人杰地灵，出了一些人才。你帮我记住，学校是培养人才的重地，要特别重视，县里的钱再少，也不能少学校的。”

到了北门的文庙附近，听到书声琅琅，游酢脸上露出了笑容，看一遍周围的环境，对茂德说：“这儿清静，是个读书的好地方。”

文庙不大，只有一进、两书院，而且有些破旧了。游酢见了说：“文庙太小，又年久失修，如果有条件要想办法建得大些，让更多人家的子弟上这里来读书。”茂德回答：“大人说的是。可是，没有钱不好办。”游酢讲：“办法是靠人想的。这

样吧，过几天召集地方上的乡绅们专门议论议论。”周茂德问：“大人，要不要进去看看？”游酢说：“下次来再说。走，我们不要影响学子们的读书，先回去。”

一天，游酢忙完了一批文件，正在临摹《兰亭集序》，周茂德进来说：“大人，我想明天回家一趟。”游酢说道：“好啊。代我向令尊令堂问好、致意。如果家里有事情可以多呆几天，不必急于回来。”周茂德道一声：“谢谢大人关照。”出去了。

两天后，周茂德回来了，游酢问道：“家里情况怎么样？”师爷回答道：“一切正常。只不过家母身体觉得有一点不舒服，服了药好多了。”游酢说道：“为人之子，孝顺第一。你应当再呆一两天，等令堂身体全好了再回来。今后有类似情况，不可再提早回来，否则我不饶你。”

过了一天，游酢又与周茂德到河上镇去。河上镇位于萧山南部，地处萧山、诸暨、富阳三县交界地带，历史悠久，风景秀丽，文化底蕴深厚，唐代开始就形成集市。这里商贾云集，买卖兴隆，自古以来，河上镇就是远近有名的商贾集散地。

在视察时，游酢对知县说道：“这地方首要的是抓好治安，防止匪盗来骚扰和威胁百姓；第二要抓好市场的管理，严防欺行霸市、哄抬价格等现象发生，保证人们正常的生活。”

视察完后，游酢回到县衙里喝茶时，忽然问师爷周茂德道：“这儿离你家乡不远吧？”周茂德答道：“不远。”游酢说道：“那我们就到你家乡走走。”周茂德非常高兴，说道：“好啊。大人肯驾临敝乡，实在三生有幸。周某先在这谢过了。”游酢说道：“你我如同兄弟，同舟共济吧。”会稽之行有何收获？请君看下回。

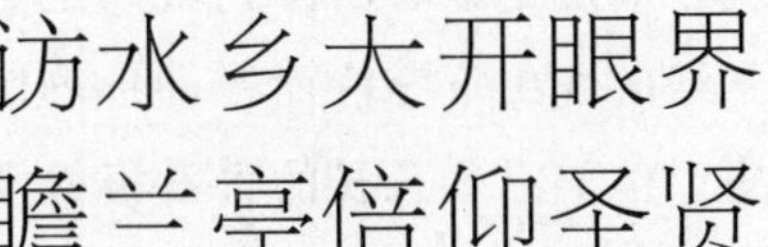

第二十五回 访水乡大开眼界 瞻兰亭倍仰圣贤

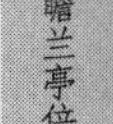

游酢决定去一趟会稽，周茂德十分高兴。

两人各骑一匹马一同前往会稽县。路上，响起了轻快的马蹄声。

周茂德说："如今的朝廷官职叫起来太麻烦了，还不如元丰之前时简便。直接称左宰相、右宰相多好，叫什么左仆射、右仆射；副宰相却叫门下侍郎，还弄出枢密院等。"游酢应道："我也有同感，觉得有点怪。至于如此设置，这是本朝的特点。宋太祖立朝伊始便重文轻武。一是担心宰相权力过于集中，所以有左右二相，下面又设门下侍郎、尚书令，分散宰相的权利；二是怕武职掌兵权对朝廷威胁太大，所以用文官来执掌。尚书令虽然班次在太师之上，为亲王、使相兼任，其实非实职。"

周茂德问道："听说大人出于程门且为高足。在下无缘面见二程先生，今日得见大人，能否略讲程门所学？"游酢答道："程门所学一言以括之，理也。人生在世言行举止都得合乎天理、道理、情理。"周茂德称赞道："这'理'字概括得好，一字虽简明，而涵盖万物、万理。"游酢说道："是的。理学虽然为儒家的传承，又有它创新之处。儒家讲仁、义、礼、智、信，如果明白理的道道的人，自然可以做得到这些。这就是理学的精妙之处。"

进入会稽境内，但见河湖纵横密布，一路上到处是石板拱桥，河上有无数的船只穿梭往来，桨声、橹声可闻。游酢见了，感叹道："难怪人们说浙江是江南的桥都水城呢。"

城不大，到处是小桥流水人家，加上乌篷船、石拱桥，处处充满古典的韵味。到了城里周茂德的家门口，二人下了马。周茂德将马系在小院，带着游酢进屋，

对父母介绍道："这是县尉游大人。"周茂德的父母慌忙要给跪下，游酢立刻拉住他们，说道："二位老人家，这千万使不得。我与茂德情同手足，理应给二老下拜才对。"于是，鞠躬拜见了两个老人。周茂德的父母感动得溢出泪花，拉着游酢忙着招呼请坐、倒茶，嘘寒问暖，游酢也一一地应答。

傍晚，周茂德领着游酢到城内走走。这里每一条街都是古色古香古建筑，它们都在翠绿的龙山下宁静而祥和地静卧着，谛听着那潺潺的流水述说着古越国悠远的历史。他们沿着长长的青石板光滑街面走向远处，窄小的街道两侧是古老的楼台和台门，还有悬挂着明黄色的酒旗和招牌，街上人来人往，听得见沿街住户屋内人们的说话声、咳嗽声、孩子们的哭啼声。然而引起游酢注意的是，街边住户门口那些在箍桶、扯白糖的男人和在打水、纳鞋底的女人……

这一晚上，游酢与周茂德同床共枕，攀谈了许多话。

次日清晨，他们二人吃了早饭便去兰亭。兰亭地处县城西南，从县城到兰亭只有十一二里。那兰亭因春秋时越王勾践植兰于此，汉代时建有驿亭，因而得名。然而，兰亭传名于世的最重要人物是东晋的大书法家王羲之，他在永和九年（公元353年）三月初三，邀友雅集修禊于此，曾作《兰亭集序》，不但书法"飘若浮云，矫若惊龙"，文章也旷达洒脱，逸趣无穷。王羲之从此被后人尊为"书圣"，兰亭亦成为天下闻名的"书法圣地"。自从晋代以来，天下无数文人墨客接踵而至，留下了多少佳话和诗文墨迹。

游酢自少年练书法开始闻知兰亭之名，每当临帖《兰亭序》时，便对兰亭有着一种心驰神往的憧憬。两人来到亭前，首先映入眼帘的是一座玲珑小巧的木亭，接着望见一个池，那便是鹅池。亭边立有高丈许的碑，上面刻着王羲之当年撰写的《兰亭集序》原文，游酢凝神注目观赏一会，沿着铺鹅卵石的兰亭古道向前走去。到了御碑亭"王右军祠"，他进去鞠了三躬才出来。四周竹木掩映，清风扑面，他们迎着和煦的春风向墨池走去。

游酢在墨池边伫立着沉思，周茂德问道："大人，你到此有何感想？"游酢回答："王羲之是我国的书圣，其《兰亭序》书法则是我一辈子也学不透的。今天能够亲临他生前生活的地方，心中只能增添更加景仰之情。他的《兰亭集序》我至今还经常诵读呢。单单这一篇文章，就可以称他为文学家了。"周茂德问："听说《兰亭序》有许多版本，大人以为哪一种最为可靠。"游酢回答说："《兰亭序》被历代书家都推崇为'天下第一行书'。右军字体，古法一变；其雄秀之气，出于天然，故古今以为师法。"周茂德又问："当今书法名家亦甚多，世上盛传苏（轼）、黄（庭坚）、米（芾）、蔡（襄）为四大家，大人有何高见？"游酢回答说："平心而论，若就书法而言，当推米芾为第一。”周茂德说道：“大人的书法亦相当不错，可称一家。”游酢应道：“王右军写《兰亭序》时才三十三岁，正是我现在一样的年龄，其帖无论章法、结构还是笔法，都已经达到出神入化的地步。我的书法还早呢，望尘莫及，得再历练几十年，也许会有些许的长进。”

二人离开兰亭，回到城内，游酢拜别了周茂德的父母，与周茂德牵着坐骑出门，策马返回萧山。

三月下旬的一天，游酢正在衙里看案卷，忽然门外传来一个熟悉的声音：“二哥在吗？”出门一看，原来是堂弟游酌。

游酌拱手说道：“哥，二嫂生了个男孩。恭喜了！”原来是家里派他来报喜的。

游酢因为是长子出生，听了格外的兴奋，说：“进来坐。”

这游酌刚刚二十出头，个儿长得高挑，脸庞修长，双眉既粗又浓，嘴上有一溜细嫩的胡须，下颌飘着几根美髯。此人也算得聪明，十七岁中了秀才，今年又中了举人。他只因为一心想着图个进士，目前尚在家继续攻读，等待明年进京城的考试。

兄弟俩进了衙门后堂，游酌见了也不客气就座，喊道：“二哥，渴死了，快弄点茶来。”

游酢忙给倒了一杯开水递给他，说道：“老弟，辛苦你了。”游酌说道：“哥，二伯让我告诉你，一是给孩子取个名字，二是抽空回去看看。”游酢正抬手在给游酌添水，应道：“好，有空我一定回去一趟。孩子的名字嘛——”顺便道：“名字反正是个符号，就叫撝字吧。”接着问：“考试准备得如何？”游酌回答道：“你是经历过来的，还不是天天做书虫。二哥，有什么秘诀告诉老弟一点。”游酢叹了一声，说：“唉，我都三十出头才混个功名。你比我强。没准明年就能够名题雁塔。”游酌说道：“承二哥美言。如果真的，弟一定敬你三大碗！”

两人又闲谈了一番。游酢叫厨子煮了几个便菜，兄弟举杯对饮。用完餐，游酌起身告辞，游酢相留道：“在这儿玩几天再回去。”游酌答：“你知道，我还是回家温课好。”游酢讲：“既然如此，我亦不勉强相留。回去转告家父，过些日子再回去。”游酌又说：“好吧。你不必送了，忙你的事情去。”两人到了门口，挥挥手相别。看着游酌远去，游酢才回衙内。

游酢刚坐下不到一刻钟，一个差役进来禀报：“大人，外面有个老人说来找你。”游酢出门一看，招呼道：“里面喝茶。”老人跟着进了衙里。游酢吩咐左右的差役：“你们都先下去。”见其他人都走了，对老人说：“老先生请坐着说。”游酢为何屏退身边的人，究竟有什么事情？请君看下回。

第二十六回

西山剿匪留遗憾 桑梓请贤得良才

话说老人坐下，贴近游酢说了几句话。游酢说了声：“辛苦你了，多谢。”走到案边从抽屉里拿出二十纹钱，用一张纸包好封上，又说：“下次加倍给赏。”老人接了纸包，走了。

老人去后，游酢立即叫来捕快，吩咐道：“天黑后，来我家里坐一坐。”捕快听了心中有点狐疑，不知是什么事情，但还是答道：“好！”

吃过晚饭，看看天色已经暗下，捕快便赶到县衙，一进门就问：“大人，有什么事情？”

游酢见了捕快，一脸笑容，说：“不急嘛，有事也得慢慢来。坐，喝茶！”捕快坐下，哪有心思，游酢边给他倒茶，边聊天似的问他：“家里多少人吃饭？”捕快应答：“六口，父母、我夫妻俩，还有一男一女。”游酢说：“你福气不错呀，有一个完整的家。令尊、令堂高寿几何？”捕快回答：“谢谢大人的关心，奴才家父七旬有七，家母七旬有二。”

直到半个多小时后，游酢才说：“今天晚上西山的一股土匪要到陈村抢劫。马上去召集你的手下到这里来。”

捕快出去不久，衙役们迅速到齐。这时，游酢才交代：“晚上，我们去陈村缉拿匪盗，大家记住，等匪盗进了村，我下命令后再动手，这样才能拿住那些家伙。出发！”

晚上戌时，差役们摸黑向陈村赶去，在陈村附近埋伏起来。

将近子时时分，村南果然有一溜人影向前移动。很快，那一溜人影进入了村的中央，土匪们得意得很，点起火把，正准备对村里进行抢劫。游酢喊一声："上!"，衙役们从四面冲出去，把土匪们围住，打的打，抓的抓。匪首一见情势不妙，拼命杀开一条血路往南逃走。有几个衙役追上去，由于功夫差，反而被打倒一地。游酢见状，直叹气。

匪首和几个手下跑出半里地，以为虎口脱险了，刚刚要歇一口气。忽然，有一个喽喽脚下一空，跌到了陷坑里去，被埋伏在那儿的官兵捆绑了。匪首见势不对，掉头抢回人，带着其他的喽喽掉头跑了。

自从西山的那股土匪被制服了，萧山的社会治安也暂时平静了下来。但是，游酢想起衙役抵挡不住匪徒的情景，于是想到了家乡中和自己一起长大的伙伴张崇武：他要是肯来自己身边帮忙多好。他向县令说明了情况，县令答道："能够找到像你所说的人再好不过。只是那个人会不会来当差?"游酢应道："我回家一趟问问，做一做他的思想工作，也许会来的。"

几天后，游酢便回了一趟建阳。

回到家，他的父母和夫人自然喜出望外；他见到了自己的儿子，也异常开心。游酌闻讯，即过来相见。

傍晚，游酢到张崇武家去。见了张崇武的爷爷，游酢问道："阿公，崇武呢。"家桂说："还没有回家呢。"游酢问："阿公，崇武现在做什么?"家桂说："种田啊，你问这个做啥?"游酢说："我想请崇武去帮我做事。"家桂说："你叫他跟你当差？不行。俗话说'百般生意种田好'，俺种田人不贪图富贵荣华，一日三餐有口饭吃就行。"游酢将萧山遇到匪徒的事情经过讲了一遍，说："阿公，就算我求你老人家了，不为我，为了那地方老百姓的一方平安，让他去帮帮我。"家桂听了，沉吟一下，回答说："既然这么个意思，你问崇武自己吧。"过了一会，崇武回来了，游酢看见立刻站起，说："崇武，我等你很久了。"崇武摘下斗笠，放下锄头，拍一拍身上的泥土，问："今天什么风把你刮来啊!"游酢说："先坐下休息再说。"崇武给游酢添了茶，问道："什么事?"游酢将请他去萧山事情说了一遍，崇武答道："不行、不行。不要说没去，去了，我那一点三脚猫的功夫，怎么能够治住土匪?"游酢说："我心里清楚，你一定行，拿出去比一般的人都强十倍。你去了，我不会亏待你的。"

经过几个回合的磨合，崇武终于说："我跟家人商量、商量，明天回答你。"

第三天，游酢便起程赶回萧山县。

六月的一天，游酢正坐在衙里看公文，周茂德走了进来，说："大人，我近几天到各处去调查统计了一下，萧山的生产得到了很大的恢复，新开垦的田地达四十八亩多。”

“好啊，要鼓励农户继续大量的开荒，要把已经种下去的庄稼管理好，多收些粮食。”

“大人，奖励的钱呢?”

“你抓紧按照布告规定的去办，一分不能少，一天不能拖，要挨家挨户送到农户手中。”

“好，这就去办。”

张崇武来了，游酢非常高兴，热情地款待了他一餐。游酢说：“你先当一段跟班，免得衙里差役们欺生，也好熟悉一下衙门的情况。社会复杂，出门来得多留个心眼，提防点。”崇武答道：“放心，没事。”

过了一天，游酢派人叫来捕头跟张崇武认识认识。游酢交代说：“这位是我一起长大的伙伴，姓张，名崇武，这一次我回家特地聘请他来当跟班。今后，你们就是同事了，相互关照、帮助。”捕头响亮地回答：“是!”

捕头回去跟差役们说起此事，差役们听了，议论道：“衙里这么多人不用，游大人请他来，莫非他的武功了得?”有的说：“可能有两下，不然怎么会留在身边当随从?”有的说：“是猫是鼠，走着看嘛。”捕头说：“你们千万别造次，游大人亲口交代过要相互关照。”其他人便不敢吭声了。

张崇武在衙门边住下。他个头高大、粗壮，看上去有点木讷，平时见了人只是笑一笑，顶多问一句：“你来了”便没有下句。其他衙役们观察着他的一举一动，见他每日只是跟随游酢出入，别没有什么特殊地方，也不放在心上。

一周过去都平静。第八天的半夜，一个黑影摸到张崇武睡房前，捅破窗纸一看，里面的人睡得正香，便轻轻地打开门窗跳进去，悄悄地挨近床铺，还不见床上的人有反映，心里暗喜。于是，地黑影人看准头部举起双手向床上的人掐去，突然床上的人说：“来啦。”黑影人见势不妙正要转身溜走，后背一阵酸痛，只听说：“今天算送你个见面礼，回去好好养几天吧。”黑影人顿时一个趔趄，拼了老命奔到窗边逃走了。

天亮时，张崇武起来一看，窗门有一点坏了，察看了屋里和窗外的脚印，又回屋关好门窗呼呼大睡。

吃过早饭，他向看门人借来柴刀，修理门窗。看门人问道：“怎么，门窗坏了，出了什么事?”崇武回答：“昨天晚上忘了关，被风吹开的。”门窗刚刚修好回屋，游酢在门外叫：“崇武，跟我出去走走。”崇武应道：“就来啦。”出门一看，游酢穿着一身便服，有一点诧异，可是他没有说话。

两人出了衙门，走上大街。街上店铺全开了，人来人往，熙熙攘攘。游酢问道："来这里习惯吗？有没有人找你麻烦？"崇武回答："习惯了，没有事情。"游酢说："习惯就好，没事更好。今天早上，捕头托人来请假，说他母亲病了，回去几天。"崇武听了应了一声："嗯"。

半个月后捕头回到衙门，进门时看见张崇武心里虚了，后脊梁一阵冷，额上沁出一片冷汗。两人迎面相见，张崇武笑着问道："你娘病好些吗？"捕头答道："好多了。谢谢问候！有空到我那儿喝酒。"张崇武应道："好！"捕头到了捕房，喽喽们都来问候，捕头一一谢过，然后说："今天没有什么事情，大家回家歇着，有事我会立马通知你们。"喽喽们高兴地回去休息。捕头一人在自已的椅子上坐下，他想起半月前的事情和这次回来所见，觉得张崇武这个人物深不可测——他可能知道夜里谁闯进他的屋里，要是将这件事情跟游大人说了，我不但这个捕头没得当，而且至少饭碗也没了。这次回来，他见到我像什么也没有发生一般，还是憨憨地一笑，并且嘘寒问暖，太让人揣摩不明白了。一个见面礼，就让自己养了半月的伤，如果重一点，早就没命了。这个人物了不得，千万不敢再惹他了！也许，他真是忠厚的人，非但武功高强，而且宽宏大量，没有害人之意。这样想着，捕头觉得羞愧，可是对张崇武的怨恨暗暗地憋在胸口，自己何不请他喝一顿酒，摸清他的底细再作计议。

这天中午，捕头提着两瓶酒和肉、菜，来县衙请张崇武喝酒。张崇武也不推辞，坐下与他喝。捕头说："老兄与游大人同乡，关系甚密，按理我早应该请你喝一杯酒。不想，家母得病，失礼、失敬了。"张崇武答道："捕头大人何必客气。"捕头试探着问道："老兄以前在家做什么？"张崇武嘿嘿笑着回答："种田。"捕头问道："老兄想必是家传习武之道，不然游大人何以聘请来此当贴身之人。"张崇武应道："游大人看我身材大块些，有几斤粗力，因此叫来做伴。"捕头见探不出什么，心想：把他灌醉，还怕他不说出一点东西来？说道："老兄别介意，在下不过顺便问问而已。来，咱们喝酒。"于是，一再劝张崇武喝了几杯，张崇武越喝越有劲。两瓶酒喝光了，捕头见他一点神色都不动，便说："我再去提两瓶来。"张崇武说："喝酒适可而止，多喝了便浪费。"捕头想扳到他，哪里肯罢休，咚咚地跑出去。张崇武原本酒量好，况且喝上了瘾，坐在那儿不动。一刻钟之后，捕头竟然提了四瓶酒来，张崇武心里明白对方的用意。捕头说："今天咱们哥俩喝个一醉方休。"张崇武说："难得捕头大人如此有兴趣，小弟奉陪就是。不过，咱们得平分。"捕头应道："那当然。"张崇武酒量虽然不小，可是听他这么一讲，以为对方是高手心里虚了，小声讲："大人好酒量，小弟实在没有办法像大人所讲那样喝法，我们慢慢喝。"捕头说："不妨跟你说实话，我一旦喝上瘾后，越喝越爱喝。

咱们一人两瓶，一瓶拿起喝到底，不得吃东西。”张崇武回答：“小弟有一点头晕了，我看这些就放着给老兄慢慢用。”捕头见状，心里想：他心虚了，非让他倒下不可，打开一瓶，仰起脖子，咕咚咕咚地喝了半瓶，见张崇武没动，便说：“喝呀!”张崇武只好也打开一瓶，跟着喝。捕头笑道：“有种!”举起另一半灌了下去。张崇武看了，也咕咚咕咚地喝。突然，捕头“扑通”一声栽倒在地上。张崇武立刻扔下酒瓶，上前一看，捕头脸已铁青，摸一下鼻子还有气息，便将他扶到床上躺着。捕头一上床，像死猪一样呼呼地大睡。张崇武自己也觉得有点困倦，就在门边的一把椅子靠着，不久也睡着了。

张崇武醒来，闻到房间有一股呛人的酒味和臭气，见捕头还睡得很死，床上、地下到处都是酒、菜等脏物，只得拿抹布擦洗、又用扫把扫干净。捕头酒醒了过来，说：“我怎么这么好睡?”张崇武说：“再睡一会。”捕头见张崇武在忙碌地擦洗脏物，明白了自己所致，起身说：“老兄，不好意思，给你添麻烦了。”张崇武说：“没事。男人嘛，谁没有酒醉过?大人，你歇着。”捕头说：“再不回去，我老婆就会来找的。”张崇武说：“既然这样，你先回去。还剩两瓶酒，拿回去吧。”捕头推辞说：“那怎么行?放着给你喝。”张崇武回答：“你带回去，下次要喝再说。”说着将酒递给捕头，捕头提起酒，歪着身子走了。

下午，张崇武跟着游酢出去办事。

第二天早晨，游酢到衙门上班时发现桌上放着一张纸，拿起一看，是捕头留下的辞职纸条，游酢见了好纳闷。这时，见张崇武进来了，便说：“你看，怎么突然走人了呢?”张崇武说：“我知道。”于是，他把事情的经过一一讲了出来。游酢听了，恍然大悟，叹道：“原来如此。这人也太小心眼了，去就去吧。我看，他的位置你权且代理，等以后有了机会再正式补办手续委任你。”张崇武忙推辞：“我代理?不、不!你叫他回来，我还是回家种田。”游酢说：“事情到了这个地步，你让我下不了台吗?看在一起长大的份上，这个忙一定得帮。”张崇武说：“我一个大老粗，没头没脑，管不住那些人马。”游酢又说：“管几个人有何难，又不是叫你写文章。不会，可以慢慢学吧。”刚好周茂德进来，游酢便说：“你来得正好。”把事情讲了一遍，周茂德也帮忙劝说：“当头的本事就在会做人、会用人。”张崇武说：“我来这里只是想混一口饭吃，又不想当什么。”茂德又劝说道：“人都是锻炼出来的。当了捕头，以后还有更好的前途。”游酢说：“我任期满后，去留由你。你就再熬一年。”张崇武性直，经不起劝，便应道：“那好，我试试。”

衙役们陆续来了，游酢说：“吴捕头他已经辞职另谋他业，从今天起捕头由张崇武代理。”衙役们面面相觑，惊讶得很。游酢又说：“你们今后在一起要团结，相互帮助。张崇武是我少年的朋友，他家三代习武，诸位如不信，以后可以交流切磋。但是，千万不能伤了和气，否则别怪我无情。”听了这一番话，衙役门才静下心来。游酢见大家情绪稳定下来，才说：“我和新捕头有些事情要商量，你们该做什么就做去吧。”衙役们退了出去。

游酢对张崇武说：“你这个捕头是当上了，但是不露两手，喽喽们就不服管，你就出去露两手，镇住他们，此一也；第二，平时要亲近和关心身边人，搞好人际关系，是当头头的第一要领。你要改一改木头般的性子，多跟人交流，同时也得留心注意个别人的不良行为；第三，你们的职责是保护地方的治安，维护官府的尊严，维护老百姓的利益。因此，办事要公正、公平，不能有私心、偏心，不仅自己对待老百姓要好，而且要告诉你的手下同样要善待老百姓，如果发现有欺压、敲诈老百姓的事情发生，我拿你是问。”张崇武听了，回答说：“我明白了。”游酢说：“先交代这些，以后有情况随时报告。你出去跟他们见面、熟悉熟悉。”

张崇武出了内门，将衙役们召集在院子里，说道：“游大人叫我代理捕头，其实我没有这个本事。但是，我推脱不了。今后仰仗各位兄弟们帮忙。”衙役们听了不冷不热，没有反应。张崇武见状，明白大家的心事，于是又说：“本人没有什么本事，既然代理捕头，跟兄弟们总得认识、认识。所以，我决定跟大家交流、切磋一下。一是，我站在这里，你们中间出来四个，如果拉得动我身子移位，就算我输；二是，我在坪子跑三圈，你们中任何一人抓得住我，我也认输。如果有一项输了，我马上卷铺盖回家。”衙役们听了，齐声说道：“好！”张崇武说：“先来第一项。我站好了，你们来吧。”衙役们相互挤眉弄眼、嘀咕了一阵，有四个衙役站出来，冲了上来，前后各两个，先是一起拉，可是张崇武一动不动；接着四个站在一边用力推，张崇武像一座山一样。四人只好拱手说道：“果然厉害，佩服。”张崇武说：“现在我开始跑，你们抓吧。”说着像旋风一般地转起来，衙役们开始用手去抓，没有人抓得到；接着，几个围成人墙，另外几个来抓，只见眼前一个影子一闪就没了。三圈后，大家听见“呼”的一声轻风响，张崇武已经站在屋檐上，说：“兄弟们承让了！”大家一看，傻了眼都跪下，说道：“张捕头在上，我们服了。今后有什么吩咐，小弟们听从就是。”瞬间，张崇武飘落到地上，抱拳说道：“献丑了。兄弟们请起来。”衙役们起身，拱手说道：“捕头的功夫果然了得，让我们大开眼界。”张崇武说道：“不好意思，刚才献丑了。大家做自己的事情去。中午，我请兄弟们吃饭。”衙役们又是一阵叫好，散了去。

游酢走到院子，对张崇武说：“跟我出去走一走。”

只因这一走动，引出一桩事情来。欲知是喜？是祸？下回便见分晓。

第二十七回

酒馆获情斥贪吏
县衙出榜护生灵

话说张崇武随同游酢出了衙门，走上县城大街。

萧山依山临海，自古是个富庶之地，又是中国南北交通的枢纽，有大道南通杭州，北达越州，所以这县城相当的繁华。当地的物产本来极为丰富，沿街两旁商贾如林，南北商人云集于此，天下之物，举凡珍珠玛瑙、绫罗绸缎、山珍海味无所不备。春风和煦，艳阳高照。一眼望去，街上人山人海，有昂头挺身乘轿而过的乡绅、士大夫，有打着红伞、穿着彩裙的女子，摇着白折扇悠闲逛街的公子哥，有空手在街中穿游的少年，有年迈的翁妪，有背孩子的，有挑担的，推车的，像无数的蚂蚁在涌动，其间有站着交头接耳的，比手画脚的。三教九流也在此凑热闹，有江湖卖艺者，也有怀着闲情逸致地在街边对弈的，还有吹拉弹唱者。呼唤声、叫卖声，杂乱的说话声，孩子们的哭啼声，女子的说笑声混成一团，让人们感受到临海城市的热闹。

在街上兜了一圈，游酢说："咱们找个地方歇一歇。"于是，两人进了一家路边的茶馆坐下休息。茶馆不大，里面五、六张桌子坐着各类的人，人们边喝茶边吃早点。宋朝以来，大小城市的有钱人吃早茶是一种风气。说是吃早茶，其实只有贵族或者地方的乡绅才讲究，喝了茶才多少吃点充饥的，而一般的人只是吃点心。但是，社会风气如此，个别下层人物中袋子有点宽松时，也会附庸风雅的。茶馆里人声杂乱，乡绅、书生、穿短衣的百姓都有。游酢小声地说："吴捕头走后，有见过吗?"张崇武回答道："没有。"游酢正要起身走，其中有两个穿短衣的人在谈论引起了他的注意，甲说："人家都说新来的县老爷好，可是，他太年轻没有经验，办的事情不够到位。”乙问：“是啊，就奖励垦田这一档事，我的邻居到今天还没有拿到一文钱。听说被保长吃了，保长却说县里没有给过钱。”

游酢听了，心想：奇怪，奖励垦田早就叫师爷造册发下去了，怎么会有人还没有拿到？于是，他走了过去，问道：“两位老乡方便让个座位如何？”

甲说：“坐吧。”

两人看他面善，甲反问他：“客人来自何方，做何生意的？”

游酢回答：“本人来自福建，做点小本买卖。敢问二位大哥家住何村？”

乙表明：“我俩是李厝的。”

游酢说：“贵村在下去过，那儿风景还不错。”

两人听说客人去过他们的家乡都很高兴，喊道：“掌柜的，再给上一碗茶。”

掌柜应道：“好咧，茶一碗。”

小二很快端了一碗到游酢跟前。游酢也不客气，接了茶喝一口，继续跟那两位大哥闲谈些话。崇武坐在原位不动，观察着周围的动静，远远地听游酢跟人的交谈。直到游酢起身出门，他才跟着出去。

路上，游酢说：“你寡言少语很好，可是跟我在一起没有旁杂人的时候要说说话，不然我会闷死的。”崇武回答：“你又不是不知道我的脾气。”游酢叹道：“人啊，有一好，没二好。真拿你没办法。”

第二天，游酢派人去把李厝的保长传来，问道：“县里发放的奖励垦田金都拿到哪里去啦？”

保长听了，知道事情已经败露，只好说：“小人因为手头紧，用了。”

游酢大声喝道：“老百姓的血汗钱都敢乱用，要你当大官，老百姓不全受遭殃？现在本官告诉你，回去不但要赔清所有的款，而且罚你自己开三亩地，如果不服就改坐牢。你自己挑选吧。”

保长战战兢兢地应道：“小人认罚赔款、甘愿开荒。”

游酢这才说道：“回去吧，我会派人来查验，如果再有造次，法律不容情！”

保长回去后，把私吞的款一一赔给了农户，而且乖乖地补开荒地。老百姓知道了这件事，无不称赞：“新老爷是个好官，清官啊！”

一日，游酢又身穿便服上街行走。看见街上有卖鸟和山羊、鹿等野生动物，他想起《月令》和《时禁》等书的规定，要上前劝说又觉得不当，于是决定回衙门出一份公告，让老百姓家喻户晓，才能从根本上解决问题。晚上，他又通读一遍《月令》和《时禁》，又想到了森林和人们生活的环境也同样需要保护，因此构思了一份草稿。

第二天早上，上班时他将草稿请县令和师爷看，又商量一番，进行了修改。县令说："行，就这样。"于是写成了《布告》，派人到大街小巷和乡村张贴去。

百姓见了县衙刚刚出的告示，都纷纷围涌上前观看。那《布告》内容有八条：

一、春夏禁捕鸟类和山中走兽，四季禁掏鸟巢及其任何动物的窝；

二、春禁伐竹，夏禁伐木；

三、禁砍伐百姓住家房前屋后和衙门、学校、祖祠、村口水尾、坟墓的树木；

四、水源、河道（含运河）与百姓饮水处禁止乱倒垃圾，污染周围环境；

五、严禁设办对环境有污染的作坊等；

六、任何人建造房屋等，不得破坏树木，如有损毁则须种植三倍赔偿；

七、严禁买卖山中的飞禽走兽，所有的酒家、旅馆、客栈不得收购和烹煮野味招揽生意；

八、不得无故伤害动物或者变相捕杀生灵。

以上条令，官民同守，如有违反，视情节轻重依法处置。

百姓看完，大多数人都表示赞同，有的拍手称赞："这布告出得好!"有的颔首。有个老人问道："那么当官的和有钱人做得到吗?"这时，一个身着便服青年走过来问道："大叔，你认为当官的哪一点做不到呢?"那个老人看了青年一眼，说："你又不是当官的，管什么闲事。"青年笑了笑回答道："鄙人正是本县的县尉。《布告》是鄙人拟出的，自然得以身自律，本县可以告诉大家，今后县衙的宴席绝不准出现野味，本人跟大家一样遵守逐条条令。"百姓听了，心服口服。有个胆子较大的又问道："游大人，草民冒昧问一句，《布告》中并没有明确规定哪一项怎么处罚法，到时出现了问题，处罚时轻重标准就会不同。"游酢说："大哥，你这意见提得好，在场的各位大伯、大叔、大哥们先回去议论议论怎么定好，过一段时间报到县里，我再结合大家的意见定出一个具体的细则来。"忽然，一个衙役气喘吁吁跑到游酢身边，说："游大人，你在这里，知县大人派我来找你，请你赶快回去，府上有人来啦。"游酢抬手说："各位老乡，鄙人有公事要办，先走一步。"说完，跟着衙役大步流星地走了。

游酢急忙赶回到县衙。到了门口，游酢问值班的班头："来的是哪位大人?"班头答道："回大人，是观察判官黄大人，还有一位不知道什么来头。"进了门，见县令与黄裳、还有一位陌生官员坐着谈话，知县向游酢介绍来人身份：一位是按察使李大人，一位是越州判官黄裳。游酢忙上前说道："萧山县尉拜见二位大人。"黄裳说："定夫老弟，俺俩是老乡，免来这一套。"那李大人笑呵呵地走下堂来，见游酢要下拜，说道："免礼，请坐下说话吧。"游酢起身说："下官刚才出去办事，不知两位大人大驾光临，请恕罪。”李大人拉起游酢的手说：“好啊，我就喜欢你这样务实的人，如果天天坐在堂上的，我还要怀疑他怎么当官的呢。”知县招呼说：“二位大人请上坐，用茶。”李大人说：“游大人，以后你叫我大哥就行。”众人坐下，开始交谈。李大人说：“这一回，我们是路过这里顺便来看看，不是来检查的。不过遇到你这样的倒想多逗留一会。这也是我们有缘啊。”游酢说道：“是的。不然，在下要见大人一面也难呢。”李大人见游酢说话默契，竟高兴地留下来闲谈。

游酢对黄裳讲：“我前些天听知府大人说你已到任，本想前去拜会你，因为初来乍到，头绪很多，一时抽不出空，没有想到你倒来看我了。”黄裳说：“同乡嘛，应该的。”李大人说：“黄大人是状元郎，到越州来太屈才啦。”黄裳答道：“李大人过奖了，黄某亦不过进士而已，侥幸中魁，实乃托众人之福。今天能够得到朝廷所用，已经知足矣。若论才学，游大人出于程门，黄某岂及之。”李大人听了，对游酢道：“游大人，失敬、失敬。”游酢起身还礼道：“在下不敢。还望李大人多多赐教！”

中午，知县和游酢热情地款待了李大人和黄裳。

午后，李大人和黄裳两人起程返回越州府。

欲知后事如何，且看下文。

第二十八回

同僚共议丝织业 朋友相谈官宦情

四月，江宁府知府曾巩去世，游酢闻讯赶往江宁吊唁。

曾巩，字子固，宋朝大文学家，二十多岁便受到欧阳修赏识，他一贯主张“先道德而后辞章”。吕公著曾经告诉皇帝赵顼，认为曾巩：“为人行义不如政事，政事不如文章。”因为曾巩是朝廷的重臣，又是当朝大文学家，所以朝廷大臣和江淮附近的地方官员都前来吊唁。在丧仪上，游酢看见并且认识了曾巩的弟弟曾布和曾肇。

几天后，游酢回到萧山料理政务。

夏季正是江浙蚕丝收获，开始生产丝织品的旺季。买卖蚕丝的商人日见增多，当地加工丝织品的机户，家家女子日夜在作坊里忙着织锦，机杼声在街巷深处响个不停；有的住家门前，到处可以看见刺绣女子坐着飞针走线刺绣。街市上商铺不仅出现了当地的丝织品，而且有来自四川的蜀锦、苏州的苏锦、杭州的杭锦等。苏绣、蜀绣、湘绣是长江流域三大刺绣产地产品。那丝织品，针法严谨、花纹图案色彩缤纷，绫罗绸缎无所不有，可谓琳琅满目，珠光宝气。

一日，游酢因上街见了锦绣品，回县衙问周茂德：“我们这里的养蚕户不少，丝织品作坊和刺绣情况怎么样？”师爷答道：“大人对织锦、刺绣之事感兴趣？”游酢说道：“游某虽初仕，但知民生大如天之理。萧山人烟繁多，地处南北交通要冲，临海而毗邻苏、杭、江宁，老百姓固以农耕为主，倘若能够于织锦、刺绣方面有所发展，可促进商业繁荣。男耕女织，人尽其才，物尽其用。”周茂德答道：“大人有远见，前几任未曾问及此事，因此此地蚕丝多卖与川、苏一带商贩，机户也不多，只是散户，不成规模，而且所织丝织品远逊川、苏等地。”游酢听了，说道：“如此，我们更需思考。鄙人之意是，一鼓励蚕户多养蚕，二扶持当地有能力者办厂或者诸作坊合并经营，三是组织挑选一批人到苏、杭学习经验。这样，几年之后，萧山的丝织品织造业即可成规模，又能够使丝织品质量得到提高，甚至大有改观。”周茂德笑着说：“那时，大人也许不知在何处高就了。”游酢应道：“为官者岂能为己，能够造福于百姓是职责所在。不然，为何要出来做官。周兄，明天我们就到大街小巷随便走走，看看机户的制造和女子们的刺绣情况。”周茂德应道：“好吧。”

第二天早上，游酢和周茂德二人穿着便服出现在萧山的街巷上，遇到机户和刺绣女子便询问当地丝织品买卖与机户织造情况。

傍晚，二人回到县衙，游酢对周茂德说：“今天走了一天，大致的情况跟你所说相差无几，可是让我看出了此地人蛮有头脑，有很大发展的潜能。”周茂德说：“我也想到一点，要使这里的织造技术水平尽快提高，还真得请苏、杭甚至渝州的名师高手前来指导、培训一批技术人员。”游酢听了，说道：“你的这一建议很好。看来，可以着手办这件事情了，争取用一年时间做准备，明年要小见成效。具体事宜，你去办理，先统计一下全县的养蚕户、机户、刺绣人数，有什么问题再一起商量。”

第三天，周茂德开始做统计工作。此事暂时按下不表。

却说将乐的杨时，二月接到朝廷任命为虔州司法一职务，他心里并不是很满意。但是，圣命难违，心想权且将就将就再说。于是，他迟迟未动身，到了三月中旬才草草准备了行李，匆匆起程去赴任。因为没有马匹，只得一路步行和乘船兼程而行。他决定先绕道来会见相别已久的游酢。

行走了十几天，杨时终于来到萧山县衙。他见了衙役，说道：“有劳你告诉游大人，南剑州的杨时前来拜见。”

游酢一听衙役的禀报，立刻起身出门相迎，见到果然是杨时，自然格外高兴，大声喊：“杨大人，堂上请——”

进了衙门，游酢才说：“中立，我可停云落月已久啊。”杨时说：“定夫兄，杨某亦暮云春树呢。”

两人边谈边进了公堂。杨时见了公堂上的字画，风趣道：“定夫兄果然出手不俗，公堂的布置都与众不同。仁啊！”游酢答：“中立兄，可别见笑。我非仁也，理也。”

衙役端上茶来，杨时接着问：“此话怎么讲？”游酢答道：“从政固然须仁，然而身为朝廷命官，从仁而治，职责所在，理所当然之事情，岂不是理也。”转而问道：“今天可是专程来看我？”杨时回答：“当然。去虔州任司法，顺便来一见游兄，不亦情理之中乎？”闲谈中，杨时问：“江浙乃天下富庶之地，这里的老百姓生活过得好吧？”游酢回答：“富户是多些，但是大多数老百姓还是贫穷。”杨时问：“此地离杭州近在咫尺，常去吗？”游酢答：“公务在身，只去过一二回。”

午饭后，杨时问：“此地有哪些风景名胜？”游酢答道：“古迹倒有几处，你有时间，我陪你走几天。”杨时回答：“这次起程得慢，最多就今天下午有时间，明天还要赶路呢。”游酢说：“既然如此，我们先去看看越王城山，其他的以后再去怎么样？”杨时答道：“行。”

他们出了衙门，朝越王城山方向走去。

路上，游酢讲：“浙江开发的历史比我们福建早得多，这里有远在周朝的遗迹，春秋战国时期的越王勾践的故事，你是知道的，不用我介绍。”杨时说：“越王勾践卧薪尝胆的典故着实耐人寻味啊。”游酢说：“古来做大事者，不但有非凡之志，而且有惊人之处，即人们所说的能屈能伸。”杨时问：“开个玩笑，你喜欢越王吗？”游酢答：“我喜欢范蠡。”杨时问：“为什么不喜欢当王，喜欢当臣呢？”游酢答：“能做什么，人到了一定的年龄心里都清楚。说直点，你我都不是当王的料，能够当一个良臣就不错了。”杨时点头，应道：“你说的是。”

来到越王城山麓，抬眼而望，这是一个四周高、中间低的山坳，山虽然不很高，可是树木茂密，一个空旷的坪子上留下无数游人的足迹。他们沿着斜坡登上了当年勾践与吴军对峙前派人建筑的城垣，城垣的石块和砖几经风雨洗礼，显得斑驳，有几处已经损坏，杨时开玩笑说：“定夫，你这里当官，也不搞一点钱来修补修补，你没听过越王来你梦中哭泣吧。”游酢答：“我何尝不想做一点善举，可是我毕竟只是助手，帮帮人家推磨而已。不过，承你提醒，我回去提议一下。”

他们游览了水师指挥台、范蠡点将台几处景点，最后来到了勾践祠。祠内外有两个和尚，少的在扫地，老的在打坐念经，游酢与杨时进去焚香、作揖行礼完便出来。

下山时，他们又继续聊了一些最近的听闻。

回到县衙的游酢住处，杨时问道：“你可有张舜民的消息？”游酢回答道：“有，他因为作《西征回途中二绝》遭到转运判官李察劾奏，被贬为监郴州酒税。”杨时叹道：“舜民真倒霉，去参加西征无功而返也罢，反而受谪。”游酢也叹息说：“唉！朝廷如此对待文人，太苛刻薄情了。”杨时又问：“你有没有他的西征二绝？”游酢回答道：“有！”说着去找了那两首手抄诗出来，杨时接过手看，其一写道：

“青铜峡里韦州路，十去从军九不回。白骨似沙沙似雪，将军休上望乡台。”其二则写道：“灵州城下千株柳，总被官军斫作薪。他日玉关归去路，将何攀折赠行人。”浏览罢，说道：“舜民的才气大，这两首诗确实写得好，可惜成了祸害。定夫，这是一个教训啊。今后，你我都得引以为戒。”游酢回答道：“是的，为了每月十二贯的俸禄，七顷地。”杨时听了笑道：“你真风趣，会开玩笑。”游酢说：“十二贯的俸禄来之不易，不知付出了多少青春和心血。”杨时说：“你还算侥幸能够得到这个职位。天下还有多少士人在为这个煎熬着呢。”游酢说：“现在萧山每斗米尚且要四五十文，其他的东西也在水涨船高。”杨时说：“清贫的日子刚刚开头呢。”游酢笑了，说道：“既然已经剃度，就决心打坐一辈子吧。”接着，两人又交谈了一些朝廷的其他新闻。

第二天，杨时起程前往河南洛阳。

秋后，人们进入了农闲阶段。游酢想到，何不趁此机会动员农民兴修水利。于是，叫来了主簿和田农官，吩咐道：“现在正是农闲，调查一下全县的农田水利情况，哪些该修，哪些田地缺水源需要开渠，报个准确数据上来。县里的资金很紧，关键是要动员农民自己兴修，如果有开渠的可以拨一些款下去，但是务必专款专用，任何人不得挪作它用。”

“是，我们这就去办理。”他们领命走了。

一天早晨，周茂德对游酢说：“大人，咱们一起上街去看一样东西。”游酢问道：“看什么？”周茂德诡秘一笑，说：“好事啊。”究竟周茂德叫游酢看什么？且听下回分解。

第二十九回

游作坊参观锦绣
贴告示禁屠役牛

却说两人出了衙门，游酢忍不住再问："到底什么事情?"周茂德说："等会儿就知道了。"游酢忽然有所悟，说道："好！这就去。"

他们两人来到县城东门一处小作坊，远远就听见了一片机杼声。周茂德带头进了作坊，坊主出来迎接。游酢跨进车间，看见里有织布机在运作，女工们正在机前忙碌着，心里说不出高兴，称赞道："周兄，这成果不小啊。"坊主过来介绍说："禀大人，这里共有六台机器，每台每日可以织一匹锦。"周茂德补充道："现在，城中还有了三家绣坊，有的绣出的产品几乎接近苏、杭的水平。"游酢听了，说道："太好了，要是按照这样的速度发展，再过三、五年，萧山的丝织品就可以上规模了。"他们告辞了坊主，向绣坊走去。

大约走了半个时辰，他们来到一家绣坊。坊主迎上前正要打招呼，游酢向他摆手示意不要出声。作坊是一个大房间，中间摆着一张长桌，两边坐着十几个女子，神情专注地在刺绣，有的绣龙凤图，有的绣菊花图，有的绣梅花图，有的绣牧童游春图……他们放轻了脚步走过去，坊主在身边紧跟着。游酢在一个女子面前停了下来。因为，他看见了一幅精致的荷花刺绣品。图案的顶部是蓝天白云，中高处三朵荷花亭亭玉立，迎风绽放，花朵色泽艳丽，较低处有五朵蓓蕾参差而立，含苞欲放，底下是一个荷池，还浮游着一对儿活灵活现的鸳鸯，似乎在互相嬉戏。绣品针法粗细配合得当，图案花纹布局主次分明。那女子一头黑黝黝的发，脸庞透着红润，见了客人害羞地低下了头，坊主才开口说："这是县老爷游大人。"那女子听了连忙起身就要下跪，游酢忙说："别！别！你的手艺不错，这样的绣品

并不亚于苏、杭的。好，你继续织绣吧。”转身对坊主交代：“作坊一定要注意防火和安全。”坊主应道：“是、是。”他们巡看了一圈女子的绣品，才离开了绣坊。

在路上，游酢说：“看了两处，我觉得规模还太小，今后得想法子扩大些。织锦坊、绣坊几十家才算上规模，产品数量可观，这样萧山的丝织品每年便可以创收一大笔，老百姓生活便能够得到改善。”周茂德问道：“这些厂坊要不要征税？”游酢答道：“税迟早要征，但是现在不能。鸟的羽毛还没有，怎么可以就拔毛？现在，我们最重要的支持他们办大，上了规模，厂主有了比较大的利润，才可以适当征收，一些留做地方使用，再上缴朝廷一部分。”周茂德又问：“朝廷要是知道了，怎么办？”游酢说：“这放心，我自然有说法。”

入冬后，霜雪很多，也很大。每天早上起来，整个萧山一片白茫茫的，运河上下来往船只比平时少了。游酢想到：快过年了，这里的市场、老百姓生活怎么样呢？于是，他决定到县城里转一转，查看、了解一下市场的情况。

他穿上便装走上街道，只见过往的人流也明显增加许多，街上增添几分热闹。年关近了，当地的人们要购买衣物过年，所以一般的店铺生意都比平时还好些。他刚刚到这里一两年，街上认识他的很少，加上穿着便装，也没有人去注意。他一家家店铺走过去，问一问货物的价钱便继续往前走。接着，他来到菜市场，看看菜摊、肉铺、卖鸡鸭的地摊，问一问价钱。在市场的一角有人在交易牛，一大群的牛，有水牛，也有黄牛，边上站着讨价还价的人。忽然，听到有个人说：“我是买去杀的，如果价钱肯再低一些就多买几头。”游酢听到这一句话，心忽然像被刺了一刀，想到了什么，终于停下脚步，寻声望去，说话的是个四十多岁的中年人，卖牛的是个胡须花白的老汉，老汉身后的牛有老的、中的，也有小的。他故意走到那个买牛人的身边，问卖牛的老汉道：“老伯，你这牛是卖给人耕田，还是卖给人杀的？”老汉回答说：“只要肯出钱，我就卖。”游酢转过身问买牛人：“那些健壮的小牛，不会也买去杀吧？”买牛人听了，看游酢一眼，并不知道他的身份，回答说：“是的，我买的都是拿去杀。不论老的、嫩的，各有其价。嫩的，还更值钱呢。”游酢温和地说：“牛是种田人的宝啊，老的没有办法才杀，壮的、小的杀了太可惜。”买牛人不以为然地说：“我们拿本钱做买卖，有啥可惜不可惜的。”游酢又劝说道：“我听老人讲过，杀了壮的、小的牛，有罪啊。这位大叔，我看你也有了一定的年纪，家里有儿子、孙子的人，就为子孙积一点德吧，今后不要买能够犁田的牛去杀。”那买牛人这时才有所悟，问道：“客人，你是做什么的？”游酢回答道：“我家乡也有人做过牛贩生意，祖上交代子孙不可做贩卖杀牛的生意，要多积德。”那买牛人又问道：“你现在做什么生意？”游酢告诉他：“做

绸缎生意。”那买牛人说道：“这位客人讲得有理，但我是生意人，听你的吧，饭都没得吃。”游酢见劝他不动，只好走了。

游酢回到衙门之后，写了一份《禁止屠宰役牛》的“告示”，叫差役张贴到市场、屠宰场和各个乡村。“告示”一出，人们看见“屠宰役牛者罚银十两，贩者罚五两，二者并罚拘十日。”的严厉处罚条令。

自从布告出示之后，一般的牛贩和屠户们不敢公开进行役牛和崽牛的买卖，只能私下秘密地进行交易，屠宰役牛的现象起到了一定的扼制作用。

过了七八天，有个别胆大的又公开宰杀役牛和崽牛。有人把这个情况反映到县里，游酢知道后，找来市监，交代道：“个别人有法不依，你去清查一下，抓到了一定要严惩。”

第二天，市监果然在屠宰场抓到了一个卖崽牛的屠户。那屠户不服气，大声地骂：“买卖自由，生意凭人做，你管什么闲事？”市监说：“县里前几天刚刚贴出布告，你明知故犯，加倍处罚。”屠户举起屠刀，大声喝道：“你敢！”一群差役们冲了过来，大声喊：“你想干什么！”屠户怕了，放下屠刀，差役们将他抓起来押往县衙。

屠户被押进衙门，游酢问明了情况，对屠户说：“你认为县里贴出保护耕牛的布告不对吗？”屠户回答：“不知道。”游酢问：“你觉得你的做法对吗？”屠户明白斗不过官府，说：“我错了，认罚。”游酢说：“你举起屠刀威胁市监，这是犯罪的行为，凭这一条，依照朝廷的律法就可以判你坐牢。”屠户跪下来，求道：“大人在下，请高抬贵手，饶恕草民无知和鲁莽。要罚多少钱，做什么，我都认，千万别让我坐牢。我家上有老父母，下有妻儿，我进了监狱，他们怎么生活啊！”说着哭了起来，一再磕头。游酢听了动了同情心，想了想，讲：“县里出布告的目的是保护耕牛，有利于农业生产，今天抓你也是这个目的。我们县里不无故抓人，也不是要钱。这样吧，钱就不罚了，但是要罚你上街游行三天，给你一面锣，你自己去向百姓说保护耕牛，不屠宰役牛和崽牛。可以吗？”屠户听了，磕头表示：“我愿意。”游酢讲：“那好，你明天早晨开始就上街宣传。回去吧。”屠户感激地说：“谢谢大人！”退出了衙门。

次日早晨，那个屠户手拿一面锣，边敲边走边喊：“我前些天宰卖崽牛有错。大家要保护耕牛，不屠宰役牛和崽牛。”街上的人们听了，跑来看热闹，议论纷纷，有的说：“这种人什么钱不好赚，非要杀崽牛，活该！”有的讲：“县里出的这个布告是为老百姓办好事，没有耕牛，哪来的粮食？”也有知情的人讲道：“昨天县衙抓了他，我以为他会进监狱或者罚款。听说，县老爷仁慈，也不罚他的款，只让上街游行。算他命好了。”屠宰场的屠户们知道了这件事情，怕了，不敢再屠宰役牛和崽牛。

年底，游酢正忙于公务，听说张诜即将离任，吕公孺来杭州任知府。他骑马前往，为张诜送行并拜见吕公孺。游酢在那儿呆了半天，便回萧山。

吕公孺乃前宰相吕夷简第五子，名声相当响：包拯当开封府知府时，有一无赖抢人柴草，被人追夺时又将人打伤，包公只判他鞭刑。可是，当时开封府负责掌刑的官员吕公孺认为“盗而伤主，法不止笞”，拒不执行，包公对他敢于坚持正确意见极为赞赏。后来，包公任“三司使”时便任吕公孺为判官，遇事常在听取吕的意见以后才作出决断。沈括曾经对吕公孺评价道：“开封府尹吕公孺，素有智计，清正严明，刚正不阿。”游酢敬仰他的为人，所以忙前往祝贺。

祝贺的人很多，吕公孺一一以礼相待。

到了十二月二十二日，是朝廷规定“封印”（停止办公）的日子，官员们都依例放假回家过年。游酢打马回老家建阳。

新的一年，天下会发生何事？下文细表。

第三十回

朝廷易主时政变 恩师作古学生哀

元丰八年正月中旬，游酢回到萧山。二十日后，他便开始忙于公务。

却说福建兴化府人陈大卞，被调往金陵的江宁任知县。他带着行李，徒步上路。过了浙江金华县，不巧遇到暴雨。赶到萧山时，他身体和行李都已经湿透了，便投萧山衙门来。守门的衙役见是知县的打扮，上前问道："大人，你有何事？"陈大卞说："鄙人姓陈，前往江宁赴任，不想途中遇雨，想借此一歇。烦代为禀报贵县老爷一声。"衙役听了答道："好，大人稍等。"他跑进去禀报，游酢听说连忙出来迎接。出门一看，是个五十岁左右的知县，拱手道："鄙人姓游，不知陈大人光临，有失远迎。"陈大卞回答道："不好意思，打搅了。"游酢说道："都是宦游人，不用客气。"回头顺便对衙役说："你帮忙把陈大人行李搬进去，拿一套我的衣服给陈大人换换。"衙役跑过来，从陈大卞手中接过行李，进去了。于是，游酢说："陈大人请——"

陈大卞到屋里换了一身干衣服，游酢招呼他坐下，对衙役说："去给陈大人熬一碗热姜汤来。"陈大人摆手说："不用，衣服换了就没事。"游酢说："那怎么行？淋湿了，会风湿痛的。况且大人你上了年纪。"两人互相通了姓名、籍贯，游酢叹道："原来，我们都是福建的老乡。陈大人，以前在何地任职？"陈大卞心里对游酢热情和无微不至的关怀充满感激，便开始叙述自己的家庭、经历。原来，陈大卞字仲循，宋朝治平四年（公元 1067 年）进士，此前历任宜兴县尉、武平县丞、汀州录事参军等。衙役端着热姜汤来了，陈大卞站起身，接过那碗姜汤一饮而尽，说了声："谢谢。"衙役接过碗走了。坐了一会，陈大卞说："游大人，我还要继续

赶路。”游酢应道：“陈大人，我们既是老乡就不可见外，今天无论如何要留下休息。这去江宁不远，明天早上我派人用马送大人去。”陈大卞见游酢这么一说，知道主人真诚相留，便安下心继续交谈。

第二天早上，游酢叫了一位衙役用马送陈大卞赶往江宁县。

不久，吕公孺来萧山看望游酢。吕公孺知道自己的侄儿吕希哲与游酢同出程门，游酢是程门的高足，但是未曾深交。这一次来，一是回礼，二是想当面交流一些理学的看法。没有想到，经过一番交谈，他确实觉得游酢名不虚传，很是满意。吕公孺出于名门，家族中成员不仅学问好，而且个个对理学在行，游酢也觉得吕公孺可交。由于两人很投缘，从此经常往来。

二月，是春耕的季节。农民向地主租种好田地的，大都陆续开始了春耕，个别有自耕田的，也开始锄田备耕。

游酢决定到附近乡村去走走看看。

艳阳高照，春风扑面。为了不影响地方的老百姓生产，他只身一人穿着便服，在路上边走边看。

萧山的土地平旷，天空中一群群的小鸟上下飞翔着。一望无际的田野上，到处是人们劳作的人影，农田上一片繁忙景象：农民们有耙田的、锄田的，也有人在施肥。水田里的秧苗正长得翠绿，那一片片的秧地像一块块的绿毯。阡陌间偶尔的几棵树，也把田野点缀得富有诗意。汩汩的田水在流淌着，像一支春曲给劳作的人们预报一年新丰收的希望。

看见有一位老农正在锄田，他便走到老农的身边问道：“老人家，忙啊。”老农瞧了他一眼，问道：“客人，来这里有什么事情吗？”他回答说：“我是做蚕丝生意的。村里没有人，所以到这儿走走。老人家，种多少亩地？”老农放下锄头撑住，抬起袖管拭了一下脸上的汗水，回答说：“不多，两三亩。”他又问：“家里几口人，够吃吗？”老农回答说：“嗨，别提了，一个老伴，一个十岁的孙子，共三口人，种的粮食除了缴田租那里够，只好养一些蚕丝卖，还有就是到杭州城里干些活挣些钱度日呗。”游酢听了，不禁又问道：“儿子和媳妇呢？”老农哀叹一声说：“儿子病死，媳妇跟人跑了，就剩下个苦命的孙子。我也五十多岁了，还要养孙子。”游酢听了又问道：“像你这样的人户，地方上还摊税吗？”老农回答说：“原来有。自从前年来了个新的县老爷才免了。”游酢听了心里才松一气，说道：“农民确实辛苦啊。”老农说：“当然，自古以来天下变来变去，最苦的还是咱们种田人。你们做生意的比咱们农夫总强得多。”游酢说：“生意人也有苦处，走南闯北的，还要缴税。”老农拿起锄头，说道：“客人，对不起，我又要干活了，没有

时间陪你聊天。你要买蚕丝得晚上才来。”说完下田里拿起锄头锄田，游酢说：“谢谢了，老人家你慢慢干吧。”

他继续往前走去，想多跟几个农民聊一聊。忽然，一个差役跑来，报告说：“大人，师爷请你快回县衙。”游酢问道：“什么事情这么急?”差役说：“师爷说浙东路团练使和越州知府大人来了。”游酢听了，知道不敢怠慢，应道：“走，回去。”于是飞也似的往回跑。

见过浙东路团练使和越州知府两位大人，游酢对萧山的工作做了汇报，两位大人表示满意，说是还要前去金华便走了。

这年春天，朝廷又举行一次大比，谢显道参加应试，中了进士。

三月初，朝廷发生了一件重大的事情：由于皇帝赵顼病危，皇太后高氏奉命召集朝廷大臣将延安郡王赵佣立为太子，赐名煦，因为太子才九岁，所以军国大小事情由皇太后高氏一起处理，实际就是高太后定夺。过五天，皇帝赵顼驾崩，太子煦便继承了皇帝位，这便是后来被称为哲宗皇帝的赵煦。赵煦尊皇太后高氏为太皇太后，皇后向氏为皇太后，生母德妃朱氏被封为太妃，并且追认先帝赵顼庙号为“神宗”，葬在“永裕陵”。赵煦又晋封叔赵颢为扬王，赵頵为荆王，弟赵佶为遂宁郡王，赵佖为太宁郡王，赵俣为咸宁郡王，赵似为普宁郡王；封大臣尚书左仆射王珪为“岐国公”，“潞国公”文彦博为司徒，王安石为司空，其余的大小官员一律追加品级，赐“致仕”（已退休的）官员服带银帛不等。

太皇太后首先传旨：遣散修京城役夫，停止造军器及宫廷的建造，告诫朝廷内外不可苛政暴敛，放宽民间保甲的治理法。天下百姓知道了朝廷的新政有很大的改善，无不欢悦。大臣们见太皇太后贤明精干，无不放心和喜悦。过了数日，朝廷又下诏，大意说：“先皇帝临朝有十八年，建立政事以恩泽天下，而有关的执行部门奉旨意办事失当，几乎近于给皇帝增添烦扰，有的只是停于表面文章，不能使实惠得到普遍的实施，因此今天特别向中外告明，希望同心协力奉行命令，以此发扬先帝恩惠天下百姓的意思！”

接着，太皇太后下诏：撤去京城巡逻的士兵，免去各个行业的税费钱，废除“浚河司”（疏通河道的管理部门），免除老百姓一切未交的赋税；另外，下令用快马催召司马光、吕公著入朝廷料理政务。

司马光原来在朝野名声很好，大多人对他无不尊敬，都称他为司马相公。司马光到洛阳主持编写《资治通鉴》已经十五年，这部历史巨著才刚刚完成。他正想好好休息一段，突然听到皇帝赵顼去世的消息，本要到京都参加吊唁，因为怕别人猜嫌，又不敢擅自前行。一天，恰好程颢来拜访，他谈起进京吊唁的事情，程颢听了，劝道：“现在朝廷很乱，公非去不可。”他才起程东进。

他将近都门，卫士们见司马光到来，都举手相庆道：“司马相公来了！司马相公来了！”沿途不少群众也夹道聚集观看，都高声喊道：“司马相公，请留在天子边为相，救活我们百姓，不要急着回洛阳。”司马光见人们一呼百应，反而担心朝廷对他产生反面的猜忌，竟然从偏僻的小路返回去。

太皇太后听说司马光要进京城很高兴，正要询问他政要，却久久待不见他到来；后来听说司马光已经返回洛阳，于是派遣内侍梁惟简骑马前往询问。宰相蔡确听说了这个消息大为吃惊，他担心司马光回朝执政对他产生威胁，便在想对策。

司马光见朝廷派梁惟简前来，心知朝廷对他的信任，于是请求朝廷大开言路，下诏张榜朝堂。梁惟简回京城复命，蔡确私下派人去探听司马光说的话意，先创“六议”入奏，大意是：“背地里不怀好意，有触犯非分的行为，或者煽动动摇国家重大机要，或者迎合旧时的条令，上则抱有侥幸提升心理，下则迷惑普通的百姓，有一条相触犯的，立即惩罚无赦。”太皇太后见了此议，又派人将蔡确拟的“六议”送给司马光看。

司马光看后，愤然说道：“这是拒谏，并非求谏；人臣只好不言，一经启口，便犯此六语了。”他仍然将自己的意见上奏。太皇太后见了司马光的奏疏，于是立即改诏颁行，言路才得渐开。

到了五月，朝廷又发生了一件大事情。太皇太后召司马光任陈州知府，并起用程颢为宗正寺丞。

六月，程颢接到圣旨正准备上任，偏偏恶疾突发，竟然去世了。他是一位卓越的教育家，与胞弟程颐先后在嵩阳、扶沟、颖昌等地创办学校，兄弟二人有着丰富的教学实践和经验，并且长期潜心研究教育，将历史上的传统教育思想与自己的创造结合起来，创立了以“五经四书”为教材的新体系，总结出义理道统的理论，提出：“君子之学，必至圣人而后已。不至圣人而自己者，皆弃也。”、“孝者所当孝，弟（悌）者所当弟（悌），自是而推之，是亦圣人而已矣。”即认为教育最高目的要使受教育者循天理，仁民而爱物，谨守纲常伦理。他们用自己创立的教育思想体系传播理学，开创了“洛学”，奠定了理学基础。这无论在中国教育学还是哲学历史上都是一个划时代的伟大创举。所以，朝廷和洛阳等地的士大夫一听到他去世的消息，无论和他认识不认识的，没有不表示惋惜的。宰相文彦博采取众人评价，给程颢的墓题名为“明道先生”。

七月，老家的父母写信来告诉游酢，次子又出生。游酢给孩子取了个名字：拟。

游酢远在萧山，听说程颢大人去世的消息已经事过一个月。他不胜悲哀，在自己的家门口设程大人的灵位，对天哭着进行祭祀。

几天后，游酢骑上马赶往洛阳。

程颢去世，程颐最为悲伤，写了《明道先生行传》一文。游酢到了洛阳，拜见程颐之后，又去祭拜程颢的墓。游酢又遇到了侯仲良，在去程颢墓的路上，侯仲良说道："我大表兄的女儿于五个月前病故了。"他听到这句话，心头似乎嘣的一声响，答道："可惜！"他回忆起在扶沟的两年时光，春梅为他扎被子、晒被子的情景又浮现在眼前。但是，他不敢表露自己的情绪，也不敢再往下想。

当他告辞要回萧山时，程颐送给他《明道先生行传》一文，他边读边流泪，泣不成声。

回到萧山后，他回忆与程颢先生交往经历，回想对程颢先生的所闻所见，不禁潸然泪下，作《书明道先生行传后》文章，从不同的侧面追述了程颢先生一生的才能、功绩。文章写好，寄给了程颐先生。

到了中秋天，浙江人涌到杭州钱塘江观潮。那萧山与杭州隔江相望，萧山百姓则在自家地盘可以一睹盛况。游酢听说，也前往观看。

钱塘江嵌于杭州、萧山之间，形似葫芦，口朝杭州湾。因外宽内窄，故每至暨望之日，声浪鼓荡，浪涛拍岸，蔚为天下奇观。

平时，其江文静得像处女一样，水平如镜，波光粼粼，江天互映，一碧无余。鸥影翩然，樯帆穿梭，渔歌唱酬，也算得人间美景。

浙江人，古来有观潮习俗，尤以秋潮最盛。

因为萧山临江，观潮极便，中秋暨望，观潮的人如云，江岸数十里，红罗绿绮，长袖短袄，伞笠杂错，人声鼎沸。人们凝神屏息，静候奇观。那潮水，起初来时远远望去细如一线，俄尔渐近渐宽，恍若银布平铺，继而雪浪滚涌，声浪渐起。须臾，浪愈大，涛愈高，一拨强似一拨，犹如千军万马奔杀而来。是时，弄潮的健儿们，争先奋勇，溯迎而上，出没波中，仿佛鱼游大海，腾挪百变，俯仰自如；时则波涛汹涌，巨浪吞天，声如雷霆。观者欢呼雀跃，有的赞叹称快，有的颤栗不语，有的为泅者揪心悬胆，有的微微一笑，神态毕现。

游酢独自伫立不动，心神平静，暗暗地想：潮知进退，人焉能不知进退哉？观潮的人们，进则欢呼，退则欷歔，世态若此，不亦可畏乎？潮非因人而涨落，人却见潮知忧乐。人观潮而动情，我观人而深思，谁能够知道我此时的心而有领悟？只有天也，神也，后人也。

转眼间，潮退波平，有的观众离去。游酢看了半个多时辰，因想到县里还有事务，便匆匆赶回县衙办事。

话说司马光受命将赴陈州，路经京城，正值老宰相王珪病死，辅佐朝廷的大臣等依次升一级，刚好空缺一个。太皇太后即留司马光辅政，任命他为“门下侍郎”。蔡确等恐怕司马光革除新法，又揭出朝廷旧时“三年无改”的大义规定，传布于京都。司马光指着这件事情驳道：“先帝所行的法度，如果合宜虽百代亦应遵守，若为王安石、吕惠卿所创，害国病民，则须当尽早改，好像救火拯救溺水人一般。况太皇太后以母改子，并不是以子改父哩。”

太皇太后又召吕公著为侍读。吕公著自扬州进京，到了京城又被提拔为“尚书左丞”。“京东转运使”吴居厚，前继鲜于侁后任，大兴盐铁，苛敛横征，因此被谏官弹劾，贬到黄州，仍用鲜于侁（字子骏）为转运使。司马光对同僚们说道：“子骏这个人很贤能，不应再使他在外，朝廷要解救京东困难弊病，非得用子骏不可。他实是个一路福星呢。当今人才甚少，怎能够让像子骏这样的一班人才，散布天下呢！”果然，鲜于侁恢复原职务，一到任即上书朝廷请求罢免莱芜、利国两地及海盐，朝廷依照他的请求批准河北自由通商，百姓大悦，有口皆碑。

从此，朝廷上司马光、吕公著两人同心辅政，革除新法，罢免了保甲、保马、方田、市易等法，将前“市易提举”吕嘉问降三级，贬为知淮阳军；吕嘉问的同党都受牵连，并贬邢恕出知随州；黄履以“龙图阁直学士”出知越州。

黄履是邵武人，来到越州任知州后，知道建阳人游酢在萧山任县尉，便前来看望。游酢见比自己大二十三岁的老前辈黄履如此讲乡情，格外地敬重，两人遂结为“忘年交”。

一天，游酢收到杨时继母去世的讣音书，骑马赶去将乐杨时的家吊唁。

秋天，闻知谢显道被任命为应城知县，游酢写了信表示祝贺。

游酢又抽空去了几个乡村巡看农民修渠、开渠的情况。

一天早上，太阳刚刚出来有一竿高，差役来报：运河边发现一具尸体。游酢立即命令道：“看看去。”究竟案情怎样？下回分解。

第三十一回

作恶行凶严惩罚
拾金不昧大褒扬

话说游酢听了差役的报案，立刻拿起了雨伞，便带着差役、仵作赶往运河边。

到了那里，游酢并不急于上前，而是在近处站定，喊道："传唤地保来。"地保赶到后，游酢问明了地点名称和案情，点明在场人数，安排好检验、记录者。一切准备停当，游酢便传差役先丈量了四至，才开始同仵作和差役向前勘验。走近尸体，看见是一个瘦小者，十指甲均呈现黑暗色，指甲及鼻孔内均有沙泥，胸前赤色，口唇青斑，腹肚鼓胀。仵作将死者身体头、脸、口、鼻等五官以及手脚、皮肤颜色状况均报了一遍。他默默地观察，一语不发，在想：人身本来赤黑色，死后会变作青色。检验了一遍尸身并骨无伤损之处，也无其他痕迹。于是，他对仵作道："拿醋来！"接过瓶子衔了一口醋往尸体喷去，接着站起身，打开明油雨伞遮住尸体，详细地察看每一处，迎着太阳光隔伞看，结果发现了伤痕。开始时，他怀疑为强盗所杀死。经过反复细致的推理分析，这是一场蓄意谋杀案件，凶手先将死者打死后，用药灌入其口中，想以此蒙骗人们，以为死者是自己服毒药身亡，实际是被毒死后抛尸路旁。

死者是什么人？凶手是谁？为什么要如此下毒手？一连串问题迅即在脑海萦绕。游酢问地保："这人你认识吗？见过吗？"地保摇摇头。游酢又想了想：会不会是凶手作案后移尸到这里？一时拿不定主意，他只好安排两位差役先看守着，自己回县衙再做打算。他正准备走，忽然想到：刚才没有对周围进行细致的搜查，于是命令道："对周围再搜查一遍。"结果，有一个差役发现了一片碎布丝。游酢拿着碎布，见碎布丝还新，略为沉思，传令道："留两人在此看守，其余的迅速上街，并到所有的客栈暗暗搜查衣服有撕破者，一旦发现立即逮捕。”差役们迅即奔回县城开始暗查。

中午，一个差役在城内一家小客栈看见了一个正上楼的中年汉子的裤角缺了个口，立即出店门叫来伙伴，奔到楼上将那中年汉子拿下，押到了县衙。

游酢顾不得午休，立即升堂，问道：“堂下何人？报上姓名、年纪、籍贯、职业等来。”

中年汉子回答道：“草民姓胡，名求老，本地吴桥镇人，今年四十三岁，无业游民。”

“你何事到此地？”

“走亲戚。”

“你亲戚在何村镇，什么名字？”

“这、我、我一时想不起来。”

“好！你到运河边做什么来着？”

“我？没有啊。”

“看看，这是什么？”游酢在堂上拿起碎布丝问道，那中年汉子还没有反应过来。游酢只好道：“拿去比一比。”差役上前拿过碎布丝往那中年汉子的裤角缺口一对，正好缝合，禀报道：“老爷，正好合他裤角的缺口。”

游酢听了将堂木用力一拍，大声喝道：“胡求老，运河边的尸体是不是你杀的？老实招来！”

胡求老吓了一跳，听到这里，才知道事情已经败露，全身发抖，说不出话来。

游酢大声喝道：“不老实交代，那就大刑伺候！”

胡求老慌忙抬起双手，求道：“老爷，别动刑。我说、我说。”于是，胡求老交代：死者是个广东梅州某乡某村商人，经常到杭州一带经营丝绸、茶叶等生意，胡求老认识他。不久前，胡求老赌博输光了钱，前天下午又见到他，临时骗他在萧山乡下里有一户人家有丝卖，商人很高兴。天黑前，两人一起来到萧山，跟着他住进“四海”客栈。在客栈里，两人一起喝酒吃肉，胡求老趁他不注意时下了毒，夜里将尸体扛到运河边小树林扔了。

游酢试探地问道：“那你没有离开这里？”

胡求老答：“离开了，回来找银票。我在等今天晚上的船，要到别的地方去生活，没有想到就被你们抓住了。”

游酢又问：“多少钱的？”

胡求老答：“三百两。”

游酢再问："找到吗？"

胡求老说："没有。找到上午就走了。"

游酢大声些问："你总共得手了多少钱？"

胡求老解释："一百两碎银。还有两张银票：一张一百两，一张二百两。二百两的那一张没有找到。"

游酢再问："那张银票呢？"

胡求老可惜地叹道："丢在客栈里。"

游酢听了立即命令道："张崇武，押上犯人马上赶去客栈，将他的赃物取回，另外打听一下另一张银票的下落。"

张崇武上前大声地应道："是！"带着七八个差役押着胡求老向"四海"客栈奔去。

到了"四海"客栈，张崇武向客栈老板打听："你客栈今天有没有捡到一张银票？"

"有！我正想给送去，这就拿给你。"客栈老板说着从口袋拿出银票，递给张崇武。张崇武一看，又问胡求老："是不是这张？"胡求老回答："是！"

张崇武又押着胡求老回县衙，向游酢禀报了客栈老板已经将拾到的那一张银票交公的事情。游酢听了，说道："人们都说世间人见钱眼开，有人不惜手段盘剥他人，有人贪污受贿，有人谋财害命，像'四海'客栈老板这样在巨款面前不动心的人可谓极稀少，这种高尚风格实在值得萧山百姓骄傲，这是萧山民风良好的见证。此事当禀报朝廷，请圣上给'四海'客栈嘉奖。"

游酢传令："将胡求老押上来。"胡求老押上堂，两腿像筛米糠似的浑身直打哆嗦，只是埋着头。游酢大声问："你好歹毒啊，竟敢谋财害命，本官判你死刑，服吗？"

胡求老应道："草民服——"

游酢一边命人将胡求老押进大牢待斩，一边吩咐道："将尸体暂时保护好，等待其亲属前来认领。"当下，先写了两封信：一封发往广东梅州，着某乡某村商人家属前来认领死者尸体，又将胡求老案件审判的卷宗上报知府。另外，他再写一封奏疏将"四海"客栈老板拾金不昧之事禀报朝廷。

这件事情也惊动了京城，在京的大小官员无不晓得游酢的名字，称赞其断案精明而且懂得治理地方。当时的程颐闻讯，认为自己哥哥的弟子有这等本领，十分欣喜，在皇帝面前称赞再三："后生可畏、后生可畏啊！"皇帝听了向程颐打听游酢的情况，程颐一一做了介绍。皇帝也龙颜大悦，赞道："确实是个人才！"

不久，赵煦见奏，当即亲动御笔题写了“四海客栈”四字以示嘉赞，令太监亲自送到萧山。萧山人民无不欢欣雀跃。

说到这里，不妨先插一段朝廷的事情。自宋太祖赵匡胤当上皇帝，治理天下有一套严格的管理办法，不仅用文人来代替武将指挥军队，而且对文官也有一套严格的管理制度，每三年考核一次，叫做“磨勘”。由皇帝特派的钦差和吏部、都察院三家派员对各地方官员明察暗访，进行“磨勘”。政绩突出者，提升；普通者，保留原职务，异地轮换，因此官员调动很频繁；不合格者，犯有错误的轻者降职，重者革职归田。另外，官员的提升也可以由上一级大官举荐，但是被荐者犯了错误，举荐人要负连带责任；朝廷的大臣要举荐人，也十分的慎重。所以，每一位官员在任何的职位上都得小心翼翼，不敢有丝毫的侥幸心理。

朝廷中的宰相蔡确与司马光、吕公著和“潞国公”文彦博、“司空”王安石等重臣，各自心里都有打算，开始着手推举了一批地方官员入朝。有大臣推荐游酢为“太学录”，当时负责为皇帝起草文书、诏书的“中书舍人”苏辙，他和哥哥苏轼与程颢是同科的进士，知道游酢是程颢的弟子。这时蜀、洛两方面的人还没有隔阂，苏辙了解到游酢的才学和政绩不错，因此亲笔撰写道：“敕具官某：凡有职于成均者，皆士之秀也。尔以学业之茂，获与兹选，勉修其行，使士大夫有观焉。可。”于是，游酢被召为“太学录”。

回头且说萧山。年底，游酢对师爷周茂德说：“我和崇武要回一趟建阳老家，准备看望父母妻子。明天咱们先去看望一下令尊、令堂。”周茂德说：“难得大人有此心。周某在此代家父、家母先谢过大人。”游酢说道：“客气什么，谁叫咱们是兄弟呢。”

第二天，游酢果然和张崇武一起去拜见周茂德的父母。周茂德和他的父母，感激不尽，热情地留游酢和张崇武吃了餐饭再走，游酢爽快地答应，与周茂德的父亲好好地聊了半天话。午后，他和张崇武告辞了两位老人，才鞭马返回福建。

游酢和张崇武骑着马走了两天，回到了富垄村才分手。游酢刚刚到家门口不远，吕氏正带着孩子在洗衣服看见了，忙教孩子：“你爸爸回来了。快叫！”

“爸爸——”

游酢猛然听到孩子的叫喊，抬头看见妻子，非常兴奋，大声应道：“哎——我的乖儿，爸爸回来啦！”跑了过去，妻子忙抱起孩子迎上前去。

“爸爸——”孩子又亲切地叫了一声。游酢扑过去，从妻子的手中接过了孩子。

“老爷，回来啦！”吕氏噙着喜悦的泪花轻声地问一句自己的丈夫。

"爸爸，你怎么没有回来，我和妈妈天天想你呢。"

吕氏对孩子说："你爸爸出去做事，他也想你。"

游酢也说："我这不是回来了吗？"

游酢认真地端详一眼妻子，她的脸有点憔悴颜色，说道："辛苦你了。"吕氏听了，心里掠过一阵温暖，她掩饰着自己的兴奋，脸上浮起一股红晕，说道："回家吧，爸爸、妈妈在等你。"回到家里，游酢拜见了父母，一家人团聚，皆大欢喜。

一天，忽然听得门外一阵急促的马蹄声。出门一看，那张公公滚身下马，喊道："圣旨到——萧山县尉游酢听旨！"游酢听罢慌忙伏地侯旨，张公公念道："奉天承运，皇帝诏曰：古之教学之法，肆习以时，而难易先后，教之有方，非久而安之，则不能以成其业。具官某事朕初载，以直谅闻，凡有职于成均皆士之秀。今学者言尔讲说训导，可以为师。朕欲观汝之道，至于有成；欲假尔大邑之佐，使禄足以充，然后安然克终其业。可不勉哉！"张公公稍停，咳嗽一声，说道："接旨——"游酢接过圣旨，连呼："万岁、万岁、万万岁！"张公公说："游大人，起来吧。"游酢又磕了个头，说："谢张公公！"方才起身，说道："张公公，请到堂上用茶。"

送走张公公，他松了一口气，伸开双臂直了直身子，转身回家里，与家里人说明了朝廷下旨调他进京做事的情况。他父亲游潜说："此去京城几千里，把妻、儿、秋香都带去吧，生活上也有个照应。"游酢点头同意了。游酢去跟张崇武说知了自己被召进京的事情，问道："你继续去萧山任职吧。"张崇武说："不！你离开了，我自己一人去那没意思。再说，我父母年纪老了，我就留在家里陪他们。"游酢见他这么表态，说："那好，谢谢你两年来的帮忙。今后有机会，我再找你。"两人又谈了一些闲话，方才分手。

欲知游酢进京之事，下文分解。

第三十二回

进京果觉宫城大
出外更知故人亲

元祐元年（公元1086年）正月，北方的初春，霜天雪地，天气依然寒冷。几天后，天气转为晴朗，京城开封的春光格外明媚。

游酢想到要进京城当官，应酬肯定不少，自己的钱又不多，打算买几件上等的瓷器和几斤茶叶等家乡的特产去，这样最经济。于是，他出门骑上马赶往建阳城。

到了城门口，游酢下骑牵着马朝城中心走去。街的两边店铺林立，人们进进出出，也有站在门口聊天的。大街上更是人山人海，熙熙攘攘，有悠闲地逛街的，也有行色匆匆的，抱着孩子的妇女，还有挑担叫卖的。游酢到了瓷器店，老板正朝着店门坐在店里着喝茶，看见他出现在门口，连忙起身奔到门口，拱起双手招呼：“哎呀呀，游大人光临，蓬荜生辉，里面请用茶。”游酢回礼道：“谢谢老板!”进了店，他说：“茶就不用客气了，我看看贵店的瓷器。”老板跟着转身回头，说：“听说游大人就要到京城当官了，恭喜大人，这一杯茶一定要敬的，请大人上坐。”游酢只好说：“老板客气了。”便在茶桌前坐下，老板赶忙着沏了一泡好茶，游酢扫了货架一眼，左右两边陈列的瓷器不少，碗、杯、壶、盏、盆应有尽有，琳琅满目。老板双手递过茶杯说：“游大人请用茶。”游酢接过又回了一声“谢谢”。老板问道：“游大人此番升为大官了吧。”游酢淡淡地说：“没有，只是个太学录。”老板是见过世面的，见这么年轻就当上京官，将来肯定前途无量，于是一心奉承，说：“游大人要什么尽管挑，权当小的一点心意做贺礼。”游酢答道：“哪里话。经商人谋生不易，鄙人岂敢贪此便宜。该多少价钱一文不少你。”老板听了很高兴，

问道："游大人要些啥？随便挑。"这时游酢才想到：其它瓷器太大不好携带，还是买几件简便易带的。于是，他站起来巡看瓷器。老板上前指着右边的说："大人看这边的，都是上品。价格嘛，平时卖五两一个，贵人来赏光打八折；游大人是乡亲，今天就六折吧。"游酢走向右边，回答："可不敢让老板赔本。"老板说："哪里，咱们乡里能够出游大人这样的京官，送给大人做贺礼也应该。"游酢是当地人，知道建盏含砂粒较多，胎质较粗糙，露胎处手感亦较粗，俗称"铁胎"。他拿起一个盏，手感有点沉，胎骨厚实坚硬，轻轻叩了一下听见有金属声，便知这是本地真货，挑了五个精致小巧建盏，说："老板，这五个要了，帮我包装起来。"老板应道："好哩！"拿过厚纸利索地包装好。游酢从衣袋里掏出银子，付给老板，接过纸包，说："谢谢了。"老板点头哈腰地说："游大人今后但有回乡省亲，到敝处喝茶。"游酢答："一定！"

游酢出了店，又向茶叶店走去。买了四斤茶叶，他才返回。

途中，回忆起少年时跟父亲进城在瓷器店前避雨的情景和这一回去买瓷器的不同对待，心中不免深切地感到世间的炎凉。但是，他想起当年父亲的话"做人要大量些"，觉得做人确实应当胸怀宽阔，眼光长远……

第二天，他告辞了父母，携着夫人吕氏、儿子和秋香起程。

十天后，一家人赶到萧山县衙，周茂德从衙里迎出来，说道："大人，恭喜你荣迁啊。"游酢答道："谢谢！官宦人家，如浮萍来去不定。这才开始呢。"一家人跟着进到衙里，周茂德向吕氏问了安。坐定之后，游酢说："茂德老弟，说实话，来萧山三年了，我还有一点舍不得离开这里呢。哎，你做何打算，是继续留在这里，还是另择他路。"周茂德说："我原来要走，大人来后又蹲了几年，现在双亲年事已高，老兄既然要走了，我也想回家照顾他们。"游酢听了说道："孝心可嘉。这样吧，以后有机会再与你联系。"周茂德应道："那好。"游酢交代说："圣上下旨意，我须即赶赴京城上任，县里交割的事宜拜托老兄代劳了。"周茂德应道："没问题，大人放心，在下一定办好。"

游酢告辞出来，带着吕氏和秋香来到杭州，乘船只从运河前往京城开封。

京杭大运河，北起涿郡（今北京），南到余杭（今杭州），流经京、津、冀、鲁、苏、浙六地区，贯通海河、黄河、淮河、长江、钱塘江五大水系，全长约三千五百多里，纵贯南北的水上交通要道，是世界上里程最长、工程最大、最古老的运河之一。运河沿岸地跨华北平原，直达长江三角洲，地形平坦，河湖交织，沃野千里，自古是中国主要的粮、棉、油、蚕桑、麻产区。这里重要的城市和港口有杭州、苏州、淮安、扬州、徐州、聊城、沧州、通州等，也是人口最稠密的地区。从杭州到徐州水上全程一千二百多里，属于运河中下游，也是中华大地最富庶、风光最绮丽的部分。

运河上下的货船、客船穿梭往来。游酢坐于船上，身边带着四岁的长子游撝，他神情怡然地目睹沿岸风光。夫人吕氏则抱着两岁的儿子游拟，旁边坐着秋香。客船上有舱，可供旅客坐卧之用，没有风吹雨打、日晒之愁，而且船中储备有粮食、蔬菜以及煮食的器具，生活毫无愁虑。船上旅客有士、农、工、商，也有走南闯北的艺人，还有乞讨人甚至盗贼，男女老少站的、坐的、卧的、斜靠着的，姿态不一；有人闭着眼打盹，有的默不出声地端坐着，有人在看书，有人在下象棋，有人低声哼着小曲，也有人在弹琵琶；北方话和南方的湘、鄂、浙、赣、闽、粤，西南的川、滇、贵各地方言在这里叽里瓜啦地交织着，有互相询问对方情况的，有高声谈论的，有说笑的；婴儿的哭啼声，情侣的嬉笑、打俏声，还有几个围在一堆喝酒，不时地在大声吆喝着酒令，声浪一阵又一阵，偶尔还会有一两阵粗暴、凶悍的争吵声，搅得人心烦恼。行李、生活用品以及打工人的工具毫无规则地堆放在旅客的身边，酸味、腥味、脂粉味各种气味混杂在一起。大船若无其事地行驶着。天黑前，船停泊在一个城市港口。夜里，港口边可以看见运河上渔火明灭不定，这时有几只小舟前来，有卖点心的，卖金银首饰、妇女化装用品甚至小孩玩具的，还有一种挂着明晃晃的灯画船，那是专门载着打扮妖艳的妓女来拉客去喝花酒的。船上有些耐不得寂寞的男人，有的上岸去吃喝，也有的男人因为身边有家眷不便上画船而去花街妓院寻乐，大多的人们在船中休息或者早早就入睡，但还是吵吵闹闹的。半夜里，那些出去玩乐的人回来了，还要闹些动静，只有夜深了，大多数人困倦地睡去，船上那些混杂的声音几乎没有了，才显得静谧。

第二天黎明，船上便渐渐地开始有人说话、走动的声音。到了天亮，尽管大多数的旅客还沉浸在睡梦中，咳嗽声、洗刷声、说话声、喊叫声、婴孩的哭啼声等各种声音又热闹起来了。大约到了辰时，船老大点清了人头，船又起锚前行。

话分两头，且先说说朝廷。

司马光和吕公著分别当上宰相和副宰相，朝廷的人事也发生了很大的变化。

程颐听到了这个消息，写信向他们表示祝贺。

司马光和吕公著二人跟程氏兄弟素有交情，去年四五月曾经推举程颢为“宗正寺丞”，程颢却不幸未上任而去世。十一月，时任“门下侍郎”（副宰相）的司马光、尚书左丞吕公著和“西京留守”韩公绛三人先后联名向朝廷推荐程颐先生，朝廷下旨授程颐为“汝州团练推官”和“西京国子监教授”。程颐婉言辞受，仍然

在洛阳家里。现在，他们在朝中已掌执政大权，见了程颐的贺信，二人又想联名举荐他。没有想到，这时监察御史王岩叟先站出来举荐。

赵煦才十一岁，暂时还由高太后扶持，朝廷大小政务一切听高太后的。司马光和吕公著都是高太后一手提拔的，听了他们的推荐，便准了奏，下圣旨召程颐进京为秘书郎，

二月初，游酢携着夫人、儿子和秋香来到了京城开封，暂时将家眷带到客栈安顿，自己报到去了。

游酢出了门，直奔皇宫到吏部去报到。

开封城从五代的梁朝开始便是都城，后唐、后晋相继也在这儿建都。北宋建都于此，称为东京，皇宫是在五代旧宫的基础上、仿照洛阳宫殿的模式建造的。

宫城方圆五里。皇宫的正殿叫“大庆殿”，是举行大典的地方。大庆殿之南，是朝廷办公机关，二者之间有门楼相隔。大庆殿之北的“紫宸殿”，是皇帝视朝的前殿。每月朔望的朝会、郊庙典礼完成时的受贺及接见契丹使臣都在“紫宸殿”举行。大庆殿西侧的“垂拱殿”，是皇帝平日听政的地方。紫宸、垂拱之间的“文德殿”，是皇帝上朝前和退朝后稍作停留、休息的地方。宫中的宴殿为“集英殿”、“升平楼”。宋英宗之后，皇宫中的有些殿名有了变更，如“崇元殿”已经改称为“崇政殿”，宰相们议事的地方称为“议政厅”等。

游酢早年来京城，虽然到过皇宫附近，但只是远远地站着看了一眼。这一回，他将到这里上朝做事，看得更真切。浩大的皇宫，绵亘数里，一望无际，气势雄伟，自己像小孩突然进入一个陌生的大厅堂，心情有一点激动，又有些忐忑不安。宫廷是天下行政中心，皇都所在，庄严肃穆的地方。所以，他的脚步放得轻些。

皇宫似海，进宫的官员不仅要身着官服，而且经看守大门的侍卫验明身份才肯放进去。

宰相办公的地方叫尚书省，安排在宣德门前，各部办公场所都集中到边上。

游酢知道亦师亦友的叶祖洽在任礼部郎中，先找了叶祖洽再说。他凭着朝廷发给的官牒一路问着，终于在尚书省边上找到了礼部。叶祖洽早知游酢到京上任之事，见了游酢，忙迎上来说：“定夫，你来啦，好快啊!”他回答道：“能不快吗?”叶祖洽笑了笑，招呼道：“先坐一坐。”紧接着又问道：“下榻之处安排停当了吗?”游酢答道：“暂时还在四海客栈。”叶祖洽拍一下大腿，说：“哈！这怎么行。我来安排，咱们做邻居吧。明天晚上，我去看你。”几分钟后，叶祖洽带着游酢来到吏部，吏部尚书恰好在，叶祖洽说道：“尚书大人，我这个老乡前来报到。”吏部尚书倒随和，见是叶祖洽的熟人，站起来伸出双手热情地说：“欢迎、欢迎，

请坐。”游酢出具皇帝的诏书和自己的履历，吏部尚书问明了的情况，便给予注入朝廷官员的正册，交代说：“明天，你就去太学。”游酢恭恭敬敬必敬地鞠个躬，转身走了。

第二天上午，游酢到京城国子监报到。国子监即朝廷所办的学府，说白些是中央大学。北宋只有京城开封和在洛阳的西京两所国子监。这国子监有监事二人，丞、主簿、祭酒、司业各一人，太学博士、武学博士各十二人，律学博士一人，正禄五人，共计三十六人。但是，这些人员属于朝廷的官员，他们每天跟其他的官员一样要上朝，可以了解到朝廷的大事，必要时也有向朝廷进言的资格和机会。

叶祖洽派人将游酢一家带到官员们聚集的胡同一个三合院住下。周围有四合院，也有低矮的木屋，出了巷口还有外面高墙屋内是两层木楼的大户人家。

这是一个聚集着京城一般官员居住之处，谏官孙觉、王岩叟、朱光庭、上官均以及御史、博士们都住在这里。建阳人陈师锡，时任“秘书郎”，也住在这里。

叶祖洽知道游酢人口多，安排人给租了一套大房屋，一厅一厨房，三间卧室，各屋里都有炕。吕氏、儿子和秋香都是南方人，头一次见着炕，不知道是什么东西，稀奇得很。秋香问道：“老爷，这是什么？”游酢介绍说：“北方天气比咱们南方冷，在家的时候都坐在炕上取暖，谈天、吃饭都在炕上，晚间睡觉时躺着底下有热气，就不会像我们老家那样冰冷冰冷。”秋香听了惊讶地叹道：“啊！谈天、吃饭都在炕上？”游酢看着他们惊讶的样子，笑了，说道：“以后就会习惯的。”吕氏说：“取暖？这东西，我们真还不习惯。不是有火笼吗？”游酢说道：“北方人烧炕，没有用火笼。不过怎么烧炕，你们得向邻居请教，不然会闹笑话。”他说完话，出门办事去了。

忽然，有人问道：“游夫人在家吗？”吕氏打开门一看，是陈师锡的妻子，于是笑脸相迎，应道：“哎呀呀，原来是陈夫人，快请屋里坐。”陈夫人跨进了屋，改口说道：“嫂子，我听家里的说，你们刚来不熟悉烧炕，吩咐我过来看看。”吕氏说：“陈大人可真好，想得这么周到，太谢谢你们了。”陈夫人又说道：“嫂子，游大人和我家老头是同乡又是多年的朋友，现在又是邻居，还客气什么呦。”两人说着进了屋。秋香正在侍弄着怎么烧炕，急得满头是汗。吕氏说：“秋香，你停手，咱们的救兵来啦。快来拜见陈夫人。”秋香站起身，脸蛋涨得通红，用手拭一拭额上的汗珠，行了个万福，说道：“陈夫人好。”陈夫人笑着拍一下秋香的肩膀，说道：“姑娘，你长得可惹人垂涎，水淋淋的，怪可爱。”秋香害羞地用双手遮着脸面跑到门口。陈夫人不再说笑，弯下腰，瞧瞧炕，便动手侍弄起来。吕氏看着，喊道：“秋香，你别躲了，快来看陈夫人怎么做法。”秋香只好来看和学。陈夫人手脚麻利，不到一刻钟做好了。吕氏看了心里无比快乐，便感激地说："陈夫人，你真能。快坐下休息，喝一口茶水。"陈夫人应道："嫂子别见外，我们是同乡，又是邻居，有的是一起的时候。"接着又介绍："嫂子刚来也许不知道，北方人吃食跟咱们南方老家不一样，日常大多吃面粉类的东西，他们叫饼。用水煮的面，叫汤饼；用火烧的叫烧饼，做成一个个圆圆的再用蒸笼炊熟的叫蒸饼……"吕氏听了一头雾水，秋香说："陈夫人，照这么说，这里的生活我还真不习惯。"陈夫人又说："不碍事，我们官家人供应的大米充足，可以照样吃大米饭。"吕氏这下才释然地笑着说："陈夫人不说，我还以为没米饭吃。我们大人倒无所谓，怕孩子们吃不来呢。"又说笑了一阵，陈夫人说："我那两个猴子在家。没有人一会说不准就会闹翻天。我还是先回去看看。"说着就拨开步子往外走，吕氏送到门口，说道："陈夫人，谢谢你了，有空就过来聊天。"陈夫人回头一笑，应道："别客气，以后你不让来，还挡不了呢。"

陈夫人去后，吕氏回到屋里，对秋香说："陈夫人一家都挺好。"秋香应道："是的。她人长得漂亮，又那么能干，陈大人的福气真好。"吕氏问道："烧炕学会了吗？"秋香答道："会了，夫人放心。"

游酢回到住处，见吕氏和秋香已经把行李整理完，房间的铺盖也打理清楚，于是忙着收拾自己的文房四宝、书籍等。

晚饭后，听说游酢已搬来住，陈师锡和上官均、叶祖洽三个福建同乡都前来看望。

游酢夫妇连忙出门热情地迎接，游酢拱手说道："欢迎各位老乡光临，请里面坐。"大家也都回礼，表示对游酢到来的欢迎。

进了屋，吕氏歉意地说道："我们刚搬来还没有收拾清楚，各位大人将就些坐坐。"陈师锡见自己身边多了一家同乡高兴，主动地说："嫂子，这几天你辛苦了。"上官均、叶祖洽也说："游夫人辛苦了。"秋香端上茶壶，吕氏接过边给各位老乡斟茶边笑容可掬地应道："哪里，我笨手笨脚的，连烧炕还是陈夫人帮忙的呢。"陈师锡说："嫂子，你这就见外了。我们是同乡啊。有什么用得着地方，尽管说。"上官均、叶祖洽两人异口同声说："是啊，我们是老乡，今后什么事情都得相互帮忙。"吕氏倒完茶，说："各位大人慢坐。"话一完便和秋香回到内屋去了。大家心情都很愉快，闲谈了一些话。陈师锡问礼部郎中叶祖洽："朝廷今年有什么新动向？"叶祖洽说："树欲静而风不止。看来要变了。"陈师锡说："有这事？不会吧？"上官均心里有数，他也听到了一些消息，因此说道："祖洽的话不会空穴来风，可能有所动作。"叶祖洽说："会有事，也是你们谏官在那里做文章。"陈师锡和上官均相互看了一眼，说："没有啊，我可至今没有任何信息。"游酢初来乍到的，又只是一个太学录，本来坐着静听，想了解一点朝廷的信息，可是刚才听出叶祖洽话中含有弦外之音，对谏官有看法，怕他们三人之间伤了感情，自己是主人，忙插嘴说："大家喝茶，现在是新年，谈点高兴的。"三位客人见主人这么一说，便不再争议。游酢见他们静下，问道："我刚来，连朝中大多的衙门都不知，还有朝中有哪些规矩一无所知。请你们介绍、介绍。"陈师锡说："这就请叶大人和上官大人说说。"上官均说："这还是叶大人最有发言权。"叶祖洽是极聪明的人，他知道这种场合，自己推辞不了，应道："那好，我说。"于是，他说："朝廷规定臣子们每天黎明四更就要到皇城的丹凤门'待漏院'集中，一起由宰相带领进宫等候朝拜皇帝。因此，住得较远的，夜间三更天打着灯笼去'待漏院'。"还一五一十地对朝廷中的一些日常规矩做了解说。

众人又坐了一两个时辰，三位老乡才起身回去，游酢夫妇送他们出门口。

游酢考虑到第二天要上朝，送走了客人，洗了脚，跟吕氏说："来到朝廷每天天没亮就要去上朝，从今开始，晚上三更后就记住叫我。"吕氏应道："记住了。"他便回卧室休息。这天晚上，吕氏心里惦记着丈夫上朝的事情，开始睁着眼在想，久了觉得有点困，也只眯着眼睛养神不敢睡，不知不觉地睡去一会。听到城中更夫敲二更，她忙翻身起床去厨房烧水、做饭。

听到更夫敲三更了，吕氏奔进卧室催道："老爷，快起床。"游酢听了睁开惺忪的眼，问道："时辰到了？"吕氏说："到了。更夫还在敲更呢。"游酢慌忙起身下床，穿好衣服走出房间，洗个脸，草草地吃了点饭，吕氏点亮灯笼递给游酢说："拿好。路上小心。"

游酢挑着灯笼走出门，陈师锡就来了，说道："我担心你睡过头，早点来叫你，没想到你已出来了。"接着，上官均、叶祖洽等也挑着灯笼前来。叶祖洽见游酢已经出来，说道："走吧。"

天朦胧胧的，城中还回荡着相国寺传来报更的钟声，大家都打着灯笼赶往"待漏院"。一路上，游酢见到长长的御街上几百盏灯笼晃着微弱的光匆匆而来。到了"待漏院"，游酢碰上朱光庭、刘挚几个熟悉的人，打了个招呼。司马光、吕公著、吕大防等重臣在这里已经等候了许久。这是一个十分宽敞的广场，平时是皇帝仪仗警卫们活动的地盘，朝臣只是早朝时在这里站队而已。几百号的官员站在这里，只不过一个角，显得有些空空荡荡，清凉的晨风夹带着初春的寒意，让人觉得有些微微发抖。老朝臣们私下低声地窃窃私语，听不很清楚他们在讲什么。忽然，传来一阵马车声，接着听见清脆悦耳的铃铛声。有人说："潞国公大人来啦。”大家屏息不做声了，按照自己官职的大小、高低慌忙依秩序站立整齐。太学博士和太学录的官职较低，排在后面。这时，他才见到同僚李格非，还有程门的同窗吕大临等。文彦博在一片灯火中下了马车，有人上前轻声地问候。顿时，广场上鸦雀无声，不知谁发出了几声咳嗽，监察官员在人群中巡走了一圈，没有发现什么就回到自己的位置。

东方的天际露出鱼肚亮光，星星还在眨着眼，天空渐渐地泛起玫瑰色的红光，晨风中传来一阵长、一阵短的鸡鸣声。没有人吭声，大家都静默，这时清晰地听得见铜壶“嗒!”、“嗒!”的滴水声。朦胧中，宫殿像一只巨大的怪兽横立在前面，隐隐约约的。不知站了多久，大家腿有些酸软了，都期盼着那一扇大门早些敞开。

不知过了多久，突然宫门开启，宰相在前面带着臣子们列队向里面鱼贯而入。

到了宫殿门口，大家将灯笼各自挂好，依然按照次序排列进宫。最前面是三公、六卿、大学士等，接着是一般的官员。金碧辉煌的宫殿里，气氛庄严而肃穆。赵煦还没有到，除了左右仆射、门下侍郎、六部尚书可以轻声地说话，一般的官员没有一个吭声。宫廷的规矩，臣子不能迟到，皇帝却时常迟到，臣子们没有人敢吭声，更没有人敢有怨气。

过了一会，赵煦和太皇太后高氏来了，大家振作精神，挺胸笔直站立着。赵煦登上金銮殿，所有大小的臣子们都唰地跪下，三呼“万岁”。等皇帝说：“平身吧。”值殿官高声喊道：“平身——”群臣们才能站起，而且要站得挺直，不能有任何的动作，哪怕被蚊子、苍蝇、蜜蜂蛰也不能抬手，不准交头接耳、不准出声。皇帝说：“有事进奏，无事退朝。”可是，朝廷中几时没有事情进奏？而大臣们对进奏的事情往往又有分歧，廷辩起来有时要一两时辰，所以其他人只得学会忍耐，站到双腿发麻也只能咬住牙根，不能挪动一下。果然，身着红袍的宰相文彦博出列，胸前执笏奏道：“臣启奏，皇上鸿运初启，理当效尧舜之典，继承先祖之志，颁布新政，去岁虽然有了改革，天下称快。但是，有的至今尚未除尽，伏望圣上下旨废黜青苗、免役诸法，惠及天下黎民。”赵煦说道：“潞国公所奏，众爱卿有何见解？”这时，吕公著出列执笏说道：“吾皇圣明。臣以为潞国公所言极是。”接着，叶祖洽又出列，奏道：“微臣以为不然，先帝事业没有实现而中途驾崩，圣上当子承父志，继续光大先帝诸法……”于是，宫廷中官员轮番出列进奏辩论起来，底下的群臣也开始议论纷纷。初进朝廷的游酢在早朝中终于尝到了朝官的滋味——多么难受，但这是必须的功课——没有这起码的忍耐性，如何承受得了天下大任？

面对如此的场面，年少的赵煦不知所措。这时，坐在帘幕后的高氏轻轻咳嗽一声，宫廷立刻鸦雀无声。她缓缓地说：“哀家以为潞国公等所奏合乎形势，就依所奏，拟出新政。”底下，一大群朝臣立刻发出：“太皇太后圣明!”的呼声。不同意见的臣子听了敢怒不敢言，只好忍气吞声。

“退朝——”这一场的争论终于结束，大家轻轻地舒了一口气。可是，退朝也得讲秩序，谁也不能乱，大家只得慢慢地跟着队列出宫。

几天时间后，游酢终于适应了这种早朝的习惯。

国子监的同事很多。其中有两个同事是山东人；一个是巨野人晁补之，工书画，能诗词，善属文；另一个是齐州历下城中人李格非，诗文俱佳。因为，晁、李两人性格都温和，游酢来到这里不久便经常在一起，成为好朋友。

可是，朝廷传开一件事情让游酢感到有些吃惊。究竟怎么回事？且听下回分解。

第三十三回

入海才知水深浅
人亡便见世炎凉

话说程颐家居洛阳，离京城开封才四百余里，按理接了圣旨应当及时赴任。可是，他是一位五十多岁的人，阅历丰富，且学养很深，不但没有欣然领命前去，而且在二月二十四日上书《辞免馆职状》中写道："况祖宗时布衣被召者，故事具存，伏望圣慈，令臣入见。所降诰命，不敢当受。"这是司马光和吕公著、王岩叟等没有想到的，高太后和皇帝知道了都不高兴。这事在朝廷传开，群臣议论得沸沸扬扬，有的人认为程颐摆架子，引起了一场议论的风波。在此关键的眉睫，大臣王岩叟上奏道："希望陛下召见程颐一面，用一番话试询问他治理国家的纲要和方法，陛下极圣明，自然可以看出他是个怎样的人。微臣以为程颐抱有修道养德的时间长久，而潜心积虑的功底也很深，静中阅历天下的义理多，一定会有好的建言，给圣上带来新的见解，这便是微臣所以引进程颐的原因……"司马光和吕公著二人又轮番在高太后和皇帝面前说好话，于是，高太后决定先冷静一段再说。

闰二月，朝廷又发生了一件大事。有个"右司谏"叫王觌，他上书给皇帝说："八个宰执，奸邪居半，让一两个元老怎么施展抱负！"极力谈论蔡确、章惇、韩缜、张璪等朋邪害正，所上奏章多达数十道。接着，"右谏议大夫"孙觉，"侍御史"刘挚，"左司谏"苏辙，御史王岩叟、朱光庭、上官均，又连上奏章劾论蔡确的罪行。皇帝见众多大臣相继弹劾蔡确，乃准奏，免去蔡确的相位，章惇被罢去"知枢密院"官职，分别出知州郡。当下，高太后经过思考斟酌，面请赵煦提拔司马光为"尚书左仆射兼门下侍郎"，吕公著为"门下侍郎"，李清臣、吕大防为"尚书左右丞"，李常为"户部尚书"，范纯仁为"同知枢密院事"。

三月，太皇太后高氏和赵煦召见程颐入朝当面谈话。那程颐学问渊博，对天下事情又有一定的了解，高太后和皇帝的所问，都对答如流，因此改授程颐为“崇政殿说书”（又称为“侍讲经筵”，是给皇帝讲课的老师），而且命程颐负责修订朝廷的学制。那皇帝是逢单日听老师讲课，双日上朝理事。程颐深感朝廷对自己的信任，每天上下朝出入宫廷，严肃而认真，很少跟人嘻嘻哈哈。他努力工作，连续上了三道札子，论述自己对给皇帝当侍讲的见解和建议。可是，给事中顾临和宫中较年轻的人，却看不惯这么古板的老头子。

一日，游酢在上朝的路上遇见了一位身材高大、脸长面白、眉目疏朗俊秀，风度儒雅从容，年近四十的大官。游酢正在为眼前这位比自己年长者不知何人纳闷，这时一位官员正好走来，介绍道：“这是开封府知府蔡大人。”游酢一听忙说：“蔡大人，在下有眼不识泰山。晚生游酢拜见。”蔡京一见，笑脸相迎，问道：“免礼，免礼，你可是建州的?”游酢听了心想：他怎么知道我的情况。但是，他立刻回答：“晚生正是。”蔡京拍了一下游酢的肩膀，笑着说：“哎，不知者不足怪，你可是同乡啊，有空到寒舍坐一坐。”游酢应道：“好、好。”

蔡京，字元长，福建兴化府人，熙宁三年进士。他涉足官场已经十多年，伺机往上层钻，尽力拉朋结友，因此表面为人温和。他见到同乡人有亲近感，亦在人情之中。游酢刚刚而立出头，向来喜欢结交朋友，不知深浅，“他乡遇故人”，觉得格外兴奋。但是，游酢知道蔡京是朝廷中的大官，自己地位低，不敢轻易地贸然亲近他。

没有几天，朝廷又发生了一件令游酢吃惊的事情：礼部郎中叶祖洽，见到朝廷恢复旧制，革除新法，再次上书维护新法。叶祖洽是个性急的人，曾经积极参加变法，深受王安石、吕惠卿等器重，又急于为家乡做事情，如：元丰八年托张景贤奏请将其家乡归化改名，赵煦赐名为“泰宁”。因此，朝廷中反对变法的官员对他暗恨之。

一天早朝，当时担任“给事中”的赵君锡出廷奏道：“叶祖洽当年考进士时策论中有‘祖宗多循苟简之政，陛下即位，革而新之。’此系毁谤先帝，理应革除”。当年的考官是苏轼和刘颁两人，他们听了吓出一身冷汗，如果叶祖洽属于“毁谤先帝”，自己必然受到牵连，于是决定出来主持公道。苏轼先出列说道：“臣以为祖洽当时的策论，可以认为他的议论乖谬，如果说他是毁谤则不可。”刘颁也出列奏道：“微臣以为苏学士所言极是。”接着，“左正言”姚勐又出列，奏说：“祖洽在当地方官员时‘贪鄙无状’……”以贪官的罪名弹劾他。皇帝听了，所以下旨将叶祖洽外放为“广西刑狱”（监管犯人的官职）。

当退朝时，苏轼和刘颁心上悬着的石块才落下，两人的脸上露出了轻松的神色。

话说游酢到了京城只是当太学录，在太学上课的教授而已，在朝廷中没有任何的职权，只是属于朝廷的官员行列，可以参政议政；皇帝经常到太学转，又非常器重博士群的人才，这个职位有机会接近皇帝，是皇帝身边的人，不少人由此被提拔为朝廷大臣，所以在太学的人将来升迁的机会很大，颇受人敬重。游酢年纪刚刚三十出头，满朝的人都知道他学问好，与程门兄弟有师生之情，因此对他格外的尊重。游酢的人缘极好，程颐是师叔，朝廷中宰相吕大防的胞兄大忠、弟大钧、吕大临与游酢、邢恕、贾易、朱光庭、刘挚同出程门，又同朝为官；福建在朝廷有同科的进士黄裳、上官均，还有陈师锡等几位老乡。程门时结识的张舜民这时也在朝中任秘阁校理，与游酢时有交往。可是，游酢很谨慎，随和谦逊，对人一视同仁，从来不敢有偏颇。

孙觉因向来与程氏兄弟有交情，又知道游酢是程门高足，本来在颍昌时见面过，经过一段接触，知道游酢淳朴厚道，便乐于亲近。孙觉学识渊博，为人爽朗、风趣，喜欢交友，公余时，便常常来找游酢闲谈，两人甚投机。

一次晚间，孙觉来游酢的住处，两人先是谈论《春秋》。孙觉对《春秋》和《易经》深有研究，他著有《春秋经解》，而且正在撰写《易经解说》一书。游酢对《春秋》和《易经》也很喜欢和熟悉，在谈论《春秋》时，孙觉听了不时频频点头。接着，两人谈起《易经》，孙觉问道："六十四卦中，你最喜欢哪一卦？"游酢应道："天火同人。"孙觉又问道："是何道理，说来听听。"游酢说道："同人卦，乾上离下，配合得当。乾，天也，在上象征刚健；离，火也，象征光明，刚健、光明乃君子之征。卦辞曰'同人于野，亨。利涉大川，利君子贞。'象曰：'同人，柔得位得中，而应乎乾，曰同人。同人于野，亨。'卦中唯六二爻阴位得阴，得其位，与九五爻相应，所以说'同人'；虽然九三、六四两爻有所阻碍，到九五尊位，所以有先号啕而后笑。全卦一阴五阳，象征与人和睦相处，同舟共济。子曰：'君子之道，或出或处，或默或语，二人同心，其利断金；同心之言，其臭如兰。'人和、家和，则社会和谐，天下安定，此正合《礼记》中'天下大同'之意。"孙觉听了赞叹道："君不愧为程门高足也。老朽虽然学易数十年，不及君之见识，真是后生可畏也。"两人谈到深夜，孙觉才离开。

寒食节，京城上万人到郊外踏青。游酢与陈师锡、上官均、黄裳、吕大临、张舜民等朋友们登山观赏风景。晴朗的天空下，站在小山上看去，开封这座历史悠久的古城，城区面积在全国不算一等大，然而盈荡着一种茫茫的瑞气，气势那么宏大而浑厚。蓝天下千万座的房屋沐浴着绚丽的阳光，宽阔的御街和无数的胡同、小巷，犹如古城中流动的血管，蠕动着南来北往的人流；金碧辉煌的皇宫鹤立鸡群威武地耸立在城北，四周的群山和古老的城墙环拱着它。“一城宋韵半城水”，连空中的飞鸟鸣叫声都比其他地方的更有韵味。那杨柳依依的隋堤，仿佛让人回想起遥远的过去，这里在中国历史的进程中曾经有过辉煌、也有过清凉，如今又灿烂地笑着成为天下的京都；大明湖像一块大明镜闪烁着清亮的波光，将整座古城的厚重、亮丽的色彩都融入自己的胸中。大地“厚德载物”，大明湖却似一位充满岁月沧桑的老人，虽然什么也没有说，可是心底比谁都清楚社会、历史是怎么一回事。黄河，北面的黄河，没有几个人去那里，但是它的声息时时给古城带来一种警策、一种力量。大浪淘沙，滚滚的河流，滚滚的浪涛，卷走多少历史的风尘！

望着眼前的景象，回想着数千年来这座山城的悠久历史、文化，游酢不禁感慨万端。

众人游览了风景，便一路谈笑着返回。

阳春三月初，京城中官民向来有去西郊演武庄金明池踏青赏春习俗。游酢看过沈括的《梦溪笔谈》，知道金明池于北宋太平兴国元年（公元976年）开凿，其池水引自金水河。他决定前去散散心，带着秋香和儿子出了门。

一路上，紫陌红尘拂面，城中官民匆匆赶往的人流让人感到金明池的魅力。约行半个多时辰，游酢和家人来到金明池，这里已经人山人海，放眼望去，果然是一方开阔天地，春意盎然；近观桃红如霞似火，柳绿如烟飞絮，粉蝶翩转花间，黄鹂娇啼树上，池内遍植莲藕，碧叶连天，一望无际。秋香赞叹道：“哇！这里的风景太美了！”游酢答道：“秋香啊，天下好景多的是，以后有机会我再带你们去其他地方看看。”池中有一座通往“宝津楼”的石桥，叫“仙桥”，桥面三虹，朱漆阑楯，下排雁柱，中央隆兴，谓之骆驼峰，其状若飞虹。桥头的“宝津楼”是一座的五殿相连的建筑，位于水中央，仰而望之，重殿玉宇，飞檐翘角，楼阁高耸相映，其下周围则有奇花异石，珍禽怪兽，船坞码头、战船龙舟，样样齐全。游玩者，穿梭往来，络绎不绝，嬉笑、喧哗之声不绝于耳。游撝好奇地问道：“爸，这么多人，热闹极了！”游酢回答道：“城中有些痴迷游者，每逢阴雨绵绵之夜还到此地听雨打荷叶的声音呢。”游撝疑惑地问道：“那么，他们不怕鬼吗？”游酢笑着答道：“世间如果真的有鬼，他们敢来这里吗？人们常说‘疑心起暗鬼’，看来，所谓的鬼，是人们心理害怕引起的。”他们三人说说笑笑地边走边观赏美景，看看天色已经近午，便折身踏上归途。

中旬，朝廷颁旨废除一切新法。司马光决意废除“免役法”，改为“差役法”，以五日为限，下属官员都嫌时间太急促。谁也没有想到，开封府知府蔡京却如期来面复司马光，禀报他已经开始实行差役法。蔡京第一个呼应，司马光大为高兴，听了大喜，说道：“使人人奉法如君，有何不可？”

蔡京告辞退去后，司马光更加相信差役法可行，认定要将这一件事情坚持到底。蔡京当年积极参加支持王安石的变法，现在一下子就紧跟司马光废除王安石的变法。因此，朝廷上下对蔡京议论纷纷，不少人认为他是个投机的人，专事揣摩迎合，初见蔡确得势，就附蔡确；继见司马光入相，就附司马光。司马光忠是忠厚而又有几分固执的人，只知道实行自己的法，哪里晓得蔡京暗中机巧呢？

一匹快马从京城向南飞驰而去。马上的不是别人，而是安惇，他要把朝廷中刚刚发生的事件迅速地告诉退居江宁（今南京）养老的“荆国公”王安石。

王安石在钟山下的“半山堂”居住着。巍巍的钟山在后衬托着，悠悠的长江从屋前穿流而过，繁华热闹的金陵城近在咫尺，他被贬之初平时在家里看书、做诗打发光阴。几年之后，他知道自己已经进入暮年，不可能东山再起，也不想管朝廷的事情，希望能够平静地安度残年。他经常骑着一只驴，带着书童和奴仆游山玩水，甚至到寺庙去。他好佛、道，常去定林寺，与方丈谈经论道，有《定林寺三首》、《题半山亭壁》等诗作；这时期他也做了很多清雅的诗，如《泊船瓜州》、《梅花》，另外不乏借古抒情、寄托自己心声的作品。

这位曾经闻名天下的学者，又三度担任过朝廷宰相的叱咤风云人物，自从熙宁七年被罢免宰相至今已经十二个春秋，朝廷发生了许多变化，门庭也冷落了，每年除了女婿蔡卞较多来往，只是个别朋友和像安惇、叶涛等尚存一点良心的部下还会前来看望他。蔡京、章惇、张商英、李清臣这些昔日的追随者渐渐变为这里的稀客。可是，司马光上台之后，朝廷不时地传来新法逐渐地被废除，王安石心中自然更不是滋味。

太阳已经西斜了，满头白发的王安石骑着一只驴，带着书童和奴仆从定林寺回来。他回家不到半个时辰，忽然听见门外有马蹄声。安惇来到半山堂翻身下马，奔进堂去。王安石闻声出来接见，安惇将事情一一讲了一遍，当听说刚刚执政的司马光将免役法也废除的时候，他再也不能保持他的镇定，不禁惊愕失声：“也不至于如此吧？”安惇说到蔡京迎合司马光，他淡淡地一笑，什么也不说。当安惇离去后，他颓然地跌倒在座椅边，仆人扶他到房间休息。

从此，他病势更加沉重。在病榻中，他回忆着跟司马光等人的争斗，想到：历朝历代朝廷中权臣的争斗都是你死我活的，龙虎相斗，两败俱伤。想到这里，自己连司马光也恨不起来了——谅想司马光也一大把年纪，心灵所留下的创伤同样很重，两人几十年争斗的戏差不多要结束了。

当安惇再次前来看望他时，他将在病中写的一首诗《谢安惇二首》递给了安惇，其中的一首写道："谢公陈迹自难追，山月淮云只往时。一去可怜终不返，暮年垂泪对桓伊。"安惇读了这首诗觉得心痛——这首诗不仅表现了老宰相晚景悲伤、无奈，而且无疑成了临终的不祥征兆。在离开半山堂回家的途中，安惇哭了起来。

王安石是无法再理天下的事情了。那么，对朝廷事情非常关心的人，又如何呢？

话说程颐先生当上了小皇帝赵煦的老师，他和四位同事轮流在崇政殿的"迩英阁"讲课。

其他四位都是兼职的朝官，只有程颐一人是专职老师。上课时，旁边站着一名史官，皇帝一言一行都一一记录下来，平时还有一名宰相会来坐着看。程颐先生第一次上书给皇太后，提出皇帝年龄尚幼，有史官在旁站住不便，宰相也不必经常来那里静坐，这样做会影响皇帝的学习。朝廷没有回应。

进入初夏，天气日热，那"迩英阁"狭小，又有三十名左右官员在那里办公，程颐上书给皇帝和太后，要求将讲课地点移到更宽敞些的地方。

到了月底，皇太后传下旨意，天气热了，从四月开始停止给皇帝授课，到七月秋后再续上课。为此，程颐先生再写《上皇太后书》，提出皇帝正是读书成才的时机，不宜停课。朝廷依然没有回应。

皇帝上课的事情到此告了一个段落。

四月初六日，"荆国公"王安石病逝，终年六十六岁。他的儿子王雱早在十年前去世，亲人唯有其弟王安礼，时任资政殿学士兼任舒州知州。所以，王安石的丧事由王安礼主持。此时，司马光也已经重病在床，这位长期以来与王安石争斗的老政敌，他倒想到王安石去世后朝廷内部可能出现相互争斗残杀的混乱局面，写信给接任的宰相吕公著，意思为："介甫（注：指王安石）的文章在节义方面过人处很多，但性情不晓世事复杂而喜欢追逐是非，致使忠直的人疏远……我的意思认为，要向朝廷提出应当给他优厚的礼遇，以此整治社会上浮薄的风气。"在司马光的提议下，朝廷追谥王安石为"太傅"。王安石虽然是神宗皇帝赵顼得力的大臣，曾经三度为宰相，权倾天下，当时跟随者无数，可是自从他退隐之后，那些跟从者大多马上投靠了新主。由此可见世态炎凉，人情冷暖。不出司马光所料，在吊唁王安石的事情上，昔日反对新法的大臣和游酢等新上任的官员都前去参加

吊唁，而吕惠卿等王安石的得意门徒一个个避嫌，就是去了没有一个肯称学生，有的借故不去吊唁，倒是许多平民百姓前来在灵前祭祀和跪拜。

这一件事情在朝中引起很大的反响，世态炎凉、人情淡薄让人寒心。

张舜民看在眼里，心里很为"荆国公"王安石抱不平。他虽然曾经反对过新法，此次不但去参加了吊唁，而且归来还写出了一组哀悼荆公的诗篇《哀王荆公》："门前无爵罢张罗，元酒生刍亦不多。恸哭一声唯有弟，故时宾客合如何？"、"乡间匍匐苟相哀，得路青云更肯来？若使风光解流转，莫将桃李等闲栽。"、"去来夫子本无情，奇字新经志不成。今日江湖从学者，人人讳道是门生。"、"江水悠悠去不还，长悲事业典型间。浮云却是坚牢物，千古依栖在蒋山。"……张舜民的这些诗，在朝中很快传开，让那些投机钻营者害臊得无地自容，但是也给自己埋下祸根。八年之后，新党上台，他被划为"元祐党人"贬到商州（今陕西省商洛市），踏上了远谪之路。

五月，按照朝廷的惯例，端阳节放了两天假。

游酢正在家中看书，突然黄裳来访。黄裳此来引出啥事？请君看下回。

第三十四回

程颐上疏提学改 游酢深思虑为人

话说游酢见黄裳前来，连忙起身相迎。

两人交谈一会，黄裳问道："敦常回家乡隐居了，你知道吗？"游酢听了说："不会吧。他不是在永丰当知县吗？"黄裳肯定地说："是吏部侍郎亲口说的。"游酢听了，叹道："唉！真是人各有志啊。"黄裳问道："你可看过《莺莺传》？"游酢答道："没有，那是戏？还是读本？"黄裳说道："是读本，也是戏。读本是唐朝诗人元稹写的，戏是山西晋城（时称泽州）艺人孔三传编演的。孔氏将《莺莺传》用说唱结合的形式，在舞台上表演给观众看。现在开封经常有人演这种戏。我看过一两回，倒还有一点趣味。你想看，什么时候我陪你去看一回罢。"游酢答道："戏以后再看，那读本如果有，帮忙给弄一本来读读。"黄裳应道："这好说，城中到处有卖点，你要收藏的话，最好还是自己买一本。"游酢说道："这故事听过，确实值得一读。我知道你视书如命，还是我自个买一本。"黄裳笑着说："你不会也动情了吧。"游酢也笑着答道："就兴官家放火，不许百姓点灯？"黄裳起身说："好了，时间不早了，有空再聊。"他走了，游酢送到门口便回来休息。

第二天，游酢在城中买了一本《西厢记诸宫调》回来读。

这个月，程颐先生给朝廷上了《三学看详文》，并且附了《论改学制事目》一文。朝廷就此召集大臣以及博士等等进行讨论。

《三学看详文》提出了五条学制改革的问题：一是对上舍生的确定，由原来的糊名考试改为"只于内生推择才学行艺为众所称者，升为上舍生。"；二、将原来十二博士同教一经，改为"置博士十人，六人分讲六经，余四人分讲《论语》、

《孟子》”；三、取消太学中的律学，“学生当专意经术”，“到吏部人方许入律学”；四、删去《三略》、《六韬》、《尉缭子》，添入《孝经》、《论语》、《孟子》、《左氏传》；五、原来“祖父母丧，亦许应举”，改为“学生遭祖父母丧，给长假，行服。”

晚饭后，游酢刚刚坐下要看那一本《莺莺传》，忽然吕大临和张舜民来串门，只好放下书本招呼客人。吕大临见到书问道：“哟，定夫今天会看《莺莺传》?”游酢说明道：“不好意思，前几天买的刚刚看几折。”张舜民说：“这本书写得好，如果再去看看孔三传或者要秀才演唱，印象更深刻。”吕大临说：“读本还写得不错，戏没啥看头，就一个人说唱到底而已。”游酢问道：“没有道具?”张舜民说：“有啊，北方的艺人用琵琶、鼓子等，南方的用萧、琴之类。”游酢说道：“你们对这件事情很熟悉。我这个乡巴佬初来京城啥也不懂。”吕大临讲：“这不奇怪。很多东西北方人发明，你们南方人一学就会。现在京城中也有南方的艺人在瓦舍开辟了戏场子，听说满热闹呢。”游酢听了说道：“我初来乍到，对这里还很陌生，今后还得蒙二位兄长多多赐教和引领。”张舜民开玩笑说：“你就不怕我们把你带坏?”游酢肯定地答道：“近朱者赤，近墨者黑。谁叫我们是老相识呢。”三人哈哈大笑。吕大临问道：“你们福建有什么戏曲?”游酢答道：“据我所闻，福建泉州府有‘南音’，其他的不知。”张舜民问道：“那么‘南音’怎么一回事?”游酢答道：“‘南音’大约跟晋代永嘉之乱晋人衣冠南渡有关，他们也是从中原迁徙到南方后结合当地的表演艺术产生的一种新戏曲。演奏演唱形式为右琵琶、三弦，左洞箫、二弦，执拍板者居中而歌，由‘大谱’、‘散曲’和‘指套’三大部分（俗称“指”、“谱”、“曲”）构成完整的音乐体系。”吕大临讲：“照定夫这么一说，如今京城的诸宫调表演也不是什么新鲜货了。”游酢答道：“哪里，戏曲这方面，我是外行，只是听说而已。再说这类事情，不是我们士人所做的，也不曾理会它。我只不过知道南音这回事而已。”吕大临说道：“定夫讲得对。”游酢补充说道：“虽然戏曲看似是下里巴人的事情，但是能够给老百姓带来娱乐，读书人关心一下这类事情何尝不可。可是，我们没有那么多的时间和精力去做。”

接着，吕大临问道：“师叔伊川先生的《三学看详文》看了吗?”游酢答道：“看了，伊川先生在文中指出原来学制存在的弊病，说理得当，做法更简便。”张舜民说：“可是，也有个别思想较保守者反对这样改革。”游酢说：“天下什么事情没有人反对的呢?其附录的《论改学制事目》说得更加具体。过去，同一本教材几个教授上，教者各唱各的调，搞得学子无所适从，此举改革使天下的教者能够专而精，学子能够简单而易学，乃千秋大事。”吕大临称赞道：“伊川先生不愧为一代名儒，不但学问精博，而且看问题亦有很深的穿透力，能够一针见血直切要害。”张舜民讲：“不然，司马光、吕公著等宰相会推举他为帝师。”游酢说道：“其实，荆国公对程氏兄弟的学问也极钦佩，只是政见不同成了异路人。”吕大临说：“苏轼对伊川先生却有看法，非但不以为然，且以唇相讥。”张舜民解释道：“苏学士个性使然也，岂止伊川先生，即使荆国公、司马光相公也敢碰，否则不至于屡屡受贬。”吕大临说道：“人啊，还是谦虚、持重些好。”游酢说道：“文人相轻，古来是个悲剧。其实，有真本领者，只用心于效力朝廷和为民谋利上，哪有闲心搞窝里斗？我们不谈这些，谈了让人寒心哪！”张舜民听了，说：“对，我们谈别的吧。”

三人又谈了些时事，吕、张二人告辞离去。

一天傍晚，邹浩来访，游酢十分高兴：一是两人为同科进士，二是性格相投。邹浩，字志完，号道乡，江苏毗陵（常州古代的别称）人。他虽然是一个学问家，但是为人耿直，爽朗、健谈。这时，他在颍昌府任教授。两人坐下，谈学论道，至半夜才分手。

到朝廷一段时间，游酢听说了宫廷中斗争得非常激烈。原来，朝廷群臣之间关系非常奥妙，那些人经常在一起便会被人视为拉帮结派，俗称为“朋党”。游酢想起读过王禹称、欧阳修两人写的《朋党论》，深明朋党之说“自尧舜时有之”，历朝争斗不息。因此，朝廷中资历老者皆知忌讳而避之。游酢乃新入官员，听此一说也谨慎起来，没有其他事情做时只是读书。

同事中大多数人都是钻研学问的，也有几个无所事事、爱理闲事、说闲话的人，有的说：“游大人，书慢慢读吧，要注意保护身体呢。”有的说：“这里可不是程门，没有先生要求你再读书。”众人中，数他和吕大临、李格非三人资历最浅。吕大临听了忍不住会反击一两句，李格非却一语不发。游酢当然知道同僚所说的道理，有时也会若无其事地坐下来与大家说说笑笑。但是，谈吐的话题比较严肃，几乎都是正事。所以，有的人背地里议论：“真是有其师必有其徒，太像程颐先生了。”

过了一段时间，游酢心里想到：自己在地方当官那么自由，而进了朝廷就像小孩似的，没有资历，没有权利；同时也清楚了朝廷是官家们勾心斗角之地，如果站的立场不对，说不定哪一天就会招来飞祸，所以自己说话做事都得十分的小心。神宗年间，王安石与司马光两派的斗争，至今还让人谈法色变。眼下，赵煦刚刚登基不久，贬吕嘉问、吕惠卿、蔡确、章惇等变法新党，司马光、吕公著、文彦博、韩维、范纯仁、苏轼、吕大防、程颐等旧臣重新登台受到重用，真是：

"一朝天子一朝臣"啊。说不定哪一天，新党又卷土重来，朝廷将会重演一场血淋淋的斗争。如果说官宦如海，自己已经被卷入波涛之中了。虽然说"人在江湖，身不由己。"自己想当中间派是不可能的，但是完全回避现实、不接触任何人，那也是不可能的。渐渐地，他听到了不少关于朝中官员个性、声誉、掌故等议论，认识的人也日有所增，发现还是有一些大人比较严谨、正派，可以亲近的。历代的朝廷，朝中的官员对任何新进的一位新官员都想拉到自己的阵线来，壮大自己的势力。宋朝中期之后，这种微妙的关系已经成为不公开的秘密。游酢自然也成为各种势力拉拢的新对象。然而，他此时还年轻，对世道了解得不深，思想也还比较单纯，没法想到更深层的东西。

一日，濠州定远县知县陈灌来找游酢，游酢便讲起蔡京。游酢介绍陈灌认识蔡京本是一番好意，他不曾去深想：世间的朋友有好几种，管仲和鲍叔牙可以成为好兄弟，留下管鲍之交千古佳话；而管宁和华歆却貌合心异，最终割席断交。正是：鲲鹏比翼能成友，熊虎相逢必为仇。欲知陈灌认识蔡京后有什么故事，且看后文。

第三十五回

三人夜游相国寺 两友赏花上河城

话说陈灌听了游酢的介绍，答道：“既是同乡，可与一识。”两人便前去开封府找蔡京。

京城开封内城的建筑布局，南以朱雀门为界，进去是州桥，按由南到北的顺序，依次为东面是大相国寺、景灵东宫、土市子，中间是景都亭驿、灵西宫，西面是开封府、御史台、尚书省。北面宣德门内为宫廷，即大内。大内后是景龙门。东北角按由北到南的顺序，依次有马行街、樊楼、潘院、界身院、太庙。御史台紧邻开封府。于是，游酢与陈灌到开封府拜见蔡京。

蔡京见了游、陈二人，表现极为热情，道：“二位乡谊（同乡的意思），今日光临，理应蔡某做东。”游酢说：“我们吃过了。”陈灌云：“要做东，下次吧。”

蔡京高兴地讲：“了翁真爽快。”接着说：“那好。咱们到相国寺走走。”

京城开封的夜生活十分丰富，不但有酒家、戏棚、青楼、脚店，而且不计其数的夜宵摊点，随处可见灯红酒绿，轻歌曼舞，客栈几乎都有娼妓，街头和不少的住户还有暗娼。相国寺是京城最开放的地方，酒家、客栈和娼妓聚集在这里，其中以“录事巷”最著名。这条巷中，几十家都供养着花枝招展的妓女，不过人们对这些姑娘都雅称为“录事”，她们有的因无业而堕落的，有的被引诱或者威逼来的，但是几乎是“营妓”，每月向官府交纳税收，是合法的职业。每家的门前有招呼、引导客人进屋的，也有的专门在天井里为顾客倒酒、陪酒的，有的吹拉弹唱，大多的姑娘陪了酒然后带顾客到阁子上做“鸳鸯”。然而，也有艺妓，她们不仅会琴棋书画，而且能诗词歌赋，卖艺不卖身。文人们集会或者消闲，多请艺妓们来助兴。这里的人员最杂，也有一些流浪汉、乞讨人以及从远地刚刚来到这里的流民。奇怪的是，上至皇帝、宰相，下至普通的百姓，人们总喜欢往这里跑。一般的官员到这里消闲，像家常便饭一样。但是，官员们很少人会去青楼、瓦子、客栈、脚店嫖妓，因为士大夫很讲究面子，风流的文人，尽可到高级的茶馆等跟妓女们开个房间风雅一番。当然，如果没有什么地位的文人则可以像柳永那样长期地醉眠妓院，博得风尘女子们的欢心。

三人一路上边走边叙乡情。从开封府穿过中间的都亭驿，大约半个多时辰便到了相国寺。

蔡京说："咱们找个地方吃个点心。"游酢和陈瓘也觉得腹中有些空了，应道："好吧。"走了几家，几乎坐满了人，来到一个僻静的胡同口，见一家店里只有一张桌子已坐着一皓首长髯长者和一位中年客人，其他都空着。蔡京说："就这里好，清静。"三人便进去坐了下来。

游酢说："元长兄，这样清坐也不是办法。"

陈瓘故作惊讶、开玩笑地说道："怎么，蔡大人字叫元长？"

蔡京问道："奇怪吗？"

陈瓘说道："不奇怪。元者猿也，可是你长得如此英俊潇洒、风流倜傥，一点也不像山中的猿猴。"

游酢说："猿也有长得壮的。"

蔡京听了也不介意，说："照你们这么说，我也推理、推理。瓘者通獾，陈瓘是獾了，而定夫号豸山，便是獬豸。怎么，我们都是山中的动物啊？"

陈瓘笑哈哈地："谁说不是，我们福建是典型的山区，闽山的动物。"

三人都哈哈大笑。蔡京叫道："小二，来三碗面。"

游酢说："有芋包吗？换芋包。"

蔡京说："不用了。到京城还吃芋包，让人笑话。"

陈瓘也点头道："还是芋包好。"

蔡京喊道："小二，换三碗芋包，再添一壶老酒。"接着说："其实，我也爱吃芋包。可是，你们是客人。"

陈瓘回答道："你把我们当外人啊。"

蔡京重新坐下，说道："哪里哪里。我们是同乡。"

小二眼尖，见三个都是身着官服的，连忙送一壶酒、三副碗筷和杯子过来，边摆碗筷边问道："三位大人，要什么下酒？"

这下蔡京聪明了，问道："你们二位要点什么？"

游酢看一眼陈灌，说："你点吧。"

陈灌想了想，说道："花生米半斤、肉干三两，牛肉汤各一碗。"他看看蔡京和游酢，问道："你们还要什么吗？"游酢摆摆手，蔡京却说："再来一盘'洗手蟹'。"陈灌对小二说："就这么多，快些上来。"小二哈个腰，唱喏道："花生米半斤、肉干三两，牛肉汤三碗，一盘'洗手蟹'。"

陈灌问道："什么是'洗手蟹'？"蔡京莞尔一笑，说："将蟹拆开，调以盐梅、椒橙，然后洗手再吃，所以叫洗手蟹。"陈灌说道："原来是这么一回事，吃蟹哪有不洗手的。"游酢说："我们福建人海味吃多了，不过这种吃法听来倒新鲜。"

转眼功夫，小二将下酒的佐料摆到桌上，给三人斟上酒，走了。陈灌一看，那一盘的蟹不过六只，而且不怎么肥，问："这蟹新鲜吗？"蔡京说："京城离海那么远，哪能像海边那么新鲜，有这样已经不错啦。"游酢说："放心吃吧，开封府老爷在此，谁敢坑他？"蔡京先用筷子夹了一只到碗里，用手将蟹拆开，拿过盐梅、椒橙倒上，说："二位，看着了吧，我可要去洗手喽。"两人看了，也跟着动起起手来。三人洗完手，回到原位坐下。蔡京举杯说："来、来，二位品尝一口这里的酒。"游酢和陈灌也举杯。三人边饮边开始吃蟹，蔡京问："这蟹的味道怎样？"游酢和陈灌答道："不错。"邻桌的两人在慢条斯理吃汤面，他们默默地听着，看着三人的言行举止。

游酢说："刚才说到山中动物，我倒想起还有一个将乐的同庚，叫杨时，他号龟山呢。"

蔡京说道："是吗？我们福建人喜欢山，走到哪里都不忘家山，热爱自己的家乡没有错啊。来，干一杯！"三人碰杯后，都一饮而尽。蔡京又给游酢和陈灌二人斟满了酒，然后也给自己满上。

过一会儿，小二端上三碗热乎乎的芋包。陈灌一看，碗里的芋包烫得倒丰满，上面撒了一点芝麻，可是不够油，于是说："猪油拿一点来。"小二爽快地应道："好咧。"游酢夹了一个芋包尝一口，说道："最好再加一点老酒才更香。"于是，给碗里倒了一点老酒，问道："你们要么？"蔡京和陈灌异口同声答道："要！"游酢便给他二人也倒了一点老酒。蔡京说道："论饮食，我们南方人讲究得很，北方人较随便。"陈灌应道："所以南方人长得细嫩矮小，北方人长得高大粗壮。"游酢却说道："我以为人的身材大小，跟饮食关系不很大，起最主要作用的应该是水土问题。因此古话说'一方水土养一方人'"。蔡京对游酢称赞道："这个问题，你的看法很对，我也有同感。"陈灌不禁问道："那元长兄比我们高大，像个北方佬，怎么个说法？"游酢答道："相书上说有南人北相，北人南相之别。元长他属于南

人北相，乃富贵之命。如果是北人南相，那么多是下贱之命了。”陈灌不服，他问道：“张良是哪里人？他个子矮小，不是照样官至宰相。”蔡京见状，说道：“二位乡谊，好啦！好啦！闲谈不必较真。我们不谈相呀、命的，谈谈新鲜事吧。”陈灌仍不服地说道：“要谈论就要分清子丑寅卯。”蔡京听了，说道：“我说一句公道话，定夫原来所说的水土养人没有错，后来再说到相貌方面也有道理。但是，这是两个问题。了翁抓住后面的一个问题要论个究竟，所持的观点同样正确。然而，定夫所说的是普遍现象，了翁所论的是特殊现象，牛头对马嘴，怎么能够一致呢。况且这种可以不断转移矛盾的话题论得完吗？”陈灌听了，才拱手道：“还是元长兄高明，佩服、佩服！”

三人说说笑笑，谈些天下的听闻，渐渐谈到了人的个性。

陈灌讲道：“我性直口快，不比定夫那般文质彬彬，今后有什么得罪之处，还请二位海涵。”

蔡京说：“了翁这就见外了，乡谊嘛，大家都在宦海，今后风雨同舟，相互提携才是。我看，我们三人义结金兰如何？”

“以愚之见，还是不结为好，结了总有不便。”陈灌云。

蔡京问：“定夫意下如何？”

游酢答道：“了翁所言亦可取，有此心即好。”

吃罢，蔡京买完单，三人说笑着走出店门。

中年的汉子问：“师傅，你看刚才三人的前景如何？”长者说：“你发现没有？三人不但相品不一，而且吃相也大不一样：年龄最轻的吃东西刷刷响，年龄中等的那个有轻微的声音，而年龄更长的却不声不响。”中年的汉子回答：“弟子不曾注意，依师傅看，三者当中那个最厉害？”长者说：“吃咱们这种饭的，眼力最重要，可是悟性也少不得。三者中，嚼骨无声者，乃大贵人，但心肝狠毒；响者，性急，其名声也大，恐怕难免颠沛罹难；轻微者，一生较平稳。”说罢，他们起身也离开了酒店。

从此，陈灌经常与蔡京交流学术和政见，成为笔友。朝廷上下，无人不知。可是，他们俩没有想到后来会成为一对政敌。

八月，范纯仁因为朝廷的开支吃紧，建议仍然实行“青苗法”，很多人以为不妥。当时司马光正抱病在家，闻讯急忙入见高太后，追问：“这是哪个奸人主张重新实行这个方法的？”范纯仁在旁吓得不敢吱声。

这件事情在朝廷传开，一般的臣子只得像小媳妇一样，在朝廷上不敢多说一句话，不敢多与人接触。他们只有回家才自由地舒口气，在老婆、子女身上获取笑声、宽心和欢乐。

游酢也如此。他每天在家里，大多时间看书，有时逗逗孩子，回想起在萧山的忙碌工作和生活，叹道："还是在地方好啊。"

重阳节，到西北角的上河园观看菊展是京城人生活中的一大盛事。京城的官员按照朝廷的规定，有一天的公假。前一天，陈瓘对游酢说："明天到上河园赏菊如何？"游酢应道："好！"

第二天，他们俩吃过早饭就一起出门去。

上河园处于外城（俗称"新城"）东水门外七里的郊区，那里濒临汴河，又是京城商业、贸易的闹区，平时就车水马龙，游人络绎不绝。他们来到上河园，只见汴河两岸，有农田、村舍、酒店与河中往来的船只、纤夫，风光旖旎，来来往往，熙熙攘攘。最热闹是"虹桥"。那桥的本身就是一件艺术品，桥没有用一根柱，都以巨大的木头虚架起来，用朱红的颜料油漆，远远看去就像一道飞虹。他们登上桥，桥的上下，人们摩肩接踵，桥头有用席棚临时搭成或者用大伞遮阳的饮食摊、刀剪摊、杂货摊。桥下两侧有临河的茶座、酒店等。过了桥，是一座小城，城内街道的两旁，楼舍交错、店铺密集，有店名的，没店名的，井然有序地排列着。一年一度的传统花会在这里举行，更是热闹非凡，沿街摆满黄色、金黄色、白色、紫色各色的菊花，上千盆的菊花迎风盛开，犹如一片海洋，琳琅满目，令观众望洋兴叹。秋高气爽，凉风习习，满城的空气里又飘溢着浓郁的馨香，人们更加心旷神怡。行人中有穿短衣的，有牵着骡马的，也有骑着高头大马的官员和坐在轿上怡然自得的贵妇、仕女以及侍从人员，街上的行人有边走边观赏的，有驻足品赏的，也有交头接耳品头论足的，还有人站在楼阁上俯身而看，也有人站在河船的舷板蹬足望之。商店的小二和摆摊的妇女不时地吆喝着，在招揽来往过客的生意，人们的说话声、争吵声、嬉笑声、打骂声、小孩们的哭啼声都搅和在一起。游酢说道："这秋游的热闹景象比起张择端描绘的《清明上河图》还要热闹几许呢。"陈瓘说道："与其说热闹，还不如说嘈杂。"两人说说笑笑地返回了。

寒露节后，京城开封已是一片霜天雪地。京城中上百余万的住户，家家人几乎都窝在炕上过日子。天气寒冷，煤、炭也日用渐大，因此价钱也涨了，人们一片怨声载道。

吕氏带着孩子，秋香也没有闲着。她每一天早晨就把炕烧得热乎乎，做饭、烧水。吕氏起床后，洗刷完要出门上街买菜，她就帮忙带孩子，吃过饭还得洗衣服。入冬以来，天气寒冷，吕氏不让她洗衣服，只是叫她看孩子，帮忙烤烤衣服。

她十三岁了，已经长成亭亭玉立的少女，鲜活红润的脸蛋时时挂着笑容。当

逗孩子玩时，她发出的笑声犹如银铃般的清脆。她聪明伶俐，乖巧听话，不仅吕氏喜欢，游酢也觉得这女孩可爱，每天退朝回来便教她认字、写字，有时也给她讲一个故事。

一日，吕氏说："咱们要是有一个像秋香这样乖的女孩多好。"游酢说："我们把她当女儿看待，不是一样吗？"吕氏看一眼秋香，问道："老爷和我要收你为女儿，愿意吗？"秋香连忙点头，回答说："愿意！"吕氏高兴得溢出喜悦的泪花，说："那你就做我们的女儿吧。"

不知不觉到了十月，苏轼冒着风雪严寒来到京城就任"中书舍人"（负责收存奏疏，起草诏令的机构，一般由六人组成）。只因苏轼这一来，有分教：好心进谏遭零落，无意轻言惹祸端。正是：一石击起千层浪，党群纷斗乱江山。欲知苏轼进京惹出什么事端来，请看下回。

第三十六回

司马光鞠躬尽瘁 苏东坡进退两难

苏轼，四川眉山人，字子瞻，诗书画皆能，乃宋朝后期著名的文学家；其父苏洵，号老泉，弟弟苏辙，都是文人，世称“三苏”。苏轼相貌脸长眉秀，天庭开阔，地阁尖削，颧骨高耸，两颊稍凹。苏轼虽然才学极好，但是生性多言，爱理闲事，前因为得罪王安石等和其他大臣屡次被贬。这次因为太皇太后念及他的才学便召回朝廷。

朝廷上下对苏轼回朝的反响很大。人们都知道，朝廷中的文人以程颐和苏轼两个影响最大，程颐以学术著名，程门弟子一大群，其中王岩叟、朱光庭、贾易是大臣，以文彦博、司马光、吕公著等重臣为背景；苏轼以文学著名，门下有黄庭坚、秦观、晁补之、张耒“四学士”，皆以文章和词出名，均在朝中为官，以太皇太后为背景。这两股势力可谓旗鼓相当。

话说苏轼重新回朝后，深感皇太后的知遇之恩，对朝廷中的不良现象曾经借言语和文章规讽时政。时任“卫尉丞”（朝廷卫戍部队中级长官）的毕仲游写信劝诫苏轼道：“君官非谏官，职非御史，乃好论人长短，危身触讳，恐抱石救溺，非徒无益，且反致损呢。”苏轼不能听从。

此时，司马光已得疾病，因青苗、免役诸法还没有全部废除，朝廷关于西夏问题的争议也未确定下来，不禁叹息道：“青苗、免役诸法几种危害没有消除，我死也不瞑目。”于是写信给吕公著，大意说：“我以身体托给医者，将家事付儿子，只有国家大事还没有所托，在此特嘱咐你。”吕公著将这件事情告诉太皇太后，太后下诏免司马光每日的上朝，特许他乘轿入朝，每三天一次入宫廷议事。司马光

觉得这个特殊优待不敢当，上奏道："不见天子，如何视事?"于是，皇帝下诏改为令由他的儿子司马康扶掖入对，且免去拜跪礼节。他于是请求罢"青苗"、"免役"二法，"青苗钱"罢贷，仍旧恢复平常旧法，各位大臣没甚异议。免"役法"议论完后，他又请求仍恢复"差役法"。这下子，章惇忍不住站出来力言不可以恢复，宰相司马光哪里肯让？这样，章惇与司马光在殿前进行了激烈辩论。章惇，字子厚，福建浦城人，容貌俊美，身材端庄，早年因欧阳修举荐入朝为官，后来又受到王安石的赏识提拔为编修"三司条例官"，协助推行新法。元丰三年，神宗起用章惇为参知政事，现在又担任"知枢密院事"。他自以为自己的资历老、权力大，是朝廷中重臣，所以说话、做事大胆，无所顾忌。他是变法的重要大臣之一，听说又要恢复"差役法"，于是忍不住跳出来阻拦。他本来平常说话声如洪钟，这时争吵起来声音更大，加上语气很狂妄。太皇太后听了也不免恼火，于是下令将章惇逐出京城出知汝州。

一日早朝，中书舍人苏轼独自出来请求恢复实行熙宁初给"田募役"法，并且列举了"田募役法"有五方面利益。监察御史王岩叟听罢，立刻出列说："'田募役法'五利难信，且有十弊。"所以苏轼的建议便没有得到通过。群臣又各执己见，因此皇帝下诏令资政殿大学士韩维和吕大防、范纯仁等，详加推敲，定出方案报给皇上听，便退朝了。

苏轼本来跟司马光是好友，这天晚上竟前往司马光的府第拜见，说道："宰相大人要改'免役'为'差役'，我以为恐怕两种害处差不多，未见得会有一点益处。"司马光问道："请说说害处!"苏轼答道："'免役'的害处，是搜刮老百姓的钱财，使老百姓十室九空，朝廷把钱搜敛、聚集上来，下面的老百姓必然经常患钱荒，这种危害已经应验过了。'差役'的害处，是百姓经常为官府当兵役，没有闲余的时间从事农事，而且贪官污吏，凭借这名目随时向老百姓征派，因此狼狈为奸，岂不是异法同病么?"司马光又道："依君高见，应该如何?"苏轼复道："做法要有延续性，事情才容易成功。事情能够有序地渐渐地推进，老百姓才不至于吃惊而接受。从前尧舜禹三代的时候，兵农合一，到秦始皇才分作两种，唐初又变府兵为'长征卒'，老百姓出粮食养兵，兵出力保卫老百姓，天下称便。虽圣人再出现，也不能改变了。今'免役法'颇与此相类，大人现在突然要罢'免役'改行'差役'，正如罢'长征'，复'民兵'一样，恐民情反多痛苦呢。"司马光始终认为不怎么样，只淡淡的应付几句，苏轼见劝说不进即告辞退出。

过了一天，司马光到政事堂议政。苏轼进去又提起'免役'的事，司马光不觉变了脸。苏轼从容说道："昔魏国公韩琦当陕西'义勇'（宋代乡兵的名称）的

刺史，你为谏官，再三劝阻，韩公不高兴，你也不顾。我曾经多次听你自述前情，难道今日你当了宰相，就不许苏轼说话了么？”司马光才起身谢道：“请允许等待妥当的商量。”范纯仁也对司马光进言道：“‘差役’一事，不应当这么快施行，不然可能会转为滋生老百姓的问题。我的意思是希望你虚心地接受忠良的建议，所有谋略和计策，不一定都从自己出。如果事情都一定专断，恐怕奸人邪士反而得了乘机钻空子迎合的机会了。”司马光还有为难的表情，范纯仁讲道：“这是使人不得尽言呢。我范纯仁如果只知献媚你而不顾大局，何不如当日年少时迎合王安石，早图富贵哩！”司马光听了神色才转为和好些，于是下令差役全部用现定的数额，官府则用“坊场河渡钱”（即坊场河渡津关之处，向过路行旅者征收的钱）。

可是，司马光病情渐重，不得不暂时回家休息。他日夜担心大权旁落，前面所做的工作半途而废，身体稍微康复后，立刻投入繁忙的工作。

赵煦下诏立“科举十法”：（一）行义纯固，可作师表。（二）节操方正，可备献纳。（三）智勇过人，可备将相。（四）公正聪明，可备监司。（五）经术精通，可备讲读。（六）学问赅博，可备顾问。（七）文章典丽，可备著述。（八）善听狱讼，尽公得实。（九）善治财赋，公私俱便。（十）练习法令，能断清谳。这十科条例，统由司马光拟定，请皇帝下圣旨颁布法令。

司马光得到高太后和赵煦的夸奖，因此更加卖命。

十六日，司马光终于在京城开封病故。

司马光病故之后，朝廷命吕公著独秉朝中政权。

吕公著，字晦叔，寿州人，老宰相吕夷简之子。他学问精深，为人温和持重，是个领袖人物，王安石变法的坚决反对者，深得司马光的信任。所以，他担任宰相后仍然按照司马光原来的意图办事情，不但罢黜一切新法，而且提拔吕大防为中书侍郎，刘挚为尚书右丞，苏轼为翰林学士。在这一次朝廷用人上，足见他有司马光的遗风：吕大防属于中间派，刘挚为北方人领袖，苏轼为蜀党领袖，独不用王安石余党等变法人物。但是，他没有想到，苏轼的个性却给他扰乱了阵脚。

自从赵顼当皇帝以来，朝廷中存在着多种的势力，其中明显的有两大派，即以王安石为首的改革派，主张实行新法，成员大多是江南人，叫“新党”；以司马光为首的反对改革的群体，他们主张稳步推进社会发展，叫保守派。保守派当中有三股力量：以刘挚为首，梁焘、王岩叟、刘安世为羽翼等纯北方人叫“朔党”，这一群体在朝廷人数最多；以四川人苏轼为首、吕陶为羽翼的群体，人们称之为“蜀党”；以程颐为首，朱光庭、贾易为羽翼的程门弟子在朝廷人员不少，也形成了一股势力，人们号为“洛党”。这种矛盾，赵煦当皇帝之后依然存在，而且日趋

明显。但是，司马光为人宽和，威望高，镇得住，他在世时这三股力量都以他的中心，团结一致，与“新党”抗衡。新、旧两派斗争十分尖锐、激烈，而且长达十几二十年，给人们留下了根深蒂固的印象。当然，无论南北方的官员，也有一些立场中间的，如：吕大防、范纯仁和王安礼等大臣。司马光的去世，保守派内部开始分化，“蜀党”与“洛党”的矛盾日深，逐渐成为斗争的对敌。

当时，程颐给皇帝当“侍讲经筵”。他把这件事情看得很重，在《上太皇太后书》一文中曾经讲道：“天下治乱系宰相，君德成就责经筵。”因此，他入殿给皇帝进讲，色端貌庄，十分严肃。苏轼议论说他不近人情，所以好几次跟他对抗和羞辱他。当司马光病故时，程颐主持治丧，朝廷文武百官都准备送庆贺礼，适逢朱光庭参加祭祀回来，身上还穿着祭祀的衣服欲往吊唁，与苏轼兄弟等遇见了，相互打招呼。程颐见了，阻止朱光庭当天去参加吊唁，认为一天之内不能同时参加喜事和丧事，而且引《鲁论》的书辩解，说：“古人讲‘君子在同一天里哭泣了便不唱歌。’”这是程颐跟自己的学生朱光庭师生之间的事情。在旁有的人说：“古人讲哭泣了便不唱歌，未曾书唱歌了就不能够哭泣。”苏轼因为看不惯程颐，所以在旁冷笑道：“这大约像秦朝时的叔孙通，新做这种礼制呢。”苏轼等这样的行为未免浅薄、缺乏修养，程颐则是修养很深的人，听到苏轼的挖苦和讥笑当场不会轻易发火。可是，他的弟子多，在场的听了都不服，有的却记恨在心。

且说那苏轼由于性直多言，与不少同僚关系不融洽，跟王岩叟、程颐等的隔阂则日益突出。

游酢官小，也不想惹是非，只图能够安静地度日。到了冬天，家里人把炕烧得热乎乎的，平时一家人坐在炕上谈家常、吃饭，有客人来了，都会热情地招呼道：“炕上坐。”

一日，他想起浙江的周茂德，便写信去询问他家的情况并且叫他有空时到京城来玩。

十一月，苏轼负责出策试馆职试题，其中有一句写道：“今朝廷欲师仁宗之忠厚，惧百官有司，不称其职，而或至于偷。欲法仁宗之励精，恐监司守令，不识其意，而流入于刻。”程门弟子贾易、朱光庭等抓住这句话准备向苏轼开刀。

一天上朝，“右司谏”贾易，“右正言”朱光庭，他们因此借题发挥，弹劾苏轼用“偷”、“刻”两字既亵渎了宋仁宗又侮辱了神宗皇帝。这下，苏轼这才知道自己不该当面得罪程颐，深感到压力很大，因此请求外调。苏轼的同乡吕陶此时担任“侍御史”，他见情上奏说：“身为台谏官员应当秉公，不应假借事端弄权，图报私人的意见。”，“左司谏”王觌也上奏说：“苏轼所拟的考试题目，不过略失

轻重，关系还小，如果一定要吹毛求疵，酿成门户之见，恐党派一分，朝廷从此没有安宁的日子，这是国家的大隐患，不可不防。”范纯仁又上奏说苏轼无罪。太皇太后于是当朝宣布旨意道：“详览苏轼的文义，是指今日的百官和有关的部门，并非讥讽祖宗，不得为罪。”于是，苏轼仍然保留原职务。这场风波才暂时平息下来。

程颐知道了这件事情，找来贾易、朱光庭严肃地训道：“身为朝廷官员，当以天下大事为重，岂可泄私人的怨恨。汝等不知冤家宜解不宜结之理吗？将此视为儿戏，恐怕贻患无穷。”贾易、朱光庭听了，不敢出声。

游酢收到周茂德回信，说父母双亲都好，自己在家中一切都还好。他看了信才放心。

年底，范纯仁到太学视察。

太学中的博士、太学录几乎都认识范纯仁，其中吕大临因为哥哥吕大防与纯仁同僚最熟悉。大家见了范纯仁都非常高兴、热情地笑面相迎，叫得响亮。可是，范纯仁察觉到了有个青年由于不认识而表情显得不太自然，而且没有说话。他停下脚步看了看陌生的青年，特意地问道：“这位青年尊姓大名？”吕大临见情忙介绍道：“宰相大人阁下，这是我的师弟游酢，福建人。”范纯仁听了，说道：“哦，听说过。在萧山任过县尉。”游酢这时才回答说：“请宰相大人恕在下失礼之罪。”范纯仁说：“哎，青年人不要太多的礼节。我看你是老实人，咱们交个朋友吧。”说着伸出手来，游酢只好胆怯地上前伸出手去，范纯仁握了握他的手说：“青年人，好好努力呀！”说完才离去。范纯仁身为枢密院事，掌管着全国的军事，是朝廷重臣之一，朝廷官员有千余名，哪里认得所有人？何况游酢是一位新进的小官员。平时，游酢何曾能够引起大臣的重视？这一回范纯仁视察，使他们俩见面认识了。

眼看一年光景即将过去，吕氏说：“老爷，一年下来家里开支很大，吃用的东西全买，还要缴房租费、买炭、买煤等，手头很紧，连前些年积攒的钱差不多都花光了。”游酢听罢吃一惊，想了想镇定地说：“不要紧，先熬过一段日子，到时候再说吧。”

年底，谢显道回家顺便来看游酢。两人交谈一会，游酢问：“今天来京有什么事情？”谢显道说：“好事。”究竟他说出什么好事，且看下回。

第三十七回

谢显道宴请师友
开封城欢度元宵

游酢问："到底啥事？"谢显道说："春节到我家喝一杯新年酒。"游酢应道："一定去。"

元祐二年春节，朝廷一切正常。正月初一，俗称上元节，也称为"春宵"。京城开封比往年更加热闹，人们欢欢乐乐地欢度佳节，家家户户张灯结彩，有钱人门前搭有灯棚，夜间便放烟火。这天夜晚，御街上彩灯高照放烟火的，看热闹的，人来人往。宣德门前更是热闹，火树银花，游龙灯、马灯的，舞狮子的，迎菩萨的，万人涌动。高太后带着赵煦亲自看灯、观焰火。

在朝廷福建的同乡官员们，平时关系较密切的正月里私下相互来往拜年，忙得不亦乐乎。但是，除了关系特别的，一般都不带家眷。游酢在京城没有亲戚，同僚好友都住在一胡同，所以不曾外出。

谢显道邀请了程颐先生和学友到他家做客。

大家都休假在家，又是春节，因为知道此次有请程颐先生，游酢、吕大临商量了一番，决定早一天就赶到谢家过夜，帮忙做一点事情。

谢显道的家是个三合院，旁边还居住着两家他的同堂房亲，附近有单植的木屋，也有土垒的房屋，山边有窑洞式的房屋。

上蔡离洛阳城有三百来里路。

谢显道起得特早，拂晓就出门用雇来的一辆马车亲自上门去请程颐先生来。下午，游酢、吕大临等都出大门外等候程颐先生的到来。

直到酉时（傍晚）才看见那马车。马车到门口时，响起一长串鞭炮，程颐先

生在一片硝烟中步入谢府大门。

谢显道的父母亲和谢家的长辈都来迎接。

进门上了客厅，司仪者请先生坐，旁边立即有人端出茶盘，谢显道拿过茶盘跪下道："先生请用茶。"程颐先生坐着接了茶，道："贤契免礼，请起。"

程颐先生非常高兴，第二天早晨起床得很早。

吃过早饭，其他弟子因路途远近不一，也陆续赶到。大家见了先生，一个个先向先生行大礼。

上午，大家都围在程颐先生身边，跟他谈话。他满面春风，笑容可掬，谈笑风生。

程颐先生见众弟子在场，坐下谈天。过了半个多时辰，弟子们问做学问方面的事情，程颐先生说："游酢之《书明道先生行传后》，迂曲老道，情深意远，后来居上，可传千秋。众贤契当细加捧读。"于是，众弟子啧啧有声，游酢即拱手答道："先生过奖，晚辈实不敢当。"大临说："能得先生称道难也，游酢则有二三矣。"谢显道插话道："游酢性敦厚而实敏，文似朴而意深。不然，明道先生与师叔怎么会偏爱有加?"程颐先生说："哪里哪里，你们都一样。"大家听了，不好再说此事，转移话题，谈起别的。

晌午后，谢家的亲戚朋友陆续到来，大家见是谢显道的先生，都一一上前拜见，他忙得起坐不定。学友们就开始自己交谈了。

中午，鞭炮齐鸣，客厅正中单摆一席，正位上只摆一正大椅子，用红布披着，谢显道恭恭敬敬地请程颐先生坐到大椅上，拜了三拜，游酢、吕大临等也跟着跪拜行礼。程颐满面春风地站起道："众贤契免礼，恭贺大家前途无量。"

众人起身。庆宴正式开始，又是一阵鞭炮齐鸣。正席上有谢显道的外公、舅父、岳父、妻舅，游酢、吕大临既是谢显道学友，又都已经是有官职身份者，也安排上去陪先生，叫游酢代东家敬酒。其他的亲戚朋友也安排坐了四、五桌。

宴席上鸡、鸭、鱼、肉，山珍海味，庆宴的热闹自不必细说。

散席之后，谢显道又打了一盆水请先生洗脸，上茶。其他几位学友在一旁陪着先生说话，直到恭送先生上马车远去，众人才得以坐下闲谈。

第二天，游酢、吕大临告别了谢显道家人等，各自回家。

游酢回到京城的寓所，觉得没有什么事情，便练书法。

傍晚，孙觉来请游酢到他家吃饭。

天黑前，游酢来到孙觉家，见他的女婿黄庭坚在座，两人相互打招呼坐下。仆人送上茶，孙觉招呼说："游大人，你跟我女婿都是大书法家，你们好好地交

流、切磋一下，我去厨房帮帮忙。”游酢应道：“孙大人，你先忙吧。”游酢与黄庭坚相看一眼，笑了。于是，他们交谈起书法。

黄庭坚，名鲁直，号“山谷”，江西人，不仅是文学家，而且诗、书、画俱颇有造诣，名满天下。其人性格直率豪爽，喜好谈论，知道游酢为他岳父的“忘年之交”，才学不错，而且同有书法嗜好，所以与游酢谈得投缘。

过了一会，酒菜备得差不多，孙觉招呼道：“不要喝茶了，咱们喝酒。”

三人坐上酒桌，孙觉给每人倒满了一杯酒，举起杯道：“这一杯，大家干了。”游酢、黄庭坚都站起举杯一饮而尽。孙觉酒量好，斗酒不醉，游酢、黄庭坚虽然更年轻，两人只是各敬孙老一杯应付应付，却不敢逞能。孙觉道：“你们二位喝一点酒都畏畏缩缩的，干得什么大事？来，爽快些！老夫再陪你们喝两杯。”但是，孙觉也知道两个年轻人酒力不是太强，自己也讲节制，见好就收，道：“喝茶吧。”尽管如此，这一晚游酢、黄庭坚回家时还是有两三分醉意了。

一天，游酢决定去给程颐先生拜年。

到了程颐先生的家，进了门先行礼道：“先生好！”程颐笑呵呵地说：“敢情是来报喜吧，可喜可贺呀！快坐。”游酢答道：“学生全仰仗先生之力。”两人正开始谈话，陈瓘走进来，也向程颐施礼、问好。程颐先生说：“我来介绍一下。”陈瓘说道：“程大人，不用介绍，我们早年就认识了，我到过他老家两回，而且一起抵足共眠过。”程颐先生听了，说：“那好，你们两位老乡好好再聊一聊。”这时，书童来报：“程大人，外面有一个人求见。”程颐因此交代游酢道：“你先和莹中在此休息，我尚且有点事商量商量。”游酢回答道：“好的，先生。”

游酢与陈瓘两人互相询问了对方家庭的目前情况，继续又谈些其他的事情。

程颐先生回来后，两人又坐谈了一会，告辞先生便出了门。

到了元宵节前，听说今年街上不但有庙会、灯会，而且有盘鼓队演奏。游酢不禁动了情，决定要去看看热闹。

京城的惯例，十三到十七为元宵节，朝廷取消宵禁，城中的官民可以通宵达旦地尽情欢乐。

十三、十四两天夜晚，天一黑有钱人的门前陆续地放出焰火，除了龙灯、马灯，添加了花灯。这些年灯队伍来时，家家户户供香、放鞭炮迎接。接着，迎菩萨的队伍又来了，人们又鸣炮相迎。青年和小孩们跑去看夜景。

元宵节这天晚上，天还没有全黑，整个京城已经一片鞭炮声，天空里烟花齐绽，色彩斑斓。

吃过晚饭，人们早早便出门去争着往御街跑。游酢带着吕氏、秋香和孩子来到了御街上，一看已经人山人海，皇室、官僚、士大夫、商人、贫民无所不有，贵妇仕女们穿红戴绿，打扮得花枝招展、艳丽照人，御街灯火通明，风里传来各种的声乐，真是火树银花、歌舞升平的太平景象。皇宫丹凤门的宣德楼前，焰火腾空，夜空上不时地闪烁着五光十色的斑斓色彩。

游酢带着家人穿过人流，来到当年读书的太学门前站定。

不久，三四队龙灯先后在御街出现了，几个舞龙队随着龙头的旋转翻滚、左突右闪而显现出它的生龙活虎、摇曳多姿，人们争相拥挤着看热闹，一片喝彩声、欢呼声。龙灯队才离去，接着船灯、马灯、花灯队伍也相继来了，在若明若暗的灯光下，看见船灯、马灯、花灯队中女子们的舞蹈和听到了悠扬悦耳的歌声，人们簇拥着，观赏着，说不出的兴奋。突然，“咚咚!”、“咚咚!”、“咚咚!”的鼓声传来，刹那间人们都静下来，屏息着谛听。黄河流域的人们都非常喜爱鼓乐，喜欢用鼓声来传达自己的感情，而黄河岸边流动性、舞蹈性最强的鼓，就要数开封盘鼓了。那鼓点越来越密，鼓声越来越近，越来越响亮，人们似乎觉得整座京城都震动了起来。游酢正在疑惑间，一眨眼一群鼓队出现了，正从南薰门走来，远远望去有五条长龙缓缓行进，近些才看清楚，鼓队排成五列，最前头是一辆木轮车上有一面宽一米的巨鼓，车上有四个头系白毛巾、腰缠红腰带、身着黄色服装的强壮中年汉子在击鼓，后面的每个队员胸前背着大鼓，雄赳赳、气昂昂迈着阔步前进，几百人的鼓队方阵多么壮观！他们边走边敲边大声地“嗨!”、“嗨!”吆喝着，吆喝声那么高亢、整齐；鼓声那么整齐、那么的雄壮激昂，像雷声滚过天空，犹如黄河在奔腾，波涛在汹涌、咆哮。他们敲的是开封盘鼓！那盘鼓大一尺六寸，高一尺或一尺二，演奏起来具有击如雷、动如涛、声音雄壮铿锵的特点，他们演奏的是黄河流域一种古老的民间鼓乐，有一种雄壮美、严谨美、神圣美。当鼓队经过人们的跟前，观众才清晰地看见鼓队的队员们一个个身强体壮，只穿单薄的服装，却汗流满面，他们将鼓背在胸前，左手拽着绊带，右手拿鼓槌，昂首阔步地边走边甩着手使劲地敲打演奏，动作刚劲利落，把盘鼓的节奏敲得那么准确、整齐、响亮。统一的服装，整齐的步伐，铿锵的节奏，响亮的吆喝，震撼了整座京城。然而，盘鼓的演奏不是单一的，它富有艺术。正当人们被雄壮的鼓声提起精神，觉得它充满阳刚时，鼓声发生了变化，变得轻缓平和，像轻雷掠空。这时，鼓队的方阵也随之变了，五队的人马交错穿梭地行进，犹如无数的龙在飞舞，让观众看得眼花缭乱。鼓点又渐渐变得密集紧凑，人们仿佛觉得急风暴雨来临；鼓声渐来渐洪亮，人们疑为有巨龙在翻江倒海……过了一会，鼓队恢复了原状，整齐地前进，鼓声时大时小，忽高忽低，非常有节奏感。开封盘鼓演奏出了

开封盘鼓特有的豪迈、开放、热烈而又雄壮浑厚的韵味！这是淳朴和执著的中原黄河儿女们充满豪爽、激情、向上的精神写照。京城的几十万观众看迷了，也被那鼓乐振奋了精神，以至于盘鼓的队伍走到哪里，他们就跟随到哪里。在整个开封城，这是一年中最引人注目、最壮观、最动人的演奏了。盘鼓的队伍走到宣德门前停住了，鼓声敲得更加整齐、响亮，那震天响的节奏，让整座皇宫也发出嗡嗡的回响。

夜深了，当鼓队和观众们离去了许久，雄壮的鼓乐声犹然在京城的上空久久回荡。

这一夜，京城是不眠的。附近的蔡河（惠民河）、城西的汴河、西北的金水河、北端的五丈河乃至远处的黄河都涌流得更欢快，连相国寺的那口城钟一直发出轻轻的嗡嗡回响，州桥的灯火彻夜通明。

到了十八日，热闹过去，人们都准备着新年的打算，京城沉静了几天。但是，官员们从各地赶回，大小店铺一一开张，做买卖的渐渐上场，杀猪巷和相国里的小巷中，那些被雅称为“录事”的卖笑谋生姑娘们和艺妓，陆续从老家或者丈夫的家回来了，京城很快又恢复了平日的热闹和生机。

一日，孙觉送来《易传》请游酢写序。孙觉与游酢俩人交往甚洽，向慕游酢的人品和才学，因此特请为序。

游酢深知孙老的资历和官职比自己高，可是不写又于旧情说不过去。斟酌再三，盛情难却，他只好斗胆动笔写了《孙莘老〈易传〉序》：

“《易》之为书，概括万有，而一言以蔽之，则顺性命之理而已。阴阳之有消长，刚柔之有进退，仁义之有隆污，三极之道，皆原于一而会于理。其所遭者时也，其所托者义也，其所致用者也。知斯三者，而天下之理得矣。斯理也，仰则著于天文，俯则形于地理，中则隐于人心，而民之谜，日久不能以自得也，冥行于利害之域，而莫知其所向。圣人有犹之，此《易》之所为作也。

伏羲象之而八卦成，文王重之而六爻具，周公系之辞，仲尼训其义，自伏羲至仲尼，则《易》之书不遗余旨矣。盖将领天下于中正之途，而要于时措之宜也。居则观象而玩辞，动则观变而玩占，以研心则虑精，以应物则事举。天且助之，人且与之，而何凶咎之有？故曰“是与神物，以前民用。”又曰：“因贰以济民行。”此四君子之用心也。

孙公莘老，少而好《易》，常以是行己，亦以是立朝，或进或退，或语或默，或从或违，皆占于《易》而后行也。晚而成书，辞约而旨明，义直而事核，又将与学者共之，盖先圣之所期，岂徒为章句以自名家而已。此先生传《易》之意也。

学者宜以是观之。”

大年二十后，朝廷上下一切进入了正常的工作轨道。

新年，朝廷的大政顺利进行，没有什么变化；只是人事上有小小的调整、变动。大小的朝臣们上下朝的时候比往年任何的时期都平静，一个个规规矩矩，朝廷上颁布什么新的政令，几乎没有人出来争议。游酢被提升为宣德郎，任太学博士，依然在国子监教书。

一日，孙觉请游酢去他家喝新年酒。客人有吕大临、张舜民等几个。酒桌上，张舜民说：“朝廷现在总算平静、安宁多了。”孙觉看他一眼，说：“你太天真了！”张舜民问道：“此话怎么讲？”孙觉讲：“在座的都是自家人，且待老夫细细说来。”孙觉到底说出一番什么话？下回寻找答案。

第三十八回

程伊川受贬西京 游定夫初拜范公

孙觉顿了顿嗓子说："司马相公与王安石斗争了十几年，他们两人都于此前的一年去世了。朝廷由吕公（著）执掌朝政，吕大防、刘挚协助，表面看似平静，其实潜伏着更可怕的暗流。吕公（著）、韩维等是司马相公的继承人，但是威望远不及司马相公；'新党'暂时失去了把握朝政的大权机会，可是余党可谓人多势众，有章惇、曾布、吕惠卿、李清臣、蔡京、蔡卞、蔡确、赵挺之、张商英等，而且他们不少是朝廷大臣或者占据着地方大府的位置。另外，韩忠彦、范纯仁等，他们虽然有才干，然而没有自己的一支人马，自然站不稳脚跟。圣上如今尚年幼，才十二三岁，朝政由太后支撑着。这样的朝廷，就像海中漂泊的大船，掌舵人没有足够经验和力气，加上船中有人想争夺掌舵权，一旦遇到大风浪，不可想象。如果司马相公与王安石有一人在，其中的任何一个都足以镇得住风浪，可惜他们作古了，已经成为历史。"孙觉说到这里停住了。

坐中孙觉年纪最大，资历最老，官位最高，其他都是晚辈。大家听孙老这么一说，不免都有点吃惊。其实，孙觉心中还有很多话，他老于世故，只把话说了个大致。朝廷中还有隔岸观火的人。孙觉所说的隐患去年在司马光病故时已经出现了苗头，苏轼是文学家，不是一个政治家，他仅仅因为瞧不起洛学，轻率地嗤笑程颐，引起了程门弟子贾易等的攻击，才知道自己小觑了"洛学"人物。可是，他并没有想及由此引起了洛、蜀两派的斗争，不仅给自己埋下祸根，而且也加快了整个北宋大船倾覆的危机。这一点，在朝廷官员中比较清醒地认识到厉害的只有两人：一个是蔡京，他心机比谁都深，那一双机灵的耳朵和深不可测的目光，

每一天都在极细心地听闻和关注着朝廷的动向；还有一个，便是程颐先生，他目光敏锐，思想深沉，从被苏轼的嗤笑那一件事情想到了这一层，可是他年纪大了不可能再攀到更高的位置，况且也没有这种能量。

一日早朝后，游酢上前问候程颐先生，程颐悄悄地对游酢道："贤契，官场复杂，要格外小心才是。以后有话到我家中方可谈。此处，人多眼杂。"游酢忙应道："师叔大人所训极是。"

几天后，陈瓘被召为宣义郎，携带着家眷来到了京城。他也被安排到游酢住宅边上，两家成为邻居。陈师锡、孙觉、吕大临、上官均等闻讯都来祝贺、拜年，众家的孩子们见来了陈瓘的两个儿子，也都跑来认识、认识，胡同又热闹了好几天。

陈瓘的到来，游酢觉得更有伴。白天一起上下朝，晚上两人互相往来闲谈、下棋。

春初，有一次在讲课休息期间，年少的皇帝赵煦起来活动活动身子，顺便走到院子折了根柳枝玩耍，程颐看见了马上劝说："今万物生荣，不可无故摧抑。"程颐想借此小事，灌输儒家泛爱万物的思想，赵煦听了不高兴，把柳枝一扔，回到书房去了。

二月的一天，皇宫中的御花园繁花似锦，莺飞燕舞。程颐五十多岁了，一大把胡须，穿着朝服在崇正殿给身着龙袍的赵煦讲解经书，皇太后高氏在一旁坐着，起居郎、史官和丫鬟各一人则挺立着。赵煦已经十一岁了，他已经略懂事了些，听到殿外的鸟鸣声，觉得听老师讲课实在没趣。好不容易熬到了下课，可以到外面走走。皇太后在前面带着赵煦向御花园走去，老师程颐和皇帝的起居郎、史官，还有一个丫鬟都跟着。步入花园，但见有假山、池沼，百花争奇斗艳，鸟声脆然，赵煦顿然精神振奋，伸开双臂舒了舒身子，说道："这里好极了。"他走得快，高氏小声地说："皇孙儿，慢些，等等我。"赵煦脚步放慢了，观察着园中的景致，看见了一树很鲜艳的花，于是伸出手折了一枝玩起来。程颐见了赶上前，劝说道："微臣启奏圣上，花好可观看不可亵玩焉。"赵煦一听，雅兴一扫而尽，心里很不高兴。可是，他知道对老师要有礼貌，便不说话。

这天晚上，他对祖母说："那个先生太啰唆了，不好玩。"皇太后高氏劝说道："皇孙儿，程先生是天下闻名的大学问家，你要好好听话，用功读书，将来长大了才能更好治理江山。"

三月的一天，赵煦在洗脸时无意间看到一只蚂蚁在地上，心情一好就把这只蚂蚁给放了。程颐听了这件事情，对赵煦说道："圣上聪明、英睿，能有仁爱之

心，将此推之爱民，实为天下之福。”说了一通大道理。赵煦听了一头雾水，心里觉得这个老先生真烦人。

赵煦闹着要求祖母换更年轻的老师，皇太后高氏知道：皇帝的老师要人品端正、学问好、阅历深，不好轻易更换。

六月的一天，暑气正炎。

赵煦因患疮疹不能上朝。程颐听说了这件事情，进去问宰相吕公著：“皇上不能够上朝，太皇太后不当独坐，且主子有疾，宰辅难道不知么?”这一回，皇太后高氏听了，认为程颐不能体谅皇帝得病的特殊情况，可是也没有怪他。第二日，吕公著入朝即问皇帝疾病，太皇太后回答：“没有大事。”

朝廷臣子们听到这一件事，于是有的认为程颐爱理闲事、多嘴，本来对他存有怨愤和敌意的都借此机会跳出来大做文章，有的背后煽风点火，有的出面攻击、诽谤程颐。“御史中丞”胡宗愈，“给事中”顾临，接连上奏章弹劾程颐，提出不应当让他当“直经筵”这一职务；“谏议大夫”孔文仲，甚至弹劾程颐“为人卑鄙、投机取巧，从来没有品行，借经筵身份进行游说，到处拜谒重臣，勾通台谏官员，对异己报怨打击，为自己沽名钓誉等，应将他放还田里，以示典型。”

七月，更有人背后议论，程颐说“太皇太后不当独坐”是藐视皇太后的临朝执政。高氏听了人们的议论不免觉得程颐确实不适合留在皇帝身边，只是不是时机，等过了一段再决定。

陈师道由徐州教授被提拔为太学博士。这陈师道，字履常，一字无已，号“后山”，彭城（今江苏徐州）人，十六岁时师从文学家曾巩。元丰四年，苏轼出任杭州太守，路过南京（此指今河南商丘），陈师道前往送行，朝廷以他擅离职守为由，被弹劾免去官职。元祐二年四月，苏轼、孙觉等举荐他为亳州司户参军，不久任徐州教授。这次是梁焘举荐他才入京的。

陈师道是曾巩的弟子，他自身很有才学，为人又随和，一进京城就受到众多朝臣的青睐。

陈师道是个象棋迷，到京城之后在太学里见游酢跟自己的年龄相仿，两人攀谈起来，问道：“夜间无什么去处，要是有个棋友玩几盘就好消磨。”游酢答道：“游某过去曾经向一个朋友学点粗浅功夫，如不嫌弃，一定奉陪。”陈师道听了击掌道：“太好了，晚上就到我家玩两盘。”游酢应道：“一言为定。”

晚饭后，游酢来到陈师道住处，两人寒暄一阵，便摆开了象棋。陈师道是个棋坛高手，不知游酢棋艺的深浅，出于礼貌将红子推给游酢，自己要了黑子，说道：“你先手。”游酢也道：“你先来。”陈师道讲：“你是客人，你先。”游酢见如此说，象三进五，陈师道炮二平六。接着，游酢兵七进一，陈师道马二进三，游酢马八进七，陈师道车一平二捉炮，游酢一看陈师道来的是“三步虎”，知道他的厉害，炮八平四挂角。陈师道马八进七之后，车九进一。中局之后，陈师道双车、双马过河，游酢虽然只有招架，无暇进攻，但是防守坚固。陈师道不禁说道：“定夫兄守棋甚牢，固若金汤呀。”游酢知道自己已处于被动局面，答：“无己兄攻势甚猛，佩服！”陈师道车炮强攻，游酢最终不能坚守，称败。第二局，游酢改变模式，变守为攻，挂中宫炮先发制人，陈师道沉着应对，和局。第三局，陈师道亦用炮挂中宫，游酢反而马二进三。中局之后，双方进入胶着状态。陈师道毕竟高手，偷袭叫将取胜。游酢连忙起身说道：“无己兄领教了！”陈师道答道：“定夫兄的棋下得可以，守中有攻。”游酢说：“今后游某得经常来向你讨教。”陈师道道：“相互学习嘛。咱们喝茶，改日再切磋。”两人交谈些闲话，游酢告辞回家。

从此，两人夜间经常来往下棋。

一日，张舜民来看望郎舅陈师道，说道：“我有个学友叫游酢，跟你同僚，关系还好吧。”陈师道答：“因为同龄，性格也颇合得来，时有往来，经常一起讨论学问，晚间有时一块下象棋。”张舜民说：“这好，叫他来家里一起坐坐。”陈师道应道：“好。”

不一会，陈师道领着游酢来了。三人坐下，相谈融洽。

八月，朝廷终于下令罢去程颐的“直经筵”职务，让他出任管勾西京国子监。

北宋以开封为京都，并称为东京；以洛阳为陪都，称为西京。朝廷仅设两处国子监，西京国子监，即相当于朝廷设立的洛阳大学，地位仅次于京城的国子监。程颐是洛阳人，做学问的，皇帝给他这个职位，也算给了他面子。他到了国子监觉得没有什么不合适，专心地办教育、做学问起来。暂且按下不表。

朝廷中官员向来以山头或帮派为依托，主子与成员之间“一荣俱荣，一损俱损”，“树倒猢狲散”就是这个道理。程颐的被贬，标志着“洛党”彻底地失去了皇帝和皇太后的信任，那么这一派人今后至少一段时期内别想得到朝廷的重用。

但是，程颐的影响在天下很大，崇拜他、跟从他的人越来越多。河南有个秀才姓尹，名焞，字彦明。这年秋天，他参加举人考试，因为见到试卷上“发策”（考题）中有“元祐邪党”之问，感叹道：“噫，时局这样，还可以追求当官享受福禄吗？”不答题而离开考场。他回来告诉程颐先生说：“先生，我从此再也不应进士这门举业了！”程颐退居后不想多理闲事，回答说：“你有令堂在，问问她老人家吧。”尹焞回去告诉其母陈氏，他母亲说：“我只知道你以善为学养，不知道你以福禄为学养。”程颐先生听说这件事情，感叹说：“和靖的母亲很贤啊！”这件

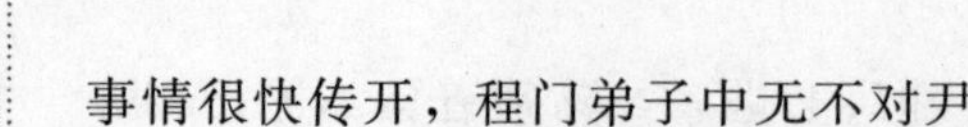

事情很快传开，程门弟子中无不对尹焞留下了深刻的印象。

有一回，尹焞到京城办事，顺便来拜见游酢。游酢很热情地接待了这一位师弟。游酢问起最近做什么时，尹焞认真地回答道："《孟子》曰：'志士不忘在沟壑，勇士不忘丧其元'。"听了这话，游酢称赞道："真君子也。"

却说朝中的"潞国公"文彦博，觉得自己年纪已经老了，多次要求退出宰相的官职，皇帝觉得他是三朝元老，一时少不了他，便下诏命他每十天到赴朝廷议事厅一次，会面商议重大的事。另一位宰相吕公著也因为年纪大要求告老回乡休养，朝廷不但准他回乡，而且拜他为"司空"，"同平章军国事"之职务。因此，朝廷授吕大防、范纯仁为左、右仆射兼中书门下侍郎，孙固、刘挚为"门下中书侍郎"，王存、胡宗愈为尚书左、右丞，赵瞻"签书枢密院事"。吕大防朴直无党派，范纯仁追求仁厚宽大，也不愿拉帮结派，二人协力辅佐治理，朝廷才一时算得清明。

"右司谏"贾易，因为他的老师程颐被贬在外，心中很不平，又上奏疏弹劾吕陶与苏轼拉帮结派，文章中语句还侵犯到文彦博、范纯仁等大臣。太皇太后看了奏疏，要惩罚贾易妄言，还是吕公著看在老友程颐的面子情分上，出来替他说情减轻责罚，只是让他出知怀州。

此事一出，朝廷哗然，群臣私下各有见解，议论纷纷。游酢最为难：贾易同出程门，贾易语言攻击到范纯仁，范纯仁又是忠厚的前辈。游酢不好言语，因此只得缄默。

重阳后一天，谢显道回老家上蔡省亲完，要到吏部办公差，来到京城见天色不早，便来拜访游酢。两人坐谈了一会，游酢问道："最近忙什么?"谢显道说："你也在地方呆过，要做的公务多而又繁杂。哪有闲心思及学问？偶尔，读读《论语》罢了。你呢。"游酢应道："读书的功夫是有，只不过读不出什么来。"

吃罢晚饭，两人谈及程颐先生被贬一事，谢显道叹道："原来只一件细微的生活小事，酿成一场宫廷的斗争，实在不可思议啊。"游酢说道："是啊，身为朝廷臣子，按理应当为天下的安定和老百姓的福祉担忧，没有想到有的人却为鸡毛蒜皮搞得乌烟瘴气，真是无聊透顶!"谢显道问道："你应该听说了，朝廷的大臣现在分成好几派，照这么说，你我岂不成了洛党一派的人了。"游酢道："嗨！朝廷内分党派，看来天下从此不得安宁了。其实，本来没有什么党派之分，现在被人一挑明，反而使人感到真有其事，不得不站在自己所属的一派上去不可了。但是，这样让人觉得在朝廷之上如履薄冰。"谢显道说道："说的是。近来，朝廷各分党派，相互寻找仇人的空子，熙宁、元丰时期的旧臣，不是被流放就是被贬，除著名诸奸臣外，连出入王、吕之间的张璪、李清臣，也都被罢免职务，离京城到地方当官。”游酢道：“所谓的洛、蜀、朔三种人，他们只因为意气不孚，因此构成一些小怨恨，没有大碍。这三股力量本来可以互相制约，使朝廷内部达到平衡稳定。这种局面一旦被打破，朝廷便失去平衡。最让人担心的祸害，是朝廷中暗藏着一班奸邪的人，他们本来对洛、蜀、朔三种人恨入骨髓，见这些人之间互相内讧，高兴得很，正在暗地里等待时机图谋不轨。他们一朝得势，天下必乱。我们也休想有太平日子过的。”谢显道说道：“是啊，谁知道会遇到这种乱世呢。要不是为了五斗粮和妻子、儿女，我倒真的愿意出家去，图个清静。”游酢道：“出家倒不必。出家多苦！如果局势真的那样，我们可以心静如水地静观其变。我们不是酒肉之徒，而是箪瓢可以过日子的人，哪怕嚼菜根也比那清灯黄卷、梵语中的生活有趣味得多。”谢显道说道：“定夫兄，看来你对禅是学到家了。”游酢嘿嘿一笑，说道：“你比我还更禅呢。一个人，不论儒家也好，禅家也好，最关键是要有一颗平常心，一切顺其自然，才能宠辱不惊，能进能退。达则兼济天下，穷则独善其身。”谢显道说道：“只能如此而已也！”

游酢问起在湖北的情况，谢显道简单地概述几句，顺便提到：“我收了一名叫朱震的弟子，其人甚忠厚，笃学。”游酢听了说道：“名师出高徒，一定不错吧。”谢显道说：“尚年轻，待历练方知所以。”

谈到半夜，谢显道问道：“什么时候有空到湖北走一走？”游酢回答道：“在官场上说不定哪一天在哪里，还愁没有跑的地方。明日何不一起去铁塔登高，以散散心。”谢显道应道：“正合我意。”

次日早上，游酢和谢显道两人用过早餐，正要准备一块前往铁塔，吕大临和张舜民前来了。游酢见了他们便招呼道：“你们来啦，进屋坐吧。”谢显道是个憨直的人，说道：“我们正要去铁塔，你们何不同去？”游酢眨了谢显道一眼，忙道：“不要紧，大家难得相聚，坐坐再说。”吕大临和张舜民两人也相互看看，张舜民说道：“这是好机会，我们也去。”吕大临点头说道：“我来此也是要约游酢到外面走走，太巧了。大家一起去吧。”于是四人一起往北出发。

铁塔位于开封城内东北隅，五丈河的北岸，从城南往御街直走到北面的宣德楼前再朝东拐，穿过马行街，跨越五丈河，奔向东华门大街。

铁塔这一带是比较清静的去处，平时路上来往的行人不多，可是到了秋游季节游人倒不少。京城中有一百五十多万人口居住，到了节日出游的人很多，所以路上来往的游客络绎不绝。张舜民与游酢在前，吕大临和谢显道在后，四人见往来的人熙熙攘攘的，不好谈天下大事和各自的胸怀，只谈些闲话。

来到东北隅，遥见一座八角十三层的塔，高五十余米，挺拔凌云，风姿峻然。

铁塔建于北宋皇祐元年，是一座铁色琉璃砖塔，俗称铁塔。塔内存放佛舍利。走到塔下，游人如织，喧哗声不绝于耳，可以看见有人在仰首而望，有人在唧唧喳喳地议论，风中传来塔上悬铃在空中叮当作响声。他们端详一下塔身，其塔通体遍砌铁色琉璃釉面砖，装饰美丽，景致壮观，不禁都颔首赞叹。接着，他们随人流步入塔内，旋梯登道，可拾阶盘旋而上。

塔身砖面图案有佛像、飞天、乐伎、降龙、麒麟、花卉等五十多种。当登到第五层时，可以看到开封城内街景，登到第七层时，看到郊外农田和护城大堤，登到第九层便可看到黄河如带。登到第十二层时，一股清风扑面，他们顿觉精神倍爽，往外一看，白云缭绕，浑如身临天界一般。谢显道叹道："难怪人们说'铁塔行云'。"吕大临说："真是手可摘星辰了。"游酢说："这情景得用苏学士的词来形容才恰切。"谢显道问道："怎么形容？"游酢回答道："高处不胜寒！"张舜民会心地笑了。看完塔，他们便徐徐而下。

在归途中，他们一路说笑个不停。

忽然，张舜民讲："明年的今天，大家不知道是否能够在一起。"谢显道问道："难道，听到了什么不利的风声？"吕大临说："舜民讲得不错，人生难测，何况身在宦海。师叔和贾易已经被赶出了京城，朝廷的斗争还有戏看呢。"谢显道说："大临，你担心什么，你哥哥是宰相，谁敢动你？"吕大临叹道："在朝廷，谁能够说得准什么时候上下。我兄长性直，又不懂得笼络人马，迟早有一天也照样被排挤出京城的。"张舜民讲："大临说得有理。定夫，你以为呢？"游酢答道："是的。树欲静而风不止。像我这样的人，明年也许真的不在京城了。"谢显道说："定夫，怎么这么悲观？"张舜民接过话，说："我和定夫都是没有背景之人，乐观不起来。定夫还好，不露声色，可是我前些年因为写诗被贬了一回，说不定过几年有人算老账，又得再贬。"吕大临听了，想起王安石去世时张舜民做过几首诗，有点吃惊，讲："真的，吊唁荆国公时，舜民做了那几首诗好是好，也许有人不高兴。"谢显道讲："我不做诗，做了惹麻烦。"张舜民讲："你不做诗，可是你是程门弟子，比我好不到哪里去。"谢显道听了，不再说话了。游酢见情，讲："大家都别过分担心，只要心中无愧，走到哪里不是生活？"吕大临帮腔道："定夫说得对，我们都开心些。"

回到城里，大家相互告别，各自回家去。

一日，孙觉与范纯仁交谈，提起游酢的才学，将情况介绍给范纯仁听。范纯仁听了，说道："哦，此乃贤人，可交也。记得去年我见过游君一面，你可叫他有

空来坐坐。”

在孙觉的引见下，范纯仁亲自接见了游酢，进行了一次面谈。

范纯仁问道；“游君之见，何以强国?”

游酢答道：“首在富民。”

“何以富民?”

“无农不稳，无商不富，故当农商并重。如今天下百姓温饱不能保障，饿殍比比，粮食不足，其因在民自无田地。倘若商业发达，生意好做，或者有工可做，亦有谋生之处，何至于衣食之忧？民富，则国自强。”

“民富何以见国强?”

“民乃国之兵，兵壮岂不是国势强大。”

“有理，见识亦深远。我何其晚见君也。”

这样，范纯仁真正认识了游酢，并且有了良好的印象。

范纯仁正想着重用游酢，谁料不久朝廷又兴起一个风波。因为有个官员胡宗愈曾经上过《君子无党论》奏疏，“右司谏”王觌偏偏上书说：“胡宗愈不应执政，前说不应有党，这时又进《无党论》，像这样反复无常的人不应当在朝廷。”太皇太后看了，勃然怒道：“文彦博、吕公著也说王觌不适合（担任这个职务）。”独有范纯仁出来辩论道：“朝臣当中本来无党派，不过善恶邪正，各以类分。像潞国公彦博和吕公等都是几朝老臣，岂可雷同？从前先帝的大臣范仲淹，与韩琦、富弼，同时执掌朝政，各举所知，当时流言蜚语指责他们为朋党，因此他们三人相继外调，于是有一网打尽的传言。这本是王拱辰的原话。此事未远，望太皇太后和陛下鉴察!”随后，范纯仁又录了欧阳修《朋党论》文章呈将进去。

太皇太后对范纯仁的用意未能够理解，还是把王觌贬为润州知府。接着，门下侍郎韩维，也被人谗言参倒，离开朝廷去邓州任知府。太皇太后起初要召用范镇，派人前往征求范镇的意见。范镇，字景仁，成都人，与司马光齐名，其时范镇年已八十，不希望再起，他的从孙叫祖禹，也从旁劝他不要再出山当官，因此范镇坚持不接受所授之职务。朝廷只好下诏授给范镇“银紫光禄大夫”，封为“蜀郡公”。范纯仁见太皇太后对他的话听不进去，自己便做了退出朝廷到地方去当官的打算。

冬天来临了，不但北风刮得厉害，而且霜雪交加。

一个雨天的夜晚，吕氏和儿子都入睡后，狂风吹打着门窗，雷声隆隆，下起倾盆大雨。

游酢独自坐在书房里，心情却很不平静。朝廷内部的斗争一浪高过一浪，愈

演愈激烈。他想不到，自己原来以为上朝廷当官是一件大好事，前途较大，可是万万没有料到却如此的复杂、可怕。游酢推测到不同派别的斗争不但未真正的停息，而且有斗争愈来愈烈之势。程颐先生和贾易的相继离京，都显示了一个信号：敌视程颐先生及弟子的党群大有人在，自己是程门的弟子朝廷上下无人不晓，随时都可能受到打击。自己刚刚结识范纯仁大人，没有想到前几天听说了他已经提出了要求离京的消息。重阳节与谢显道的一番对话又浮现在眼前，自己是箪瓢可以过日子的人，不如到地方当个小官，既实在又可以免去不必的担忧，而且地方县级以上的官年俸比朝廷一般官员高一些，住宿条件好而且不用缴费，地方上的物价较便宜，开支更少，朝廷还规定有不少招待费用和开支报销。他下决心自己主动提出离开京城。

第二天，游酢向赵煦上疏，以“服侍家中亲人不方便”为理由提出了自己要求外调的请求。

不久，朝廷果真就准了奏，同意他出京城，但是没有考虑他的“侍亲不便”，而是派他出任偏远的河南西北部河清县知县。他明白了朝廷的内部情况复杂，什么也不说，领命前去。至此，程门弟子几乎从朝廷扫地出门了。河清县是个什么地方？请君看下回。

第三十九回

冒风雪远赴僻境
登大堂初审冤情

黄河已经冰封了，坐不得船，游酢租了一辆马车，携带着家眷从开封出发，逆黄河沿岸而上，前往河南府河清县。这是黄河流域中下游地段，也是最平缓的河段，沿途几百公里看见两岸的黄土山上毛草稀少，平时可见河水浑黄。这是个阴天，天空的云层很低，寒风吹来凉飕飕的。幸好，一家人身上穿得暖和，头上戴着帽子，连脸都裹得紧紧。河面宽约两三里，全是冰，远远看去像一个狭长的水晶宫，白晃晃的清光与山上的积雪相映，越发让人们感觉得寒冷。岸边上可见冰块涌动着，偶尔见到一两只船，有人在船上用木杵敲打冰块。游酢揣测到：他们也许想打些鱼来度饥饿，或者卖些钱来添衣御寒吧，贫穷的人真可怜啦！这里是一片贫瘠的土地，沿河两岸的滩区中只能够种植着小麦、玉米、高粱等庄稼，人们大多居住窑洞，只有少量的茅舍。这些黄河边上人们的穷苦景象，令他联想到在京城时每年看见许多黄河边上的人们去乞讨边打竹板边唱的情景，因而产生了改变社会的许多想法而又无法实现的无奈心情。

沿途看见黄河边大多的地方山光秃秃的，草木不生，一眼望去是黄土地，种着的玉米也长不高，庄稼的长势不好，跟山清水秀的江南简直是两重天地。过往的人们衣衫褴褛，脸上蒙着被风沙吹刮所积蓄一层厚厚的古铜色。但是，他们却个个精神抖擞，挺着胸脯走路，嘴上大咧咧地露出刚毅的笑容。游酢想到：这黄河边上的人，他们吃苦耐劳地生活在这一片黄土地上多么的不容易，又多么的令人敬佩啊！

途中，游酢又想到：河清古代称孟津，这里是河洛文化的发源地，有“河图

之源，人文之根”之说，河龟负图、伏羲画卦的古代传说皆源于此。夏朝时为孟涂氏封国，称作孟地，其地设置一个津口，因此叫孟津。唐朝更名为河清。宋朝沿用原名，隶属河南府。它是黄河入中原的第一个渡口，历史以来是关中与中原人们水陆来往及粮食运输的重要枢纽。因此，宋朝开始派人在那里设立了运漕使。由于那里地处黄河边上，尽管唐玄宗将它改名为河清，想象中河清一定是一个黄河咆哮、巨浪滔天的地方。

进入河清县地界，游酢眼前出现了连绵起伏的群山，有一望无际的森林，同时看见黄河在这里却是平静得像一个文静的姑娘，有一点惊奇感，与想象中完全两回事。原来，河清是一个多山、多丘陵地带，有‘三山、六陵、一分川’之说。洛阳曾经是“十三朝古都”，其中六朝在孟津。因为自从汉朝以来，皇帝、王侯、公卿大多葬于洛阳到河清一带的北邙山上，所以古人有以“生在苏杭，葬在邙山。”为荣，所以北邙山成为全国最大的陵墓群，绵延几百里，有几千座古代的陵墓。河清县范围内陵墓群就有两百里左右，大多是帝王的陵墓。但是，河清毕竟是黄河边，河岸上一片黄色，连周围的树木、房屋的瓦顶都铺着一层厚厚的黄色尘灰。时近傍晚，他看见宽阔的黄河上有许多的候鸟和水禽，夕阳下其中一群群的丹顶鹤、大鸨、白鹤、黑鹳在水面悠然地飞翔着、欢叫着。

县衙的驻地在黄河北岸的白波上，游酢到了衙门，原任知县与师爷等忙出来迎接。游酢一看，人长得敦厚，面圆嘴宽，年纪四十开外，那可能是师爷。果然，老知县介绍道：“游大人，这师爷姓李，名开学，洛阳人氏，对这里的情况有点熟悉，有空时可以好好聊一聊。”李开学上前道：“在下见过游大人。”游酢回礼道：“李先生好。今后多仰仗先生赐教。”李开学回答道：“大人如果不嫌，不才愿效犬马之力。”游酢笑呵呵地握着他的手说：“我们同舟共济吧。”

县衙的房屋是一座瓦房，周围是居民房屋，大多属于低矮破旧的木屋，也有茅草房，山边和高滩上到处是窑洞式的房屋。一家人搬进县衙的宅院里住下，家眷们见住宅虽然比较简陋、陈旧，可是比京城的宽敞得多，屋里的炕也更大，一见便喜欢上了。游酢笑着问道：“你们喜欢吗？”秋香直抿嘴咯咯地笑个不停，吕氏心里高兴却瞥了他一眼什么也不说。

当晚，原任知县为游酢接风洗尘。

天黑前，县衙的大小官吏都到齐坐下，知县的边上一张椅子空着，游酢不知所以然，有点纳闷。突然，一个身材不高却很粗壮的五十开外老人走了进来，众人都起身，知县迎上去说：“欢迎梁大人驾临”顺便对身边的游酢介绍：“这位是运漕使梁大人。”游酢拱手说：“晚生游酢拜见梁大人。”那运漕使也拱手回礼道：

“原来是游大人，久仰大名，失敬失敬。”知县招呼：“梁大人请上座。”运漕使是个明白人，在这样的场合，新老知县都是主人，自己便坐在边上。河清近洛阳城，席上的菜肴丰盛。大家尽礼数敬了新上任的知县游酢，游酢心知自己虽然为一县之主，初来乍到，人生地不熟，谨慎为好，酒不能多喝，话也不敢多说，回敬了各位一杯。酒过三巡，知县和运漕使聊起朝廷的事情，游酢出于礼节陪坐了一会。

第二天上午，原任知县交代清楚了事务，下午便回京城礼部报到去了。

这天晚上，游酢叫来了李开学谈话，才知道原任师爷因年迈回乡养老，李开学也是一年前才来此地。游酢询问了当地的基本情况之后，思考怎样治理这个县的事情。

第三天早晨，游酢吃过早饭便和李开学去视察县里的粮库。

县衙和县里的粮库相距不远，走几百步就到了。这是一栋瓦房，长约二十五米，中间四间为仓库，边上一间住看守的库吏。库吏跑出来，李开学介绍：“这是新来的县太爷游大人。”库吏向两位大人问好，游酢问：“库里存放有多少粮食?”库吏回答：“两三万斤。”说完前去打开仓库的大门，游酢进去看了看，没有发现什么，于是交代：“不但要注意防盗、防火，而且管理要勤快，适时进行查看、翻动，做到防潮、防霉、防蛀。”库吏响亮地应道：“是！下人记住了，一定遵照大人的吩咐做好。”

因为朝廷设立的漕运在码头。接着，李开学带着游酢前去拜访运漕使。梁大人住在码头附近，他见了李开学带着游酢来，说：“游大人，你的椅子还没坐热，就来我这里。”游酢回答：“民以食为天，粮食自然最重要，所以在下过来看看。”梁大人夸奖：“新官上任三把火。游大人真是心中有百姓啊。坐，喝几盅茶，老夫再陪你看看。”

约半个多时辰，两人走出门去查看粮库。他们来到了漕运点。

粮仓位于离码头不到一里地的小山上，三人来到小山山腰。这时，游酢注意到这里可以凭眺码头，位置高，四周低，不燥不潮，离码头不远，运输又方便，这样的地点正是适合做粮库。大门上写着“白波仓”三个大字，门口有看守人。进了大门，只见有两栋的瓦房，东西各一栋仓库，长约二十五米，五间，边上有两间分别为卧室和厨房。游酢对运漕使说：“梁大人，你比朝廷的粮库大得多吧。”梁大人答：“常年只有一十二万斤，丰年时可以存放二十万斤。游大人进去查看一下。”游酢回答：“梁大人是朝廷委派来的，在下只是来此见识见识，哪里敢犯上？就免看了吧。”梁大人见他这么讲，说：“中午在这里吃个便饭。”游酢应

道："谢谢梁大人，在下还有公务，下回再说。告辞了。"梁大人客气地讲："游大人既然眼下公务在身，欢迎以后有机会来好好一叙。"游酢拱手作个揖，与李开学走了。

下午，游酢又与李开学看县学。

县学在一座大祠堂里。他和李开学到了那儿，见校舍陈旧破落，便交代李开学："今年一定要进行修缮。"另外，询问在身边的县学教授："此地考风如何？"教授答道："还好。"游酢说道："考试关系到学子的前途，更关系到朝廷的命运，选拔人才一定要做到公平、公正，不容出现丝毫的纰漏。"

看了县学回来，游酢便布置农业生产——安排相关人员到各个乡村去了解情况。

古代有"秀才不出门，得知天下事"之说，游酢为进士出身，饱读经书，早闻河清历史文化渊源深厚，到得此地，自然想好好游览名胜古迹一番。但是，县里事务较忙，一时走不开。

接谢显道来信，知道他已经调任渑池县令。渑池县同属于河南府，与河清相距不过一百余里，从洛阳经新安即到，游酢心想等有空时候再看望他。

他开始坐下来查看和处理案件。

因为河清距离洛阳才三十里，游酢去拜访师叔程颐先生。

程颐见游酢前来拜访，非常高兴，两人交谈一番之后，游酢起身辞行。程颐说："我们这么近，有空经常来坐一坐。"游酢答应："好！我有空一定会来。"

一天，游酢正坐在衙门看案卷，忽然听到门外传来一阵鼓声，便放下案卷，击案喊道："升堂，传击鼓人！"

进来的是一个年纪六旬的老年人，游酢问道："报上姓名、籍贯、年纪、何处人来。"老人回答道："草民姓赵，单名二，现年六十三岁，张湾村人。"说罢，哭着跪在地上说道："青天老爷在上，我有冤情，请为我做主。"游酢听了，说道："老人家，你且站起来慢慢说明白。"老汉哭诉道："我家的妻子九年前被当地恶霸毛大富的家人打死，可是他买通验尸的，那验尸的查验尸体时却证明说我妻子是心痛而死。几年来，换了好几任知县，都被他收买。每次上头有大人要来，都派人把我全家看得死死连蚊子都不让出入，叫我有冤不得伸。我一告再告，冤情不但没有得到清洗，而且每一次都被打得全身是伤。"他边哭边解开衣服说："老爷，您看看。"

游酢听罢，霍地起身走下堂来验看。果然，老人身上到处是伤。见情如此，游酢说："老人家，您身上但有伤都拿出来看看。"老人把衣服全脱去，胸前和背上伤痕累累。游酢简直不敢相信自己的眼睛，也不敢相信天下真有此事，当

堂骂道："天下王法安在！"接着对老人讲："你把毛家的情况一一说来，我替你做主。"

老人说完情况，游酢听了义愤填膺，拿起签令要抓人，有个差役向堂上直摆手，李开学看见了，叫道："老爷且慢！"游酢问："李兄，有何吩咐？"李开学走到游酢身边，俯耳低语几句。游酢听了，对堂下说："老人家你先回去，待我调查清楚，一定会给你一个明确的答复。"老人失望地走出县衙，他心里想：这又是一个糊涂官，看来申冤又没有希望了。

看老人出去，李开学对差役招手道："过来。"接着对游酢讲："老爷，咱们后堂说话。"

三人来到后堂分主仆坐下，李开学问差役："有什么话，现在可以跟老爷说。"差役讲："老爷，你有所不知。原来，这毛大富人虽然是商人出身，没有功名，可是当地第一大财主，有七八间店铺和大量的田地；他平时交往的都是当地的乡绅，又供养着一批能舞枪弄棒的打手，还与州府官僚有来往，谁敢惹他？而告状的老汉赵二，一家都是种田的老实人。十多年前，毛大富想贱价买下与自己田邻近的赵二一块荒地做寿地，赵二硬是不依。结果，九年前的一天赵二的妻子经过毛家的地时，便诬陷她要偷毛家的瓜，被毛大富的手下打死。事出之后，毛大富知道人命关天，'有钱能使鬼推磨'，他买通了官府，所以不了了之，拖延至今。前有一任知县刚刚上任，为官也清，赵二上告后，派人将毛大富带来上堂，关押着。可是，没有几天知府亲自下来，将毛大富放了，那知县不久就被免职调离。这件事情，几任下来没有人再敢理睬。再说，事情过去了这么多年，又牵扯到几任官员，有的就在州府，他们是我们的顶头上司，得罪了他们对大人的前程不利呀！"

游酢不是初出茅庐，经过几年的打滚已经略知宦海深浅，听了这一番话，确实觉得这件事情很棘手，于是对差役说："谢谢，先下去吧。"差役走后，李开学说："我看，这件案情等查明了再办不迟。"游酢应道："好吧，这事情先缓一缓再说。"两人又商量了一番别的事情才分手。

这一天夜间，游酢在床上翻来覆去不能入睡。半夜，仿佛有一个女人披头散发、血淋淋哭着向他走来，"申冤啊——申冤啊——"他吓出了一身汗，跃身而起，点着灯一看，什么也没有。他重新又躺下来，想到：十年寒窗为的不是出人头地，而是为老百姓做一些事情，自己也不枉费了来世一遭。可是，刚刚到任就遇到这么棘手的问题。看来，官确实不好当啊。但是，这样的冤案不破，与其当个窝囊官还不如不当呢。想着、想着，不知不觉地睡着了。

天亮起来，他想起昨天和夜里的事情，心情很烦，忽然又想到老人家说的冤

情，九年了，要破这个案，打死人的凭据哪儿去找？他又想到：天下的事情，有因必有果，总会有水落石出的一天。既然目前一时没有办法解决，那么就慢慢从长计议吧。

欲知此案结果如何？且待下回再说。

第四十回

乔装密访查实据 顺藤摸瓜擒凶手

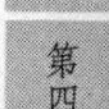

话说游酢叫李开学派人打听清楚了毛大富的住址，想到：何不趁他还不认识自己，来个微服私访。

张湾村离县城不远。隔了一天，游酢吃过早饭，打扮成一个算命先生到那附近走走。

进了村，游酢向人打听毛大富的家，有人告诉说："他家呀，就住在村中间，最大最漂亮的那一座就是了。"游酢继续向前，果然看见了一座两进的大瓦房。门楣上俨然挂着一块"毛府"二字横匾，不时地有人三三两两地出入。一条小溪从毛大富的家门前绕过。附近的民房大多是低矮的茅草房，与"毛府"形成鲜明的对比。游酢手持"神算"的幌子刚刚走近毛家门口，看守大门的两位壮实粗汉就奔过来喊道："去去去，你也不看看这是什么地盘，快滚！"把游酢连推带搡撵走。游酢不好发脾气，只得晦气地往回走，心想：我就偏不信这个邪，总有收拾他的办法。

回到住处，游酢不免有一点沮丧。吕氏问起什么原因，他说出了原委。吕氏也不多嘴，只是淡淡地说："你看这房屋不是东墙裂就是西墙有缝。抓紧叫师傅来修修才行，不然怎么住人呢？"说者无心，听者有意，游酢一听突然醒悟了似的拍手叫道："夫人，太谢谢你了！"吕氏反而如坠入云雾里。可是，游酢一想对着吕氏莞尔一笑，说："暂时保密。"吕氏走到他身边说："对我还保什么密。"

一天傍晚，游酢回到自己的家里，吕氏对他说："老爷，下午有一个人提着两包东西来咱们家里，说这是您让带回的。我不知道是真是假，也不敢打开看。您

自己去看看。”游酢听了说：“我根本没有东西叫人带。可知道是谁送来的？”

吕氏说：“他来过咱们家几次，可是名字却想不起来。”秋香道：“老爷，我听你说过那人好像叫明理。”

游酢想起来了，那是当地一个姓郑的乡绅，以前到外县当过一任县教谕，人有学问，家住在城南外十里，见过几回，也谈得来。可是，东西不敢随便要。想到这里，他对吕氏说：“没有事，我明天叫人给送回去。”

忽然门外有人问道：“游大人在家吗？”

游酢听到声音应道：“在，请进！”

明理进了门，说：“大人好，夫人好。”游酢一见是他，说：“炕上坐。”吕氏向客人施个礼，忙沏茶去。明理客气了一番，坐上炕。一会儿功夫，秋香端上茶给客人和游酢各递上一杯，说：“您慢慢喝茶。”她转身便进卧室去了。

游酢先问道：“老前辈，近来可忙？”明理答：“有劳大人相问，托大人的福，还好。”游酢说：“听说老先生学问甚好，晚生定夫在此请教了。”明理说：“大人折杀老朽也，大人乃太学博士，老朽给大人当学生才是。大人能够来敝县，实在是敝县的洪福啊。”游酢说道：“老前辈，鄙人初来乍到，许多事情还不知道怎么做，请多多赐教，晚生感激不尽。”明理回答：“岂敢岂敢，你这不是要折杀老夫吗？”游酢见是时机了，便问：“老前辈有何见教请直说。”明理看了看游酢，支支吾吾地说道：“老夫也是受人之托，想请大人赏个脸。”游酢见情心里明白了几分来意，答道：“晚生不才，但只要为民的好事当然尽力。不知前辈所指何事？”明理道：“也不是什么大事，敝乡有个财主叫毛大富的，想让老夫代为向大人和夫人问个安，今后有什么用得上的尽管吩咐。过一些时日，他会到府上拜访大人”游酢听了应道：“老前辈，请代谢毛财主，有机会我会拜访他的。”明理听了，说：“大人真是爽快，好。老夫就不多打扰了，伏望大人有空到寒舍一叙。”

游酢叫道：“秋香，送一送郑老前辈。”起身又拱手对老人说：“前辈走好，晚生不送了。”

明理说道：“游大人留步，后会有期。”游酢也回应一句：“后会有期。”

这时，吕氏已悄悄地将两袋东西提过来，秋香接过手便跟老人出了大门外才回来。

有一天，差役来报告：毛大富出远门了，好几天都没有回来。

第二天，游酢又将赵、毛两家的人命案卷拿出来详细地查看。看见验尸的清单，想到：赵二在堂上不是说毛大富买通验尸的吗？如果这个仵作还在，或许可以查到事情的真相；但是仵作万一被毛家彻底收买了，坚决不说，事情就难办了。

他站起来，在案前来回地走动、思索着：毛大富不是出远门了吗？何不用个计，把仵作弄来再说。于是喊道："来人！"

一名差役很快进来了，问道："老爷，什么事情？"他说："你去查一下，仵作还在不在，如果在立即带来见我。记住，千万不要打草惊蛇。另外，叫人把赵二也传来。"

一个多时辰后，差役把仵作押到大堂。仵作已经退养在家多年，年纪也大了，进了大堂还不知怎么一回事情。但是，他心里清楚，自己平生没有犯过其他的罪，只是曾经收受过一起赵二老婆命案作假的贿，那也是别人逼他做的。说来自己很倒霉，自从那件事之后，自己的老婆突然疯了，整天疯疯癫癫的。这些年来，自己受够了罪。可是，这案件自己不能承认作假，承认了一是自己少不了要坐牢，二是毛大富势力大又有背景，新来的知县不一定能够斗得过他，自己照样没有好日子过。

游酢坐在堂上问道："堂下何人，报上姓名、年龄、籍贯、职业来。"

仵作答道："小人姓黄，贱名小可，现年六十六岁，本县人，以前曾经当过县衙的仵作。"

询问之后，游酢说道："老先生原来当过仵作，失敬失敬。这么说，你应当知道朝廷的律令吧，你可曾经替别人做过伪证？"

仵作回答："没有。"

游酢耐心地说："没有？还是老实地交代，免得受皮肉之苦。"

仵作大声地申明："小人从来没有做过伪证。"

游酢拍一下醒木，吓唬仵作道："本堂再问你一遍，你真的没有替人作过过伪证？"

仵作答道："没有。"

游酢见仵作执迷不悟，狠拍一下醒木，大喝一声："既然你不肯说实话，那别怪本堂不讲情了。传赵二上堂。"

赵二上堂了，喊道："青天大老爷，为我做主啊——"他看见了黄小可，像见着仇人似的，大声骂道："姓黄的，你这个害人精，跟姓毛的勾结做假证，你凭良心说一说，我老婆是病死，还是被打死的？你说呀——"

黄小可头不敢抬起，也不敢说话。

赵二继续说："你说实话吧，为我做个公道，过去的事情我不怪你。你都六七十岁了，要对得起自己的良心呀。你老婆为什么发癫？还不是因为你做了假证！"

黄小可经他这么一说，心动了，可是怕自己承认了，得罪了毛大富，于是结

结巴巴地说："我没有做假证。"

游酢大声问："当真没有？你抬起头，当着本堂的面再说一遍。"

黄小可不敢抬头。

游酢讲："老先生，你那么大的岁数，说了真话不至于死刑，本堂还可以包你保外就释。还不快从实招来！"

赵二也说："你如果公道地为我作证是姓毛的逼你的，我会去老婆的坟前烧纸告诉她，不要去纠缠你老婆。"

仵作听到这里，见县老爷承诺可以保外就释，赵二也能够原谅自己，事情到了这个地步，不能不说真话了，于是讲："我招了。当年是毛大富夜里派人送来二十两银票，并且威胁我，逼我必须做假证。"

游酢听仵作果然说出了事情的真相，心里非常高兴。可是怕他翻供，问道："毛大富抓来，你敢当堂对证吗？"

黄小可抬头回答："回县老爷，敢！"

游酢下令说："好！叫他画押。"李开学将当堂记录的供词送到仵作面前，仵作只好在供词上画了押。

游酢见事情办成，令手下将仵作押入大牢收监，交代严密看管好；立即派公差赶去把毛大富缉拿归案。

过了两天，毛大富被缉拿归案，

游酢又叫人传来赵二以及知情的众邻居，带上仵作当堂对簿，毛大富在铁证面前还是不肯承认罪行。

游酢大声喝道："毛大富，铁证如山，今天且由不得你。本堂再问你一遍，如果承认可以酌情从轻发落；如果拒不认罪，则重判不饶情，抄家斩首。"

毛大富听到这里，考虑到家人的今后，只好说："我认罪，请大人高抬贵手，放过我家人。"于是，将案情如实地招了。

游酢当堂判道："毛大富持财仗势、为非作歹，暗地里唆使打手将赵二的妻子打死，还收买仵作做伪证，瞒天过海，致使此案贻误多年，罪行恶劣，民愤极大，判为死刑，呈报朝廷。其家人不予追究，家产不动，但得赔偿赵二一百两银子作为家属抚恤和多年的精神损失补偿。仵作贪图钱财，弄虚作假，为虎作伥，没收其非法所得，判处三年徒刑，因念其年岁已大，妻子重病在身无人照顾，本堂准许其保外就释；另外当年打死赵二妻子的凶手，因为病故不予追究。如有不服，可以上诉。如果服判，就在判决书上签名、画押。"

师爷将判决书送到毛大富面前，说："画押吧。"毛大富心知大势已去，不情愿地签了名并画押。

游酢大声喊道："将罪犯毛大富押进大牢，等候处斩。"

此案一结，当地老百姓大声叫好，消息传出，轰动州府，有些原来跟本案有点沾边的官员没有一个敢吭声。

原来，游酢听了吕氏的话中带有"东墙不开西墙开"的意思，想到要理清赵二妻子被杀的冤案，一不能打草惊蛇，即不惊动毛大富本人，也就不会惊动州府的有瓜葛的官员，只要等待机会，从凶手或者仵作下手，得到铁证，到时谁也插不了手。这样，既不得罪上司，又能够为民洗冤。

案情判完，游酢打算到几处地方走走，察看一下民情。

游酢虽然觉得身上轻快了许多。然而，当地方官哪有清闲的日子？正是：树欲静而风不止，波将息焉浪又兴。欲知后面又是什么事情，请看下回。

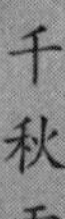

第四十一回

小寡妇申冤再嫁
铁公鸡讹诈自羞

朝廷传来邸报，游酢浏览一遍，知道说的是北宋与西夏的战事。报上只道沈括退居润州梦溪园养老。其实，沈括才五十八岁，回到家中开始专心著述他的《梦溪笔谈》。

游酢处理完已查明的积案，便到各地走走。

一天游酢出去视察，回来的路上忽然跑出一年轻女子拦轿大喊："请青天大老爷为民女做主。"游酢不由分说下了轿，问道："快起来说话，什么冤情？"那女子三十岁左右，身着粗布衣，虽然没有十分姿色，但也长得清秀，脸庞噙着泪水。她听了连忙伏在地上，申述："民女黄氏，丈夫去世已经五年多，可是族里人不让民女改嫁。"游酢回答："根据朝廷的法律，本县准你改嫁。"那女子说："谢谢老爷！你是恩准了，可是家族人不同意，民女望大人传族人到公堂上判决，他们才肯准许。"游酢说："好吧。你且把有关的人员名字报上，我派人立刻传他们到堂。本县现在就回县衙。"师爷上前问明了名单一一记下，当场派差役前往黄氏家族传人。

黄氏的夫族人丁不多，得到传票后派了族长、还有一个绅士、黄氏的小叔三人到堂。

游酢问明了来者的身份、年龄等，问道："你们什么理由不让黄氏改嫁？"

黄氏的小叔先发话，他说："我哥死去才五年，她便要改嫁。我的侄儿还小，让她带走，我哥岂不断后了吗？所以，我不让她改嫁。"游酢听了"嗯"一声，又问族长："老前辈，卑职愿听你老人家赐教。"

族长说："自古女子应当守妇道，从一而终。这样的女子才能称得上节妇。她要改嫁，即不守节。她如果能够守寡到老，我要向朝廷给她申报一块贞节牌坊。"游酢听了，又"嗯"一声，问乡绅道："黄绅士，你有何见教？"

绅士说："这事情，黄氏的小叔和族长说得很清楚了。县老爷是读书出身的，应当懂得道理。"

这时，游酢才说道："现在轮到我说了，是吧？我们先不说改嫁的事情。我问问，你们有没有听说过宋太祖？"

黄氏的小叔和族长面面相觑，绅士却回答："听说过！"

女子黄氏心里希望县老爷抓紧给她申冤，听他问这些，觉得有一点莫名其妙，可是不敢声张。

游酢忽然问："听说过太祖将居孀的胞姐改嫁大臣高怀德的故事吗？"

族长和绅士回答："听说过。"

游酢大声起来，说："听说了就好！天底下的人都应当讲一个理字。还有，前宰相王安石的儿子去世，他让媳妇改嫁。从皇帝到宰相都如此，我们不应该也做到吗？"

绅士说："皇帝和宰相怎么做，是他们的事情。我们家族有族规。"

游酢反问道："亏你还是绅士，这其中的道理都不明白。人，要讲人性。"

绅士觉得理屈，不敢再吭声。

族长不解地问道："那么说，立牌坊是没有希望了？"

游酢回答："本朝以来最重道德。道德的核心是什么？人性也。人性都没有，何言道德？不错！妇女要讲贞节，无论有夫无夫都得守妇道。朝廷给那些含辛茹苦抚养儿女成人的妇女立贞节牌坊，目的是树立道德的榜样。但是，让一个寡妇和孩子饿死给她立个贞节牌坊，是不人道的，是罪过，所以本朝律令立有'凡客户身故，其妻改嫁者听其自便，女听其自嫁。'、'不逞之民娶妻，给取其财而亡，妻不能自给者，自今即许改嫁'等条文。你们阻拦改嫁，想以此来换取贞节牌坊，完全违背了朝廷立贞节牌坊的本意。你们将心比心，那如果是你自己的妻子和儿女，怎么样呢？我说明白些，女子改嫁后，如果能够忠于后夫，不做出轨之事，照样可以说是守妇道的人。只要能够培养出有出息的儿孙，朝廷照样可以旌表，为她立碑树传。本朝以来，不乏这样的例子，听明白了吗？"

族长回答："听大人这么一说，老夫明白了。"

游酢问黄氏的小叔："本堂问你，能够给你的嫂子养老送终，给你的侄儿成家立业吗？"

黄氏的小叔答道："小人没有办法做到。"

游酢问族长、绅士："你们能够帮忙养他们母子吗？"族长、绅士都摇头。游酢继续说："既然你们没有办法，听我的。大家都知道，大宋以来对女子的婚姻最讲人性，根据朝廷法律规定：女子丧夫后可以改嫁。黄氏年纪尚轻，正青春年华，况且守寡了五年多，已经尽了为妇之礼和情义。至于她改嫁不改嫁是她的自由。倘若她要嫁人也在情理之中，岂可强制之。"他转而问黄氏："你是愿意继续守寡，还是愿意改嫁？"

黄氏抬起头，大声回答："民女愿意改嫁，望老爷为民女做主！"

游酢拍一下堂木，说："好啦。本堂宣判如下：根据朝廷的律令，准许黄氏改嫁，任何人不得阻拦，如有冒犯者当蔑视王法处理。黄氏家中现有的财产，一概归其母子所有，任何他人不得强占。如果黄氏改嫁，除了房屋外，其他一切财产和所用物品均可带走，任何人不得阻拦，其房屋仍归母子所有，他人不得霸占和变卖；念其子为亡夫所生的骨肉，黄氏改嫁他人后，如与后夫另生有子，其随嫁之子养大成人归原夫；如不能再生育，其子为生父与养父各一半。如有不服，不论原告、被告双方可以继续申辩、上访。"

黄氏伏地拜三拜，高声说："谢谢青天老爷。"游酢回答："别谢我，这是朝廷的法律。"继而问族长、绅士、黄氏的小叔三人："你们服吗？"三人相互看了看，觉得没有异议，回答："服！"

师爷李开学将写好的判书送到四人面前，说："画押吧。"黄氏在自己的名字上画了个圈，按个手模，其他三人也一一签名、画押。

游酢说："退堂。"

众人闻声离去。路上，绅士对族长说："这个县老爷果然不简单，我打心里佩服。"族长说："是啊，没有想到这么年轻的县老爷，考虑事情如此周密，说话又滴水不漏。"黄氏的小叔说："特别是对我侄儿的判法，我哥不会没有后代，我就放心了。"

一日，游酢正在堂上看公文，忽然听到有人击鼓，游酢立即喊道："传击鼓人上堂。"

一会儿，进来两个人：一个身材矮小，圆脸，五十上下光景；另一个四十开外，高个儿，马脸。两人一进大堂就跪下，前一个喊："冤枉啊——"后一个叫："青天大老爷，请为小民做主。"游酢见了大声讲道："你俩人各报上姓名、籍贯和事情来。"圆脸的说："草民姓石，名七，本县城人，做点小本生意。三年前向身边的这个家伙'铁公鸡'借了五十纹钱，说好年息加一的，三年到期一并还清，立有字据。今年到期，本人已经还清借债。可是，他说年息是加二，这分明是讹诈。请老爷明判。”马脸自我介绍道：“小民姓铁，名振利，也是本城中生意人。前年确有借钱给身边的这个石光棍，但是黑纸白字写着年息加二，他却抵赖说是加一。请老爷做主。”那‘铁公鸡’是城中有名了的，老婆跟是他一对，平时家里只管赚钱、积钱、放高利贷，小气得连对儿子和女儿都不肯给一文零花钱。

游酢听说过这个人，今天才见到，知道他上堂肯定有戏看，但是案件归案件，应当主持公正，便问道：“你们二人可有字据？”那两人都从衣袖中掏出字据，差役将两张字据接过，递给堂上的游酢，游酢将两张字据对照一看，两张字据确实都写年息加一，问题是圆脸的那张字据中“借债期间不可加一厘息”，而另一张变成“借债期间本再可加一厘息”，借的数目和还债日期以及立据人、中正（证）人均一模一样。于是，游酢走下堂将两张字据拿给两人看，圆脸的看不出差别，马脸的却得意忘形、幸灾惹祸地：“黑纸白字写着本可加一厘息，又不是我赖你。”圆脸的急得团团转。游酢问：“写字据人和中正人呢？”两人都回答：“中正人已经去世了。”游酢心里明白事情的蹊跷，解决问题的关键在于写字据的人。于是，喊道：“传写字据人。”差役立即去传唤。

过了一个多时辰，写字据的人来了，是一个年近七十岁的老人。游酢问他是怎么一回事。他说：“我当时帮忙写的时候确实是年息加一，不可再加一厘息。至于怎么会两份不一样，草民不知道。”游酢问：“这字据上每一个字是你所写的？”老人回答：“是。”游酢于是大声问马脸的：“本字比不字多一笔，三岁小孩也懂得，你却在上面做手脚蒙骗人，分明是你恶意敲诈人。”马脸说：“老爷，我没有加一笔，当初就是这样。”游酢说道：“石七和老人可以走，姓铁的不服留下来堂辩。”马脸见石七和老人都走了，知道自己狡辩不了，怕自己吃亏，忙喊道：“石七，你别走。就算我不再加息，按天数算你还欠我三厘二钱。”石七听了收住脚，回答：“三厘二钱？给你一文吧。”马脸强硬地说：“我不要一文，就要三厘二钱。不然，我得从你身上割一两肉。”石七听了，喊道：“老爷，你为小民做主啊。”游酢听了，知道“铁公鸡”刁钻、冷酷无情，于是从口袋摸出一文钱，说道：“好啊，这一文钱你掰三厘二钱去。如果掰不出三厘二钱，我也要从你身上割一两肉。”这时，马脸才醒悟过来也要走，游酢故意说：“你不是还不服吗？留下来慢慢谈。”马脸说：“小民不谈了、小民不谈了。”说完，他也赶快溜走了。接着，石七磕头谢恩也走了。游酢和堂上的差役听了都哈哈大笑。

元祐三年，春天来得早，正月初到处已经是莺声燕语。桃红柳绿的景色。

游酢一家人留在河清县过春节。

春节期间，朝廷规定有二十多天假。游酢想到：何不到洛阳城走一趟，顺便拜访一下师叔程颐先生。

这一回，程颐先生跟游酢谈了很多有关做学问的话。

告辞程颐先生出来，游酢便独自一人去游览龙门石窟风景。

归途路经洛阳城，看见街边的古董店铺和那些卖古董的地摊，他停下来瞧了瞧，买下了两件古品：一只白玉兔笔筒，一方镇纸。他是到萧山之后才开始认识一些古董的，并且产生了兴趣，虽然这方面的知识不很精通，但是增长了不少常识。这一回买下物品，想到了吕大临。那吕大临早年爱好古玩，而且搜集了很多古物。心想：今后见了大临，一定得向他好好请教。

正巧，过了几日谢显道去京城开封，与吕大临同来洛阳，到河清找游酢玩。三人相聚，亲如同胞，无拘无束，大临见了案上的笔筒，问道："那只玉兔多少钱买来?"游酢答道："三两银子。"大临说："买贵了。"游酢吃惊地说道："卖主说是和田玉。"大临大笑道："你傻啊，那是釉玉，连南阳玉都不如，顶多一两银子就够。我告诉你吧，和田玉成色极纯，无论青、白、黑、绿，均晶莹剔透没有任何的瑕疵。辽东产的釉玉表面虽然也光滑，可是表面有一层蜡光或者油脂光泽。"谢显道听了，道："游酢，听到了吧？行家就是不一样。以后买古董时带上大临。"游酢脸发热了，应道："承教了!"晚上，吃过饭三人商谈找个地方走走。游酢便说道："明天一起去看望师叔程大人，再去白马寺和观赏洛阳风物怎么样?"大临一听，拍一下大腿，说道："好啊，正合我意，明天到那儿买几件古董。"

此去洛阳有什么故事？请君看下回分解。

第四十二回

吕大临谈论古董
游定夫视察滩区

次日，三人用过早饭，乘了一马车前往洛阳城。

程颐先生见三位来访，非常热情。他虽然已经五十四岁，满头白发，可是红光满面，精神很佳。他询问完弟子近期的情况后，三句不离本行，讲起了理学，谈风甚健，说话声音响亮，一字一句如豆落铜盘。三个在座的学生默默地听着，他们都深感精力不如先生的充沛。

三人起身告别了先生，一起去白马寺。

白马寺在洛阳东郊二十多里处，建于东汉永平十一年（公元 686 年），是佛教传入我国后营建的第一座佛寺。据《魏书》记载，东汉明帝信仰佛教，派人前往天竺取经，用白马驮回，于洛阳建立佛寺，故名白马寺。

白马寺开始是按照天竺的寺院建造的，后来历代几经重修，演变成为中国的建筑形式。寺内有天王殿、大佛殿、大雄殿、接引殿、昆卢阁、二僧殿等。

看了白马寺，三人又到洛阳城逛。在洛阳这座古城里，有两种天下驰名的事物：一是牡丹，二是“唐三彩”。其中“唐三彩”是唐朝时出现独具特色的釉陶工艺品，这种陶制品，做工精细，外表均有图纹，多为山水花鸟，亦兼有艺术的书法，加以釉色，看上去雍容华贵，惹人喜爱。洛阳制作的三彩骆驼、马、壶、瓶等工艺品畅行海内外。因为是初春，没有牡丹可看，但是洛阳城古董多，街上到处有古董行，也有人在地摊上卖古董。地摊上陶、瓷、玉、青铜、笔、砚、字、画、钱币、印、珠宝首饰无所不有。大临是一个古董迷，见了古董就不肯走。地摊上不乏好的古董，一吊战国的玻璃珠项链，一幅唐寅的侍女画，一方五代时的

侍女玉雕，还有一只西汉的“青玉卧牛”等。大临买了几件，分别叫游酢和谢显道拿着。走了一段路，他们见地摊上有一个东汉人形铜吊灯，大临便不走了，游酢和谢显道只好也停下。众人上前一看，那吊灯造型果然很美，顶上悬着一根链，再下来有三条链，前两条分别挂在人左右胳膊上，后一条挂在人的臀部上，一个男子伏卧着，双手捧着灯盏，头颅昂着，双目向前观望。大临看了非常喜爱，问道：“多少钱？”卖主答道：“十两银子。”大临说：“太贵了！你让一让，五两吧。”卖主不吭声。大临说：“加给一两，卖不卖？不卖，我走了。”卖主见他真的走，便应道：“好，卖给你。”大临笑了，立刻回头，说：“这还差不多。”可是他往自己的口袋掏出钱一看，只剩二两，急忙喊道：“哎，你们俩快回来，借一点给我。”游酢和谢显道同时转回头，游酢问道：“要多少？”大临说：“四两。”游酢一摸口袋，掏出来只二两，谢显道也掏出钱一看，还有三两，大临从他们手中各取了二两，付给卖主，拿起那吊灯，说：“走吧！”游酢和谢显道虽然不是古董迷，同样爱古董，陪着大临走，看他这个摸摸，那个看看，跟卖主道长论短地品评货物的品相、形状、颜色、质地等等以及讲价，长了不少见识。

路上，游酢故装埋怨道：“早知如此，不陪你来，借钱给你，还得帮你做搬运工。”大临反驳道：“陪我来，让你长见识，应当感谢我才对。”谢显道说道：“大临太不讲理了吧。再胡说，我就把手上的瓶、灌放到地上了。”大临慌忙道：“别、别，坏了东西，我可饶不了你。”游酢又开玩笑道：“显道，说不定手上的大多是赝品呢。”大临道：“定夫，你不要吃不到葡萄就说酸的啊！”游酢和谢显道听了，同时哈哈大笑。

第二天，吕大临回开封，谢显道回渑池县。

到了大年二十，这是官府开印上班的日子，游酢开始投入到政务中去。

他询问李开学：“这里主要种什么庄稼，收成如何？”李开学介绍：“这里滩上主要种麦子等，山地上的乡村多种水稻。”

游酢说道：“听说洛阳有一种谷种，品种耐旱、成熟得早，而且产量高，这里可能还更适合。”

李开学答：“好吧。我去操办。”

游酢说：“眼下农业是主要大事，一是春耕在即，须调查家庭实在贫困的户头，没有钱买谷种的，登记造册报上来，县里想些办法先购一些备用，到时发放下去；二是查看询问一下，去年有哪些抛荒的田地，今年一定得种上农作物；第三点非常重要，查问一下哪些稻田断水，缺水，要动员民众开好水源，保证今春能够种上水稻。此三件，实为当前要务。”

李开学应道：“好吧，在下尽力去办好。”

游酢爽朗地呵呵大笑，道：“老兄先回家休息，有事情我会找你。”

首先，他和李开学到较近的滩区走走。

一路看见黄河沿岸窑洞和破落的茅屋，山坡上的牛羊，也有一些田园风光，还有在劳动的人们，听得见有人在放声唱着粗犷浑厚、高亢嘹亮的民歌。

地保听到知县前来，慌忙迎接。这个山乡并不很大，一条百来米长的小街，街上的房屋多木屋，也间杂着不少低矮的茅屋，只有几家杂货店、酒店、小吃店，还有肉铺、铁铺等。街上的行人不多，肉铺前站着、坐着几个人，还有一只黄毛狗。小吃店前挂着“横水卤肉”的招牌，店里坐着三五个穿短衣的人在吃喝。游酢边走边询问一些当地的情况和老百姓的生活，李开学和地保轮流回答着。

黄河以挟带泥沙而称名世界，其含沙量在世界的河流中当数第一。这里是黄河中游河面最宽的地带之一，是黄河边上著名的“滩区”。滩地即河岸两旁的谷底平坦部分，地势低平或微有起伏，枯水时高出水面，洪水时被水淹没，为河流在洪水期间淤积而成。按照洪水浸没的高低，人们分别称为“高滩”、“中滩”、“低滩”三类。河槽中，与两岸不相连接的、露出水面的土地，当地人叫“内滩”。“高滩”也叫“老滩”，它指形成历史较久、轻易不再上水的滩地，这样的滩地不多，与堤外的田地无多大区别。滩区中的可耕地大半集中在“中滩”、“低滩”两类地形。为了耕作的方便，滩区的村庄也大半建在中滩。“低滩”虽然会受到洪水淹没或者冲毁，可是农民绝不放过这样的低滩地，每当深秋水落之际，他们可以逐水抢播。

三人来到这里，站在滩边望去，一望无际的滩地上长得粗壮、穗头硕大、籽粒饱满的小麦，沉甸甸地弯着在迎风招展。滩地上空，一群群的丹顶鹤盘旋着，水鸟们在低地飞着，这里好像就是它们的世界，显得那么的悠然自得。

李开学和地保不知谈什么话落在后面，游酢只顾大步地往前走。忽然，游酢见到一位老农正在麦地里用锄头排水，上前问道：“大伯，你尊姓大名？”那老农看了游酢一眼，是一个县官，于是回答：“草民还有什么尊、大的，老汉姓木子李，贱名叫双发。”游酢又问道：“李大伯，你们住在这几代了？”李大伯回答说：“不知多少代了，反正祖祖辈辈都在这里。”游酢又问道：“李大伯，家里几口人？今年收成怎么样？”李大伯说：“家里有六张嘴，今年收成比去年好了些。”地保怕李双发告他的黑状，赶忙跟了上来，喊道：“双发，你跟县老爷说啥呢？”游酢转过身，对地保讲：“我跟他聊聊天，没有问到你别插嘴，有事自然会叫你。”地保听了，只好站到一边去，李开学跟了上来。那李双发一听是县老爷，忙说：“草民

该死，有眼不识泰山，县老爷大人原谅我。”游酢讲：“没有事，我父母也是农民，咱们就当自家人，有什么就聊吧。你们住在二滩，要是洪水来了怕不怕？”李双发听了游酢这么讲，大胆地回答说：“怕？老百姓靠天吃饭。要是没有那大水，我们就饿死了。”游酢好奇地问：“为什么？”李双发答道：“为什么，我说不清子丑寅卯，反正没有大水就种不了粮食。”这时，李开学走到了游酢身边，解释说：“大人有所不知，黄河每年夏、秋两季都会发生水灾，给这一片广阔的河滩留下大量的淤泥，露出来的滩地松软，无杂草，墒情好，不缺肥，正当小麦播种的时节，农民们在大水退去后利用淤泥种植小麦，第二年夏季便能够获得大丰收。夏播的作物，除了在老滩与部分中滩上播种大豆之外，大部分中滩地和低滩地种下的都是高秸秆的高粱。到收获时，河水没有退远，人们就划着小船，收割露出水面的高粱穗头。他们还怕没有洪水来和洪水不大呢。”游酢听了，又惊奇地问道：“这又是什么原因？”李开学又解释说：“因为没有洪水来，他们就没得种庄稼，没有吃的，此其一；其二，洪水漫滩时，水势缓慢，水落后留下的是肥沃的淤泥，若是急溜掠过，将好土带走，剩下的尽是荒沙，好地反会变成薄沙地，他们把这种过程概括为‘急沙慢土’。为了防止‘急沙’的形成，农民们在不妨碍防汛行洪的前提下，常常会修建一些护滩的坝。”

“哦，原来如此——这滩区的老百姓生活多么艰难呀。”游酢又问道，“他们都住在滩边，人的生命安全呢？”

李开学回答说：“没有事情。他们住的地方叫二滩，一般的洪水是浸不到的，即使会淹没也没有那么快，这里的人们很熟悉黄河的汛情，知道什么时候该走。传说，一年有个女子正在织布，洪水来了她一动不动，直到织完了一段布匹才走。”

临走时，游酢握住李双发的手说道：“李大伯，今天见了你很高兴。我还有点事情要走了，今后有什么事情或者困难可以去找我。”李大伯感动地说：“好的。大人你有空常来走走。”

在返回县城的途中，游酢不禁地赞叹道：“这里的人们真是勤劳、勇敢、智慧！让人太佩服了。”

春末夏初，老天下了几场大雨，天气骤然寒凉下来。游酢担心会发洪水给老百姓和庄稼带来影响，整天忧心忡忡。还好，没有暴雨，总算平安地度过了。

四月，游酢的第三个儿子诞生了。

可是，这正是青黄不接时候，不少百姓因为缺粮食而发愁。他想：“民以食为天”，先安顿了百姓再说。花了几天时间发动地方的乡绅拿出一些粮食救济贫困户，问题得到缓和。游酢忙完了这件事情，才给儿子取了个名字：“拂”，寄信给老家建阳报喜。

这一年的五月，黄河果然又发洪灾，但是河清县安然地度了过去。

一天傍晚时分，他来到了小亭歇息，但见亭的四周景色宜人。回想到河清县任职以来，治内政通人和，百姓安居乐业，心中觉得无比舒畅。于是做了一首《题河清县廨》诗：

小院闲庭长薜萝，鹿来穿径晚经过。

夕阳消散簿书少，窗里南山明月多。

他闲着没有事情，心头觉得空空的，正感到无事可以清闲一下，忽然差役报：“老爷，有一封来信。”

“拿进来！”

游酢接过信一看，是堂兄游醇寄来的。信中谈及家里一切的情况都还好，并询问道：“弟至河清，风土人情若何？”游酢看罢，立即坐下来给游醇回了一封信。

游酢想起陈瓘年轻的时候曾经跟从过易学大师邵雍，对易学有很深的研究，同时对佛教也爱好，自号“法严居士”。于是，他写信去请教“先天图”等问题。

半个多月后，收到了陈瓘写的《答杨中立、游定夫书》。

游酢读了陈瓘的回复书信，才知道原来杨时与他几乎同时也询问“先天图”，如此巧合实在令游酢不太敢相信。但是，陈瓘在《书》中的答复，使游酢对邵雍的易学有了更确切的认识和深刻的体会，同时也佩服陈瓘对易学的娴熟、精通。

一日，游酢正在伏案办公，忽然一个差役跑进来报告：“大人，有情况。”差役要报的是啥情况？请君看下回。

第四十三回

视察邙山瞻帝陵
修筑河堤重民生

游酢见差役急匆匆地跑进来报告情况，又看他满头大汗，便倒一杯茶给他，讲："先喝口茶，慢慢说。"那差役喝了茶，定了神，禀报："大人，当地群众来报，有几个不明身份的外来人正在北邙山白鹤乡里一带盗墓。"游酢一听，忙说："赶快传捕头来！"一会，捕头匆匆跑来，游酢命令道："立刻召集人马前往北邙山缉拿盗墓者。我随后就到。"捕头回答道："是！我这就去。"

白鹤是河清县较大的山乡，离县城东面二十里左右的黄河边上。白鹤乡一带是北邙山墓葬群的组成部分，那里有着许多汉朝以来的帝王陵墓。历代朝廷对这一片墓葬群都很重视，不但有明确的保护公文下达到河清县，而且每年都委派朝廷大臣前来祭祀。

捕头领命带着差役火速奔跑前往。

游酢和李开学带着几个差役也随后出发了。

途中，游酢问："这个白鹤有何来历？"李开学讲："相传，汉朝皇帝刘秀有一至亲好友叫严子陵。此人性格古怪，什么都好，就是不愿居官。而刘秀，则偏要他做官。严子陵无奈，只好隐匿于邙山脚下一个山旮旯里，每日诗文书画，享尽山水之乐。忽一日，一只白鹤从黄河彼岸翩翩飞来，不偏不倚，正好降落在严子陵胯下。于是，他跨上白鹤，如同腾云驾雾，飞抵金河涧上空。因此而得名。"游酢听了，说道："自古以来，像严子陵那样品操高雅的文人实在稀少。现在的社会风气，绝大多数读书人都往仕途上挤，不少人当上了官还想往上钻。"李开学讲："世风如此，多者为谋生而已。"游酢又问："听说这里有不少古

迹。”李开学讲：“不错。该镇历史悠久，有汉光武帝陵、娘娘冢、苏秦崖、西霞院水库、小浪底等景点；黄河奇石、黄河湿地珍禽、铁谢羊肉汤为该镇‘三绝’，驰名中原。”

游酢等人赶到白鹤山乡，但见那里南依邙山，北临黄河，地势平坦开阔，原野上有成群的牛、羊等在活动。这时，捕头派人飞跑来报：“禀报知县大人，盗贼已经跑了，不见人影。捕头正带着众人前去追击。”游酢听了，又命令道：“传我的话，封锁全县所有的道路，严查可疑的外来人。”

游酢带着随从来到山中，但见古木苍苍的群山中，一望无边的茫茫山林中，满目都是古冢。

北邙山上东部的曹魏、西晋帝陵依山为体，无封土；西部的东汉、北魏陵区地面封土尚有几百座，呈覆斗形或圆锥形，最大者直径在一百米以上，高五十余米。其中，汉武帝刘秀的陵墓最为引人注目。陵墓虽然不是最高最大，而且已经有一千多年，被风雨风化成一堆泥土，可是他一生的辉煌功业，不能不让后世人们对他格外的崇敬。

刘秀的陵园很大，占地一百余亩。游酢慢悠悠地走过长长的神道，来到陵园大门，首先被门前两棵两人合抱的巨柏吸引了。那柏树高大挺拔，遒劲峥嵘，浓绿的枝繁叶茂间弥漫着一种沧桑气。陵园中，四周树木掩映，古径通幽，到处野花、青草，忽然传来几声鸟语，使陵园显得更加的肃穆和静谧。皇家陵园总是十分讲究气魄，不但有古朴雄伟的阙门，而且在长而宽阔的神道两旁立着威武的石兽。园内有三千多株隋唐古柏，都是唐朝以来朝廷和地方官员前来拜谒时种植的。游酢来河清两年，在这里种下的古柏已经亭亭玉立、枝叶繁茂了。中间是一座高二十米、周长五百米覆斗形的封土，陵园虽然朝廷每年派人祭祀和打扫一次，但是封土上还是长满各种的杂草。刘秀的陵园却在邙岭北面、黄河岸边，北靠黄河、面对邙山，是“枕河蹬山”。这在“风水”学上是一个大忌讳，一般人谁肯选用这样的做法？游酢看了问道：“这陵墓啥做法？”李开学回答说：“这一种做法，叫做‘金龟爬壁’，如果选得对地形，这种风水能够‘代代出富贵’。汉武帝选择了这样的做法。也许，他图的是子孙万代大富大贵。”游酢听了感叹道：“历史远去千年，后来的人们谁能够真正揣度汉武帝这位古代帝王的所想呢。”

在陵墓周围查看了一阵，见只是被刨了一点泥土，并没有遭到多大的破坏，游酢怀着悠悠的古情离开了那里，沿着来路下山。

那一群盗墓者真的跑得不见人影了。

月底，城乡街上有许多水果上市，最多的便是河清梨。当地小贩不停地叫卖：

“酥梨呀，酥梨!”。这梨为早熟品种，颜色橙黄，上市早，不但个大、皮薄好看，而且有味美、汁多、肉细、无渣等好处，自古被誉为“洛阳金梨”。据记载其栽培已有千余年历史。游酢亲口尝一个，觉得那梨确实“酥”而又甜，不是一般的梨可以比拟。他想起了家乡建阳梨，一种思念家乡的感情便涌上了脑海：想起在老家的父母双亲，又想起堂弟游醇前几个月就来信告知考中了进士，只是回了个信表示祝贺，可是一直没有时间回建阳一趟去看望他，还有他的儿子游操，那孩子自小长得聪明伶俐，多么惹人喜爱。于是，他摊开笔墨写信……

游酢又到附近的几个村庄走了一圈。

因为见县境北面是黄河，游酢想到明年雨季县里百姓又将受洪灾的威胁，于是思考如何治理河道，预防洪灾侵袭的问题。朝廷虽然每年有专门下拨治理黄河的用款，但是地方政府从路、府、县层层盘剥、侵吞，真正用在治理黄河上的款实在少，所以黄河照常泛滥。游酢知道这一点，决定无论任何要到路、府两级上司讨回这一笔款，把自己所辖境内的河段治理好。为此，他一边不停地向上级讨钱，一边开始咨询当地的老百姓和乡绅，请他们提供治理的办法。

有一位当地的乡绅献策：“老爷，此地在南，而河居北，想彻底根治难以做到，只能因地制宜加以疏通，减少灾情而已。”游酢回答：“先生言之有理，请详加赐教。”那乡绅说出具体的治理方案，游酢点头赞同，说：“明日，与大家前往察看。”

翌日上午，游酢与一群老百姓和乡绅来到了黄河边。滚滚的黄河，逶迤如蛇自北流来，两岸有不少的民房和田地。看着眼前的情景，游酢问道：“大家都说说如何治理吧。”于是，众人开始议论开了：

“堤坝多年未修，有的塌了，有的陷下去，工程很大。”

“有的堤岸得进行必要的改造，河道才会畅通。”

“沿岸堆积的垃圾也要彻底地清除一次。”

游酢默默地听着，师爷一一记录下来。大家发言完，游酢强调说：“首先应当保护好老百姓滩地上的庄稼，能够不动的尽量不要动，实在要动的得登记好亩数和可收成的数量，县里统一造册进行赔偿；第二，要发动广大百姓一起参加这一项工程的建设，对于确实不能参加劳动的老、弱、孤、寡要免除他们劳役，决不可搞强制的摊派；三要抢在明年春季之前完成，一旦河流冰封了什么事情也做不成。”讨论完事情，大家离开了那儿。

回到了衙门，李开学问道：“老爷，县上资金有限，怎么办?”游酢想了一下，道：“资金首先要保证县学的费用，治理河道这是关系老百姓性命存亡和生活的问题同样重要，但是相信老百姓会全力支持的，发动全民修河，当然要计划好怎么做。这计划，你去定个方案出来给我看看。”李开学答：“好！”

过了两日，李开学将方案呈上，游酢看后道：“有几处得修改，一是参加劳动者年龄从十八岁上限到六十，改为五十五岁，且身体健康者。”师爷说：“老爷，你的心真仁慈啊。”游酢接着说道：“二是修改身体健康者必须完成既定的劳动天数，添加愿意多出工者，县里每天给误工补贴；三是挖淤泥的与加固堤坝的人数每组五十人改为二十人。”

河清县展开了疏通河道与加高加固河堤的工程建设。游酢每日上下午亲自到工地查看一趟，有时与老百姓聊一聊。老百姓心里都明白这是关系到自己生活的大事情，眼睛雪亮，见县老爷如此关心这项工程，没有不努力劳动的，进展顺利又快。游酢被老百姓的精神感动了，三两天跑去工地看望慰问他们。

北方的天气寒冷，霜降后霜雪下个不停，天地一片白茫茫，寒风吹卷得遍地都是落叶。大多的候鸟早就迁徙到南方去了，有些怕冷而又不善于远行的鸟儿也到山中的树上搭个暖窝栖息了，只有那些不怕寒冷的白鹤、丹顶鹤等却在滩地上或行走寻觅食物或在空中悠然地飞翔着、鸣叫着。

一日收到杨时的来信，知道杨时父亲去世的消息。杨时的父亲此年六十三岁，算是上寿之人，加上儿子杨时身为朝廷的命官，因此丧事办得隆重，尸体停放十几天，单单亲朋好友、同僚、弟子前来吊丧的不少。但是，杨时考虑到游酢远隔几千里，等后事处理完再告诉他。按照朝廷的规定，任何的官员父母去世都得在家守孝三年，所以杨时从此在家守孝。游酢见信，明白农村人的习俗，丧事不能补寄香仪钱的，于是写了一封信去安慰杨时。

时间将近进入岁末，县里忙着催缴给朝廷的税收和贡品。河清地处黄河边上，土地贫瘠，种植困难，农民的收入不高，负担的税收等却很繁重，因此税、贡上收这项工作历来都棘手。游酢左思右想了几天，决定减少农民向县里上缴的税收。李开学说：“老爷，这样明年县里的开支更紧张了。”游酢回答说：“没事。我们就节俭些过日子。这里的农民生活那么困苦，我们怎么说也还有朝廷的俸禄，能够保证县学和差役们生活这些开支就算了。照我说的去办吧。”李开学答道：“是！”他边走边唠叨：“皇帝不急，我这当太监的急了也没有用。”游酢听了只是笑了笑。

到十一月，河水已经冰封了，闲下来的农田也结冰了。修河堤工程如期完成，县衙决定放大家回家过冬。人们不是有事情很少出行，都躲在家里的炕上熬日子。大路上除了偶尔有一两只狗在走动，几乎看不见其他的动物。

腊月初的一个早上，县衙外飘着大雪，游酢和李开学等围着火炉谈天。他想年关了，一年来总算平静，县里也没有什么大事，天气如此寒冷可以好好休息几天。突然，一个差役进来，说："大人，你的信。"他打开信一看，脸色变了。究竟信中写的是什么事情？请君看下回。

第四十四回

范宰相贬离京畿 游知县拜见恩公

话说游酢打开信一看，是洛阳来的，信上说李端伯在京城去世了。李端伯是程门学友，游酢看完信，跟李开学说明了情况，交代："我去一趟京城就回来，你帮忙照看一下。"说完出门骑上马赶往京城。

天寒地冻，寒风撕人般的疼痛。李端伯是程门中得意弟子，程颐不但亲自前去吊唁，而且站在寒风中参加祭奠。他肝肠欲断，声泪俱下地读着祭文："呜呼！自予兄弟倡明道学，世方惊疑，能使学者视效而信从，子与刘质夫为有力矣。"（《祭李端伯文》）在场中的人听了更加伤心，有人潸然落泪，有人竟然大声哭起来。

除夕，下了一场小雪。人们在呼呼的雪花飘飞中送走了一年。

元祐四年正月，河清处于一片冰天雪地之中，黄河与运河上下都冰封着。

因为河清地处偏远的县城，没有多少亲戚来，也很少有朋友来，游酢与家人在城中过着平淡的日子。游酢又去拜访程颐先生，向程颐先生请教学问。

一天晚上，七岁的孩子游撝在餐厅看书写字，五岁的游拟缠着游酢，说道："爸爸，讲一个故事给我听一听。"游酢只好应道："好吧，爸爸就讲一个。"游撝和游拟齐拍掌道："爸爸讲故事喽！"游酢讲了孔子东游的故事，问道："你们兄弟觉得这个故事好听吗？"游撝和游拟异口同声地回答道："好听！"游酢又问道："你们兄弟想一想，哪一个小孩说的道理更正确呢？"游撝说："圣人孔子都不知道，我哪里能够知道呢。"游拟则问："爸爸，那两个小孩他们争的不一样呀，一个说远近，另一个说的是冷热呢。"游酢听了，对游拟投去赞许的目光，说道："还是拟儿聪明，那两个小孩争辩的问题是不一样，一个是讲到距离关系，另一个

讲的是冷热关系，不同的问题能够有准确的答案吗？天上只有一个太阳，跟我们人居住的世间应该是距离一样的，只不过中午时温度更高，所以觉得更热；早晚气温更低，所以觉得更凉。爸爸知道的也有限，只能这么说。你们兄弟，以后要勤于学习，凡事要多动脑筋想想。爸爸要看看书了，你们去外面玩吧。”游撝和游拟高兴地跑出家门玩去了。

到了中旬，朝廷传来苏颂主持造水运仪象台（天文钟）成功的消息。

二月，京城又传来司空吕公著去世的消息。这个消息传开，天下一时惊讶。太皇太后召见辅臣，流着泪对大臣说道：“国家不幸，司马相公既亡，吕司空复逝，为之奈何？”说毕，高太后即和赵煦前往吊唁、祭祀，赠给吕公著“太师”荣誉称号，封他为“申国公”，给予追认“正献”的谥号。

游酢想到春耕在即，便开始到各个地方走走，了解一下情况。

四月，朝廷改革了科举制度，设立经义、诗赋两科，废除神宗时期考试法律制度的内容，朝廷规定：凡是考试诗赋科的进士，必须在《易》、《诗》、《书》、《周礼》、《春秋·左传》、《礼记》内选择一本经典熟读；凡是专门考试经义的举子，必须学习《诗》、《礼记》、《周礼》、《左氏春秋》、《书》、《易》、《公羊》、《谷梁》、《仪礼》中两部以上儒家经典等条令。

这个月，汉阳郡府吴处厚得到蔡确当年在安陆县出游当地车盖亭时写的《夏中登车盖亭绝句》诗十首，其中第十首写道：“矫矫名臣郝甑山，忠言直节上元间。钓台芜没知何处，叹息思公俯碧湾。”蔡确的诗中引用唐朝的郝处俊于上元年间进谏阻止多病的唐高宗欲让位于武后一事。吴处厚将蔡确写的诗作了笺注，上报中书省，指斥蔡确曲折用典，以唐高宗传位武则天事，影射赵煦不能让高太后听政之意。高太后大为震怒，命宰执们论处蔡确。因此朝廷又掀起了一场风波。这场风波原来只是两人恩怨引起的斗争，可是事情到了朝廷就转化为一件影响到政局稳定的恶浪。

谏官张焘、范祖禹等遵照高太后的旨意讨论处理蔡确的问题，请求将蔡确交给刑部严肃处理。皇帝下旨令蔡确自行分析说明清楚，刘安世等人上奏说蔡确的罪很明确，何须等他自己陈说，于是皇帝把蔡确贬为光禄卿，分管南京。不少的谏官还以为蔡确罪重罚轻，议论不休。范祖禹也上书认为蔡确有重罪，应当从严处理。于是，文彦博、吕大防等准备把蔡确流放到南岭外，只有范纯仁对大防说道：“南岭这一路自‘乾兴’（注：宋真宗年号，公元1022年）以来，荆棘丛生近七十年，如果我辈创下这个先例，用流放方式惩罚官员，恐怕朝野上下都会震惊、害怕，可能导致局势转为不安定了。”大防于是不再言论。过六日，皇帝又下诏再贬蔡确为英州别驾，安置新州。范纯仁又进去对太皇太后道：“朝廷应当从宽厚仁慈出发，不应该在文字方面吹毛求疵，贬窜大臣。譬如猛药治病，足损真元，还求皇上详加体察。”其实，朝廷怎么惩罚蔡确是一回事，范纯仁为人仁慈忠正，是从朝廷官员长远的利益考虑的，他的建议富有远见，可是被有些人误解为执政能力太软弱。太皇太后不采纳范纯仁的意见。恰巧，潞州知州梁焘受奉被召为谏议大夫，经过河阳，跟邢恕会面。邢恕说蔡确有良好的策略可以立功，托梁焘入朝时声明。梁焘答应了他，等到进了京都，就把邢恕的话上奏。太皇太后出谕大臣道：“皇帝是先帝长子，理所应当立他当皇帝，蔡确他有什么好的策略可以立功，像他这样欺君的人，以后如果再得入朝廷，恐怕皇帝年少，将被他所欺，必受大害。我不忍明说，特意借讥讽皇上为名，把他贬谪驱逐出朝廷，以此来杜绝后患。这事关系国家大政，虽奸邪的人会有怨恨和诽谤，我也没闲暇理睬了。”司谏吴安诗与刘安世等，于是上奏疏弹劾范纯仁，说他与蔡确是同党，吕大防也上奏言蔡确党派很大，不可不治。因此，范纯仁力求罢政，出知颍州府。太皇太后又不舍得，再三挽留，范纯仁便留了下来。

但是，朝廷内大臣们纷争不止。范纯仁实在看不惯朝廷的纷争，连续上奏要求辞职。赵煦特地召见他，给他赐座，对他说：“爱卿德高望重，乃朝廷所倚赖；今虽将要去京城以外的地方为官，凡时政有可裨益者，但入文字进言。”范纯仁听了顿首受命而出。

六月，范纯仁出任河南颍昌府知府。朝野上下，对此议论很大，游酢距离开封两百余里，有时到京城走动，消息自然听得很清楚。

那范纯仁便是范仲淹的第三子。原来，范仲淹共有五子：范纯佑、范纯诚、范纯仁、范纯礼、范纯粹。范纯佑、范纯诚皆早逝，范纯仁、范纯礼后来都官至宰相，范纯粹历任州府地方官，官至“谏议大夫”。

话说范纯仁来到颍昌之后，觉得心头有些孤寂，想到了在河清的年轻知县游酢。

游酢闻讯正想到他府上拜访。范纯仁大人已经派人前来请他前去一会面，他才终于决定去拜访一趟范纯仁大人。

一个风和日丽日子，游酢从数百里外赶到颍昌府衙。

游酢见了门口的差役，拿出手本递过去，差役道：“原来是游大人，范大人交代过，大人来可以直接面见。请跟在下来。”差役带着游酢到了范大人的住处。

到了门口，差役跑进去报告：“知府大人，游大人来了。”

范纯仁听差役说是游酢来了，亲自出门相迎，十分高兴地说：“欢迎、欢迎，

游大人，老夫有失远迎。”

“恩相在上，在下有礼啦！”

“好，大家都好。里面请——”

“大人，您先行。”

范纯仁笑呵呵地拉起游酢的手，说：“咱们一块走。”

进了范纯仁的府邸，只见范府里外有两层，庭院整洁，有不少的花卉，一股清香的芬芳扑鼻而来。

“恩相好雅兴，花卉不少。”

“哎，老夫没有别的嗜好，闲暇时侍弄些花草。”

上了大厅，范纯仁一再让游酢上座，游酢明知自己身份低微，无论如何也不肯，只在下首坐了。范纯仁见游酢再三推让，也只好由他，家里佣人很快上了好茶。

范纯仁询问游酢道：“令尊、令堂可健？”

游酢抬起双手合拢着向范大人回复道：“多谢恩相的错爱，家中椿萱俱好。”

他们一边喝茶，一边闲谈。

喝了两盏茶，范纯仁说：“游大人，来这里就是一家人了，不要那么多礼节。”游酢说：“恩相客气了。”范纯仁讲：“游大人看得起我老夫，屈驾寒舍，使老夫寒舍蓬荜生辉啊！”游酢回答：“岂敢、岂敢，我是仰慕‘先天下之忧而犹，后天下之乐而乐’而来的。”范纯仁答道：“那是敝人先严，我是子不如父呢。”游酢说：“恩相过谦吧，我读过大人的文章，也听说过大人的政声，怀着敬佩之情来的。”范纯仁夸奖道：“游君乃程门高足，学问高，萧山一任，决事果断，名震朝野，如今年纪轻轻已经成为一国之士，前程无量啊！”游酢说：“哪里哪里，今后还得恩相多多栽培。”

半个多时辰之后，游酢起身要辞别，范纯仁应道：“不忙吧，天时还早，再座谈一会。”游酢见范大人诚意相留，又坐下。

范纯仁问：“游大人，河清的状况如何？”游酢答：“在下不才，仅维持而已。不过，那儿民风倒纯朴，地方治安也较好，这都托老百姓的福啊。”范纯仁说：“凭大人的学问，治理一个小县有余裕，实在是大材小用呢。”游酢回答：“岂敢！孟子说文王治理七十里地也有学问，何况一个县。”范纯仁听了，讲：“如此说得有理。”范纯仁转而说道：“现在跟你商量一件事情。你来得正好，我正在愁府学缺少教授，你就过来帮忙，平时有些事情也好商量、商量。”游酢听了应道：“岂敢说帮忙，能够跟从大人身边做事是天大的福气，在下唯马首是瞻，听命就是。”

范纯仁高兴地笑道："君子一言，驷马难追。这事就说定了。我明天就奏报朝廷，你先回去静候佳音。"

范纯仁很有修养，城府颇深，大约坐谈了两三个时辰，可是只字不提朝廷内部的事情。游酢虽然心知肚明，也懂得在范大人面前装着不知情，两人只是闲谈关于读书方面的话。

游酢要起身告别。范纯仁说："老夫刚刚接任不久，千头万绪要理，希望你早日来此。"游酢答："多谢恩相栽培。"

回到河清县，处理了几天积压下来的文件和事情，觉得松了一口气。可是，京城的学友传来急信："学友刘质夫去世。"游酢连忙赶往京城。

途中，游酢回想到：刘质夫自少受学于程颢、程颐二先生，力学不倦，性孝敬长辈、友爱兄弟、乐做善事，不为其他学说所蛊惑，而且精通《春秋》。他是程门得意的弟子之一，人也长得高大，又极聪明，可惜寿不长。

到了京城，看见许多在附近的程门学友也赶来参加吊唁。程颐闻讯十分伤心，亲自撰写祭文并且前往吊唁。

事后，谢显道对学友们说道："大家留意《春秋》的学习很对。昔日听程先生说，学习《春秋》须要广见诸家的学说。程门的弟子当中唯有刘质夫得到程先生旨意为多。"大家听了对刘质夫的早逝更加惋惜。

这次去京城，从学友交谈中了解到朝廷的政局发生激变的内幕：自从范纯仁离开朝廷后，朝廷更乱了。"尚书左丞"王存，本来为蔡确所举荐的人，所以被贬出知蔡州；胡宗愈已早为谏官所弹劾，罢去尚书右丞之职务。于是，朝廷提拔刘挚为尚书右仆射兼中书侍郎，苏颂为尚书左丞，苏辙为尚书右丞。适逢赵瞻、孙固两人先后都去世，韩忠彦进为"同知枢密院事"，掌管朝廷军事大权，王岩叟为"签书枢密院事"，复召邓润甫为"翰林学士承旨"。邓润甫曾经依附王安石、吕惠卿两人，出知亳州，到这时才被召回朝廷。梁焘、刘安世、朱光庭等，连续上疏弹劾邓润甫不可用，但是都不见上报给皇帝。梁焘等于是力请调到地方为官。没有想到，朝廷竟然决定将梁焘贬为郑州知州，朱光庭贬为亳州知州，刘安世也被贬为"提举崇福宫"。文彦博因年老多病辞官回家。"右司谏"杨康国上疏弹劾苏辙兄弟，文学不正；贾易又升为"侍御史"，他与"御史中丞"赵君锡，先后论苏轼之罪，苏轼被贬出知颍州。贾易与赵君锡也一并调离京城到地方任职。刘挚的性格峭直，与吕大防议论朝政，动辄产生争执。"殿中侍御史"杨畏，刚刚攀附上吕大防，于是弹劾刘挚结党营私，说刘挚联络王岩叟、梁焘、刘安世、朱光庭等为死友，且与章惇等人往来。太皇太后即当面训斥刘挚，邓润甫在场见到这样的情景，心里觉得官场十分可怕，退朝后上奏章为自己申辩，要求调离朝廷到地方任职。梁焘、王岩叟果然上疏论救刘挚。太皇太后愈觉得他们的行动可疑，于是将刘挚出知郓州，王岩叟亦出知郑州。不久，朝廷又要召程颐入“直秘阁兼判西京国子监”，被苏辙出面所阻，程颐也上书推辞不就职。这便是洛、蜀、朔三个党派之间相互斗争，宋朝宫廷群臣从此你上我下，开始一片混乱。谁知“鹬蚌相争，渔翁得利?”这一场恶斗，为后来蔡京等上台将这些人一扫而净、独揽朝政提供了极大的便利。

游酢参加完刘质夫的吊唁回河清县来，立即投入到处理公务中去。

年底，朝廷下来圣旨游酢调任颖昌府教授。离开的那一天，李开学和当地的乡绅以及许多百姓前来送行。欲知游酢到颖昌后况，请看下文细表。

第四十五回

春堤上交谈国事
学府中重逢故人

元祐五年初春。颖昌府周围人们沉浸在一片节日的欢乐气氛里。府城外，河水沿岸，杨柳泛绿，莺啼燕语，船只上下穿梭往来。远近的群山像刚被织女洗涤过的青、绿被单，从天空上悬挂下来，倒映在河中，真的让人们分不清楚是天绿，还是山绿、水绿?

这是一个很清新的早晨，太阳刚刚升起不久，那光芒还有一点柔和。一个五十岁左右的老人和一个三十多岁的中年人，在堤岸上边走边闲谈着。老人是不久前出任颖昌府知府的范纯仁，中年人是游酢。范纯仁在说着什么，游酢边听边想着这座城市和自己到这里的使命。

范纯仁文武双全，曾经在陕西带兵打战，人称“胸罗百万兵”，与韩琦二人并名疆场，西夏国人闻而畏之。他为人宽厚仁慈，善于结交朋友，而且多才多艺，琴、棋、书法都有造诣，因此跟他接近的人很多。可是，他是个做事十分负责的人，调任颖昌府知府后，觉得自己责任重大。颖昌在全国是一个大府，管辖七县，人口六万余，想促进文化的发展，人才的培养是关键，必须有一批学问高的好教授。因此决定招聘一些府学教授。他在跟游酢交谈的，便是自己对颖昌府今后发展的想法。

大约到了晨饭的时间，他们才悠悠地返回府中。

到府衙前，范纯仁说：“离朝廷规定的开印时间还有几天，晚间有空来陪我聊天。”游酢应道：“在下遵命。”

晚间，游酢去知府范纯仁家，范纯仁非常高兴，说：“欢迎欢迎，坐。”闲谈

了半个多时辰，游酢讲："听说大人在象棋方面是国手，今晚来到这里，想请大人指教一下棋艺。"，范纯仁应道："老夫很久不曾下棋了。好啊，来玩几盘。"说着起身去拿了象棋出来放在桌上，于是两人摆棋子。他的棋风稳健，用兵如神，能够做到攻守自如，游酢哪里是他的对手，只有招架的功夫，可是从中获得了很大启发。

第二天夜间，两人对弈时，范纯仁问道："时下，新法执行不了，旧法也不好操作，依君之见如何是好？"游酢回答："择其善者而从之也。"范纯仁说道："君之所言甚是。对于新法，君有何高见？"游酢讲："凡事俱有利弊两面，王相公实行新法，固有其理；苏轼之见，亦有其理。"范纯仁听了，问道："君何以如此矛盾之谈？"游酢笑了笑，说道："恩相熟知朝中情况，目前官员近两万，州县不倍于前，而官员五六倍于旧，此项开支多大？二则，兵员一百余万，军饷要占朝廷收入的五分之四；其三，递年输给契丹与党项巨额贡资；四则，宫廷耗资奢侈。光此四项，足使国库迭年亏空，无法弥补，民不堪重负。再加上辽和西夏两股势力虎视眈眈，不时进逼，战事频繁，外患内忧，不改可乎？精兵简政，强兵富国，此诚为当务之急、救国之策。然，前王（安石）相公性急，谋虑未全，猛火相攻，痼疾反而愈加难治；苏轼之论，理在可行者留之，亦见其有见地。是为两者皆有其理之说。不知愚见如何，请恩相赐教。"范纯仁点头说道："闻君所言，我茅塞顿开。依君之见，当从何先为是？"游酢讲："在下无知，以为首当吏治。官员乃朝廷梁柱，梁柱不正，大厦焉不倾覆乎？梁柱正，大厦直，万事可一一理顺。"范纯仁谈道："斯诚为至理之言。只是朝中党派纷争甚乱，圣上主意不定，又无一权臣可镇定全局。"游酢讲："此为病根所在，则非某能言也。"范纯仁笑着说："君真乃我朝国士也。"

他们边谈边下棋，两个时辰后，游酢觉得时间已经不早，起身告辞离开。

几天晚间，两人在下棋中交谈了许多的事情，关系密切了起来。

元宵节的第二天晚上，游酢又去范纯仁府上，范纯仁讲道："今天听说程颐大人的父亲于十三日去世，朝中的潞国公文彦博、韩缜等发起向朝廷上书，请赐给程老太爷名誉，也派人来请我联名上书。"游酢听了，吃惊说道："哦！程老太爷去世了，那我明天得去洛阳一趟。"范纯仁说："那好，我们明天一块走。"

第二天，他们两人骑马赶往洛阳。

程珦在西京国子监公舍寿终正寝，享寿八十五岁。程珦的儿子程颢、程颐都是当朝的名士，人缘极广，有朝廷中的大臣，有众多的程门弟子，程颐在西京国子监任过教授、时下又任监守（校长），程珦自己也有同僚和下属，而且有社会各界的人士。洛阳城中的老百姓认为程老太爷高寿，不少的人都想来讨一分吉利，因此前来参加吊唁的达数千人。程颐的身体颇健，附近的弟子闻讯无不赶来帮忙，所以能够从容应付。游酢赶到，立刻参加到帮忙料理后事的人群中去了。

几天后，游酢返回颖昌上班。

陈师道也刚刚调来颖州当教授。两人一见面异口同声地说道："哈哈，下棋!"

陈师道学问深，能诗善文，以诗著名，性格温和，为人乐观。这次复职，调颖州教授，依然乐观无比。他与同事关系融洽，时常一起交谈，也有跟朋友下棋，其诗句："书当快意读易尽，客有可人期不来。世事相违每如此，好怀百岁几时开?"（《绝句》）可见他的生活丰富性和为人的热情。

晚饭后，游酢想看看这个自己过去在程门求学时的故地有什么变化，便去约陈师道到街上走走。颖昌府所在的府城，由于地处中原中心，交通便利，经济发达，这时已经变成全国一个较繁华的城市。城内街衢纵横，小巷胡同随处可见，街道宽阔，店铺林立，商贾如云，虽然已是夜间，街上依然游人往来不绝。沿街除了酒家、饮食店门口，不时有女子热情地招呼着过往的游客，店铺内吆喝声此起彼伏，单单那像从天上散落的星星一样多的夜宵摊点，人气就旺得很，顾客来了一拨又一拨，老板和跑堂的伙计忙得脚打后脑勺，时闻叫声："客官请里面坐"、"青葱刀面两碗——"、"好咧，颖河酒一瓶。"

游酢问道："无已兄，你于诗上很有造诣，定有不少高见，请赐教。"陈师道回答说："诗文宁拙毋巧，宁朴毋华，宁粗毋弱，宁僻毋俗。"游酢说道："真是文如其人也。无已兄之《除夜对酒赠少章》诗颇有杜甫之风，'半生忧患里，一梦有无中。'写得多么深刻。但《放歌行》却写得风流蕴藉。"陈师道答道："那是偶尔为之。"游酢说道："是的，诗文与人的历练关系甚大。但山谷先生所将求的无一处无来历，却值得商磋。"陈师道问道："此言何指?"游酢说："山谷先生所求，于杜甫可也，太白之诗天马行空，则无来历可索。故，诗歌有虚实二路，因人而异。"陈师道说："此言固有理，山谷先生只是自家所求，亦不强人。"游酢听了知道不便再谈论诗道，转而谈起了禅学。

他们边走边交谈，没有进酒店，也没有去观看店铺的物品。游酢只是细细地回忆过去在这里生活的时光和十多年来自己人生程途的变化。是的，自己作为程门弟子之一，难忘程颐先生的知遇之恩、程颢先生敦敦的教诲和学友们的深厚情谊。但是，自己也因为程门弟子的缘故，被变相地驱逐出京，幸好遇到了范纯仁大人，才来到这里。今后的前途会是如何不得而知。陈师道也在回忆自己这些年来坎坷的经历，想到：要是自己的恩师曾巩大人还健在多好，可惜他已经作古了，

自己的仕途才这么艰难，还好有孙觉、苏轼、梁焘等前辈的扶持。

夜间，游酢回到住处，见到在将乐守孝的杨时寄来一封信，禁不住想起了好友杨时。杨时述说了自己在家的寂寞、孤单和学无切磋之友的烦恼等。看完来信，游酢深为同情杨时处境，感叹道："是啊，官场不好混。自己目前还算侥幸，说不定那一天也要经历这些，甚至可能更惨！"想起昔日与杨时在颖昌程门下求学时一起相处的日子，于是胸中涌起了诗情，坐下来铺开纸墨，写什么给他呢？还是写写自己对他的思念，安慰他罢，用草书书写了《颖昌寄友中立二首》：

绛帷燕侍每从容，一听微言万虑空。

却愧犹悬三釜乐，未能终此挹清风。

其二

萧条清颍一茅庐，魂梦长怀与子居。

五里桥西杨柳路，至今车马往来疏。

第二天，他派人到驿站将信寄出。

一天，他回忆起昔日在扶沟的生活，想到当年认识的春梅，心中觉得应当去看望她一下。可是，转念一想：不知她嫁到哪里，自己怎么好去询问呢。再说，自己如果去寻找她，也许会引起人们的误会甚至可能引来非议。这件事情就让它过去吧。

游酢在颖昌教学情况，请看下章。

第四十六回
严治学诲人不倦 重身教律己从严

话说朝廷对各级地方政府的生员有统一的规定：一般的县学生员三、四十名，州学生员七八十名，府学生员百来名。颍昌府虽然是个大府，可是生员也只有一百二、三十名，分三四个班级。学校的教材都是《论语》、《孟子》、《左传》、《春秋》等典籍。

颍昌府学员来自七县，生员百来号，府学教授也多，因此工作并不很忙，除了一定的时间去给生员授课，大多时间可以自己安排。

因为府学讲学的主要内容无非是《诗经》、《易经》、《礼记》、《春秋》等与朝廷科考规定一致的书籍。开学前夕，府学教授对任课进行了分工。游酢被安排上《论语》。他开始专心地备课。《论语》是一部语录体，全书按照章节编排。一般的教授，是按照一章章上下去。可是，游酢发现《论语》每一章并不是一个专题，往往一章里夹杂着不同的内容，于是在备课时将《论语》分门别类来教学，能够使学生更好理解和掌握。可是，《论语》共有二十章，约五百则语录，进行分类需要花费很多时间和精力。

半个月后，《论语》分类完成了，游酢看着新编的讲稿，舒了一口气，身心觉得格外轻松。

一般的学校里教师都是采用讲授法。颍昌府府学中，其他教授也是这样。游酢是从程门出来的。他的教学传承程门的方法，上课先由教师提出所上的课题，进行一番简单的讲解，接着由学生们自由发言、讨论。学生可以随时提出问题，说对说错都无所谓。因此，课堂上气氛很活跃。个别的教授听游酢所教班级每一

节课都声音嘈杂，觉得烦躁，认为游酢课堂教学组织不好，私下里说闲话。山长知道了，对那个教授说："教书，像做道士一样各自有唱法。俗话说'一本十教'，他那种教学方法没有相当强的把握是做不到的，不但教材要熟悉，而且对学生也要十分熟悉，还要有相当的应变能力。不信，你去试试。至于教学的效果，你也可以私下去他的班级调查一下就明白了。"那个教授听了将信将疑，私下一问学生，学生们都回答道："游教授讲的课，我们听得明白，他让我们在课堂上讨论问题，使我们真正明白了许多事情，也增长了见识和胆量……"那个教授终于心服口服了。

按照专题来教学，这是游酢的一个创举。可是，有的教授又说闲话了："圣人的书怎么可以随便拆来拆去？是对圣人的亵渎。"事情反映到知府范纯仁那里。范纯仁没有想到游酢会这样做，觉得有一点意外，但是他很快明白了游酢做法的好处，肯定地对来反映的人说："圣人的书是圣人所写，非圣人所编。游教授的做法，无非也是让学生们对圣人的语言进行分类，使之条理化，学生容易记忆，有他的道理。"说闲话的人本来对范纯仁很敬仰，听他都肯定、赞同，就不再多嘴了。

在平常的教学中，游酢将程门的理学思想融入讲学内容里。他在"学而时习之"教学的讲稿中写道："理也，义也，人心之所同然也。学问之道无他，求其新所同然者而已。学而时习之，则心之所同然者得矣，此其所以说也。故曰理义之说我心，犹之说我口。今试以我平居之学验之，若时习于礼，则外貌斯须不庄不敬；时习于乐，则中心无斯须不和不美。无斯须不庄不敬，则慢易之心无自而入，而本心之敬得矣；无斯须不和不美，则鄙诈无自而入，而本心之敬得矣。时习之则时有得矣，时有得矣，其为悦可胜计哉……"

游酢平时除了做学问，经常到府学讲学，为生员们解惑，有问必答。

一日下午讲完课，游酢与学生们一起闲谈。

有人问："文与道，何以一统？"

游酢答道："文章乃人心之言表，道正身正，其文章价值固然；心不正，文虽美而道不明。故古人重文道一统者，欲以正道教化天下也。"

有的问："读书除了《四书》、《五经》，还要读哪些书？"

游酢答道："自隋唐以来，天下所考，策论为主，秦汉文章理当最为重要，倘若不明此道，则难以登梯。知欲先专而后博。天底下书尽可博览，知多见广，精思赅言。"

有的问："平时以《四书》、《五经》为主，考试时以文章为主，二者如何解决？”

游酢答道：“义理藏于经书，熟读为下笔思想；古今文章以事理为主脑，欲使血肉丰赡，还须因时事而赋文。不识时务，其文立意不高，见识不广，议论亦不可深入。”

有的问：“什么书籍对做文章用处更直接？”

游酢答道：“学，潜移默化也，古来岂有直接之事情。大抵做文章，在于广见博闻，又需独有己见，善于化古为今，化零为整，出神入化也。《南华经》、《孟子》、《战国策》及秦汉以来议论文章等皆用处多多，熟读此类，能知变通，勤勉不已，则文章无不熟手。”

有的问：“人以为诗乃游戏之技，学之无益。”

游酢答道：“如此见识，不是真正明白学习真谛的人。子曰：‘小子何莫学夫诗’，又曰‘诗可以兴，可以观，可以群，可以怨，迩之事父，远之事君，多以鸟兽草木之名。’这是圣人的见识，圣人的言论。足不出户，怎么知道天地广大？井中之蛙，将几寸的水当作大海。以我所见，学诗不但有益，而且有大用。”

又有人问：“先生做文章有无方法、技巧？”

游酢答道：“文无定法，因人而异。所谓方法、技巧当从古今贤人中领会，自身勤练，不经百练，何从知法？”

因为，游酢喜爱学生，经常接近学生，深受学生的爱戴。一次，几位府学教授到范纯仁处，闲谈时议论道：“游定夫与学生最亲近，经常一起，亦师亦友。”

游酢不同的一系列做法，使个别同事们对他心存芥蒂，觉得他是怪人一个。但是，游酢为人随和，对人一视同仁，教学又十分的认真。一段时间后，那些同事，也乐意接近他，成为他的好朋友。

一天傍晚，游酢同陈师道等上街散步。

陈师道问道：“虽然程门闻名天下，我不曾去过，可是见到了你。能够说说那里所学吗？”游酢答道：“可以。程门所学，所得无非一个理字。天地间，理无处不在。诸位试想而知，君臣、父子、夫妇这三对关系也好，仁、义、礼、智、信、孝、悌、勇诸方面修养也好，都是讲一个理字。因此，人们才会说‘有理走遍天下，无理寸步难行’。”又有一人问道：“你的先生有什么精美的语录？”游酢答道：“有。我天资愚笨，只是记得一部分。”同事听了，叹道：“我明白了，有其师必有其徒的道理。难怪，你能够这么有修养。”

走在富有汉魏风情的古城中，穿过繁闹的市区中心，游酢联想起曹丞相府等三国遗迹遗址，由历史的变迁，深感人生的渺小，同时也觉得男人一生的责任多

么重大：不但要努力做好自己的事情，而且有着承担维护社会安定、劳动创造使社会发展、繁荣的责任。

秋香因为丈夫出外做生意，知道夫人忙不过来，于是来到游酢的家帮忙做家务。

一天晚饭后，游酢一家人坐着休息。吕氏抱着一岁的游损在喂奶，秋香在厨房里洗刷碗筷、瓢、盆，游酢怀里抱着三岁的游拂。游撝和游拟两个孩子又缠着游酢："爸爸，再讲个故事给我们听听。"游酢点头说道："好吧。"于是讲述了孔子有一次与弟子们东游遇到项橐的故事。游拟听了说道："这故事好听。可是，那小孩只不过玩家家而已，孔子和他的学生不会把车直接开过去。"游撝却说道："人要讲道理。孔夫子如果直接把车开过去，那还叫圣人吗？"游酢听了，评价道："撝儿讲得对，常言道'有理走遍天下'你们兄弟都要记住，将来长大了，不论做什么事情都要讲理。爸爸年轻的时候跑到北方来求学拜师，学得就是一个理字呢。人呀，要讲天理、情理、道理，才能立得正，站得稳，能够赢得天下人的敬重。"游拟听了说："爸爸，我明白了，一定记住你讲的道理。"游酢抚摩着游拟的头，说道："你能够知错就改，懂得道理，好！这才像我的儿子。"父子三人说说笑笑了一番，吕氏见他们亲热的劲儿，说道："好了，今天就到这儿，你们睡觉去，明天早一点起来读书。"两兄弟应一句："知道了。"进屋去睡觉，游酢继续在灯下看书。

范纯仁为朝廷重臣，门生和故旧多。游酢在那里，还认识了范纯仁最得意门生李之仪等。

一日，游酢到州府东北的宿县巡视督学。知县深知游酢底细：当过知县、朝廷的博士，现在又是知府身边的红人，因此一见面便十分恭敬，以"大人"相称。下午，知县说："游大人，去城南射鹿台走走怎么样？"游酢答道："好啊。"于是，知县以及县学教授一起前去。到了那儿一看，只是一个土台子，高约十米，占地却有二十多亩。游酢答道："这台有何典故？"知县是个聪明人，推了一把身边的教授，那教授明白了用意，说道："学生略有所闻，姑且说说看，不当之处，请游大人赐教。"游酢道："别客气，说吧。"那教授讲道："传说秦末时陈涉在这里设台揭竿而起，见一只鹿跑来，说'我若有王位，这箭就能将鹿射死！'说罢，弓开弦响，一箭正射在鹿身上，鹿负伤逃走，死在一个空湖里。于是，后来人们就把这里称作'射鹿台'。"游酢听了拍掌，道："说得好。"另一个教授插话道："这也是三国时曹操围猎'挟天子以令诸侯'之处。"知县忙说道："好啦，这些其实游大人都懂，他是在考考你们。"游酢说道："不、不，我哪懂得许多，地方的掌故还是当地人士熟悉。今天算是学习了，获益匪浅呀。”知县听了，说道：“游大人真是虚怀若谷啊。”教授们也连连颔首称道。

几个月后，游酢听说禹州不但是华夏第一都所在地，而且那儿钧台钧窑瓷器闻名全国。班上正好有几个禹州来的学生，他打算去一趟禹州，于是便和禹州的学生联系。学生听说教授要去自己的家乡，高兴得很。

端阳节过后一个周末，游酢跟着学生去禹州。

来到禹州三峰山东麓的钧台，一个学生喊道：“先生，前面便是传说中的禹台了。”游酢抬眼望去，一个高高的土堆，四周一片荒草。但是，他知道这是夏王朝活动的中心许地，夏启建都于夏邑，史书上记载：“大飨诸侯于钧台”。他怀着一颗虔敬的心瞻仰了一会，对学生们说道：“作为华夏的后裔，我们任何的时候都不能忘记自己的祖先。”学生们齐声回答道：“我等终身铭记。”

在学生的引路下，众人来到了钧窑。钧窑始于唐朝，到了宋朝已经相当发达。走进窑坪，但见好一片窑群，有几座双火膛窑炉，也有倒焰窑，坪前陈放着瓷坯，有刚刚出窑不久的瓷器，还有堆放着的杂色的木材燃料。窑工正在忙碌着，有的在牵着牛踏泥，有的在做瓷器的胚胎，有的烧火，有的搬运瓷坯，有的在运瓷器。他们来到瓷器厂，游酢走近一看，师傅们在忙着给瓷器上釉，产品大多是碗、碟，釉色有天青、月白、玫瑰红、海棠红、葡萄紫等各种色彩；纹路主要有蚯蚓走泥纹、蟹爪纹、兔丝缕等，可谓五彩斑斓。他拿起一个彩瓷碗仔细端详一番，那碗造型端庄，古朴而典雅，胎质细腻，质地坚硬，釉色莹润，色彩艳丽。他又用手指轻轻一弹，声音清脆，接着，他又捏起一个白玉般的碟子，举起往太阳下一照，竟然透明得没有任何的杂色，于是喝彩道：“好瓷！”一个年老的师傅闻声走过来，问道：“贵客从何方来？”游酢忙拱手道：“大伯好，鄙人来自颍昌。”一个学生插嘴道：“这是府学的游教授。”老师傅听了，称赞道：“原来是教授，难怪，刚才听他一声‘好瓷’，我便知道是个识货的贵人。游大人，恕草民有眼不识泰山。”游酢回答道：“哪里哪里，老伯言重了，人无贵贱之分，烧瓷也好，教书也好，都是社会的需要。”老师傅说：“不是老夫夸海口，我在这里四、五十年了，这里的瓷器越烧越好。四面八方都有人买，经常供应不上。”游酢说道：“果然名不虚传，今天眼见了才真切知道这里的瓷器很有特色。”……交谈了一会，游酢说：“老师傅，谢谢你为我讲了这些。我还要到学生家走走，有空时到颍昌找我坐坐。”老师傅说：“好吧。送几只碗、碟给你做个留念。”游酢答道：“谢谢老师傅，我家已经买有了。”

告辞了老人，在前往学生的家的路上，一个学生问道：“老人要送碗、碟给先

生，为什么不要？”游酢回答道：“读过唐朝诗人李绅的《悯农》吧？窑工比农民锄禾还辛苦呢。一个碗碟，何止千万滴汗珠。”学生听了沉默许久。又走了一段路，一个学生介绍说：“我们这里的窑，每月的十五敬火神爷，凡有窑的人家这一天都要烧香，祈求火神爷保护窑炉安全，窑工安全，能烧制出好瓷。”游酢听了回答：“有这回事情？”另一个学生说道：“有。我们这里从来都这样。”游酢说道：“这说明了人心都一样，希望能够有美好的生活，同时也说明了好生活来之不易。”

学生们听了，心里感受到先生的话很有道理。

一日晚间，游酢又到范纯仁府上过访。范纯仁见了说道：“游大人来得正好。”游酢问：“恩相什么事情？”范纯仁说：“今天处理个案件，有一点蹊跷。”

欲知事情如何蹊跷？下回自有答案。

第四十七回

范纯仁问疑破案 邹志完访友游湖

范纯仁说："今天处理个案件，有一点蹊跷。"游酢听了问道："哦——说来听听。"

范纯仁讲："事情是这样的：有一个人的家眷去烧香，结果没有回来，派人去寻找，连影子都没有。派人去查，也没有什么发现。可是询问当地人，他们反映十多年来不时会有女子失踪，有人证明在庙里看见过那女子，于是将庙里的住持找来询问，住持硬说没有见过，便将他先收了监。如今，和尚们三天两头来叫嚷着要人。"游酢听了说道："查问一下那妇人是否容貌很美。另外再派人去暗访，细致地查看庙里是否有机关。"范纯仁问道："你怀疑庙里有机关?"游酢回答："是的。我听说过，以前有个庙里的长老好色，在拜坛下挖好地窖，安装了机关，见了美貌女子单身前来烧香，便打开机关让女子掉下去享用。"范纯仁说："这样说来，你的疑问有道理。明天，我再派人去庙里认真查查看。"

二人促膝而谈至深夜才相别，范纯仁送至门口。

第二天，范纯仁叫了差役来，做了详细交代。

差役去到庙里，果然发现了拜坛下的机关和地窖，而且找出了那个烧香的女子。

再开堂提审住持，住持还坚持说："寺庙乃清静之地，香客的失踪跟我们绝对没有任何的瓜葛。本人一向遵守朝廷法令和庙规，不曾做过违法之事。大人不可诬陷好人的清白。"范纯仁听了，喊道："带人证上堂。"当那女子出现时，住持才磕头说："求大人饶恕草民，给草民一条性命。"范纯仁大发雷霆，斥责道："你身

为出家之人，不思修善，还做出如此伤天害理之事，从实招来，到底坑害了多少女子！”住持额上吓出汗来，招道：“草民该死！前后共有六七个女子。”范纯仁又大声问道：“那些女子呢?”住持脸发白，低声说：“杀了，埋了。”就晕了过去。范纯仁用力地击一下堂木，大声喝道：“你诈什么死，把他弄醒。”差役们上前，将住持用力拽起，住持醒了，供认不讳，范纯仁又大声喝道：“你恶贯满盈，十恶不赦！画押，押到大牢，等候秋斩！”住持画了押，差役将他拖下去。此案已经大白，范纯仁便判那一住持谋杀罪、奸淫罪，上报朝廷，等候秋后问斩。

事后，范纯仁对游酢说：“幸好，你考虑得细致，才破了此案。”游酢回答：“在下不才，区区小事，何足挂齿。民间事情，复杂得很，无奇不有。学生只不过小时候听闻过此类事情，碰巧遇到便想起用到而已。”

七月中旬天气虽然炎热，但是已经入秋，有凉风了。

一天邹浩来游酢家玩。两人交谈了一番之后，邹浩问道：“游酢，如果将来朝廷用你，你想做什么?”游酢回答：“我没有大志，还能够希望做什么。你呢?”邹浩说：“诸葛亮云‘志当存高远’，男子汉大丈夫，岂能无志？如果朝廷信任的话，定不辱使命。”游酢笑着说：“志完，你真是名如其人，有大志，好啊。”邹浩大笑道：“我看你未必没有吧。”游酢才坦言道：“身为士林，君子未尝不怀德，如今天下积弊沉疴，确实需要人才来拯救它。但是，这不是你我想做什么就能够做到的。你看，我们眼下都只是一个教授而已。君子一日不忧天下，何以为君子也。”这样，话匣子拉开了，两人交谈到深夜才休息。

第二天中午，游酢带邹浩拜访范纯仁时，见到了李之仪。因为，李之仪是范纯仁得意门生，大家互相都尊重，客气地相待。

游酢邀请李之仪、邹浩、陈师道等到自己的住处做客，下午几人交谈了大半天。

邹浩提出：“坐很久了，大家出去走走。”游酢对众友说：“咱们到小西湖去玩玩。”邹浩、李之仪等应道：“好啊！”于是，大家奔向西湖。

原来颍昌的城西北隅有一个湖，占地约三百亩，当地人们也称为“西湖”。这湖源于东汉末年。当时因挖土筑城形成坑洼，后汇水成湖。经历代扩建，到北宋时社会经济出现了繁荣景象，郡府欧阳修带领百姓在此植树插柳，种上莲藕，西湖逐步成为中州有名的园林胜景。因苏轼在杭州当太守时，写信来说颍昌的西湖比杭州西湖更小，还是称“小西湖”为宜，遂定名。

小西湖水源于陉山之泉，弯环盘折流行至此，跟州城之濠（城池）相通。韩维在此任职时，根据这里的地形水势，在高处筑了亭、台，在低处开凿了池沼，四周种植有梅、荷、莲，花木相错，湖中荷花满眼，别有一番风光。湖边的路虽然不大，可以通车马，湖中水不很深，可以泛舟，范仲淹、欧阳修、司马光等曾游览此处，并留有诗篇。

在湖中游览时，由于阳光还很大，众人上船时还戴着斗笠。湖中游人如织，笑语不绝于耳，微风轻拂，碧波荡漾，绿影婆娑，小舟穿梭往来。李之仪、陈师道、邹浩等都是文人，见人多而杂，只是谈笑而已。到了傍晚，大家尽兴而归。

晚间，众人从范纯仁府邸出来之后，大家一块去街上溜达。

夜空挂着一勾新月，闪烁着星星，晚风清凉。大家在街上闲逛，边走边谈，邹浩说："朝廷太复杂可怕了。现在，朝廷中洛、蜀、朔三种党派之间相互斗争非常激烈。看来，官场将有很多精彩的戏可看呢。"游酢听了不以为然，说："身正不怕影子斜，怕啥？"邹浩忍不住说道："要是我有权力，非把那些奸佞小人狠狠惩治个够不可。"李之仪原本默默不语，听了只是问："定夫兄有何高见？"游酢答道："孔圣人云：'天下道则无庶议'。什么时候开什么花，谁叫我们生在此时。不过，我们当如范公'身居庙堂，则忧其民，远在江湖，则忧其君。'志完刚才所说的观点是对的，可是做起来却不容易。"邹浩听了，不服地辩道："只要皇上能够信任，就一切都好办。"游酢回驳道："朝廷就像一棵大树，盘根错节，扯一牵万，想整治它连皇帝都头疼。商鞅、吴起等，帝王何尝不重用，结果如何？重臣尚且如此，何况一般官员。"众人听了，心里都知道游酢在借古喻今，不好再辩，一时哑然无语。

陈师道说："诸君，我看咱们还是到前面的摊点打打牙祭吧。"于是，大家又一起去吃夜宵。

邹浩问道："你们福建人头脑灵活，不但朝考第一，经商也第一呢。特别是泉州人，很会经商。不知游君与商人有否来往？"游酢答道："耳有所闻，未曾有交际。"李之仪说："我听说，去年冬泉商徐戬的船载着高丽国王的兄弟义天奉国王旨意带着手下寿介、继常、颖流、院子金保、菱善等五位僧人来祭奠杭州僧源梨。"邹浩问道："义天等为何来祭奠？"李之仪说："义天，出家为僧，曾由海路来宋朝求经学法，他在中国杭州期间，曾经跟从当地惠因院僧净源学法，他听说净源亡故，所以特遣专人致祭。"游酢才说道："我也听说徐成近年带了不少人去了两三趟高丽，可是未见过其人。"

吃完夜宵，大家又说说笑笑回到住处，才各自散去。第二天，邹浩便回去了。

八月底，苏轼因为他弟弟苏辙被贬的牵连，由京城贬到颍昌来任"知军事"。

范纯仁率部属迎接苏轼的到来。当晚，府中举行宴会为新到任的知州苏轼接

风，游酢等府学教授也应邀赴宴。这年，苏轼已经五十六岁，在官场上滚打了几十年的他，虽然几经磨难，依然达观自若。在宴席上，大家纷纷给他敬酒。轮到游酢时，游酢说："苏学士大人，日后请多赐教。"苏轼回答说："游大人，你年轻有为，咱们话在酒中，喝——"游酢明白苏轼话的弦外之音，举起杯一饮而尽。这时，其他人挤上来敬酒，游酢便回了自己的原位坐下。

过了一月，朝廷下旨意恢复范纯仁宰相职位，范纯仁举荐游酢为太学博士。游酢本不想再进京，继而想到如果不去，也拂了范宰相的一片好意，游酢经过反复的斟酌，决定赴命入朝。欲知此番进京之后会发生哪些事情，请君看下回。

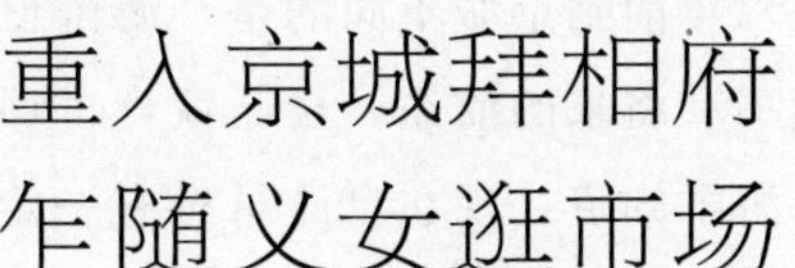

第四十八回

重入京城拜相府 乍随义女逛市场

话说游酢带领家眷上路进京。

这回到京城，又到原来的胡同居住。不过，游酢这次住的是陈师锡原来的房屋，陈师锡住到叶祖洽原来的房屋；学友朱光庭已经当学士，吕大临也在朝廷当太学博士，都住在一个胡同。有这几位旧友的同事，游酢觉得有伴。家眷们像回家一样，一切都熟悉，搬进租下的房屋很快就打扫、洗刷地忙开了。

游酢再来到东京河南开封，重回国子监上班。李格非仍然在这里，这天轮到他值班，所以他第一个来。这时的李格非已经声满天下，与廖正一、李禧、董荣都成为苏轼弟子，人们合称“苏门后四学士”。他刚刚开完门，见了游酢前来，说道：“欢迎你又回来跟我做伴。”游酢笑着回答：“我正因为想念你才回来。”两人都哈哈大笑。接着，其他的博士陆续来了，大家互相问好了一番开始上班。

自从元祐初年程颐先生修改学制之后，程颐先生提出的将《孝经》、《论语》、《孟子》、《左传》等编入教材和一师教一经两点做法朝廷一直坚持下来。因《左传》解释得比较细致，流传了下来，这一门功课比“四书”难教，其他博士资格都更老，他们不大喜欢教《左传》，游酢早年就比较喜欢《左传》，就认了这门功课。

太学博士在朝廷是一个闲职，每天上朝完便到礼部画卯（签到），再到国子监上班。博士们除了有时到太学讲课外，大多时间各有所为，有的管理档案，有的整理历史资料，有的研究朝廷时务。当然，这些博士们有什么建议可以向朝廷提出，以供朝廷治理天下为参考。游酢为研究朝廷时务的博士之一。大凡朝廷的政

令、法律、民生问题都在研究的范畴，偶尔也有陪皇上到太学走走。他白天除了及时地了解朝廷政事，主要还是集中精力加强自身的学习，做好本职工作。夜间一般都坐在家里教几个孩子读书写字；只是有时抽空去范纯仁大人或者陈灌的住处走动走动。

与六年前到京城不同的是，游酢已经四十岁，思想上成熟多了，为了自己孩子的读书和将来的前途，自己饮食方面也更正常，把妻子和儿子家人都带来一起生活。游酢知道：现在自己虽然有一定的俸禄，可是身边有八口人，加上老家的父母，共有十口人吃饭，来到京城什么都得买，物价飞涨，花费很大，仅仅能够勉强支撑。

此时朝廷，由吕大防、范纯仁、苏颂等任宰相。因为与吕家的关系平时交往较多，所以游酢决定先拜访范纯仁、苏颂。

潘楼西街是大多大臣住宅所在。天上飞着小雪，游酢冒着雪，先去拜访范纯仁。

“范府”是一座四合院。看门的侍卫认得游酢，没有阻拦，游酢就进去了。

游酢迈进前院，见范纯仁穿着便服正在看雪，说道：“学生游酢拜见恩相。”范纯仁见了，忙招呼道：“哎呀是游大人，稀客、稀客，快上大厅坐。”游酢拂去了身上的雪花，跟着进到了院内，见到天井中有兰花、四季桂、紫竹、仙人掌等花卉，夜里飘溢着芬芳。

大厅的正中悬挂着一副山水图，两边是一副对联：“先天下之忧而忧”、“后天下之乐而乐”，厅头有两张坐椅，中间摆一张茶几，大厅的中央搁一张黄花梨桌子，四面各放一把黄花梨的椅子，左右两边还各有四把圈椅。范纯仁走到厅头，说：“坐。”分宾主坐下之后，游酢问道：“恩相近来忙吧。”范纯仁应道：“刚刚回朝廷，确实有许多的事情要做。可是，晚上的时候还是有时间休息的，所以你尽管放心地坐。我也希望听听你入朝以来的感受。”游酢回答：“感受没有，感觉得还可以。”范纯仁说：“这就好。既来之则安之，好好干。你对目前的朝政有什么看法和建议?”游酢答道：“没有。”范纯仁说道：“我们不陌生，你不要保守，有什么就说。集思广益，兼听则明，这是我的一贯做法。其他人来，我也同样要他们提建议，何况是你。”游酢开玩笑说：“我想听琴或者下棋。”范纯仁乐呵呵地说道：“这不是颍州，我也没有那一份闲情逸致，以后等我退养时再说吧。”忽然，他又接着说：“你言外之意是叫我注意劳逸结合？我懂。虽然作为朝臣要知道鞠躬尽瘁的道理，但是讲究一点方法，保养身体也是必要的。”游酢听了，说道：“知道了，我就放心。”

约莫半个多时辰，游酢便告辞，返回住处。

过了一天，游酢便去拜访苏颂。苏颂就住在“范府”附近，也是一座四合院。游酢是初次来访，提着一袋老家带来的建茶来到苏颂家门前，见了看门的侍卫，自我介绍道：“我是苏相公的老乡，特来拜访宰相大人的。”说着掏出手本递过去，侍卫看了手本，知道眼前的这位官员是朝廷的博士，又听说是宰相的老乡，便进去禀报。

那苏颂乃福建泉州人，学识相当渊博，不仅是一个文人，而且是一个医学家、科学家。苏颂虽然已经七十二岁，但是精神矍铄，正在书房里看书，一听侍卫禀报游酢前来拜访，忙放下书出门相迎。游酢上前施礼道：“晚生给宰相大人请安!”苏颂乐呵呵地说道：“哎呀，小老乡，劳你大驾，老夫不胜荣幸。屋里坐。”

两人进了宰相府，走向大厅。厅的正屏挂的是“星云图”，两边对联是：“仰以观于天文”、“俯以察於地理”。摆厅头是茶几和坐椅，中央放着一套楠木桌椅，厅右边摆着一个浑天仪模型，左边放一个水运仪象台模型。两人上了厅，苏颂客气地说：“请上坐。”游酢拱手作揖回答：“在下不敢，谢谢宰相大人。”他在左边的客位坐下，苏颂坐了主位，佣人端上茶来，苏颂问道：“游大人，听说你从颍州一路赶来，辛苦了。家里的事安顿妥了吗?”游酢答道：“谢谢宰相大人的关爱和垂询，一切都安顿妥当了。”苏颂应道：“这就好。你年轻，安心在朝廷好好干。一般人进朝廷可不容易呃。别客气，你我是老乡，今后有什么事情老夫能够帮忙的尽管说就是。”游酢答道：“多谢宰相大人!”

游酢问道：“宰相大人，听说你造了水运仪象台，晚辈还不曾看过。”苏颂起身，说：“哦，来看看这两个模型。”游酢立刻起身。苏颂先带到浑天仪模型前说：“东汉时张衡曾经创制的浑天仪，唐代僧一行等人的复制品都已失传。元祐元年十一月，我组织一批人马，并运用所学的天文、算学知识开始着手复制。整整三年零一个月，这仪象台才获得成功。今年又复制成铜质台。”接着带到水运仪象台模型前说：“仪象台以水力运转，集天象观察、演示和报时三种功能于一体。有空的时候，我带你前去看真的。”游酢说道：“宰相大人真了不起啊，能够创造这样的仪器，实在是天下百姓的福祉啊。”苏颂谦逊地回答：“哪里，说来这是众人劳动的集体成果，并非我一人独创。”

交谈一番后，游酢起身告辞。苏颂说：“等一等。”进了书房拿出一布包，说道：“老夫一生别无所为，以前著有《本草图经》一书还存有一二，权当给你留个纪念吧。”游酢双手接过布包，回礼道：“谢谢宰相大人。”于是，离开了苏府大院。

回到家后，游酢打开布包一看，是一套十二卷的《本草图经》。这本书写于皇祐五年年间，苏颂在朝廷集贤院工作时所著。他抚摩着书本，想到：自己以前听说过这部著作，现在终于得到了它。于是，他开始捧读。

几天之后，他读完了书的序文和前几章，知道这本书集历代药物学著作和中国药物普查之大成，记载了三百多种药用植物和七十多种药用动物及其副产品，以及大量重要的化学物质，记述了食盐、钢铁、水银、白银等十几种物质的制备方法，对历史地理、自然地理、经济地理等方面也有记述。

游酢上朝时候，没有事情照样读《史记》，有一两位旧时的僚友见了说："游大人，又回来读书啦！"游酢笑了笑，答道："是的。"不过，这一阵有了陈瓘，游酢经常有了说笑声。陈瓘性格刚直，又爱发表自己的见解，言论颇多，有时会与同僚辩论个高低，争得脸红脖子粗，游酢常常从中调和双方僵持的气氛。

退朝回家，游酢除了询问孩子们去书斋读书的情况，还会跟孩子们玩一玩，讲《山海经》或者《搜神记》中有趣的故事给孩子们听。

一日上午，游酢在家休息，想到市场走走了解一下行情，顺便看看京城的变化，说："我想上市场走走。"吕氏答道："秋香，你就陪老爷去一趟。"秋香应道："好喔。"游酢便换上圆领直辍棉衣，装成普通的百姓，准备带秋香出去。

秋香已经是十八岁大姑娘，身材丰满多了，脸庞显得比以往任何的时候更加红润和充满青春的朝气，胸前一对乳房已经鼓鼓的，走起路会一颤一颤地动。她听主人游酢说要一起去市场走走，心里无比兴奋，因为这是他第一次提出跟她出门。她进了自己的卧室，对着高台大镜照照，梳理清楚头发，涂了口红、略施粉黛，上穿一件青色衣服，下系蓝色圆裙，脚穿一双布鞋，拉直了衣服，走出房间又交代孩子们，道："你们在家好好读书，谁也不准捣乱。"

游酢说道："走吧。"秋香忽然说道："等一下。"说着又倒回屋里去。

游酢等了一会儿，还不见秋香出来，于是开玩笑道"秋香，今天该不是去相亲吧。"

秋香终于出来了，脸上泛起一层红晕，羞答答的嗔怪道："老爷——你真坏。"两人出了门向大街走去。

菜市场门外，卖水果的摊子一长溜，站着卖油饼、面包、豆奶、冰糖葫芦的叫喊着，还有人卖剪刀的，卖首饰的，卖儿童玩具的，卖古董的，都争着大喊小叫，吵吵嚷嚷的。摊子一旁摆一张小木桌，后面挂块"鬼谷子真传神算李"布幌子在为人做卦，也有蹲着在地上摆着象棋的，有几个人在围观、比手画脚唧唧喳喳地议论。一阵风吹来，空气里夹杂着酸味、腥味、臭味。

京城开封的菜市场很大，货物也多得不胜数。一年四季，各类蔬菜轮流上市，水果应时节而出产。但是，这么大的市场管理得井井有条，蔬菜、水果、水产、禽畜、肉类、日用品等，分门别类罗列而摆位设摊。两人刚刚走进菜市场门口，就听见各种各样的叫卖声：

"买菜呢——新鲜的白菜又白又嫩。"

"客官，买点鱼货吗？"

"快来买，早晨刚刚打的鱼，便宜买喽。"

叫卖声此起彼伏，人们讨价还价和高声呼喊人名字的，千百种声音混杂在一起，既喧闹而又烦人。

平时菜也是秋香去买。秋香年轻而且对市场熟悉，在市场里犹如鱼入海洋，轻松自如地穿游着。可是，游酢是有生以来第一次逛市场，被这种场面搞得晕头转向，不知往哪里走好。不知是秋香故意让他长点见识，还是什么原因，秋香带着他先去卖蔬菜的地方，只买了一斤萝卜、一把韭菜、一棵白菜；接着来到水果摊，秋香故意问："老爷，买哪一样吃？"游酢摸不着头绪，回答："随便吧。"秋香开玩笑道："不信，你自家问一问有没有'随便'卖？"转个弯，是卖水产的，这里的水产品可多，虾、海蛎、牡蛎、龟、鳖、鼋鱼、带鱼等，淡水鱼类除了鲤、鲢、草、青四大类，还有武昌、珠海、松花江等地产的。秋香向卖鱼的问了价钱，又买了一尾草鱼；再往前走，有鸡、鸭、鹅、兔等禽畜，有猪、牛、羊、狗等肉类，还有来自山中的山兔、山鸡、鹿、野猪、蛇等野味，两人只是看一看便走开；又往前走了几步，那是卖用品的，大如瓮、缸、钵，小到锅、碗、瓢、盆、铲、箸、勺、锅刷，应有尽有，真是物山货海，琳琅满目。

两人走出市场，游酢觉得腿有点酸了，额上沁出细汗来。

"老爷，累啦？"秋香关切问。

"没有事。"他嘴上应着，心想：女人也真不容易，亏她们日日要来买菜。

回到家中，秋香从厨房走出来，向吕氏讲起老爷上市场的事情，吕氏笑道："你呀，要多绕几处，让他尝尝买菜的滋味。"秋香听了咯咯地笑，笑得腰都弯了好几次。游酢道："秋香，你要是敢使坏，以后我让你嫁一个张飞一样的老公。"秋香道："老爷，我这一辈谁也不嫁，这里多好。"说完到厨房忙活去了。吕氏微笑道："我也舍不得，留着好做伴。"

这天夜里，游酢夫妇商量了收秋香为女儿的事情。

第二天晚饭后，游酢说："秋香，今天晚上我和夫人正式收你为女儿，愿意吗？"秋香听了感激地跪下，向游酢和吕氏答道："秋香愿意！爸、妈，女儿秋香

给你们磕头。”说着磕三个响头。游酢说：“好女儿！起来吧。”吕氏走过去将秋香牵起来，讲：“我们的家境你知道，我和你爸没有什么好东西给你，今天这一点银子给你做个纪念。等有钱了再给你买个镯子和一对耳环。”说着掏出两个布包，秋香说一声：“谢谢爸妈。”恭敬地接过手。

不久，有一个到京城经商的建阳老乡邓老板，带着儿子前来拜访游酢。游酢一家热情地招待了他们。从此，邓氏父子经常登门。游酢见邓氏父子俩为人厚道，便乐于交往，他们渐渐地与游酢家人混得熟悉起来。

一天夜间，秋香和孩子们都睡去了，吕氏低声地对游酢讲：“老爷，跟你商量个事情。”夫妻俩到底嘀咕什么？下回分解。

第四十九回

吕氏善待新女佣
苏颂详解仪象台

话说吕氏要商量事情，游酢问道："什么事情？"吕氏道："秋香到了婚嫁的年龄，怎么办？"游酢道："咱们不是已经把她当作女儿吗？嫁出去呗。"吕氏道："秋香这闺女脾气多好，人又勤快。她嫁了，家里一时难找到合适的帮手。"游酢却说："找人的事我来办。"吕氏说："好吧。"

一日，吕氏趁秋香心情高兴时，说道："秋香，我和老爷商量过你的事情，想给你找一个好婆家。"秋香问道："当真？"吕氏点点头，应道："这是大事，还用得骗你。"秋香听了，鼻头一酸，眼圈潮湿泛出红丝。

她跑回自己房间，哭了。可是，她不敢放声大哭，怕哭声会引起主人夫妇的注意，甚至怕孩子们听到了奔进房间来追问："姐姐，你为什么哭啊？"只能咬住牙根轻轻地抽泣。她坐在临窗桌子前的椅子上，一头乌黑的头发闪着油亮的光泽，直挺挺的身板向前倾，丰满的胸脯在起伏，泪水像两道泉流，默默地从粉脸流到粉红的唇边，嘴里有了咸咸的感觉。她下意识地明白了嫁人就意味着自己将开始一种新的生活，强制自己停止了哭泣，便呆呆地望着窗外的景物：天空阴沉沉的，似乎即将有一场暴雨来临。隔壁人家屋顶上那一道道瓦沟已经被风雨吹打得泛出黑色，有的瓦沟上还长着青苔，甚至有那么一两丛高低不一的枯黄狗尾草。忽然，一对鸟儿飞来了，它们站在屋脊上，开始欢奔活跳，接着唧唧鸣叫，一会儿偎依在一起呢喃燕语，是那么的亲热。她的心底一热，浑身血流涌动，想到：自己是不是能够有像那一对鸟儿这么幸福的一天呢？自己从小是个孤儿，吕家收养，后来随夫人来到游家。十多年来，自己伴随着这一家夫妇生活，他们都能够像亲人一样对待，从来没有受过打骂。这在其他人家当丫鬟的人不可能得到的优待。正因为这样，自己对这一家有着非常深厚的感情，只是希望能够永远这样生活下去。然而，她现在终于知道这是不可能的了。

一天，老乡邓老板独自一人前来，交谈中向游酢提出要娶秋香为媳妇的亲事。游酢看了夫人一眼，答道："这事让我和家人商量了再答复你。"

客人走后，吕氏问秋香："你看这门亲事怎样？"秋香多少知道对方家庭情况，而且男的与自己年龄相当，便点头了。

事情说定，游酢回复了对方。邓老板十分高兴。接着，游酢和吕氏又商量道："我们既然已经允许了人家，那得让秋香回老家住一段日子等待出嫁。"邓老板知道了，说："我将手头的事情办好就带她回去。"

过了半个月，邓老板处理完在京城的事情，带着秋香回老家建阳了。

秋香离开后，游酢眼见吕氏又要带小孩又要做家务，忙不过来，建议说："我替你去找一个女孩来做帮手。"吕氏讲："女孩要十四、五岁，没有缠脚的上街买菜等方便。"游酢听了应道："这个好说。现在缠脚的女子城市尚且不多，乡村中几乎只有个别。我也不喜欢缠脚的，看去就别扭。"于是，他托人去找了一个农家女孩来做保姆。

几天后，有个五十岁左右的老人带着一个十四、五岁的大脚姑娘来。姑娘一头黄发，圆脸，眼睛水汪汪的，樱桃小嘴，她头低低的，微微隆起的胸脯在轻轻地颤动。她虽然衣着简朴，到处有补丁，可是看得出是一个机灵、可爱的女孩。吕氏一看，心里就喜欢上。游酢夫妇招呼他们坐下喝茶，老人犹豫了一下，答道："不用，我是干粗活的，坐了会把大人的家搞脏的。"游酢走过去拉起老人的手说："大哥，我也是干活出身的，不要见外，坐吧。"老人见他这么和蔼，拱手说道："游大人、游夫人，这是我家的孙女，叫杏儿，咱们家穷，你们只要能给她一碗饭吃就行，不要工钱。"游酢看了吕氏一眼，杏儿是聪明伶俐的姑娘，忙开口叫道："游大人、游夫人，收下我吧。你们要我做什么都愿意。"吕氏马上走过去抚着杏儿，对老人说道："老大哥，这姑娘挺可爱的，我们收下了。"游酢见吕氏看上，对来人说："大哥，工钱我们照付。"老人感激地鞠了一躬说："谢谢大人和夫人。我这就回去。"吕氏回内屋，一会出来拿一点碎银给老人，说："老大哥，有空常来走走啊。"老人脸上嘴角露出一丝笑意走了。

老人走后，游酢进书房看书去了。吕氏说："杏儿，我们上街去买衣服。"杏儿答道："夫人，我有穿的。"

吕氏进了内屋，在梳妆台的铜镜前简单地梳理一番，接着打开衣柜取一条灰色裙子换上，重新回到镜子前照了照，理顺衣着，然后喊道："杏儿，进来一下。"杏儿胆怯地迈进去走到吕氏身边，吕氏拉住她的手，讲："来到这里，我们便是一家人了。过来。"吕氏带着杏儿走到镜子前，边拿起梳子帮她梳了一遍头发，边讲："女孩子家穿不漂亮不要紧，但是一定要穿得整齐、打扮清楚，以后每天早晚进来这里梳头打扮。"杏儿点头应道："夫人，我记住了。"吕氏又给她拉直了衣服，才说道："杏儿，我们走吧。"

吕氏带着杏儿一起上街。

街上的行人中，女子的服装虽然大多简朴，可是穿长裤的少而穿裙子的多。在杏儿的眼里，穿长裤的女子，脚上穿的鞋子各式各样，有一般的布鞋，有绣花鞋，也有皮制的靴子；她进而注意到裙子，裙子的款式、色彩不一，都美观大方，像一只只蝴蝶在城市中飘动着，杏儿看着那些漂亮的裙子心里好羡慕。突然，她看见一两个缠脚的，那裹得三寸金莲的小脚走起路来歪歪斜斜的，还好自己是大脚，要走要跑多自由。到了成衣店铺，吕氏问："杏儿，你要什么衣服，自己挑吧。"杏儿没有进店铺买过衣服，答道："夫人，我不要。"吕氏讲："你是个闺女，不要怎么行。你来看看。"拉着杏儿到了柜台边，帮她挑了两套衣服：一套衣服和裙，一套衣服和长裤，另外还买了一些女子的生活用品。

一个时辰后，吕氏回到家，让杏儿洗澡换了新装，拉着她的手坐下，问她家里的情况，也交代了平时做家务的要求。杏儿安心地呆了下来。

过了一个多月后，游酢收到堂弟的来信，知道秋香已经订了婚，明年正月就可以把婚事办了。吕氏知道了，说："路途这么远，孩子还小，我是回不去参加她的婚礼，你也忙，走不开身。怎么办呢？"游酢说："她已经是我们女儿了，婚礼只能到我们老家办，到时我们无论如何都得回去一趟把事情办好。"吕氏听了，说："也只能这样了。"

话说苏颂自从元祐元年十一月，奉命校验新旧浑仪，他上奏朝廷启用吏部令史韩公廉协助校验工作，集合了一批能工巧匠，历时数年，制造出了一台"水运仪象台"，又研制了一台单独的水力推动的浑天象。但是，他做事非常严谨，和部下有关人员进行反复的实验。他是朝廷的宰相之一，可是他心里依然放不下发明创造仪器的事业，白天处理朝廷的政务，晚间经常去仪象台走走。

一天晚间，游酢再次去拜访苏颂，苏颂告诉游酢："明天傍晚去看看仪象台。"游酢应道："好啊。"

第二天傍晚，游酢下朝时去等候苏颂。苏颂带着游酢前往参观"水运仪象台"。

仪象台是一座正方形、上狭下广的木楼式的建筑。游酢进了仪象台室，便被眼前的新奇建造迷住了。苏颂亲自介绍道："这台高三丈五尺，底宽二丈一尺。台分三层，上层放置'浑仪'观象，有'望筒'以观察天体运行。中层为天象演示台，有'浑象'，球面上画着天体星宿的形状位置，球外有经纬圈，设有'昼夜机'，可在楼内准确演示天象，与实际天象无异。底层为木阁，共分五层，每层置有数量不一的木人，分报时、刻、更等。第五层木人且能按节气变动而自动调整位置，报告日落日出。仪象台的顶部有九块活动屋面板覆盖。其'浑象'一昼夜自动均匀旋转一圈。其木人宝石设施是在一组由水力推动的复杂的齿轮系统带动下自动实现的。"

看完了仪象台出来，苏颂说："这套的仪器虽然前些时间完成，最近又全面进行了多番的实验，没有发现什么问题，我心上悬着的一块石头终于落下了。可是，到今天还没有写成文字来介绍它。为了世人能够对它了解得全面详细，我准备写一本《新仪象法要》的书，把它说明清楚。"游酢说："宰相大人，你又要辛苦啦。"苏颂回答说："没有办法，这种东西造出来极不容易，万一将来又失去，有书后人还可以仿造，如果没有书流传，那么有一天毁了，就永远无法复原和再现。"游酢投去敬佩的目光，赞叹说："宰相大人深谋远虑啊。天下如果多一些像宰相大人这样的人物，我朝何愁不发达，黎民的生活何愁不越来越好。"苏颂叹道："可惜，老夫已经日薄西山、风烛残年了，许多事情虽然心有余而力不足矣。你等年青一代能够勇挑重担，朝廷才有振兴的希望。"

苏颂为了制造的仪象能够流传于世，造福人类，认真撰写天文学和机械学的杰出著作《新仪象法要》｛水运仪象台说明书｝三卷，记载机械设计与天文图纸六十幅，绘制机械零件一百五十余种，是一套完整的机械学资料之一。该书传世的"浑象紫微恒星图"、"浑象东北方中外官星图"及"浑象西南方中外官星图"等十四种星象图，是我国现存最早的全天星图，其中五幅星图，所绘星数共一千四百六十四颗。

游酢深深地被苏颂为世间发明创造的精神所感动，越发觉得自己应该做点事情。欲知后事，请君看下回。

第五十回

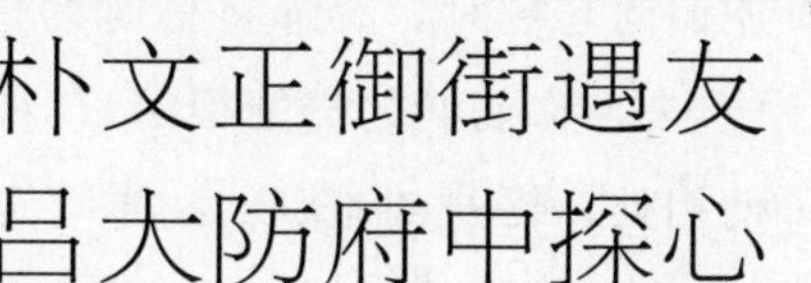

朴文正御街遇友
吕大防府中探心

十月中旬的一天傍晚，游酢下班回家在御街上走着，忽然身后有人喊道：“游君——”

游酢听到声音陌生，心中正狐疑，回头一看，原来是读太学时高丽国的同学朴文正，于是收住脚步惊喜地说：“朴君，是你呀！”两人走近拥抱成一团。游酢问道：“你什么时候来的。”朴文正说：“我现在是外事官，刚刚从明州赶过来，送一份文谍到贵国的尚书省。”过了一会，两人都松了手站着。游酢邀请道：“我现在太学里当博士，家就在前面街上，到我家去坐坐。”朴文正说：“我先去‘怀远驿’找使节，过一天再去拜访你。”游酢又问：“那好，我们同路，一起走吧。崔远和阮永他们呢？”朴文正回答：“崔远去波斯当参赞了，阮永在高丽朝廷里做教授，跟你一样。”游酢说：“好啊，你们都有出息。”朴文正说：“那当然，朝廷派我们来留学花了很大的代价，我们为朝廷做事也是应该的。”

他们两人走到朱雀门前便分手了。

高丽国王派的使节黄宗悫来到京师开封，献了一部《黄帝针经》给赵煦，要求购买中国的许多东西。第二天早朝，赵煦请朝廷议论高丽的使者黄宗悫的要求问题。由于高丽使节的要求过多，引起了宋政府部分官员的很大不满，当时的礼部尚书苏轼便谏言：“高丽入贡无丝毫利，而有五害。今请诸书及金箔皆宜勿许。”众臣议论纷纷。游酢则上前奏说：“我朝与高丽交往已久，应当相互信任，才能更加促进两国的友谊。如果都不让买，岂不是不给人面子？微臣以为此事可斟酌、斟酌。”不少的大臣偏向苏轼的观点，皇帝听了思忖一会，说道：“传朕旨意，那

就只准其购买金箔吧。”

第二夜间，黄宗悫陪朴文正各提一袋礼物一起前来拜访游酢。

游酢接待了他们，客套了一番之后，游酢询问高丽国家的历史、文化、经济情况，黄宗悫一一给予答复。游酢和朴文正俩又回忆起当年在太学里读书的旧事。朴文正还询问起杨时，游酢将杨时的情况详细地告诉了他。黄宗悫在旁听着，插话说：“看来，你们俩的交情很深。”朴文正说：“那当然，同窗的感情就像兄弟一样，一朝相处，终身难忘。”游酢问道：“你的那一桩婚姻如何？”朴文正回答：“我回国即到朝廷当官，第二年便要来京城迎娶了她。可是，她已嫁人了。几年后，我才成家，如今已经有两男一女。”游酢说：“可喜可贺！这么说，你更可以在这里住下游玩一段时间，怎么样？”朴文正回答：“不，这一趟我必须赶回去。下次有机会再来时，一定好好陪你玩个够。”看看天时已晚，他们两人起身告辞。黄宗悫说道：“多谢游大人仗言。”游酢回答道：“鄙人只不过从两国交往的长远利益考虑，说了真话而已。”临走时，黄宗悫拿出一包东西递给游酢，游酢坚定说：“黄大使的心意，游某领了，请拿走你的东西。”朴文正说：“我的东西总可以收吧。”游酢应道：“你的可以。不过我们中国有句古话，来而不往，非礼也。我总不能让你空手离开这里。你等等。”他进屋拿出一包两斤建茶出来，说：“你回国的路途遥远，我没有好的礼物相赠，这是我家乡产的茶叶，便于携带，就带回去做个纪念。”

送走了黄宗悫和朴文正，游酢想到：国与国之间的关系也同样复杂啊。

一天，程门学友朱光庭突然去世，年仅五十八岁。游酢与吕大临等都去帮忙料理后事、参加吊唁。朱光庭是程门最得意门生之一，因此先生程颐非常伤心，特地写了一份祭文前往，悲痛地读道：“自予兄弟倡学之初，众方惊异，君时甚少，独信不疑。笃学力行，至于没齿，志不渝于金石，行可质于神明。在邦在家，临民临事，造次动静，一由至诚。上论古人，岂易其比，蹇蹇王臣之节，凛凛循吏之风。谓当大施于时，必得其寿；天胡难忱，遽止于此。七八年间，同志共学之人相继而逝，今君复往，使予踽踽于世，忧道学之寡助。则予之哭君，岂特交朋之情而已！”在场的程门弟子听程颐先生读着，大多都伤心地落泪。

回来之后，游酢好几天心情不舒畅。公假的一个午后，已经升为‘秘书省正字’的吕大临到住宅来访，游酢非常高兴。两人闲谈了一会，大临感叹：“唉，几年间程门学友相继去了几个，真悲哀！”游酢听了说道：“人生无常，这也没有办法。死者长已矣，存者且勤勉吧。”于是，大临问道：“近来可有什么收获？”应道：“每日上下朝，忙于公务而已呗。你呢？”他们两人进行了一番攀谈。大临答道："做点学问，跟古董打交道。中立与显道可有消息?"游酢说："有！显道前一段还来信劝我要进学加工，刚刚回信与他。"大临讲："他所言极合我的意思。官场实在太混乱，我们若乐疲于此，多年后学业必然荒废尽。"游酢说："话也不全如学兄所言。学业固然得时常进修。但是，学者目的何在？我以为学子读书当以致用，亦即古人所说'达则兼济天下，穷则独善其身'，道理明摆着。《易》曰'终日乾乾，与时偕行'，远古的人尚且明白跟着时代前进的道理，现在我们都已经当了朝廷的臣子，应当以天下大事为已任，至于闲余的时间，自然要多多进学也。"大临称赞说："真是士别三日，当刮目相看。定夫兄，令人敬佩，时时总走在我辈之前。"游酢说："我也只不过略微陈述自已的见解，哪里有勉强他人也这样的意思。"大临又讲："看来，定夫兄对禅学日远，而对仕途之心日近也。"游酢讲："儒也好，禅也好，君子之道以诚身正心、齐家修身平天下为是。然而，天生万物，各有所用，此乃事理。倘若不能权变致用，我以为不行。"大临听了，因此说："今日聆听高论，才知道定夫兄已不是昔日样子。无怪乎季先生（指程颐）当年特别看重而称赞说'德器粹然'哉！"游酢谦虚地答道："岂敢！我的学问与老兄还相去很远。"

两人交谈至傍晚，游酢相留共进晚餐。

饭后，吕大临约游酢一同前往其兄大防的家。

宰相吕大防的府宅高大轩敞，门外悬挂着两盏写着"吕府"的灯笼，门前有侍卫把守着，既气派又肃穆。

大临上前叫门，侍卫认得四老爷，不用通报便让进去。

这是一座两重的大宅院。他们入了大门的前院，抬眼见到屋椽上点着四盏灯，东西两面花墙上各放着两个花盆依稀可辨；过一个天井，又上一厅才是内院。庭院内明灯高照，但见屋内布置得花团锦簇，走廊上的台阶边左右各摆放四盆花卉，厅面铺着红地毯，两侧的墙壁上画着"爱莲图"，池水粼粼，荷叶亭亭，中央是一张紫檀水榆花木的桌子，四把圈椅，厅头中间两把椅子，当中一个茶几，大厅的正屏悬挂着一幅不知哪一位画家绘的"西北风光图"，有黄土高原、黄河、白杨、牛羊等景物，两边的对联是："水草丰美牛羊壮，云天高阔日月新。"

大防性格正直，为人也温和，见弟弟与游酢同来，热情相待。

大防坐主位，游酢坐了客位，大临搬了一把椅子坐在下首左边，与游酢靠近。过了片刻，一打扮得入时的丫鬟端上茶来，说道："客人请用茶"，转身便回厨房去。开始，大防询问游酢一些家事和入朝以来的情况，游酢一一回复。茶过三巡，大防试着问道："昔日圣人门下公西华等侍坐，子曰'各述尔志'之事。不知程门

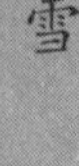

中有此举乎？”

大临答道：“未也。”

游酢忙补道：“启禀宰相大人，二程先生虽然未有，但身教言传未曾不影响弟子。”

大防笑道：“传言游君聪颖过人，果然名不虚传。刚才所答，足见机敏，贱弟大临则不如你。”

游酢道：“大临学问精专，程门中多望尘莫及。我的学识不如他。”

大防听了，说：“游君虚怀若谷，谅有鸿鹄大志。”

游酢起身拱手答道：“在下才疏学浅，岂敢有非分之念，只有听天由命，顺乎自然而已。”

大防道：“诸葛亮云‘志当存高远’，况君正当年富力强，如日中天也。岂可胸无大志。”

游酢答：“诸葛亮亦云‘淡泊以明志’，此不顺乎其然尔？”

大防道：“游君真乃程门高足，机敏善辩。”

看看天时已经不早，游酢与大临起身辞别，大防送出大门道：“游君与舍弟大临为学友，也等于自家人，往后有空闲但来无妨。”

游酢与大临出了相府，各自回去休息。

不久，范纯仁因为替蔡确分辩做《游车盖诗》一事，被弹劾与蔡确同党，又出知颖昌府。

范纯仁外调后，尚书右仆射一缺，暂时尚属虚位。太皇太后特提拔苏颂为“尚书右仆射兼中书侍郎”，苏辙被升为“门下侍郎”，范百禄（即范镇子）为“中书侍郎”，梁焘、郑雍两人分别为尚书左、右丞，韩忠彦知“枢密院事”，刘安世任“签书枢密院事”。

有一天，辽国派大使来朝贺，问及苏轼。辽国大使离开后，皇帝想起了苏轼才学和影响，于是重新召苏轼回朝廷任兵部尚书兼官侍读。

年底，游酢为秋香出嫁的事情特地骑马回家一趟。

秋香正在门口洗帐被，游酢下马提着一个礼包叫一声：“秋香！”秋香见了喜出望外，忙叫：“爸，你来了。”游酢喜笑颜开地说：“秋香，你真勤快，准备过年啦。”秋香问道：“妈还好吧。”游酢回答说：“好，她经常想念你，说很想来看看你，可是孩子小，来不了，特地让我来看望。”秋香说：“揆儿很好玩了吧。”游酢点头回答：“是的，他会咿咿呀呀地叫了。”秋香大声喊：“阿公、阿婆，我爸回来啦。”两位老人闻声出了门，游酢上前用建阳话问候道：“爸、妈，你们好。”秋香问道："爸，进家坐吧。"进了屋，秋香忙着倒茶，游酢跟两位老人交谈一会。游酢拿出礼包对秋香说："恭喜你啊，就要有自己的新家了。你妈说没得来送你出嫁，让我带一份薄礼来表示一点意思。"秋香接过礼包，说："太谢谢爸、妈了。"游酢说："秋香，我就要回去京城，没有办法参加你的婚礼，实在对不起。以后和姑爷、孩子到我那儿去玩吧。"秋香应道："好哩，一定会去的。"游酢又与两位老人絮叨了一番话，各给了一个红包，带着一份礼物才出门上马赶往岳父的家。

游酢走后，秋香打开礼包一看，包里有两个红包，还有银子、布料、鞋等。两位老人见了，惊讶叹道："秋香，你福气真重，出嫁有这么多贵重的礼物。"秋香见了也说不出的高兴。

半天后，游酢又回到家，去看望伯父、叔父的家人。

第二天早晨，他告辞了父母，骑着马上路赶回京城。

元祐八年正月，京城开封飘着鹅毛大雪，大地上一片迷茫的景象。站在高处望去，整座京城像无数的乌龟在大海上起伏着，背上都湿漉漉的。北端黄河涛声隐隐；城区中惠民河等五条河流犹如五条龙在奔腾，泛着粼粼波光；隋堤上，柳色如烟，飘絮如雪。尽管春天来了，春寒料峭，京城的郊外人们才知道，梅花开得正艳，而桃李刚刚绽开嫩芽。

因为朝廷还没有上班，游酢就在家中看书。突然，有人进来问道："看什么书呀？"游酢抬头一看，不是别人而是杨时。杨时此番来有何事情？请君看下回。

第五十一回

游杨双士同立雪
东西两铭各藏机

话说游酢见是杨时，招呼他坐下，问道："这回得了什么职务？"杨时答道："瀛州（今河北河间市）防御推官。"游酢说："不错嘛。"杨时说道："什么不错，一个虚职而已。"游酢讲："走一步是一步。"杨时不说话，游酢知道他不想去，便说："那儿太远了些，天又下着雪，不如咱们去拜见程颐先生。我们原来为明道先生的弟子，现在拜他为师，同属于程门，他应该会接纳的。再说，他与朝中的大臣有几个关系至为密切的好友，顺便看看他有没有办法更换个好些的去处。"

杨时讲："你这主意好，我们就去拜程大人为师。"游酢说："春节期间程大人在老家也不会有什么走动，准能够见到他。"杨时说："好！我们包多少拜礼？"游酢问道："元丰时，拜明道先生你包多少？"杨时答道："五两银子。"游酢说："几年来物价涨了一倍，十两吧。"杨时答道："行！那就十两。"

于是，两人包了银子封上，各自写上自己的拜帖，带上衣服和所用的生活用品，一起出门。

开封到洛阳有两、三百公里路程，天又飘雪花，游酢就租了一辆马车和杨时一同前往。

途中，他们两人坐在马车上交谈着理学的事情。

杨时问道："理一分殊这个问题怎么理解？"游酢说："其实，这个问题可以用禅家的'月印万川'这个词意来解说。天上只有一轮月亮，而地上有千万条的江河山川都映照着它的光辉。换一句话讲，万变不离宗。再说简易、浅白些，尽管事情千头万绪，道理只有一个。明道先生曾经说过'道之外无物，物之外无道，

是天地之间无适而非道也。’”

游酢和杨时来到程门已经将近傍晚，天上的鹅毛大雪在呼呼地飘飞着。

游酢上前问书童："先生在家吗？"

一个书童出门来回答道："在。他在休息。"

游酢瞥眼看到帘内程大人正在闭目养神，收住脚步，应了声："知道了，谢谢。"他退回原地对杨时小声地说明了情况。杨时听了说："那好，我们站着等他醒来再说。"

书童向他们招手，示意他们到屋檐下站，他们摇摇头，默不作声地站在原地。

书童回到屋里，说："禀报大人，游酢和杨时二位世兄前来拜访。"其实，程颐因为近日天气寒冷受了风寒，年纪大了受此一病体力锐减，尚未痊愈，加上初春时人很困乏，迷迷糊糊地睡着。他已经隐约地听到有人说话声音，听书童说是游酢和杨时前来拜访，他很想起来接待。然而，他此时自已仍然精神很疲乏，没有气力睁开眼睛，更没有办法起来，只好应道："知道了。"他这样应一句，又睡着了。案几上放着一部《唐鉴》，被风儿轻轻翻卷着。

寒风轻轻地吹刮着，雪依然在不停地飘呀飘。

屋外，游酢和杨时都浑身觉得有些寒冷，但是想到要拜见先生和聆听他的亲自教诲，心头的热血一阵阵在沸腾。

过了半个时辰，屋里还没有动静。

游酢和杨时都知道，这一次是来拜程颐先生为师。自古以来拜师有很多礼节，其中最重要的是对先生的敬重，因此他们都不敢怠慢、不敢有焦躁之意，用耐心地等待来表示从业的虔诚。

杨时小声地说："这初春季节，万物复苏，人容易困乏，加上又是雪天，先生可能是疲劳困倦了。"

游酢也小声地回答："别急。当年禅宗二祖慧可前去拜见达摩祖师时，达摩祖师正在静修。那夜，先是下起小雨，后来变成大雪，慧可顶着雨雪，冒着严寒，在山洞外站了一夜。禅宗讲的是顿悟，要求参禅者心静，心中万念俱无。第二天早上，达摩祖师见他还站着，而且变成一个雪人，知道他心诚意坚，便将衣钵传于他。"

雪继续飘飞着，地面上的积雪已经有几公分厚了。

他们两人的身上感觉到一阵阵的寒冷，头上、身上全白了。

游酢默默地想到：今天，我来求学于先生，首先须心定，心定则外物岂能干扰？明道先生讲的是诚，程颐先生讲的是敬，无论诚与敬道理是一致的。他不知

道，此时的杨时在做何想，自己继续怀念着待人春风般温和的明道先生往事。

程颐在迷糊的昏睡中，回想着往事：自己当过赵煦的侍讲（老师），与朝廷的大臣文彦博、吕公著、韩维、苏颂等有密切交往和情谊，晚年受贬退居西京国子监，只剩下往日的虚名。自己自从受贬西京以来，多少人像避瘟神一样，怕接触程门甚至谈及程门，都会给他们带来灾难似的，仿佛忘记了曾经有过程门。程家的门庭冷落了，很少有人来，世态炎凉，人情冷暖，日渐明晰。游酢和杨时这两位后辈，此时冒着雪天前来拜访，可以表明他们是很有诚心的，也表明他们对于程门有着一种忠贞之情。

过了许久，程颐醒来，问道："游酢和杨时他们还在外面吗？"

书童应道："大人，他们俩还站在门外呢。"

这时地上的积雪已经有一尺深了。书童出来说："程大人叫二位世兄进去。"

他们顿时兴奋起来，于是很快控制住激动的情绪，平静地向屋里走去。

游、杨两人跟着进了屋。游酢上前道："程大人，下午好！我们特地前来拜你为师。"程颐听说游酢、杨时前来拜他为师，心里非常高兴，太学博士游酢、州县官员杨时两个前来拜自己为师，这对自己的人生来说不愧为一大喜事，此事对提高自己在天下的声望方面无疑增添了一层光彩。可是已经傍晚了。因此说道："哦，天已将晚了，贤辈先住下明日再说吧。"

当晚，他们在程家住下。

第二天早晨，游酢和杨时醒来，见天空放晴了，太阳已经升起。他们走到程门外，看见雪后初晴的大地山川，显得比平时更加壮丽和妩媚。

游酢说："天晴了，今天真是个好日子。"杨时答道："那当然。这就叫老天有眼。"他们边走边聊天，向着已经融化的雪地走去。

程颐也醒了，觉得身体比前些天舒适得多。他往窗外一望，天晴了，心情顿时舒畅起来。这时，他才想起自己经过几天的治理和调养休息，加上游酢和杨时的来访，促使自己的精神兴奋，昨夜又吃了点药，精神得到了很快的好转。真是一喜解千愁啊。

吃过早饭，拜师的仪式正式开始了。

游、杨两人正式拜程颐为师。程颐和夫人邵氏穿着整齐地端坐在一张椅子上，游、杨两人也穿着整洁的常服毕恭毕敬地站着。礼仪开始，游、杨两人跪下说道："学生叩拜先生和师母。"行三叩首之礼，先呈上拜帖，接着呈上红包，再敬上一杯茶。程颐非常高兴，他和夫人起身回了礼，先给两人递茶，接着授给游、杨两人见面礼品，礼品为各一把芹菜和一根葱，二人接过礼品，异口同声说："谢谢先生。”程颐笑呵呵地说：“二位弟子请起。”接纳他们为弟子，他们才站起直立着。先生进行第三道程序——给弟子训话。他讲：“士人求学，当以《大学》为入门之径。《大学》者，教人以道，道明则心明、志坚。”、“学者先须敬，敬则能诚，诚则能静，静则知，知则悟。若此，方不至于离道，而学有所成，事之余裕也。”、“学者要识时；若不识时，不足与以言学。”……

拜师的程序礼毕，程颐询问杨时：“你这次从哪里来？”杨时回答：“朝廷安排个瀛州防御推官。”程颐知道他不想去上任之意，便说：“瀛州确实太偏远了。这样吧，你先在这里，到时帮你看看有没有更适合的去向。”杨时听先生这么一讲，心里格外兴奋，答道：“谢谢先生。”程颐又说：“不用谢，你是我弟子嘛。”

第三天起，程颐开始给游、杨讲学。他生活上比较讲究，衣着穿戴整洁，常常头裹“昌黎”巾（宋代文人仿照韩愈（字昌黎）所佩戴的巾），身穿一皂衣（黑色衣服，下级官吏的服装）。可是，他是个治学严谨的学者，传授知识十分的认真、细致。

一日，程颐讲学停下休息后，问：“你们有什么疑问的地方但问无妨。”

游酢问道：“先生以为居住、饭食的事情怎么样？”程颐回答：“君子食无求饱，居无求安，颜子家中只有一个箪、一只瓢，居住在陋巷而不改他的快乐。一个箪一只瓢，居住陋巷按理有什么可知足安乐的呢？原来他所追求跟一般人有区别，因此胜过其他人的快乐。”游酢又问道：“先生认为佛家关于戒杀生的说法怎么样？”程颐答：“儒家的人有两说。一种是说，家禽和野兽等动物是天生下来就该给人吃食的，我认为这种说法不当。哪有人为蚁虫而生的呢？一种说，家禽和野兽等动物是为人而活着的，杀了它们则不仁，这种说法亦不对。大抵人的力量能够胜它的动物东西都可吃，但君子有不忍杀生的心也。所以，古人说‘见其生不忍见其死，闻其声不忍食其肉，是以君子远庖厨也。’旧时，我的家兄曾经看见一只蝎不忍杀，放生了，做了一篇《放蝎颂》，文章中有二句写道‘杀之则伤仁，放之则害义。’便是这种含义啊。”

游酢又问：“人们把预测不到的阴阳东西叫神是吗？”

程颐性格不比其兄那么温和，听了反而问道：“贤契，你是有了疑问而问？还是故意拣难的问我？”

游酢答：“弟子不敢，只是不理会才问。”

程颐才转为平和，为之解答。

而杨时生性比较温和内向，只是静静地听记。奇怪的是，程颐却偏喜欢好问的游酢。

程颐从屋里拿出他的先生张载的两篇文章，对游酢和杨时曰："这是横渠先生所作的文章《东铭》、《西铭》，你们二位读读看。"

游酢恭敬地站起接过文章，先看《东铭》。那篇文章写道："戏言出于思也，戏动作于谋也。发乎声，见乎四支，谓非己心，不明也；欲人无己疑，不能也。过言非心也，过动非诚也。失于声，缪迷其四体，谓己当然，自诬也；欲他人己从，诬人也。或者以出于心者归咎为己戏，失于思者自诬为己诚，不知戒其出你者，归咎其不出你者，长傲且遂非，不知孰甚焉！"

接着，游酢又看另一篇《西铭》。浏览完，游酢说道："这篇文章跟《中庸》的大意差不多。"传给杨时，程颐听后笑而不语。

杨时接过文章，他认真地看了一遍之后，说道："这文章的大义跟墨子的学说相近。"

程颐听到后，知道游、杨两个弟子的理解完全不一样，于是笑着说道："横渠先生曾经在他的书室两扇门窗上各刻写一篇铭（文章），东边的是《砭愚》，西边的是《订顽》。我觉得这两篇铭题目不太合适，让人看了产生疑惑。不如叫《东铭》、《西铭》更恰当。两篇铭虽然同作于一时间，而《西铭》的旨意更纯粹广大。"程颐先生又说："《订顽》那篇铭所说，极纯无杂，秦、汉以来学者所未到。意思也很完备，是仁之体也。"接着又交代道："《订顽》那篇铭有利于一个人确立心性，读懂了它便可以达到理解上天昭示给人们道德的境界。二贤可抄录去，日后常玩味之。"

游、杨二人点头称谢，拿了文章回住处抄写。

一天，程颐先生高兴地对杨时说："我已托人去说了，得到回复，安排你去潭州当个县令，怎么样？"杨时听了觉得较满意，答道："行。谢谢先生了。"

因为游酢在朝为官要回京城去，杨时也要去潭州赴任，于是都向老师辞别。

有个朋友来拜访程大人，问："大人新近收的游、杨弟子如何？"程颐道："建州的游酢不是昔日的游酢了，他本来就聪明而且天资温厚；南剑州的杨时虽然比不上游酢，然而很聪明，领悟事情很快。"、"游酢得到《西铭》一诵读它，就能够涣然不逆于心，便说'此中庸之理也'，他是读书能做到探索出文章外之意义的人。"客人说："名师出高徒。程门声名由此越发远大矣。"程颐笑着回答客人："我的道恐怕从此传到南方去了。"客人又问："学者久学于门，谁是最有得者？"程颐答道："哪里敢说给他们有什么所得之处，我只是给他们指出一点方法，让他们自己去寻找，能够这样已经大有成效了。至于他们能够得到什么，那主要是靠他们自己的努力。我不这样指点一下，他们不是更难吗？"

春节，高太后依然精神矍铄，她的脸上露着几分喜悦的神采，心里打算着新年的主张。

一天，她和皇帝召集朝廷重臣在议政堂商量一年的朝廷大事。

大家休息了片刻，又议论到人事问题。在谈到提拔游酢为左正言官职务时，门下侍郎苏辙阻止道："不可，此人系程颐弟子，程颐其人奸巧，且不善检点。"这时忽然走出一个人，说道："慢！"此人是谁？请看下回。

第五十二回 

旧友相逢言无忌 新君主政国变忧

且说苏辙阻止游酢为左正言，有一人出来说话。这人乃宰相苏颂，他平时与程氏交往密切，因此说："苏公不可如此，我观察过程颐和他的弟子，没有不严肃正派的。"苏辙不曾想到半路奔出个程咬金来，他忽然明白苏颂与程门的关系非同一般，知道自己曾经得罪了吕大防等，眼下再得罪苏颂，今后将无法在朝廷立足，于是不敢再吭声。当下，赵煦与太皇太后高氏在座，见大臣意见不合，于是说道："此事姑且容后再议。"

游酢回京城休息了两天，便去太学上班。吕大临私下对游酢讲："听说朝廷有人举荐你为左正言，可有争议，没了。失去了一个机会，可惜啊。"游酢不以为然回答道："这有什么，我没有那个福气吧。"

苏季明升为太常博士来到了京城。苏季明与游酢乃同师门学友，两人相会十分高兴，游酢便邀他到自己的家，并且约了吕大临、陈瓘等为苏季明接风洗尘。

这一年，太学安排博士们任教的功课时，游酢又认传授《左传》这门学科。

苏季明问道："你为何喜欢《左传》?"游酢答道："简单地说，它粗细得当，人物鲜活，比其他诸经有滋味。"苏季明说道："想不到游君如此喜爱这本书。"游酢答道："当然。《郑伯克段于鄢》、《曹刿论战》、《蹇叔哭师》，这些文章不是很好吗？晋楚邲之战，写晋国军队溃散，争着上船，只一句'中军与下军争舟，舟中之指可掬'就把当时混乱的状况写得生动逼真……"苏季明又问道："这是你最喜欢的书?"游酢说道："如果说我最喜欢的书，还是庄子的《南华经》，其次便是《左传》。"苏季明复问道："为何?"游酢答道："如果将《左传》比作江河，那么

庄子的文章则是海洋了。”苏季明肯定道：“说得有道理。”

却说当时赵煦年龄已经十八岁，虽然已经亲自料理朝廷政事，但是大事还由太皇太后高氏在背后撑住。太皇太后高氏善于用人，如吕大防、范纯仁等，因此朝政清明，边境也安宁。朝廷内部尽管已经形成三派，大臣们不敢过于明目张胆。游酢知道这种局势历朝皆有，只不过大同小异。但是，政局能否稳定关键得看赵煦亲政之后。游酢与苏颂，还有前宰相之子韩忠彦关系较好，常有往来。韩忠彦当时为枢密院事，对游酢道：“朝廷终是不好立足，倘若有机会还是到地方倒实在。我先严晚年每以此话相告，可是圣意难违，被推到这个位置上，也是身不由己。”听了此话，游酢觉得有理，心里有了退出朝廷的心理准备。

由于朝廷的大臣政见不合，苏颂被贬，三月出知扬州知府。

游酢闻讯，连夜书写了李白的诗《送孟浩然之广陵》条幅，前往苏府拜访苏颂。

两人坐定，游酢说道：“闻宰相大人即往扬州，别无相赠，只草就一条幅，借花献佛，权作纪念。晚生班门弄斧，还望宰相大人赐教。”说完拿出条幅，苏颂接过一看，是一幅草书，写得潇洒飘逸，高兴地说道：“好啊，你的书法老夫早有所闻，今日一见果然了得，在当朝堪称大手之家。这幅书法写得好，含义也深，值钱得很，老夫收下了。”

第二日，苏颂举家起程前往扬州，游酢和朝中许多官员前往送行。

夏末，游酢收到杨时的来信问到两件事情：一苏季明已经升为博士，到任了没有？二是京城不是贫穷人过生活的地方，你家的人口众多，应当考虑一下能够长期坚持生活下去吗？自己应当审时度势。看完杨时的书信，游酢陷入了思考：一大家子在京城里的生活确实不容易。他心里清楚：一家五六口人，每月要支付房租费、水费、儿子的零用钱，买煤钱，夫人每天只能买半斤肉、买最便宜的青菜，一分钱掰作两分钱用，逢年过节一家人买衣服、鞋、请客、送礼，还有同僚的婚、丧、寿、诞等社会应酬……但是，既来之则安之，先勉强度一段日子再说。

秋初的一天，杏儿的爷爷来了，他告诉游酢：“大人，不好意思，有一个媒人帮忙为杏儿提了一门亲事。”游酢回答说：“大哥，没有事，你带杏儿走吧。工钱马上付给你。”杏儿说：“爷爷，我不嫁人。我就在这里好。”老人脸上露出为难的表情，吕氏走过来，问道：“大哥，来提亲的是什么门户人家，年纪多大？”老人咳嗽一声，应道：“小伙子，二十出头，他父亲是商人，开店的。”吕氏听了觉得这样的人家于杏儿还合适，于是劝道：“杏儿，你要听爷爷的话。女孩大了总要嫁人的。我知道你念这里，以后可以经常回来玩，我和老爷随时都欢迎。听话。”杏

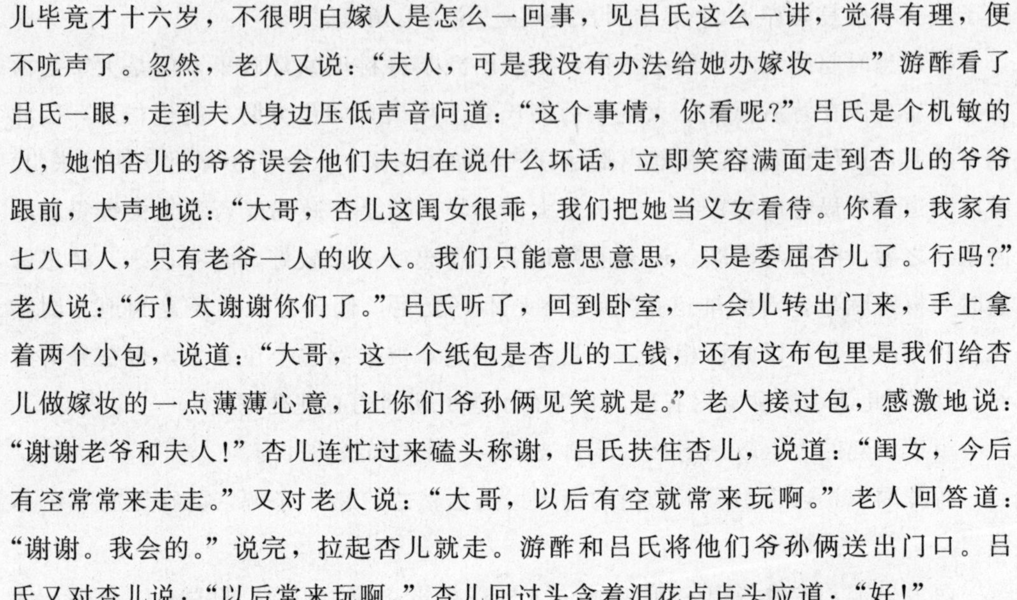

儿毕竟才十六岁，不很明白嫁人是怎么一回事，见吕氏这么一讲，觉得有理，便不吭声了。忽然，老人又说："夫人，可是我没有办法给她办嫁妆——"游酢看了吕氏一眼，走到夫人身边压低声音问道："这个事情，你看呢?"吕氏是个机敏的人，她怕杏儿的爷爷误会他们夫妇在说什么坏话，立即笑容满面走到杏儿的爷爷跟前，大声地说："大哥，杏儿这闺女很乖，我们把她当义女看待。你看，我家有七八口人，只有老爷一人的收入。我们只能意思意思，只是委屈杏儿了。行吗?"老人说："行！太谢谢你们了。"吕氏听了，回到卧室，一会儿转出门来，手上拿着两个小包，说道："大哥，这一个纸包是杏儿的工钱，还有这布包里是我们给杏儿做嫁妆的一点薄薄心意，让你们爷孙俩见笑就是。"老人接过包，感激地说："谢谢老爷和夫人!"杏儿连忙过来磕头称谢，吕氏扶住杏儿，说道："闺女，今后有空常常来走走。"又对老人说："大哥，以后有空就常来玩啊。"老人回答道："谢谢。我会的。"说完，拉起杏儿就走。游酢和吕氏将他们爷孙俩送出门口。吕氏又对杏儿说："以后常来玩啊。"杏儿回过头含着泪花点点头应道："好!"

杏儿和爷爷回到家，打开纸包一看，工钱一个子儿不少；再打开布包一看，有一个镯子，还有十两银子。这对于贫穷人家来说已经非常值钱了。爷、孙俩看了，心里对游酢夫妇更是感激万分。

杏儿出嫁给京城中一个小商人家。

按照当地的风俗，新娘第三天要回娘门，杏儿带着丈夫回去看望了爷爷。过了一天，杏儿和丈夫上游酢的家来。游酢夫妇把他们当做女儿、女婿看待，办一桌酒席宴请他们。

八月，太皇太后高氏病重，她召范纯仁回京商议大事。吕大防和范纯仁前往探望，她见了两位大臣，说："老身这一病将不可能再好起来了。"吕、范齐声道："慈寿无疆，料不致有意外情事。"她道："老身今年已六十二岁，死去也不失为有寿数的人了，所担心的是宫廷中的人都知道皇帝年龄还小，容易被奸人所迷，还望你们等用心保护!"吕、范又同声道："微臣等谨遵太后的旨意!"她看着范纯仁说道："爱卿的尊父仲淹，可以说是个忠臣，在明肃太后垂帘时，惟劝明肃太后尽母道，劝仁宗皇帝尽儿子之道，爱卿当效法你的先父，千万不可让不忠的人生事添乱!"范纯仁也流着泪受命。她又说道："老身受圣上顾托，听政了九年，爱卿等试言九年间，我曾加恩过自己高氏的家族吗？我为公忘私，遗有一男一女，老身病且死，尚且至今还不得相见哩。"当时嘉王頵已亡，高后只剩一个儿子颢，只封个徐王在外，因此没有相见过。她说完泪下，喘息了好一会，又嘱咐吕、范二人："先帝追怀往事时，心中经常黯然伤心，以至于流泪而哭泣，这件事情你们应当深知。”接着又说：“老身去世后，必然多有调戏宫廷的人，你们等也应当早退，令朝廷另外启用一帮忠于朝廷的人。”说到这里，环看左右问道：“今日正好是秋社，你们可给二位宰相准备好用饭吗？”吕、范二人不敢推却太皇太后所赐，待左右将社饭备齐，暂时辞别出去，到另外一个房间草草用完餐，又回到她卧室内拜谢。她呜咽着说道：“明年社饭时，恐怕二位爱卿都要纪念老身哩。”二人听了，悲伤之情从心底涌起，不禁一股酸泪溢出眼眶。吕、范二位大人对她劝慰几句，随即告退。

九月三日，朝中传来太皇太后身崩的消息，举朝哀悼，文武官员无不前往参加吊唁。

有一天，游酢最小的孩子得了伤寒病，眼看病很重。游酢忙去请太医来看。太医给孩子看了看眼神、舌苔，又把了脉，说：“先开一敷药吃看看。”孩子吃了药，暂时没有事情。游酢和夫人才稍微放心。

游酢知道朋友上官均爱好医学，对伤寒有研究，正在撰写《伤寒论方总要》一书。一日，他特地去拜访上官均。上官均听了大为吃惊，说道：“这种病得小心医治，不可马虎了事。我这里有一本医书，里面有讲到日常疾病的防治方法，送给你有空时候读一读。”说完，他与游酢一同前来给孩子把脉诊病，临走前开了一个药方，交代道：“快去拿三剂来给孩子吃。”三天后，孩子的病痊愈了，恢复了健康。游酢遵照上官均所说，开始读那一本医书。

十月，赵煦开始亲自正式料理朝政，他一接手，立即召内侍刘瑗等十人到朝内做事。翰林学士范祖禹入谏道：“陛下亲自主持朝廷的政事以来，没有听说有拜访过任何一位贤良的大臣，却先召内侍到宫廷担任要职，天下人们将说陛下你私下亲近身边的人，不可不防。”赵煦默然，好似没有听见一样。担任“侍讲”的丰稷，也像范祖禹一样进谏言，赵煦反而将他贬职出知颍州。范祖禹忍无可忍，又接连上疏。

范祖禹连上了两道奏疏，赵煦仍然认为自己所做正确并不省悟。范纯仁、韩忠彦等也面请赵煦效法仁宗的做法，均不见采纳。神宗去世时，吕大防当时受命为“山陵使”，刚出国门，杨畏马上背叛大防，上书给赵煦：“神宗改变旧的体制，将流传万代，臣恳求继续实行神宗时的做法，用它来继承和发扬光大神宗的美名。”赵煦便召杨畏入朝，并询问：“朝廷中先前的老臣，谁可重用？”杨畏举荐了章惇、安焘、吕惠卿、邓润甫、李清臣等人，一一加以说好话，而且说：“神宗建立的新政，与王安石创行新法，实是很好的安邦治国的良策，足以使国家富强。今王安石已去世，只有章惇的才学可以跟安石相似，请立即召他来担任宰辅。”赵

煦却很是信从，当下传出圣旨，恢复章惇、吕惠卿的官职，召回朝廷任用。不久，赵煦又任用李清臣为中书侍郎，邓润甫为尚书左丞。

等到宣仁太后葬毕，吕大防回到京都，听说“侍御史”来之邵已经有弹劾他的奏章，就立即上书辞职，赵煦立即准奏。于是，一帮新臣又占据了朝廷的要位，他们哄得这位赵煦居然想对父尽孝，一心一意的恢复神宗时的做法。人们常说“一朝天子一朝臣”，事实上一朝天子往往要换好几帮大臣呢。真是：你下台来我上台，党群尔诈费人猜。纷争到底黎民苦，数代江山窝斗埋。欲知朝廷会发生何等的变故？请君看下回。

第五十三回

新党重来行绍圣 旧朋再贬出京城

元祐九年（公元 1094 年）正月，过了元宵节，许多官员陆续地回京城准备上班。

正月到二月，朝廷平静如常。

三月，朝廷因任命由李清臣给廷试进士策论出题，发生了一件大事。

原来，元祐时期变革政策，曾禁用王（安石）氏“经义字说”，科举考试仍用诗赋。李清臣本来是王安石变法的支持者，把出题这件事看得很重，不仅要恢复“经义字说”考试做法，而且要恢复变法时所实行的政策。李清臣出的考试题目中实际上提出了六个方面内容：第一条便驳斥辞赋，第二条阴暗地里主张恢复青苗法，第三条指免役，第四条论治河，第五条驳斥还西夏四个寨的事，第六条讥讽盐铁弛禁事。这六条，都是在暗示考生要恢复“新法”。

当时，苏辙任“门下侍郎”看了考题，猜测出了李清臣出题的用意，上奏章抗议。

没有想到，赵煦接阅了苏辙的奏章，竟然勃然大怒道：“（苏）辙敢比先帝为汉武么？我认为神宗还不及汉武帝。”说完，立即就要把苏辙赶出朝廷。苏辙听了吓一身冷汗，退下殿等待判罪，众人没有人敢救他。这时，范纯仁挺身而出，从容进言道：“武帝雄才大略，史家并无贬词，苏辙引用比喻先帝，不得说他是诽谤。陛下刚刚亲自主持朝廷的政事，对待大臣，也不应当像奴仆一般，随便地呵斥。”正说着，有一人越次入奏道：“先帝的法度，都被司马光、苏辙等破坏尽了。”范纯仁一看，原来是新任尚书左丞的邓润甫，于是大声抗议道：“这话是说

错了。法本无弊，有弊必改。”赵煦道：“苏辙在文章中对秦皇、汉武，都进行讥笑和讽刺。”范纯仁便接着奏道：“苏辙所论是针对当时的事情而言，而不是对人品而说的。”赵煦的脸色稍微转好，于是不再发话，当即退朝。苏辙以前曾依附吕大防，与范纯仁议多有不合，到了这时才从心里感激地对范纯仁说道：“范大人你真像佛家一样心肠的人，苏辙仰仗你的包涵已经很久了。”范纯仁道：“公事公言，我心里只知有公，不知有私。”苏辙又再称谢而退。

第二日，赵煦竟然照样下诏降了苏辙的官职，贬出京城去任汝州（位于河南中西部）知州。

等到选进士考试做对策的文章时，考官们评阅甲乙的名次，多把主张元祐政策的文章列为上等。后来经杨畏复核，都把主张元祐政策的文章移到下第，而把赞成熙宁、元丰年间做法的策议拔到上等。有个叫毕渐的考生，他的文章中竟然把王安石、吕惠卿比为孔子、颜回，结果得了第一名。

章惇将继承神宗时新法归纳为“绍述”两字。从此“绍述”两字，传遍中外。曾布原来为王安石部下，积极地推行新法，一度被排挤，外放为地方官，他在章惇的举荐下竟然被用为翰林学士；张商英，字天觉，号“无尽居士”，蜀州新津（今属四川）人，早年也是王安石追随者，这回他升为“右正言”。他们因为极力赞同章惇的“绍述”之说，所以都得到了重用。

没有多久，赵煦即任命章惇为“尚书左仆射兼门下侍郎”，章惇坐上了宰相第一把交椅。

章惇才学好，为人耿直，平时喜欢结交朋友，也善于用人。其中，他与苏轼关系最为密切，两人纯粹是文友，以交流、探讨学问为主，无所不谈，有事也会互相关照，可以说很肝胆。蔡京等人则不一样，是看中章惇位高权重，想利用这种关系往上爬而结为朋友的。

章惇与苏轼本来是好朋友。可是，苏辙当权时曾经把跟随过王安石变法的人物全部赶出京城，贬到偏远的地方，他也遭受贬谪，记恨在心。因此，他这次一当上宰相，便贬苏轼出知英州；不久，又把苏轼安置到惠州，还罢了翰林学士范祖禹职务并且令他出知陕州。范纯仁见情势不对，心中当然不安，接二连三上奏章要求辞去宰辅职位，也离开朝廷再一次出任颍昌府知府。

在章惇的操纵下，朝廷又召蔡京为“户部尚书”，王安石的女婿蔡卞为“国史修撰”，孙大廉为“中书舍人”，黄履为“御史中丞”。这黄履早在元丰末年曾经当过“御史中丞”的官，与蔡确、章惇、邢恕相交结为死党。章惇与蔡确两人相互有所嫌疑，即派邢恕对黄履说。黄履尽情排击蔡确，不遗余力，时人称为“四凶”。因为被刘安世劾奏，黄履被降级外调。这一回，黄履等再度得志，回朝廷当上了“御史中丞”。从此，朝廷的大权完全转到了章惇一派人的手中。因章惇所用的重臣几乎是福建人，实质上形成了典型的“福建派”。一场旷日持久的政治斗争拉开了序幕。章惇他们又利用手中权利，报复私怨，朝夕罗织罪名，展开了对元祐时期的重臣们排挤打击。

四月，朝廷又改元，称为“绍圣元年”。朝廷于是又恢复免役法，免行钱、保甲法，罢十科举士法，令进士专习经义，解除王氏（安石）字说禁令。黄履、张商英、上官均、来之邵等，乘势制造新的恩怨，接二连三地诋毁司马光、吕公著“妄改成制，叛道悖理。”此时章惇为首相，他早年因追随王安石，支持变法而平步青云。可是，他为人比较缺乏主见，有些事情优柔寡断，上任首相之后，几次召集众臣讨论恢复免役法，众臣各执一词，意见不统一，竟然拿不定主意，悬而不决。蔡京刚刚被朝廷召为户部尚书，特地去拜见章惇，章惇谈起免役法事情，蔡京笑道：“如此犹豫不决，还能办事？只要依照熙宁旧章行事便可。”章惇听了恍然大悟，于是决定恢复王安石当时的一切旧法。

一日早朝，章惇、蔡京两人上奏：“吕公著、司马光同伙，与太后等破坏新法，罪不可赦，理应掘棺暴尸，以惩其罪。”当时许将虽然在外担任大名府知府，在朝廷内却还是尚书左丞，赵煦问及掘墓事，许将出列，奏道：“皇上，此事万万不可。暴尸一事，非盛德之事，请圣裁！”赵煦听罢，说：“许爱卿所言有理，那就免了吧。”章惇、蔡京二人听了恨得咬牙切齿，斜了许将一眼，不敢再吭声。但是，朝廷追夺了给司马光、吕公著两人死后所赠的谥号，取消所立的碑，另外还贬朝廷大臣吕大防为“秘书监”，刘挚为“光禄卿”，苏辙为“少府监”并分管（实际上挂个虚职）南京（河南的商丘）。

章惇还不罢休，又构织文彦博等三十人罪状，造成表册上奏，请皇上把他们流放到岭南边境。没有想到，这时李清臣偏偏进言道：“变更先帝法度，虽不能说无罪，但几位多是几朝的元老，如按照（章）惇所说去做，天下人们听到这件事情恐怕会吃惊，所以请求对他们应当从宽才好！”赵煦听了觉得有理点头同意。李清臣原来是主张继承神宗所实行的新法者，仇视元祐诸臣，为何现在反而请赵煦从宽呢？原来，他本来想当宰相，自从章惇被起用把相位夺去，于心不甘，有意与章惇唱反调，所以有这样的奏请。赵煦听了，觉得李清臣所奏的话有理，于是颁布诏令道：“大臣朋党，司马光以下，各以轻重议罚，余悉不问，特此布告天下。”

章惇想扩大自己的势力，早知道沙县人氏陈瓘探花出身，才学很好，而且与

蔡京是笔友，于是决定招陈瓘到朝廷做事。

不久，陈瓘接到朝廷授予太学博士之职务。元祐五年时，蔡京曾经推荐陈瓘到朝中当太学博士，陈瓘未就；此次由宰相章惇亲自推荐，陈瓘才赴京城。

话说陈瓘到了京城，许多同乡和旧友都为之高兴。

游酢与陈瓘系旧友，此番又同事。因此两人朝夕相处，交情更密，每有事情共商议。

一天晚间，游酢到陈瓘家。陈瓘的长子正汇、次子正同见了立即说："游伯伯好。"游酢回答道："汇儿、同儿，你们都长高了，学习可好?"陈瓘道："别提了，这两个兔崽都不想读书，长大了让他们回老家种田去。"兄弟俩听了伸了伸舌头，溜回房间去了。陈瓘道："甭管他们，坐，我们聊聊天。"两人坐下边饮茶边聊。两人都是博学之士，谈古论今，议论风生，不时笑得前俯后仰。继而谈论时下朝政，两人又披肝沥胆，坦陈己见。正说着，陈瓘问："章宰相是你的同乡，可曾去拜见过?"游酢答道："不曾。"陈瓘问："为何?"游酢答："没什么。"陈瓘说："他的学问很好，远在我们之上，可以向他学习、请教。"游酢说："听说他有四个儿子?"陈瓘应道："他这个人很清廉，家庭没有什么财产，四个儿子只有一个安排了'校书郎'，其他三个都在地方当小官员。还有他的个性直，做事干脆，正因为这些，我所以跟他合得来。"游酢问："最近，他的一系列做法，你觉得如何?"陈瓘答："贬谪苏轼的事情上，显得不够气量，至于将变法人马都拉回朝廷，是群党思想作祟。但是，朝廷上你上我下的纷争从来如此。"游酢又问："暴尸一事呢?"陈瓘应道："这件事情确实缺德。他是老糊涂了，恐怕为蔡京所利用罢。"游酢站起来，说："天时不早了，休息吧。"便离开了。

朝廷中传开周邦彦将进京城当官的消息。

周邦彦，字美成，号清真居士，浙江钱塘（今浙江杭州市）人。神宗时为太学生，他写了一篇《汴都赋》，赞扬新法，被破格提拔为太学正，天下闻名，无人不晓。后来，朝廷将他放任庐州教授、溧水（江苏溧水）知县等职务。他不但擅长写诗填词，精于音律，制作了不少新的歌曲，而且琴棋书画都是好手。

几天后，周邦彦果然上朝了。他身材高大，面容白皙，下颌有美髯，仪态大方，初见过他者，无不眼前一亮，觉得一表人才。

周邦彦这时调任国子监主簿。主簿的官职虽然在监、丞之下，但是比一般的博士职位高。因为主簿相当于办公室主任，掌管国子监日常文书等事务，跟博士们打交道多，渐渐熟悉起来。周邦彦比游酢小三岁，两人却是太学时的学友，都爱好书法，很自然地有了往来。

一晚，周邦彦来串门，进了门拱手道："小弟拜见游大人。"游酢忙还礼道："你我是学友，现在又同僚，别客气，都叫名字吧。"周邦彦回答："如此甚好。"游酢跟他闲谈诗词之事。上官均也来了，于是两人停下，转了话题谈些朝野的新闻。忽然，有个人大声说："你们议论天下大事呀。"三人吃惊地一看，原来是叶祖洽。章惇重新推行新政，叶祖洽刚刚被召回京城不久，此时担任"左司郎中"职务。周邦彦问："晚上，你们几个老乡聚会?"游酢回答："没有。"叶祖洽讲："周大人好，我们三人既是老乡，又曾经同窗过一年。"周邦彦说："哦，原来如此。"上官均补充说："大家都是官场中人，我们三个却极少相聚在一起。今天是第一回。"周邦彦讲："你们福建真是人才济济而且英才辈出，让天下人都羡慕的。自某出道以来，认识、交游者诸位的老乡很多。"四人说说笑笑，气氛融和。叶祖洽忽然想到什么似的，说："人多有什么用。周大人精通音律，一艺压群芳。"周邦彦说："叶大人文章盖世，上官大人文学和医术兼长，定夫兄诗书双全，周某望尘莫及。"叶祖洽讲："说到文章，当今有几个能及周大人的《汴都赋》。"游酢叹道："是啊，《汴都赋》洋洋七千余字，结构恢弘，气势磅礴，虽杨雄、张衡、司马相如等再世，也不能不敬佩。美成之才华，天下学子与士人谁不心服。"周邦彦讲："不谈这些，咱们还是与日俱进，谈些时务。"众人听了觉得有理，转了话题聊起时局。叶祖洽想到明天朝廷有一件大事要讨论，便站起来说："时间不早了，叶某有一事要回去思考，先告辞了。你们慢慢聊。"上官均、周邦彦听了也起身说："那好，改日大家再聚集。"转眼间，三人都走了。

国子监里的博士，都是由朝廷大臣推荐并且经过皇帝钦点的大学问家，个个知识渊博，才干不凡。每一个人都明白自己的身份，也都知道尺有所短，寸有所长的道理，因此大家相聚在一块都能够互相尊重；尽管有的率直，有的内向，有的幽默风趣，有的偏急，有的老成持重，有时为学问之事争辩得脸红耳赤，可是事情一过，则和好如初。陈瓘以大小事情都卜卦而出名，他一回来，有人就逗他："陈大人，最近可预测出什么大事?"陈瓘也风趣，回答说："陈大人回朝。"引得大家哈哈大笑。陈瓘诡秘地说："告诉大家一个机密，其实游酢平时也在暗暗地预测。"众人问："这倒新鲜。定夫，为我们卜个卦。"游酢连忙推说道："陈瓘的话，你们也能听?"正说得热闹，林自进来了。

这日，蔡京的兴化同乡和心腹林自主持召集太学博士们议事，提出："司马光既列为朋党，他所写的书断不可存在。"言下之意，要将司马光编的《资治通鉴》一书毁去。此书记载了战国至五代时期一千三百多年的历史，是我国第一部编年体史书。林自的话，激起了太学博士们的愤慨和强烈反对，在座的数游酢和陈瓘

最年轻。游酢首先站起来说："此书所记的是我国历史，不可因人而废。"陈灌说："此书断不可毁！"林自又说："依我看，其中有许多观点也不正确，大家可以共同重新编一本。"大家听了，像砸开了锅似的，有的说："重编这么一部巨著，要多少人力、财力和时间？"有的说："谁可以胜任如此重任？"议论纷纷。林自一时也拿不定主意，因为《资治通鉴》大家都熟悉，且办事厅摆着有现成的。陈灌忽然想到此书的序为神宗皇帝赵顼所做，所以说："此书乃先帝所序，岂可毁哉！"游酢马上附和道："既是先帝所序，岂敢毁之？"林自听了大吃一惊，不过他狡辩地问道："此果真为先帝所亲自做序？"陈灌反问道："难道不是吗？"林自又道："是先帝幼时所作吧？"陈灌申辩道："天子之学，岂有长幼之别？"游酢追问一句："林大人，不至于连先帝也要怀疑与追究吧？"此话力鼎千钧，林自吓得额头沁出冷汗，只好推脱道："今日暂且讨论到此。"便溜了。游酢和陈灌发出哈哈大笑。一位年长的博士说："你们真是'初生牛犊不怕虎'，老夫真替你们捏一把冷汗呢。"游酢笑着说："老前辈，你就放心吧，料他不敢面陈圣上。"

林自回去向章惇、蔡京等汇报事情的经过和陈灌、游酢等所为，蔡京说道："没有想到他们抓住先帝所序相抵触，我们不及考虑到这一点。"章惇说道："此事到此为止，万一捅到皇上那里，皇上知道了反而怪罪我们。"

就这样，《资治通鉴》终于保住了。

当时，福建的同乡在朝廷当官的很多，游酢除了经常和陈灌、陈师锡在一起，偶尔也有与其他同乡来往，如上官均、孙大廉和余深。

一晚，孙大廉和余深来邀游酢去州桥散步。这京城饮食极为丰富，单州桥一带一年四季就有各种各样的食品。时正夏季，众人来到王楼前酒家坐下，孙大廉点了三碗麻腐鸡皮、麻饮细粉和一盘鸭头，一壶酒，边吃边聊天。孙大廉讲道："我们福建有好几个老乡在朝为官，如蔡京兄弟、陈灌、叶祖洽、上官均等。这些人都在朝廷中，将来谁更有前途？"余深道："我以为元长（蔡京），他最善于亲近人，才学又好。"游酢听了，说道："按人品，我最喜欢陈灌，他为人正直，才学不在元长之下。"余深道："陈灌固然有才，可惜锋芒太露。比如《资治通鉴》的事情，他就当面得罪了林自。"游酢见提到这一件事情，说道："那天我和陈灌站在一边，我觉得在大是大非面前只讲理，不能顾谁的面子。"孙大廉见二人有分歧，说："游酢兄，我们皆为福建人，何必相互抬杠子，大家共坐在一条船上，理当风雨同舟，万一有个事情也好相互照应嘛。"游酢不语，余深见情转移话题说："我们不谈这些，谈点大家都高兴的话吧。"于是，游、余两人听了都笑一笑，三人谈论起朝中的近期听闻，玩了一个多时辰才回家。

六月，第六个儿子出生了。游酢见孩子长得胖乎乎的，又清秀，好不欢喜，给取了个名字叫拯。

却说苏轼被贬到岭南的惠州。岭南那时为蛮荒之地，瘴气盛行，语言殊异，以前朝廷大臣尚无人被贬到这么远，此时苏轼已经五十七岁。苏轼在惠州尽管生活过得很清苦，可是他很豁达乐观，曾经创作了不少的诗，如："为报诗人春睡足，道人轻打五更钟"、"日啖荔枝三百颗，不辞长做岭南人"等，不加细表。

人心惶惶中，一个多事的夏季终于熬了过去。转眼间，人们迎来了秋天。

一日，游酢闻学友吕大临去世的噩耗，不胜悲伤，前往吊唁。

吕大临，生前看轻功名不应举，以家门恩荫入官，自说："不敢掩祖宗之德也。"是位学者、考古家、金石家，著有《克己铭》等。范祖禹学士推荐他"修身好学，行如古人，可充讲官"，可惜，他未及被朝廷重用而英年早逝，年仅四十七岁。因为，吕大临的哥哥大防已经被章惇贬谪安州，某些人有所顾忌不敢前往吊唁，游酢也深知此种状况，但是想到自己与吕大临不仅是同窗，而且情同手足，情义为重，不怕章惇等怎样，毅然前往。

游酢归来，伤心不已。正是："京兆生才子，濂洛两高徒。智慧超人远，文行独自如。游云曾共聚，飞雁忽成孤。梦里同君语，醒然泪眼糊。"

朝廷又传出一连串消息：那章惇又要荐用吕惠卿。赵煦下诏命吕惠卿为大名府知府，章惇认为吕惠卿很有才干，当个大名府知府不怎么样。朝廷大多人对吕惠卿的人品早就唾骂不已。可是，章惇却与吕惠卿关系密切，认为吕惠卿可以重用，调到朝廷担任要职。监察御史常安民上言："北都重镇（大名府），惠卿且未足胜任，试思惠卿由王安石荐引，后竟背了安石，待友如此，事君可知。今已颁诏命，他必过阙请对，入见陛下，臣料他将泣述先帝，感动陛下，希望留京了。"赵煦也似信非信。等吕惠卿到京城，皇帝请他当面谈话。吕惠卿果然重提先帝神宗的事，哭泣着要求留在京城。赵煦见了，神色严肃不答理他。吕惠卿只好辞退，出京都赴任。章惇听说这件事，心里暗恨常安民。可巧，常安民接连数次上奏弹劾蔡京、张商英，奏疏的末尾竟然斥责章惇专横跋扈、结党营私，请求皇上收回朝廷的大权，抑制权奸。章惇因此对常安民怀恨更厉害，暗地里促使他的亲信对安民进说道："君本以文学闻名，奈何好谈人短，甘心结怨？能稍自安静，当以高位相报。"常安民是个刚直的人，听了正色呵斥来人，傲骨凛凛说道："你是为当权者做说客么？麻烦你回去传话，安民只知道忠君，不知道献媚于宰相。"章惇原来不想马上排挤安民，留些余地，有意笼络他，偏偏遇上安民一味强硬，叫章惇如何相容？于是，章惇遂唆使御史董敦逸，弹斥安民，说他与苏轼兄弟素来同党，

结果常安民被谪到滁州，当个“监酒税”的小官。门下侍郎安焘上书解救安民，毫不见效，反被章惇所谗而出知郑州。蔡卞重修《神宗实录》，力翻前案，前史官范祖禹及赵彦若、黄庭坚等，都因此被诋毁、诬蔑而降官，各贬为永州、澧州、黔州边远的地方去。因为，吕大防曾经监修《神宗实录》也被牵连，移至安州居住。范纯仁请求释还吕大防，大忤章惇，纯仁也被贬，出知随州。章惇心中怀念蔡确，惜他已死，嘱咐蔡确的儿子蔡渭到朝廷诉冤，皇帝便追复蔡确的官衔，并赠给“太师”，还给予“忠怀”的谥号。章惇一面与蔡京定计，既勾通宦官，又暗中勾结皇帝的妃子刘婕妤为内援，逐渐将忠臣们排出朝廷外去。

章惇、蔡京再次合伙讨论如何排挤元祐党人的问题，商量后决定将吕大防、刘挚、苏辙、梁焘、范纯仁等几位原来朝廷的重臣都贬到江南各地去当地方官。

章惇问道：“陈瓘和游酢等怎么办？”蔡京说：“陈瓘是个不知趣的人，游酢是范纯仁的门人，他们既然都不入群，而且前一段一起反对废去司马光所编《资治通鉴》，让他们到地方去省心。”章惇听蔡京这么一讲，于是说：“那好，就让他们分开。陈瓘性直，没有山头，此人可留。”蔡京知道陈瓘原本是章惇所启用的人，章惇有点舍不得，自己地位不高还要利用章惇才能往上爬，暂时不便得罪章惇，所以笑着说：“你不就是一座大山。’章惇听了也笑了笑。蔡京应道：“好吧，章公，陈瓘留下。”

晚上，章府里灯火亮着。章惇在案前处理文件，想到白天蔡京对陈瓘和游酢去留问题的看法，明白蔡京跟范纯仁的儿子有宿怨，心里恨透范纯仁和他所用的人，言下之意是游酢不可留。章惇又想到，游酢是程门弟子，范纯仁的人，可是没有做过什么错事，况且他是自己的同乡，不可听蔡京的；不过先安排他到地方当官以后再看着办。安排他去哪里呢？他坐下来重新浏览了一遍地方官员的名册，发现山东的齐州尚缺一名签判。对！就让他去那里。

第二天，章惇召见了游酢。章惇说：“游大人，老夫早有所闻你的才学好，人品不错，在朝中当个博士终究不是出路。我想安排你去齐州任签判。这个官职虽然不高，可是相当于朝廷的钦差，权力还是有的。到地方去锻炼几年吧，将来有机会可以升迁。”游酢答道：“谢谢宰相大人的栽培！”章惇讲：“不用客气，你我说来是老乡。老夫能够做到的一定会尽力。你回去准备两三天再动身吧。”游酢又说了声“谢谢！”退出宰相办公的场所。

游酢虽然只是一个太学博士，因为系范纯仁所举荐，被列入在贬的名单，被调到齐州任签判厅公事。

临行前的一个夜晚，月儿当空，湛蓝的天幕漂浮着一些暗淡的云彩，风儿很轻。

陈瓘来到游酢的住处。这是一条小街的南面，附近大都是居民，只有少数新进朝廷的官员在这里临时租用。他敲了敲门，听见里面喊："谁啊？"

"你老爹呀。"

游酢知道是陈瓘，说道："门没有关，进来吧。"

陈瓘跨进门，问道："近来你读哪些书？"游酢答道："怎么说呢，什么书都读。不过，《易经》和《史记》较常读。"应着起身，招呼道："坐。"陈瓘坐下后，又问道："常占卜吗？"游酢答道："子曰'不占而已矣'没有什么事情，动它干啥。我看它，大多领会它的义理而已。"陈瓘问道："此话怎么讲？"游酢说道："大凡世间的一切都在理中，天文、地理、人心皆可从易学中得到启示，人的修养关键在治心养气，易经所讲也不外是一个理字，阴阳调和而已。"陈瓘道："游酢啊，游酢。看来，你的思想太杂了，儒学、理学、禅学都搅在一起。"游酢问道："是吗，这有什么不好？你还是邵康节大师的弟子，居士呢。五十步笑百步吧。"陈瓘道："看来，你这个程门弟子是想自创门派。"游酢说："哪里，你看我有这个能耐吗？"陈瓘说："到外面走走。"游酢应道："好吧。"两人便起身走出房门。

街上月光如水，行人来来往往，也有人拉车，两人并肩悠然地散步。

陈瓘讲："你也太急吧，过几天再动身不迟。"游酢应道："既然已经被逐，多留一天有啥意思。"陈瓘叹口气，说："我也泥菩萨过河，可是不到那一天总要跟他们斗到底。蔡京此人不可交，表面对我们一口一句老乡，想利用我们；临到大事关头，却六亲不认。这个家伙奸臣一个，阴险又毒辣。"游酢生性温厚，也不说什么，只道："君所言正是，人心隔肚皮，但由命也。今后记取便是。"陈瓘说："定夫兄，心胸放开些。海内存知己，天涯若比邻。到前面小店吃点东西怎么样？"游酢答道："不、不，今夜多好的良宵，好风如水，好月如银。躲在小店多可惜，咱们走一走。"于是，两人往前行，向西拐了个大弯来到小河边，在一棵古樟树下停步。

河水映着银鳞波光，月儿在水中晃荡，晚风轻拂，岸边垂柳依依。

游酢触景生情地发出感叹道："清风无价，明月有情，更有沉沉流水，多么富有诗情画意。"陈瓘说："古人说诗人多情，可惜大宋朝廷只知游兄博士学者而已，却没有几个知道才情双绝。"游酢说："了翁兄不也有不少佳作。"陈瓘应道："我那些东西不足道。岂敢班门弄斧？"游酢叹道："了翁兄太谦虚了吧。"陈瓘转移话题，叹道："唉！想不到章惇和蔡京一样，皆令人闻之毛骨悚然。"游酢说："这就叫日久见人心。当初，蔡京举荐你，你不来；后来章惇举荐你，你来了。可是，

你又不完全听他的，怎么能够不排挤你？”陈灌连忙说：“现在，我终于看透了权贵们的用心。可惜，你要出京了，我身边少了一个知己。”游酢听了哈哈大笑：“没啥。人生聚散都是缘。你只要心中有我就行。”夜深了，他们才悠悠归去。

游酢明白：判官是一个闲职，没有具体的事情，因此决定乘此机会带着家人回老家建阳一趟。游酢到齐州情况如何？请看下面几回。

第五十四回

知府偕游千佛山
判官治理大明湖

绍圣二年正月，游酢过完初五，便带着家眷前往山东济南府齐州任“签判”。

游酢只知道，齐州府属“京东东路”，治所在山东历城内。历城古称“历下”，有“齐鲁邦首”之称，其境辖历城、禹城、章丘、长清、临邑五县。

游酢来到齐州，看见历城中“家家有泉”、“户户垂柳”，觉得有点新奇。

按照宋朝的官制，“签判”虽然是知府的佐官，主要负责府中日常事务，治安、法律等，可是有朝廷特使之权，可以帮助解决地方的事务。游酢觉得自己既然上任了，总要尽自己职责做一些实事，于是向知州了解这里一些情况，询问治理的办法。知州应道：“前任是晁大人，我也才来几个月，这里的情况还不是很熟悉。”游酢想起来了，晁补之去年九月因曾经在元祐年间参加编写《神宗实录》获罪降职而改调他州。

知州听说过游酢的经历和为人，知道他是一个勤快精明能干的人，能够尊重他人，便放手将判案与治安等事务交给他去办理。

游酢上任的第一件事情，便是先了解这里的历史、地理、人文情况。从书匣中取出一册石刻的地图册，比唐代贾耽绘制的《海内华夷图》更准确细致，已经有上北下南的坐标标志，画有立体的山脉，森林也有了标志。他又取出沈括的《天下州县图》，打开来查看了山东的地理状况，了解到齐州南依泰山，北跨黄河，地处鲁中南低山丘陵与鲁西北冲积平原的交接带上，地势南高北低；同时也了解到这里有不少名胜古迹。他又取出他常年随身的宝物：司马光的《资治通鉴》和《论语》、《孟子》、《诗经》、《易经》、《切韵》书籍和王（王羲之）、欧（阳洵）、颜

（真卿）、柳（公权）书法名帖等。

游酢依照惯例，先去拜谒文庙，再去巡看府学、府库以及商市等情况。

过了一天，去马棚看了马。这是州府，马匹较多，有十几只，他看上了一只赤色的。他向马夫要了赤色的马，牵出来到空地上溜溜。那马性烈，他一跨上鞍，马突然昂起头，四蹄扬起，要将他掀下。马夫喊道："大人，小心！"他回答："没事。"忙将身体贴向马背，勒紧缰绳用力往后一抽，紧接着用力将马一拍，喊一声"驾——"马便冲出老远。他骑着马奔走了一段路，有点熟悉了那马的脾气便回头。

游酢回到府中，查阅了监狱犯人的资料，有的是强奸罪，有的谋财害命；有行凶打人恶汉，有江洋大盗，也有屡教不改的盗贼，没有发现什么疑点，便想去监狱走走看。

一日在府衙上班，知州问游酢道："你来了几天，可到过什么地方玩过？"游酢答道："不曾有过。"知州说："我也没走过，有空时我们出外游玩游玩，对身体有益。这齐州风景闻名天下，近有齐州三大名胜趵突泉、西湖、千佛山，远有泰山、孔府。看了这些，也不枉来齐州一回。这样，明天我们一起去观赏千佛山。"游酢应道："太谢谢兄台大人了。"

第二天，知州与游酢带了一个当地的差役为随从去游览千佛山。

千佛山原称"历山"，亦名"舜耕山"。相传上古虞舜帝为民时，曾躬耕于历山之下，因称舜耕山。它为泰山余脉，位于城区南部，因千佛山而得名。众人自西路登山，从山脚昂首仰望，其山东西横列，峻伟秀拔，峰峦起伏，林木森森，犹如一幅巨大翠屏。半山途中有一"唐槐亭"，亭旁古槐一株，同行的随从介绍道："相传唐朝名将秦琼曾拴马于此。这山开发于隋开皇年间，依山势凿窟，镌佛像多尊，始称千佛山，并建'千佛寺'。唐贞观年间，重新修葺，将'千佛寺'改称'兴国禅寺'，此处遂成为香火胜地。"到山腰处，果然见有一古色古香的寺庙，寺门上镌刻着"兴国禅寺"四个大字。进了寺庙，但见寺庙规模不小，可是不见佛像。游酢问道："佛像呢？"随从回答："佛像都在寺后的千佛崖上，我们这就去。"众人出了寺门，往后山走。大约半个时辰，大家来到千佛崖上，只见有隋代以来石佛几百尊，虽然年代悠久，却依然栩栩如生，极具艺术价值。接着，大家又参观了"历山院"、"齐烟九点"及"径禅关"坊等。登上"一览亭"，凭栏北望，近处大明湖如镜，远处黄河如带，泉城景物一览无遗，风光如画。最后，众人来到千佛山之东，佛慧山上也有雕刻石佛。其中主峰山麓有一佛龛，内有一尊头部佛像，高七米，宽四米多，俗称"大佛头"，这是一种十分罕见的石雕。

归途中，知州问游酢道：“有何感想？”游酢答道：“此山名千佛还实在，若称兴国则未必适当。寺能兴国，今何不见唐朝也？”知州听了，称道：“高见、高见。”

二月，游酢忙于处理府中积压的一批文牍。每日早出晚归，只有晚间才有时间休息，看看书、练练书法。

三月初旬，知州说：“这一段时间你辛苦了，明天我们到附近走走，看看这里的风光。”

齐州泉多，有七十二名泉之说，趵突泉被誉为“天下第一泉”。趵突泉位于城区中心，南靠千佛山，东临泉城广场，北望西湖，面积一百多亩。

第二天上午，知州和游酢穿着微服带着两个随从来到趵突泉。趵突泉是一处以泉水为主的自然山水园林，风光秀美，比较著名的泉就有四个：珍珠泉、黑虎泉、金线泉、趵突泉。时值仲春，泉边绿树掩映，桃红李白，莺飞蝶舞。放眼望去，水面上水气袅袅，像一层薄薄的烟雾，园中泉池幽深，波光粼粼，楼阁彩绘，雕梁画栋，构成了一幅奇妙的人间仙境。举目望去，但见众泉迸发，水花四溅，喷射数尺，如白雪拥堆，人们称为“趵突腾空”，蔚为奇观。四周小泉颇多，簇簇串串，如珠似玉，景象亦颇壮观。走近泉边，倾耳听之，泉水喷涌时“卜嘟”、“卜嘟”之声可闻。泉池中青藻浮动，锦鱼穿梭。其境真如北魏郦道元《水经注》所写：“泺水出历城县故城西南，泉源上奋，水涌若轮，觱涌三窟，突出雪涛数尺，声如隐雷。”泉在一泓方池之中，北临泺源堂，西傍观澜亭，东架来鹤桥，南有长廊围合，景致极佳。从泉东侧过“来鹤桥”，来到“望鹤亭”茶社，知州说：“咱们就在这歇歇脚，喝喝茶。”众人便在亭中坐下，茶社小二即端上用趵突泉水沏的香茶来。泉水质洁甘美，所沏的茶，色清、味醇、爽口，众多游人饮泉品茗，无不心旷神怡。亭中坐半个多时辰，众人起身前往趵突泉北端的西湖。

不出半个时辰功夫，众人来到了西湖。此时，游酢抬首望之，春风吹拂，湖畔杨柳依依，繁花似锦，春水汩汩，几与岸堤平，湖面微波荡漾，鸢飞鱼跃，荷塘溢碧，画舫穿行，游人穿梭往来，或交头接耳，或指点观赏，欢声笑语，盈荡湖面，好不热闹。知州介绍说：“西湖即大明湖，大明湖之名始见于郦道元《水经注》。它是一个由城内众泉汇流而成的天然湖泊，诸泉在此汇聚后，经北水门流入小清河，南至濯缨湖，北至‘鹊山’和‘华不注山’，湖阔数十里，平吞济、泺二水。湖水平均深二米左右，最深处约四米。”沿湖的亭台楼阁，水榭长廊参差有致，曲桥流水，幽径回廊，假山亭台，十分雅致，南面千佛山倒映湖中，远山近水与晴空融为一色，形成一幅天然画卷。

位于湖心岛的历下亭自唐代起便是大明湖一处名扬四海的胜迹。知府与游酢等穿过桥来到了亭前，但见亭上悬着“历下亭”匾额，亭前楹联为杜甫的诗句：“海右此亭古，济南名士多”。众人进入亭中坐下休息，环视园内四周有亭、台、楼、阁等景点缀其间，湖光山色相映，艳阳高照，暖风轻拂，好不畅爽。可是，湖面浮动着瓶子、鞋、垃圾，游酢看着直皱眉头。知州说道：“熙宁五年，曾文定公任齐州知州时，为防御水患，修建了北水门，引湖水入小清河，使得湖水经年水位恒定，并在沿湖修建亭、台、堤、桥，使之渐成游览景观，有诗道：‘问我何处避炎蒸，十顷西湖照眼明’”。游酢听了说道：“文定公不仅文章自成一家，且留有政绩于世，亦算得有为者，堪为我辈景仰不已。”知州道：“我辈能望得其项背也足了。”游酢问道：“据传此湖有淫雨不涨、久旱不涸等独特之处，真的吗？”知州答道：“此话不假。可是，不知其因。”游酢思考一会，说道：“这一定与当年曾文定公的设计有关。不然，不可能淫不涨，旱不涸的。据《水经注》记载，西湖、五龙潭和北园是相互连通的一个大湖，湖阔数十里，五龙潭深莫能测，而且泉眼多。湖之大，潭之深，泉之多，故水盛能纳，天旱而不涸。曾文定公正是利用了这三者之间关系建成了蓄水和排洪两便的水利工程。”知州说：“你的猜测也许对的。看来，你对这方面还是有一点研究的。”游酢说道：“哪里谈得上研究。我们为官者，自然得对一地的地理、风情等有所知而已。”知州说道：“游大人，百闻不如一见，早闻大人学问了得，今日果然令某大长见识。好吧，我们边走边谈。”游酢说道：“我看北水门和这一带垃圾飘浮，水流不畅，恐怕水道有堵塞迹象。这湖居于城中心，如果不加以清理疏通，洪水一来定会使这里泛滥，给老百姓带来祸害。”知州问道：“你言之有理，可是哪来的资金清理疏通？”游酢说道：“监狱里不是有犯人吗？让他们出来劳动赎罪。”知州说道：“那好。就依你所说去办。”他们出了亭，往回走。

第二天，游酢到府中监狱巡视。狱长带着他到监狱转转，犯人们有的喊：“我要出去。”有的叫喊：“我冤枉，给我申冤——”他临走时告诉狱长，说：“你明天将牢里的犯人带去疏通西湖的水道。”狱长回答：“万一犯人跑了怎么办？”游酢说：“小心看管好就是。跑了也不用怕，他们跑得出庙吗？”

下午，狱长突然来报有一犯人越狱逃跑了。游酢问道：“哪一类犯人？”狱长说：“盗窃犯。”游酢又问道：“是当地的，还是外地的？”狱长回答：“就历城的。家里只有一个老母亲。”游酢答道：“没有事，他会回来的，你忙去吧。”知州说：“你怎么不当一回事？”游酢答道：“文王治西岐，画地为牢。我相信，此法可用。”府中吏员听了，私下议论：“这签判也太天真了，犯人会那么听话？”游酢听了，只是抿嘴笑笑而已。

第三天，狱长来报告，说："游大人，那个犯人果然回来啦。你怎么知道他会回来呢?"游酢说道："你放他回家去吧。"狱长问道："为什么?"游酢说道："他是个孝子，本质不坏，看来是会变好的。放他之前，你找他好好谈心，劝他改邪归正，做个好人。"狱长说："我跟他讲，这是大人的意思。"游酢说道："千万别提到我，难道让他记恩吗？你只要做通他的思想就行。"狱长应道："是、是。我这就去办。"说完便走了。

游酢去西湖看犯人们清理疏通水道的劳动。北水门附近，被打捞上来的垃圾堆满堤岸，发出阵阵的臭味，犯人有的在打捞，有的在挑运，一片繁忙。

狱长见了，跑上来问道："游大人，看了有什么做不好的，请赐教。"有个犯人大声说道："命好的站着看，命不好的要流汗。"狱长大声训斥道："喊什么，抽你的皮。"游酢二话不说，脱去官服，大步流星地走到一个耙垃圾的年轻犯人身边，说道："你的锄头给我用用。"那犯人递过锄头，游酢就耙起来，犯人见状都不再吭声。干了近半个时辰，游酢才放下锄头，对犯人们说："我是农村长大的，从小什么脏活、重活都干过，只是没有干过害人的事。我从小一心读书，想当一个为民办事的好官。今天来这历城当官，就是要给老百姓做一点实事。你们犯法或犯罪，来这里干活是让你们赎罪，谁不愿意干的，站出来说话。"犯人们听了鸦雀无声，游酢才走开。

天气晴朗，西湖洁如明镜，碧波荡漾，人们日日在湖上伐舟而歌。

到了芒种之后，连天暴雨，历城内外的住户前后的水沟和街道的沟都水溢四处，游酢去西湖查看湖水会不会影响到附近的居民。到了那里，见到西湖虽然看去比平时涨了许多，可是平静如常。在场当地的一位老人认出游酢，说："游大人，春天州府对西湖治理得好，今年湖的脏水和垃圾才不会流到咱们老百姓的家。"游酢回答道："老人家，这是我们应该做的。今后，有什么做不好的地方，请你们向我们反映，我们能够做的一定努力做到。"其他游人，听了都很高兴，说："咱们这里的官府好啊，能够为我们老百姓办事。"游酢怀着愉快的心情离开了西湖。

一日，游酢问一位当地姓马的同僚："马大人，听说有个王舍人庄，在哪里，有多少路?"马大人回答："不远，就在东郊，此去不过十几里。"游酢说："有空陪我去看看。"马大人应道："好啊，明天没有事情，我们就去。"王舍人庄是什么地方？游酢为什么要去拜访？请君看下回。

第五十五回

访张宅游龙洞山 登泰岳读摩崖书

几天后的一个早晨，游酢和马大人两人吃过饭就出发了。路上，马大人介绍道："王舍人庄隋代前称杂货店，唐贞观年间，当过中书舍人王玺告老还乡在此开店。去世后，人们为纪念他，此庄改为王舍人庄。"游酢问道："那儿的读书堂是怎么一回事？"马大人说道："这说来话长。北宋咸平初年，契丹人侵扰内地州县，攻打到淄州时，郡府临阵脱逃，祖籍范阳的监军张蕴带领民众兵士，昼夜防守。契丹骑兵见无机可乘，只好撤退。事后，郡府反诬张蕴有罪，张蕴襟怀坦荡，在民众中赢得了威信。张蕴生了张揆、张掞两个儿子，都在王舍人庄读书，后来当了官。"游酢说道："张揆、张掞兄弟的名字和事迹听过，可不知道他在这里读书的事情。"马大人说："这读书堂可有名，宰相范纯仁、苏轼学士都曾经拜访过，留有墨宝和题刻。"游酢问道："那个村庄大吗？都有什么姓氏？"马大人应道："村子不大不小，有百来人，姓李、张、谢的为多。"

二人到了王舍人庄，进了张氏故宅，但见庄内的一株百年古槐，高数丈，长得像一位驼背的老人，可是枝繁叶茂，遒劲峥嵘。大门旁镌石立碑，上面刻着苏轼的诗作。这是一座三进的房屋，左右各两重厢房，从门前挂着的衣服可以判定这里只住着两三家，这时看见了一个老妪和六七岁光景的小孩。马大人上前询问老妪："阿婆，你在家？"老妪望了师爷一眼，答道："客人，你们到屋里坐、喝茶。"马大人回答道："不用，我们随便看看。"老妪说："那好，你们看吧。"游酢走进小孩身边问道："小孩，你姓什么叫什么名字？"小孩大声地答道："我姓张，名字叫小宝。"声音非常响亮，游酢对他竖起拇指，夸奖道："你的名字好，好好读书，长大了有出息。”老妪叹道：“我们种田人家不图什么，孩子大了能够成家立业、传宗接代就不错了。”游酢问老妪：“阿婆，这房屋不是出了两个当官的吗?”老妪声音有些低地说：“哦，这里原来的人家是当官的，他们当年好风光。他们搬走多年了，我们原本是附近的，自己没有房子就搬来住。”说着溢出辛酸的泪花，她挥起衣袖去拭。游酢见状，忙说道：“阿婆，你保重，我们走走。”于是，马大人和游酢便走进大堂。大堂上有范纯仁等亲笔题写的“读书堂”匾额。马大人说道：“游大人，你来到这里也留个墨宝纪念吧。”游酢应道：“不。鄙人名微身贱，哪敢跟范宰相、苏学士等相比。我是仰慕王舍人庄名声才来的，不想还知道了张氏兄弟在这里读书成才之事。这种好的读书风气实在应该大力提倡，让天下人都重视起读书来，是一件大好事。”

从张氏故宅出来已经中午，二人就到庄前的酒家，买些吃的充饥。吃饭时，马大人说：“附近有一座龙洞山，咱们下午顺便去走走。”游酢应道：“好啊。”于是，两人朝龙洞山走去。

马大人说：“龙洞山是我们齐州的名胜，范纯仁宰相曾经游览过，并且写有《锦屏春晓》一诗。”

到了龙洞山，抬眼望去，只见群山环抱，重峦叠嶂，丹霞壁立，危峰簇翠。远处有一巨岩拔地而起，其上刻着“锦屏岩”三个大字，高达数十丈，似屏风。马大人介绍说：“此峰名叫独秀峰。”游酢昂首仰望之，其峰如入云端，云雾缭绕。二人移步登山，约半个多时辰到了那一块巨岩下，见四周松柏苍翠，草木葱茏。岩壁上，繁花艳艳，芳草离离。站在独秀峰下，马大人又介绍说：“西面悬崖上是西龙洞，洞壁镌有佛像，洞顶钟乳石花丛生。东面悬崖上是东龙洞，难以攀登。相传有‘金瓶’、‘春晓’两洞，每逢立春这天，有阳气冲出，干叶枯草随之飞扬。龙洞下深谷中，有‘寿圣院’，我们就到东龙洞，从那里回去。”沿山间狭径小心翼翼而下，七折八拐，终于下到深谷，一块平地上矗立着一座寺庙。庙宇坐北朝南，古朴大方，飞檐翘角，金碧辉煌，进入院内，银杏蓊葱，松柏苍翠，古碑数方。二人步入寺内，见有两个小沙弥在佛堂走动，一长髯长老正襟危坐在法坛上闭目养神。二人上了香起身，长老问道：“二位施主有何求?”马大人看游酢一眼，游酢摇摇头，马大人回答：“回法师，我们随便走走，无所求。”长老道：“善哉、善哉！无即有，有即无。”不说了。二人出了寺院，由北向西行走。峡谷中两岸岩壁如刀削斧劈，古木成荫，山花烂漫，山谷深而长，蜿蜒似龙盘曲折。虽然阳光高照，可是谷底无比清凉，二人浑身畅爽，沿途飞泉溅衣，涧中流水潺潺，鸟声脆耳。游酢不禁说道：“没有想到这里如此清净，

真可让人忘俗。”马大人有感而发，叹道：“这才是真正世外桃源，哪有尘世的烦人。”游酢说：“这山谷虽然清净，可是人来到世间就是得磨炼，劳动、生活才能把社会创造得更好。”

出了山林，太阳已经偏西，二人急急地赶路回历城。

一天，游酢临池挥毫时，又想起去登泰山的事。他想：自从到历城来，心里就想着去泰山。泰山不仅是天下名山，而且是一部绝好的活字帖，山上的石刻和摩崖是中华几千年书法荟萃地。但是，他一直忙于政务，还没有机会实现这个愿望。

五月初的一天，游酢终于前去一趟泰山。

泰山，古称“岱山”或“岱宗”，位于山东中部的泰安府。该山巍峨壮丽，气势磅礴，被誉为五岳之长。自秦始皇登泰山封禅以来，历朝的帝王每年都到泰山举行一次祭祀的大典；历代有杰出的文人墨客到此游览，留下无数的诗文和墨迹、碑刻等。其中，唐朝的杜甫《望岳》一诗，使泰山名声更加深远。

时近仲夏，天气晴朗，游酢来到泰安城下，翘首仰望南天门，宛如一颗瑰丽的红宝石镶嵌在碧绿的峰巅，璀璨诱人。游览泰山有中路和西路两条线，游酢选择了从中路登山，路上松柏苍翠，清风拂面，举目四望，但见重峦叠嶂，到得半山，见一座古庙，却是岱宗坊。到中天门日影已正，他便在那儿休息。

午后，过中天门继续前行，几里内道途平坦，行走轻捷，心情舒畅，故此段路人称“快活三里”。再前便是“斩云剑”、“五松亭”、“朝阳洞”等景点，目不暇接。走过步云桥，如入仙境，沿途崖壁上到处是摩崖石刻。走到“对松”山，松荫蔽日，林涛阵阵，汗水顿收，路旁有对松亭，游酢觉得也有几分劳累，入亭休憩。有石刻：“岱宗天籁”四字，其字写得遒劲有力，笔笔精妙。游酢细致端详，反复揣摩。见日影西斜，出亭复往前，太阳光依然暖人。再往前走一段路，来到了南天门。李白有诗：“天门一长啸，万里清风来。”此时，仰望天柱峰，如在空中。接着，上“月观峰”，又行半个时辰到了碧霞祠。这个古祠建造得古色古香，飞檐翘角，祠内供有十几尊菩萨佛像，不少游客在焚香作揖，也有几个女子在跪拜。游酢虽然知道民间敬佛的礼节，但是入寺庙向来少有焚香，更不随便跪拜，只是作个楫而已。今日见菩萨众多，哪管得那么多，看一眼便转身出去。沿路而上，又走一小段山径，便见有摩崖碑刻，于是驻足观赏。此处不亚于一座书法艺术宝库，自秦至宋，凡书法不下百家，篆、隶、楷、草、行众体皆备，或古朴浑厚，或刚劲潇洒，或龙飞凤舞，或庄重中含有圆熟，间或有出自庸俗之手班门弄斧者鱼目混珠，千姿百态，琳琅满目。唐代书法大家欧阳询的行书、颜真卿、柳公权的楷书，孙过庭、怀素的草书等诸家的手迹。其中孙过庭、怀素的草书最让游酢倾倒，一而再，再而三地观赏、玩味。在前人的书法艺术瑰宝面前，游酢顿时觉得自己的底气和功力与古人相比望尘莫及。及上天柱峰，眼界顿然开阔，太阳夕照下，放目远眺，千峰万壑，尽收眼底，此时一阵阵凉风吹来，卷动发丝与衣角，觉得分外心旷神怡。他心想：杜甫虽然两次写了《望岳》之诗，未见其有登临此山的记载，这一点自己比他幸运了。

当晚在山顶过夜。游酢想起白日所见，遐想无边。其后人填有一首词《沁园春·泰山》记道："一柱擎天，千峰拱翠，五岳同尊。有烟霞缥缈，江淮在望；仙人曾住，瑞气氤氲。水石钟灵，天风无价，胜迹斑斑是处存。登临此，凭高胸襟阔，荡尽纤尘。/风光无限迷人，引倦客，翻然顿振神。古今多少事，渔樵笑料；桑田沧海，似梦浮生。不若斯山，祭典封爵，万世悠然天地春。人中里，独青莲居士，能醉星辰。"

黎明前，他起身往日观峰望日出。因为起床迟些，出门时已见满天玫瑰色朝霞，匆匆赶到日观峰，站立山顶，凉风扑面，东方的天际徐徐地出现一道炫目的红光。继而，有一线弧光如从大海浮起，俄尔一轮火红的球冉冉爬上天边。此时。天地间变成了一片红彤彤的世界。

看完日出，已经临近凌晨。四周云雾笼罩着，红白交织的光彩，犹如万千条龙在游动，景观也十分的迷人。及天明，从原路下山。至中天门午餐，休息一时辰；又起行下山，夜宿泰安城。

次日，他踏上了返回齐州历城的路途。

泰山之行，不仅风景饱了眼福，心胸更加开阔，而且山中历代前贤的各种摩崖石刻，对他的书法也大有启发。尤其是，那泰山的气势，使他的书法从此渐渐转变为厚重沉稳大气。

五月，天气炎热，齐州虽然为泉城，可是四周环山，除了水泽附近，整座城市像一座砖窑。由于府中没有什么大事，比较清闲，游酢又练习书法或者看书学习。

游酢忽然接到周茂德的来信，知道周老太爷已经于半月前去世的消息。游酢赶忙请假前往看望、安慰周茂德。

在周茂德家呆半天，游酢立刻返回山东。

六月期间，游酢与杨时、陈瓘三人互相书信往来频繁，再次讨论易经的问题。

十一月中旬，女儿出生。因为一向生的都是男孩，这一次生了个女孩，游酢夫妇都分外高兴。游酢道："我们终于有个女儿啦！"吕氏问："老爷，我生过那么多个男孩，你从来没有这么高兴过。”游酢道：“物以稀为贵嘛。一个家庭男女孩都有才齐全，女孩虽然要嫁人，但是对父母更疼爱。而儿子呢，将来一个个成了家，顾得他们自己已经不错，哪里有空顾我们。”吕氏听了，也格外开心。

游酢与母亲、夫人商量：“咱们回老家过年，将搬新房和给女儿做周岁一起办。”夫人表示赞同。

十二月中旬，他带着夫人和子女一起回建阳。

回到家里，他询问了伯父、叔父和堂兄弟游醇、游酌、游醳，与他们进行了商量，补充了应请的人员，其中包括游醇的同榜进士熊俊民、江立，游酌的同榜进士詹时升、范致祥以及部分朋友、同学等，又发出了一批请帖。只因这一场喜事，又生出一桩美谈。君欲知何事，且去喜事场中看看。

第五十六回

坦陈主见诺亲事
暗查疑案雪冤情

绍圣三年正月初五开始，游氏家族的亲人着手筹办这一场喜事。

杏儿和丈夫带着一岁的孩子前一天就赶来帮忙。婚后的杏儿比原来胖多了，红扑扑的脸蛋圆润的。秋香见了，走上前摸一下杏儿的脸蛋，说道："呦，妹妹高丽参吃多了吧，胖成这样。"杏儿听了说道："秋香姐，我哪能跟你比，还是你的姑爷更会疼人呢，都添了两三个侄儿呢。"秋香听了害臊极了，伸手要拧杏儿的嘴，杏儿咯咯地大笑跑开。吕氏闻声出来见了，说道："杏儿，你确实发福了。你们当初不听我的话，就没有今天这个模样。俺姑爷都真会养人呢。"许多女眷见吕氏这么说，都一个劲夸杏儿。杏儿腼腆地笑笑，嗔怪道："夫人可真会取笑人，羞死人了。"

游酢的新房屋只刚刚盖好正屋部分，中间客厅，左右各两间，各个门贴上了鲜红的对联；屋前大坪很宽敞，族里的亲人昨天已经把桌凳搬来，从客厅摆到坪子。

初九早饭后，客人陆续到来。村里的男女人们帮忙做事，游醇接待家里上下三代的亲戚，游酢接待同僚以及地方绅士，堂弟游酌、游醑、游醒忙着接待同学、朋友、乡谊以及要好的同僚。路途遥远的朋友游酢都没有请。江侧、上官均、叶祖洽、施景明、熊敦常、熊俊民、江淮、江立，杨时、林志宁、叶默、叶世隆以及弟子陈侁、江崎等皆来祝贺。

晌午时，村中男子开始打糍粑、做糍粑。

这天中午，一二十桌宴席坐得满满，江侧先生和亲戚坐客厅，同僚、地方绅

士坐客厅右边耳房，同学、朋友坐客厅右边耳房，坪子上黑压压一片，大多是本村人，男女老少混杂在一起，其中有戴斗笠的，有抱孩子的妇女，里里外外几百号人说说笑笑。鞭炮响后，八位小伙子端盘而上，各席的人们觥筹交错，飞觞献斝，热热闹闹庆祝一番。

宴席散后，亲戚们陆续离去，游酢才来找几个好友座谈。

诸友闲谈，杨时无意中说："正巧，我的老三与定夫的千金同庚。"林志宁道："那你就与定夫做亲家。"杨时回答道："只要他夫妇同意，我求之不得。"陈灌问游酢："怎么样?"游酢答道："我与中立亲如兄弟，这还用说的。"陈灌说："君子无戏言。今天可是有众人在场。"游酢斩钉截铁地说："大丈夫言行如一，何况这是一门亲事呢。"众人齐鼓掌道："好!"施景明插嘴道："既然游杨两家定了娃娃亲，我们不走了，晚上再补请一餐。"熊敦常道："今日中立来喝了喜酒而且赚得了个媳妇，我看中立也得请一餐才说得过去。"众人又齐鼓掌道："好!"杨时满脸笑容地回答道："好啊，明天到我家去。"林志宁道："不行，你家太远，我们喝一场酒太辛苦了，就在这儿预请。"众人再次齐鼓掌道："好!"大家坐着笑谈，个个无比开怀。这天晚上，游酢又做东请了大家一餐。

第二天，客人都走了，秋香、杏儿跟游家的妇女帮忙整理场所搞卫生，洗涤碗筷等，又忙了一天。

办完喜事，游酢带着夫人和子女起程回历城。

正月二十后，府衙开始上班了。

朝廷传来邸报，报道了西夏入侵边境的战事。因为按照宋朝用文人治国、治军的特点，虽然是内地的文官，说不定哪一天调去边关也难确定的。所以，凡是朝廷的官员时常对边境的战事颇为关心，每看见边境的战事总是看得十分认真。好在所报这是一场胜战，官员们也就没有太挂心。可是，西北有战事，毕竟国家不是太安宁，大家心里总是不太宁静。

三月，四川盆地中部涪江流域以西，沱江下游流域以东和剑阁、青川等县地方发生地震。消息像风一样快传遍天下，人们为之震惊。

一天早晨，历城传开一个惊人的消息：有一个叫常福景的大财主，他的小老婆水花突然被人拐走。

原来，大财主常福景的家住在城内。吃早饭时，他的丫鬟去叫水花起床，发现房间空空的，水花的衣物一扫而尽，慌忙跑出来喊道："老爷，不好了，四姨太不见啦!"财主福景听了，奔去房间一看，于是大声喊："水花，你去哪儿死啦，快出来!"没有回音，他跑去后面的小门一看，门虚掩着，推进去也不见人，才想到奴家可能与人私奔了。于是，福景火冒三丈，气得暴跳如雷，大骂："这对该千刀万剐的狗男女！"其他的妻妾和佣人闻声都赶来，福景大声喝到："有什么好看，还不赶快去追人！"

那一对男女已跑了好远，福景的家人哪里追得上？于是，家丁回家禀报人已经不知去向。福景只好一面去报官，一面派人继续去追。

有一个青年秀才因为不久前订了一门亲，女方的家里这一天要做个风水，所以早早要去帮忙。那秀才走到大树林边时，福景的家人正好赶到那里。见了水花昏倒在树下，旁边还有一个人，不由分说就抓住青年，众人齐道："好啊，你拐走老爷家的四姨太，见官去！"那秀才分辩道："众人听我说。我是要去我丈人的家，刚刚路过这里。"福景的家人怎么会理会他，一边叫人去背水花回家，一边把他扭着拽着直往县衙去。

到得县衙，众人死咬住是那秀才拐了常家的四姨太，秀才怎么分辩，知县也不相信。福景自己也叫人背着遍体鳞伤的水花赶到县衙，知县验了伤，问水花道："是不是他拐了你？"那水花被带回家灌了参汤神志已经恢复，见眼前的是个白面书生，心里知道不是他，不能冤枉他，道："不是！是妾身自己要回娘家才出走。"

福景跪下拱手求道："县太爷，你可为我做主。"

那知县平时得过福景不少好处，回答道："此案待进一步详查，先回去吧，这两人先收监，过一两天再回复。"

第二天，知县再开堂审案，秀才和水花两人都不承认认识。知县动了怒气，用上刑具，两人都熬不起痛苦，只好供认是私奔。知县便将此案断为秀才与水花勾搭成奸，拐带他人之妻，判了刑。案子很快报到府里。

却说附近有一个叫火旺的青年，家人见他一日没有回家，急忙派人四处寻找，没有结果。

火旺的家人三四天寻找不到火旺的下落，也来县衙报案，知县只得一边出示寻人布告，一边派人继续寻找。

府里接到案子，知州召游酢前来共议。游酢听说过这一件事情，看了一遍案卷，觉得此案这么快了结，而且案情有些蹊跷，于是对知州说道："府台大人，此案发生在我们眼鼻之下，在下看了案卷以为有值得推敲之处，觉得事情并不会那么简单。"

知府道："正合我意。有劳兄台辛苦一趟，去核查个清楚。"于是，游酢开始着手去查。

游酢穿了便服，头戴斗笠，脚穿草鞋，装扮成货郎，挑着一担杂货出门去。

游酢先到秀才的家乡，在一座大房屋门口停下，喊："卖杂货罗——大家来买杂货。"妇女、小孩听见有货郎来，纷纷前来挑选货品，也有的上前来凑热闹。妇女们有的看货，有的站着闲扯。有个妇女问道："那秀才怎么样了？"另外一个回答："别提了，进了官府容易出来吗？"其他人边听也边议论了起来："那一天早晨去丈人家帮忙做事情路过大树林。没有想到飞来灾祸，正巧碰上有个财主小老婆跟人跑了，派家人来追，结果他被当作奸夫抓进了监狱。""嗨！他是一个守本分的人，平时连见到蚂蚁都不敢踩，有女的送到他床上，他都不一定敢碰呢。"游酢边卖货物边打听秀才本人的情况，见没有什么人买货品，收起货担离开了村庄。

游酢挑着货担走了十几里路，来到福景的家附近。同样，他一喊："卖杂货罗——大家来买杂货。"周围的人们听了都前来看热闹，游酢向一位老汉问道："大哥，听说你这里前些时候发生了一件人命案？"老汉答道："有这么一回事。是我村头号财主的小老婆半夜跟人跑掉，引来了灾祸。"有个中年妇女听了，插嘴："福景原本有三个大小婆，前年又娶了一个小婆。那小婆姓杨，名水花，虽然出自农家却长得如花似玉，刚十九岁，正当青春，福景比她大三十几岁，怎样能够如她所意？附近有个叫火旺的青年家里很穷，没有办法娶妻，经常挑柴来卖，见东家有个这么年轻的小老婆，看着心里老痒痒的。水花也经常相见，两人眉来眼去。"另外一个妇女补充："有人看见，有一回福景不在，火旺乘着没有人，将水花摸了一把，水花还笑呢。"

听到这里，游酢对事情明白了几分，于是又收起货担离开。

到县衙里，游酢跟知县讲明了自己调查情况，提出要亲自到狱中单独提审水花。知县见是上司，哪敢说个不字？他马上喊道："将犯人带上堂来！"

水花押上堂来，游酢叫差役搬一张椅子让她坐下，然后问道："你是不是被秀才所拐？本官为你做主，只要说出真情，可以减轻罪行。"水花见眼前的官十分温和，又听说可以减轻罪行，便哭起来道："都是贱妾不好惹的祸，我真该死！"游酢继续说："你不说出真情，两个人都要杀头。万一那秀才是冤枉的，你不是害人吗？你不知道，他刚刚定了门亲，他死了，他的未过门的妻子就要守一辈子寡。如果你是未过门的妻子该做何想？"经游酢这么一讲，水花想起自己嫁一个年纪相差很大的丈夫尚且不如意，何况人家要守一辈子寡呢。于是，水花答道："好，我说。"

她讲：自己嫁给福景后发现他太老了，很后悔。自从认识了火旺就爱上他。那一次被火旺调戏后，火旺心里的欲火更旺了，于是夜间常常偷着来察看福景夜间的行动。因为火旺知道了底细，一个晚上他乘着福景在其他妻妾房间过夜，半夜时壮着胆撬开她的房门进去，反栓上门，上床钻进被窝。那水花起初觉得有人上床，以为是那老头，可是一见来得猛，想叫，但是那种从未有过的快感使她忍着，黑暗中用手摸了一下身上的男人：身体健壮、皮肉光滑且有弹性。她意识到确实不是老家伙，而是个青年。火旺见她没有反抗一发来劲，放胆地做爱。水花原本是一捆干柴，遇上烈火，于是颠鸾倒凤，足足乐了一阵。水花才轻身声问："你是谁？"火旺怯怯地凑近女子的耳边低声说："火旺。"水花听了，心里踏实又高兴地说："我早就想死你了。你真好，让我真正享受到了做女人的滋味，要是嫁给你就好了。"这一说，火旺听了心里倒慌乱了：自己原来只是图一时痛快，没有想到水花会这么想，于是说："自从你嫁来，我就想你。晚上是偷着来的，可是娶你俺没有那福分。"水花道："你如果真的爱我，可以带我跑，跑得远远的，谁也找我们不到。"火旺应道："那好。"水花说："别急，等我弄一些银两再走不迟。"之后，水花告诉他，以后夜间财主没来了以咳嗽为暗号。这一夜直到天亮前，他们才依依不舍地分别。水花因是偏房，地位更低住在正屋左手厢房。火旺夜间伏在外重右手厢房边，两人开窗即可见，往来也不过几分钟。从此，两人夜间时常来往，感情愈深。由于两青年难忍受隔窗相望之苦。一个多月后，水花凭着年轻又姿色美，用撒娇等手段从常福景身上骗取了不少银两，一个晚上两人亲热一番之后，从后门私奔了。

火旺和水花匆匆忙忙地跑了二三十里，来到一片大树林前，见后面没有人追，便坐下休息。"嗨——终于跑出来了。"火旺长吁了一口气。水花也乐得满脸笑开了花朵，两人抱做一团直笑。水花道："再也不要跟那死老骨头在一起了。"火旺问："你偷了多少银两出来？"水花指一下手中的包袱，说道："这里的金银首饰，够我们吃用一二十年的。"突然，树上跳下一个黑脸大汉，手拿一把大刀喝道："留下买路钱，放你俩个狗男女一条生路。"说着就来夺包袱。水花吓得喊道："救命啊——"火旺听了立即反扑过来，仗着年轻气壮，上前与黑脸大汉厮打。那黑脸大汉一刀挥去，火旺一命呜呼了，水花"呀"的一声吓得昏过去。黑脸大汉抢了包袱，又打了一下昏了的水花，仓皇逃走。

游酢问道："那黑脸大汉年龄多大，多高，长得怎么样，穿什么衣服？"

水花回想了一会，答道："四十岁左右，方脸，宽嘴，大概有五尺多高，眉毛很翘，穿黑衣服。"

游酢叫差役将记录拿与知县过了目，知县大为吃惊，立即一边派人去大树林，一边派人去捉拿黑脸大汉。去树林的一拨人马，果然很快搜到了火旺的尸体。另一拨人马则回来说："没有找到。"知县听了，交代："今日起你们分头去找，见着

立即抓回。”

过了两天，黑脸大汉被逮住押往县衙。

在公堂上，黑脸大汉招了自己杀人的经过。最后讲：“我杀了人正要走，想到路中留下尸体，怕官府会来追杀，于是将尸体拖到森林里去，一溜烟跑了。没想到，还是被你们逮住了。”

案情终于大白，知县重新开堂审理，辨清真相，判明秀才无罪释放，那水花，念其年轻，肯道实情，判其牢刑一年，黑脸大汉判以死刑，待上报朝廷审核，秋后问斩。

月底，游酢收到杨时来信，信中说他的第三个儿子（杨）遹周岁，并相邀去潭州（浏阳）一游。

其实，杨时并没有请客给孩子做周岁，只是因开玩笑说做亲家，觉得也适合，所以单独请好友游酢去玩玩而已。

七月初，游酢于是请了假前往潭州。此行有啥新闻？请君看下回。

第五十七回 潭州访友逢方丈 朝廷起风扫忠臣

游酢乘舟沿京杭运河南下，再换船由长江到潭州。

潭州即浏阳，古代地属荆州，因县城位于浏水之阳而得名。这里北宋时划为“荆湖南路”（湖南的名称即此而出）。

杨时是绍圣元年到潭州任知县的。第二年夏末初秋，县里出现严重旱灾，许多农民颗粒无收，纷纷外出逃荒。杨时立即赶写《上程漕书》、《上提举议差役顾钱书》，向上反映灾情，使朝廷及时拨给赈灾粮款，将官仓三千石稻谷迅速赈济灾民，缓解了灾民的苦难。

杨时见游酢果然不远千里赶来相见，十分感动，立刻派人前去州府邀请安抚使张舜民同来相聚。座谈中，游酢问道：“中立兄，你真有作为，去年赈灾一事，天下广为称扬，令游某敬慕不已。”杨时看一眼张舜民不说什么。张舜民性格耿直，却说：“嗨！此事不提还好，一提我就恼火。正因为此事，他有苦说不清。”游酢吃惊地问道：“怎么一回事？”张舜民讲：“你不了解啊，我和中立关系你知道，那个漕使胡师文平时跟我关系不和，赈灾的粮款到现在还无法收回来，胡师文在大做文章整我俩，我俩正为此事发愁呢。”游酢说道：“原来有这一码事。看来，真如人们所讲‘好人难当’，要当一个好官更难。”杨时说：“不说陈年烂芝麻的事，我们谈些别的。”于是，三人转换话题，谈起天下的大事。

第二天上午，杨时与游酢坐下聊天。杨时已经有杨迪、杨迥、杨適三个儿子，金花、银花、铜花三个女儿，夫人余氏性温和、勤俭持家，一家八口人，生活简淡。他家住在县衙的寓所，家中没有什么好的家具等，只是一张饭桌，几张床铺，

一个书橱而已。杨夫人余氏端茶出来时，说："游大人，不好意思，你看我这个家不成样子得很。"游酢回答说："我家也差不多。夫人有空时去我家看看就知道了。"杨时证实道："他家也清贫。"余氏不再说什么，只是讲："游大人，你喝茶。"她就进屋忙去了。游酢对杨时说："我们不是贪图富贵之人，过得去就行。清贫也好，觉总睡得安然。"杨时讲："你说得有理。"两人接着交谈了一些读书事。晌午时，张舜民又来了，三人的话题转到朝野的事情。午饭时，张舜民提议："游酢远道而来，中立也有一段时间不曾去我家，下午你们二位到我家坐坐，晚上喝一杯薄酒。"午后杨时与游酢去张舜民家做客。三人坐下来，谈了些朝廷内外的大小事情。晚餐时，杨时说："明天带你去一个地方走走。"游酢问："什么地方?"杨时说"城北有一座道吾山，开发于唐朝，山上有禅寺，风景秀丽。"张舜民说："明天我正好也没有什么事情，陪游酢去游玩。"游酢应道："太好了。"

第三天早饭后，三人一起出发，一路边走边谈。

时值初秋，天高云淡，日丽风和，气爽宜人。出城六里，便到了"道吾山"山麓。抬头一看，山并不高，大约六七百米，有一条羊肠小路曲折地通往山顶。

上山时，游酢问道："此山有何典故?"杨时讲道："相传唐朝大和年间，有僧名宗智者，入山未及顶，为巨石所阻而坐石穴。忽有白衣老人自称沙伽龙，近前致礼说：'师为开山祖，待师久矣。'宗智答道：'吾志唯此，道成吾矣。'语毕，风驰电掣，石裂道开，宗智从此割茅斩棘，辟地开山，并以'道吾'名此山，建道吾寺。唐文宗时为护国兴华大禅院。"在行程中，游酢见到一路怪石和深壑，不时还可以听见泉水声，山间偶尔涓涓泉流，花草繁茂。三人登到山腰，但见四周群峰环拱，峰峦叠嶂。

及至"道吾山"寺前站定，游酢放目凭眺，果然好风景：晴日无云，极目可眺岳麓、洞庭湖。杨时招呼道："进寺里休息一下。"这时，一位身着袈裟的方丈大步赶来，合十说道："阿弥陀佛！诸位大人光临敝寺不胜荣幸，老衲有失远迎，还望恕罪。"杨时先介绍游酢："这位是我的兄弟，齐州签判游大人，昨天刚从山东来。"方丈行礼道："见过游大人。"接着介绍张舜民说："这是安抚使张大人。"方丈行礼道："见过张大人。诸位大人请寺里用茶。"在方丈的引领下，三人进了寺里的后堂禅房休息、喝茶。

半个多时辰后，三人出来了，方丈也跟着出来，带他们去观看了祖师岩和冷泉井。杨时见游玩差不多了，便对方丈说："大师请留步，我们随便走走。"方丈是明白人，回答说："诸位大人请自便，老衲失陪了，但望有空再来。"说罢转身回去。这时，杨时等三人经过回龙桥，沿路观看了引路松、挂剑泉、老龙潭、明月湖等风景，便下山。

第三日早晨，杨时说："今天就在这里休息，咱俩好好聊聊天。"游酢说："你公务在身，有事忙去吧。我随便走走。"杨时讲："那怎么行？客来不敬，非礼也。陪你玩几天的空还是有的。"执意留下相陪。两人便谈论起经书来了。到了晌午，忽然差役跑进来禀报："杨大人，门外来了个方丈说要拜见你。"杨时听了慌忙起身出门。过了片刻，他果然引着一个方丈进来，向游酢介绍道："这是道宁法师。"回头对方丈介绍说："这是游大人。"游酢拱手问道："大师好。"道宁法师连忙合十回礼道："老衲拜见游大人。"游酢慌忙回礼。杨时招呼道："二位请坐下喝茶。"大家坐下，杨时又介绍说："法师乃徽州婺源县人氏，俗姓汪，五祖法演禅嗣，修行颇高，而且能诗。近年常来此地云游，因此有几分熟悉。"游酢拱手道："敬仰、敬仰。"道宁法师答道："岂敢、岂敢。我自蒋山出家以来，无非诵读《金刚经》，涉足几处云林而已。杨大人广结善缘，不嫌老衲，今日又得见游大人如此有礼，实为禅门荣幸。"接着，游酢询问了一些禅门之事，道宁法师一一作答之后，侃侃而谈。

接近中午，道宁法师起身告辞，杨时和游酢也起身相送出门。

道宁法师走后，游酢问道："你常聆听大师教诲。"杨时答道："有时吧，他一年不过来此两三回。这偏远之地，多一个熟人好打发时日。"游酢说道："你所说的也是。"

这天夜里，游酢说："我明天要走了。"杨时说："这么大老远跑来，多玩几天吧。"游酢答道："哪能呢。我们都是吃朝廷饭的，再玩你我都得回家卖红薯去啰。"杨时见他去意已定，于是说道："我想准备将家严埴公与妣陈氏、继妣廖氏，公妣合葬邑之北封山支龙池团，那地方已经请风水先生看过，风水先生称其地形号'金钗形'，还劳你出神为之写个'墓志铭'。"游酢爽快地答应道："好说，我回去就写。"

次日吃过早饭，游酢便起程乘船返回齐州。

这个月，朝廷中发生一件很平常的事情。

赵煦召见镇守泾原（今甘肃泾川北）的将帅吕大忠并询问边境的战事，吕大忠回复完，赵煦对大忠说："朕久要见你，你曾经得到大防的音信吗？"答道："近期得到过。"赵煦问道："他还安好吗？"又说："当时有的大臣要他过海（注：此处的"海"指海南），是朕独自主张将他安排到安州（河北），知道吗？"吕大忠连忙下跪，说道："微臣举族感谢陛下的厚恩。"赵煦说："你一旦有写信，告诉他暂且忍耐。大防诚朴，被人所卖，等候二三年可再见。"大忠再拜谢，告退时无比高兴。

章惇知道皇帝召见吕大忠，怀疑有什么机密，最担心的是皇帝会不会想重新起用吕大防；要是真的那样，自己就难在朝廷立足了。于是，章惇请吕大忠吃饭，询问皇帝召见他说了什么。吕大忠是忠厚的人，把事情的经过和皇帝说的话全告诉了章惇。吕大忠回去经过渭州，将皇帝召见和章惇请他吃饭这两件事情告诉渭州通判、“朝请大夫”潘适。潘适听后，他知道章惇为人奸险，说道：“你失言了，一定会为这件事情深深后悔的。”

这本来是一件小事。可是，章惇把它看成是一件天大的大事。他听说赵煦认为“大防诚朴，为人所卖，候二三年可复相见。”确信赵煦对吕大防还信任，而且可能会再起用，到时自己说不定又被驱逐出朝廷。于是，他绞尽脑汁，再次发起了对元祐党人的打击。

八月，朝廷下诏，大意是：王岩叟遗表并吕大防等以前所得恩惠及举官同时罢免；梁焘、刘安世受到了降职，梁焘宜守本官、分管南京，依旧鄂州居住；刘安世宜守本官、分管南京，依旧南安军居住。

不久，朝廷又下诏，大意是：说范祖禹、刘安世在元祐中，构造诬谤罪，再次贬到更远之处。范祖禹特责授昭州别驾，贺州安置；刘安世特责授新州别驾，英州安置。另外，蔡京却当上了翰林学士。

官场大都知道刘安世、范祖禹被贬的事因：元祐初年，担任谏官的刘安世曾前后十一次上书弹劾章惇在苏州强买百姓田产。元祐八年赵煦亲政后，决定起用章惇任宰相，翰林学士范祖禹竭力反对，并将章惇进入仕途以来的种种劣迹予以披露。绍圣元年，章惇上台执政后，对范、刘两人耿耿于怀，恨之入骨，必欲置之于死地而后快。因为元祐年间，范祖禹和刘安世曾经上书太皇太后说，赵煦年方十四岁，不宜接近女色，劝谏太皇太后保护小皇帝的身体，建议到开封府寻找奶妈照顾皇帝。这一回，章惇借题发挥，说刘、范两人离间赵煦皇帝和其祖母宣仁太后之间的关系，并诬蔑两人犯下了诽谤罪。

九月，滁州（今南京滁州市）、沂州（今鲁南和苏北一带）也发生了地震。消息传到齐州，当地的老百姓也很吃惊，甚至有人谣传山东也会发生地震，因此人心惶惶。

齐州府听到了百姓的反映，开始做安定人心的工作，游酢起草发文碟，一方面通知各县“务必安定百姓，切勿信谣、传谣。但有发现造谣、传谣者严惩不贷!”，一方面张贴榜文。

然而，朝廷发生的地震让天下人更加的害怕!

话说章惇前些年曾经提出要恢复蔡确的名誉，遭到了谏官们的强烈反对，自己反而被贬出京城，肚子里窝气许久。章惇想起这件事情，与“中书舍人”叶祖洽谈起，叶祖洽是个聪明人，况且他是章惇提拔的人，岂能不出力？于是，叶祖洽即上奏疏给皇帝，向赵煦提出“特赠确太师，赐本家宅一区。”

蔡确是元祐旧臣们的死对头，叶祖洽的上奏对元祐旧臣来说无疑是一阵闷雷。

接着，张商英上了一篇激怒君相的奏章，内言为：“陛下无忘元祐时，章惇无忘汝州时，安焘无忘许州时，李清臣、曾布无忘河阳时。”因为这几句话，赵煦于是做出罢免一切元祐旧臣官职的决定。章惇等知道了这件事情，更加坚定决心，发誓要重提旧时的党派斗争恩怨，因此兴起了一场更大的政治斗争风波。

后宫中的刘婕妤，妖艳骄横，极受赵煦的宠爱；她一心想把孟太后扳倒，自己好当皇后，善于笼络人心。章惇和宫中内侍郝随为了讨好皇帝和攀附她，两人跟刘婕妤关系密切，一心想扶她当皇后。在刘婕妤的暗示下，章惇和郝随抓住太后请道士入宫医病的把柄，内外配合，唆使心腹帮助制造了诬陷孟太后企图“宫变”的冤案。赵煦事先知道内情，出于宠爱刘婕妤，见了奏章，竟然下诏废除了太后孟氏，并将孟太后赶出“瑶华宫”，号“华阳教主玉清静妙仙师”，法名“冲真”。

章惇为了巩固自己的地位，十月又罗织元祐党人的罪，把吕大防、刘挚、苏辙、梁焘、范纯仁都充废岭南，韩维等三十人一概贬官。

可是，章惇觉得对元祐党的清除还不够彻底，于是又上奏程颐与司马光同恶相济。几天之后，程颐因此发配前往四川的涪州……

老宰相范纯仁也被贬岭南，这太让人不可思议了！程颐先生年纪已很高，还贬到遥远的四川去。听到朝中传出这些大事，各地官员都十分的震惊。人们知道，凡是这两人的弟子或者关系亲密者，前途都将失去希望，甚至可能将受到打击。

在这场风波中，陈瓘也遭受了贬谪。陈瓘是一个性格刚直的人，在朝廷中担任谏议大臣，他一接到受贬圣旨，知道是奸佞们的主意，无须争辩，草草卷了行李带着家眷便上路。

路上，他回想着自己进朝廷以来的经历，觉得章惇也不可信，虽然有一定的才学，可是没有自己的主见，听从蔡京等摆布。而蔡京呢，奸邪无比，阳奉阴违，权欲熏天，打击迫害人极其凶狠。满朝的官员中，公正可信的大多是那一班谏官兄弟。

十月，陈瓘路过齐州来访游酢。

晚间，两人闲谈，陈瓘先是述说了韩维、范纯仁被贬后的事情。

韩维的儿子听到消息，连忙上书陈诉，说：“我父亲韩维执政时，曾经跟司马

光意见不合，恳请恩赦!”因此，韩维得到圣旨免于流放。

老宰相范纯仁也被列入受贬的名单，他的家人大为吃惊。范夫人一向贤淑，不轻易发话，可是儿子们大为不满，怨气满腹地骂朝廷。范纯仁制止道：“你们不许胡来。”儿子们只好收敛了。过了两天，儿子们听到了韩维受到免于流放的消息，回家对父亲说道：“爸，以前讨论役法时父亲言语与司马光意见不同，咱们可以举这个事情请求皇帝免去外放留在京城。”范纯仁听了，摇头说道：“我因为君实（司马光）的荐引才得以当上宰相，从前同朝论事，宗旨不合，乃是为公不为私，今复再行提及，且变作为私不为公。与其有愧而生，宁可无愧而死?”随即命儿子整装就道，怡然启行。有的同僚好友说他的好名声，纯仁道：“我年将七十，两目失明，难道甘心远窜么？不过爱君本心，有怀未尽，若欲避好名的微嫌，反恐背叛朝廷，转增罪戾呢。”他决定坦然地接受被贬之事，所以他的儿子没有敢去朝廷申辩。他的几个儿子因考虑到父亲年老，多愿随从和照顾他。过了几天，范纯仁慨然离开京城开封，和儿子们便南下去湖南省永州。

游酢的心情很沉重，默默地听着陈瓘的叙述。听完了这些消息，他愤然叹道：“朝纲如此混乱，皆奸党所致，奸党不除，天下何以太平!”他也由这次事件，对前辈范纯仁的崇高人格更加敬仰，感叹道：“天下如范公者几何?”陈瓘说：“范宰相是朝廷中最正派的大臣，你选择跟从范宰相没错，可惜他独木难撑大厦，而且年纪偏大了。章惇、曾布、蔡京之流，鼠、狼之辈，虽然一时得势，千夫所指，必然没有好下场!”

接着，陈瓘说起宗泽的事情：“去年，开封知府吕惠卿命他负责巡视御河的修建，他的长子刚刚去世没几天，接到命令强忍悲痛，即前往赴任。可是，天寒地冻，在巡视中发现不少民工僵倒路旁，他立即上书朝廷，建议推迟工期，待明春天暖时再动工，并表示届时‘当身任其责。’朝廷同意延期。今年春，许多百姓得以生存下来，御河也修建完成，这是宗泽的功劳啊”。游酢说：“宗泽为官清正、又能够体恤民情，良臣也，可敬可佩！实为我们效仿的楷模。”

沉默一会，两人转而谈起朝廷的其他事情。

第二天早晨，陈瓘离开了齐州南下。

游酢正为朝廷的变化吃惊和宰相范纯仁、程颐先生二老受贬的事情忧心，忽然接到福建老家的亲人来报，家父病重。游酢接着信，立即草草收拾一下行李，吩咐儿女租了一辆马车随后赶来，自己骑了一匹马带着吕氏急匆匆策马飞奔向老家的路途……

游酢此次回家情况如何？请君看下回。

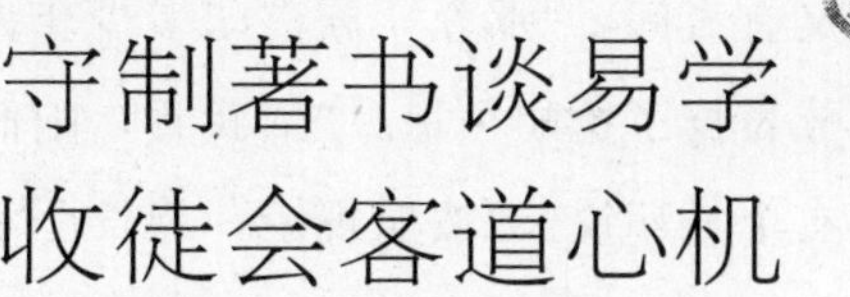

第五十八回 守制著书谈易学 收徒会客道心机

话说游酢赶回家，他父亲躺在床上已经奄奄一息，昏迷不醒。

几天后，游酢的儿子们等都到家了。老人家回光返照，醒了。他见了儿子和孙子都已经回家，微微一笑，但是说不出话来。

过了半个月后，游潜去世了。

族内亲人和村中人们知道了消息，都赶来帮忙处理后事。村中的人帮忙把游潜尸体安放在后山，盖了一座草棚，以便游酢夫妇守灵。游酢写信将父亲去世的情况告知齐州府并上报朝廷。

期间，村中人都前来帮忙。一天夜间，游酢看见张崇武，问道："崇武，在家过得怎么样？"张崇武回答："一般般。"游酢说："你有一身好武艺，在家是个浪费，以后有机会可以跟我出去。"张崇武答道："不用，我觉得还是在家种田实在。"游酢因为有事情忙，没有时间跟他深谈，去办理事情了。

办理完父亲的后事，游酢也疲惫不堪，在草棚静心地守孝。朝廷的制度规定：官员凡是父母去世，需在家守孝三年，满期后才可以重新安排工作。这种制度叫做"守制"。

十月底，乡村的农民开始进入农闲阶段。游醇召集家族的主要骨干又一次开会讨论修族谱的事情。

会上议定，明年正月十八是黄道吉日，那天正式请刻谱师傅入村开盘刻印。于是，又讨论了谁去请师傅、谈价钱，师傅们的住宿、伙食安排，谁负责买猪头、三牲、做糍粑和伙食等问题。至于修谱的起工和完工的祝文、祭祀文等自然由游

醇兄弟包揽，还安排了监谱、校对人员。

有人问："放在哪里搞吃好？"

"祖祠的厢房有现成的锅灶，年年祭祀祖祠的时候都用，打扫、洗刷一下就可以。烧的柴火各户送半担足够。"

又有人问："那么，族谱印多少套为好？"

族长捻了捻胡须道："依我看，咱们族不大，按大小房算来有十六份就够。"

有个长辈说："按照规矩，族长公和编谱的各要存一套，至少也得十八套。"

游酢说："印二十四套吧，有些外迁出去的以后回来寻宗时可以给他们，附近的同宗给两套，余下的做机动。"

"那好，就印二十四套。"

会上，游醇对游酢说："咱们家族不大而且年代不远，族中先人早年就准备写家谱放着，做起来不难。只是谱头的序、传、赞等，你来做。"游酢回答道："哥，你做吧。你是兄长，哪有弟弟越分的事情。"游醇说："你来做更适合。我虽然中了个进士，没有实际的职务，你当过朝廷的官。再说，我要把现有的人丁材料等补上，还要负责全盘工作，忙不过来。你不用推托，就这么定了。"游酢只好点头应道："那好，到时你帮忙看看。"游醇笑道："这还差不多。"

一切谈妥，大家欢欢喜喜离去。

十一月，游酢考虑到陈侁等回家要一定时间，而且自己也要准备族谱的材料，便让陈侁等弟子们回去了。

游酢开始坐下来整理材料。由于游醇早年有修家谱的准备，游酢帮忙整理好家谱，并且早年已向谢显道、吕大临等约稿写谱头的题赞，前两月父亲去世，杨时前来吊唁，又请他补了父亲的题赞。游醇又提出请人前来印谱。于是，游酢将诸友的题赞一一再看一遍：

唐八闽始　祖五丈匹公（建阳）赞

世守南京，昆弟俱仕，公独韬光，富贵弗慕，择地于闽，来于唐祚，文贞八叶，德树惠布，卜筑长平，勃兴宗祀，瓜瓞绵绵，衣冠弈世。

——宋·翰林学士谢显道谨撰

唐镇使二世吴公赞

肇迁二世，公发其祥，德建名立，器宇轩昂，世为镇使，望重潭阳，承先启后，源远流长。

——宋秘书省正字吕大临谨撰

太中公升叔先生游潜赞

峋嶙嶙豸，翠埦公棠，先生挺秀，笃生贤良，宗谱秩秩，庙貌堂堂，瞻仰遗容，山高水长。

——宋·杨时谨撰

年底，游醇、游酢兄弟等开始校对族谱的材料。

第二年初，游酢一家按照礼制没有放鞭炮，没有请客，粗衣素食，也没有走亲访友，守在草堂静悄悄地过了一个上元节。

过完初五，游醇、游酢兄弟等继续将族谱的材料校对了一遍。

游酢再审了一遍家谱的底稿，最后补写了一篇族谱序文。

天气时晴雨不定，有时下霜，有时下雪。村里房前屋后的桃红李白，李花开满了雪白的花，一眼望去富垄村就像一片花海似的，微风一吹，青草的气息和花卉的馨香弥漫着整个乡村。

一天上午，松溪人吴执中来访。这吴执中，字子权，松溪县渭田乡吴村人，嘉祐八年中进士，比游酢大二十岁左右，学问也颇好，眼下在当地方官员。游酢见了他，拱手说道："吴大人，多年不曾谋面，你依然春风满面啊。"吴执中答道："彼此、彼此。游大人，在家一定又有新作问世了吧，拿出来拜读、拜读。"两人说笑着坐下，饮茶、闲谈。坐了一会，吴执中说："我回家过年，几天的热闹过去就觉得没有意思，还是找你切磋一下才实在。你是大学问家啊，在咱们闽北少有人可比肩。"游酢说道："老前辈说笑了，你不但学问比我好，而且见识也更广。晚生当向你多多指教才是。"于是，两人开始交谈起学问。

吃饭的时候，游酢问道："听说，吕惠卿是你襟兄弟的女婿，你跟他的关系怎么样？"吴执中回答："嗨！这个嘛，他当他的大官，我自己能够混一口饭吃就够了，何必求人呢。"游酢从心里对他敬慕，赞叹道道："有骨气！"

吴执中吃完午饭，便告辞了。

元宵节过后，陈侁等弟子回来了，村里游氏家族的男人们开始动手修族谱的事儿。

到了正月十八那日，天亮后一阵猪被杀的嚎叫声传遍村庄，游氏的宗亲大人们都纷纷起床开始准备应做的事情，有的小孩也被吵醒了。清晨，大雾茫茫的，妇女们奔向猪叫的地方——她们到祖祠边去杀鸡、宰鸭、煮饭菜。

早上，大家吃了便饭。男的去准备起工的事宜，女的做厨房内的事务。

上午辰时，刻谱师傅带着两个挑着木箱的助手，后面还跟着一个姑娘进村了。接待的人把他们带到祖祠的客厅坐下休息。这祖祠虽然不大，可是因为近两代人

才辈出，朝廷赐的牌匾有“兄弟登科”、“棠棣联辉”等，当地的外姓人羡慕不已。其中，游三礼一家就够出色，游默的儿子游醇和游酌乃同胞兄弟，先后几年中进士，而游酢与游醇兄弟都是同游三礼这个爷爷的孙子，“一门三进士”一时成为地方上的美谈。因此，在建阳名声传得很开，家喻户晓。

族长和游醇、游酢兄弟等上前与师傅互相作揖施礼，通了姓名、功名等，众人才知那师傅也是举人出身，学富五车，经纶满腹，当过州府教授。

请师傅们喝完了茶。游氏的男人忙开了，有的拿香、纸、烛，有的抬猪头，有的端煮熟的三牲，有的端糍粑、提老酒、拿杯子，往客厅神位前桌上放好供着。族长带所有男人和男孩子进来，族长站在最前面，负责司仪的游醇先给祖先点燃香和烛，再将一大把冒着烟的香分给每一人一枝。接着喊：“上香、再上香、三上香”、“上香礼毕”、“献酒、再献酒、三献酒。”、“献酒礼毕”，“跪——读祝文”听到这一声，所有的人都跪下。这时，门外响起了一长串的鞭炮声。

游醇念“告祖文”完毕，喊道：“跪——升”接着又念道；“叩首、再叩首、三叩首。”

大家直到听到：“礼毕——平身。”才站直，恢复平常的样子。

族长走到刻谱师傅身边说：“师傅，再就劳你出神力了。”

刻谱师傅笑着回答：“哪里，这是我们分内的事情。”接着交代道：“麻烦叫两个人铺两个摊，好放东西和印字用。另外，纸张去拿来。”

没等族长发话，几个后生应道：“好咧——”就去张罗了。转眼功夫，摊铺好，纸张也拿来。游醇将族谱草稿递给师傅。那师傅粗粗翻一遍，赞道：“贵族真乃望族，世代缙缨，科甲联芳，敬仰、敬仰。”

族长高兴而谦虚地回道：“多谢师傅的美言！”和师傅并排坐下。

刻谱师傅听了也满心欢喜，喊道：“孩子们，开工吧——”两个帮手打开木箱，取出两块木匣，又取出一箱用枣和梨木刻好的活字，都放到架好的门板上。帮手将纸裁好，取出油墨，用小木棍搅和调匀，对师傅说道：“好了。”师傅上前瞧了一眼，点点头，说道：“春秀，上！”许多人都拥挤过来看热闹。

族长喊道：“大家别挤。”众人听了没有人敢再往前，只得远看。

那姑娘身材长得高挑，脸蛋长而透着红润光，皮肤白，挽起衣袖，露出一只白玉似的手臂。围观的后生一个个眼前唰地一亮看呆了，哪个心里不痒痒的？可是，族长和父母们都在场，没有一个敢出声。那姑娘这种场面见得多，一点也不当回事，只是做自己的，拿着族谱草稿对着进行拣字排版——将活字一个个拣起，按照草稿的顺序往木格子放——字朝上；排好一版后，将草稿再对一遍，接着放下手中的草稿，给排好的字抹上一层油墨，然后将裁好的纸覆盖到上面，再用另外一把干净的毛刷轻轻地刷一遍；过了一会，姑娘将纸张轻轻地取起，翻过来一看，一张印好字的纸便成了一页文章。姑娘送到师傅面前，道："爷爷，可以吗?"师傅验过，对族长说道："恭喜，很顺利。"

族长回道："同喜、同喜。"众人的脸似乎一张张都添了光彩。

这时，门外又响起了一长串的鞭炮声。

晚上，游撝把母亲叫到一旁，嘀咕了一阵。夜间，吕氏对游酢透露了儿子对那姑娘爱慕之意，讲道："那姑娘人有模样，而且能够识字。"游酢回答："不行，孩子年纪还小，再说孙大人以前在京城曾经提过要撝儿为婿之事。"吕氏分辩道"你那么当真，那只不过说说而已，又没有定聘。"游酢听了，讲道："做人信誉第一。我不能负人。我看你说的那位姑娘，如果给大哥的儿子擢儿倒挺般配。"吕氏听了转而道："这样也好。"次日，游酢去跟堂兄游醇商量。游醇说："叔叔刚刚去世，怎么能呢。"游酢讲道："古时孝子尚且有冲孝的典故，大哥未尝不知。依照古例行事，孙子守孝才一年，况且是侄孙，可以先定下亲事。"游醇终于同意，答应道："此事暂时不要声张，我去试探一下再议论。"

一连几日，游醇与师傅闲谈，了解到姑娘年方十六，尚未许字于人。师傅心下明白游醇用意，又私下留心观看了他家的公子，是个人才，但是不让孙女知道，以免乱了她的心。

半个月左右，刻谱完工，依旧进行了一场隆重的祭祀典礼，谢了师傅们一餐，合族人也沾了光。

师傅们临走时，游醇吩咐二儿子送师傅一程，交代只允许送到村口就回头。这一段相送，意图是让姑娘认识一下游擢。

师傅回到家没有几天，游醇便派人上门提亲。师傅了解对方的根底，对儿子和媳妇说了，大家都认为自己高攀上这么一门亲戚万分高兴，于是给孙女挑破了窗纱，讲："这门亲事是爷爷帮你选的，也是你前辈子修来的福。"

"爷爷，您说的是那一个?"

"送我们到村口的，还满意吗?"

姑娘想起了：那后生蛮英俊的，正合自己心意。但是，听爷爷说他父亲是进士，自己只是个农家女。于是，她说道："咱们配得上人家吗?"

当爷爷的说；"这就放心，对方已经来提亲，说明人家是真情实意的。"

姑娘听了，心头一热，脸红了，咬一下嘴唇，转身回闺房去了。

一家大人见此，知道姑娘满意，便叫人回了庚帖送去。

游醇接了回帖，叫人与游擢的生辰八字一查，属于上上婚姻。于是，游家做了准备，给对方正式送去了聘金和聘礼。这门亲事定了下来。

族谱做完，春耕还没有开始，大家暂时闲下。游酢请人将父亲的棺材移到距龙湖往北里许的寿地，族中人帮忙在他父亲的寿地盖了一座草棚，草棚面积约半亩左右大。

游潜的风水墓地在崇化里龙湖山腰宝应寺后。那里重峦叠嶂，林木参天，环境幽雅，空气清新，山谷中大小瀑布有几十处，其中以龙池飞瀑最出名。

读书堂盖成那一天，游酢好高兴，请了几桌酬谢乡亲。晚上，席散客去，打发孩子们去休息，他自己一人独坐着静思。

他开始移在这里读书，继续过着清淡的生活。

一天，游酢忽然回想起当年洛阳求学之事，于是诗兴来了，提笔写下《宝应寺读书堂成因怀明道先生》一诗：

桥西积雪度新晴，卜筑茅堂快落成。
郁郁奇花铺野趣，关关好鸟和书声。
春浓岚色无边景，水净天光彻底清。
记得程门窗草绿，至今遐想每驰情。

早晨，游醇刚刚吃过饭不久，游酌问道："大哥，今天做什么？"游醇回答："去定夫那儿走走吧，他一个人在那儿呆住，太寂寞和孤单了。我们有空时到草堂坐一坐。"游酌应道："好哩。"

半个时辰后，兄弟俩出了家门朝草堂方向走去。

"暖——大哥、四哥，你们去哪儿？"听到喊声，兄弟回头一看是游醒。游酌停下脚步，说："去草堂。"游醒跑着追上，气喘吁吁地说："好呀，我也去。"

游拂、游损在前面小坪上玩耍，见山下来了一群人，看清是自家人，便躲到一角去了。

游醇三人走近草堂时，突然有人大声喊道："哪里去？"三人先是吓了一跳，只见蹦出两个小孩，朝他们嘿嘿一笑，说道："大伯好，叔叔们好！"

吕氏闻声出来，招呼道："大伯、叔叔进屋坐。"

游酢在练书法，听到有人来正准备起身，见堂兄等已经进了草堂，招呼道："你们来啦，都坐吧。"由于都是自家兄弟，大家也不客气，都到桌边坐了下来。吕氏忙着到厨房去沏茶。过了一会，她端着一壶茶水出来，给兄弟们倒了一杯，说一句："大伯，兄弟们慢慢用茶。"便回到厨房去了。

游醒问道："二哥，你的书法那么好，还练啊？"

游酢笑了笑，说："古人说学无止境，艺不离手。论书法，我固然也过得去，可是跟天下大家相比，还差得远呢。就眼前而言，大哥的比我还好，能不学习吗？"

游醇摆摆手，说："你们别听定夫，他是拿我开心，我的字哪有他的强。定夫，我们谈点正事，近来读什么书？"

游酢答道："在给《论语》作注解。大哥呢？"

游醇说："读点《易经》。定夫，你说自古以来前人对这本书有许多的注解，众说不一。就对天地间事物看法也有一元说和二元说，你倾向哪一家？"

游酢想了一下，答道："古来的易学家无非包含着象数和义理两派，汉代之前重象数，其后至今则重义理。弟以为二程夫子所说的更贴切些，他们继承了三国时王弼《周易注》的观点，用义理对易经进行了阐述，融入了理学的主张，堪称古来最佳的版本。是的，天地间的事物无不是两面性的，有阳有阴；事情也有好与差两面。但是，万物无不是一个理字。"

游醇说："王弼《周易注》机智风趣，老子的味很浓。程氏兄弟的易学注释还不曾看过，不过程氏兄弟的理学，我倒研习多年。他们所讲的理学，确实有自己的创见，可谓独树一家。但是'去人欲，存天理'这句话，我觉得在对人方面不够宽容些。"

游酢说："程夫子所说的去人欲，并不是排斥人的一切欲望，而且要人们从讲天理出发，去掉损人利己的欲望。"

游酌问道："二哥这么讲，说得过去。可是，他说的'饿死事小，失节事大'呢？"

游酢答道："这一句原来程夫子是对寡妇改嫁的事情而言的。其实，这话的含义也没有错，任何人虽然都要生存，生存固然第一，但是在一定的条件下做人非有气节不可。古书上所写的行乞者'不食嗟来之食'便是例子。士可杀不可辱，也同此义。"

游醳问道："哥哥们，研究《易经》有什么作用和好处？"

游酢说："《易经》的系辞中说'圣人以通天下之志，以定天下之业，以断天下之疑。'这三句话便是答案。《诗经》中就有记载古人在劳动和战争中对易经的运用。汉代的京房用它创造了历法，确定了二十四节气等，对农业生产和人们的日常生活都有着直接的作用。"

游醳又问："那么，《易经》本身告诉人们什么道理呢？"

游醇说："这个，问问你二哥。"

游酢答道："简单地说就一个字：变。"

游醇听了，疑惑地问道："变？"

游酢说："对！变。天有阴晴风雨四象，岁有春夏秋冬四季，人有七情六欲，生老病死，贫富贵贱。一切都在变，都会变。天下没有不变的东西，这就是《易经》蕴涵的深刻哲理。当然，任何人在自己的人生当中，也要懂得善于变通。譬如，你们现在拼命地读书，就是要改变自己的命运，将来能够有更好的生活。"

游醇听了，说道："二哥，你这么一讲，我明白了很多的东西。"

"你们在说什么呢？"忽然，门外跑进一个十几岁的小孩，大家一看，原来是游操。

堂兄的儿子游操，字存诚，是一个长得英俊的少年，为人聪明。他已经读了几年书，见游酢在家，经常来询问读书的事情。游酢喜爱他，热心地指导他，村里知道的人说："游酢对存诚比自己的孩子还更爱呢。"

游醇说："操儿，你二伯在勉励你们要努力读书，改变自己的命运，将来当官，不要像你父亲一样种田。"

游操回答说："大家都当官了，哪来的吃穿啊？"

众人听了哈哈大笑。

游酢说："操儿说得对。其实，我说的并不是要人人都去当官。不论做什么，只要知道《易经》变的道理，都可以改变自己的命运。穷的，懂得变通，想办法多挣钱，便能够使自己富起来；没有文化的，努力学习，也可以使自己成为知识丰富的文化人；遇到困难和挫折，善于变通，就能够战胜困难和挫折，走向新的成功。"

游操听了，说道："就是嘛，二伯才不像你们认为的那样。"

大家说说笑笑，不知不觉到了中午，才各自回去。

一天，游酢在草棚里边看书边给《论语杂解》作注释。突然，游撝跑进来说："爸爸，外面有人来找你。"游酢放下书走出门一看，是一个青年。

那青年上前施礼道："晚生陈佚给游大人请安。"

游酢忽然想起什么，说道："哦，陈秀才，进屋坐。"

陈佚，名复之，侯官（今福州）长乐人，平常与陈瓘最友好，为陈瓘的弟子。因前年陈瓘谪岭南，写了一封信对陈瓘表示祝贺，不曾想到信被奸人所截上报朝廷，结果获罪削官回乡。

进草堂坐下，喝了三盏茶，游酢关切地问道："你今天怎么有空来此？"陈佚说："听说大人回到建阳，所以特来求学。不知方便否？"游酢应道："方便！我现在家里闲着，其他人一概不见，唯独欢迎求学青年上门。你就安心地在这里陪陪我，有什么问题随时可以问。”

这样，陈侁就住下了。

陈侁问道：“孔夫子何以称圣而孟夫子却亚圣？”

游酢答道：“孔夫子兴学育才，著书立说，倡三纲五常，开儒家先河，故称圣人；孟夫子继承其大统，其建树也大，故以亚圣相称。”

陈侁又问道：“孔夫子论著何者为优？”

游酢答道：“圣人所著有三：《论语》、《春秋》、《十翼》。以愚之见，《论语》最善，小则修身齐家、为人处世，大可安邦治国，人人可用，万世师表。《十翼》次之，夫子晚年所著，凝毕生智慧，寓天地之哲理，亦万世不朽之至珍；三为《春秋》，虽为左氏而注，然亦可观。”

陈侁复问道：“《论语》至要大旨？”

游酢笑而答道：“为人也。”

陈侁再问道：“为人何以先后？”

游酢答道：“古人对做人有忠、孝、仁、义、礼、智、信等方面要求。从做人来说，我认为孝第一。幼小时知道孝敬父母及长辈、友爱兄弟，长大后能够忠于事主；但是，处世则极需讲究修养。首先要治气养心，心地仁慈，胸怀宽阔，在待人接物上，能够对朋友讲诚信，注重情义，言行能够有礼智，非礼不言，非礼不行，非礼不动，才能成为君子。”

清明节那天早晨，天下着细雨，富垄村家家户户都在忙着，妇女们杀鸭，男人打米果。游醇和游氏兄弟挑着祭品，带上自己的儿子们到山上去祭祀父亲的坟墓。

转眼到了夏天，弟子们都回来了。游酢又开始忙碌起来。

一天接到朝廷的邸报，游酢才知道新党人物又重新获得朝廷大权，章惇仍然当宰相，继续贬了一大批元祐时的大臣到岭南。

看罢邸报，游酢明白朝廷又卷起了一场非常大的风浪，半天透不出气来。他走出门，看见有游扩和游拂、游损在地上比画着。他悄悄地过去，问道：“扩儿，你们玩什么？”

游扩闻声抬头一看，答道：“二叔，我们在画太极八卦图呢。”

“画出来了吗？”游酢问道。

游拂、游损闻声慌忙将地上的图用脚抹了几处。游酢笑着走过去，游拂、游损闪到一边，小声地叫道：“爸爸。”游酢应道：“嗯。你们不读书尽知道玩。”游

拂、游损撒腿跑回草堂去了，游扩忽然发现地上的图少了两个字，大声喊："你们两个回来，赔我。"游酢前去一看，地上果然有两个圆圈，内重画了太极，外重一圈写了八卦的名称和符号，但是少了一个坎字和一个离字的符号。游酢拣了一截树枝，弯下腰补上。

游扩问道："二叔，我画的太极图对吗？"

游酢点点头，说："对！一点不错。你怎么会画这个？"

游扩答道："我偷看我爸书上的。他呀，可不许我看，叫我好好读书去，不要想七想八。"

游酢看了他一眼，回答道："你爸爸说得对。现在年龄还小，先把课本读好，以后大了再学。"

游扩回答说："好。我一定听你的。我回去了。"转身跑了。

游酢大声嘱咐道："扩儿，听你爸爸的话，好好读书。"游扩已经跑下了山冈。

忽然，迎面走来一位七十多岁的老人，喊道："小孩，游大人在家吗？"

游扩收住脚步一看，问道："老人家，你问的是哪一个？"

老人笑着问道："你这里有几个游大人？"

游扩回答："我爸爸、二叔、三叔、七叔，还有——"

老人说："你这小鬼，知道这么多。我找的是定夫先生呀！"

游扩听了，答道："哦，我二叔，他在草堂呢。"应完走了。

老人上了山冈，到了草堂前，问道："定夫在家吗？"

游酢听到有人来，连忙奔出门，一看不是别人而是江侧先生，上前施礼道："恩师在上，受学生一拜。"江侧摆摆手，说："定夫免礼。老夫听说你守制在家，特地过来看看。"游酢说道："不知恩师驾临，学生失迎，万望海纳。学生在制，简居草堂，多有不便。请里面用茶。"

进了草堂，游酢请江侧先生坐了上位，游损、游拨俩听到有客人来，急匆匆奔回屋，游酢叫孩子道："你们过来，这是爸爸的先生，你们叫师公。"游损、游拨连忙上前鞠了个大躬，问候道："师公好！"吕氏闻声也出来行了个万福，说道："师公在上，贱妾有礼啦！"江侧忙回礼道："夫人免礼。"夫人说了声："谢谢！"回到厨房沏了一壶上好的茶出来，游酢说："我来吧。"接过茶盘，亲自端给先生江侧。江侧接过茶，说道："定夫，我们亦师亦友，就免了那些陈规礼节吧。"游酢说道："学生失礼，本该前往看望你。不想劳你屈尊大驾来此相看，实在有愧。"夫人说："师公慢慢用茶。"说完回厨房杀鸡、备酒菜去了。游酢对孩子们交代："你们出去玩吧。"游损、游拨走了，江侧问道："回家来这些日子可好？"游酢应道："还好。不知恩师现在何处？"江侧答道："我回家多年了，闲居着，每日就看一点书过日罢。听说你倒收了一些门徒。"游酢应道："是的。只是三五个，多了也应付不过来。"江侧说："听说朝廷近年来争斗很是激烈，不少元祐时期的大官都被贬了。你在守制中也好，可以清静、清静，做一点学问，收一些门徒。这两件事情看似平淡却是深远的大事呀。读书人虽然说仕途为重，可是官场翻云覆雨，说下便下，其实能够著书立说，才是千秋不朽的大业。你以后在这些方面多下工夫才对。"游酢应道："谢谢恩师指点，学生谨记。"

中午，游酢破例地陪先生江侧喝了一点酒。午后，江侧起身告辞，游酢让夫人封了一包银子，亲自送先生江侧下山冈。

欲知后事，请君看下回分解。

千秋雪

下

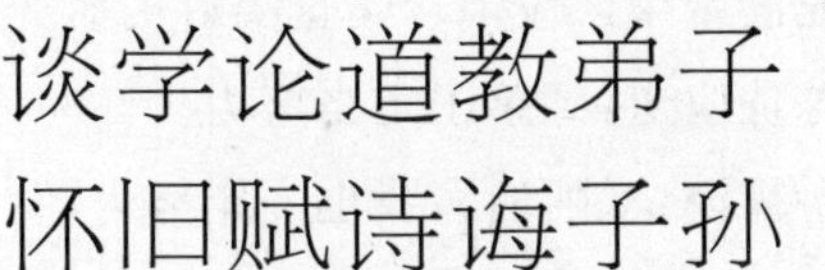

第五十九回 谈学论道教弟子 怀旧赋诗诲子孙

话说将乐杨时的堂弟杨敦仁，元祐三年中进士，当过一任邵武知县便回乡闲居。他听说游酢守制在家，准备要来求学，恰好见到与他要好的两个宗亲的青年秀才杨甲、杨树远，说道："我准备去建州拜游酢大人，到那里求学。"杨甲、杨树远听了，说道："哦，是与十二郎（杨时）同学于程门的游大人吗？"杨敦仁答道："是的。他曾经在朝廷当过太学博士，如今闲居在家，去向这样天下的名士求学，一定能够有收获的。"杨甲、杨树远回答说："我们也想跟你去。可是，十二郎知道了怎么交代？"杨敦仁答道："这，请你们放心，游大人与十二郎情同手足，学问和名声齐驱并驾，我家兄远在湖南潭州，怎么去问他？游大人到京城任过官，见识广，谅能够容纳我们的。"两秀才听了，回答道："如此，我们跟你去。"于是，他们也跟着前来。

弟子多了，吃住是一个问题。游酢将他们安排在草堂的两侧厢房，雇了一个堂弟媳妇为弟子们煮饭、菜，洗衣服，弟子们每月缴纳一定的生活费。

这些弟子都有较高的文化知识，只是想通过游酢的指导，进一步提高知识修养，有的图今后能够考上举人、进士。平时，他们自己学习，有不懂的地方问一问，然后自己去领悟再学习。

游酢开始在草堂边讲学，边著述。他讲学的内容主要是《论语》和《孟子》，有时也讲《诗经》。游酢对前来求学的弟子，也像程门一样，来去自由，向弟子们提倡有疑问时可以发表自己的见解。

一日，游酢决定带弟子们到野外走走，看一看田野的风光。

四周的群山仿佛披上了一件件浓绿浓绿的新装，路旁野花开满遍地，小溪两岸竹木掩映、溪流荡漾。游酢和弟子们行走在田边，听得见流水潺潺，田野上农民已经开始春耕，有的在锄田，有的在犁田。

看着眼前的风光，游酢说："春光多么美呀。你们年轻人就像春天一样生机勃勃，充满希望，应当珍惜这美好的时光，努力学习，将来就会大有作为。"

陈侁应道："弟子定当努力。"

游操说："阿伯，我也一定努力。"游酢停住了脚步，抚摩着他的头说道："操儿，阿伯老了，咱们游家今后就指望你这一辈有出息。"

杨甲问："先生，孔圣人云'《关雎》乐而不淫'，学生不知其所以。"

游酢答道："常人的哀乐都出于私人的情感，因此比较容易过度乐而无节制，哀必定引起别人的伤感。《关雎》这首诗的乐在于得到贤淑的女子，和一般人的乐有所不同，所以不会沉溺在女色之中；诗中的哀在于思念有贤德才能的人，和一般的哀有所不同，所以不会损害善良人的心。古代贤明的君主的担忧和快乐都是为天下着想。因此，孔圣人说《关雎》乐而不淫。"

杨敦仁听了说："游大人所讲解，想得甚宽，能够以小见大，讲解得深透。我们望尘莫及，真是领教了。"

杨树远问："先生，孔圣人说'回也，其心三月不违仁'怎么理解？"

游酢答道："仁即是人心，片刻不可离开它，有如饥饿时要吃饭食，干渴时要喝水，只要一天缺少，那么就会困顿饥饿甚至跌倒。人心一天不依从于仁，就不配作为人。孔子曾经叹息说'（现在）有多少人能够一天的时间把力量用在仁的方面呢？'当时的人不能有一天的时间把力量用在仁的方面，又怎么能够像颜渊一样把仁存在心中达到三个月之久呢？孔夫子说这句话，目的是希望天下的人，能够常常怀有仁心。"

杨树远听了，点头说道："原来这样啊。我明白了。"

他们边走边谈，悠悠来到了万峰桥上，站在桥上前可以看见禾坪街，后面是富垄村。

游操问道："阿伯，这里为什么叫万峰桥？"

游酢答道："也许，前人认为这里附近很多山峰吧。"游酢想到自己尚在守制期间不宜远行，也怕多接触人以免惹来不必的麻烦，于是说："咱们回去。"

大家听了，只好都回头。

一个晴朗的夏夜，游酢和儿子、弟子们坐在草堂前露天的坪子上，湛蓝晶莹的夜空明月高悬，繁星闪烁，地面上虽然没有风，白日间太阳晒的余热尚未退尽，可是坪前空旷，周围有树木，空气清新，大家不觉得闷热。

忽然，一道白光划破夜空朝西面飞去，刹眼不见了。

小儿子问道：“爸，刚才那是什么?”

“流星。”

小儿子又问：“流星是什么?”

“它也是天上的星星。就像你们好玩的小孩，溜到地上来玩。”

“爸爸，它还能够回到天上吗?”

“天上的星星都是石体，掉下来了怎么能够回去呢?”

“爸爸，如果天上的星星一直掉落，那么不是有一天就连一颗也没有了吗?”

游酢听了，知道这个问题不好回答，他只好说：“你以后长大了，去问问知道这个问题的人。”

“爸爸，人家不是说你学问很好，怎么不知道呢?”

“孩子，天地间无限宽广，宇宙无比大。天下任何的学问家所知道的都不及亿亿万分之一。就人间的已有的事物和知识，一生都数不过来，爸爸只懂得一些文字，连皮毛都不及，怎么能够说自己博学。人家说我博学，我自己可不敢承认。”

杨敦仁听了，说：“游大人太谦虚了。大人可算得上天下名士呀。家兄经常提起你不但受二程先生的称赞，而且朝野也都一致公认。”

陈侁插话道：“那是。过去了翁先生也一再推举先生的才学。”

游酢回答：“鞋子合不合脚，只有自己心里最清楚。在当朝，欧阳文忠公、王安石相公、苏东坡才是真正的大文豪，我望尘莫及。”

陈侁又说道：“先生的书法在当今总算有名的吧?”

游酢答道：“论书法，当朝苏、黄、米、蔡最有名。嗨！做事岂在为名利呢?我从来没有考虑这个问题。至于世人如何评价，那是另一回事。”

杨树远说道：“游大人如此谦逊，我们还是谈点别的吧。游大人有一件事情不知当不当问?”

游酢应道：“有什么问题，你说。”

杨树远问道：“听说大人对周易很有研究，能不能给我们讲一讲这方面的知识。”

游酢说道：“很有研究不敢说，略知一二。这门学术很深、很广，以后我一定给你们好好补上这一门课。”

“好呀!”众弟子听了无不兴奋。

年底，弟子们回家去与父母等亲人团聚，草堂静了下来。人们开始准备迎接

新年的到来。

又是一年新的春天，黄麻溪岸开满了桃花，山更青翠、水更绿了，燕子回到老巢，春节里孩子们聚集在一起玩闹，坐梧桐车，滚竹环，捉迷藏、放鞭炮，草棚里热闹了起来。

弟子们也陆续地回来了，游酢开始给他们讲学。

陈侁和杨敦仁等弟子，在草堂里学习。

一日，游酢和弟子们坐着闲谈，杨敦仁和陈侁谈起《周易》。

杨树远说："人们都说，它只是一本占卜算命的书。"

杨敦仁答道："是啊，用它可占卜天上的风雨阴晴，人事的吉凶祸福。"

陈侁说："传说，周文王、姜子牙用它来预测战争呢，火烧赤壁前诸葛亮预测东风几时几刻到来，正是运用《易经》的原理推算出来的。"

游酢答道："《易经》它确实可以用来占卜算命，一般人能够学会，但这只是百用之一。然而，用它来领兵打仗，用来修身齐家安邦治国，则非平常之人所能够做到。"

陈侁问道："先生，儒家奉《易经》为群经之首，可是看去都是卦，怎么一回事?"

游酢答道："读《易》亦有等次，下人只懂占卦算命，中人一知半解，上人则深明其理。古贤云：'仰则观象于天，俯则观法于地，观鸟兽之文，与天地之宜，近取诸身，远取诸物，于是始作八卦，以通神明之德，以类万物之情。'故，《易》亦即理也。"

陈侁又问："如何读之?"

游酢答道："先熟知八卦来历，再熟悉六十卦，然后结合系辞、说卦、序卦、杂卦，依次循序渐进也。是书为先圣所作，看似简易，故入门易，精通却不易，常人三年虽能知其所以，三十年则未必尽知其所以然。"

杨甲听了说："如此难读，不如不读。"

游酢说道："非也。读《易》譬如下棋，学必有益。能够学到跟普通人下棋的功夫，已经有趣了；如果能够再深入学习，提高技艺，就可以跟高手对弈了。学必有难，入其道则知其趣。不学，永远只是门外汉。"

杨甲说道："原来这样，我要好好学习它。"

清明节前，陈侁等回家扫墓去。游酢自己在草堂里继续写书。

一天，叶默忽然来访。叶默手提着一袋礼物，一见面就说："游酢兄，实在抱歉，去年令尊去世不曾知道消息，前几天回来扫墓才听说，小弟这里负荆请罪了！”游酢说道：“你我都是宦游人，人在江湖，身不由己。屋里坐。”

两人坐下，游酢问道：“现在哪里做差事？”叶默回答说：“前年转到闽县任知县。”游酢又问道：“还好吗？”叶默说：“还好。不过，那里人才众多，像我这样一个七品芝麻官，人家哪里放在眼里。自己小心便是。”游酢笑着说道：“天下没有生下来就会的事情，磨练出才干嘛。你当了几任知县，也该尝过了当官的滋味吧。”叶默点头说道：“是的。这次回来没有带什么，只是带一点龙眼干给嫂夫人和孩子们尝尝。”把那一包礼物打开，游酢接过一看，说道：“好啊！我很多年没有吃到福州的龙眼了。不过这一大袋至少十几斤，太多了些，拿回去一点给老家人吃点。”叶默说：“家里有。这不是受贿的，你放心吃吧。”游酢说：“那好，我就不谢了。”接着，两人交谈了一阵对天下形势的看法和各自所闻、近期的生活。叶默就告辞了。

送走客人，他坐下来誊写修改好的《孟子杂解》。

六月十五这天中午，邮驿送来了一封信札。

游酢接信一看是杨时捎来的。展开信，内容如下：“某穷居习闲久矣，乍尔莅事，不无应接之烦。然义所当勉，亦不敢苟且自堕。事有闲即读《易》，然无朋游共学，相与讲明，每有所疑，徒切瞻企尔。去年相别时，兄亦读《易》，计须精到，有便愿以所得见教，不宜有吝也。盖我侪所学既与世背驰，朋交数人又各南北，切磋之益，以待面求，亦无及也。公宜谅之。固不敢嘿嘿，亦当有免问，以取质左右也。我友闲居，从游者必多，所得有人否？其质有可进者，宜切诱之，不当以强聒为耻也。敝乡二杨与舍弟欲亲炙席下，果然否？幸加驱策。区区非楮可尽。”读罢来信，游酢想：这家伙思想可多，信息也特灵的。收好信就去新建的读书堂了。

季节已经初秋，天气渐渐转凉，旷野上的树木开始枯黄，落叶了；不过，山野中的桂花树在前些天的细雨沐浴下，飘起了淡淡的馨香。

清晨，四周一片白雾茫茫。草棚传来一阵阵孩子的笑声。

“爸爸，起床、起床呀！”八岁的男孩，走到床边轻轻地叫着。

游酢从熟睡中醒来，睁眼一看是捄儿，他抬手抚摩一下孩子的头，说：“捄儿乖，爸爸就起来。”起床时，他觉得身心很舒畅，昨天晚上睡得好香，怎么起得这么迟？

游酢洗刷完走到草棚门外，看见天依然飘着木樨花雨丝，于是想起自己回家将近三年时光了。这些时光收获还是不小的：自己从三十岁出任萧山县尉，十多年来一直在外面奔波，辛苦、劳累，没有多少时间读书，更没有专心坐下来好好

读书、做学问。这一次回家守制，忙完父亲的后事总算清静了一段日子，重新读了《诗经》、《易经》、《四书》等几部古典著作，而且写了《论语杂解》等读书笔记。

他想，如果多给自己一些读书的时间多好啊。可是，家庭多子女，一家人生活费用哪里来呢。然而，官场那么复杂可怕，且不说自己到处辗转的艰辛，两进两出朝廷，就够自己受了，真是宦海无常，让人心惊肉跳。一旦守制期满，说不定又被调到什么地方去，还是趁现在抓紧看多些书，好好地做些学问，以免将来没有任何文字留给后人，白读了几十年书。自己的这一生已经走过了大半，将来的子孙，都能够重视读书吗？想到这里，一种诗兴涌上了心头。他回到草堂里去，在案前坐下来，铺开纸墨，挥笔写下一首《诲子》诗："三十年前草庐居，五年三第世间无。门前獬豸公棠在，唯恐儿孙不读书。"

球儿不但懂事，而且非常的聪明，游酢每有所教，他都能够记得一字无误，也喜欢读书。因此，游酢深为喜爱，常常带在身边。

可是，天有不测风云，一日球儿突然暴病死亡。吕氏哭得好不凄惨，游酢听着夫人的哭泣，不觉得也心酸得溢出泪花，毕竟是自己的骨肉啊！游酢和秋香在一旁相劝和安慰，夫人的情绪才渐渐稳定下来。

他开始写《中庸义》一书。

因为《中庸》的内容不多，四十多岁的人饱经风霜，几十年的游历和人生的经验，使他对"中庸"的含义理解得深透，写起来比较顺手。

半个多月，这一本书的注释和解说完成了。

一日，游操来玩，看见桌上摆着新装订的《中庸》，于是问道："伯伯，《中庸》这本书讲什么呀？"游酢答道："这本书讲做人的道理。庸，用也，中庸即中立、公正的意思，告诉人们做人要不偏不倚。比如，对一个人的看法，看到他的缺点，不能就说这个人坏，还要看到这个人优点。看待事情也同样是这个道理。再如，一个人的性格，太刚强不行，不讲究原则没有立场也不行……"

中秋节夜晚，师生一起赏月。

陈侁问："古来，人们对天上有许多的猜想、探索。先生，你对这方面有研究吗？"游酢答道："没有！我又不是汉朝的张衡和当今的苏颂。我只知道古人们所流传下来关于二十八宿的星图，知道天空一年四季每个月的星图不一样而已。"杨敦仁问道："那么，'彗星扫月'天下就会大乱的说法先生相信吗？"游酢答道："天上和人间是两种物体，相去不知多么遥远。它们本没有什么必然的联系，这只不过古人的猜想和推理吧。《诗经》里就有关于天上星象的记载了，可见古人很早便注意到这个问题。不过，古人对南极星、北斗星、太白星等这些星星命名是有依据的，对人们了解天体有好处。相信，将来人们对天体会越来关注的。也许，有一天人们真的能够到天上去玩。”杨甲听了，好奇地问道：“先生怎么会有这种的猜想？”游酢答道：“大家都听过姜太公封神的传说吧，那传说让我想到这一点。再说，人们常讲‘天外有天’，也许是真的。大家都知道，晴夜时看天象，它是那样的广阔无垠，多姿多彩而又深邃无比。可惜，我们到现在还没有办法了解它到底是一个怎样的物体。”陈佚问：“先生，好像不同的季节太阳出来的位置不一样，我搞不清楚怎么一回事。”游酢答道：“问得好。这个问题我观察过，并且有发现。太阳出山总在东方，可是，都在甲、寅、乙、卯四字上，一字管四季，春天在甲，夏天在寅，秋天在乙，冬天在卯，依次循环往复。”

大家听着，看着满天繁星的夜空，仿佛自己都飞到了天上，心灵有说不出的轻松和愉悦。

杨敦仁问道：“为什么这样呢？”

游酢答道：“这问题复杂，得从《易经》说。《易经》上认为天地是一个太极，太极生阴、阳两仪，两仪生四象，四象生八卦。而乾为天，代表阳刚、男性；坤为地，代表阴柔、母性。天高远禀气，地厚重载物，天地交合，犹如男女交媾，所以产生万物。天地间的物体有气体和固体，气体浮游于天上，如云、霞、雾、霰、虹、雷、电、风、雨；固体较重，在下。我们人类居住的地球是一个物体，太阳和月亮以及天上的星星也都是物体。但是，物体中又有轻重之别，日、月、星这些都是较轻的，它们的体内充满气体，因此在上；而地球较重，体内都是实物，所以在下。我猜想，日、月、星和地球都有相对的固定位置，它们相互映照，才能有春夏秋冬四季，给人们以冷暖，万物生长更替，人类繁衍生息。这些都是老天的安排。《易经》中的‘泰卦’坤上乾下，即天地交泰之意，对这一道理概括得很精辟，它的象辞说：‘天地交泰，后以财（裁）成天地之道，辅相天地之宜，以左右民。’看来，不读《易经》不行，连我们人类怎么来的、为什么有万物等道理都不懂呢。”

众弟子听了频频点头，称说：“先生说的是。”

游酢很高兴，说道：“你们有空时都读一读《易经》，会明白很多道理。有机会，我将再给你们讲一讲。”

重阳节后，天气逐渐寒冷了下来。

十月，游酢在家守制头尾已经三年，按照朝廷的规定可以安排新的官职。可是，不知什么原因，没有任何的消息——是朝廷很乱没有人管？还是太偏远了，

被人遗忘了？

他不管这些，只是照常边给弟子们讲学、边做学问。

一晃回乡三年时间，他总算勉强地写了《论语杂解》、《孟子杂解》、《中庸义》三本著作。这三本著作，虽然有受程门理论的影响，可是书中内容大多都是自己的见解。

十一月初，游酢才接到朝廷圣旨：调游酢任泉州签判。

弟子们知道了这个消息，无不兴奋，纷纷向游酢祝贺。游酢说："你们努力吧，将来肯定比我更好的。快过年了，你们先回去看望家人，以后我们有机会再相聚。"

临别前夕，游酢对弟子们说："你们先回去吧，我送你们两句话，不管将来当什么，做人第一，做事第二，此一也；学海无涯，夫子当终身学习，以修身养性，此二也。"弟子们听了，都向他辞别，各自回乡去了。

游酢想到：尽管当签判是一个知府的副手，然而这是朝廷委派的特使，不能不去。可是已经接近年关，等过了春节再去上任。欲知后事怎样，请看下文。

第六十回

鲤城美景迷新客 吟社群儒试后生

元符三年元日，赵煦卧床不起，向太后闻讯立刻召集几位朝廷重臣商议，决定免去大小官员的朝贺礼。御医等日夜守护在赵煦身边察看诊断，参苓杂进，龟鹿齐投，用遍延龄妙药，终不能挽回寿数。正月八日，赵煦驾崩，得年只二十五岁。

赵煦驾崩，在向太后的操纵下，神宗的第十一子赵佶被立为皇帝。

赵佶登基称帝，便追尊其母陈美人为皇太妃，并尊先帝后刘氏为元符皇后，授皇兄申王赵佖为太傅，进封陈王；皇弟莘王赵俣为卫王，简王赵似为蔡王，睦王赵偲为定王；为先帝赵煦立庙，庙号为“哲宗”。特进章惇为“申国公”，召韩忠彦为门下侍郎，黄履为尚书左丞，立夫人王氏为皇后。皇后原来系德州刺史王藻的女儿，元符二年归端王邸，曾封“顺国夫人”。一切安排妥当，于是赵佶正式御驾“紫宸殿”，受百官朝拜，当庭颁布诏令，所有朝廷官员加官晋爵，章惇依旧任宰相，因韩忠彦升任副宰相，命曾布接任韩忠彦的职务。

那韩忠彦原来为前宰相韩琦之子，是一个实务者。他一上任，首先上书陈说了四件大事：一、宜广仁恩，二、宜开言路，三、宜去疑似，四、宜戒用兵。太后浏览了奏疏，很高兴地称赞：“是子若父”，意思认为韩忠彦像他父亲韩琦一样精练能干。恰逢吐蕃又发生叛乱，青唐、邈川两地相继失守，太后想到韩忠彦所说过的话，不愿穷兵黩武，决计弃地，贬黜守卫边境的大臣。于是，韩忠彦升任为尚书右仆射兼中书侍郎，李清臣为门下侍郎，蒋之奇同知枢密院事。

韩忠彦主持朝廷事务，正式请求皇帝下召还元祐时期的诸臣并追认恢复文彦

博、司马光、吕公著、吕大防、刘挚、王珪等三十三人官阶，皇帝准奏照办。陈瓘此时升为“右司谏”，韩忠彦采用陈瓘等台谏官员等谏言，贬蔡卞为秘书少监，分管池州，安置邢恕到舒州。蔡京的胞弟蔡卞，被陈瓘参倒贬到地方去，蔡京对此十分恼恨。蔡京与陈瓘的矛盾由此激化。

话说游酢过完正月初十就步行赶往泉州上任。

因为还没有到朝廷规定的开印（上班）时间，游酢到城中走走。

泉州城，别称“鲤城”，亦称“刺桐城”。这里自古以来为中国的东南门户，泉州港乃福建最早对外贸易的港口，东南亚国家和西方人每日有商船来往。到了宋朝，朝廷为了国家的发展，与亚洲不少国家建立了外交和贸易关系。特别是公元 1074 年以来，泉州和明州（今宁波）、广州成为中国对外的三大港口，大批商人经常往来于高丽、日本、安南以及暹罗（泰国）、星洲（新加坡）、柔佛（马来西亚）、蒲甘（缅甸）、爪哇（印度尼西亚）、吕宋（菲律宾）等东南亚地区的国家，中东的波斯（伊朗）和西方的国家大秦（意大利）、佛郎机（对西班牙和葡萄牙的共称）。众多的国家和地区商人也前来从事贸易。此外，印度的僧人、中东的教主和西方的牧师都来传教，因此泉州城显得更加繁华、热闹。

游酢走进城中，第一眼觉得新鲜的便是这里人们的服饰使他大开眼界，城市的大街小巷上，不但有汉、回、苗、畲、彝、藏、维吾尔各民族的人们，而且有来自日本、高丽、交趾、天竺、大食以及东南亚等国家地区的宾客们……走着、看着，游酢想到自己虽然在京城开封和洛阳等一些大城市看见过多种少数民族人的服饰，可是没有泉州这座城市这么壮观，可谓五彩缤纷。中华各民族和世界许多国家的服饰，使这座古老的城市时时飘动着一道亮丽的色彩，让人觉得四季如春。

城内大小街楼房林立，有大商店、食杂、瓷器店、茶馆，人来人往，车水马龙；一条条小巷两边的建筑多为青砖木房，也有两层的木楼，豪门大宅则朱门绿瓦，飞檐翘角，一对石狮子门前蹲着；普通人家，只有木门，巷道上，除了一般的居民们来往，一群孩子们正在玩闹，偶尔可见货郎、乞讨人。这里的物品比福州城还要丰富得多，当地苗族人的挑花、刺绣、织锦、蜡染、剪纸、首饰制作等工艺美术瑰丽多彩，驰名中外。外来品也很多，仅来自高丽的商品就有：金、银、铜、人参、茯苓、松子、毛皮类、黄漆、硫黄、绫罗、苎布、麻布、马匹、鞍具、袍、褥、香油、文席、扇子、白纸、毛笔、墨等。其中，白折扇成为中国人最时尚的用品，游酢在街上见人们手持的那折扇便喜欢上，买了一把。那折扇用松木削成薄片，中间用油纸黏糊成扇，展开来一尺多宽，合起来只不过两指大，携用都十分方便。市场上货山物海，顾客摩肩接踵，叫卖声、叫喊声盈荡着。这样一个古老而文明的城市，文化底蕴深厚，固然热闹，但也繁杂，整座城市飘拂着海风和弥漫着海腥气味，还有码头工人和城内挑客们身上传来的汗臭味，与街上悠然漫步中外时髦女郎的香脂味混合起来，构成一种特有的港口气味。

东西塔和开元寺是泉州城的象征。人们道，没有去过开元寺和东西塔，就等于没有到过泉州。

他先来到开元寺紫云大殿前，但见游人如织，络绎不绝。抬首而望，东西两面各有一座八角五层楼阁式木塔，遥遥对峙。东塔名镇国塔，西塔名仁寿塔，分别建于唐末和五代。走近东塔，拾阶登阁而上，只见每一层门龛两旁均有武士、天王、金刚、罗汉不同的雕像二十余尊，各具神态，栩栩如生。下了塔，想到西塔也一样，便去看开元寺究竟如何。

开元寺始建于唐垂拱二年（公元 686 年），原来叫莲花寺，开元廿六年（公元 738 年）改为开元寺。它是福建最大的佛教建筑之一，寺庙南北长六百三十米，东西宽五百米，占地面积一百余亩，采用中国传统的中央轴线，布局左右对称的建筑方式，规模宏大，雄伟壮观。

寺门前，人山人海，人们进进出出。寺内传来阵阵钟磬声、梵语声，从大门紫云屏自外而入，便是大王殿，继而是拜亭，站在拜亭可见东西两廊。他从中央悠悠地走向大雄宝殿。许多男男女女在焚香祈祷，香烟缭绕。大雄宝殿是全寺的主建筑。殿内立柱百根，俗称“百柱殿”。该殿为檐歇山式，是仿照皇宫九开间结构建造的，高二十米，进六间，面积一千二百平方米。斗拱间附雕二十四尊“飞天乐伎”，是基督教的天使安琪儿形象与我国民间传统工艺相结合的杰作。接着，来到“甘露戒坛”。相传唐代时，此地常降甘露，于是开甘露井，因此得名。天禧二年建坛，重檐八角攒尖式结构，坛共五级。最高层上，端坐卢舍那佛，祀有释迦牟尼佛阿弥陀佛、千手千眼菩萨等，佛像四周，菩萨环列，金刚护卫，尚有“护三级”、“护五戒”的诸神牌位六十四座，雕工精巧，气象庄严。最后，他来到全寺制高点藏经阁，见阁中无非只是一些《金刚经》等经书，有两个和尚无精打采地坐在一旁，一个小沙弥站着应付游客们。他觉得与自己少年就见过寺庙差不多，没有什么新鲜感，便又悠悠地往回走。

农历二十，官府都正式开印、点卯了。

朝廷的快马赶到泉州，带来赵佶登基为帝，大小官员晋爵一级的消息及圣旨，江公著等均晋升一级，游酢升为“承议郎”。

游酢给新帝赵佶寄去了一封《贺正表》，文章写道：“元符纪年，光启千家之

运；三阳肇序，式逢泰长之亨。气转洪钧，欢腾诸夏。中贺。钦惟曰肃曰义，乃圣乃神。居正体元，得其位，得其寿；授时布治，作之君，作之师。万象皆春，一人有庆。臣等职膺南海，心拱北辰。新风宪之纪纲，钦遵凤诏；瞻天威而咫尺，如对龙颜。”

一天，游酢出外办事情回来，见到当地吟社邀请某晚前去参加茶话活动请柬，问道：“什么人送来的?”衙役答：“回大人，在下没有看见。但是，大人最好得去一趟。”游酢说：“为什么?”那个衙役说：“大人听我说。”话说那个衙役，走近游酢身边低声说：“吟社的几个头目都曾经是朝廷命官、地面上的人物，有的当过知府，有的当过团练使等。大人如果不去，拂了他们的面子，恐怕不合适。”游酢听了，知道这些人物得罪不起，说道：“好吧。”

到了那天傍晚，吴大人又带个后生驾了一辆牛车亲自来请。

游酢拱手说道：“吴大人，你太客气啦，劳你大驾，晚生实在愧不敢当。”

吴大人回礼答道：“游大人能够屈尊敝邑，此乃我们洪福。”

寒暄一番，游酢只好跟吴大人上车前去。

那牛车悠悠地穿过热闹的街市，走了不到一里路，便来到一座大瓦房前。

早有三四个老者站在门前恭候相迎。

车停了，吴大人先下，欲扶游酢，游酢一跃跳落到地上。

四位老者上前迎接，吴大人将他们作了介绍，原来是刘、孙、李、张四位长辈，分别任过江南团练使、潭州知府、湖州知府、通判。游酢一一依礼拜见。

刘老说：“在下等恭候游大人驾临。”

游酢拱手作揖道：“诸位前辈大人免礼。”

吴大人说：“游大人请!”

游酢答：“吴大人先请!”

吴大人在前，游酢跟在后面向屋里走去。这一座两进的房屋，外门刻着“进士第”阳文，进了大门，抬头可见正厅上高悬“世代书香”的牌匾。厅面不但正中摆好了一张桌八只椅，而且围了个圈，地板整洁干净，左右两面墙壁贴着七八张捷报，有白底黑字的，也有两三张黄榜的。

“游大人请上座!”

“吴大人请!”

客套一番，吴大人明白游酢的意思，说道：“今日你是客人，就是到了宰相府也得坐上位，何况老夫的寒舍?”听吴大人如此说，游酢见此仍然坐了次位，道：“各位大人都坐了吧。”于是，吴大人坐了主位，其他众人都按照官阶大小秩序先后围坐下来。

这时，两个丫鬟各端了一盘茶上客厅来，福了个身，道："大人请用茶。"吴大人也道："游大人请用茶。"游酢接了茶杯，轻轻揭开盖，一股清香扑鼻而来，瞧了一眼，那杯是景德镇的瓷器，杯口洁白晶莹，中间雕有夜月、翠竹、吹箫书生；杯里绿叶如卷蚕，细嫩光泽，茶汤清淳。游酢端起茶杯，凑近嘴边，轻轻吹开浮在上面的茶叶，呷了一小口，觉得既清香又绵润。

吴大人客套地说："游大人，这茶不好，请见谅。"

游酢回答；"这茶乃上品，吴大人太客气了。"

吴大人道："游大人不见笑就是老朽的福气啦！今日大人能够驾临，令老朽蓬荜生辉啊！"

坐了一阵，吴大人道："听说大人乃程门高足，又曾经官居宣德郎，太学博士。我们特请大人屈尊一叙，为我们赐教理学之事。"

游酢应道："游某天生愚钝，虽然在程门受过业，不过一平常之徒而已。贵府乃世代书香门第，晚生岂敢班门弄斧？"

吴大人道："游大人公务繁忙，难得一会，今日既然驾临寒舍，不妨大方赐教。"

游酢只好道："其实，二程先生所教，只是一个理字。天地间万物有生有灭，有盛有衰，岂不就个理。"

刘老问："据不才所知，二程先生受业于周茂叔，茂叔时即有提到理字，不知二程先生的理有何不同？"

游酢应道："前贤茂叔固有提出，未详加阐述。二程则以理为主，云：'有理则有气，有理而后有象，有象而后数。'明道先生有言，'天理'二字却是自家体会出来的。"

孙老听了问："游大人以为，二程先生比之孔孟如何？"

游酢从容答道："孔孟乃圣人，二程先生可称贤人。"

李老问道："人云游大人受业于二程先生，得不传之秘，可有此事？"

游酢莞尔一笑道："天下无偏心之师，二程先生若孔圣人有教无类，故学者盈门，至若得之深浅，笃学也，天分也。游某，天分不足，颖未若中立，笃不及谢、吕二人。"

吴大人道："诸老还是请游大人讲讲学之所得。"

游酢忙摆手道："晚生实在无甚可谈，还请诸老赐教才是。"

众人附和道："请游大人明谕。"

游酢果然不再言语，吴大人见状岔开话题，道："依老朽之见，游大人下车伊始，公务繁忙，来日方长，今晚时辰已经不早，大家先用餐，边吃边聊，日后再请赐教。"

大家互相敬酒一番，气氛正好，不曾料想，刘老提出："今日游大人驾临，我们十分荣幸，何不趁此良宵吟咏，老朽这有一上联，这上联是'开元寺外东西塔'。老朽久不得下联，但请游大人赐教。"

游酢明白刘老的意思，于是答道："哪说得上赐教，晚辈实在当是学习来了。刘老出的地名，那么晚生只好现场抓对，'学究家中南北人'不知当否?"

众人鼓掌道："妙！妙对!"

孙老也道："孙某才疏，自小听说敝邑曾有一孤联至今未有人配对过，这联是'西港翔鸥时点水'，请游大人赐教。"

游酢微微一笑："这联晚生以'南山坐佛日观云'姑且一对，诸位老前辈先生以为如何?"南山坐佛，指的是泉州南山寺中佛像千手观音。

四个老学究相俱击掌喝彩道："好!"、"极好不过。"互相看一眼，大家无语，沉默了一阵。众人本来想探游酢的学问虚实，结果被轻易地攻破，便冷了场。吴老毕竟阅历多，人也敏锐，马上转而道："游大人名声如雷贯耳，自幼有神童的美称，今日又应对如流，着实让我们老朽大开眼界。好了，在此共同敬一杯。"

游酢答道："好!"

接着，只是闲谈些古今文人的逸事。到了戌时，游酢起身告辞，众人恭送他出门，吴老从心里佩服，特地叫了一辆马车请他上车，他们直看着他远去。吴老道："这游大人确系名副其实的才子啊!"另三个老学究均道："果然了得，想不到他才思如此敏捷，佩服佩服!"他们边说边一起回屋去。

泉州是个港口城市，一个通判要做的事情很多。欲知情况怎样？且看后面新章回。

第六十一回

二友洛阳桥观景 群僚九日山祁风

一日，游酢想起自幼就听说过洛阳桥故事：泉州有一孕妇一天坐船过江，到江心时突然狂风猛刮，大浪涌起，欲将船掀翻，满船人大为惊慌，这时，那孕妇跪下向苍天祈求道："老天，你就救救我们吧，我腹中的胎儿如果是个男孩，将来一定要在这架一座桥为民方便。"结果，风浪即刻平息了。后来，这孕妇果然产下个男孩，教他读书成才。男孩长大，做了大官，他完成了母亲许的愿，建了这座洛阳桥。这人便是北宋著名的学者蔡襄。因此，游酢想前去看一看洛阳桥。

他跟知府江公著说出此意，江公著回答道："好啊。这几日反正闲着，我陪你走一走。"

第二日早上，游酢与江公著一起前往。

洛阳桥位于泉州洛阳江入海口处。面对江面宽阔的洛阳桥，游酢万分感慨，深为人们的智慧而惊叹。皇祐五年（公元1053年）兴建这座桥，到嘉祐四年（公元1059年）才建成。桥全长八百三十四米，宽七米，有桥墩四十六座，五百个扶栏。栏杆上雕塑二十八个精致雄俊的石狮，还有七座石亭，九个石塔，更有武士石像分立两端。江公著与游酢走到桥的中间倚在栏杆上，游酢讲："在江宽流急，海潮汹涌这样的地方建桥，不知道当时桥墩怎么建起来的?"江公著应道："听说江底泥沙深浅难测，工程非常艰巨。他们设计了很多方案，最后采用了一项最实用的技术：先在计划建的桥中线铺下大块石头，筑成一条二十多米宽，长达一里的水下石堤，然后在石堤上用条石横直砌成桥墩；为了使桥墩更为牢固，巧妙地利用'繁殖蛎房'来连结胶固石块。"游酢赞叹道："前人的智慧太了不起啊。"是

的，这种把生物用于建筑工程，充分体现了中国人民的聪明智慧。

看完此桥，游酢联想起蔡襄的学识和为官为人之道，对蔡大人更增添了几分敬仰之情。江公著问道："看了之后，有何感想？"游酢回答道："做一个人，如果能够为老百姓做一件有长远意义的大事，则名垂千古；如果能够尽自己所能为老百姓多做一些小事情，也算不虚度一生了。"江公著点头道："所言极是。走，回去。"

归途中，江公著忽然勒马问道："听说老弟诗写得不错。我拜读过《颖昌寄中立二首》，果然名不虚传。"游酢说道："江兄，哪里敢比《久旱微雨》呢。"江公著连忙说："那是在河南任县尉时消遣的，不值得一提。"游酢便吟道："云叶纷纷雨脚匀，乱花柔草长精神。雷车却碾前山过，不洒原头陌上尘。"吟完，游酢又赞叹道："怎么不值得一提？这是好诗啊，诗中有画，而且情景交融，韵味隽永。"

回到衙门，游酢觉得身心异常的舒畅。

知府江公著被提拔为提举福建路"常平茶事"（专门管理茶业的官职），福州人陆恺由"直秘阁"（朝廷掌国家典籍图书的官职）前来接任知府。

送走江公著之后，游酢又陆续听到大多的元祐诸臣已经陆续还朝，想到自己怎么一点消息还没有。但是，他毕竟是一个恬淡的儒者，对名利不太看重，倒想自己是个签判，府中大事自有知府主张，自己还是做一点学问实在。

过了些日子，他到晋江和南安的交界地安海视察。安海位于晋江东南频海处，与"夷洲"（今台湾）隔水相望。这里的港湾很深，是一个小港口，因为交通发达，所以商业相当繁荣。

游酢带了个随从，骑马而去，转眼便到了。下了马，但见眼前一片明媚春光：绿杨拂岸，垂柳依依，水天一色，莺歌三春，燕穿苍穹，苍茫的海湾中，一望无际。有一座很长的木桥，桥上不时有人们来往，也有人来观赏、游览。

接着，他与随从又到龙山寺去。龙山寺始建于隋皇泰年间（公元 618—619 年），初名"普现寺"。寺前有月池一洼，山门为石牌坊，上刻"天竺梵钟"四个大字。进了山门，但见人来人往，寺的前墙上嵌一大石碑，刻着"龙山宝地"，两侧为钟鼓楼，正门廊前有石狮、石鼓各一对，门额悬"一片慈云"木匾。门内有拜庭拜坛，坛上有亭。游酢来到大雄宝殿前，但见其结构气势恢宏，最引人注目的还是那门口一对玛瑙般绿色的石龙柱，那龙盘腾于柱上，活灵活现，龙爪左右各抓一鼓一罄，击之发鼓、罄之声，工艺精湛，巧妙神奇。步上殿堂，环视殿内之木刻、石雕、瓷塑，无不饰以彩绘，鲜艳夺目。殿上香客熙熙攘攘，香烟袅袅，一位白眉长老见游酢气质不凡且有人跟从，知道是不俗之客，便迎上前来，两手合十，说道：“阿弥陀佛。请问贵人从何来，尊姓大名?”随从介绍道：“这是咱们泉州府签判游大人。”长老又合十胸前，道：“哦，签判大人，失敬、失敬，恕老衲失礼，请到后堂用茶。”游酢回答道：“法师免礼，不用客气，鄙人随便走一走。”长老说道：“游大人请跟老衲来。”长老引他们到殿边一间，进门一看，房间里立有一尊“千手千眼菩萨”雕像，高四点二米，头戴花冠，冠上雕许多佛首，佛脸丰盈慈祥、笑容可掬，胸前两手合十，佛身两侧雕塑着一千零八只手，如两扇羽翼，错落有致，姿态各异。每只手带着玉镯，掌中各雕一只眼，或执书卷、法器，其雕工构思精巧，技艺精美绝伦。佛像系用一根巨木雕就，惟妙惟肖，栩栩如生，令人叹服；而通身贴满纯金箔，金光灿灿。看着，游酢说道：“此寺千手千眼菩萨，粗而看之，几疑真人，细而观之，便服其神，其雕工技艺之精湛堪传天下。”长老应道：“多谢游大人赞誉。”游酢告辞了长老，走出寺门，抬眼而见远山如黛，碧空万里，山下田园如画，屋舍俨然，欣然道：“此处真是风水宝地，难怪香火如此旺盛!”

离开龙山寺，游酢与随从一路交谈着关于寺庙的事情。

到泉州，游酢深知此地地灵人杰，历代有能人闻名于世，自己虽然是进士出身，也进过朝廷，但是应当谦虚才是。因此，他在一般的场合都十分的注意自己的言行，不敢显山露水。但是，地方上的文人墨客和绅士早有听闻他的名声，所以也时有人前来拜访或者请教。有时，地方举办诗事，也邀请他前去参加。他都因公务在身而婉言推辞。

游酢确实有些忙。泉州地盘大，这个城市许多事情就够忙了，同时也有十几个县、百来个乡，不仅有地方的治安工作，而且还有涉外事务，如到专门接待的“怀远驿”会见高丽、日本、阿拉伯等外国使节、商人。其中，与高丽人来往最多。这个港口城市，单单外国的教会就好几种，有伊斯兰教、基督教，还有摩尼教等。

一日，差役来报：“大人，有位商人要拜见你。”游酢一听，应道：“传他进来。”一会儿，差役带着一位六十多岁、略微发福的商人来，那人进门即拱手道：“草民徐某特来拜见游大人。”游酢想必是徐成，起身回礼道：“徐先生请坐。”徐成拱手说道：“草民谢过大人。”才坐下。差役分别给徐成和游酢端上茶来便退下。游酢说道：“哦，原来是徐老板，请用茶。”徐成答道：“谢谢。”坐了一会，游酢问道：“徐老板，鄙人早闻你多次去过高丽，近年可有再往?”徐成回答道：“如今年纪大了，来去不方便，在家吃闲饭。”游酢问道：“鄙人寡闻陋见，愿听你谈些高丽的见闻。”徐成说：“大人谦虚了。大人之命，草民焉敢相违。说起去高丽，咱们泉州代有人前往，本朝开国以来未曾中断过，单单近一二十年去过的有几百人，知名的如黄慎、徐戬等。”游酢问道：“来去什么时间为当?”徐成说：“这里冬季刮北风正适合起程，次年夏季便可乘东南风而归……”游酢说道：“徐老板还是谈谈所见所闻吧。”徐成挠了挠耳朵，说：“这好说。”于是，他谈几次去高丽的经历和见闻。游酢听得津津有味，当徐成的话停之后，问道：“现在高丽人来泉州时，有人会找你吧。”徐成回答说：“有。他们中大多也是做买卖人。我虽然不做买卖了，但是人情还在。有客自远方来，不亦乐乎?”游酢笑了，称赞说：“不愧是见识广的人。”徐成说：“哪里哪里，大人过奖了，草民愧不敢当。”又坐谈了半个时辰，徐成见时间不早，起身告辞，游酢也起身亲自送他出府衙大门。

到春末夏初，游酢陪同泉州府大小官员去九日山参加祈风盛典。原来，宋朝朝廷规定为了鼓励外国商人来泉贸易，当地官府为迎送蕃商首领，每年春夏秋冬之交，泉州府郡及市舶司的高级官员，都到九日山南麓的延福寺、昭惠庙举行“冬谴舶、夏回舶”两次祈风盛典，敬祭海神，向“通远王”祈求赐风，让商舶在海上往返畅行。仪典一般由泉州郡府、南外宗正、提举市舶主持，隆重肃穆。

九日山在泉州城区西郊南安县境内丰州镇西面，距泉州市区约十余里。九日山，一说因晋代南迁者，每年农历九月初九在此登山高瞻远望，故称之；另说曾有一道人，从德化戴云山走九日至此，故名。

祁风盛典队伍非常壮观，前有一群差役杠旗、敲打锣鼓，鸣锣开道，接着是一群抬着猪头等三牲祭品的人，后面有大小官员列队而行跟随着，一行人马浩浩荡荡，沿崎岖山道上山。队伍来到山中，稍事休息，只见东西北三面皆山，举目而望，山中群峰环列，岩崖密布，殿寺楼阁、泉石亭台，历历在目。当地官员介绍道：东峰称东台，形似麒麟，俗称‘麒麟山’，又因唐代宰相姜公辅曾经贬谪隶泉，经常寄迹山中，卒后又葬于此，故名为‘姜相峰’；西峰称‘西台’，因唐代名诗人秦系在此隐居，故称‘高士峰’；北峰叫北台，因连接东西两峰，三峰环抱状如钳子，形成一坞，叫‘白云坞’。坞中白云出岫，其下碧潭幽间有一道清流‘菩萨泉’，流出峡谷往南注入大海。

祁风盛典仪式开始，先献猪头、三牲、米果等祭品，酹酒、鸣炮，一应大小官员跪地焚香向南祁风。接着，由知府和市泊司各念一份祁风祭文。第三道程序，官员再伏地进行跪拜叩谢。参加完盛典，官员们起身，掸去身上的尘土，就地休息。过了半个时辰，知府说道：“大家上西台看看风景，放松一下心情。”众官员听了，哪有不响应的，于是一起去游览西峰。登上顶峰，有一硬山式屋顶石亭，全系石构，均具一间，呈方形。入亭，但见其屋面阔进深，内安放一石佛造像，据传该石佛为五代陈洪进所倡刻。佛像高四点五米，宽一点五米，袒胸盘坐于莲座上，衣纹流畅对称，神态可人。九日山山中还有秦君亭、琴泉轩、思古堂、廓然亭、四贤祠、摩崖石刻等等风景。由于没有时间一一涉足，大家只是粗粗观赏一番便随众官员下山了。

一群人到了山麓，那里有一座佛教寺院，为西晋太康九年（公元 228 年）所建。传说，南朝时天竺高僧拘那罗陀在此翻译金刚经，学习汉语，山上还留有翻经石古迹。众官员进去观赏了一番，便正式踏上归途了。

欲知还有什么新鲜事，请君看下回。

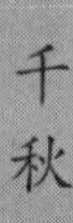

第六十二回

水云寮著书立说 天游峰带徒练身

且说当朝已故的宰相吕公著有个儿子叫吕希哲，本来只是“太学（生）”出身，以父亲的官职之荫进入官场。元祐四年时，他的父亲吕公著去世，他才被任命为兵部员外郎。由于范祖禹的推荐，赵煦召他为“崇政殿说书”。他劝导赵煦以修身为本，修身以正心诚意为主，深得皇帝的喜爱和信任。不久，他被提拔为“右司谏”，有的御史不服气，上疏弹劾他不是由科第进入官场，不符合朝廷的制度，所以皇帝只好让他以“秘阁校理”出任怀州知州，贬谪到和州居住。吕希哲和他儿子吕好问都是学问家。他的孙子叫吕本中，出生于这样家庭，从小就爱好文学，因为刻苦做诗，十六岁时得了咳血病，其祖父吕希哲指点他到南方游历，多增长些见识，顺便调养身体。吕希哲与游酢有旧情（同是程门弟子），打听到游酢因父亲去世在家守制，深知游酢学问好，而且深得禅学要旨，懂得养生之道，嘱咐本中前来跟从游酢。吕本中到江南游学，所以一路访名山胜迹，寻找文人墨客游玩。他到了江西洪州（今南昌），恰巧遇到一班文友，于是在那儿呆了下来。

春节过后，吕本中带着家信前往福建拜访游酢。

吕本中到了建阳，他才知道游酢元宵节前已经到泉州上任去了。于是，他一边游山玩水，交朋结友，一边前往泉州。

三月的一天，吕本中来到泉州，很快找着了游酢。游酢见了吕本中，吕本中拿出祖父吕希哲的亲笔信给游酢，游酢对吕本中的到来自然格外重视和热心。他热情地接待了吕本中，两人交谈一番，都有相见恨晚之意。吕本中说道：“如果能够有时间同先生一起学习就更好。”游酢想了想，答道：“你说的正合我意。三年

前，我在老家守制期间写了一些文稿，还有未尽心愿。你来了正好，我倒又有了机会。”吕本中问道：“先生有何主张？”游酢说：“我带你去拜见知府大人便知。”

于是，游酢带他去拜见知府陆恺，并且将吕希哲的信给知府看。陆恺看完信，知道吕本中是老宰相的曾孙，想起老宰相吕公著有恩于自己，连忙以贵宾礼节相待，宴请吕本中。席间，宾主觥筹交错，陆恺一味地提起老宰相当年提携自己的恩遇之事，吕本中谦逊地应答。事后，陆恺问游酢：“游大人，你可有什么好去处让吕公子修养？”游酢回答道：“在下倒有一个好去处，最适合休闲养生。”陆恺问道：“哪儿？”游酢说：“武夷山。”陆恺说：“那儿确实好。这样吧，天气眼看渐热，你先陪他在这里玩两天再带他前去那儿半年，你自己也好读书做点学问，而且顺便就近照顾一下你的家庭。日常这里的事情，我顶着，有重大的事情，我会派人告诉你回来共同商量、解决。”游酢答道：“陆公，太谢谢你了，难得你这么解人意。”吕本中也起身称谢。

几天后，游酢带着吕本中等返建阳。

富垄村距离武夷山约六十里。游酢青年时和伙伴多次去游览过，熟悉那里的地形，曾经在第五曲对峰的一处山凹游时感叹道：“这儿读书多清静”。没有想到，几十年后果然派上了用场。

游酢回到家跟母亲和吕氏通个气，又找了两三个堂兄弟商量一番。堂兄弟立即表示支持，去帮忙盖草棚。动身前，他找了一个族内勤快的中年人帮忙料理生活和下山购买油米等。

游酢带上吕本中和侄儿游披以及堂兄弟，一同奔向武夷山。

武夷山原本是一个荒无人烟的僻野之地。自从晋末和唐末天下大乱之后，北方人两度大量的南迁，到了宋朝，武夷山麓已经有稀疏的村落和住家，这里的人们大多以耕田、狩猎为生。由于山林资源丰富，这里有笋、菇、茶叶等土产品，另外还有一种特殊的产品，那便是蛇。蛇是爬行类冷血动物，生性偏喜阴凉，多藏于岩崖或者潮湿之地。蛇虽然是有毒害的动物，可是其肉味甜美，不但有人喜欢吃，而且有去风湿、散血、解毒等药用价值，唐朝开始朝廷允许老百姓以蛇抵税，所以出现了以捕蛇为业者。因为武夷山中遍布岩壑，蛇特别多，所以当地的崇安和附近的建阳有一些捕蛇人。

游酢选择武夷山第五曲接笋峰下石门岩前的一处山凹为读书处。

到了那里，几个堂兄弟都是干活人，只花一天多，盖好一个有三间住房的草棚便回去了。

游酢和弟子们在武夷山住下，他们把这里的草寮称为“云水寮”。

到了傍晚太阳落山时，山气清凉下来，可以听到各种野兽的号叫，鸟儿和昆虫杂乱的叫鸣，游酢才倍觉得平日在家居住的温暖舒适，而山居的寂寞和凄冷。但是，一种强烈的事业激情很快战胜了瞬间闪电般的担忧心理，他下定决心在这里静心做一点学问。于是，他一边继续陪本中和侄儿游玩、读书，一边开始着手读《诗经》做笔记。

游酢对吕本中说："你来这里好好地游玩山水，调养好身体是头等大事。等身体康复后，再慢慢地地看些书。"吕本中回答："弟子听先生的。"游酢讲："人生于世，体内的元气与天地间的精气相通的，体力过于劳累或者用脑过度对身体的元气有损，不利于健康，用得适当则能够延年益寿。此也合乎太极的道理。"吕本中问："人和天地的气怎么会有关系呢？"游酢答道："天地人本属于一体，都是自然之物。万物离不开气，气聚物在，气散物消。树木花卉四季不同，人生少壮衰老，也是气的问题。少壮气盛，老则气衰，气尽则亡。这里面讲的是气，但也是一种道理。养生即养气。凡事要适中，人生需动静相配，劳逸结合，不可使之过度。人最关键在于心态得平静自如，能够做到贫富贵贱一样，宠辱不惊，这样的人就算有修养的了。"

一日，一位捕蛇的中年人来到山林，见有了草寮并且有人说话的声音，于是前来看个究竟，顺便也讨一口茶水喝。游酢见到陌生的人，看他一身打扮，心下知道是穿山走林的本地人，于是招呼道："老兄，请进来喝茶吧。"那中年人一听是建阳的口音，于是欣喜地应道："原来，你是老乡啊，怎么住到这里呢。"游酢带他进了屋，倒一杯茶递给他，用家乡话跟他说明了自己的身份和情况，中年人吃惊地站起来，说道："对不起，草民冲撞了大人。"游酢连忙摆手说道："嗨，老兄见外了，我们是老乡嘛，坐下喝茶。"中年人见游酢这么随和，平易近人，于是也介绍了自己的姓名、家庭情况。不过，他没有坐多久便起身说："游大人，谢茶了，我还得赶路。"游酢也起身说道："老乡，日后但有经过就来坐坐。"中年人应道："好啊。"

送中年人走后，游撝问道："爸爸，刚才那人做什么的？"游酢答道："捉蛇的。"黄中问道："蛇，不是有毒，会咬死人吗？他为什么还要捉它？"游酢说道："蛇是有毒，可也是宝，能够做药，他捉蛇是为了卖钱来生活。"游撝听了还不全明白，于是又问道："为什么说蛇也是宝呢？"游酢解说道："拿蛇泡在酒里，不但有滋补作用，而且能够去人身上的风湿。还有，人如果得了奇怪的毒疮，一般的药治理不好，非用蛇制的药不可。"游撝点点头，说道："哦，原来是这么一回事。"

世上没有不透风的墙。人间不是真空，一个平凡的人只要还在，就少不了有人相找，何况大名鼎鼎的游酢。

不久，建阳、建安、邵武、崇安、浦城、松溪、将乐各地不时有好学者闻风前来请教学问之事。“来者皆为客”，游酢一视同仁，都尽心指点。然而，草寮太小，对请教者无法安排居住，只能任其自来自去。这样，游酢只得白天停下来专心讲学，他讲学的主要内容是《论语》、《孟子》。夜里，他继续修改《易说》，做《诗经》笔记。

一日，陈佺问道：“先生，《论语》的作用怎样？”

游酢讲道：“《论语》，可以修身、可以齐家、可以治国、平天下。万物皆一个理。仁义礼智信，皆理也。《论语》也不过理而已。”

陈佺又问：“先生，先秦诸子百家，哪一家最好？”

游酢答道：“天地万物，各有所长与不足。百家亦然。孔子讲仁治，仁、义、礼、智、信，人人皆需所备；庄子讲求修身养性，主张无为而治，希望人人和睦相处，天下达到太平，自有其理；韩非子讲法治，国家无法难治，人须守法，天下方可安定太平，可是法多则乱，因此法须慎而立之。为人与修养，儒家和道家当兼之；就治国而言，儒家和法家亦当有之。当中，独墨家思想慎取，但其哲理又不可不明。儒家中，孟子之“仁政”治国之策最实际，其‘民重、社稷次之，君轻’见解主次分明，其‘薄赋敛、轻刑罚’主张，惠民可见。为官，不可不熟知孟子，知而能践行，斯可言为官心正、身正。倘若不明此理，一味求官，必然损民。天下无不是之父母，古来少恶行天子。天下之所乱，百姓之所苦，其责多源于为官心、身不正；官之百病贪为首，官贪肥己而民必穷，所以盗贼出，百姓反，天下乱。”

陈佺疑惑地问道：“照先生这么说，人不知用哪一家好？”

游酢答道：“其实不难，天下之物皆为我所用。诸子百家之术也如此，所用因人而异，智者自有其妙用之道。”

陈佺恍然大悟，喜悦地感叹道：“学生终于明白这些道理了。”

弟子多了，为了大家的身体得到锻炼，游酢立了规定：每日早晨爬天游峰，傍晚到云窝散步。这成了弟子们读书学习之外的一项功课。

“云窝”位于接笋峰西壁岩下，因为每当冬春二季的早晚，从洞穴里常常会冒出一缕缕淡淡的云雾，弥漫山谷之中，故称“云窝”。“云窝”有大小洞穴十余处。这里巨石倚立，背岩临水，地处武夷山最中心的地带，周围环绕着响声岩、丹炉岩、仙迹岩、天柱峰、更衣台、天游峰、苍屏峰诸峰。这里是文人墨客乐于寄身

养心修性极佳之处。“水云寮”就在附近的山腰上，游酢每天傍晚和弟子们散步到这里。武夷山是生产茶叶的天然佳地。山下的农民有不少人到山中种茶，云窝由于一年四季云雾最多，周围的山坡、岩壑多有茶树。这里所产的“岩白茶”，是闻名天下的名茶。每年清明节开始，山林中听得到采茶人白天在这里对唱山歌。那山歌多半是年轻男女寻找对象而唱的，也有一些人只是唱着逗乐，但是爱好风流的婚后男女在这里对唱往往是调情，结识情人，这一类唱得最大胆、泼辣，有些歌词比较粗俗。因为山中谷壑林立，所以山里一旦歌声唱起，整个武夷山上空经久不息地回荡着。

游酢来到水云寮住下后，多次听到了那或甜美、单纯，或粗野、豪放的各种山歌。还好，山里人唱歌时，他和弟子们都在山林的深处，听不大清楚。傍晚时，他们下来“云窝”散步，采茶人已经不见踪影。他到了这里才想到，世上没有真正清净的地方。不过，他从那些山歌联想到《诗经》和古代流传下来的情诗，因此体悟到：任何的人都在追求自由、幸福、欢乐的生活，情爱也是人们生活的重要组成部分。

“天游峰”位于五曲隐屏峰后，六曲的溪北。它东接仙游岩，西连仙掌峰，壁立万仞，高耸云天，如鹤立鸡群，突兀于群峰之上，时常云雾弥漫。从山脚登上天游峰顶，是一条人工凿成的崎岖鸟道，既陡又高，需要一两个时辰。那光滑的岩壁，如果稍微不小心则可能一滚到谷底，弟子们都年轻，腿脚矫健、敏捷，每日都将此当成一件乐事。离山脚不远，可见一道瀑布自岩壁上如银练飘落，其下的潭水滚珠溅玉，雪浪翻滚，其水清冽甘甜，晴热的天气里，掬一捧而饮，令人心神舒畅无比。登山时，大家还嘻嘻哈哈的说笑。游酢虽然才四十多岁，正是年富力强之际，可是岁月不饶人，毕竟精力比不得二十多岁的青年，总是落在后面。但是，年轻人登到山腰也累得气喘吁吁，大汗淋漓，他们停下来休息，等先生游酢赶上，在这里一起观赏风景，或者听他讲故事。这里，可以一览武夷美景，望见蜿蜒的溪流，周围的丹崖翠峰。休息一番之后，大家继续往上攀登。由山南蜿蜒来的胡麻涧，在妙高台西面奔泻而下，形成了著名的雪花泉景观，落差一百七十多米，飘逸潇洒。涧旁的石壁上，有十几处前人留下的摩崖石刻，琳琅满目，美不胜收。古人云：“飞泉响落晴疑雨，古木浓阴夏亦寒”。在妙高台背后，有一条往东延伸的山脊，名叫振衣冈。那便是仙游岩的绝顶，一般人们很少去。登上峰巅，放眼四顾，但见三面碧溪环绕，四周群峰朝拱，蜿蜒的九曲竹筏轻荡，云海茫茫，变幻莫测，使游人仿佛置身于蓬莱仙境，故人们称此为“天游”。“天游峰”不仅山险、泉美，而且雾奇。每当雨后乍晴，晨曦初露之时，站在山巅上可见山谷一片白茫茫的烟云，风吹云涌，犹如大海的波涛起伏，景象十分的壮观。晴天，如诗如画的武夷山水无不尽收眼底，令人心旷神怡，飘飘欲仙。

武夷山风景宜人，碧水丹山，森林茂密，特别富有灵气。这里优美的山水最能够陶冶人的情操。

一个月后，游酢回泉州府一趟，住了两天又返回武夷山。

一日傍晚，杨树甲、杨敦仁、陈侁与吕本中等人到云窝散步。

杨树甲问："游大人做《诗二南义》是何用意？"

杨敦仁答道："《诗经》是我国最古老的一部诗歌总集，共有三百零五篇，又称"诗三百"。它的内容有"风"（含十五国风）"雅"（大小雅）"颂"（周颂、商颂、鲁颂）三大部分。其中，十五国风中有《周南》、《召南》。这两首诗歌是理解《诗经》重要一部分。"

杨树甲又问："游大人说：'学诗者，可以感发人之善心，如观《天保》之诗，则君臣之义修矣；观《棠棣》之诗，则兄弟之爱笃；观《伐木》之诗，则朋友之交亲矣；观《关雎》、《鹊巢》之诗，则夫妇之经正矣。昔王褒有至性，而弟子至于废讲《蓼莪》，则《诗》之兴发善心于此可见矣。'

杨敦仁："此段可看作理解'诗经'的纲领也。"

吕本中问："游大人新近完成了《易说》，你看了有何高见？"

陈侁说："游先生的《易说》，该书洋洋万言，将儒家的思想和《周易》的哲学结合起来，用它来论述哲理，指导人们修身养性和为士人安邦治国的，是一本很不错的著作。"

吕本中说："是啊，书中对《易经》中每一卦和重要篇章进行详细的阐述，如在解释'乾卦'的初爻系辞'初九曰，潜龙勿用'时就相当的精细。坤卦等解释也一样。"

陈侁讲："《易说》的核心是用'仁'的思想讲求人人平等，上下有序，尊卑分明，来创造一个和谐安定团结的社会，他在'君子体仁'一节写道：'道者，天也。道为万物之奥，故足以统天。仁者，人也。仁为众善之首，故足以长人，犹之万物发育乎春而震为长子也。'游先生此段话解说甚简要、深透，能够熟记之，则易理明白七八分了。"

他们一路交谈着，看着天色渐渐晚了，于是便慢慢地返回。

山中幽雅、清静，固然是读书学习的好去处。但远离城市和乡村，生活上住得差，吃得也差，靠一个雇来的人出山去挑，只能保证粮食和油盐、青菜的供给，很少吃得到鱼肉。但是，这些对于都是从乡村出来而且一心求学的这一群人都无

所谓。可是，动物经常出没于山林，如野兔等较小的动物也会闯到草寮来，野兽的活动也很频繁，不但听得到熊折树枝的“咔咔”声响，而且有猿猴、豺狼、老虎的叫声。蛇经常出现，有时跑进草寮，甚至人睡的床铺上也发现过一两次。山林的生活也给众人带来了许多情趣和考验。经过一段时间的学习，不少的学子都获得了很大的长进。欲知后事怎样，请君看下回。

第六十三回

泛舟武夷观奇景
阐明学理勉后生

话说游酢本是爱好山水之人，加上想到带吕本中来修养的职责，于是经常与弟子们一起游览武夷山风景。

一日，他带着弟子去漂流九曲溪。

此溪全长将近四十里，从星村到武夷宫有九曲十八湾，沿岸是丹霞地貌，群崖列岸，谷壑草木葱茏，涧流汇下，溪水清澈见底，风光绮丽。人们一般都乘坐竹筏漂流，沿途曲曲幽奇，壑壑景异。艄公说："这九曲溪上有两个最迷人之处：其一是最美的景致'玉女峰'，其二是岩崖上的悬棺。"果然，竹筏行至二曲，但见迎面的溪南有一座秀丽的巨岩挺拔屹立着，高一二十丈，顶上花卉参簇，恰似插在女子鬓上的装饰花朵，远远望去犹如一位亭亭玉立、秀艳夺目、飘飘欲仙的神女。艄公说："这便是天下闻名的玉女峰。这玉女峰有一个生动的传说：一天，玉皇大帝的女儿驾云出游，被武夷山美景所迷，下到潭中沐浴，遇见大王，两人相亲相爱。不料，铁板鬼发现了此事，大为吃醋，上天去密奏了玉皇大帝。玉皇大帝大怒，下令天兵天将下凡捉拿玉女回天庭。玉女定要与大王结为夫妻，留在了人间。玉皇大帝只好撒手不管。可是，铁板鬼不甘心，变成一座横亘在两恋人之间的山岩，日夜监视他俩。这就是铁板嶂。"艄公指着玉女峰东侧有一块圆石说："那块石传说是玉女的梳妆台。从此，玉女与大王两人只好凭借镜台，朝夕相望了。雨天里还听得见玉女与大王两个情人对泣的声音呢。"其石圆润如镜，光洁照人，使玉女峰更加显出风采神韵，真是"插花临水一奇峰，玉骨冰肌处女容。"这个凄美的故事虽然听过好几回了，游酢却觉得百听不厌，每一回都有不同的感

觉。在九曲溪漂流中，溪流时深时浅，水流时急时缓，艄公一边娴熟自如地划着竹排，一边讲述着生动的故事、传说，让游人们觉得心情轻松、欢快。溪流两岸群峰险壑，千姿百态，不禁让游人们为大自然鬼斧神工而叹奇称绝。最让人惊奇的是那一处处万仞峭壁上的悬棺。游撝问道："爸爸，古代人为什么用悬棺呢？"游酢讲述了远古时浙江、福建和夷州一带的土著人的饮食起居、风俗习惯，以及土葬、天葬、水葬、火葬等，补充说："武夷山附近也许存在过古闽国和古越人，因此留下了许多的悬棺。"忽然，陈侁问道："一副棺木有几百斤重，古人是如何将它安放在悬空的绝壁上的呢？"游酢虽然好几次游览九曲溪了，可是面对悬棺这个谜，他一直没有解开。他只好说："这个问题我不能回答你，问问别人吧。"转而对吕本中讲："从悬棺这件事情，你想到什么呢？"吕本中答道："人生只是世间过客而已，万事皆空。"游酢听了，讲："你这样说太悲观了。人生虽然只有几十年光阴，但是肯努力，或多或少都能够做出一点事情的。同时，人也可以得到世间许多的享受和快乐。"吕本中问道："依先生之见，人生应当如何才好？"游酢答道："顺其自然吧。"吕本中问道："先生刚才讲要努力，现在又讲顺其自然，此话怎么解释？"游酢道："尽己所能去做，不过分勉强。这就是庄子所讲的不为而为的含义。"吕本中点头道："现在终于明白了先生的话了。"

在山中，游酢有空时常和吕本中及其他弟子下象棋。吕本中的身体渐渐地恢复了，气色也比先前好多。

又过一个月，游酢再次回泉州府一趟，处理了一些公务，重新返回武夷山。

有一天，那捕蛇人又到草寮来。游酢又热情地招呼他进屋喝茶。坐了一会，游酢问道："老乡，你一年到晚都捉蛇吗？"捕蛇人回答道："基本上是。蛇每年入冬进入冬眠，次年农历惊蛰后醒来出洞活动，四月到八月活动最频繁，也最凶。入冬之后，我们主要就是卖蛇酒、蛇药。"游酢问道："你做这一行业太辛苦、危险了。"捕蛇人听了脸色有一点凄然，说："没有办法呀，官府要收税、捐，当地的官绅、财主也逼我们这些外来的人交地皮钱等等，还有自己一家人的生活，我又不会做其他的。抓的蛇有的拿去官府抵税，有的拿去卖与有钱人吃，也有的拿来制作成蛇药。这样，一年下来，一家人的生活勉强还能够度过，总比坐着饿死强。至于危险那还不怕，我们身上随时带有蛇药，再说这山林中到处都有解毒的药草。"游酢又问道："蛇酒、蛇胆拿到哪里去卖呢？"捕蛇人回答："一般在我们的家乡建阳、建安一带，有时也去剑州、福州。不过，近年捕蛇人越来越多，生意也越来越差了。"交谈了一会，捕蛇人说："不多打扰了，我还得去山中转一转。"说完便走了。

送走了捕蛇人，游酢想起唐朝杜荀鹤的诗《山中寡妇》，感而叹之：“真是‘任是深山更深处，也应无计避征徭。’呀！”

五月底的一天，游酢再次回泉州办事。

福建水果以福州、漳州、泉州、莆田等地的荔枝、龙眼最著名，出产时期大量上市并且销往全国各地和海外。荔枝不但营养丰富，而且有药用价值，因此深受人们喜爱，畅销海内外。泉州乃龙眼、荔枝较大的产地之一。

泉州城街头巷尾随处可见卖荔枝的摊点，“卖荔枝咧，新鲜的荔枝又清又甜啊——”叫卖声此起彼伏。游酢经过城中看见了，走进一个摊点拿了一粒尝尝，一看其果实外表圆如小球，剥开皮便可见瓤肉莹白如雪，轻轻咬一口，则浆液甘酸如醴酪，香气馥郁。他想起家中的父母和妻儿以及山中的弟子们都十分难得吃得到，便说：“买十斤。”小贩应道：“好咧”。小贩利索地装好，秤好，说：“十斤，给。”他掏出钱付给小贩，接过袋子提着走了。

第二天，他带着荔枝先回老家，放了五斤给家人，另外五斤带到武夷山。

一个上午，游酢正在讲学，忽然门外刮起一阵狂风，周围的山谷嗡嗡作响，大家不免吃了一惊。游酢出门一瞧：有一只梅花鹿正朝草寮跑来，不远处有一只老虎追来。这时，众人也赶忙出门看个究竟。那老虎眼见梅花鹿近了，将身子一缩原本要扑来，突然见了一群人，立刻收住脚，拜了三拜。它转过身，蹿过山崖，“呼——”地又一声山响，不见了。刹那间，其中有胆小的见了“妈呀——”一声惊叫，吓得直打哆嗦。

有个弟子问；“先生，什么东西这么响？”

游酢答道：“一只老虎罢。”

“好可怕啊！”弟子中有人惊吓地说。

游酢若无其事地讲：“没有事，老虎不会随便吃人。我以前年轻时在山里住过，经常看见老虎；其实它也怕人，好几回我见了它远远用力拍几手掌，它就跑到天边去了。”他想起那只鹿，转身回到草寮，那鹿已经不见了。

他对《易》学有着深厚的造诣，况且他曾经和的程先生一块拜访过易学大师邵康节，略知一二。刚才老虎追鹿的一幕，他凭易学中梅花易数的原理而推知：不久，肯定会有好的福禄到来。

弟子的学习很用功，就在游酢即将离开那里之前，其中一个弟子向他讨教学习的要旨，他写了一篇《静可书室记》文章相赠。其文曰：

“予爱武夷佳山水，且有佳友晚岁徙居武夷焉。某久从予游，知其为人孝悌忠信，天质近道，闻诗书仁义之名言，跃如也。

一日，语予曰：某爱程子云‘性静可以为学’，因名读书之室曰‘静可’唯我子一言以发之，是为幸。予因进而语之曰：‘学者之于道，能于其性之远见近，以求从入之门，于道可至。子性静有志于学，谁曰不可？彼夫利欲门进，躁兢驰逐者，去道日远，苟能收敛此心，鞭逼向里，勿为外物所动，则基本立矣。’故濂溪、明道发明为学之要必言静者，以大本所当先也。然伊川先生教人，又用敬不用静，以敬贯动静，该体用，若只用静，恐都无事了，又失大本当先之意。故曰‘敬则自虚静’，又曰静中须有物始得，必如是乃可言静’。虽然，静谓之可者’，亦仅可而有所未尽之辞。程伯子尝云‘且以开学者从入门耳’，会其归，待其至，则动静无端，阴阳无始，圣人之于天道吻合无间然也。《大学》之经曰：知止而后有定，定而后能静，静而后能安，安而后能虑，虑而后能得。’此古昔圣贤进学之要旨，请以主敬穷理为我子勉。他时武夷有人曰静可，学者顾不羡美欤？”

经过几个月的努力，游酢基本将读《诗经》、《易经》的笔记做完，辑成《诗二南说》、《易说》。

他觉得心情忽然轻松了许多，站在草棚前望着山中的景色，想起宦海经历和眼前的山居生活感慨无限，心头涌起一股诗情。后人有一首《玉梅令》的词写道：“闲云逸远，倦鸟依林宿。听天籁，饮醇无数。过涧流细濯足，涤尽旧风尘，山花笑我，暗香轻吐。/层峦叠翠，千峰起舞。丹崖下，焚膏立著。苍生事，总难忘去。叩经敲玉籍，为治国安邦，付与后世人同叙。”

秋后，吕本中经半年的调养身体好多了，告别了游酢北上回江西。游酢觉得中秋节后天气一天天凉冷下来，山上无法住下去，决定回去建阳老家休整一番，再回到泉州去。于是，他带着弟子们离开了武夷山，回到富垄村。

游酢决定回泉州上任，弟子们也各自回家去了。游酢回泉州后情况如何？下回分解。

第六十四回

外商涉事依国策
泉港缉私秉公心

游酢渐渐地对这座城市熟悉起来。白天的热闹不用说，夜间从城里到港口的码头，夜市的热闹不亚于京城开封和洛阳古都，尤其是城内，几十个勾栏观众爆满，其中有一种地方戏曲叫“南音”，在当地最受群众的喜爱，痴迷者甚众，夜间随处能够听到人们咿咿呀呀的哼唱声，连到此上任的官员也有迷者。街头巷尾弹琵琶的、拉马头琴的，有时还可以看见大型的编钟演奏。日本、高丽、波斯人，还有东南亚国家的人穿梭流动着，都在给这个港口城市之夜增添热气。不远处的大海，那带着海腥味清凉的晚风不时地飘送来渔歌，让人们进入酣甜的梦乡。

游酢到市舶司察看了一趟，知道今年夏季又来了不少日本、高丽的商人，没有发生什么其他事情，便回到府衙。

一日衙门内，徐成带来一位外国商人和翻译员来找游酢，介绍道：“游大人，这位是来自波斯的商人，找大人办事情。”游酢招呼道：“二位请坐。”

“你叫什么名字？”

“敝人叫雷佩斯，来自波斯。”

“你有何事情？”

雷佩斯说：“请问游大人，我想在贵处租用一块地建一座清真寺庙，不知道可不可以？”

游酢答应道：“只要你们是纯粹来经商和传教，遵守我们朝廷的律法，都允许的。不过建在什么地点，用多少地这得我们说了算。你回去画一张图，写一份有关的文字说明交来，我们看了再商谈。可以，我们就帮你上奏给朝廷。”

雷佩斯脸上露出笑容，说：“好好好，没有想到贵国如此的开放，事情如此的好办。非常感谢大人，那改天再来。”

徐成见事情已经有了着落，拱手对游酢说道：“谢谢游大人爽快的支持，那我们告辞了。”

游酢回答：“那好，欢迎再来。”

雷佩斯站起来向游酢鞠了个躬，游酢也站起来，对他说：“慢走，我还有一些公事要忙，不送了。”

雷佩斯和他的翻译走出大门时，又向游酢挥了挥手，说：“再见!”

六月之后，街头巷尾又出现了龙眼的摊点，叫卖道：“卖龙眼喽，新出的龙眼好便宜。”那龙眼果然不错，圆若骊珠，赤如金丸，果似玻璃，核如黑枣，果肉鲜嫩，果汁清甜。因为龙眼制成的桂圆干具有开胃健脾、补虚益肾的功效，可治疗病后虚弱、贫血、产后血亏等症，药用价值很高，比荔枝更值钱，深受海内外人们的喜爱，也成为最热销的果品。可是，龙眼性热，怕热的人不能多吃，多吃则虚火上身。游酢想到妻子生产几胎儿子后身体虚弱的状态，也买下几斤放着，等晒干后过年带回家给妻子补补身子。

月底，游酢听到了一连串朝廷的消息。

却说赵佶虽然是一个不善于治理天下的皇帝，一有贤明的向太后做靠山，二有韩忠彦等良臣尽忠的辅佐，皇帝自然做得安稳。可是，向太后是一位不贪恋权势、甘心隐退的贤后，却看不透赵佶的弱点，以为赵佶能够任贤黜邪，内外无事，有把握当好皇帝。到了七月，向太后正式撤帘不再过问朝政，令赵佶自行主持。向太后垂帘听政的期间前后不过六个月。

宋朝宫廷有一个成为惯例的制度：每遇到皇帝驾崩，任首相的必须要去给已故的皇帝守陵，叫做当“山陵使”。赵煦驾崩后，庙号被封为“哲宗”，章惇此时担任宰相按例得此差，

八月间，朝廷决定将赵煦葬“永泰陵”。那灵车陷泥淖中，等到过了一宿才前行。当时担任台谏的丰稷和陈次升、龚夬、陈瓘等人听说了这个消息，弹劾章惇对先帝哲宗不恭，章惇于是被罢去宰相之职出知越州。

陈瓘等认为朝廷对章惇的处罚太轻，又重新上奏疏弹劾道：“章惇陷害忠良，极其残毒，中书舍人蹇序辰和出知潭州的安惇，他们俩甘作章惇的鹰犬，对忠良肆行疯狂的迫害、摧残，应当一并按照朝廷的律令严正地惩罚。”赵佶接受陈瓘的进谏，下诏除去蹇序辰、安惇两人的官职和名册，放归田里，再贬章惇为“武昌节度副使”，安置在潭州（今湖南浏阳）；蔡京亦被弹劾夺职，贬谪到杭州居住；

孙大廉也连坐（受株连）削官，被贬出知扬州。

陈瓘没有想到：他因为这一回将章惇、蔡京等打击过重，几年后，他遭受反对派的打击、迫害更大，一直到他死去也没再起来过。

言归正传。回头且看泉州的事情。

泉州地处中国东南的港口，自唐朝开丝绸之路以来，已经是一个必经的出入港口。自从当年哲宗皇帝听取陈称的建议设立了“市泊司”后，这里的涉外事务更加繁忙，同时也频频发生走私等现象。

泉州是个港口，缉拿走私犯是府中的一项重要任务。游酢身为通判，是这项工作的具体负责人。因为走私者富有经验，往往利用节假日时从事不法的活动。中年的游酢，有了较丰富的经历和社会见识，到这里任职之后又增长了一定的新知识，所以在缉拿走私方面有所成绩，多次受到朝廷的嘉奖，也成为走私者畏惧和忌讳的人物。

重阳节的夜晚。

天黑不久，梨园戏就开场了，演的是《白兔记》，虽然天气寒冷，可是棚子里观众挤得热气烘人。游酢坐在戏棚的中间，正看得起劲，忽然有一位衙役挤到他身边，贴着他耳边说了一句悄悄话，他装着若无其事的样子，悠悠地站起挤出了人群。

出了戏棚，他和衙役大步流星地向港口赶去。

半个多时辰后，他赶到了泉州港口。

港口。帆影绰绰，大小船只数百计。这里有大海船，有几艘载重一千多吨的，可以装载数百人和一年吃用的口粮等；也有战时用的车船，船体两侧装有木叶轮，人力踏动，船行如飞，最大的车船长三十丈，阔四丈余，有二十二车；那些一般的货船，体积都大，船上多樯帆，大船上附设小船，以备运输、救生、抢险之用。夜里船只大多静静地停泊着，像旅途归来疲倦的旅客一样，只有少量的小船还在穿梭往来。可是，港口上旅客下船，装卸工、挑工穿梭不停，一片繁忙景象。

一艘大商船被衙役们围着。游酢走上那一只船上的货物后，下令说：“将人带走！”

原来，这是一只偷税的丝绸商船。偷税人以为，节日晚上当官的一定会尽情地消闲娱乐，保证可以走水。游酢早上听到了风声，便私下交代下属暗地监视着，自己晚上照常到戏棚去以迷惑对方。结果，那只走私船真的被抓着了。

一天晚上，游酢正在家中休息，门外有人问道：“游大人在家吗？”游酢出门一看，是一位绅士，忙招呼道：“请进屋坐。”那绅士手提着一袋礼品跟着进了门。

坐了一会，他说："游大人，给老夫一个面子，此事如果能够私了，日后不会忘记大人的。"游酢说："如果是鄙人私事，面子当然一定得给。可是事关朝廷，我说了不能算。"那绅士见没指望，便告辞了。

绅士上诉到知府那里。知府陆恺也觉得很为难，找游酢谈心，说："这件事情到此为止，物品没收了就算，人总会犯错，给人一个改过的机会。"游酢答道："好吧。可以依法从轻处理。"知府陆恺也是公正的人，见他如此有理有节，称赞说："不愧为朝廷的使者啊。"。

知府陆恺是一个聪明人，朝廷派人下来考核官员时，他一力地举荐游酢聪明能干，办事干练，政绩不错，是个可大用之材。朝廷会重用游酢吗？欲知后事如何，请君看下回。

第六十五回

接旨升官知恩遇 回家探母感亲情

十一月的一天，知府陆恺和游酢正在府中办公。

忽然，一阵疾驰的马蹄声由远而近，旋即出现了身着黄衣的太监骑着马匆匆地来到府衙前落马，衙役慌忙跑进去报告。知府陆恺和签判游酢两人警觉起来，奔出衙门伏在地上，一群大小官员跟着跪下。

太监大声地喊道："泉州签判游酢听旨！"太监接着念道："奉天承运，皇帝诏旨：宪法府置纠察御史，乃进居言职之渐，负中外观望，为朝廷重轻，其任亦难矣。以尔忠信恺悌，学识俱优，更练事为，所居可记，俾辍郡寄，往冠惠文。夫善恶是非，出于人之良心，自古至今，不可泯也。然直言不闻，毁誉乱真，则为国家病，有甚于三辰失行，螟蝗水旱之变，朕所深畏也。若夫有司簿言，不报期会之，故廉按常职耳，岂朕用尔之意哉！"

游酢听完圣旨连忙大声说道："谢主隆恩！万岁！万岁！万万岁！"。

"游大人请起。恭喜！恭喜！"黄公公将圣旨和皇帝所赐的绯衣、银鱼袋一并递给游酢，游酢接圣旨和官服、绶带，鞠躬说了声："谢谢黄公公。"黄公公笑着答道："应该谢圣上，老夫跑腿是分内的事。"知府陆恺说："黄公公一路辛苦了，请里面休息。"抬手请黄公公先行，黄公公客气地道："御史大人您先。"游酢再三推让，黄公公一脸笑容拉起游酢的手，说道："咱们一块走。"

一会儿，他们走进府衙去了。

送走了黄公公后，知府陆恺说道："定夫老弟，恭喜你荣升了，令堂年事已高，你早日回去多陪他老人家些日子，并代陆某向老夫人及夫人等问安。"

游酢感激地说："太谢谢府台大人。"

当晚，知府陆恺为游酢专门办了宴席庆贺，同僚们都来凑热闹。

次日早晨，游酢带着行李出门，府里上下的人都来送行。知府叫差役牵两匹马来，交代道："你去送游大人。"游酢与众人告辞，飞身上马，与一名差役离开了泉州。

游酢回到老家建阳，太老夫人和吕氏及儿女闻声奔出门迎接。游酢留那个差役吃了顿饭，差役便骑着马走了。

一家人团聚，其乐融融。

老夫人身体尚健，见了儿子回来，分外的高兴，当晚即杀鸡热酒招待。

晚饭时，屋里点着昏黄的油灯，游酢见了桌上的酒、菜，对母亲说："妈，你就别忙这么多。"老夫人说："定夫，你能够回来看望我比什么都值钱。看你在外几十年奔东走西的够累，妈知道你的钱不多家庭又好多张嘴吃用，平时肯定吃不好，所以杀一只鸡给你补补身子。"游酢听了，心里觉得更加惭愧。自己靠父母亲养育大，名义上出外当官，可是给父母的钱很少，没有能够让她老人家过上好日子，她老人家到现在还把我当小孩子看待，这样关心儿子，真是：可怜天下父母心哪！游酢对母亲说："妈，这一回我要到朝廷去了，你就跟我们一起去。"老夫人一听，便说："儿子，别劝了，妈是不会跟去的。你把媳妇和儿子都带去吧，我没有事的。"游酢说："你不去，他们都去了，怎么行呢？"老夫人语重心长地说："我这把老骨头哪里照顾得许多，媳妇长年不在身边不行，儿子不在身边没有父亲管教更不行。你们还是安心去吧，妈现在好好的，真的有啥事，也还有你伯和叔的儿子们。"吕氏说："妈，你既然不去，我也不去，让儿子跟定夫去京城就是。"老夫人又说："你们两口子如果真的孝顺妈，那么就一起去。你们如果不去，就是不孝顺。我怎么能够为了自己而让你们夫妻长年分开。"游酢和吕氏相互递个眼神，不说什么走开了。

晚饭后，游醇、游酌和游酯三兄弟，还有堂弟游醰、其藩等都来与游酢座谈。游醇说："定夫，你入朝廷当官了，游酌虽然也中了进士多年，跟我一样还在家闲居着，有机会帮忙谋个实差做。"游酢答应："自家兄弟，做得到不用说。"游酌说："有二哥这句话，我就放心了。"游酢说："补缺的事实在不容易，我只能尽力而为。"游醇说："这我知道。不是自家人很难，朝廷的关系不够硬也难做到。该用的钱我们会出。"游酢听了，说："这话就见外了，谁叫我们是一家人呢。"其藩说："大哥的意思是你人口多，家庭开支大，没有闲钱啊！"游酢答道："到时再说吧。"兄弟们谈论了些其他事情，夜深了才各自回去休息。

游酢考虑到自己有《论语杂解》、《孟子杂解》两本书稿，家乡崇化里的书坊很多，而且价格又比京城等地便宜，不如将它印刷一百册以后好赠送给朋友。于是，他打算去崇化里找最有名的余氏书坊把它印出来。

第二天上午，游酢步行去。富垄村去崇化里约十几里，一个多时辰就到了。

余老板见了游酢，连忙热情地说："不知游大人驾临，还望恕罪。"游酢回答道："余老板，咱们是老乡啊，你这么客气就见外了。"两人坐下，喝了几杯茶，叙叙旧，游酢开门见山地说："余老板，晚辈有一事相求，过些天我要进京赴任，有一本拙作要麻烦老板代劳一番。"余老板笑脸拱手道："大人又高迁了，可喜可贺。不知大人的大作多少长，要什么时候取？"游酢取出手稿恭敬地递过去，余老板恭敬地接过，看了题目是《论语杂解》、《孟子杂解》两本书，翻了翻，粗粗估算一下，回答道："没有问题，这书不多字，两三天时间就可以印出来了。后天上午来取吧。我这就安排师傅去做。"游酢回答道："那就辛苦老板和师傅们了。"又坐了一会，游酢交了定金便起身告辞了。

回到家里，邻居的叔伯和婶母们都在屋里坐着，游酢上前问了好。叔父招呼道："定夫，你坐一下。"游酢坐了下来，叔父才说道："你妈跟我说了，她不跟你们去。她说得也有道理。我看，你就遵从她的意思，家里有我们和你的堂兄弟，你就放心地带着媳妇和挥儿们到京城去吧。"父亲不在世，叔父为尊长，游酢知道不好再说什么，就说："那就全拜托叔叔、婶婶和兄弟们了！"

第三天吃过早饭，他和夫人带着儿子去岳父家，向他们辞行。

过了两天，他去崇化里印社取回《论语杂解》、《孟子杂解》两本书。他接过书一看，那书字体近似于柳体，排版恰到好处，看上去疏朗悦目。他出外当官了十几年，经见过不少的书籍，特别是对当朝印刷的各种版本一向很留意，不过对自己家乡的建本还是比较满意的——因为"建本"多用竹纸，质地较薄，既便于翻阅又经久耐用。他说："好啊，余老板，太谢谢你鼎力相助了！"余老板客气地回答说："为大人效劳，应该的。"游酢付清了余款，便回程。

他准备好行李，向母亲和叔父、堂兄弟辞了行，便携带着家眷进京赴任。因为此回又携带家眷前去，妻小行走不便，于是选择走水路。

路过洪州（今南昌）时，打听到新任知州是叶祖洽，顺便前去看望。

叶祖洽见游酢一家人前来，连忙热情地迎接进府中。

两人坐下相互询问了对方的情况。当知道游酢升任监察御史时，叶祖洽拱手祝贺："恭喜啊，你荣升了。"

游酢答道："你和志完、黄履等被贬是怎么一回事？"

叶祖洽说："嗨，别提了。"于是，他简要地讲述了事件的过程："右正言"邹浩因为上奏章进谏阻止立刘氏为皇后所以被削职除名，被羁押到新州进行管制；尚书右丞黄履为保邹浩，被贬到亳州去任知州；王回听说邹浩被贬召集朋友筹资替邹浩饯行，被认为是同党；而叶祖洽因为曾经推荐过王回，也被牵连贬江西洪州。

听了事件的来龙去脉，游酢叹息说："这件事，朝廷处理得太糊涂了。"两人又坐谈了一些其他听闻。聊起过去一起在集公山读书的情景，叶祖洽感慨万千，问起游酢的子女，知道游撝已经二十七岁还在建阳老家边耕边读，于是说："到我这儿帮忙做点事情，边继续读书，怎么样？"游酢答道："能够到老兄这儿，小弟一百个放心！"

"那好，你就叫撝儿过完年到我那儿去。"

第二天，游酢带着家人继续北上。

却说朝廷中，年底正在讨论明年年号命名问题，众人以为用"元祐"、"绍圣"两派人的意见均有所失，须折中才公正，消除朋党争斗的嫌疑，于是拟定年号为"建中"。可是，又有人提出："唐德宗已经有个年号叫'建中'，不应重袭。所以，特于'建中'后面添入'靖国'两字。"于是，朝廷颁布诏令改元，把第二年的年号定为"建中靖国"元年。

游酢早听说过那赵佶面如脂玉，唇若敷朱，风姿如玉，玉树临风。皇帝为一国之君王，要统管天下，身系国家安危和天下人民的福祉，需要成熟、稳重。前些年哲宗病故，众重臣议立帝位时，太后提出让端王赵佶继位，章惇大声阻止说道："端王轻佻，不可君临天下。"赵佶从身材来说确实轻薄了些，而且年纪还轻。这么一位帝王，到底能不能江山坐稳？究竟发生了什么事情？请君读下文。

第六十六回

进朝先读题名记
到任才知谏路难

第二年，年号正式改为“建中靖国”元年（公元1101年，农历辛巳）。

正月初一，群臣正在朝贺，赵佶上朝受贺，忽然有一道赤气照入宫殿，自东北至西南，犹如电光一般，赤色中复带着一股白光。群臣见了都不胜惊慌，有的便发出了惊叫。等到退朝，人人仰望天空，只见那赤、白两色已经将散去，只有四周黑气未尽。当时的“右正言”任伯雨，他通晓天文和易学之理，认为赤白气相混出现于朝堂，绝非吉兆。回到家，他连夜起草上疏，请求皇帝进忠良，罢邪佞，正名分，击奸恶，上格天心，才能使灾异变为庥征。

次日早晨，任伯雨抱本上朝时，见宫廷一片慌乱，连忙询问内侍发生了什么事情，知道向太后已经病危，于是不上奏了。

过了两日，朝廷传出向太后已驾崩的消息。

一连几日，朝廷大小臣都前往吊唁，游酢也跟着众臣们忙转。家里有妻舅、杏儿等客人来，只是由夫人吕氏应酬着；孩子们有无读书，游酢也不及去理会。

秦朝以来，历代朝廷为了监督朝政和防止出现官员腐败，都专门设有御史台等机构。如左、右正言，左、右司谏，御史等。历史上著名的谏官，如：唐朝的魏征，宋朝的司马光。宋朝的谏院分为台谏、殿谏和察院三个部门，各有部门长官；察院共设六人，分别督察“六部”和各部门。

监察御史是朝廷的谏官，宋代的监察御史虽然品级不高，但因内外官吏均受其监察，权限甚广，颇为百官忌惮。监察御史主要职责是监督和考察朝廷上下的官员对朝廷是否忠诚，是否公正廉洁，发现朝廷有什么问题，自己有什么建议，

可以随时向皇帝汇报，对于官员的腐败可以上奏本弹劾他的官职，论他的罪状；对于公正廉洁、精明能干的官员可以举荐。有句话可以概括监察御史的职责：“大事廷辩，小事弹劾”。监察御史权力如此大，贪官污吏既怕他们，又会有人拉拢和收买，如果监察御史不正则会给朝廷带来反面作用。因此，皇帝和朝廷选用这类官员格外严肃、认真，要经过严格的考核和筛选，只有自身公正廉洁且又敢于大胆进言者，才能胜任这一职务。

游酢头戴獬豸冠、身着绯色官服到谏院报到，即看见门前立着一块司马光在神宗年间任“御史中丞”时曾经写过一篇《谏院题名记》碑文，其文章如下：

“古者谏无官，自公卿大夫至于工商，无不得谏者。汉兴以来始置官。夫以天下之政，四海之众，得失利病萃于一官使言之，其为任亦重矣！居是官者，常志大舍其细，先其急后其缓，专利国家而不身谋。彼汲汲于名者，犹汲汲于利也，其间相去何远哉？

天禧初，真宗诏置谏官六员，责其职事。庆历中，钱君始书其名于版。光恐久而漫灭，嘉祐八年刻着于石。后之人将历指其名而议之曰：‘某也忠，某也诈，某也直，某也曲’。呜呼！可不惧哉！”

游酢是察院长官，他的脚刚刚迈进谏院大门，台谏的“御史中丞”丰稷和“右正言”陈瓘、“左正言”邹浩以及建阳同乡陈师锡几位同僚都出来热情地迎接。大家互相寒暄了一阵，陈瓘道：“定夫兄，我们又相会啦。谏院有了你，一定会增添光彩的。”游酢道：“某不才，还仰仗各位多多赐教。”丰稷说：“朝廷知你才学好又敢言善言才起用你，当不负使命。”游酢道：“尽绵薄之力而为。”正说着，江公望进来了，问道：“游酢老弟，咱们又在一起了。”这时，他已经升任为左司谏。游酢忙上前拱手道：“江公，小弟请多多赐教。”邹浩说：“游酢年兄，台谏这碗饭不好吃啊。”江公望当即插话道：“怕什么，君子坦荡荡，上不欺天，中不欺君，下不欺心。见解可以各有不同，唯不可附会。”在台谏中陈次升和陈师锡两人素以直率敢言闻名，当时人称“二陈”。这“二陈”在台谏，朝廷上下官员无不敬畏。不久前多了个陈瓘，更是如虎添翼。江公望上任不久，也以敢于直谏震动朝廷。这些对于游酢却是好事情，他们都是熟悉、可以信任的人。

傍晚下朝时，陈瓘即约游酢，说道：“晚上四海酒馆见。”

晚饭后，陈瓘与游酢见面后上街了。

开封城市，夜里一片灯河火海。这里的夜市无比的热闹，沿街到处星星点点，人山人海，夜摊上有喝茶的，有在行令喝酒的，也有在吃夜宵的。夜宵的饮食有山东的馄饨，福建的肉燕，四川的辣面，东北的面起饼（馒头），还有江南的芋包、饺子、锅边糊、磨浆果等。

到了四海酒馆，陈瓘点了一碟花生米、四两猪耳朵，游酢点了一盘果仁、一碗豆腐清汤，要了两壶酒，两人坐下边吃喝边聊天。他们开始谈些生活的琐事，陈瓘问道："陈师道的事情听说过吗？"游酢反问道："他怎么了？"陈瓘说："去年他升为秘书省正字，未上任便死在了家中。"游酢吃惊地说："怎么？他不在了。唉！人生真是难测。他曾经跟我两度同事，有才学，人又好，受谪回家了六年，刚复职就去世了，太可惜！"两人都叹息不已。游酢转而问道："入朝来，都做了哪些事情？"陈瓘叹一声："定夫兄，如今朝廷乱矣，屡有挑斗元祐旧党的隐患。我一上朝廷，安惇即上奏复用邹浩系虚影先帝之政。邹浩乃正直人也。安惇深怀叵恻，我焉不知，因抱不平，参他一本，他就被驱逐出了朝廷；邢恕，虽亦程门弟子，其心不纯，我也参了他。"游酢云："贤弟秉性一向耿直，固为台谏之职最宜，然此职亦最为奸人所恨。唐太宗时魏征是也。"陈瓘笑言："老兄如今亦入此谏路，有何所举？"游酢答："尽己力而为之，不敢有负圣意。"陈瓘道："老兄乃厚朴者也。"游酢因问："我闻了翁兄曾经云蔡京乃大贵人也，可有此事？"朝中传闻：一日上朝太阳特大，群臣大都不敢睁大眼，陈瓘见独蔡京对着太阳久视而不移目，因此对人说蔡京"必为大贵人。"听者告诉蔡京，蔡京听了便言道："既知我必大贵，因何与我过不去？"即叫人转问陈瓘，陈瓘应之曰："擒贼先擒王。"蔡京知道了恨之入骨，决意要报复。陈瓘回答道："不提也罢，定夫兄，那个家伙奸臣一个，真后悔当年认识他。"于是，讲了蔡京的所为，提醒道："知人知面难知心，老兄小心为是。"游酢听了答之："原来如此。当年我亦不谙世事，以为同乡而已。早知彼真相，孰与近之？"陈瓘道："有一件事情你还不知道，我和龚原两人因为言蔡京奸恶差一点入狱，幸好曾肇大人极力相保才免除了灾祸。"游酢听了，问道："曾肇可是曾巩和曾布的弟弟？"陈瓘回答道："正是他。"游酢道："此人正直、仗义，君子也。"陈瓘说："过些日子，让你见见。"游酢道："好的。"两人渐渐地交谈对时政看法，到了深夜才回家休息。

孙大廉和余深等知道游酢回朝，一连几日都陆续来祝贺。游酢虽然家境不宽裕，但是对于老乡们的热情心里很感激，以薄酒相待，足足应酬了几个晚上。不过，游酢知道蔡京的名声不怎么好，听说孙大廉和余深已经与蔡京关系十分密切，而自己在当博士时得罪了蔡京，从此没有交往，关系疏远。因此他对于孙大廉和余深感情上有了一层疙瘩，不再似当年相识时那么亲热，可以无话不谈了。

几天后，陈瓘约游酢到他家吃饭。到了陈瓘家，果然见着了曾肇。游酢拱手说："曾学士大人，一别多载，今日重逢，游某分外高兴。"曾肇回礼道："彼此、

彼此。曾某亦经常思及，只是天隔南北，不想又同朝为僚。”游酢又说道：“曾大人如今乃朝中大学士，今后还望多多赐教。”曾肇说道：“曾某何才，只是挂个学士，其实难符。”说罢哈哈大笑。陈瓘开始给大家斟酒，每人满上了一杯，接着举起杯，说道：“这一杯酒大家干了。”三人也举起杯，陈瓘与游酢都一饮而尽，曾肇说：“我就一半吧。”游酢道：“听说你为陈瓘的事情两肋插刀、义薄云天，这一杯总得喝吧。”曾肇道：“这么说，我还是自找麻烦呢，今后有此等事情再也不管了。”陈瓘说：“曾大人既然酒量不大，就饶他一点。”游酢应道：“好吧。”

这天晚上，三人交谈得尽兴而别。

一日，朝廷传开周邦彦进京的消息。因为赵佶喜欢音乐，特地将周邦彦调进京城封为“徽猷阁待制”、“大晟府提举”，专门为皇帝弹奏乐曲。

此时，周邦彦已经四十五岁左右，进京之后平日在“徽猷阁”专事填词、制作音律，供皇帝娱乐，闲暇时与朝廷友好的同僚交往。他精于世故，乐于交道，大家觉得他为人和蔼，因此声名不错。

察院要做的事情也很多，全国各州府县发生的官员贪脏枉法的案卷，不时送来。在审理案卷和商量处理办法时，因为有时众人观点不一致，会发生口头的争辩，所以有时也会拖延下班时间。

谏官们多耿直敢言者，没有大事情的时候议论朝政，个个口锋不饶人。游酢经常会到台谏、殿谏院走走。龚夬当时任“殿中侍御史”，位置在陈瓘、邹浩之上，考虑问题较慎重，一般的事情不随便发表见解，丰稷、陈次升与游酢等虽然也直性，但是不像陈瓘那么火性子。座谈时，听说了去年初时陈瓘等板倒蔡京的经过：陈瓘上朝时上了一篇《论蔡京疏》，列举蔡京十几条罪状，轰动了朝堂，蔡京气得脸色顿白，咬牙切齿。但是，陈瓘对蔡京的弹劾没有引起赵佶的反应。于是，陈瓘发动丰稷、陈次升、龚夬等同僚联名弹劾蔡京。结果，蔡京真的被贬，出任杭州知府。蔡京的党羽颇多，离京时发狠骂道：“我真后悔当初推举陈瓘那个家伙，有来日，总得叫他们付出代价。”

游酢安定下来之后，准备做一些事情。欲知游酢在任上做了些啥事，且听下回分解。

第六十七回

命案方明官道黑
矿难又见弊端多

张舜民被提拔为右谏议大夫，进京城上任。

一日，游酢与张舜民相会。张舜民感慨地叹道："不想，我们又在一起了。"游酢说："舜民兄，谏官不好当啊，千万小心。"张舜民笑哈哈地说："朝廷正因为知道我的脾气才叫我来京城的。"

张舜民性刚直敢言，任职才七天，上书言事的奏疏达六十章。他严厉批评陕西军事是以平庸之将统帅疲弊之师，驱逐饥民去争不毛之地等，对朝廷的用人和西夏问题的处理不当，进行批评。朝廷中有权臣深感其锋芒太露，进奏皇帝赵佶，赵佶也觉得此人在谏官任上让人头痛，于是将张舜民调到吏部任侍郎。

游酢到京城，私下里去拜访程颐先生，赠送了《论语杂解》、《孟子杂解》两本书。临别时，程颐先生回赠了在元符二年正月印刷出的《伊川易传》一书给游酢。

这天晚上，游酢在灯下阅读《伊川易传》一书。

游酢也将自己所著的《论语杂解》、《孟子杂解》两本书赠送给一些要好的朋友们。

过了一段时间，游酢再次前去看望程颐先生。程颐先生见到游酢说："贤契，青出于蓝而胜于蓝啊!"游酢慌忙称道："弟子班门弄斧，惭愧。请先生多多赐教。"程颐先生回答："哪里，学问之事，无师无友，术业有专攻，能者为上嘛。"

不久，游酢接手了一个案件。这案件是开封府所辖的某县一个朝廷官员的亲戚，因为依仗权势在地方上胡作非为打死了人命，知县将事情草草了事，捂住不

报。那个县毕竟距离京城不远，被害的家属不服，通过多重关系上告到刑部。刑部侍郎接到此案，一看姓名便知此人背景不简单，隐约地感觉到这是一块“烫手山芋”不好处理，于是先转到察院让新到任的游酢去调查、核实再说。游酢不知内情，乐意地接手了这起案件，准备立即去查办。

第二天晚上，余深突然上门来访。游酢招呼余深进屋，坐下喝了两三杯茶，余深说道：“听说你进京，一直没有空过来看望，十分抱歉。”游酢回答说：“你公务忙，我理解。”余深问道：“近天忙吗？”游酢说：“接手了一起案件，正在调查。”余深说：“哦，好像有这么一回事。听说呀，这案件有点复杂。我们是同乡人，又是同一科出身，我就实话告诉你，现在的朝野上下关系盘根错节，凡是办事情都要眼观六路，耳听八方，有的可以秉公执法，有的要留点人情。这样，对自己的前程有利。”游酢问道：“不知余兄所云何意？”余深看游酢一眼，说道：“你是个明白人，这件事情如果简单好办，也不会拖到今天等你来处理。”游酢应道：“这么说来，案件的背景不一般。”余深又说：“有人托我转告你，如果肯留一点情面，日后自然不会亏待你。话我已经说到这里，事情你自己看着办吧。”余深去后，他心里有点明白幕后者来头不小，但是自己怎么能够为人情和自己的前程而徇私枉法呢？

第三天，他带了五个人去城中调查。

经过几天的调查，案件的真实情况搞清楚了。他又一次陷入深思：这起案件可以看出，凶手是极其恶毒、残忍的，这样的恶人不予以严厉惩治，天理难容，也不足以伸张正义。可是，如果坚持这样处理，也许自己的地位可能保不住或者迟早会受到报复。然而，他想起了连皇亲国戚都敢法办的包公，于是决心依法办案，如实地向御史台上报并且提出了处理的意见。御史台将案宗和游酢的处理意见呈报到“尚书省”那里。

有一个朝廷大臣出面说话，将此案又转交刑部处理。几天后，刑部回复了处理意见，只是将那位官员亲戚降了一级，罚一年年俸就了事了。游酢看了刑部的处理公文，很是生气。他明白官场如此黑暗，自己官小力微没有办法，只好忍气吞声。

一夜，周邦彦前来拜访，游酢见了无比欣喜，热情迎接、招待。

游酢听说他进京之后，制作了不少新曲，深得皇帝的欢心、赞许，因此问道：“周大人的才艺了不得，朝野都羡慕、景仰。”周邦彦答道：“过奖了，小弟线末之才，只能凑合，跟老兄比差远了。”两人交谈了一两时辰，周邦彦起身告辞而去。

河南鹤壁的煤矿发生了严重的坍塌，造成了十一个工人被埋在井下事件。朝

廷委派工部侍郎和监察御史游酢带人前往调查、办理此案。

一干人骑上快马，日夜兼程赶到鹤壁的煤矿所在地。他们到了矿区，才知道矿主是地方上的大财主，那煤矿有两百多名工人。河南府知府和所在县的知县都已经在矿区。矿主见朝廷派官员前来，心里害怕极了，连忙要招待，工部侍郎问道："抢救的情况怎么样?"矿主回答："已经挖出了八具尸体，受伤的已经在医治，还有三具未找到。"游酢说道："人命关天，救人第一。赶快去现场看看!"众人奔到坍塌的地点，游酢观察了一眼煤矿，四面都是山，附近的山坡到处是黑糊糊的煤洞。几百号工人都在坍塌处已经刨开的一条深沟里用锄头、镢、锹在挖，尽力地抢救被埋的人员。游酢问道："确定剩余的人都在这底下吗?"矿主回答："根据救上来的工人说，是在底下。"工人们在紧张的抢救中，工部侍郎和监察御史游酢等人员都监守在原地。这天下午，剩余被埋的三个工人尸体终于挖了出来。看着三具一身不挂、黑不溜秋的尸体，许多工人都哭了，有的泪流满面，有的嚎啕大哭，哭声使整个煤矿沉浸在一片悲哀的气氛之中。工部侍郎严肃地对矿主交代道："这些工人都是为你卖命殉难的，你得保证做好善后的工作，先尽快通知他们的家眷前来认领，而且一定要厚葬，抚金要加倍。"矿主像鸡啄米似的连连点头称："好!"、"好!"。

工部侍郎和监察御史游酢等人到煤洞查看了情况。他们从洞口进去，可以看见巷道有用木柱支撑着的，两壁有挂油灯用的小龛，矿口外面有用辘轳排水的水井以及把积水引入低洼地区的设施。经过口头的询问和实地查看，游酢了解到这些煤矿都是巷道和矿口相连。一般都由地面开凿竖井，并依地下煤层的自然延伸情况开掘巷道，然后将煤田分成若干小区，运用先内后外、逐步向矿口方向撤退的"跳格式"采掘方法。

查看完现场，工部侍郎和游酢、河南府知府和所在县的知县回到矿棚，对矿主讲："你先出去，我们要商量事情。"在讨论处理意见时，知府说："先让他处理好遇难的工人的后事再处理。"工部侍郎表态："我同意知府大人的意见。"游酢提出说："我也同意两位大人所说。但是，十一条人命，这是多么重大的事故，应当严肃处理。"知县坐在一旁不说话，一直用袖子拭额上的汗。知府听了面有难色，看了看工部侍郎，工部侍郎说："我看等回朝禀报了圣上再定夺。"游酢见工部侍郎搬出圣上来，也不好再说什么。

临走时，矿主另外将工部侍郎和监察御史游酢请到屋里，说道："两位大人辛苦啦，罪民这里表示一点点小意思。"说着，拿出两个用纸包住的包裹，游酢见情大声训斥道："你以为我们是来受贿的吗?"他们两人头也不回大步迈出门槛，跨

上马喊道："回朝!"便离开了。

游酢和工部侍郎一走，当地官员怕事情报到朝廷，朝廷追究地方官员的责任，可能会影响到自己的前途，在商议对应的办法。矿主更是怕事，胆战心惊地问："各位大人，你们替我出出主意，我该怎么办?"聪明的当着众人面前都不说话，其中的一个官员讲："那两人不吃浑的，朝廷中有的是吃腥的呢。破财消灾嘛，有钱能使鬼推磨，你出得钱，包你没大事。"矿主回答："钱不是问题，只要能够没大事就行。"怕事的官员迅速地离开，说话的那个官员也走了。矿主站在原地发懵。

忽然，有个姓王的官员回头来，说："我的东西忘记在桌上了。"矿主跪下来，求饶："大人，你救救我。"姓王的官员回答："今天回去抓紧做好准备，明天自己去京城找人帮忙。"说完进房间拿了东西出来，向他笑了笑，拍了两下屁股大步地离去。

这天晚上，矿主去了一趟姓王的官员的家，回来安心地睡下。

第二天清晨，一只快马风驰电掣般地飞往开封。

游酢和工部侍郎回到朝廷，他们一起向尚书省做了汇报。

半个月后，朝廷对此事没有声息。

游酢忍不住要去尚书省询问，路上遇见张舜民，跟张舜民谈起事情的经过。张舜民听了，告诉他："游大人，你太书生气了。这件事情看来你们管不了。听说河南那一头的人，比你们还早到京城，已经有人帮他们说话了。你就好好歇着吧。"

又过了半个月，尚书省才对矿难事件下了处理意见，认为这是一起意外的事故，决定不予刑事追究，只是责令矿主做好死伤工人的理赔，加强安全的管理。

这个案件便如此了结了。

游酢知道了，又是一肚子气。无聊之下，他去找周邦彦听琴。

游酢想到：女儿已经六岁，自己虽然不能够像司马光、李格非等大人一样把女儿培养成女才子，但是将来女儿要嫁人相夫教子，没有文化怎么行。天下又没有女子上学的学校，只能自己来教了。于是，游酢开始教她读书、写字。女儿挺乖，很听话，也有点聪明，游酢教了一段时间，能够认得一些字和写几个字了。

第七个儿子诞生。游酢当时手中正执笔写字，因此便给孩子取名"握"。

向太后的后事处理完，赵佶仍用韩忠彦、曾布两人为左、右仆射兼门下侍郎。曾布又排挤元祐党人，罢免任伯雨、范纯礼及"左司谏"江公望和"给事中"陈瓘等人之职，贬出京城。曾布因为与韩忠彦不和，为了壮大自己的势力，反而把蔡京拉回了朝廷，举荐蔡京为翰林院学士承旨。

话说游酢上任，年初制订工作方案时，把出差下州县检查地方工作当作本年度考核的重要指标。到地方出差，是一件辛苦的差事，有的人支持，认为："这样才可以真正地了解和掌握一些地方实情，倾听和了解民情。"有的则说："现在的官场黑，地方官多少都跟朝廷大员有着瓜葛，即使查到了问题，察院也难以解决。"游酢听了回答："不到地方去查看，又怕惹事，朝廷设察院做什么？大家尽管放手干，有什么事情，我游酢一人担待着。"于是，他组织人马前去大名府检查工作。

从大名府检查工作回来，游酢正想旅途劳累，要好好休息几天。

这天晚上，张舜民来串门，说："告诉你一个不好的消息。"张舜民说出什么事情来，请君看下回。

第六十八回

视察粥棚抚难民 巡游苏境惩奸商

游酢问道："什么事情?"张舜民说："范宰相去世了。"游酢大吃一惊，如五雷轰顶。

第二天一大早，他便立即赶往范府参加吊唁。

范纯仁去世了！这一消息很快传遍京城。可是，因为变法派一向与范纯仁不和，眼下又是变法派曾布等当权，范纯仁去世出殡时，不少人惧怕遭到曾布、蔡京等人打击，所以很少人去参加吊唁和送葬。

游酢闻讯赶去参加吊唁，等到范纯仁的后事已经处理完了，才返回朝廷上朝。

张舜民因为性直，敢于言事，得罪了朝廷和不少官员，朝廷给他一个"龙图阁待制"名义出知定州。

三月，游酢准备带官员下到地方检查工作。第一站便选去陕西西路京兆（西安)。因为那里是边境，老百姓不但经常受到金兵骚扰，而且粮食缺乏，生活最困难。他知道朝廷中有地方官的耳目，与地方官有瓜葛的朝廷大员也会提早给下面通风。因此去前不声张，他直到前一天傍晚才通知相关人员："明日去京兆。"

第二天早上，游酢带着察院五位官员出发了。这一回，他们主要目的是检查地方官员廉政工作。

游酢一行来到京兆。当地的知府等地方官员闻讯慌了手脚，立即前来迎接。

次日，直接到郊外的乡村实地察看。知府、通判、监察御史、粮官等跟随前往。

京兆，即西安。这里是唐朝的都城长安。城中的古迹很多，他们只是在那里呆了一天时间，走马观花地看了长安城和阿房宫。看见不少衣衫褴褛的乞讨者，游酢想到这正是青黄不接时，也顺便了解一下赈济老百姓的情况，于是问知府："这么多乞讨者，莫非闹灾？"知府回答："正是。去年大旱，不少地方庄稼没收成。不过，我们入春以来各地已经开设粥棚接济老百姓。"游酢对知府说："那好，明日我们去看看粥棚。"身边的随行讲："察院大人，我们是来检查廉政的。粥棚的事不用管吧。"游酢听了，说："老百姓的生活是天下第一大事，我们来检查工作的目的也是为老百姓。老百姓的生活关系社稷的稳定，焉能不管。"

第三天早上，朝廷和地方官员一起前往郊外察看赈粥情况。沿途，无数的乞讨者喊道："大人、老爷们行行好吧。"好几个人跪在地上伸手叫喊着。差役走过去大声地呵斥："滚开，我们大人要过去！"游酢听了连忙大声制止道："谁给你们权力对他们大声吆喝的，老百姓是我们的衣食父母，要尊重他们才对。"又拱手向他们说道："各位长辈和大哥们，刚才差役们冒犯了你们，鄙人在此给大家道歉了。"那些差役见了，也都羞愧地一一给百姓道歉。

知府说："察院大人，你真仁慈。"游酢回答道："天下没有爱贫穷的人，他们这样也是迫不得已。咱们将心比心一下，他们中要是我们的亲人，咱们会怎么对待？"知府答道："大人所言极是。"。

走到一个较大的郊区，看到一个"粥棚"，只见人山人海，在排着一条长龙似的队伍，哀号声不绝于耳。

游酢问："这么多人，前面的粥棚有几口锅？"

"察院大人，有四口锅。"粮官回答。

游酢看到从身边经过的百姓饿得面黄肌瘦，于是询问一位老汉："老大爷，吃过了吗？"

老人回答："还没有，在排队。"

游酢问："一餐饭，要排多久？"

老人答道："大概一两个时辰。"

游酢又询问："吃得饱吗？"

老人说："有时吃得饱，有时没吃，勉强可以度日。"

游酢绕道正要往前面特地察看"粥棚"给饥民打粥的情况，看见一个小孩在喊着："妈妈，我饿，快给我吃吧。"那小孩五六岁光景，瘦得皮包骨，手臂像一根小木棍。孩子的母亲安慰道："孩子，再等一会就轮到我们了。"女人一手拿着碗，另一手牵着孩子，她的衣服破了，臂膀的肉露出。看着眼前的情景，游酢心酸地溢出泪花。他走到"粥棚"前，看见确实有四锅粥，粥也不稀。可是，面前

人黑压压的一片，几百双眼睛在抬头往这儿盯着，几百双手在举着碗。

“此是官赈还是私赈？”游酢问。

分粥的差役答道：“官赈。”

游酢二话不说，走到锅边拿过筷子往锅里轻轻一插，筷子尚能够站立，说道：“还可以。可是，大家都看到了眼前的场面，百姓饥饿的状态令人目不忍睹，没有老百姓哪里有我们。一定要保证这些百姓能够吃饱啊！”

“是！是！”知府和粮官不约而同地回答道。

当时，蔡京为端明学士兼龙图阁学士知太原府，听说游酢率员到京兆的消息，派人前来邀请去太原一游。游酢想起老百姓饥饿的情景，哪里有闲心应酬蔡京的吃喝邀请？因此以公务在身为由婉言辞谢。差役回太原禀报蔡京，蔡京很生气，认为自己地位比游酢高，而游酢尚不领情，对手下抱怨道：“游酢此小子太清高，老夫都请不动他。”

当晚，京兆知府等照样摆酒宴请。游酢见了，发火说道：“今天白日赈粥的情景大家都亲眼目睹过，咱们还吃得下这样的宴席？这真是‘朱门酒肉臭，路有冻死骨’啊！明天开始，我的伙食从简，能够吃饱就行。”他竟然拂袖离席而去，回去住处休息了。

知府一边对大家说：“今天既然煮好了，就吃了吧，明天另外安排。”一边亲自跟着去找游酢。知府去到下榻处，见游酢已经躺上床，知道不好打搅，便回到席上用餐。

第二天开始，早餐所有的官员一律只是每人两个馒头，一碗清汤，一小碟酸菜。中午和晚上也只是吃便饭，没有酒喝。

半个月后，一个随行的官员回到京城家里对夫人说：“快搞点肉给我吃，这次陪游酢那家伙出去，肚子都生锈了。”这事一传十，十传百，一时成为朝廷的美谈。其他官员见了他们开玩笑问道：“肚子还会生锈吗？”旁人听了都哈哈大笑。

游酢回到京城家里，没有想到他出访期间孩子游握得了一种奇症，由于救治不及时，竟然不治而殇了。

几天后，他收到了杨时的来信，信中有一首诗《寄游定夫》，其诗写道：“忆昨相逢凤山址，驹隙骎骎余半纪。君趋乌府近清光，陆海惊涛涨天起。云帆大舸半摧溺，舣岸得全诚偶尔。我时捧檄赴京渚，放浪江湖一浮蚁。谈书考古老无用，哺啜糟醴咀糠秕。东归虽复有民社，为米折腰良可耻。市朝纷纷真羿彀，朔干燕弧不容疑。投身中地竞谁免？未信棘端能捍矢。重楼百尺卧云龙，问舍求田不须鄙。早岁结邻初有约，齿豁头童今老矣。筑田预想傍田庐，负耒耦耕何日始？”

杨时在诗中对自己的前途觉得渺茫而对游酢有为感到仰慕之情，遐想联翩。游酢读完诗，又回忆起二十年前与杨时同窗共读的情景，感慨万端，因此执笔回复："塞翁失马君曾读，祸福焉知欲觉迟。贾生有梦凭谁寄？管鲍无猜独两知。"

第二天早晨，他将回信寄了出去。

五月下旬，游酢又不声不响地带员到苏州视察工作。

知府道："不知察院大人驾临，恕在下失礼。"游酢回答，道："我们是来检查工作不是做客，一切繁缛礼节就勉了。"知府向游酢汇报当地的情况后说明，天下各类人也汇集于此，人员极为复杂，社会治安较多问题。游酢说道："我们来这里的事不必声张，我们随便走走，你就不必陪了。"知府听了，明白游酢的用意，回答道："卑职遵令就是。"

游酢一行人分成两路，穿了便服在苏州地面的商店走动。

江苏是天下最富庶的地方之一，钱粮、物产都十分富足。这是一座典型的历史文化古城，商人和文化人多、艺人也多。苏州城内，不仅商店如林，摊点也多，沿街货物琳琅，而且过往的行人中穿着绫罗绸缎不少；这里大多的女子本来俏丽俊美，秀雅端庄，加上她们比较讲究打扮，更加艳丽照人，在街上行走着，真让外来的人们看花了眼；到处有销售字画、书籍、古董等文化产品，到处可见对弈者、到处可闻弹唱声，别有一方特色。

他们看看货物，问问价钱，顺便观察。结果，在一家商店里发现一种盖了钱庄印的白条出入。历代朝廷对货币的管理很严，除了朝廷规定的通用钱币，一概不准私人自制钱币或者变相的替代货币流通。这种以"白条"替代钱币的做法，属于严重的扰乱金融市场的现象，哪里能容得存在？宋朝对货币的管理同样有严格的法律制度。察院的人立即出示朝廷的腰牌，将商店老板叫来问道："你店里怎么可以用这种白票经商?"商店老板知道事情不好，说明道："这票我们当地人都认可，商店之间可以互相交流。"游酢大声喝道："这是违反朝廷的律令，你知罪吗？跟我们走一趟!"商店老板求饶道："大人，小民知罪。我今后不再使用就是。"游酢说道："不行。这讲不得情，走。"将人带到府里，交给知府，道："知府大人，发现了这样的事情，苏州城里到底有多少这样的商店？大人叫手下去查一查，查清了与处理情况一并上报。"知府听了，忙道："是、是，察院大人。"

知府心里想：这帮朝廷的钦差，如此查下去，再查出什么事情来，我的脸面不知往哪里放？看来，得动脑子对付才行。这天晚饭后，知府领众人到大厅休息，讲："察院大人和各位大人劳累了一天，今晚某请了几位歌女给大家清清耳目，听几曲如何?"游酢知道知府的用意，回答："这不太适合吧。"知府说："察院大人

放心，不是市井或者勾栏请来的，是府中几位同僚的千金，她们平时喜好弹唱，今天给大家助兴的。”游酢见知府这么讲，不好拂了他的面子，于是应道：“好吧。”知府立刻击了三掌，四个年轻漂亮的女子各操乐器步出大厅来。眨眼间，琵琶、萧、鼓、瑟响起，女子们咿咿呀呀地唱了起来。其他的官员个个看得入神、听得入迷，游酢和知府边观赏边聊天，谈论着天下的见闻和各自的见解。

一个时辰后，那四名女子离去，大厅恢复了平静。知府对游酢讲道：“俗话说：‘上有天堂，下有苏杭。’察院大人等这些天辛苦了，明天正好闲着，一起到太湖观赏一下自然风光怎么样?”游酢想了想，答道：“可以。”知府很高兴，讲：“好！各位大人早点休息。”

第二天吃过早饭，知府和游酢便带领检查人员到苏州太湖游览。

太湖，古称“震泽”，又名“笠泽”，位于江苏省南部，长江三角洲的中心，是长江和钱塘江下游泥沙淤塞了古海湾而成的湖泊。一行人来到湖边，但见那湖犹如一面大明镜，烟波浩渺，周围数十座山峰参差错落，叠翠竞秀，无数的小岛屿云动岚浮，空中飞翔着水鸟，好一幅湖中有湖、山外有山、山水交融的江南水乡天然画景。沿湖或小桥流水，或亭阁楼台，或假山池榭，或茂林修竹，人们到此移步换景，每一处都会觉得充满诗情画意，能够深深地领略到太湖的秀气、灵气。太湖中的“蠡园”，传说春秋末年越国大夫范蠡帮助勾践灭消吴王之后，曾偕同西施泛舟于此而得名。蠡园三面临水，亭、廊、堤依水而筑，玲珑精巧。池边有一个亭叫水亭，三面环山，遍植荷花，时值盛夏，艳阳高照，微风轻拂，一派“无穷碧叶连天际，映日荷花别样红”的景象。游酢看见那里的风景被迷住了，于是停下来观赏：四周有清溪、朱楼、荷池，垂杨依依、岚烟浮动，这样小桥、流水的地方，颇似古代隐士居住的地方。知府问道：“察院大人，感受如何?”他对此处风景十分喜爱，，点点头应道：“真是人间仙山蓬莱。”两人边谈边向湖中堤边走去。这个号称“三万六千顷”的太湖，是我国东部近海区域最大的湖泊，也是我国的三大淡水湖之一。他们来到这里只是浮光掠影地游览一番，谴兴而已。

将近中午时分，他们缓缓地返回府中。

这天傍晚，知府说：“在下已经派人查明，共查出三家这样使用白票的商店，都是刚刚用一两个月，进行了关押，责令关店，某拟于判刑一年。”游酢听了，回复道：“商家经营，方便百姓，不宜封闭，依照朝廷律令办事，谅其初犯，只宜罚款，不必量刑，令其悔改则可。”知府讲：“谢谢察院大人宽宏大量。”

几天后，游酢带着人马回朝了。

欲知朝廷中会发生哪些大事，下回分解。

第六十九回

忠臣上疏论士风
奸佞施计排异己

话说曾布与韩忠彦同为辅政的宰相，因为合不来时常发生矛盾。曾布没有对付韩忠彦的办法，于是想举荐蔡京为翰林学士，目的是借蔡京势力一起把韩忠彦挤出朝廷。他向皇帝推荐蔡京到朝廷，赵佶知道很多人反对蔡京，所以不说话。曾布派人把这信息传给蔡京。

蔡京听了，明白皇帝不点头的原因，心里很着急，忙着开始想办法。他平时对朝中皇帝身边的人打点得好，其中与“起居郎”邓询武关系很密切。起居郎是负责皇帝日常生活的贴身官员，早晚跟从皇帝出入，官职虽然不高，但是说话比任何官员都方便。于是，他特地去拜访曾布和邓询武。

冬至后的一天，邓询武参加祭祀完回来见赵佶有空，便说：“陛下乃神宗子，忠彦乃韩琦子，赵煦变法利民，韩琦竭力反对，今忠彦为相，改变神宗法度，是忠彦身为人臣，尚能继承父志；陛下身为天子反不能继承先帝之志了。”赵佶听了不觉有点动容，回答说：“朕知道了。”过了几天，赵佶单独留下曾布，邓询武又将自己画的一张“爱莫能助”图进给赵佶，赵佶一看：左边是元丰旧臣，以蔡京为首，下列不过五六人；右边是元祐旧臣，有五六十人。赵佶哪里知道是邓询武的诡计？看完后，赵佶意识到元祐旧臣结党营私对自己的政权有威胁，面有难色，也没有说什么。曾布见情上前奏说：“陛下刚刚实行新法，恐怕没有人相助。”邓询武乘机说：“陛下欲继承父志，非用蔡京不可。”

第二天后，赵佶在与温益见面时，又让温益看，温益看了图又力举蔡京入朝，赵佶便决心起用蔡京。于是，赵佶召蔡京入朝为宰相。

五十六岁的蔡京再度入京，进“延和殿”朝拜皇帝。赵佶已经二十一岁，正值血气方刚之年，他面对眼前的前辈，听邓询武等人说只有依仗蔡京，自己才能坐稳江山，因此格外客气地说：“赐座！”并面谕道：“神宗创造法律建立制度，先帝继承遗志行事，中间朝廷遇到了两次的变化，国家大事至今还没有稳定，朕欲继承父兄的遗志，爱卿将拿什么教我？”蔡京立刻离开座位顿首道：“（臣）敢不尽死。”蔡京的表态，让赵佶吃了定心丸，赵佶脸上舒张开喜悦的笑容，说：“爱卿请坐下慢慢谈。”蔡京面见赵佶，力挺恢复熙宁的旧法，并且举荐了一批自己的心腹、党羽，恢复了蔡卞、邢恕、吕嘉问、蹇序辰等人官职，其中邓询武因此被提拔为“中书舍人、给事中兼侍讲”。

眼看一年即将过去，赵佶意识到朝廷内熙宁与元祐两党长期以来斗争激烈，想调和一下矛盾，平息朝廷内部的争论。曾布又主张“调和元祐、绍圣之人”，两者并用。韩忠彦是元祐旧臣的继承者，与曾布对立，主张必须维护元祐时期的做法；蔡京是厉害的人物，打着维护新法的旗号，提出必须按照绍圣做法。两方面的代表人物都强烈反对，无法实行。权给事中任伯雨上疏说：“人才固不当分党羽，但君子与小人不能并用。”邓洵武再次对赵佶说：“韩忠彦是韩琦的儿子，反对新法，是继承父志。陛下是神宗的儿子，为什么反而不能继承神宗的做法呢？”赵佶被邓洵武这么一挑拨，改变了主意，于是“调和”不成，又决意再度提“绍述”，决定第二年又改元“崇宁”，意为尊崇神宗时期“熙宁”年间的做法。

到了春节，游酢给长子游撝办完了婚事，一家人无不喜悦。

新的一年，朝廷果然改元，年号为崇宁元年（公元1102年）。

蔡京与余深关系一向很好，又推举余深任太常博士。国子博士品级不高，为正七品，可是为皇帝身边的官员。

游酢早知朝廷官场的腐败。可是再次入朝一段时间后，他发现比他想象得更加糟糕：宫内无所事事者，勾心斗角者，有事相互推诿，一心只想往上挤者，种种腐败现象十分严重，如此下去，朝廷必然不可收拾。他看不惯朝廷上下官场的贪官污吏所为所行。经过几天的酝酿，他决定写一篇针对官场现象的文章《论士风疏》。

深夜了，游酢伏案凝思，一遍遍反复地斟酌着：《论士风疏》这篇文章一旦上奏给皇上，必将震动朝野，那么不可避免遭受一大批贪官污吏的群攻，自己的前程则可能朝不保夕；如果不上，像一些苟且偷生者一样，自然在朝为官时日安稳得久些。他想：“身为监察，岂能为一己之私而装聋作哑。国事如天，如果因此得罪天下，此生无憾也！”将文章折好，决定明天早朝上奏。

这时，远方传来鸡啼声。他才站起来走向卧室休息。

第二早朝，皇帝见大臣们到齐了，便说："众爱卿，有事上奏，无事退朝。"

大臣们互相看了看。

曾布、韩忠彦、蔡京分别出列上奏朝廷的近期的事，赵佶问："众爱卿还有可奏之事吗?"

游酢见再没有别人上奏，出列执笏奏道："微臣有一奏本呈皇上御览。"

"呈上来!"赵佶懒洋洋地说。

值殿官走到游酢面前取了奏折，转身走到金銮殿案边，平举双手要递给皇帝，赵佶发话："游爱卿的文章，念!"

值殿官应道："是!"于是高声念道："论士风疏。'天下之患，莫大于士大夫。不复见有人。"

朝堂上即刻引爆了一阵议论。

有人说："这书呆子，他自己不也是士大夫吗?"紧接着有人应和："是啊，怎么一竹篙压倒一船人，太损人了!"更多人不出声，默然地站着，略有所思。贪官和奸邪等听了如芒在背，句句好似专对他们打来的炮弹，一个个气得恨不能上去把疏撕个粉碎。但是，他们身为朝臣，当着皇帝和群臣的面只好忍着，装着镇定的样子，心里恨死游酢。

值殿官大声喊道："肃静!"、"肃静!"可是，压不下声音。

赵佶见状，有点火，大声说："看看，你们像不像大臣，朝堂上尚且不知尺寸，再在底下乱言者，轰出去!"

朝堂终于恢复平静。值殿官清了清嗓子，继续念下去："士风之坏、一至于此，则锥刀之末，将尽争之。虽杀人而谋其身，可为也；迷国以成其私，可为也。礼义廉耻，谓之四维，四维不张，国非其有也。欲使士大夫人人自好，而相高以名节，则莫若朝廷之上，倡清议于天下，士有顽顿无耻，一不容于清议者，将不得齿于缙绅……夫然，故上之有志于之者，宁饥饿不能出门户，而不敢以丧节；宁扼穷终身，不得闻达，而不敢以败名。廉耻之俗成，而忠义之风起矣。"

赵佶听后称赞道："写得好，写得好。看来，我朝是该好好整治整治。容朕思考一些良策，再与众爱卿共议。今天就到此为止，退朝——"

散朝后，大多怕事的人，对游酢敬而远之；奸臣们则对其嗤之以鼻。只有那些正直而心底无私的朝臣投来敬佩的赞许眼神。游酢却坦然地昂首挺胸走出宫廷大门，听到有人私下议论："此等书呆子不合在圣上身边，否则圣上哪一日误听了他，我们将受罪。"

尚书右丞温益，字禹弼，泉州晋江人，是一个世故圆滑的人。他为人比较温和，从来不轻易得罪人，跟蔡京也面和心不和。事后的一天，他偶然碰到了游酢，说："定夫老弟，你诚然很有正气，可是如今朝廷有些事情不好说。"游酢听得明白温益话的弦外之音，回答道："温相公，你不也是敢言蔡京用的多是姻亲。"温益一笑，拍一下游酢的肩膀："好样的。"走了。

一日，游酢去拜访程颐先生，见到了张绎、孟厚等。游酢想起春节时，谢显道来他家时的介绍：张绎本来是一酒家伙计，平常喜欢诗。谢显道劝告他："何不去读书？"他说："某下贱人，何敢读书？"谢显道说："读书人人有份。"去年，他果然来投程门，成为程颐先生晚年所得意的门生。游酢问张绎道："程先生对你有何传授？"张绎回答道："养性也。先生云'我受气甚薄。三十而浸盛，四十五十而后完。今生七十二年矣，较其筋骨，与盛年无异，皆平日寡欲有以致之也。'张绎说：'先生岂以受气之薄而厚为保生耶。'先生曰：'我以忘生循欲为深耻。"游酢点头道："这是你的福气，先生此番话是几十年的经验总结，至为宝贵。如果能够理解深透，你将来受用无穷。先生对你寄予厚望啊！"

丁丑日，河东、太原两地又发生地震，房屋倒塌上万间，死亡人数几千。

朝廷闻讯，立即派官员前往慰问，对死者家属造册登记，并发给一定的钱补助。游酢奉命带领人马前往太原。

话说蔡京见朝廷的大权已经在握，将自己的党羽余深、孙大廉等插入要害部门，便开始又疯狂地排挤异己。他与弟弟蔡卞怨恨元符年间台谏官员议论他的不是，悉诬陷他们结党营私，一日之内连着贬谪任伯雨为昌化军（今海南省儋州中和镇）、陈瓘知廉州（今河北藁城市区）……于是禁用元祐法，恢复绍圣役法，仿照熙宁条例，就在都省置"讲议司"，蔡京自为"提举讲议"，引用党羽吴居厚、王汉之等十余人为僚属，调赵挺之为尚书左丞，张商英为尚书右丞。

蔡京表面上一力主张恢复熙宁年间王安石的变法，实际上是要排挤和打击反对派，以便长期获得手中大权。

二月，朝廷为皇太子举行改名仪式。

月底，游酢带着人马回到京城开封，知道朝廷发生了许多变化，心里有些吃惊。他预感到"山雨欲来风满楼"了。他收到堂弟游醇的来信，知道游醇已经赴福建兴化军莆田任县令。

游酢到朝廷汇报完检查工作情况后的一天，前往探望程颐先生。

程颐先生道："你还来看老夫，恐怕为老夫所连累，你也难免要出外了。转告四方学者，从此勿再踏我门，尊所闻，行所知可也。另外，你的官阶低，在朝凡

事言行谨慎为妥。”

程颐一再催促游酢快走，游酢只好心酸地离开了。

三月乙酉日，皇帝下诏：“元祐党人的子弟毋得至阙下”。意思是元祐党人的儿子及门人不得到京城周边为官做事。

同月，朝廷命童贯在江浙设供奉局，诸如牙、角、犀、玉、金、银、竹、藤、装画、雕刻等品无不搜刮。睦州青溪县那地方山深林茂，各种漆楮松杉，资源甚富。当地人方腊家有祖传漆园，占全山十分之七。童贯到任之后，所用木材漆园皆责成方腊供应，供应不足，还要勒索，弄得方腊家一贫如洗，心中怨恨而不敢发作。因此，埋下了方腊后来起义的祸根。

四月的一天，蔡京向皇帝奏道：“程颐学术颇怪僻，平常的行为也诡怪，专门以诡异来愚弄聋哑、目瞽等俗人。近有人说他入山着书，狂妄地非议朝政。”又有范致虚火上加油，进言道：“程颐以邪说惑乱视听，而尹敦、张绎为羽翼。乞望圣上使他离开河南，并且将他的弟子全部驱逐出朝廷。”皇帝听了信以为真，下诏：“毁程颐出身以来文字，其所著书，令监管部门严加注意观察他的行为。”于是，程颐被迫迁居洛阳龙门的南面。

听说程颐先生受到迫害的事情，游酢的心灵震动很大。

没几天，朝廷又下诏：“元符末上书进士充三舍生者罢归。以元祐学术聚徒教授者，监司觉察，必罚无赦。”

适逢有边境回来的人前来拜访，游酢很高兴，热情地款待了他。他讲到：有一个姓廖的女子，在贼人面前用自己的身体挡住婆婆，结果她被贼人杀死，婆婆得以逃命的事情。

此事在朝廷传开，人们只当一件传闻而已。游酢想起这一件事情，却做一篇《廖节妇哀辞》文章。

蔡京野心甚大，在暗地里进一步扩大自己的势力，想把韩忠彦、曾布两人都挤走，自己掌握朝廷的大权。

五月，司天监任伯雨观看天象，发现了火星入侵北斗的现象。古代人认为斗即北斗星座，象征帝座，火星进入心宿或者帝座都是不祥的征兆。此事在朝廷传开，群臣们议论纷纷。

游酢也知道一些星占之理，听说这件事情并不放在心上。晚上，陈灌来串门，坐了一阵，问道：“游酢，‘荧惑入斗’的事你有什么看法?”游酢回答道：“自古这种天文现象历史上不知出现过多少次，真正有灾祸的年份不多。”陈灌道：“你说的也是。不过，星占的事情有时也会有应验。”游酢说：“偶然巧合自然有。不

过天下是否会大乱，关键在人为。如果朝政腐败，那么上天是会给予惩罚的。我们做臣子的，有什么办法？子曰：‘天下有道则现，无道则隐。’”陈灌问道：“你不是也懂点星术，最近有看天文吗？”游酢回答说：“观天象，预测天下大事，那是司天监之责，再说我对天文只是略知皮毛，测一下阴晴风雨还可以，哪里可能观起天象呢。这一点，我远不及你啊。”陈灌道：“我也只是一般般。不过偶尔看看玩而已。前天晚上，我确实看一回，这五月的天象不好。”游酢给陈灌斟了一杯茶，说：“哦，天人感应，我们就听天由命吧。”两人见这事情没有趣味，交谈一些别的，便分开了。他送陈灌出门，站在夜幕下仰首望一眼天空，阴沉沉的，才想起这是月初，没有什么可看，便回屋休息了。

原来，蔡京私下挑唆曾布把韩忠彦挤走，曾布不知其计，活动了起来。他授意“左司谏”吴财与“右正言”王能甫，上书弹劾韩忠彦，说他“变神（宗）之法度，逐神宗之人才。”等。因此，韩忠彦被罢去宰相，贬为“观文殿大学士”，出知大名府。

韩忠彦离京了，朝中的大权在曾布的手中。蔡京在等待机会也把曾布挤走。可是，曾布位于宰相已久，党羽很多，又是不好对付的家伙。蔡京因此暂时收敛着。

一日，曾布、蔡京、温益等重臣上朝同赵佶议事，没有想到曾布向皇帝推荐陈佑甫担任户部侍郎。按照大宋的规矩，宰相不能举荐自己亲属担任要职。陈佑甫偏偏是曾布的儿女亲家。蔡京见机会来了，立即参劾曾布，向皇帝进奏说：“官爵和俸禄者，是陛下你给的，怎么可以让宰相私自给他的亲人？”曾布不服，反驳说：“你蔡京与蔡卞是兄弟，然而可以同朝？佑甫虽然是我的亲家，但是他的才干足胜任，何妨荐举。”蔡京冷笑道：“恐怕未必吧。”曾布发怒说道：“（蔡）京你以小人之心，度君子之腹，怎么见得佑甫无才？”说到这里，曾布已经声色俱厉，温益在一旁斥责道：“曾布在皇上面前，怎么可以无礼！”三位宰相当廷争辩起哄，赵佶听了面有愠色，拂袖而起，退朝而去。

第二天上朝，蔡京的心腹上奏称道：“曾布援用元祐党人，排挤绍圣忠贤，罪大不可饶恕。”御史和大夫中不少是蔡京的党羽，见此情形一拥而上，一起弹劾曾布。这时，曾布才明白自己把蔡京召回京城是引狼入室，要是韩忠彦在也许自己没有这么快倒台。

曾布回到家中，后悔上了蔡京的当，可是知道自己确实斗不过蔡京，也想不出什么招来挽救。第三天，他上朝时只好当着皇帝的面递上了辞呈。赵佶看了辞呈，将曾布贬为“观文殿学士”，出知润州。

蔡京知道叶祖洽为曾布所重用之人，本来只把他贬为定州知州。离京之前，叶祖洽又上奏章力陈己见，说自己一再贬前宰相王珪，为蔡确请命是为社稷着想。赵佶看了奏章斥之："狂妄浮躁"，把叶祖洽降为"集贤殿修撰"，提举"冲佑观"，变成了一个管理宫祠庙观的闲职。后来，蔡京把叶祖洽列为元祐党籍，废去官职不用。叶祖洽因此回其家乡泰宁，此一去竟达十年。

几天后，原来已被贬出京的地方官员安焘、丰稷、陈次升、吕仲甫、李清臣等相继被罢职或者落职。

游酢预感到自己也将不能在朝廷久留了。

十四日，又有一个大臣上书声讨元祐时朝廷的人事。

十九日的早朝前，游酢来到宫廷，见众多大臣在低声叽咕什么，觉得气氛有些不妙。

果然，朝拜之后，皇上下诏：司马光、吕公著等元祐大臣各从裁减，夺回以前追认的官职；王存等四十人，量行遣散轻重有所差别；任伯雨等送吏部，令到外面调遣，陈瓘、龚夬同时降职去管理宫祠。

月底，赵佶下诏任命许将为门下侍郎，温益为中书侍郎，翰林学士蔡京升为尚书左丞，原吏部尚书赵挺之为尚书右丞。

韩、曾两人都被挤出朝廷，蔡京坐上宰相位置。四位宰相中，许将、温益皆福建人，唯有赵挺之山东人，蔡京心理盘算着虽然天下大权已然有一份在手，如何使自己独揽大权，那是还需要一定时日的。

蔡京是个心计很深而且做事很狠的人，他感觉到曾布虽然出了京，这个人物不简单，必须彻底打垮才行。于是，他又派人将曾布的三个儿子抓起来，通过严刑逼供，拿出曾布贪污受贿的证据，迫使曾布认罪，将曾布贬到太平州。

一两个月来朝廷人事的急剧变化，令朝野震惊，略有政治嗅觉的人都明白：一场向元祐时受重用的官员全面清算进攻的暴风雨即将来临了。

第二天，蔡京果然借皇帝名义下诏禁止使用"元祐法"。这天游酢回到住处，心想：朝廷太险恶了，在此做事真是如履薄冰，还是到地方上去任职才平安省事。欲知游酢如何退出朝廷，且听下回分解。

第七十回

急流勇退思良策，趁热打铁出帝京

话说朝廷开始对元祐旧党进行打击。游酢心里知道，要把自己列入黑名单完全有可能：因为自己曾经是程门弟子，又是范纯仁大人举荐过的人。“是祸躲不过”，如果黑名单上真有自己的名字，那无话可说，只好听天由命了。

不久，收到了堂哥游醇的来信。游醇在信中再次问及在京中家庭生活状况感觉如何。

看完信，游酢觉得哥哥所说无差，自己的家人口众多，在京城生活开支特别大；虽然自己暂时还没有事情，却是元祐旧臣，目前的朝廷形势很乱，何不趁此机会请求外调，以图生活和官场两便。于是，他上了一道疏，呈请补授外任。

当时，蔡京虽然升为尚书左丞，还没有完全掌握朝中大权，没有来得及动手对所有元祐党人下手，见游酢上疏请求外调，不予上奏。

游酢见没有消息，知蔡京含怨报复，恐怕日后被他迫害，想起孙子兵法上的“三十六计，走为上”还是趁早面见皇上先走了之。可是皇帝不好随意见面，他忽然想到：当今的皇上爱好书法，何不以此为媒介接近他，从而再谋求出路？

他思考了一番，写了两张条幅：一张楷书，一张行草。第二天，游酢托内宫的人将书法送到了赵佶的手上。

赵佶本身爱好书法，练的是“瘦金体”，虽然年轻，却已有一定的造诣。他自从登基以来忙于政事，没有太多的时间顾及书法。突然看见书法，赵佶又见游酢的字老道娴熟，无论楷书还是行草都很得体。他特别欣赏的是游酢那一副行草，游龙走蛇，稳健中有飘逸。看着、看着，想起了这个官职不是很大的监察御史：

元符初，那时自己刚刚登基不久，朝廷中还存在着不少的反对派，而他却大胆地上疏《陈太平疏》表示支持。况且自己亲政两三年来，被政务缠身，烦躁得很，朝廷中像游酢这样书法写得好的很稀少，便决定派人去召见。

游酢进了宫，赵佶分外高兴，说："游爱卿，朕前日见到你的书法，心情舒畅多了。"游酢回答道："贱臣不才，冒昧献丑，伏望圣上赐教。"于是，两人谈起书法来。

蔡京很快知道了消息，因为关系到皇帝，又不好去干扰。

没有想到，赵佶竟然一连几天要游酢去做陪，交谈书法。这样，游酢与赵佶皇帝关系亲密了起来。

游酢趁机再上书要求外调。

一日，游酢又去面见皇帝赵佶，两人正在谈论书法，蔡京来了，笑着劝说道："定夫老弟，你我说来都是福建同乡嘛，老夫向来不曾得罪于你；现在正是朝廷用人之际，我意还是留下。"游酢回答道："谢谢宰相大人的好意，在下人口众多，京城居之不易，愚意已决。"赵佶听了，道："游爱卿所奏确实，给他安排个较好的去处。到地方日后但有好书法或者古物勿忘给朕。"游酢连忙跪下道："谢圣上给贱臣一条生路。臣感恩不尽。"蔡京见赵佶准了奏，便做个顺水人情，道："皇上圣明，善解人意，也是定夫的福气，你先在京休息一段，等候安排吧。"游酢口头称了句"谢谢！"就走了。

没有几天，朝廷传言"游酢出知杭州"的消息。游酢听到这一消息，私下觉得有点意外，细而想之：杭州府知府是一个肥缺，而且大多要三品以上官员充当的，怎么可能安排给自己这样的人呢？这完全不可能！

邹浩当时已经升任兵为部侍郎，他听说游酢要求出京任外官很惊骇，见了游酢问道："游大人，何至于这样？"游酢回答："邹大人，现在朝廷的形势发展到这地步，你难道能够长久在这京城待得下去吗？"

游酢考虑到大媳妇身孕八个多月，先留在京城居住一段日子，等媳妇生下孩子再说。

赵佶很快被蔡京拖住，没有时间再与游酢谈论书法了。

六月初，游撝的长子降生了，因为是早晨卯时所生，所以取名"昴"，意思为如日初升，充满希望。

七月初，朝廷颁布了两份诏书：一是皇帝诏书："自今日起三省、台谏、太常寺、国子监及监司、郡府的官员，都以三年为一任。"二是蔡京又升为尚书右仆射兼中书侍郎（即宰相）。

游酢推测：朝廷大权又掌握在蔡京手中了，他肯定要开始对元祐时期的贤臣进行开刀了。自己能够趁早走最好。

八月，赵佶根据蔡京的请求，下令兴学贡士，具体内容为：州县二级均设立学校，州设教授两名，县置小学。县学生经过选考，升入州学。州学生每三年举行一次考试，补充入太学。考上等者补入太学上舍，中等者补入太学下等上舍，下等者补入太学内舍，其余到外舍。

朝廷大多的官员都知道蔡京是个极为厉害的人物，他大权在手肯定有一大批人要下台。大家在忐忑不安中挨着过日子，同僚之间几乎没有了来往，上朝的时候大家都不敢多说话。

蔡京决定要彻底地排挤异己分子，召集几个亲信商量议论，讲明意思和打算，有的说："树敌不要太多，主要的拔掉即可。"蔡京道："非也。除根务尽，否则后患无穷。"众人见他如此，都不好再发表意见。蔡京见情形不对，打发走他人，只与弟弟蔡卞商量。兄弟一坐下来，蔡京把意思给他挑明，蔡卞的心中，只是想把那些变法的反对派打下去就行，不想牵连太多，因此也说："主要的除去，面不要太大。"蔡京听了，说："嗯，我心中有数。"蔡卞知道意见不一致，走了。

蔡京的心里清楚：要借打击元祐党人的机会，把凡是一切反对过他的人以及不是同一体系的，都一概要贬斥，使他们永远没有翻身的机会，即使已经死亡的大臣也得剥夺他们的爵禄和追回朝廷的封号等，以免以后其他人或者他们的后代出来翻案，报仇。这样，朝廷的大权才能够长期地牢牢地掌控在自己的手中。在考虑将哪些人划入"元祐"党派的名单时，最头疼的是福建籍的官员了。他知道，福建籍是自己的老乡，得罪的人不能太多，能够不动的尽量不动吧，余深、孙大廉、林自、林摅等都是自己的心腹，也是自己立足的根基，福州的一个都不能动；他也想到过游酢——程门的弟子，范纯仁的门人。可是，他知道游酢这个人与福州的几个关系很深，况且游酢与自己没有过正面的冲突，于是决定放过一马。

蔡京只好私下把心腹赵挺之等招来密谋。

经过几天的苦心策划，蔡京终于拟出了一份名单，上了一封奏书请赵佶御览，而且当面向赵佶陈说了事情的厉害。

赵佶平时最信任蔡京。看了奏疏，听了蔡京当面的进奏，他明白蔡京的用意，心中既怕蔡京，又想利用蔡京排除一些旧臣，好巩固自己的地位，说道："爱卿所奏甚有理，不过一下如此之多，恐怕伤及太大。"蔡京不好勉强，只得做了让步，答道："圣上英明，微臣欠虑，容再斟酌。"于是，他回家重新抄写一份名单。

第二天，蔡京再次进奏，赵佶看了，不再说什么，答道："准奏。"

中旬，朝廷传出一个令人震惊的消息：蔡京列了一百多名官员为元祐旧党的名单，要将这些人一律赶出朝廷，并且传令各县勒碑永不录用。朝廷上下一时人心惶惶，大多官员整日提心吊胆。

一天上朝，蔡京出列当庭宣布了列入“元祐党人”名单一百二十人，并且宣读圣旨：吕大防、刘挚、苏辙、梁焘、范纯仁等一干人，结党营私，有损朝廷，酌贬岭南等地，即日赴任，不得有误。接着，他又读了受贬官员的具体去向。

名单上的姓名有的是已故者，有的在地方任职，大多的在朝廷上。

大多的官员听到名单时，都竖起双耳谛听，有的窃窃高兴，有的骤然觉得头晕，被念到名单的人有的战战兢兢，有的咬牙切齿，恨不得扑上去揍蔡京一顿，有的泰然自若地照样挺立着。名单读完，那些被列入名单的朝官被当庭赶出去，没有念到名字的官员大多舒了一口气。朝堂平静了一会，赵佶说了一声：“退朝吧。”值殿官大声喊：“退朝——”官员们才散去。

端礼门在皇帝办公的宫殿前，是朝廷官员们每天上朝必经之处，蔡京将碑立在这里的用意是对所有朝廷官员一个严重的警戒：谁敢反对我，都没有好下场。他想：这是一种多么大的威慑啊！

第二天早朝的时候，宫廷里站的官员比平时少了一大角，显得稀稀疏疏，冷冷清清。即使暂时还在那里站着的人也提心吊胆，不知自己何时被贬到哪里去。

霜降季节过后，北方已经冰天雪地，地处中原的开封城白天的行人明显稀少了，夜里更是几乎没有人出行，大小街上走动的多是那些生活在最底层的布衣百姓。

蔡府的灯笼也在寒风中摇晃着昏黄微弱的灯光。

家眷们已经入睡了。蔡京还在屋里的书房炕上静静地坐着，想到：自己虽然驱逐了一大批元祐党人，可是还不够出气，又想起元符三年时不少大臣们弹劾他的那一件往事。那时，因为出现日食现象皇帝请求大臣们讨论，当时应诏上书的奏本不下二百本，还好是自己的心腹检阅资料，不然还不知道那么多的人在反对自己。官场的风险多大！自己一次次地闯了过来。他想到这里，不禁地骂道：“这帮盲徒，现在该你们知道我的厉害时候了。”不过他又想到：这些人也不是全是跟自己有仇恨，有的在跟风，他们应该分别对待，如果真的都一律打倒，自己在朝廷也站不住的。

几天后，他当朝把朝廷的官员分为正上、正中、正下三等，邪上、邪中、邪下三等。于是，钟世美以下四十一人为正等，全都加以表彰和提拔，范柔中以下五百余人为邪等，降责有所区别，且降责人不得同州居住。他这一举措比章惇执

政时还要厉害。

一天上早朝后，蔡京将自己提拔的监司、郡府十人名单给温益看，温益看了认为那些都不怎么样，当场没有表态。蔡京知道中书舍人郑居中与温益友情较深，派郑居中去他家试探打听温益的态度。郑居中试探着问道："你对丞相提拔人才的这一件事情，有什么看法？"温益回答说："你在中书省位置上，经常听见人们所论事，中书舍人都有权荐举官职，难道侍郎不许提升吗？今丞相所拟钱遹以下十人，都是他的姻亲或者党羽，你要不违背他的意志做得到吗？"郑居中回头将事情告诉蔡京，蔡京听后颇不高兴。

不久，温益遭到人弹劾出了京城。

游酢因为是程门弟子，又曾经上过《论士风疏》抨击官场的腐败和黑暗，平时十分谨慎不敢多得罪人。眼看三年的任职期限将到了，游酢想到：明年将被打发去哪里呢？况且"元祐党人碑"案以来风欲静而树不止，自己如果不果断地采取措施，也许可能得到难以想象的结果。

于是，他利用进宫奏事的机会，再次向皇帝当面递上了一道自己要求外调的奏疏。赵佶收下了奏疏，答应道："爱卿回家等候吧。"听了这一句话，游酢谢了恩，走出宫廷。

回到家里，他想：皇帝年轻，忙于政务，那句"回家等候吧。"会等来什么？他不敢指望肥差，更不敢想得到高官厚禄，只要能够保全得性命，有一个安身之处就知足了。

月底的一天，蔡京召见游酢，说："你且去和州吧，近日便前去上任。这是圣上的旨意，我奉命行事而已，没有办法。"这时，游酢才知道自己已经真的出知和州。他听到这一消息时，心中不免有点宽慰：和州虽然不是富足的地方，但是那儿却是民风较好之地。转而一想，自己降为地方官员有一个知州的官职，跟那些被贬到边远地方的同僚相比，这已经是侥幸得多了。他决定趁早离开京城去和州上任。

离京前夕，游酢考虑从开封到和州有一千五百里左右的路途，便与吕氏商量说："你先留下照顾媳妇和孙子，我带其他孩子出京前往和州。"吕氏听了回答说："不！要走一起走，免得老爷多一份牵挂。"游酢应道："你说得有理，那就一起走。"

出京的那一天早晨，游酢准备好行李在城门边等候朝廷的检查。按照当时的规定，朝廷官员离京时都要接受检查，如果发现有受贿的礼物一律没收充公，重者革职查办。可是游酢是一个清官，除了正常的俸禄，没有任何其他的收受，家庭虽然人口众多，但是只有一大车人，一车陈旧的家具和一些日常穿用的衣物。蔡京带着人马前来查看，说："游大人，我这是例行公事，不可见怪哦。"游酢坦然一笑，说："没有事，宰相大人叫人查仔细些。"蔡京搜查了一番，见没有把柄就走了。前来送行的僚友，看游酢如此的清贫和寒酸，不禁为之心酸，说道："定夫，想不到你清贫到这种地步。"游酢乐呵呵地笑道："钱财为身外之物，但得家人平安、健康便是福啊。"

游酢一家人乘坐着马车，奔驰在前往和州的途中。

大道上，车轮滚滚，尘土飞扬，游酢抬眼四顾，天地茫茫，看见山水的萧索，路旁的纷飞落叶，回想起来京的岁月里许多往事，心潮翻滚。想着自己的命运，联想到战国时屈原的遭遇，因此高声地吟诵起《离骚》："览相观于四极兮，周流乎天余乃下。望瑶台之偃蹇兮，见有娀之佚女。我令雁为媒兮，雁告余以不好。雄鸠之鸣逝兮，余犹恶其佻巧。心犹豫而疑兮，欲自适而不可……"

欲知游酢此去和州之后情况如何，后面慢慢道来。

第七十一回

到州府首问文庙 下县乡几询民情

和州的官员和乡绅听到游酢将到任知州的消息，便不时有人来询问知府：“游大人情况如何?”知州曾肇介绍道：“此人我还有一点熟悉，他是一个为人随和、为官清正，有学问又重实际的人，早年在萧山、河清等任过地方官，声誉颇佳。”司法参军说：“听说，他在朝中正因为太刚直，得罪了权臣才左迁到此。”通判说：“现在的朝廷这种人为数不多。”其中一个府学教授说：“我听说此人是程门高徒，学问甚好，写有《易说》等著作。前年我去京城时拜读过，他在解说易经提到人要性善、中正、博爱等，发前人所未有之见，确实名符其实。”漕运使、司户参军等官员没有见过游酢，也不知道怎么样，只是听着。

途中，游酢在想：历代朝廷的官员分配到何处，大抵都是关系好的能够得到肥缺，安排到富裕的地方，如京都周边或者富庶的江、浙地带；关系较好的，则可以到鄂、赣、闽等地；关系一般的，只能去内地的安徽、河南偏远的州县；没有什么关系的，去偏远又贫穷之地，如：西部的陇（甘肃）、川（四川）、滇（云南）、贵（贵州）、桂（广西）粤（广东）；如果是犯了罪，轻则往往发配到边远的西北，重者去最南边的儋州、雷州（海南岛）一带。游酢属于自请外调的官员，在朝廷的关系偏下，被分配到安徽的和州。这地方虽然经济不怎么富裕，但是比起去黔（州）、贵（州）甚至天涯海角却强多了。

踏进和州的地界，游酢不禁油然联想起“不肯过江东”在乌江自刎的西楚霸王项羽，唐朝著名诗人张籍，当朝闻名天下的“歌豪”杜默，想起到这里当过和州刺史并且写下《陋室铭》的著名诗人刘禹锡等等。叩问历史，沧海桑田，大浪淘沙，有多少人能够流芳百世？李白够烂漫了，也最懂得人生的真谛，如今在对面的当涂采石矶变成一堆土，日夜望着和县，卧听着长江的波浪……

和州位于江北，与芜湖、当涂县、马鞍山隔长江而望，是个小平原。它下辖和县、含山、乌江三县。因为地处长江南北交通要冲，开发的历史悠久，商旅来往不绝，又由于地理环境优越，有一些达官贵人选择迁居于此，所以自古以来文化和商业都比较发达。

游酢携带一家人来到了和州城，但见城中的房屋大多是三合院和四合院，跟京城开封不同的是，这里的房屋多为各种造型的二层楼房，有的层楼叠院，沿街可以看见民居的高大封火墙。

到了州府治所历阳衙门前，原任知州曾肇与和州大小官员无不欣喜地前来热情迎接了进去。

游酢进了衙门，下属帮忙家眷搬进了一个四合院住下。

当晚，曾肇为游酢举行接风洗尘。在宴席上，游酢见到了老朋友、现任防御推官的徐绩，认识了通判张文举，一问才知道张文举原来是江西豫章人；还认识了团练使、漕运使、司户参军、司法参军，盐、茶、酒、税监等官员以及和县、含山、乌江三个县的知县乃至于巡检、乡绅、行会的人等等。

席散人去，回到府衙，曾肇与游酢两人又坐下长谈，不免都感叹世事沧桑。曾肇说："我崇宁元年到这里才不多时间，板凳还没有坐热，又打发我去老远的岳阳，真让人寒心啊。"游酢说道："曾公，别想那么多，过一天是一天，我也不知道来多久呢。"曾肇说："圣上刚刚登基之初，我还以为遇到圣贤的明君，谁想得到被奸臣进谗又变了，去年几乎所有的谏官都被扫地出门，今年所有元祐旧臣尽受打击排外了。"游酢听了，伤感地说："朝纲如此，国将不国了。"谈了一阵，转到地方上的事情来，游酢问道："文庙在哪里？"曾肇答道："还没有。怎么你想建？"游酢点一下头，答道："那就争取吧。"曾肇竖起大拇指称赞道："老弟，看来你是想有所作为，不错……"

夜深了，他们才各自回去休息。

第二天，曾肇介绍了和州的资源、治安、人文、民情风俗等，将府印与公文移交清楚。

晚间，和县、含山、乌江三个知县即各提了礼品来拜访，游酢拱手欢迎，说道："欢迎诸位大人光临，今后来时不准带东西哦。里面请——"夫人笑容相迎，接过礼品袋，忙着沏茶、端送水果，便进了卧室。

他们坐着交谈。向三位知县询问和了解了一些情况之后，游酢讲道："我们均

为朝廷命官，同僚之间相互往来交流感情，这些是必要的。官也是人嘛。但是，官要当得清正。朝廷要官员做什么？就是为了帮助管理天下，使国家安定，老百姓各得其所，安居乐业。自古以来，有的人当了官便贪财好色，追求自己的享乐，这是对‘官’字的亵渎，因此老百姓恨之入骨。当然，当一个清官很难，自己家庭的生活必然清苦。这一点鄙人深有感触。但是，在鄙人看来，能够有一份俸禄领着，比起那些穷困的百姓已经好百倍，我觉得知足了。人的一生很短暂，几十年光阴一晃而过，苦也一生，乐也一生；自己如果清苦些，百姓就少一点负担，自己富了乐了，百姓负担就重了，愈加困苦。使别人苦而自己乐，官者于心何忍哉！”三位知县听了，道：“大人仁慈之心，可敬可佩！”

游酢又讲道：“为官者，非自为也，当为他人。居官不求作为，不如无官；居官若贪财，不若去经商。本朝的包龙图即是做官的楷模，非但清廉公正，而且心中时时有百姓。是啊，百姓无事不会上衙门，因此日后凡是有百姓前来求办的事情都要及时地办理好。”三位知县听了，又道：“大人教训的极是。”

游酢顺便说：“州、县城里没有文庙，读书人不拜孔圣人，一个地方的文化风气怎么树得起来。我想在城里建一个文庙，诸公意下如何？”和县知县立刻表示说：“大人此举甚有远见，卑职鼎力支持。”含山、乌江两个知县齐声附和道：“我们愿尽犬马之劳。”游酢听了，说道：“好啊。有你们的支持，此事一定成功。不过丑话说在前头。你们听着：州里没有太多的资金，木材各县捐一些，但是不允许向老百姓无偿摊派，要用钱向老百姓买，运费、工匠费用由府里包。我初来乍到，许多头绪还没有搞清楚。今天先提出，到时候通知再说。”

三位知县听了，回答：“但听大人吩咐。”

坐了一个多时辰，三位知县起身辞行。临走前，吕氏换了三个袋走出来，道：“三位大人，你们送的礼品我们收下了，这是我家的一点心意，你们千万不要嫌弃。”三位知县推托了一阵，无奈夫人吕氏嘴甜，只好各提起礼品袋出门。可是，发觉那袋比来时还沉，于是要打开来看。游酢制止道：“不要打开，回去吧。”

第三天，游酢率大小官员送曾肇起程去岳州（今湖南岳阳）上任。

游酢接任之后，翻找出府中概况资料和《方舆便览》一书查看和州的地理，才知道和州境内虽然是小平原，可是山脉众多，长江横流，水系发达，有五条较大的河流。该地区以耕田为主，物产丰富，交通发达，总体上在皖境算是较好的地区。看了这些资料，他想到要有一位得力的助手才行，因为浙江的周茂德退养在家，所以决定派人请他前来做幕僚。

接着，他又召集通判、防御推官、司户参军、司法、盐政等下属，对府情进

一步摸底。

游酢先问："这里的人口怎么样?"司户参军答："回大人。本州辖区内到崇宁元年共有三万四千一百四户，人口六万六千余人。"司户参军补充道："每年要向朝廷进贡六万六千三百七十一贡，贡品为练布。"游酢问道："和州的行会有多少?"通判张文举答："三十多个。他们各自有行规，基本都能够遵法守规。因此，市井上基本平静。"游酢说："这里的民风不错。"又问道："有哪些会馆?"司户回答："有六七个，晋、苏、皖、闽四个较大。"游酢听了说："很好。我们要充分利用这些行会、会馆推动和州的发展，扩大地方影响。"防御推官徐绩简单地介绍了厢兵的情况。接着，游酢说道："这里总体情况不错，大家有什么建议或者今后要做的事情，都敞开来谈。"于是，众官开始发表自己的看法、想法和建议。最后，游酢提议建立文庙的事情，大家听了都表示赞同。他又补充说："我们有多少钱办多少事，文庙建一个普通的就行。一年拿下主体，两年扩建，三年完整。"

众人离去之后，他又看《方舆便览》一书，发现和州的田畴广阔，河流众多，水源充足，其中巢湖是很好的灌溉源头。可是，他认真端详之后，便大吃一惊。那巢湖到运漕镇一带，地形十分狭窄，像一个葫芦，立刻闪过一个念头：要是发洪水，众多河流的水一时排不出去，产生倒流现象，下游的田地岂不全被淹没?"一定要弄个清楚!"他想到这里，又派人重新把司户参军招来。司户参军问道："大人什么事情?"游酢说道："你将这里的河流、汛情以及对农业生产的影响详细地说说。"司户参军点头，详细地谈了一遍。游酢听了，斩钉截铁地说："民以食为天，农业是头等大事，我们有空时一起去一趟巢湖，具体地察看一下那里的情况。"

游酢忙完府中接手的任务，便去视察府中的钱库、粮仓、盐仓。

傍晚，游酢决定去认识认识和州这座城市。他和司户参军出了府衙，慢慢地往外走。一路上，司户参军向他介绍这座城市的特点和一些当地历史掌故以及民情风俗。和县跟和州府同城而立，外为县城，内为州府，共一个城池，城墙高耸，城内房屋和其他建筑风格不一，有古老的先秦遗迹，也有汉唐风貌，大多是宋代的样式，其中不乏名人的旧居，如：刘禹锡的陋室等。

天黑前，他们才缓缓地返回。

过了几天，游酢由下属官员带着到和州城察看何处适合建文庙。他再次召集下属商量建文庙事宜。经过大家讨论，决定了地点、使用土地面积、建筑面积、请什么人设计、征地赔偿、具体负责人等等。在讨论工程集体负责人时，团练使说："游大人，你负责吧。"游酢说："我不行。府里上下要忙的事情多得很。我

看，由通判大人负责。”大家没有异议。会议结束时，游酢说：“此事就这样定了。明天呈报给上级备案，同时通知各县做好准备。”

由于建文庙是一件重大的事情，府里派人专门去请京城中有名的工匠大师设计图纸，

建文庙的消息很快传遍整个和州，老百姓奔走相告。各县都开始做了思想准备和贡献计划。可是，有的百姓中也产生了一些议论：“新来的知州搞什么文庙，这是劳民伤财的事情。”

徐绩来拜见游酢，说起百姓中对建文庙有不满意的意见。游酢听了，说道：“没事。说的人也有理。不过，建文庙目的是为地方树读书风气、多出人才，不是为我个人做事。再说，我已经跟几个知县讲好，钱要从府中开支，尽量不要动到老百姓，不准向老百姓搞摊派。当然，有钱的人愿意捐献一点，愿意捐物、捐工的，我们可以接受，这些人的姓名不但要公布，而且要在文庙中刻碑以示表彰。不做亏心事，不怕鬼敲门。”徐绩应道：“游大人所说甚是，相信大多的百姓会理解的。”

游酢到马棚观马，见有八、九匹，其中一匹枣红色的马，虽然长得瘦小些却壮实、有精神，便叫马夫牵出来。马夫说：“大人，这马太一般，换那匹灰色的更高大。”他说：“就枣红色的好。”马夫牵出来，游酢骑上去，那马挺听话，不用主人吆喝便飞奔了起来。游酢骑了一里多地，便缓缓地返回，到了府衙门前下马时交代马夫：“这匹马好，好好地饲养它。”便走了。

司户参军送来了月俸，有三十五贯。这是游酢来和州第一次领到的薪水。以前，游酢每月只领二十五贯月俸，加上津贴总共才四十贯，家庭人口多，又住在京城，物价高涨，每日开支很大，社会应酬又多，因此生活一向很吃紧。现在到和州，有这么多的薪水，游酢的心情顿时宽松了起来。吃过晚饭，游酢与吕氏交谈月薪情况，吕氏说：“你别太高兴，俗话说‘天晴防下雨’，孩子一个个等着要娶亲。”游酢回答道：“儿孙自有儿孙福，哪里愁得许多。”吕氏听了，讲道：“老爷说得也有道理。可是，儿子们的婚事不能不想啊。”游酢说：“你别想那么多，船到港口自然直，媳妇总会有的。”说完进书房看书去了。

却说府中吴参赞有个女儿，年过二八，虽然没有花容月貌，个儿不高，却长得细眉凤眼，两潭秋水照人，一副蛮腰婀娜。她不但女红样样拿手，也颇通文墨，能诗能文，乃大家闺秀。吴参赞知道游酢的二公子尚未论婚，正跟自己的女儿年龄相配，便托师爷前来说媒。

那游拟是众兄弟中长得儒雅，性格温和，文才较好的，他虽然已经十八岁，

平时只是一心读书，根本没有想及男女之事。游酢对他也抱较大的希望，心里想着让他为这个家争光。当师爷来说媒时，他便回答道：“拟儿年纪尚轻，正是读书之际，此事以后再议吧。”吴参赞听了回话，以为自己官品较低，游酢可能认为门户不相当，但是想一想游酢又没有拒绝这门亲的意思，于是跟夫人商量。

吴夫人极聪明，她什么也不说。过了几天，她便来游酢家与吕氏交友。那吕氏原本是很随和的人，一副菩萨心肠，刚刚到一个新地方不久，满希望有个说话的人，见吴夫人上门来，自然热情相待。夜间，吕氏向丈夫提起这件事，游酢答道：“她丈夫与我同僚关系，尽管放心交往，不成亲戚，多个朋友总是多一条路嘛。”这样，吕氏与吴夫人交往更为密切。

吴夫人蛮有心思。过了一天，她将自己的女儿带来游家玩，也是有意让游家人见个面，试探一下游家对这女孩的印象。吴小姐上前行礼问候道：“夫人懿安!”吕氏一见满心喜欢，回了礼，道：“哇！吴小姐长得这般玲珑机灵，像是天仙似的，真叫人可爱。”游拟在书房里读书。读到晌午，有点疲倦，听到一个女子娇滴滴声音，心头不免一惊。正想着，那三弟忽然跑进屋来，走近游拟身边低声问道：“前面客厅上坐的姑娘该不会是二嫂吧。”游拟推一下游拂，便生气地说道：“谁像你不读书成天乱想、乱跑。快玩你的去，我要读书。”游拂眨眨眼，变个鬼脸，戏耍道：“你装正经，妈为你找了个天仙般的美女，不去见见?”游拟正抬手要打他，他说完一溜烟跑了。吴夫人知道游家二公子在屋里却不出来，她想年轻人不好意思，也不见怪，不过她喜欢这个孩子的老实，便更加把女儿的事情放在心上。坐了一会，她才起身告辞。

欲知会有啥新事，下回见分晓。

第七十二回

访老乡嘘寒问暖 迎知己乍喜还悲

话说游酢与同僚商量完建文庙的事情，决定到和州地面上走走，以便熟悉一下环境，观察和了解一些地方情况。

游酢先到和县地面走走。

知县闻讯慌忙前来陪同，介绍了和县的乡都、保、甲等地方数字和人口等情况，接着说："宋朝以来，荆国公（王安石）和范（纯仁）宰相以及秦观、黄庭坚、贺铸等名宦都曾经到这里当过官。"知县还提到王安石的《游褒禅山记》、秦观的《香泉赋》、孙觉的《寄老庵赋》、城东有个"三老堂"，是前宰相范纯仁光顾过并且题诗之处。游酢听了频频点头。

游酢上任的消息很快传遍了和州城。这里城中做生意的福建人，最主要是经营笋干、茶叶和菇类、水果，还有瓷器。他们平时相互来往，有了事情相互帮忙，在这里成立了同乡会。大家听说自己福建人到这里当太守，奔走相告。同乡们说起这个消息时，一个提议道："我们不如派人去拜访他，日后有什么事情也有个靠山。"其中有个建安人，说："我去，他毕竟跟我同乡，不敢不认亲的。"于是大家同意。

这个建安人去到和州府衙，游酢却在城中的别处巡视。游酢回到府中，差役禀报说："下午，有个人说是大人的老乡来拜访，没见着大人就回去了。"游酢问道："有留下什么话或者地址吗？"差役回答："有！他留了一张纸条。"

晚上吃饭后，游酢想起福建老乡来访的事情，便决定明天亲自去看望他。

第二天上午，游酢按照纸上所写的地址去找。

到了店铺门前，只见里面坐着个中年人。那中年人性格比较内向，看见穿着便衣不认识的老人，因此没有招呼。游酢直接走进去，说："老乡，我是来拜会你们的。"中年人又看了一眼，问道："老人家，你是福建哪里的?"他笑了笑："建阳的。鄙人姓游，在这里当差。"中年人又问："你有什么事情?"他说道："听说，昨天有个人去找我。"那中年人如梦初醒，站起来说："你便是知州游大人?"游酢答道："算是吧。"中年人连忙施礼说："哎呀，游大人，在下姓王，有眼不识泰山多有得罪，请坐下喝茶。"游酢说："不知者何罪之有。"说着撩起衣服在椅子上坐下，问道："老家在哪儿?"中年人回答"徐墩的。"游酢说："你可是真正的老乡。"中年人说："那是、那是。不然，昨天我怎么敢去找大人。不过，这个行里现在只有我一人，主事是邓老板，他家人手多，我是小船靠在大船边。"游酢问："你是股东吗?"中年人回答："是，三分之一股。一年下来，除了成本只分二十来万缗。"游酢说："不错嘛，比我强多了。"于是问道："咱们福建在这里的人多吗?"中年人答道："人倒有些，有闽侯的、泉州的、漳州的、兴化的，他们多做水果、海味生意，我们建安一路的只做笋干和茶叶两种。平时大家都忙，没有什么来往，只是年节相会一两趟。"游酢又问："生意做得大吗?"中年人说："不很大。一年就几十万斤，离家这么远，这么多人，还有家眷，开销大，赚一口饭吃而已。"游酢应道："出门都一样。"中年人说："中午在这里吃个便饭。"游酢便起身摆手说："不要客气，按理我应该请你吃饭，我这几天还有公干，改天再说吧。以后如果有什么需要帮忙的事情说一声。"中年人起身说："吃个饭再去。"游酢回头说："谢谢!"走了。

过了一天，他又去山西、苏州、四川几个会馆走访一趟。

一天，游酢正在临池练笔，忽然四儿子游损进门来报："爸，门外有个叔叔要见你。"游酢立即出门来看，原来是陈瓘，身边还有两位军爷，心里"咯噔"一下，情知不妙，但还是装着若无其事，镇定地招呼道："陈大人快进屋。"陈瓘向游酢说道："不要啦，朝廷下令不让我在途中停留。这两位军爷很好，不但一路照顾我，而且让我来见你一面。"游酢忙招呼道："二位军爷大人一起进屋喝杯茶。"那两位军爷都是聪明人，一向敬仰陈瓘的为人，不但没有为难陈瓘，而且有所照顾。路上，他们听陈瓘说游酢是个很有学问而且讲朋友义气的人，都想来拜见一面，正好到这里也得移交换手给和州防卫回去交差。他们现在见到了游酢，于是行了个军礼，大声说道："游大人好!"游酢忙说道："二位大人免礼，快进屋休息。"喊道："儿子，快见过陈大人和两位叔叔。"

游损上前行礼问道："陈大人好!"、"叔叔好!"陈瓘应道："免礼，损儿你都

长成大人啦!”吕氏闻声也出门来，施礼问候道：“见过陈大人，快屋里坐。”陈瓘回了礼：“嫂夫人好。”两位军爷说：“陈大人，那就进去休息再说吧。”

进了屋，吕氏端茶给陈瓘和两位军爷，陈瓘接茶，说声：“谢谢嫂夫人。”吕氏回道：“谢什么，你跟定夫像亲兄弟一样。你们坐吧，我去搞点吃的。”

陈瓘说道：“定夫兄，这回恐怕是长别了。”游酢听了很惊讶，望他的气色有点发白，不禁问道：“坐。你不是到袁州（江西宜春）去了吗?”陈瓘说：“我早就知道下场比你还惨。出京前，蔡京突然派人把我留下羁押起来，让我反省，写悔过书。我哪里买他的账？不久，他又托人来让我表态，今后不跟他作对。这样，磨了一个多月。”

游酢叹道：“嗨，宦海无常啊。蔡京是荆国公的姻家，你一再地挑动这方面的事情，他岂能放过你?”陈瓘说：“只要我有一口气，非跟他斗到底不可。”游酢说：“只可惜，奸臣当道，没有人帮得了你啊。”陈瓘又道：“怕啥！顶多就是被编管吧，后半生在江湖上当个囚犯。”游酢宽慰道：“不要太悲观，说不定那一天圣上想起你，也许还有回头的希望。”陈瓘叹气道：“唉，当年苏轼去岭南，不是死在回来的途中？我这一次被流放，也好不到哪里去。”

朝廷对被流放到边远的官员惩罚很重，没有给马匹和车辆，只能步行。从京都开封一路走来已经二三十天了。沿途风餐露宿，一顿饱一顿饥，没有实在吃过一顿好饭，原来挺棒的身体也疲软了。陈瓘确实饿了，两位军爷也又饿又累。吕氏利索地煮了一大盆粉干，煎一大盘炒蛋端到桌上，叫道：“陈大人和两位军爷，先吃个点心吧。”陈瓘和两位军爷也不客气，走过去坐下吃起来。

接着，吕氏忙着烧了一锅水，给陈瓘三人烫脚和洗澡之用。

过了一会，吕氏换了一套碗筷，摆好酒杯、端上下酒的菜，游酢拿出了平时舍不得喝的最好的酒，招呼道：“了翁兄和两位军爷大人，咱们一起喝一杯吧。”三人见他如此热情，都坐到了位置上。游酢给陈瓘等三人的杯斟上了酒，又说：“不好意思，没有好菜，我先敬大家一杯。”陈瓘说：“定夫兄，让你破费了。”游酢说：“兄弟之间，这是应该的。没有办法帮忙你，实在惭愧。”那两位军爷见了，也说：“谢谢游大人。”

原来陈瓘这人个性极强，不仅与蔡京、章惇等屡斗；有一次在朝廷上也曾经误解过游酢。但是，游酢知道陈瓘的性格，从来不当一回事情。陈瓘想起旧事，觉得游酢为人胸怀宽广，自己反而性格太急，于是道：“我这一生能够交你这么一个朋友足矣。”

游酢对两个军爷说：“一路上承蒙二位关照陈大人，辛苦了。晚上只管喝酒，

我跟防卫推官说说给你们办路签的事情，明天即可回去交差。”两个军爷回答：“谢谢游大人。这样，我们放心了。”游酢出门对差役说：“去叫徐大人来一趟。”

不一会，徐绩来了。一进屋，徐绩见了陈瓘立即拱手说道：“不知陈大人驾临，有失远迎。恕罪、恕罪。”陈瓘说：“徐大人你笑话我吧，说囚犯来了我还痛快些。你看见了吗？两个军爷坐在我身边做什么？罚一杯。”徐绩说：“得罪、得罪！我认罚！”他走到桌边坐下，游酢边给他斟酒边说：“蔡京把他编管到袁州去。你看，他累成这个样子，还好两位军爷关照着。”

几人边饮边聊到深夜才去休息。

陈瓘有斗酒之量，可是每次只饮五成，从来未曾醉过。他每天有给自己规定读书的习惯，夜里在床头放一盏灯，自己提到案上，从不使唤下人。这一夜，也许旅途劳累，又多喝了些酒，躺上床呼呼就入睡了。

第二天早晨，徐绩带着和州的两个军爷来了，原来的两个领了路签便回去。游酢交代两个接管的军爷：“路上，对陈大人要照顾好。”两个军爷回答：“知道了，两位大人放心。”陈瓘要走了，游酢一家人只好都出门给他送行。游酢拉着陈瓘的手出门，吕氏手提一个篮子，儿子在后。

到了门外，吕氏上前说：“陈大人，不好意思，没有什么东西相送，这里只有几个蛋，路上充饥。”陈瓘说：“嫂夫人，不要拿。”游酢过来说：“别客气，这只是几个鸡蛋，现在没有人贿你，收下吧。”又拿出两小包银子给两位军爷道：“有劳二位照顾，这一点小意思给路上买酒喝。”两位军爷假意地推托一番，便收下。陈瓘知道不好推却，只好接过篮子，说：“嫂夫人，真又给你添麻烦了，太谢谢你啦。”

吕氏回道：“陈大人别客气，你一路多保重。”损儿上前说：“陈叔叔多保重。”

陈瓘说：“嫂夫人、损儿，你们都回去吧。”

游酢对徐绩说：“徐大人，你有事忙去，我有话要跟了翁聊一聊，顺便送他一程。”徐绩说：“陈大人一路保重。”陈瓘答道：“谢谢！”又对游酢说：“定夫兄，我又不是小孩，送什么，回去吧。”游酢哪里肯，于是两人一起前走。

走到了三里外的岔路口，陈瓘说：“定夫兄，俗话说‘送君千里，终须一别’回去吧。”游酢从衣袋里掏出一封信，说：“了翁兄，带上这封信，到了袁州（江西宜春）再看。”陈瓘问：“什么东西这么神秘，不会是什么签语吧。”游酢说：“你的易学比我学得透，又受过尧夫先生的密传，能够卜知一切，我可没有你的水平哦。”陈瓘说：“不过，你欠我一样东西。”游酢吃惊地问：“什么东西？”陈瓘说：“诗啊。”游酢好奇地问：“何时所欠？”陈瓘说：“现在！”游酢收住了脚步，

说道："你呀，到现在还这么乐观，这么爱逗。以后再说吧。"陈灌听了击掌道："定夫兄，回去吧，再见！"游酢深情地说："一路多保重，后会有期！"正是："久别常牵挂，重逢悲喜禁。天涯怀故友，桑梓忆知音。唯看松柏挺，哪愁霜雪侵。疾风吹野岭，望雁寄明心。"

送走陈灌，游酢回到府衙，召集几位要员商量建文庙的事情。欲知游酢在和州的业绩，请君看下回。

第七十三回

含山县倡议兴学
运漕镇指点筑坝

游酢出生于农村，当过十几年教授，深知教育的重要性，也了解大多的地方教育比较落后。所以，他首先就去各县巡查办学的情况。

几天后，周茂德果然赶来，游酢见了非常欢喜，派人去把姓王的等几个老乡叫来，与周茂德一起吃一顿饭。

接着，他带着周茂德、司户参军骑马去含山县。

游酢和随行来到含山，听了知县汇报该县的基本情况后，走了几处地方。

游酢询问含山知县当地农民的生活状况，含山知县禀报道："现在农民的生活一年比一年好。特别那山头的，有春笋、毛竹、冬笋卖，生活好咧。"游酢问道："照你这么说，他们一个个都成了大财主。那你为何不也搬到山头去当农民？"知县一听脸刷地红了。游酢说道："本府系农村家庭出身，你就别在我面前编什么好听的歌曲。作为一县之主，应当从多方面去为老百姓的利益考虑，不要成天坐在县衙办几件案就了事，有空一定要多到民间走走，了解民众的疾苦，帮忙他们解决一些实际的困难，有多少人家里连盐都买不起，都要有所知。"知县战战兢兢地应道："是、是。"用餐时，游酢问道："这里可有文庙？"知县回答："目前还没有，不过有一个乡贤祠。"游酢说道："那好，下午就去那儿。"午休前，他写了《含山县乡贤祠祝文》："天地之英，川岳之灵，妙合和气，降此哲人。以古圣先贤而为标的，以光风霁月为胸襟。或倡议以排奇难；或含和以吐明廷；或痛国是之非，激烈以抗疏；或受分符之寄，恺弟以临民。学术言行，表正闾里；文章气谊，昆耀丹青。信孤山之标格，作后来之典型。今虽已远乎颜色，犹可想见乎精神。

谨备香而致祭，用风励乎后人。”

下午，在知县的陪同下，游酢带着下属去祭拜了乡贤祠，视察了县学。看见县学的房屋已经破旧，他对知县说：“学校是培育人才之地，一县再穷也不能穷了教育。一定要想办法修建好。”知县答：“知州大人在上，巧妇难为无米之炊，卑职是心有余力不足。”游酢讲：“办法靠人想，哪有活人被尿憋死之理？”知县说：“这个事情是否容卑职思考一下。”游酢说道：“这是头等大事情，亏你还是进士出身，这话说得出口？好，我自个儿捐二十贯钱，其余的你想法子。”知县一听，忙摆手：“哪里敢让老父母掏腰包，卑职尽力解决就是。”游酢坚定地说：“明年春天学校修建不起来，知县就让别人来当。”

这天夜晚，游酢专门向知县打听含山县水文的情况后，说：“我明天还要赶回去处理一些政务，下回咱们一起去巢湖看个究竟。”

次日，游酢早起赶回和州历阳城。

知县毕竟读书出道的，明白大道理，见如知州大人家庭那么多人口，开支大，还慷慨捐钱，也被感动了。因此，他下了决心动手修建了县学。

从含山回来几天后，游酢处理一些政务。一日与和县知县谈话，聊起当地的人文情况，游酢才知道：原来诗人张籍是乌江人，而歌唱家杜默是和县功桥镇丰山村人，其后人在历阳城中经商。

他又与张文举去了一趟乌江县。

乌江，在和州东北三十五里，有四个乡，还有汤泉、永安、石绩、新市、高望五个都（镇）。

游酢此次来乌江，主要熟悉地形和了解一些基本情况，听了知县郭先正关于县情的汇报，问到家中情况时，郭先正回答：“家父单名讳雄，卑职居长，二弟聪正，三弟祥正。”游酢又问道：“令弟祥正可是为梅尧臣称其为‘天才如此，真太白后身。’的人吗？”郭先正答道：“正是。徒有虚名尔。”游酢说道：“令弟有谪仙之美名，绝非虚也，据闻连荆国公都赞赏。能够为荆公所称赞者天下几人？”郭先正说道：“不谈他也罢，他曾经到福建当过德化县尉、汀州通判便回家，寄情山水，如今仍不改其落拓不羁的脾气。”游酢谈道：“令弟果然有太白遗风，令某仰慕。来日有机会一定登门拜访。”郭先正说：“大人且不要抬举他，他为人性傲，不好亲近。”游酢听了转而继续询问乌江的其他情况。

游酢到汤泉、永安两个镇走走，便返回历阳。

工匠设计的图纸，包括建筑模式、面积、工程费用、如何募捐、开工竣工期限。请名士选择日子。

过了一段时间，含山知县来汇报工作情况，说道："大人，含山有一个运漕镇是个十分富庶的镇，极能体现和州的地方特色，可以去看看。"游酢说："哦，好啊。我正打算去一趟，咱们明天就去。"知县讲："不过，有八九十里路。"游酢说："八九十里路那算什么，步行顶多一天。"

游酢立即拿出地图翻阅，了解含山县的东南有铜城闸、三叉河、运漕镇，铜城闸是含山县通往沈巷、芜湖及江南各地的必经之路，运漕镇是巢湖出入长江的咽喉和重要港口，于是决定专门前去视察一番。他根据地图大体估算一下，铜城闸离和州城九十里，距和县县城约六十里，而和州城去含山县城还要五十里，不如直接从和州去。他对知县交代："我明天跟几个人直接从城南去，你明天早上也直接去铜城闸。"

知县走后，游酢跟师爷周茂德商量了一番，决定通知通判、漕运使、司户参军明天一块去含山。周茂德听说游酢要到含山视察，也顺便通知衙役第二天清晨备轿等候。

第二天一大早，通判、漕运使、司户参军就到衙门前等候。游酢来到，周茂德说："大人，轿已经备好了。"游酢见四、五辆轿一溜儿地摆着，问道："这么多轿干什么？统统撤了。"周茂德说道："大人今天不是要去含山吗？"游酢制止道："我不喜欢坐轿，八九十里路叫人抬还不累死人。记住，今后没有我的交代都不用备轿，一般的出行也不要动不动鸣锣开道那一套，搞得鸡飞狗跳，搅扰百姓的安宁，只要一两个随行即可。"师爷道："要不坐马车去更轻松自在。"游酢应道："那好吧。"听了游酢的话，师爷慌忙找了一辆大马车来，其他随从也只好陪着上路。

马车行走了近两个时辰，他们来到了含山东南的铜闸镇。坝的两端垒石以防御洪汛湍流，补筑东西堰，盖有一座龙神庙，当地的老百姓长期以来祭祀它。

含山知县策马先赶来在这里等候着。

众人下了马，游酢望见一个大水坝，于是询问道："这就是铜城闸？"知县回答："是。"游酢说："走，过去看看。"于是，众人边走边看。到了大坝前，游酢又问道："这坝建于哪个年代，下游有多少人户、田地？"知县答道："建于三国赤乌年间，孙权在裕溪河含山境内筑'铜城堰闸'抵御洪水，周围二百里都是肥沃的良田，能够灌溉百万余亩良田，直接免患水灾的有三千亩，下游有数万户人家，远及和州城，其赋税收入占本州的三分之一。"游酢听了，说道："这是含山县的命脉所在，也是和州的大水库。古来有'倒掉铜城闸，淹到和州塔'之说，一定要随时加强管理，加以防范，一旦发生堤坝损坏或者崩塌，那么则将给老百姓带

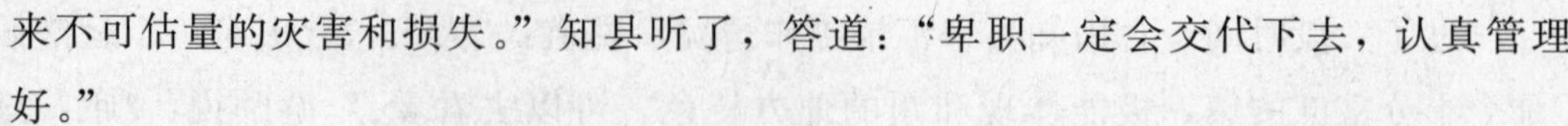

来不可估量的灾害和损失。”知县听了，答道：“卑职一定会交代下去，认真管理好。”

看完铜城闸，又观看了铜匣港，回到马车上继续前行。约走一个多时辰，马车来到了三叉河。

游酢喊道；“停一停。”他认真地观察了一下周围的地形，接着说：“这里有两三条河汇合，流了可惜。可以筑一个水坝，平时蓄水以备干旱时灌溉下游的田地。”知县听了，立刻上前问道：“做多少高？”游酢答道：“暂时做十多丈左右高，以后有条件再加高吧。这水坝明年五月之前得完成。”知县回答：“是！”

他们离开三叉河，前往运漕镇。

途中可见河道地形越来越窄，游酢知道来到了地图上喇叭形地带，对运漕使交代道：“这一段河道每年至少要清理一两次，否则淤泥积起来，船只出入会受到影响。”

运漕镇在含山县南八十里，属于东七都地界，位于裕溪河边上。这个镇始建于南北朝时期，是含山县首镇，自古以来是河运的码头，通往长江。

到了镇上，但见这里地临大河，上通巢湖，下接长江，居民稠密，商贾辐辏，设有巡司。是和县、含山、无为三县交界，方圆数十里的商品集散中心。该港口，港岸线长约两里，水域面积五万平方米，陆地面积一千二百平方米，河中商船穿梭，商客不断。码头上，工人们装包的，挑运的，扛包的，卸货的，还有排着长龙似的队伍下船的旅客，刚刚泊岸下船登岸的人流，穿梭往来，川流不息，一片繁忙景象。

看了运漕镇，游酢说道：“这里如此古朴典雅，富庶而秀丽，太美了！远比我所见过的一般乡镇好得多。”他停下脚步，对漕运使说：“我看码头存在着混乱现象，能不能将旅客和货运拉开一定的距离，不要人货都挤在一起。”漕运使应道：“可以，卑职回去就考虑如何解决这个问题。”游酢问漕运使：“这里的漕运情况怎么样？”漕运使详细地汇报了运漕镇码头每年粮食和其他物质的吞吐量以及收入情况。游酢听了，说道：“和州在长江边上，占有天然优势。漕运方面我是外行，全仰仗老兄，重点抓好州城的码头，如果能够使码头再扩大一些，货运出入自如，成效就会大有改观。你管漕运，可是一个大商家呀，商人讲的是商机。这方面道理你比我通，就不多说了。”漕运使答道：“卑职一定尽力！”

中午在镇上吃饭、休息。

下午，大家到附近巡视、察看了农田和村庄、几家农户。

傍晚，几个人回到漕运镇吃晚饭。游酢又提出上街逛逛，随行的都一起出去。

他们走着的是一条几百米长石板路的老街，脚下发出清脆的响声。夜幕下，街上百家灯火，行人如织，穿梭往来，河中渔火点点。凉风习习，晚风里飘送着笛声、琴声、歌声，一片祥和欢乐的景象。知县介绍道："这里古代叫响石街，有一副对联'响石街上皆石响，关门镇保长门关。'"游酢听了道："这对联写得妙，还有什么掌故？"知县又介绍道："还有一副对联'过街木楼石板路，青砖小瓦马头街'，很能够体现这古镇的特点。"游酢赞叹道："从这两副对联可以看出，这里地灵人杰，是个好地方呀！"知县问道："老父母，在下去安排晚上在这里过夜？"游酢回答道："不用，我们坐马车回去很方便。到这逛一圈，是为了了解一下这里夜间的情况，你看有月光呢，我们马上就走。"过了一会，他们坐上马车返回和州城。

陈侁在洪州任录事职务，特地带着儿子陈长方前来拜访。游酢见了非常高兴，说："儿子都这么大了，可喜可喜。"这是一个身材高挑的十六七岁少年，脸白净，眉清目秀，见了人有些腼腆，但还是说了句："师公好！"陈侁讲："犬子没见过世面，不知礼节，还望恩师大人见谅。"游酢答道："没事没事。不是挺有礼貌吗？我喜欢。要不是在地方上任职公务繁忙，我一定好好地教教他。"陈侁也知道地方官忙，只是带儿子前来认识一下，以后有机会再请游酢指教。

第二天早晨，陈侁父子俩离开太平州，南下洪州。

转眼季节已经进入盛夏，天气一日比一日更炎热，太阳毒热无比，阳光射到地面上像下了火似的，人走过去脚板像踏过炭窑一般，许久都还在发烫。可是，不见下一滴雨水，田里的庄稼干旱得有些枯萎了。

游酢对周茂德说："明天上午你去招呼张大人、徐大人、吴大人，还有六品以上同僚前来开个会。"究竟开什么会？要解决什么事情？请君看下回。

第七十四回

身临险境排灾难
面奏圣君济苍生

话说周茂德接到口令便去通知相关的人员，大家听说开会，都来了。

大家坐定后，游酢说："农家人说'芒种没雨下，夏至水流禾。'看来，夏至后必有一场大洪灾。尽快告诉下面各地做好防洪的准备。诸位大人对存在的问题、隐患摆出来，有什么好想法或者建议提出来，大家议论议论。"众人听了，各自开始发言。

两个时辰后，会议结束，各自回去做相应的工作准备。

四月下旬，天气炎热。街面上的行人渐渐稀少。县衙里，游酢正在伏案办公，一位差役从大门急急地赶进大厅，说道："大人，听说淮北几县近日河水可大啦！"

游酢听了应道："知道了。"他对周茂德说："我正在想天气这么炎热，可能会有暴雨、洪灾发生。周兄，我们去检查看看，下面各地情况怎么样。"周茂德答道："依我之见，要动员当地乡绅和各县知县开个会，让大家有个思想准备。"游酢说："可以。这个你去办。我想这几天到各地走走，察看了解一下河堤的情况，府中的事务，你代劳了。"周茂德说："大人，天气这么热，你出去万一中暑了有伤贵体。"游酢答："既然来这里掌管一州之事，吃着朝廷的俸禄，就得把百姓的事情放在第一位来考虑。光开一个会，解决不了问题。"游酢不听，决定明天自己亲自去各县查看个究竟。

第二天早饭后，吕氏走到丈夫身边轻轻地说："来一下。"游酢跟过去，问："什么事情，这么神秘的？"吕氏小声地说："老爷，你还没有吃药。"游酢犹豫一下，说道："知道了，回来再说吧。"他就头也不回地跨出门，吕氏追出来，看见游酢已经远去了，叹道：“嗨，真拿他没办法。”。

游酢一连三日，骑着马去察看了滁河、得胜河、清溪河、牛屯、裕溪河五条河道的汛情。

第三天晚上，他果然发病，先是呕吐，接着浑身发冷。儿子、媳妇见了慌了手脚，吕氏却很镇定，连忙交代游拂：“去请郎中前来看看。”

郎中很快来了，进了门，察看病情，说道：“没有大碍，只是中了暑，开一副药吃，明天中午给他刮刮痧就没事，休息两三天便能康复。”当晚，吕氏熬了药给他喝下，便冒出大汗，过半个多时辰睡去了。

翌日中午，大夫又前来给他刮痧。刮完痧不久，他的神志清醒多了，对家人说：“没想到中了暑，会变成这个样子，以前从来不曾发生过。”吕氏说道：“老爷，你已经五十多岁，不比年轻的时候了。今后要多保重自己的身体呀。”他笑了笑，说道：“五十多岁哪算得老，我还有很多的事情没有做呢。”大家见他病情转好，心情都轻松了许多。

秋香来看望游酢和吕氏，游酢和吕氏乐开了怀。

和州城街上开始有人卖粽子。这里包的粽大多是枕头粽，粽子长大肥硕，两道捆索，四只角，形如枕头，其品种繁多，有肉粽、枣栗粽、豆沙粽、红豆粽等等。秋香上街见了买一吊回来。吕氏看了惊叹道：“哇，这里的粽子特大！”于是问道：“秋香，过几天我们也来包一点试试。”秋香想起什么似的，说道：“哎呀，我得去砍一些黄姜来烧灰呢，不然到时候没有灰煮粽子。”吕氏道：“说得也是。这两天天晴，要是下雨了就烧不成灰罗。”

秋香就去砍黄姜来晒，还上街买了粽叶、粽绳、糯米回来备用。

包粽子前一天，吕氏和秋香洗好了粽叶，晚上把糯米与碱水浸在盆里。

第二天早晨，两人早早就起床包粽子。她们习惯地包了一大堆三角粽之后，也学着包几个枕头粽。秋香边包边说：“妈，在咱们建阳老家，三角的、羊角的粽子不大不小，刚刚好吃，这枕头粽这么大，一个都不一定能够吃完呢。”吕氏说：“那你就少吃一个。”

傍晚，孩子们放学回来了，看见粽子一个个像馋猫见着老鼠似的，抓了粽子就吃，乐得哈哈大笑。他们正高兴，忽然听到一阵熟悉的脚步声，顿时静了下来，都回到屋里读书去。原来，游酢回来了。游酢一回到家门口，秋香将粽子先放在背后，走到他跟前，说道：“爸，妈说你今天回来得早，奖你一个东西。”游酢疑惑地问：“奖什么？”秋香说：“你猜一猜。”游酢摇了摇头，说：“死丫头，快说。”秋香猛地把粽子晃到前面，提得高高的，说：“爸，请你把它吃了。”游酢一看，

吓了一跳，说道："丫头，你做这么大干什么？"秋香说道："亏你还当父母官，这里的粽子都这么大。"游酢回答说："哦，是这么一回事。我错怪你了。"吕氏打趣笑道："老爷呀，他就知道吃墨水。"游酢笑了笑，问道："孩子们回来了吗？"秋香说道："爸要是再迟一些回来，粽子就没有你的份了。"游酢讲道："我说今天会这么静。兔崽们，出来外面吃吧。"游损、游挟兄弟出了房间，问道："爸爸，回来啦。"游酢说道："以后不要跑到房间吃东西，会引老鼠进去的。书可要认真读。"他说完自己拿了一个粽子进书房去了。

过了端阳节，秋香回婆家去了。

五月中旬的一个清晨，东边的天际刚刚露出鱼肚白，忽然有人大喊："老爷，快快起来，和县发大水啦！"游酢一听，连忙滚下床，边穿了衣服边奔出门，问："到哪里了？"

差役答："刚才城西的百姓人来报。"

游酢说："快备马！"

游酢上了马，飞也似的直奔城西。衙役们在后面跑着前进。

来到西门外，但见滔滔洪水滚滚来，像一头恶龙忽高忽低，东奔西窜，眼看着越来越大，渐渐漫上岸。游酢喊道："保护人最要紧，快去叫老百姓转到高地之处！"说完下了马，站到地面上静观事态的进一步发展。

洪水越涨越快，眨眼工夫两岸即将淹没，周围的人们一片惊慌的呼叫声，也有粗暴的催促、训斥声，还有小孩们的哭啼声，猪狗的嚎叫声。衙役们都赶来了，他们奋力地奔向百姓的家，喊："快，往小山墩跑！"、"人要紧，东西来不及搬啦，往小山跑！"

徐绩也带领着一大群厢兵们飞也似的赶来救援。

过了一会儿，一个衙役跑来报告，有个孤独的老人不肯出房间。游酢立即问道："在哪里？快带我去。"

小跑了几分钟，到了老人的家。衙役对老人说："老人家，府老爷来了，快跟我们走吧。"老人看了游酢一眼，说："不用啦，我这把孤老头不值钱，活着没有粮食又没有钱。"游酢上前说道："老人家，听我的吧。是人都值钱。灾后，我保证让人给你送钱米来。"老人犹豫一下，摇了摇头。

这时，洪水已经淹到岸上，老人的家进水了。游酢只好对衙役下令，道："把老人背走！"两人走出门，洪水淹到了膝盖，走一步"咚！"的一声水响。

差役喊："老爷，快上来呀！"

游酢见了，应道："快去看看还没有上去的百姓——"

回到小山，有个衙役跑来问："老爷，你没有事情吧?"游酢道："不要管我，赶快去安抚好老百姓。"那个衙役应一声"是!"立即走进老百姓人群中。

站在山上望去，有的民房被洪水淹没了，低洼处的房屋正在向洪水中倾斜，发出"咔"、"咔"的声响，让人听了心惊肉跳。

突然，有人喊："救命啊——"游酢一听那声音就在山包下，他像一匹快马向下跑去。看见一个小屋，冲了进去，果然有一个孩子，他找到了小孩不由分说背起就往外跑。可是，洪水紧跟着他的身后压过来，淹到他的大腿，他意识到情势紧急，奋力用手将小孩推到岸边高处。高处上的人迅速将小孩接去，他却被洪水卷到丈外的河水中。这时，有人高喊："不好啦，老爷掉到河里啦!"周围的人听了都大为吃惊，有的差役吓破了胆，急忙飞奔而来。游酢拼命地在水中挣扎。他毕竟生长在河岸边，少年时学过游泳，多少懂得一点水性，抓了一根木头往回游，终于到了岸边，差役们忙将他拉上了岸。游酢浑身像一只落汤鸡，大家纷纷问道："老爷，你没有事吧。"游酢拂了拂身上的泥巴和水，笑道："没事，还好小时候父亲让我学过游泳。不然，今天就见不着大家了。"有的恭维地说道"老爷是大贵人的命，洪福齐天。"也有的说道："大难不死，必有宏福。"游酢说道："你们别多嘴，快去看看哪里还有人需要抢救的。"

还好，洪水没有再涨。游酢看水势已经稳住了，透了一口气，脸上露出了安定的颜色。差役说："老爷，我们送你回去。"游酢说道："大家听好了，抓紧去做好群众的安顿工作，谁怠慢了事情拿谁是问。"看差役们都去安置群众，他才骑上马回衙门换衣服。

这一场洪灾在和州历史上不算最大，但是不少地方庄稼被洪水冲毁了，房屋被冲毁几十座，老百姓受灾不小，有的人哭天喊地。这对本来就困苦不堪的和州老百姓来说，无疑如雪上加霜。

游酢想到这一点，心头疼痛，连夜写了封奏章给朝廷，又给户部尚书写了一封亲笔信，要求给和州免除今年的粮税，尽早给予赈灾的钱粮。

第二天，他叫一个得力的差役，再三嘱咐上朝廷一定要把此事办好。另外，他亲自交代一个衙役给那个老人家把钱米送去，自己忙起灾后救济和安置的公务。

他召集来张文举、徐绩等幕僚，商量道："这次洪水老百姓受灾很大，百姓面前无小事，有一个百姓受损失，我们就有责任。何况，有不少的土地、庄稼被淹没、房屋被冲毁呢。情况大家都知晓，现在召集大家来，就是要大家同心同德共渡这个难关。含山灾情较重，我跟徐大人、司户参军去，通判张大人等在和县，虽然兵分两路，但是要统一步调，除了留下部分人守在府中办理事情，其他一应

大小官员和差役务必下去，直到事情完全解决方可休息。”

他来到含山县，知县接着，一起去各地巡视受灾的灾民。灾后的含山，沿河不少田地被淹，看得见许多庄稼倒在泥水中，满目疮痍：有几家人房屋被洪水冲走，无家可归，有的人家房屋虽然在，可是粮食湿了，有的人家好几口都得病躺着，又没有可吃的……

他立刻意识到必须抓紧安排受灾群众的吃、住、医疗问题。对徐绩说道：“徐大人，立即派厢兵搭棚给失去房屋的灾民们住。另外，也去请乡兵马上前来帮助。这个事情就交你去劳神了。”徐绩答道：“大人请放心，卑职一定尽力。”他又对身边的参军道交代：“先尽快想办法调些粮食来，给这些百姓聊解燃眉之急。”

“是!”参军应完去了。

为了了解各地的灾情，他们连夜赶回和州府衙。张文举与和县知县也赶来汇报情况，讨论应对方案。

游酢问知县道：“洪灾之后往往会有疾病流传，这里有没有名医?”知县回答道：“有！本县有李郎中、含山有张郎中。”游酢听了，想起了什么，问道：“本县的李郎中见过，那张郎中多少岁啦?”知县回答道：“今年大约七十左右。”游酢说：“这个郎中必须请来。这样吧，你代我前去请他，如果实在不能来也不必勉强，就请他指教一下如何防治。”知县应道：“在下这就亲自去请。”他便去了。

第二天上午，和县知县说：“那张老郎中说随后就来，他开了个药方并且告诉了我怎么预防的方法。”游酢说：“那好，你立即去办。另外，请一些当地能够看病的郎中来，哪里需要就送去。”知县听了领命前去忙了。

游酢每日早出晚归，几天下来，精神耗费太大，晚上回到家里气色不好，吕氏见状安慰道：“老爷，自己的身体也要注意保重。”游酢答：“我一个人身体算什么，那么多的百姓在受灾，叫我怎么不焦虑?”吕氏听了哀叹道：“唉！真拿你没有办法。”游酢说：“你就知道自己的丈夫劳累，有没有想一想和州多少人家没有吃，没有住。”

第三天早晨，吃饭时吕氏拿出个纸包，对游酢说：“和州受了这么大灾，我一个妇道人家别的帮不了忙，就这点私房钱拿去给灾民。”

游酢看见了，欲言又止，转而说道：“你这让我也想到，从家里也拿出三十贯钱，捐献给灾民。”吕氏说道：“老爷，你忘了家里只剩三十五贯了。”这时，游酢才想起前些天吕氏说的话，“哦，不是还有五贯吗，其他的都拿出去。”说着走了。

这一天，他到灾区去看望灾民时，将家里捐献的银两赠给最困难的受灾户。其他官员见了，也回家拿出银两送到灾区。这事情一传开，地方的乡绅和富人也相继捐款捐物送到灾区。知县见了，将人们所捐的钱物进行了登记造册，然后对灾民受灾的情况也做了登记，按照受灾的程度给灾民送去了钱物。这样，灾区百姓的生活得到了暂时的缓解。

一天又将过去，没有老郎中的信息。有的人说："他可能有事来不了。"有的说："他药方已经开来，也许认为没有必要来吧。"游酢说："我相信他是个君子，绝对不是你们所能够想象的。"

这天傍晚，忽然一辆马车在和州府衙前停落，从车上走下一个中年人，接着又下来一位须发斑白、精神矍铄的老人。中年人走到门口，对守门的差役说道："我是含山县的郎中，烦通报你们府老爷一声。"差役一听，立刻回答说："你等等。"说完跑进去报告，游酢正在看地图，听说郎中来了，扔下手中的地图，奔出门来。游酢出门一看，果然有一位老人，连忙下了台阶，拱手说道："二位先生，劳你们大驾，一路辛苦啦。"走到老先生上前鞠了个躬，又说道："老先生，久仰大名，恕未远迎，晚辈游酢在此有礼啦。"那老郎中不仅医术高明，而且学问也深，又是经见过许多世面的人，神情自若，笑呵呵回礼道："府台大人不必客气。你这样，还不折杀了老夫。"游酢抬手示意道："二位先生请里面坐。"老郎中拂了一下胸前的白须，说："大人，根据这两天从含山一路看来，灾民们身体基本都正常，没有什么异常现象，请放心。今天我们经过这里，顺便来禀报一声。"游酢听了非常激动，感激地说："你们已经来三四天了，太谢谢你们。二位先生请里面喝茶。"老郎中回答道："我等为家乡出一点力应该的。喝茶就不必了，我们这就回去。"游酢说："你们百余里赶来帮忙就这样走，那怎么行。老先生，你一定得给个面子，留下来叙一叙。"老郎中说道："家里有许多病人等着呢，老夫还要赶回去。"说完回头上了马车，另一个中年人也跳上了车。游酢大步地赶上前要拉住车，老郎中摆摆手，说："不必客气，老夫主意已定。久闻游大人声名，今日得以一见尊颜，足幸了。"拱了拱手，说道："后会有期。"登上马车。游酢知道老郎中执意要走，只好也回礼道："谢谢二位，老前辈，祝你们一路顺风。"马车启动走了，望着远去的马车，游酢赞叹道："张老真是高尚的人。"

回到府中，游酢交代师爷："张老医德高风可嘉。明日你亲自送一点银子和礼物去一趟含山，代表和州的父老乡亲和我表示点谢意。"师爷说："银子包多少？"游酢答道："他们这么大老远来了四天，二三十两总要。"师爷又问："礼物呢？"游酢想了一会，回答说："买些吃的，再加上我写一副字吧。"游酢亲自题写了"高风霁月"四字的条幅。

第二天，师爷周茂德去回谢，老郎中只收了吃的礼品和那一副条幅，将银子

退了回来。

十几天后，去京城的那差役回来了，游酢问："事情怎么样？"差役回答："户部答应一定想办法给予解决。"游酢说："辛苦你了，回去休息三天。"差役走了。

游酢听了不大放心，郁郁不乐。凭经验，他知道事情一定不可能那么容易。何况当今贪官和奸佞当权，那些人尽想多捞，哪里会把这件事情当一回事呢。说不定连奏章都不让转给皇上。看来，自己得亲自跑一趟京都，面奏皇上才行。他想：为了和州百姓的生存，不做一点牺牲，事情是办不好的。

几天后，他自己骑马赶往京都开封去了。

他刚刚来到京都，就听到陈灌又被谪廉州的消息。可是，老百姓的事情更重要，他只顾面奏皇帝去了。他向宫廷中侍卫打听，侍卫说："皇上去九成宫了。"

何以来个"九成宫"？

却说宋朝宰相历来是左右两个以上，三四个的时候也很正常，很少一个的时候。蔡京将曾布等赶走，独自一人为宰相，人们背地里称"独相"。

蔡京为了讨赵佶欢心，居然效法周公，制礼作乐，粉饰太平，设置礼制局，命给事中刘昺为总领，编成"五礼新仪"，订新的"乐章"，命方士魏汉津为总司，定"黄钟律"，作"大晟乐"，又创制"九鼎"，奉安"九成宫"。蔡京自己为定鼎"礼仪使"，引导赵佶亲到鼎旁，进行酌酒献礼祭祀。每个鼎各建造一个殿堂，四周环筑围墙，安设九鼎，最中间的称帝鼎，北面的称宝鼎，东面的称牡鼎，东北面的称苍鼎，东南面的称冈鼎，南面的称彤鼎，西南面的称阜鼎，西面的称晶鼎，西北面的称魁鼎。九成宫建设工程浩大，眼看已经建了六七成，皇帝迫不及待享乐，于是命大晟府提举周邦彦制曲，又招来歌舞之女，整日歌舞喧天。赵佶经常到九成宫饮酒作乐。

游酢奔到九成宫，远远就闻到音乐声，他见了侍卫通报了姓名、身份，即递上急奏请禀报。侍卫见是和州府老爷，而且关系到老百姓的事情，不敢怠慢，接过急奏立刻奔进去禀报皇帝。

赵佶正在兴致勃勃地听大晟府的大师周邦彦弹琴，身边围绕着几个年轻的美女，心情极佳，见下人呈上奏来，说道："人既然来了，有事就当面奏，宣他进来便是。"承宣官应道："是！"接着大声喊道："传——和州知州游酢晋见——"

游酢进去伏在地上三呼"万岁！"礼毕，赵佶说道："游爱卿请起，何事啊？"

游酢说："臣日夜想念圣上，今日特来一睹龙颜。"赵佶问道："恐怕爱卿无事不登三宝殿吧。"

"圣上英明。"游酢连忙将和州受灾的情况奏了一遍。

赵佶听了应道：“这种事情跟户部通气一声不就行了。”

游酢奏道：“臣来到此，特请圣上救和州百姓之危难。”

赵佶说道：“好好，也难为爱卿这么大老远跑来。来人，传朕的旨意，着户部给和州免去今年的税粮，拨五百石粮食用于赈灾。”

游酢连忙下跪，喊道：“谢圣上隆恩。万岁！万岁！万万岁！”

一位太监前来，跪下说：“奴才这就去办。”

“爱卿平身。”赵佶说完，问道：“近来可有书法？”

游酢答道“有，臣这就呈上。伏望圣裁！”说着掏出一副行草，双手恭敬地递出，在旁的张总管下来取过呈上去。赵佶细致地端详一番，道：“爱卿的书法大有长进，比以前更具灵气和神韵矣。”

游酢诚惶诚恐地答道：“臣愧不敢当。”

赵佶心情正好，便说道：“哎，艺术没有贵贱之分，论书法，苏、黄、米、蔡在朕之上，此为天下所共识，爱卿之作亦算得一大家。”

忽然，一个太监来报：“皇太后传圣上过去。”

赵佶对游酢道：“游爱卿，改日再谈吧。”

游酢答道：“谢圣上恩典，臣这就回和州去。”说完便退出宫廷。

游酢到了户部，尚书答复：“游大人放心，我明日即派人去准备，过几日将起程运去。”朝廷赈灾的事情得到了落实，游酢心情无比舒畅，骑上马出京城返回含山。

第七十五回

三老堂老汉说孝 后生仔曾开问学

到了六月底，和州府中事情稍微少了些。天气日热，府衙门外树上蝉声高鸣，游酢坐着摇着扇子还觉得闷热，想起三老堂，对周茂德说道："道德乃教化之根本，我们去三老堂走一走。"

游酢一般的出行都穿便服，以便更好地接触老百姓，了解到实际情况。这天早晨，游酢穿上便服和周茂德出门，带了一个跟班差役。

跟班带到三老堂边上，可是不知具体是哪一座。附近的人们看见几个陌生客人前来，都用好奇的目光瞧着。有个大胆的老人，便上前问道："客人到这里有什么事情?"游酢拱手回答："老伯，我们是来看看三老堂的。"老人说："好啊，跟我来。"

老人介绍说："这三老堂呀，主人张公，原来中了举人可以出去做官，但是为了照顾母亲，却在家里尽心服侍着，便把这叫'敬老堂'。后来，母亲去世，他才出去做官，晚年回来养老。他的儿子和孙子，也跟他一样，人们便把这叫做'三老堂'。"游酢听了感动地说："能够把孝敬长辈当作第一大事来看，天下难得有这样的家庭啊。难怪范丞相会亲自赠诗。这道德风范值得大大地提倡。"老人似乎听出什么，于是问道："敢问客人做何事业的?"周茂德说："这是咱们和州府老爷。"老人一听，忙要下跪，说："老爷——我有眼不识泰山。"游酢连忙扶住老人，说："老伯，人无贵贱之分，年长为尊，在我的眼里你才是泰山。"老人激动地说："自古还没有听说有像你这样的好官，一个知县出门都前呼后拥，鸣锣开道，哪像你身穿便服出来，而且没有一点的官架子。"游酢答道："当官不是摆架子、吓唬老百姓的，而应当给老

百姓办事才是正事。”老人连连说：“好官啊、好官啊。”

走不远，老人说：“三老堂到了。”游酢抬眼环顾，那是一座比较古朴、典雅的房屋，前后两进，内外各一个三合土的坪，外坪前有一座“水心亭”，亭四周有朱楼环绕，小桥相通。

堂上悬挂着一块‘三老堂’的牌匾，客厅打扫得干净，但是没有人。这时，老人又讲道：“可惜，这一家人十几年前已经迁往南方去了。”游酢问道：“怎么一回事?”老人说：“张公交代子孙今后不要当官，也不要图名，所以到了他的孙子一代就迁到南方去了。”游酢又问道：“可曾听说他们的去向?”老人回答：“不曾。他家恐怕避嫌吧，有一天忽然全家走了，什么东西也没有带走。”游酢听了，看一看周茂德，说：“这可是高人，隐名埋姓，图的是子孙绵远相传。一般人谁能够做到呢?”

几人出了‘三老堂’，来到水心亭前。

正是荷花正盛的季节，池中绿荷亭亭，叶密花红。一阵清风拂过，翠波翻卷，红浪飘香。他触景生情，雅兴顿生，即作《水心亭》七绝一首：“清溪一曲绕朱楼，荷密风稠咽断流。夹岸垂杨烟细细，小桥流水即沧州。”

临走时，游酢握着老人的手说：“老伯，辛苦你老人家了，谢谢。有空时到我家坐坐。”老人回答说：“好、好。老爷，你们慢走。”

游酢因为家庭人口多，长子虽然已经成家在外，一家还有七口人在官宅居住着，显得拥挤，二来二儿子很快要成家，不得不拿出自己的积蓄买下一个住处。一天想到房屋应当有个名称，联想起自己出于程门，因此称作“立雪堂”。由于儿子还没有结婚，所以这新宅暂时拿来招收弟子讲学。

和州地处南北交通要道，是一座历史悠久的古城，历朝有朝廷的官员移居于此，当地人好学上进者不少。游酢虽然知道招收一些弟子的意义，可是身为知州，政务繁忙，只能收文化基础较好的进行个别辅导；而一般的书生也不敢轻易登门求教，所以弟子没有几个。曾开是其中最出色的一个。

一日，游酢在“立雪堂”看书。门人禀报：“老爷，曾秀才来拜访您。”游酢立刻说：“请他进来。”

曾开跟佣人进了草堂，立即施礼道：“游先生好。”游酢见了起身迎接道：“坐!”曾开答道：“谢谢，先生您坐，弟子站一站。”

游酢问：“贤契，近来学有长进吧?”

曾开答：“承蒙先生过问，弟子不才，又有一些问题要请大人指教。”

游酢含笑说道：“但说就是。”

曾开问："先生，'学而不思则罔，思而不学则怠。'这句话，我还是不明白。"

游酢点拨道："多识前贤的以往言行，从而考古以验今者，学也；耳目不交于物外，而悉心以自求者，思也。学而不思，则所学者不能成为自己的，故罔。罔者，迷惑也。思而不学，则所思者不足以涉事，故怠。殆者，懈怠也，厌倦而信心不足，应于事而不安也。所以，圣人孔子说：'我曾经整天不吃，整夜不睡，用来思考问题，不能得到益处，不如学习也。'"

曾开说："弟子听了先生这一番的讲解，总算明白了。谢谢先生的赐教。"

又一日，曾开又来了。游酢招呼他坐下。问："今日有空过来?"曾开问道："弟子想问问先生《论语》中最重要思想是什么?"游酢解说道："仁啊。"

曾开又问："那么，一个人怎么才能够做到'仁'呢?"

游酢讲解："仁，包括义、礼、智、信，孝、悌、忠、勇。有仁爱之心，方能够做到内则孝，出则悌，礼于长幼，信义于人；拿大处说，有仁心，斯可忠于君，爱于国，睦于友，治国、平天下也。"

曾开再问："有了仁之心，第一要做到哪一点最要紧?"

游酢说："孝也。在家能够孝父母者，出门能够尊敬师长，为官则能够服从上司；知孝者，其心也诚，诚则仁，仁则博爱于天下。故孟子曰'仁者无敌'。"

曾开说："大人，弟子终于有一点明白了。"

游酢讲："学问之事，大抵一半在书外。庄子云'吾生也有涯，学也无涯。'贤契以为何如?"

曾开说："谨遵先生大人教诲。"

游酢问曾开："和州城有什么掌故?"曾开说："有。传说古代的时候和州城里有一个阿婆在衙门口卖吃的，有一个很穷的少年天天来乞讨，阿婆看他可怜，每一次都给他一点吃的。一天，那少年说'阿婆，你人真好。我有事情不会再来了。不过告诉你一声：如果见到衙门口有血，这里就会变成湖，你就要马上上山去。'那少年说完便不见了。从此，阿婆天天注意衙门口。有一天忽然见衙门口的石头流血，阿婆便跑回家背起鸡笼往山上跑，人家见了问她为什么跑，她说一个神仙告诉她这地方马上就要沉下海了，其他人听了都纷纷跟她跑上山。转眼，山下的城市和房屋忽然都不见而变成了一个湖。后来，人们把这座山叫做鸡笼山。"游拂听了说："有意思、有意思。"游酢则说道："我们国家幅员辽阔、地大物博、历史悠久，每一个地方都有着丰厚的文化底蕴。你们年轻人如果好学，则能够增添许多书上没有的知识。一个人，书本要读，历史要了解，生活要多体验，更关键的是胸中要有追求和理想，才能有所作为；倘若没有追求和理想，那是可怕的，便只能成为一个庸人。”曾开和游拂听了，都点头，心中忽然明白了道理。

曾开走后，游酢才坐下休息，眉头一皱想起一件事情忧愁了起来。究竟什么事情？且听下回分解分解。

第七十六回

视察巢湖防洪汛
建成文庙树新风

话说游酢想起天气这么炎热，好像要下暴雨，万一真的来一场暴雨，引发洪灾，巢湖是最令人担忧的，关系到整个和州的安危，应当去巢湖看看水文的状况。于是，他叫来漕运使、参军，说明了自己的想法，交代说："明天，我们再去巢湖走一趟。"漕运使立刻回答："游大人考虑得周到。"参军说："大人所想有理，防患于未然总是好的。"

第二天早上，他们三人吃过饭就出发了。

这一回，他们直奔含山县。到了县衙门口也不下马，只跟差役交代："去告诉你们知县，我们去察看巢湖，如果有空就一起去，没有时间就不一定去。"差役跑进县衙跟知县禀报了情况，知县慌忙出来，也骑了一匹马在前面带路。

一行四人往西沿着得胜河岸悠悠前行。行程中，游酢一路上看见含山群峰环列，山脉起伏连绵，虽然没有雄奇高峻的壮观可言，但是清奇秀丽而富有灵气，心里默默地喜爱上了这块土地。

进入清溪地界，三四十里内但见溪流碧波荡漾，帆影川流不息。到了集镇，众人勒马缓行。游酢问道："这是什么地方？"知县介绍说："这里地名叫清溪，自古是周边商贾和村民云集的水上重要通道。"游酢说："这地方好，天蓝蓝、水清清，宜人居住。"

穿过清溪，再往前行十余里，远远便可望见那巢湖的湖光山色。

到了巢湖，众人下了马，在湖堤上边走边观察。天上烈日高悬，可是湖面空阔，南风拂面，他们不觉得难受，反而有一点清凉。湖的南面是一望无际的田野，湖面烟波浩淼，水天一色，白鹭等水鸟在上空穿飞盘旋，湖的中央有姑山、姥山两个岛屿，四周有半汤、香泉、汤池三大温泉和太湖山、鸡笼山、冶父山、天井山。山麓瓦舍、茅屋相间，农家门前鹅浮绿水，犬吠柴门，池塘艳艳荷花映日；山腰上古刹梵宇若隐若现；堤岸上杨柳依依，松榆葱茏。浓荫深处几个船坞，小舟在那里安静地停泊；樯帆上下往来，橹声回荡湖岸。

游酢站在波光粼粼的湖边上赞叹道："壮美哉！巢湖风景如诗如画，不愧名扬天下呀。"参军补充道："这湖水虽然清浅，常年却波光粼粼，不仅风景优美，空气清新，周围的群山树木葱茏，森林茂密，而且能够灌溉万顷良田，是一座宝库。"漕运使则说："岂止是宝库。巢湖岸线弯曲，湾多，自古是个通航的黄金水道。因此，历代以来为兵家必争之地。这里是项羽谋臣范增的故土。三国时，曹操占据巢湖水乡，与吴国孙权在这里展开长达数十年的'拉锯战'，周瑜英勇善战，与曹操十战濡须河，终使曹操四越巢湖而不成。"游酢风趣地说："还是漕运使大人胸中多文墨啊，说起历史来有板有眼。"他接着便问道："这里的水文和每年的汛情怎么样？"知县回答说："回大人，入湖主要河流有南淝河、上派河、丰乐河、杭埠河、白石天河、兆河、柘皋河等。这些河流都源于山丘区，一般集水面积都大，河道流程较短，落差大，汇流快，穿过湖周圩区后，进入巢湖，经湖泊调节容蓄后，出巢湖经裕溪河注入长江。巢湖汛发时，又由濡须河东注牛屯河，由于隘口狭窄，急流不能泄，往往淹没下游的田地。"游酢说道："据地图和文字记载资料查看，下游有数万亩的田地和上万户的人家。从运漕镇到这里，地形就像一个葫芦，一旦春夏之季洪水爆发，牛屯河必然倒灌而入，下游便受灾。因此，必须做好疏理河道、加固河堰等防洪的准备。此事关乎老百姓生计大事，应当作为头等大事来抓，今年就粗粗地疏理一番，减轻一些夏末秋初汛情的压力。过些天可能会有一场暴雨，回去马上派人来巡视此湖，如果有反常的汛情迅速报告。你务必早些筹划。不但要加强对运漕镇及铜城匣下游的河道疏理，而且要做好预防水库、得胜河等灾汛发生，能够做到最大可能地保证田地、庄稼不受损害。如果觉得人手不足，我可以调用一些厢兵给你们，你们县也把乡兵用上。"知县听了答道："是，在下一定做好。"游酢又问道："这湖有什么特产啊？"知县回答说："这里以产银鱼著名，银鱼、白米虾、螃蟹被誉为'巢湖三珍'。"游酢听了，应道："很好。有这些特产，老百姓就有一分的收入。"

游览、查看了一会，游酢说："大家回去吧。"众人上马返回。

几天后，老天果然下起暴雨，游酢没有听到有不好的汛情，便放心了。

夜里翻看记事本，看见去年瞻仰"陋室"时记下的修葺之事，于是决定即着手进行修葺。

第二天，游酢交代周茂德："陋室已经陈旧，派人去修理一番。换一换瓦顶，粉刷一下即可。"

周茂德去经办了。因为只是换瓦、刷新一遍，没有花费多少钱，三四天就修复完了。

游酢亲自去看了一遍，点头表示满意，对周茂德说："花这点小钱很必要，如果每年都修理着，房屋就能够常新。这里的旧主人很值得后人景仰，今天像他那样品操高洁的人实在不多啊！"

游酢再次到含山视察。他对含山知县说："冬天将临，今年河道的疏理工作要提早动手，多投一些工，河堰要加高、加固。这样，春汛来时老百姓便可以减轻担忧。我想用三年时间，一定会有较大的改观。"知县脸上露出为难的神色，答道："老父母，恕在下愚蠢，不知工程怎么做。"游酢应道："办法靠人想的，人工和用费可以按田地多少来摊，多田地的多负担，没有田地的不用负担，这合理合法。"知县问道："要是有的财主不出人工和用费呢?"游酢哈哈笑道："谁的田地不要灌溉，那就一切都可以免嘛。"知县说："在下明白了。"

含山知县贴出了疏理河道、维护农田的布告。那田地大多是有钱财主的，有些小气的财主看了布告，知道了按田地出工、出钱，不愿意出人工和钱的田地不予灌溉，有的认为县里的规定合理，主动前去登记；有的怕田地被收了吓得不敢出声，只好自动到县衙登记，同意出工、出钱；有的，还抱着侥幸的心理，先拖几天看看风头再说。

江北的霜雪比南方来得早。重阳一过，常常霜天雪地。大多的财主们都派人上了工地，个别观望的财主们生怕吃亏，只好自己用钱去雇当地农民帮忙参加疏理河道。疏理河道的工程，轰轰烈烈地开始了。

进入十月之后，寒冷的天气里，万物萧索，草木凋零，江河冻凝，鸟遁声迹了。大多的农人已经忙完田里的生产，趁着农闲开始转而忙着赚些钱准备过冬。天寒地冻，大雪纷飞，游酢与通判、司农、漕运使等打着雨伞出现在工地上。工地上人们在河沟中挖土的，提土的，堤岸上挑土的，夯土的，一片繁忙。游酢和下属们亲临工地交谈着，比划着，一个个变成雪人。群众看见一大群当官的都亲临这里，心中很为激动，他们干得更快了。

雪不停地飘着，游酢和他的下属向更远的地方走去，那群人影渐渐地模糊了。

十一月底，河道疏理工程正式结束。

到了十二月初，文庙主体已经有模样了。游酢去看看，一座崭新的文庙出现在眼前，迈进朱红色大门，是一个矩形的铺砖坪子，中间有一条铺砌鹅卵石的小径，沿小径，登上泮池的虹桥，前面又是一个坪子，只见一座偌大的朱红色正殿横亘着，上三步台阶便到了正殿的走廊，跨进大厅里面正堂竖立着孔子的圣像，左右各有三十六位贤人。接着通判说："东西两庑准备给当地名贤塑像，列历代皇帝封祀的大臣、名人的名言等，正在建设中。"游酢听了讲："不错，主体完成的时间达到了要求，其他可以慢慢来。"

一天，府中官员商量完工那一天庆典祭祀活动的安排等问题。游酢说："我们建文庙旨在使地方树起文明形象，和州民众敬仰圣人、效仿先贤，崇尚文化，也更好激励学子好学向上，立志成才。因此，文庙的庆典祭祀不能只是我们几个官员的事情，要当作大事来抓。那天必须让有更多有空的百姓都来参加，特别是小孩和青年越多越好。这是一个很好的教育机会，做得好，影响大。"通判张文举讲："我赞成游大人的观点。"徐绩表态："我一定配合做好安全方面的事务。"其他官员也赞同。游酢补充说："我们通过建文庙这件事情，要使和州的官风、文风、民风都有新的改观。首先是官风，文庙的庆典是一件关系到和州今后文风、民风转变的大事，今天大家都表现得很好，将关系到老百姓的事情放在第一位，这是转变官风良好开端。我们要彻底地改变官场上长期以来庸、懒、推、拖的作风和贪、滑、刁、横等种种不良习气，需要一个廉洁奉公、勇挑重担、勤于做事、讲求实效、机智果断、精明能干的团结群体。官风正了，民风、文风都自然会跟着好起来，我们才能够把地方建设好，老百姓的日子才能过好。"

庆典的那一天早上，庄严肃穆的文庙门口彩幅高悬，庙堂里香烟袅绕，明烛照天，内外人山人海。和州一应文武官员与各县知县、大小吏员以及地方绅士、文武生员列队进入文庙参加完工暨为孔子圣像揭像仪式。案前陈放三牲，香槠资盛齐备，众官员齐伏地跪拜，通判司仪，鸣炮之后，团练使念祝文，游酢念祭文，众官员行三跪九叩之礼毕，游酢揭像，又鸣炮。礼毕，众官员退出。接着，地方上有功名者，再则是在读的童生以及监生相继进去拜谒孔子圣人及祀奉的名人。最后，许多百姓带小孩子也前往拜谒。

这一日，到傍晚文庙才静下来。

又到了一年的腊八节，江淮人们忙起过年的活动，做腊八粥、年糕等。吕氏本来就心灵手巧，这一回大大方方做了好多的腊八粥。孩子们喜欢得不得了，乐得蹦蹦跳跳，载歌载舞的。游酢回家看见桌上、锅台上的食物，问道："忙什么呢，买一点吃吧。"吕氏听了，说："别人家有东西吃，咱们有孩子总不可能让他们干看吧。"游酢试吃了一口，见吕氏竟然跟当地人一样做了好些吃的，说道：

“到地方来当官好啊，吃得也更香。”吕氏道：“老爷，你还说香呢，我叫你打听一下腊八粥做法，一年了还没有下文。”游酢笑了，说：“哦，有这回事？我忘了。”吕氏故意嗔怪地说道：“你呀，忘不了的是公务、读书，哪一次把家庭事情记在心上?”游酢回答道：“吕氏，对不起啊。”吕氏也笑了，她到厨房忙去了。

过了几天，游酢与同判等分路到城区、乡下慰问贫困户、孤寡老人及八十岁以上的寿星。

游酢想到明年春节应当让和州比往年更有过年的气氛。于是，询问和州有哪些民间的艺术和可娱乐的活动，听了周茂德介绍之后，说：“你去安排一下，将各县和乡村可活动的项目都发动起来。当然一定要老百姓自己自愿，不能以官府名义去强制人家怎么做。如果强制了，那会劳民伤财，与我们的愿望适得其反。如演戏等花钱的，欢迎有钱的乡绅、商贾包场义演，府里可以适当补贴。”

年底，游酢同夫人商量：“我们有六七个儿子，而且大多都到论婚年龄，他们需要一个家，没有合适的住处怎么行呢。过几天，我回老家再建两植。”夫人说：“好吧。现在的钱更贵了吧。”游酢回答说：“乡村不比京城，贵不到哪里去，以前十贯可以盖一座，现在十五贯总可以盖一座。”

腊月二十二日，各地官府开始放假，游酢自己一人骑马回老家建阳看望老夫人。

到了农历二十三四，官家和老百姓都送灶神爷升天，夫人想到自己福建老家的习俗，这时又忙开了：粘糖米、备年料，开始打扫房屋的卫生，洗被褥、桌凳等。

除夕，吕氏可忙了。她又做豆腐、杀鸡迎接新年。这天晚上，和州爆竹响彻，焰火满天，家家户户团聚在一起守岁，妇女们将灶膛的火烧得旺旺的，以预兆来年家庭更兴旺。到夜深了，人们才去睡觉。

欲知新年情况怎样？再看下回。

第七十七回

迎来送往无厌意 排难解危有主张

崇宁三年春节，和州各县和乡村从大年初一到元宵节，游年灯、演年戏、迎菩萨，舞狮子，和州百姓过了一个热热闹闹的佳节。

游拟正当年轻，心里想着争取功名。过完大年初三，他就进京去投考。

建阳的禾坪是个小山乡，春节只是游灯、赶庙会，比较清冷。游酢想到自己这次回家除了看望母亲，更重要的是关于建房的事情。家中的长辈只有三叔父游勋了，他的儿子也出外为官，但是堂兄弟很多。大家听说游酢回家，都来看望。游酢招呼大家坐下，拉一些家常，然后说道："三叔、兄弟们，我这次回来想再添两植房屋，买材料和给师傅的工钱我都准备好了，怎么做就麻烦大家了。"游勋回答："没有事，你放心去吧，有我们呢。"兄弟们也都表示："这一点小事好办。你放心。"

游酢考虑到事务繁忙，初七便起程赶回和州。

他回到和州还刚刚农历二十，休息了两天开始上班工作。

话说福建永泰人张动携子元干去河北赴任，中旬路经和州，前来拜见。游酢听说是福建来的连忙出门热情迎接、招待。这张动，名几道，父亲与三位兄长均供职于朝，他是赐进士出身，曾经在邺县（河北临漳）任官。他说："不才素闻游大人的大名，仰慕已久，今天携贱子到京城走走，特来拜谒。"游酢答道："张大人免礼，请屋里坐。"此时张元干年方十五岁左右，他父亲这一回带他去京城礼部考太学。张元干也上前道："晚生拜见游大人。"游酢答道："贤侄别客气，你就叫我伯伯吧。我有个儿子年龄与你相仿，正好有伴。掞儿，来了一个老乡，一起玩

去吧。”游揆闻声便进来。两个少年互相问个好，游揆牵着张元干出去玩了。这一夜，游酢和夫人热情地招待张动父子俩。

第二天，张动父子俩继续赶路。

新年伊始，各项工作堆积在一起，游酢常常开夜车。初春天气寒冷，夜里秉烛工作，吕氏不时地为他的火笼添碳、拨火，换上热茶，添加衣服。

第一件事情，还是府学的问题。他去察看一下含山县学，已经修葺一新。回来后，他考虑到今年的春耕和考试问题，召集下属和各县知县开会，询问和了解情况后，做了部署。

朝廷颁布了铸当大钱的法令。拟定大多的省份都要铸造“崇宁”钱币，独浙江、江西、福建三四个省免造。朝廷众臣纷纷私下议论，认为蔡京自私，为了照顾其家乡福建才拉几个省遮饰。但是，蔡京身居宰相之位，别人没有他奈何，只是说说而已。这是一种铁铸的钱币，聪明的蔡京先请赵佶亲自用“瘦金体”字题写的“崇宁”的年号。这种钱币铸造得精致，造型美观。赵佶知道蔡京书法好，也让蔡京题写一种字体，因此“崇宁”钱币也有一种蔡京题写的版本，那“崇”字山中那一竖与宗相连，而“寧”（宁）字中间去了心字，因此有人讽刺蔡京：“有意破宋，无心治国。”

朝廷派米芾出知无为军（今安徽巢湖无为县，宋代为郡）。米芾生来最喜爱石头，有“石癖”之号，来到无为州治看见有一块巨石，形状奇丑，大喜说：‘此（石）足以当我拜！’因此穿戴好官服和帽，对着石头拜，说道：“石兄，受米某一拜。”

和州与无为军相邻。游酢听说米芾调到无为，想去拜访却一时走不开，过了几日才前去祝贺。游酢来到无为郡境，米芾热情迎接，说道：“游大人，劳你屈驾，米某受不起啊！”游酢应道：“米大人非同凡俗，既曾与圣上并坐品评书画，又能拜石为兄，我游某拜一拜米兄更在情理之中。”游酢是知州，米芾是郡府，两人官阶同等，所谓的拜，也不过行个平行礼而已。米芾笑呵呵说道：“游大人不愧为学问中人，能说会道，佩服！佩服！里面请——”

米芾不仅是闻名天下的大书法家、画家，而且对词学也有造诣。走进书画室，但见壁上有一首诗：“云间铁瓮近青天，缥缈飞楼百尺连。三峡江声流笔底，六朝帆影落樽前。几番画角催红日，无事沧洲起白烟。忽忆赏心何处是？春风秋月两茫然。”

米芾说道：“游大人，请坐。”游酢坐下，两人互相寒暄一阵，接着交谈两人一些听闻。过了一会，米芾说道：“游大人，别来多年，书法有大进吧。今天既驾临，来一手如何?”游酢说道：“米大人，晚辈今天是特来登门拜师。”米芾答道：“游大人，米某不敢当啊。你可是从孙过庭、怀素两大名家名帖里滚练过来的。我岂可比怀素?”游酢应道：“哪里哪里，米大人过抬举游某了。那好，恭敬不如从命，姑且班门弄斧一下。”说着站起来，走到案前拿起笔，书写一首李白的诗《望天门山》。米芾走到在一旁观看，说道：“你也知道米某的脾气，何曾轻易夸奖一人?”游酢很快写完放下笔，举起双手说道：“献丑了!”米芾说道：“哪里，说实在话，如今天下能够像你这样的书法家寥若星辰。好，咱们喝茶吧。”

两人回到桌边继续品茶闲聊。游酢说道：“当今世上，米大人书法第一啊。”米芾答道：“第一不敢受。说实话，当朝的艺海中，老夫能够看上的实在不多。如果谈到造诣，圣上、东坡、山谷、蔡襄、你都各有千秋。至于蔡元长，字虽然不错，可是名声却不好。”游酢讲道：“如果单以书法论之，他确实算得上一家。”米芾说道：“看来写字与人品是难分的。”游酢又说道：“书法之造诣，因素甚多，天赋、功底、性格、涵养、见识，此五种需结合得到家，还有书写时的意境、心境都血肉相连。”米芾听了频频点首，说道：“此论说得在行入理，想不到游大人有如此高论，老夫当刮目相看了。”游酢说道：“哪里话，我不过信口开河而已。哪有米大人《书史》、《海岳名言》之论的精到、透彻……”攀谈了大半天，游酢起身告辞。

米芾说道：“游大人也是公务中人，米某就不多留了。人生如萍，相见时难别亦难。等一等。”说着走到案边取过一副书法条幅，拿起笔，题了款、按了印章，卷起，回头来递给游酢，说道：“权做个留念吧。”游酢双手接过，说道：“谢米大人了!”

回到和州，游酢急忙打开一看，那条幅上面写的是一首词《满庭芳·咏茶》：“雅燕飞觞，清谈挥麈，使君高会群贤。密云双凤，初破缕金团。外炉烟自动，开瓶试、一品香泉。轻涛起，香生玉乳，雪溅紫瓯圆。娇鬟，宜美盼，双擎翠袖，稳步红莲。座中客翻愁，酒醒歌阑。点上纱笼画烛，花骢弄、月影当轩。频相顾，馀欢未尽，欲去且留连。”

游酢正看得兴浓，忽然看门的差役来报：“杭州供奉局童大人来访。”游酢一听，知道是童贯，忙出门相迎。童贯是何人?原来，他是一名太监，即人们所称的宦官。可是，赵佶上台后，看上他，派他到杭州负责供奉局，专门采办奇花异石、古董宝物等，经常来往于京城、杭州之间，与皇帝很亲近。游酢早闻此人之名，在京城时也偶尔见过一二面。那童贯身材高大魁伟，面色黝黑，颧骨突出好像一层铁皮，双目炯炯有神，颐下生着三根坚硬的须毛，一眼望去，有一股神勇

英武之气，一点也不像是阉割后的宦官。

游酢一出门即拱手说道："欢迎、欢迎，童大人，今天什么风把你刮到这里来?"童贯回答道："游大人，今日路过这里闲着没有事情，过来看看你。"游酢说道："谢谢童大人的垂爱，里面请用茶。"

坐了一会，童贯问道："游大人，贵地可有什么好宝物?"游酢听了，怕他来和州搜刮老百姓，笑着回答："苏、杭是人间的天堂，江宁是古都，那些地方才有许多的宝物。这和州，童大人谅也知道多少分量。"童贯是个极心细的人，见游酢这么说，想了想，说道："游大人说得也在理。不过，偌大的和州该不会一点宝物都没有吧。"游酢又笑了笑道："我一向忙于政务，不曾留意过。如果童大人听说或者发现了什么，尽管吩咐，在下遵旨意照办就是。"童贯明白游酢话的弦外之音，说道："童某不过顺便问问而已，哪里敢耽误游大人的政务。我这就回杭州去。"游酢忙起身说道："童大人别误会，千万不能就这么走。俗话说'客来主不顾，非礼也'，你我何况是在京城就相识的故交，又是同代人，童大人要是看得起游某，就留下，中午咱们俩好好喝两杯。"童贯应道："既然游大人如此诚意，盛情，那么童某就再陪游大人坐一坐。"

这天中午，游酢到"太白楼"热情地款待了童贯一餐。童贯身体极棒，午后休息了一回，便起程回杭州。

送走了童贯，游酢终于松了一口气。

一日，游酢同吕氏商量道："老三今年已经十八岁，如果有适合的人家闺女给他成个家，出些钱让他做点生意就是。"吕氏说："老爷说得也是，只是不知找什么样人家好。是老家的？还是这里的?"

却说和州城内有一位绅士乃杜默的后代杜善，家里资产百万，开着好几家店铺。他有一男一女，儿子杜进与游拂玩得极好，亲如兄弟；其女儿杜丽，长得端庄秀丽，人也天资聪慧，不但女红无所不能，而且能够通晓诗书，年方二八，按照当地习俗已经到了论嫁的年龄。杜善看上了游拂，觉得这孩子忠厚诚实，况且其父亲游酢乃朝廷命官、当今和州的老爷，便私下托管家前来提亲。

游酢同吕氏热情地接待管家。管家说明了来意之后，游酢回答道："孩子的婚事，虽然自古父母之命，媒妁之言。但是，我们夫妇还得征求一下孩子本人的意思。过一两天再说吧。"管家走后，吕氏与游酢商量道："现在杜财主找上门，可谓真是巧合。只是不知老三有没有想头。"游酢答道："先问问他自己再说。不行，我们再帮他定就是。"

游拂成熟得早，经常去杜家，见过杜家的千金，心里早就有意，只是婚姻之事不敢擅自做主张。没有想到杜家上门这么快就提亲，听了父母的询问，脸倒红了，回答道："双亲在上，孩儿但凭吩咐。"见孩子默许，游酢夫妇满心欢喜。第二天，游酢请先生写了游拂的庚帖，便派人送帖并且去回话。杜家见游家答应了亲事，十分欣喜，连忙也请择日先生选好日子回了女儿的庚帖到游府。几天后，由管家出面牵线，游、杜两家父母在一家酒家见面，当面议定了孩子的婚事。但是，因为游拟还没有结婚，游拂也只是定个亲。

杜善只有一个女儿，不但给了女儿丰厚的嫁妆，而且准备赠送了一个大店铺。游拂定了亲，杜善就把游拂当做女婿看待，将一家店铺给了他，还帮忙着经营。从此，游拂在和州经商为生，成了一个有实业的小老板。

春末，游酢来到乌江视察春耕工作。经过功桥镇时，特地去丰山村拜谒瞻仰张籍的故居。张籍的后代不少已经迁往南方，只剩几户人家。由于张籍在世时一生贫寒，所居亦不过一般的民房，并无特别之处。询问起他的后代，有的竟然不知张籍是谁，只有一位老人尚且能够熟悉地背诵张籍的诗。游酢离开丰山之后，对知县说道："世局如棋，一个人生前尽管多么的了不起，能够三代相传者稀少啊。"

他们到江边。这里山势险峻，江流湍急，波涛滚滚。乌江知县说："这就是传说项羽当年自刎之处。"望着滔滔江水，想起"力拔山兮"的西楚霸王项羽，游酢临江感叹道："项羽虽然失败未能坐江山，也算得一个了不起的历史英雄。"

游拟回来了，他没有考中功名，觉得自己没有面子，心里很不是滋味，也不到吴家去。游酢知道他情绪不好，也不急着催办婚事。吴参赞那一头派师爷来提婚事，游酢回复："过一段再说。"因此，此桩婚事又凉了下来。

四月初，遇到饥荒，和、含两县知县告急：县民缺粮，许多农民断炊，米行老板，奸猾的囤积不卖，眼光势利的乘机哄抬米价，有良心的只是多少略提一点米价；地方豪绅和财主怕官府会摊派故意装穷。有些买卖人见没有了生意，偷偷溜走。

游酢分析了当地的情况，传令各县一边去做好稳定生意人和市场的工作，一边动员富有者平价捐粜粮食给老百姓，官府给予适当的补贴，哄抬米价的现象被抑制住了。但是，全州粮食严重短缺，下面的各县确实无法解决目前的困难。游酢打算打开府廪赈救灾民，幕僚们认为不可以，再说府库储粮食不足，于是说："灾荒这么严重，只好向附近的州县借借，渡过这个难关再说了。"一面传公文给周围的州县，不要限制和州人民的籴米，一面决定向其他州郡借取粮食分发给老百姓。他先派心腹到江苏、浙江等地借来了三批粮食。

没有多久，饥饿的人有了吃的，缺少粮食的得到了接济，逃走的听说后很快回来了。于是，老百姓再也没有人有出走的念头，和州的社会秩序重新得到安定。

没有料到这个问题刚刚解决，河北、河南逃难的难民每一天至少有几十人、多至上百人涌进和州地面。游酢听说此情况，亲自到地面上走走看，亲眼目睹街上、路边，到处站的、坐的、躺着的，拖儿挈妇，一个个面黄肌瘦，愁容满面，有的还哭哭啼啼，目不忍睹。大量的难民到来，也给当地的治安带来了诸多不安定因素：许多当地居民的房屋食物被偷盗，有个别的难民大白天跑到当地居民的家，见有人就讨饭讨钱，见主人不在就进去偷吃，偷东西。和、含等县知县都出面劝难民回自己的家乡去，但是他们不走，而且难民一天比一天增加。诸县再次向州府告急。

游酢忙召集幕僚们前来共同商议解决的办法。分管治安的通判张文举问道："游大人，这么多难民怎么办?"。有个幕僚说："我们这里又不是避难所，把他们赶出我们的地盘不就了事了。"有的同僚说："我们自己境内难关都难渡，管不了那么多。"游酢严肃地说："传令下去，对于这些难民千万不能用粗暴的方式，他们本来就在受苦受难，如果再用粗暴方式对待，不等于往他们的伤疤上撒盐吗?天灾人祸，这是考验我们当官者的关头，他们虽然不是我们地方的百姓，但是同样是天子的子民，我们可是朝廷的命官啊。人命至为重要，一面先安置处理好，一面登记造册加以疏导、分离，派人动员回去。"于是，府里急忙下公文传令各县妥善先安置处理，将当地所有可用的空房腾出来，不够的安排到佛寺去住。

难民实在多，当时天气又炎热，瘟疫开始流行。诸县再次向州府告急。游酢写了："以人为本，想方设法，疗食并举，治病救人。"十六字传下令去，各县于是一面给难民吃，一面到处请郎中给病人医治，自己县里郎中太少，还到外县请，和州百姓也配合官府出粮食出钱帮助，有的上山去采药，有的献出自己家藏的药物，结果救活的人不计其数。因为，和州的官府和老百姓的真诚与爱心，使难民们深受感动，不久都回去了。

俗话说："林大鸟多"任何一个地方都有各种各样的人，和州虽然只管和、含、乌江三个县，人多事杂，当一个地方长官不但有繁忙的政务，而且也有一些头痛的小事。刚刚解决了难民的问题，接着又发生了一两件意想不到的事情。欲知详情，下文解谜。

第七十八回

蔡宰相重提党案
吴千金回忆情诗

话说历阳城中，有一名落第的姓张秀才。原来，他祖上传下较厚的家业，有几家店铺，乡下还有几十亩田地放租，家景不错；他父亲好赌博，几年间就把家产赌光，变成贫穷的人家。他从小好读书，十六岁考上秀才，可是怎么也考不上举人。他知道自己仕途无望，也不像别的秀才一样去教书，而是选择了在街上算命的生计。他因为性格温和，平易近人，平时喜欢与人交往，为人仗义大方，遇到别人有困难肯施舍，所以名声不错。家里的事情由老婆、儿子管，他吃了饭便到街上人多的地方摆摊算命，没有客人来时，便与人聊天。他的耳朵灵，信息多，能说会道，有时也会添油加醋，城中不少闲着的人平常都爱到他的摊子听他谈天说地。但是，他由于喜欢讲故事，也会吹牛，议论天下事情，所以人们称他为“张半仙”。

一天，别人问他：“张半仙，今天有什么新故事啊？”

张半仙答道：“有。你们有没有听说元祐党碑的事情？”

人群中，有人回答：“各个县不都立了碑在那里放着，那算什么新鲜事？”张半仙讲道：“这就有话说。大宋天下到今天有一百多年了，看来赵家的气数已经差不多。这次降了一百零九个文臣都是文曲星，是个劫；听说上天还降了一百零八个武曲星下凡作乱，不久天下便不平静了，也是个劫。这天上、人间一文一武的星宿降谪，全都是天意的安排。”有人开玩笑说：“那你现在坐在这里赚饭吃，也是天意？”张半仙回答说：“那当然。我祖上是富豪，历阳城中哪个不晓得？我今天落得这个地步，就叫风水轮流转。如果风水不轮流转，到今天江山还是秦始皇

的，怎么可能姓赵？富贵不过三代，这样天下的老百姓才好轮流风光。大家说老天公平不？”众人听了哈哈大笑。

听到张半仙高声的阔谈和众人的笑声，路过的人们围了过来，有两个差役也凑过来看热闹。

有人问道：“你怎么知道武曲星下凡作乱，胡说八道。”张半仙讲：“这是天机，暂时不可泄漏。信不信，过些年看看就知道了。朝代跟人一样是有气数的，有盛有衰，自古没有永久的江山，大凡一个朝代到了一定时间便会被更换。所以，唐朝诗人孟浩然在《与诸子登岘山》诗中写道：‘人事有代谢，往来成古今。’大家听了这首诗，该相信这个道理吧。”

又有人问道：“你说说咱们和州新的府老爷情况。”张半仙说道：“嗨，府老爷游大人经常在城中走动，熟悉得很。他呀，怎么说呢，中年运好，晚景就凄凉了。”有人讲：“你又胡说了，游老爷人那么好，怎么会晚景就凄凉？”张半仙叹一声，说道：“这个叔公，你不知道，人好不一定命好。游老爷虽然官有五品，可是晚年有丧子之痛。”

突然，两个差役走过来，逮住张半仙说：“好啊，你光天化日底下诽谤朝廷，公开诅咒朝廷命官，跟我们走。”

两个差役押着张半仙进了府衙。游酢见差役抓了人来，问道：“什么事情？”差役甲将张半仙在街上的事情说了一遍，游酢笑了笑，对差役说：“你们下去吧，我来处理。”差役答道：“是！”退了出去。

游酢问道：“你叫张半仙？”张半仙答道：“是。”游酢说道：“坐吧，我们好好聊一聊。”张半仙惊疑地问道：“叫我坐？”游酢说道：“是的，坐。”两人都坐了下来。游酢问道：“张半仙，你的大名我早有所闻。你进过学堂，有一点文化，应该懂得一些道理。”张半仙听了，答道：“草民知罪，今后不敢再胡说。”游酢说道：“你没有罪。说话是人生的自由，你说我怎么样，我根本不会怪你，但是不能牵涉朝廷。今后把时间拿来做一点实在的事情。回去吧。”张半仙磕头道：“多谢老爷宽宏大量，高抬贵手。”出去了。差役进来，问道：“他诽谤朝廷，诅咒你，应该惩罚一下。”游酢说道：“嘴长在别人的头上，自己做得好，怕人家讲吗？天下这么大，难道都能够把老百姓的嘴封得住？你们下去吧。”

城中的老百姓听说张半仙被府衙逮走，都以为张半仙这一次惹祸了，满城有半城的人们都唧唧喳喳议论开了。

忽然，张半仙出现了。许多人上前问道：“张半仙，你回来啦，府衙没有对你怎么样吧。”张半仙很高兴地回答：“没有。游老爷还请我坐着跟他谈话。”他在摊子坐了下来，咳嗽一声，眉飞色舞地把府老爷长得怎么样，人怎么好，说得有声有色。在场的人听了，议论开了："咱们的府老爷人真好。要是遇到坏的官，像张半仙这回事，不砍头，坐牢总是少不了。"、"我说呀，府老爷大人大量。"、"还是张半仙福大，有救星，进了府衙还得到老爷的赐座。"

人们见没有事情便渐渐散去。

游酢回到家里，分别给父母和堂兄写了一封家书寄去。他想起好友杨时和陈瓘，也写信去问候。

花开两朵，各表一枝。现在有一件朝廷的大事却不得不说一下。

蔡京自己虽然当上宰相，可是心中还不够踏实。为了彻底地将反对自己和有可能与自己争夺权利的对象都打倒，自己才能够长久地掌控朝廷的大权，想到了一条妙计。

六月的一天早朝后，他上奏赵佶："臣闻朝野中传言元祐党人已有抬头，朝中仍然有其余党不时作祟，大有欲兴风作浪、卷土重来之势。臣以为需一网打尽，彻底根除祸害，杜绝后患，永保江山稳固。"赵佶听了将信将疑，担心天下乱了，自己坐不稳江山，宁可信其有不可信其无，于是传旨下诏："将元祐旧党及邪恶之人，列籍呈上。"

蔡京获得圣旨，欣喜若狂，领旨回去拟写名单。列写这类名单属于朝廷的机密，也是见不得人的事情，绝不能有半点的疏忽。蔡京决定将这一使命带回家中夜间进行操作。

夏末的夜晚，京城开封无比的炎热，城中的大街小巷到处是纳凉、聊天的人们，也有人在闲游。蔡府里灯火亮着，家眷们在庭院里嘻嘻哈哈地聊天，蔡京坐在自己书房里的太师椅子上，案上右角叠着几卷书籍，放着一杯茶，一把蒲扇。屋里很闷热，他穿着一件衬衫和短裤，一手研墨，一边疏理思绪——他意识到不必要与任何人商议，因为自己已经差不多掌握了朝中的大权，余深、赵挺之、吴居厚、张商英这些人虽然目前看去跟自己关系不错，可是这件事情知道的人越少越好。再说旁人没有几个见识深远的。自己才五十九岁，精力还旺盛，如果老天有眼，能够再活二三十年，还可以做很多事情呢。朝廷上下的两万多名官员，哪些人忠于自己，哪些人属于中间者，哪些人当庭反对过自己，哪些人曾经上疏弹劾过自己，哪些人背地里捣鬼，这些都心中有数，有些事情至今历历在目，记忆犹新。这样的对象一一地浮现在脑海了。总之，这一次凡是过去得罪过自己的人，不论他什么山头、帮派的一个也不能放过！首先朔、蜀、洛诸党所有的余党都要彻底地清除，元祐时期那些反对新法的旧臣，元符年间曾经攻击自己的官员，还

有过去和自己一样坚定地跟王安石一块搞变法的陆佃、李清臣、曾布、章惇等等，他们也曾经明里或背地里搞过我，都不能手软。现在到了终于向他们算账的时候了！他想到章惇，这个家伙学问不错，书呆子气浓，性格刚直，做事却优柔寡断，虽然三度当了宰相，假装清正，当了几十年大官没有什么财产，四个儿子中进士，只有第三个儿子当了个校书郎，其他的都在地方当个小官，一个傻瓜而已！结果还不是落得贬到雷州那样下场？这个家伙曾经得罪过皇帝、太后，将他列为奸党料皇帝也不会出面保他。反复地琢磨、推敲了几遍，粗粗一算大概有三百左右人，自己也有点吃惊，这个数目不小啊。一下子得罪这么多人，将来肯定有人说闲话，可是为了宋朝的江山，为了自己能够掌握天下生杀大权，顾不得许多了。墨研好了，他觉得考虑也差不多可以动手了。

周围的一切似乎静了下来，夜漏滴答、滴答地响着，空气中飘来庭院中花草的芬芳。夜深了。他重新坐正身子，拿起毛笔开始写起来。他想到首先要写一短小序言，交代写作的缘由，然后将名单分类罗列出来。进士出身的蔡京，饱读诗书，不但文章写得漂亮，而且能够做诗填词，书写这么一份名单自然是家常便饭。

一个多时辰后，草稿拟出来了，他从头到尾看了一遍。

第二天，蔡京将草稿呈给皇帝过目，上奏说："陛下，章惇是奸邪之辈，目中无君，不恭不敬，请陛下把他并列为奸党。"赵佶听了，心里明白章惇是朝廷的重臣，尽管听说他当年反对自己继承皇位之事，这样的人确实可恨，但是章惇党羽遍天下，况且近年来并无异常之处，自己明里不好得罪，蔡京既然已经说出口，自己何必再说什么，这个坏人就让蔡京去做吧，所以不语。蔡京见皇帝不语，便知道是默认，将章惇写到"元祐党籍"，料皇帝也不会反对，便走开了。

夜间，他穿着一件衬衫和短裤，摇着蒲扇，进行又一番的思虑。所有的政敌中，王珪最为难忘，曾经一而再、再而三地阻挠过自己的前程，虽然早已退养，旧恨难消；章惇虽然是皇帝的罪人，然而窃据宰相之位多年，致使自己煞费心机才争到这个位置着实可恨，这家伙虽然多年前贬在雷州、现在年纪已经八十多，翻不了天；可是他尚有一大帮党羽，万一东山再起，怎么办？想到这里，他牙齿咬得咯咯响，哼！他们的名字放最后写，而且这两人必须列为"为臣不忠曾任宰臣"，让他们永世不得翻身才行！曾布、章惇这些政敌要永远踩到地底不得翻身，其追随者也得彻底地清除。想到这里很兴奋。他决定将"元祐党籍"名单抄正了一遍，明天上朝呈给皇帝便大功告成了。可是，天气特别闷热，蚊子特别多，它们好像跟他有冤仇似的不时嗡嗡地来叮咬，身上、大腿到处被叮得痒痒的，他只得一会扇凉，一会驱赶蚊子。忽然，他觉得大腿被叮得痛，扇子用力地一拍，坏了！一滴墨溅到了名单上。这是呈给皇帝御览的，不能有丝毫的纰漏，他晦气地换一张纸抄写。第二张抄写似乎很顺利，蚊子虽然有，可是不会那么凶，他正得意，突然一只飞蛾扑来落到纸上一闪飞走了，将刚刚落墨的一个字搞得一片花花的，他忍不住骂道："该死的，你不见本宰相为圣上在做大事吗?"他又只好再换一张纸抄写。在末尾书写"为臣不忠曾任宰臣"时，将章惇的名字写在前，王珪的放在后面，写完放下了笔。他从头到尾看了一遍，有三百零九人，将名单用镇纸压好站起来，舒了一口气。

子夜时，他才躺下床休息。劳累了一天，又抄写了三遍名单，上了年纪的他疲倦了，很快入睡。梦中，他发现有无数的冤魂来追打他，他拼命地跑呀跑，衣服被人撕烂，狼狗也来咬他……他吓得惊呼："救命啊——"睁开眼一看，三更了，慌忙起床穿上衣服，将"元祐党籍"名单收起放进衣袖里，赶去上早朝。

早朝后，蔡京将"元祐党籍"名单呈给赵佶，并且请第二次刻石立于朝堂东壁。

第二天早朝，蔡京当庭宣布了"元祐党籍"名单，一群朝臣被当庭驱逐出宫廷，有个朝臣当庭破口大骂："蔡京你这个狗娘养的，真是狼心狗肺……"蔡京也大声喝道："将他轰出去。"

这天夜里，蔡京由衷地觉得格外舒畅，他打倒了一切应该打倒的政敌，可是，他想到"元祐党籍碑"只是在朝廷竖一块怎么够，要让天下所有的州县都立碑才行，所以还是睡得不实在。

半月之后，蔡京又暗示同僚上奏赵佶说："近来臣等出京城到州府境内，在陈州（今河南淮阳）有士人问及瑞礼门石刻元祐奸党姓名，他们的姓名虽已颁行天下，但天下士人却未尽知。近在畿内尚且如此，更不要说边远之地了！乞降睿旨，以御书奸党姓名刻石于天下各个路府州县，以示天下之人。"

赵佶允准了这个奏议；但自己没有再以御笔书写，而让蔡京代笔，命令地方官府按照这个刻石立碑。

蔡京写好之后，上奏道："臣奉陛下诏书用写元祐奸党姓名。陛下御书刻石，已立于朝堂东壁，永为万世子孙之戒。又诏臣书之，将以颂之天下。臣为扬陛下美意，仰承陛下绍述先圣之志，谨书元祐奸党姓名，同文本一起奏于陛下，恳请陛下阅之。"

赵佶浏览后，对蔡京的书法赞不绝口，并把它颁行天下。

话说朝廷中传出蔡京颁布的将"元符奸党"通改称"元祐奸党"的消息，而且颁布圣旨将蔡京所抄写的《元祐党籍碑》在全国各州县勒碑。

和州的官员闻知这个消息，有人问："游大人，你对此事看法如何？"游酢答道："是祸躲不过，听天由命吧。"

这时，吴大人听说了朝廷的消息，预感到游酢的前途不好，对游家的婚事有一点动摇。私下与平时要好的同僚流露了对游家亲事的悔意。风声传到游酢耳里，游酢也不当一回事。

一日晚饭后，吴大人有意与夫人议论道："当时女儿这门婚事真是太急了些。"夫人却劝道："做人要正派，不要小心眼，如果此事传出去还不是辱没了咱们家的门风。"夫妻的对话偏偏被隔壁的小姐听到了。

过了几天，朝廷快马送来新的圣旨，全国各州县重新刻"元祐党籍碑"。游酢接到朝廷送来的名单一看，是蔡京的手迹。

游酢浏览一遍，细细一数，这次重新籍定元祐、元符党人及上书反对绍述的官员，共三百零九人。这些人包括曾任宰相执政官的司马光、文彦博、吕公著、吕大防、刘挚、范纯仁、韩忠彦等二十七人，曾任待制以上官的苏轼、刘安世、范祖禹等四十九人，余官如秦观、黄庭坚等一百七十六人，武臣张巽等二十五人，内臣梁惟简等二十九人，以及曾布、章惇等新党，统称为"奸党"。"元祐党籍碑"名单中已故者有五十名左右，比起崇宁元年，其中又增加了不少自己的好友等。章惇原来与蔡京关系很密切，这次被列入"元祐党籍碑"着实令朝廷官员们诧异，游酢明白蔡京是嫉妒章惇位重权大，而且党羽众多，怕章惇和余党会死灰复燃，东山再起。不用说章惇曾经重用过的叶祖洽、上官均、陈灌、叶涛等，凡是曾经跟随过章惇的人全也卷入旋涡里。他看完名单，传给通判张文举，张文举看了也大为吃惊，问道："游大人，你看如何？"游酢答道："圣旨已下，照做便是。"于是，府中派人请工匠勒碑。

府中上下的官员很快都听到了这个消息。一般的官员知道了没有什么反映，吴大人看见名单上没有游酢的名字，心上悬着的那一块石头终于落了下来。晚上回家，他跟家人说起朝廷颁布《元祐党籍碑》的事情，显得很平静："真幸运，我们和州的官员一个都没有事。"小姐听了明白父亲的所指，不吭声，吃完饭回到闺房。

这天夜里，小姐不禁回想起了一段往事：

去年底，父亲希望能够和游家攀上亲戚，托人去向游家提亲，游大人不同意。

春节的一天上午，母亲将她带到游家玩。母亲与游夫人坐在客厅正中的椅子上，她坐在朝书房方向的小椅上。不久，屋里走出一个公子，上前问了声："吴夫人好！"那吴夫人反应敏捷，立即起身施了个万福，接着夸道："哇！二公子一表人才，又知书达理。”不等游拟还礼，忙叫道：“女儿，快拜见二公子。”她带着几分娇羞，叫道：“奴婢见过二公子。”游拟听了羞得脸刷地红了，点个头跑出门。过了一会，母亲和她起身告辞，游夫人送她们正走到门口，游拟回来了，向她母亲问个好，然后向她笑一笑，又眨眨眼，将纸团丢到小姐的脚边。她见了下意识连忙用脚踩住，趁没人注意时俯身拾起，揣在手里。她回到家中进了闺房打开纸团一看，原来是一首诗：“千里来和信有缘，偶逢惊艳降婵娟。三生石上萦春梦，卜得佳期并蒂莲。”看罢诗笺，她细眉微皱，春心荡漾，想到：看他品貌端庄，似乎木讷，却有如此才学，是个性情中人，按理自然是可以身相许。只是，初次相见便写诗挑情有一点浮浪之举，如果是好色之徒，恐许了这等人，怕日后自己一辈子有苦可受。于是，她决定不予理睬，将诗稿压在枕头下。

二月十九日，民间流传着观音菩萨生日那天，母亲想到做芋包，上街买了些芋子回家忙开了。她在闺房中觉得无聊，想起了游拟的诗，又去拿出来看。转而一想：从诗看来，他倒是一片真情，人家说不可坐失良机，姑且回他一诗，能否成功则全在天意了。于是，她静下心来在屋里踱着莲步徘徊思考如何做诗。忽然听到窗外一阵莺声，她惊喜道：“有了！”欣然奔到案前坐下展纸濡墨。写道：“一帘春梦正香浓，窗外莺声叫太庸。王母池前曾诺许，此生只愿嫁东风。”写好了压在案上，心中忧愁不知道如何传给对方。这时，吴夫人开始做芋包，想到女儿没有事情不如叫她出来帮忙，于是喊了小姐，小姐没有听到。吴夫人觉得有点蹊跷，便进闺房看看她做什么。小姐见母亲突然进来，慌忙把诗稿往枕头下塞，问道：“妈，有什么事情？”吴夫人说：“喊你好几声没有应，我还当你睡觉呢。出去帮忙做芋包。”小姐应道：“好，就来。”说着跟母亲出了门。

三月三，她去踏青回来，吃过饭便去休息。

吴夫人想起了那天小姐往枕头下塞东西的情景，趁女儿午睡进闺室一看。女儿头歪睡着，枕头跑到了一边，露出两张有字的纸，吴夫人将那两张纸偷出来与丈夫看。吴大人不看还好，看了吓一跳：原来游家二公子与自己闺女唱酬的诗笺，读了二公子的诗觉得才学还不错，而自己的闺女不让须眉，他叹道：“真乃天生一对，吴某一定要促成这一桩姻缘。”于是，他把师爷叫来，拿出两份诗笺给师爷看，师爷看完说了一大堆奉承话，再次托师爷前来游府提亲。

经过几个回合的磨合，游酢终于同意给儿子先订婚。

她躺在床上回忆着这段曲折的经历，想起父亲夜间的话，心里想到：父亲怎么可以听到游大人前途可能不好而要悔婚呢？如果因为这样的事情悔婚，自己也没有脸面见天下人。

第二天早晨吃饭时，吴参赞试探着说："女儿，你觉得我们抓紧把你的婚事办完怎么样?"小姐看了父亲一眼，淡淡地回答道："父亲乃饱读诗书之人，知道所谓君子，信义不可易也，还问女儿什么呢。"吴参赞听女儿这么一说，脸红了，转而说道："我只是跟女儿说着玩而已，没有别的意思。"小姐回道："君子无戏言。"吴参赞知道女儿铁了心，笑一笑，说道："我为有这样的女儿骄傲，这也是游家的福气。"事后，吴夫人也说丈夫道："男子大丈夫而且是朝廷命官，还不如一个闺阁中的女儿呢。"

吴大人情知理亏，于是下定决心抓紧把婚事定清楚，再派师爷来议婚。

游酢想起对方曾经流露过后悔之言，推托说："我迟早难免将受贬，恐怕玷污了人家门风。"师爷一再劝说，游酢回答："这事以后再说吧。"

师爷回去将事情经过给主人说明，吴夫人知道事情不好，亲自登门找吕氏。吕氏很好地接待她。两人进行了一番长谈。吴夫人讲："尽早把时间定下，以免夜长梦多。"吕氏心肠软，最终接受了。晚上，吕氏向游酢讲明了情况，说："如果闹僵了，对两家都不好。"游酢想想夫人所说得有理，也勉强同意。

第二天，游酢派人前去回复吴家，愿意年内把儿子的婚事办完。

游酢与吕氏商量：游拟已到婚龄，游拂虽然年龄小些，按古制和农村的习俗也可以成婚，一年内两个儿子都要结婚，一个个来操办没有那么多钱财开支，也忙不过来，干脆将游拟和游损的婚事同一天在和州举办，不回老家建阳，三家都可以免得路途奔波之累，这样又可以节省一大笔用费。于是，游酢请人去与吴、杜两家商量，两家都欣然答应同意。接下来，游酢请人选定了时间为两个儿子完婚，让儿孙们都回来过一个大团圆的中秋。

七月，和州的州县衙门前都竖起了一块《元祐党籍碑》，老百姓们看见了议论纷纷。

秋末的一个上午，曾开突然来拜访。游酢喜出望外，热情地接待了他。

曾开问："先生，近来可好?"游酢答；"好！许久未曾见你，太想念了。"曾开说："谢谢恩师的挂念，学生今天是特地看望恩师的。"说着就下拜，游酢忙扶起道："贤契免礼，听说你当上了知县，可喜可贺啊！这都是你自已努力的成果。坐吧。"曾开问："师母呢?"游酢应；"出去买菜，过一会就回来。"

于是，师生两人坐下闲谈。时当初秋，窗外的阳光依然刺眼，天气炎热得炙人，老百姓俗称为"秋老虎"的天气。阳光从窗口射进屋里，游酢热得全身直冒汗，一边手摇着扇子，一边跟曾开交谈。

晌午时分，吕氏手提着菜肴回来，曾开即上前作揖相拜，说道："师母在上，受学生一拜。”夫人忙还了礼，道：“免礼，请坐。”

中午，游酢与曾开对坐而饮，曾开在老师的家只是敬了先生和师母三杯，不敢贪杯，草草吃了饭便辞别了。

第二日，胡安国来了。他进门便问候：“先生近来可好？”游酢见他没穿官服，而是穿一身百姓的布衣，答道：“好。坐吧。”游酢倒了一杯茶递给他。他接过茶，道了谢。过了一会，游酢才问道：“你怎么啦？”他叹一声：“别提了！”胡安国究竟为什么叹气？请君看下回。

第七十九回 

胡安国重来历阳
陈知默初访芜湖

游酢见他灰心丧气，说："到底什么原因，说来听听。"胡安国讲："我因为曾经推举王绘和邓璋成为范宰相大人的门客，蔡京讨厌他，把我削去官职除名回家。学生是自认倒霉。"游酢听完，讲："宦海无常。历朝历代亦如此。就近而论，此前曾布、章惇掌权时何曾没有相互打击排挤之事?"胡安国问道："先生曾经几进朝廷，听说在朝廷中关系还可以，有机会时帮忙说个情。"游酢叹道："当然，有可能时自会尽力而为之。至若蔡京，他所用者吴居厚、林自、余深等。这一点，你何尝不晓？我与他关系虽然不至于像陈灌那样僵，可是貌合神离，不是一路人，否则就不用到地方来避难了。"

胡安国应道："先生所言也是。不过，先生现在毕竟还是一州之长，朝廷的命官啊。"

为了让胡安国明白自己的诚意，游酢只好吐露真情，说道："目前我自己尚且泥菩萨过河——自身难保。你可能还不知道，我已经被朝廷划入与'元祐奸党'有瓜葛之列，年底前就得离职去管理宫观了。"

胡安国听了大为吃惊，说道："有这等事情？先生，对不起，我不该向你提自己的事情。"

游酢安慰道："没事、没事，在宦海中谁不会遇到波浪呢。"继而问道："那你最近做什么?"胡安国回答："在龟山先生那里求学。"游酢问："中立可安好，最近他在做什么?"胡安国答："龟山先生还是讲学，在研究《孟子》，写了《孟子序》呢。"游酢说："好啊，在江湖上能够静得下心做学问的，也只有他了。"胡安国问："先生难道真的羡慕在江湖者?"游酢说："你这回经历过挫折，难道没有尝到一点官不好当的滋味?"胡安国点头应道："知道了。"游酢笑起来说："你还想再受罪呢。"胡安国也笑了起来。胡安国又说道："陈诜去世了，先生知道吗?"游酢吃惊地问："什么时候?"胡安国回答："听说前两个月。可惜，他英年早逝。"游酢有点伤感地说："陈诜聪明好学，这么年轻就去世，真是令人叹惋!他有两个儿子，大的叫长方，我见过，小的叫少方。不知这两个少年现在如何?"胡安国讲："吉人自有天相。他们家里还有其他亲人会照顾的。"游酢喃喃地说："但愿如此。"

第二日午饭后，胡安国便回老家崇安。

中秋节，游酢在和州府上为两个儿子热热闹闹地举办婚礼。因为，朝廷的"元祐奸党"案刚刚发生不久，许多朋友和同僚都被贬到各地，游酢担心请客会招来串联同党的罪名，朋友再受株连，只请了自己的亲戚和少数附近的朋友。建阳的乡亲来一些中青年房亲，远散到各地当官的游酢、游酌、游醇等堂兄弟都赶来祝贺。

婚宴之后，游醇对游酢说："拟儿成家了，应当有自己的一份事情做。明年，跟我去吧。"游酢答道："在哥哥身边，我就放心了。"

一日，游酢正在府衙中翻阅文牍，忽然差人来报："大人，外面有个姓陈的青年官员求见。"游酢一想：这当儿谁会来呢？于是，他连忙亲自相迎。出门一看，果然是陈渊，说道："陈大人，是你呀，里面请——"陈渊回礼道："游大人，阔别多年，好想你啊。"游酢走上前拉着他的手说："彼此、彼此。你长得更加英俊了。走，进去里面谈。"

陈渊，字知默，幼受其叔父陈瓘的影响，后拜杨时为师并成为杨时的女婿。陈渊称游酢为师伯，亦称亲家，有往来。后来，南宋时陈渊为监察御史，游酢的嫡孙游仕鹏为禁近（翰林）、外甥黄中为端明殿学士，三人同朝为官，此是后话。

游酢与陈渊坐谈了一个多时辰，在府里用了午餐。吃饭时，陈渊问道："游大人近日公务忙吗？如果有空就一起去芜湖看望韦先生。"游酢应道："最近没有什么大事，好啊，下午就陪你去一趟。"陈渊听了直点头。

那韦先生名许，字深道，芜湖人，隐士，诗文、书法无所不通，乃李之仪弟子，无意仕途，不事科举，筑室于湖上。他一向清高，蔑视权贵，可是喜欢交结天下名士，苏东坡、黄山谷、陈瓘、游酢等都与其有往来。因为芜湖与和州隔江相望，游酢来到和州后去拜访过一回。

午后，两人一同坐船过江前往拜访韦深道。坐在船上，游酢边与陈渊闲聊时

回想起自己前一回拜独傲轩主人情景：

那一回，游酢来到湖上的小岛，三面环水，竹木掩映，一条幽静的小径深处但见一个茅屋，门楣上题有‘独乐’两字，游酢咳嗽一声，问道：“有人在吗?”韦深道闻声出来一看，大声说道：“哎呀，游大人是你啊，快进屋坐。”游酢步入其室，只见厅的正面上方写着“独傲轩”。韦深道沏好茶，说道：“游大人请用茶，我这山野村夫劳你大驾光临，恐怕生受不起。”游酢回答说：“谁说是山野村夫，天下无人不识君。我还沾你的光呢。”韦深道应道：“湖上春秋静，流光老客心。不说鄙人也罢，大人近况如何?”游酢说道：“还好，凑合着过日子。”于是，向他介绍了自己出京城以来的一些情况。韦深道听了，说道：“你还有一点福气，能够到和州来总比那些被列入‘元祐党’的强些。”坐了半天，交谈好些话，游酢要起身告辞，韦深道说：“留点什么纪念吧。”游酢二话没说，走到案边，提笔写了他一首《韦氏独乐堂》诗：

林下徜徉得至游，高情不与世情谋。
义和叱驭日逾永，独鹤寻盟山更幽。
踽踽凉凉还自晒，休休莫莫复何求。
应门犀子非无意，客至萧萧已百忧。

一个时辰后，游酢和陈渊来到了韦深道的住处。

韦深道是个古道热肠的好客之人，看见游酢带着年轻人前来，格外高兴，倒屣相迎，说道：“二位贵客光临，令老夫喜出望外。”游酢介绍道：“这是了斋的侄儿，知默先生。”韦深道道：“早年曾闻，知默先生很受曾巩大人赏识，今日一见，果然不俗。”陈渊上前施礼道：“前辈受晚生一拜。”韦深道连忙扶住，说道：“贤侄免礼，尊亚父了斋先生与我乃至交，快进屋里用茶。”这陈渊初来拜访，见到主人如此热情，心里万分高兴。三人进了屋，坐下边喝茶边闲谈。坐了一会，陈渊说道：“二位前辈且坐，晚生随便走走。”韦深道说道：“我陪陪你。”陈渊答道：“不用。你们聊吧。”说完走出茅屋。

临走时，韦深道说道：“游大人，前一回来留了一首佳作，这一回也不能空手而返吧。”游酢应道：“我已经写过了，你还是让知默题一首，他可是名宦后裔，又是龟山的乘龙快婿。”陈渊道：“游大人，你就别为难我了。”韦深道说道：“这么说，你们二位都得写。不过，游大人是故交，得先来。”游酢说：“陈大人，你先来吧。”陈渊道：“前辈请先。”游酢想了想，应道：“好吧。”走到案前挥笔写道：“早付闲身老故乡，青松成径菊成行。挹颐独坐心遗念，坦腹高吟兴欲狂。瓮下却应嗤毕卓，篱根遥想对义皇。乘风破浪门前客，试问浮家有底忙?”那陈渊出自名门，饱学诗书，接过笔，写道：“南窗争似北窗凉，寄傲乘风各有方。俯仰尚嫌天地窄，卷舒岂计古今长。旧斟盏裹浮醅绿，举采东篱满眼黄。万事醉来俱不醒，时飞清梦到义皇。”韦深道见两人现场各写一首《韦深道寄傲轩》两首诗同题同韵，难分高下，称赞道：“人们都说三江多才子，依野夫看来，福建多精英啊。”

游酢与陈渊辞别了韦深道，乘船顺江流而下和州。在长江上，两人相互吟着对方的诗，观赏着沿岸的芜湖、当涂风光，陈渊问道：“游大人，你于仕途有何设想?”游酢指点着两岸的风景，说道：“江淮这一带风光很优美，人生能够长住于此，也算是有福之人了，何需他求?”接着，他们又谈笑风生地交谈起福建家乡的风情及天下大事。

冬十月，一场加固铜城匣工程、修筑河堤的工程又轰轰烈烈开展起来了。

游酢经常冒着霜雪到工地上巡视，与劳动中的人们交谈，倾听百姓们的反映。

一个雷雨交加的夜晚，游酢惊呼：“你不能走啊——”同床的夫人被惊醒，她摇了摇游酢：“老爷，你说什么梦话。”游酢到底做了什么梦而惊叫？且读下回。

第八十回

一纸忽传凤变鸡
几番熟虑北移南

游酢醒过来一看，什么也没有，夜一片漆黑。他对吕氏说："刚才我明明看见显道进屋来过。"吕氏讲："也许你们很久没有见面，想念他的缘故吧。"游酢又说："睡梦中只见显道他走进屋来，呻吟道：'定夫老弟，我去也。'拜了一拜便不见了。"吕氏说："做梦是常事。"游酢应道："不。我平常少做梦，有梦大多都灵验。"

半个多月左右，从朝廷送来的邸报看见了谢显道去世的消息。游酢手拿着报纸神情忽然呆滞了。程门中游、杨、谢、吕四大高足，谢、吕两人俱去世了，一股悲凉的伤感在脑海翻腾。他走到案前，铺开诗笺，拿起墨条开始在砚台慢慢地磨墨，回忆着与谢显道交往的一幕幕往事，似乎在构思写一点文字来纪念这位昔日同在程门的学友，泪水从眼角里慢慢地溢出来。正是："忽闻君化鹤，五内顿悲哀。厚道人缘众，勤思学境开。冰心能映月，天命不怜才。河洛源流远，千秋德泽恢。"

事后，游酢打听到：当时程门中的弟子多流放在地方，杨时远在建阳任县丞，又由于谢显道于建中靖国元年因为口祸被下狱，废为庶民，故更无他人前往。谢显道家境贫困，死时幸好子女已经成人，家人只得为其草草操办后事。游酢想及此事，感叹道："可惜啊，良才不为世所用，反而命运多挫折。"心中又平添了几分的悲伤。

不久，朝廷正式下文牒公布了新定"元祐奸党"名单。朝廷规定凡是"元祐奸党"和有瓜葛者一律不得任各级要职，现任的一律在年底之前卸任，罪较轻者改去管理宫观，罪重者远谪粤州、雷州、琼州（今海南）等边远之地。游酢情知自己属于元祐旧臣、程门弟子、又是范纯仁的门人，这一回必然在劫难逃，等待朝廷的处置公文。

由于一时还没有派人来宣布他的去向和委派新的官员来接任，游酢依旧履行着知州的职务和责任，勤勤恳恳地工作着，好像什么事情都没有发生一样。

通判对他说："游大人，你真是，何苦那么认真。"游酢回答道："没有办法，在任一天就得对老百姓负责。我们吃拿的俸禄表面看去是朝廷给的，实际上是老百姓创造的财富。不为老百姓做事，对得起他们吗?"

游酢决定在离任前做完该做的事情。他带上漕运使、司户、司法等一干人再次视察了和（县）、含（山）平原，并且到巢湖一带，专门察看了铜城匣、三叉河、巢湖以及巢湖排流的濡须河。在归途时，游酢对漕运使、司户参军等交代："这平原占和州六七成土地，今年冬还得加大气力搞好河道与水利。其中加固铜城匣工程，修筑河堤是重点。我不久便离任了，你们一定要把它办好。"漕运使、司户等齐声回答道："大人，你放心吧。我们一定尽力做好这一件事情。"

从巢湖回来，游酢想到：现在的朝廷内政混乱，自己与元祐党人有着直接的瓜葛，按照朝廷规定年底前要去管理宫观，自己还是主动地提出申请去管理宫祠，要求就近任职，免得调太远，难搬家。因此，他给朝廷上书称自己年纪已大，恳求给予关照安排就近管理宫祠。

十一月，朝廷派太监张公公前来。张公公一到，喊道："和州知州游酢接旨。"游酢慌忙跪下，张公公宣读圣旨，道："奉天承运，经查：和州知府游酢原系元祐奸党程氏之徒，元符年间上疏诋毁有为群臣，罪在不赦，特降职一等，今后不得入京畿为事。念其才学可嘉，着其管勾鸿庆宫。钦此。"游酢听罢，只得回答："谢皇上恩典。万岁、万岁、万万岁!"接过圣旨，张公公道："游大人，这事老夫不得已，爱莫能助啊。"游酢还是客气地对张公公说道："多谢公公的美言，我才有一席喘息之地。"张公公笑呵呵地说道："哪里哪里。不用客气了，只可怜你家大人众，日子就艰难多罗。"游酢应道："没事。天过人也过。"张公公听了，说道："官场上难得见像你有这么好心态的人。"游酢好好地招待了张公公，临行前又包了一小包银两给张公公，张公公说什么也不收就扬长而去了。

游酢回到府衙，对周茂德说："兄弟，如今我已经是受贬之人，天下没有不散的宴席，你自谋生路去吧。来日方长，我们一定会再见的。"周茂德听了，回答道："大人放心，茂德看得开。以后有机会再相聚。"

几天后，周茂德收拾好行李起程回会稽，游酢亲自出门相送，直到看见他远

去才回头。

一天，突然出现一群朝廷派来的人马，游酢慌忙出去迎接，其中一名领头的太监李公公大声说道："和州知州游酢，听旨！"游酢跪下，太监说道："奉圣上口谕，凡是元祐党徒，家中书籍、文牍一律查抄。如有不从者，违旨论罪！"游酢伏地喊道："吾皇万岁、万万岁！"那李公公说道："起来吧。"游酢才站直，李公公这时拱手说："游大人不好意思，得罪了。"游酢回答道："没事，你们查吧。"李公公才挥手喊道："兄弟们查抄去！"一群差役们不由分说冲进游酢的住处，开始大搜查。游酢的妻子和儿女被这突如其来的人群吓得惊慌哭喊着奔出门外，游酢跟他们说："哭喊什么，他们要的书和文字。"

将近一个时辰，那群人搬出来一大堆的书籍和文字材料，装进麻袋，甩上马背，李太监上了马，说道："游大人得罪了，千万别见怪。"游酢拱手相送，说："李公公慢走。"

游酢见他们走远了，大步向屋里走去。一进屋，只见被翻得一片狼藉，书架上仅剩一些普通的书籍，几十年来积蓄、收藏的好书、包括师友赠送的书籍和所有的书信全没了！他眼冒金星，头晕了，颓然跌坐在椅子上。

妻子和儿子、女儿跑进来了，吕氏问道："你没事吧？"游酢睁开眼，答道："没事，你们出去，我休息一下。"

这件事情对游酢打击太大了！他想起那些被抄走的书籍，其中不少的平时视为宝贝，从来不让孩子们动它，现在突然没了。更重要的是，这一件事情对他的精神上是一次沉重的打击。"元祐党徒"这字眼多么可怕！它像一座大山向人的头顶压来，叫人喘不过气。

一连几天，游酢的眼睛失去了神采，整个人也像丢了魂似的，病倒了。

府中人闻讯者纷纷前来探望。大约一周之后，游酢回了神，脸上有了笑容。家人见他精神恢复，心情也都高兴起来。

过了一段时间，郑居中前来接任了。这郑居中与郑贵妃堂兄妹，原来深得皇帝宠信，历任起居舍人、给事中、翰林学士等要职。由于郑贵妃胞兄郑绅的门客祝安中因上书言语涉及诽谤皇帝，受到朝中谏官们强烈的弹劾。这件事还株连到郑绅，也牵连到郑居中。郑居中因此被贬出任和州知州。

与郑居中移交时，游酢交代说："郑大人，我很遗憾，在这里没有把和州的水患根治清楚，这是最重要的大事。还有，和州也没有使之更大的发展。这些今后有劳郑大人了。"郑居中一向只在朝廷中混日子的，哪里懂得治理地方事务？可是，他为人机警、圆滑，当着游酢面回答道："游大人，多谢指教，放心吧，郑某一定努力。”

“鸿庆宫”地处“南京”（今河南商丘），原属宋州，赵太祖曾在此任节度使，是宋朝初期所建的一个行宫，大中祥符七年（公元1009年）正月，诏升应天府为南京，作为陪都，建行宫正殿，以归德为名，以圣祖殿为“鸿庆宫”。自从神宗皇帝之后，皇帝很少出行，这行宫便闲置着，于是朝廷派闲职官员到这里管理此宫，只是挂个名，拿一份俸禄而已。

和州去商丘一千多华里，游酢知道这种官职名义上是主管，日常的事务都由手下人员管理，只有重大的祭祀日子，当官的才去走走。但是，每年必须去一两趟。于是，他骑了一匹马前去南京“鸿庆宫”走一趟。

商丘位于豫、鲁、苏、皖交界，是商朝的京都，一座数千年古老的商业城市。游酢虽然多次行经此地，可是没有去过“鸿庆宫”。

他来到“鸿庆宫”，立刻有人前来迎接。

“鸿庆宫”建筑结构庞大，房间众多，正殿是以前皇帝游玩时居住的，两边有几十个房间是随行人员住所，宫内有亭台、花园、荷池、假山，小径，周围种植有桃、李、桂、梅、石竹、香樟等，使之四季景色皆有，后山有一片葱茏、苍翠的松树林，环境十分幽雅清净。偌大的行宫是清冷的。

看了一圈，他便返回和州。

回到和州，他想：朝廷规定三年一任，调动频繁，自己年纪日老，况且家庭人口众多，去太远，举迁困难；太平州位于长江边，地势低平，河湖交错，平畴沃野，属于长江中下游平原，自然环境好；而且那里人的生活习惯基本与家乡更接近。今后如有调动，来往方便。所以，他决定到太平州找一找有没有适合的房屋，将家搬到那儿。

到了太平州一问，果然有一个适合的住处。那房屋原先是个大财主居住的，后来搬到了新居，空置了几年。房屋面临长江，背靠小山，有庭院，院中植有竹木、花草，屋后有一个小花园。附近都是老百姓的房屋，距离太平州的街道也不过半里地。屋主早闻游酢大名，见他来租房，说：“反正房屋闲着，没有人住反而会更快破烂。大人如果要，价钱可以商量。”两人经过一番商量，最后谈定价钱三十贯，年底一次性付清。

游酢看好房屋，并且请了个中间人，与卖主签了“房契”。他回和州跟家里人说明，大家无不赞同，决定迁居太平州。

知道游酢即将调离，和州许多官员闻讯争相挽留。离开的那一天，大小官僚和许多老百姓前来相送，有的还流泪不忍分手。游酢笑哈哈地劝说道：“大家别伤

心，我家就在江对岸太平州，才三十里路，你们有空常来玩啊。”

游拂因为已经有家室和产业留在和州，游酢带着妻子和游拟夫妇、老四、老五来到太平州。游酢知道自己已经成为闲职，决定回了一趟建阳看望在家的母亲，并且将母亲接到自己的身边生活。

为了赶路，也为了接母亲，他租了一匹马奔回福建。

回到建阳，游酢进了富垄村下马，走不远便看见母亲在家的附近锄地，喊了一声：“妈——”老夫人很快抬头，应道：“定夫，你回来啦!”游酢扑过去，又喊一声“妈——”，老夫人手扶着锄头，说：“妈的耳朵灵着呢。定夫，妈太想你了，媳妇和孩子们都好吗?”游酢温和地回答：“他们都好，让我向你问好。”老夫人说：“我这把老骨头没有事，还健康。你们好，我就放心了。回家吧。”母子两并肩着朝家走去。

游酢将母亲接到了太平州住下，一家人开始过上团聚的日子。

那房屋够大，一大家子住进去并不觉得拥挤。游酢来到这里的第一个晚上，夜间便听得到风吹时树叶或者竹的沙沙声响，滴答、滴答的雨声。游酢感觉到，这样的环境太适合自己居住了。

初到的几天，游酢觉得心里空荡荡的，居住已经布置好了，每日晨起练几遍身，吃过饭便练书法、看书。

吕氏知道丈夫降了职务又减了俸禄，到了这里不但家庭的开支要更节俭，而且开始想着如何通过自己的双手来减轻家庭负担。第二天，她到附近走走，发现屋外有空地，就和游酢商量开荒种点菜。从此，游酢一家人开始过清淡的生活。

宋朝太宗初，太平兴国二年（公元 977 年）设太平州，治所在姑孰城（当涂县境内），位于江宁的西南面，长江东岸，隔江与和县相望，北面有马鞍山，辖当涂、芜湖、繁昌三县。到崇宁时期，这个州人口有五万三千多，由于人口比较集中而且密集，城内有一些像样的房屋，街上来往的人们和热闹比起和州还略胜一筹。

几天后，他到郊外一看，那里的居民大多茅檐土屋，低矮破旧，有的竟然不能遮风挡雨，路上所见的人们衣衫褴褛，面瘦肌黄。他不忍目睹，只好回家看书。

天飘起鹅毛大雪，整个太平州一片皑皑白雪，气温骤然下降，屋内外更加寒冷。游酢的孙子和孙女却异常兴奋，在雪地里奔跑。夫人听到孙子们的欢叫声，出门喊道：“孩子，快回家。”可是，孩子们好像没有听到似的继续在玩耍。游酢站在走廊上望着雪天，心沉甸甸的，花园中那雪里的梅花无论红的、白的，都开得更加艳丽了，那小径边上的石竹尽管已经被雪盖着，却依然亭亭玉立，在寒风中挺立着它的英姿。再往后山一看，那松树也像披了一身的银装，比平时更加的富有英气。眼前的景象，让他想起了唐代画家的“岁寒图”，也使他想到：自然界的景物都会受到风霜雨雪的吹打和摧残，何况人呢？人是天地间的生灵，最有生命力，而且还具有智慧，有什么难关不能渡过？

几天之后，雪停了，老天露出了笑脸——太阳出来了。孩子们又兴奋了一番。

人们在时晴时雨和霜雪交错中，进入了腊月。欲知游酢在太平州的生活情形，请看后面几回。

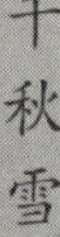

第八十一回 

金陵观景生感慨
姑孰登门访故人

话说游酢在太平州安居下来，开始过清淡的日子。

崇宁四年正月，游酢一家在太平州过了一个平淡的春节。

这个月，朝廷连下两道诏：一是立武学法。命令全国各州都设立武学，仿照儒学立考选升贡法，分为三舍。称外舍生为武选士，内舍生为武俊士。旨在用法律的形式来保证武学制度的实施。二是派人在苏州设立了应奉局，命朱勔父子总管其事。朱勔之父朱冲，原为苏州大商人，因替蔡京建造寺庙楼阁，深得蔡京赏识。赵佶垂意花石，蔡京派朱冲偷偷取浙中珍异进贡，大得赵佶嘉赏。起初仅贡黄杨三本，后来逐渐增多，然每年不过三次，贡物才五六品，到这时候才渐渐多起来。

却说游酢到"鸿庆宫"任职是一个闲差，无具体的事务，亦无权利，只是管理该宫而已。按理，游酢可以去会会太平州知州，可是想到时任知州霍汉英曾经上疏奏请毁尽苏轼的碑刻，觉得这种人不好接触，便不愿接近他。霍汉英听说游酢到太平州居住而不愿来拜访，知道游酢心存芥蒂，官品与自己平肩，况且不属于太平州管辖，奈何不了他，所以也不理睬。

游酢明白自己是受贬者，不便与人交游，只好在家里开始静心地读书和研究书法。他每日早晚临池，白日读书。居住一段，他觉得有点憋闷。

一天，他接到原曾经在江宁府任过知府的邹浩来信，知道他又被罢职恰好路经江宁，目前在知府蒋之奇家里做客，于是决定去探望和送别。

太平州去江宁两百里路程。游酢租了一匹马前去。

游酢到了江宁府，知府蒋之奇热情迎接。当晚，蒋之奇设宴席款待。邹浩此时与游酢相见，两人心里都有一番说不出的难受滋味。游酢问道："此番去何州府？"邹浩答道："汉阳军。"游酢说道："还好有个去处。不像我进祠观。"邹浩是一个达观的人，说道："游酢，我原以为你没有事情，不想也卷进来了。不过，人生如过隙之驹，快乐一天是一天。"游酢应道："身为朝廷命官，虽然已经身在江湖，一时难以抛尽许多的牵念。当然，事已至此，万念俱灰。从今往后，静心养身也好，免得日夜如履薄冰之忧。"蒋之奇问道："两位大人要不要到秦淮河散散心？"游酢回答道："嗨！蒋大人，你这分明是逗我们笑，我们是那种潇洒的人吗？过去年轻时都没有那份心思，现在垂老矣，况且罹难在身，虎落平阳、龙困浅滩，能够求得上天保一家平安就阿弥陀佛了。"蒋之奇了解邹浩和游酢的秉性，说："你们当谏官出身的就是不一样，太严肃了。其实，到秦淮河走走，也不见得就脏了。莲出淤泥而不染，君子身正不怕影子歪。可惜，如今的朝廷不会用人，像两位大人这样的栋梁之才却放之江湖。"三人交谈一番，才各自休息。

蒋之奇已经有病在身，可是没有说。第二天，他还坚持带他们到金陵城走走。

一行人简装出行，出了府衙，漫步在金陵城，蒋之奇明白邹浩和游酢他们都了解金陵城历史，也不说什么。在内桥中，虽然有新建的房屋，可是依然可见东晋以来留下的古迹，如南唐皇宫大内正门前的桥梁，古时的御道已经成为城市的中心，有商店、字画店、杂货摊、酒家、肉铺、客栈、脚店，也有大户的住宅，涌动着潮水般的过往人们。走到夫子庙边，同样人山人海的，有士人、商贾、平民百姓云集这里，到了南面的街上，有说书的，有要把戏的，有看相占卜的，也有不少糊头蓬面、衣衫褴褛的行乞人，到处可见小吃摊点，也有沿街叫卖的。还可以听见勾栏里传来的那些咿咿呀呀的弹唱，让人们感受到这座古城的热闹。

古城中到处留有前代的废墟，特别是东晋以来的寺庙尤其多。游酢心中难免联想起数朝兴亡更替的历史，感慨万千。

下午，他们又去游览玄武湖。

第二天上午，三人去登览钟山。

他们边登山边攀谈。金陵城周围都是低矮的小山，钟山最高，因此有如鹤立鸡群，成为当地一座名山。其山山势险峻，宛如一条巨龙蜿蜒而来。

接近晌午时分，他们登上了山腰。站在山上，游酢默默地想着：高高的钟山俯瞰着依山临海的金陵城，长江从清凉山的西麓下款款地穿流而过，历史上多少朝代的帝王想以长江天堑为屏障，占据着这个控扼中国南北交通的咽喉而雄霸天下。是的，金陵城盈荡着一种王气，也许气场不大，没有长安、洛阳、开封那么

雄壮、浑厚，能够支撑起几百年甚至千年的江山。因此，东晋、萧梁、刘宋等朝代曾经在这里建过京都，可惜都只有短暂的辉煌。宋朝以来，这里只是作为江南首府——江宁府而已。然而，这里毕竟是王侯之地，如今这座古老而繁华的城市，除了天下著名的商贾云集之地，在天下人的心目中还有着一种古都的名声和威严，金陵人也为此带有几分的光荣和自豪。

他们只是走动散散心而已，并不想攀登太高，缓缓地下山了。

中午，他们回到了江宁府休息。

第三天早晨，蒋之奇和游酢送邹浩起程去汉阳。

游酢返回到太平州，回想金陵城所见，写下《游金陵野外废寺》一诗：

寒花窈弱蔓颓墙，古寺苍苔昼掩房。

犬吠屋头山杳杳，虫鸣阶隙草荒荒。

池塘澹月蒹葭冷，篱落西风橘柚香。

六代江山金碧地，断碑留得管兴亡。

一天，忽然想起有个旧友李之仪编管在太平州。游酢向街上的人一打听，李之仪就居住在姑溪河畔，便决定去拜访。

这李之仪，名端叔，原来为范纯仁门人，曾经任过“枢密院编修”，原州“通判”，任监内香药库等。因替范忠宣公（纯仁的谥号）写《遗表》、作《行状》，被告入狱，他的妻子胡淑修托人拿到范纯仁手稿为丈夫辩冤。原来，蔡京与范纯仁的儿子范正平有宿怨，对范纯仁仇恨，知道李之仪与范纯仁关系密切，所以抓住这个把柄，将他贬为太平州编管，成为被编入管制的对象。崇宁二年李之仪被贬于当涂，第二年四个儿女就先后夭折，不久前妻子又死了，成为孤独一人，因此无比伤心。自从妻子去世，他一度闭门谢客，绝交息游，只是每日到溪边垂钓，归来饮酒做诗文。还好李之仪为人乐观，有文学的爱好可以打发时光，他在姑溪与当涂知名人士郭功父等为友，过从甚密，互有唱酬。他作品很多，著有《姑溪集》。他的词自称为“田夫踏歌”。

游酢好不容易才找到他家。他上前敲门，大声喊道；“端叔，我是定夫呀。”竟然没有回音。游酢正转身要走，门“咿呀”一声响，李之仪出来拱手道：“哎呀！不知是定夫兄驾临，多有得罪。”早年时，李之仪长得英俊倜傥，穿着也十分讲究，如今已经头发蓬乱，衣着陈旧不整，精神不振。游酢见了他如此模样，不免产生同情心，说道：“端叔兄，近来可好？”李之仪说：“外面说话不方便，进屋谈吧。”

进了房屋，李之仪倒一杯茶水给游酢，说道：“今非昔比啊，如今是潦倒之

人。难得老兄还会念及旧情前来看望在下。”游酢说：“昔日在范公门下，我们常常见面，乃旧友嘛。范公待我恩重如山，可惜无以回报。”李之仪应道：“这也怪不得你。”游酢讲：“朝廷当权者对你也太过头了。”李之仪问；“休提它。老兄于今在何方?”游酢回答：“看管‘鸿庆宫’，在城头刚刚住下几日。”李之仪说；“如此也省心，日后总算有了个伙伴。你看，我这门可网蜘蛛呢。最近除了你，不曾有人来过。”

“谁说没有人来，我这不是来了吗?”这时，门外忽然有一个声音传来。两人听了大吃一惊。正要起身去看个究竟，一个人大咧咧地笑着走进屋，说道：“拜见过先生和游大人。”

来者不是别人，却是韦深道。

游酢见是韦深道，问道：“今日去何方云游而来?”深道莞尔一笑，答道：“与君同游。”三人听了都哈哈大笑。中午，三人觥筹交错、飞盏流觞，热闹一番。饮至日影西斜，游酢方返回。

一日上午，游酢正在看书，忽然门下来报：“贺大人来访。”

“快请贺大人!”游酢说着自己赶快放下书本出门相迎。

这贺大人是什么人?前来有什么事情?且听下回分解。

第八十二回

贺铸含怨揭世相 李柽诊病说医经

原来，这贺大人乃当朝诗人贺铸，字方回，浙江山阴人。他身长七尺，面如铁色，颧骨突出，两眉高耸，人号之“贺铁鬼”。他曾经当过朝廷的“通直郎”，原本极有才华，填词颇负盛名。其词《横塘路》一时传遍天下，词曰：“凌波不过横塘路，但目送，芳尘去。锦瑟华年谁与度？月桥花院，锁窗朱户，只有春知处。/飞云冉冉蘅皋墓，彩笔新题断肠句。若问闲情都几许？一川烟草，满城风絮，梅子黄时雨。”自此，故有“贺梅子”的美称。可惜，他天性耿直，一身侠气，又喜谈论时世，性格孤高且语锋犀利，屡屡得罪权贵，因此颇为权贵不满。元祐三年（公元 1088 年），他赴和州任管界巡检，不久改为文职。元祐后，李清臣上奏他为人放荡，被通判泗州，不久又迁宣德郎调到太平州任通判。这回被“编管”到太平州后，他更是郁郁不得志，尽日以酒浇愁，常常借酒发泄。游酢非常仰慕他的才华，也敬佩他的为人。

游酢说：“贺大人，不知大驾光临，有失远迎。”贺铸回礼道：“游大人，在下冒昧前来，打搅了。”游酢说：“贺大人乃当今大诗人，如雷贯耳，今日有幸相见，游某实在三生有幸。请里面坐。”

游酢走上前握着贺铸的手进了屋。两人又相互寒暄一番，便坐下闲谈。由于两人都曾经在和州当过官，谈了些和州的旧闻、风情。贺铸转而直言：“游大人，我已是江湖中人，你就别以什么大人相称，直呼某名字方回便是了。”游酢回道：“话不可这么说，游某一向敬仰大人的为人和才学，况且毕竟曾经是这里的通判。新近又有佳作吧。”贺铸叹道：“别提也罢，我已羞再提旧事，也少与社会打交道。

自己这张嘴，张口便是祸，比东坡先生还惨。又说漏嘴了。”游酢笑着答道：“没事，小弟现在也是江湖闲客，贺兄但说无妨。”人云：“江山易改，本性难移。”那贺铸见游酢确实是厚道者，心里闷得慌，也抱着破罐破摔的打算，拉开话来就成了没遮拦，滔滔不绝。他讲：“正因为听说大人为人忠厚义气，贺某才敢前来一坐。”接着说道：“当今朝廷，有真才实学的得不到应有的位置，那些奸佞和草包却一个个不断地往上爬，有的手握朝中生杀大权，有的霸据一方。从吕惠卿到曾布和如今的蔡京，他妈的，哪一个不是混蛋!”“游大人，贺某虽然没有大才，当个礼部尚书或者侍郎总够格吧?”“自秦始皇以来，历朝历代官场比什么还黑，拉帮结派，勾心斗角，搞得你死我活，乌烟瘴气，还想治理得好江山？所以千载来老百姓处于水深火热之中，此为我国的病根。游大人的《论士风疏》写得好，一针见血，入木三分，切中时弊。方某知道游兄胸存安邦定国的雄才大略，如果朝廷肯于采纳重用，自然尚可有望。可是，游大人生不逢辰，反而却因此被逐。”、“现在好了，我贺某在江湖漂泊如风来云去，也省得成天声色犬马，提心吊胆地过日。要走就走，要喝酒就喝它个乾坤颠倒……”游酢听说过他的脾气，身边反正没有朝廷的耳目，也无其他人，由他说去。不过，游酢觉得与其坐着空谈，不如向他学习一点填词方面的知识，于是恳切地向他请教。贺铸说道：“天大笑话，你是天下闻名的大儒，向我请教?”游酢认真讲道：“说实话，一人所知有限。韩文公言‘术业有专攻’做长短句乃贺兄所长，望不吝赐教。”贺铸见游酢态度诚恳，也就道：“既然如此，恭敬不若从命。随便聊吧。要论所长，我实在愧不敢当。远且不说，李后主、柳三变、苏轼、秦少游等皆令我望其项背不及。哎，那柳三变与大人可是同乡?”游酢答：“同州不同县，与敝乡相去一百余里呢。”贺铸叹道：“可惜，再也没有人写得出‘杨柳岸晓风残月’那等清词雅句了!”于是，两人谈论自己所知野闻逸事。直到快中午，他自己也觉得说累了，才起身告辞。游酢再三相留用餐，他坚决要走，只好随他去。

两人都无甚事情，正好做伴，一个说，一个听。多几日熟悉了，他们常常一起饮酒赋诗，日子过得好不快乐。

渐渐地，李之仪与周围的人有了交往。其中有两位青年：一是芜湖的石懋，字敏若，曾祖父以“待问”之职务卜居芜湖，祖父名禹勤，至石懋已经四代人。石懋读书过目成诵，长到十五六岁，做起文章有点大人的老成。他祖父曾经拥着他说：“我家千里驹，将来继承你太公之志，考取科第不难也。”果然，元符三年石懋才二十岁就登进士第，崇宁中又考取博学宏词科，被朝廷任命为密州（今山东诸城县）教授。逢年节，他必回乡探亲或者扫墓。二是宣城人周紫芝，元丰五

年生，字少隐，号竹坡居士，才十七八岁，人长得英俊，好学，较经常来。游酢也与他们相识，有了来往。

适逢吕氏患病，数日疼痛，身体日觉得烦躁。游酢听说过姑孰青年李柽的医术高明，去找他。李柽出游不曾在家，便请了一个附近的郎中来看。郎中来后，给吕氏号了脉，当作热淋来医治，开了“八正散”、“连子饮”药方。结果，夫人服用这药之后，病情反而更加严重。游酢知道了这事情，深感忧心。

一日，李柽来访，游酢便对谈起吕氏的病情。李柽听了，答道：“我看看。”李柽给吕氏把了脉，发现吕氏的脉沉数无力，诊断出是气与火转郁于小肠的原因，于是说道：“大人放心，我这开个方吃了准能够康复。”游酢问：“那前面为什么服了药病更重呢？”李柽回答说：“盖小肠乃多气少血之经。今病脉系气郁，反用大黄、栀子、黄芩味浓苦寒之药，寒极伤气，所以病转加矣。医道当因人而治，亦须因时而调，知其所以然才可下药。人体有阴阳之气，虚实之别，一般的郎中不精此理，不知血中有热者，乃有形之热，为实热也；气中有热，乃无形之热，为虚热也。大凡气中有热者，当行清凉薄剂，无不见效。更须分辨气血多少之经，辨温凉浓薄之味，审察病机，才能万无一失也。”因此开了一剂药给吕氏吃。

看完病，游酢请李柽坐下喝茶。

游酢说：“听说李秀才医道高明，在姑孰颇有名气。拙荆患病，那天前去请你，你不在家。”

李柽说：“嗨！今天，我也只不过试着下药，行与不行得过两日便知。行医这门的学问博大精深。不要说一般的郎中，就是名医也不敢说自己百医百中。有一个名医医治好无数的病人。一次，他的母亲不幸得了重病，由于病者是自己的母亲，令他感到十分苦恼，他心想自己母亲年纪老迈，平常又体弱多病，这次所得的病又非一般，如果用不寒不燥的药，恐怕解决不了问题，如果下重药的话，又怕母亲身体承受不了，令他左右为难，迟迟不敢下重药，只好以不寒不燥的药为母亲治病。结果，他母亲的病况不但没有起色，反而更严重。有一天，他出诊回家看到母亲可以下床走动了，惊讶地问家中的小徒弟：‘我母亲的病情怎么转眼间好了起来？到底是什么缘故？’小徒弟回答说：‘我看太婆病得很严重，帮她把把脉，觉得应该服用白虎汤，就熬了白虎汤给太婆喝下，之后她就可以下床走动了。’他听后感叹：‘医者父母心，医生的职责是救死扶伤，没想到当至亲生病，自己却方寸大乱，不知所措。唉！我应该把母亲当作一个普通病人看待！’从此《白虎汤的故事》成为杏林佳话，一直流传至今。”

游酢说道：“听李秀才这么一说，实在让我长见识了。这故事的病例是伤寒吗?”李柽答道：“是。”游酢问：“听说伤寒很复杂。”李柽说：“没错。人体受天地和季节之气影响，很容易得伤寒。不过，它有真与类似之别，有旧年积郁新年才发的，也有春、冬之时现发的，一言难尽，需通过望、闻、问、切分辨得细致才能对症下药，药到病除，否则反之加重。”游酢叹道：“医道颇复杂。”

过了一会，李柽转而说道：“今日本意来拜访大人。现在该言归正传了。大人乃当世的大儒，晚生请大人赐教为文之道。”

游酢笑而答道：“大儒岂敢当！若论文章之道姑且勉强可以答之一二。文与医同理，小则医人，文章能够怡人养性、启迪励志；大则能够医国，针砭时弊如柳宗元《捕蛇者说》，献智献策若晁错《论贵粟疏》，警策文章似贾谊《过秦论》。诚然，医国文章非常人能之，犹医人高手，须知病症根源，对症下药。然而，医国非比医病，病人悉听医者照方服药；医国者，国君多不服听，故自秦至今天下昏乱不定，而开方者不引火烧身已万幸，几见疗效?”

李柽道：“大人的《论士风疏》可谓对症下药，可惜上者不听是吧。”

游酢答道：“责任不单在圣上一人，为人君者常被其肱股左右。天下父母皆望其家兴旺、发达，而败于下人或者子孙辈。可是，世间没有万古不变之理，水不流则臭，物不变则朽。家道、国运之变亦在易理之中。是故，见变莫惊。”

两人又谈论了许久，李柽道：“今日听大人一席高论，为文之道晚生洞然有所悟。”游酢答道：“哪里话，李秀才医文并茂，将来前途无量。”李柽才起身称谢告辞。游酢说道：“谢谁呢？我们交了朋友，日后常来交流切磋吧。”两人说着出了大门。见李柽远去，游酢才回屋里。

吕氏服用了三贴，第三天病情果然好了，身体恢复正常。

一天，游酢听说蒋之奇病故在任上，连忙赶去吊唁。

从江宁回来之后，游酢又躲在家中看书、练书法。期间，贺铸、李之仪、李柽不时地登门拜访。一群文人做出什么事情来，且听下回分解。

第八十三回

芳草萋萋采石矶
诗声朗朗太白楼

话说游酢与贺铸、李之仪、李柽等来往，不想跑出一个怪人来。

这人便是当涂本地的名士郭祥正，名功父、也有人叫功甫。他虽然才学很好，可是果然如其家兄所说，为人恃才傲物，李之仪初来时他都不放在眼里，对晚生后辈更不亲近。游酢听了，心中有了几分的戒备。

一次，游酢去贺铸家，见到了郭功父。郭功父已经七十岁左右了，方脸，发白须长，可是精神还矍铄，有说有笑。当贺铸将两位客人身份介绍之后，郭功父曾经听其长兄先正介绍过，知道游酢是程门弟子，当过监察御史、和州知州等，不敢小觑，说道："游大人，幸会、幸会。"游酢忙以礼相待，拱手道："久闻郭大人诗名，今日得以一见，三生有幸。今后还望多多赐教。"郭功父答道："哪里，我们相互学习、交流。"游酢称赞说："早年拜读过大人的《金山行》，确实有谪仙之风。后来，在和州我又拜读了大人更多的山水诗，如《咏牛渚矶》等等，愈加敬佩，思慕之至。"郭功父听了，回答道："拿我与谪仙相比，惭愧、惭愧，我只不过诗奴而已，吟咏虽不少，没有几首值得品味。"贺铸插话道："今天，在游大人面前功父谦虚了。"游酢说："郭大人不必谦虚，我虽然是外行，但是读过不少前贤诗作，自古而今，能有郭大人这样水平的实在是不多。"郭功父听了倒是不知说什么好，贺铸见状打了个圆场，转而说："其实，游大人也谦虚，说自己外行，他多少也有一点诗呢，只不过平时不露真相。"听了贺铸这么一讲，郭功父说道："原来如此。改日可要拜读游大人的大作。"游酢知道自己不敢攀比，忙推辞说："没有的事。我只不过偶尔凑趣而已，那怎么算得上诗，登不了大雅之堂。好了，我还有一点事情先走一步，二位大人慢坐。”郭功父见时间不早，也告辞了。

过了两日，李之仪与贺铸、郭功父同来游酢住处。吕氏出来迎接，泡茶，众人边饮边聊。郭功父耿直亦谈风甚健，且风趣，与贺铸素多交往。他曾经有诗道：“庙前古木藏训狐，豪气英风亦何有？”贺铸少头发，功父指着他的头发说：“这真是贺梅子啊”。郭功父，白发而有长须，贺铸伸出手捋着他的胡须说：“君可谓郭训狐也。”说罢，两人则哈哈大笑，李之仪见他们两人如此微微而笑，游酢颔首笑之，道：“两位童趣犹然，天真可爱、天真可爱！”

过了一会儿，贺铸道：“人生几何哉，一日清闲一日仙。”郭功父言：“岁月不留我，一笑解千忧。”李之仪道：“每过石矶思李白，而今只有月相知。”游酢于是想起，道：“端叔一吟，我倒对不起诗仙太白，到今还不曾去拜谒他呢。”郭功父说：“那好，明日即带你去。”贺铸、李之仪都说要去，于是大家就定明日一同陪游酢去。

那李白墓就葬在当涂采石矶，从太平州去那儿只不过半个多时辰功夫。

第二天早上，四人便聚集步行前往，沿长江岸堤而行。江水浩浩荡荡，波浪滔滔，太平州风光一览无余，隔江便是和县。游酢走着，联想起在和州的往事，心中又牵念那地方的老百姓、民风民俗，因此感叹道：“时光似箭，真如孔夫子所言，逝者如斯夫。”

贺铸问道“看来，你对和州很眷念。”。

“是的。那里的百姓特好，民风非常淳朴。”游酢答道。

贺铸说：“既然如此，那就再回去当官。”

游酢说：“到了如此地步，还谈什么当官的事情，能够不被贬到南海已经侥幸了。”

李之仪听了吃惊地问道：“不太可能吧。”

游酢说：“孟子云‘人知之，亦嚣嚣；人不知，亦嚣嚣。”

郭功父说：“看来，游大人还胸怀大志，要做‘穷则独善其身，达则兼善天下’者。”

贺铸说：“这还用说。游大人才五十出头，自古来朝廷上下七十多岁不肯从仕途中退下者有的是。他至少还可以再干二十年。”

李之仪问：“游大人可曾想过以后回老家去养老的事情?”

游酢答道：“想啊，我做梦都想，叶落归根嘛。可是现在回不了，年纪大了，一家十几口人吃饭，还有两个孩子未成家，不然我早回福建老家颐养天年了。”

众人听他这么一说，都摇了摇头不说话了。

不久，众人来到马鞍山西南的翠螺山麓的“采石矶”。采石矶海拔一百三十一米，绝壁临空，突兀江中，因为三面为牛渚环抱，所以古称“牛渚矶”，与岳阳城“陵矶”、南京“燕子矶”，合称“长江三矶”。它虽然方圆仅两里左右，但是扼据大江要冲，水流湍急，地势险要，而又风光绮丽，自古既为兵家必争之地，同时也吸引着历代许多文人名士题诗咏唱。李白、白居易、王安石、苏东坡都在这里留下踪迹和诗歌。人们为了纪念李白，于唐元和年间（公元806～820年）建“谪仙楼”。该楼高十八米，长三十四米，宽十七米，采用我国传统的古建筑式样，主楼三层，一层为厅，二层为楼，三层为阁。楼阁面临长江，背连翠螺，浓荫簇拥，雄伟壮观。底层前为太白楼，后为太白祠，由回廊相连；楼中有历代名士文人的诗篇、楹联、匾额和绘画。楼的西侧是广济寺，寺中有“观音阁”、赤乌井、“舍身崖”等。

翠螺山半山腰还有李白衣冠冢，墓用青石垒砌，基高二米，直径五米，墓碑上镌“唐诗人李白衣冠冢”，四周松柏簇拥，芳草萋萋，环境幽静。众人来到李白衣冠冢前，都沉默了许久。一位绝代的大诗人，最后竟然落得饿死在这里的结局，这是中国文人命运的最大不幸写照。猩猩怜猩猩，四人在此都觉得自己太渺小了，不约而同地在墓前静默着。这采石矶，自唐朝以来题诗的不知多少名士。可是，大家发现墓旁有人插了一块木牌，上面用毛笔题写了一首诗：“采石江边一堆土，李白英名传千古。来的去的诗两行，鲁班门前掉大斧。”众人见了面面相觑，都愕然了，诗兴早被冲到九霄云外，谁还敢轻易想到写诗？郭功父见了十分恼火，骂道：“哪个狗贼，胆敢到此放肆！”上前就拔木牌，游酢劝道：“郭公息怒，这诗写得未曾没有道理，让它留住吧。”郭功父心想也对，便放手退回，大家摇了摇头便默默地离开。

路上，郭功父说：“今天真扫兴。”贺铸说：“哪个家伙吃饱撑着，干这样的傻事。”李之仪说：“写这诗的人很有思想水平，说的确实入木三分、一针见血呢。最后一句，让天下骚客都心惊。我可写不出这样的诗句。游大人，你说呢。”游酢回答道：“我不善于写诗，也没有来过。李大人的观点，我还是赞同的。”

这天晚上，大家回家都没有好的情绪。

几天后，弟子陈侁带着江琦来拜访。这江琦字全叔，乃建阳人，年方十六岁，长得一表人才，他以师礼前来拜见，游酢一见即欢喜，道：“我们是老乡，不用客气，有什么不懂尽管问就是。”于是，开始给他们讲学。

时值暮春三月的某日清晨，游酢带着玉儿和游拂等到郊外踏青，心情非常的愉快。

一日，当涂的文人雅士集会。天气晴和，张诗翁和郭先正以及当涂青年李柽、唐敏求等早早就到了集会的江边“太白茶楼”。见人还没有到齐，大家坐着边饮茶边闲聊，议论起游酢，吴秀才讲道：“听说游酢大人也会做诗，今天会来吗？”郭先正则说：“是的。他不但会做，而且写得不错。时下时髦填长短句，可惜不曾见他有此方面之作。”张诗翁说：“真人不露相，岂是一般人能够知晓？游大人一向低调，很少吟咏。当然，一个人的学问不能以时文来衡量。人各有所长嘛，他的《易说》和《论士风疏》、《陈太平策》等名震朝野，却非一般凡夫俗子所能够望其项背的。”正说着，游酢和李之仪等人来了。大家站起来，拱手相迎道：“欢迎游大人、李大人驾临。”游酢和李之仪异口同声说：“谢谢诸位，大家都请坐。”不久，贺铸、郭功父、芜湖的韦深道、宣城的周紫芝等也陆续到来。

人到齐了，张诗翁说：“大家今天云集于此，虽无兰亭之盛，却也人才济济，算得上一次空前的盛会。今天，很荣幸地增添了一位新诗友，这就是大名鼎鼎的游酢大人。大家欢迎！”会场响起了热烈的掌声。接着，张诗翁宣布了当天诗会的议程：“首先，一起到外边走走观赏一下春光；二是大家吟咏自己的新作；中午在这茶楼用餐，午后各自回去休息。”众人听罢，一起走出茶楼，到江边观赏风景。

茶楼临江而立，长江在这里显得平静，浩浩荡荡悠悠而过，对岸空阔的视野里是和州的地面。游酢见江边绿树掩映，水天一色，浮想翩翩。

回到茶楼里，稍事休息，张诗翁宣布：“下面进入第二个议程，众人开始吟唱自己的作品。依老夫之见，按照姓氏笔画为序，同姓氏的以名字笔画少的为先。”于是，王秀才第一个吟咏。游酢是新来的，笔画又多，他静静地听着；轮到他了，他也照例站起：“鄙人今天有幸参加这个诗会，很高兴。但是，今天一时没诗兴，吟的是前几天到青山所见之作，题目叫《青山海棠》二首，这里献丑了，请在座的张诗翁、郭老两位长辈和诸位文友赐教。”接着，他吟咏道：“绛唇皓齿发春阴，野径翻成锦绣林。端为雾中看未了，少陵当日岂无心。”、“群仙丽服戏朝云，雨过啼妆泣暮春。野客强吟天好句，直须分付谪仙人。”

“好！”会场爆出了热烈的掌声。

众人见了游酢诗做得不错，心里都佩服。

午间用餐时，大家边吃边议论，张诗翁说：“游大人，想不到你不但文章好，而且有如此清雅之作，佩服、佩服！”游酢忙道：“哪里哪里，鄙人只不过凑数而已。”李之仪说：“游大人真谦虚。”赵秀才解说道：“这两首诗写得漂亮，上一首诗写野外的小路上发现海棠忽然变成锦绣般的花林，在晨雾中观看着兴致难尽，联想到杜甫（少陵）当年难道没有留心这种美好的风景吗？下一首，写踏青的人们穿着艳丽入时的打扮，而雨后的海棠却像美丽的女子在暮春里哭泣的凄美动人。野外的游客们强说天气很好，应当赶快叫李白（自号谪仙，意思为天上下降的神仙）也来一起分享这大好的春光。”李秀才听了，插话道：“愚以为游大人此诗手法甚高，含蓄、清新、高雅，称得上佳作。”

就这样，游酢的《青山海棠》一传十，十传百，周围几县的文人读了无不称赞。

五月的一天，游酢刚刚吃过午饭，看见堂妹带着十二岁的外甥黄中来了，连忙起身迎接。他的堂妹游氏此回来何事？请君看下回。

第八十四回

姑溪独钓难清静 凌敲群咏有雅词

一家人见游氏和外甥黄中来了，吕氏和孩子们都“姑姑”、“姑姑”地叫得热闹。游氏和外甥坐下，夫人忙着倒茶，又来询寒问暖，拉扯家常话。这天晚上吃饭时，游氏说：“哥哥，我这孩子放在家中没有人教他，我家的光景你也知道，你文化好，就托付给你了，也劳累嫂子。”游酢回答：“妹，放心吧，我会好好教他的。”就这样，黄中留在游酢的家中读书。

黄中在家已经受母亲游氏的启蒙，初通文字，能够读粗浅的书籍。游氏把他送到游酢这里主要是让儿子更快成才。游酢先选些浅显的《诗经》叫外甥黄中读背。黄中这个孩子聪明，读书也认真，学习日有所得。

当涂附近有一条叫姑熟溪的小河，当地人称为姑溪。那里常常有许多人在垂钓拉罟的。游酢想到：自己何不也到哪儿消遣解闷？于是，他上街买了鱼竿，去姑溪垂钓。

姑溪河原来长有六十里，自从流沙冲溃“缺口”后，溪水直由金柱山泻入夹江，减去纡曲河流十五里，故称四十五里。此河穿流过太平城内，游酢虽然常常见到，可是对其源流不太清楚。

姑溪不是大河，但是也不小，河面宽处有百余米，每日有无数的船只上下往来。这里，南临姑溪河，北靠灵墟山。有一块巨石仄卧于姑溪河畔，离岸丈余，石上可坐数人。游酢来这里边垂钓边观赏风景。东南面有数座山峰遥遥可望，小溪曲折如蛇自南而来，河水清澈如镜，水中游鱼如织，纤鳞毕现，不时有鱼跃出水面蹿起一片水花。溪风清新，岸边垂柳依依，两岸房屋稠密，午间与傍晚农家的屋顶炊烟袅袅。在这样风景如画、空气清新的优雅环境中，悠然地坐着，容易使人心灵清净，尘虑渐消。经过多天的调养，觉得人像自然界这样单纯、无求无争多好，游酢渐渐恢复了平常欢快的心情……他想要不是自己已经年老体衰，为了一大家人的生活，决不再留恋官场，而是与妻子回老家建阳躬耕自食，过着“半年辛苦半年凉”自由的田家生活。老家建阳多好啊，青山绿水，家乡的草木和土地、河流是那么的熟悉、亲切，更不用说人们了。村里民风淳朴，无论喜事丧事，一家有事，全村人都自动涌来帮忙。

确实的，经过这一回被贬的事情，他思想仿佛又回到了年轻时在家乡那种单纯清静的岁月，心灵受到了一次大洗礼。

从此，他有了经常到姑溪垂钓的习惯。

可是，朝廷派朱勔到了苏州应奉局之后，倚仗权势，四处强取豪夺，大肆搜括奇花异木，江南数十郡地方，包括深山幽谷，搜剔殆遍。江南百姓为此卖妻鬻子，出让田宅，倾家荡产，以满足这些豺狼虎豹的敲诈勒索。朱勔将搜括来的宝物派船只运往京城开封，运送奇花异木的纲船，称为“花石纲”。船只不够，他们则截取诸道运粮的纲船和商船，以至漕河无法容纳，只能取道海路。每逢风涛，人船全部沉没海中，葬身海底，死者多得无法计算。因此，长江、淮河、运河上运送奇花异木的纲船一艘接着一艘，络绎不绝，昼夜不息，搞得商船、客船都受影响，经常不能正常通行。游酢听到老百姓们怨声载道，看着那运“花石纲”的船只经过便恶心，所以从此不再去河边垂钓，只是在家中练书法。

游酢经过几十年的磨练和临池，他的书法已经接近进入禅家所说的看山依旧是山的境界，达到了有生以来空前的水平，有了自己独特的风格：晋韵、唐风和自己的创意，纯熟、精粹、蕴涵深邃，折射出艺术的才华。可是，他知道“学海无涯”的道理，就艺术追求来说，还有待进一步的提高，应当将易理的哲味与禅家恬淡糅和起来，使自己走向一个更高的境界。

他不再求书写多少，而是在演练中思索怎样写得更精，每日只有早晚各一副。其他的时间用来读书，锻炼身体。

杨时来信邀请游酢去荆州一趟。

几天后，游酢到了杨时的家，杨时格外高兴，一大群的儿女都喊着：“游伯伯”跑上前来，游酢抚摩着几个孩子的头，说：“你们都很乖。”杨夫人抱着第四个女儿杨铁花，三岁了，也叫道：“伯伯好！”游酢拿出自己带去的礼品给杨夫人，说道；“妹子，我没啥东西，这一点给孩子们意思意思。”杨时说：“定夫，我们到屋里坐。”

这一回，杨时与游酢交谈了很多，从白天谈到了夜间。

第三日，游酢准备返回，杨时送游酢到码头上船。船即将要开了，他们握住手面对着楚山和长江，游酢说："回去吧，人生如萍聚散总有时，千里相送，终须一别。"杨时说："悠悠长江水，不及我俩情。兄弟，祝你一路顺风。"两人紧紧地拥抱一会，松开了。

杨时下了船站在码头上挥手，游酢站在船头上也在不停地挥手致意。阳光下，江风吹拂着他们的银发，饱经沧桑的脸庞都流下了热泪。

在船上，有一名十七八岁的青年秀才，长得仪表堂堂，手持一卷书正在认真地阅读。忽然，看见一位身着便服的五十多岁的老年人手提着行李走进船舱，在他身边停住。他觉得老年人长得清秀又有点儒雅气，断定是南方人，而且是读书出身的，于是连忙放下书，端坐着礼貌地问道："长辈贵姓，仙乡何处？"老年人放下行李，和蔼地答道："鄙人姓游，福建建阳人。敢问相公尊姓、大名？"青年回答道："晚生姓王，名以宁，字士周，湘潭人。"老年人问道："王相公刚才所读何书？"王以宁答道："唐诗。"老年人又问道："可考取功名？"青年看了老年人一眼，答道："只是考个秀才。"老年人放下行李，说道："你年轻，有的是希望。再努力几年，就可以博取更高的功名。你最喜欢唐朝的哪位诗人？"王以宁回答："李白呀。"老年人说："跟我年轻时一样。"王以宁问道："游前辈是个官员吧。"游酢答道："亦不过谋稻粱之食者而已。"王以宁说道："刚才不敢妄问大人的名讳。"游酢答道："游某，名酢，字定夫。"王以宁听了，立刻起身拱手、行礼道："晚生有眼不识泰山，游大人受晚生一拜。"这时，游酢说道："王相公免礼，请坐下来慢慢谈。"两人坐下，王以宁说道："大人便是程门弟子、太学博士、监察御史游大人？"游酢笑了笑，答道："这有啥稀奇。读书者人人都有求学和当官的机会。说不定，你将来比我更有前途。"王以宁说道："我不敢想啊，这一生能够像李白一样游遍天下山水就是最大的理想。"游酢又笑了笑，说："你的志向比我高。一个读书人要当个官不算太难，如果要当李白就更难。"王以宁问道："游大人，这是为什么？"游酢说道："只要是读书出身的，哪个人不会当官？可是，李白那样的大诗人，几千年才一个。"王以宁听了，说道："游大人所说的有理。这么说，我的愿望没希望了？"游酢拉起王以宁的手，说道："年轻人有志向好啊，有志向就有向上的力量和斗志。但是，志向也得根据个人的实际来定。李白一生能够纵游天下的山水，他有两大资本：一是天赋和才学极高，二是有广泛的人际关系。这些，不是一般人能够做到的。你有这种志向很好，可以趁现在年轻努力学习文化知识，成为一名有真才实学者，考取功名博取得仕途，将来便可以游览天下。"

王以宁答道："听大人一席话，晚生豁然明白了人生道路的去向。谢谢！"游酢问道："你这去哪里？"王以宁答道："去益州看一个朋友回来，准备回家乡潭州。游大人，你呢？"游酢答道："我在和州府做事，回任所。你有机会去找我玩。"以宁高兴地答道："会的。有机会，一定去拜访你。"

到了黄州，王以宁下了船，向游酢挥手，喊道："有空到潭州找我玩。"游酢站在船头挥手，王以宁目送着他乘坐的船只远去。

游酢回到太平州，贺铸、李之仪、郭功父三人前来玩，大家在一起，谈道："最近天气蛮好，我们是不是找一个去处走一走。"郭功父说："附近有一处小黄山，叫凌歊台，风景很美。那是南朝刘宋时期所建的，也算得上太平州一胜景。"游酢、贺铸听了，拍掌道："好，咱们就去哪儿。"

游酢、贺铸、李之仪、郭功父等人来到城郊二里的小黄山，登上凌歊台，凭吊古迹。凌歊台，又叫又金山，周五里一百步，高四十丈。自唐朝以来文人骚客登临踪迹不绝，且多留有题咏。看完风景，众人到寺庙坐下休息，庙里的主持见文人雅士前来，万分高兴，热情相待，让坐、敬茶。郭功父提议说："今日众友共聚于此，面对春光与古台，岂能不流觞赋诗以遣雅兴。"贺铸回答道："郭兄是地主，又是引路者，理当先来。"郭功父应道："好吧。"他站起来，略思虑一下，吟道："高台筑千寻，胜景供远目。云烟护城郭，吴楚接川陆。不知歌舞散，雌凤叫空竹。鬼火照残碑，应有精灵读。"贺铸竖起拇指称赞道："果然有李太白之风。"转身对游酢说："该你了。"游酢问道："何以是我？不是你？"贺铸说道："郭兄吟了诗，那么就先诗再词。你也长于做诗。"游酢点头说道："那好。"他眉头一皱，吟道："今古豪华一梦回，刘公胜迹有荒台。青山控野双门壮，白浪排云万马来。涧涧松篁生夜响，年年桃李为春开。更寻小杜题名处，玉筋银钩昏藓台。"李之仪知道该轮到自己，他以词驰名，于是填了一首《临江仙》："偶向凌歊台上望，春光已过三分。江山重叠倍销魂。风花飞有态，烟絮坠无痕。已是年来伤感甚，那堪旧恨仍存！清愁满眼共谁论？却应台下草，不解忆王孙？"贺铸听了，觉得添了伤感，一腔悲愤涌上心头，他擅长填词，便作一首《金人捧露盘》："控沧江，排青嶂，燕台凉。驻采仗、乐未渠央。岩花磴蔓，妒千门、珠翠倚新妆。舞闲歌悄，恨风流、不管余香。繁华梦，惊俄顷，佳丽地，指沧茫。寄一笑、何与兴亡。量船载酒，赖使君、相对两胡床。缓调清管，更为侬、三弄斜阳。"众人听了无不为之喝彩。

话说李之仪虽然是个乐观豁达的人，与朋友相处表面上看去有说有笑，可是毕竟丧妻折子，因此内心非常怅惘，经常徘徊在姑溪河畔。他没有想到，因为在姑溪遣闷，却引出一段流传千秋的佳话来。欲知详情如何，且听下回分解细述。

第八十五回

李之仪姑溪遇艳
游定夫当涂听琴

话说李之仪经常到姑溪徘徊，每每想念起前些年失去的儿女和妻子，心中便暗自涌起悲伤，仰天长叹。

一天傍晚，他在此遇上了久违重逢的一绝色女子杨姝。

杨姝为一歌妓，一副娇小娉婷的身材，白皙的脸庞透着红润的光泽，鹅眉低垂，两潭秋波蕴藏万种风情。这个风尘女子，黄庭坚守太平州时，曾在花园洞地为黄庭坚等一干文人奏过《履霜操》。杨姝为黄庭坚弹琴送酒，偕游石洞，黄庭坚因此填了一首词《好事近》赠给她："一弄醒心弦，情在两山斜叠。弹到古人愁处，有真珠承睫。/使君来去本无心，休泪界红颊。自恨老来憎酒，负十分金叶。"杨姝也多少了解一点李之仪的身世，从内心仰慕李之仪这位当代的才子，同时也对他连年来遭贬、丧子、妻亡、病毒缠身、贫寒孤苦的不幸深表同情。自从黄庭坚离去后，杨姝顿感失去了知音，精神不振，所以也到姑溪河畔散心。

这天杨姝先来到姑溪，临流抚琴而歌。李之仪恰巧也来这里，听见悠扬的歌声，击掌称赞道："妙、妙！此曲只应天上有，人间难得听几回。"杨姝闻声回头一看，原来是李之仪。两人相遇，开始都默不作声。还是李之仪先上前开口，问道："杨姑娘，有幸在这里遇见你。"杨姝行了个万福，回礼道："谢过李大人。"李之仪说："早闻姑娘的琴艺甚佳，不知肯否弹一曲？"杨姝问："奴家敢不弹吗？不知大人要听什么？"李之仪赶忙回答道："《履霜操》。"杨姝听罢下意识地说道："《履霜操》？"李之仪重复了一遍，说："不错，正是《履霜操》。"她心尖一热，霍地脸上掠过一层红晕，不过她很快镇静下来，答道："好吧。"话音一落，轻舒广袖，抬起纤纤玉指，走到一块大石头上坐下，操起琴弦弹了起来："履朝霜兮采晨寒。考不明兮听谗言。孤恩别离兮摧肺肝。何辜皇天兮遭斯愆。痛殁不同兮恩有偏。谁说顾兮知我冤。"清澈的河水悠悠地流淌而过，一对蝴蝶在水面上翩翩而飞，那悲凉、凄切的琴音使周围的鸟都静了下来，李之仪听着那《履霜操》琴曲所奏的好像是自己冤屈和不幸，何日能够重见天日，雪洗冤屈？可是，眼前这位美貌女子悲凄中向自己投来的深情，使他那一颗伤痕累累的心灵，像被春风雨露吹拂和浇灌过的枯草又暗地里复苏了。李之仪听了很感动，当场填一首词《清平乐》赠杨姝："殷勤仙友，劝我千杯酒。一曲《履霜》谁与奏？邂逅麻姑妙手。/坐来休叹尘芳，相逢难以今朝。不待轻移玉指，自然痛处都消。"杨姝听了，非常感动。暮色已垂，他们俩并肩款款返回，晚风中飘着一对"同是天涯沦落人"的轻声细语。

李之仪回到家中，想起黄庭坚的《好事近》也步其韵添了一首，其词云："相见两无言，愁恨又还千叠。别有恼人深处，在瞢腾双睫。七弦虽妙不须弹，惟愿醉香颊。只恐近来情绪，似风前秋叶。"

从此，李之仪与杨姝来往不断，感情日深，两人居住在一起了。

一日，李之仪来请游酢去听曲。游酢到了他家，只见一年轻艳丽女子，想必是杨姝。她两潭秋水照人，娇小蛮腰，婀娜多姿，风情万种，上前行了个万福，两片红唇微启道："奴家杨姝恭迎游大人驾临。"游酢忙道："幸会、幸会，免礼。"李之仪端上茶来，说道："游大人，请上座，用茶。"饮了几盏茶，李之仪说道："听琴吧。大人喜欢听什么曲子？"游酢答道："曾闻黄大人在此闻过《履霜操》，老夫也想洗耳一听。"杨姝听了，一手提起琴，一手放到胸前深深鞠了一躬，低声说："奴家，献丑了。"说着，眼眶溢出泪水，粉脸上滚落两行泪珠，手起声飞，唱道："履朝霜兮采晨寒。"游酢边听边想到，《履霜操》一曲系尹吉甫之子伯奇所作也。伯奇本来无罪，因后母谗言而被驱逐出家庭，于是采集芰荷叶子当衣服，采楟花来当吃食。清晨踩着严霜，自己心中悲伤被放逐，于是援琴鼓之而作此操。曲终，投河而死。那杨姝，原来自幼失去双亲，后来跟人学艺，漂泊江湖受尽凌辱，命运坎坷，因此对这首曲子弹唱得很投入，琴音起伏，歌声凄切，充满伤感，接着弹唱道："考不明其心兮听谗言。孤恩别离兮摧肺肝。何辜皇天兮遭斯愆，痛殁不同兮恩有偏，谁说顾兮知我冤。"曲终声住，杨姝竟哭成了泪人。游酢见了，不免产生怜悯之情，说道："不好意思，让小姐伤了感情。"李之仪忙解释道："没有事，艺人嘛，自己不动情，怎么能够引得听众动情。"瞬间，杨姝破涕为笑，说道："大人，真的没有事。奴家是联想到自己身世的不幸，所以也跟着掉了几滴泪水而已。大人还喜欢听什么，但点无妨。”游酢听说这样，才点头道：“来一曲《高山流水》如何?”李之仪说道：“大人风雅。好!”杨姝改用古筝，轻轻飘落在古筝前，一双玉臂伸出纤纤十指横于琴上，“噔——”的一声，瞬间微风拂过，仿佛听见幽谷鸟鸣……《高山流水》讲的是古代的伯牙与钟子期相遇结为知音的故事，其曲清新优雅，属于轻音乐类型，适合喜欢清静的人品赏。游酢听范纯仁《高山流水》弹过好几回。杨姝不愧为一代歌妓，轻挑细拨，吟、揉娴熟，琴风与范纯仁大不一样，不似范纯仁那么的庄重浑厚，体现出其女子特有敏慧机灵，曲音轻柔袅绕，如轻风流水，弹得让游、李两人浑如身临其境。直到曲终，游酢如大梦初醒，问道：“弹完了?听得好自在呀!”杨姝问：“大人，再点一曲吧。”游酢点头，思虑一下，想到自己目前的处境，说：“那好，来一曲《平雁落沙》。”这《平雁落沙》传说乃唐朝陈子昂所填的词，《平雁落沙》曲调悲凉雄壮，分六曲，主要是表现志士隐居、忘却世间尘俗的舒逸情怀。杨姝听了起身，从墙上取下一支箫，这一回娥眉轻舒，玉袖一挥，纤指按管，往红唇一搭，向游酢轻盈一笑，游酢不及反应过来，屋里已经飘起悦耳的箫声。杨姝在吹奏这支曲子时，脸上显现出一种轻松的颜色，游酢仿佛觉得有一只大雁从天际飞过，辽阔的天空，秋高气爽，大雁哀鸣，在空中盘旋，久之轻轻地飘落于沙洲之上……时而急风骤雨，天地苍茫，苍凉悠远……游酢听着不禁地联想起自己入仕途以来起伏不定的宦海生涯和眼前的处境，此时他被优美的箫音感化了，以至忘记了自己身在何处。

箫声停落，游酢连忙起身拱手谢道：“今日聆听了三曲，且琴、筝、箫皆具，太谢谢、太谢谢了。老夫即使在京城也未尝如此饱福过，此生可不再听曲。”李之仪道：“大人，有空时但来听不妨。”

游酢回家的路上想到：杨姝这个女子固然是个美女，可惜身材太单薄了，恐怕福分不厚。李之仪虽然风流倜傥，身材也单薄，如果这两人结合，那后果就更难想象。

李之仪因思念前妻，填写了《卜算子》一词，其词曰：“我住江之头，君住江之尾。日日思君不见君，共饮一江水。/此水几时休，此恨几时已。只愿君心似我心，不负相思意。”此词一出，广为传诵，一时成为江淮家喻户晓的美谈。

没有过多久，游酢听说郭功父与李之仪发生了矛盾。原因是：郭功父认为杨姝原来对他好，李之仪来了之后夺走了杨姝；另外，李之仪的名声超过了他，也使他产生了妒忌和不满。因此，他对李之仪公开辱骂，两人发生了多次争吵。李之仪也对郭功父进行了报复。为了避事，李之仪从此与杨姝整天在一起不怎么参加社会活动，几乎很少与人来往。

遇到这样的事情，游酢想进行调解，可是又觉得棘手，而且希望渺茫。因此，对于他们两人，游酢都较少接触，免得给自己惹麻烦。

李之仪不出门，郭功父孤高自大又向来不接近晚辈，游酢平易近人，喜爱接近和扶掖青年，所以周围的青年只好都投向游酢了。

崇宁五年春正月，朝廷传出一个惊人的消息来：因为朝廷见彗星出现西方，其光长时出现在天空。赵佶因为星象告诫警示，心中有几分害怕老天会惩罚他，少去宫殿并且减少伙食。

赵挺之与吴居厚请求下诏求众臣广开言路，赵佶皇帝当即降旨准奏，且提拔吴居厚为门下侍郎，刘逵为中书侍郎。刘逵于是请求击碎“元祐党人碑”并且请求皇上书写下诏取消原来的邪籍禁令，赵佶也照他所请求，夜半派遣人将黄门至朝堂的碑石毁去。

次日蔡京入朝，见党碑被毁，即入问赵佶。赵佶道：“朕意宜从宽大，所以毁去此碑。”蔡京厉声道：“碑可毁，名不可灭呢！”这一语声响彻朝堂，朝臣们都觉惊异，连赵佶亦向蔡京一瞧，微露怒容，但敢怒不敢言。不一会退了朝，不到半日，刘逵即呈入奏书，陈言道：“蔡京专横，目无君父，党同伐异，陷害忠良，兴役扰民，损耗国帑，应亟加罢黜，安国定民。”等话。赵佶看着奏书还没有拿定主张，“司天监”又来奏称太白昼见，应加修省，于是赵佶才决定赦免一切元祐党人，全部从原地还回。同时，赵佶下诏暂时停止崇宁诸法以及诸州岁贡方物，并免去蔡京的宰相职务，降为“太乙宫使”，留居京师。复用赵挺之为“尚书右仆射兼中书侍郎”。赵佶召赵挺之入宫廷拜见对话，说道：“朕见蔡京所为，一如卿言，卿当尽心辅朕！”挺之听了顿首应命。从此，赵挺之与刘逵同心辅佐朝政，凡蔡京所行悖理虐民的事情，稍稍改正，且劝赵佶罢兵息民。

不久，游酢听说元祐党碑被击碎了，异常兴奋，放声大笑：“痛快、痛快！老天总算有眼啊。”于是，口占诗一首：“忽闻夜里响惊雷，霹雳神光碎党碑。人祸终招天震怒，冰融雪化看春回。”游酢以为蔡京倒台，元祐党人有出头之日。可是，心中存有疑虑，卜了一卦，游酢一看呆了。此卦到底如何？请君看下回分解。

第八十六回

龙眠山画师赠礼
观岚亭歌女诉情

话说游酢卜了一卦，一看却是“地雷复”（上坤下震），根据卦象一分析，蔡京不久当又恢复官职。游酢暗暗吃惊，看来自己在“鸿庆宫”又要长呆了。

那蔡京被刘逵等所排挤，愤怨极，必欲将刘逵除去，以泄私忿为快。他私下与同党御史余深、石公弼密谋，决定利用中书舍人兼直学士院的郑居中和郑贵妃关系，奏说赵挺之、刘逵的不是。赵佶于是怀疑及赵挺之、刘逵两人，又要起用蔡京。最后，余深、石公弼两个御史联名弹劾刘逵，说他：“专恣反复，陵蔑同列，引用邪党。”一道催命符，竟将刘逵驱逐，出知亳州；赵挺之也被罢为“观文殿大学士”、“佑神观使”；再授蔡京为“尚书左仆射兼门下侍郎”。蔡京请求皇帝下诏改元，又实行神宗时的政策。

那刘逵为人豪爽耿直，而且胆大，从来不怕事。他被贬亳州后，觉得闷慌，便来拜访游酢。游酢敬仰他的为人，即热情相待。两人现虽然都在江淮生活，刘逵毕竟当过“中书侍郎”（副宰相），游酢仍然以上等贵宾相待，设宴为他洗尘。刘逵说道：“定夫兄，你就别讲究太多，把我当兄弟看就不错了。”游酢应道：“中书大人，说实话，‘元祐党人碑’要不是你，不知何时才能够毁掉，凭这一点老夫与同仁就得给你磕头称谢呢。”刘逵说道：“照理我今天不该来你这里，要是有人报到朝廷，蔡京肯定会说我们结为私党，连累了你。”游酢笑道：“怕什么，老夫这一身也不是肉泥做的，如李贺的吟马诗中所说‘向前敲瘦骨，犹自带铜声’瘦骨还能铮铮响呢。”两人大笑一阵，接着又交谈许多，谈得甚为投机。游酢留他过一宿，次日他便继续赶路。

一日，游酢想起去看望隐居在舒州山中的李公麟。

那李公麟称病回乡并不在家里住，而是到城南的龙眠山隐居，整日作画或者写诗。他曾经在朝廷当过“龙图阁学士”，后来当“御史检法”，名重天下；加上平时交游很广，所以即使躲到了深山也不时有朋友前往探望，如苏轼、黄庭坚等等。他晚年以绘画著名，人们只知道他是画家，官职反而被人忘记了。他开创了白描的画法，不仅有《维摩演教图》、《仕女图》等名作，而且有最具代表性的杰作《五马图》。那五只马分别名为：凤马骢、锦膊骢、好头赤、照夜白、满川花。这幅画全用白描法，只在少数地方用淡墨以提、点、折、逆等手法，轻重有度，疏密得当，运笔自如，线条简练，构图自然，勾勒出马匹的不同特征以及不同风貌，每只马无不形神毕肖，气韵飞动，很好地突出体现了李公麟白描技法的特色。

龙眠山森林茂密，岩壑幽深，林中有飞瀑流泉，飞禽走兽，空气清新，极适合隐居人生活。

一路山花，满耳鸟声，大晴天里艳阳高照，走在山林里却清幽凉爽，轻风拂动发丝和衣角。游酢来到山中见岩崖下有一座茅屋，想必是李公麟的住处。

这时，见一书童出来，游酢于是上前问道：“这里可是李大人的住处?”书童瞧见来人不俗，应道：“正是。我禀报去。”

“是游酢大人吧。”屋里话音一落，李公麟便出门相迎，说道：“早闻游大人到鄙乡，不曾前往造访，反而有劳驾临，折煞老夫也。”两人互相作揖、施礼，李公麟牵着游酢的手，又说：“请进屋坐。”

搞艺术的人，生活较散漫，屋里衣服、鞋帽随便搁，墙上、案上到处都是画作。李公麟笑着说道：“不好意思，请随便坐。”游酢道：“没事，君子不拘小节嘛。”两人相互问候一阵之后，又交谈了昔日在京的往事。游酢感慨道：“真如杜甫的诗所云‘最是一年好风景，落花时节又逢君’啊!”李公麟回答道：“我如今是山野之人，山中无岁月，不知天下春呢。”说罢，两人哈哈大笑。不一会儿，书童端上茶来。李公麟道：“山中无佳肴，权以茶当酒吧。”游酢端起茶揭盖一看，问道：“这是‘天柱剑毫’?”李公麟说道：“是。这茶是鄙乡传统的名茶。”因此，两人边闲谈边品茗。

吃过午饭，李公麟带游酢参观了他近期的一些画作。浏览了一周，游酢道：“今天，我是特地来拜访你，大开了眼界。”

李公麟说道：“好啊，我长期在山中，也难得有几个朋友前来做伴。以前东坡和山谷（黄庭坚）会来，可惜都已经作古了。他们给我题的诗还在呢。睹物思人，实在情犹难已。”

游酢答道："是啊，人生易老，天地间还是自然的山水才是永远的主人。我一生是画盲，假如能够像你一样作画，寄情于山水之间多么洒脱。"李公麟看一眼游酢，说道："人有一技之长就够了得，你的书法不错，我同样羡慕。"

自古书画同缘，都是在点、线上做功夫，讲究营造意境和艺术技巧的。两人又曾经同朝为官且性格相投，心有灵犀一点通，所以攀谈得投机。

傍晚，游酢起身向李公麟告辞。李公麟拿起一幅野马图，说道："这聊表我一点心意，给大人留个纪念。"游酢推辞说："怎么好意思平白地收你的大作。"李公麟拉着游酢的手，说道："我知道大人一向清廉，不愿收受所赠之物。但是，我送的不属于受贿，朝廷知道了就说我贿你到山中来一起闻鸟语花香吧。"游酢见他如此说，便收下那幅画，心想：自己怎么能够白拿别人的礼物？于是，当场将自己的诗《山中即吟》写了一个条幅，道："李大人，我这条幅也给你留个纪念吧。"李公麟见了道："好，你的墨宝我会好好保藏。"游酢下山时，李公麟还送了一程。

回到太平州，吕氏说："陈大人的公子长方下午来拜访你。"游酢问："他在哪里？"吕氏回答："上街去了一两个时辰。应该快回来了。"游酢听了，坐下休息。

过了半个时辰，陈长方忽然前来，进屋见了游酢，鞠了一躬，说道："师公大人在上，奉家严遗命，长方来拜见师公大人并恳请收留指教。"游酢想到这孩子的父亲陈诜去世之事，心中涌起一股悲伤，却安慰地说："免礼。坐吧，你来了我很高兴，你就把这里当作自己的家吧。现在我赋闲在家，可以陪你学习。"陈长方依然站着，答道："谢师公大人！"游酢问道："令堂和令弟好吗？"陈长方应道："都好。"就这样，他留在了游酢身边。

二月的一天，周行己路过太平州特意停船改道前来拜访游酢。游酢问道："君今日何缘驾临？"行己答道："家母年事已高，奉养不便，因此请求回乡奉养。"游酢称赞道："君之孝心可嘉。朝廷现在封给何职？"行己答道："温州州学教授。"当时，周行己考中进士，参知政事冯京想将其女嫁给周行己，周行己婉言辞谢说："盲女为我母所爱，我应完成我母之志。"周行己果然回家娶盲女为妻。因此，天下读书人对周行己都非常的敬重。游酢又与他谈论了一夜。

次日，周行己告辞起程回家，游酢送至大门外，挥手道："有空再来啊。"周行己回头说："师兄，再见。"说完，昂起头阔步走向远方。

周围相邻的几个县年轻的秀才继续前来求教，游酢尽管一再申明自己不能收徒，他们也不走。游酢没有办法，只好白天放下手头的《论语解义》来给他们指点。因此，游酢除了旧友，尽量减少社会的应酬，白天放时间跟年轻人在一起。不过，形式上改为有时在家里座谈，有时练书法，有时一起去郊游，有时集会吟

诗，以各种方式来影响他们。晚间，他继续写《论语解义》。

到了四月初，《论语解义》（共十卷）一书已经全面完成。游酢想到：人生难测，自己已经五十多岁，趁现在精力还可以抓紧多做些事情，还是趁热打铁把《孟子解义》一书也写完。他又开始沉浸到《孟子》一书注解之中。

《孟子》一书共七卷，二百五十八章，是议论文章体裁，孟子的“仁政”思想在各章都有精辟的论述。但是，如何使世人读懂、理解孟子话的深刻含义，游酢进行了多番的思考，夜以继日地写《孟子解义》一书。

到了八月初，《孟子解义》一书已经写完了大半，完成了六卷，只剩下“尽心”一卷了。

中秋前的两天，芜湖的杨秀才前来邀请游酢和李柽、唐敏求、周紫芝几位平时相识青年的文友一起到芜湖集会、游览。游酢觉得出去走走也好，可以使自己精神上放松一下，很爽快地答应了。

芜湖由于地势低平，多为湖塘沼泽地区，因湖沼草丛，鸠鸟云集，而得名鸠兹，又称“勾兹”、“皋兹”、“祝兹”等。在鸠兹附近有一长形湖泊因“蓄水不深而生芜藻”，故得名“芜湖”。公元324年，东晋初年大将、权臣王敦在鸡毛山屯兵筑城驻守，故有“王敦城”之称。

游酢带着陈长方和众青年来到城区中心，见有一个湖。那湖叫“陶塘”，依赭山，傍弋水，杨柳依依，秋高气爽，风和日丽，万条柔丝，低垂摇曳，倒映水中，浑如一幅天然水墨画卷。有人在湖边游览，也有小孩、年轻人在湖中泛舟；漫步观岚亭，凭眺赭山，湖光山色，十分迷人。细柳掩映下，湖中亭台楼阁，曲桥长廊相映生辉，使人仿佛如置身于杭州西湖。湖心的亭中站着一位娉婷女子，杨秀才领众人前往那亭。大家说说笑笑来到亭中。亭中陈放着茶水、果品，还有一把琵琶。那女子笑容可掬、彬彬有礼地迎接客人们到来，大家都还了礼在亭中坐下。杨秀才将大家介绍给那女子，又介绍道：“这便是我平时给大家讲过的云仙。”众人更加注意那女子。云仙年龄三十五六，柳眉轻拂，眼含两潭秋水，腮若娇杏，樱桃小嘴，站着活像观音，秀丽而端庄，气质高雅。见大家坐定，云仙大方拿起琵琶，自我介绍道：“奴家云仙，家在江南苏州，自幼失却双亲，幸得老艺人好心收留抚养成人，几年之后哪曾想到恩人又不幸谢世而去，奴家从此流浪天涯……且听奴家弹一曲。”声音悲切凄凉，其悲惨的遭遇令在座的无不催泪。忽然，一声琴音划破湖面的宁静，众人之心顿然提起。俄尔，犹如春风拂面，百鸟啼春，百花绽放，继而似春潮初涨，仿佛有人轻轻地撕帛，潮水渐来渐大，潮声渐来渐高，突然怒潮滔天，其声悲壮，响彻云霄。如有雷霆大作，暴雨将至。众人正抬头仰看天空，陡然间，声音转为哀雁横空，其声悲凉凄切，渐来渐低，听者为之怜悯，为之哀叹。戛然一声，琴停音断，但见女子粉脸泪珠盈盈，犹如梨花含雨，众人见了皆黯然神伤。云仙道："奴家现在孤身一人，多年来积蓄已足够所用，众人今日能够终听一曲，知我一二也算知己了。"说着用衣袖拭去泪水，游酢忙递给手巾，道："姑娘，用这手巾吧。"云仙接过手巾，点头道了谢。这时，游酢发现自己的脸上也有几道酸酸的泪水，于是感叹道："想不到朝朝苦命的都是老百姓。今日我可是与唐朝白居易一样，又是遇到一位琵琶女啊。"大家听了都静默了。过了好一阵，还是那云仙打破了沉寂，她说道："不好意思，让诸位扫兴了。奴家在此赔礼、辞别了。"游酢听了吃惊地问："姑娘前往何处？"那云仙回答道："奴家四海为家，走到哪儿算哪儿吧。谢谢游大人和诸位，后会有期。"深深地鞠个躬轻盈地走了。众人本来计划想在芜湖多游玩些地方，然而听了云仙的琵琶都没有了游兴，便与杨秀才分别，回太平州。夜里，想起那云仙的身世和命运，游酢感慨万千，写有一首《琵琶曲》，不知下落。其后人补作一首，诗云：

苏州有女号云仙，袅娜身材影翩翩。斜抱琵琶轻撩指，边弹边诉泪如泉。
奴家自幼双亲失，幸得伶翁收养焉。五岁学文宫商调，八岁上街换饭钱。
十岁江湖行卖艺，三年走遍路千千。十五恩人忽去世，孤身辗转楼馆间。
半饥半饱头发乱，衣衫褴褛宿街边。举目无亲挨打骂，蚊叮虫咬有谁怜？
十六遭逢人拐骗，身陷泥塘洗不清。逃出狼窝入虎口，任凭摧残守清名。
扬州公子动情义，怡院赎奴花巨金。从此奴家得依靠，夫妻恩爱好光阴。
谁知好景不长久，公子暴亡又失亲！暗恨身微又薄命，多灾多难不能伸。
重新再走旧时路，沦落天涯十几春。江南江北飘不定，辛酸遭遇告何人？
曲终粉脸盈盈泪，听者何人不恸悲。湖敛波光山色悴，江淮迁客亦低眉。

游酢继续写了《孟子解义》。"尽心"一卷，共有八十四章，占《孟子》一书的三分之一篇幅。

到了九月初，《孟子解义》一书才全面完成。这本书共十四卷，书中全面地反映了游酢以历史的眼光和结合时代的发展见解对孟子思想深入浅出的阐述。写完这一本书，游酢深深地舒了一口气。

十月，游酢听到了李格非和李公鳞去世的消息。

不久，孙大廉从京城开封来，游酢一家人热情地接待了他。坐下喝了几杯茶，孙大廉说："亲家，最近朝廷发生了一件新鲜事情，河北都转运使梁子美为了得到高官厚爵，将漕计（航运的税费）钱谷全部用来供皇上享用，甚至不惜用钱向辽购买珍罕的女真珍珠献给皇上。皇上对此十分赞赏，提拔子美为户部尚书。"游酢

听了，应道："哦，有这一回事情？"孙大廉讲："我说的千真万确，子美已经到任啦。"游酢叹道："连圣上都如此，朝廷腐败不可救药也！"孙大廉住了一宿，第二天便回去了。

年底，陈长方返回闽侯看望家人、过春节。

欲知新年景况如何？请君看下回。

第八十七回

人生淡定忧愁少 交际如常乐趣多

崇宁六年（公元 1107 年）正月，朝廷向天下宣布改元为“大观元年”。

丞相吴居厚因年高告退，以资政殿学士改任“鸿庆宫提举”、“东太一宫使”，朝廷恩许他仍服团金毬文带。吴居厚所得都是虚职，实际上已经回家养老去了。赵佶又拜梁子美为尚书右丞。用钱物可以买官，这一消息传出，让天下正直的官员都寒心。但是，也有人暗暗高兴，此风一开，各路不少大小官员都纷纷相效仿，争进贡奉，朝廷更加腐败。

太平州的春节一切都很平静，游酢的家里却有几分热闹。因为第三个孙子游鼎周岁的日子，喜气盈门。游酢请来了家乡的亲戚，还有自己的女婿、朋友林志宁、杨时、贺铸、李之仪、郭功父，弟子曾开、江琦，当地的官僚以及几个友好的青年等。按照农村人的习俗，给孙子举行了“抓周”的仪式。房屋的大厅正中，放了一个木盘，里面摆着米花、红蛋、秤杆、毛笔、红包等，由吕氏和大媳妇抱着放到木盘前叫道“儿快去拿东西”，四周围满了观看的人，一个个瞪大眼睛，看孩子抓什么。那孩子往前爬，爬到木盆边，抬起圆滚滚的小手碰了一下毛笔，抓起。全场的人“哇——将来会读书呢!”游酢一家人个个兴高采烈，喜上眉梢。林志宁拱手道：“定夫，恭喜啊，你的孙子有彩头，将来也许能够强公胜父呢。”杨时也道：“恭喜、恭喜。”游酢心里高兴，满脸洋溢着喜悦的神色，回答道：“承蒙二位夸奖。”他想：是啊，自己的几个儿子读书都不见有什么盼头，唯一的希望是看孙子一辈了。黄中站在一旁，看了一会表哥的儿子“抓周”，看着众人的喧闹场面觉得太吵，回房间读书去了。

这天中午，五六桌人热热闹闹吃喝了一番。

午后，其他客人陆续散去。游酢与林志宁、杨时喝茶聊天。三人的头发都白了，脸上也失去了年轻时的光彩，额上刻下岁月的苍老风霜。杨时这一回是来提亲的，他说：“定夫兄，咱们的儿女都已成人，我看今年就把婚事办了吧。”游酢应道：“可以。女大当嫁，什么时候娶你定。”杨时说：“媒人原来是陈瓘。可是他现在的处境不便，我看就拜托志宁代劳了。”林志宁回答说：“可以。定夫的意思要多少聘金、彩礼呢？”游酢说：“大家都是兄弟，还讲什么俗套。我才一个女儿，你们随意。中立是吧？”杨时听了说道：“礼数还是要讲的。”林志宁笑道：“你们两家这么好说，我这个媒人是白捡了做。”杨时起身，对林志宁说：“来一下。”他两人出门去了。两人到外面嘀咕，一刻多钟回来重新坐下，谈定了聘金和彩礼。

元宵节后，芜湖县新任知县赵令辉等前来拜年。游酢自然分外高兴，热情地招待了他们。

曾开、江琦继续前来求学，陈长方带着弟弟少方一同回来。于是，游酢专心地指导他们学习。

二月，李之仪与名妓杨姝结婚。因为，他家境贫寒窘结，又事先不跟人说出，只是请几个朋友坐坐喝个喜酒。那一天，游酢没有见到郭功父，便知道他们关系真的不好了。

李之仪与杨姝婚后感情非常好，以至形影不离。游酢、贺铸等文友来相邀去游山玩水，李之仪与杨姝总是一起去，大家见他俩夫唱妇随，都好不羡慕。

三月，朝廷传来邸报：蔡京复相，赵挺之罢相。又有一份小报，意思是：赵挺之因病去世，朝廷报上说他贪污受贿，夺取他生前官职及声誉，其子赵明诚削职为民，与李清照夫妇返回原籍。据说，赵挺之死后三日，蔡京即唆使党羽弹劾他生前有贪污行为，赵明诚不仅被夺官，而且几乎遭灭门之灾。幸好有人极力相保，才得以保全了家口。李清照和她的丈夫只好回青州开始过隐居生活。

邸报上还登了朝廷又颁布以“八行”取士的诏令。所谓“八行取士”，即士人凡是具备“孝、悌、睦、姻、任、恤、忠、和”等八种优秀品行，如果事迹称著于乡里，由乡村中有声望的长者和邻居等联名向县里申报，由县令审察同意后延入县学考验。如事不假，则再向州府申报，可以免试贡入太学上舍，授以官职。在“八行”中，以孝、悌、忠、和四行为上，睦、姻为中，任、恤为下。如士人不能全备“八行”，则按士人“行”数多少、上下，分别选为州学三舍生。这是赵佶为了达到以风俗明人伦的目的而采取的一种新取士途径。这种做法，对净化和改良社会风气起到一定的作用，许多读书人不得不孝敬父母、长辈、兄弟和睦团结、搞好邻里乡亲关系、男女婚姻家庭、勇于承担责任、关爱怜惜老弱病残、忠于上级、文明、和气这些方面做好，以便得到地方的推荐和朝廷的委用，走上当官的道路。游酢看完邸报，想到另外的一面：这对书院教育打击太大了，普通士人除非进入受政府严密控制的州县学和太学，否则就不能进入官员队伍。

果然，此诏令一下，许多书院中的读书人纷纷转向州、县学。所以，引起了全国各地的私塾先生的强烈反对，纷纷上疏朝廷。但是，朝廷置若罔闻。

不久，朝廷发行了“大观通宝”钱币。这种钱币（铁母钱）正面是用行书书写的“大观通宝”四个字，比以往的流通钱略大略厚。

一天，刘逵再次来访。游酢热情地相迎。两人进屋坐下，闲谈了一会，刘逵气愤地说道：“‘元祐党碑’蔡京是罪魁祸首，他真该千刀万剐！”游酢略思索一下，答道：“元祐党案，事情不完全在蔡京一人；如果不是邓洵武的挑动和刺激，圣上也不至于完全偏向，元祐旧臣等也不会有后来这些灾祸。然而，邓洵武知道不把元祐等人扫光，他迟早在朝廷也站不住脚。所以才不遗余力地献策。这都是权力之争的结果啊。”刘逵又说：“邓洵武这家伙，他的父亲邓绾对（王）安石和惠卿背信弃义，反复无常，为世人所不齿，他比其父更过分，可恶至极。”游酢道：“话也得分开说。他的父亲邓绾尽管为人上不很光彩，但是熙宁七年实行‘手实法’，因弊端丛生，邓绾当时任中丞，曾指出其危害和废止的原因，所以仅实行一年便停止。这不能说没有功劳。”

游酢与刘逵又谈了一些其他话，刘逵才离去。

四月的一天，来了两个青年：一个是廖刚，字用中，号“高峰”，南剑州顺昌交溪乡（今顺昌县元坑镇蛟溪村）人。他幼从陈瓘、杨时学习。另一个是沙县人罗从彦。罗从彦，沙县人氏，听说同郡人杨时得程氏（颢、颐）之学慨然慕之，建中靖国元年与陈渊两人徒步前往，拜杨时为师。杨时称；“惟从彦可与言道。”杨时讲学时，曾提及程颐对《易·乾九四爻》“所说甚佳”。罗从彦便变卖田产充作盘缠，前往洛阳当面向程颐请教《伊川易传》，发现程颐所说与从杨时处听到的相差无几。他从洛阳回来之后，师事杨时更为虔诚。杨时这时期任余杭县令，罗从彦多次长途跋涉，登门求教。两人都在杨时门下求学，他们平常听老师杨时多次提及游酢，这回到余杭杨时那里请教，因此顺便前来拜访。两人见了游酢面，齐声道：“师伯好！”游酢乐得笑呵呵，道：“听龟山先生说过，你们学习很用功，长进很大。”廖刚说：“我们经常听先生称赞你的学问好，著述颇丰，仰慕已久，今天特地来拜访和求教于大人。”游酢道：“嗳，龟山先生才学比我好，又专心于教学育人，跟他学是一种福气，至于咱们，都是老乡，互相交流、切磋嘛。”罗从

彦说道：“师伯与龟山先生同出程门，名满天下，今日能够一见，晚生真三生有幸啊。我听陈侁和江琦交流过，你所讲的与龟山先生所讲的大致一样。假如不是路途遥远不便，我们也好经常向师伯求教。”游酢则说：“不必舍近求远，龟山先生长年专于做学问，他诸方面都比我强多呢。”黄中、陈长方和江琦三人，听来了两个福建老乡都出来以礼相见。当晚，游酢和弟子们一起热情地招待了这两个青年，进行了一些交谈。

第二天，廖刚与罗从彦便起程回福建。在路上，廖刚说：“游酢大人很有大儒者风度，待人热情且满谦虚的，难怪了翁先生对他那么推崇。”罗从彦说：“那当然。龟山先生平时也经常提及他，称他的学问好。我从龟山先生那里拜读过他的《易说》、《论语杂解》等，确实是个了不起的学问家啊。”

五月端阳节后，游酢与弟子、青年朋友们在一起，胡仔提议说：“最近天气很好，大家不如去找个好去处玩一玩。”唐敏球说：“我知道有个好地方。”李柽说：“我猜得出你要说的地方。”唐敏球说：“好啊。我们都写在掌心，让大家作证。”李柽答道：“行!”

片刻之后，两人同时都展开手掌，众人好奇地凑上前一看，果然一样是三个字：“隐静寺”。游酢看了，讲：“没话说，明天大家去隐静寺。”

隐静寺在繁昌县。太平州去繁昌百里左右，大家议论了一番，打算第一天走到那里过夜，次日游山，第三天返程。那山不高也不陡，没有其他的准备，只是带些吃、喝的。

闲话少说。第二天早上，游酢带着外甥黄中、弟子曾开、江琦、陈长方和青年朋友胡仔、李柽、唐敏球等乘马车起程。行走了半天来到繁昌县，他们找了一客栈住了下来。休息了一个时辰，年轻人耐不住寂寞，要上街走走，游酢曾经来过，而且年纪也大了，说：“你们去吧。”

繁昌，也是长江边上的一个小县城。西汉时为为春谷县，晋朝（公元318年）正式命名为繁昌。它北临芜湖，南望九华，东接长江沿岸，西通宣城等中部腹地，是一个港口，素有“皖南门户”之称。曾开的家在邻近的和县，他虽然没有来过，但是多少听说过一些这里的情况，带着众小伙子上街。这城虽然不大，街市和码头人来人往，店铺林立，全国各地的商品都有，因此生意却很繁荣。这繁昌是江淮的瓷都，与河南的汝窑、哥窑齐名。其中柯家冲窑和骆冲窑的瓷窑自五代以来就闻名于世，种类多为壶、碗、碟、杯等民间日常生活用器，造型工整，胎质洁白细腻，畅销长江中下游各地，甚至外销到日本和东南亚各国。因繁昌东晋以来属于宣州，故史书上称“宣州窑”。他们在城里转悠，见到街上很多瓷器卖，而不知当中也有青山窑产品。有三个喜欢玩品的青年便各买了一件回客栈。

一群青年们回来了，李柽说："游大人，你看我们买了什么东西回来。"游酢一看是三件瓷器：一瓶、一碗、一壶。游酢指着那一件喇叭口细长颈橄榄形圈足执壶，说："这件是青山瓷。"唐敏球问："大人，你怎么分辨的？"游酢说："这还不容易？从釉色看，宣州的多用点釉，釉色较不均匀，而青山的用吹釉，胎质也更细腻坚密。"几个青年们听了叹道："哇，大人真是广闻博见，连瓷器都这么精通。"游酢说："天下之大，平常人所知有限。这方面，我的学友吕大临才是专家，我只略知皮毛而已。"大家听了，一发感到自己的知识肤浅、寡闻陋识。

第二天早晨，大家早早起床，草草吃了饭便出发。隐静山在县东南三十里，又名五峰寺。南朝年间的高僧杯渡从孟津县漂流而下，行脚到此建寺，旧时有匾额题为'江东第二禅林'。隐静山高二百八十丈，有名的山峰五座：碧霄、桂月、鸣磬、紫气、行道，还有二道名泉，分别叫金鱼、喷云。唐朝以来，张佑、李白和宋朝的张伯玉、郭功父等诗人在这留下踪迹和诗歌，其中李白的《送通禅师还隐静寺》写道："我闻隐静寺，山水鸣奇踪。岩种朗公橘，门深杯渡松。道人制猛虎，振锡还孤峰。他日南陵下，相期谷口逢。"

一群人到隐静山脚下，已经是上午九点多。时值仲夏，天气炎热，杜鹃花已经凋谢，山上犹留有残香，山中林荫蔽日，进入谷中，众人热汗顿收。游酢边行走边给弟子们讲述隐静寺的历史和掌故。众人走到"喷云"泉边，游酢道："就此休息一下。诸贤身临此处有何感想？"曾开等几人被这突然一问，面面相觑，不知所云，游酢一笑，说道："我比较喜欢张佑的《隐静寺》的诗，他写道：'松径上登攀，竹深烟霭间。合流厨下水，对耸殿前山。涧壑鸟声廻，泉源僧步闲。更怜飞一锡，天外与云还。'这首诗最合眼前之情景。"曾开问："先生，你到此可有诗兴？吟一首给我们听一听。"游酢答道："吟诗容易做诗难。不是（曹）子建、李白之类高才，诗不是随便可以做，得心有所感，情动于心，心有所悟，合情合景，酝酿成熟，方可出手。"江琦问："先生，诗有雅俗之别，何以为好？"游酢答道："诗之雅俗，不在文句，在意也。若论文句，李白之作，无不通俗、明白如话，但无一俗者。凡大手笔文章炉火纯青，看似平常，内中含不尽之意。学诗能够知此道理，斯可日有所进。"陈侁问："先生，同题之诗，如何作之？"游酢答道："此与各人天赋、才学、性格、经历、见识关系至大，杜甫的洞庭湖诗高于同游者即是也。他的《登岳阳楼》'昔闻洞庭水，今上岳阳楼。吴楚东南坼，乾坤日夜浮。亲朋无一字，老病有孤舟。戎马关山北，凭轩涕泗流。'即将眼前之景与自身身世、忧国情怀感触融汇一起，如羚羊挂角浑然无痕。其诗沉郁顿挫，盖经历坎坷、

身心苦楚所致，我尤喜其结句，绝响千秋。李白《与夏十二登岳阳楼》：‘楼观岳阳尽，川迥洞庭开。雁引愁心去，山衔好月来。云间连下榻，天上接行杯。醉后凉风起，吹人舞袖回。’其诗轻盈飘逸，则非杜甫所能。大抵学诗，多读前贤之作，反复揣摩体味，积学日久，历练日深，必然会有所得。”江琦又问：“先生，如面对此处风景如何入手？”游酢答道：“此问甚好。众贤且听，不管到何处，但凡写诗做文章皆同一理，才识高则可对全景下手，新手与一般人皆宜从小处或者擎破一点而做，不可贪大求全。及历练老到，方可运用自如。”黄中问道：“舅舅，平时极少见谈诗，为何今日到此侃侃而论之。”游酢答道：“禅林之地清静幽雅，远尘俗，令人心境清纯，易生灵感，我少时即所喜欢游之，今日到此故有所谈。”众弟子听了，心中都有所感悟。

走到寺前，几个青年都争着拥入进去，游酢却站在寺前不动，黄中问：“舅舅为何不进去？”这时，游酢想到：禅林是清净之地，这外面的空气多么好，自己进去可能会引起方丈与和尚们的注意，何必打破他们的清净的呢？于是，他答道：“我来过，就在外面歇歇，你去吧。”归途中，陈长方叹道：“可惜，今天要是能够做一首诗，留在寺内多好。”游酢听了说道：“未必吧，出外游走最关键在于锻炼身体、陶冶性情，不一定求什么，只要获得身心愉快就够了。当然，能够有所感悟和收获最好。没有，也不必强求。人生百事随缘。”陈长方点头道：“先生所教，学生谨记。”游酢又道：“学习不可拘泥于书本、堂室与为师所道，人间处处皆藏学问，须得自身去亲历、体悟，若凡事尽守书本、堂室所学，又何有创见？韩文公所云‘青出于蓝而胜于蓝’全在创见两字。倘若只知守学，则一代不如一代，岂是为人之师者所望也。此，从我所游者当知之。”黄中、曾开、江琦三人听了，都心灵有所感悟。

当晚，他们又回客栈过夜。由于爬了一天的山，年轻人也疲倦，大家很快入睡。一觉醒来，太阳已经有两三丈高，大家一骨碌翻身起床，一看先生游酢在看书呢。游酢不紧不慢地问：“尔等昨夜睡得可香啊，再睡今天就回不去了。去洗脸吧，早点已经买来放在桌上，吃了抓紧赶路。”大家觉得不好意思，风风火火地洗完脸，吃完早点撩起行李出门，踏上了归途。

时光一晃过了半年多。江琦是个有名的孝子，想起回家看望母亲，请问游酢，游酢立刻颔首称赞道：“孝心可嘉，回去代我向令堂问好。”江琦说了“谢谢!”回建阳去了。曾开、陈长方听说了，也想念家人，都请了假回去。

大多弟子都走了，身边只剩黄中一人，游酢闲下来，又开始白天读书、练书法。人生能够静中自得其乐，诚然胜似神仙。可是，人事纷纭，悲欢离合，苦辣酸甜，谁都避免不了。话讲过来，闹中亦有其乐。诸君若不信，且听下回分解。

第八十八回

学子纷登广平宅
恩师忽逝洛阳城

时光飞转到了大观二年。赵佶因为恭敬地领受了从民间所获得的八件宝物，御临大庆殿，大赦天下罪囚，文武官员都进位一等。蔡京晋爵“太师”，童贯竟然被提拔为“节度使”。李之仪虽然已经不是官员，但还是士林中人，他的儿子因此也受了荫封。游酢所得还是闲职，守鸿庆宫而已，依然读书、搞书法、做学问，有时与当地的贺铸等人来往，有时跟青年朋友在一起。

正月中旬的一天，和州来的青年徐兢持“眷晚生世侄”之帖前来拜谒游酢。他的父亲徐宏中也是朝廷的命官，因此拜帖用了“眷”字，以示亲近。他见面即鞠躬道：“晚生愚侄拜见世伯大人。”游酢见了连忙以礼相待，道：“徐公子免礼，我与令尊乃同朝为官，何况公子祖上建安，你我乃同乡人，贤侄与老夫幼子同学，当以自家人相看，今后在人前可免称大人。几年不见，你长高多了。请坐。”徐兢彬彬有礼，又鞠个躬，说道：“多谢世伯大人垂爱。”才坐下，讲：“大人所言不差，听家父云，祖上确系建安，自从曾祖考出外为官，迄今已四代了。”游酢听了，更是高兴。徐兢幼承家学，凡是经书无不熟读，而且爱好书法、绘画，其中尤以绘画为长。如今年方十六，长得英俊倜傥，儒雅风流，书画传名江淮一带。但是，他懂事以来，即知道游酢乃朝廷大官，才学好，书法闻名天下，景仰不已。他道：“世伯。愚侄虽然少与五公子交游，可是不曾懂得讨教。今日特来拜见。”游酢答道：“贤侄乃少年英雄，老夫早有所闻仰慕之至。今日幸会不胜荣幸。贤侄书画皆佳，老夫只不过偶染书法而已。以书法而论，贤侄书写得有个性，造诣已经不浅。”徐兢起身拱手道：“世伯见笑了，愚侄驽钝，非但书法，而且经学方面

都还只略知皮毛，在此伏请一并不吝赐教。”游酢忙说道：“贤侄请坐。照理令尊才学甚好，老夫不当插此一手。既然如此，日后我俩慢慢交流。但得能够从这有所得益，老夫则欣慰之至。”

从此，徐兢经常前来拜见游酢，请教《论语》、《孟子》等，也请教书法。徐兢一次次要以学生相称，“元祐党碑”发生后，游酢不敢再招收弟子，因此说道：“徐公子，不是我不收你为弟子，朝廷有明令不准私自设馆或者招徒。这一点，令尊也知道，所以还请体谅。”徐兢听了道：“既然如此，愚侄也不敢难为世伯。”

一日，郭功父来访。两人坐下闲谈一会，郭功父问道：“游大人，你可听说蔡京被拜为太师之事？”游酢却答道：“近来大作颇丰吧？”郭功父听了摸不着头脑，转而一想，才恍然大悟，笑道：“你呀，我们清谈、清谈。大人可有新作？”游酢随口应道：“闲居江左钓风月，惯听涛声不计年。休问廉颇能饭否？砚台常洗浣花笺。”郭功父听罢不由站起，呵呵笑道：“游大人真人不露相，出手便一鸣惊人，佩服、佩服。看来，诗仙之名得拱手于你才名副其实啊。”游酢回答道：“哪里哪里，我只不过偶尔消遣而已，哪比郭大人。”两人又攀谈诗艺起来。直到中午，郭功父才高高兴兴回家去。

一天，晁补之忽然出现在面前。游酢吃惊地问道：“无咎兄，你怎么来此？”晁补之答道：“这里太便宜你了，我也来沾一点光。”游酢忙招呼道：“屋里请——”进了屋，坐下一会儿，晁补之才说道：“年初先是改提西京崇福宫，又改提举南京鸿庆宫。到这里与你做伴。”游酢喜出望外地应道：“好啊，我正闲得发愁呢。”晁补之讲：“说实在话，今天是特地来看看你。”宋代的提举是主管专门事务的官职，品级为从五品，而宫观的提举是一种闲职，只领薪俸而不管事，算是给一些被剥夺了实权的官员挂个虚名或者给已经病老的官员待遇。晁补之只交谈半日便回老家山东修养去了。

不久，无为县少年王之道、王之义兄弟也前来拜访。游酢热情相待，王氏兄弟要拜游酢为师，游酢也照样说明了自己不能收弟子，但是可以当朋友交往的原因。最后，游酢说：“我现在反正闲着没有什么事情做，你们有什么不理解的地方，尽管来问就是。”王氏兄弟听了也高兴。

三月的一天，游酢正在临池练字，忽然一个风度翩翩的少年来访。那少年说道：“游大人，受晚生一拜。”游酢吃惊地问道：“贤辈，你是谁？快快起来。”那少年回答说：“谢大人，晚生姓马，名鸣。”说着从怀里掏出一封信，说：“这是家父给大人的。”游酢打开一看，他的父亲江宁人，原来当过县令，曾经见过几面，于是说：“贤侄，是你呀，快进屋坐。”马鸣连忙道：“谢大人。”进了屋，马鸣看见案上陈放着笔墨，屋里壁上悬挂着书法，说道："久闻大人的学问与书法之大名，今日得以拜见，三生有幸。恳望不吝赐教。"游酢见他说话机敏，好不喜欢，回答道："老夫已经朽木了，希望属于你们年轻人。既然来了，那么就练一练笔吧。"马鸣站起来，回答道："大人，晚生献丑了。"说着走到案前，游酢忙上前，铺好笔墨，说："贤侄，请——"那马鸣自幼苦学，练得一手好字，站到案前拾起笔，沉眉一思，刷刷地写下一楷书条幅，游酢一看，果然了得，用笔灵活、有棱有角、章法熟练，因此称赞道："书法中，以楷书最能够见功底，贤侄的这方面功力已经很深，真是后生可畏，将来必然成一代名家。"马鸣忙拱手谦虚地说道："大人过奖了，晚生愧不敢当。还望大人多多指教。"游酢说道："指教不敢谈。书法之道，贵在有个性，贤侄正值青春年少，有此功底，可以深造，当努力自树一家之风。"马鸣听了，答道："多谢大人指点迷津。"于是，游酢说："坐下，咱们慢慢谈。"马鸣坐下，认真细心地听游酢谈论。

月底，刘元承来看望游酢。坐谈了一会，他拿出了一本赵佶写的《大观茶论》书给游酢，说："这是圣上亲自撰写的新著。京城中，还暂时买不到，我知道你好喝茶，所以特地带了一本来。"游酢本来好读书，又听说是皇帝亲手所著，自然格外高兴，如获至宝地接过书，连说了好几个"谢谢。"元承说："这本书，对于产地、采制、烹试、品质、斗茶风尚等均有详细记述。其中'点茶'一篇，见解精辟，论述深刻，文采也极嘉，当中有一段云：'茶之为物，擅瓯闽之秀气，钟山川之灵禀，祛襟涤滞，致清导和，则非庸人孺子可得而知矣'……"游酢听了连连点头。过了一会儿，元承讲道："游酢兄，你说如今的世道好笑吗？"游酢问道："什么事情？"元承说："今年科考结束后，皇上御临集英殿会见进士们。中书侍郎林摅传报姓名，贡士中有个人姓甄名盎，林摅却读甄为烟，读盎为央。皇上正在殿上翻阅考中进士的名册，不禁笑语道：'卿误认了。'林摅还以为自己念的对，并不谢过。同列班的朝廷官员在旁偷偷地笑，有的笑出声音来，林摅听了还大声抗议道：'殿上怎得失仪！'大众闻了此言，很是不平。御史弹劾他寡学，并且倨傲不恭，失人臣之礼。皇上于是罢免林摅的职务，将他贬谪出知滁州。不少朝臣还不罢休，赵佶只好把他降为'提举洞霄宫'。蔡京见此场面只是不吭声，也不好帮忙。"游酢听了说："这有什么稀奇，林摅本非科甲出身。"元承叹道："林摅字且未识，尚能够入任中书。朝廷用人如此，世道真不可言。"游酢说道："历朝如此，奴才好用，刘兄谁叫你是人才，不做奴才呢。"刘元承误会了游酢话，以为对他含有讥讽他与蔡京曾经靠得近却得不到重用之意，借口有事走了。

四月的中旬，朝廷传来消息：童贯奉皇帝赵佶的开边政策，派遣统制官辛叔

献、冯瓘等率兵收复了洮州（今甘肃临潭）。

游酢正在看书，忽然听到有人喊："不好了，听说朝廷派人来把李大人的妻子和儿子都抓走了。"游酢立刻出门飞奔向李之仪的家。到了那里一看，门已经被封了。于是，他慢慢倒回来。路上想到：李之仪的命运太惨了，来到太平州后，父母双亡，妻子也死了，剩下孤零零一个人，好不容易有了家和孩子，才复出几年又遭到如此的灾祸。真可谓才人命歹啊！但是，李之仪夫妇是被朝廷抓走，太平州与京城相去太远，而且自己属于不能再到京城的迁客。游酢仰天叹道："老天，但愿保佑他们夫妇早日平安无事回家吧。"

夜晚，游酢坐在灯下看书，想起白天的事情，觉得夜很闷，却看不下去了，到窗口呼吸清新的空气。城内的灯火像萤火虫一样闪烁着微弱的昏黄光亮，姑熟溪上渔火也明灭不定，静谧的夜幕中太平州如往常一样。游酢想到，自己活了五十多岁，原来总以为朝廷的官场黑暗，官场中斗得厉害，不曾想到民间也同样存在相互争斗的这种现象。这里地名为太平州，可是人间哪有太平之处呢？难怪，晋朝的陶渊明会想出一个"世外桃源"来。

过了一段时间，游酢才听到：太平州当地一个土豪去京城告状，说李之仪"冒以其子以受荫"。李之仪儿子入狱，妻子受刑。李之仪来到这里是受管制之人，没有官没有权，与那个土豪应当没有任何的瓜葛，不用说什么冤仇。太平州里，谁会跟李之仪过不去，而且要置他于死地呢？游酢不敢再想下去，人间太复杂了，自己也是在贬之人，说不定哪一天飞来个横祸，全家也受遭殃，今后自己应当格外谨慎才是，能够平安地过日子便不错了。

游酢听了，从此每天在家专心地辅导弟子们学习。他交代家人，来的不是亲戚、好友，只管说："回老家建阳去了。"

五月，朝廷又传来消息：童贯又会同诸路兵马，以知西宁州刘仲武为先锋，进军溪哥城（今青海省贵德）。当时溪哥城内仅有男女老少二十八人，而且没有一个兵将。溪哥城王子臧征扑哥被迫率众投降。宋收复洮州、溪哥城后，以临洮城为洮州，溪哥城为积石军。皇帝下诏授童贯为"检校司空"一职务。宦官得到授给宰相的职务，从这开了先例。蔡京又提拔私党林摅为中书侍郎，余深为尚书左丞。游酢知道，林摅与余深得到蔡京如此器重是有原因的。一是，他们本来关系就很密切，二是林、余两人在张怀素事件替蔡京擦了屁股。河南妖人张怀素，自言能知未来事，与蔡京兄弟秘密交往。崇宁五年时，张怀素图谋不轨，事发被诛，狱连蔡京兄弟及邓洵武等人。邓洵武受牵连被免官，蔡卞也落职。蔡京也为这事情非常忧虑，日夜担心自己被这个案件牵连而遭贬官。御史中丞及开封府尹林摅共同负责处理这个案件。林摅把得来的数百件士民揭发蔡京罪行的文书全部烧毁，替蔡京掩盖罪行，蔡京才免去牵连之罪。所以，蔡京与林、余两人结为死友，他一上台便极力引荐林、余两人，于是能够登上辅政的地位。

没有想到，过了没有一个月，又听说尚书左丞张康国暴病死了。传说，一日张康国入朝，退趋殿庐，不过饮一杯茶，立刻觉得腹中大痛，狂叫欲绝。不到半个时辰，已是仰天吐舌，好似牛喘一般。殿庐值班的差役，慌忙抬他至待漏院，才刚刚入室，张康国两眼一睁，呜呼哀哉了。朝廷追谥张康国为"开封府仪同三司"，并且给他一个好听的谥号，叫做"文简"。现在宰相一职由郑居中代任，另外启用管师仁同知院事。游酢听说这个消息，确实吃了一惊。他只知道，那张康国本来由蔡京引荐，不断地超常升迁越级，才当上尚书左丞。可是对张康国的死因心中有几分怀疑，不知事情的底细。

一天，开封又传来京城中数千名太学生上街游行闹事，甚至到宣德门前集会要求罢免蔡的消息。

过了一个多月后，游酢才听到人们的传说：原来，郑居中帮助蔡京恢复了宰相职位，要求蔡京帮助他谋取主持枢密院一职。蔡京也多次出面活动，争取回报郑居中。可是，郑贵妃从不让娘家人多沾朝廷的恩泽，奏请赵佶说："外戚不应干预国政，一定要用，也只能委以闲职。"使郑居中改任资政殿学士，中太乙宫使兼侍读。郑居中没有达到目的，便怀疑蔡京不肯为自己出力，怨恨蔡京。于是，他就和张康国结合在一起，共同反对蔡京。恰巧，当时管理舟楫河渠事务的都水使赵霖，在黄河中得到一只长有两个头的乌龟，以祥瑞之物献给了赵佶。赵佶得到两个头乌龟，展示众大臣看。蔡京为取宠皇帝，指着这只乌龟说："这是齐小白（春秋时齐桓公）所说的'象'，此物出现是国君称霸天下的征兆。"郑居中不以为然，故意和蔡京说反话，说："应兆祥瑞的乌龟岂能有两个头呢？一国是不能有二主的。"众大臣都怀疑蔡京的说法，可是蔡京仍然坚持自己的说法，以图求媚于皇帝。结果，赵佶不相信蔡京的说法，命人把这只乌龟放生到金明池，并宣称"居中爱我"，遂命郑居中进知枢密院。郑居中得到掌管朝廷大权，便伺机报复蔡京，暗地里指使台谏官员上疏陈述、弹劾蔡京的罪恶。中丞石公弼，殿中侍御史张克公等，受郑居中嘱托，轮番弹劾蔡京，连上数十本，都不见上报皇帝。郑居中只得想了新办法：卖通方士郭天信，让郭天信私下秘密地向赵佶陈说日中有黑子，为宰辅欺君预兆。赵佶正宠信郭天信，听了不免惊心，才罢去蔡京职务降为"太乙宫使"，改封"楚国公"，每月的初一、十五才可以入朝一次。殿中侍御史洪彦升、毛注等接连上疏论蔡京罪，要求立即打发蔡京出京都。

太学生陈朝老等听说此事，又上阵组织发动太学生和在京市民、商人一起到宣德门示威，声讨蔡京，罗列了蔡京："渎上帝、君父、结奥援、轻爵禄、广费用、变法度、妄制作、喜导谀、箝台谏、炽亲党、长奔竞、崇释老、穷土木、矜远略。"十四条罪状。赵佶看了，只好罢去蔡京宰相之位，但是仍留他在京师；于是起用何执中为尚书左仆射兼门下侍郎。

短短几个月，朝廷政局一波未平，一波又起。游酢觉得听了这些消息又增添了一层的烦恼，还是自己读一点书实在。于是，再也不去理睬什么消息，连朝廷寄来的邸报和小报也不看了。他带着好奇心，看明州知府李茂诚所撰的《义忠王庙记》（又称《梁山伯庙记》）。这本书讲的是东晋时人梁山伯为与祝英台三载同窗，竟然不知祝英台是女儿身的故事。其中，有"草桥结拜"、"三载同窗"、"十八相送"、"楼台相会"、"化蝶永伴"等情节。这本书的故事对他太有吸引力了，以致连续看了三遍。

在将乐含云寺讲学的杨时撰写《宋承议郎吴君墓志铭》一文，深慕游酢的书法艺术，寄来请游酢为之书写。游酢看了一遍，文章有千余字，虽然篇幅很长，欣然应允，

玉儿已经十六岁，长得有点姑娘模样了，柳眉细长，鹅蛋形的脸盘红扑扑的，双唇红润，一脸甜笑容。母亲刚刚给她及屏过。

"爸，我来磨墨吧。"

"好啊，我的玉儿将要做杨家的媳妇啦，不久就给你相公磨墨去。"

"爸，俺不嫁人，一辈子留在你身边给你磨墨。"

"傻丫头，自古以来男大当婚，女大当嫁。不嫁，我可不要你磨墨。"

玉儿脸泛起一片红晕，不说话了，拿起墨条开始磨墨。

游酢端坐下来，铺开宣纸，谋思这一篇文章的写法。

等到女儿喊："爸，好了。"他便拿起小楷毛笔，挥毫濡墨，开始用楷体小字书写。因为早有谋划，这篇文章虽然有一千多字，他花了大半天时间写完。整篇文章的字布局合理，疏密有致，书写得潇洒自如。

吕氏问道："老爷，损儿今年已经二十岁应该成家了，你看选什么门户适合？"游酢应道："官宦人家多是非，我看还是选一个百姓家，只要女孩能够知书达理就行。"吕氏道："附近的阿婆家有个孙女人长得可以，也颇温顺，我看行。"游酢道："那就托人去打听打听。"吕氏道："这个好办，街上不是有个媒婆吗？我去找她。"

吕氏找到媒婆，向她表白了自己的意思。那媒婆听了，拍一下胸脯说道："这

事包在老身的身上。”

过了几天，媒婆去了一趟那阿婆的家，提起游酢老四的婚事。阿婆跟儿子和媳妇商量一番，担心门户不配。媒婆道：“游大人和游夫人两个，你们又不是不熟悉，能够搭上这么一个当官的门头，是天上掉下来的馅饼，前辈祖宗修来的福气呢。”阿婆回答：“可是，我们这样的人家赔不起许多的嫁妆。”媒婆大声说道：“那游夫人说了，一切从便。只要同意，别的都好商量。”阿婆的儿子应道：“既然如此，我们也没有其他苛求。你就回他话，选个吉日，换帖子。”高兴地答应了。

老四的亲事有了着落，吕氏与游酢说道：“那么，是老四婚事先办，还是女儿先嫁？”游酢讲：“这你应该懂得，农村的习俗是同一年里，一个家的儿女婚事应当先出再进。”吕氏应道：“好吧。那么先给老四定个婚。等明年再娶进门来。”

一天夜里，游酢突然梦见程颐先生，正要上前去跟他讲话，他说：“我要到很远的地方去了。”醒来一看，才半夜呢。游酢想到：自己多年未见先生，今夜有梦，肯定有事情，再说他已经七十五岁了，自己应该去看望看望他，于是决定第二日便去洛阳。

天亮起床，游酢跟吕氏说：“我昨天夜里梦见程颐先生，今天就坐船去看望他。”吕氏说：“你的先生年纪大了，应当去看看。早去早回。”吃完饭，游酢向身边的几个弟子交代了一番学习的事情，跨出门向码头走去。

途中，游酢想：听说这些年来程颐先生的家屡遭不幸，甥女出嫁未几，夫妻失和，骑马返归娘家；侄儿死了，侄媳妇骑着马离去，后来也改嫁他人。家中更无什么亲人，很凄凉。想到这里，他不免对先生更加同情。

程颐晚年居住在洛阳龙门南耙楼山下（今河南嵩县田湖镇程村）。到得程颐先生的家门口，果然很清冷，只看见一个老年大妈，游酢问：“程大人先生在家吗？”那大妈瞧了瞧来客，问道：“你哪里来的，找他有啥事？”游酢自我介绍道：“大妈，我是福建来的，是程大人的弟子，姓游、名酢。麻烦你通报一声。”那大妈听说是来看望程大人的，立刻绽开笑容，说：“客人，你稍等，我进去就来。”

大妈进去，见程颐醒来，便告诉他：“有个南方来的游大人来看你了。”程颐的神志还有点清楚，说道：“你是说游酢？”大妈答道“嗯，是他。”他说：“快叫他进来。”游酢听到大妈来传唤，连忙奔入房间。进了门一看，程颐先生果然卧病在床，头发雪白，已经有些脱落，身体瘦成一把骨，手臂瘦得像一枝干枯的树枝。游酢心酸地溢出泪花，走到先生的床前扑通一声跪下，说：“先生，弟子不孝，到今天才来看你。”程颐先生说：“你起来，我理解你，你家庭大人口多，又被降了俸禄，这都是受为师的连累啊。”游酢说：“不，这是我自己的命运该如此。”程颐

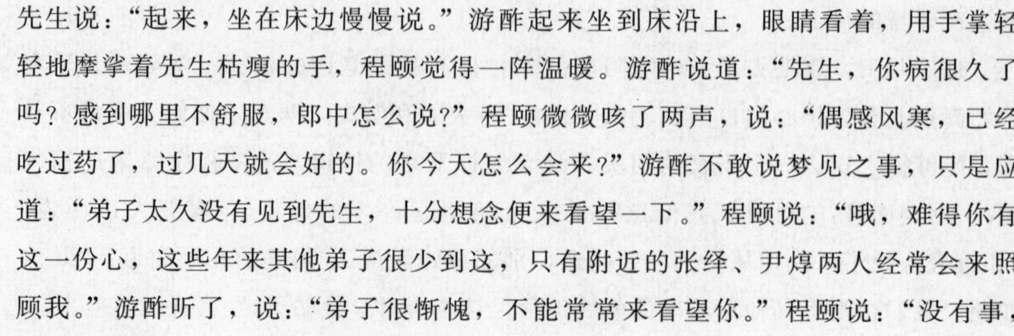

先生说："起来，坐在床边慢慢说。"游酢起来坐到床沿上，眼睛看着，用手掌轻轻地摩挲着先生枯瘦的手，程颐觉得一阵温暖。游酢说道："先生，你病很久了吗？感到哪里不舒服，郎中怎么说?"程颐微微咳了两声，说："偶感风寒，已经吃过药了，过几天就会好的。你今天怎么会来?"游酢不敢说梦见之事，只是应道："弟子太久没有见到先生，十分想念便来看望一下。"程颐说："哦，难得你有这一份心，这些年来其他弟子很少到这，只有附近的张绎、尹焞两人经常会来照顾我。"游酢听了，说："弟子很惭愧，不能常常来看望你。"程颐说："没有事，人老了身体不争气。你的家人都好吧。"游酢说道："都好，谢谢恩师的惦记。"程颐忽然想起什么似的，问道："杨时现在怎么样?"游酢说道："他在余杭任知县，一切如常。"程颐长叹一声，说："唉，可惜早年的不少弟子已经作古了，现在看到张绎、尹焞，我就会想起你俩。"

游酢陪程颐先生坐了一个下午，晚间又进房间陪先生谈了一个时辰话。

第二天上午，游酢向先生告别，程颐拉住游酢的手说："我的时日不多了，万一我不在世了你千万别来，免得再受连累。你才五十出头，还有机会出山为民做一些事情。如果你再遭受人打击，恐怕永远就没有抬头的可能。不要因为我耽误了前程，你多替那些百姓考虑考虑吧。"见先生胸怀如此宽大，眼光如此长远，游酢忍不住掉下了泪水。程颐说："振作起来，争取再出山为民办一点事情，这是我对你唯一的愿望，请千万记住。"游酢点头说："谢谢先生，弟子一定记住先生的教诲。"他向先生深深地鞠了三个躬，才走出房间离开。

归途经过江西九江时，他去庐山游览。

午后，他继续登山。突然有人喊道："定夫兄，你也来这里呀。"他抬头一看，不是别人，而是杨时，于是惊喜地回答："中立。太巧了，我们又在这里重逢。"两人走近，相互拥抱，激动得说不出话来。过了一会，杨时讲："我们十六岁那年同游此山，一晃过了四十年左右，今天又在一起。你去哪里了来?"游酢将看望程颐先生的事情说了一遍，杨时说："我此行正是想去望看望他。明天，我得前去。"游酢讲："我们俩一生有许多相似之处啊，同庚、同一师门，又同为宦游人。"两人一边游览风景，一边倾诉着友情，交谈着天下大事。

傍晚时分，他们来到东林寺，只见山形依旧，寺庙已经焕然一新。忽然，一位白发苍苍的方丈上前合十问道："阿弥陀佛，施主可是游、杨二位相公?"游酢和杨时猛然吃了一惊，一想原来眼前的长老是当年的和尚，没有想到如今还依然认得，于是欣然应道："正是我们。大师好记性。"方丈笑逐颜开地讲："今晚在敝寺将就一夜。"杨时答道："谢谢大师，给你添麻烦了。"方丈说："请到法堂一叙。”游酢便随方丈进了法堂。

夜里，游酢和杨时与方丈攀谈了一番，二人抵足共眠。

此番游玩，游酢有《六月十四日同宿东林寺》一诗为证，诗曰：

看尽江湖千万峰，不娆云梦芥我胸。
戏招西塞山前月，来听东林寺里钟。
远客岂知今再到，老僧能记昔曾逢。
凭窗熟睡谁惊觉？野碓无人夜自舂。

第二天，游酢和杨时分别，杨时北上，游酢回到家里，继续修学养身。

八月底，朝廷的邸报和小报传载消息：赵明诚兄弟于七月被逮捕，削职为民；七十二岁的曾布卒于润州。看到时局的恶化和人生难测的这些事情，游酢的心里觉得很不是滋味。

十月，游酢惊闻先生程颐于两月前病故的噩耗，而且听说程颐先生临终前交代家人后事从简，不向亲朋好友以及学生发丧，以免受到蔡京等奸党迫害。程颐先生去世时，因为朝廷对“元祐党”人程颐等列为重点打击对象，没有多少人前往参加吊唁，只是草草埋葬而已。

游酢虽然是程颐的得意门生之一，听到了程颐先生去世的消息也只能够在家偷偷地祭奠。

一代学者、哲人——程颐就在政治斗争的旋涡中被折磨死了，从苏轼的讥笑到蔡京的无情迫害，让游酢彻底地看透了官场的龌龊和黑暗。这就是儒家的所谓政治！难怪，贺铸对官场会那么恨之入骨，骂得狗血淋头。

一连几天，游酢好像丢魂失魄似的，不知道自己该做什么。悲愤中，他每一天，只有临池泼墨，把心中的郁积洒向宣纸。是的，他虽然每日临池，可是从来没有这么不停地倾泻过。吕氏知道他痛苦的原因，见他多日如此，担心会得出什么病状来，于是几次婉言劝道：“老爷，想开些吧。去外面走一走，散散步。”他觉得夫人说得有理，开始到街上以及附近的郊野散步。旷野的绿色和清新的自然风，果然使他的心情渐渐好转。

游酢想起程颐先生很多事情，其中最佩服的是看问题的穿透力和博大的胸襟。程颢起初是王安石变法的参与者，因与王安石争论“新法”利弊，走向决裂，而分道扬镳。记得程颐先生在追述新、旧两党斗争时，曾说：“新政之改，亦是我党争之有太过，成就今日之事，涂炭天下，亦须两分其罪也。”“以今日之患观之，犹是自家不善从容。至如青苗，且放过，又有何妨……今日朝廷所以特恶忌伯淳者，以其可理会事，只是理会学……以我自处，犹是自家当初学未至，意未诚，

其德尚薄……当时欲一二人动之，诚如河滨之人捧土以塞孟津，复可笑也。据当时事势，又何至于今日，岂不是命!”“只著一个私意，便是馁（无勇）……浩然之气又不待外至，是集义所生者。这一个道理，不为尧存，不为桀亡……知此便是明善。”

程颐先生去世后，被世人称为“伊川先生”。一日，游酢想起伊川先生，便想到那时程门求学的事情，找出当年的箱子，从箱底拿出二位程氏先生的讲稿记录，从头到尾细细看了一遍，加以整理。游酢想：何不将二位先生的语录编成一书，在适当的时候将它刻印传于世人，这不是对先生的最好纪念吗？

经过一段时间的整理，并且补充，游酢把它编为《二程语录》一书草稿。

大观三年正月初，杨时来帖请游酢去将乐做亲家。女婿杨適骑着马亲自来迎接，游酢也骑马一同前去。

第二日，女婿杨適又送岳父回建阳。

游酢休息了一会，吕氏拿出一张拜帖，说：“前天，新到的太平州知州徐大人来拜访，你不在，他留下这张帖，交代你如果回来，一定得通知他一声。”游酢应道：“哦，那我明天就去回拜他。”这个徐大人是谁？前来拜访何事？且听下回分解。

第八十九回
道不在于说与示
官焉能知宦和游

游酢一看是徐绩下的帖，便想起与他在朝廷时的交往。

次日早上，游酢刚刚准备出门去拜访徐绩。忽然，门外传来一阵马蹄声，徐绩策马来到了门前，翻身下马，道："游大人，今日终于见到您了。"游酢连忙还礼，道："多年不见，老弟渴念之至。快，屋里请。"

两人进了屋，夫人和儿子皆来拜见徐绩，徐绩也回了礼。

徐绩道："游大人是老朝臣了，况且对这里情况比较熟悉，徐某望大人今后多多赐教。"

游酢："岂敢！徐大人过谦了，这是大人的桑梓，况且大人早年便政绩传遍天下，近十几年在朝廷也是清名皆知，令游某敬仰不已。"

吕氏端上茶来，两人边饮茶，边开始交谈些当地的事情。接着，徐绩说蔡京屡屡为难他，他所以要求到地方来……

自此，游酢与徐绩交往密切，经常在一起，有时讨论学问的事情，有时商谈国家大事和民情，逐渐成为亲密的好友。

一天，游酢正在看《易经》，忽然游损进来说："爸爸，外面有一个老和尚来拜访您。"

游酢应道："快请他进来。"说完连忙跟着赶出去，只见一位鹤发童颜的禅师，迎上前道："敢问大师来自何方？"那道长合十回礼道："老衲来自锡潭州开福禅寺，道宁是也。君可是游大人？"游酢拱手应道："哎呀！原来是大师，一别多秋，竟然一时想不起来，抱歉、抱歉。请后堂用茶。"

游酢带道宁法师来到厅堂。游酢有饮茶习惯，平日里三餐用茶不说，因此所到之处必有备茶，茶炉整日地烧着。他虽然称不上茶师，但是为官几十年朝野交际中对茶道也颇知一些道道。厅堂很简陋，只不过一床、一桌、一橱、一几、一炉、一壶而已。茶水和茶叶都现成的，吕氏把水换了新的。

游酢和道宁法师进了后堂，来到茶几旁说："大师请坐。"游酢说罢，自己也坐了。

两人坐下，几上放着一个炉，炉上一只壶，水正沸，夫人前来冲茶、沏好，游酢亲自给斟茶。

道宁法师接过茶双手合十说："谢游大人赐茶。"游酢说道："大师不必客气。"道宁法师眼尖，见游酢手中所执的壶是"兔毫盏"（即"建盏"），忙道："好壶!"于是，他又俯首细致地端详，说道："贵乡之瓷，果然名不虚传，其釉特厚，且有挂釉、流釉。你看这盏的壶口便是流釉之处。"游酢边斟茶边说："大师未讲，鄙人倒不曾注意。此乃敝乡一亲戚所赠。"道宁法师接了茶，呷了一小口，问："这可是贵乡的岩白茶呀!"游酢称赞："大师果然是高人，此茶正是敝乡的。鄙人出门在外几十载喝的都是家乡的茶叶，每年都要托人带些来。"道宁法师说："贵乡的壶好，茶好，看来大人念乡之情很重，爱乡之心可赞。"游酢回答："惭愧、惭愧。常言道'君子怀德，小人怀土嘛。'鄙人在外无非谋生而已。'兔毫盏'这壶，在于其持温甚久，京中自皇上乃至士大夫皆喜欢用之；至于饮建茶则确实有思乡之意。"道宁法师说："大人过谦了。老衲曾闻大人昔日在京，众人以君子相称道，此为不假吧。"游酢应道："哪里哪里。说到此，鄙人汗颜之至也。"

茶过三巡，两人开始一番交谈：

道宁法师开口问："游大人公务可忙?"游酢答道："鄙人已经流落江湖多秋，没有什么事可忙。大师今日驾临可有法示?"道宁法师回答："岂敢、岂敢，游大人身为朝廷命官，当今的大儒，折煞老衲也。不过，老衲听说大人有向禅之意，故特来此一听高论。"游酢答道："大师当有所知，鄙人乃程门弟子，大师不曾闻伊川先生向不喜人言及佛事吗？师门之事，为徒焉敢背道之理？鄙人于佛偶有涉略，所爱《南华经》而已。"道宁法师说："如此说来，老衲误闻矣。不过，《南华经》乃禅宗瑰宝，爱之最难能可贵。"游酢正色说道："大师若有其他不便，游某可以尽力帮忙；倘若谈禅论佛，实非本职。"道宁法师见情，改口道："老衲诚然有闻尊师对佛事的偏颇，但是大人大可不必谈佛色变。"游酢答道："游某不是这个意思，既然坐在一起也算有缘。那么，不妨请教大师一句，能否示以精要?"道宁法师听了，看一眼游酢答道："道不在说与示也，说示者方便耳。"游酢说："原来如此。大师请用茶。”道宁法师也哈哈一笑，起身说道：“时辰不早了，老衲还有点正事要办，游大人那就不多打搅了。”游酢也起身说：“大师，用了饭再回去。”道宁法师答道：“不用、不用，有机会为鄙寺赏个光。后会有期。”游酢说：“大师走好，有空但来赐教。”

送走了道宁法师，游酢轻松地舒了一口气。

一天，忽然听说朝廷下旨追究贺铸的罪行，将他削职为民。众友闻讯都感到吃惊，知道朝廷又有人奏他罪状，深为贺铸抱不平。

游酢前往看望贺铸，看见贺铸正在整理行李，问道：“贺兄准备何去?”贺铸答道：“回吴下苏州寄居。”游酢说道：“朋友一场，总不能这样清冷地走，晚上我做东，邀三五个朋友坐一坐，热闹热闹。”贺铸是个达观的人，应道：“好吧，我反正已经是一个平民了，谅朝廷再不能把我怎么样。”于是，游酢去约人。傍晚，李之仪和一群文朋、诗友等陆续前来为贺铸送行。席上，大家经过商量决定用抓阄的方式选写一首诗。游酢拣到“归”字，即席吟诗：“邀客十分饮，送君千里归。情随绿水去，目断白鸥飞。松菊今应在，风尘昔已非。维舟待夜月，能不重依依?”……

贺铸后来去了常州，寄来一首词《小梅花》：“思前别，记时节，美人颜色如花发。美人归，天一涯，涓涓嫦娥三五满还亏。翠眉蝉鬓生离诀，遥望青楼心欲绝。梦中寻，卧巫云，觉来珠泪滴向湘水深。愁无已，奏绿绮，历高山流水。妙神通，绝知音，不知暮雨朝云何山岑？相思无计堪相比，珠箔雕阑几千里。漏将明，月窗明，一夜梅花忽开疑是君。”

贺铸离别后，游酢继续与郭功父等往来。不过，人群中没有了贺铸，场面缺少了那一份的豪爽情趣。

不久，赵佶召徐绩入朝晋见。

徐绩赶往京城开封。他见了赵佶，极力陈述茶盐法给老百姓带来的危害，赵佶回答：“朕因为国家财政不够用才这样。”徐绩讲道：“生财要有道理，理财要有道义，用财要有方法。现在国家所用不足，陛下可以公开下旨意明白告诉下面相关的部门，公开讲明原因推行这些办法。”赵佶说：“朕很久不见你，今天才听到这么好的建议。”蔡京刚刚从杭州被召回朝，私下委婉地暗示徐绩讲道：“元功，你受到的礼遇在伯通之上，然而伯通已经位居宰相了。”（何执中，字伯通）徐绩听了笑着答道：“人各有志，我哪里敢因为利禄而改变自己的志向呢?”蔡京惭愧得不能回答，但是心里恨上徐绩。徐绩虽然受赵佶看重，可是由于得罪了蔡京得不到重用，徐绩所以又称病回家养老。满朝有正义感的官员，都为徐绩感到惋惜。

游酢听说徐绩归乡，特地骑马去宣州看望他。游酢到那儿与徐老攀谈一日，才回太平州。

游酢刚刚进屋，见到周行己，便问："恭叔，今天什么风把你吹来?"周行己回答道："师兄，说来话长。"于是，他将自己被御史参倒罢官回原籍之事说了一遍。游酢愤慨地说道："朝廷腐败到此地步，真叫人难以言喻。"不过又宽慰道："恭叔，人不管怎么样都得看开些，做什么行业也是为了糊口。回去好好地做些实在的东西也比当官强，没有风险和担忧啊。"周行己道："师兄所说的也是。"

不久，游酢收到了周行己的来信，知道他在自己家乡创办了一个书院。

他收到一封吕本中的来信："儒者之道，以为父子、君臣、夫妇、朋友、兄弟，顺此五者，则可以至于圣人。佛者之道，去此然后可以至于圣人。吾丈既从二程先生学，后又从诸禅老游，则二者之间必无滞阂，敢问所以不同何也?"读了吕本中的信，知其怀疑和怨怪学佛之事，游酢又写了《答吕居仁书》："佛书所说，世儒亦未深考。往年尝见伊川，伊川云，我之所攻迹也。然迹安所从出哉？要之，此事须亲至此地，方能辨其异同；不然，难以口舌争也。前辈往往不曾看佛书，故诋之如此之甚。""儒者守父母、君臣、夫妇、兄弟、朋友，各尽其分，有不合适者。释氏谓世间虚幻，要人反常合道，旨殊用异，而声可入，心可通。此其说之谬妄矣。我道岂若是哉！敢以管见陈白。"此段话中"前辈往往不曾看佛书，故诋之如此之甚。"的前辈是暗指程颐先生，因为程颐先生一向反对佛学，游酢不敢直指其名，只好用前辈一词。

这年冬十一月，在苏州领苏、杭应奉局及花石纲的朱勔，因为蔡京又得势，朱勔恢复了应奉局的官，更是飞扬跋扈，胡作非为。他一听说谁的家中藏有有价值的物品，如：花木、瓷器、石头等，不论官员、读书人还是老百姓的人家，都带着他的手下直闯入别人的家中，强行用宫廷的黄布封上为标记，指为御用之物，使人看护。户主家人稍有不满之颜色或言语，即治以大罪。宝物拿走时，他们还要将主户家的东西尽扔出房屋，甚至毁坏。

当地百姓担忧朱湎前来骚扰，有几个乡绅上门问："游大人，他们万一来了，我们岂不遭殃?"欲知游酢如何答复，请看下文。

第九十回

蔡元长四面楚歌 张商英一鸣惊人

话说游酢见当地百姓来找，爽快地答道："别怕，朝廷没有让那伙人到地方欺压老百姓，有我呢。"

乡绅听了说："有大人这一句话，我们放心了。"

大观四年正月，游酢从朝廷的邸报知道蔡京又恢复为宰相，蔡京再次施行他的那一套政策。他将邸报扔下，跑去徐绩家玩。

程颐先生去世后，尹焞立志兴学发扬洛学传统。当时，程门弟子中游酢和杨时资历较老而且有声望。因此，尹焞春节前寄来邀请游酢和杨时前去参加开学典礼的请柬。杨时在年前回家过年由于知道路途遥远赶不及，事先辞谢了。游酢在太平州，去洛阳路途较近，因此答应去祝贺。

游酢如期赶往洛阳。到了洛阳城内书院，尹焞、张绎、孟厚和地方绅士等前来迎接，尹焞道："恭迎大师兄驾临！"地方绅士则拱手称："恭迎游大人驾临！"游酢一一回了礼，大家一起进书院。进门一看，生员果然不少，有二三十人，更加高兴。尹焞首先请游酢讲话，游酢再三推让才说："洛阳乃数朝古都，天下名邑，山川形胜，地灵人杰，古来人才荟萃。此乃是程门故里，洛学名窖，昔日明道、伊川二先生在此收四海弟子传播理学，桃李芳菲，成果举世所称颂，功在千秋，名扬万代。今日尹君承传二程先生遗志，继往开来，当地莘莘学子仰先贤风范，慕尹君才学，云集于此，荟萃一堂，可喜可贺。某亦程门弟子之一，自出任扶沟职事以来，诸多春秋与教育交往，深感后生朋友们可敬可畏可爱。后生们乃社稷的希望，前景无限。在此赠给诸君八个字：敬学、怀仁、诚身、有为……"

游酢的讲话赢得了满堂掌声和喝彩。

游酢回到家，听说新任的太平州知州何昌言来访，立即赶往太平州衙门致谢。原来，这年太平州知州徐绩年老退养，于是何昌言被逐出应天府，贬到太平州。何昌言到任几天后，即来拜访游酢，而游酢去北方未归。

何昌言见游酢前来，即拱手称说道："游老大人，哪里敢劳你屈驾。失迎、失迎。"游酢回道："何大人，前些曾蒙大驾寒舍，游某适外出，特来致谢。"何昌言说："游老大人请里面用茶。"

进了屋里，两人坐下闲谈。游酢回道："何大人，你怎么到这里的？"何昌言说道："因为上疏奏蔡京为人不端，专权祸害群臣，所以贬到此处。"游酢称赞道："何大人后生可畏，一身正气，令人敬仰。"何昌言说道："我这只是为天下的正人君子出一口气。蔡京这家伙，我还要奏他，扳倒他。"交谈一个时辰左右，游酢便告辞回家。

过两天，何昌言登门拜访游酢。游酢热情地接待他。

何昌言对蔡京恨透，继续上疏给朝廷奏请罢免蔡京。朝廷中也有众多的大臣接二连三地要求罢免蔡京。

这时，李之仪已复出，升为"朝奉大夫"，职务为管勾成都尉，仍然居住在太平州。

二月初二日，俗称"踏青节"。天气晴暖，春和景明，江南一派花红柳绿、莺啼燕鸣的风景。游酢带着孙子们到野外走动。看着眼前美好的春光，看着孙子天真无忧的欢乐样子，回想起自己年轻岁月和朋友一起踏青的历历往事，无限感慨，吟起了唐代诗人刘禹锡《西塞山怀古》中的诗句："人世几回伤往事，山形依旧枕寒流。从今四海为家日，故垒萧萧芦荻秋。"

秋香因为丈夫到京城做生意，她带着孩子来看望游酢家人，并且决定住一段日子。

游酢在太平州，生活虽然清苦些，日子过得很清闲、自在。几个儿子的子女大多跟随在游酢的身边，由吕氏和秋香带着，只有游拂的儿女在和州。游酢要读书、做学问、会客，有时出去应酬，只有偶尔帮忙看看。原来，小孩子见了他，只是叫一声："爷爷"，跟他一点都不相黏，没有深厚的感情。孩子们一天天长大，好奇心越来越强，看见爷爷在家里看书、写字，一个个跑来看，有的闹着也要书，要笔玩。游酢开始意识到自己有责任要教育孙辈，于是放下心情来跟孙儿、孙女玩，教他们认字、写字，讲故事给他们听。吕氏见了，怕影响游酢，总是把孩子哄劝开。游酢说："没有事，跟孩子们玩一玩挺好的。"因此，孩子们渐渐黏上了游酢，只是有客人来或者要出门，才不跟孩子们一起玩。秋香见到这样的情景，说："老爷，你这么宠他们，以后恐怕不跟夫人和我，专门黏住你了。"游酢笑着回答："我喜欢他们。他们都很可爱。"

胡安国恢复了官职，到河南任学事，顺便前来拜访。游酢热情地相迎进屋。

坐谈了一会儿，安国说："学生也曾经从龟山、显道先生学习，二先生与大人的学识均为当今天下名流。大人之学，学生觉得独有其味，久品不厌。"游酢问："何以见得？"安国说："先生曾云：'天之所以命万物者，道也；而性者，具道以生也。因其性之固然，而无容似焉，则道在我矣……知天命之谓性，则孟子性善之说可见矣。或曰性恶，或曰性善恶混，或曰有三品，皆非知天命也。'此可为征。先生文章推理严密，鞭辟入里，因此世人无不钦佩。"游酢笑着说："做起文章来，谁不是如此？"安国说："非也。先生此文之义，言前人所未言，一语扫千古之混乱之说，使天下人明白此理。无独到之见，绝难出此简赅之语。"两人又一起探讨了道德与社会的关系问题。

第二天，胡安国才离开河南回京城去。

到了三月，朝廷中的群臣们深感蔡京的危害，谏官们发起连续对皇帝的攻心战，反对蔡京的声浪越来越高。

蔡京深感四面楚歌，提心吊胆地过日子。他一面极力地想办法讨好皇帝身边的人，一面进一步拉拢亲信，和死党策划东山再起。在这样的局势中，张商英等有意攀上宰相之位置的大臣，背地里也推波助澜。蔡京的倒台，只是时间而已了。

五月，御史张克公连续数十次上奏，指责蔡京辅政八年，擅作威福，权倾中外，历数蔡京不忠不轨数十条罪状。御史中丞石公弼也弹劾论蔡京罪恶。侍御史毛注弹劾说："蔡京罪恶深重，虽然被罢免了宰相职务退休，仍然凭借皇帝的恩宠，隐居在京师作恶，以致上天、百姓交相谴责，希望皇上早日下令将其逐出京师，以平民愤，以消灾祸。"吴执中也上疏，历数蔡京为政"命令不信、刑罚失中、财政空虚、民力困匮、农桑失业、货财不通、征讨穷荒及兴建无已。"等罪状，赵佶迫于舆论及星变、天灾等原因，不得已下令贬蔡京为"太子少保"，驱逐出京，杭州居住。赵佶又任命吴执中为"御史中丞"。

游酢从朝廷传来的邸报和"小报"上得到消息：蔡京已经调往杭州，朝廷起用张商英为宰相。这种'小报'貌似朝报（邸报）首次在汴京出现，内容为未经发布的官吏任免消息和臣僚奏章，每份可以登载几千字文章。当时，这种"小报"只限于朝廷官员内部阅览、交流。这是中国历史上第一次出现的报纸，因此官员都感到很新鲜、好奇，一时成为官员们和文人的美谈，风传天下。

过几天，叶默恰好路经太平前来看望游酢。他拿出一张“小报”，说：“这是民间自编的报纸。上面登载着京城的不少新闻，也有文人的逸事。”两人便开始谈起“小报”的事情。游酢说：“这种报好啊，它篇幅小，印刷和传递快。”叶默说：“我也是今年到京城才见到这种‘小报’。现在，汴京有钱的文人用它来传递作品，民间商人见这小报有利可图，便逐渐地在开封城市传开。‘小报’也成为民间私自发行的报纸别称了。”游酢问：“现在朝廷的具体情况怎么样?”叶默叹道：“唉，别提啦，朝野上下对朝廷和蔡京一伙越来越不满。京城地区又久旱不雨，并出现彗星。大臣们乘机再次群起弹劾蔡京。蔡京被贬逐出京城，杭州居住，现在用张商英为宰相。”叶默又说道：“也该张商英出时。据说当时久旱不雨，他拜相的第二天竟然下起了大雨，京城万民欢呼，认为张商英的拜相感动了上天。圣上龙颜大喜，大书“商霖”二字赏赐给他。张商英一上台，朝廷的政令和人事又大变动一番，吕惠卿等人又受重用……吴居厚也改为太原道都门、佑神观使了，真是一朝天子一朝臣。”游酢听了淡淡地说道：“这些年来，朝廷人事像春天一样，晴雨不定，不谈也罢。”叶默觉得也是，两人便改谈生活之事。

叶默问道：“这里的物价怎么样?”游酢叹道：“别提了，大观以来所造的钱币很多，造成了物价猛涨，朝政翻来覆去，老百姓苦不堪言。就说猪肉、青菜吧，价钱涨了五六倍。我所领的俸钱跟元祐年间比，十不当一罗。日常几乎只能是吃青菜、豆腐。”叶默说：“是的。我所走过的城市所见也差不多。近些年来，社会上还出现不少伪造的铁铸钱币，老百姓深受其害，朝廷又屡禁不止。混乱到如此地步，看来难以收拾了。”游酢又说道：“蔡京理政，才干是有，崇宁以来发展很快，人口也猛增，城市不断扩大。可是，他结党营私，包庇、纵容其党羽贪污、受贿，侵占国家大量的财富，结果肥了贪官，穷了百姓；再加上穷兵黩武，连年战争，耗费国家近半的收入，造成盗贼四起，民不聊生，怨声载道。”叶默说道：“其实，贪官完全可以治的。只要皇上和宰相肯痛下决心，没有做不到的事情。官都是他们提的，要拔谁就拔谁。”游酢笑道：“说得轻巧，如果真的那样，皇上和蔡京岂不变成你我一样穷得叮当响。可能吗?”叶默说道：“看来，不可救药。”游酢问道：“怎么治?家天下，权治也；国天下，法治也。咱们中国向来为家天下，权大于法。‘刑不上大夫’啊。”叶默听了点头道：“说的是，一针见血。”两人对视一下，都哈哈笑了。

两人说着、说着，天色晚了。

第二天，叶默吃了早饭走了。

游酢又收到一份邸报。报上报道张商英一上台立即做三件事情：

第一件是重用吕惠卿，提拔他为大名府知府。

第二件是说“当十钱”之害，下令限半年收购完毕，每十贯给金银物帛四贯，以后改为当三使用（即十文钱当三文使用）。张商英的这一手废“当十钱”法的举措是正确的，因而受到老百姓欢迎。

第三件是改“宏词科”，立“词学兼茂科”。过去，有设“宏词科”，可是赵佶觉得这样读书人的出路还不够宽，因此改设“词学兼茂科”。“词学兼茂科”条例全部依照旧的章程，只是增加宰臣和执政官亲属不得参加考试一条，并规定每年考试放在贡士院进行。考试的内容去掉了宏词科中的檄书，增加了制诰。文体仍然为九种，体式字数都依旧格。而新增的制诰，限用四六句的形式，字数必须在二百以上。考中“词学兼茂科”的人，根据成绩高低分别授以馆职。这一改革，在一定程度上遏制官僚子弟的考试优越性，为平民子弟提供了更宽的入仕途径，也使考试降低了一点的难度。

张商英的这一手，可谓很敢、也很狠。他废除了一些苛捐杂税，宽解了人民的负担，还劝赵佶抑制奢侈，停止大兴土木，人民益怀感激；同时又大加改革，将蔡京所立诸法，逐步罢除。赵佶要提拔宦官杨戬为掌管军权的节度使，张商英援引祖宗的法度，坚决加以反对。张商英由于太耿直，少心肠，做事又不顾忌，所以得罪了很多人。蔡京虽然落了权到杭州，心里暗恨，盘算着东山再起，听到张商英的一系列做法，更加想着尽快将张商英除掉。当时，何执中为尚书左仆射兼门下侍郎，与张商英权势相当。何执中，原来是蔡京同党，所有一切主张，一概遵从蔡京旧法，张商英偏偏跟他硬来作梗。因此，何执中、郑居中日夜罗织他的短处，打击张商英的下属，甚至抓住张商英和方士郭天信的往来一事，挑动了赵佶皇帝对他的疑忌。

话说蔡京自从又被贬出知杭州后，天天与童贯混在一起，蓄意图谋东山再起。他一向善于搞人情关系，七月的一天，想起在太平州的游酢，便写信约游酢前往杭州一叙相会。

游酢忽然收到蔡京的来信，知道这种人不好打交道，草草回信以病婉言辞却。

蔡京料定游酢不会来，只不过试探一下他的心。一日，蔡京正与童贯闲谈，手下送来了一封信，打开一看，不语。童贯问：“何人的信。”蔡京道：“游酢的。此人虽然有同乡之谊，但是胆小怕事。老夫约他来杭，竟以病推诿，太不给情面。”童贯问道：“莫非写《论士风疏》者？”蔡京答；“正是。”童贯说；“我前些年路经和州曾与他相会一面，表面看去像个书生模样。不过，近闻其与僧人过从甚密。”蔡京说：“若此，一发证明我之猜测无差。其必是见朝廷纷争厉害，以近

佛掩人耳目而已。”童贯又问：“他与你关系如何?”蔡京说：“人各有志，他跟从的是范纯仁，各事其主吧，老夫不敢勉人所难。不过，此人虽然与老夫没有过节，可是对老夫一味地避而远之。”童贯听了，讲：“此等之辈，在官场休想有大作为。谁不一边倒，就无法得到重用。这一点都学不会，便成了白混一个。”蔡京道：“童大人所言有理。你我兄弟之间，将来无论谁得势，可要‘苟富贵，毋相忘’哦。”童贯叹道：“唉！我只是内侍，永远没有出头之日。老兄经纶满腹，德高望重又智慧过人，前途无量啊!”蔡京讲：“同样为朝廷卖力，哪有内外之分?至于你嘛，事在人为，老夫一旦有出头之日，保你荣华富贵。嗨，不过老夫现在是丧家之犬，外放在这里，还仰仗童大人鼎力相助。”童贯表示：“一定，一定!”

十二月，游酢收到了游拨从西北寄来的家信，说明年冬便可以回家了。老夫人和夫人知道了，还是都不够开心。欲知新年的情况怎样，请君看下回。

第九十一回

本中询问人生事 行已伴游雁荡山

新年的春节后，江西的吕本中因为进京办事，回家顺便来拜访游酢。

交谈中，吕本中谈到：他在江西南昌，与洪刍、洪炎、苏坚、苏庠、潘淳、汪藻、向子湮、张元干等九人组成诗社，经常集会饮酒、赋诗作乐。游酢听了，道："好啊，江西地灵人杰，前有黄山谷创立的江西词派，现在你们又组成了新诗社，真是长江后浪推前浪。如果有机会，老夫去看看热闹。"吕本中道："先生肯光临，学生等无上荣幸，届时先打个招呼，学生一定专程前来迎驾。"游酢回道："岂敢！如果有机会去，老夫一定争取就是。"吕本中谈到算命之事，问道："先生信命吗?"游酢回答道："不全信。不过，孔子说过'五十知天命'回想自己的经历，好像命运是有的；但是，人的命再好，如果不去奋斗，那么什么也得不到，从这方面看来又不全是命，不可全靠命。"吕本中受江西赣州风水的影响，也喜欢风水，又问道："不知先生是否相信风水?"游酢反问道："你认为命与风水哪方面更重要呢?"吕本中答道："当然风水更重要。俗话说'一来风水二来命'，有了好风水才可能出好人才，有好人才必有好命。"游酢听了说道："我认为，人的一生决定他命运的不是风水也不是命，而是在于他的个性。假如性格怪僻的人，他的朋友必然少，得到帮助也少，命运好不到哪里去；性格倔强的人，可以做一些自己能够做的事业，但是也容易因为太倔强而使事情失败或者失去机缘，如此才是对人影响最大的因素。运是何物？人之性格与天时或国运相符，再有地利、人和相配得当，命运自然好。战争一死几百、几千人，此国运所致。人生于世，不仅受家运影响，更重要的要受国运所影响，国

家发展、富强了，老百姓的生活便随之相应提高并且好起来。原始人以木石狩猎为生，哪有风水？那时命再好的人哭也求不到铁器、稻谷、衣物。商周之后，任何人一来到世上，便不用愁这些。因此，我以为这就是命运。国运大于家运，家运大于人运，这是可以推理的。人运又在于天时、地利、人和三者配合。”吕本中问道：“如此，那么三者何者最重要？”游酢答道：“人和也。就学习而言，圣人云‘如切如磋’，道理在其中了。”吕本中说：“学生知道先生为什么重视做人的原因了。那么，人们做风水的意思是什么？”游酢答道：“人死归土，得有个安息之所。这是自古来的习俗，也是人所共有的心愿。干燥、向阳、空气好，不受风雨吹打，这些是得讲究的，其他则无所谓。求安稳，生死同理也。”吕本中因而想起游酢信周易，问道：“先生信易学且有所好卜卦，此事不也与信命与风水一样吗？”游酢答道：“非也，易学大至明理，可以修身齐家治天下，小则能够卜测晴雨雷电，人之吉凶祸福，灵与不灵依事皆可验也。学得精通，可用于日常，可以预知未来而未雨绸缪或避凶趋吉。”吕本中不服，看看晴朗的天空，问道：“学生下午要走，先生不妨一测天气如何？”游酢应道：“这好说。”他起身去桌上拿起三个铜钱，当即起一卦，卦为“风雷益”（六十四卦之一，卦象为震下巽上），因此断道：“午后，必有雷雨大作。”吕本中心想：天空云彩不多，哪可能有雷雨？先生的卦肯定不准。

吃过午饭，天依然晴朗朗的，两人照样坐着闲谈。吕本中问道：“世人传言先生向禅，可有此事？”游酢答道：“当今的皇上信奉佛教，天下自然成风。佛唯劝人行善可用，禅则教人与世无争，静心去虑，可修身。今日天下，朝廷腐败，贪官比比，士人寒心，朝廷又不许人创学授徒，无处可去。故上至士大夫下至一般的地方文人，无不向禅以洁身自爱，有何不可？其实，佛也好，禅也好都是外物，我们汉人的骨子里只有儒家。我也不例外啊！”眼看午时将过，吕本中心想：先生今天输定了，自己还是动身吧。他向游酢告辞道：“先生，我要走了。”游酢笑而不答。吕本中刚刚要出门，突然，觉得地下冒起一股凉风，天空迅速暗了下来，须臾果然狂风大作，雷声轰隆隆，大雨倾盆而落。吕本中不禁地站起来，道：“先生果然神算。”游酢说道：“天地欲变，必有先兆。上午卜卦，有雷雨之象，此已预兆，我只不过道出而已。贤契所谈风水与命，能有如此灵验乎？”吕本中回答道：“学生不能。风水与命非一时可见效，须时到才可兑现，不如卜易之速。”

第二天，吕本中告别了游酢，回到任职的地方去了。

这年八月，游酢从太平州回建阳老家看望亲人。

南下时，他先乘船沿京杭运河到杭州，接着改坐富春江顺流而下的船到浙江金华，经温州前往永嘉看望周行己。这时，周行己在其家乡永嘉县“浮沚书院”讲学。永嘉县古代属于楚地，位于浙江东南部，瓯江下游北岸，南与温州隔江相望，东邻乐清，西连青田，北与仙居、黄岩接壤。进入永嘉，即见一条逶迤曲折的江流，古朴天然、纯净柔和，像一位美丽的村姑。其水清澈见底，游鱼碎石，历历在目，两岸群山起伏，中间夹田园屋舍，风光甚美。这条江叫楠溪江，三百里长，有三十六湾、七十二滩之称，是浙江境内较出名的河流。这里，山川秀丽，临近温州，是富庶之乡，地灵人杰，自古以来孕育过不少的历史名人。

周行己见游酢前来，喜出望外，惊讶地说道：“师兄，师弟在此恭迎多时了，今日总算是刮来了大风。”游酢笑着说道“我是叫你周大人，还是浮沚先生呢?”周行己也笑了，说：“师兄，进屋谈吧。”

书院不大，但是整齐、洁净，环境幽雅，庭院中有一棵桂花树，枝叶茂盛，树上开满了花，正飘香呢。游酢见了，说道：“这样的地方，真适合培养人才，也适合养身。有多少弟子?”行己答道：“不多，才二十来个。”游酢说：“兵不在多在于精。将来有几个能够传名天下就了不起了。”行己问道：“师兄曾经写有《易说》、《论语解》等书，可否借看一下?”游酢应道：“这好说，我回去马上给你寄来。还有什么需要的尽管说，游某一定不会吝啬的。”

周行己带着游酢前往“东南第一山”的雁荡山。雁荡山坐落于浙江省温州乐清境内，因“岗顶有湖，结草为荡，芦苇丛生，秋雁宿之，”故名。该山开发于南北朝，唐朝之后游者日渐兴盛。山中奇特险峻、瑰丽多姿，素以“奇峰、瀑布”而著称，雁荡山有八大景区，而“灵岩、灵峰、大龙湫”三大景区并称为“雁荡三绝”。

两人走了一个多时辰，来到了雁荡山的东大门灵峰前，抬头便见一方巨岩，周行己介绍道：“此岩，名叫‘接客僧。’”游酢伫立而视，果然形象逼俏，呼之欲出。环顾四周，幽深奇峻，山峰峭拔险怪，奇形怪状。罗汉寺是佛教禅宗寺庙建筑，初建于宋太平咸平二年，是名僧全了主持建的，熙宁元年赐匾额。因寺西有芙蓉峰，起初名“芙蓉庵”，后来有人认为寺右前方高崖上有飞来石形酷似罗汉，所以改称为“罗汉寺”。寺前五十米处有一木桥。行至中部偏西的大龙湫，这里巨岩奇峰，险峻峭拔，芙蓉峰高耸入云，剪刀峰变幻莫测，经行峡云雨漠漠，宴坐峰群峰环列，筋竹涧谷幽潭深，皆为胜境。这时，游酢想起宋朝以来不少名人到此，游踪斑斑可数。早在熙宁七年四月，沈括与李之仪、陆元长等奉命察访温台等地，对雁荡山进行了考察。沈括在《雁荡山记》一文中说：“经行峡、宴坐峰，

皆后人以贯休诗名之也。”贯休，唐朝高僧，能诗。许将也留有《能仁寺》诗：“峭壁半寒空，丛林甲海东。荡深无过雁，湫小有游龙。屏石高三面，楼峰更一重。客心留不得，归听晓霜钟。”两人又步行向“大龙湫”方向走去。“大龙湫”是雁荡山最吸引人之处，位于马鞍岭与东岭之间，古称西内谷。谷中有水名锦溪，源于大龙湫，注入经行峡沿筋竹涧入清江而归海。周行己问道：“不知前人为何用大龙湫，而不称大龙池。”游酢答道：“‘湫’字虽然亦是‘池’的意思。前贤用字善于推敲、锤炼也，池字俗白，湫字则雅而含蓄。”时值八月中秋前，山中水势正旺，才行三四里，便闻声如雷轰。游酢不知此情，问道：“是什么声音？”行己应道：“前面的瀑布声响。这瀑布有‘天下第一瀑’之誉。”继续前行，周围的山林和树木都在摇动。转至南山，两人并肩站在远处仰首而望，那瀑布宽丈余，高约两百米，不着岩壁，像一条巨龙劈空而落，飞花溅玉，其下的花草树木无不湿淋淋，显得翠绿；瀑布之下有个潭，俯视潭底则雪浪腾飞翻卷，阳光照射下来，似有一龙在飞舞，变化无穷。这时，两人相互说话，可是听不到对方说什么，只是摆手势比画着，相视而笑。看到这样的景观，游酢情不自禁地赞叹道：“壮哉！天下奇观也。”要离开返回时，行己问道：“师兄何不题个名或者留下题词，也好传名后世？”游酢笑了笑，道：“人生一过客而已，活着能够为民做一点实在事情比刻在石上好。”行己又问道：“自古以来，在名胜古迹题留姓名者不少呢。”游酢答道：“正如山一样，各有各的特点，雁荡山不似五岳，可五岳也不似雁荡山。”行己点头领悟道：“行己终于明白师兄之所以为程门高足矣。”

游酢告别周行己，乘舟南下。

他在家里休息了一天，走亲访邻了三天。

第四天，他又踏上了归途。

返回到太平州第二天，游酢便给周行己寄去了《易说》、《论语杂解》两本书。

眼下有一段朝廷大事要谈，暂且放开游酢之事不说。

十月，朝廷册封郑贵妃为皇后。郑居中以为时机已熟，便好将张商英挤去，自己稳稳地做右相了。不料，郑皇后私下里对赵佶说：“外戚不当预政，必欲用居中，宁可改任他职。”赵佶竟毅然下诏，罢免郑居中职务，封他一个“观文殿大学士”的虚职，启用吴居厚知枢密院事。郑居中接到诏书大为吃惊，明知郑后恃宠沽名，因此改任，但为此一激，越把愤恨加在张商英身上。他私下先令谏官弹劾张商英的门客唐庚，唐庚由提举京畿常平仓被贬出京城，去惠州任知州；接着，他又授意“御史中丞”张克公弹劾张商英与郭天信往来，致使触动赵佶产生对张商英疑忌。果然，赵佶免去了张商英的职务，出知河南府。原来，张商英信佛是真有根据的，他拜佛参禅，到过五台山，留有《总咏五台山》诗一首："五顶嵯峨按太虚，就中偏称我师居。毒龙池畔云生操，猛虎岩前客过疏。冰雪满山银点缀，香花遍地锦铺舒。展开坐具长三尺，已占山门五百余。"此事朝廷上下谁不知晓？只是平时大家没有什么事情不去理会而已。不想，这件事情成为郑居中扳倒张商英的把柄。

欲知事情的发展如何？请君看下回。

第九十二回

张商英赠送遗表 游定夫请求出山

话说那张商英到了河南府，心里一肚子气没有地方出。他是个痴迷佛教的信徒，到任之后觉得无聊，要去青阳县的九华山进香，便到江淮一带来了。他路经芜湖，派差役前来约游酢前去一晤。张商英现在虽然是河南知府，他可是老前辈，论资历又当过宰相，而且时下声名很好。游酢听了，芜湖近在咫尺，觉得不去得罪不起，再说不用费多少脚力，当即前去赴约。

张商英在芜湖的一家客栈下榻。游酢跟着差役进去，拜见道："在下拜见张相公大人阁下。"张商英发须皆白了，人还精神矍铄，两道目光闪亮，笑呵呵说道："游大人且免礼。如今我身在江湖，闲着无事想找你聊一聊打发日子。近来可有什么作品？"游酢回答道："没有，在下只是在太平州看一点书，有时去姑熟溪垂钓而已。"张商英听了说道："这样好啊，像神仙一样逍遥自在，延年益寿。听说，你一向参禅，才能够有如此的心态。"转而问道："读的什么书，是佛书，还是经书？"游酢应道："沈括的《梦溪笔谈》。"张商英说道："这本书我也有，只是没有时间不曾细看。在官场上，一个人忙于应酬和政务，文化知识都荒废了，变成社会的混混，不成读书人了。想来，这官还是真的不能当，不如那些寺庙里的和尚心灵清静。"游酢说道："在下也只是用书来消遣过日。"忽然，张商英问道："蔡京最近有没有找过你？"游酢听出他的话外之音，心想：你张商英原来是蔡京的党羽，现在你们的关系闹翻了，说不定以后又和好，我才不入你们的是非之中呢。于是，游酢坦然地应道："有，前一段时间，他曾经约在下去杭州。但是，在下当时身体不舒服没有去。"张商英听了"不舒服"知道是托词，说道："你城府很深，有见识。你还年轻啊，将来有机会可以搏一搏前程。”游酢应道：“阁下高誉了，晚生只是相信万事随缘，无非分之念。”张商英听了直点头，说道：“如此甚好。”张商英是个三朝老臣，学问好，心机深，见识又多，本来想试探一下游酢，能否有跟随自己的意思，见游酢不亢不卑，不再费心，转而闲谈些杂事。

张商英留游酢吃一顿饭，游酢勉强留下，用完餐也不多逗留起身便要告辞，张商英站起，说道：“游大人请稍等，我送一件东西给你留念吧。”他转身进卧室，瞬间出来递一个纸包给游酢，嘱咐道：“你是个厚道之人，所以赠给你。此物只宜回去慢慢看，不得让第二人知道。”

游酢回到太平州，怀着好奇心小心翼翼地打开纸包，一看是一篇《范忠宣公遗表》，不禁吃了一惊。他粗粗扫一眼，虽然不是范公（纯仁）的字迹，而是张商英的笔迹，可是文章确实是范公的语气。这便是李之仪代拟的那一篇《遗表》无疑了。他不及去思考张商英为什么送这篇文章作为礼物，急读起来眼前这篇文章了：

“臣闻：生必尽忠，乃臣节之常守。没犹有恋，盖主恩之难忘。辄忍须臾之期，少舒迫切之悬。痛靡自觉，辞皆不伦。

伏念：臣生而遂孤，少乃从学。游心儒术，决知圣道之可行。结绶仕涂，不信贱官之能屈。纔脱中铨之冗，遽参丽正之荣。耻为幸人，窃论国体。昨自明肃厌代之后，陛下奋权之初，首承德音，占预谏列。念昔执卷，惟虞无位之可行。况今得君，安敢惜身而少避！间斥江湖之远，旋尘待从之班。大忤贵权，几成废放。属羌臣之负险，顾将列以难裁，乃副帅权，仍峻使任。亦尝周旋战备，指目地形，力援定川之师。始期遇敌，誓复横山之壤。亟逼讲和，虽微必取之功，多弭未然之患。预中枢之密勿，曾不获辞。参大政之几微，益难胜责。自念骤膺于宠遇，固当勉副于倚毗。然而事久敝，则人惮于更张。功未验，则俗称于迂阔。以进贤援能为树党，以敦本抑末为近名。洎忝二华之行，愈增百种之谤。上繄天聽，终辨众谗。因恳避于钧衡，爰就班于符竹。一违近署，五易名城。虽圣恩曲示于便安，奈神道常恶其盈满。请麾上颍，盖遭拙疹之未平。息鞍东徐，益觉灵医之不效。唯积疴之见困，非晚岁之能支。神不在形，气将去干。冥冥幽壤，倏为长徃之期。穆穆清光，永绝再瞻之望。肝胆摧落，精魄飞扬。

然臣起于诸生，历此华贯，雨露泽于数世，圭组焕于一门。有如臣焉，足为荣矣。当瞑目以无憾，尚贪生而有云？盖念：所惜者盛时，所眷者明主。虽性命之际，已能自通。然君臣之间，岂易忘报？但无怛化，以竭遗忠。敢惮陈于绪言，庶无负于没齿。伏望陛下调和六气，会聚百祥。上承天心，下徇人欲。明慎刑赏，

而使之必当。精审号令，而期于必行。尊崇贤良，裁抑侥幸。制治于未乱，纳民于大中。如此！则不独微臣，甘从于异物。庶令率土，永寝于淳风。言逐涕零，命随疏殒。臣无任惶惧战惕之至。”

读完《遗表》，游酢的脑海浮现出范公的音容笑貌，想起他对自己的知遇和多番栽培之恩，不禁心头一酸，泪水溢出眼眶。他再一次地捧读《遗表》，眼光停落在文章的末段，读到“伏望陛下”以下的句子，联想起诸葛亮的《出师表》，心中对宰相范纯仁更加的怀念。

这一天夜晚，他在床上回忆着跟随范公的岁月点点滴滴，辗转反侧，久久不能入眠。严冬的深夜，一片漆黑，寒风呼呼地从墙板钻进屋来冷飕飕的，仿佛有一种声音不知是蟋蟀还是哪一类昆虫在鸣叫着。他想到：这一份《遗表》足见范公对大宋朝廷的赤胆忠心，可是它也成了蔡京等迫害李之仪使之家破人亡的工具。张商英赠送《遗表》是何用意？从他亲自抄写这一篇文章来看，是对范公的敬仰；他该不会是与蔡京争斗，想用它来唤起我对往事的追忆，希望我像对待范公一样忠于他吧……想着、想着，他不知什么时候困顿地睡去。

第二天醒来，游酢屈指一算，自己到太平州已经六个春秋了，想起自己长期赋闲在家，觉得有点愧对天下，自己身体还健康，体力尚佳，还可以为朝廷做一点事情。于是，他提笔向朝廷申请再给个实在职务。

蔡京等的党羽满天下。张商英招见游酢之事，很快被朝廷的何执中等知道。何执中恐怕张商英在地方上招罗故旧，最好办法还是夺了他的实权。不久，张商英又被贬为崇信军节度使，让他当一个有名无实的官员。

同样在这个月，在杭州的陈瓘儿子陈正汇写信揭发蔡京在杭州的不法行为。结果，信落到蔡京的党羽手中，陈正汇反而被当作诬陷罪，朝廷派人到杭州将他扣押起来。

这年初冬，因为边境战事稍微缓和，服役满的都可以回乡。可是，游掞在军队里表现好，又屡立战功，上司很喜欢和赏识他，动员他留下当官。他执意要回家，长官问他有什么要求或者心愿，他说：“现在朝廷平静了，回去与家人团聚就是我最大的愿望。”长官再次动员他留下，他的态度还是一样坚决，回答道：“当官非我所愿，我只希望与亲人在一起生活。”长官只好同意他回家，他便正式起程返乡。

十一月，蔡京被封为“楚国公”，提举修撰“神宗实录”一书。这时，陈瓘站出来反对。蔡京更加感觉到陈瓘在朝廷对他不利，于是私下叫在朝中的党羽把陈瓘打压下去，因此陈瓘被贬通州（今江苏省通州市）。

游揆心中惦念着父母和兄弟，一路步行，风餐露宿，心里急着赶路。他穿燕山，越黄河，下洛阳，跨淮河，整整走了两个多月，终于回到了长江边的太平州。全家人见了他回来，无不欢喜，吕氏见了上前拥抱着，悲喜交集地喊道："揆儿，妈日夜想你，今天终于见到了。"游酢闻声出门一看，游揆已经长得更加高大粗壮了，脸上的胡子也像一把粗黑的刷子；游揆见了父亲，扑上前喊道："爸——"激动得说不出话，游酢轻轻地抚摩着儿子的脸，开心地呵呵笑道："当兵就是能够锻炼人，你比几个兄弟强壮多了。进屋吧。夫人、秋香，好好准备准备，今晚为揆儿洗尘。"这一天晚上，全家人热热闹闹庆贺了一番。

年底，秋香的丈夫从京城回来，他说自己赚了一大笔钱，反正福建老家的父母已经不在世，为了来往路途方便，想暂时在太平州安个家。游酢一家也表示同意。

第二天，游酢帮忙他找了一处适当的房子。秋香夫妇前往一看，果然喜欢，便买下进去住。

一日清晨，游酢刚刚起床，黄中忙问候道："舅舅，您起来啦？"

他看见外甥黄中正在看书，说："你起得很早。"

吕氏一脸笑容对游酢说："中儿起得可早，读书比你还用心。将来说不定前途比你远大呢。"接着又说："老爷，洗脸。"

黄中说："舅妈就别夸奖了。"

这时，黄中已经长成十八岁的青年，系统地学习了一遍诗、书、礼、易，且对《四书》等理解有些颖悟，是个很有前途的人。

游酢洗完脸，对黄中说："中儿，你已经来了六年，进步很大，今年可以回去参加考试了。今后如有什么问题，就写信来，舅舅一定会尽力帮忙解决。"黄中听了忽然跪下，说道："谢谢舅舅多年的栽培之恩。"游酢走过去将黄中扶起道："起来，起来，谁叫你是我外甥呢。回去好好孝敬你父母，好好读书，早日成才。考完再回来。"

第二天，黄中告辞了游酢和舅妈以及表兄弟，踏上了回邵武的路途。

吕氏想到游酢明年六十岁，于是问道："你就要六十岁啦，按照家乡的风俗习惯，男人做寿做九不做一，你看怎么办？"游酢回答说："寿就不考虑了，老五还没有成家呢。这个月，儿女们反正会回来，大家聚一聚算了。"吕氏听了，应道："好吧。"

游酢考虑到自己将近花甲之年了，要是游揆也成了家，儿子的婚事总算完成了。可是，游揆的心思很难捉摸，年前为他问过几门亲事都不满意。究竟游揆的姻缘到否？且看下章。

第九十三回

徐千金听言择婿
游大人说德示儿

时光荏苒。政和元年（公元1111年）的春节，朝廷因为举行大宝殿祭祀大典，颁布大小官员晋一级，游酢沐此恩典晋升为“朝散郎”。

一日，徐绩来帖请游酢去喝新年酒。

第二天，游酢决定去拜访徐绩。临行前，游损突然说：“爸爸，我也去吧。”游酢说道：“徐大人的帖请的是我一个人。”游损说道：“我在家里憋闷，跟你去走走。”游酢只好答道：“那好吧。”只因这一去，产生了一段佳话。

游酢父子俩到得南陵县徐绩的家门前。徐绩见游酢带了一身强体壮的年轻公子来，心里嘀咕：他出门从来不带人，今天怎么了？游损上前大声问候道：“徐伯伯好！”游酢解释道：“我这小子听说我来，他也要来。”徐绩问道：“莫非是五公子？”游酢道：“正是。”徐绩非常高兴，走到游损身边道：“如此健壮，好小子啊。你们父子俩快进屋坐。”这徐绩自从退隐在家，除了几个好友，一般不与外界人交往。这一天是单约游酢来座谈，意外地见到游损，无比高兴。进了家门，他立即招呼：“夫人、女儿快来见客人。”那徐夫人稍后便出来，见了游酢父子问了好，行个万福，沏茶去了。徐绩的女儿，人称徐千金，芳龄已过了十八，按理早该论嫁，可是左右不肯答应人，徐绩夫妇就这么一个千金，平时宠爱无比，心想让女儿挑一个如意郎君再嫁不迟。徐千金整装姗姗走出闺门，抬眼瞧见一健壮的小伙，心里咯噔一下，脸一热红了。徐绩见女儿出来，道：“快拜见游大人和五公子。”徐千金依礼见过游酢和游损，心跳得更厉害，一发的害羞。这一下，游损心动了，突然站起来说：“妹妹好！”徐绩和游酢被这突如其来的动作搞懵了，两人相视一

下，会意地笑了。徐夫人正好端着茶盘而上，徐绩忙道："女儿快给客人倒茶。"徐夫人似乎听出弦外之音，把茶盘递给女儿。徐千金低着头分别给游酢和游损递上茶杯，说："请喝茶。"声音很低，说完便将茶盘递还母亲拿着，自己跑回闺房去了。三个大人见此场景，各自都明白却装作若无其事。徐夫人客气地说道："游大人你们慢慢吃茶，我到厨房去。"

话说徐千金回到闺房，开始想心思：刚才见到的五公子，长得英俊，品相不错，可是听说游大人的公子中有一个不肯读书的，如果是这个，怎么办？自己不想嫁一个不图前程的人。她正在左思又想，不知所措的时候，听到父亲与游大人谈话了，于是想到：等一下何不听一听那位公子的谈吐，称一下他的斤两。徐绩的想法与女儿相同，女儿自幼好学，不但女红样样拿手，而且知书达理，这就是她挑剔来相亲男子的原因。眼前的这一位公子只是小时候在京城见过，后来多年未见，看得出来他有一点可爱，可是不知肚里的学问如何，如果不行就很难过女儿的这一关。于是，他有意地询问游损："五公子最近读什么书？"游酢凭直觉心里明白了徐公的用意，装着不知静观其态，不想游损起身回答："徐伯伯，小侄很少读书。"游酢一听，心想这么没有出息，敢说很少读书，完了。闺房里的徐千金听得分明，心想：看来果然草包一个。徐绩笑了笑，又试探道："那么，你有什么见解说来给伯伯听听。"游损从容地答道："回伯伯的话，小侄以为读书人不能不读书，但是不可只是死读书，天下大事和日常生活皆有学问，如果不懂这一点道理，书本上的学问再多也是书呆子。"游酢听了这一句话，训斥道："损儿，有这样说话的吗？"徐绩向游酢摆手，道："游大人，贤侄的话说得在理，世事确实如此，看来他比我辈思想更先进。"接着，徐绩又询问："贤侄胸中谅有鸿鹄之志？"游损没有想过这一点，可是他却机灵地回答道："古人云'君子怀德，小人怀土。'小侄哪敢比作鸿鹄，只是不愿当屋梁下的燕雀。将来能够读书成名光宗耀祖当然好，如果不行求田问舍也未曾不可。"闺房里的徐千金听了这一句，才恍然大悟：真是将门出虎子，原来这五公子不凡呢，谈吐自如，对人生如此看得开，绝非等闲之辈，自己小觑了他，许身于这样的人也不枉来世一遭。徐绩见游损为人正直憨厚，对答如流，这样的孩子诚实可靠，心下暗暗喜欢上了，转了话题与游酢攀谈。

中午，三人一起喝酒，游损既大方又懂得礼节，敬了徐绩三回酒，话说得点滴不漏。用完餐，游酢父子俩向徐绩和夫人辞行回太平州。

游酢父子离去后，徐绩和夫人询问女儿："你看五公子怎么样？"徐千金只是脸红。父母见女儿默许都很高兴，徐绩说道："难得女儿会看上，咱们就托个人到游府说去。”徐夫人却讲：“婚姻大事，自古都是男的上门求婚，哪有女方去求男的？”徐绩说：“那要看情况。游大人跟我像兄弟一般，现在女儿能够看上他的公子，是天赐的姻缘，有何不可。”

游酢回到家里，与吕氏说起在徐大人家的事情，吕氏道：“如此说来，也是掞儿的姻缘到了。咱们找个媒人上徐府提亲，如果能够把事情定下来，也了结我们的一桩心愿。”

没有想到，徐家的媒人先来了，媒人一提徐家的千金，吕氏回复道：“我们正想托人去求亲呢。你来了更好，回去转告徐大人和夫人，这一门亲事我们非常满意。”

游、徐两家都是朝廷命官，门当户对，双方都喜欢。在媒人的穿线下，这一门亲事很快确定下来，谈妥了聘金、彩礼。游酢请择日先生选了吉日，准备了几天，把聘金、彩礼送到徐府，徐府也回了礼。双方认为因为儿女都已经到婚嫁年龄，不如趁早把婚事办了。游酢又请择日先生选了吉日，结婚的日期定在五月中旬。

张元开再次进京路经太平州，前来拜见。游酢听说连忙出门热情迎接、招待。此时张元干已十九岁，游酢见他已经长得英俊，相貌堂堂，而且去年读过他写的诗文。游酢答道：“贤侄免礼，请屋里坐。”张元干也上前道：“晚生拜见游大人。去年承蒙大人题写《幽嵓尊祖录》，在此面谢。”游酢回答道：“贤侄，你年轻有才气，那一篇文章游某拜读过多次，很敬佩。后生可畏啊！”张元干连连拱手，说道：“大人过奖了，晚生不敢当。”原来，张元干曾经请刘安世、游酢、杨时诸人皆为其《幽嵓尊祖录》题词。游酢说道：“贤侄，我们是福建的老乡，你就别客气了。况且，我与令尊又是故交。坐吧！”张元干才坐下，吕氏闻声也出来热情招待。张元干为江西诗人向子湮之外甥，游酢说道：“乃舅的诗做得不错。你的诗无论才气还是气势都远胜之。”张元干说：“游大人，晚生才学浅薄，还望多多指教。”游酢说道：“贤侄，不是我说空话，贤侄之才，令老伯想起刘禹锡的诗‘沉舟侧畔千帆过，病树前头万木春。’啊。”之后，两人又交谈了一番。次日，张元干便北上。

游酢的生日是二月二十五。到了正月底，夫人提起生日的事情。游酢和吕氏商量道：“我生日的事情就放一边，我们早些准备老五的婚事。这里去老家建阳路途很远，办起婚事有不便的地方，我看就在这里举办，省得两头亲戚都少许多累。等到了七月，带他们回去补请乡亲们喝一杯喜酒，也让新媳妇和孙子们认识认识家乡。”吕氏答道：“老爷说得是。”

三月初，游、徐两府都开始筹备婚事。

到了四月下旬，儿女们都到齐了。

一天晚饭后，父子、女婿几人都到坪子上围成一圈聊天。兄弟们难得聚集在一起，见了面有许多话说。游酢坐在一旁，和女婿们谈天。

游撝怕冷落了父亲，问道："爸，你当了几十年官，可有什么心得？"

游酢看他一眼，回答："其实要当官，就要能够做到清、正、勤、细。这是为官四德呀。清廉，能够洁身自爱，站得正，立得稳；公正，为民众所望，是官德中最重要的一点；勤于办事，是忠于职守的根本，同时也是能够增长才干的途径；细心，能够明辨真假是非，不至于误判案情，不被假象所迷惑……当然，为人的学习、修养也很重要，如果不经常学习，不注意搞好人际关系，必然会落伍，也是不行的啊。"

儿子听了，虽然各自有想法，但是都不敢说什么。

游拂为了打破冷静的场面，说道："咱们的老爸说得对，哥哥们可要听好呦。我跟官字不沾边的，听不听无所谓。"

游拟听了，说道："爸刚才说的话含义很广。里面有做人的道理，你做生意清、正、勤、细四字何曾用不上?"

游拂说："我就不明白，那四个字跟我有什么瓜葛。"

游掞插嘴道："三哥，我来解释吧。爸所说的官德四字，做生意人可用为商德。一、清白，不短斤少两，不贪顾客一分一厘；二、公正，明码实加，价格一致，买卖公平，童叟无欺；三、勤，有顾客上门，热情招呼，进货卖货，乐于奔忙；四、细嘛，精打细算，亏本生意不做。岂止是你，两位姐夫也都用得着呢。"

听了游掞的话，其他兄弟都笑了，游酢和女婿们也笑起来。

游拂回答说："这么一说，倒还有一点道理。看来，走的地方多了，人的头脑就是精灵。"

一直沉默的杨遹，忽然说道："你们非官即商，可我什么也不是。"

游损说道："妹夫，我们妹妹嫁给你，可是巴望你能够一朝跃龙门的呦。"

杨遹故意问道："我从来没有听说过。老丈人在坐，可以证明。"

游酢笑着说："循道，这还用说吗?你应该要有这种志向。常言说'女婿半个儿子'，我也相信你一定会做到的。"

杨遹听了，答道："我努力吧。"

听见坪子上的笑声，屋里忙活的女眷们也说笑起来。

五月，游掞举行婚礼。因为游掞是最小的儿子，这一次，游酢请客的范围比较大，昔日的朋友、同僚、还有周边县郡的知县都请，来的宾客很多。这年胡安国由提举成都府路学事移江南东路，因此也来了。但是，儿子和媳妇多，加上有玉儿和秋香、杏儿三个，足够应酬接待客人，游酢一点也不觉得繁忙和紧张，反而自在的这边走走，那边走走。

徐府那边，因为只有一个千金，徐绩觉得应当办热闹些，请的宾客不输游府。因此，这一天无论南陵，还是太平州都热闹非常。

徐千金这一日可累坏了。她嫁到游府，算是第五房媳妇，进了门除了拜见公爹和婆婆，还要拜见四个伯伯、嫂嫂和众多的亲戚。到了晚上，客人散去，坐在洞房，徐千金浑身疲软得像一团棉花。但是知书达理的她，不但没有怨言，而且心里很高兴，走进这么一个大家庭，远比自己娘家热闹多了。游掞送走客人回到洞房，知道新娘疲倦，给予一番安慰，徐千金听得很开心。夜里，窗外的月亮很圆，很美。微微的南风轻轻拂动窗棂，这一对新婚夫妇在红罗绣帐里都不断发出心灵的欢快笑声。真是：新舟下水，劈波逐浪；春潮初涨，莺声百转。

儿子的婚事完成，游酢心头悬着的一块石头终于落下，精神倍添。游酢想起正月曾经申请再次出山谋求一职务的事情。可是，因为皇帝赵佶迷于搞花石纲，朝廷中党派斗争此起彼伏，朝廷大权频繁更替，人事极不稳定，去信竟如牛入泥海。游酢只得再次上疏，并且托专人直接送到朝廷尚书省。

游酢带着儿子和新媳妇等家眷起程回建阳。太夫人也闹着要回去，游酢怎么劝说也听不进去，只好带她一起走。

回到老家，游酢得悉不久前老家遭受了一场风暴，族中好几户人家的房屋瓦片被吹走，二话没有说，立即一家家去看望，并且拿出自己平时的积蓄分发救济他们。

游酢在老家，果然补请了一场喜酒。

事情办理完后，他特地去看望了已经年老而且卧床的林财主。林财主非常感激地说："游大人，我当年没有错看你，你的子孙后代一定能够长久兴旺的。"

几天后，一家人正准备回太平洲，忽然听说林财主去世了。游酢只得改了归程的日期，立即赶去吊唁林财主。

看见游酢赶来参加吊唁，禾坪里的人们都称赞："定夫确实是个重义气的人。"林财主没有儿子，事情全靠女婿游醇承办，游酢也极力地帮忙，直到丧事办完才离开。但是，太夫人却不愿意走，说："我老了，不知道什么时候不在。我这把老骨头可不肯扔在外乡。你们走吧。"游酢和吕氏再三劝说，太夫人就是不听。

游酢和吕氏商量了一番，决定让老五夫妇暂时留在老家照顾老奶奶，只好带着妻子、儿孙们返回太平州。

九月返回到太平州，游酢收到吕本中四月寄来的诗集和《江西诗社宗派图》。吕本中在诗集前的序，提出了做诗要有“活法”和“悟入”的理论。吕本中在《春晚郊居》写道：“柳外楼高绿半遮，伤心春色在天涯。低迷帘幕家家雨，淡荡园林处处花。檐影已飞新社燕，水痕初没去年沙。地偏长者无车辙，扫地从教草径斜。”《江西诗社宗派图》列了陈师道等二十五人。这些人虽然不全是江西籍人，但是都继承了黄庭坚、陈师道等江西诗派的遗风。

朝廷传来的邸报：蔡京恢复了“太子太师”的官职和地位。游酢知道，朝廷将又有重大的事情要发生了。

果然，不久就听到了不少的人事和政令的变化。

一天早上，青年马鸣又来了。他说：“游大人，最近我来了好几次，你都不在家，邻居说你们回福建老家去了。今天终于见面了。”游酢答道：“是的，回家给儿子办婚事。贤侄，近年不曾见到，做什么事情呢?”马鸣应道：“回大人的话，晚生家境贫寒，只得自己设帐收些学生混口饭吃。”游酢听了，说道：“教书不错啊，孟子说人有三乐，其中‘得天下英才而育之一乐也’。”马鸣说道：“大人不知，教书是苦差事，人家说家有三斗粮，不当孩子王。”游酢答道：“贤侄，老夫年轻时前后也教了十几年书，至今还常常怀念那些岁月呢。教书是先苦后甜的事业。”马鸣不禁问道：“大人，此话怎么讲?”游酢说道：“教书时自己的生活虽然清苦，可是将来学生成才了，那种收获不是很甜人吗?”马鸣埋怨道：“人们说教书没有出头之日。”游酢说道：“没有先生哪来的学生？不过，要有看得见的大作为不只当官这一条路。嗳，贤侄，你可有打算前去京城参加考试?”马鸣这时才说：“还不曾，晚生正有此意，请大人指点指点。”游酢应道：“读书成才，大多的人六七成靠自己，一分天赋、七分努力，一分靠老师指点，还有一分则是机遇和命运。上上的人，只要有一分别人的指点就够了。以贤侄的聪慧与好学，将来金榜题名是没有问题的。不过，依老夫之见，目前还是一边教书、一边自学，来年有了机会便去科场一搏。如果现在放弃了教书，生活失去了依靠，考试也许会受到影响。”马鸣道：“那晚生就依大人所说去做。”游酢说道：“你且如此，但有疑义，可以来探讨，也可以来信告知，老夫当不遗余力相助也。”马鸣道：“晚生在此先谢过大人了。”游酢说道：“哎，帮扶年轻人是老一代义不容辞的责任，我年轻时也是靠老一代帮扶过来的。”马鸣起身，说道：“太感谢大人了，晚生这里先告辞回家，日后靠大人多多指教。”游酢也起身，说道：“贤侄慢走。”马鸣说一声：“大人不用送了，再见!”说完，大步迈出门走了。

初冬，游酢又听说邹浩去世的噩耗。邹浩于崇宁五年被革职回到老家江苏常州，到大观间才恢复“直龙图阁”的职务。他晚年信佛，有《渔家傲》等为证：“慧眼舒光无不见。尘中一一藏经卷。闻说大千摊已遍。门方便。法轮尽向毫端转。月挂烛笼知再见。西方可履休回盼。要与老岑同掣电。酬所愿。欣逢十二观音面。”游酢回忆起跟他交往的往事和情谊，不禁黯然伤心，叹道：“志完，你才五十二岁就走，太可惜了！”夜里一灯如豆，屋外落雪有声，寒气不时地从墙板钻进，手脚觉得冻人，联想到先生程颐受难之事，悲伤不已。其情其景正是：“才送伊川行，又梦邹君去。千里江淮雪夜寒，天地皆无语。天地有阴阳，万物因时抒。待到春风吹满头，信有群芳吐。”

到了十一月，游酢才接到朝廷下旨：经考核，游酢转升为“朝请郎”并出知汉阳军。

这一天夜里，游酢躺在床上想了很多。从崇宁四年到如今在太平州前后生活了七年，这些年月本来是人生中非常宝贵的黄金时光，可以做很多的事情，却在艰难困苦中沉默地煎熬过来。夫妻俩为了生活和孩子的婚事愁得头发发白不说，夫人的脸消瘦了一大圈，脸色也憔悴了，像被严霜拷打后的芭蕉叶。这七年，自己好似文王被囚的七年一样，好在自己生性乐观，穷且益坚，有诗书和年轻的朋友为伴，尽管几次遭受打击，可是塞翁失马，祸福相倚，写下了《论语解义》、《孟子解义》等书和一些诗文作品，也游览了几处名山胜迹，交结了贺铸、李之仪、郭功父以及周围几县的一批新的朋友，还有与太平的老百姓和山水结下了深情，两三个儿子在这里成了家。七年来，朝廷风云变幻，晴雨不定，社会也在悄然地变化，自己身上年轻时的锐气在岁月的流逝中几乎消磨殆尽，如今年近花甲，廉颇老矣……

前来接任的是刘拯。刘拯，字彦修，宣州南陵人。他是熙宁三年进士，元丰六年任过监察御史，绍圣初升为“右正言”，元符二年又升为“权礼部侍郎”，不久升迁为“给事中”。赵佶当上皇帝，他被黜知濠州，后改知广州，几年后被召为吏部侍郎，因为不中蔡京的意，又罢知蕲州、润州。大观四年，他又以吏部尚书之职被召回，不久出知同州，削职提举“鸿庆宫”。

寺观没有什么好移交的，游酢便准备前往汉阳上任。对于这一次的复出，游酢不想声张，毕竟经历了一些风雨而且年纪大了，当一个太守不是什么了不起的事情，况且自己的家还安在太平州，还是当着出远门似的，悄悄前去。但是，纸包不住火，消息像风一样传遍了远近，周围的年轻朋友们闻讯相继赶来祝贺。游酢只好勉强地应酬应酬。

江起琦、陈长方兄弟等知道游酢即将去汉阳上任，都拜别了游酢与吕氏回家了。

游酢与吕氏商量道："此去三年，三年后又不知何处。家就暂时不搬，免得又累又耗钱财。黄中明年可能又会来，我这就写封信叫他直接去汉阳找我。"吕氏回答道："老爷说得是，正合妾意。反正，妾身与孩子们在此已经熟悉习惯了。不过，你年纪大了，我和损儿陪你去，一来可以有一个伴，二来可以跟你读书。"游酢说道："你有孙子跟着，和州、洪州那边的儿孙来往更方便些。我的身体还可以，就和损儿去吧。"夫妻俩又商量一番，太平州去汉阳千里路途，游酢年纪大了，走旱路行走不方便，决定乘舟而行。游酢此去汉阳上任，又有一串故事，且待慢慢道来。

第九十四回

上任途中逢差役
下车伊始会乡绅

政和二年正月，这一年游酢已经六十岁，俗称“花甲”。这对于达官贵人或者民间有钱的人，本来都会好好庆祝一番。可是，游酢平时的俸禄只能维持家庭的生活，又是一位清廉的官员，再说小儿子刚刚结完婚，虽然家里还留有一点的积蓄也得防老；再则，他也不想兴师动众麻烦别人，因此不声张。可是，女儿和秋香、杏儿三个都送来了鸡、鸡蛋、布料、粉干、鞋子给游酢拜寿。游酢只得办几桌酒菜，请了周围的几个朋友表示庆祝。

游酢翻看了一下官历，正月十六是黄道吉日，到那里刚好赶得上班。

闲着没事，他翻看《方舆图》和跟汉阳有关的资料。汉阳与鄂州（今武昌）隔江相望，北宋以来划为“荆湖北路”，“湖北”地名由此而产生。汉阳乃长江上重镇之一，与鄂州、黄州形成三角对峙的港口，江岸线约六十四里，大小码头三四十个，自古以来为兵家必争之地。长江从这穿流而过的地段，称为汉江，是长江流域重要的组成部分。

到了十六日早晨，游酢与儿子游损背上一些行李一块起程出发。吕氏和媳妇以及孙子们出门相送到码头。

太平州至汉阳虽然长达几百里，但是这一段水路较平静，还好没有多少险滩恶浪。

在船上，游酢有时闭目养神，有时翻看一下《方舆图》和有关资料。边想：这一回当个汉阳郡守真不容易，请求了两三次才得到这个职位。去到那里，一定得把那里治理好，不辜负朝廷中出面举荐者的期望，也好让程颐先生和范纯仁宰相的在天之灵得到安慰。

走了几天，父子终于顺利地到达了汉阳。

艄公喊道："汉阳城到了，到这里的旅客下船啦!"客船停泊在汉阳东岸码头。

游酢走出船舱，站在甲板上，但见汉阳码头沿江河岸停泊着数百只货船，桅帆林立，相连数里。码头上，工人们正忙碌着装卸、搬运。旅客们下了船，像潮水似的沿着一条三米来宽的大路朝城中方向的滩边街涌去。码头附近的江边的沙滩上，随处可见渔网，也搁着几只船，有的看得出破了，有的匍匐在那里，有的上面晾着破旧的衣衫或渔网。不久，旅客们走到了那一条石板铺成的小街——滩边街。因为这里是码头，许多人在做生意，店铺多，客源流量大，所以这一带有几分热闹。走在斜仄的石板路上，听得见人们行走时清脆的脚步声，看得见一座座相互毗邻的院子和高高的封火墙。游酢从街面的竹竿上晾的衣服，判断到码头的船工和纤夫们也都在此歇脚休整。忽然，远远传来叮叮当当之声，他推想那是铁匠铺砧墩上敲打着农具的节奏。近了，果然是铁匠铺，炉火熊熊，一个身材高大衣衫褴褛的中年铁匠噼扑噼扑拉风箱，转眼将一块火红的铁放在砧墩上敲打，另一个穿着满身补丁衣服、个儿粗壮的青年汉子双手挥起铁锤乒乒乓乓敲打，一只黄毛小狗伏在门口打盹。沿街还有杂货铺、小吃店和裁缝、打金、箍木桶、编竹器和做秤等作坊，行人穿梭来往，街边有妇女在洗菜，姑娘挑水，一群小孩们在追闹、嬉戏发出笑声，街边的水沟散发着难以形容的臭味，空气里还混杂着人气的辛酸味和禽畜的粪便味。闻着这些臭气味，游损说："臭死人，还说汉阳城。"游酢觉得儿子的话并没有错，自己也觉得很不是滋味，心里想：到任后，环境和卫生方面要好好抓一抓，市民们在这样的环境里生活怎么行呢？

出了小街，上了大路，直奔城池前。

这城池也是临江而建，过了城池，迈入城门，面前便是一条大街了。

汉阳城的中心是一个大十字，东西和南北向各有一条大路。南北大街出西门（凤山门）和西大街相接，西大街又接汉阳县进京的官道，五里墩、七里庙、十里铺自古以来是官道上歇息的地方。大街街道宽多了，街上的房屋比较整齐，店铺如林，车水马龙，行人熙熙攘攘。他终于看见了一个差役，走上前问道："汉阳府怎么走?"差役见他一身普通老百姓的打扮，懒得理会，答道："自己找。"游损听了，一脸懊丧。游酢不紧不慢地拿出官碟，说："我是新来的府差。"差役一听，将信将疑，看了官碟，吓得"扑通"一声伏到地上，说："小的有眼无珠，不知府老爷大人驾到，小的该死!"游酢和颜悦色地说："起来吧，没事，你带我去府里。"差役从地上一个鲤鱼打挺跳起来，大声地应道："是!府老爷大人，我这就

带大人前去。”又说道：“大人，你一路辛苦了，行李我来拿。”游损见差役如此，气愤地说：“要不是知道我爹是官，路都不好找呢。”游酢瞪了儿子一眼，说：“人都会犯错，知错能改，便是好人。”他对差役说：“行李不多，不用帮忙。我儿子不懂事，你不必计较。不过你刚才的态度不好，身为差役也是朝廷用人，不能看人办事，不论是官是民都要平等待人。如果当官的也这样，把你不当人看，行吗?”那差役被说得脸红脖子粗，回答道：“府老爷说的是，小的今后一定好好做人。”游酢问道：“尊姓大名，仙乡何处呀?”差役回答：“免贵，小人姓伍，贱名成业，老家在黄州。”游酢又问道：“码头那边的小街叫什么?”差役回答：“叫滩边街。”游酢复问道：“那边大概有多少人居住，治安情况怎么样?”差役回答：“大概四五百人，那地方又脏又乱，不时会发生斗殴的事件，也有过杀人案。”游酢再问道：“没有人管吗?”差役又答道：“有，县里的差役经常到那里处理案件。可是住的人太杂，不好管。”游酢听了停下脚步，转身看着差役，问道：“你熟悉这里的情况，认为有什么办法可以解决?”差役也停下，回答说：“这——不好说。”游酢鼓励道：“说得出办法，我重用你。”差役说：“办法倒是有，就是在那里设一个巡捕，派几个巡检常住在那里，不过得用一两个当地人。我想，这样可以解决的。”游酢听了，说：“你说得好。容我到任了，找这里的知县了解一番，到时再找你。”

又走了半个多时辰后，游酢父子来到了任所，安顿下来。由于旅途的劳累和困乏，便想要休息。

可是，游酢才躺下一会儿，府中大小官员及教授们听到了消息都来拜见。他只好强打起精神出来应酬。

当晚，府中举行迎接新郡府到任的洗尘宴会，他又勉强赴宴。宴席开始一会儿，司户、司法、漕运使、盐政、提督等官员们便争着要来敬酒，他知道自己不敢多喝酒，主动地站起来申明道：“大家的心意我领了，今后在一起有的是机会，晚上就恭请诸位谅解、谅解。”众官员也知道他年纪大、旅途辛苦，不多劝酒。不料，他特地走到府学教授的席上，说：“汉阳的兴旺靠人才，你们是培养人才的导师。晚上，其他人都没有办法应酬，而这一席鄙人是一定敬一杯的。今后汉阳的风教和人才培养，仰仗诸君了。”众教授听了受宠若惊，唰地起立举起杯干了一杯酒。他一一询问了各位的姓名和籍贯，然后说：“鄙人以前跟诸君同行过，从私塾到府学教授、太学博士。回想起来，教书这门职业是清苦，可是桃李满门时，那种收获无比的甘甜。大家有什么问题和困难，尽管来找鄙人。鄙人家的大门为诸君敞开着，欢迎随时光临赐教。”一位年纪较大的教授说：“大人之名如雷贯耳，今日得以一睹尊颜，我等实在万幸之至。我们末线之才，竭诚渴望府老爷大人有机会百忙中抽空驾临府学教诲。”游酢回答：“这位前辈说得好，鄙人一定会前往拜访。”

他回到住所，洗了脚，一躺上床便呼呼地睡去。

第二天，游酢的精神恢复了，开始料理郡里的政务。他知道了解地方情况相当重要，即向幕僚打听当地应知道的一些情况。他们正交谈着，汉阳的知县前来拜访。

知县汇报了基本状况之后，游酢说道：“这里虽然是港口城市，农业人口所占的比例一半多啊，现在最穷、最苦的便是农民。民以食为天，俗话说‘一日无粮兵马散’，所以关心农民的生活和重视粮食生产是头等大事。如果我们关心他们，他们就能够积极地去劳动，才有粮食，汉阳才能够安稳。”知县应道：“是，卑职一定尽力抓好这一方面事情。”游酢问道：“你准备怎么抓法？”知县回答：“容卑职回去想想。”游酢说道：“只有粮食产量上去了，农民的收入才会提高。而产量哪里来？一是谷种，优良的谷种比普通的产量要高得多，江浙一带就有很多优良的谷种，可以去联系、购买；二是土壤肥沃稻子就长得好，据说这里的土壤不错，但是如果只种没有深耕，地底的养分没有办法翻上来，庄稼吸收到的养分就不足；三是面积，有了良种、好的土壤，如果没有面积也提高不了产量，所以应当大力地鼓励农民垦荒开田地，可以暂定谁开垦为谁所有，三年内免征税租。我想，这样肯定会有人尽力去垦地，种植的面积不就扩大了吗？这三方面问题，你回去好好动动脑筋，怎么把它抓到实处。”知县回答说：“老父母见多识广，教诲得甚周到，卑职明天起即去着手落实。”游酢说：“我年纪大了，做好这方面的事情一切寄希望于你啊。”知县说：“卑职一定尽力。”

游酢谈到滩边街所见的情形，知县：“卑职失职。”游酢问：“这个问题，你有什么办法解决？”知县没有思想准备，回答道：“这个，卑职还没有想到。”游酢说：“你手下有个叫伍成业的，此人表现怎么样？”知县答道：“还可以，人忠厚，不过不太勤快。”游酢说：“那好。用人难以求全，不可因小失大。再说人嘛，有压力才会有动力。像牛一样，把牛轭放到它的脖子上，抽它一鞭子就自然会出力犁田了。我看姓伍的那个小子虽然有缺点，但可以用，他有头脑，替你想好了办法，在那里设一个巡捕。你看派他去管理怎么样？”知县：“在下一定遵照大人的吩咐，派人把那里管好。”游酢说：“老百姓吃穿差些，还可以过日子。如果治安不好，老百姓怎么安居乐业？安居乐业，安字为先啊。因此，要把治安当作头等大事来抓。”他看了知县一眼，补充说道：“全县都要管好。”知县听了回答：“是、

是！”继续交谈一会儿，那知县才起身告辞回去。

夜晚，汉阳城灯火闪闪，楼影千叠，长江上渔火点点。举目而望，对岸的鄂州灯楼隐隐约约，依稀可辨。这正是阳春，晚风送来江水的涛声，飘溢着花草的芬芳。

游酢居于临江的一个小楼里，凭窗眺望着这美丽的夜景，闻着醉人的馨香，联想到这里悠久的历史和文明。这里水上运输十分发达，日过千帆，唐朝时已经是全国的重要城市。汉阳郡是天下十四郡当中最小的一个郡，下辖只有一个汉阳县。虽然是弹丸之地，人烟却稠密，人口有两万余，街衢纵横，物山货海，外来人多，人口流动性也大，宋朝以来商业日益繁荣，是一个全国闻名的港口城市。它的周边有“汉阳古树”、月湖、西门大桥、龟山、佛教寺庙、黄鹤楼等名胜古迹。他沉浸在一种入仕途以来从未有的畅快想象中，诗情不禁萌生流溢：“汉阳津口地，昼夜荡涛声。波涌江流阔，春生天地明。秦祠烟篆画，汉树鸟传情。月照千帆静，歌吹入梦轻。”

天明醒来，听到潇潇的声响，往窗外一瞧：雨像无数的银剑落地。游酢穿好衣服起来，洗刷完毕，到小厅练一番拳腿，接着到案前看书。

吃过早饭，他到衙门去处理一些政务。

他按照惯例带着新旧的官员前往文庙祭祀。

第三天，游酢随带着司户参军前往府学视察。没有上课的教授们听到了郡府游大人果然来了的消息，都出来迎接。游酢察看了教室和学生宿舍、食堂，见校舍十分的简陋；到了办公厅，又看见桌椅都已经陈旧，坐下来说：“校舍和办公场所是一所学校的形象，想不到郡学如此的寒碜，参军大人，你看怎么办？”参军说：“在下回去一定想办法，拨一批资金来改善这些设施。”游酢问：“各位教授大人，有什么问题和困难都说说，我把财神爷请来了，只要做得到的，我们一定解决。”这些教授们都是有学问也有见识的人，见游大人这么爽直、大方，于是一个个开始发言，游酢交代参军：“你可记好，能够解决的当面拍板，暂时不能解决的回去再商量。”教授们很朴实，提的无非是缺少办公费用、生活方面的困难。大家发言后，山长说道：“现在请郡府老爷游大人讲话。”游酢说：“好吧，我说两句。一是向这里的各位教授们问好、致意，二是希望我们郡学能够培养出比以往更多好人才。据我所知和调查，汉阳历史以来，科考方面所出的进士不是很多，所以希望大家共同努力。当然，出人才有多种因素，三年五载也难保证就能够出很多。但是，我们要加强这方面观念，形成一种气氛，也许能够起到促进作用。我今天就先说这些，其他的以后大家多多交流。”接着，山长讲：“现在请参军大人说话。”参军看游酢一眼，游酢说："经费的事情你做决定。"于是，参军讲："各位教授大人，目前郡里的财力很有限，我根据实际斟酌了一番，郡学的办公经费今年开始适当增加三十万文，另外对于各位教授每月增加五十文的补贴。"座中响起一片掌声。

会后闲谈，山长提出道："游大人，能不能谈谈程门方面的事情？"游酢回答说："可以。程门所学，即理学。讲的是一个字，那就是理。天理、伦理、事理，这是任何人都违背不得的。大家都是读书出身的，不用多做深入的解说。孟子曰'得天下英才而教育之，一乐也'我们搞教育也属于理，培养人才，最重要的是培养品德高尚、能够为社稷和人民做事情的国家栋梁和社会能人、贤人，这是宗旨。鄙人虽然当过教授，时间都不长，像过云雨一样，刚才讲的只是套话。在座的各位才是真正的专家，献丑了。"有个教授站起来说："自从神宗皇帝以来，朝廷对教育有过多番的变革，不知游大人有何高见？"游酢答道："鄙人以为这几十年来教育是越变越好。熙宁的变法，改变了原来只有少数人才读书的旧貌，使天下黎民是百姓的子弟都能够读书并且参加考试、进入仕途，这是有史以来最伟大的进步；二，太祖开国初制定的不许轻易杀戮文人，对于保护人才，起了决定性作用，后来历代皇帝不断地扩大了进士的招收和任用，更大程度地起了发挥人才的作用，这些方面的举措，也是宋朝以前没有的；三是程颐先生提出的学改，删除杂学，把《大学》、《论语》、《孟子》等列入教材，使教材更加精简、经典、规范，在教法上也由多人同教一科改为一人教一门，使教者能够更加专业，不也是历史性的一大进步吗？可以说，我们国家即使几千年、几万年后也会公认这些进步的。"游酢话音一停，又响起热烈的掌声。教授们听他说得井井有条、鞭辟入里，无不佩服得五体投地，没有人再提其他的问题。

游酢离开郡学时，教授们都出门恭送。

接着，游酢又与司户参军前往视察郡府的钱、粮、盐三库。回来的路上，游酢语重心长地说："当地方官，老百姓的事情第一。为官一任，造福一方，这是职责。老百姓的事情，钱、粮、盐三件事情最重要。因此，你一定要认真管理好这几个方面。"司户参军回答："卑职一定尽力。盐有盐政大人。"游酢说："你是郡中的大管家，有协调的权利。同在一个郡府中，同僚之间平时多沟通，有必要的事情可以互相商量。"司户参军答："大人说的是。"

几天后，游酢听说吴执中在赴任黄州（今湖北省黄冈）知州的途中病逝于高邮。他立即派人骑马前去黄州打探消息。

傍晚，去黄州的人很快回来回复："吴大人已经运回家乡去了。"游酢听了，说："知道啦，辛苦你了，去休息吧。"

这天晚上，他又想起吴执中：早年的时候吴执中多么硬气，虽然同门的女婿吕惠卿是当朝权臣，执中能够不趋炎附势，宁可在州县做了三十多年的地方官。晚年到朝廷为大臣，与蔡京恩恩怨怨，结果落得客死他乡的结局，可悲啊！

张汝明前来汉阳任判官。他是庐州（治所在今合肥县）人，少年时即好学，专心刻苦学文，才华出众，下笔动辄就能够写出千把字的文章；在太学读书时，便传名京城；考上进士后，历任地方官，当监察御史时，因为上疏弹劾以蔡京为首的政府“市恩招权”而受到排挤；到辽边界任宁化军，得罪安抚使，受株连去寿州（今寿春县附近）麻布场当监管。去年遇到朝廷大赦，他这才到汉阳任签判。

张汝明年方四十八九，圆脸，身材敦厚，为人爽朗，说起话来声音响亮。游酢知道他是个精明能干的人才，于是说：“张大人，你正当年富力强，汉阳有你来，大有希望。我已年逾花甲，今后仰仗你呀。”张汝明说：“晚生早年仰慕游大人大名，今日得以相见并且共事，今后望大人多多赐教。”游酢回答：“赐教不敢。咱们风雨同舟吧。”

游酢当晚即设宴为张汝明接风、洗尘。从此，游酢又有了一个好搭档。

汉阳是一个城市港口，人口密度大，当地人既有成百上千的商贾，也有以耕田为业的大量农民，还有以水运为生者，也有不少的外来流动工，地方上治安等方面存在着的问题也较为复杂。

游酢召集地方绅士进行一次会谈，说：“各位大人，首先向大家问个好，游某初来此地，今后各方面事情要仰仗大家帮衬，今天邀请大家来，一是想全面地了解当地情况，二是听听大家对往后怎样治理和建设汉阳的看法和建议。下面，诸位可以畅所欲言，将自己宝贵的高见说出来大家听听，一起讨论，群智群策，集思广益，才能真正地解决问题，做好事情的。”

乡绅们听了，觉得新来郡府与前几任不一样，思想比较开放，于是热烈地展开了议论。游酢静静地听取大家的发言，默默地记下有关的建言。

最后，游酢总结说：“刚才诸君的发言很好，有不少建议可供府里今后开展工作参考。下面，鄙人也谈几点不成熟的想法，供大家讨论：治理一个地方，首要是解决安居乐业问题。安字为先，治安第一，地方平静，老百姓才能乐其所业。这方面主要靠府、县来抓，但是也要全体老百姓配合；第二是人才教化问题，这点有三方面，其一是私塾、县学、府学培养学子成才方面的事情，其二是充分利用现有各行业人才，我们要打破过去保守思想和做法，要不拘一格，唯才是举，是才必用；这样各个行业才能都活动起来，兴旺起来。其三在教化上，我们在座的各位大人和先生们要起到主力作用，不仅要带头倡导，做好表率，而且要带动

一大批人士，使汉阳形成教化之风；第三是地方的发展，汉阳地盘虽然不大，却是一座港口城市，我们可以利用这个天然的地理优越条件，加大港口的贸易进出，增加地方的收入，提高老百姓的生活水平。第四是建设方面。我到此几天，查看了城中主要建筑，也询问了一些乡绅，从而了解到，近数十年这里没有什么大的变化。因此，我构想，在任内要尽最大努力，使这座古老文明的城市有所改观。当然，我们要在力所能及的前提之下进行建设，不搞劳民伤财的事情。好了，以上是鄙人的浅见，恭请大家讨论，有不当之处赐教指正。”

乡绅们听了无不欢欣鼓舞，进行了一番热烈的讨论。

开完会议回到住所，晚间，游损问：“爸，今天的会议开得怎么样？”游酢回答：“会议开得热烈，可是要做起来则不是轻巧的事情。”游损说道：“爸，来这人生地不熟的地方，要是有个熟悉的当地人事情就好做得多。”经这么一提醒，游酢应道：“在程门求学时有个学友林大节，听说家在这里，曾经考中举人。大节是个忠实而憨厚的人，不知他现在做什么。”游损提醒道：“爸，派人打听打听啊。”于是，第二天他便叫手下去打听林大节的下落。到底找得到林大节吗？林大节在做什么？欲知详情，请君看下回。

第九十五回

林大节信谈典故
黄金贵细说行规

话说那林大节自从程门出来，本来还想争取功名。可是，因为他当年参加的那一场考试有几个人舞弊被检举，结果七十多位学子举人的资格全被废除，仕途的路彻底断了。他一气之下，就到汉阳城来经商了。如今，他已经成为一位大富贾。差役找到了他，告诉了郡府老爷游酢找他，邀他去玩。他听了喜出望外，道："好啊，我太想他了！赶快带我前去拜见。"

林大节来到郡府，游酢连忙出门迎接。两人执手相视，林大节说道："二三十年不曾见面，想不到会有今日的重逢。"游酢道："如今你我都成白头翁了。"说着引林大节到后堂喝茶，随身差役跟进去。游酢招呼大节坐下，交代差役道："上好茶来。"后堂的茶炉火本来就烧着的，茶炉上的壶也还有热水，差役还是提起壶冲洗了茶具，新冲了一壶水换上。游酢与林大节交谈了一阵，茶炉上的水"噗噗"地响动了。过了一会儿，差役先端上一杯递给林大节道："林老板，请用茶。"接着，拿了一杯递给游酢道："大人，请喝茶。"游酢和林大节两人攀谈分别以来的情况。接着，游酢向大节询问汉阳的行会、会馆以及地面人物等情况，林大节做了大致的介绍，最后说："地方虽然不大，可是复杂啊。"

林大节起身告辞，游酢说："谢谢你提供了许多地方的情况。"也起身送出府大门才回来。

第二天上午，游酢去几家行会走走。

他先来到布料行会。行头黄金贵老板原来在接风晚宴席上相见过一面，连忙恭敬地上前相迎，说："不知郡府老爷大人驾临，万望大人恕罪。快，请到里面用

茶。”这是一座有三个房间的木屋，中间为会客厅，右间为厨房，左间为休息室。大门正中贴着一副对联“财源广聚三江水，生意兴隆四海春。”门楣上面的横批是“迎祥纳瑞”。他进了会馆，迎面看见厅面正中的木桌上摆着一座木雕的财神塑像，像前的铜炉冒着檀香的火苗，青烟袅袅。左右两侧各摆放着木制的靠背椅子，两张椅子当中插着一张茶几，桌椅茶几无不洁亮。游酢说：“黄老板，贵行整理倒很清楚。”黄金贵说：“哪里，大人将就坐吧。”两人还未坐热，一位姑娘端上茶来，放好便走了。黄金贵说：“请大人见谅，这里的下人不懂得礼节。”游酢应道：“没事没事。”黄金贵说：“大人请用茶。”游酢问道：“贵行有多少人?”黄金贵说：“百来号人。”游酢听了有些惊讶，说：“一个行都这么大，那么汉阳城从商者多少?”黄金贵说：“行会就有二三十个，大小算起来几百人。”游酢问：“你们行会职能怎么样?”黄金贵说：“就敝行而言，主要职能有三条：一、维护本城内同行商人的正常经营利益和权利；二、制定行内规则，调解本行业内部的不合理竞争矛盾等；三、组织行内成员缴纳‘义金’，用来做抚孤济难资金，提倡成员积极参与社会的公益活动。”游酢听了，说：“你们这些条规制定得好，在地方上发挥了团结商人、维护市场秩序的作用，是市政替代不了的。不知其他行情况怎么样。”黄金贵答：“据鄙人所知，相差无几。只是稍有出入而已。你们福建老乡很会做生意，在这里有二三十家店铺，还有一些零星的行当。”游酢高兴地说：“哦，有空去看看。”

坐谈了一个多时辰，游酢起身告辞，黄金贵再三相留吃饭，游酢说：“今后有的是机会，下次来吧。”便走了。

这天晚上，林大节亲自坐马车来接游酢去他家吃饭。

晚饭后，林大节带游酢去城西门外的西门桥散步。那是一条拱形红麻石桥，两人在散步中，林大节详细地介绍了汉阳的历史、地理情况和风俗民情，游酢默默地听着记着。忽然，林大节问道：“定夫兄，你可想到过高山流水的故事发生在哪里?”游酢答道：“难道是在这里?”林大节自豪地说道：“正是这里。有一年，伯牙奉晋王之命出使楚国。八月十五那天，他乘船来到了汉阳江口，遇到风浪，停泊在一座小山下。晚上，风浪渐渐平息了下来，云开月出，景色十分迷人。望着空中的一轮明月，俞伯牙琴兴大发，拿出随身带来的琴，专心致志地弹了起来。于是，就产生了与钟子期相会的高山流水故事。俞伯牙当年断了琴弦的地方，在汉水边的一个小渡口，叫琴断口。而伯牙摔琴之地，在汉阳区永丰仙山村的仙女山——平塘渡一带，后人称其为碎琴山。”游酢听了，击掌道：“好啊，谁说大节不读书呢，今天这个故事讲得太漂亮了。相识满天下，知音有几人？来到这里，

你便是我的知音啊。”忽然想到什么似的，问道：“高山流水故事多好，这里有没有其他的纪念建筑?”林大节回答道：“没有。”游酢说道：“要是能够建一个琴台多好。”林大节应道：“我倒没有想及这个。建个琴台放在哪里合适?”游酢说道：“这么大的汉阳城还怕找不到一块空地，只是要花钱。”林大节说道：“建个琴台用不了多少钱，我出；地皮你帮忙找。”游酢说道：“君子一言，驷马难追。这个事情说定了。我初来乍到，有许多大事要忙，过一段时间再商谈。”林大节应道：“那好吧。”直到天黑前，他才回府中。

游酢穿着便衣一连走动了几天，不时地向老百姓打听各个方面的情况，从中获悉三个重要问题：一、地方治安乱，时常发生斗殴现象；二、市场有人欺行霸市；三是乡村人生活太穷苦，流离失所的人不少。他一一地记下这些，琢磨着怎样下手治理地方的方案。

第二天，伍成业来见游酢，游酢问道：“你到滩边巡所怎么样?”伍成业回答：“还好。”接着将情况做了汇报，游酢听了点头，问道：“听说码头水运治安比较差?”伍成业答道：“是的。”游酢交代道：“这个问题你一定要想办法解决。我也会交代你们知县，有什么情况直接找他反映。”伍成业响亮地回答：“下人一定将这件事情办好!”说完退了出去。

伍成业走了，游酢心里想到：市场管理的情况怎么解决呢？看来，得责成这里的知县去做好。

中午，福建会馆派人送请柬来。他打开一看，是晚上在“望江楼”宴请他，当即答应：“你回去告诉会长，我一定去。”

傍晚，他独自一人来到了“望江楼”，会馆的骨干们立刻热情地迎接。上了楼，拐了一个巷道，进入雅室，只见里面摆着四张桌子，已经有二十来人，会长介绍说：“各位，这就是我们的老乡游大人。”大家起立鼓掌欢迎。游酢伸出双手，说：“老乡们，大家都坐下，有话慢慢说。”会长说：“游大人，我先介绍一下，我们福建同乡在汉阳目前为止，有三十多家经商人，主要是笋干、菇、茶叶、瓷器、海味五大类，市场上的笋干、菇、茶叶基本上是我们供应的。”游酢听了说：“不错，老乡们很会经营生意。”接着，会长说：“下面，大家自我介绍一下，与游大人认识认识，按照座位的顺序轮过去。”于是，大家开始了自我介绍。这时，还有个别的老乡陆续赶来赴宴。

众人介绍完，天色暗了下来。会长说：“现在，请游大人讲话。”游酢站起来说：“老乡们好，今天能够在这里认识大家很高兴，就像见到自己同胞兄弟一样。我下车伊始，对汉阳还不熟悉，百事待举，虽然头绪忙乱，可是老乡们有什么用得着老朽之处，尽管吩咐。祝各位乡亲生意兴隆，事业发达，家庭兴旺，前景辉煌。”大家又是一阵掌声。晚宴开始，争相来敬酒，游酢说：“老乡们，大家的心意领了，我岁数大了，不能多饮，望多多包涵。大家多是中年人，风华正茂的时期，你们多喝几杯吧。”大家听他说得在理，也不强劝。可是，游酢还是一个个敬过去，虽然敬一个只呷一口，四桌应付一轮回到座位，头已经有几分晕，开始半睁半眯着眼休息。大家也已经吃喝差不多，便散席，会长和另一位老乡用马车送游酢回家休息。

朝廷来了加急的公牒，游酢才知道朝廷正月初颁布了新规定：五品以上官员的儿子未走上仕途的，可以相应的补为将仕郎、登仕郎等。

游酢对儿子们补官的事情做了考虑：长子游撝、二子游拟、四子游损都已经是将仕郎，可以升为登仕郎，游撝在洪州做事，游损原来在无为县做事，只是想换个地方还没有着落；第五儿子游掞可以补为将仕郎。三子游拂虽然二十四岁，由于不爱读书，不向往仕途，已经在和州成家专心经商，游酢觉得没有必要勉强他，也不给他补官。

游酢将自己儿子的情况写了材料，报给朝廷，就投入自己的政务事情中去。

一天，林大节来拜访，问道：“建琴台的地呢?”游酢被一提醒，回答：“哎呀，你看，我把这事给忘了。”林大节说：“城北有一个荒凉的山包，我看可以建琴台。”游酢答道：“这样，过几天我去找你，一起到那儿看看。”

二月中旬，外甥黄中赶来汉阳，在舅父游酢家住下，继续边自学边由游酢指教。

游酢想起琴台的事情，便去找林大节。两人去看了城北的一个土山包，那上面虽然长满了野草，可是山包形如鼓，四面空阔。游酢说道：“这地方不错，风景好、又清静。琴台建在这里再合适不过了。”林大节听了也高兴。两人在回来的路上商量建琴台问题，游酢说：“建琴台不是那么简单，设计要合理，也得讲究艺术性。除了外观要美，还要考虑到弹琴人的休息寓所等。”林大节问道：“大致要开支多少经费?”游酢沉吟一会说：“粗粗的估算至少也得一百多两银子，有问题吗?当然，具体多少要问设计师。我京城有个朋友他擅长建筑设计，可将这里的地形、位置、建筑规模和大体的要求告诉他，保你有满意的设计。”林大节答道：“没问题。既然要做就做最好。”游酢叹道：“还是有钱好啊，说话都响亮得很。”林大节嘿嘿一笑，说道：“有钱哪比当官的，比如老兄当个郡府老爷在汉阳能够呼风唤雨，我能够吗?”游酢也爽朗地笑了，说道：“官是鱼，老百姓是水，鱼儿没有水不能行啊。”他们一路谈笑着离开那儿。

两人到了府中，又商量了一番，游酢将情况写成一封信，给林大节看，林大节回答道："行，就这样。"游酢封了信叫一名差役，交代道："你把信送到驿站去，跟他说要快送出去。"差役应一声："是!"出了府门。林大节随后也告辞回家。

游酢静下来，想到这汉阳城的社会情况如何呢？欲知汉阳会发生哪些事情，且听下回分解。

第九十六回

四川人误撞府鼓 古老三初入牢囚

话说汉阳城有一家姓古的五兄弟，当地人号为“五虎”。他们仗着兄弟多，又招揽了一些人为打手，长期称霸地面上，从市场商铺到摊点都要收地皮费，哪个外来经营生意人不先去向他们烧香进贡，轻者叫走人，重者要受殴打，而且财物被毁坏或者全没收。

有一对刚刚从四川来卖川货的夫妇，不知道这地方的规矩，就在市场摆开来卖，叫道：“买川货啰——便宜又适用。”

适逢“五虎”中的老三路过，上前便责问：“哪来的？”

四川男子回答：“我是四川的。”

老三问：“交过保票吗？”

四川男子疑惑地问：“啥子（什么）保票？我没有听过。”

老三一听，火了，吹了个口哨，一眨眼飞跑来三四个小伙。老三说：“给我修理一下。”三四个手下走过去，将那一对夫妇拳打脚踢。那一对夫妇被这突如其来的毒打搞懵了，大声问：“你抓子老（怎么了），咋个（为什么）打我们？”老三道：“这就教你们懂规矩。”男的气愤地骂道：“龟儿子，砍脑壳滴（哩）。（意思是你这砍脑袋的）”，女的坐在地上哭丧着脸喊道：“钱财洗白喽——”

街上的当地人看见是老三，谁也不愿意自惹麻烦，他们都当作不知道，有的低了头，有的装着若无其事，照常各自做自己的事情。老三嘿嘿干笑两声道：“你两公婆要是想在这做生意，每个月向我交一百个钱。要是不交，趁早滚出汉阳，别让三爷我再瞧见了。好啦，弟兄们，走啊。”说完大摇大摆地走了。

那夫妇见那一群人走了从地上爬起来，觉得一身疼痛，因此很不服气。男的是进过书堂的，虽然没有进学，也算有点文化的，大声说道："光天化日下竟敢打人，狗日的，这里啥子没有王法？"

边上的人听了，都替那夫妇捏一把冷汗：那"五虎"向来与官府有交情，谁告了他们不但得不到申冤，反而要受到"五虎"更重的报复打击，甚至可能丢命。有个对"五虎"不满的外地人，同情那一对夫妇，上前劝说："客人忍气消灾，这儿不让卖就到别个城市卖吧。"那四川男的听了不以为然，于是愤愤地对妻子说："老捏儿（老婆），告官府去。"收拾好东西，便找官府去了。

汉阳的县衙与府衙同在一城，县衙在外，府衙在内。四川夫妇在内城做生意，他不知底细，急忙中见了府衙便要闯进去击鼓，衙役哪里肯？上前阻拦，劝说道："这是府衙，你到县衙去！"那四川男子反驳道："难道府衙就不能够为老百姓办事啰？"双方争吵了起来。没有想到，那四川男子性情固执且刚烈，竟像狮子发怒似的大声号叫起来，衙役也毫不相让。

游酢正在府中同张汝明、师爷三人交谈，忽然听到衙门有人大声喧哗，问道："外面什么事情，吵得这么大声？"领班的差役连忙跑出来看个究竟，片刻回到衙内报告说："有一四川人要告状，把门的叫他去县衙，就吵起来了。"张汝明说："游大人，一般的民事还是让汉阳县去处理好。"游酢听了道："虽然如此，但是既然来了，就让他进来吧。"领班的差役应一声："是！"便出去带人。游酢说："张大人，百姓无小事。他们没有冤情不上衙门，我们这里平时没有事情，而汉阳县却忙不过来。偶尔帮忙办一点也未必不可。"张汝明听了也不说话了。

过一会儿，领班的差役将那四川夫妇带上堂来。

那四川夫妇一进大堂便跪下，喊道："青天大老爷，请替草民申冤。"

游酢说："你们快快起来，把冤情道来。"

那男的将自己从四川刚来就受到人打的事情说了一遍。

游酢问道："你知道什么人吗？"

四川男子回答："听人说叫什么五虎。"

游酢问师爷："你可知道五虎的事情？"师爷摇摇头。

堂下有个衙差说道："禀老爷，下人知道，那一家人姓古有五兄弟。一向在地方上胡作非为。"

游酢听了，说道："张大人，这事你经办吧。"张汝明应道："游大人，我初来乍到，还是你来办。"游酢见张汝明这么回答，只好自己来，说道："青天白日岂容这帮小人乱来，衙役们拿人去，务必把人带来。"随即发签拿人。提辖接了签，带着一干人出门去了。

见衙役们走后，游酢对那对夫妇说：“明天，你们照样去那地方卖，我自有安排。先休息休息，本堂为你们讨个公道。”

却说那“五虎”兄弟向来冲撞了官府，一是躲，二是买。以往的官府老爷见了钱便大事化小，小事化了，因此他们不怕。这天老三打了人根本不放在心上，认为是鸡毛蒜皮的小事。回到家，跟老大说起。老大四十多岁，心肠稍软，劝道：“三弟，算了，人家出门人也不容易。”老三听了还发脾气，道：“哼！那夫妇不识相的话，有好看的。”没有想到，一个门子来报：“衙门来人啦！”

老大听了，忙起身出门应酬。他抬头看见一群衙役，见来的不是县里的而是府里的提辖等，心里嘀咕道：县里的自己还熟悉，府里的却又是刚刚换来，这次事情棘手了。但是，他毕竟老于世故，于是镇定了心神，拱手道：“提辖老爷和各位大人们请屋里用茶。”管家阿贵闻声也跟了出来。提辖说：“老大，得罪了。你家老三打了人，郡府游大人命令我们前来带他去衙门走一趟。”老大心中以为用钱可以消灾，吩咐道：“阿贵，去给大人们拿些茶钱。”接着喊：“老三，快出来向大人们赔不是。”提辖知道老大的用意，说：“对不起，郡府游大人再三交代，人要马上带到。”老大见情赔笑道：“既然如此，老三你就去吧。提辖老爷和大人们，我三弟就劳大伙关照了，来日定当相报。”提辖大声喝道：“少啰唆，快跟我们走。”老三只好跟了衙役们走。

老大望着人群离去，如坠入云雾中：奇怪，以往地方上有了事情是县衙处理，郡府的衙门很难进的。管家走过来问：“大哥，是不是有为难啊？”老大说：“管家，你看事情怎么办？”

管家也不说话，走到老大的耳边叽咕几句，两人都笑了。

一群衙役将老三押到汉阳军衙门，提辖喊：“老爷，人已经带到。”

游酢喊：“带上来！”

古老三被差役押上堂，无奈地跪下。

游酢大声问：“堂下何人，报上姓名、籍贯等来。”

古老三懒洋洋地应道：“草民姓古，没名字，排名老三，人家都叫老三，原籍山西，现住汉阳，无业游民。”

游酢又问：“你今天可做了啥事？从实说来。”

古老三不吭声了。游酢对四川男子讲：“你把事情说说。”四川男子将事情经过从头到尾叙述一遍。

游酢大声喝道：“古老三，你知罪吗？”

古老三反而说："不知道。"

游酢说："三岁孩儿尚且懂得打人不对，你是个青年人，难道不知朝廷的王法？"

古老三答："我没有读过书，不知法。"

游酢说："好啊，本官问你，这汉阳是你们兄弟的，还是朝廷的？凭什么向人收地皮费？"

古老三说："这……"

游酢讲："别说你们兄弟也是外来人，就是当地人见了外地来的乞讨人，也还要打发给人家吃的。现在本官请你自己判这个案。"

古老三听了回答："老爷，我——"

游酢讲："不会是吧，本官就把你几个兄弟全请来一起帮你判。来人，传古家兄弟。"

古老三一听连兄弟都要来，知道衙门好进不好出，才软了下来，只好说："老爷求求你别传，我自己判，我向两位客人赔钱就是。"

游酢不冷不热地说："物损坏了，可以赔钱。可是，你还打了人。"

老三果然向那夫妇磕头，又说："我赔他们损坏的东西，还不够？"

游酢问："够吗？"

老三要赖了，回答："要是我不呢。"

游酢笑着说："真的不？"

古老三说；"真的又怎么样？我老三还从来没吃过这种亏呢。"

游酢拿起堂木，用力敲一下，说道："嚯！老夫当了几十年官，还没有见过敬酒不吃吃罚酒的，今天算是长见识了，来人将这泼皮拉下去，打五十大板再说。"

衙役们奔了过来，将古老三叉起要拖下去就要打。古老三是个老地皮，见来硬的，心里想："好汉不吃眼前亏"，忙举起双手求饶道："老爷，你大人不计小人过。草民一时糊涂，望大人高抬贵手。我保证今后不再做伤天害理的事情。"

游酢挥挥手，见衙役们松了手散开去，接着说道："古老三，你自己向他们夫妇说吧。"

古老三犹豫了一下，只好硬着头皮，走到那一对夫妇面前，说道："对不起，我不该叫人打你们。"

游酢说："古老三，姑念你初犯，当堂把赔他们夫妇的物品损失和医药费付清，本府可以对你从轻发落，今后不得再兹事，如再犯从重处置。服吗？"

古老三听了能走，连忙答应："服！"

游酢问："那么你的几个兄弟呢？"

古老三犹豫一下，想到：先胡乱应付一下，老子出了这衙门再说。于是，他答道："我回去跟他们说清楚。"

游酢问四川的夫妇："你们有什意见？"

四川的男子回答："只要他能够按照说的去做，我们满意。"

老三当堂赔了钱，那一对夫妇朝着堂上的游酢跪下说："青天大老爷，谢谢你为我们做主！"

游酢走下大堂说："客人快起来，别谢，我是朝廷的命官，理当为老百姓主持公正，这是鄙人分内的职责。"那对夫妇连磕了三个头，高高兴兴地走了。

游酢说："古老三，对不起，依照本朝的律令，你打了人要关押几天。来人，将他押下去。"

却说老大和管家正在筹划怎么去打通关系，把老三事情摆平。

老大叹道："哎，想不到老三遇上了克星，这真叫人头疼！"管家说："大哥别愁，办法总会有的。要不，我们先派人去找汉阳知县，托他说一说情。"老大应道："只好如此吧。麻烦你老亲自去跑一趟。"管家点了点头，进屋准备了银子，便出门去。

管家去到汉阳知县那里，将事情的经过一一说明，并且求道："县太爷，看在老熟悉的面子上，帮忙说个情吧。"知县心想：平时你们古家兄弟作威作福，我得罪不起，现在有人收拾一番也好。但是，情面还是要给的。他犹豫了一下，回答说："这个郡府老爷是监察御史出身，不好说话。出了这样的事情，我去了少不了还被刮鼻子。不过，我硬着头皮去试试看。"管家千恩万谢，起身告辞说："事后，一定登门拜谢。"

晚上，知县带了些地方特产去拜访游酢。游酢招呼他坐下，问道："近来公事忙吗？"知县应道："有一点忙。"座谈中，游酢明白他的来意，但不提古老三的事情，知县也不敢轻易开口。过了许久，游酢问道："今天无事不登三宝殿吧。"知县才说起古氏家里来托情的事情，游酢说道："按理这件事本来属于你管的，老夫越俎代庖了，失敬、失敬。"知县说："老父母在上，是卑职管理不当，还望斧裁。"游酢说道："人你明天就可以带回去，怎么处置是你的权利。"知县回答："谢谢老父母，卑职一定依法办事。"

第二天，知县派人将古老三带回县衙班房羁押着，也不通知古家。

古家兄弟不见知县来回话，也不见老三，一家人像热锅上的蚂蚁急得团团转。老大只好又派管家去找知县老爷。知县不冷不热地回答："还在府里呢，明天再说

吧。”

第三天，老三终于被放回家，进了门，说道：“兄弟们，我回来啦！”

老大和管家见了吃惊地问道：“那府老爷没有对你怎么样？”老三叹口气应道：“看来，我们真的要洗手不干这一行当了。”老大问：“怎么一回事？”于是，老三把去衙门的经过说了一通。管家听了说：“这个老爷果然厉害，软硬兼施，天底下哪听过叫当事人自己判案的？”老三说：“他用这种软刀子，我真真是没有招应付，只好认输。”老二说：“咱们的兄弟从来没有人敢欺负，这次白白进了公堂，还当着人家的面赔钱，赔礼，多丢人。这口气，非出不可。”老四听了，说：“人们常讲强龙压不过地头蛇。这新来的郡府，不过是过江龙罢了。我就不信斗不过他。”老大咳嗽一声，说：“你们懂什么，要是换了其他的官，这次非敲我们一斗不可。这个郡府老爷没有追究老三就这么放回来，没有敲我们竹杠已经不错了，看来是个好官。依我说，咱们总得记着人家的情，给送些值钱的东西，日后说不定还有用人家的地方。我们兄弟几个的儿子都大了在读书，你们谁再胡闹，会毁了他们前程的。”老五附和道：“还是大哥有远见。”听老大这么一说，其他几个兄弟不敢吭声了。管家问道：“老大，包多少钱适合？”老大道：“对方是郡府老爷，包钱不当，还是送一件贵重点的礼物去。”

管家去了一趟回来，讲：“那位游大人挺温和的，礼物怎么都不肯收。但是，他让我转告大哥，你们兄弟如果真的从此不再做不法的事情，只要地方平静得下来，就是最好的礼物。”老大说：“那好，明天你去回话，就说我答应他。”

当天晚上，老大召集几兄弟，说道：“事情大家都知道，我意已定，我们兄弟也该收手了，为子孙积一点德。”其他兄弟见老大言之有理，商量了一番，决定同意金盆洗手，明日起通知手下喽喽散伙，不再向市人收保护费。

第二天，消息很快传遍了全汉阳。游酢听了心里很高兴。

师爷问：“大人，他们兄弟叫你去吃饭，有何看法？”游酢说：“过一年半载再说吧。”

游酢招来漕运使，询问了年初以来汉阳的漕运情况，说道：“我们今天就去看看怎么样？”漕运使回答：“大人肯去，卑职求之不得。”两人出了府衙，当值的差役问道：“两位大人是坐轿，还是骑马？”游酢说：“都不要，你们也别跟，该干什么干什么去。”

两人像散步似的上了大街，向码头方向走去。

到了滩边街，看见街道整洁了，沟里也没有了污水，游酢说：“伍成业这小子还行，治理得井井有条。”于是说起自己当时来的情景。漕运使说：“是啊，大人用人得当，这地方才能够变好。”

又走了一段路，码头终于到了。码头上人来人往，装货、卸货的工人们忙碌着，岸边停泊着三四十只船，两人站到高处看，但见数十里汉江一望无际，江面帆影绰绰，上下来往的船只如穿梭。漕运使介绍说：“这里五百吨以上的船只才几艘，两三百吨的居多。”游酢说：“漕运关乎民生，也关系到朝廷的收入，一定要做好这件事情。这里江岸线长，是长江的黄金水道，如果能够拓深几个码头的吃水量，多造一些载重量大的船只，每年就能够扩大吞吐量，当地的收入将提高不少。”漕运使说：“说实话，过去只是就管理管理而已。卑职偶尔也这样想过，可是怕不容易做，便没有深入去想。”游酢又说：“从目前看来，汉阳要发展，最便捷、最有条件便是这漕运了，你回去想一想，拿出一个方案，我们共同商量商量。事在人为，有想总比不想强。”漕运使回答道：“卑职遵命。”

一天上午，游酢出巡回来的途中，忽然有人拦轿，跪着举着状子喊道：“府老爷——为民女做主啊！”游酢闻声立刻喊道：“停！”究竟什么人拦驾，有什么冤情，请君看下回分解。

第九十七回

小寡妇拦驾鸣屈 古老三认错自新

话说游酢在途中遇到一个人拦轿鸣冤，觉得奇怪，掀起轿帘看见一位四十岁左右的妇女，接过状子一看，眉头一皱，小声对递状子的人说："请放心，我一定替你做主。你且先到公堂去，我随后就到。"转过身对差役大声命令道："立即去捉拿古老三到堂。"

话说那古老三，自从被抓进郡府大堂之后，确实收敛了许多。可是，"江山易改，本性难移"。由于停了几个月没有收保票，心里憋得难受，又私下召集一些小喽啰干起旧业来了。不过，这一回他放聪明了，自己不出面，只是让喽喽们做这门生意。但是，那女子不怕，拦轿申冤，所以才有了上一幕。

古老三再次被带进公堂。

游酢问道："古老三，咱们又见面了。你知罪吗？"

古老三懒洋洋地回答："我何罪之有？"

游酢说道："有状子在此。"

古老三说道："状子写得有，可是我不识字。"

游酢也不发火，说道："传原告上堂。"古老三听了，心虚了，背上一阵凉。

原告上堂了，古老三睨了一眼，额上顿时沁出汗珠。

游酢说道："原告将事情的原委说一遍给他听一听。"

那女子申述道："奴家本是几年前来这里做小吃的，无奈不久前年夫君去世，只剩下我母子三人相依为命。我一个妇道人家靠做小吃为生，多么辛苦，孩子又得读书，哪有多余的钱，这古老虎要收保票，叫手下人李二、矮子等砸我的摊，

打我，还砸了我的家，请老爷为我做主。”

游酢问道：“古老三，原告所说是否属实？”

古老三应道：“我又没有打她，关我什么事？”

游酢说道：“好啊，古老三，不怕你赖，先押下去关大牢，关到他说为止。”衙役们将古老三押了下去。接着，游酢对堂下女子说：“你且先回家去，我随后会派人给你安排生活。”又派差役到古家拿了李二等人一并收监。

这天晚上，古家见老三又被官府抓了，知道事情不妙，老大忙召集兄弟和管家商量对策。

老大说：“老三又惹祸了，大家说说怎么办？”老二说：“拿钱赎人呗。”老四说：“听说郡府老爷不吃荤，从来不收人家钱物。”老五说：“这么说，就没有辙啦。老三也是，咱们年初都说好不再干了，大家也金盆洗手，人们说隔年狗屎长毛，才百来日便长了，叫人说什么好呢。”老二瞪老五一眼，说：“这样说话，有没有兄弟心啊。”管家说：“虽然说游老爷不收人家钱财，也不好色，我看也未必是绝情绝义的人，‘天下没有无缝的墙’。他是一个文人，古董字画总爱吧。到城中卖一件上好的古董送去试一试，也许见效。”老大听了，答应道：“这好说。我和你马上去城中办理，买好就送去。”

老大和管家上街来到古董行，老板见了忙热情招呼，坐下喝了三盏茶，管家说：“我有一位朋友要一件古董字画，只要货物好，钱不是问题。”老板听他这么一说，高兴地应道：“我这有一幅唐太宗的条幅，还有吴道子的画，都要五十两银子。二位看看。”老大和管家到柜上看了一遍，管家说：“我的朋友喜爱书法，就买唐太宗的条幅吧。”老板取下唐太宗的条幅，管家付了钱，和老大回家了。

第二天早上，管家带了唐太宗的条幅去见游酢。古氏兄弟都坐在家中等候消息。

一个时辰后，管家回来了。

老大问：“怎么样？”管家回答：“人家不领情，拒收礼物。”老大急了，问管家，道：“你的肠子更弯，说说还有什么法子。”管家捻了捻胡须，想了许久，才说：“要不给那寡妇多送一些银子，让她去撤诉，官府便会放人。”老大说：“这办法好，你就赶快包些银子代我亲自到寡妇家去。”

管家到了寡妇的家，装着温和的样子，堆满笑脸，说尽好话。那寡妇是穷人家，见对方派人说好话，又送来钱，心软了，答道：“好，我明天去公堂求个情。”

第三天，寡妇一大早就去府衙。她见了衙役说：“我要见游老爷大人。”衙役回答说：“我们府老爷昨天出门去了，要过两天回来。到时，我们会通知你。”寡

妇听了微微一笑，转头回家。古家暗地派去跟随的喽喽，见寡妇掉头，便上前问道："你怎么不进去就回家？"寡妇将衙役的话重复了一便，喽喽听了跑回古家报告。

古老大听了喽喽的报告，也没有办法。

那古老三是个一向娇生惯养的人，被单独关在一个黑暗的牢房里，四月天正是初夏，天气闷热，蚊子又多。三天来，虽然有人送饭菜，可是吃不下饭。他着实觉得像关进笼里受了伤的老虎一样，坐卧不是，在屋里团团转。他像疯子似的大声喊叫："来人，放我出去——"可是没有人来搭理他。他想了想，真后悔自己做错事情，于是又喊道："叫游大人来，我愿意改过，从此再也不做坑害人的勾当。"照样没有人搭理。

古老三一连关了好几天没法出来，古家兄弟的家里，几个人更加心急如焚。

老大说："人们说衙门万丈深，进去了就难出来。如今什么办法都用了，再怎么办？"

管家说："依我看，如今只有一策，便是兄弟出面联保。"老四听了，问道："联保？要是老三再惹出事端，我们兄弟不都要蹲大牢？"老二说："救人要紧，先联保再说。"老五说："不急。过急，反而办不成事情。等那寡妇上了公堂再说。"老大想了想，说道："老五说得有理，过两天再说。"

又过了两天，寡妇再次去府衙，游酢果然在，立刻传她进公堂。

寡妇扑通一声，跪在地上说："我愿意撤诉。"游酢问道："为什么？"寡妇回答："民女认为，人总会犯错误，你就放出古老三吧。"游酢说道："此话说得有理。本府愿意成全你。可是，要看古老三的态度如何。传古老三上堂。"

古老三被带上堂，他已经浑身无力，衙役一放手，便像一团烂泥摊倒在地上。游酢见状，对衙役说道："扶他起来。"接着大声问道："古老三，你可认罪？"古老三回答："草民知罪。"游酢："按照本朝的条律，你所犯的行为，完全可以发配充边去做劳役。今天看在这位女子前来撤诉求我放你出去的面上，姑且从轻发落。"古老三听说有了出去的希望，忽然来了精神，伸直腰板，向寡妇说道："谢谢大嫂！谢谢大嫂。"又抬起头，向堂上的游酢说道："我全认了。只要老爷肯放我出去，叫我做什么都愿意。"游酢问道："你说话可算数？"古老三答道："我如果再干这样的事情，五雷轰顶。"游酢说："口头发誓没有用。如有再犯，就充边去。"古老三答道："草民一百个愿意。"游酢又说："既然这样，叫他画押。"师爷将字夹送到，古老三画了押。游酢问道："古老三，你说说此案如何了断？"古老三回答："不知大嫂要怎样才肯饶恕我。"那女子心想：他家人私下已经送来不少钱，自己不可贪财再敲人竹杠，但是不要钱就这样放了也太便宜他。因此，她说：“青天大老爷，他只要确实能够改邪归正，我可以不追究。拿五两银子给我就行。”古老三答应：“谢谢大嫂，我回去一定亲自送到你家。”

游酢说：“退堂！”寡妇磕头转身走了。古老三也要走。这时，游酢忽然说：“慢！本府还有话要说。”示意衙役们退下。

古老三以为要敲他竹杠或者刁难他，暗暗叫苦，只得留下。没有想到，游酢却说：“古老三，你可要好好悔改，做一个好人。如果再犯错，我将你发配海岛去，永世不得回家。”古老三听了，应道：“好、好，我一定改、一定改。”游酢挥挥手说：“你走吧。”

古老三回家，将事情与回来之前郡府老爷的话说了一遍。兄弟们听了，都怕万一自己的兄弟再犯就苦了，古老大讲：“郡府老爷的话是很重，可是有道理，老三确实要改正，做个好人。”老二说：“不行，老三就回老家山西。”老四讲：“为什么要跑？哪里都有王法。自己做得正，哪里也别去。”老五也讲：“老三，你就争气点吧。”古老三想了想，答道：“我一定争气！”

古老三一改常态，走路不像过去大摇大摆，而是挺着胸，身直步正，上街见了小商小贩，主动热情地跟他们打招呼，人们见他变了样，也对他刮目相看，平添了几分敬重。他决心改邪归正，所以早晚路过街上，见人摆摊、收摊还会出手帮忙。

一个多月之后，地方上的人们，都夸奖：“古老三像变了个人似的。”

大约过了半年，有一天府里的衙差把古老三叫去。

古老三心理忐忑不安地进了郡府，游酢看见了，讲：“古老三，据当地百姓反映，你回去之后表现不错。本府想重用你，你可愿意帮忙本府做事？”古老三点头，答道：“愿意。”游酢说：“本府知道，你在此多年，对当地情况熟悉，想请你协助市监管理整个汉阳的市场，每月与市监一样领俸禄。”古老三简直不敢相信自己的耳朵，问道：“这是真的？”游酢正经地回答：“你不是看见我坐在堂上吗，君子无戏言。下个月，来府中报到。”古老三感激地跪在地上，磕头说：“谢谢老爷大人！”游酢交代说：“你从此可要以身自律，不允许有任何违法行为，做一个好样给汉阳父老乡亲看看。”古老三斩钉截铁地答道：“草民一定尽犬马之力，报答、效劳大人。”游酢挥挥手说：“你先回去吧。先不要急于将这差事传出去，你回去跟你家兄弟商量一下，在地方上多做一些善事，到时我再用你，人家自然没有闲话。”古老三又磕了个头，走出公堂。

那古老三回家，将事情与兄弟私下说明。兄弟无不转忧为喜，同意在地方上

做些善事，首先出钱在城中修桥、修路。

古老三要去当府差的消息走漏了风声。市民们私下议论纷纷，有的说："可能太守老爷得到很多好处，要不怎么会用他？"有的说："俗话说'千里求官只为钱'，天下哪个当官的不懂得捞钱，朝廷还卖官呢。"有的说："看来游大人也忒不会用人，汉阳城中人才多得是，再没有人也不应该用古老三这样的下三烂呀！"也有的讲："大家话也不能说绝，人是会变的，自古来不少人开始很坏、后来变好的例子。也许，古老三很适合当这种差事，能够把这城管理得跟京城一样。"有个人说："呸！像他这种人，要是能够做出什么好事，我就倒着走路。"

不久，古老三正式到府中协助市监管理市场工作。

古老三当上了府差，兄弟们觉得脸上有光。一日，兄弟们聚集在一块，老大说："游大人如此大度容人，又善于用人。我们古家可不能白领人家的恩惠，总得有一点表示吧。"

兄弟和管家商量了一番，决定由老大亲自登门拜谢。

一天晚上，古老大和管家带着一盒贵重的礼品到游酢家里拜访。游酢见了热情接待，古老大说了一串客套话、感激话。坐了半个多时辰，古老大和管家起身告辞，游酢将礼品放回古老大的手中，说："鄙人是受朝廷之命来此为民办事的，不是来发财的。你们送礼来，可是要老夫去充边吗？东西拿回去。你们兄弟如果能够协助打理这里的市场，就是对鄙人最大地支持了。"古老大和管家又客气了一番，游酢坚决不收礼品，他们只好走了。

老大回家，将事情告诉给老三，并且交代："游大人如此重用你，你应当尽力效劳才对得起人家。"古老三点头回答："大哥的训话极是，小弟知道怎么去做。"

城中的人们见古老三果然当上府中的差，私下里担心：这下更糟糕，说不定会变本加厉地敲诈人。

一个月过去，一切都出乎人们的想象，古老三对人们的态度很好。人们见古老三再没有使过什么坏招，市场上平静得很。摆摊的人们私下议论，有的讲："古人说'浪子回头金不换'，说不定，他从此变好了。"有的人说："谁知道，他现在刚刚当差，会装得正经，以后就难说了。"古老三真的能够浪子回头吗？且听下回分解。

第九十八回

黄鹤楼巧应僚友
小渔村智破案情

三月，鄂州知州约游酢去一游，游酢将郡里的事情交代给张汝明代管，即欣然前往。

汉阳与黄鹤楼仅一水之隔，渡江而过。

知州和游酢来到黄鹤楼。

黄鹤楼，位于蛇山黄鹄矶头，传说因三国时的蜀国大将军费祎羽化成仙，曾经骑黄鹤到这里，所以得名。它与江西的滕王阁、湖南的岳阳楼并称“江南三大名楼”。时正烟花之际，天气晴朗，两人游于楼中，其楼结构巍峨，高耸凌云，好像跟天空很近，下面是滚滚长江，但见长江浩浩荡荡，一望无际。登楼而望，城邑与四周山水景色历历在目。

知州问：“素闻游大人颇有才学，今日可即景生情，吟一首如何?”游酢回答：“李白尚且云，‘眼前有景吟不得，崔颢有诗在上头。’游某岂敢糊弄。况我堂叔（伯庄）早年经游此留有一诗，更当避之。”知州问：“尊叔父之雅作，可否吟之一听。”游酢应道：“好啊。”于是吟道：“长江巨浪拍天浮，城廓相望万景收。汉水北吞云梦入，蜀江西带洞庭流。角声交送千家月，帆影中分两岸秋。黄鹤楼高人不见，却随鹦鹉过汀州。”知州听了，赞叹：“写得好，扣情扣景，亦近太白之风，敢问尊叔父功名前途如何?”游酢答：“中过举人，大多在家中，游历倒时有。乡中人推崇其德望。”知州说：“闲居者尚有此等诗才，尊叔父亦可谓乡贤。君之家族令人神往矣。”游酢说：“惭愧。”

坐了一会，知州又说：“游大人当不至于吝啬吧?”游酢说：“天下登楼之文

章，有王粲《登楼赋》与《岳阳楼记》，我之所爱者，后也。范公其先天下之忧而忧，后天下之乐而乐，当为万古世人格言。凡吟诗行文，有做得做不得之别。做则，又有高低之分，若王粲之才，其《登楼赋》固是佳作，然气量偏狭；而《岳阳楼记》，则非范公做不出来。其文章大气磅礴，真乃大手之作也。盖范公之襟怀特大，眼界特高，斯有此等黄钟大吕声震八方、千古绝响之杰作。我辈之境界，不足言哉!”知州讲：“今日聆听游大人高论，着实获益匪浅，佩服、佩服。”

游酢答道：“哪里哪里，游某不过一时兴奋，多言矣，如有不当，还恭请大人赐教才是。”

两人游览了一番，知州见时辰已经不早，便道：“姑且先回去休息。”

午间，知州询问及游酢几位儿子前途之事，游酢叹道：“休提也罢，尚有两子未尝成才。”知州说：“凭大人的朝野声望，何愁无去处。如不嫌弃，在下同年任归州知州，那里缺一员司兵曹，可保举先到其地锻炼锻炼，日后再做长远计议若何?”游酢说道：“游某在此先谢过大人。”知州又说：“游大人，这可见外也，都是宦游人嘛。”

游酢回到汉阳，跟四子游损说了去归州司兵曹一事，游损听了也乐意，打点一下，便赴归州上任。

他忽然联想到：这汉阳城应该有不少文人骚客，不知文化、艺术方面人才如何？有机会，遇到相关的人打听打听。

漕运使上门来找游酢。游酢问道：“今天可是带方案来？”漕运使叹一口气说：“大人，难呀!”游酢讲：“你先把意思简单地介绍一下。”漕运使说：“要拓深一个码头的吃水量，所改造的码头必须停下，现在春节水势大，在时间上不宜，得年冬枯水期为佳。问题是，停运一个了码头，拓深它至少也得一两年时间，不仅少了一大笔收入，而且还得有一大笔投资。至于造一个五百吨以上载重量的大货船，我询问过造船行家，他说至少得两三年呢。”游酢听了，也觉得确实是个难题，回答说：“码头的吞吐量不扩大，资金收入就没有办法有更大的提高，我的意思是从当地长远的利益考虑，暂时少了一点收入不是大问题，在漕税方面我们可以向朝廷反映，申请减免一些，地方的收入上也减少些。可是，在拓深技术方面上是个大问题，可惜我们还没有能力做到。你再找别地的同行了解、询问一下这个问题有没有办法解决。如果真的没有那方面能力，我们也不做。做了，反而会劳民伤财。”漕运使回答说：“那好，我跟外地的同行沟通沟通再说。”

四月，游酢收到家里来信，游拂添了个儿子，请给取个名字，便立即给游拂去信表示祝贺。

一天，京城朋友寄回了信。游酢打开一看，除了信还有一张设计图纸。于是，他连忙派人叫林大节来。林大节匆匆赶来，游酢将设计图纸给摊开说："这设计怎么样？"林大节一看，说道："哇！真漂亮，依山临湖，庭院、林园、花坛、茶室齐全呀！"游酢答道："那当然，京城大师的艺术眼光是很高深的。他在信上说的造价跟我估算的差不多吧。大节，你可要破大费了。"林大节说："费用不是问题。"游酢说道："到时，立一块碑刻上你的大名，足可千古流芳啊。"林大节说："不！千万别搞那一套。我不稀罕。"游酢问道："真的？"林大节说："如果立碑，我就不干了。"游酢说道："好吧，由你。"林大节轻松地笑了起来，说道："我们就选一个好日子开工。"游酢答道："行！这件事情得劳你自己负责去做，人手不够我可以派一些去帮忙。"林大节应道："那当然。你也没有空。"两人又谈了请什么木匠、泥水师傅以及生活安排等问题，林大节才回家。

林大节回家，即请人选了黄道吉日开工，并且邀请了郡、县两府的主要官员参加奠基典礼。

开工的的那天，游酢和张汝明等也去了。琴台的地基面积约十五亩，已经整平的工地上，有上百名工人，还有前来看热闹的当地百姓。游酢和张汝明等参加奠基典礼完，便走了。

五月的一天，林大节带着一个中年人前来拜见游酢，介绍说；"这是荆门举子朱震。"这朱震原来是谢显道门下的弟子，后来也拜胡安国为师。他看见游酢，立即上前拜见道："晚生拜见师叔大人。"游酢忽然想起什么似的，问道："我们似曾在哪里见过，莫非是显道的弟子？"朱震也想起来，说道："师叔大人的记性很好，晚生正是谢大人弟子，至于见面那是五年前在胡大人康侯住处。"游酢笑起来，说道："哈哈，老相识了。屋里坐。"游酢先询问了朱震的家庭情况，朱震一一作了回答，说着要跪下来，改口讲道："大人，按理我也可称师叔为师太。"游酢说："别那么俗套，我们以朋友相称最好。早年，康侯到我门上问学时，我即让他以朋友往来。人无完人，互相取长补短嘛。今后有空尽管来坐，有问题共同探讨、切磋。"说到这里顺便问道："功名之事如何？"朱震说："惭愧！晚生已经到了不惑之年，如今还仕途无望。我已经看破了。"游酢听了，劝道："看破一词不要说得太快。仕途之事，也有机缘。有的早，有的迟。如果功底厚，肯努力总会有希望的。老夫要在这里三年，你如若有信心和决心，可以助你一臂之力。"朱震听了连忙起身说道："谢谢师叔大人的垂爱和抬举，晚生一定努力！"游酢说："不用谢。我没有空的时候也可以找找大节，他可是跟我同出程门的。"林大节听了，忙插话道："游大人这就笑话我了，我经商了几十年，过去所学早已经抛到哪个爪洼国去

了。不过，朋友来玩，我林某随时奉陪。”游酢却说：“大节，人家哪里有空闲玩。要不，你呢钱财方面给他一定的支持。”林大节答道：“钱财上的事没问题，大人既然开了这个金口，我一定尽力。大人，你呢?”游酢回答说：“我呀！敲敲边鼓吧。”朱震听了很感动，又起身说：“谢谢二位的美意。”游酢因此对朱震说：“这下就全看你自己了。好啦，咱们现在喝茶。”林大节临走时，忽然想起琴台的事，说：“琴堂额上要有个题词，劳兄台赐墨宝，我好叫泥水师傅刻上去。”游酢应道：“好说!”即到案前挥毫写好‘高山流水’四字，林大节发现游酢写的字没有署名，说道：“老兄不肯留名?”游酢回答：“琴台是你捐建的都没有说留名，你以为我把名利看得那么重？富贵如烟，名利似花。一闭眼，什么都烟消灰飞了。”林大节说：“是啊，我也这么想，自己无缘于仕途，没有办法为老百姓做一点好事，此举也算对桑梓的一点报答。说实话，我的钱财是在家乡发的，这就叫取之于民用于民。”游酢夸奖道：“汉阳能够出你这样的子弟，千古荣耀啊!”

又坐了半个时辰，大节拿了墨宝才和朱震一起离开。

从此，朱震开始不时地抽空来请教游酢。

却说六月的一天，汉阳知县来说：“有个叫张得水的中年渔人哭着来县衙报案，早晨他出去江里打鱼，中午回来发现他的妻子被人杀了。我听了大惊，于是立即带人赶往现场查验。可是查不出结果，便先回来了。”游酢问道：“现场有没有仔细查看?”知县回答：“在下认真查看过，没有发现任何的迹象。”游酢说：“是案必然有线索。明天，老夫陪你走一趟。”

第二天早上，游酢和张汝明、知县一干人赶往张得水的家。

这里是一个渔村，长堤数里，高柳拂岸，水天相映。不远处可见农地里有稻菽、荞麦等作物。众官差来到了临江的一座小屋前，周围都是渔人的住家。张得水见知县带一位更老的大官来，知县介绍说：“这是郡府老爷游大人。”张得水连忙跪下，说：“老爷大人，你一定得为小民做主啊!”游酢瞥了他一眼，回答道：“你放心，本府一定会给你主持公道。”游酢问道：“这是你家?”张得水答道：“正是小人的家。”游酢说：“且带我进去看看。”张得水应道：“是。”于是，带着众人进了屋。

小屋只有三个房间。张得水开了中间的房门，里面地上躺着一具女尸体，大家跟着进了屋。那衙役见尸体的脖颈上果然有刀刺杀的痕迹。可是，不见刀。游酢产生了怀疑：怎么会不见刀呢？知县亲自走到女尸旁边弯下身仔细地查看刀痕，见是一种三角形的刀口。这时，附近有不少群众来围观，人们唧唧喳喳议论开来，游酢发现不远处有一个女子打扮得花枝招展，却不肯上前一步，而张得水不时地往那边看。于是，游酢问：“张得水，平时有没有跟你老婆有过节或者冤仇?”张得水回答：“没有。”又问：“最近有什么人来过你家，或者你老婆去过什么地方?”张得水也回答说：“没有。”游酢想了想，哪有妻子死了一点都不伤心的，这里面肯定有问题。但是，他为了慎重起见，不打草惊蛇，于是说：“这案本府一时也很难破，明日再来看看。如果有了线索及时来报告。”说罢，大声招呼道：“兄弟们，先走吧。”

张得水出门相送，说：“老爷，你们慢走。”

走到半路，游酢忽然停下来，叫过两个衙役咬一会耳朵，两个衙役领命回头去了。游酢和知县等回城。

那两个衙役一个叫孙利，一个叫李顺。他俩回头脱去外衣各打结成包袱捏着，只穿着短衫便衣，直奔渔村的一家小酒店来。这店虽然小，才三十平方米大，只摆得四五张小桌子，却不时有几个客人光顾，生意也过得去。店老板见来两个生人，招呼道：“客官，吃点什么?”

“半斤花生，一壶酒。”二人应着进了店，见另一张靠窗的位置已经有人坐着，只好在边上另一张空着的坐下。

“好嘞。”

一会儿，伙计端上了酒和花生，摆上碗筷、酒杯等，忙着招呼其他客人去。

这时，两人听到邻桌有甲、乙两个人在议论：

“听说，刚才得水的家来了官差。”

“我也刚刚听说，不知怎么样?”

“这还不知道。”

“得水也是，自己的老婆好好的，却要玩相好。这不，玩出大事了。”

“这也难怪，那金莲长得如花似玉，水灵灵的勾人心魂，又水性杨花，人见人爱，哪个男子撞上了不黏住?何况她老公又是窝囊货。她家来了嫖客，就叫老公睡里间，自己与人睡外间。去年，她老公被她打发去外地打工，就再也没有回来过。”

言者无心，听者有意。一旁的孙、李二人听了，相互递个眼色，姓孙的起身向对面的拱手道：“二位老兄，在下孙某经过此处，方才听说有如此的美女，不知能否一见?”

甲说：“嗨，找她那还不容易，就在前面桥头第一家，要见自个去，包黏住你。只是不知道得水同意不同意。”李顺故意说：“这么说名花有主，我们出门人岂可造次?”乙插嘴道：“嗨！那女的，巴不得有人上门呢。”孙利笑道：“这么讲，我们有空去试试看。”

四人又喝了一会酒，说笑了一番，大家才散开。

孙、李二人离开小店，便回衙门禀报。游酢听了，道："果然有问题。有劳二位今晚吃过饭再辛苦一下，夜间去那女子家附近仔细观察有什么动静，倘若真有其事，一定得抓双。"

这天晚上天黑后，两人悄悄地来到渔村的桥头，看见有一间破房便躲在那儿，望见那女的屋里灯火还亮着。先听见倒水声，接着传来一个女子的咳嗽声。

大约到了戌时末刻，忽然在桥头出现一个男子，向女子的家走去。两人以为他必进去无疑。可是，一只猫大叫一声，那个人听了立即转身回头走了。

孙利叹道："他妈的，怎么掉头走了呢。"

李顺说；"没有办法，只好再等。"

还好天气热，夜间也不冷。等了两个时辰左右，还不见那个人再来。两人有一点困了，直想打瞌睡。又听到了一阵脚步声，两人猛地睁大眼睛，来人却不是去小屋，而且朝前直走。两人又失望了。

孙利讲："真倒霉，在这里蹲一夜，想睡没得睡。"

李顺说；"端人饭碗由人管，有啥法子。我估计今天晚上是不会来了。你先眯一会，我看着。"

孙利应道："好吧。"

附近的村庄传来鸡鸣声，周围还是没有动静，另一个也迷迷糊糊地要睡去。

"嚓、嚓、嚓"，一个人影出现了，他走近那女子的家门前时，那两个衙役还在沉睡。当那个男子敲门时，夜深人静，敲门声音惊动了附近警觉敏感的狗，发出汪汪的叫声，两人顿时醒来，一看：那个男子好像就是张得水，正进屋去。

孙利讲："跟过去，别出声。"

两人蹑手蹑脚地猫到小屋前，一前一后分开。

屋里传来轻微的说话声。

男的说："想死你啦。"

女的说："嘘，小声些。"

屋里没有了声音。接着，听到床板响动轻轻。

这时，在前面的孙利一脚踢开房门，大声喝道："奸贼、淫妇还不快快滚起来！"

那一对男女猛听得这么一喝，吓得魂魄上西天，那男的慌忙地穿衣服，两位公差已到跟前，那女子来不及穿好衣服，发出"啊——救命"的尖叫声。

李顺对女的大声喝道："谁要你的命，你是嫌来看的人不够多吗？还不快把衣服穿上，跟我们走!”那女的听了再也不敢吭声，连忙穿好衣服走出来。

孙利对男的说：“张得水，出去!”

张得水吓得发抖，说：“官爷，我、我——”

就这样，两人押着那对狗男女回衙门，先放在监牢关着，等天亮再处理。

次日上午，游酢升堂审问，那对男女对犯罪的行为供认不讳，便判了死罪，等待问斩。

古老三当上衙役，市民们虽然见他对人态度和好，可是不少人都还怀疑府中用这样的人可靠性和价值。

一日，汉阳县的捕头带着差役上街，见到街上有些摊子摆到街面，大声呵斥：“乱摆，不摆好，没收了!”摆摊的听到气势汹汹的训斥，不但不理睬，反而一起跟捕头争吵起来。古老三路过，见状忙上前对捕头说：“大人息怒，这是我失职。要骂，就骂我。这事情我来处理。”捕头见他这么说，带差役走了。古老三拱手说：“各位大伯、大嫂、阿姨，摆进去些，不然影响人们的来往。”人们听他这么一说，立即开始动手将自己的摊子收进去。一位大伯说：“老三，你这么说话还中人听，那死捕头凶巴巴的，我们偏不买他的账。”

古老三是个精明的人，他从这一件事情想到自己应当做好市场管理工作。于是，他每天在街上巡走，挨个摊子地宣传要注意影响，见有人摆得太近街面，好言好语劝说。经过一段时间的整顿，汉阳内街面秩序井然。市民见情，无不高兴。游酢知道了，也暗暗欣慰。

一天在府衙上班时，漕运使对游酢汇报说：“卑职联系过好几个地方，他们回复了，有的说只能用人力拦河筑坝，有的说没有更好的办法。”游酢问道：“那么，造船方面呢?”漕运使回答：“一艘大号的船只要上千两银子，我们没有这方面的财力，而现在朝廷的拨款完全没有希望。”游酢听了，沉吟一会，叹道：“唉，真是心有余，力不足啊！这事情就暂时先搁着吧。”

秋初的一个晚上，林大节再来拜访，见到游酢时说：“琴台建好了，明天一块去看看。”游酢拍一下林大节的肩膀，说：“行啊，大节，你做事这么麻利、带劲。明天，我一定去。”没想到林大节说：“去，可是有代价的。”游酢问道：“你该不是要红包吧?”林大节说：“我以为琴堂的入口处再立一块琴台的碑，以彰显古时俞伯牙弹琴之处，所以要老兄赐墨宝啊。”游酢听了哈哈大笑，道：“这容易。”说着就走到案边，坐下研磨，过了一会儿，站起身挥毫写下了“琴台”两字，问大节：“可以吗?”大节说：“不用我说谢谢吧。”游酢笑容满面说：“坐，喝茶。”琴台修建得怎样？会有什么故事发生？下回见分晓。

第九十九回

高山流水酬知己 美酒佳肴敬恩人

话说第二天上午，游酢和林大节两人到城北的土坡放眼望去，果然是一座好建筑物。走近一看，是一栋半檐歇山顶式前加抱厦的殿堂，面宽三间，跨进大门，看见一个空阔的庭院，四周回廊，砖木架屋，釉瓦盖顶，彩画精丽，金碧辉煌。走在琴堂水榭长廊上，琴堂殿额有游酢题写的“高山流水”四字，堂前有汉白玉筑成方形石台。中央是一个红色亭子，亭中间有一个琴台，四周有一圈木凳，其顶部绘有一组“高山流水”水墨画图，俞伯牙清风明月中操琴山崖、钟子期担柴听琴，二人交谈、俞伯牙寻钟子期、断琴等画图无不栩栩如生，形象逼真。琴台的东面是五六里长的月湖，西南为龟山，湖景相映，景色秀丽，幽静宜人。游酢见了，说道：“琴台是建好了，可惜没有人弹琴。”林大节说：“这容易，城里不是有歌妓，叫一个来弹奏。”游酢说道：“这是为了纪念俞伯牙与钟子期的，普通的歌妓太低俗了，有辱于琴台的雅名。”林大节听了觉得在理，回答道：“那就以后再说。”两人边谈边离开了那里。

林大节将游酢题的墨宝“琴台”二字请石匠刻了一块碑，选择了一个黄道吉日，准备请游酢去揭牌。

当地人都知道高山流水的故事，明白建这个琴台的意义。因此，揭牌的那一天，城内外许多老百姓都去看热闹。

“琴台”建好的消息，很快传遍了汉阳，甚至传到鄂州、黄州等地。不久，游酢听到陆续有琴手到那里弹奏娱乐，也有人到那里卖艺的消息，并没有当一回事，心想：这样也好，能够给老百姓增添一个娱乐的去处。

重阳节前的几天，游酢看见人们纷纷往城北涌去，听到人们议论："最近来了一个女子，琴弹得相当好，轰动了咱们汉阳城。"游酢将信将疑，以为有的人说着玩的，因为忙于公务也没有当一回事。

城中人们连续几天都去城北看热闹。

一天晚上，大节又来拜访。座谈时，林大节问道："最近琴台来了女琴师，你应该不会不知道吧？"游酢答道："只是听说而已，没有空去顾及那么多。"大节说道："那女琴师虽然四十岁左右，琴确实弹得不错。"游酢问道："你听说过她是哪里人吗？"大节回答说："这不曾问过，听说是江南人。"游酢应道："有余暇时去看看。"林大节说："后天重阳节，你有公假，我来陪你一块去。"

重阳节那天，林大节吃过早饭便来约游酢去琴台。

到了琴台，那里已经人山人海，差不多走到离亭子十来米，远远望见亭中端坐着一个中年女子的身影，听见一阵悠扬的琴声。游酢走近一看，不禁吃了一惊：原来是前几年在太平州见过的那个云仙女子。他知道，自己绝不能再走近，以免影响那女子的演奏。林大节说道："走过去，近些听得更真切。"游酢不好说明原因，只是说："听琴是欣赏琴艺，太近了反而没有那种感觉。"林大节以为游酢说得在理，也站在原地远远地听。

却说那女子云仙知道这一天来人一定很多，在琴台上先弹些曲子热热身手。无意间，她发现前些天见过面的林大节陪同一个人前来，仔细一辨认，心头猛地一热，确定那是游酢大人，想必他是人们所说的"游太守"了，自己是一个艺人，怎么好搅扰人呢。见林大节和游大人止步不前，她也放心了些。但是，转而一想：今天，游大人亲自驾临，弹什么曲子好呢？台下听众越来越多，她心绪一时拿不定，好在闯荡江湖卖艺几十年，信手而弹也比一般的琴手弹得好，老百姓听不出什么瑕疵。

台下的游酢却听出琴声异样，大致揣测到了原因，他正想走，忽然台上飞出了《高山流水》的曲子，于是收住了脚步。那云仙拿出了绝活，她那纤纤的柔指在琴弦上虚微的移指换音与实音相间，旋律时隐时现，听者犹见高山之巅，云雾缭绕，飘忽无定。须臾间飘出清澈的泛音，活泼的节奏，犹如淙淙铮铮，幽涧之寒流。众人凝神谛听，愉悦之情油然而生。俄尔，重复二段的曲子，声音忽然移高八度，稍后飞出如歌的旋律，琴韵扬扬悠悠，俨若行云流水，听者心情愈加宽畅。继而，她的手指大幅度的上、下滑音，奏出跌宕起伏的旋律。接着，她的十指连续地猛滚、慢拂作流水声，并在其上方又奏出一个递升递降的音调，顷刻间如有海潮澎湃、蛟龙翻江倒海一般。此时听众屏气静听，宛然坐危舟过巫峡，目

眩神移，惊心动魄，几乎怀疑此身已在群山奔赴，万壑争流之际矣。琴音渐来渐低，宛若轻波荡漾，忽高忽低，听者仿佛轻舟已过，势就徜徉，时而余波激石，时而漩涡微澜。已而，旋律稍快而有力的琴声，充满着热情，人们犹闻流水之声复起，令人遐想无边。旋律渐渐由低向上引发，富于激情，清越的泛音，使人们沉浸于“洋洋乎，诚古调之希声者乎”之思绪中。曲终歌停，余音绕梁。不少听者竟然不觉，犹侧耳谛听，直到人群中不禁地爆出了“好”的赞叹声，才回过神来。游酢听了心中也不住地称妙。此时，琴台上的云仙已经浑身汗水淋漓，掏出手巾轻轻地拂去额上汗珠，脸庞泛起一层红晕，向台下微微一笑，粉颊飞霞，显得更加妩媚动人。台下的听众，有的赞其貌美，有的称其琴艺高超，啧啧声不断。

过一会儿，云仙又弹奏了柳永的词《雨霖铃》：“寒蝉凄切，对长亭晚，骤雨初歇……”琴声与歌声变得十分的凄凉，周围的气氛顿时也静寂了下来。

这时，游酢对林大节说：“哦，我忘了，昨天晚上答应今天要带孩子去登山，我先走一步，你在这慢慢听。”他转头就走。林大节觉得有一点蹊跷，但是又不好追问，只是说：“有空上我家玩。”

林大节因游酢一走，也没了好心绪，他也走了。

一年时光将近过去，社会治安安定，市场买卖公平，百业兴旺，老百姓生活有了一定的好转。

到了腊月，古家老大想起年头要请游大人一餐的事情，于是对管家说：“你前去恭请郡府老爷游大人，明天申刻赏个光到临江楼一坐。”

管家又跑了一趟，回来十分高兴地讲：“游大人听了你的邀请，爽快答应赴约。”

老大一听拍一下大腿，大声说道：“能够交上这样的朋友，够意思！”

第二天傍晚，管家又到府中迎接，游酢欣然一起前往临江楼。古家兄弟全在楼下门口恭候迎接。

到得楼上，见桌上摆满了丰盛的山珍海味还有当地的名酒。众人推游酢坐了上位，古家兄弟按岁次大小也坐了下来，管家站着伺候。

却说汉阳的饮食与江淮相去甚多，爱吃麻辣，不像江淮一带的菜肴那么甜淡适宜，喝的是高度酒。然而，这里的鱼肉极细嫩，味道鲜美。

老大说：“游大人，今天能够给我兄弟赏脸，实在荣幸之至，在此敬大人一杯。”

游酢应道：“哪里哪里，鄙人才疏学浅，无甚作为，到此还得仰仗当地各方面人士多多支持和赐教。”

接着，兄弟几个轮番敬了一回酒，老大见情招呼道：“游大人，没有什么好菜相招待，随便品尝一下。”游酢说道：“大家一起来。”于是，众人开始夹了一口自己想吃的肉、菜往嘴里送。

老三站起来说：“游大人，幸亏得到你的教育，下人才明白做人的道理。你真如我再生父母。这一杯表示谢意。”

游酢说道：“坐下，这一杯酒，鄙人一定喝。姑且听鄙人说几句。金无足赤，人无完人，知错能改便是好样的。因此，鄙人当初见你的时候就是本着教育的目的来办事的。你果然不负所望，使得汉阳地面平静，鄙人实在是感动。来，我们一起喝了这一杯酒。”

“谢谢、谢谢！”老三举杯一饮而尽。

突然，一个差役来报：“老爷大人，府中有人来找。”游酢起身拱手说道：“诸位，鄙人先走一步，失陪了，后会有期。”

古家兄弟都起身拱手说道：“游大人，多坐一会吧。”游酢说道：“不要多礼，你们兄弟慢慢喝吧。”说完下楼。古家兄弟送到楼下，见游酢远去才回楼上。

到底谁来找？其实，府中并没有人来找，游酢怕喝醉，每次遇到宴席都用这一招呢。

一年时光将尽，欲知新年情况如何，且听下回分解。

第一〇〇回

林大节明理知退 庄老汉守训拒迁

政和四年过了元宵节，游酢辞别了母亲赶回汉阳。吕氏说：“今年正月，城里的东西又贵了，猪肉、大米都涨价。”游酢问道：“过年期间价钱贵一点正常。”吕氏说：“猪肉、大米都贵了三分之一，正常吗?”游酢听了回答：“明天，我自己去看看。”

第二天早晨，游酢早早起床，洗了脸就上街。汉阳大街上已经人来人往，挑菜的、担货的、也有挑粪桶的，在行人中穿过，两边的店铺门几乎都开启，卖菜、卖早点的叫卖声不绝于耳，肉铺前围得水泄不通。

他经过菜摊面前，问道：“菜怎么卖?”卖菜的回答：“两文钱一把。买一把吧。”他从衣服里掏出两纹钱，拿了一把菜继续往前走。在街边的一个肉摊子前，他问屠夫：“瘦肉多少钱一斤?”屠夫应道：“二十文。”游酢问：“五花肉多少钱一斤?”屠夫应道：“二十五文。老人家，你是问价还是买东西，到底要哪一样?”游酢温和地一笑，答道：“都要，各来一斤。”屠夫高兴了，应道：“好哩。”说着迅疾地抓过一大块前胛肉，举起屠刀利索地砍一刀，唰唰几声削去肥的，切出一块放下刀，抓起秤盘提起肉往盘中一掷，用手拿起秤索一勾，说：“刚好一斤。”接着，又砍了一块五花肉，秤好，抓过一把稻草将两块肉绑好，说：“拿着!”游酢从衣袋里掏出钱付给屠夫，问道：“猪肉价格怎么涨得这么快啊?”屠夫回答：“过年，猪肉紧张，买肉的人突然增加了许多。本地很难买到生猪，要到外地去购买，所以价钱就高。”游酢听了，说道：“原来这样。”提起肉走了。

回到家里，吕氏看见他提着青菜、猪肉回来，吃惊地说：“呦，你从来没有买过菜，今天怎么买了？”游酢回答：“昨天晚上听你说市场的物品价钱涨很多，早晨去看个究竟，顺便带点回来。买点东西，才好向人家了解行情嘛。”吕氏讲：“我说得没错吧。”游酢答道：“是的。不过屠夫说猪从外地买进来，价钱自然高，这是有道理的。”吕氏听了不再说什么。

林大节听说游酢回来了，即前来拜访。

林大节来拜年，游酢欣喜无比，端出果点，泡了一壶上好的黄山毛尖。两人对饮了起来，

游酢问道：“今年春节过得怎么样？”林大节回答：“汉阳就这么大，还能够好到哪里去，年年如此而已。”游酢又问：“常去琴台吗？”林大节说：“云仙还没有回来呢。”游酢说：“人都有恋家乡之情，她回苏州当然要多住上几天。”林大节说：“不知她今年还会来吗？”游酢说：“这就问你了。听说，你们对她很赏识，一掷千金。有这样好的主顾，谁舍得哦。”林大节听了只是笑了笑。游酢代杨时向他问好。林大节说：“代我谢谢他。有机会，我去看看他。”坐了一阵，林大节微笑着道：“我给你讲一桩京城里一段新闻怎样？”游酢回答：“好啊！”林大节讲道：“去年春节，延福宫放灯，歌妓舞娃，争来卖笑。一班公子王孙，都去寻花问柳，逐艳评芳。那皇上竟带着蔡攸、王黼及内侍数人，轻乘小辇，微服往游。皇上东瞧西望，目不暇接，忽然听见窗帘一响，便举头仰顾，凑巧露出一个千娇百媚的俏脸儿来：眼含秋水之波，眉若春山之黛，腰如弱柳，肤似凝脂。皇上一见，目贻神驰。你猜此女是谁？”游酢问道：“不会是李师师吧？”林大节应道：“正是。你怎么知道？”游酢说：“嗨！京中歌妓李师师，生得妖艳绝伦，不但善于歌唱，而且琴棋书画、诗词歌赋皆通，工于应酬，因此名扬京城，传闻天下，无人不晓。平日里，她与朝廷大晟寺提举周邦彦时常往来，关系最暧昧。周邦彦生得风流倜傥，擅长音律，能度曲，为当朝音乐、文化界大名人，他与李师师可谓才子佳人匹配。这点鄙人也略有听闻。”林大节接着讲：“从此，皇上不时夜里与师师往来。周邦彦闻知皇上此事，哪里敢在明着来往，只得暗暗叫苦。一夜，李师师打听到皇上身体不佳，以为不会来，便约了周邦彦。没有想到，周邦彦才进闺房不久，皇上又来敲门。情急之下，李师师慌忙叫周邦彦先躲到床铺下。皇上拿着一个新橙进了屋，将新橙赐给李师师道：‘这是江南最新进贡的，朕因为身体不舒服，在宫中觉得烦闷，所以到这里消遣。’李师师询问身体感觉怎么样。皇上答道：‘没有什么，不过略觉疲乏而已。’接着，皇上搂着李师师并肩坐下，与她调笑，不久便要离去。李师师也不坚留。周邦彦躲在床铺下大气不敢出，可是上面的调笑听得清清楚楚。事后，周邦彦将此事谱成一首《少年游》的词：‘并刀如水，吴盐胜

雪，纤指破新橙。锦屋初温，兽香不断，相对坐调筝。低声问向谁行宿？城上已三更，马滑霜浓，不如休去，直是少人行。’此事传到民间，一时成为百姓笑谈的趣话。”

游酢听了想到：当今的皇上昏庸荒淫到如此田地，自己却不能糊涂，应当尽力治理好自己的地盘——让老百姓有个安定的社会环境，生活能够有所好转。因而，他感叹道：“天下之乱由此可知也！”

林大节前脚刚走，黄金贵后脚就到了。

黄金贵说：“游大人，太老夫人玉体可健康？”游酢答：“还好，谢谢黄老板的问候。”两人坐下闲谈一会，游酢问道：“今年春节过得愉快吧？”黄金贵说：“一般般。琴台那边还没有动静，少了一分热闹。”游酢莞尔一笑，说：“黄老板不会是想云仙了吧。”黄金贵脸一红，回答：“没有的事。我只不过说说而已。”游酢说：“言从心出。你不说，我也能够猜出几分。如果真喜欢云仙尽管说，我跟她在太平州认识过。”黄金贵迟疑一下，说：“真的没有那回事。今天，我是特地来拜个晚年，叙叙情。”游酢听了，说：“这很好。嗳，你那块地用起来了吗？”黄金贵回答：“建了一个木材堆放场，欢迎随时光临赐教。”游酢答：“有空时我一定得去看看。”

古老三也来拜年了，游酢对他说：“城市的管理是一门学问，不单单是收费的问题，从现状看，卖菜、卖肉等到处都是，你得拿出一个方案，按类把它划片开来，先做好规划，再动员相关的买卖人员到分好片区内从业。这方面工作，开始肯定有一定的阻力，要跟群众讲明道理，心里暂时想不通的，可以多做几次工作，不能强制他们、威胁他们，而要说服他们。”古老三回答：“大人放心，在下一定会做好这件事情。”

又一天晚上，游酢和林大节两人正谈得浓，黄金贵也了来了。黄金贵一进门，见林大节在座，连忙抽身要走。游酢觉得情况异常，立刻起身喊住：“黄老板坐吧，喝一杯茶。”黄金贵只好转回头来坐下。游酢说道：“看来，你们之间有什么事情瞒着我。”林大节、黄金贵都不说话。游酢说道：“你们都是当地人，而且都是有头脸的人物，再大的事情也应当可以化解的。”林大节性直，忍不住了说：“还不是云仙。”游酢听了，说道：“哦，我以为什么大了不起的事情，原来是这个。二位都看上了云仙是吧？没有想到一个女子害得我两个朋友翻脸，不值、不值。这样吧，过几天，我亲自找云仙，问问她愿意嫁给谁。然后，找个机会当着两人的面表白清楚，不就了结了吗？”黄金贵终于说话了：“游大人这样说，我还服气。”林大节也回答：“那好，就听游大人的。”游酢说：“丑话说在前头，云仙只有一个，不论她答应谁或者都不嫁，你们两个都不得有私怨存在。”两人都犹豫了一下，没有说话。游酢说：“这样不行，你们得握手表示言和。”林大节伸出手，说：“黄老板。”黄金贵也伸出手说：“林老板。”两人相视一笑，心头积郁已久的冰块都融化了。

黄金贵见事情差不多，便先告辞走了。这时，游酢对大节说：“大节呀，刚才黄老板在场我不便说你。你也年过花甲了，还想艳事？”林大节说：“这有啥稀罕？八十公公十八妻，何况云仙已经四十岁左右。”游酢问：“你说实话，云仙跟你表白过爱你没有？”大节说：“那、那，没有。”游酢说：“你想过没有，云仙真的喜欢你吗？她是走江湖之人，善于社会交际，不会轻易得罪人。她对你好，可能是对你建琴台感恩，还有你也是地面上的人物。你有妻子、儿孙，她即使同意嫁你，也会受气。然而，人家黄老板才五十岁左右，已经没有妻室，只有一个女儿，论年纪跟云仙还勉强能够相配。我看，你就别跟他斗气，高姿态一些，干脆做个人情。我叫他请你一餐嘛。”大节说：“没有想到我对你这么肝胆，你却手拇指往外使——帮外人。”游酢说：“正因为你我亲如兄弟，所以劝你别为情色折磨自己，多活几年吧。难道，你也想学当今的皇上留一段风流艳史给子孙？”大节听了，只好应道：“看在你的情面上，我就拉倒。”游酢说：“哎，这样才像有大节的人。”

送走了二人，游酢松了一口气。

杨时来拜访游酢。游酢询问道：“你去年很忙，听说湘湖的水利搞得红火，完成了吗？”杨时回答：“完成了。”游酢又问道：“搞得是哪个地段，面积多少大？”杨时答道：“在羊骑山、历山之南和菊花山、西山山脚，筑了南、北两堤，约可灌溉七八百亩田地。”游酢听了夸赞说：“你可为萧山人民做了一件千秋大业好事呀。”杨时淡淡地回答：“这主要是县尉方文林的功劳。他负责督造具体的事宜。”方文林，字从礼，为晚唐浙江著名诗人方干的后代，先后任职信州（今江西上饶）玉山、萧山。听到这里，游酢不免叹息道：“文林是个很精干的人。不过你是县令，功劳不可没。”杨时说：“不谈此事。哎，你见到大节了吗？”游酢答道：“何止见到，天天在一起。他可成了当今的陶朱公，过得比你我潇洒得多。”于是，讲起建琴台的事情。杨时听了，开玩笑说：“大节可谓因祸得福。老天公平啊！”接着，两人又交谈了一些天下的大事和做学问之事。

次日，杨时前往萧山。临行时，他交代游酢：“记得代我向大节问好。”

几天后，游酢开始忙着办理政务。

一天傍晚，游酢到街上去转转。他走完了大街，觉得腿有些酸，想找个地方坐下歇一歇，可是除了店铺、大街，没有一个可以歇脚的地方。于是，他心里想

到：平时城中的老人们早晚到哪儿玩呢？一个这么大的汉阳城没有休闲之处，实在说不过去。几万人口的城市竟然没有一个公园，何不辟建一个公园，让老百姓有个休闲的去处。然而，建公园需要花费一大笔资金，这资金怎么办？

这天晚上，他由公园又联想到其他的娱乐场所，决定明天找同僚们聊聊，集思广益，也许能够解决这些问题。

第二天上午，他到府衙上班，坐下来便招呼同僚们，说："大家都来聊一聊。"同僚们听了都很快聚集到他身边。他说："大家找个椅子坐下，今天所聊是一件跟所有汉阳百姓有关的大事。"他见同僚们都坐定，说道："昨天傍晚，我去城中溜溜，走得腿瘐了可是连个歇脚的地方都没有，因此想到在城中建公园的事情，大家议论议论。"

通判张汝明说："游大人这个想法好，我来这里这么久也与游大人有同感，没有想到提出来讨论。我赞同建公园。"

参军说："游大人的提议很好，可是建公园的经费呢？"

团练使说："是的。建公园要有花草、树木、亭子、假山、水池、桥梁等，花费很大。"

大家沉默了。

游酢见情，接着说："我想几万人口的城市，没有一个公园不行。可是大家也不要求一步到位，我们目前的设想只要一个简易的就可以，先解决老百姓有一个休闲的去处问题。现在城中有的是空置的地盘，我们是不是可以根据城中的布局和居民居住的状况，对整座城市来个通盘的规划，先因陋就简地开辟出公园的地盘，种一些花草、树木，布置一些石块，等以后有了经济条件再建造假山、水池等。整出一块空地、买些花草、树木的钱府中还是可以拿得出的。大家看看，这样行不行？"

漕运使、团练使、盐政等官员听了，答道："可以，就按大人说的办。"

游酢说："我年纪大了，精力不足，可以出点嘴皮帮忙参谋参谋，这件事情具体怎么做由通判张大人和参军操作，你们两位大人怎么样？"

张汝明说："我正忙下乡打理农业的事情，还是参军大人负责吧。"

参军说："好吧。看来我是责无旁贷了，不过怎么做我心中没数，只能摸着石子过河。"

团练使说："我帮你。"

盐政说："经费上我那里多少可以资助一点。"

游酢听了，高兴地说："好啊，众心齐，泰山移。大家这么团结，都肯出力，还有什么事情办不成呢。”他拿出汉阳城地图摆在案上，说：“大家来看看，公园建在何处为妥？”

众同僚拥到案边一起观看地图。

游酢问道：“建在莲花湖边怎么样？”同僚们看了看，大家也觉得那个位置好，都点头说：“可以。”团练使补充说：“公园处于汉阳城的中心，临江、近湖，这个位置最佳。”参军开玩笑说道：“团练使大人，到时候带个红颜知己去逛逛公园多么潇洒。”团练使看了参军一眼说：“财神爷肯出钱，我何乐而不为呢。”大家听了呵呵笑了起来。

游酢说道：“好啦，这件事情就讨论到这里，剩余就辛苦参军大人了。”

参军说：“大家一起去察看一下具体的位置怎么样？”

张汝明答道：“不用，那地方大家都熟悉，到时建好我们再去不晚。”

游酢说道：“我看要去，建公园万一动用到老百姓的用地或者住宅，我们好做相应的动员工作和赔偿的准备。其他人做自己的事情，我陪参军大人去实地察看一下。”

出了府衙，游酢说：“你去把我们的意思跟知县说一声，我先走着。”参军去叫知县，游酢直奔莲花湖。

游酢才走到半路，参军和知县便追上了。游酢对知县说：“我们的意思，参军大人跟你说了吧。有什么看法？”知县答道：“大人的想法很好，在下完全赞同。”游酢说：“赞同就好，不过这件事情你得配合参军大人做好。”知县回答说：“在下一定尽力。”

他们到了莲花湖边，细致地观察了地形，三人比比画画商量所建的面积、征用的范围。游酢交代道：“凡是征用到老百姓的土地和住宅，均要按照朝廷的规定予以赔偿，我们不能因为替大多数人做好事而损害了少数百姓的个人利益。我们宁可公园建得简陋些，赔偿这方面该用多少钱不要心疼。具体牵扯到哪些户主，你们一定要逐个落实清楚。有意见的户主，一定要多做工作，不能用强制的办法，记住了吗？”参军答道：“好，我会认真对待，处理好这些问题。”

一个多月后的一个上午，游酢刚刚到衙里上班，参军来禀报说：“游大人，大多的征地、拆迁筹备工作将近就绪，地盘基本已经拓建开了。”游酢问道：“有没有遇到难题？”参军回答：“有！公园周围征用了十一户人家和十七户土地，其他的户都很开通，拿了赔偿金同意拆迁了，可是还有一家姓庄的住户怎么也不同意拆迁。”游酢又问道：“他没有说明理由吗？”参军回答：“他说，我家在这里住了好几代，多少钱也不行。”游酢说道：“看来碰到钉子啰。你们打算怎么解决？”参

军答道："再动员呗。"团练使听了，说道："对这样的钉子户太软不行，给他一点颜色看，他敢不同意？"游酢劝道："千万别使用权势。参军说得对。这样吧，我们一起去看看。"

三人出了衙门，朝公园方向走去。

到了公园基地，游酢望去面积大约近百亩，地基已经整平。参军用手指着西南方向的一座民房说："就是那一户人家。"游酢说："到那家走走。"

三人到了那户人家门口，一位七十岁的老汉迎出来，说道："三位大人请堂上用茶。"游酢拱手说道："大哥在上，我们来随便走走、看看，喝茶就不必了，谢谢！"老汉问道："你们又是来叫我搬迁的吧？"参军介绍说："这两位是郡府和团练使大人。"老汉不动声色地说："我猜得出来。知县也派人劝说过老夫。老夫是个粗人，不知道什么大道理。但是，祖上传下来，此地为风水宝地，子孙不宜随便搬迁。"团练使听了脸色稍变，正要说话，游酢连忙示以眼色，对老汉说道："刚才听大哥所说，大哥是个懂得大道理的人，才能够遵守祖训和孝道。古训'百善孝为先'，既然如此，我们也不会强行叫大哥搬迁。"老汉感激地说："那就谢谢大人高抬贵手了。"游酢又向老汉拱手说道："大哥，我们还有事，先告辞了。"

三人离开老汉家百米外，团练使说："游大人太仁慈了。"游酢回答："公园那么大，不差那么一点地，何苦为难人呢。"参军说："别的没有什么，不整齐难看些。"游酢说："世间难有十全十美的事情。不说这些了，现在正是春天，种植花草树木的好季节。你和知县抓紧筹划一下把它种下去，下个月就能够成活。我看，公园的花草可以多些，树木和石块不要太多，适当点缀一下，行道两旁树木以樟树、槐为主，湖边可以种植些杨柳。哦，记住人行道铺砌石块或者鹅卵石，以免下雨时行走不便。"参军应道："这些已经规划好了。"团练使说："要是有假山就美观、雅致些。"游酢说："以后有条件再说了。"

几天后，参军又来禀报："公园可以开工了。我们准备近天就请人种花草和树木。"游酢说道："行，开工时叫同僚们都去看看，同时帮忙种种。"

开工那天，天气晴朗，游酢带着府中大小的官吏戴着斗笠，扛着锄头、山锄前去帮忙种植花草、树木。

三月初，一个简易的公园终于建成了。每天傍晚时分，城中许多老百姓携老挈幼去公园游玩或者看热闹。

一天傍晚，游酢带着家人也来公园散步，看见老人们在园中怡然自得地走动，孩子们欢快、活泼地奔走，听见人们欢乐的笑声，心里感到从未有过的愉悦，站立在公园中间望着满天的夕晖微笑着。

中旬，游酢又到各县巡视春耕生产，督促农民做好农务。

端阳节前一天，游酢到郊区查巡。忽然，一个差役跑来报说：“启禀大人，府中有人来找，请你快回去。”

究竟何人来，有什么事情？请君看下回。

第一〇一回

黄状元访友赋词 吴处士读诗经商

游酢赶回府中一看，原来是黄裳，于是喜出望外地说："哎呀，冕仲兄今天的风太大了吧。"黄裳答道："路过这里，能不来看望你吗？"俗话道："久旱逢甘雨，他乡遇故知。"两人为福建同乡，又是同榜进士，相逢格外亲，他们竟然上前相抱，笑得前俯后仰。当晚，游酢设宴款待，并且邀请林大节前来相陪。黄裳说："定夫兄，这回来汉阳长见识了，城中环境清洁，市场秩序井然，人们和乐相庆。你真有一手。"游酢回答道："哪里话，这是这里民风淳朴，老百姓共同创造的。"三人欢饮至深夜才休息。

端阳节，中国人不仅家家户户做粽子纪念战国时的伟大诗人屈原，而且大凡有江河之处，每一地的人们必有赛龙舟的习俗。湖北是屈原的故乡，也是赛龙舟的起源点。汉阳受地域的影响，每年的龙舟赛从未间断过，而且都十分的热闹。

次日，远近的人们早早就来到江边，观看赛龙舟。

汉阳江上，红、黄、青、蓝、白五对龙舟队着装整齐，每队旗、鼓手各一，水手二十，选手个个体格健壮，英气勃勃。

游酢和张汝明、黄裳、林大节及随从们，吃过早饭也赶来一睹赛况。众人在江边的"望江楼"楼阁坐定，但见长江两岸男女老少人山人海，密密麻麻，有抬伞的，有戴斗笠的，也有什么都不戴的；有钱的女子披红戴金，年轻的女子艳丽照人，中年的贵妇打扮得雍容富丽；没有钱的女子粗布淡妆，也有衣衫褴褛、老态龙钟的老妪。

大约辰牌时分，鼓声响三通之后，比赛正式开始。红、黄、白、蓝、绿五队

像离弦的箭一样冲出，各队有一人站在船头高举红旗，擂鼓者头裹红巾，腰扎红腰带，双手紧密地擂着鼓，鼓声嘭嘭响个不停，船两边的水手用力地向后划着木桨，奋力使船快速前进。两岸上“加油”“加油”呼喊声此起彼伏，声浪裂岸……

比赛共三轮，结果红队获第一、黄队次之。

这天晚上，三人回忆白日龙舟竞赛的热闹、壮观的情景，黄裳油然地产生兴奋之情，走到案前展纸，挥笔书写，说道：“定夫兄，我这有一首词，请赐教。”游酢和林大节急忙走上前，一看是首《减字木兰花·竞渡》：

“红旗高举，飞出深深杨柳渚。鼓击春雷，直破烟波远远回。/欢声震地，惊退万人争战气。金碧楼西，衔得锦标第一归。”

林大节看了说道：“定夫兄，你也来一首吧。”游酢听了心里一急，额上沁出汗珠，答道：“大节，你真多嘴！状元爷面前也逞得能吗？”黄裳笑了笑，道：“我这状元是一时侥幸所得，哪比得上名响天下的程门第一高足。”游酢原来没有准备，现在眼看两人逼得急，只好道：“也罢，游某临时抱佛脚，勉强凑合一首，请二位兄台赐正。”也拿起笔填了一首《减字木兰花·汉江龙舟竞渡》：“扬旌击鼓，百里江干观竞渡。破浪飞舟，一片烟波溅清流。/欢声雷动，争看楚儿谁健勇。高彩楼头，翘首英雄第一筹。”

黄裳在旁看了，竖起大拇指啧啧称赞道：“真是士别三日，当刮目相看，想不到定夫兄能够通晓词律，何时学到手的？”游酢自知水平不如黄裳，见黄裳夸奖，谦虚地说道：“游某初学，恳请勉中兄诚心赐教。”黄裳也不客气，点评道：“定夫兄谦虚吧，能够有这样水平已经不错。平仄、用韵、营造意境都好，堪称佳作。”

语罢，三人临窗小饮。此时一弯新月初上，光华满天，见此情景，黄裳不由得讲起古人咏月诗歌。大节也议论风生，游酢应和着。

过了一个时辰，游酢忽然走到案前，提笔龙飞凤舞起来，黄裳与林大节二人问道：“你做什么？”游酢答道：“勉中兄，我刚才得了一首词，权当个留念吧。”说着放下毛笔，拿起条幅，黄裳与林大节二人凑向前一看，是一首《蝶恋花》：“春树暮云相念久。才喜重逢，握手惊颜瘦。且向灯前轻把酒，风霜雨雪休回首。/月照高楼风吹柳，勾起新愁，再聚何时有？最怕天明分别后，孤帆远影眉空皱！”

黄裳看罢，击掌道：“妙！妙！情景交融，写得雅致，有此水平，我真是五体佩服了！”

游酢自是又谦虚了一番。林大节插嘴道：“状元爷你也现场和一首怎么样？”黄裳看一眼林大节，答道：“论敏捷，我实在不如人，况且定夫兄此词发自肺腑，

以情取胜，我若勉强应和绝难有胜数。我算服了。”游酢对林大节道：“你又多嘴，罚一杯！勉中兄，我们谈些闲的，整天诗呀词的，多么没有趣味。”于是，三人继续转而谈天说地。

夜深了，林大节起身告辞回家，游酢与黄裳送大节出门，只见一地的银光，目送着大节踏着月色消失在街尾的尽头，才回屋安寝。

湖北虽然在长江流域上却是中国的三大火炉之一，每年农历四月半之后，天气便很炎热，进入仲夏之后，气温高达得令人难受，真是热死人的地方。遇上大旱之年，整个湖北就像一个大火炉，田地龟裂，庄稼枯死，就连人们躲在屋檐下都如身处碳窑似的，热气熏天；要是走在路上，则能够看见地面直冒烟，热浪滚滚，加上头顶有毒热的太阳直射下来，确实会觉得像西游记中的孙悟空过火焰山时似的。汉阳正是处于火炉当中。偏偏这时候，各地来报蝗虫又大发作。

游酢听闻焦虑万重，心急如焚：如何是好？他连续几次询问下属和一些当地绅士、甚至老农，皆不得办法。于是，他叫人找来古代书籍，寻找解决的途径。古书记载有以虫治虫、以草药治虫等办法，但是在汉阳都没有相应的事物。他得病了，一连几日卧床不起，老是打摆子。通判等同僚闻讯，都来探望，并且吩咐下属请来郎中给他治病。郎中来了，走到床前，叫人扶起，观察了脸色、眼睛和舌苔，又把了一会脉，说道：“大人是诸病攻身，肝火旺，虚火上身，又加暑气重。开一个方，吃它三剂保管见好。不过，今后晚间早些休息，尽量少熬夜。”游酢望着郎中说道；“谢谢。”

郎中走后，随从忙出去抓了一包中药回来，取去一味放到锅里去蒸。游酢吃了三剂药，病情渐渐好转。

汉阳有个姓吴的处士，从年轻时起一心想考取功名，只考个秀才之后，十多年没得进取。但是，他不死心，成天只顾在家读书，从来不去干活，仅仅靠妻子去帮人挑担来维持生活，因此家庭更加困苦。游酢听到这件事情，化装成一个商人特意去他家。游酢接近他，温和细心地询问了他的家庭情况和所学，那秀才口齿伶俐，能够高谈阔论，可是学得很杂。游酢听了，心里知道他不能再深造的原因，只是说：“多承赐教了。”便离开。游酢回来后想了想，觉得这种人倒适合经营生意。

那吴秀才正躺在家里读书，听见屋外好像有人走动，还以为官府要抓他。他出门一看，没有人的影子，见到地上有一张纸，捡起来一看是一首诗，题目是《赠吴秀才》，诗写道：

生儿岂必读书郎，百业千行各有长。

韩柳文章诚可颂，陶朱事业亦称扬。

苏秦不仕无亲嫂，韩信曾贫只泊娘。

能使家人温饱暖，当庐沽酒又何妨？

吴秀才读了诗如大梦初醒：原来自己的根底太浅，福分不够，而对功名太痴迷了，以致饥寒交迫，度日如年，真的不如诗中所云，转身去搞一点小本生意，也许今后命运会更好些。他将此事情跟妻子说了，妻子见丈夫能够重视家庭生活起来，当然非常高兴，夫妻俩商量决定去街上摆个小吃的摊子。

他也聪明，将诗贴在摊位的墙上，许多人经过看见，都来凑热闹。有的不识字问他诗里的意思，他说："这是郡府老爷的诗"一句句解释得清清楚楚，最后还说："这诗好啊，我看了它才懂得许多道理，脑子也能够转弯了。"这事一传十，十传百，传遍了整个汉阳城。因此，他的生意做得非常红火，所卖的面条和芋包每天都供不应求。他又雇了几个帮手，生意越做越大。后来，他成了一个富人。

一日，游酢出差到黄州。办完公差，游酢对黄州太守道："可带我前去看一眼安国寺?"

黄州太守道："那已经成一片废墟，没有看头的。"

游酢回答说："难得来此一趟，反正有空闲，去走走也好。"黄州太守见他这样说，只好带他去。

安国寺是什么地方？游酢为什么要去看安国寺？请君看下回分解。

第一〇二回 

读书堂会友怀古
福禅寺对弈听泉

安国寺又称护国寺，离黄州州郡五里，坐落于城南青云塔下，建于唐显庆三年（公元658年），坐北朝南，占地方圆二里，原来唐朝时寺中有房屋五千零四十八间，有掸堂街、濉阳院、春草亭、竹啸轩等建筑。

二人来到寺前，但见山门一座古式三梁砖石牌楼巍然耸立，其上嵌有“勒赐安国禅林”六个大字，门前有一对狮子镇守。可是，因为风雨沧桑，年久失修，房屋已经全然不见，只有一片空旷的荒墟，到处是断壁残垣，杂草丛生。据传，天圣年间年轻的韩琦来投奔他的哥哥韩琚（时任黄州太守），在该寺的西厢内发愤读书，“白日青灯，风雨无怠。”终于考中了进士。游酢正是怀着对前宰相韩琦当年刻苦读书的敬仰心情来的。

游酢看了感叹道：“可惜，想不到这里已经变成如此的荒凉。”

黄州太守也叹息：“有什么办法呢。”。

游酢说：“这个安国寺是一处古迹，荒了可惜；另外，更重要的是当年韩魏公刻意上进的读书精神，着实感人，修复起来对黄州的后代能够起激励作用其意义极深远也。”

黄州太守讲：“可是，修复这安国寺少说也得几千两银子，哪来的这笔巨款?”

游酢又说：“办法倒有，你写个奏本，向朝廷陈述修复之事；我也附和着上一本，此其一；再则将修复此寺的意义向州民广为传说，谅想也会捐得一笔可观的数目。如此，修复便不成大问题。”

黄州太守说：“还是察院大人见识广，主意多。黄某在此代黄州官民谢大人赐教。”

游酢答道：“免谢，只不过卷舌之举。”

游酢回到黄州郡府，写了一首《韩魏公读书堂》的诗留给黄州郡府：“去郡五里安国寺，断蓬荒条成邱墟。郡人不置瓜李嫌，公亦甘与泉石居。想憎俗事败人意，独愿灯火勤三余。今人不出如处女，陋室暗屋跖不如。闻君读书胡乃尔，政恐心地怠芟锄。前辈浑厚应有此，难弟难兄俱可书。”

不日，黄州郡府和游酢先后上书奏报朝廷，要求修复黄州安国寺之事。

但是，赵佶自从登基后，过着奢侈荒淫、声色犬马的生活。蔡京为了讨好赵佶，特地先后推荐了王老志、王仔昔、林灵素三个道士入宫，因此巫风、淫风、乱风并起，宫廷焉不搞得乌烟瘴气？话说宫中除郑皇后素得帝宠外，有王贵妃，有乔贵妃，还有刘贵妃和妹妹，以下便是韦妃等人。刘贵妃姐妹出身都寒微，均以姿色得幸，而且最邀宠幸。因为道士刘混康对赵佶说，京师西北角地势偏低，如果加筑高大，便可以有多男之喜。蔡京听说，立即乘机献媚，极力劝说兴建之事。于是，宫廷大兴土木。后来，刘妃生三个儿子：棫、模、榛，因此赵佶对道士更信之入骨。赵佶是个风流情种，原来极宠爱大刘妃，不料刘贵妃中途逝世，赵佶失去所宠，抑郁寡欢。内侍杨戬，欲解帝愁，极力地称说：“小刘美色，不让大刘，可以移花接木。”赵佶听了杨戬所奏，即命杨戬将刘贵妃之妹召入，重谐凤侣。这位小刘原本只是个才人，由于天资机敏，极能够善于揣摩、奉承皇帝的意旨，况赵佶风华正茂，见才人比刘贵妃还要慧艳，倍加宠爱。从此，六宫嫔妃近百女子夜间很难轮得到皇帝来过夜，唯独小刘妃一人与皇帝承欢侍宴，朝夕相亲。不到一两年，刘才人进位为贵妃，几年间她总共生下三男一女。这样，赵佶更为道士所迷，政和二年便在大内拱辰门外建“延福宫”。

那延福宫建造极为华丽，东起景龙门，西至天波门，凡殿阁亭台，池沼假山，文禽奇兽，嘉花名卉，无所不有，仿佛仙境般。赵佶常常到此游玩。对左右道：“这都是蔡太师爱朕，议建此宫。秦始皇、隋炀帝大兴土木，恐怕未必有此佳胜。”左右侍臣道：“秦、隋亡国之君，安能比及陛下。”赵佶皇帝道：“朕亦常恐扰民。只因蔡太师查核库银，约有盈余五六十千万两，所以兴建此宫与民同乐。”

当时，皇帝正沉迷于建延福宫和美色中，一应朝廷事情皆由蔡京处理；再说蔡京知道前宰相韩琦在此读书之事，见了要修复安国寺的奏本更加反感，不知将黄州知州和游酢的两道奏本扔到哪个爪哇岛去了。

到了七月，知县来汇报说县里秋天童生考试的问题。

这种考试虽然取的是秀才，但是也对朝廷今后的乡试和殿试有着直接的影响。

以往，不少地方舞弊的现象很严重，诸如找人代考，或者将文章带进考场，或者在考场内偷看他人的卷子，丢纸团，从窗外递纸等，花样百出。

听了知县汇报，游酢回答："这好说。为了保证考试的公平、公正，严肃考纪，郡里会派人下去协助你们。"

八月，到了考试时间，士人雅称"秋闱"之期，游酢委派了自己的手下到各考场巡查、监视，自己也到考场巡视。汉阳的知县见郡府如此认真和严肃，也振作精神认真负责，个别私下答应帮忙的，生怕出了事情毁了自己的前途，也只得推得一干二净。原来有准备舞弊的，都不敢明目张胆地进行。

考试后，郡民议论："今年的考试最公平、公正。"

过了一段日子，湖南锡潭州的道宁禅师来帖，请游酢前去会会。游酢正好没有什么大事，便欣然前去。

船近湖南岳阳楼，游酢想起了许多有关岳阳楼的诗歌、文章和逸事。

游酢在岳阳楼下了船，于是登楼游览。

岳阳楼耸立在湖南岳阳的西门城头、洞庭湖畔，背靠岳阳城，俯瞰洞庭湖，遥对君山岛，北依长江，南通湘江。它与江西南昌的滕王阁、湖北武汉的黄鹤楼并称为"江南三大名楼"，自古有"洞庭天下水，岳阳天下楼。"之誉。该楼以东汉末年"鲁肃阅军楼"为基础，逐代加以修建而来，主楼三层，楼高十五米，全楼梁、柱、檩、椽全靠榫头衔接，相互咬合，稳如磐石。楼顶的形状酷似一顶将军头盔，既雄伟又不同于一般。登楼远眺，浏览八百里洞庭湖的湖光山色。杜甫、李白等历代名人到此游踪不绝，最著名的文章有范仲淹的《岳阳楼记》。

站在楼中眺望，眼前长江浩浩荡荡，东流而去，云影波光，水天相映，白帆点点；远处云山茫茫，一碧无垠，横无际涯，气象万千。想起《岳阳楼记》中的"迁客骚人，多会于此，览物之情，得无异乎？"之句，游酢百感交集，自己现在虽然不算迁客，但是"曾经沧海难为水"，心情怎么高兴得起来呢？于是，想起了张舜民的《卖花声·题岳阳楼》。原来，元丰六年，张舜民因作《西征途中二绝》等句，遭到转运判官李察的弹劾，被贬监郴州酒税时经过这里写下了《卖花声·题岳阳楼》一词，游酢联想起宦海沉浮的辛酸经历，而且自己的未来也前途难卜，说不定哪一天又遭受贬谪到什么地方，慷慨吟起张舜民的词："木叶下君山，空水漫漫。十分斟酒敛芳颜。不是渭城西去客，休唱阳关。/醉袖抚危阑，天淡云闲。何人此路得生还。回首夕阳红尽处，应是长安。"念完这首词，他觉得词的下片末句"何人此路得生还。回首夕阳红尽处，应是长安。"写得多么深刻啊。瞩目远眺，怎奈思念起家乡的老母和乡亲，一种情思萌生，于是驻足构思一首《虞美人

·登岳阳楼》，临风吟哦道："洞庭波上寒烟翠，秋色连天水。望中风景正晴明，渺渺云山暗涌故园情。天边雁去无消息，心字何从寄？凝愁且唱《卖花声》，三十余年好梦总难平。"转而想到，自己这首现填的《虞美人》比起《卖花声》未免太肤浅了。想到这里，游酢心情转而开朗起来。尽管朝廷黑暗，然而作为一名朝廷的官员，确实应当像范仲淹所说的一样，"不以物喜，不以己悲"，"进亦忧，退亦忧。"凭着自己的一颗真诚的心和一腔热血做事吧，只要做到"先天下之忧而忧，后天下之乐而乐"，自己的忧乐算得了什么呢？

游览毕，游酢继续前往锡潭州。

道宁禅师于大观三年创建了个"福禅寺"。这寺建在山中，四周松林，寺边有溪有瀑布，是一个极为清净的好去处。游酢来到福禅寺，道宁禅师亲自出山门迎接。两人互相施礼寒暄之后，道宁禅师讲道："跟老衲来。"

原来，道宁禅师是一位学养很深的大师。他经常在寺边的瀑布下，设有石桌石椅，与友人边饮茶边下棋或者清谈。小沙弥见大师带了客人来，忙去瀑布下灌了一壶水，放到炉上。

"今日邀大人来，只饮茶下棋，不谈别的，尽可开心地玩。"道宁禅师说着从石桌下拿起棋盘和棋子。

游酢深知自己的棋艺平常，不是道宁禅师的对手，正要说话。道宁禅师说："道不必言，行之则是。你平日公事繁忙，难得清心，几年不见，苍老多了。来，陪老衲玩玩。"游酢只好点头一笑，应道："好吧。"

道宁禅师将红子推给游酢，自己要了黑子，说道："游大人，你先走吧。"游酢："大师先。"两人推让一番，游酢只好来了个"仙人指路"，道宁禅师也是"仙人指路"。游酢炮八平五，道宁禅师马二进三，于是，两人拉开了战势。

到了中盘，两人正集中精力酣战。茶炉的水"扑通"、"扑通"沸腾了，小沙弥冲洗了一遍茶杯，沏好了茶，给游酢和道宁禅师各端上一杯，说道："游大人请用茶。""师傅请用茶。"两人也无闲应答，小沙弥便站在旁边观看两人对弈。是时，两人觉得四周寂静，其实小沙弥才感觉到清风吹拂，棋声、松声、泉声、溪流声与周围的鸟声交织一起。

连战两局，一比一平。第三盘到了残局红方只剩炮兵，黑方马马卒，道宁禅师的棋势显然占优势，却故意卖了个破绽让游酢吃了一只马，说道："游大人的棋艺大有长进。"游酢心里明白是道宁禅师故意相让的，所以答道："这是大师承让，晚辈岂是对手。和了。"道宁禅师说道："和了好、和了好啊，万事和为贵嘛。到后堂休息一下用斋。"于是，两人进了寺内。

游酢问道："绍圣三年，鄙人自潭州回去的途中遇见一位叫王以宁的秀才，他说是此地人，大师可知道他现在何处?"道宁禅师答道："老衲听说过有这个人，善做诗歌，不曾谋面过。我托人去找一找。"游酢说道："不用。如果有缘，自当有再见面的机会。"道宁禅师问道："杨大人可好，现在何处?"游酢答道："他现在在萧山任知县，忙着搞水利。"道宁禅师说道："善哉、善哉，斯人也，有才干，能够做大事者。"接着，两人攀谈了一些天下事情。

第二日，游酢向道宁禅师辞行。临走的时候，道宁禅师送了一套手抄的《金刚经》给游酢说道："老衲已是风烛残年，想来时日已经不多，这给你留个纪念。"游酢接过，说道："大师贵体如此健康，谅想有期颐之庆。"道宁禅师道；"尘缘有数，老衲心知肚明。大人好自为之吧。"

游酢回到汉阳即忙于公务。欲知后事，且听下回分解。

第一〇三回

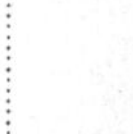

林大节中秋办展
王以宁重阳访友

且说林大节家庭富有，膝下又有了两个孙子，日子过得殷实。前段时间，听了游酢的好言相劝，断了对云仙所想，清闲下来觉得有点无聊，心里空落落的。

一天中午，孙子放学回来一进门就喊："爷爷，你教我学写字。"林大节应道："好，爷爷教你。"他在桌边坐下，教孙子怎么拿毛笔，怎么写字。半个时辰后，吃饭了，孙子问："爷爷，听说你以前读过很多书，怎么不去当官呀？"他听了脸上发热了，嘴上答道："爷爷喜欢做生意。"

饭后，他回到房间午休，想起孙子学写字时所问的话，心里想到：自己一生虽然财富不少，可是没有实现少年的志向出外当个朝廷的命官愿望。儿子继承了家业，如今自己年纪大了，闲着没事，要是能够为家乡做一点有益的事情，也算不虚度了晚年。

做什么呢？

他由孙子叫教写字的事，忽然想到：何不办个书法展览，一来看看汉阳读书人书法风采，二可以推动地方人对文化的重视。于是，他对怎样办展览进行了一番思考。

晚饭后，林大节来到游酢家。游酢跟他坐着闲谈。林大节说："跟你商量一件事情。"游酢爽快地回答："兄弟，有什么话就说。"林大节讲："这事情得你同意才行。"游酢了解林大节的为人，答："说吧。"林大节问道："你的书法那么好，来了两年多还不曾给过我一幅。"游酢立刻应道："好啊，你要能够不给吗？"大节问道："你几十年练它，应该留有很多好作品吧？"游酢回答说："不用说书法，连不少的藏书、师友的书信在崇宁末年都被朝廷派来的人搜去了。”大节问道：“一点都没有了？”游酢说：“老家的或许还在，不过极少。”大节说：“太可惜了！近年的总有吧？”游酢问道：“你想做什么？”大节说：“我保存比你放在家里安全。”游酢说：“你太会开玩笑了。我还不如给汉阳的父老，多一份人情。”大节说：“那你不如把现有的都拿出去搞个展览，也好让汉阳人见识见识。”游酢说：“你这个建议好。展览我自己的不好，发动当地的乡绅、有文化的人都选一两幅来，我的也拿一两幅去，这样才像个展览会，也能够促进这里书法的发展。”大节说：“好，这是好事，我帮助你办。时间就定在中秋怎么样？”游酢答道：“行！地点可以借府学一用，我通知教授和学生们都来参加这一项活动。”

林大节果然忙碌起来，到处去联系文化人和乡绅，筹措举办书法展事宜。

汉阳城的文化人听到这个消息喜出望外，大家积极地做准备。

中秋前夕，府学的师生把收集到书法作品进行了布置。

中秋节这一天，一大早许多人就到府学看热闹。游酢和张汝明一班同僚也来观看。

展厅里，有游酢和同僚、教授、乡绅、学生、地方上文化人士等的书法作品一百多幅。游酢正看得兴致，林大节走过来问道：“游大人感觉如何？”游酢非常高兴地说道：“谢谢你，辛苦你了。”教授、乡绅、学生、群众见郡府大人来了，大家都围过来。游酢说：“大家都去观看书法吧，希望今后我们汉阳年年有书法展，更希望汉阳人才辈出！”

到了晌午时，汉阳城中来观看书法的越来越多，府学内外人山人海，人声鼎沸。

这一天晚上，游酢睡得特别香。

重阳节前的一天，天气有一点寒意。游酢在府中办公。忽然，差役进来禀报：“大人，有一个青年说是潭州来的，要拜见你。”游酢立刻想到是王以宁，于是答道：“知道了，我就来。”他收拾好案牍，走出门去亲自迎接，出门一看，果然是王以宁，拱手招呼道：“王相公，多年未见，好不思念，请进府中坐。”王以宁回礼道：“游大人好！晚生不久前听说你去道宁禅师那儿提起我，他便派人跟我说了。只是怕你公务在身不便打搅，明日是重阳节你有公假，我才来的。”游酢走下台阶，说：“进去谈。”两人进了门。

第二天吃过早饭，游酢身穿着羊袄，拿着手杖，带着王以宁去登览西山（俗称“碧云头”）。六十多岁的游酢，虽然身体还健朗，可是为了走路方便，还是带上了手杖。

路上，王以宁问道：“一别十年，大人一向可好?”游酢答道：“还算行吧。”王以宁讲：“我听道宁禅师讲，大人曾经在太平州生活了六七年。”游酢应道：“都过去了，往事如烟不提也罢。你呢，这些年可有收获?”王以宁问道：“晚生命乖，至今依然功名未就，一事无成啊!”游酢说道：“别灰心，古来能够成大事者，不少是中年以后才出仕的。我像你这个年龄，还在扶沟里当职事，整天跑腿。到了三十岁才考中进士，后来又经历了许多的风雨。”王以宁问道：“我听说每个人的命运不一样，也许我一辈子也出不了头。”游酢说道：“我相信你一定会有好前途的，你还年轻，继续努力吧。”

到了山上，两人在寺庙前休息。楚天低沉，抬眼望去一片灰蒙蒙的，山上的树木几乎落叶了，山下的原野也枯草连天，只有野菊花开得遍地都是，让人觉得天地间尚有一点生机。

他们徐徐地下山，王以宁话语没有去时那么多，也缺乏那一份的激情。游酢说：“王相公，天地尚且有四季，人生也一样。一个人最关键的是在任何的时候不能失去信心和勇气。你不是崇拜李白吗?李白的一生充满激情，就从来没有颓废过。你最重要的是得学习他的那种精神，振作起来，一切都会好的。”王以宁听了，终于感动了，身上好像忽然有了一股热血涌动，感激地说：“游大人，太谢谢你一再的劝导，我一定振作精神走好今后的道路。”

这夜，地面吹着微风，天空挂着一勾半圆的残月，浮动稀疏的星星，游酢和王以宁坐在露天闲谈。

深夜，即将休息前，王以宁坐在灯前，回想在游览的过程中，了解到十年来游酢遭受了长达六七年的闲置江湖，而他自己在前途上屡屡受挫，郁郁不得志，联想起汉阳的历史，慨然写下了一首词《水调歌头·呈汉阳使君》，其词如下：

“大别我知友，突兀起西州。十年重见，依旧秀色照清眸。常记鲒碕狂客，邀我登楼雪霁，杖策拥羊裘。山吐月千仞，残夜水明楼。/黄粱梦，未觉枕，几经秋。与君邂逅，相逐飞步碧山头。举酒一觞今古，叹息英雄骨冷，清泪不能收。鹦鹉更谁赋，遗恨满芳洲。”

第三天，王以宁告别游酢返回潭州。

十月，进入寒冬。游酢见闲着没有什么大事情，便想到商谈征求当地老百姓对汉阳治理存在的问题。于是，他召集通判、参军、按察使、漕运使等同僚开了个碰头会议，也派人去通知汉阳知县前来参加。

会上，游酢说：“今天这个会议，主要是要大家明确一下，我们这一年来所做的工作成效如何，做了哪些事情，还有哪些没有完成的，哪些做得不好，老百姓

有意见的，都要做到心中有数。大到城市管理、老百姓的生活，小到我们工作中细节问题，都做个回顾、总结。还有两个月时间，没有做好的可以补救。”

同僚们先后发言，谈了自己所做的和不足，今后补救的办法。

会议结束前，游酢说：“大家谈得很好。当然，我们做得如何，要老百姓说了算。所以，我们过一段时间还要派人到地方上做调查，到时再给大家反馈。”

过了几天，府中派人到街上和乡村进行调查。

游酢自己也到街上走走、看看。他见街上虽然比过去秩序更好了些，可是，占道摆摊使街面交通不太畅通，而街边的垃圾满地都是。他想：住在城市中的居民众多不一，有当地的，也有外来的，管理起来确实有一定的难度，人们卫生、文明的意识还很淡薄。这些，不是一时能够彻底解决的，只能一步步地加以改进。他默默地走着、想着，记下一些事情，思考着解决的方法。

十一月底，他又召集了地方人士进行一次座谈。通判、参军、按察使、漕运使等都到会，一起倾听和了解群众反映的问题。

会议开始，游酢开门见山地说：“今天召集大家来，我们重点想听听各位对郡府的政策、做法以及汉阳城市建设、管理方面的意见，大家可以开诚布公地畅所欲言。说对了，我们改正；说错的没关系，供我们借鉴。在座参加会议的官员，要认真听取，虚心接受，记好各自部门的问题，事后想办法补救或者解决。下面，请各位乡绅发表意见和建议。”

乡绅们先后发言。

会议结束前，由通判做了总结，并且布置今后的各种任务。

年底，游酢赶回建阳看望母亲。

回到家中，老夫人身体依然健康，能够如往常一样劳动，不但养有七八只鸡和一头猪，而且种有一些青菜。游酢见了母亲之后，去看望村中的几位长辈，也带一些汉阳的礼品到张崇武、桂生、林火木的家走走。

游酢回家过完大年初五，便告辞母亲和其他亲人赶往汉阳。欲知后事如何，请君看下回。

第一〇四回

徒步越岭寻水源
飞马上街排纠纷

游酢回到汉阳休息几天，便到了朝廷规定的正式上班日子。

他到城中查看了一遍，城中治安平静，居民安居乐业，环境卫生也比以前好了些。不过因为处于春节，物价比平时略涨了些。过了两天，他又去府学、府库走动查看，情况也正常。

新年的一切都顺利，他心里觉得踏实。

一日傍晚，游酢上街散步，来到莲花湖边，看见许多市民在公园里游玩，他也进入逛逛。突然，一个人走过来说："游大人，我正想去找你呢。"他抬头一看，不是别人，原来是公园边居家的庄老汉。他走上前握着老人的手说："老伯，是你呀。新年好！你老有什么事情，请讲。"庄老汉说："游大人，实在不好意思，当初我思想不通，不肯搬迁。近来我想通了，只要府里肯按照那时讲的价钱给我，批给我一块新地，房屋盖好我家就搬迁。"游酢听了觉得奇怪，问道："老伯，你家可以照样在这里居住，我们没有一定要你家搬迁。"庄老汉讲："游大人，我知道你仁慈宽厚，你们没有要赶我家走。你是外地来的尚且能够为这里的老百姓着想，我是当地人不能为自己家乡做点贡献，于情于理都说不过去。我觉得公园是大众公益的场所，自己一家人赖在这里太自私了。为了公益的事情迁家，我想祖宗也不会责怪我的。所以，我决定迁走。"游酢听到这里，称赞道："老伯，我代表府里和汉阳的老百姓谢谢你。原来的价钱一分不少照样补偿给你家，你家所要用来盖房屋的地皮只要没有纠纷的，可以批给你。另外，你家有什么需要府里帮忙的，我们做得到的可以提出来。"庄老汉说："太谢谢你了。"游酢答道："你能

够为公益的事业迁家，我应该谢你才对。有空的时候，你就去选宅地，到府里办理有关的手续吧，我会交代有关人员专门给你办理清楚。”庄老汉说：“到我家喝一杯吧。”游酢答道：“天时已经不早，我该回家了，下回再来拜访你。”

第二天，游酢到府里上班时，叫来司户参军把庄老汉自愿提出来搬迁的事情讲了一遍，交代道：“你要亲自给他办理好相关的手续，迁移的补偿方面价钱照给，其他可以照顾的适当给予关照。”司户参军应道：“请大人放心，在下一定办好。”

清明节后，游酢想到这时候乡村差不多都开始平田、插秧了，于是决定出去走走。

游酢穿着便服，头戴斗笠，带着一个差役出了门。差役问：“游大人，今天去哪儿?”游酢说：“北郊。”

汉阳城的北郊外，一望无际的平坦绿色田野上到处是人，农民们有的戴着斗笠，有的在赶着牛犁田，有的在挥着锄头锄田，有的手握着铁耙在平田，有的田里长着翠绿的秧苗，有的田里还长着去年留下来的稻头。可是，远远望去有一大片的田荒着。

游酢走近一个老农的身边，问：“前面的那一片田为什么荒着?”老农看见他年纪大，身后还跟着一个青年，不知眼前的人什么来头，但还是回答了：“没有水呀，那一片田叫‘望天田’，有雨就种粮食，没有雨就荒着。这两个多月老天滴雨不落，田裂成狮子口那么大。”游酢又问道：“那边没有水圳吗?”老农又回答：“水圳也干了。”游酢说一声：“谢谢。”往那一片田走去。

近了，那片田果然龟裂得厉害。游酢伫目而望，这一带地形略高于附近的田地，沿水圳所来的方向望去，尽头是一座小山，那山虽然没有什么树木，只看见一些小草，因而想到：有山必有水源。于是，他对身边的差役说：“我们过去看看，究竟怎么样。”

两人沿水圳而行，约半里地终于到了头，却不见一滴水。差役问：“大人，怎么真的没有水?”游酢站住又想到：难道真的一点办法都没有?他抬起头，又往远处看，小山的背后还有一座山，于是说：“再往前走。”

翻过小山，这时看见另一座山树木葱茏茂密。游酢欣喜地喊道：“有了!”差役问：“游大人，你说什么有了?”游酢兴奋地告诉差役：“前面的山有树，说明就有水源，后面那一片田就不怕没有水了。”差役问：“两座山相距很远，水怎么引过去?”游酢说：“这你不懂，以后就会明白。回去吧。”

回到了家中，游酢吃过饭就派人把司户参军叫来。

司户参军问："游大人，什么事情这么紧急？"游酢说："你坐下，慢慢跟你说。"于是，他把上午查看"望天田"和水源的事情说了一遍，接着交代："怎么把水引到田里，是解决那片田地目前供水问题的关键，你得抓紧去解决。但是从长远来看，靠田地附近的那一座小山必须种植树木，有树木蓄水，就会有水源，田地便能够耕种，长出粮食来。"司户参军听了，感动地说："大人，你真够劳心，这么大的岁数还如此不辞劳累地找水源。"游酢说："这有什么办法，我们吃的朝廷俸禄是老百姓供给的，只要为官一日，就得尽一点绵薄之力。"

司户参军离开之后，游酢亲自带一班人马又去查看了一遍地形，而且在第二座山找到了水源所在。司户参军回来，向游酢做了汇报之后，说："从后山引到前山工程很大，需要动用近百人马才行。这个问题怎么办？"游酢回答："你回去拿出一个最佳的引水方案来。人马问题好办！眼下，农民们都在抢播、抢种，把厢兵和乡兵都调去。"

司户参军回来找部下商量并策划了引水方案，送到府中递给游酢。游酢看了，说："方案可行。但是，抢播、抢种要的是时间。我看这样吧，一边先用槽把水引到水圳，保证农民能够种上水稻，一边挖水圳，等水圳挖好，槽便可以不用了。"司户参军听了说："还是大人考虑得周到。"

几天后，一大批厢兵和乡兵都扑到了工地上，轰轰烈烈地开始开山引水。

半个多月后，那一片"望天田"终于有了水。田地的主人们，开始锄田、播种。

立夏后。

清晨，大雾弥漫。整座汉阳城沉浸在一片白茫茫的雾海中。游酢起床后，见到这个模样，心想：夏雾晒死人，今天的太阳一定很大。

果然，吃过饭后，太阳一出来阳光就非常的刺眼。汉阳是个大火炉，一到盛夏气温就更高了。

游酢吃过早饭，又穿上便服出门去。

来到了"望天田"，他站在火热的太阳下，看见一片绿油油的禾苗和水圳汩汩的流水，听着田里哗哗水响声，脸上露出了喜悦的笑容。

四月，正是青黄不接的时候，一天汉阳城内忽然出现了一大群乞讨的人。有的是孤独老人，有的拖儿挈女，他们一个个衣衫褴褛，蓬头垢面，疲惫不堪的，白天在街头巷尾或走动着向过往的行人乞讨，晚上坐在街边、台阶上，人家的屋檐下过宿。

汉阳城的差役看不惯，又怕影响地方的市容和治安，要将他们赶走。可是，

他们赖着不动，差役们也拿他们没有办法，只好走开。

第二天，城中的居民有人接二连三地来到县衙报案，有的反映不少乞讨人趁人家没有人时进屋偷饭菜吃，有的反映晚间家门被撬、财物被偷，强烈要求把乞讨赶走。

第三天早晨，又有一批居民来报案，并且有人叫嚷："这点问题都解决不了吗？"知县听了大为恼火，立刻叫差役来，命令道："你们去把那些难民都赶走，一个都不准留下。"差役说："老爷，我们前天就赶过了，他们赖着不走。"知县正在火头上，听了说："赶不走，你们就走人，别当差了！"捕快应一声："是！"带着差役们出了县衙。

这一回差役们出来，大声喊叫："你们快滚，不走我们不客气了。"怕事的开始动摇要走，可是见大多的人都不动，于是，也冷静下来原地不动，有的不怕事的还骂骂咧咧起来。捕快见状，大声说道："你们这些乞讨人，白天讨，晚上偷，太不像人。还不快滚回家去！"差役们开始挥起棍棒喊道："你们快走，不走别怪我们。"一个老人站起来，大声说："我们谁晚上偷啦？你们血口喷人，诬人清白，我倒要上你们的县衙讨个说法。"捕快说："咦，我们就是奉知县老爷的命令来赶你们走的。"老人吐了一口口水，骂道："呸！这样的知县有人性吗？还不如狗呢。"其中的一个差役发火了，上前举手掴了一个老人一巴掌，周围所有的难民见了都涌过来，有个喊道："当衙差的敢打人，打死他再说。"其他人跟着喊："打他，为老人出口气！"难民很多，而且来势汹汹，很快把打人的差役包围在中间。差役们见势不好，怕同伙被打，捕快喊道："兄弟们，上！"差役们便死命往人群里冲闯进去。

眼看一场恶斗就要发生了。这时，突然一个洪钟般的声音传来："大家住手——"所有的人寻声望去，一个六十多岁身着官服的老人飞马前来，差役们一看都傻了眼，捕快忙喊住差役："兄弟们住手，府老爷游大人来了！"难民听说来了大官，也都静了下来。

游酢飞身下马，人群中让开一条道。游酢走到人群中间，愤怒地狠狠瞪差役一眼，大声训斥道："你们用这样粗暴的方式对待外来的逃荒的兄弟吗？都退下！"差役们听了只得退下。游酢询问了身边人事情的经过，他扶着老人，说："老人家，外来的兄弟姐妹们，我没有管理好这个地盘，致使发生了这样的事情，我给老人家和大家赔礼了。"游酢命令捕快："你给老人磕三个响头，给他们赔礼道歉，带老人去验伤医治，负责一切医药费，并且付给营养费。回去，再叫你们知县好好处罚你。"捕快只得起来，说："老人家，我对不起你。你原谅我吧。"给老人磕了三个响头，老人心善，见太守这么通情达理，说："府老爷大人，我伤得并不重，只是伤着了皮肤，给一点吃饭的钱吧。"游酢听了，对捕快说："你们现在袋子里有多少钱统统掏出来，给这些逃荒的兄弟们当生活费。"差役们纷纷从衣袋里掏出钱，放在老人脚下。知县赶来了，问明了情况，见到情景，也从自己的口袋里掏出所有的钱放在地上，走到游酢面前说："老父母在上，在下只是让他们把人赶走，不曾想到会变成这种局面。"游酢大声说："你下令赶人，必然如此。做事怎么可以这样轻率!"知县应道："在下知罪。"游酢不理睬他，对老人说："老人家，钱你先拿着，剩下的分给兄弟们。大家好好回去营生吧。"老人感激地说："谢谢大人。"他弯下腰只拿了几个钱就走了，游酢对捕快说："剩余的，不论大小按照人头均分过去。"

其他难民拿了钱也一一走了。

事端终于平息了。游酢舒了一口气，对知县说："治理港口城市要比山区小县复杂得多，今后处理类似的问题一定要慎重，绝不可简单、粗暴。否则，会闹出大事的。"知县听了，应道："是，在下一定谨记大人的教训。"

朝廷颁布施行赵佶亲自命名的《政和五礼新仪》。原来，赵佶认为礼仪应当追述三代之意，目前所沿用的唐代所修"开元礼"已不适合新的形势，不足为法。因此，他于政和初年亲手撰写成'冠礼沿革'十一卷交给议礼局，命议礼局据此重修五礼。政和三年正月，新修五礼完成，包括目录六卷在内总共为二百二十六卷。所以，郡里向下属传达、贯彻《政和五礼新仪》。因为礼制关系到官员与上下级交往及其日常工作行为，游酢亲自召集同僚、下属进行学习、讲解，提出具体的要求。

几天后，游酢考虑到《政和五礼新仪》也关系到民风的改良，所以另外又召集当地的乡绅进行一轮学习。

这个月，朝廷的小报载：皇帝下诏文，置道阶二十六级、道官二十六等。游酢知道，赵佶信道教完全是荒唐之举，加上自己跟道教毫无瓜葛，看了一笑了之。

到了五月，天气已经无比的炎热。游酢没有什么事情，只躲在郡府里看些案牍，空闲时临池练练书法。

一日，黄州太守来访，适逢游酢去荆州办事，张汝明与当地的乡绅们在座谈。黄州太守问道："你们游大人治理得如何?"其中一名姓李的乡绅回答："游大人常常召见士子讲明性理道德之学，立身修己之道，故一郡风俗醇美。实乃我郡之福。"另一姓赵的说："是的。游大人春风化雨，郡中被感化者不知其数。"张汝明也说："游大人非但善理政事，亦颇关心民情。"黄州太守叹道："可惜朝廷不会用

人。游大人与我联名上疏请求修复安国寺一事，惹怒了蔡太师，我两人恐怕要坐冷板凳了。”张汝明问道：“为何有此事?”黄州太守说：“那安国寺乃老宰相韩魏公韩琦早年的读书处，蔡太师与韩魏公有宿怨，游大人写有《韩魏公读书堂》一诗，不想这首诗被手下一个小人看见抄送到朝廷，因此蔡太师大为不高兴，说‘游酢也忒胆大，敢吟诗怀旧!’鄙人朝中有个表亲那天在场，事后托人嘱咐我小心提防遭受报复。”

游酢回来，张汝明将黄州太守讲的《韩魏公读书堂》一诗的事情说了一遍。游酢听了说道：“怕什么，大丈夫敢作敢当。顶多又派我去守宫祠。”欲知后事如何，且看后面。

第一〇五回

详查细问断命案 排难解危息风波

话说游酢听张汝明说起做诗惹怒蔡京之事，并不去理会，他照样忙着处理府中的政务。

六月，汉阳发生了一起案件。

汉阳城中有两个相邻的酒家，一家叫“天香酒家”，另一家叫“风味酒家”。“天香酒家”的余老板由于善于用人和经营，生意一直很红火。“风味酒家”的秦老板小气，所请的厨师工钱低，烹调技术没有“天香酒家”的厨师好，加上对顾客宰得厉害，生意明显冷清得多。因此，秦老板对“天香酒家”嫉妒、怀恨在心，总是想着怎么整倒对方。一天，秦老板看见街上一个中年乞讨人，想到了一条毒计，请他到自己的店里，给他酒肉吃喝。秦老板又请乞讨人喝了一杯茶，拿一点钱给他，说道：“这一点钱，等一会你过去隔壁酒家吃两天，再回来告诉我那家吃的什么菜，喝什么酒，我必然重赏你。”乞讨人见有如此好事，真是既高兴又感激“风味酒家”的秦老板。乞讨人吃完后，醉醺醺地走出“天香酒家”，向秦老板报了菜名。次日，秦老板又拿一点钱给乞讨人，让他去“天香酒家”吃喝，乞讨人又向秦老板报了菜名。第四天傍晚，乞讨人又来，秦老板又请乞讨人喝了一杯茶，照样拿钱给他去“天香酒家”吃喝。但是，天黑前见乞讨人从“天香酒家”出来，秦老板找了心腹伙计交代道：“那乞讨人醉得不成人样，出门人多么不容易，你且跟随着，万一出事了就来告诉我。”天黑后，那乞讨人踱到一个破庙便倒下，伙计上前一看睡着了。伙计见没有事情跑回来报告秦老板：“那乞讨人睡了！”秦老板答道：“没有事就好。”第二天上午，秦老板对那伙计叹道：“那乞讨人今天怎么没

有来了呢？你再去庙里看个究竟。”伙计跑去庙里一看，乞讨人僵直地躺着，伙计上前一摸，鼻孔出血，没有气了。伙计吓得跑回来报告秦老板：“那乞讨人死了！”秦老板故作惊讶道：“他昨天晚上在隔壁酒家吃的，肯定中毒身亡，可怜啊！你带我前去看看。”去到庙里，秦老板看了，对伙计说：“你赶快去县衙报官。”知县闻讯赶来，一查验，乞讨人果然中毒身亡。秦老板说道：“这几天，他天天在我的馆里吃，昨天晚上见他到隔壁的‘天香酒家’吃了出来，今天就没命了。”知县听了，立即派人缉拿了“天香酒家”的余老板到现场，问道：“这乞讨人昨天晚上是在你那儿吃吗？”余老板一看傻了眼，但是镇定地回答：“是！”知县下令道：“把余老板押回县衙！”知县升堂审问余老板：“是不是你下毒毒死的？”余老板答道：“不是，他跟我一无仇，二无冤，我为什么要毒死他？”知县大怒道：“你太可恶，连个乞讨人也下得狠手。大刑伺候，看你招不招实情！”当即发下令签，严刑拷打。余老板是生意人，经受不起拷打，只好忍辱屈招是自己叫人在酒里下了毒。知县见余老板招了口供，画了押，道：“余老板休怪我，这是你自作自受。杀人偿命，这是天经地义的。押到大牢，秋后候斩！”知县结案报送至郡里。

游酢开卷详细审查，发觉此案纰漏，传来知县，问道：“此案看似无差，其中存在不少疑点，再详加勘察审理。”知县回答道：“不会吧，此系在下亲自查验、经办。”游酢质疑道：“报案人如何知晓乞讨人死的，为何偏偏是他？他又怎么知道乞讨人头一天晚上在隔壁吃酒？”知县听了不能回答。游酢道：“你不信，我们一起再去验一遍尸体。”知县只好点头：“但凭老父母做主。”

游酢和张汝明、提督、知县几人带上仵作来到庙里，再打开乞讨人的尸体验证。仵作将乞讨人腹中食物一一报清，游酢听了，又亲自走到尸体边详细观察，忽然发现腹内的脏水发黄，带有茶色，又将肉、菜等食物一一细加观察、检验，发现肉、菜并无毒；又反复分辨，终于认定毒自茶来，于是说道：“有了，回县衙。”知县和仵作都不知怎么一回事，只得跟着走。到了县衙，游酢道：“传余老板上堂。”余老板带着镣铐上到大堂，见郡府老爷，心里涌起一股求生的勇气，大声哭喊：“青天大老爷，我冤枉啊，请替我做主。”游酢道：“余老板，我且问你，平时有没有跟什么人有过节？”余老板答：“没有。”游酢又问道：“那乞讨人到你店中可吃过茶？”余老板回答：“没有。”游酢道：“好，你且先退下去休息。本府会给你一个说法的。”余老板退下去后，游酢道：“传秦老板立即前来。”差役应一声“是！”去了。

不久，秦老板来了。游酢问道：“你怎么知道乞讨人死在破庙里的？”秦老板答道：“是伙计说的。”游酢又问道：“你的伙计怎么会知道？”秦老板答：“因为头一天傍晚小人看见乞讨人从隔壁吃酒醉着出来，我担心他会出事，所以叫伙计去跟踪。”游酢笑着问道：“那平时从隔壁吃酒醉出来的人，你是不是都让人去跟踪？”秦老板答：“不是。”游酢又问道：“那为什么？”秦老板听了，结结巴巴地应：“这……”游酢看着秦老板脸色变得不正常，只是装着没有看见，问道：“那乞讨人头一天傍晚有没有去过你店里？”秦老板答：“有。”接着又慌忙改口说：“哦，没、没有。”游酢沉下脸厉声问道：“到底有，还是没有？”秦老板说道：“喝过茶。”游酢霍地站起来质问道：“你老实交代，如何栽赃陷害人的！要是抵赖，休怪本府无情！”秦老板说道：“老爷大人，我没有陷害人，我是清白的。”游酢愤怒地拍响堂木，大声斥责道：“难道本府冤枉你不成，你先在茶里下了毒，再让乞讨人去隔壁吃喝，想以此手段坑害隔壁酒家，你自以为这招毒计高明。怎奈本府是长期喝茶、吃酒惯的，现场查验茶质变黑，不是你施的毒，又是谁？再不从实招来，本府就大刑伺候。”这时，秦老板知道事情已经掩盖不住，磕头说道：“小人该死。”终于交代：前三天是为了摸清“天香酒家”的内情，第四天认为情况已经掌握，乞讨人再没有用处，毒死他好让“天香酒家”老板栽倒。

游酢道：“你太可恶，没收财产，押到大牢，等候处置！”

真是法网恢恢，疏而不漏。秦老板终于受到了应有的惩罚。

接着，游酢下令叫人放出了余老板。

余老板出了监狱后，得知游酢为他翻了案、洗清冤情，特地带着礼物登门拜谢。游酢说：“余老板用不着客气，你本来是清白的，这是本官应该做的事情。”余老板又千恩万谢，游酢说：“当官如果为了图谋钱物，我早就富甲一方了。礼物你得拿回去，否则坏了我的名声。”余老板只好将礼物带走。

一天上午，城市中传出食盐紧张的谣言，一传十，十传百，一下传遍了全汉阳，市民听了风便是雨似的，纷纷前往各卖盐的店铺争着抢购盐。城南的一家李氏盐铺前，一片黑压压的人群，男女老少拥挤着，他们有的手中拿着袋子，有的提着小包，叫喊着：“买三斤”、“买五斤”，也有的喊：“给买十斤”、“二十斤”，叫嚷声百米外都可以听见。还有个中年汉子赶着马车前来，车上装着十几个布袋，他抬眼一看盐铺前已经挤得水泄不通，把车扔在边上，抓起布袋就往人堆钻。可是，听到店铺的伙计喊道：“大家不要挤，铺里已经没有盐了，你们到别处买去吧。”人们一听，轰地散开去，有的往东跑，有的往西跑。刹那间，汉阳大街上到处是“啪啪”的跑步声和人们的叫嚷声。城东的盐铺老板见许多群众奔跑来，感到莫名其妙，群众中有的问道：“老板买盐”，有的喊：“还有盐吗，卖一点给我”，有的跑得直喘气，只说出一个字“盐”，诚实的老板照原价忙着卖给顾客。相邻的

一家盐铺老板，见情认为发财的机会来了，趁机抬高价格，应道："我这里盐不多，如果要，每斤多十文。"有的听了缩了回去站到一边，有的生怕从此盐会更紧张，咬了咬牙答道："老板，我要！给我两斤。"其他人听了也纷纷喊道："我也要！秤三斤。"城西的一家盐铺前，同样也挤满了人，另一家姓庄的老板盐铺却关了门，写着："本店盐已卖空。"这家老板正忙着派人出去，他交代说："你们几个去雇一些人到各处买，有多少要多少。"一个伙计问道："如果高价的呢？"老板说："现在高价能够高多少？过几天，要多少价我说了算。你们快去就是。"另一家盐铺以平时价格的十倍在卖盐，仍然也有一些人买，有的认为这一家太贵了，便跑到别处看看。城北的盐铺较大，盐铺前人山人海，老板和伙计从容应付着，大声地说道："老乡们，别紧张，我这里盐多得很。"但是，群众不太相信，照样拼命挤着、叫喊着。旁边的一家老板却以平时的两倍价钱出售。一些小商铺不到中午盐就卖空了，只剩几家大的盐铺还在卖着。

这天晚上，城西姓庄的老板盘点了一下，半天多时间进了三四千斤盐，他很高兴，乐得肥胖的脸像张开鲜花似的。他美滋滋地想：老子这回发了！

过了一天，乡村的人也听到了消息，更加紧张，几十里赶来挑盐。汉阳人口虽然不是太多，但是突然上千人抢购盐，有的老板不知内情卖光了，有的老板以为今后会缺盐，积压下来将来可以卖高价，把盐藏了不卖。抢盐的风潮反而更猛，连大的盐铺支撑到傍晚也所剩无几了。

傍晚时，事情传到郡府，游酢听了，立刻招来盐政和司法两人，问道："市民抢盐的风潮，你们听说了吗？"盐政和司法答道："听说了。"游酢对盐政说："你要去宣传一下，我们府中食盐的储备情况，而且要运一大批盐到市场，让老百姓看看，风波自然会平息下去。"又对司法说："好好地查清谣言的源头，汉阳城中谁最先传播这个谣言的，抓到了一是叫他自己去向群众当面澄清事实的真相，二对那些哄抬价格情节严重者给予应有的处罚。"

第三天，市场到处张贴了汉阳府和汉阳县的告示。告示中申明府、县中有十年的盐储备，保证能够长期供应广大市民日常的生活用盐，不要轻信谣言；对于乘机抬高盐价的不法商人，将予以严厉的打击，态度好的将多卖的金钱三天之内如数退还顾客，延期不退者，一旦查处出来或有人举报，多卖的金额将以一罚十。另外，盐政、市监等人亲自将大批的食盐运往各处大小盐铺，市民们见果然有很多盐都放心了，没有人再抢购。看了告示，老百姓前往找那些想侥幸捞一把的盐商和老板退款，有的盐商和老板怕惹官司，纷纷主动联系记得清姓名者来退钱，有的虽然不甘心，对上门到店铺要求退钱的，也只好退给来人。这场风波终于平息了。

汉阳城恢复了往常的平静。但是，城西姓庄的老板跑出店铺痛心地大哭：“要死了！我亏了大本。”他的哭声惊动街坊的人们，有跟他熟悉的人问道：“你怎么一回事？”他说：“我进了三四千斤盐，有一半都是高价买进来的，我该怎么办呀！”有人劝道：“庄老板，就当破财消灾吧。”家里人见他哭声惊动满街太丢人，硬把他拉回房间休息，他不进屋。这时，他岳父来了，劝道：“回屋休息。”他依然哭个不停，岳父恼火了，走上前左右开弓“啪”、“啪”掴了他两个耳光，骂道：“谁叫你贪，还有脸跑到外面哭。再不回屋我揍死你！”他听了只好捂着脸回屋去。

第五天，司法派人来将城西姓庄的老板抓去关进了牢房。

城中听到这件事情的人们，有的说：“他太贪了，活该！”有的说：“做人一定要本分，贪总没有好果子吃的。”那些本分的盐铺老板心安理得，个别高价出售盐又退款给顾客的老板，对伙计说：“这一回是教训，今后遇到这样的事情千万要冷静才对。”有的暗自想到：自己原以为可以发财，没有想到白高兴了一场，真倒霉！

八月的一天，潭州开福报慈禅寺新住持寄来了一封信，游酢才知道道宁禅师已经圆寂了，叹息不已。

九月，游酢想到自己到汉阳任期即将满三年，上书朝廷提出，为了更好照顾家中亲人，请求能够调到离家乡更近些的职务。他考虑到外甥黄中的学业大有进步，而且即将二十岁，可以去考场一搏，所以游酢对黄中讲道：“自古没有不离师的徒弟，也没有场外的举子，你可以先回家去看望父母，并且准备明年上京参加大考了。我三年即将期满，下一任不知去何方。这里有一封信带给你母亲。”黄中听了，接过信。

第二日，黄中依依不舍地辞别了游酢和表兄，踏上了回乡的路程。

这个月，社会上传闻赵佶又召道士王老志赴京，封为“洞微先生”，寓居赵佶所赐蔡京之第“南园”，士大夫拜谒者不绝。赵佶多次召见王老志，又亲自手书“观妙明真”之号赐之。

这时，游酢心里完全清楚，赵佶向来信佛、信道，可是把道士王老志请到宫廷中去住下，这是千古未闻的天大荒唐。皇帝昏庸到这种地步，作为辅佐皇帝的宰相蔡京不但没有劝阻而且助纣为虐，朝廷的腐败确实没药可救了。他知道自己将期满要转他处任职，在最后的几个月里必须做好力所能及的事情。

十月了，天气开始寒冷下来。夏日里砖窑般的汉阳城此时已经变成霜天雪地，候鸟们也销声匿迹了，城中来往的人们渐渐稀少。布行、鞋行、帽行等商店的生意一天天好起来。

一日，游酢刚刚到衙里上班，听同僚们窃窃私议什么。他问道："你们议论啥事情?"其中一个同僚回答说："听说前天有一外地人带十几个儿童来汉阳卖，全被一家矿山老板买去做苦力。"他听了，愤然骂道："有这等事情，简直丧尽天理!"走到提辖司，见了李提辖把事情说了一遍，交代道："这件事情你一定得查个水落石出，问明儿童姓名、年龄、家庭住址和父母，全部送他们回家。人贩子抓到了，交司法严肃办理。那矿山老板按照律条从重处罚。"李提辖应道："是!"

他回到办公处所，想起了自己以前听说儿童被迫做苦役的情形，联想到这汉阳是否还有地方也暗地里存在着这种现象，于是马上起草了一份《禁止买卖儿童与招用童工令》，叫道："来人!"一名差役立刻奔来。他交代说："你把这份文稿送往司法那里，叫他立即在城乡各要害处张贴出去，有违令者从严处置。"

一个傍晚，游酢到街上散步，无意间听到路过的两个妇女边走边议论，个子较高的说："这些天来菜价涨幅很大，其中肉价涨得凶猛，原来五文一斤，现在涨到十文一斤。"身材肥胖的说："这样下去，咱们老百姓怎么生活。这里的官是怎么当的，他们吃闲饭啊!"游酢听着心里像被马蜂蜇了似的难受，他想到：这是自己失职，没有管理好。他正想叫住那两个妇女把事情问个清楚，转眼间她们就消失在人潮中了。

第二天，他一到府衙上班，便召集张汝明和司户、司法、市监等，把听到的事情讲了一遍，说道："菜和肉是老百姓日常生活所需，现在涨得如此猛，大家商议一下怎么解决这个问题。"司户说："大致的情况我也听到了，一是进入冬季菜蔬确实少了些。可是，猪肉恐怕是有屠夫们乘机串通哄抬价格之嫌。"司法说："我去查一下，如果是串通哄抬价格，严肃查办。"市监也表态："在下一定把事情搞清楚。"游酢说："调查清楚很有必要。当然也有客观问题存在的可能。打压不是办法，我的想法如果是当地菜和肉的来源确实紧缺，可以从外面调一批甚至几批进来缓解，具体做法你们去操作。"

汉阳知县赶来汇报市场物价上涨问题，游酢将府中的意见传达给他听，并且交代："这个事情，你应该唱主角，一定要配合本府在短期内解决，让老百姓生活稳定，钱袋子不至于一下子变空。"

几天后，市监和古老三来汇报，市场的物价有了较大的回落。这天晚上，游酢沉重的心终于变得轻松起来，美美地睡了一觉。

不到一个月连续发生几件事情，游酢忙得够戗。吕氏对游酢说："老爷，你瘦多了。"游酢回答道："拿朝廷的俸禄，这点忙和累应该受的。还好风波都平息了。"

月底的一天，黄金贵和云仙生了一个儿子，游酢受邀请去贺喜。

十一月，杨时举家由余杭县移居常州。游酢获知这个消息，携吕氏前往看望杨时和自己的女儿。

常州是长江边上的一座城市。它上通京口，下行姑苏，河川纵横，湖泊密布，北环长江，南抱滆湖，东南占太湖一角，有“三湖襟带之邦，百越舟车之会”之称。这里“漕运”非常发达，宋朝以来朝廷在这里专门设立了江浙、荆湖、广西、福建几路转运使司来承办漕运。因此，城中街衢纵横，店铺林立，商贾如云，人来人往，熙熙攘攘，好不热闹。

在那里待了两天，游酢想到自己即将离任了，要把公文、案牍整理一番，事情理清楚好与下任移交，便赶回汉阳。

年底，朝廷下旨：考核后，游酢名义上升为“朝奉大夫”，实际给他的是提点成都府“长生观”没有实权的职务。张汝明也调离汉阳到岳州去任知州了。分别前夕，两人又叙谈到三更才各自去休息。

圣旨已下，游酢只得领命。还好那是个闲差，宫观之是个虚设职务，去与不去则是自由的。

游酢想到：巴蜀之行路程遥远而且艰难，唐代诗人李白的《蜀道难》中也写道：“蜀道难，难于上青天。”从史书上了解过，那里古老的历史和文化充满诱惑力，蚕丛、鱼凫开辟的蜀国毕竟是中华灿烂历史的一部分，还有“三过家门而不入”治水的大禹也是那里人，这一切是读书人日常所神往的，有这样的机会怎么能够放弃呢。没有一定的勇敢精神何称男子汉？至于生死，那是命中注定的，尽管自己年纪已经老了，这点精神还是有的。于是，决定前去走一趟。

到了腊月二十，官府的人员封印回家过年，游酢决定乘舟回太平州。因为此去是离任，明年不再来，所以临行前两天游酢只跟自己的下属和朋友林大节透个风。

没有想到离开那一天，不但郡、县大小官员，还有林大节、黄金贵夫妇和当地的乡绅、古氏兄弟、余老板等前来送行，而且听到这个消息的老百姓也都赶来送行。

游酢看见这么多人相送，感动地说：“大家都回去吧，欢迎大家有空到太平州做客，我有机会一定会回来看望大家的。”可是，人群中没有人想走的意思，他们只看着游酢和家人所乘坐的船只远去，才不舍地散去。

回到了太平州，游酢与妻子、儿子提起去成都府长生观的事情。吕氏劝道：“老爷，你年纪大了。”游酢说：“我这还不是挺好吗？”吕氏又劝道：“老爷，去四川路途太远，且水路又有风险，还是别去。”

游酢到底去不去四川，去了有哪些经历？且听下回分解。

第一〇六回

浣花溪瞻仰诗圣
都江堰跪拜古贤

政和五年正月，游酢考虑到四子游损在归州任兵马曹，二十日之前必须到任，从太平州到那里有一千多里，水上要走几天，决定过了初十与游损一块起程。

那天早晨，吃过饭游酢父子俩背起行李出门。因为，游酢已经六十四岁，吕氏对他的远行更加不放心。所以她跟出门时心酸，怕影响了丈夫的彩头，但是又不敢哭，只好一再地嘱咐："出门在外，一定得注意保护身体。"

一家人，送到码头的船上。游酢若无其事从容地对妻子道："没有事情，你们回去吧。"

吕氏哪里肯，直见他乘坐的船即将起航，才依依不舍地下船，喊道："一路保重。"站在岸上望着船远离去，这时她的眼泪才禁不住流下来，

这是一艘大篷船，长三十余丈，宽十余丈，船头有风帆，为舵手识别和掌握方向的要地，船舱四周有木板墙，舱内有上下两层，每层各放四扇小窗，通常男的住上层，女子住下层，每层可住一二十人，床铺、被褥、杯盘等齐全。船尾有锅灶，小炉以及瓢盆碗筷等用品，还留有三四丈宽供水手配合船头老舵手护航之用。船头至船尾两边船舷宽可通人，有栏杆供人凭眺沿途风景。

游酢多次在长江上坐过船，知道一般状况下都安全，心里没有什么顾虑，上船找了个靠窗边的铺位，将行李放好，坐下休息；游损只是觉得无聊，便躺在舱里休息。游酢知道：原来水上行船自有它的一些规律，以千里而言，如果顺水行船，而且水大才可能像李白的诗所写："千里江陵一日还。"中水，则要三五日。太平州去四川成都有四五千里，而且是逆水而行，即使水小，也得半个月；水大

反而更慢。还好，这是初春时节，江河的水初涨，沿途一般的礁石、险滩都被大水淹没，行船只要水道走得对，速度也很快。游损问："爸，今天是不是黄道吉日？"游酢答："我没有看。"父子俩开始了一番对话：

"你不是懂得这些吗？"

"一生在外当官，到处漂泊，哪里看得许多黄道吉日。祸福之事，是祸躲不过，是福自然有。做人关键在平时心善，常积德，虽小恶而不为之。若此，虽祸也问心无愧。你步入仕途不久，为人宜正直忠诚，切记不贪、不骄、不躁，远小人、近贤良，当以勤恳敬业、亲民爱物为根本。"

"孩儿记住了。"

从太平州到湖北的武汉以内地段水路本来较平静，此时天气晴朗，江水中等，最好行走。

游酢与艄公攀谈着，询问道："此去益州要几日？"

"难说。这样的水，半个多月后就准到。"

"听说这长江上有很多险滩。"

"大人，你放心就是。这条路我走三十多年了。一般没事，有危险的只是三峡，但是我还没有碰到过。"

"顺便问问而已。"

从武汉至宜昌一千五百里之间，河道曲折，险隘重重，其中富池、黄州都顺畅。进入荆江地段航道则艰难多了。

船到岳阳楼停泊，游酢又想起了张舜民的《卖花声·题岳阳楼》。

游酢走出船舱，站在船头看风景。他神色庄重，捋着花白的胡须凝望着前方，艄公弯身从身边拾起一个小矮木凳递给游酢，说道："游大人，请坐下来看更安全。"游酢说了声："谢谢啦。"撩起官服坐了下来，游损年轻在船舱坐不住，也跟了出来，他长相英俊，挺胸站在一边。艄公边伐船边与游酢谈了起来。

走了两天，过了湖北的地界。游酢再次走出船舱，艄公说道："前面就是三峡的西陵峡了。"

听艄公这么一说，游酢又坐下来，心里在想，这一回终于可以好好领略一下三峡壮观的美景了。

长江三峡指瞿塘峡、巫峡、西陵峡。它西起四川奉节县东面的白帝城，东至宜昌的南关津，全长四百余里。西面瞿塘峡雄伟险峻，巫峡奇峰壮丽，东面的西陵峡滩多流急。西陵峡有崆岭滩、青滩、泄滩三个险滩。快到崆岭滩时，水道骤然变窄，夏秋之际只能过一只船，眼下正是水旺的时节，便顺利地通过。再前面

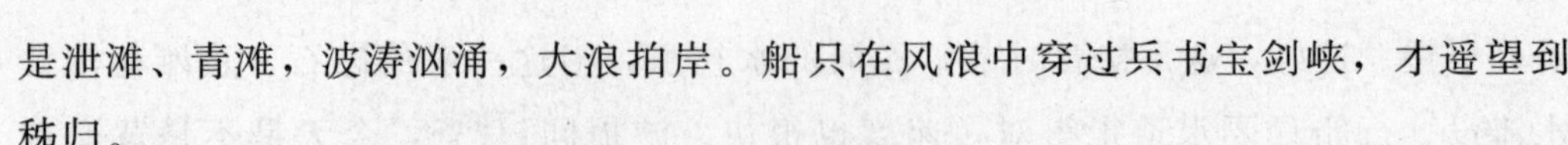

是泄滩、青滩，波涛汹涌，大浪拍岸。船只在风浪中穿过兵书宝剑峡，才遥望到秭归。

前面是泄滩，有一峰突然横出，水势变得急峻，船只晃动一下，有一个女子发出“妈呀——”惊叫，旅客们神色有些紧张起来。艄公大声说：“众客官别怕，没有事的。”这时，游酢想起了昔日伊川先生去涪陵的经历：据说，程颐被贬涪州时渡江，过滟滪滩时，波涛汹涌，在中流船几乎要被掀翻，船中的人大都惊慌失措地哭叫，程颐先生却独自正襟端坐如常。岸上有樵者厉声高声曰：“舍者如斯，达者如斯?”先生刚要站起与他答话，樵者直接而去不回头，而舟已行。不久到了岸边，同舟有父老问曰：“当船危时，君独无怖色，何也?”曰：“心存诚敬尔!”父老曰：“心存诚敬固善，然不若无心。”

船只果然平安地穿过。再往前，可见一大片铁青色的礁石耸立于江面，放眼望去无数的旋涡在翻滚。

傍晚时分到了归州。游损起身准备行李，对父亲说：“爸爸，我快到了。你一路多保重!”。

“知道了。你此去代我向知州大人问候，一定要记住好好为老百姓多做些事情。”

“孩儿记住了。”

“归州秭归县到了!”游损告别父亲下了船，望着父亲乘坐的船只离去才走开。

船过巴东，已经进入四川的地界。地形明显变得险峻。两岸的群山高峻峥嵘，草木繁茂，天空也更窄了。

船入三峡，诚如北魏的郦道元在《水经注》中所写：“两岸连山，略无阙处。重岩叠嶂，隐天蔽日，自非亭午夜分，不见曦月……”山险水恶，行程渐缓。

西陵峡虽然过去，前面还有巫峡、瞿塘峡。

巫峡像一条曲折的走廊，水随山势左转右折。但是，这里有巫山十二峰，峰峰秀丽，堪称一组天然的画屏。

如果说巫峡富有一点诗情画意，那么瞿塘峡给人的则是惊心动魄的乐章。前面瞿塘峡峡口的滟滪滩那一片黑色的礁石，像一群凶神恶煞或立或伏在那里，与汹涌的江流，急峻的旋涡，等待着吞噬过往的船只和商旅。挨进滟滪滩时，一股巨浪扑来，船只晃了晃，艄公却从容地拿着竹篙往水中划拨。不一会，又一个巨浪扑来，船头湿了，也晃了晃；俄尔，忽然有一股磁力似的船只被吸在一个旋涡处打转，所有的水手拿起竹篙在船头船尾用力地划动。船终于向前进，穿过峡口了。

“谢天谢地!”旅客中有人发出释然的感叹。

过了三峡，不远便是恭州（今重庆）。傍晚，船到了恭州，艄公说在那儿停泊一夜。

大家到城里吃饭。游酢忍不住好奇心，跑去逛街看风景。

恭州是一座典型的山城，城内相对落差一百二十米左右，主要街道沿山脊背弯弯曲曲延伸着，密密麻麻的房屋，高低错落有致，台阶特别多。夕阳斜照的余晖下，街上店铺林立，人山人海，货物琳琅满目。空气里飘溢着各种的气味——附近有大小饮食店、饭馆几十家。举目环顾，但见群山环抱，城市沿江依山而建，市区内冈岭起伏。夜幕降临了，万家灯火，景象颇为壮观。这是平生从来没有见过的一种自然与建筑结合得如此和谐完美的景观，感到异常的兴奋和愉快。

回来时，艄公问道：“看了城市，感觉如何?”

“走这一趟，值得。”游酢回答。这一夜因为船大且旅客已经很少，又看了一处好光景，他睡得特别香。

第二天上午继续前行，傍晚船才到泸州。

泸州到益州，有船可通，也可以走陆路。游酢下了船，在泸州客栈投了一宿。夜间，他想到坐船速度太慢，明天改走陆路。次日早晨，他雇了辆马车奔向益州。

游酢到成都府，知府见了忙热情接待。按理，游酢到长生观是一个闲差，只是拿个俸禄混口饭吃，没有什么权力。知府是个聪明人，论资历游酢曾经当过朝廷的监察御史，又放过几任州郡知府，现时也还是五品之职务，在朝野名声大，官场中故旧甚多，不但不敢有丝毫得罪，而且当做贵宾相待，当晚即为他接风洗尘，还邀请有关的官员前来助兴。天黑前，团练使、通判、参军等一干官员都陆续赶来了。晚宴上，除了鸡、鸭、鱼、肉等，还有川菜等，饮的有泸州窖酒。游酢生于福建，从小没有吃辣的习惯，晚年到江淮一带生活虽然见识过，了解长江流域上的人们爱吃辣，喝高度酒的特点。到了这里，他亲眼所见和品尝一番，才真切地觉得“川味”果然跟南方人的口味相去很大，一时适应不过来，打起了喷嚏。川人豪爽，喝酒也猛，用碗盛酒，而且喝起来大口大口的。游酢在江南人群里，也算得有一定酒量者，平时一般的场合能够应付过去。如今年纪大了，看见川人如此海量，心更虚了，碍于面子只得勉强应酬。还好官员中的川人不多，大家也照顾，游酢控制自己，这晚还是有六七分醉了。

第二日，知府道：“游大人，尽管在此休息，长生观就不必去了。隔天晚生陪大人到附近几处走走。”游酢明白官场道道，也不敢有丝毫的架子，拱手回礼道：“多谢关照。”知府见他随和，便更加敬重，两人交谈得投机。

到了几日，游酢发现这里竟然成天雾茫茫不见阳光，于是问："这里为什么如此？"知府回答："这个我也说不来。一年只有四十多天晴天。但是，这里的气候却温和。"

知府果然陪游酢去南门外的武侯祠。那武侯祠，是为纪念三国时诸葛亮而建的。他们过"万里桥"来到在武侯祠前，但见四周乔木森然，其中有两棵大树高若拂云。

武侯祠占地五六十亩，主要建筑分两部分：前半部分为大门、二门、刘备殿及殿前东西两廊；过厅和诸葛亮殿为后半部。整个建筑排列在由南到北一根中轴线上，两侧一大片柏树林。祠内殿宇高大轩敞，殿内竖有诸葛亮和他儿子诸葛瞻、孙子诸葛尚的像，该祠自汉朝以来受到朝廷的重视和保护，历代的官员入川无不前往拜谒。祠旁刻有诗碑，碑上刻着杜甫诗："丞相祠堂何处寻，锦官城外柏森森。映阶碧草自春色，隔叶黄鹂空好音。三顾频烦天下计，两朝开济老臣心。出师未捷身先死，长使英雄泪沾襟。"

知府、游酢等众人进祠内拜谒了诸葛亮像，便出来。

知府问："游大人可有感慨？"

"暂时没有。"游酢答道。

又过了几日，知府又陪游酢去看杜甫草堂。

天下著名的杜甫草堂，位于成都的西郊浣花溪，这是杜甫自已生前建的草堂。宋初开始朝廷每年便有拨款请人维护和修葺，供人们瞻仰，因此草堂完好而且整洁，环境幽雅。游酢想起杜甫的生平和《茅屋为秋风所破歌》，不禁感到对诗人杜甫更加崇敬。接着，他们又观看了边上的薛涛楼。这薛涛乃唐朝四川著名的女诗人，当时白居易、李商隐等大诗人都慕名前往拜谒。可惜自古红颜命薄，她在孤独、疾病中死去。游酢叹道："益州地灵人杰，不仅有李杜两位大诗人，而且有薛涛这样举世无双的诗坛女杰，唉！只可惜这些文人的命运让人伤心不已。"

几天后，游酢决意要去长生观，知府劝道："山里太清凉了，就在府里住下，晚生也多个说话的伴，再说有好些事情也好请大人指教指教。"游酢回答道："观里清净，游某正好读些书。"知府知道劝不了，只好叫下属备了两匹马亲自陪着一道前去。临走前，游酢要带上行李，知府道："这不用大人劳神，我自有安排。"随即吩咐手下道："你把游大人行李先送去。"一个差役点个头，将行李提起走出了门。

成都府长生观在四川都江堰西南三十里处的青城山麓，距成都一百二十多里。

四川是一个四周高、中间低的盆地。成都平原上到处可见的是低矮的丘陵，一般的山高度只有两三百米左右，这里的土壤，一眼望去都是紫红色的，因此也有人称它“紫色盆地”。

两人经过青城县，知县出来迎接进去休息，当晚知县热情地款待了两位大人，并且请两人在青城留宿。

次日早晨，知府问：“今日怎么安排?”游酢道：“先去看看都江堰。”

早饭后，知县带着游酢和知府前往都江堰。从青城县城到都江堰不过几十里。一行人都骑马，因此很快到了。到了都江堰，游酢提议道：“下去看看。”知府说：“走慢些吧，马上照样可以观看。”游酢立即勒住马，下马道：“那怎么行？当年李冰建这都江堰花了多少精力，自古以来像他这样为官一任、造福一方的好官凤毛麟角啊。凭这一点，我就得下马。”举目望去，内江和外江之间的岷江江心犹如伏着的一只巨鲸。

都江堰是世界上最古老、规模最伟大的水利工程。它建造于战国时期，当年李冰任蜀州太守，察看地形后，先在灌县城外的玉垒山上凿了一个口子，叫“宝瓶口”，为岷江打开通道；又充分利用岷江水源，在岷江江心修筑了一个分水鱼嘴，把它分为内江和外江两部分：外江是岷江的主干流，并且开挖了大量的水渠，既能够灌溉，又能够排洪；内江穿过“宝瓶口”，在下游开挖走马河、蒲阳河、柏条河与千万条大小河道沟渠，组成一个纵横交错的扇形水网，从而为灌溉成都平原上农田和人们的生活带来了极大的方便。都江堰工程，体现了我国古代劳动人民的智慧，如：为了控制灌溉用水，在内江和外江之间，修建了平水槽、飞沙堰，内江的水量过大时，可以越过飞沙堰泄入外江。据记载，当时灌溉川西南稻田就达二十万亩；汉、唐、宋逐代又有扩大，灌溉面积已经达几十万亩。

看完了一遍都江堰，游酢叹道：“如果人生能够像李冰父子一样为民建造福百代的工程，比封侯拜相还好。”知府应道：“大人说得极是。”接着说：“走吧。”于是，两人飞身上马继续前行。

到城西三十里，他们在键尾堰索桥头李冰祠前下马，进祠拜完了李冰神像，出来继续前行。忽然，山上传来男女对唱的歌声。

游酢从小在老家也听过山歌，可是这里的四川话听不懂，于是问道：“他们唱的内容是什么?”知府也听不懂，便勒住马回头问随从道：“快跟上来！把山中那对青年唱的词讲给游大人听听。”那随从应一声：“好咯。”将马用力一蹬，跑到了两位大人身边，说道：“他们在对情歌呢。男的唱‘春天到来山水青，山随水转水缠山。阿妹有心又有义，青城家乡好地方。’意思叫那女子不要嫁到外乡去；女子唱的是‘春天到来百花开，蝴蝶翩翩四面来。哪个能知花意思，不分南北一般

爱。’”游酢听了呵呵大笑，赞叹道：“还是民间好啊，生活得多么有情趣。”知府也笑道：“确实有趣，这情歌比朝廷中大晟府周美成大人制的曲活泼动听得多。”游酢于是谈道：“游某也去听过美成制的曲，他呀比这山野歌手逊色得多。”知府说道：“真是英雄所见略同。”途中看见许多山坡上石砌的雕楼，游酢好奇地问道：“这里住着什么人？”知县回答道：“他们是羌族人，世代依山而居，生活习惯与汉族人有许多不一样之处。”知县边走边介绍着羌族人的生活情况。

第三天，他们几个人又一路谈笑风生地朝青城山奔去。

欲知青城山怎样，此去有什么见闻，且听下回分解。

第一〇七回
青城讲学阐忠孝
羌村观舞长精神

青城山是古代道家圣地，先秦时叫“清城山”、“丈人山”，秦代叫“渎山”。传说唐朝开元十八年时，这里的佛、道两家发生争执，唐太宗下诏：“观还道家，寺依山外。”诏书上将“清城山”的“清”写成“青”，从此便叫青城山。相传，张陵原来和他的弟子去江西的云锦山练成九鼎神丹，即“龙虎太丹”，后人把那座山叫做“龙虎山”。公元126年，他率弟子入蜀，在鹤鸣山修行。不久，他遇上太上老君点化得道，到青城山传道，期间去嵩山，羽化成仙，被封为“张天师”。后来，不少道家到这里修行。宋朝依照唐朝制度，委派年纪较大或者戴罪的官员前往管理这个宫观。其实，这类官员只是挂名而已，享受相应的级别待遇、拿一份俸禄而已，没有任何权力与职责，有的有去，有的只是去报到而已，有的甚至没有去。三年期满则换人。

约中午时分，他们到了长生观。观里的长老出来相迎。知府对长老介绍道：“这是新来的游大人。”那长老早有所闻新到的提点已经到成都府，于是忙对游酢施礼道：“久仰大人高名，老衲拜见游大人。”见游酢回了礼，接着说：“二位大人请里面用茶。”

三人步入观中，长老和知府推游酢坐上位，游酢推让了一番才上坐，知府坐了次位，长老则倒茶伺候。吃过饭，知府要走，游酢和长老出来相送。

知府说：“游大人别送了，住一两天就搬回去与晚生一起住吧。”游酢应道：“好、好，你一路走好。”

游酢在观里住下，到周围走走。观里的地盘很大，景点也多，前山有老君阁、

月城湖、天师洞、上清宫，天师洞前有一棵奇大无比的银杏，枝丫盘根错节；后山有青城寺、泰安古镇、金鞭岩、水晶溶洞。还有其他的洞，如；朝阳洞、三佛洞等，唐代三佛洞洞内有摩崖佛像，窑高两米，宽一点七米，深一米，佛像高也一点七米。

游酢本来只打算来几天就走，可是熟悉了这里的环境，便想住下来读书。

青城山为道教的祖地之一，历代有不少的道学大师和文化名士在这里著书立说，藏书极为丰富。如：晋代天师道教首领范长生，著有《蜀才注〈周易〉十卷》，唐朝的学者杜光庭在此研究易理，阐明“通生万变，变通无壅”的大易之道。

知府怕游酢寂寞，有时派人来咨询一些政务，有时邀一些文友到山中看望他，有时请他去府学里讲学。所以，游酢倒觉得生活有些滋味起来。

一天，知府和知县召集青年学子在青城，请游酢讲学。

游酢讲道：“圣人之论学，有诸多精辟的论述，如‘中人以上，可以语上；中人以下，不可以语上’，此语做何理会？此语当与季氏章中的联系起来，‘生而知之者’为上者，‘学而知之者’可知即为前面所云中人以上者。‘中人以上’自当可以与其言上等道理，中人以下，不可以语上。圣人此语本意亦教学中应根据学子们的程度而分。然而‘困而学者’为中人以下者乎？非全然也。人之智有迟敏之分，我学友中亦有似困而非者，然近思切问，日有所进，学有所成，故‘困而学者’之困，可当困惑讲，此一也；诚然，‘困而学者’亦含天资偏差的中人以下者。然困而能学，鲜知其学无进？学必有益，只怕不学。故子曰‘困而不学，民斯为下矣。’吴下阿蒙，未学之前，人焉知其为中人之上下？学之，则人皆以刮目相看。诸葛亮云‘不学无以广才’是则，学之道理昭然矣。”

讲学结束时，有一求学者上前问道：“学生久慕先生之学博大矣，能否留以精言为纪念。”游酢颔首称可，那求学者从衣袋中掏出川签（四川峡江的宣纸）摊开，即取过学堂中笔墨，恭敬地道：“伏请先生赐墨。”游酢提笔书写一条款：“知纲常，明伦理，慕圣贤，效君子，修身养性，笃志践行，心存高远，胸怀磊落，伸屈信然，俯仰无愧。”

“哇，字好、文好、意好！”有人赞叹道，在旁的知府和生员无不啧啧称道。

知府知道游酢是程门弟子，深通理学，可是朝廷对理学打击，不便提这方面的事情，于是提议：“大家坐下交谈，游大人是大学问家，你们有什么问题可以提问。”

有个青年站起来问：“游大人，听说你是程门的得意弟子，能不能给我们讲一讲理学方面的事情。”

游酢想到，朝廷不让讲理学，自己在这里也不好明讲，但是其中的精神可以用其他形式来传播。他笑了笑，回答说：“我可以跟大家交流一下做人的道理。”

人群中发出“好”的回应。

游酢讲：“做人大道理第一个字是孝。孝顺父母是天经地义的，如果不能够孝顺父母，可见其人品质不好，谈何其他？因此，自古以来历朝历代都把孝字看得最重要。其次是忠。忠字由心、口、一三个字组成，即告诉人要心口一致。平常上对天子，对上司，要忠；对朋友和其他人也要做到忠。忠字不但与孝字联在一起，而且与信、义两字也经常结合在一起用。可见，这个忠也是做人起码的要求之一。”

有个人问：“为什么人们讲忠孝，而不是孝忠呢？”

游酢答：“这个问题提得好。孝是对自己家里的父母等长辈而言的。而忠呢，是对天下大事而言，每个人都有自己的国家、民族、家乡，不忠于国家、民族、家乡行吗？作为朝廷的臣子，要忠于朝廷、忠于皇上，这样君臣上下一致，江山才会稳定，不然天下就会大乱；天下乱了，外国就来侵犯，甚至被外国所侵占。这是为什么忠字放在前面的道理，古人云‘普天之下，莫非王土。’简单地讲就是任何的家庭和个人都必须明白国家、朝廷的利益大于、高于一切的道理。这里举个例子，当外国人来侵犯我们时，朝廷要求年轻人去打仗，去参军打仗是为保卫国家，是忠的表现。这时候，忠的行为比在家里孝顺父母更重要。”

又有个青年问：“圣人讲仁、义、礼、智、信，以为仁字最重要。这怎么理解？”

游酢答：“圣人所讲的话包含很广。有仁心者，必然能够做到忠、孝等。”

又有青年问：“游大人，天下学子都知道你是大学问家，能不能讲一讲做文章的道理？”

游酢答：“不能明白做文章的真谛而要讲性与天道，譬如要建筑数千丈的高墙而用飘浮的尘埃或者聚集泡沫来作为基础，没有这种理啊。青年的学子，下笔学做文章之初，即谈性道，是以为文章为小技而不必用力。然而，圣人孔夫子说；‘其旨远，其辞文乎？’圣人孔夫子还讲道：‘言之无文，行而不远乎？’曾子也曾经讲过：‘说话注意言辞语气，这样才能远离粗鄙无礼鄙俗的东西好几倍了。”

在场的众人听了都热烈地鼓掌。

讲学完回到山中，游酢继续读书、做学问。

一天午后，知府和知县来到山上，对游酢说：“大人，你来这里了一段时间一定很寂寞吧，晚上一起去个地方开心开心。”

游酢问："什么地方？"知府说："走吧，到了那里就知道。"

游酢随着他们下了山。到了山下，他们吃过晚饭，便一块出发了。他们来到了羌族的一个集镇，暮色已经苍茫，远远就看见一堆火，听到一片歌声。近了，才看清楚：原来是一群男男女女手拉手在围着火塘逆着时针方向边跳边唱歌。游酢虽然年轻时属于新潮人物，也很有激情，可是从来没有见过这样男男女女在一起载歌载舞。

一群身着羌族服饰的人迎上前来，为头者向几位客人做了个手势，嘴里说着话在表示欢迎。知府、游酢和知县等也回了礼，头人便把他们几人带到一边坐下。几个年轻女子端上大茶碗和果品等，倒满酒，头人举起酒碗又说了几句话，将酒一饮而尽，没有想到那头人竟然一连饮下三碗。如此豪饮，游酢没有见过，一看心虚了。知府对游酢说道："这里人热情好客，喝酒从不打埋伏。但是，对于客人很有礼节，只要喝完第一碗酒，后面就可以自由喝，也可以掺水喝的。"听这么一说，游酢悬着的心终于平静下来。看着知府、知县端起酒碗站起，游酢也跟着站起，几人将那碗酒喝个干净。

"这叫什么舞呢？"游酢问。知府介绍说："叫锅庄舞。意思是绕着篝火像绕着锅旋转一样跳的舞。这是非常古老的一种民间舞蹈。人多，热闹，可以自由地跳。"游酢连连赞叹道："有趣、有趣。"

这一晚，边看着羌族人的歌舞，边饮酒谈天，游酢真正感觉到这是有生以来过得最轻松、爽快的一夜。

几天后，游酢突然大病了一场，连日发高烧，呕吐、腹泻不止。幸得住寺长老用草药治理才痊愈。

过了几天，游酢又病了。长老知道了来看望他，他问长老得病的原因，长老给他把脉，听诊一会，说道："大人的脉像很沉，身上的湿气重，可能山中太清凉，水土不服吧。"长老说完开了药方，叫小和尚去抓药。听长老这么说，游酢终于下决心离开成都回家调养。

那长老的药果然灵，游酢吃了三剂病真的痊愈了。

游酢痊愈后，只好决定回太平州。知府听到了消息，也来相劝道："既然如此，在下也不好相留。大人就回家调养贵体吧。"

临走的那一天，一应的大小官员皆来送行。

归途为顺流而下，时值夏末水势正涨行船容易，且天气也晴好，虽然走了几日，一切都还顺利。在船上，游酢想到自己身体康复后与妻子回建阳看望母亲。

欲知后事如何？请君看下回。

第一〇八回

劳燕远归眷桑梓
故人共话叹夕阳

游酢在太平州休息不到半个月，想起母亲已经八十多岁高龄，需要人照顾，决定与妻子、孙子一起回建阳去陪伴母亲。

回到建阳时，母亲的身体尚健，每日忙着做家务。游酢每天陪在母亲的身边，不出家门，只是坐在家里看书、写字，身体已经康复，精神状态也有了好转。可是，他觉得天要下雨身上的腰腿关节就痛，吕氏知道了于是到村中询问治风湿病的风药。

乡村的地面上到处是中草药，光治疗风湿的草药就有十几种。村里知道草药的人也多。吕氏一连给游酢拿了几种，吃了都不见效。

一天，远房的族弟媳妇桂月来串门，吕氏提起道："孩子的爹犯了风湿，吃了好几种药都不见效。唉，真没有办法。"桂月听了，说道："嫂子，有一种叫'枫大槐'的草药包你好用。前些年，我爸爸吃了它，至今也没有再犯。"吕氏问道："这药哪里去拿？"桂月答道："这是一种奇怪的树，枫树里包着槐树，那树上的叶子便可做药。咱们村口那一棵大枫树边就有一棵。我这就帮你去采。"

吕氏将桂月采来的叶子煎煮出汤，端给游酢喝。那药汤苦得无比，游酢勉强将它喝下去。

说来也奇，那药连服了两天，第三天游酢开始觉得身上渐渐不疼痛了。

族中侄儿游操和伯均两人，自幼聪明伶俐，年少时好学，时常前来问学。他们俩每见游酢回来总是"伯伯"、"伯伯"叫得甜，且记性强，教之则能够牢记，倒背如流，深为游酢所喜爱。游酢几次与兄弟们谈道："日后，族中所望存诚、伯

均二子也。”此时，他们已经成人，正热心读书，追求功名。游酢在家且年纪已大不喜欢走动，收下他们予以悉心辅导。

吕氏勤奋，在房前屋后锄地种瓜豆、青菜。游酢当了几十年官没有干过农活，这时也学着帮帮忙，吕氏见了说道：“老爷，你休息去吧，我自个来。”

游酢想到少年时的伙伴林火木，便带了些糕点等食品去看望他。

林火木的家在村东，还是那一座小茅屋。游酢问道：“火木在吗？”屋里走出一个须发全白的老人，游酢一看，正是林火木。火木身体依然硬朗，见是游酢，走到面前感激地说：“兄弟你回来啦？到客厅坐。”游酢将礼品递给火木，拉着他的手说：“我们都老了。”火木说：“当年一起大的，现在只剩俺几个啰。”一个七八岁的小女孩跑来，问道：“阿公，这个客人哪里来的？”火木说：“他呀，不是客人而是本村人，阿公小时候一起玩的伴。这袋东西拿给你妈。”小女孩提过袋子跑向厨房，说：“妈妈，来客人啦——”

两人上了客厅在桌子边坐下，一个年轻的媳妇一手提着茶壶，一手端着茶盘出来，将壶和盘放在桌上，倒了两杯，向游酢笑着说道：“叔公请吃茶。”火木介绍说：“淑贤，这是我跟你说的游大人。”淑贤行了个万福，说：“游大人好！”游酢说：“别客气，我们都是同村的，自己人。”淑贤笑着点点头，说：“大人跟我阿公多坐一会。”她转身回厨房去了。游酢问道：“现在几口人吃饭？”火木说：“唉！不要说了，前面三个都去别人家上门，我跟老五昌明住在一起，刚才那个是昌明的媳妇。”火木用手指了指对面，接着说：“老四自己搬出去住，在对面山腰盖了茅寮厂。”游酢顺着火木所指望去，果然有一户人家，是一座茅草房。

游酢问道：“我又离开了好多年，不知村里发生了多少的事情。子彬的家怎么样？”火木说：“子彬一家人早几年就跑了。”游酢问道：“怎么一回事？”火木说：“他呀，百万的家产赌光还欠了一屁股债，还不起只好跑了。听说，他自己前些年去世了。”游酢说：“真想不到。”火木说：“你还记得桂生的儿子秋阳吧，咱们村现在就数他最富有啦。村中盖的最大的那座房屋便是他家的。”游酢叹道：“真是风水轮流转。”火木讲：“听说刘家辉在延平开米行发起来了，产业做得比他老爹还大得多。”游酢问道：“他爹呢？”火木讲：“早不在了。”火木说：“刘全实在是个大孝子。他妈前些年眼瞎了，每天帮他妈洗头，洗衣服，背她出入，服侍得比女孩还周到。他虽然没有再进学，可是乡里人夸他第一人呢。他前年娶了媳妇，生了个儿子才出门做生意。听说，如今他在外面的生意做得还可以。”

到了晌午，游酢起身告辞回家。

又是一个晴朗的傍晚，游酢再一次到附近散步。

万峰桥有些破旧了，桥上的木板有的已经朽了，漏出的洞口可以望见底下的河水。人们走在桥上减少了昔日的安稳感觉，总有一些忐忑不安。桥两头老树边枯藤缠绕，芦苇也伸着长长的枝叶，有的几枝伸到了桥面的栏杆上，过往的人熟视无睹似的。

禾坪街面貌依旧，可是街上行走的人许多面孔都陌生，游酢来到这里恍若隔世。一群小孩从街市那头追闹着奔跑过桥来，后面有一个中年农民赶着一只水牛也上了桥。那人近了，忽然喊道："二哥，你怎么在这里？"游酢一认，原来是堂叔待问的儿子游兴，于是回答道："随便走走。"那群孩子又掉头跑回来，游兴喊道："柱子，跑什么跑，给我过来。"孩子们听到大人的叫喊都停住，这时才发现有一个陌生的老人。柱子走到父亲的跟前，游兴向自己的孩子说道："这是二伯，快叫呀！"柱子叫一声："二伯。"便跑了。游兴说："我这狗崽子不爱读书又不懂事，成天只知道乱跑。"游酢笑了笑，说道："没关系，好玩是孩子的天性，我们小时候也一样。"又问道："你这是看牛，还是做啥？"游兴应道："人家租去犁田，你看天要下雪了，所以我赶紧去牵回来以免冻坏。二哥，有空上我家坐一坐。"游酢答道："好！过一两天就去。"游兴听了很高兴，说："那我先走一步。"游酢挥挥手，说："你先走吧。"望着游兴离去，听到孩子们在不远处的玩闹声，一种沧桑感油然而生，想起了唐朝贺知章的诗《回乡偶书》。

太阳西斜，游酢回到万峰桥准备回村。如火的晚霞照得天地山水一片红彤彤。夕阳下的富垄村，群峰秀丽，田野开阔，村舍明晰，农户的烟囱已经冒起袅袅炊烟，一阵鸡鸣声传来。他望着清澈见底的溪水，回忆起童年和少年时与小伙伴在这附近游泳、打水仗的情景，脸上浮现出一阵的微笑，叹一声："唉，老了。"放大了脚步向村中走去。正是："天寒劳燕远群归，夕照清溪秋鹜飞。满目青山依旧绿，千金难买少年回。"

晚上，游酢吃过饭走到堂弟游醑的家，坐了一阵之后，说道："傍晚时，我到桥上走走，芦苇都伸到了栏杆上。"游醑明白了他的话意，说道："二哥，我明天就去劈掉。"游酢道："那桥太久没有修了吧。"游醑道："我们从小就那样。大家都忙于自己的生活，谁有空去管它呢？"游酢道："老弟，我可看不过。你叫些人锯一点木板将朽掉的换一换，钱由我支付。"游醑道："二哥，你那么多人吃饭，没有多少钱，何苦管这个事？"游酢只说道："没事，修补一下用不了多少钱，照我说的去做就是。不过，这件事情不要说到我，只当你们自己做的就是。"

第二天，游醑便去找人手开始修补万峰桥。

半个月后，桥面换上了新补的木板。

游酢治好了风痛，想到自己年纪已大，他开始着手一些文字的整理。

首先对平生所写作品进行整理和编辑。

俗话说："积沙成塔。"他是一个博学多才者，几十个春秋耕耘不辍，既有不少的书法作品，也有诗歌、文章，还有《论语解》十卷、《孟子解义》十四卷、《中庸义》五卷，《易说》、《诗二南义》、《论语杂解》、《孟子杂解》等学术著作，另有《二程语录》一卷。

经过半年多的辛苦努力，他又整理筛选出书法作品三册，《荆斋诗集》一卷，《豸山文集》（文章）十卷。

这天晚上夜深时，他还坐在桌子后的椅子上，呆呆地望着案上堆积着整理好的手稿。虽然几十年在外为官，朝廷的俸禄不薄，但是因为家庭人口多，社会应酬繁多，没有闲钱出书。除了《易说》、《诗二南义》、《论语杂解》、《孟子杂解》已经勉强成书，其他著作都还如养在深闺的女儿未曾问世。前些年，女儿嫁给杨时做儿媳的聘金，陪嫁后不但没有剩而且还倒贴了不少。他清楚地知道全国印刷业已经很发达，到处有印书行，就连自己的老家建阳也有好几家印书的，可是印书每四页要两三文钱，花费太昂贵了。他自言自语地叹道："要是有钱多好，这些作品可以印出来传播于世上，世代流传下去。"

吕氏醒来发现他还没有去睡，于是小声叫道："老爷，休息吧。"游酢应道："你先睡吧，我坐坐。"

吕氏不放心，起来拿了一件衣服走到身边轻轻地给他披上。他看了吕氏一眼：她已经满头白发了，脸上皱纹斑斑。想起几十年来的颠沛辗转和清苦生活，他伸出臂膀捧起她的双手说："我们都老了，这几十年辛苦你啊。"吕氏微微一笑，说："老爷，你不是也一样吗？去休息吧。"游酢也觉得有些困意，站起来说："我只是把它们整理好放着，将来子孙去处理吧。"

岁序进入七月，火热的阳光照得大地冒烟。

太老夫人病重了，游酢一边请郎中来看，一边给在各地的儿子写了信，催促他们抓紧赶回。村中人知道了这个消息，纷纷前来看望老夫人。春桃和媳妇、孙子几乎每日都来看望一回。

刘全也赶回来了。他顾不得回家，先奔到游酢家看望老夫人。

半个多月后，游酢的儿子和媳妇、孙子们分别从各地赶回建阳。这时，老夫人尚且能够看人、说几句话，见儿孙们都回来了，脸上露出一丝的微笑。

一个晚上，老夫人去世了。

游酢一家大小悲痛，村中人无论亲疏都赶来帮忙，几天后亲戚朋友也赶来

吊唁。

料理完后事，游酢精神显得格外疲惫，一连睡了两天才有些恢复。这时，游酢问起堂妹，才知道黄中去年到京城参加太学考试肄业而归。游酢只好勉励黄中，劝道："不要紧，你正如刚刚出山的日头，努力吧！"

儿子和媳妇、孙子们各自要回自己的住地去，游酢将儿孙们召集在一起交代道："你们都记住：我出外漂泊了几十年，回头看看还是自己的家乡好，咱们的家世代在建阳，根就在这里。你们将来哪怕耕田、做生意都好，如果不是朝廷特殊需要的，都不要轻易出去当官，官场不是好去处。我和你们母亲留在建阳守孝，你们该做什么做去。咱们家没有什么家产可分，我这里分做五份，各领一份谋生去吧。"听他这么一说，大多儿子和媳妇虽然舍不得分家，也只得领了所得各奔前程而去。

他的精神恢复后，虽然守在母亲老夫人的墓边草棚，愈加觉得自己离开家乡几十年在外，还是自己家乡的山川草木最亲切，回到这里有一种说不出的温馨感，诚如唐朝的大诗人杜甫所说："月是故乡明"啊！因此，他经常到附近走走。少年时常常去的小溪、寺庙、万峰桥、禾坪街、村庄的每一座房屋、每一口水井都走了一遍又一遍，甚至连那豸山、獅山也去登了两趟。傍晚回来，他看见已经陈旧的屋顶长了草和绿苔，周围的一切却清净无比，好像置身于一个无尘的世界，让他忘记出外几十年官场的沉浮和忙碌。

游酢在家乡守制的消息渐渐传开了，邻近的几个州县的官员纷纷来拜访，好学的后生陆续前来求学。游酢只好一边应酬僚友们，一边又在豸山草堂给后生们讲学。

胡安国领着其子胡宏前来。胡宏十五岁，幼从家父安国学习，已经有一定的文化基础。胡安国说："恩师，我长年在外奔波，想把犬子托付给你好好教育。不知恩师尊意如何？"游酢回答："可以。我反正在家闲着，公子能够安心于此，没问题。"胡安国感激地拱手作揖说道："那就劳恩师费神了，康侯在此拜谢了。"游酢说："康侯，我们是老朋友了，千万别客气。"胡安国对儿子说："宏儿，快谢过师公。"胡宏行了个鞠躬大礼说道："谢谢师公。"胡安国告辞回家，胡宏留下来学习。

一次，游酢讲学之后又与生员闲谈，胡宏旁听。有一生员问："游大人对自己的经历有何感想？"游酢略有所思，答道："少年时壮志凌云，中年时奋发有为，老年时则静其心、养其身。人生虽然只有几十年光阴，从时间上来说很短暂，但是只要肯于充分地利用时间尽自己的所能去努力多做些好事，其精神则是长远无

比的。尽管人生不能够都一帆风顺，路途中难免有风霜雨雪甚至挫折，只要你有坚强的自信，一切的困难都会克服的。人们常常说人生宝贵，其实人生的宝贵是看他的精神表现得如何，能够将自己的精神化为有益于人们的事迹，那就是一个了不起的人。”又有一生员问道：“游大人你做人有什么信条?”游酢答道：“一是自信又信人，既自已要有自立自强的信心，又相信别人，特别是知己朋友；二是光明磊落，大事讲原则，小事不计较，对事不对人，可以为人树碑，不损人、不告人；三是洁身律己，不懒、不贪、不偏、不骄、不馁。我对这些虽然不是做得很好，但总是尽力去做。”胡宏听了说道：“师公，你的话给我很大启发。以前不曾听过。”

年底，胡安国前来将儿子带回崇安老家。

天气日见寒冷。晴天霜冻，草木结冰；雪天，山川皆白，松竹弯折。一年的光景就悄然地消尽了。

政和七年七月。杨时寄来一篇《陈居士传》并附了亲笔信，嘱咐为其友请写一篇跋。南剑州将乐人陈选与杨时友善，请杨时写传。游酢虽然不识其人，读其《传》而知一二，因此撰《跋陈居士传》一文：“昔杨子云称蜀人之贤，以李仲元为畏友，想见其人信顺之气积于中而畅于外，盖黄叔度之流。唯以生于远方，不闻于中原士大夫，独因雄书而名载于后世。今陈居士含德隐厚，沉冥于七国之下邑，未有能知之者。我友中立，为其发蕴，以绍其子孙。我知其与仲元俱不朽矣。此于名教岂小补哉！政和七年孟夏中浣建阳游酢”

九月，游酢才听说叶祖洽卒于亳州知州任上，朝廷赐他葬于建康（今南京）宣义乡雁门。游酢知道叶祖洽已经七十二岁，他的一生仕途坎坷，几起几落，因为固执坚持变法，做了不少悖时的事情，给世人留下不少的非议。然而，他是个可敬的长者，有学问，有主见，对朋友和晚辈也有情有义，人能够做到这些就不容易了。

十月，游酢服满。他去父亲的墓地转一趟，顺便游览了宝应寺。这天夜里，他写下了《游宝应寺》一诗：

崒嵂三带带白湾，谁开兰若翠微间。
竹林云懒禅心定，草径苔荒屐齿斑。
天入碧岚成玉宇，鸟飞青嶂出尘寰。
此中即是蕊珠境，遮莫闲吟一解颜。

年底，杨时来看望游酢。同龄的杨时虽然清瘦，已经满头白发，可是精神矍铄，依然容光焕发；游酢因为家庭困难，平常生活条件差，没有什么补养，不但

鬓发苍白，而且气色不是很佳。两人对视一眼，杨时关切地问道："定夫，你最近太累了，还是病过?"游酢答道："没事，我没有感觉。"

吕氏出门买菜回来，见到杨时便招呼："亲家，你来啦。定夫天天念叨你呢。"杨时应道："亲母，我也一样想着他。"吕氏说："是啊，你俩比亲兄弟还亲。"又问道："玉儿近来怎么样?"杨时回答道："她是个听话的孩子。"吕氏又说："我那丫头不懂事的地方，亲家尽管教育就是。"

游酢怕女人的话多，便道："中立，我们坐吧。"杨时问："定夫，在家又忙啥?"游酢回答："整理一下自己的文稿。"杨时说："这事情确实费神，难怪你气色不佳。说来也是，我们年纪已经日薄西山了，应当整理一下。文稿拿来瞧一瞧。"游酢指着桌子，答："就在桌案上。"

吕氏端着茶过来，说道："亲家，喝杯茶，你大老远的跑到这儿休息休息，他那些东西要看也得有空再看。"杨时起身接了茶："亲母辛苦啊。"吕氏答道："说啥，俺妇道人家只不过做饭买菜洗衣服而已。你们大男人要支撑家庭，还要想着天下大事才累呢。你们聊吧。"她说着到厨房去了。

杨时问："你对禅学研究如何?"游酢答道："没有时间也没有心情去研究，有空闲时只是消遣消遣。老啦，什么也没有兴致了，能够保住身体就阿弥陀佛。"杨时说："你还可以放几任州官。"游酢答道："不敢指望什么了。"杨时又说："咱们同龄，你比起我幸运多，当过博士、御史、州府老爷。我呢，至今还是在地方辗转。"游酢笑着说："人生命运不同，说不定你大器晚成。"杨时辩："这不是笑话我?老兄，我们年近古稀了，你以为姜太公世上多啊!我辈命运坎坷，不似蔡京之流。那家伙虽然年纪比我们大，如今不仅身体还很好，而且还大红大紫，手握朝廷大权。朝野上下对他非议颇多，你有何高见?"游酢讲："怎么说呢?蔡京固然是一个人才，敢作敢为，朝政有些方面需要这样强硬的人，比如兴学办教育、钱币的改制等，确实有一定的作为。但是，他太霸权，崇宁以来做了三件极臭的事情：一是想借御笔手诏鬼花招堵塞谏路，二是改官制自任太师，把朝廷内阁大权一人独揽，简直一手遮天了；三是迷惑君主，贻误天下，搞花石纲，不但搅得江淮鸡犬不宁，而且殃及全国，涂炭生灵。近年，他又蛊惑圣上，搞来王老志、王仔昔几个道士兴风作浪，这是亘古未闻之事。"

两人停下喝了口茶，又开始交谈。杨时问："你跟他有过交往，没有什么感觉?"游酢说道："人交往多了，难免有不同路者。初识时不知他的庐山真面目，但是时间能够考验一切。"杨时说："听说，他看了你那篇《论士风疏》大发雷霆，还骂过你。没有那篇文章，你也不至于被贬。前些年在汉阳，你写了《韩魏公读

书堂》的诗又被贬。”游酢应道：“被贬事小，人到哪儿不是吃饭？国体事大，朝廷的腐败根源就在于官员的腐败，此病不根治，恐怕无药可医。不过，话说回来，朝廷腐败，不止一二人，朝廷而且把大权又交给蔡京、童贯等辈，势必朝廷不像朝廷了!”杨时说：“老兄之言正合我意。”游酢讲：“中立，我虽然没有被列为‘元祐奸党’之列，可是永远无法再入朝廷；你是不在此列之人，听说又与太师之子蔡攸关系密切，说不定形势有利时尚有机会立于朝上。”杨时听了暗暗吃惊，因为他早在崇宁二年已经与蔡京的次子蔡攸结友，正想利用这一层关系往上走。但是，蔡京树敌太广，在朝野名声极坏，眼前的游酢虽然是挚友，又是亲家，他也不敢说实话，于是应道：“我哪敢有非分的奢望。”

游酢知道杨时是有城府的人，不便再提，于是转口说道：“明道、伊川二程先生和大临、谢显道等学友都已离去，唉，现在只剩咱们两人尚可切磋学问了。”杨时叹一声，应道：“我也同有此感，每念二程先生常常夜不能寐。”

忽然，杨时问道：“黄裳呢?”游酢答道：“他从政和三年出知福州，一直在那里。忙着帮朝廷编《万寿道藏》。”杨时叹道：“圣上迷于道术，编了《崇宁道藏》还不够。”游酢说道：“可惜啊，一个状元变成了长年研究道学的专家。这便是如今的盛世!”

两人谈着谈着，又转向了生活方面的话题。

忽然，听到吕氏叫道：“亲家，吃饭啰!”杨时一听如大梦初醒，“哎，就来啦。”站起身抬眼一看屋外，夕阳已经挂在西边的天际，只有余晖了，因而对游酢说：“真快啊，太阳已经要下山了。”游酢也站起来，回答：“古云‘日月如梭’，能不快吗？记得程门青草绿，你我俱已白头翁。”杨时笑了，游酢也笑起来。

第二天，杨时辞别回江北去。

杨时走后，游酢更怀念程颢先生。为了纪念这位终身难忘的恩师，把他的学术思想传播于世，于是重新开始着手全面整理程颢昔日的讲稿记录，编定了《明道先生语录》一书。

游酢接到了去舒州（州治在今安庆市潜山县）任知州的圣旨。

欲知舒州之任如何？请看后面几回。

第一〇九回

鄱阳湖家人观景
广源铺众宾议官

这一回去舒州，游酢选择走西北的路线。他带着吕氏和一个十五岁孙女，从建阳往西北的邵武进入江西地界，经资溪、金溪，过抚州，再从抚州到洪州。

洪州（今南昌），汉代称豫章，唐朝时开始称洪州，宋朝沿用之。它地处江西中部偏北，赣江、抚河下游，濒临我国第一大淡水湖鄱阳湖西南岸。进入洪州境内，但见以平原为主，水网密布，湖泊众多，城区地势偏低洼。

到了洪州，在那儿停留了下来看望一下儿媳和孙子们。儿子游撝和媳妇见父母来了，喜出望外，相待如宾。洪州知府知道了，当晚举办宴席热情地款待了他一家人。

游酢到城中走走，想到春秋战国时期吴、越、楚诸国曾在这里争城夺地。古越族之地，生活着“三苗”后裔（传说中黄帝至尧舜禹时代的古族名，又叫“苗民”、“有苗”）。看见洪州的街道比以前更宽了，增添了不少新的房屋，货物也更丰富了。他回想到年轻时这里所见的景象，颇有一种沧桑变化的感觉。

第二天，游撝陪着父母兄弟去游览鄱阳湖。那鄱阳湖为中国第一大淡水湖，也是中国第二大湖，面积仅次于青海湖。但是，鄱阳湖是一个季节性很明显的湖泊，时值深冬，属于枯水期，湖中水很少，但是湖水清澈，波光粼粼，犹如一面大明镜，四周群山蓊郁。游撝问道：“爸，你觉得这儿风景怎么样?”游酢说道：“还不错。”他停下脚步，对游撝嘱咐道：“游撝呀，这洪州地灵人杰，你应当多为老百姓办些好事。”游撝答道：“爸的话，孩儿谨记在心。”游酢点点头，父子俩继续前行，一路交谈着。吕氏和孙子赶上了，游撝和母亲、侄儿说笑起来。

第三天，游酢带着家人继续前往九江。在九江过一夜，次日坐船北上到安庆下船。上岸后，坐上一辆马车经十里铺、月川镇、三桥镇到舒州治所潜山县。

十二月中旬，游酢才到任。那一日，天上飘着鹅毛大雪。放眼望去，整座舒州城像一座雪城。

原任知州和当地的大小官员和乡绅都来迎接，当晚为游酢接风洗尘。在宴席上，游酢主动地站起来申明："各位大人，老夫年纪大了，不胜酒力，感谢各位的盛情好意，我喝一口，大家也随意。"通判、司户参军、司法、盐政、防御使、都头等纷纷轮流起身敬酒，游酢只是礼节性地沾一小口。坐在下一席的当地大富豪方逢春越席来，说："游大人，我敬你一杯。"原任知州介绍道："这方老板，是这里的开明绅士，为人豪爽仗义，今后有什么困难可以找他帮忙。"游酢听了很高兴，说道："今后府中多多仰仗方老板鼎力支持了。"方逢春回答道："哪里哪里，在下今后还要多麻烦大人呢。"游酢讲："方老板，这样吧，我喝一半，你——随意。"说着举杯饮了半杯，方逢春见了很高兴，举起杯一饮而尽，又敬了其他官僚，说声："谢谢各位大人的抬爱。"回到自己席位去了。

次日，原任知州与游酢交接清楚州里的事务，便离去。

游酢询问了师爷当地的历史、人文情况和风土人情等。师爷介绍道："舒州府，下辖怀宁、桐城、太湖、宿松、望江五县，崇宁年间人口已有十二万八千多，每年向朝廷进贡 34 万多件，贡品为白术。地方特产有天柱剑毫（茶叶）、贡藕、胡萝卜丝、瓜蒌籽、石耳等，手工艺有舒席、汉皮纸、竹编等。这里的风俗偏近于南方，但也多少夹带北方人的特点，如腊月初八吃腊八粥的习惯。"游酢听着不住地点头，问："民风如何？"师爷说："这里的民风淳朴，人们也安分守己。乡绅们与百姓还没有见发生过什么矛盾。"游酢听了欣慰地说道："如此很好。到城中走走。"

虽然天寒地冻，游酢与师爷便在当地的差役引路下走访。

府衙所在地潜山县梅城，坐落在皖、潜二水的冲积平原上，历代为州、郡、府、县治所。舒州城不大，城池内有三条街道，地形平坦，是一个临河的古城，最外面一街为菜市场，有蔬菜、猪肉等日常生活物品，县衙在中间的主街上，沿街有杂货店、脚店、酒家、客栈等，州府的衙门在最里面一条街上，店铺密集，同样有酒家、客栈，孔子庙和其他庙宇也集中在这里，府衙坐北朝南，百米远处是府库、盐仓。游酢看见这里山清水秀，环境优美，而且物产丰富，很高兴。师爷又介绍说："这里自古为皖西南经贸中心、商贾云集。北国的皮毛、人参，南国的海鲜食盐、细布源源不断输入，而潜山山区的茶叶、苎麻、陶器、酒器、竹席及中草药等经此由长江向各地输出。这里历史悠久，有许多古老的建筑，如：四牌楼、三牌楼、四厢、十巷，巷道为条石、卵石路面，两边多为民居，古迹众多。”游酢赞叹：“好地方啊。”接着，察看了府学、潜山的县学，了解了一些情况。

有一天，吕氏买了一条席子带回来，孙女看了说：“哇，这么漂亮，挺贵吧?”吕氏答道：“二两银子。”孙女点了点头，咂舌道：“太贵了吧。”游酢一看，说：“这席子果然好看，不用说便是舒州产的席子。这席子做工精细，值得这个价钱。”晚上，睡在新买的席子上，游酢感觉比其他地方的席子更舒服，对吕氏说：“这里的席子既细薄又柔软，睡起来比京城中的舒服多了!”吕氏笑了笑，说道：“你呀，整天只知道忙着公事，何曾知道舒服过?”

一日，司户参军来报，各县钱粮收歉的数字，游酢听了吩咐道：“传我的话，各县查核一下，家庭确实困难的，不但一概免了，而且要想办法给予一定的接济，让那些生活困难的家庭能够过一个温暖的春节。”

年底前，游酢想：往年按照习惯要回建阳老家过年；如今自己年纪老了行动不便，况且母亲已经去世，家中只有房亲，就留在舒州过年。于是，他把自己的想法写信告诉儿子们。

腊月下旬，儿孙们从各地赶来舒州团聚过春节。

第二年正月，朝廷改元，确定这年为重和元年（公元 1118 年）。

游酢知道春节不少的下属会前来拜年，于是在衙门上贴着一张“拒收礼物”。可是，下属和地方绅士等有的送钱，有的送礼物前来。他们以为新到的知州是做做样子，照样随带东西进去拜见。游酢对他们一一热情接待，笑谈自如，向他们了解各郡县的情况。大家以为，这位新来的上司，也像以前有的上司一样，说一套，做一套。他们临走前起身告辞时，游酢笑着道：“朝廷派我来为老百姓办事的，不是来收受财物的。再说，大家生活过得也并不容易，何况我的俸禄比你们高，怎么好意思再收你们的钱物呢。”大家见他执意不收，有的只好将自己所送的钱物带回去，有的故意忘了似的丢在那里，游酢叫手下立即追出去送还。

当地的乡绅也陆续有人送礼来，游酢照样一一婉言推辞不收。其中广源大店铺的方逢春老板是地方上有名的乡绅，见游酢不收礼，想出了一个新花招。过了几天，他特地单独来拜会，请游酢为他的店铺写个招牌。游酢推辞说：“本府一向没有为人题写过。”方逢春再三请求，游酢碍于他是当地乡绅的面子，说道：“方乡绅如此恳切，老夫只好破例一回。”为他题写了“广源大店铺”五个字。方逢春如获至宝，磕头称谢而去。事后，方逢春派管家送来二百两银子，游酢只收了三

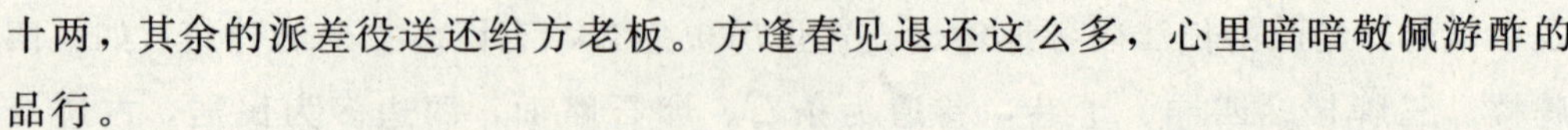

十两，其余的派差役送还给方老板。方逢春见退还这么多，心里暗暗敬佩游酢的品行。

一日，舒州行会会长方逢春召集同行来开年会，也请了知州游酢和手下的官员以及地面上部分朋友参加。宴席后，游酢等官员离开了，同行问起方逢春："招牌花了多少银子？"他说："实话相告吧，我送二百两，照说请一个郡府老爷为商人题写招牌，二百两银子也不算多，至少也可以收一百两。可是，游大人只收三十两，足见其为人本分。"一位朋友说："现在天下的贪官多如牛毛，清官可谓凤毛麟角，黑心的没有事还想茬儿敲诈人，像他这样送到嘴边的还退回的真是罕见。"一个同行说道："三十两，请个地方的名人也不止这个数。这游大人真算得个好官。"过了元宵节，游撝、游拟、游挟兄弟都先后回到自己任所去，游损、游拂也回和州了。

欲知舒州怎样，游酢如何治理的，且听下回分解。

第一一〇回

开会商议文化事
下乡谈论百姓忧

天气晴朗，正是春暖花开的季节，舒州城内外桃红柳绿，一派初春的景象。

元宵节后，州府官员、吏员和州学教授们陆续到了。他们中有人陆续前来拜年。

农历二十后，州、县的府衙都开始正式开门上班。游酢也忙了起来。

初来乍到，游酢为了尽快了解全府上下的积案，夜里常常秉烛看卷。吕氏因为受了风寒身体不佳，孙女坐着陪伴游酢，为他倒茶、披衣、煮点心。

地方上的一些宿老和文人骚客们，听说新来的州府老爷是个大文人，一个个便想前来讨教，却没有人敢独自开这个头，私下议论纷纷。这事情传到游酢的耳里，游酢明白这是每到一地必须应付的功课，不解决对做地方的工作不利。于是，他吩咐师爷道："你去摸个底，地方上有哪些有影响的文化人，安排个时间请他们都到府衙来聚一聚。"

一天晚饭后，四五个教授一起来拜年。游酢热情地把他们迎接进去，坐下之后，笑着说："欢迎、欢迎，代我向诸位先生家人问好，拜个晚年。"座谈一番之后，游酢说道："你们来得正好，大家随便说一说有什么要求，需要我帮忙做什么。"教授们互相看了看，一时想不出说什么。游酢说道："天下有两件最大的大事，第一是食，第二是学。食为生存，学为立人。在座的诸位都是一州的教授，一州的人才培养全仰仗诸位了。我当过县学、府学的教授，还有太学的博士，深知当教授的工作辛苦和生活上清苦，学校需要添置什么，你们有什么困难，现在可以随便说，以后可以随时提出来。我能够做到的一定做，难做的也一定争取做。

首先可以保证一点，尽可能提高诸位教授们待遇，开学后即兑现。”教授们听了喜颜悦色。有个教授说道：“我们住的房子太旧了，经常漏雨。”游酢说道：“衣食住行是人的基本条件，何况教授们，漏雨怎么行呢?”另一个教授说：“大人，住还可以住，只是旧了些。”游酢说道：“明天我有空会去看看，真的太旧住不了，就想办法盖新的。”大家坐了一会，欢欢喜喜地离开了。

第二天早晨，游酢忍不住跑去州学察看房子，碰到一个教授，见房子确实陈旧些，但是还可以住，于是对教授说道：“眼下还可以住，等以后府里有钱再盖新的。”便回自己的住处。

一天，师爷说：“我安排当地的文人和乡绅们明天来集会。你有空参加吗?”游酢应道：“这个会很重要，文人和绅士们都是地方上举足轻重的人，关乎地方的风气和文化，再没有空也得挤出时间来参加。”

当地的文人赶来了，有二三十个。师爷将他们引到一间简易布置的会议厅，游酢站在门口迎接，并且与他们一一会见。时辰一到，游酢招呼大家坐下，开门见山地说道：“这里，鄙人首先给大家拜年。”众人听了立刻站起，回答道：“谢谢大人。”游酢说道：“大家都坐下，坐下。今天，鄙人召集大家前来一聚还有两件事情：第一，请大家给当地的建设和发展出谋划策，第二是与大家一起交流、沟通一下文化，向在座的各位前辈和年轻的朋友学习、请教。咱们先谈论第一点吧，”众人听到出谋划策，一个个面面相觑，说不出话。沉默一会，游酢开导说：“文人是朝廷培养的人才，小则修身齐家，大则安邦治国。在座的都是地方的文化名士，如果只是会磨一点嘴皮，做一些诗文还不够，今后应当拿出一点读书人的才学，为地方提点好的建议和谋略。大家放胆畅所欲言，不论对错都无妨。”有一个年纪较大老者站起来说：“大人，这事情太突然，我们毫无准备，是不是允许今后再议论。”游酢答道：“好吧，老学究言之有理。这件事情大家没有准备，我也不见怪，日后有的是机会，只要有了良策，随时可以反映上来，或者直接跟我交谈。下面，进入第二项议程，大家随意地进行交流。”有个绅士说：“还是请大人给我们讲一讲吧。”接着，众人呼应道：“对！请大人给我们讲讲。”游酢答道：“那好，鄙人先讲两句。鄙人很喜欢跟所有的文人交朋友，可是作为一州府之首脑，上下事务繁杂，这里只能寄希望诸位同心同德努力了。不过，鄙人可以向诸位保证两点，一是支持你们的文化活动，如果有什么困难，包括经费问题，尽量帮忙解决；二是鄙人家门随时向大家敞开着，欢迎到我家做客、交流、切磋。最后，希望我们舒州的文人加强团结，不仅要自重自爱，而且要互相敬重，还要同舟共济创设出地方的特色，为地方的文化和建设作出应有的贡献。文化的影响是潜移默化的，不可能立竿见影，需要一定的时间，可是其意义相当深远。文化活动很广，研究学问、写诗做文章、搞戏曲都行，不要局限于某一种，也不一定苛求每一次活动都有成果，关键是要形成一种文化风气，使地方文化发达、繁荣起来。诸位回去之后，可以将今天会上所说的转告各县的朋友们。鄙人想，大家这一代人共同开拓出一个新的局面，相信几十年、几百年后，舒州可能会有较大的成果的。”

几天后，天气骤然变冷，飞起大雪来，一夜之间，到处可见碗口粗大的树枝被雪压断。

两三天后，天转晴暖，可是霜又下得很大，连路边的树木都挂满了冰凌，而且地面凡是有水之处，全结成了冰块。看着这种霜雪交加的怪天气，游酢想到了农村中的耕牛，这种天气肯定会冻坏甚至有可能冻死。

游酢对司户参军说：“赶快传文下去，要各地务必加强耕牛的保护。那可是农民的命根子啊。我们也到附近走走，好好查看查看。”参军说：“大人，天气这么恶劣，又是霜又是雪的。”游酢答：“老百姓是我们的衣食父母。农业是我们的经济保障。没了耕牛，农民怎么耕田种粮食？明天就出去。”

第二天吃过早饭，游酢来到衙门口，见到师爷和两个衙役站着，还有一辆轿子。他说：“天气这么冷，不要坐轿子，咱们走路吧。”师爷面有难色地讲：“大人，你岁数又大，这怎么行。”游酢严肃地说道：“咱们骑马去。”师爷只好叫衙役：“牵马来。”两名衙役各牵着一匹马来。师爷心里想：游大人年纪这么大还能骑吗？等他回过神时，游酢已经坐在马上了，他暗暗佩服，说道：“大人，你真神速。佩服、佩服。”游酢绽开笑颜答道：“这算啥，古来多少将帅像我这种年纪还驰骋疆场上呢。”说着策马前行，师爷也飞身上了马跟了上去。

到怀宁县衙门前，两人下了马，知县立刻热情地上来迎接进衙门。游酢刚刚坐定，知县便递上一杯茶来，说道：“老父母请品尝一下这茶。”

游酢端起茶杯揭开茶盖，便闻到一股清香扑鼻；一看，只见茶叶绿中微透红意，汤色清绿明净，叶底嫩绿匀亮，芽叶成朵肥壮。他轻轻呷一小口，香味清醇，回味甘甜。于是问道：“此茶甚好，不知何名？”知县回答道：“此乃‘红丝线’，来自邻县太平。”那茶放了一阵，味道渐渐浓，汤色依然清澈，只是叶底变为黄嫩。游酢连连赞道：“好茶！好茶！”知县介绍道：“此茶外形是两叶抱芽，平扁挺直，自然舒展，白毫隐伏，两头尖，不散不翘不卷边。叶色苍绿匀润，叶脉绿中隐红，故称‘红丝线’”游酢听了称赞道：“不散不翘不卷边，茶叶如此，人也当如此，顺其自然，不骄不作，君子所秉高操也。”接着又道：“将这里的情况说

说。”知县汇报了当地的农情和收入等，补充道：“粮食短缺是最大的问题。”游酢说：“这个问题各地普遍存在，也是需要我们当官的动脑之处。你要想办法一方面鼓励农民多开垦田地，一方面派人打听一下哪里的哪些品种适合这里种植，产量能更高些，另外也可以种些杂粮来弥补粮食的不足。”知县听了频频点头。

游酢问：“贵县有多少耕牛呀?”知县想了想：“大约有千把头吧。”游酢说：“最近天气寒冷，最重要的是要加强耕牛的保护。今天，特地为此事而出行的。”知县应道：“鄙职一定尽力做好这项事情。”游酢交代：“这项事情不能走江湖，要派人下去逐户宣传，告诉养牛户做好保护。”知县答道：“是!”

知县又汇报了去年该县的税收情况，然后说：“收不齐啊，县上的开支很紧。”游酢听了，说道：“当地方官要懂得开源节流的道理。光节俭是不够的，一定要想办法开拓财源。打一个比方吧，母鸡多了，蛋自然就多。”游酢询问到当地老百姓的生活，知县做了简单的介绍，游酢点点头，说道：“听你所介绍，这里的资源还不少。我一路走来所见，穷苦的人还是占大多数。一个地方要发展和富裕起来，老百姓的日子才能更好些。身为一县之主，要多动脑筋。这里有茶叶、苎麻、陶器、酒器、竹席及中草药，应当很好地考虑充分利用这些资源的有利条件，做好本地产品向外推销。只要不违反朝廷的律令，可以放手去做。老百姓的生活水平能够提高，就是政绩。”

中午，知县设宴相待，席上有“凤凰贡面”、雪藕等地方特产。知县心虚地说道：“老父母在上，鄙地没有好东西款待，只能请老父母将就些。”游酢极为高兴，赞赏道：“这既可避免鸡、鸭、鱼、肉之奢华，又能够让客人吃出个地方风味来。这种方式能够节约开支，应当好好提倡。鄙人回去就倡导各县皆效仿这里的做法。”知县听了无比欢快。吃面时，游酢问道：“这面叫凤凰贡面，有何来历?”知县便介绍了“凤凰贡面”的掌故。游酢听了说道：“这些都是达官和有钱人的讲究，可惜天下大多数老百姓都在饥寒线上。”知县忙改口问道：“老父母的睡眠情况怎么样?”游酢答道：“自从出仕以来，我的睡眠就少。年轻时，一直想着怎样干一番大事业。到了晚年，我常常觉得自己没有办法解决老百姓的温饱而私下羞愧啊。走到哪里，眼见的都是破屋、茅草房，特别是乡村十有八九老百姓衣衫褴褛，面黄肌瘦，有病没钱医，有子没书读，有老没人奉养送终，甚至不少人典妻卖子来生活，多么令人寒心！但得他们人人有所居，家家团圆，吃饱、穿暖，子有书读，病有所治，老有所养，社会文明，治安稳定，我们的官才当得有意思。”知县和在座的听了都笑了，知县说：“老父母所想虽陶渊明也不及，世外桃源，那永远只能是虚幻的设想而已。”游酢答道：“非也。游某以为人类总是不断向前发展的，现在无论城市还是乡村的面貌和生活比盛唐时代不是明显进步多了吗？我想照此发展下去，如果每个朝代的当政者都有强国富民的思想，几百年后总会比现在好得多。说不定，几千年后真的会有世外桃源那么理想的生活。”其他人听了也不敢驳他，大家笑着敬起酒来。

从怀宁县回来，游酢处理了一些案头的文牍以及下面反映上来的问题。

几天之后，天气稍微转晴暖。游酢又到其他各县视察。

一天傍晚，游酢带着一个差役到城内散步，看见东南山上有一个寨，台阶盘旋而上，有好几十丈高，游酢问道：“那地方叫什么？”只因这一问有分教：仰慕前贤访山寨，思量教育建书斋。欲知后事，请君看下回。

第一一一回

春夏繁忙酬公务 秋来闲逸访名山

话说游酢问及山寨的名称，随行的差役回答说："那儿叫天宁寨。皇祐年间，舒国公（王安石）到此任通判，在上面筑一台，每晚刻苦读书至深夜，时常灯火彻夜通明，城中的居民还认为月光所照。"游酢听了，说道："其人虽已殁，犹然令人敬仰啊！其治学精神值得后人学习，舒州宜提倡勤学之风。"于是，他亲自登上山去察看。到了寨顶，他站在王安石的读书处前说道："此处可建一个书院，以勉励舒州后生读书成才。"

第二日，游酢便招来地方绅士和教授，商谈在天宁寨上建书院的事情，众人听了都赞同。由于州府老爷亲自出面，绅士们主动表示愿意捐钱来建书院。府中指定了专人管建书院的事务。

消息传开了，民间有的捐钱，有的捐木头，事情很快有了眉目。舒州地处山区，有的是木材，不但木材商堆积着许多，而且农家中也有。有现成的木材，盖房只是请几个木匠师傅备料，组合，用不了多少时间。两天后，负责筹建的人请人将天宁寺故址地面清理清楚、整平，接着请来木匠师傅盖房。因为只盖三间木头屋子，所以不到半个月就盖成了。

书院共建三间房屋，东西两间为书舍，中为"明诚堂"。落成时，游酢为之题写了"皖山书院"四字，请工匠做了一块木匾挂在书院的正中门楣上。

几天后，书院开始招收了二十多名学生，便正式开学了。

州里召开一次会议，讨论几件事情。游酢想起春节期间与州学教授座谈时答应提高待遇的承诺，会上提议道："州学有两个问题，一是房子陈旧，教授们反映经常漏雨，得拨一笔款修缮一下；二是教授们工作累，生活很清苦，现在的物价又涨了。可是，眼下州里的钱不多，我想今年开始州学的教授每月先加二百文钱，以后有条件再适当提高一些。大家讨论一下，提提自己的看法。”州官们都是读书出身，知道教授们清苦，都表示同意。游酢见大家没有意见，于是说：“这件事情就定了。修缮费和教授们的补贴务必抓紧送到州学去。”

两天后，教授们都领到了新加的月俸。学校，也开始请人修缮教授们的住房。

布谷鸟在天上飞鸣着“布谷”、“布谷”，人们开始春耕了。

舒州城外的郊区，农民在田野上挥舞着锄头锄田。

惊蛰后，天气开始转暖，大地上的树木变得更加浓绿，鲜花也开得更盛。这时节，有的农民已经开始浸谷种，整秧地。

农历三月三日，正是清明节前后，惠风和畅，阳光明媚，城中许许多多的女子都到郊外或者野外踏青，享受美好的春光。

一个衙役进来说：“老爷，今天不知什么日子，到处都有女子们在游动。”

游酢一想，说道：“这是好日子。我家乡每年到今天，家家户户都做米馃，许多妇女上山采野菜来做艾馃吃。那艾馃特好吃，我出外这些年很少吃到它了。我们也去外面走一走吧。”

走出衙门，上了大街，沿街两旁店铺林立，人们来来往往。

游酢对随身的差役说：“我们到郊外走走，好好观赏一下春光。”

踏青归来，他觉得心身舒畅，写了一首《春日山行有感》诗：“十里桥西别有天，青山欲断翠云连。园林寂寂鹿为友，野服翩翩儒亦仙。风咏舞雩正此日，雪飘伊洛是何年？追寻往事顿成梦，回首春光倍黯然。”

进入五月，天气渐渐炎热起来，半个多月都干旱无雨。游酢担心到月底或者六月会发生洪涝，因此下文传令各县做好防洪准备。

舒州多河流。著名的有大沙河、皖河、潜水三条。其中东北方向的大沙河，发源于岳西。潜山是大别山山脉的重要泄洪河流，流域面积很广，途经潜山、桐城、怀宁县、枞阳，流入长江。泄洪端口自桐城沙河铺，桐城青草的尖刀咀，分为南北两大河流，北河叫“百年河”，南河叫“人形河”，两河在桐城双港交汇，统称“大沙河”。两大河流，四条沙基堤防，千里之长，堤岸两侧十万顷良田，有几千户人家居住。潜水自西而东，皖河自北而南，河流都很长，灌溉面积上万亩土地，沿岸也居住着数千老百姓，舒州城在潜水与皖河相夹之间。

到了六月初小暑节气后，老天果然连续几天强降雨，几条大河都发了洪水，还好事先有准备，老百姓将能够收的作物收了起来，人们的生命没有发生危险，

可是不少的田地和庄稼被洪水冲毁了。游酢身体不太好，还是坚持到各处查看受灾的情况，慰问受灾的百姓。回来后，他下文给下面各县拨了救灾款。他知道这是没有办法的事情，可是好几天心里不安宁，吃不下饭，睡不好。吕氏一再地劝说："天要发大水，你没有办法叫它不发。饭还是要吃的。"游酢回答道："我身为这里的父母官，老百姓受了灾，怎么能够吃得好睡得安？"

七月，朝廷设置提举御前人船所。蔡京、童贯和心腹等贪官趁火打劫，借此机会大捞一把，下令全国各州府搜集奇珍异宝，进献给朝廷。

师爷问："大人，此事如何办？"

游酢接到朝廷的旨意，知道奸臣所为，这是劳民伤财之举，敢怒不敢言。他毕竟三上朝廷，想到此事不得人心断不可能长久，决定先持观望态度，静观其变，不到不得已不动手，于是答道："先看看再说吧。"

许多地方官员怕事，接到朝廷的旨意便动手干了起来。不久，灵璧、慈溪、武康的各种石，江浙的奇石、异花、海产，福建的荔枝、龙眼、橄榄，南海的椰子，登州、莱州的花纹石，湖州、湘州的文竹，四川的佳果木，都越海渡江而运往京都，由于要运载粗重的木头和巨石，沿途毁坏了无数的桥梁，有的连城墙也拆毁。

师爷来报："大人，朝廷又下牒来催报进贡物品。"游酢回答道："再等一等看。"师爷说："再不有所表示，恐怕会怪罪下来。"游酢道："没事，老夫自有主张。"

又过了一段时间。师爷再次来报："大人，朝廷又下牒来催报进贡物品。"游酢答道："这样吧，先从府里的经费拿去买一些好的楠木、花梨木送去应付应付，就说别的正在筹办中。"师爷说："大人，府库的经费已经不多，还是向各县百姓摊派一些。"游酢回答："不行。老百姓本来就够苦了，再搞摊派他们不更苦吗？照我说的去做。"师爷正要走，游酢喊道："回来！"师爷走到身边，游酢又说："算了，不到迫不得已不要动手。再等等看，有事我担着呢。"

不久，因为"花石纲"事件闹得太大，劳民伤财，天下怨声四起，蔡京怕引起皇帝的不满和忠臣攻击，只好下令停止再运木石往京城，各地许多物质运送到半途丢下。

舒州运木石的忧愁，随着"花石纲"风浪的平息也消除了。游酢舒服了好几天。

一日几位朋友相聚，席间闲谈舒州的风物，谈起到天柱山，游酢听了讲道："鄙人还不曾登游览过此山。"其中一人道："我也正有游兴，何不陪大人一游？"

众人都赞同，因见西天晚霞，另一友道："明日准是好天气。"于是议定明日就出行。夜间，游酢查看资料，知道了一些天柱山概况。其峰为境内最高峰，汉武帝南巡封此山为南岳；隋文帝时改封衡山为南岳。但是，因为该山雄奇壮丽，历代喜爱山水的文人无不心驰神往，李白诗曰："奇峰出奇云，秀水含秀气。青冥皖公山，绝巘称人意。"白居易称："天柱一峰擎日月，洞门千仞锁云雷。"

第二日早晨，果然是个晴天。众人到府衙前集齐，便动身乘上马车向天柱山出发。时值秋风送爽，气候宜人，正是出游的好天气。

不到两个时辰，他们抵达天柱山山麓，抬首一看，那天柱山峻峭挺拔，犹如一把倒插青天的宝剑，杀气逼人。众人进茶庄稍事歇息，便登山。上山路线有东、中、西三条，他们选择最捷径的西线走，从"猪头石"上山庄，沿"六月雪"上"南关寨"，众人尚且轻松；再由"摄衣岗"到"总关寨"，大多人已经一个个气喘吁吁，仰望"云梯"横亘于前，人们望而生畏。同行中游酢年纪最大，随行差役虽然自己满头大汗，还关心地忙询问："大人辛苦了吧？休息一下。"可是游酢精神矍铄，气色依然如常，呵呵笑道："没有事，老夫平时经常锻炼，尚可继续再上。"众人赞叹不已。带路的见大家都有一点累，提议道："咱们到皖公祠拜拜皖公，也好休息休息。"于是往右进皖公祠拜谒皖公。据传说，皖公是入皖第一人，故称之。那皖公神像高一人许，身材魁梧，庄严威武，众人见了都一一跪拜。从祠出来返回原路，复登百步"云梯"，到了梯顶，则右见有"五指峰"，左有"天柱松"。继续上"拜月台"，可见左有"双乳峰"凌云而立，天柱山咫尺直逼眼前，这时只见四周群峰环列，重峦叠翠，风光无限。再登"鹦鹉石"，向左横过数百步即至天柱峰。因其山峰浑身全是石骨，如锥似柱，嶙峋奇绝，常人不可攀登。峰顶有巨石如掌，上书"孤立擎霄"、"中天一柱"八个大字，气势好不雄伟。

下山时，绕道往东，经仙人洞，下西关遗址，过良药坪炼丹湖。湖周围有东汉末年左慈炼丹的炼丹台、炼丹洞、炼丹灶等地方，故湖名取炼丹湖。湖水碧澄，四周群峰环绕，松竹苍翠，湖光山色相映，宛如一幅美丽的天然图画。湖面袅袅地飘浮着一层薄云，苍翠明灭，变化无常，好似神仙丹炉中冒出的烟雾。继而由"翡翠石"下"天柱晴雪"，至天柱山庄稍事休息，日已偏西。众人急忙赶路下山，乘马车而归。

从天柱山回来，游酢休息了半天。

次日早上，他上府衙办公。

他进了门坐下，便询问同僚近日朝廷有什么公文下来，地方有哪些案牍上来。僚属们都一一做了答复。欲知发生了什么事情，且听下回分解。

第一一二回

细查暗访擒凶手 辞严意正责庸官

游酢无意间拿起怀宁县送上来一宗案卷看。这是一件人命案件：一个叫李三的郎中在途中被人打死。李三的儿子李桂在现场拣到一根扁担，上面写着邻村人张敬亭的名字。于是，李桂找到张敬亭将他告到县衙。知县问张敬亭人是不是他打死，他拒不承认。后来动刑，他终于承认自己是想打死郎中从中弄些钱用，并且画了押。因此，知县判张敬亭死罪。

看完案宗，游酢觉得这件人命案判得可疑，经不起推敲。于是，批复“此案宜详加细审”。知县接到批复，觉得案件事实确凿，证据可考，自己没有判错，但是上司的旨意又不敢回驳，于是拖着。

突然，有一天游酢来到县衙。知县慌忙上前迎接。

游酢问：“案情办得怎么样？”知县答：“回老父母，在下这几天正在进一步调查。”

游酢不冷不热地又问一句：“真的？调查了哪些东西？”。

“这……”知县心虚了，额上直冒冷汗。

游酢也不责备他，大声喊道：“将犯人带上来！”

知县一听傻了，如坠入云雾中。他还没有清醒过来，衙役已将犯人带上大堂。游酢严肃地说：“开堂吧。”知县不得不坐下来审案。

那人年纪三十出头，一身流里流气，上了大堂就叫：“老爷，饶命，饶命。”

知县问：“姓什么，什么名字，哪里人，多少岁一一报上来。”

那青年回答：“本人姓胡，名叫喜富，本地上墩人，今年三十二岁。”

知县大声说：“你要如实招来，否则法律无情。”

那青年说：“我招，我招。上个月那天晚上有点月光，我赌博输了，身上没有一文钱，回家的路上正好看见郎中一个人在前面走着。想到他身上肯定有不少钱，刚好路边有一根木棍，我拣了起来，猫着上前去把他敲一下，没想到他却死了。”

知县又问：“那扁担怎么来的？”

那青年答：“事后，走到水尾时，我怕迟早会被人发现，看见有一户人家的门口有一根扁担，就回头拿起它放在尸体边上，我想这样有别人替罪就没有事情了。”

原来，游酢见知县无动于衷，便派手下进行暗访。那喜富以为事情已经过去，自己没有事情了，便把打劫谋命来的钱拿出来乱吃喝嫖赌。一天，喜富到酒馆跟人喝酒，酒醉后吹牛道：“要钱花还不容易，我那一次就发了笔大横财。”同伴问怎么那么容易得来。喜富道：“半路上呗！”正好被衙役听见，被逮了起来。

知县听了愤怒地发骂：“你可恶至极，打死人命还要嫁祸于他人，罪不可赦。叫他画了押，押下去，等秋后问斩！”

衙役让喜富画了押，便将他押到大牢去。

知县毕竟聪明，他想事情到这个地步要抓紧给羁押着的人平反，接着喊：“传张敬亭上堂！”

那张敬亭上了堂还以为又要审问，头也不抬。

知县喊了一句，：“松绑！”而后温和地说：“张敬亭，案情已经查明，凶手已缉拿归案，你是被冤枉的，本堂判你无罪释放，回去吧。”

张敬亭如梦大醒，抬头一看，堂上正坐的不仅有原来的知县，而且还有另一位年老的大官，于是“扑通”一声跪下，喊道：“谢谢青天老爷救命之恩！”知县说：“不用谢我，这是我们的知州游大人，你谢他吧。”

这时，游酢才说：“不用谢，本府是奉朝廷法律办事。是下属办事糊涂，才致使你这样受苦受罪。”

知县连忙退下堂，跪下说：“请大人饶恕在下。”

游酢沉下脸，严肃地道：“你身为朝廷命官，应当恪己尽职，为老百姓办事，岂可糊涂做事，尤其是人命案，哪能当儿戏！你自己看着办吧。”

知县挺聪明，知道这是上司给他台阶下，忙应道：“在下该死！愿意赔偿张敬亭无故受罪费银子五两。”说完，他向师爷递个脸色。师爷立即去取来银子五两给张敬亭，并且道：“这是我家老爷的一点小意思，拿着吧。”

游酢对师爷讲：“不是你错，叫知县自己亲自说。”

那知县只得走过去，对张敬亭道："是我糊涂，对不起，让你受罪了。"

张敬亭见自己的冤情得到了昭雪，知县赔了礼，心里已经很满足，可是不敢接钱。知县见他不敢接钱，说："鄙人的疏忽造成你蒙冤，这点钱权当赔礼，你一定得拿去。"游酢在一旁说："知县叫你拿，你就拿。有本府做主，他不敢为难你的。"张敬亭听了再次跪下说一声："谢谢青天老爷救命之恩！"便起身离去。

这时，游酢对知县道："本府固然知道为官不易，本不忍如此待你。可是人命关天，老百姓是我们的衣食父母，朝廷用我们就是得为老百姓办好事情。你办事太草率，再如此还是回家另谋他业吧。"说完，便走了。

十月中旬，游酢收到邵武上官均儿子的来信，才知道上官均已经于上个月（闰九月）廿九申时去世，享寿七十有八，朝廷敕封他"金紫光禄大夫"。上官均一生为官，官至龙图阁待制，著有《广陵文集》五十卷、《曲礼讲义》二卷、《奏议》十卷、《北使录》五卷等刊行于世。游酢回想起昔日在集公山读书以及后来同朝为官交往的往事和友情，黯然神伤，禁不住流下了伤心的泪水。

舒州的西部因是山地，多沼泽，且土地贫瘠，农田中锈水田不少，粮食产量一向很低，大多农民的生活处于贫困的状态。每年刚刚过年，许多农民的家庭已经没有粮食可吃。为此，游酢伤透了脑筋。他经过查看前代的书籍，终于得知锈水田治理办法，那就是要用石灰来改变酸性过多的状况。他专门下了一道公文，着令各县动员农民购买石灰改造农田。于是，这年的冬天，各个县要赶在春节前改造农田。

下旬，游酢亲自到潜山县察看改造农田的情况。这一天，他要正规地去办公务，乘轿而行。前有人鸣锣开道，后有一群差役紧随，威风凛凛。

当地的知县为了应付了事，有的农田有改造，有的却没有，只带游酢去看改造过的。游酢见到了施放过石灰的锈水田，会不时地噗噗地发出白色的水泡。游酢问道："是不是全县的农田都改造啦？"知县结结巴巴地回答："当然。"游酢说道："那好，我就多走几个地方看看。"知县吓得脸色发白，战战兢兢地说道："老父母在上，在下该死，有的还没有。"游酢严厉问道："为什么不全面改造？"知县回答道："农民没有钱买石灰。"游酢转过身问："县里不是有一笔农金吗？"知县支支吾吾说："资金，还、还……"游酢大声问道："还有比农业更重要的大事吗？农民是我们的衣食父母，民以食为天的道理，该不用本府教吧。为官者，首要的是心中有百姓，万事民字为先，具体的表现上必须要做到廉、正、勤、细四方面，才能够称为合格的好官。廉洁者清，公正才好，勤奋有为，细致则明。为官者当知四理：贪者污，偏者邪，懒者庸，疏者病。回去，好好地掂量掂量吧。"知县说："下属该死，回去一定尽力办好。"游酢叫道："你听着，本府现在就明令，咱们当官的朝廷有给俸禄，不得打老百姓钱财的主意。尤其是农金，哪个人敢私吞一文钱，本府决不饶恕，叫他回家卖红薯去！"说完，向差役挥挥手，喊道："走——"知县吓得浑身发汗，应道："是，谨遵老父母的教诲。大人慢走。"游酢头也不回，钻进轿里端坐着。差役喊："起轿——"又是一阵鸣锣开道，一群差役紧跟随打道回府。

到十一月中旬，老天连续下雪。大雪纷飞，天寒地冻。大别山麓、巢湖之滨一片冰天雪地，活像一个水晶世界。山上和路边，随处可见大树断了枝，一大片一大片被压倒的毛竹，路面被雪封盖了，不仅所有的河流而且连田地都结冰了，人们大多都躲在屋里，很少出门。

游酢在衙门坐着，门外的寒风一阵阵刮进来，不禁打了个寒颤，想到："这么寒冷，贫穷的老百姓怎么过冬呢？"于是，对师爷道："传令各县，即日起务必查看登记生活困难户，给予及时救助。还有，路上或者屋边如发现有受冻者均要安排吃住，不可不管。"

"是！"师爷应着，便动手写公文。可是，拿出毛笔，像一根冰棍子似的，笔头的毛也结成硬团，于是问："老爷，你看怎么写呢？"

"今天不用写了，改天再想办法吧。"游酢对衙役说道，"跟我去查看一下附近的情况。"

"老爷，天气这么寒冷，又是冰天雪地的。"

"那些贫穷的人也许不少没有饭吃，没有衣穿呢。"

"可是，你也年近古稀了啊。"

"比我老的在这样的天气里还挨饿受冻呢。今天不要坐轿了，就到附近随便走走看。"

"那好。"

游酢抬脚便出了衙门，师爷和下属后面跟着上了街。

舒州城里，街市上积雪半尺多深，望去一片白茫茫的，只有稀少的行人，还有几只不怕冷的狗在走动。突然，他们发现路边躺着一个人，忙走上前一看，是个七十岁左右的叫花子，已经昏迷了。游酢走上前，俯下身用手往鼻子一摸，还有气息，于是站起来命令道："把这位老人抬回去，灌些热姜茶，盖上两条被子，保准还有救。"

"是！"三四个差役涌上前，把老人抬回衙门。

游酢又继续往前走，在舒州城转了一圈，没有再发现什么异常现象，才回衙

门。可是，由于天气太寒冷，他自己却得了风寒，病了好几天。幸好，吕氏在身边料理照顾，很快康复了。

他才读两天书，刚刚感觉得心情稍微轻松些，一件烦恼的事情又来了：这便是朝廷再度下文催交军饷。这一笔军饷数目不小，要十万两银子。从哪里支付呢？向老百姓摊派吗？老百姓本来的日子就不好过，不上缴吗也是不可能的。他把师爷叫来，谈起这件事情，说道："不交，没有办法交差。"于是问道："你可有什么妙招？"师爷听了摸摸圆圆的脑袋，说："还是向老百姓摊派吧。"游酢断然地说："不行，摊派还用问你。再想一想。"师爷回答说："我也想不出什么招。"游酢沉默了，一只手撑着下巴，在府衙里徘徊着。忽然，游酢惊喜地说："有了！"师爷听了问道："什么招？"游酢笑了笑，说："跟我出去就明白了。"于是，两人一前一后出了衙门。师爷跟在后面，心里想：去哪里，又怎么解决这个难题呢？

到底游酢有了什么妙策应付朝廷的催征？请君看下回分解。

第一一三回

借花献佛筹军饷 冒雪迎寒转濠州

话说游酢带着师爷上了大街，一语不发，只管往前走着。师爷心中觉得好纳闷：他到底葫芦里卖的是什么药呢？

到了大街的一家叫“广源”的大商铺，游酢走了进去。方逢春老板一见游酢忽然驾临，慌忙迎上来，说道：“哎呀呀，今天什么大风把大人刮来，快请屋里坐。”游酢笑着拱手道：“无事不登三宝殿。我今天可是送财上门的。”方逢春听了心头一振，吃惊地问道：“喔，有这回事？方某在这先谢过大人。”游酢摆手道：“先不用称谢，听我慢慢道来。”这是舒州有名的大商人方逢春，曾经读过书，后来从商致富，成为方圆几百里的大财主。这个人极有头脑，眼光也看得长远，不久前曾经向游酢提出城南练武场和边上的一块地来扩大种茶。这两块地都是舒州府所有，游酢当时因为没有用处，所以暂时没有答应他。方逢春是个精明的人，见游酢来心里开始虽然有几分疑惑，可是很快联想到了自己要买地的事情，于是边暗暗高兴，边热情招待两人。喝了一阵茶，游酢终于开门见山说道：“方老板，我眼下正急需用一笔钱请你帮个忙。你要的山和地我可以答应你，你开个价吧。”方逢春说：“什么钱这么急？”师爷插话道：“是这样，朝廷催着要军饷，府里拿不出，游大人又怜惜百姓，不忍心往下摊派，只好出租地皮渡过这一难关。”方逢春听了，说：“何至于此，从我这借一点去先应付应付。”游酢说：“借，总得要还。府里拿什么还你？前几个月你问起租地之事，由于忙没有及时告诉你。这下刚好朝廷来催军饷，于是想到你就来了。地租给你，你又是当地人带不走的，得来的钱既能够免去老百姓的负担，又能够应付朝廷的催逼，不是两全其美吗？”方逢春

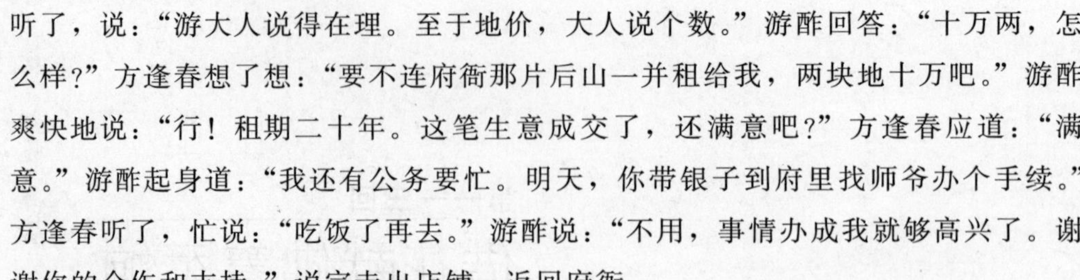

听了，说："游大人说得在理。至于地价，大人说个数。"游酢回答："十万两，怎么样？"方逢春想了想："要不连府衙那片后山一并租给我，两块地十万吧。"游酢爽快地说："行！租期二十年。这笔生意成交了，还满意吧？"方逢春应道："满意。"游酢起身道："我还有公务要忙。明天，你带银子到府里找师爷办个手续。"方逢春听了，忙说："吃饭了再去。"游酢说："不用，事情办成我就够高兴了。谢谢你的合作和支持。"说完走出店铺，返回府衙。

游酢想起潜山、桐城、怀宁、宿松、望江、太湖诸县都反映今年粮食的收入比往年增加些。可是，游酢觉得还是眼见为实，为了了解到真实情况，决定进行微服私访。看了地图，他打算选择从潜山的黄泥乡绕怀宁、望江的周边走一圈，沿途打听一下粮食收成情况，顺便也了解一些其他的事情。

他化装成一个南方货郎出去。

一天，他才来到一个叫黄泥乡的一家农户前，见了一个中年男子正要出门去。于是，他上前去跟农民聊几句，当问道："今年的粮食收成怎么样啊？"那农民回答："收成还可以，只是除了交租自己所剩无几了。"他又问："能够吃多久？"农民答道："顶多勉强支撑到明年二三月吧。"游酢听了这个反映，继续往前。走了几处，一路上看见农民住的茅草屋，衣衫褴褛的来往老百姓，其中有光着脚在地上跑的儿童，有面黄肌瘦的老人，心里有一种说不出的滋味。忽然，看见一个穿着破烂衣服的孩子挑柴迎面而来，游酢仿佛回到自己的少年时期，勾起了对少年时代穷苦生活的回忆。他走上前去，问道："孩子，你今年多少岁？怎么没有去读书？"那孩子也不放下肩上的柴火，看了看他，回答道："十四岁，家里穷读不起书。"他又问道："家里几口人吃饭？"那孩子不理睬他继续往前走。他忙喊道："孩子，你告诉我家庭情况，我帮忙送你读书。"那孩子大声地说："客人，谢谢你的好意。有许多的穷人孩子没有书读，你送得起吗？"听孩子这么说，游酢愣了，想到：是的，天下有无数的穷人孩子没有书读，自己一个人怎么送得起。这孩子回答的话多么深刻，要是能读书将来一定会是个了不起的人。他想去追那孩子，可是抬头一看已经不见了。

转了几天，游酢回到府衙对下属官员谈到沿途所见，感叹道："农民太穷苦了，天天面朝黄土背朝天地干活，住的是破屋，吃不饱，穿不暖。特别可怜的是那些小孩，不但没上学读书，而且还得下地上山干活。比起他们来，我们的日子强多了。今后我们要再减免一些农民的税收，更加节约开支，挤出一笔经费用来资助孤、寡、残者，争取让贫穷的孩子多些人有书读。"听者有的点头，有的大声说："老爷说得有理。"有的说话声音不大，也有的不吭声。游酢见了，只是讲道：

“有的人呀，生在福中不知福。如果以心换心想一想，我们是他们或者他们中有我们的父母、妻子、儿女怎么办?”众人听了，心都酸酸的。

一日，忽然听到社会上人们在传说；有个山东人叫宋江的带着一班人马在山东作乱了起来，起初只有三十六人，专门打击惩罚贪官污吏，现在人马越来越多，正在势头上。游酢开始以为谣言不大理会。后来，一打听，消息得到了证实：原来，朝廷在年初下文强令将梁山泊收归“公有”，在那里靠打鱼、采藕为生的百姓必须按船纳税。百姓受不起沉重的租税，被逼得走投无路，于是在山东郓城人宋江等带头下杀了前来逼收山税的官吏，揭竿而起，上了梁山。宋江性情豪放，乐于助人，平时结交了不少江湖好汉，人们称他为“及时雨”，在当地百姓中颇有威望。宋江等人被逼上梁山后，许多对朝廷不满的官吏和被欺压的渔民、农民也纷纷上山。

游酢叹道：“朝廷腐败，民不聊生，天下不乱才怪呢。”但是，他考虑到天下乱起来最苦的还是老百姓，所以还是拟了一份加强地方治安管理的公文下发到各县。

到了十一月，京城传来消息：福建沙县人太学生邓肃因上《花石纲表》和《花石纲诗》被开除回家乡。邓肃，字志宏，南剑州沙县挂口人，与陈瓘同乡。他在前一年刚刚被招为太学生，因见花石纲害民不浅，于这一年的十一月向朝廷进《花石纲诗十首》，备述花石纲困扰百姓，其中有“但愿君王安万姓，圃中何日不东风。”之句，劝谏赵佶停止花石纲之役。那《花石纲表》和《花石纲诗》矛头直指朝廷。赵佶阅后大怒，立即命人将邓肃放逐回家。邓肃因此被开除太学，放归家乡。朝野上下，听了这件事情大为震动。

月底，收到朝廷邸报，游酢获知朝廷贬道士林灵素为太虚大夫，斥回温州（今浙江）故里，又命江端本通判温州，监督林灵素。原来，林灵素攀附蔡京而入京，与蔡京等互相利用，装神弄鬼迷惑皇帝，骗取皇帝的信任。林灵素得宠后，其权势可与执政宰相相比，被京师人称为“道家两府”。林灵素出入前呼后拥，甚至与诸王争道，对百姓更是作威作福，任意欺凌，京师百姓对其深恶痛绝。宣和元年时京城开封大水，赵佶命林灵素作法退水。当林灵素率领徒弟们刚登上城，百姓闻讯举着木棍蜂拥而来，争着要打死他。林灵素仓皇逃走，才得以免祸。赵佶自此方知林灵素为百姓所痛恨，心中不乐。不几天，林灵素路遇皇太子，不加回避，太子入宫廷面诉赵佶，赵佶龙颜大怒，于是才下诏将林灵素贬出京城。游酢对林灵素的作恶早有所闻，看罢这条消息，拍案叫道：“好！除了一个祸害。”

没有几天，游酢突然接到了朝廷的调令，去濠州任知州。他不明白，朝廷为

什么会在这时候调他去濠州。是山东发生判乱，形势严竣，濠州跟山东接近需要防范，还是其他原因？

濠州在皖北，从舒州去那儿路途不远，过一条江走一百多里就可以到达。

游酢回到太平州休息，第三天，他只是随带夫人和一个孙子前去濠州，儿子游拟和媳妇仍然留在太平州。游酢走到江宁城里却遇到了一个熟人。这人便是廖刚，他刚刚升迁为朝廷的“国子录”，从漳州一路赶来，到江宁休息一天。这时，廖刚正是成熟有为年华，而游酢已经皓首如银，两人相见，有说不尽的话。廖刚问道：“你可知道宗泽的事情？”游酢答道：“听说过。”廖刚说道：“朝廷联结女真征契丹，他上书反对，结果被贬提举‘鸿庆宫’。他上表引退，想在东阳山谷中结庐，以读书著述终老。也许，他得罪过某些权贵，朝廷以莫须有的罪名，将其撤职，如今软禁在镇江。”游酢叹道：“世道如此，叫人说什么好。”

第二天，廖刚与游酢分别，冒着风雪继续赶路北上，游酢也赶往濠州。

欲知后事如何？且听下回分解。

第一一四回

胸涵清气能拒污 志在惠民不辞忙

濠州地处皖北，位于淮河中游南岸，由于地形北低南高，易受北风、西北风冷气流的直冲，所以气候特别寒冷。时值隆冬，大雪纷飞，天寒地冻。城池内外，一片白皑皑的，城门上“濠州”二字模糊不清。

游酢来到州府治所凤阳，经略使、通判、参军、司法、正、副团练使、漕运使、盐政以及凤阳县知县等一干人马，皆出府衙大门来迎接。

师爷将濠州的状况做了介绍：“本府共有人口十余万。贡品为绢、糟鱼，岁贡十五万余件……”

游酢已经六十七岁，由于天气严寒，所以一到任便受了风寒，身体一连几天欠佳。但是，他照样按照习惯去拜谒文庙，巡视府学、府库。

濠州府也有十几匹马。天气太寒冷，有一只老马便冻死了。游酢听说，吃了一惊，到马棚一看，见那些毛色、形体不一的马在寒风中瑟瑟地呆立着，于是对马夫交代道：“天气这么冷，辛苦你多费心照料好它们。”马夫回答：“大人请放心，我会照顾好它们。”

十二月初，朝廷传来了决定派人前去招安宋江军队的消息。但是，以宋江为首的起义军并没有投降，继续与朝廷抗争。他们的势力日益扩大，逐渐占据了京东河北一带，成为朝廷的心腹之患。那宋江军队里，有英勇善战的将领，又有足智多谋的吴用等，且依仗着梁山水泊险地，易守难攻，进退自如，朝廷几次派兵征讨强攻不了。因为濠州距离山东不是很远，所以当地人听说这件事情，怕起义军会打到濠州来，无不人心惶惶，地面上的土匪也开始蠢蠢欲动，不时传来抢劫

和绑票的事件。为了安定老百姓，管理好当地治安，游酢立即下文到各县加强治安管理，保证百姓安全，稳定人心，过一个平安的春节。

宣和二年庚子正月，朝廷下诏罢道学，将儒、道合二为一，不再别置道学。自此，道教及道士的地位日渐下降。

这年朝廷有两个新宠人物出现：一是梁师成，一是王黼。

梁师成，字守道，宦官出身，籍贯不详。政和年间为赵佶所宠信，官至检校太殿，凡御书、号令皆出其手。日久天长，他找人仿照皇帝笔迹伪造圣旨，因之权势日盛，贪污受贿，卖官鬻职等无恶不作，甚至连蔡京父子也谄附他，因此时人称之为“隐相”。王黼对梁师成更是如子敬父，称之为“恩府先生”。两人府第仅一墙之隔，又在墙上设一小门，日夜相互往来。王黼仗着有梁师成撑腰，强占左边邻居原门下侍郎许将的房宅，光天化日之下，将许将一家从内眷到仆隶一起扫地出门，路人见状无不愤恨叹惜，但却无可奈何。

赵佶续建“万寿山”，在福建取花木扰民，余深因为上疏力言“不便”，请求取消续建的工程，被罢为“镇江军节度使”，出知福州（任福州知府）。

游酢和夫人在家过了年，便带着孙子、孙女去常州女儿的家。

女儿的家就住在常州城中心，杨时自从政和年间受贬多年闲居在家，见了游酢和家眷前来格外高兴。当晚，杨时热情地款待并与游酢进行了一番交谈。

第二天上午，杨时与游酢又继续坐下谈论做学问和天下大事。傍晚时，女婿带着游酢和吕氏、侄儿们到城中转了一圈。

由于有公职在身，游酢只在那里待两天便带着家眷回濠州。

这年的春天，天气格外的寒冷，不是霜便是雪的，凤阳城积雪达一尺多深，许多的树木都被风雪摧折断，桃花也比往年迟开好几天，乡村中不少的耕牛被冻死。看着如此恶劣的天气，听着各方面的不良消息，游酢的心里很不是滋味。他每天仍然坚持早起，在庭院的坪子里锻炼身体。

到濠州一段时间，游酢凭着几十年的官场经历，隐约地预感到这个地方情况比较复杂。

初来乍到，人生地不熟。天气稍微转暖，游酢想出去郊外走走，便问师爷有什么好去处。师爷说：“这时节最好的去处便是钓台。”游酢说：“那好，我们就去钓台吧。”

路上，游酢问道：“这里的人际情况如何？”师爷回答道：“不瞒大人说，这里地处皖北，居民来自各地，人员复杂得多，交通较发达，人们见识更广，治安更不好管理，此其一也；第二，从各县到府的官员大多与朝廷大官有着明暗交叉的关系；三是地方资源贫乏，老百姓的生活较贫穷，困苦程度比一般江南的县更大。”

钓台，又称“庄、惠钓鱼台”，位于凤阳县临淮镇南郊老塘湖中，原为濠河边一个高岗，相传庄子和惠子曾于此垂钓，故得名。那钓台四面环水，孤兀于水中，俨然一座小岛。数里之内，水天一色，青山绿水映衬着钓台，好一幅诗情画意。时值初春，由于雨水特多，台下春波汹涌，激浪拍岸。他们二人登上钓台，张目四顾，虽然严寒尚未退尽，但是春色已浓，清风拂面，桃红柳绿掩映茅舍，纶音绕耳，莺啼燕舞迎送着游客往来。走到这里，游酢油然想起了《庄子·秋水篇》记的庄周和惠施同游濠梁观鱼故事，游酢触景生情问道：“前人是否有写这里的诗歌？”师爷答道：“在下记得有一首咏钓台春涨的诗。”于是吟道：“草长平湖水满塘，春风掀动绿波扬。纷纷白鹭冲天起，荡荡渔舟鼓棹忙。”游酢听了拍掌道：“写得好！正切合眼前之景与我的心情。”在游览中，游酢问道：“听说凤阳这地方的画很出名，你应该熟悉吧？”师爷回答说：“崔家兄弟是在下的表亲，因此不仅熟悉，而且在下家中也有一两幅，请大人到寒舍看看。”游酢答道：“那好。”两人又游赏了一番，才回府衙。

到了师爷家，一进客厅便见厅堂的正屏悬挂着两幅风雅别致的花鸟画。师爷热情地招呼道：“大人请上坐。”游酢客气地推让一下，坐了下来。丫鬟便送上茶来，师爷说道：“大人请用茶。”游酢回答：“好，谢谢。”喝了一会儿茶，师爷道：“大人，厅面上这两幅画便是。”游酢起身认真地端详一番：右边一幅叫《禽兔图》，绢本设色，画中禽兔刻画细腻工整，树石坡草用笔劲逸老辣；左边一幅叫《寒雀图》，画中一群寒雀飞鸣跳跃于枯树间，形象逼真，活泼可爱。游酢叹道：“真乃神品。”又坐了下来，师爷道：“可惜两位表兄已故，再也无法得到他的手迹了。”游酢道：“我年轻时即闻其兄弟之名，后来在朝中也偶尔见过他们的作品，只可惜未能拜会一面，今日能够见他们的手迹，也算得有幸。尊表亲的作品画风朴素、重视自然野趣，让人感觉到与自然的亲近。故崔氏兄弟一出，压倒了黄居那种富贵的画风，凤画从此扬名天下。”师爷道：“崔家兄弟注重到大自然中写生，作画不打草稿，用笔严谨轻灵，造型生动准确，自然远强黄居过分严谨刻板的画风。”游酢又问道：“其弟子状况如何？”师爷道：“目前为止，尚有五六个，他们大都在外，有的在京城中。”游酢说道：“凤画这是咱们地方的一张名牌，也是天下宝贵的文化，你联系一下尊表亲的弟子，一是代我向他们致意，二是告诉他们一定要多带一些本地的弟子，让凤画世代传下去。”师爷回答道：“好的，这一点我会尽早去做。”临走时，师爷说：“大人，你既然如此喜爱凤画，在下就将《寒

雀图》赠送你做个纪念吧。”游酢斩钉截铁地说：“不行！君子不夺人之美。再说，我的本行是书法，对画我完全是外行，只不过略知皮毛，向无兴趣，你赠与我没有什么用处。”师爷见游酢如此，说道：“大人如此，恕在下冒昧了。”游酢回答说：“没事的。再见!”说完走了。

二月，社会上传来宋江的起义军开始攻打淮南一带的消息。他们每攻打下一个州县，便开仓放粮，救济穷人，深受群众的拥护，力量很快壮大起来。起义军很快从郓州向濮、单、齐、青等州进军。宋朝朝廷忙于攻打辽国，暂时无暇对付宋江起义军，起义军发展到数百人；他们转战于京东各地，出没于青（今山东益都)、济（今山东济南)、濮（今山东鄄城北)、郓（今山东东平）一带，各地官府闻风丧胆，对宋王朝的封建统治构成了较大威胁。游酢觉得形势变化太快，看来天下一时平静不了，于是再次下文到各县加强地方的治安管理、保证老百姓安全。

天气转暖，游酢动身到所管辖的嘉山、钟离（今怀远县）两县走走。

过了几天，游酢又到定远视察。

这个县临近长江，与金陵、庐州相去不远，交通便捷，古有“境连八邑，衢通九省”之誉。这里是东吴名将鲁肃的故乡。

在知县的陪同下，几人到西部的炉桥镇。这个镇有一座五孔古桥，相传曹操时所建，是古时曹魏以来寿州通往滁州、和州等地唯一的“水上天桥”。到了宋代，淮河倒灌，泥沙淤塞，河床升高，沼泽变成洼地、古桥没于泥下，人们便在原桥墩上重建新桥，故有“桥上桥”之称。

这地方，游酢在和州任上多次来过。时值孟春，春水正涨，桥下水声汹涌，他站在桥上联想起曹操下江南的历史，无限感慨。当年曹操虽然已经步入老年，可是还临江横槊赋诗，其中《步出夏门行》有气壮山河的《东临谒石》、《观沧海》，也有富于深刻哲理的《神龟虽寿》。《神龟虽寿》的哲理也让游酢深有体会。是啊，人生多么的短暂，许多的事情还没有完成，却已经到了日薄西山的晚年。但是，“烈士暮年，壮心不已。老骥伏枥，志在千里。”这些诗句犹然激荡着胸中的热血。自己应当尽最大的努力，像夕阳一样发出余热，将它洒向人间。

欲知游酢在地方上做出那些事，请君看下回。

第一一五回

心细能辩真和假
身正何惧恶与凶

游酢从定远县回来后，开始查阅案卷。因为案卷多，白天看不完，他带回家晚上点上蜡烛继续看。严冬本来天气寒冷，北方的凤阳更是天寒地冻。游酢常常看到半夜，吕氏劝道："天气冷，早些休息。"游酢答道："你先休息吧。"吕氏又道："那些都是经过各县老爷审过的，八九不离十吧。"游酢回答道："如果他们都判得无误，那么还要我这个知州做什么？再说，就是再精明的官也会有疏忽的地方。历史上，下一级失误经上一级查出来给予纠正，使冤案得到平反的例子不少。案子都能够正确最好，万一能够找出一个错判的案子，那个冤案的人犯就能够救活，甚至可能救出好几条生命呢。你也知道，任何的父母养育一个子女多么不容易。世间上最宝贵的不是金钱财物，而是人的生命。一般的人怎么能够不会犯错误，按朝廷的法律死罪是对十恶不赦的人用的，果然犯的是一般错误，就不至于判死罪。但是，失察和冤枉的案子从来就不可避免出现。唐朝的狄仁杰、当朝的包拯，他们手上就平反了不少。我虽然不能像他们那么精明，但是拿朝廷俸禄一天，就得为老百姓认真负责办事情，我虽然年纪大了，只要身体能够坚持，一定得尽心尽力。因此，我对每个案件必须详细地审理。"

第二天，游酢在府中继续查看案宗，果然从案卷中发现有一宗案件可疑。嘉山县一姓李的生员状子翻来覆去，先是状告当地绅士抢走他的未婚妻，后来又承认是自己有意栽赃诬陷，结果押在大牢。

游酢想："这案奇怪，怎么无缘故会说自己的未婚妻被抢，又承认栽赃诬陷？"于是，将这一宗案卷提出，传人叫通判前来商议。

通判是早一年来的，知道这一宗案件的底细，见游酢问起，说道："前任知府原来也要重审这个案件，可是后来不了了之。"游酢问道："知道什么底细？"通判回答："在下不是很清楚，只是好像此案背景似乎非同寻常。"游酢答道："既然如此，明日你我一同去一趟嘉山。"当晚，游酢又对案件细看了一遍。

游酢与通判骑马前往嘉山。

嘉山知县见两位大人前来，忙出大门迎接，道："不知二位老父母驾临，在下罪过，还望海涵。"

进到县衙，知县请游酢坐了上位，通判次位，自己恭恭敬敬地倒茶伺候。用了茶，游酢问道："贵县情况如何？"知县应道："回老父母，还好。"游酢问知县："告人抢走他的未婚妻李生员可还在羁押？"知县答："在。那是个刁秀才，不惩治，王法不显，地方不治。"游酢说"传他上堂，本府倒要亲自见识见识。"那知县原本以为问问而已，一听要亲自召见，心里忐忑不安，脸霎时变白，道："这个、这个——"游酢脸色沉下来，通判见了大声喝道："你什么意思，难道违抗上司不成？"知县见情，只好说："在下这就着人去传李秀才，升堂办案。"说完起身道："二位大人请上堂。"

三人来到公堂，知县推游酢坐中间，通判坐右边，自己在左边坐下。

约莫过了一会儿，李秀才戴着镣铐，披头散发地上堂来了。

游酢大声地问："堂下何人，抬起头来，报上姓名、籍贯、功名等。"

那李秀才听到陌生官员的声音，抬头一看，果然是新来的官员，心头一亮：也许新来的官员是清官，那么自己的冤就可以伸了。于是，李秀才声音更大了些，答："草民姓李，名学正，本籍人，政和二年生员。原来以为设馆收徒生计。"

游酢又问："你可有妻室？"

知县怕他说出实情，连忙吓唬道："如不如实交代，罪加一等。"

游酢听了恼火，将醒木用力一拍，发怒道："本府在上，旁人休得多嘴！"知县听了吓得发抖，尿险些流出来。

那李秀才见情壮起胆申述道："青天大老爷，小民冤枉啊，请为小民做主。"

游酢又问："那你为何告状了又翻供？"

李秀才抬头指着知县道："是他严刑拷打，逼得我承认栽赃诬陷。"这时，游酢才发现他脸色憔悴的样子。

知县听了，狡辩道："你血口喷人，白纸黑字是你自己写出来的。"

游酢将醒木用力一拍，发怒道："本府自有公断，且让李秀才申述。"

李秀才道："小民与邻村的刘家三姑娘六年前行聘，只因为家里贫穷无法娶过

门来。本县城里的大财主江文彩是个花王，已经有三四个妻妾，前年到乡下收租看见小民的未婚妻，便要娶去做五姨太。他闻知已经许字与小民，托人送了些银两来叫小民相让。小民不允，他便派人要将三姑抢去。三姑家人来报，小民的家人和族亲赶去制止，于是结下冤仇。但是，江文彩家财万贯，与官府多有来往，听说与朝廷的一位大官关系密切。所以，他自恃财粗势大，去年竟然将三姑抢了去。小民以为官府能够为民主持公道，没有想到告到县衙，这知县起初还能够为小民说话。可是，后来也成了帮凶，一起坑害小民……”

“你所说的都属实。”

“半句都不假。”

“可有保媒人和字据?”

“有。媒人在刘三姑的村里，字据在小生家中藏着。”

“好，此事本府为你做主。现在，当堂释放你回家取证。来人，火速带李秀才前去取字据，另派两人去带媒人和刘三姑的家人前来作证。”

李秀才和刘三姑的家距离县里只不过几里路。一个多时辰后，媒人和刘三姑的家人都已经带到，李秀才也已经将字据取回。游酢当堂问明媒人和三姑的家人，事情属实，验明字据，确定事实，便发签前往缉拿江文彩，带回刘三姑。

那江文彩以为自己关系通天，事情且已过去，李秀才又在关押，有人看守着，哪有戒备?

江文彩被带到衙门，进了大堂，抬头一看有个陌生的年老官员威武地坐在堂上的正中，情知有点不对劲，连忙跪下。

游酢大声地问：“堂下何人，报上姓名、籍贯、功名等。”

江文彩懒洋洋地回答：“在下姓江，名文彩，当地人氏。”

游酢问道：“秀才李三状告你抢夺他的未婚妻三姑，可有此事?”

江文彩回答：“大人在上。刘三姑是自愿嫁给我的，我家里有她的卖身契约。”

游酢问道：“刘三姑，你自己说说。”

刘三姑说：“奴家本来许配与秀才李三，因他家贫穷，未娶过门去。后来，江文彩看上奴家，威逼我父亲在卖身契上按手印，将奴家抢了去。”

江文彩听了气愤地讲：“大人，别听刘三姑这个贱女人胡说。”

游酢说道：“江文彩，原告本人就是最好的证据。本堂已经查验过秀才李三与刘三姑的婚约，是他们俩的婚约在前，你的卖身契约在后。分明是你仗势欺人，夺他人之妻。铁证如山，休得狡辩。你的卖身契约无效。”

江文彩心里想自己有靠山，怕他什么，于是说：“我有卖身契约在，况且刘三姑已经嫁入我家，在下不服所判，我要到朝廷上诉！”

没有想到，游酢听了冷笑一声，问道：“听说江财主神通广大，朝廷尚有高官往来？”

那江文彩有些见识，哪里敢在大堂承认，坚定地说：“我就是不服。”

游酢发起威来，大声讲道：“本府是朝廷台路出身，再大的官员犯法，都敢拿下。”

江文彩听了从头顶到脚跟都凉了，只好换了口气说：“大人在上，求你高抬贵手。只要刘三姑判给我，李秀才要多少钱我可以给他。”

游酢见江文彩软了下来，也不说什么，问道：“李秀才，你同意吗？”

李三答道：“回大人，小民不同意江文彩所说。”

游酢问李秀才：“你有何要求？”

李秀才道：“小民要回刘三姑，江文彩当以法论处。”

游酢又问刘三姑：“你的意见呢？”

刘三姑：“奴家愿意嫁给李秀才。”

游酢判道：“李秀才无罪释放，刘三姑理应归还李秀才，结案后即可回去李秀才的家。江文彩为富不仁，强抢他人之妻，判其赔银两二百两并坐牢一年零三个月。”

知县听到这里咳嗽一声。说：“大人，可不可以——”游酢不理睬他，发令道：“将江文彩押进大牢！”两个彪形大汉的差役把江文彩拖下堂去。

李秀才和三姑两人双膝跪地叩首说：“谢谢青天大老爷为我俩申冤、做主。”出了门。

这时，游酢才问知县：“你刚才想说什么？”“你老实将实情详细说来，本府可以从轻发落你。”

知县知道案已经结了，自己再说什么也没有用，于是讲：“老父母，有些话不知当不当讲。”游酢问道：“有话直说。”知县想了想，说道：“老父母，事情到了这个地步，我也不得不实话相告，这个人背景大，连蔡太师都怕，在下是不得已而为之。依在下之意，放了姓江的一马，得罪了他恐怕不好。俗话说‘人情留一线，日后好见面。’”游酢听了知道所指，对方后台确实炙手可烫，答复道：“江文彩一案维持原判，坚决不能饶恕。你好自为之吧。”知县看了他一眼，真诚地说：“老父母，这事关你的前程呀！”游酢置之一笑，说道：“怕什么，顶多摘下这乌纱帽回家养老。”

游酢办完案回府，知县只得恭恭敬敬地送一程。

初夏来临，公务较松，游酢觉得应当放松一下，便坐下来查看记载当地掌故、风俗的书籍。

一日，游酢与两名随从去“禅窟寺”回来的途中，忽然看见两个人抬着一个猪笼急匆匆地小跑着迎面而来。游酢心生疑惑，急忙大步流星地迎过去一看，笼里有个女子，他立刻大喝一声：“你们给我放下笼子！”那抬笼子的两个壮汉吃了一惊，抬头一看是一个身穿便服的老头，便想不理睬继续赶路。旁边的随身衙差大声呵斥道：“府老爷的命令你们敢不听？快停下。”那两人一听是府老爷，连忙放下猪笼，游酢上前问道：“你们猪笼里装着人怎么回事，快给我把人放了！”为头的将猪笼打开，两个衙差帮忙把女子拉了出来，解开绳索，拔去嘴里的塞布。为头的求饶道：“大人，我们是当差的，我们家老爷让我们把她抬去河边沉潭，求大人不要怪罪我们。”游酢又问道：“一个大活人抬去沉潭，是何道理，说来听听。”为头的说：“她是我们家梁老爷的丫鬟，因为要谋害老爷，所以老爷就叫我们把她抬去沉潭。”游酢听了愤怒地对为头的道：“你们家主人胆大妄为，敢这样草菅人命，视朝廷王法如儿戏。”对其中一名差役交代“你速去传他前来府里。”差役应道：“这就去。”跟那两人走了。游酢命令另一个差役道：“你扶这女子回衙门。”

那梁老爷，名仁智，是凤阳城中一名大财主。他生性风流，家中已有一妻三妾，可是依然不满足。他的家中有一名丫鬟陈氏，年方二八，正是青春妙龄，又长得如花似玉。他早已垂涎三尺，只是家里三姨太管得严没得下手。这一日，三姨太外出，他见机会来了，便奔进陈氏房间想强占了她。没有想到，陈氏心机灵慧而且性烈，竟然拿起剪刀戳得他的手鲜血直流。他恼火了，趁三姨太没有回来，叫家奴把陈氏抬去沉潭。

他站在庭院中，用青布包着挂了彩的手臂，还在疼痛呢，正担心事情是否能够顺利，见两个家奴和一名差役来了。差役走上前说：“跟我到府衙走一趟。”他情知不妙，只好跟着差役走了。

梁财主到了府堂上，游酢见他一身穿戴富贵和骄横气，大声喝道：“堂下何人，还不见下跪。”梁财主听到喝声响亮震耳，想起平时听说过府老爷资历和名声，自己好汉不吃眼前亏，还是跪下将自己的姓名、籍贯、年龄等一一报上。

游酢故意问道：“你知道为什么传你来？”梁财主点头说：“知道。”游酢问道：“你知道王法吗？”梁财主被这一问乱了方寸搔了搔头，结巴地回答：“知、知道一点。”游酢问道：“你为什么要将陈氏抬去沉潭？”梁财主答：“她偷了我家的财宝，还想谋害我。”

游酢正色说道：“慢！传陈氏上堂。”

那陈氏一见梁财主，双眼满含怒气。游酢问那女子：“你是他的什么人？”陈

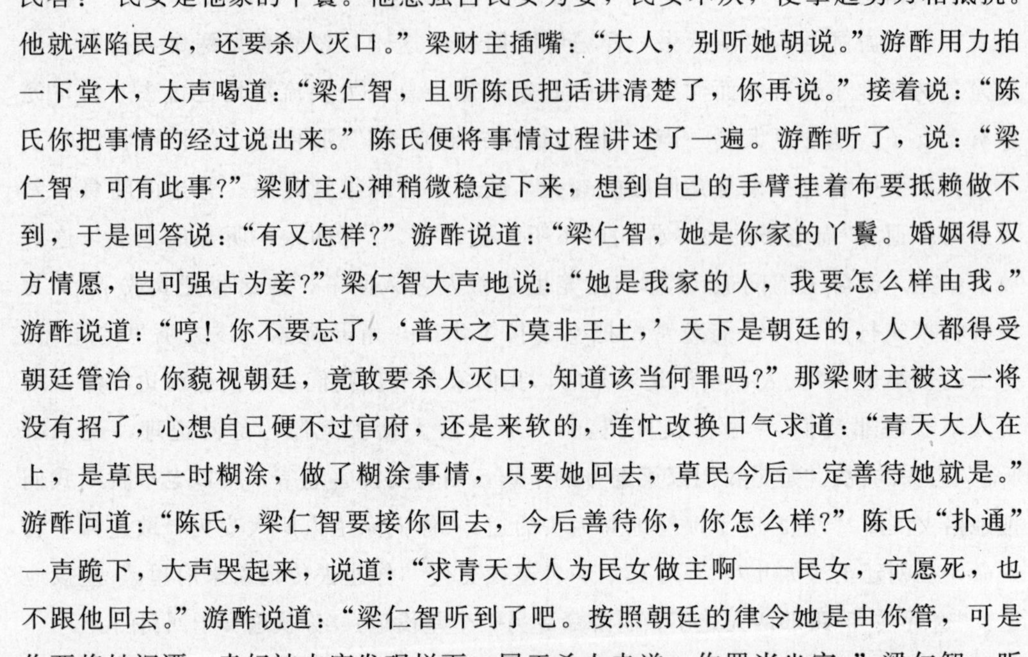

氏答："民女是他家的丫鬟。他想强占民女为妾，民女不从，便拿起剪刀相抵抗。他就诬陷民女，还要杀人灭口。"梁财主插嘴："大人，别听她胡说。"游酢用力拍一下堂木，大声喝道："梁仁智，且听陈氏把话讲清楚了，你再说。"接着说："陈氏你把事情的经过说出来。"陈氏便将事情过程讲述了一遍。游酢听了，说："梁仁智，可有此事？"梁财主心神稍微稳定下来，想到自己的手臂挂着布要抵赖做不到，于是回答说："有又怎样？"游酢说道："梁仁智，她是你家的丫鬟。婚姻得双方情愿，岂可强占为妾？"梁仁智大声地说："她是我家的人，我要怎么样由我。"游酢说道："哼！你不要忘了，'普天之下莫非王土，'天下是朝廷的，人人都得受朝廷管治。你藐视朝廷，竟敢要杀人灭口，知道该当何罪吗？"那梁财主被这一将没有招了，心想自己硬不过官府，还是来软的，连忙改换口气求道："青天大人在上，是草民一时糊涂，做了糊涂事情，只要她回去，草民今后一定善待她就是。"游酢问道："陈氏，梁仁智要接你回去，今后善待你，你怎么样？"陈氏"扑通"一声跪下，大声哭起来，说道："求青天大人为民女做主啊——民女，宁愿死，也不跟他回去。"游酢说道："梁仁智听到了吧。按照朝廷的律令她是由你管，可是你要将她沉潭，幸好被本府发现拦下，属于杀人未遂，你罪当坐牢。"梁仁智一听傻了，像鸡啄米似的乱磕头，哭着求饶道："青天大老爷，饶恕我吧，我是一时糊涂犯错呀，只要不要坐牢，我可以拿出一笔钱财给她，从此让她自由。"游酢听了说道："这还有一点像人话。你准备给陈氏多少钱？"梁仁智想了想，多了花不来，少了恐怕案情难了结，于是应道："五十两银子。"游酢问道："陈氏，你觉得可以吗？"陈氏巴不得尽早离开虎口，一听五十两银子虽然不多，可是自己从此可以能够自由，点了点头，应了一声："可以。"游酢道："好吧，你们听着，为了以正民风，今后不许有强占女子为妾和类似沉潭事情再发生，本官判决如下：梁仁智本府念你肯悔改，当面向陈氏赔罪，出资五十两银子供陈氏今后生活，从轻发落，关押三个月，保外管制一年；陈氏从此与梁仁智脱离主仆关系，今后一切可以自主。陈氏的所用的衣物、首饰等物品尽可随身带走，梁家的任何人不得阻拦、霸占。双方如有不服，可以上诉。如果服判，就在判决书上签名、画押。"

陈氏大声地说："谢谢青天老爷，民女服判。谢谢老爷为民女做主。谢谢！"

师爷将写好的判决书送到陈氏面前，说："画押吧。"陈氏在自己的名字上按个手模，画了个圈。师爷将判决书再送到梁仁智面前，梁仁智也不得已签名、画了押。

此案一结，梁、陈双方都较满意，凤阳的老百姓也称游酢判得公正、合理。

三月辛酉日，胡安国突然从崇安来到游酢的住处。游酢招呼他坐下，问道："你今天怎么会来这里？"胡安国说出什么话来，请君看下回。

第一一六回

破屋偏逢连夜雨 漏船频见打头风

胡安国答道："一是看望一下恩师，二是有一事相求。"游酢问道："啥事？"胡安国说："先严不幸于去年冬月辞世，今想移柩与先慈同葬一处。故特来拜请恩师劳神写一篇铭。"说完从衣袖里拿出一份材料。游酢明白，胡安国所说的铭，即墓志铭。他对胡家情况很熟悉，有几十年的交往，又有所交来的材料。于是，他慨然应道："好！不过，我年老了眼睛昏花，明天上午来写。晚上，咱俩好好聊聊。"

第二天上午，打起精神认真地翻阅了一遍材料。写前游酢考虑到，胡安国的父亲胡渊，曾任"宣义郎"而致仕，生平没有什么政绩可写，但是胡安国却有一定的作为和影响，所以只能以胡安国为重点来做文章了。两个时辰后，他写成了《宣义公墓志铭》一文。

午后，胡安国带着那一篇《铭》南下回去了。

却说梁师成得势后不仅独断专行，恃权弄柄，还大肆地收受贿赂。恰逢三年一度的进士考试，有个人向他贿赂了数百万钱，他便以此人献颂扬皇上之书有功为名，令其参加廷试。

进士名单发榜那一天，他跟随皇帝身边，盛气凌人。考官们见他这样，担心自己的前途和性命，没有人敢声张出气。

濠州府有一个官员的亲戚从事贩盐的生意，办的是长引，却持证不缴也不换证，长年照常在地方做贩盐。那盐贩钱迷心窍，竟然经常在盐里掺沙拿去卖给百姓，曾经有人举报到当地的知县，知县本来要惩办盐贩，但是州府从官闻讯下去

通融，知县只好包庇不报。

举报人不服，写了一封匿名信告到州府。游酢接了信，当即请通判去处理。通判便私下派个心腹差役去暗访。不久，差役回来禀报了事情的真相，立即招来官员和知县，当面对证。在事实面前，两人不得不承认。通判依照法律重罚了官员和知县，并进行严厉的训斥。通判来与游酢汇报，两人商议后上奏朝廷，以惩其行为。可是，朝廷杳无回音。

游酢没有想到，这时朝廷的大权握在蔡攸、王黼等人的手中，他们上台后极力地排挤老朝臣。蔡攸甚至把他父亲蔡京也看成眼中钉排挤出了朝廷，因此父子反目成仇。王黼则是一个大贪官，仰仗着皇帝对他的信赖，登上宰相的位置，明里和暗里大量卖官，一时撤换了许多的官员，朝野一片哗然，议论纷纷。

一日，杨遹来看望游酢。

杨遹说："岳父大人，朝廷今年来时局变化很大，你可多加小心哪！"游酢应道："朝廷之事略有听闻，身正不怕影子斜。"杨遹又说："岳父大人，今非昔比，如今蔡攸、王黼新得势，人们说新的蚊子吸血更凶猛。苍蝇最喜欢往腥臭处飞。许多想往上钻的地方官员，近来纷纷进京活动买官。这里的官员也有往京城跑的吧？"游酢说道："蔡京在朝执政时，虽然用人好使手段，可是却从来没有这样公开、猖狂过。没有想到这帮家伙如此敢干。"杨遹说："听说，你们这一辈基本上能够按照朝廷的制度确定官员的任用、升调，不跑不送可以原地不动，现在口头禅是'有跑有送，才能升职重用；不跑不送，退养不用。'看来，你得动动脑筋了。"游酢应道："怎么动法？我也知道，要保住州郡的官至少要几百两银子，难道去敲诈老百姓？这种事情我干不来。"杨遹说："现在像岳父大人这样的职位许多人争着要呢。"游酢斩钉截铁地说："官场黑到这个地步，当下去也没有太大意思。好在我已年纪老了，回乡养老去吧。"杨遹知道游酢的脾气犟，见劝不进去，回常州去了。

不久，那两个参与盐走私的官员竟然与王黼勾搭上，都升迁了。游酢闻知，气得发呆，仰天感叹道："腐败啊！"

一天下午，周邦彦路过前来拜访。他虽然已经鬓发如雪，精神依然矍铄，游酢欣喜若狂，拉着他的手，感叹道："美成兄，不曾想到我们还能够相见。"两人进屋坐下攀谈。游酢问道："听说朝廷封你提举鸿庆宫。这回是进京城吗？"周邦彦答道："嘿！年过花甲，秋后的蚂蚱还能够跳得多高，能够多活几年便阿弥陀佛了。"游酢说："运气好，至少还可以出一任州府呢。怎么，最近，有不少大作吧？"周邦彦答道："多少吧，不写点文字无法打发日子。"

晚餐后，游酢说：“你坐一会，我看一点文字。”可是，游酢很快转回身，说：“算了，不知怎么，我忽然感到目花、头昏。”周邦彦吃惊地问：“你病过吗？”游酢肯定地回答：“没有过。”周邦彦想到说：“难怪，年纪大了，况且长期以来劳累过度。今后可要多保重身体啊！”

周邦彦见情，当晚写下了《游定夫见过晡饭既去烛下目昏不能阅书感而赋之》一诗。

第二天上午，送走周邦彦，游酢深感自己已经年老体衰了，可是他依然坚持处理公务。

一天，忽然江西洪州知府派人来报：“游大人，这里有书信一封。”游酢接过信，打开一看：原来他的长子游撝暴病身亡。一看到这个噩耗，他顿时半疑半信，想到：自己的儿子怎么突然会暴病身亡？可是，信是知府来的，绝不可能有假。想到这里，他眼冒金星，昏倒在地。几个手下把他抬到床上，赶忙去请郎中来医治。郎中进来用手往他的额头一摸，已经冰凉，再往鼻子一按，气息十分的微弱。于是，郎中将他身上推拿几下，并从药箱里取出一根银针，往游酢的人中轻轻点了一针，游酢的身体缩动了一下。

那手下忙捣了姜，用开水冲了一碗姜汤急忙送进内屋。郎中一手抢过碗，一手托起游酢的头部，撬开嘴巴将姜汤慢慢灌入，灌完交代道：“再拿两条被子盖上去，捂半个时辰就可以了。”说完，便走了。

半个时辰后，游酢果然醒来了，问：“我怎么在床上？”

手下不敢直说刚才的事，只是道：“大人，先休息一下再说。”

几分钟后，游酢回想起江西的差役，问：“那报信的人呢？”

手下回答：“在外面等候着。”

游酢吩咐道：“你取二两银子给他，代我谢过，就说知道了。我会派人前去料理后事。”

“是！”手下即出去了。

游酢知道自己年纪已经大了，没有办法前去，只好含着泪写了信，让差役送往在无为县做事的游拟前去办理后事。

晚年丧子是人生最大的悲哀。这一件事对他的打击太大、太惨痛了！他一夜之间，精神垮了，因此又病了。他这一次病得很重，昏迷了三天，府中大小事情皆由从官吴大人管理。

游拟接到父亲的亲笔信，立即又派人告知几个弟弟，自己一人骑马飞往洪州。

他到了洪州府，果然见陈放着哥哥的遗体，大嫂和几个侄子、侄女都在哭泣。

他落泪了，强忍着悲痛，走到他们面前安慰道："事情到今天的地步，大家节哀吧。"知府听说游酢家的二公子来了，忙赶出来迎接，说道："跟我进去说话。"

进了府衙坐下之后，知府说道："二公子，我们已经请人查验过了，尊兄确实属于病故。这里有检验的文牍。"说完将验尸的单子、材料递给游拟，游拟看了一遍，没有发现什么，也不表态，只是回答："谢谢大人的关照。事情等我几个弟弟来了再说。"

过了一天，游拂、游损、游掞三兄弟都赶到了。这三兄弟一见到大哥的棺椁便伤心地大哭，游拟见到这样的情景也无比的悲伤，可是他知道自己必须克制，维持处理好这件事情，于是上前劝道："兄弟们别哭了，父母年老了，我们有责任要把大哥的后事办好，把大嫂、侄子、侄女安抚好。"三个弟弟一听，立刻停止了哭泣。游拟说："你们跟我来。"他带着弟弟进了府衙。四兄弟中，三个都是进过官场的人，在与知府交谈的过程中，游拂提出了三个条件："一要请仵作当着几个兄弟的面重新验尸一遍；二、我大哥死于任上，要朝廷给予他一个名誉；三、朝廷要给我大哥的家属安抚费，给子女们一定的照顾。"知府见游拟提出的条件有理有节，答应道："好！我答应你们。"

第二天，知府请来了仵作，游家几兄弟和游撝的长子现场看着，验完了，知府问："你们兄弟和家属有什么意见。如果没有，你们可以在验单上签字、画押。"几个兄弟商量了一阵，游拟又问游撝的长子游昂："你的意见呢?"游昂答道："叔叔们做主。"游拂答应道："好吧。签字。"于是，他带头签字、画了押。

几兄弟处理完后事，安抚好大哥的家人才返回。

兄弟们在返回的途中商量了一番，决定一起去看望和安慰父母，由游拟去向父母汇报情况。

到了凤阳，兄弟们先安慰父母，游酢询问起事情，游拟做了汇报。游酢还躺在病床上，听了游拟所讲，说："事情这样处理还妥当。我的病已经好多了，你们都回去做各自的事情。"夜间，几兄弟坐下商量谁留下来照顾父母的问题。游掞第一个站起来说："我留下。"游拂则讲："你们都是在为朝廷做事，耽搁不得，我经商，时间好支配。"游损说："三哥在和州城里，我在含山，这里去更近，还是先到我那儿休养一段再讲。"其他兄弟听了都默认。

第二天，游损留下照顾父亲，其他几兄弟都回去了。

这一回，游酢病得很重，主要是精神受到打击太大，引发了长期劳累积下的其他病症，竟然一直起不了床。

那从官吴大人听说朝廷上下的官员都在跑官买官，而且知道送的钱物越重官

就做得越大。恰好有个心腹叫李二，来求他搞一批私盐卖，吴大人想到游酢卧病在床，这正是捞油水的好时机，壮胆批了。事后，李二给了他一笔酬金。他吃到了甜头，一心想着怎样捞一笔更大生意，为自己买个更大官，思来想去，便动了官盐的主意。他知道，动用官盐是要丢官、充边的。可是，除此一时没有办法比卖官盐更快搞到更大笔的钱，不如一边先借出来买了官；一边想办法给补回去。于是，再次找李二来商量。李二听了，拍着胸脯答应："这好办，我有把握补回去。"他放心了，批出一大批官盐，让李二去卖。

没有想到，那李二卖了私盐，见钱眼开，带着这些银子跑了，一去不回。从官暗暗叫苦，可又不敢声张，日夜在活动怎么把官盐的数目补回去才好保住自己的官职。

在床上昏迷了半个多月后，游酢醒来第一件事情便让家人把从官叫来。

游酢坐在床上询问道："府中最近有什么事情？"从官回答："没有啊，一切都正常。大人，你放心养病吧。"他点了点头，说道："没有就好，辛苦你了。你忙去。"从官转身走了。

话说李二跑出濠州地界，逃到了江宁。他以为自己跑远了，已经没有事情，想到自己身上有的是钱，何不到秦淮河潇洒一回？于是，他大胆地走向秦淮河。

秦淮河古称淮水，本名"龙藏浦"，全长约二百二十多里，是江宁地区主要河道，历史上极有名气。从东水关至西水关的沿河两岸，东吴以来一直是繁华的商业区和居民地。六朝时成为名门望族聚居之地，商贾云集，文人荟萃，儒学鼎盛。隋唐以后，渐趋衰落，却引来无数文人骚客来此凭吊，唐代诗人刘禹锡、杜牧都留有诗篇。到了北宋，秦淮河虽然没有六朝时的繁华，可是两岸有古色古香的建筑群，飞檐漏窗，雕梁画栋，酒家林立，浓酒笙歌，无数商船昼夜往来河上，许多歌女寄身其中，金粉楼台，鳞次栉比；画舫凌波，桨声灯影，轻歌曼舞，丝竹缥缈，官宦人家到此消遣，文人墨客于斯聚会吟咏，纨绔子弟来这销魂行乐，依然是人文荟萃、市井繁华之地。

李二看见一家妓院门前，他便进去嫖妓。

没有想到，妓院这天晚上发生一件凶杀的命案。

第二天早上，李二在妓女的房间昏睡，江宁府的捕快带差役赶来缉拿凶犯。凶犯早已逃走，李二被当作凶犯逮着，从他身上搜出了巨款，因此押往江宁府中。

知府开堂审案，问道："你行凶杀人，可知罪？"

李二一听懵了，知道行凶杀人是死罪，自己不是凶手，把事情的真相说出最多不过坐牢而不至于死罪，于是喊道："大人，我冤枉啊。"

知府责问道："你怎么说冤枉，从实招来。"

李二抬起头，说："大人，我说——"于是，将从官事情的前后一五一十地倒了出来。

知府听了，反问道："你说的不假？"

李二口气坚定地回答："大人可以派人去濠州取证。贱民如有半句假话，愿判刑。"

知府听了，问道："你们那里的知州游大人呢？"

李二答道："他重病在床，已经将近月余。"

江宁知府说道："来人，先将李二押下去看管着。"

李二被押下去，知府交代差役，说道："此事大家先要保密，谁都不得走漏消息。"退堂回到后堂坐下，想到：这事如何处理是好？事关濠州知府的从官，报到朝廷，从官肯定得削去官籍重判不说，可能也连累到游酢；交给濠州去处理，游酢又重病在床。可是，不报又不行。于是，他决定派人去濠州调查。

游酢身体稍微康复。他正在桌边服药。忽然，听到屋外传来一阵急促的马蹄声。

江宁府的差役直奔游酢下榻处飞身下马，对门人说："下人是江宁府的差役，奉知府大人之命，有要事面见贵府游大人。"门人立刻进屋禀报，游酢听了觉得奇怪，江宁府怎么会突然派差役来？便说道："传他进来。"游酢勉强打起精神。那差役走进屋里，说道："游大人，我奉命特来府上面见，打搅你了。"将公文递上，游酢打开公文看，对差役说："请坐，休息一会再说。"游酢看完公文额上沁出冷汗，大怒道："来人！去叫吴大人立刻来见我。"

过了一刻钟，吴大人来了。他进门便问道："主公，这么急传唤在下，有何贵干？"

游酢瞥他一眼，将公文扔在桌上，说道："你自己看看什么贵干吧。"

吴大人见游酢脸色不好，话语不对，心里有点诧异，走过去，一看公文，转回身"扑通"一声跪在地上，说："我该死！我对不起你——"

游酢不冷不热地应道："吴大人，我反正是已经风烛残年，你呢，自己看着办吧。"

吴大人呆了，半晌吭不出声。游酢对差役说道："辛苦你了，回去转告贵府大人，就说这件事情我这边会处理清楚的，代我向他问好，谢谢他了。"差役听了，说了谢，出门去。

差役去后，吴大人两腿还瑟瑟发抖。游酢见他如此，又说道："吴大人，事已至此，老夫念在同事的情分上给你指一条路，你直接去京城自首，至于朝廷怎么处置这件事情，就看你自己的能耐和造化了。”

吴大人听了，眼眶涌出泪水，向游酢鞠了一躬，说：“谢谢主公。”跑出门去了。

半个月后。

一天，游酢在府中与团练使谈事情，一个差役进屋来禀报：“大人，朝廷派钦差来在门外，请你接旨。”他听了应道：“知道了，我就来！”

一个年轻的公公见到他，大声高喊：“濠州知州游酢接旨——”游酢上前跪下，公公大声念道：“奉天承运……”游酢听着那圣旨，内容大意是：府中从官滥用职权，贩卖私盐，而且盗卖官盐，影响恶劣，为肃朝纲，本当严惩，念其能够自首，洗心悔过，革职抄家，削籍为民，流放岭南，永不叙用；游酢监管不力，怜其年老，不予深究，解甲归田。

这个消息像晴天的一声霹雳，让府中所有在场的大小官员都震惊。游酢却镇定自若地听完圣旨，伏地三呼“万岁”，谢主隆恩。接完旨，他抬首站起，笑着说：“钦差大人辛苦了，请里面用茶。”步伐稳重地走回府中。

进了府中，钦差大人见没有外人，对游酢说：“游大人，得罪了。”游酢笑着答道：“没事，辛苦公公了。”钦差大人从袖里掏出一封信，说：“这是一位大人私下托晚辈带给你的。”

送走了钦差大人，游酢拆开信一看，信的大意是讲：濠州府出了“从官一案”，自己没有办法出来保他……云云。游酢看完轻声一笑，将信烧了。

游酢与吕氏商量了一番，本来想回老家建阳安度晚年，吕氏说道：“老爷，你的身体不好，还是先到拂儿、损儿那边休养一段时间，等身体好了再回老家建阳。”游损也诚恳地劝道：“爸、妈，你们就到我那儿养老吧。我们会善待你们的。”于是，游酢决定先投含山的四子游损家去。

半个月后，朝廷委派新知府前来接任，游酢与他交接清楚，便整装好行李带着家眷起程。新知州派了两个差役护送他和家人前往含山。

欲知游酢归田之后如何？且听下回分解。

第一一七回

再返和州怀往事
重温庄子悟禅宗

游损在含山县登科桥安了家，生了一男一女，过了几年甜蜜的生活。近些年，由于朝廷依然大进“花石纲”，搞得天下鸡犬不宁，人心慌乱，交通不顺畅，长江上各类生意受到很大的冲击，不少的商贾被迫关门，人们怨声载道。在这种的状况之下，木材厂的木材没有办法正常营销和外运，所以游损的生意淡了下去，只能吃老本。

游损带着父母等家人乘车来到含山轩辕岭山麓，游损的妻子和儿女见了爷爷、奶奶无比欢喜，连忙迎接进屋。

房屋盖在含山登科桥边上，是一座大合院，背山面水，周围群山环拱、竹木掩映，朝夕鸟语脆然。庭院前有一块菜地，屋后有竹林。游酢抬首，南面的轩辕岭高耸入云，忽然想起陶渊明的诗句：“采菊东篱下，悠然见南山。”见此环境，心中无比欢喜，便住下了。

晚饭时，游酢问道：“这房子花了多少钱?”游损回答说：“不多，三十贯。”游酢听了说：“确实不贵。在洛阳，一枝魏紫的牡丹花也要一贯钱。”家人听说一枝牡丹花如此昂贵，都咂舌，游损讲：“这么说，我们这座房屋才值三十枝牡丹花，真是山里比不得城市。”游酢叹道：“山里好啊，时局太乱，我年老了，隐退江湖能够有个栖身之处也安心，过一段就回老家建阳去。”游损说：“爸，这里不是同样能够养老，再不行可以到历阳城的家去住，为啥一定要回建阳?”游酢说：“古话说‘叶落归根’，我虽然一生大多时间在外，但是在我的心里那里才是我真正的家。”吕氏也说：“老爷说得是，我也非常想老家。我和老爷回去，你们下一代最好也回去，如果实在不想回去，也不勉强。”游损和媳妇等听了都不知道说什么好，只好沉默。

吃过饭，游酢便到屋里休息。

过了三四天，游酢想去历阳走走，吕氏也心想去看看那个曾经住过的地方。游损租了一辆马车陪同父母前往。

含山与和县交界，从轩辕岭出发到历阳城有半天就够。

到了游拂的店铺门口，游损跳下车喊道：“哥，爸、妈来啦。”

游拂和媳妇闻声奔出店来，将父母迎接进去。一家人相聚的喜悦，自不须细说。

吃过午饭，游酢对吕氏说：“我回‘立雪堂’住。你呢？”吕氏应道：“我也去。”游拂和媳妇听了说：“爸、妈，这里可以住。”游酢说：“不要，我那里清静，好读书。”游损说：“哥哥、嫂嫂，爸的脾气你们又不是不懂，让他去吧。有空的时候多去关照关照就可以。”

下午，一家人忙着打扫、整理立雪堂，左右邻居知道了也赶来帮忙。到傍晚，房屋的卫生基本已经搞好，床铺铺好，锅灶能够生火烧水、做饭了。

当晚，游拂请岳父杜善老板过来，一起为父亲洗尘。这时，游拂的生意景况也每况愈下，大不如前。但是，他不敢在父母的面前露出任何的表情。游损知道情形，也不好抖出实情，只好委婉地请父母回到含山生活。游酢回答说：“先在这里住一段时间再说吧。”游损只好自己一人先回去。

第二日，附近的许多老百姓听说游酢回来了，都很高兴，前来看望、祝贺。

吕氏欣慰地说：“你年纪那么大了在外，我天天担心，现在回来了在一起了，我悬着的心总算安定下来了。”

几天后的一个晴朗傍晚，游酢到街上散步。历阳是和州府衙所在，街上居住着上千户人家，颇有几分热闹。这一条五百米的长街，还有那些大小巷和胡同，过去傍晚时他经常带着孩子来漫步。离开了一二十年，往事依依，这里的街道多少有了些变化，除了一些熟悉的老相识，来来往往的大多是陌生的面孔了。

忽然，听到有人说：“哎呀，游大人。草民有礼啦！”游酢一看不是别人，而是张半仙，于是站定问道：“张半仙，生意可好？”张半仙回答说：“回大人，这兵荒马乱的年代，哪种生意都不好经营，我自然也好不了，勉强换一口饭吃而已。大人到我那摊子坐坐，叙一叙旧。”游酢回答说：“我已经辞官告老还乡了，今后就叫我的名字。我到这将会住一些日子，以后有的是机会，你先忙活去吧。”张半仙说：“那好，改日好好再谈。”他说完回到自己的家去。

游酢继续往前走。他又到“半边街”的“陋室”去。那里的主人虽然永远不可能再说话，但是他的魂灵才能理解自己此时此刻的心境。他来到“陋室”前，但见屋顶已经长了狗尾草，瓦檐看去满是绿绿的青苔，地面上一片狼藉，目不忍睹。看见如此凄凉的景象，他原来一路上积蓄的语言霎时化为烟灰，于是默默地离开那儿。

游酢老多了，况且大病初愈身体也觉得大不如前。平常在家里读书、练书法，有时帮忙带孙子，教孙子读书；有的时候到附近走走，与自己年纪相仿的人们座谈，偶尔下象棋，或者听听社会上传播的各种各样的消息。他已经完全与朝廷脱离关系了，只是每月还可以领到一份俸禄。人到了晚年，没有多少人有曹操“老骥伏枥，志在千里。烈士暮年，壮心不已。”那样的胸怀。游酢虽然是读书出身者，一个历经宦海风波的人，他明白自己无论如何是不可能东山再起了，只求能够平安地度过晚年。

游酢身体较好后，正想回老家建阳，这时吕氏却病倒了。游酢只好立即让三媳妇去请郎中，自己继续留下来照顾夫人。家庭的事务，全部落在儿媳们的身上。游拂的媳妇杜氏，她是个极孝顺的人，每日必有几次进夫人房间询问吕氏：“妈，你觉得身体怎么样?”或者“好些吗?”、“要吃什么，我去买。”吕氏见媳妇这样，心理很欣慰，总是温和地应答。其实，吕氏也想回建阳老家，可是不曾想到自己的身体一日不如一日，病势日重，想到家庭困难，丈夫又年老多病，因此交代道：“老爷，咱家的景况不怎么好，你的身体又差，回去老家没有人照顾，还是先留在这里，等以后我们身体都好了些再回老家。”游酢觉得吕氏的话有道理，就安下心来，可是担心夫人的病重，把这事情写信告诉了玉儿和秋香。

秋香住在太平州，闻讯赶来看望吕氏。

游玉与丈夫在江苏，她收到书信无比伤心，扔下自己的家务，赶来和州历阳城。

游酢虽然解甲归田了，可是地方上的州县官员不时地有人前来看望，朝廷的官员偶尔路经江淮一带的州县，也会顺便来探望、慰问。毕竟，游酢曾经是朝廷的老臣之一。俗话说：“无官一身轻”，游酢本来是豁达的人，现在退隐在江湖，说话没有太多的顾忌，洒脱得很，谈笑风生。一次，有位朝廷来的官员问游酢道：“当今，谁可以为济世者?”游酢答曰：“陈了翁也。”

没有想到这番话很快在朝廷传开。有的大臣说：“知人者，游酢也。”蔡京等听了大为不高兴，可是游酢已经是退隐之人，没得他奈何。

吕氏的病情有了些好转，她知道玉儿和秋香毕竟都是已经有家庭的人，对她们说道："我已经没有事情，再说如果有什么事情，有你们的哥嫂们会照顾，你们回去吧。"她们观察了几天，见夫人病情有了好转，便回去了。

游酢自从退居历阳以来，每天的生活很有规律：晨起临池练书法，上午出去街上下棋，下午和晚间读书。

一天，游损夫妇又来看望父母。游损再次劝说："爸、妈，我那儿山水好，到我那儿去比这历阳清静。"

游酢对历阳有一种深厚的情感，还是坚持留下来。游损夫妇没有办法，回含山去了。

他回顾了自己的一生经历，联想到许多的往事，觉得几十个春秋就像一阵长梦，醒来万事如烟。这时，他想到还是庄子的《南华经》一书好，这本被禅学所崇奉的经典，蕴涵着深刻的人生哲理，虽然自己年轻以来曾经几次读过，十分的喜爱它。可是，他后来入了程门改学儒家的学术，再后来又在官场混了几十年，一直没有时间再学习。现在，重新想起它，拿起它，每一天都看它，思想受到很深的触动，心灵得到了很大的净化。

庄子说："人心险于山川，难于知天。天犹有春秋冬夏旦暮之期，人者厚貌深情。"所以，"民之于利甚勤，子有杀父，臣有杀君，正昼为盗，日中穴阫。"是啊，人生是如此的短暂，万事回头一场空，可是人世间却还到处充斥着弱肉强食、尔虞我诈，甚至谋财害命或者血淋淋的厮杀，太残酷无情了；人类不少人除了自私，还缺乏应有的自爱、互爱、博爱，因此社会变成了赌场、战场、屠宰场……自己现在到了这个年纪，对庄子的思想比过去理解得更深刻了些，过着"甘其食，美其服，乐其俗，安其居"的生活应当满足了吧，更有何求呢。

过去，对于庄子的有些话都不敢相信；现在读起来却理解了。回想起少年时江侧先生所教和青年之后入程门的所学，游酢觉得各有其所用，不过从立身处世来说，儒、道两方面需要完美的结合。可是，从自己几十年的经历体验到，以儒家为正道的朝廷上那些表面上满嘴'仁、义、礼、智、信'的君子，为了争权夺利，背地里却不惜陷害他人，甚至不顾天下苍生，不用说古代一人犯罪"株连九族"的残酷，即便是蔡京所制造的"元祐党碑案"就致使数百名官员、两千多人背井离乡、妻离子散、家破人亡，对人们的迫害和摧残多么严重啊！那些玩弄权术者比猛虎凶恶，比蛇蝎更毒，他们确实远不如道家或者禅家清白可近。凡是看清了这一点的人们，怎么再能够去相信那些道貌岸然的伪君子们呢？

游酢的思想日益地在向哲学的深处发展。他回忆起洛阳人接花的习俗，经过一段时间的思虑，写了一首《接花》的诗：

“色红可使紫，叶单可使千。花小可使大，子小可使繁。天赋有定质，我力能使迁。自矜接花手，可夺造化权。众闻悉惊诧，为我屡叹吁。用智固巧矣，天时可易欤？我欲春采菊，我欲冬赏桃。你不能栽接，你巧亦徒劳。雨露草必生，霜雪松不死。有本性必生，亦时雨与之。所遭有变易，是亦时所为。时乎不可违，何物可违时？”

欲知后事如何？且听下回分解。

第一一八回

云山望断家何在 风暴袭来志愈坚

季节转眼进入了秋天。这是一个晴朗的下午，和州的原野，山上、路边的树木已经微微地露出萧索的色彩，枯黄了的叶子在微风中簌簌地飘落到地面上，农民正在田野上忙着抢割水稻。

游酢在孙子的陪同下穿过和州城来到长江边上的镇淮楼。爷孙俩登上楼，站在楼廊向南凭眺，长江如带，江水悠悠东去，远处的天际云山渺渺。“爷爷，你看什么?”游酢抚摩一下小孙子的头，说：“孙儿，爷爷在看咱们的家乡。”孙子问：“爷爷，我们的家不是就在城里吗?”游酢回答道：“这里是我们的家，可是咱们的老家在南面的福建建阳。”孙子又问道：“那里美吗?”游酢说：“美！爷爷就在那里生长的，你的太公、太婆们都埋在那里。”孙子说：“爷爷，那你什么时候带我和哥哥、姐姐们回去看看。”游酢答道：“爷爷老了，以后让你爸爸、妈妈带你回去。”说着说着，眼眶潮湿了，他抑制住心头的辛酸没让泪水流出来。过了一阵，他牵着孙子慢慢地下楼。

吕氏的病情有了些好转，基本恢复了健康，能够做些家务。游酢的心情也宽松起来，有空时候上街去走走，有时跟几个年纪相仿老人下一两盘象棋，有时到张半仙的摊子听一听故事或者消息。

一日，胡安国前来拜访。两人相见，互相寒暄一阵之后，坐下喝了几杯茶，游酢问道：“康侯，这些年在家守制，《春秋传》应当写得差不多了吧。”胡安国说：“这三年，拙著确实大有进展，不过尚未完善。”游酢关切地问道：“朝廷方面没有一点信息吗?”胡安国回答说：“没有。那年是我自己辞职的，何况蔡京在当权执政。”游酢叹道：“唉，我年老没有用了，心想帮帮你可是自己都虎落平阳，做不到了。”胡安国说：“恩师，没事的，这正好可以在家做学问呢。”游酢说：“看得开就好。”胡安国问道：“恩师这些年来还在读书、做学问吗？”游酢回答说：“学问是没有心力做了，只是读读《南华经》。”胡安国吃惊地说：“恩师怎么又信禅呢。”游酢说：“《南华经》是一部千古来的大好书，不见得是禅书吧。”胡安国说：“那么禅家为何把它奉为圭臬？”游酢回答说：“不错，《南华经》是原本道学著作，可是它本身又是文学著作，无论内外篇甚至杂篇都具有浓厚的文学性、哲理性，只要读进去了，才能够真正地体会到它的深刻内涵。恐怕，你只专攻《春秋》，没有用心地读它，所以不能理解我所说。”胡安国又问道：“伊川云‘庄周气象，大抵肤浅’此何解之？”游酢笑答道：“此，先辈一时片言也。庄周气象浩大，古无相媲者，世有公论。”胡安国又问道：“太史公云‘庄子散道德，放论，要亦归之自然。’”游酢又笑着答道：“太白有诗道：‘万古高风一子休，南华妙道几时修。谁能造入公墙里，如上江边望月楼。’”胡安国转而说道：“伊川先生反对禅学，恩师是知道的。”游酢再笑而答道：“禅学并非坏事，不过清心寡于欲而已。前辈非不知禅学自有其理，明道先生学无废释、老，曾云‘善养心者莫过乎寡欲’，又云‘今之不为禅学者，只是未曾到深处。才到深处，定走入禅去也。’；伊川先生虽不喜之，然‘见人静坐，便叹其善学’，又云：‘学者心务，固在心志……患其纷乱，则须坐禅入定。’二程先生皆深得禅学奥妙，生前无不静坐，伊川先生之于涪陵巨浪中稳坐若定，亦心定也。至于抵触，究其意为光大洛学而已。”胡安国说：“恩师的见解，学生不好多辩，但是不能苟同。”游酢和颜悦色说：“学问之事，历来见仁见智，我们就各自保留自己的见解吧。”两人都明白不好再为此争执下去，于是交谈了一些其他新闻。胡安国见好就收，辞别了游酢，回崇安去。

十月中旬，游酢听到了这个月九日睦州青溪农民方腊于青溪起义。原来，那方腊经过多年的经营，见自己手下已经有几千人马，终于以杀朱湎为名，在清溪帮源峒发动了起义。

消息传来很快，传到历阳，城中百姓人心惶惶，日夜担忧着方腊会攻打到和州来，连上街的人明显少了，游酢却每天照常上街和人聊天、下棋，傍晚时散步。熟悉的人问：“游大人，你说那蟊贼方腊会来我们这里吗？”游酢笑着回答：“没有事，他们不会到这里来，即使来了也不用怕。他们本来也是平民老百姓，怎么会杀你们。放心吧。”

到十一月，方腊公开与朝廷分庭抗礼，自称“圣公”，改元“永乐”，分派官吏将帅，都以头巾的颜色判别职务高低和贵贱。他们打仗不用刀枪，专用符咒诵读。他们攻打青溪县，并攻占了青溪县城。起义队伍很快从千余人发展到近万人。接着，他们又一鼓作气攻下了睦州州治建德城与睦州所属寿昌、分水、桐庐、遂安等县。同时，起义军打退了驻守歙州（今安徽歙县）的宋军，占领了歙州及所属一些县城。起义军随即趁机向杭州进攻。

游损再度前来劝说父母前往含山，这一回，连游拂夫妇也极力地劝父母亲回到含山去避难。

第二天，游酢和吕氏只得去含山。

含山的山水秀丽，登科桥边环境优良，游酢在这里过得很舒心。每日早起，打几回拳，而后临池濡墨抒怀，上午看书，下午找当地的老人聊天，傍晚沿小河散步，日子像神仙一样。

可是没有几天，游酢又回到历阳城中。

游酢曾经是朝廷官员、又是名声在外的学者。江淮是南北来往的长江水上黄金通道，官员经常上下经过这里。历阳，毕竟成不了世外桃源。

一天，游酢正在家中练书法，忽然一身便服的廖刚出现在门前，游酢吃惊地问道："贤辈，此时怎么会来这里？"廖刚回答说："师伯，说来话长啊。"游酢连忙招呼道："快进屋坐。"进了屋，喝了茶，廖刚才说道："别提了，还不是得罪了蔡太师，这一回贬我为兴化军。"游酢听了应道："原来如此，太师叫你去看守他的家乡。大概念你是福建老乡，才安排你到那儿去，否则非南海等地不可。"廖刚点头说："是的，我自从上京城以来已经好几次奏他的不是。"游酢道："听说你当了察院官骨气硬，有血性，跟我年轻时差不多，可是这一回吃亏不小。"廖刚说道："我实在看不惯奸人模样和所为。"游酢说道："世道历来如此，刚者易折，今后可以讲究点方法嘛。但是，古人讲'穷且益坚，不坠青云之志'，一个人志气和骨气任何时候都不能丢、不能改变的。"廖刚应道："谢谢师伯的指点！"

接着，两人谈论起天下的大事。

当晚，游酢设酒相待，席间廖刚问道："师伯，近来可有大作？"游酢应道："我老了不中用，还能够有什么大作。只不过偶尔写一两首诗消遣而已。"于是，他将案上的那首《接花》诗递给廖刚。廖刚恭敬地双手接过，看了一遍，说："有一定的经历人，读你这首诗无不感慨。"两人又谈了两三个时辰才去休息。

第二天，廖刚早起要赶回福建。游酢交代道："眼下江浙一带到处是乱军，途中千万小心才是。"廖刚拍一下胸脯说："那些乱军也会长眼睛的，我廖刚就说是被蔡京贬的，他们恨死蔡京，谅他们也不会把我怎么样。"游酢听了，笑呵呵说道："贤辈有此话，老夫就一百个放心了。你且慢走。"廖刚回头说："师伯，你请回去休息吧。”说完，大步走了。游酢望着廖刚远去的身影，叹道：“唉！又一个监察御史倒了。”他才回家去。

方腊军队连续攻陷睦州、歙州，北掠桐庐、富阳诸县，进逼杭州，郡府赵霆弃城而走。方腊军队杀死了制置使陈建、廉访使赵约，纵火六日。这时，婺州兰溪县朱言、吴邦，永康县陈十四，湖州归安县陆行儿，处州缙云县霍成富、陈箍桶，苏州石生，越州剡县裘日新，台州仙居县吕师囊等领导的农民起义军以及常州、明州、秀州、温州等地农民纷纷起来响应方腊。十二月二十九日，方腊农民军攻下杭州后，发展到百万人，东南州郡纷纷响应。警报到了汴京，当时蔡京、童贯等正聚兵筹饷，要与金国联兵攻辽，怕赵佶知道了碍事，叫王黼压住不上报。结果，方腊的军队势力越发壮大，一日盛一日，婺州、衢州、严州一带尽为方腊所占。整个东南都动摇了起来。这时，淮南发运使陈遘借着奏事，附疏告急，说贼势浩大，东南兵力已经压不住，急需调用京畿及鼎沣枪牌子军队速来救应。赵佶才如梦初醒，连忙罢了攻辽之举，派童贯为江淮荆浙宣抚使前往镇压方腊，平定江南。方腊又令大将方七佛，引兵六万进攻秀州。守将王子武竭力拒守，几乎不保，危在旦夕。幸好童贯大军赶到，方腊部下抵挡不了，只好退回青溪。因为青溪林深路隘，易守难攻，且方腊部下尚有二十余万，童贯大军不敢贸然前行。

江淮一带的人们在担惊受怕中，度过了一个冬天。游酢的心里一点也不怕，只是自己年老了，再没有什么人来拜访或者看望他，门庭也冷清了，时常对生活有所感悟，回想起往事总难免不平静，有无限的感慨。因此，他不时地会写一些文字。

宣和三年正月，江淮一带人心惶惶，担心方腊的农民军攻打过江，人们也不敢走亲访友，担忧兵匪随时降临似的。游酢与儿孙们在四周弥漫着战争气息中过了一个平常的春节。

游酢知道和州在江北，有长江为天堑，农民军不会轻易打到这里，再说自己是已经退居者，没有任何的顾忌，不管人们怎么传说，他每天照样上街找老伙计们下棋。那几个棋迷也像游酢一样，认为：“兵也好，匪也好，碰上我们这些老骨头抓去没有用。”在街边围着，下的下，看的看，热闹似火。

一天吃过早饭，游酢刚刚到了下棋的地点，张半仙问道：“游大人，你知道吗，陈瓘因为女婿被方腊的起义军掳去未回，朝廷将他押送到楚州（今江苏淮安）管制。”游酢听了，大吃一惊“啊——”地叫了一声，停了问道：“你该不会胡编吧。”欲知张半仙所说的话是真？是假？且听下回分解。

第一一九回

烽火频传江淮乱
佳人玉陨枕席寒

张半仙见游酢怀疑他的话，解释说："游大人，我说话再没有谱，也不敢骗你呀！"游酢想到，这也许完全有可能，不过得等到证实了消息再说。

过了几天，从京城做生意的人回来，又说起陈瓘被管制的事情，游酢终于确定消息的可靠性。可是，自己年近七十身体不佳，加上夫人病重没有办法前去，只好写了一封信叫游损前去看望、安慰陈瓘。

几天后，游酢收到朝廷传来邸报，得知皇帝赵佶向天下公布的《罪己诏》。这份《罪己诏》是由童贯命其幕僚董耘以赵佶的名义作的。诏书中宣布罢去苏杭应奉局、造作局及花石纲，罢免了朱勔父子及亲属的职务。此外，邸报上还通报了词人周邦彦去世的消息。

游损从江苏回来了，游酢见面急忙问道："你陈叔叔怎么样？"游损回答说："大事没有，被人看守住，不能自由行动。"游酢又问："他身体怎样？"游损回答说："还好。"游酢释然地松口气，说道："身体行就好。"

到了这个月中旬，朝廷官军抢先占领了江宁、镇江（今江苏）等长江沿岸军事重镇，以防止起义军占据长江天险。方腊在占领杭州后，没有听取太学生吕将提出的首先进军江宁，抢占长江天险，阻击官军过江的建议，而是把起义军主力转向南方，进攻婺（今浙江金华）、衢（今浙江）诸州，只将一部分起义军分成东西两路向北进攻。其中东路北上起义军六万在方七佛率领下进攻秀州（今浙江嘉兴）。由于官军援兵赶到，对起义军实行内外夹击，起义军未能攻下秀州，被迫向杭州撤退。在将到杭州的路上，起义军与前来追击的朝廷官军大战六天，损失惨重。

二月，朝廷又下诏罢州县“三舍法”，而太学仍以三舍法考核学生，开封府与诸路均恢复科举取士。太学官吏及州县所置学官，凡元丰时有的仍保留，后来增加的辟雍官、宗学及诸路提举学事官都撤销，内外学均遵照元丰时期的旧制。

这个月，朝廷派童贯率十五万大军前来布防于江北，从芜湖到江宁的朝廷前线军队即将开始全面反攻。

一天上午，游酢正在家中看书，忽然听到几个人走来的脚步声，接着是高声说话声音。果然有人问道：“游大人在家吗?”吕氏听到了出门应道：“在。”游酢跨出门一看，是个军爷，好纳闷。正疑惑时，游酢闻声出门一看，大吃一惊，原来是童贯：他头戴铠盔，身穿着铁甲，精神抖擞，威风凛凛地站在坪子中间。这时，童贯已经是朝廷的太尉，掌管全国的军权。游酢知道，童贯这时能够来看望他，已经十分给他面子了。童贯反应极快，拱手说道：“游大人，童某特来拜访你老。”游酢慌忙说道：“不知太尉大人驾临，万望赎罪。”说着就要行礼，童贯大步上前扶住游酢，说道：“游大人免礼，你乃三朝元老，年纪又比我大一岁，我受不起。”游酢说：“太尉大人，请到寒舍用茶。”童贯回答说：“谢谢，不用了，童某军务在身，就这样站一会聊几句，游大人贵体好吧。”游酢回答：“还行，谢太尉大人。”童贯说：“看大人的身体还可以为朝廷做一点事情。”游酢又答道：“不，老夫已经风烛残年，等待时日了。”两人聊了几句，童贯再一次拱手道：“游大人，你老千万保重，改日再来拜访。”游酢回礼道：“谢太尉大人。”童贯带着随行人员走了。

第二天，朝廷的军队便开往杭州等地。

十几天之后，游酢听到起义军遭到朝廷军队的沉重打击，退出杭州，睦州被围等消息。裘日新农民军攻下剡县、新昌、上虞。山东农民起义军进入淮南，至海州。宋江起义军部分人员被迫投降。月底，杭州被官军占领。方腊的起义军另一支从西路北上的起义军，由八大王率领从歙州向江宁进军，一度攻克了宁国（今江西宁国市）、旌德（今安徽旌德县）。

这时，江淮一带的百姓有不少人家向四处逃跑，大多的人家认为长江天堑可以为屏障，而且有众多的军队在把守着，尽管可以照常过安稳的生活，还是守在家园。有的甚至有闲情隔岸观火。但是，人们每日几乎不停地打听战争的消息。方腊的部队在大批官军严厉的攻击下，连连失利，不但放弃了宁国、旌德，而且歙州也被官军攻占。至此，方腊起义军的北上进军全面失败，只好退回。

几天后，朝廷又增派刘光世、张思正、姚平仲等数路兵马浩浩荡荡从江淮南下镇压起义军。大军一来，江淮一带人民又鸡飞狗跳，人心惶惶不可终日。

可是，到了月底又听说吕师囊农民军攻下仙居、天台、黄岩的消息。

历城的亲家杜善和不少的群众也迁到含山去了。

四月，游酢又听到方腊被俘，他的农民军被打垮的消息。一天，人们终于看见童贯的部队浩浩荡荡地押方腊等人班师回朝。童贯回朝后，被加封为太师，晋封为“楚国公”。

方腊被俘，战火暂时停息，江淮两岸恢复了平静，人们欢天喜地，白日街上开始恢复开市，农民正常地去劳动。

游酢闲着没有事情，又去城中走走。一天上街，到了街的中心看见张半仙的摊子围着好几个人。他走过去，只听张半仙讲道：“话说朝廷的军队攻陷青溪县，方腊带着他的二十万兵退回老窝帮源峒。朝廷军队一时没有方腊的办法。幸亏，大将王渊部下有个小校叫韩世忠，勇敢且机智多谋，装扮成商人，在涧边行走，遇见几个在山中拣柴的妇女，向她们探明路径，带了几十个小卒径入山洞，杀了哨兵和守卫，找到方腊的住处；方腊正在和妇女饮酒作乐，见官兵进来，不及反抗就被韩世忠抓了押走。正撞上童贯的部下幸宗兴，宗兴把方腊带走去向童贯报功，抢了头功；童贯派兵三路乘机杀入洞内，杀死七万余人，擒获了方腊的家口及伪宰相方肥等五十多人。方腊虽然被抓了，可是他的余党跑到浙东方向去，与浙东的另几支起义军会合，还会继续跟朝廷作对呢。”

过了一会，张半仙又讲道：“宋江那一帮淮南贼自从不得已投了朝廷之后，他和梁山一百零八条好汉其实心里不服，在镇压了方腊时，兔死狐悲，深知朝廷早晚也收拾他们。于是，他们在归途中杀了官兵趁势再次反了，跑回梁山继续与朝廷作对。哎呀呀，天下肯定还会更大乱。”

游酢不想打搅张半仙，转了身便回家去。

五月，浙江义乌、兰溪、剡县等地农民军与宋军激战都失败，起义军领袖裘日新等牺牲。

方腊起义被镇压后，赵佶一伙认为天下太平，可以继续恣意享乐。王黼乘机向赵佶进谗言，说方腊起义是茶盐法引起的，童贯却把它归罪之于应奉局。赵佶经王黼煽动，于本年闰五月，下诏恢复应奉局，命王黼、梁师成主管其事。应奉局的恢复，朱勔父子重新被重用，他们更加猖狂地敲诈勒索，东南百姓重新遭殃。童贯知道了，也摇头叹息说：“东南百姓的饭锅子还未放稳，怎么又要搞花石纲了？”

六月，吕师囊部在黄岩奋战，起义领袖三十人牺牲。

这个夏天里，游酢写了三篇短文：

一、《杖铭》

“用之则行，舍之则藏，惟我与尔。危而不持，颠而不扶，将焉用彼?”

二、《方竹杖铭》

“噫！其节高乎？曰高；其操坚乎？曰坚；其中虚乎？曰虚；其外圆乎？曰圆。然则胡为而圆？今此君能方矣，盖其德也全。听琴横膝，望月倚肩，与君子乎周旋。”

三、《扇铭》

“隆暑赫曦，你可力挥；谗舌火炽，你未御之。西风尘起，你足外蔽。谤声眛目，你莫防只。不御不防，德风载扬。自谗自谤，道心清凉。”

这几篇短文，文字简练，寓意深刻，蕴涵着深沉的思想：有对人世丑恶现象的揭露，对朝廷黑暗的不满，也有对自己的命运的无奈感叹。

七月，传来仙居起义农民军在俞道安率领下进攻温州不下，转至处州的消息。

游酢想到：自己也已经风烛残年，无力回老家建阳了，眼下又战乱不已，家庭没有什么积蓄，将来有一天去世也没有办法运棺回去，只能在和州安身了。早年在含山轩辕岭看上一块地，就把那块地买下吧。他托儿子去向亲家杜善前来商量买地之事。

第二天，亲家杜善赶来了。游酢想起了前几年在车辕岭所见的事情，顺便打听那块地盘主人。杜善问道：“亲家想要那块地?”游酢答道：“正有此意。不是要，而是想买。实不相瞒，孩子的他娘病重，她自己觉得时日不多，郎中也说不好医治了，迫不得已得给她考虑有个安身之处。”杜善说：“亲家放心，这事情我一定帮忙打听个明白。”

过了两天，杜善亲自来说明了那一片地的主人以及同意出卖的意思。游酢选了个吉日，带上钱，骑马去了一趟含山。他为了慎重起见，把那一块地买下来时不仅请了山主、地保、百姓在地契上画了押，而且送了一份县里备案，以免日后子孙难跟人打官司。

游酢请了一个当地有名的风水大师一起上山去选择寿地。风水大师知道游酢大人来请，乐意答应了。

第二日，风水大师来了，与吕本中相见，互相叙了礼，跟着游酢一同去轩辕岭。两人上山到一看，这果然是个好风水，那一片墓地背靠大青山，来龙绵远，坐北朝南，可眺望长江两岸风景，远则面朝东南。风水大师问道：“这地确实是天然佳城，不知老爷对财丁富贵四字要哪个字为主?”游酢答道：“有人便有一切，当然人丁最重要。”风水大师道：“那好，要人丁就朝南。”游酢答道：“朝南最好，我在世无法回乡，死后能够长期地望着我的家乡也可以瞑目了。”

游酢便请当地择日先生选了黄道吉日准备兴建。因为自古人生前先做好的墓地叫寿地，死后葬在那里才称坟墓。游酢与儿子商量做寿地的事情。几兄弟坐下，游拟带头说：“父亲是朝廷的命官，任过诸州的知州，官为五品，母亲也是五品宜人，寿地岂能够随便。”游拂也说：“二哥说得对，我同意。”大家都要将寿地做大些。游酢听了断然地说：“不！我为官几十年，两袖清风，虽然俸禄一向不低，可是所收入都花在抚养你们长大和给你们成家立业上了，至今也没有什么积蓄，你们也都不宽裕，加上现在江淮一带战乱，人心惶惶的，将就些吧，做一个普通的就行，我和你们母亲有个安身之处便心满意足了。”见父亲这样说，兄弟们不再争议。接着，父子们又商量请了当地几十人，讲明工钱等事宜。

动工破土那一天，按照家乡的习俗，备齐了猪头、三牲、香纸烛、米馃、糍粑、酒、鞭炮等，游酢带上儿子们与工人上山去。到寿地前摆好所有祭品，时辰一到，风水大师喊道：“吉时已到。”游酢与儿子们点烛、焚香、跪拜，鞭炮大鸣，众人开工。

寿地做得不很大，十几人在山上做了两三天便完工了。因为是寿地，要等到东家去世后才能挖孔，所以只是做出坟墓的样子就可以。风水大师从头到尾在寿地里指挥着，直到完工为止。完工时，游酢又备了一份三牲等去寿地里“谢土”，请了众人和左邻右居一并吃喝了一场酒，付清风水大师的酬金和工人们的工钱，这一项事情才了结。

八月，京城传来方腊被杀的消息。

不久，朝廷又传来已经于海州平定宋江的消息。原来，朝廷用诱降的计谋，派张叔夜去招降，宋江等果然中计受了招降，终于落了网，这一回所有的好汉才全被杀戮。

吕氏的病情又发了，而且更加严重。儿子游损前来报信，游酢立刻跟儿子赶往含山。吕氏病情已经沉重，昏迷不醒。游酢忙派人去通知女儿和秋香。

女儿和秋香闻讯相继赶来。一日，吕氏醒来，她知道自己身体好不了，对游酢说道：“老爷，我恐怕和你一起的时日不多了。我去世后就留在这里，不必送回老家。这里有我们的儿子，死后会有人扫墓，跟老家一样。”游酢安慰吕氏道：“你不要想太多，病迟早总会好的。”吕氏抓住游酢的手说：“老爷，我真的快不行了。”说着两眼淌下了泪水，游酢见情不禁鼻头一酸，也溢出了泪花。女儿和秋香听了都哭出声音。吕氏又把媳妇叫到身边，说：“我走后，你们要好好照顾老爷。”媳妇点头道：“妈，放心吧，我会的。”眼泪禁不住地流出。游酢去请郎中来，郎

中把了吕氏的脉，不说什么，对游酢说道："游大人，你出来一下。"郎中说："大人，贵夫人的病确实很严重，恐怕拖不了太久了。"游酢听了一时觉得眼前天旋地转，身体晃了晃，郎中喊道："快来人。"游拂和媳妇闻声连忙奔上前将父亲扶住，游酢说"没有事，不用扶我。"他出了房间，到厅里的桌前椅子坐下，休息一会才回过神来。

游酢再也没有心事关心朝廷和其他任何事情，一边催在外的儿子赶回历阳，一边成天守候在吕氏的床边。秋香忙得很，也无比的伤心。

一天晚上，吕氏突然醒来，拉着游酢的手微弱地喘息着说："老爷，可惜我不能再服侍你了。"游酢轻轻地抚摩着她的手，安慰道："别想太多，会好起来的。"吕氏眼睛盯着丈夫，说不出话，泪水一直默默地流淌。

大多数儿子、女儿、媳妇和孙子们赶回含山了，只剩下在江西的媳妇和孙子未赶到，其他儿子和媳妇们发出"妈——""妈——"的呼唤，孙子们则"奶奶——""奶奶——"一遍遍地叫喊，吕氏只是昏迷不醒，大家见此情景都哭了。

第二天，在江西的媳妇和孙子匆匆赶到，一进房间就放声大哭，这时吕氏才翻动一下身子，极力地睁开眼，看着家人都到齐了，只张张嘴，要说什么可是说不出口，流下两行眼泪，微微一笑，头一偏，闭上了眼睛。游酢上前用手一摸夫人手脚冰凉，再摸一下鼻孔，判断出断气了，哭道："夫人……"在旁的家人，一时齐哭。哭声惊动了周围，附近的人们都赶来安慰或者帮忙。

吕氏去世了，她享寿六十有六。

游酢已经年老，丧事由儿子们主持和料理。因为长子早年不在，由游拟主持这一场丧事。

人们决定将吕氏的遗体送往车辕岭安葬。

自从吕氏去世后，尽管有儿子和媳妇们陪伴着，游酢的精神很快衰退，几天时间头发全白了，眼睛失去了光彩，走路也没有了往日的神气，开始用拐杖。他心里还想回建阳老家，可是儿子和媳妇们怎么也不让。他转而一想：夫人既然已经安葬在了含山，自己孤独一人回去，也没有太大意义，因此也打消了回老家的念头。

半个多月后，他精神恢复了，又回到历阳"立雪堂"居住。晚间，游酢不禁感慨万端。

正是："山川依旧故人非，前度游郎又重来。从今此地为桑梓，满目夕晖照暖怀。"

十月，方腊的余部在永康被围，俞道安牺牲，到这时方腊起义军才被朝廷的军队全部镇压下去。

欲知后事如何，且听下回分解。

第一二〇回

游定夫含泪祭友 杨中立挥毫撰铭

宣和四年正月的春节，江淮一带百姓在四处兵荒马乱中显得冷冷清清，历阳城也如此，人们时时担心朝廷的军队或者哪一股农民军残部会路过，街上的行人没有往年的多，大多店铺门都紧闭着，只有肉铺和菜摊前有些人走动，没有一点热闹的气象。到了十二三日，有个别的店铺才壮着胆陆续开业。因为天下人也都知道江淮自从宣和二年来兵事连年不断，很少到这里走亲访友。游酢的家却很有人气，儿子和媳妇担心父亲寂寞，除夕前带着孩子聚拢到历阳来，一家十几口一起生活，倒比平时更热闹。儿媳妇们的娘家不时地有人来看望年老的游酢。

远在常州的杨时，他的日子也一样不好过。因为当余杭知县时，蔡京要将填湖为死去的母亲做风水，杨时反对，不久他便被调任萧山知县。政和四年萧山县令期满，朝廷给他任提点明道、国宁二观的职务。到了这一年，他连管理宫观的职务都被罢免，没有了俸禄，家庭生活因此很穷。在京城的朋友郭慎求知道了情况，写信问他有什么愿望，杨时回答："我因为生活清贫，求一管理仓库的职务就可以。"后来，郭慎求就通过关系任命杨时为毗陵（常州）管理市场事务的小官，杨时气愤说："管理市场的事情，我向来不认为怎么样，难道可以担任吗？"于是不接受。

二月底，山东郓州梁山泊宋江的余部继续起义反抗，相州农民军也在贾进等领导下起义。

一天，游酢收到陈正同派人送来的讣音书，知悉其父陈瓘死于楚州，不胜悲哀。他夜里辗转反侧，怀念与陈瓘数十年交情，披衣而起铺纸研墨，写《祭陈了

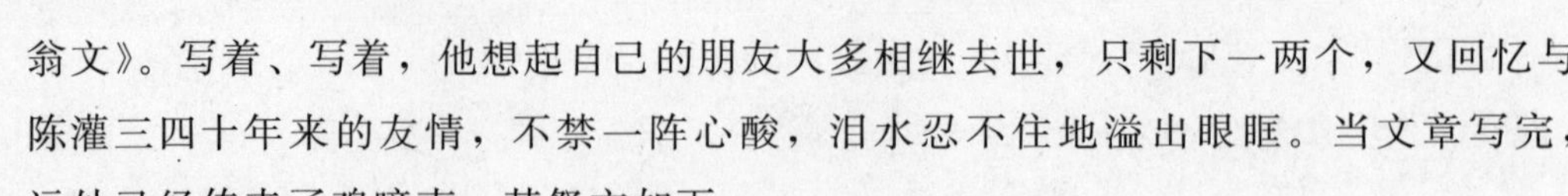

翁文》。写着、写着，他想起自己的朋友大多相继去世，只剩下一两个，又回忆与陈瓘三四十年来的友情，不禁一阵心酸，泪水忍不住地溢出眼眶。当文章写完，远处已经传来了鸡啼声。其祭文如下：

“呜呼陈公，万夫之杰。太虚无尘，心凝知澈。经纶大猷，如挈裘领。灼知几先，眇绵作炳。虑远而知者疑，言危而弱者警。蓍龟有稽，可观而省。

呜呼陈公，知事道而已，不知鼎镬之临其颠也；知殉国而已，不知陷阱之横其前也。厄之白首，而气愈和；蹙之死地，而志愈坚。处约弥久，妻孥裕然。畎亩念忠，顶撞利物，人疑其为墨；平生拯饥，任重一身，我知其为稷。行道之人，闻者那恻。意者天将降之大任而空乏其身耶？意者我君将追念其笃诚，发独断而收之以泽斯民耶？呜呼！孰谓流离川途，迴回万状，而沦于淮楚之滨耶？呜呼！孰谓谋猷可以托心腹，力可以任股肱，而志愿卒不伸耶？浩浩元精，掺不知其因耶？岁首之书，后讣而达，执书一恸，骨惊心折。

呜呼陈公！盖将有哲人能尽知而贤之，有志士能慷慨而言之，有仁人能经纪其家而存之，有良史能具载其实而传之。区区鄙词，曷足以涉其流而溯其源乎？寓奠一觞，聊荐捆幅。东望伤怀，泪落横臆。尚飨。”

第二天一早，他一醒来招呼道：“损儿，你代我前去楚州一趟，祭奠陈大人。”游损应道：“好，孩儿就去。”接过书信，备了马即赶往楚州。

目送着游损远去，游酢便吩咐家人：“上街去买些香纸烛和供品来。”

中午，他摆好供品，踱到卧室拿出《祭陈了翁文》，焚香、点烛，朝南天作了三揖说：“了翁兄，定夫有礼了。”

游酢由于已经退养在家了三四年，穷愁潦倒而且年老多病，视力不佳，自己同辈的好友与同僚不少离开了尘寰，个别健在的有的已经走不动。他几十年在官场上辗转，不像杨时一样有众多的弟子，加上江淮处于兵荒马乱地带，因此更少人来看望他。四个儿子中，游拟和游掞只领微薄的朝廷俸禄勉强度日，只有逢年过节会回来看看；由于战争游拂、游损的生意也大不如前，日见萧条，他们不得不出外奔忙。他心里觉得有些孤单，还好有好几个孙儿、孙女在膝下绕着。他有空时只是依然临池写字。

三月的一天，曾开返回历阳老家扫墓完后，前来拜访游酢。曾开曾经担任过朝廷的“中书舍人”，因为得罪蔡京被贬为“大宁监”。他依然以师礼相见，说道：“学生曾开拜见恩师！”游酢格外的高兴，喜笑颜开，握住他的手，说：“免礼、免礼，太想你了！”师生两人座谈了一会，曾开问道：“恩师近来读什么书？”游酢答道：“年纪老了，眼睛不好，已经很少看书。你呢？”曾开回答说：“什么书都读，

《南华经》也读。不知恩师读过《政和万寿道藏》吗？”游酢说：“黄裳赠送我一套，粗粗浏览一遍，没有细看。”曾开说：“此书内容甚丰，黄老前辈花了不少心血。”游酢说道：“他向来好佛，长期收集这方面材料，以他状元之才，当然编得到家。”曾开说：“真是萝卜芥菜，各有所爱。我朝上至太祖，下至官员非佛即禅，（苏）东坡、黄山谷、恩师与龟山先生等皆如此。”游酢说：“无论信啥，关键在于心正。佛、禅本身是教人向善、行善，可是有的过于偏执以至迂腐不化，有的心行不一，名向善，实行恶，则悖其所信。如今朝中当权者，似乎只信儒，满嘴的道德仁义，看去似个君子，骨头里专门谋己之利，行害人之举。”曾开听了点头，说道：“往昔，学生不以先生信禅为然，经历几番磨难始知世道险恶，近年来亦向禅家所言。敢请教恩师，儒、道、禅何者为善？”游酢说道：“我一生所奉一个‘理’字，所用谨从‘中庸’二字，儒、道、禅皆有所学，释、墨亦有所涉，皆不迷信，择其善者而从之，适道而行。”曾开欣喜地起身，说道：“恩师此言乃为至理，学生洞然大悟矣！恩师之所以能够如此达观，实得明道与伊川二先师所学和真谛。”游酢问道：“此言从何而起？”曾开回答道：“学生闻明道先师学不废释、墨，为人宽宏大量，而伊川先师则善养性，年虽古稀不觉衰老。”游酢笑着说：“你不愧为程门再传弟子。”曾开很高兴，拜谢了游酢，告辞而去。

一日到街上下棋，忽然，有一个小孩跑来，说道：“游大人，你家来客人了，快回去。”游酢连忙起身对众人说：“对不起，我先走了，改日再会。”

游酢回到家中一看，不是别人，而是刘安世。刘安世虽然已经满头白发，却神采奕奕，游酢惊喜地喊道：“元城兄——”刘安世见游酢还精神矍铄，也兴奋地站起问道：“定夫老弟——”两人上前拥抱着，激动得溢出喜悦的泪花。游酢说道：“我们还能够见面，幸运啊！”刘安世放开手，说道：“这是苍天有眼。”游酢问道：“坐，元城兄在宜昌生活怎么样？”刘安世坐下回答道：“还好。”这刘安世原本是个诗人，又精通音律，他的诗一时名传天下，如：“万古照临终忌满，一轮明彻岂须圆”（《八月十四夜月》），“同志不渝均管鲍，清风特立若夷齐”（《双柏》）。他自从被贬到湖北宜昌的峡州，专门做学问，也写了不少的诗作。于是，游酢询问道：“元城兄，近来可有什么新的诗作？”刘安世答道：“嗨，我的诗不如叫白开水，哪敢班门弄斧？”游酢说道：“你的诗怎么不好，《八月十四夜月》等写得多好，而且你的弟子杨万里的诚斋体能够自成一家，与你的诗风影响甚大。”刘安世答道：“要说廷秀的诗风，那倒多少有点我的影子。”游酢说道：“文如其人。其实，诗的风格各有千秋，这是好事。如果都含蓄、婉约或者都豪放、直率，千篇一律，那还叫艺术？百鸟争鸣，繁花似锦那才真正的春天。”刘安世转而问道：

“你看如今的形势如何?”游酢回答道:“元城兄真是名如其人,忧国忧民的忠臣啊。如今,我已经退养在此,且年迈体衰了,这里连年争战,有家不能回,成了井中之蛙,朝廷的信息几乎没有,有则只是听闻而已。”两人开始交谈天下大事。

中秋过后,天气一日比一日凉了。

游酢独自走出城门,来到长江边上的堤岸散步。看见一座陈旧而破落的宅院,门虚掩着一半,也没有任何动静。他知道这是地方上曾经红极一时的豪宅,主人也来自江南,最终客死他乡,如今已经人去屋空。他推门而入,院内野草横生,不禁心头顿时凄凉,收脚转身出屋。夜里想到自己一生几十年宦海沉浮,到头来因为贫穷老病,有家不能回,辗转反侧难以入眠,脑海浮现着老家建阳的山水、亲人、往事……直到天亮前才合一眼。这一回路遇江边旧宅所见残破情景,正是:“向晚江天霞染红,霜风凄厉卷帘栊。门庭冷落蛛张网,台阶清凉草蛰虫。孤雁横空声万里,乱花满院影千重。年年难解江南梦,枕上溪山梦幻中。”

进入冬天,江北一片冰天雪地,有钱的人几乎都躲到屋里度严寒了。但是,贫穷的人们为了温饱还在街上、码头或者地里拼命着,有的则在流浪乞讨……

宣和五年正月,游酢精神状态很好,一家十几口人吃了团圆饭。过完年,兄弟们商量一番,觉得父亲年纪已大,除了三个兄弟都各自去赴任外,第三个儿子游拂和媳妇、孙子孙女们都留在家里。这时,游酢已经有八个孙,其中三男五女。

早上吃过饭,游酢到街上走走,在棋摊边坐下,人们纷纷议论着河北、京东等路农民起义的消息:洺州农民数十万,以张迪为领袖发动了起义,他们在攻打濬州时,张迪战败牺牲;太行山以高托天为首的农民也发动了起义,转战青、徐、密、沂等州。听了这些消息,他再没有心思闲逛,便回家休息。

阳春二月,和州城外莺啼绿柳,烟笼花海,桃李争艳,明媚的春光却依然弥漫着硝烟气味。游酢在秋香的陪伴下带着孙子和孙女一起漫步。看见夕阳下,人们匆匆回家和牧归的牛羊,眼前的风景,令他更加思念自己的老家建阳的富垄村,触景生情,口占五绝一首:“春风吹皖地,桃李已芳菲。草木因时易,牛羊伴夕归。胡驹回北首,越鸟向南飞。江水盈盈去,岸柳却依依。”

三月的一天,游酢读着屈原的《离骚》,想起自己凄凉的晚景,回顾平生的经历,不觉黯然神伤。一种压抑已久的沉郁之气从脚底涌上脑门,他于是提笔写下《拟招赋》一文:

“上帝若曰,哀我人斯,资道之微,肖天之仪,神明精粹,降尔德兮,予无你欺。视听食息皆有则兮,予何敢私?顾弱丧以流徙,返故居兮,谬迷。圈豚放驰,散无适归,蚁慕羊膻,聚附弗离。予哀若时,魂莫予追。乃命巫阳,为予招之。

扬拜稽首，敢不只承上帝之耿命，退而招之以辞。

辞曰：魂乎来归魂无东。大明朝生兮，启群蒙；万物摇荡兮，隐以风。迁流正性兮，失厥中。魂兮来归魂无南，离明独照兮，万物瞻。文章焕发兮，不可缄；夸淫侈大兮，志弗厌。魂兮来归魂无西，日入昧谷兮，草木萎；实落材成兮，虽有时。意志凋谢兮，与物衰。魂兮来归魂无北，幽都暗暗兮，深蔽塞；归根独有兮，专静默；有心独藏兮，吝为德。魂兮来归魂无上，清阳朝彻兮，文恍惚；绝类离群兮，入无象；杳然高举兮，极骄亢。魂兮来归魂毋下，素位安行兮以时舍；沉浊下流兮，甘土苴。固哉成形兮，不知化。

魂兮来归反故居。盍归休兮，复我初。范博厚以为官兮，戴高明以为庐；植大中以为常产兮，蕴至和以为橱。动震雷以鼓听兮，守艮山以正隅；秉离明以为烛兮，御巽风以行车。守我坎以御侮兮，开我兑以进趋；资粮械所用兮，何物之不储？四方上下惟所之兮，何适而非涂。虽备物以致用兮，廓我府而常虚；纵奔骛以终日，燕我居而晏如。惟寞惟寂，疑有疑无，其尊无对，其大无余。曷自苦兮一方，拘魂兮来归返故居。”

农历四月，正是梅雨季节，天气时晴时雨。人们常常可以看见江之南的芜湖、当涂、马鞍山一带雨雾茫茫，而江之北的和州却晴天朗朗。这一段时期，游酢的身体也觉得时好时差。他还是每一天坚持早晨临池练书法，白天读书，傍晚散步。不过，晚上时再没有读书了，而是较早就去卧室休息，入睡得比任何时期都早。

五月初，游酢觉得身体不太舒服，连日昏迷不醒。三媳妇日夜服侍，不哼一声。游拂知道事情不妙，立即通知兄弟姐妹们赶回历阳。半个月后，兄弟姐妹们带着家眷回到家，游酢突然精神起来，能够和儿子攀谈一些事情。他叫人将儿子和媳妇们招呼来，坐在自己身边，当着大家的面交代说：“我百年之后，你们兄弟妯娌要团结，教育好子孙……”儿子和媳妇无不点头。

有经验的邻居悄悄地告诉游拂：“这是将去世的人的回光返照现象，看来，近几天你兄弟们得随时有人守在你父亲身边啊。”

到了二十三日，游酢果然又病了。这天午后天上乌云密布，狂风大作，雷雨交加。游拂进父亲的房间探望，看见父亲安祥地躺着，秋香伏在床沿睡着了。游拂走到床边摸一下父亲的头冰冷，叫道：“爸爸、爸爸”，没有反应，再按一下鼻孔，已经没有气息了。顿时，游拂一阵悲痛涌上喉咙哭喊起来：“爸爸——”

听到这哭声，所有的儿女和媳妇都吃惊地奔到房间哭喊：“爸爸——”孙子也跑进房间大声地哭：“爷爷——”这一回，玉儿扑到父亲的尸体上哭得前俯后仰，几乎要昏过去。秋香和杏儿上前死命拉她，劝她，都不移寸步。兄弟中，最小的游掞与玉儿最亲近，他看不下去，怕玉儿身体受到损伤，上前边劝说边拉开，玉儿才松手。

游酢去世了。他走完了七十一个春秋的人生旅程，悄然地辞别了人寰。

丧事由游拟主持，他召集兄弟立即进行父亲后事的安排。第一项是请建阳老家的亲人来，兄弟没有异议；二是关于父亲的朋友、弟子、还有亲戚人员，游拟说："家父从二十岁到汴京参加太学考试至今五十余年，大多时间从政，主要生活在长江、淮河一带，一生交游的绝大部分都是天下名士。然而，家父的挚友都已经先后谢世，有个别健在的在远地为官，有的退养在家可是已经不能走动。弟子都在很远当官，不好麻烦别人，所以一概不通知了。"三是治理后事的伙食、经费等问题进行了商量。

天仍然下着大雨，人们感觉不到炎热。

游损说："出殡的日子不能太紧，父亲生前当过朝廷的官，应当搞得热闹些。"

游拂讲道："不行，天气万一变热，事情就更难办。我们得先抓紧想办法将父亲的身体安置好，等老家建阳的亲人和外家来了再做处理。"

游掞表示："我同意三哥的意见。"

于是，游拟一边将父亲的尸体下棺，一边立即派人赶回建阳报信，一边派人去请道士并且选择出殡的日期，发讣告送往各地的亲戚和挚友。

建阳的亲人和外家得到信息，火速赶到历阳。

时其堂兄游醇（奉议大夫）尚健在，然年事已高，不能前来，堂弟其藩（时任朝奉大夫）、游酌（时任兵曹）、堂侄游操（宣和二年进士，知县）闻讯也立即赶来。

几天后，亲戚和朋友们也陆续赶来了。游酢生前远地的朋友活着的已经寥寥无几，且年纪大了不能前来，闻讯的也都派儿子前来代为吊唁。

道士做了两天的法事，亲戚们按亲疏进行了祭祀，读祭文。其他亲戚的祭文由理事的礼生代书，代读，唯独杨遹在游酢灵柩前，代其父杨时读《祭游定夫先生文》：

"呜呼定夫！学通天人而时不用，道足济天下而泽不加乎民。今其已矣，夫复何云？怅百年之永诀，犹想见其音容。

念昔从师同志二人，今皆沦亡，渺余独存。虽未即死，而头童齿豁，茕然孤立而谁怜？叹我先生微言未泯，而学者所记多失其真，赖公相与参订，去其讹缪，以传后学。书往未复，而讣已及门。呜呼悲夫！宜任其责者复谁欤？斯文将泯灭而无传欤？抱憾编而求之，掉此志之不伸。重念南北相望，不得凭棺一恸，徒陨涕而驰神。余言之悲，闻乎不闻?”

出殡前的一天，天突然放晴。人们一个个觉得自己身体轻松了许多。

出殡的那天，游酢的亲属、亲戚，当地官员、乡绅和历阳当地的乡亲以及邻县闻讯赶来的新旧朋友，都来相送，哭声盈野，场面非常的壮观。

后事料理完，兄弟又商量一番，遵从父亲的遗愿，决定年底再将父亲的灵柩移往含山与母亲合葬。兄弟们又讨论，墓要做三合土的，要立墓碑，建神道（墓前的甬路）。大家又考虑到墓在含山上，墓和神道打三合土需要沙、石、黄泥，备料至少也得两三个月，再加上做工，时间得五六个月，于是将合葬的时间定在明年底，具体时间要请看日子先生选择。经费开支方面，经过商量，兄弟平分，至于长兄儿子的家凭他量力出多少是多少。

十二月，众兄弟将游酢灵柩移到含山县轩辕岭上与吕氏墓地合葬。

四兄弟和侄子们祭祀完新的墓地，默哀。

游拟见情，说：“大家节哀吧。让父母在这里静静地安息。”众人听了他的话，都停止了哭，跟着他下山。

第二年春节，游拟兄弟团聚，饭后在一起回忆父亲生前的事情，游拟提议：“父亲生前当过朝廷和地方官员，又是天下闻名的学者，应当请人写一篇碑文。”游损听了，讲：“自然请杨时亲家撰写，他是父亲生前最好的朋友，最了解父亲，又是大学问家。”游拂说：“那好，我比较有空，过些天去一趟将乐请亲家写，顺便看望一下他老人家。”兄弟们都知道：杨时离开官场十年闲居在家，心态好，善于修养，读书、做学问，往返于常州和家乡之间，四处讲学，虽然已经七十二岁，精神却还不错。现在居住在老家将乐。

几天后，游拂从历阳出发，过长江下江南去找杨时亲家撰写碑文。

游拂来到杨时的家，说明了来意。这天晚上，杨时在灯前坐下准备拟写碑文。回忆起与游酢的交往和情谊，如今自己也已经垂垂老矣，饱受曲折又穷困潦倒，眼下又孤独，再没有像游酢一样的知己可交谈和倾诉衷肠了，想着想着，不禁心酸地流下了眼泪。百感交集之下，他挥笔写下了《御史游公墓志铭》的碑文。

游拂拿到碑文赶回历阳，请工匠打碑文。

清明节，兄弟们再度聚首，带着儿子和孙子们将碑文抬到墓地，把石碑安好之后举行了简单的祭祀礼仪。

众兄弟看着杨时写的《墓志铭》碑文，情不自禁地哭了起来，在一旁的儿子、侄儿、外甥们也哭了。还好，人群中没有女眷，哭声并不是很大、很长。

夕阳下，一只大鹏向南飞去，南天一望无际……

贺诗

恭和生忠《千秋雪》脱稿感赋原玉

李廉德

一

十年一剑梦终酬，麟笔如椽射斗牛。

雕木成舟航艺海，千秋雪化泽千秋。

二

一介书生本性真，灵光奕奕笔传神。

千秋故事留鸿爪，捧卷开颜忘苦辛。

李廉德，福建省永安市燕江诗社社长、福建省诗词学会理事、中华诗词学会会员。

和《千秋雪》脱稿感赋原玉

曾齐禄

一

清吟莫过千秋雪，久梦缘由一卷书。

缕缕金风言爱尔，馨香漫品意何如？

二

百二章回话朴真，灿然心态见精神。

悠悠史事多文采，破砚寒烟字字辛。

曾齐禄，福建省永安市燕江诗社常务理事、八闽诗词评论员、中华诗词学会会员。

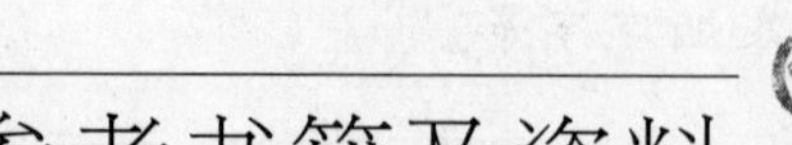

参考书籍及资料

1.《宋·游酢文集》(原名《游文肃公文集》),延边大学出版社 1998 年版。

2.《游酢文化研究》(1—4 期),南平游酢文化研究会编。

3. 福建省历史名人研究会游酢分会编:《游酢新论》,中国学术出版社 2004 年版。

4.(明)陈邦瞻著:《宋史纪事本末》,中华书局出版社 1977 年版。

5. 许慕羲著:《话说宋朝三百年》,吉林文史出版社 2007 年版。

6. 元·脱脱编:《宋史》。

7.《宋元学案》。

8. 蔡东藩著:《中华全史演义》。

9.《二程集》,中华书局 2004 年第 2 版。

10. 北大法律系法制史教研室编:《中国历代案例选》,山西人民出版社 1981 年版。

11. 宋慈:《洗冤录集》。

12. 任继愈主编:《中国哲学史》(第三册),人民出版社 1979 年北京第 4 版。

13. 不慧演述:《白话佛经》,中国社会科学出版社 1992 年第 2 版。

14.《四书五经》,作家出版社 1988 年版。

15. 清·吴荣光著:《历代名人年谱》,上海书店 1989 年版。

16.《宋人佚事汇编》。

17.《中国古代史常识》,中国青年出版社 1980 年版。

18.《中国古代史常识》（隋唐五代宋元部分），中国青年出版社 1984 年第 5 版）。

19. 游季康著：《闽游族史》，1998 年版。

20.《中国旅游与交通》，中国旅游出版社 1981 年版。

21.《陆放翁文集·入蜀日记》。

22.《中国历代官制常识》。

23.《二十五史·宋史》。

24. 李焘主编：《续资治通鉴》，中华书局 1981 年版。

25. 邵伟华著：《周易预测学》，花山文艺出版社 1990 年版。

26.《中国旅游与交通加油图集》，中国旅游出版社 2007 年版。

27.《方舆纪胜》。

28. 北宋孟元老著：《东京梦华录》，周峰点校，文化艺术出版社出版 1998 年版。

29. 李清馥著：《闽中理学渊源考》。

30. 清·顾祖禹撰：《读方舆纪要》，中华书局 2005 年版。

31.《老子·庄子·列子》，岳麓书社 1997 年第 7 版。

32. 邓洪波、彭明哲、龚抗云编著：《中国历代状元殿试卷》，海南出版社 1993 年版。

33. 龙榆生编选：《唐宋名家词选》，上海古籍出版社 1980 年版。

34. 清·蘅塘退士编：《唐诗三百首》，（陈婉俊补注），中华书局 1959 年版。

35. 林蔚真、程庆中主编：《中国古玩的识别收藏与交易》，中国旅游出版社 1993 年版。

36. 明·张岱著：《夜航船》。

37. 游梦熊主编：《凤池村志》，2008 年版。

38.《中国地方志集成》（《和州府志》、《舒州府志》、《凤阳府志》），公元 1082 年版。

39. 清·吴楚材、吴调侯编：《古文观止》，中华书局 1987 年版。

40. 游生忠著：《立雪庐文集》（散文卷）。

41.《福建省情资料库》。

42.《邵氏见闻录》。

43.《建阳县志》、《萧山县志》、《汉阳府志》、《泉州府志》。

44.《回探花郎·宋史资料汇编》。

后 记

本书自2002年筹划，2007年4月正式开始创作，主要以《宋？游酢文集》(含年谱)、《二程集》、《宋史》、《宋史演义》、《宋元学案》和“方志”等为主要依据。有一定的历史材料为基础，我进行了大胆的想象、加工，所以有了这本书。诚然，这样写也许不完全符合历史原貌，但是这是历史小说而不是史书。

自从南宋开始，人们逐渐认识到研究游酢的必要，游酢的文化越来越受到人们的重视。南宋的朱熹、张栻、黄干、真德秀等名人的作品是先声，明、清以来全国各地不少文人学士写诗或文章纪念游酢；到建阳、历阳等地为官的地方官员，他们怀着对游酢敬仰，在搜集游酢作品和出版方面做了不小的贡献。在当代，大陆的游氏族群中本来就蕴藏着一批有志于研究游酢文化者，随着改革开放的形势发展，大大激发了海峡两岸人们对游酢文化的重视，1987年首批台湾的游氏宗亲回大陆寻根。在游恒派等的带领下，南平游酢研究会成立了，并且创办了《游酢文化研究》，揭开了游酢文化研究的序幕，打下了良好的基础。1990年，游恒派从省图书馆寻找到了同治九年版《游文肃文集》，1998年12月再版。这本书籍的再版，为两岸人们研究游酢文化提供了极为有利的依据，起到了很大的推动作用。台湾的桃源等地游氏宗亲陆续回大陆寻根出现了热潮，进一步促进了游酢文化的研究发展。1994年，游酢的故里建阳也成立了“游酢学术研究会”。为了加强两岸文化交流，原福建省委统战部常务副部长游嘉瑞站在时代发展的高度上，与游恒派、游建旺、游梦熊等骨干共同筹划，因此福建省游酢研究会于2003年9月应运而生，闽台各地不少游酢的优秀后裔加入了这个队伍。海峡两岸掀起了研究游酢的热潮，如：厦门大学哲学系主任高令印、台湾大学教授蔡仁厚、南平师专副教授程利田等海内外许多专家、学者陆续加入到这个热潮中来，形成了一支强而有力的队伍。

南平位于福建的腹地，得天独厚，钟灵毓秀、人杰地灵，名人荟萃，历史上出现过游酢、朱熹等十大历史名人，游酢是其中杰出的一员。南平凤池村山水灵秀、人才辈出，早在清朝，游酢的后裔廷馨、文远、智开、凤台等一代代宗亲的努力搜寻与印刷出版了远祖游酢的著作。上世纪九十年代这里成了游酢文化研究的发源地，也是海内外闻名的游酢文化研究方面的领头羊，至今仍然是活动最活跃地方。长期以来，南平市委和政府非常关心、高度重视游酢文化的活动和发展，将游酢文化作为全市的一大文化产业品牌。我于 1999 年 5 月和 2012 年 8 月两次前往南平参加游酢文化研究活动，南平市委和政府都有主要领导亲临大会并且讲话，从领导们的讲话中知道他们很重视打造文化品位。其中，南平市委常委、政协主席张建光亲自参加撰写过多篇研究游酢文化的论文。

没有历代众多先贤的贡献，没有南平游酢文化研究会和福建省游酢文化研究会提供丰富研究的材料和历史资料（含书籍和网络上的），这本小说便成为无本之木。当然，我到安徽、南平、漳州、永泰立雪书院、建阳的游酢故里参加研讨等活动，受到他们敬重祖先行动的感染，也成了促进我写作这本书的动力。

长期以来，福建省游酢文化研究会的游嘉瑞、游恒派、游建旺、游梦熊、游惠松、游明元和游心华、游上净诸多宗亲给予我的创作很大精神鼓舞。以游成钟为首的南平游酢文化研究会高度重视《千秋雪》的出版工作，原秘书长游梦熊老师和新任的副秘书长游秀梅（女）等不仅力荐出版《千秋雪》，而且做了大量的工作，还有游恒照、游成田、游小芬等都为此书的筹备和出版付出了辛勤的努力。南平宗亲的努力引起了福建省游酢研究会的重视，最终使这本书的出版定了谱。

本书承蒙原福建省委统战部常务副部长、福建省游酢文化研究会会长游嘉瑞题签书名，原南平师专的程利田副教授和漳州市东山图书馆馆长游明元、游梦熊老师、永安的文友詹有星等对初稿都坦率、诚恳提出了一些善意和宝贵的修改建议；高令印教授、游梦熊宗长与程利田教授（合作）撰写了序文；永安一中图书馆（馆长江雪晖，同学）提供了图书的借阅方便；今年五月，福建省政协副主席、福建省社会科学院院长、福建省文联主席、全国著名作家张帆来函祝贺，三明市作家协会副主席林域生、高珍华、詹昌政和原永安市文联主席陈开福等领导先后分别致电、来函表示祝贺；福建文史馆副馆长、诗词学会会长欧孟秋、永安市燕江诗社社长李廉德、诗友曾齐禄等分别寄来了诗评、贺信、贺诗，洪田中学与洪

田派出所提供过为草稿的印刷方便，不少的企业家和有识之士、宗亲慷慨解囊赞助；海峡文艺出版社领导和吴昌钦主任以及编辑们给予了大力支持，使此书得到了顺利的出版，在此一并致谢。

因本人的学识、思想、写作水平和精力所限，虽然前后历经了六年多的努力，进行了十多轮的修改，书中一定还存在不少缺点或者谬误，欢迎读者和行家里手批评、指正。

2013.10.9 于贵湖

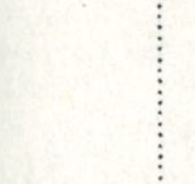

编后语

欣逢南平隆重纪念游酢诞辰九百六十周年暨首届“海峡两岸游酢文化节”之际，在海峡两岸游氏后裔、游氏企业家的热心关注和鼎力支持下，福建省历史名人研究会游酢分会与南平市游酢文化研究会联合出版的《千秋雪》终于付梓了。谨以此书向游酢诞辰九百六十周年暨首届“海峡两岸游酢文化节”隆重献礼。

这是一部以游酢一生宦海沉浮的传奇经历和传承理学的杰出贡献为主线，紧紧围绕着他拜师求学、理学南传、为官清廉、惠政在民等方面来刻画和再现游酢辉煌一生的长篇小说。主题鲜明突出，人物鲜活丰满，情节生动曲折，趣味性和可读性强。尽管作者几易其稿、六年始成，但由于受到阅历和史料所限，难免存在可斟酌或欠妥之处，敬请读者不吝指正。

高令印教授、程利田副教授与游梦熊先生在百忙中为本书作序；高令印教授还给游嘉瑞先生写信说：“生忠所撰《千秋雪》，我觉得很好，有较高的水平。这也是发扬游酢思想的一种很好的形式。”海峡书画研究院游嘉瑞院长为封面题签书名；海峡文艺出版社的吴昌钦主任为封面提供装帧设计，在此一并致以诚挚谢意。

特别要感谢游万太、游惠松、游炳源等企业家的慷慨解囊和鼎力相助。

编委会

2013.10.6

图书在版编目(CIP)数据

千秋雪:全2册/游生忠著. —福州:海峡文艺出版社,2013.10

ISBN 978-7-5550-0130-0

Ⅰ.①千…　Ⅱ.①游…　Ⅲ.①长篇历史小说—中国—当代　Ⅳ.①I247.5

中国版本图书馆CIP数据核字(2013)第240449号

千秋雪(上、下册)

游生忠　著

责任编辑　吴昌钦

出版发行　海峡出版发行集团

海峡文艺出版社

经　　销　福建新华发行(集团)有限责任公司

社　　址　福州市东水路76号14层　**邮编**　350001

发 行 部　0591—87536797

印　　刷　福州德安彩色印刷有限公司　**邮编**　350008

地　　址　福州金山浦上工业园B区42幢

开　　本　787毫米×1092毫米　1/16

字　　数　850千字

印　　张　47.25

版　　次　2013年10月第1版

印　　次　2013年10月第1次印刷

书　　号　ISBN 978-7-5550-0130-0

定　　价　108.00元(上、下册)
